AF568819

Zu diesem Buch

362 Briefe von Klaus Mann und 99 Antworten an ihn dokumentieren ein Stück Zeit- und Kulturgeschichte. Sie bezeugen das rastlose und kämpferische Leben dieses Schriftstellers. Zu Klaus Manns Briefpartnern gehörten Lion Feuchtwanger und Hermann Hesse, Hugo von Hofmannsthal, Hermann Kesten, René Schickele und Stefan Zweig. Auch mit seinen Eltern und mit seinem Onkel Heinrich gab es über Jahrzehnte hin einen regen brieflichen Austausch. Der Band wird abgerundet durch Golo Manns «Erinnerungen an meinen Bruder Klaus».

Klaus Mann wurde am 18. November 1906 in München als ältester Sohn von Thomas und Katia Mann geboren. Schon als Schüler schrieb er Gedichte und Novellen. 1924 ging er als Theaterkritiker nach Berlin. Mit seiner Schwester Erika, Pamela Wedekind und Gustaf Gründgens gründete er ein Theaterensemble. Mit den eigenen Stücken «Anja und Esther» und «Revue zu Vieren» erregte er in Berlin und auf Gastspielreisen frühes Aufsehen. 1927 und 1928 unternahm er zusammen mit Erika eine Weltreise, die von improvisierten Vorträgen und Auftritten der Geschwister finanziert wurde. Darüber schrieben sie das Reisebuch «Rundherum» (rororo Nr. 4951). 1932 veröffentlichte Klaus Mann die Autobiographie seiner bewegten Jugend «Kind dieser Zeit» (rororo Nr. 4996). Im Frühjahr 1933 emigrierte er, zunächst nach Amsterdam. 1936 veröffentlichte er den Roman «Mephisto», der sich mit den Zuständen im Dritten Reich auseinandersetzte. (Seit seinem Erscheinen heftig umstritten und 1968 in der Bundesrepublik verboten, erschien der Roman 1981 als rororo Nr. 4821. Der von István Szabó gedrehte Film erhielt 1982 den «Oscar».) 1938 verließ Klaus Mann Europa und ließ sich in New York nieder. Er nahm als US-Soldat am Feldzug in Nordafrika und Italien teil und besuchte 1945 im Auftrag der Armee-Zeitung «Stars and Stripes» Österreich und Deutschland. Am 21. Mai 1949 starb Klaus Mann in Cannes an den Folgen einer Überdosis Schlaftabletten.

Als rororo-Taschenbücher erschienen von Klaus Mann außerdem: «Der Vulkan» (Nr. 4842), «Symphonie Pathétique» (Nr. 4844), «Flucht in den Norden» (Nr. 4858), «Treffpunkt im Unendlichen» (Nr. 4878), «Alexander» (Nr. 5141), «Der Wendepunkt. Ein Lebensbericht» (Nr. 5325), «André Gide und die Krise des modernen Denkens» (Nr. 5378), «Der fromme Tanz» (Nr. 5674), «Der siebente Engel. Die Theaterstücke» (Nr. 12594), «Maskenscherz. Die frühen Erzählungen» (Nr. 12745) und «Speed. Die Erzählungen aus dem Exil» (Nr. 12746). In der Reihe «rowohlts monographien» erschien als Band 332 eine Darstellung Klaus Manns mit Selbstzeugnissen und Bilddokumenten von Uwe Naumann, die eine ausführliche Bibliographie enthält.

Klaus Mann

BRIEFE UND ANTWORTEN

1922–1949

Herausgegeben und mit einem Vorwort
von Martin Gregor-Dellin

Golo Mann: Erinnerungen
an meinen Bruder Klaus

Rowohlt

Für diese einbändige Neuausgabe wurden Anmerkungen, Briefverzeichnis und Register 1987 von Joachim Heimannsberg überarbeitet und aktualisiert.
Die Mehrzahl der hier veröffentlichten Briefe von und an Klaus Mann ist im Klaus-Mann-Archiv der Städtischen Bibliotheken München verwahrt.

Veröffentlicht im Rowohlt Taschenbuch Verlag GmbH,
Reinbek bei Hamburg, November 1991
Die Buchausgabe erschien in der
edition spangenberg im Ellermann Verlag, München 19

Umschlaggestaltung Barbara Hanke
Gesamtherstellung Clausen & Bosse, Leck
Printed in Germany
2480-ISBN 3 499 12784 9

VORWORT

Im Frühjahr und Herbst 1975 erschienen in der *edition spangenberg* die beiden Bände der »Briefe und Antworten« (1922–1937 und 1937–1949), die noch einmal und auf andere Weise als »Der Wendepunkt« Klaus Manns Lebensgeschichte erzählten, vom Abenteuer der Jugend über die Bewährungszeit des Exils bis in die Tage der Trauer und Resignation im Nachkriegs-Europa. Diese Korrespondenz, von der Literaturkritik stark beachtet, hat dem engagierten Schriftsteller und integren, immer leidenschaftlichen Menschen viele Freunde und Leser hinzugewonnen und den posthumen Erfolg seiner Bücher mitbegründet. Jetzt kann eine neue, überarbeitete Ausgabe in einem Band vorgelegt werden, die im Textteil bis auf kleine Ergänzungen unverändert belassen, in den Anmerkungen jedoch erweitert und auf den neuesten Stand gebracht wurde.

Die Klaus-Mann-Forschung hat in den letzten zehn, zwölf Jahren beträchtliche Fortschritte gemacht. Auch einige der Nachlässe und Briefsammlungen, die 1975 noch als verloren oder als nicht auffindbar gelten mußten – wie die Korrespondenz Klaus Manns mit seinem Freund Fritz H. Landshoff –, sind inzwischen zugänglich und werden in absehbarer Zeit einen Ergänzungsband im Rahmen der Klaus-Mann-Edition des Ellermann Verlags ermöglichen. Unabhängig davon bleibt das Konzept der »Briefe und Antworten« in dieser Neuausgabe ohne Veränderung erhalten. Erst aus Rede und Gegenrede ergibt sich der größere Zusammenhang. Vor allem in der ersten Phase des Exils spiegelt die Korrespondenz Klaus Manns seine Tätigkeit als Herausgeber und Vermittler, damit aber auch die Auseinandersetzungen zwischen den Gruppen der Emigranten und deren Repräsentanten. Briefpartner kamen nur dann zum Zuge, wenn auch die Gegenbriefe Klaus Manns vorhanden waren. Auf das nur schmückende Rankenwerk zeitgenössischer Welt- und Literatur-

Prominenz (womit man, von Cocteau bis Trotzki, hätte aufwarten können) wurde nicht Wert gelegt, sondern auf die Verdeutlichung von Entwicklungslinien, Lebenssituationen und Konflikten, auf das Beispiel.

Ausgeklammert, verschwiegen und gestrichen wurde nichts, was auch nur andeutungsweise zum Verständnis der Person Klaus Manns, seiner Zeit und seiner Welt beitragen könnte. All die Krisen und Kontroversen, die Gefährdungen und das Gehetztsein, die Versuchungen der Drogen und der Selbstabschaffung, die Auflehnung gegen Vereinsamung und Verzagen, bis am Ende die konstitutionelle Neigung zum Tode die Parteinahme für das Leben besiegte – man kann es hier nachlesen, in den Briefen ebenso wie in Golo Manns ›Erinnerungen an meinen Bruder Klaus‹, die hier im Anhang abgedruckt sind. »Will man das Bild eines Menschen, wie Klaus Mann es war, aus Selbstzeugnissen komponieren, dann soll man es ganz tun oder gar nicht«, schrieb Golo Mann vor zwölf Jahren in seinem kurzen Geleitwort zum ersten Band, und damit hat es seine Richtigkeit, wie sich inzwischen gezeigt hat. Die geringfügigen Auslassungen – Briefnachschriften, Anfragen nach Adressen und wenige, mit dem Persönlichkeitsrecht nicht zu vereinbarende Namensnennungen – sind ebenso in eckige Klammern [ ] gesetzt wie Ergänzungen oder Korrekturen des Herausgebers. Nur offensichtliche Schreibfehler wurden, abgesehen von den Kinderbriefen, deren Reiz sie ausmachen, stillschweigend berichtigt.

Für die gründliche Bearbeitung der Anmerkungen und des Registers sowie für die redaktionelle Mitarbeit danke ich Herrn Joachim Heimannsberg und Frau Dr. Rosemarie Wildermuth.

Im Herbst 1987 *Martin Gregor-Dellin*

INHALT

1922

AN THOMAS MANN Bergschule
[Poststempel: 6. 6. 1922]

Liebes Pielein!

Auch ich schicke Dir *recht* viele Glückwünsche. Bitte lies zuerst Eris Brief, dann bist Du ja über alles orientiert. Es geht uns auf jeden Fall gut und mit Steche stehen wir wieder ohne Spannung. Es rüttelt so entsetzlich. Außerdem singen junge Mädchen Lieder, die genau so gut Golo singen könnte. »Holderadinün – nün –« Ich bin sehr vergnügt und freue mich auf Frankfurt. Auch sonst – In der Bergschule werden wir wohl ein sehr schönes Pfingstpaket vorfinden. Hier waren jetzt Herrschaften, für die Du nicht etwa nur ein Herrgott, sondern ein Gott bist. Wer Dich nicht für den größten lebenden Deutschen hielte, wäre überhaupt kulturlos, sagten sie. Drevemanns aus Frankfurt, Eltern eines recht begabten kleinen Jungen.

Jetzt höre ich auf. Bald schreibe ich viel Kluges.

Nochmals viele Glückwünsche

Klaus

Grüße an Mielein und die anderen.

AN THOMAS MANN Bergschule
[Poststempel: 17. 6. 1922]

Liebes Pielein.

Vielen Dank für Deinen Brief, der uns einerseits erfreute, Eris traurige Pikiertheit aber (schon durch Mieleins Brief erzeugt) noch erhöhen mußte. Ihr habt ja nun wohl Eris Brief; ich hoffe, Ihr findet sie durch ihn gerechtfertigt. Mir bleibt nichts anderes übrig, als das, was sie schrieb, zu bestätigen. Daß sie nämlich in der Tat alles so objektiv als irgend möglich und *durchaus* nicht diplomatisch vorbrachte und daß sie eine direkte Bitte um Abkürzung des Aufenthaltes nicht etwa aus Raffinement, sondern weil sie diese Entscheidung rein Euch überlassen wollte und sie sich auch wirklich so arg unwohl nicht fühlt, *nicht* aussprach. Ich dagegen möchte diese Bitte aussprechen, wie auch Mieleins Erkundigungen ausfallen mögen. Unser Aufenthalt hier ist weniger traurig für uns, als *vollkommen* zwecklos. Ich will nicht behaupten, daß die Schule hier in ihrem Wert auf Minus steht, sondern vollkommen auf Null. Daher die Massenflucht. Jeder schiebt andere Gründe vor; der eine lernt zu wenig für's Abitur, dem anderen ist zu wenig Zucht da und dem dritten zuviel. In Wirklichkeit ist es auf ein Versagen der Schule zurückzuführen (über das Steche sich doch wohl auch im Klaren ist). Äußere Dinge kommen hinzu. Im Oberkurs (also unter denen, die uns geistig *einigermaßen* nahe stehen) sind überhaupt außer mir nur 2 Jungen; ich glaube 9 oder 10 Mädchen. Der eine Junge ist Otto Krüger, der deutsch-national ist und nicht im mindesten für mich in Betracht kommt, der andere Alex Leroi, mit dem ich ja halbwegs befreundet bin, aber letzten Endes passen wir nicht im mindesten zusammen. Sonst gehe ich also beinahe nur mit Mädchen um; hauptsächlich mit Gertrud Feiß, die nett und klug ist. Aber schließlich – Sie ist grenzenlos naiv und so berühmtensüchtig, daß es eine wahre Freude ist. Von den Lehrern steht mir auch nur Mahr nahe; Mahr liegt zuweilen mit seinen kleinen Hunden, welche er küßt und streichelt, auf dem Sofa, ganz in Hysterie aufgelöst und den Tränen nahe; dann stolziert er wieder als »kleiner Napoleon« mit bedeutenden Augen und nackten Beinen umher und alle nennen ihn »den deutschen Turnlehrer«. Der Erika macht er so abgeschmackt den Hof, daß die ganze Schule sich mokiert. Auch mich vergöttert er ein wenig; oft erfüllt ihn mein bloßes Vorhandensein mit plötzlicher Freude und er bricht in ein stürmisches: »Du bist doch ein *goldiger* Kerl!« aus. – Das ist es eben: Ich hoffte hier *Kraft* zu finden, die ich an mir vermißte, und finde Schwäche, die sich hinter deutschem Turnlehrertum verkriechen möchte. Nur unter den kleinen Jungen sind einige Feine; auch der Professor hat seine Meriten. Ja, er hat gewiß noch allerlei mit mir vor und ich empfinde es fast als Undankbarkeit gegen ihn, wenn ich gehe. Auch ist es uns fast ein wenig peinlich so »blamiert« wieder in München einzutreffen. Aber ich versichere Dir, es geht nicht mehr lange hier oben. Es liegt so eine Art Katastrophenstimmung in der Luft. Hitzig ist überhaupt grundsätzlich gegen alle Gemeinschaftsideen des Professors; er ist ganz voll Spott und passiver Opposition. (Er riet uns auch dringendst wegzugehen.) Er ist ja der Feinste. Mielein erzählte Dir wohl von ihm: Musik und Griechisch. Seine Stunden sind eine wahre Freude. Überhaupt der Unterricht. Aber trotzdem – man lernt viel zu wenig. Einerseits zu viel, anderseits zu wenig. Dazu kommt diese verdammte »praktische Arbeit« und die zwar ewig langen, aber immer scheußlicher werdenden Mahlzeiten. Trotzdem wir beinahe den ganzen Tag zu tun haben, lernen wir noch nicht das Staatsschulen-Pensum. Ich bedenke, was uns in München dagegen (abgesehen vom Unterricht) geboten wurde. Es ist so ungleich viel mehr, als das, was Mahr uns von seiner seltsam zerrissenen Menschlichkeit enthüllt oder was Hitzig etwa in kühlen, spöttischen Gesprächen von sich durchlugen läßt. Es ist ja auch sehr schade, daß Karl Richard wegging, der uns doch manches hätte geben können.

Eben kommt Dein Paket, liebes Mielein, für das wir sehr danken. (Hier möchte ich gleich um eine Zahnbürste u. um ein Stück feinster Toiletteseife gebeten haben.) Du fragst nach Dora (nebenbei: sie heißt Lotte) Schönfließ. Sie ist *recht* merkwürdig. *Schwerst* hysterisch, obendrein von geradezu unheimlichen Körperkräften und von einer seltsam schwulen, zusammengepreßt-kräftigen Gedrungenheit. Außerdem ist sie (so eitel und blamabel es klingt) ganz grausig in mich verliebt und benimmt sich auf etwaigen Spaziergängen schrecklich schwül und inbrünstig. Gestern machte sie Gertrud vor, wie sie »Klausens Sympathie« erwerben wolle, indem sie sich mit wütender Leidenschaft an ihren

Hals hängte, dann schmachtend an ihr hinunterglitt und ihre Füße heiß küßte. So eine Spaßige ist Lotte Schönfließ. Die Mathematikerstöchter eben! Schicke nur bald wieder ein kleines Paket. (Wir brauchen auch 2 Logarithmentafeln.) Mit viel Grüßen an alle Euer

Klaus

Offi vielen Dank von uns beiden für ihren Brief. Wir schreiben ihr nächstens.

AN ERIKA MANN

Odenwaldschule Oberhambach
bei Heppenheim (Bergstr.)
Am 5. November 1922

Meine liebe Eri.

Du erlaubst, daß ich Dir (o ewiges Geschwisterpaar!) zum Geburtstag gratuliere – so unironisch, als man das eben heutzutage noch kann; daß ich Dir (ernstlich, *ganz* ernstlich) alles Gute wünsche. »Lauft dem Leben nicht nach – es kommt von selbst«, sagte uns ein guter alter, ziemlich weiser Sonderling zum Abschied. Und ein gewisser Knaak schrieb in seiner vortrefflichen Novelle »Die Jungen«: »*Einmal* kommt es über uns, das Große. Wir beugen das Haupt und wissen, daß wir heilig sind.« Dann sagt Harald noch einmal gedehnt und mit verschleimten Augen: »Wenn wir die Sehnsucht haben.« Worauf Adolf-Karl mit seiner seltsamen Stimme wiederholt: »Die Sehnsucht –« Aber Sibylle ist mit goldbraunen Augen abseits. – Übrigens habe ich jetzt ein Gedicht gemacht, das fängt an: »Seltsam sind die Augen derer, / die die große Sehnsucht kennen –« Und dann heißt es: »Auf der Stirne tragen sie ein Zeichen, / das von heißer Lust und heißem Elend kündet – / Aber all die andren, all die Stumpfen weichen / Scheu zurück davor–«

Und dann: »Wir sind ganz allein mit unsrem Gotte / Und mit unsren lüsternen Gebeten, / Denn mit unsrem Lachen, unsrem Spotte / Treiben wir davon die Wackren, Wohlberedten, / Die gesund sind und ganz ohne Wunde.«

Ob ich mit dem »wir« wohl auch Dich meinen darf? – – –

Aber, mein Gott, was schreibe ich da für einen seltsamen Brief. Ich weiß, Du magst es nicht, wenn so viel ausgesprochen wird.

Auf die Ferien freue ich mich schon unsinnig. Aber es hat ja noch *lange* Zeit --- Darmstadt und Wiedersehen mit Zaubrer verlief würdig. Er beschenkte mich freigebig und war überhaupt angenehm. So peinlich es mir ist, aber zu Evas Geburtstag (12. November) studieren Oda Schottmüller und ich 2 Tänze ein – 2 Tänze sage ich -- Der erste heißt »Beschwörung« und ich tanze eine Nonne die den Satan beschwört. Wir tanzen es auf eine Fuge von Bach und es wird ungleich schön. (Ungleich schön, ohne irgendetwas danach hat in seiner Sinnlosigkeit etwas Reizvolles.) Der andere Tanz ist eine Buddha-Anbetung. Oda ist Buddha (sie sieht glänzend aus), während ich auf ein Prälude von Chopin zu ihren Füßen taumle, bis sie mich durch eine ungeheure, weite, stille Geste vernichtet und zusammenbrechen läßt. – Von Walters höre ich, daß sie mimikbündeln – oder ist das schon wieder verjährt? Schreibe mir doch betreffs dieser Chosis ausführlichst. Es interessiert mich sehr. Aber mitspielen will ich lieber nicht, das heißt – wenn ein sympathisches Rolluleinchen gerade da ist, *macht* es ja nichts. Aber eigentlich sehe ich lieber zu. – Wie verlief der Spaziergang mit Bert? Diese ungeheuerliche Fettsau schrieb mir immer noch nicht. Ich habe ihm jetzt wieder (und zum letztenmal!!) einen besonders hübschen u. langen Brief gedichtet. Wenn wieder nichts erfolgt, betrachte ich unser Verhältnis als gelöst. Überhaupt hielt Frau v. Keller den Schippel-Kopf für eine Frau, wenn auch für eine sehr schöne, und das negeräugige Romer-Bild desgleichen, ja das tat sie und Frau Eva Kassierer desgleichen (ich sage Dir überhaupt: Frau Kassierer!!! – Frau Kassierer!!!). Also Bert soll lieber ganz klein und häßlich werden, statt sich in arrogantes Schweigen zu hüllen. Sage ihm das von mir.

Lebe ganz besonders wohl. Spiele hübsch Theater, habe Deine Freude an allen schönen Dingen und gedenke meiner.

Prinz Max von Baden (?–!)

1923

AN PAUL GEHEEB [München, April 1923]

Ganz kurz möchte ich Ihnen sagen, daß ich also doch wieder komme. Meine Eltern schreiben Ihnen demnächst.

Wollen Sie so liebenswürdig sein, mir einen Schein für Fahrpreisermäßigung schicken zu lassen.

Ich werde meine Ankunft vorher bei Herrn Sachs anmelden.

Mit herzlichem Gruß Ihr

Klaus Mann

AN PAUL GEHEEB Odenwaldschule Oberhambach
Am 12. Juni 1923

Es ist mir nicht leicht, Ihnen, nachdem Sie mir in so sehr – vornehmer Art entgegengekommen sind, heute sagen zu müssen, daß ich, Anfang der großen Ferien (vermutlich noch etwas früher), die Odenwaldschule *endgültig* verlasse. Es bleibt mir nichts zu tun als Ihnen heute meine Dankbarkeit auszusprechen (ein Wort mit dem ich, wie Sie mir glauben dürfen, sparsam umzugehen mich gewöhnt habe –), meine Dankbarkeit für die Art, in der Sie mich hier leben ließen. Es bleibt mir nichts zu tun, als Ihnen heute zu sagen, daß ich *fest* davon überzeugt bin: Es existiert in Deutschland die »Erziehungsanstalt« nicht, in der ich *so* hätte leben dürfen und können, wie Sie es mir ermöglicht haben –: absolut auf mich gestellt, die Einsamkeit genießend, die mir *Lebensvoraussetzung* ist. Es waren gute, fruchtbare Wochen von Ostern bis heute. *Dafür* danke ich Ihnen.

Daß ich nun dennoch fort will und muß, liegt daran: die Atmosphäre, die Luft einer derartigen Anstalt (und möge sie mir *noch* so weit entgegenkommen) *ist* nichts für mich – die Voraussetzungen, die Grundbedingungen fehlen mir. Ich kann hier nicht *so* schaffen, wie ich fühle, daß ich's sonst könnte – Vom Essen angefangen (vielleicht ist mir das

das Unwesentlichste nicht –) bis zu letzten, unaussprechlichsten Feinheiten – es *ist* nichts für mich – ich bin fehl am Ort. Wo freilich ich *ganz* daheim sein werde – das weiß Gott. Ich gebe ein nicht ganz kleines Stück von mir her, wenn ich Ihnen sage: Überall werde ich – Fremdling sein. Ein Mensch meiner Art ist stets und allüberall durchaus einsam – – – derlei führt zu weit.

Ich halte Sie nicht länger auf.

Soviel ich weiß erhalten Sie bald sachliche Nachricht von meinen Eltern, mit denen ich meinen Entschluß schriftlich besprach. Ich gedenke am 25. Juni abzureisen.

Ich hoffe Sie vorher noch zu sehn. Wenn es Ihre Zeit erlaubt, darf ich vielleicht noch einmal mit Ihnen wandern.

Es grüßt Sie Ihr

Klaus Mann

AN PAUL GEHEEB [München, Oktober 1923]

Lieber Paulus.

Ich bin zu wenig eitel, um zu glauben, daß Sie sich im Schwalle der äußerlich-technischen Geschäfte und in dem Übermaß Ihres dauernden Lebens und Leidens meiner noch entsinnen – oder wenigstens noch mehr von mir wissen als meinen Namen und daß viele dort oben bei Ihnen, in diesem abenteuerlichsten, seltsamsten aller Institute mich nicht leiden konnten.

Eine Art von höherer Höflichkeit, die ich »Ehrerbietung« nenne, nötigt mich, Ihnen nochmals zu schreiben – trotzdem ich weiß, daß Sie diese meine Worte mit demselben ungeheuerlichen, wahrhaft erschütternden Gleichmut aufnehmen werden, mit dem Sie alles Geschehen, alles Sein um Sie herum seit Jahren schon hinnehmen und erdulden. Ich tue es um Ihnen zu danken, für die Mühe, die Sie sich mit mir gegeben haben und dafür, daß Sie es mir ermöglicht haben, so bei Ihnen zu leben, wie ich es tat. –

Hier bereite ich mich privatim auf die oberste Klasse des

Gymnasiums vor. Ich will dann, nach noch einjährigem Besuch des Pennals, das Abitur machen. Ich genieße die Stadt und nehme links und rechts auf. Ich schreibe nichts, momentan. Ich warte ab. Es ist aber gesorgt dafür, daß die Bäume nicht in den Himmel wachsen.

Eva sah ich in Berlin, wo ich 8 Tage bei ihr wohnte. – Es wird Sie amüsieren, daß ich jetzt auch oft mit Pamela Wedekind zusammen bin, die das ihre tut, die Odenwaldschule in den Münchner Literatur-Kreisen zu diskreditieren. Auch Dotz lernte ich kennen. – Grüßen Sie den Odenwald und Oda und den lieben, blonden Uto-Jungen.

Ich aber bin Ihr dankbarer und treuer

Klaus Mann

AN WILLI FEHSE München, den 23. 12. 23

Lieber Herr Willi Richard Fehse –

für Ihr Manuskript und Ihr Buch vielen Dank, ich habe beides gelesen und das Manuskript schicke ich Ihnen anbei zurück. Was Ihre »1. Bitte« angeht, so gibt es da nicht viel zu erfüllen – ich werde mich *freuen*, wenn Sie mir Ihre Novellen widmen wollen. Ob ich Ihnen – was Ihre zweite Bitte angeht – bei Enoch allerdings viel werde helfen können, weiß ich nicht. Die Zeit ist schlimm, wie wir's alle wissen – Ihre Produktion scheint intim und lyrisch und nicht sehr stark originell, so daß es schwer sein wird, einen Verleger für sie zu interessieren. Auf jeden Fall will ich bei ihm einmal anfragen.

Seien Sie trotzdem zu Weihnachten recht froh, ich wenigstens wünsche Ihnen die allerbesten Feiertage und bin mit herzlichen Grüßen

Klaus Mann

1924

AN HUGO WELLE [1924]

Du bist gestorben? – Schade.

Ich für meinen Teil bin nicht nur am Leben, sondern auch (ab Herbst) Theaterkritiker in Berlin, im Sommer Vortragskünstler in der Bonbonnière in Zürich, momentan ansässig in *Heidelberg, Stift Neuburg,* bei Alexander von Bernus.

Wann sehe ich Dich wieder? Hast Du inzwischen viel Schönes erlebt? – Ich auch.

Denke soviel an mich, wie ich an Dich.

Besuche mich in Heidelberg.

Schreibe mir bald.

Dein treuer

Klaus

AN HUGO WELLE

Heidelberg-Ziegelhausen
Stift Neuburg
Am 4. Juni [1924]

Weißt Du, was ich nett fände? – Wenn wir uns im Sommer, so um Ende Juli denke ich oder August, irgendwo treffen könnten, in Feldafing, in der »Königin Elisabeth« oder so. Nur auf ein paar Tage. Ich verdiene doch jetzt ab und zu was mit meiner Schreiberei und könnte es vielleicht machen. Wie steht es mit Dir? – Ich finde nämlich, daß es denn nicht allzu viel sind, mit denen man zusammen sein mag. Da sollte man schon wieder die paar, die man so hat, sehen. –

Schreibe mir also bitte, was Du davon denkst. (Aber Du darfst mich nicht zu sehr zwicken: das sage ich Dir gleich – – –)

Sonst bin ich gesund und lebensfroh. Ich reise ziemlich viel herum und sehe viel Schönes.

Ich schicke Dir beste Grüße und bin Dein

Klaus

AN PAMELA WEDEKIND Heidelberg-Ziegelhausen
Am 24. Juni [1924]

Meine liebe Pamela.

Ich habe schrecklich wehe Augen und trage auch einen schwarzen Schirm. Darum nur *viele* Grüße. Ich bin noch bis zum 3. hier. Dann fahre ich zunächst nach Hannover, um dort mit Steegemann zusammen zu sein, dann auf einen Tag nach Berlin und von dort aus in ein kleines Seebad in Mecklenburg, wo ich mit [...] und dear Arthur 8 Tage sein werde. Dann treffe ich mich mit meinen Eltern. Schreibe mir doch, solange ich noch hier bin und vor allem: komme *ja* nach Hiddensee. Ich fände es auch hübsch, wenn wir uns verlobten. Im Ernst. Was hältst Du davon?

Denn ich liebe Dich und bin Dein Freund

Klaus

AN PAMELA WEDEKIND [Dezember 1924]

Liebe Pamela.

Du hast doch Geburtstag um diese Zeit? –

Nimm »Anja und Esther« als Gabe. Du mußt es unbedingt in *einem* Zug lesen, ich glaube schon, daß es, was man so nennt, geglückt ist. (Sybil wenigstens war zu Tränen gerührt.) Mühe Dich das ganze Stück über »Anja« zu lesen, statt des greulich verdruckten »Anje«. Ich schicke es heute auch an Hartung noch. Freilich wirkt es nur in einer exquisiten Aufführung, *eine* Nuance zu plump und es ist ein lächerliches Sexualstückchen. Ich habe Dir ein paar Besetzungsmöglichkeiten ja hingeschrieben. Auf jeden Fall schreib mir bitte gleich, wie es Dir gefallen hat.

Ich komme wahrscheinlich *direkt* nach Weihnachten zu Euch. Hoffentlich hat Hartung es gelesen, bis dahin. Ich denke auch an Renaissance-Theater, Berlin. Zeige es auch der klugen Dame Beneckendorff. (Sag ihm das, mit Anja statt Anje.)

Allerherzlichstes Klaus

AN ERNST BERTRAM München,
am 19. Dezember [1924]

Sehr verehrter Herr Professor Bertram.

Ich habe heute eine Bitte an Sie – aber Sie dürfen nicht schimpfen, ich sei unbescheiden –: Könnten Sie, würden Sie mir das Nietzsche-Buch schenken, richtig zu Weihnachten schenken? – Ich möchte es so gerne haben, es wäre mir wichtig – das *ist* ziemlich unbescheiden.

Leider kann ich Ihnen nicht einmal als kleinsten und unwürdigsten Ersatz mein erstes Buch mitschicken, ein Novellenband »Vor dem Leben«, das jetzt herauskommen sollte. Allerlei Ärgernis mit meinem Verleger Paul Steegemann hat das bis jetzt verzögert. Nun kommt es wohl im Vorfrühling, zusammen mit meinem »romantischen Stück«, das ich hier gemacht habe. (Dieses Stück übrigens, »Anja und Esther«, kommt, wenn nicht hier in den Kammerspielen, vielleicht zuerst bei Hartung in Köln heraus.) – Gleich nach Weihnachten komme ich wahrscheinlich, eben dieser Angelegenheit wegen und auch um Pamela Wedekind zu besuchen, nach Köln. Ich freue mich schon, wenn ich Sie dann sehen kann.

Ich bitte nochmals sehr um Entschuldigung.

Ich grüße auf das verehrungsvollste

Klaus Mann

1925

AN PAUL GEHEEB München, den 16. Mai [1925]

Verehrter Paulus –

Ich komme von einer großen Reise, die mich bis in die Wüsten der Sahara führte, zurück und meine Eltern zeigen mir Ihren Brief. Ich mache nicht den Versuch, irgendetwas zu ändern. Der *Ton* Ihres Briefes, der starr und ungnädig, der hart, beleidigt-beleidigend und verständnislos ist, verrät mir, daß hier wohl wirklich kein Ausgleich mehr möglich ist. Wenn Sie mir meine ehrliche Verehrung für Sie je geglaubt haben, werden Sie mir glauben, wie *sehr* dieser Abschied, dieses Abreißen mich kränkt. Ich habe eine Nacht-Traum- und Spukphantasie veröffentlicht, die viele zudem für eine meiner besten Arbeiten halten, und in dieser Phantasie, die, wie alles was man schreibt, Maske, Hülle, Form für eigene Einsamkeit ist, kommt Ihr Bart, Ihr Blick, Ihr Mienenspiel vor. Weil dieser einsame Traumsatyr Dinge tut, die Sie *nicht* tun, halten Sie diese Skizze für »gemein« und »verleumderisch« – und schreiben dies nicht einmal mir, sondern meinem Vater, den Sie nicht kennen. Sie brechen, weil Sie sich für »geschädigt« halten, auf eine bösartig leichte Art – indem Sie ihm selbst eigentlich überhaupt nichts davon sagen – mit einem, über den Sie vor jetzt 2 Jahren schrieben: »Ich habe ihn von den vielen 100 Menschen mit denen ich in Berührung kam, mit am liebsten gewonnen.« Sie haben damals die *nackte* Unwahrheit geschrieben. *So* trennt man sich nicht von einem – weil man »geschädigt« wurde – den man lieb hat. –

Ich mag Ihnen nicht verheimlichen, daß auch in meinem Drama »Anja und Esther« die geheimnisvoll-spukhafte Figur jenes »Alten« vorkommen wird, freilich *noch* mehr ins Märchenhafte, Groteske Unsachliche transponiert. Dieses Stück wird im Herbst in Berlin uraufgeführt. Vielleicht ist auch das für Ihre Schule eine »unberechenbare Schädigung ––«

Ich werde Ihrer Schule, die ich, bei all ihren ungeheuren Mängeln, für die beste Deutschlands halte, nützen, wo ich kann. Ich bitte Sie so sehr ich kann, meiner, wenngleich Sie mich nicht wiedersehen wollen, nicht im Groll zu gedenken. *Ich* gedenke Ihrer in Verehrung, wenngleich ich den letzten Brief, den ich von Ihnen sah, weniger fast wegen seines Inhalts bedauerte, als daß ich schmerzlich die Blöße empfinde, die *Sie* sich gaben, indem Sie ihn schrieben.

Immer Ihr

Klaus Mann

VON PAUL GEHEEB 27. Juni 1925

Mein lieber Klaus,

Ihr Brief vom 16. Mai traf hier ein, als ich gerade für einige Zeit in Berlin weilte, hauptsächlich zu einer großen Tagung der Landerziehungsheime und Freien Schulen Deutschlands. Als ich schließlich heimkehrte, fand ich hier solche Berge von Arbeiten und Sorgen vor, daß ich leider nicht früher dazu kommen konnte, Ihnen zu antworten; denn die herzliche Gesinnung, die aus Ihrem Brief ebenso wie aus all Ihren früheren Äußerungen mir gegenüber spricht, ermöglicht nicht nur, sondern zwingt mich zu einer Antwort. –

Nie habe ich, lieber Klaus, im leisesten an der Ehrlichkeit der Äußerungen Ihrer Gesinnung mir gegenüber gezweifelt; aber Sie dürfen auch mir nicht nachsagen, ich hätte die nackte Unwahrheit geschrieben, indem ich einst Ihrem Herrn Vater gegenüber in einem Briefe äußerte, wie lieb ich Sie gewonnen habe. Bemühen Sie sich doch einmal etwas mehr, in den Sinn des Briefes einzudringen, den ich nach der Lektüre Ihres Buches »Vor dem Leben« an Ihren Herrn Vater schrieb! Dann werden Sie es mir nicht mehr mißdeuten, daß ich nicht an Sie, sondern an Ihren Herrn Vater geschrieben habe, dessen gütiges Interesse für meine Arbeit mir seit vielen Jahren bekannt und von dem ich annehmen mußte, daß er doch auch mit dem Inhalte Ihres Buches vertraut sei. Auch würden Sie dann nicht mehr den Ton auf die »Schädigung« legen, die Sie nach meiner Auffassung meiner Sache zugefügt haben.

Mein Freund Sachs gab mir übrigens Ihr Drama »Anja und Esther« zu lesen, wobei ich an der Figur des »Alten« nicht den geringsten Anstoß nehmen konnte. Ganz anders ist der Sachverhalt mit jener Skizze in Ihrem Novellenband.

Lieber Klaus, Sie *müssen* einsehen, daß Sie da unverantwortlich gehandelt haben, müssen begreifen lernen, daß ein Autor auch für die unbeabsichtigten Wirkungen verantwortlich ist, wenn sie so nahe liegen und vom Autor in dem Maße zu berechnen waren, wie im vorliegenden Falle! Geradezu experimentell können Sie selbst den Beweis führen, wie berechtigt der Vorwurf ist, den ich gegen Sie erhoben habe. Sie werden doch gelegentlich mit unbefangenen Menschen, vielleicht früheren Zöglingen der Odenwaldschule oder sonstigen Leuten, die einen oder mehrere Tage als Gäste hier zubrachten, in meinem Zimmer geweilt und eben nur einen oberflächlichen Eindruck von Menschen und Dingen erhalten: mit solchen Menschen werden Sie doch gelegentlich zusammentreffen. Dann geben Sie ihnen, wie zufällig, jene Skizze in die Hand! Der betreffende Mensch wird, wenn er die erste und vielleicht zweite Seite gelesen hat, ganz gewiß ausrufen: »Ei, da schildern Sie ja Paulus!« Liest er dann weiter, wird er entweder entrüstet sein und Ihre Schilderung eben als gemeine Verleumdung empfinden, oder er wird vielleicht mit einem gewissen Schmunzeln äußern: »Ei, ei, also ein solcher Kerl ist der Paulus!« Vielleicht ist gelegentlich schon derartiger Klatsch über mich zu ihm gedrungen, der ja wohl auch Ihnen nicht ganz unbekannt sein wird. Ich möchte wetten, daß von 100 Lesern der angedeuteten Kategorie 99 auf die von mir behauptete Weise reagieren, und so die Berechtigung meines Vorwurfes experimentell erbracht wäre. Das sollte Ihnen einleuchten, lieber Klaus, und Sie sollten einsehen, daß Sie bewußt nichts tun durften, einen Menschen, dem Sie innerlich so gegenüberstehen, wie Sie es mir gegenüber tun, einer solchen Gefahr auszusetzen; daß auch die höchste künstlerische Wirkung eine solche Handlungsweise nicht zu entschuldigen vermag.

Das ist es, was ich Ihnen zur Sache noch sagen zu müssen glaubte. Ihr Brief aber hat mir trotz des mancherlei Unrechtes, das er zum Ausdruck bringt, bewiesen, daß wir so nicht voneinander loskommen, ein Bruch zwischen uns nicht möglich ist. Ich werde Ihnen also gern wieder begegnen, mich auch herzlich freuen, Sie gelegentlich wieder hier bei uns in der Schule zu begrüßen.

Bitte, empfehlen Sie mich Ihren verehrten Eltern aufs freundlichste! Mit großer Freude habe ich wahrgenommen, wie die Persönlichkeit Ihres Herrn Vaters im In- und Auslande gelegentlich seines 50. Geburtstages gewürdigt wurde. –

Mit herzlichen Grüßen bin ich Ihr getreuer

Paulus

AN PAUL GEHEEB München, den 30. Juni [1925]

Lieber und verehrter Paulus.

Ihr Brief hat mich sehr gefreut und ich war sehr froh, daß wir also doch so nicht auseinanderkommen sollten. Ich möchte auch gerne, wenn es mir einmal möglich ist, Sie und die Odenwaldschule wieder einmal besuchen. Aber zunächst muß ich schon wieder ins Ausland, nach Paris.

Bitte sagen Sie Herrn Sachs viele Grüße von mir.

Ich bin für immer Ihr dankbarer

Klaus Mann

In nächster Zeit wird übrigens wieder ein größerer Aufsatz von mir über die Frage der »Freien Schulgemeinde« in der »Frankfurter Zeitung« stehen, der Ihrer Schule aufs beste gedenkt.

AN ERICH EBERMAYER München, am 12. Juli [1925]

Sehr geehrter Herr Doktor Ebermayer –

Für Ihre Besprechung meiner Novellen, die ich inzwischen sowohl in der Literatur wie im Leipziger Tageblatt gesehen habe, meinen herzlichsten Dank. Sie ist eine der schönsten und verständnisvollsten, die bis jetzt über mich geschrieben worden sind. – Im Herbst wird bei Enoch mein erster Roman, »Der fromme Tanz«, erscheinen. Hoffentlich haben Sie auch für den Interesse.

Sehr dankbar wäre ich Ihnen nun, wenn Sie mir Ihre Novelle »Der Letzte« zuschicken lassen könnten, die ich gern lesen möchte.

Mit herzlichstem Gruße

Klaus Mann

AN PAMELA WEDEKIND [1925]

Bester Damenliebling.

Alles Innige. Das mit »Anja und Esther« im Katholikennest ist interessant. Hartung hat, wohl wegen Müh und Sorge der Sakuntalainszenierung, bis heute finster geschwiegen. War es richtig schwach und mies? *Wie* »Dardamelle« von Pallenberg inszeniert. Dagegen scheint Viertels »Perücke« ein fast stürmischer Erfolg zu sein. Ich bin sehr gespannt, es soll russisch beeinflußt sein, was ich mir schon vorstellen kann.

Hat Teufels-Kölschbach Dein Exemplar des krankhaften Meisterwerkchens? Auf jeden Fall grüße den kleinen Grotesktänzer, küsse ihm zum Beispiel in meinem Namen Fußsohlen, Augenlider und kleinen Finger, das finde ich eine passend schelmische Grußform.

Das Meisterwerkchen übrigens wird wohl bei Kiepenheuer kommen, der ziemlich davon begeistert scheint. Von meinem Enoch-Hamburg-Ausflug schrieb ich Dir, scheint es mir, schon.

Tausend Grüße. Meine makelhafte Schönheit lege ich Dir zu Füßen.

K.

Ich hoffe, daß Herr Wolf von B. von Tag zu Tag an Lächerlichkeit zunimmt.

AN PAMELA WEDEKIND [1925]

Liebe Hofschauspielerin, Sternheimmond, Possartstimme (häuft Klaus Heinrich die Beleidigungen)

Herzlicher Gruß. Die »Perücke« ist ein finsterer und schöner Film, mit Träumen, grausen Visionen, Zwangsjacken und großer Verzerrung – dazwischen spitzige, melancholische Spitzweglieblichkeit. In der Technik wohl ein wenig beeinflußt von gewissen russischen Filmen, Raskolnikoff und derlei. Gebühr wundervoll in der Maske, eine eindrucksvolle, wenn auch etwas unpersönliche Mischung mit allerlei Großen: Beethoven und Friedrich d. Gr. und Liszt. [Unleserlich] ganz angenehm. Beim Publikum herzliche Aufnahme und volle Häuser. Bei der Presse gemischt mit zänkischem Einschlag. Vorgestern als Kritikus »Tierchen«, Tölle ist eine starke und liebe Schauspielerin. H. von Twardowski wunderfesch gekleidet und üsis unbegabt. Danach mittelschöner, doch nicht eben [unleserlich] Maskenball – (Sozialistenball). Rendezvous mit Hartung von traumhafter Komik. Er war von großer Eile und komödiantisch nett stilisierter Flüchtigkeit, doch herzlich dabei mit Händedrücken. Ich liebe ihn schon ziemlich und das Wilde-Stück *scheint* ja auch gut zu sein, aber Sternheim ist ein undichterischer und arroganter Narr. Zum Beweis Beiliegendes.

Zornig, zornig

Maximilian Harden

AN PAMELA WEDEKIND Paris,
den 23. September [1925]

Schreib mir doch bitte *gleich* nach München, wenn wir nämlich *nicht* verkracht sind, möchte ich Dir gerne den »Frommen Tanz« widmen.

Klaus

AN PAMELA WEDEKIND Paris, den 3. Oktober [1925]

Meine verehrteste Dame –

erzähle mir gleich, wie Du gefallen hast und ob das Zischen recht vernehmlich war. Was hat man Dir Neues aufgebürdet? Sind viel Transvestiten unterwegs? War Ricki Dein Gast und was macht er? Läßt Du Dich auf einen Flirt mit Dr. Ebermayer ein oder weißt Du es zu vermeiden?

Denke an mich als an den Sonderling, zwischen krauser Geselligkeit und philosophischer Einsamkeit schwankend, von Depressionen beunruhigt und von Tatendurst berauscht.

Mein höchstgeliebter Freund René hat leider hier so lange und kompliziert zu tun, daß nun alle meine Pläne verändert sind. *Wahrscheinlich* werde ich nun zunächst in irgendwelcher anderer Begleitung gen Afrika ziehen, dann, Mitte November, über Rom hierher zurückkommen, René hier abholen und mit ihm nach Deutschland fahren. Aber vielleicht wird auch alles ganz anders.

Du weißt, daß ich heimlich unter der Arbeit an einem neuen Stück tierisch leide, sprechen wir nicht davon, wahrscheinlich werde ich es so arrangieren, daß Du Erika durch einen Akrobaten die Treppe hinunter werfen läßt. Also ich schwöre zu Gott, daß ich, wenn ich diese Komödie zu Ende gebracht habe, *Jahre lang* nichts mehr schreiben will, als ab und zu ein wenig Philosophie, sondern nur noch Reisen, Filmen usw. Wir *müssen* den Film nun bald machen, ich erzwinge es, ich tue es nicht anders, ich bestehe darauf.

Saritas Schwester, Madame Ebelsbacher, ist ein guter Umgang, aber meine geheimnisvolle Freundin weilt in Portugal. Mlle Kra fragt, ob Du noch so schöne Augen habest und Aage, der wieder viel netter ist, läßt Dich grüßen.

Ich gewinne Dich immer lieber und lieber

K.

AN THOMAS MANN Berlin, am 6. November [1925]

Lieber Zauberer –

Die letzten kleinen Dinge, die Du mir schicktest, waren ja wieder recht häßlich und mir fängt es wirklich an greulich zu sein, daß Du meinetwegen so widerliches Zeug geschickt bekommst. Ich selber bekomme natürlich fast täglich solche Sachen, *aber Gott sei Dank nicht nur pöbelnde.* Obwohl das Hamburger Publikum sich sehr nett gegen uns verhalten hat – vor allem dadurch, daß es so zahlreich kam, wir waren dort beinah das bestgehende Stück – hat das boshafte, gehässige und voreingenommene Mißverständnis, das fast die gesamte Presse mir entgegengebracht hat, mich doch gekränkt. Von Schustermann bekomme ich fast *täglich* ganze Päckchen von Ausschnitten geschickt, in denen eigentlich immer wieder dasselbe steht – vor allem diese ewige Beschimpfung mit der »décadence«, die ich als so unsinnig empfinde. Nun bin ich neugierig, wie mein Roman aufgenommen werden wird, den Ihr hoffentlich schon geschickt bekommen habt. Wir werden jetzt wahrscheinlich – oder fast sicher – hier auch noch spielen, im Renaissancetheater oder im »Kleinen Theater« unter den Linden. Dann vielleicht noch in Wien. Berlin ist großartig, aber *zu* abscheulich. Eine Anekdote lege ich bei, die durch die ganze deutsche und österreichische Presse geht, von irgendeinem dummen und bösen Journalisten erdacht. Sie stand auch in Steinthals 12-Uhr-Mittagsblatt, den ich gebeten es zu dementieren.

Ich lese hier am 11. vor, vorher, am 9., in Dresden. –

Gerade komme ich von einer Besprechung mit Hellmer zurück und nun steht es also so gut wie fest, daß wir im Kleinen Theater spielen, die Frage ist nur noch mit welchem Regisseur, aber wahrscheinlich mit Hartung.

Gib bitte beigelegten Brief an Mielein weiter. Viele Grüße

Klaus

AN STEFAN ZWEIG

München
Poschingerstraße 1
Den 12. 12. 25

Sehr verehrter Herr Stefan Zweig –

über Ihren Brief habe ich mich, wie Sie sich denken können, furchtbar gefreut. Die schöne Kritik eines Berufenen tut einem so wohl, wenn dauernd die Unberufenen sich bemüßigt fühlen, ihren dummen Witz über einen zu ergießen. Wie sehr dankbar wäre ich Ihnen, wenn Sie sich auch öffentlich zum »Frommen Tanz« irgendwo äußern wollten, in der »Weltbühne« etwa oder sonst wo. Was Sie mir sonst ermahnend und warnend schreiben, entspricht auch so recht meinen eigenen Gefühlen. Aber ich will es schon recht machen, und nächsten Herbst beginne ich, so Gott will, meine Weltreise. Unterwegs bin ich sowieso dauernd, in München jetzt nur ganz zufällig. Mitte Januar werde ich in Wien vorlesen. Da komme ich vorher durch Salzburg und freue mich schon, Sie nun auch persönlich kennen zu lernen. Wir haben, außer meinen Eltern, viele gemeinsame Bekannte: Otto Zarek, Erich Ebermayer – usw. usw.

Tun Sie mir aber bitte vorher noch einen Gefallen: schreiben Sie mir, in welchem Verlage die Bücher von Jäger erschienen sind und wie ich sie mir verschaffen kann, denn ich kenne sie leider nicht und muß sie natürlich lesen.

In aufrichtiger Ergebenheit bin ich

Klaus Mann

AN STEFAN ZWEIG

München, am 17. 12. 25

Verehrter Herr Stefan Zweig –

Ich muß mich noch mit etwas an Sie wenden, was mir selbst nicht sehr gut gefällt. – Mein Verleger klagt, über die Vorurteile und bösen Ansichten, denen er dauernd begegne, was mich betrifft – und bittet mich, ihm zur Veröffentlichung zu senden, was mir an Äußerungen, die ich über meinen Roman erhalten habe, dazu geeignet scheint.

Ich denke da natürlich an Ihren ersten Brief. Freilich weiß ich von meinem Vater her, daß man sich immer recht ärgert, wenn etwas, das rein privat gemeint gewesen ist, später plötzlich zu buchhändlerischer Propaganda verwendet werden soll. Enoch aber bittet mich sehr dringend, und die vielen, teils so rührenden Briefe von jungen Leuten, denen »Der fromme Tanz« schon etwas gewesen ist, kann ich dazu doch nicht verwenden.

Wie gesagt: Ich finde mein Anliegen gar nicht sehr nett, aber antworten Sie mir doch trotzdem recht umgehend, ob Sie nicht etwas dagegen haben. Der gute Enoch sitzt in Hamburg, in Erwartung des Weihnachtsgeschäftes.

Ihr sehr ergebener

Klaus Mann

1926

AN ERICH EBERMAYER München, den 15. 1. 26

Lieber Erich –

für Deinen letzten Brief herzlichen Dank. Wenn es Dir Spaß macht, Pamela zu besuchen, dann tue es doch, sie weiß schon von Dir und bis zum 1. Februar wird sie in Leipzig sein. Sie wohnt im Hotel Fürstenhof. Ich glaube auch, daß ihre Begabung sehr stark ist und eine so pralle Rolle, wie die hysterische Tochter in diesem scheußlichen Bluffstück, liegt ihr, rein schauspielerisch, bestimmt sehr gut.

Ich bleibe wahrscheinlich noch bis zum 23. hier und breche dann zu meiner »Tournée« auf und ab Mitte Februar werde ich dann in Berlin sein. Du mußt dann einmal herüber kommen, wir müssen das »Paradiesgärtlein« und den »Sankt-Margareten-Keller« besuchen, auch Professor Hirschfeld die männliche Rechte schütteln. Daß dieser übrigens mich allen Ernstes aufgefordert hat, einen Vortrag über »die Rolle der Erotik in der modernen Literatur« zu halten, ist auch nicht ohne. Überhaupt werden die Briefe immer komischer. Aber auch ganz hübsche gedruckte Kritiken bekomme ich ab und zu: Korrodi schreibt sehr nett in der Neuen Zürcher Zeitung, das »Sächsische Volksblatt« hat mir eine tolle Beilage gemacht, usw. ——

Daß die Mütter mit dem »Sieg des Lebens« so einverstanden sind, ist schön und ein gutes Zeichen. Hoffentlich erscheint mein Aufsatz über das Buch jetzt auch bald in den »Hamburger Nachrichten«. Arbeitest Du jetzt eigentlich etwas Neues? – Ich nur Kleinigkeiten und wegen des Geldes. Aber lesen tue ich stapelweise und meine Pläne sind groß.

War es bei meinem Vater recht herrlich? Kanntest Du die Geschichte eigentlich schon? *Mich* kann es nicht gerade erfreuen, daß er sie allerorts vorliest.

Was ist die wunderbare neue [unleserlich]? Grüße sie herzlich von mir. Grüße vor allem auch Harald, er soll nicht durch meine Sachen sich verderben lassen, er sieht unschuldig aus (unschuldiger wie meine Sachen allerdings kann er auch nicht gut sein –)

Herzlichst

Klaus

AN ERIKA MANN Berlin, den 18. 2. 26

L. E. – (Warum Du mir eigentlich nicht schreibst, *kann* ich nicht ahnen, vielleicht ist mein Prager Brief nach St. Moritz verloren gegangen.) Heute aber muß ich Dir etwas mitteilen und muß Dich recht sehr *bitten* nicht zu traurig und böse zu sein. Pamela, die erst auch recht schäumte, ist nun auch schon beruhigt. Meine Unschuld ist deutlich, peinlich aber ist es mir doch.

Als ich von Leipzig hierher kam, erwies sich, daß man, da ich ein paar Tage ohne Adresse und nicht zu erreichen gewesen war, hinter meinem Rücken einen festen, nicht mehr anfechtbaren Kontrakt über »Anja und Esther« unterzeichnet hatte, das am 14. März als Matiné im Lessingtheater aufgeführt werden soll und zwar mit Toni van Eyck als Anja und einer anderen Dame als Esther.

Es klingt zunächst *toll, ist* auch toll, ich *konnte* nichts mehr dagegen tun, man war an die Eyck schon fest gebunden. Nun sind freilich folgende, erleichternde Umstände: Erstens ist es ja nur eine Matiné, und ich habe fest ausgemacht, daß das Stück nicht in irgendeinen Abendspielplan aufgenommen wird (was an sich anzunehmen ist), ohne eine vorherige Einigung mit mir, also m. einer Umbesetzung. Außerdem kommt das Stück ungefähr gleichzeitig in Wien, im Raimundtheater, und ich nehme *fest* an, daß wir doch darin gastieren werden, entweder zu dritt oder ihr zwei. Daß Euer Nicht-Spielen zunächst Euch hier schadet, wie Pamela und ich erst beinah annahmen, glauben wir nicht mehr. Dazu seid Ihr mit dem Autor zu identisch, man wird annehmen, wir hätten es nicht riskieren wollen.

Dein Ärger ist gerecht, lasse ihn aber nicht Herr über Dich werden. Aus Wien, wo wir ab Samstag sind, drahte ich gleich, wenn sich etwas entscheidet. Nach Frankfurt fahren wir heute abend. Das *viele* Herumsausen ist recht erschöpfend, hier ist es auch nur allzu bunt und wirr.

Schreibe mir eilig hierher, wie es Dir geht, wie Du es aufnimmst, ob Du erholt und rüstig Dich befindest, *als was Du bei Falckenberg gastierst* usw. usw.

Von Pamela, die auch heute noch schreibt, viele Grüße.

M†K

AN HUGO WELLE — Berlin, den 25. 2. 26

Lieber Hugo Welle –

Dein Vorschlag ist ja sehr nett, erreicht mich aber, da ich die ganze Zeit unterwegs bin, so spät, daß ich es für zu spät halten muß, Dir noch etwas zu schreiben, ich wüßte auch gar nicht was.

Ich komme gerade aus Wien, wo wir am 7. März »Anja und Esther« spielen. Am 14. ist die Première hier.

Daß es Dir so gut geht, freut mich sehr. Ich denke oft an Dich und wie komisch es war.

Verrückt bin ich noch gerade genug.

Herzliche Grüße

Klaus Mann

AN ERICH EBERMAYER Berlin, am 10. 3. 26

Lieber Erich –

ich komme gerade wieder einmal aus Wien zurück, wo am Sonntag »Anja und Esther« im Raimundtheater aufgeführt worden ist, mit Erika und Pamela, (es war ein starker Publikumserfolg, Presse habe ich noch nicht gesehn). Am 21. ist die Première hier, am Lessingtheater, mit Toni van Eyck als Anja. Ich möchte dann noch bis gegen 1. April in Deutschland sein.

Die Ähnlichkeit unserer Pläne ist spaßhaft. Ich wollte am 1. April zunächst nach Marseille, dann auf 10–14 Tage an die Riviera, dann nach Paris. Ich will am Mittelmeer arbeiten, eine größere Novelle heischt geboren zu werden.

Schreibe mir *frank und offen*, ob Du es nett fändest, wenn wir dort unten uns träfen – *mich würde es freuen*, vielleicht aber willst Du mit Harald lieber allein sein (was ich Dir keine Sekunde übel nehmen würde). Darüber wirst Du mir gleich schreiben. Du müßtest mir dann, gleich wenn Du unten bist, Deine Adresse schreiben (*Hotel Regent* ist ein himmlisches Absteigequartier, wenn Du dort wohnst wirst Du erdrosselt) – ich meinesteils drahte Dir dann meine Ankunftszeit.

Den Aufsatz in den »Jungen Menschen« von Dir habe ich durchaus nicht gesehn, Du mußt ihn mir unbedingt schicken. Unser gemeinsamer Gönner Goldstein in Kattowitz ist ja auch so ein Spaß. Aber eine Tournée nach Oberschlesien *kann* mich nun mal nicht verlocken.

Habe ich schon zum Examen gratuliert? Es *ist* toll! Und wenn ich erst die Tabellen bedenke, die Du mir zeigtest!

Schöne Grüße für Harald. Alles Herzliche

Klaus

AN STEFAN ZWEIG

Berlin
Uhlandstraße 78
Den 10. 3. 1926

Verehrter Herr Stefan [Zweig] –

nun war ich zweimal in kurzer Zeit in Wien – einmal zu einer Vorlesung und einmal zu »Anja und Esther« –, beide Male wollte ich Sie auf der Rückreise besuchen und beide Male war es mir dann unmöglich. In Wien war es immer sehr spaßhaft und festlich, *leben* aber möchte ich dort nicht.

Nachdem ich mich nun in den letzten Wochen in so vielen Städten herumgetrieben habe, ist meine Sehnsucht nach dem Land überhaupt groß. Ungefähr am 1. April will ich an die Riviera, zunächst nach Marseille – wo ich mich mit Erich Ebermayer treffen werde – dann allerdings nach Paris, für etwas längere Zeit.

Bis dahin habe ich hier noch viele harte Kämpfe auszufechten: Verhandlungen mit Ullstein wegen der Weltreise, am 21. Première von »Anja und Esther« im Lessingtheater – usw. usw.

Über den »Frommen Tanz« erscheinen weiterhin hier und dort komische Dinge – das letzte, was ich sah, war ein großer Aufsatz von Ernst Weiss darüber im Börsencourir. – Und ich fände es doch so nett von Ihnen, wenn Sie doch auch noch was Gescheites darüber schrieben!

Herzliche und ergebene Grüße

Klaus Mann

AN ERIKA MANN Berlin, den 23. 3. 26

Liebe Gisella, alter Kollege
Aller Wege, Wege und Stege –

es war also eben doch alles in allem ein Erfolg, sehr aufregend zudem, es war das erste Mal, daß ich nervös gewesen bin. Dieses Städtchen hat es schon in sich. Und alle Prominenten waren versammelt: von Claire Waldoff über Hubsi und Dysing bis zur Bergner, von Pinthus und Ihering bis zu Kerr. Es war großer Applaus. Die Aufführung war natürlich verschleppt und unsere fleißige, hysterische Marianne eine häßliche Störung. Aber manche Einzelleistung war wunderschön: vor allem Gilles von Rappard als Kaspar, auch Harlan, der richtigste Erik bis jetzt – und Toni hat auch zugenommen an innerer Schwere. Die Presse war ja ganz gnädig, wie Du aus den Proben ersiehst.

Ich möchte nun *gerne*, daß wir es zu dritt hier etwas noch spielen und agitiere verschmitzt.

Sonst viel Getriebe, seriöse und unseriöse Geselligkeit. Auch mit Elisabeth Bergner habe ich mich schalkhaft befreundet, sie ist *doch* eine Zaubrische und ich liebe sie doch.

Daß Du die Johanna spielen sollst, ist *sehr* schön. Laß sie Dir nur nicht nehmen und halte daran fest. Der Vortragsabend soll auch schön und bestärkend werden. – Träumst Du auch noch von Meister Martin? – Aber die »Nacht der Nächte« hat er *schlecht* inszeniert.

Wenn aus dem »Anja«-Gastspiel nichts wird, bin ich hier noch bis 1. April (plant trotzig der Geldlose). (Übrigens war die Matiné ein überraschender Kassenerfolg und so voll, wie sowas sonst nie.)

Der »Vorwärts« hat geschrieben, ich wäre ein kindlicher Zigeuner, die Jugend liebte mich, kämpfte aber nicht um mich. Und Herbert Ihering meint halt, »A. und E.« sei ein dramatisierter Marlitt-Roman auf homosexuell.

Es ist aber ein schönes Märchenstück und ich Dein lieber Bruder M†K

Das 8-Uhr-Abendblatt nehme ich Dir wieder weg, ich habe meins nämlich verloren und nehme an, daß Du es Dir doch, wo keine Trambahnen fahren, gekauft hast. Es war von Holländer und sehr komisch, nett und vorteilhaft, mit Riess-Bild dabei.

AN PAMELA WEDEKIND

Le Palace-Hotel
Place Magenta, Nice
[1926]

Liebe Anna Pamela –

Die Nachricht von Eris Verlobung hat mich sehr erschüttert, wenngleich ich vorbereitet war und ja auch nicht weiß, wieweit sie stichhaltig ist. Ich war stets sehr dafür.

Ich möchte gerne, daß wir jetzt im Frühsommer auch heiraten. Ich halte den Zeitpunkt jetzt für gekommen.

Schreibe mir bitte nach Paris, ob Du auch willst. Ein wenig davon abgekommen war ich, als Du mich in Wien so haßtest. Das muß möglichst selten vorkommen, zu viel werden wir ja auch gar nicht miteinander sein.

Aber am Ende gehören wir doch zusammen.

Viele Grüße

M†K

In Paris schreibe ich jetzt meine weitaus schönste Novelle.

AN MAX RYCHNER

München, Poschingerstraße 1
Am 13. Juli [1926]

Lieber Herr Max Rychner –

hier ist also der Aufsatz, den wir damals besprachen – hoffentlich gefällt er Ihnen, ist Ihnen kein bißchen zu lang, so daß Sie ihn schnell und ungekürzt bringen.

Ist es als Wunsch häßlich, erstaunlich und kraß, wenn ich Sie bitte, mir das stattliche Honorar jetzt gleich, bei »Annahme«, zu schicken, nicht erst nach dem Erscheinen?

Tun Sie es doch, wenn Sie es machen können, ich muß bald wieder auf Reisen gehen und brauche *viel* Geld.

Schreiben Sie mir auch, *wann* der Aufsatz bei Ihnen erscheinen soll (hoffentlich geht es noch im August) – ich möchte ihn gern, gleich danach, in einer Hamburger Jugendbewegung-Zeitschrift »Die jungen Menschen« herausbringen.

Wie geht es Ihnen sonst? Ich mache jetzt bald einen Film, glauben Sie *nur* nicht, daß es ohne Sie geht.

Herzhafte Grüße

Klaus Mann

AN PAMELA WEDEKIND München, am 26. Juli [1926]

Meine liebe Anna Pamela –

ich reise heute nachmittag zur Baronin Imogen, der Deine Grüße geheimnisvoll genug ausgerichtet werden sollen, komme ungefähr am Donnerstag zurück und fahre etwa Samstag zu Erika und Gustave nach Friedrichshafen. Es ist natürlich beinahe notwendig, daß Du dann auch baldtunlichst hingeeilt kommst, wenn nicht mit mir zusammen, dann doch nicht nach Montag oder Dienstag.

Von der Hochzeit sollte ich nun plastisch und ausführlich berichten können, aber ich würde mir dann wie Onkel Peter vorkommen, der an Offi schreibt. Schön und wohlgeglückt war es, so viel ist sicher. Madame Gründgens erwies sich, so auf Reisen, als viel kesser und charmanter, Gustave war lieb und fand Beifall. Auf dem Standesamt wehte altertümliche Luft, Erika wußte das »Ja«-Wort melodisch vorzubringen, Zauberer und Klaus Pringsheim machten als Zeugen gute Figuren. Zum Mittagessen reisten wir per Auto ins Hotel Elisabeth, wo es gute, *aber* teure Forellen gab.

Beim Abendessen sah Eri wie eine wunderschöne Iphigenie aus, mit strengem Kranze und verdunkeltem Blick. Aber nachher verstand sie es mit ihrem Gemahl den Tango zu tanzen, wie eine [zwei Wörter unleserlich]. Bei Tisch sprachen der Zauberer, so ernst und rührend wie je, Willi, auf Mielein, geglückt, witzig und sicher, Ricki, als Bauer, so daß es großes Gelächter gab, auf Pringsheim redete sehr niedlich der Schriftsteller Frank. Nachher war Fest in der Sommernacht und mit Tanz. Auch einige fremde Herren waren zugegen, der Bildhauer Schwegerle, der Psychiater Osborn, der Zahnarzt Hans Christensen. Lutz erschien im Pariser Modell als groteske, liebenswürdige Milliardärstochter, Moni ist wieder viel hübscher geworden, Offi war im Perlenschmuck die faszinierende Herzogin, Golo, im neuen Anzug, sah wie ein bedeutender Proletarierführer aus, Tilli-Mama war so wunderschön und rührend wie nie, der Zauberer sagte auch ergreifende Dinge über sie, in der Tischrede, die »Vielgeliebte« nannte er sie, er erwähnte auch *Deinen* Astralleib, der neben mir säße, und Du seiest, im Geiste, zugegen.

Und so bin ich, anhänglicher als Du denkst

M†K

AN ERIKA MANN Den 11. August [1926]

L. E. – Der Besuch bei Sternheim war sehr sonderbar und ergreifend. Es stellte sich heraus, daß Sternheim, am Vorabend meiner Ankunft, »Anja und Esther« gelesen hatte, und es erschütterte mich ein wenig, aus diesem krankhaft schimpfsüchtigen Munde extremes Lob zu hören. Er wußte es nur mit dem »Wozzek« und »Frühlings Erwachen« zu vergleichen, stellte es gewissermaßen über beide – und selbst über die »Schule von Uznach«. Er sagte wirklich schöne Dinge über das Stück und wozu es mich verpflichtet habe. Er bemühte sich leidenschaftlich pädagogisch um [mich], betrachtete natürlich meine Begegnung mit ihm als einen Einschnitt in meinem Leben, forderte eine neue, strengste »Ökonomie« meines Lebens von mir und forderte auch, ich sollte mich innerlich immer tiefer von meinem Vater trennen. – Der ganze Tag war sehr sonderbar und mich erschütterte seine gehetzte, verzweifelte, tragisch-geniale Lächerlichkeit und Einsamkeit sehr. Thea hatte ihn gerade, nach großen Katastrophen, verlassen und seinen liebenswerten Sohn langweilen seine unerbittlichen Vorträge gar zu merklich. Diesen Sohn, der von kindlichster Schnoddrigkeit ist und dem man seines windhundhaften Charmes wegen *alles* verzeiht, lernte ich rasch und zärtlich lieben und habe mich sehr mit [ihm] angefreundet. Auch die schwere Madame Sternheim gefiel mir gar sehr und sie hat mich herrlich photographiert.

Sonst gab es viel Beunruhigendes und Amüsantes zu sehen und zu hören. Wie ergreifend ist sein unfreies, neidisches, tief problematisches Verhältnis zum »jungen Mädchen«. Wie schön ist es, wenn er erwähnt, er kenne seine Geschwister fast gar nicht, man sage ihm, der eine wäre ein tüchtiger Filmmann geworden, der andere säße wegen Päderastie im Gefängnis. Über den Zauberer, den er wohl ab und zu »gehänselt« hätte, dächte er ganz und gar anders, seit er wisse, daß er *sechs* Kinder habe – und er plant sogar eine Komödie, wie zwei sich feindliche und fremde Väter durch die Sorge um ihre problematischen Kinder plötzlich zueinander kämen.

Es war also sehr wunderlich in Uttwil und mich ergreift es zu denken, wie verschiedenartige Menschen sich pädagogisch um mich bemühen – und mit welcher Innigkeit alle.

Viele Grüße für Gustave – der sanfte Sternheim meint, er sei mit Rudolf Forster der kommende deutsche Schauspieler.

Dir alles Gute und Geheimnisvolle, alle Segenswünsche und Verheißungen.

Ich liebe René Crevel.

M†K

Erzähle doch Mielein, Pamela, W.E.S. usw. aus diesem Brief, damit ich es nicht so oft aufschreiben muß.

Dem verehrten Zauberer viele Grüße, es sei nur so eine

fixe Idee von Dr. Enoch gewesen, ich hätte ihm gleich geschrieben, daß die Notiz unverwendbar sei.

Viele Grüße für Golo und Moni.

M†K

AN HUGO VON HOFMANNSTHAL

Hamburg, am 14. Oktober [1926]

Sehr verehrter Herr Hugo von Hofmannsthal –

ich denke, daß Sie dieser Tage meine »Kindernovelle« zugeschickt bekommen haben, nehmen Sie sie nicht zu streng auf, es ist eine komische Geschichte.

Ich habe mir von Fischer unlängst Ihre Gesamtausgabe kommen lassen, und die letzten Wochen in Paris habe ich *alles* von Ihnen gelesen oder wiedergelesen, denn den größten Teil kannte ich schon. Sie können sich nicht denken, wie genußreich, schön und anregend es für mich war. Ich weiß nicht, was ich mehr genossen habe: die Stücke oder die zauberhaften Gedichte oder die Essays oder die Märchen. Ich glaube am allermeisten haben mich fasziniert ein paar Aufsätze – z. B. der über die *Farben* und der über Wilde und der über Tausendundeine Nacht – und das Märchen von dem Kaufmannssohn und den Dienstboten.

Meine Adresse ist momentan: 125, Oberstraße, Hamburg.

Ich wäre natürlich sehr froh, wenn Sie mir schreiben würden, was Sie so von der »Kindernovelle« halten.

In großer Verehrung

Klaus Mann

AN RAINER MARIA RILKE

Hamburg, am 19. Oktober [1926]

Sehr verehrter Herr Rainer Maria Rilke –

ich wage es diesmal das erste Mal, Ihnen ein Buch von mir schicken zu lassen. Lesen Sie diese komische Kindernovelle, aber nicht zu gestreng. George würde sie weglegen – wie schön wäre es, wenn Sie ein *bißchen* Freude an ihr hätten.

Ich lese seit Wochen *jeden Tag* in den Sonetten an Orpheus und in den Duineser Elegien. In einem kleinen Aufsatz für die »Literarische Welt« habe ich versucht, kurz zu beschreiben, was Sie für mich bedeuten. Es ist ein Trost für uns alle, die wir heute beginnen, daß diese Gedichte entstehen durften, in dieser Zeit.

Meine Dankbarkeit wäre groß, wenn Sie mir schrieben, wie Ihnen die »Kindernovelle« gefällt. Meine Adresse ist momentan: Oberstraße 125, Hamburg.

In tiefer Verehrung

Klaus Mann

AN PAMELA WEDEKIND Hamburg,
am 22. Oktober [1926]

Verehrte Witwe –

Ibsen hat sich bei seinem Herrn Schwager einlogiert, den Sternheim für zukunftsvoll hält, seine Wohnung ist zaubervoller, als man erwarten durfte, und Ibsen gedeiht.

Erika war recht wunderbar, als Christin Lavinia, im großen Faltenwurf und mit dem Antlitz der Duse. Sie hatte auch ein paar tolle Kritiken.

Du sollst, nach vieler Bosheit, eine tödlich sanfte Szene haben, weinend über eine Laute geneigt, hilfsbedürftig verzagt und allein. Ich will das Stück bis Mitte November fertig haben. Vorher freilich lese ich mit Erika auch noch in einigen norddeutschen Städten vor. Dresden ist wieder akut, sage mir zu, dann sehen wir uns zunächst Mitte November. Später besuche ich Dich mit René, der Mitte November aus Cambridge kommt. Habe ich Dir schon erzählt, wie unerhört sein neues Buch geraten ist?

Wann ist Week-end? Wirst Du charmant? Eri erzählte mir von der Pauline sehr schön.

Die »Kindernovelle« verspricht großen Erfolg zu haben, ich unterhandle schon wegen amerikanischer und französischer Übersetzung. (In den Nouvelles Littéraires komme ich jetzt auch mit einem Aufsatz heraus.)

Theo Haubach ist plump, Ramon sehr nett, Wölfchen noch netter. Zärtliche Grüße für Edgar List.

(Schreibe mir bitte Tillis jetzige Anschrift.)

Bis zum schwierigen Tod

M†K

AN HUGO VON HOFMANNSTHAL [Ende 1926]

Sehr verehrter Herr Hugo von Hofmannsthal –

für Ihre beiden Briefe meinen allerbesten Dank. Das Ansinnen meines Verlegers – von dem ich übrigens nichts gewußt habe – finde ich unfein, aber politisch schlau ausgedacht. Gefreut hätte ich mich auch furchtbar, wenn etwas daraus geworden wäre – aber nur zu gut andererseits verstehe ich Ihre Gründe dagegen. Ich weiß – besonders auch von meinem Vater her – wie unangenehm es ist, um so etwas gebeten zu werden (und ich finde sogar, daß er, mein Vater, viel zu [oft] so etwas schreibt.)

Von meiner Schwester und von Gustaf Gründgens soll ich Sie vielmals und besonders ehrerbietig grüßen. Ich bin der Ihnen in treuer Verehrung ergebene

Klaus Mann

AN WILLI FEHSE München, am 16. 12. 26

Lieber Herr Willi Fehse –

ich freue mich also sehr auf die Mitarbeit an unserem Band, möge er dazu beitragen, das Gesicht dieser verwirrtesten Generation klarer werden zu lassen. Ich glaube, es hat nicht viel Zweck, von mir etwas mit in ihn aufzunehmen, es kämen eigentlich nur die beiden Kaspar-Hauser-Lieder aus meinem ersten Novellenband in Frage, und in Büchern gedruckte Arbeiten scheinen mir wieder nicht sehr zu wünschen. – Für ein Vorwort von Zweig bin ich auch sehr, er macht gerade so etwas ausgezeichnet, ich schreibe ihm noch heut oder morgen. Sehr schöne Verse bekommen Sie bestimmt von W. E. Süskind, setzen Sie sich doch auch mit *Wolfgang Hellmert* (Furterstraße 2, Berlin W) in Verbindung, der nächstens eine höchst bemerkenswerte Novelle bei Enoch herausbringen soll und von dem es auch prachtvolle Verse gibt.

Was die Honorarfrage betrifft, so bin ich sicher eher *über*bezahlt, wenn wir uns in den ev. Gewinn teilen, denn Sie sind der, der sich die größere Arbeit macht.

So bitte ich Sie z. B. gleich, den nächsten Aufruf an die Literarische Welt wieder selbst zu verfassen, Sie können ja mit unseren beiden Namen zeichnen.

Meine Adresse ist bis Mittwoch den 22. die hiesige, ab Mittwoch Oberstraße 125, Hamburg.

In Berlin bin ich ab *Anfang* Januar – und ich freue mich schon, Sie und andere Mitarbeiter an unserem Buche kennenzulernen.

Herzliche Grüße bis dahin

Klaus Mann

AN STEFAN ZWEIG München, am 20. 12. 26

Sehr verehrter Herr Stefan Zweig –

verzeihen Sie, wenn ich Ihnen mit einer Bitte komme. Ein junger Mann namens Fehse gibt in Berlin mit mir zusammen eine Anthologie *jüngster* deutscher Lyrik heraus, der Absatz des Buches ist durch Subskriptionen gesichert und der Enoch-Verlag will es machen. Wir hätten aber so gerne ein repräsentatives *Vorwort* für das Ganze und wir dachten an Sie. Glauben Sie, daß Sie Zeit und Lust dazu finden könnten? Es müßte bestimmt nicht sehr lang sein, und ich glaube fest, das Unternehmen verdient es, daß Sie sich seiner annähmen, denn es ist ja für niemand so furchtbar schwer herauszukommen, als gerade für einen jungen Lyriker.

– Ich wäre Ihnen besonders dankbar, wenn Sie mir bald Antwort geben wollten, meine Adresse ist: Oberstraße 125, Hamburg.

Haben Sie die Kindernovelle von mir bekommen? Es tut mir sehr leid, daß ich keine Widmung hineinschreiben konnte, aber ich war nicht in Deutschland, als man die Exemplare verschickte.

Sehr gefreut habe ich mich auch über Ihre schönen Worte zum Kaspar Hauser von Erich Ebermayer. Ich bin auch fest davon überzeugt, daß es ein ganz großer Erfolg wird.

In treuer Ergebenheit

Klaus Mann

1927

AN STEFAN ZWEIG — Hamburg, den 25. 1. 27

Sehr verehrter Herr Stefan Zweig –

sehr vielen Dank für Ihren Brief. Ich freue mich furchtbar, daß Sie das Vorwort zu schreiben bereit sind, und ich weiß ganz genau, wie schön Sie es machen werden. Nun wird sich bestimmt auch gleich Willi Fehse mit Ihnen in Verbindung setzen. Wenn Sie uns noch weitere junge Dichter nennen und zuführen können, werden wir dafür bestimmt sehr dankbar sein.

In treuer Ergebenheit

Klaus Mann

AN WILLI FEHSE — Paris, den 7. 2. 27

Lieber Willi Fehse –

die Vorrede von Zweig gefällt mir ganz ausnehmend gut, nun hat sich auch Enoch anders besonnen und es wendet sich alles zum Guten. Einen so ganz befriedigenden Titel allerdings weiß ich noch nicht – Jugend 1927 ist gut, aber Enoch's Einwand hat seine Richtigkeit. (Ob ich nun überhaupt noch eine Nachrede schreibe? Ich habe dem von Zweig Gesagten nichts mehr hinzuzufügen.)

Morgen fahre ich nach Nordafrika weiter. Ab 1. März bin ich sicher in München.

Schöne Grüße

Klaus Mann

AN PAMELA WEDEKIND Den 7. 3. 27

Meine höchste Anna Pamela –

nun hat sich also etwas ziemlich Schreckliches erwiesen: der junge Mann darf, bevor er mündig ist, keineswegs heiraten. Man kann sich allerdings mündig sprechen lassen, aber es bereitet die phantastischsten Scherereien, man muß den Justizminister selbst in Mitleidenschaft ziehen. Als ich auf dem Vormundschaftsgericht Besuch machte, hatte ich sofort eine wahrhaft grausige Szene mit einem Bayerischen Herrn, weil ich, die Hände in den Hosentaschen, mit ihm sprach. – Schreib mir nun umgehend, ob ich es erzwingen soll, was natürlich ehrenvoller wäre – oder ob wir bis zum nächsten Herbst warten wollen, denn im November 1927 werde ich ja, Gott sei's geklagt, 21 Jahre. (Schreibe mir übrigens auch *genau*, wie Du Dein Etonboykostüm im Premièrenbild »Revue zu Vieren« willst, denn ich will mir das meine von Werner Jansen anfertigen lassen und sie sollen sich doch entsprechen.)

Ist die Berliner Matinée definitiv? Welch unausdenkliche Höllenfahrt!

Ich mache, um mich im Gräßlichsten auszukennen, noch einen Vortragsabend in München, wahrscheinlich mit Eri, und lese mein neues Manifest.

Grüße von André Germain

W. E. Süskind

M†K

AN HEINRICH KURTZIG Westende – Belgien

Den 26. Juni 1927

Sehr verehrter Herr Heinrich Kurtzig –

für die Übersendung Ihres schönen Buches und für Ihren Brief meinen aufrichtigen Dank. Ihr Buch hat mich sehr gerührt und beschäftigt, es hat etwas menschlich Warmes, da es so einfach ist. Außerdem scheint es mir als kulturhistorisches Dokument nicht ohne Bedeutung.

Die Idee ist sehr gut, die »Tradition seiner Familie« aufzuschreiben und festzulegen – in *meiner* Familie hat man es ja auch schon getan. Jeder Einblick in eine Familie eröffnet so viel Geheimnis, mir scheint, von *allen* möglichen menschlichen Gemeinschaftsformen ist die Familie die eigentlich mystische.

Noch einmal vielen Dank und herzliche Grüße

Klaus Mann

AN HANS ROSENKRANZ Westende, den 28. Juni 27

Lieber Herr Hans Rosenkranz –

fassen Sie es bitte nicht als gekränkte Eitelkeit, Narretei oder so etwas auf, wenn ich Sie in letzter Stunde frage, ob es nicht richtiger ist, wenn ich meinen Namen und meine Mitarbeit von Ihrer Anthologie zurückziehe. Ganz sachlich, nüchtern und im Ernst: wozu sich unnötig mit mir kompromittieren? Vor solchen Anekdoten, wie Sie mir etliche geschrieben haben, *ekle* ich mich so sehr – dafür finde ich keine Worte. Es schmerzt mich nicht, es beleidigt mich nicht einmal – aber ich habe es so *satt*, angepöbelt zu werden. Ich kenne das Phänomen der *Gehässigkeit* nun schon lange und zu genau, es könnte sein, daß ich einem Herrn Leo Hirsch, oder einem seiner Vorgesetzten, einmal aus Versehn ins Gesicht kotze. Man muß Karl Kraus sein, um sich mit dieser Schweinebande ernstlich abzugeben. Aber wozu ihnen immer wieder Gelegenheit geben, sich an uns heranzumachen? Besonders peinlich ist mir die Idee, daß ich solchen, denen ich von ganzem Herzen *helfen* möchte, *schaden* könnte, eben durch meine Hilfe. Ich verderbe am Ende vielen jungen Leuten ihr Debüt, und sie werden, mit mir, beschimpft. Ich habe an dieser Lyrik-Anthologie nichts Schlimmes getan. Fehse hatte den Plan, Fehse leitete alles. Mit den Manuskripten hatte ich nichts zu tun. Ich habe lediglich verschiedene unschöne Sachen abgewiesen, die Fehse nehmen wollte, und ihm verschiedene anständige Sachen zugeführt. Ich fürchte, ohne das wäre die Anthologie ziemlich matt und uninteressant geworden. Es kann sein, daß Fehse, *ehe* ich überhaupt mit der Sache zu tun hatte, ein paar ziemlich unmögliche Gedichte angenommen hatte, mit denen ich mich dann nicht befreunden konnte. – Mit welcher Voreingenommenheit begegnet man diesem unschuldigen Gedichtbuch, nur weil mein Name auf dem Titelblatt steht! Das ist ein warnendes Beispiel. Bitte überlegen Sie sich das Ganze nun noch einmal, besprechen Sie es auch mit Erich Ebermayer. Da ich meine nächste Adresse nicht weiß und hier nur einige Tage bleibe, bitte ich Sie um *telegraphische* Nachricht. Sie fassen meinen Vorschlag nicht so auf, als wolle ich Sie sitzen lassen! Aber Ihre Besuche auf den wichtigsten Berliner Redaktionen haben Ihnen vielleicht bewiesen, daß Sie unbeschwerter *ohne* mich starten.

Mit den aufrichtigsten Grüßen

Klaus Mann

Ich höre nichts von Ihnen betreffs »La mort difficile«.

AN PAMELA WEDEKIND [Spätsommer 1927]

[Anfang fehlt]

Daß ich neulich abend in Berlin noch einen richtigen Autounfall hatte, hat Dir vielleicht Wolfgang Hellmert erzählt, aber Du hast es vor Haß nicht verstanden.

Übrigens werden Deine Herren Freunde immer ausfallender gegen mich: auch Erich Mühsam – Axel Eggebrecht in der Literarischen Welt.

Ich liebe Dich trotzdem. K.

AN ERICH EBERMAYER München,
den 4. September 1927

L. E. E. – heute über eine ebenso komische wie aussichtsreiche Sache:

Ich habe Dir, glaube ich, noch gar nicht geschrieben, daß ich am 6. Oktober mit Erika nach Amerika fahre, von meinem New Yorker Verleger zu einer Vortragstournee aufgefordert, und dann auch nach Hollywood, wohin wir sehr gute Beziehungen haben. Nun haben wir, da die Verhandlungen mit der »Phöbus« sich ja zerschlagen haben, beschlossen, drüben ein riesenhaftes Filmgeschäft mit »Königliche Hoheit« zu machen. Wir wollen die Metro-Goldwyn-Mayer dafür interessieren und selber mitspielen, wenn dies zu machen. Die Rechte vom Herrn Zauberer und von Sami Fischer kriegen wir selbstverständlich.

Mein Vorschlag geht nun dahin: mache doch möglichst schnell ein ebenso kesses wie liebliches Filmexposé aus dem Buch, lasse es auch gleich ins Englische übersetzen, damit wir es mitnehmen können. Folgende Punkte sind zu beachten:

1.) *Keine Ähnlichkeit mit Alt-Heidelberg!!* (Da Lubitsch das doch schon dreht.) Das heißt: Die Figur des Lehrers nicht zu sehr betonen. Dafür:

2.) Die Figur Spölmanns schmeichelhaft ausarbeiten.

3.) *Für Erika die Rolle der Schwester Dietlinde.* Diese Rolle also weniger spitz, als sanft und höchst vornehm charakterisieren.

4.) Für mich, K. M., eine reizvolle Episoden-Partie in der »Fasanerie«. (Viel Großaufnahmen, wenig Bewegung.)

Schreibe mir gleich, daß Du das Exposé machen willst. Wir sprechen uns über das Ganze *hoffentlich* noch in Berlin, *ich bin ab 25. dort.*

Auf Wiedersehen

K. M.

AN ERICH EBERMAYER München,

am 9. September [1927]

L. E. E. – Das mit Wille ist natürlich fatal. Aber ich denke, man *kann* doch nicht, persönlicher Rücksichten halber, Dinge in die Anthologie nehmen, die ihrer Qualität nach nicht hineingehören. (Übrigens kann ich mich seiner Arbeiten im Augenblick gar nicht entsinnen.)

Was das »Königliche-Hoheit«-Exposé angeht, so genügt es natürlich, wenn ich [es] bis kurz vor meiner Abreise – also bis etwa 4. Oktober – aber schon in englischer Sprache bekomme. Ich würde Dich nun herzlich bitten, es *nicht* zu kurz zu halten und Dich nicht etwa nur auf eine Inhaltsangabe zu beschränken. Natürlich kannst Du nicht, in der Eile, ein drehfertiges Filmbuch machen; aber doch ein *szenisch* gesehenes, szenisch eingeteiltes Exposé. Ich glaube, wenn Du es *etwas* ausführlicher machtest, sind auch die finanziellen Aussichten bei der Sache für Dich gleich sehr viel bedeutender.

Schreibe mir darüber noch!

Und ich wäre Dir, in dieser ganzen Angelegenheit, *sehr* zu Dank verpflichtet.

Alles Schöne!

Klaus

AN DIE »LITERARISCHE WELT«

[vor dem 16. September 1927]

Lieber und verehrter Willy Haas –

ich kenne und achte Ihr Prinzip, den Mitarbeitern Ihres Blattes *jede* freie Meinungsäußerung und Kritik in der »L.W.« zu gestatten. Ich gestehe Ihnen trotzdem meine Verwunderung darüber, daß Sie Axel Eggebrechts Artikel über die Magdeburger Zeitschrift *»Jüngste Dichtung«* veröffentlicht haben. Denn Sie bekennen sich zu einem anderen Grundsatz, der noch wichtiger ist: *dem Prinzip der anständigen Polemik*. – Axel Eggebrechts Aufsatz war nicht anständig, da er pöbelhaft war.

Sie werden mir glauben, daß ich auf Pöbeleien nicht zu antworten pflege; es wäre zu zeitraubend, und man vergißt sie zu rasch. Ich bin es gewohnt unsachlich, persönlich, infam besprochen zu werden. – Aber daß nun auch in *Ihrer* Zeitschrift dieser unverschämte und billige Ton zu hören ist, kränkt und beleidigt mich sehr.

Ich liebe die »L.W.« als ein geistiges Forum, als Stätte der ernsthaftesten Auseinandersetzung, der Diskussion. Warum opfert sie ihr Niveau, ihren Stil – nur weil einer Lust hat, zu schimpfen?

Der Zufall will es, daß ich von Axel Eggebrecht nichts kenne, als ein paar Filmkritiken; diese schienen mir immer ziemlich gescheit zu sein. Seine Meinung über meine Freunde oder über mich selbst interessierte mich nie; mit Recht, denn nun stellt sich heraus, daß sie unoriginell ist.

W. E. Süskind bringt gerade jetzt einen erstaunlichen, begabten Novellenband heraus, den sogar die Tagespresse auf das leidenschaftlichste lobt; Erich Ebermayer hat sein Erzählertalent schon im »Doktor Angelo« dokumentiert. – Axel Eggebrecht nennt sie beide »impotente, aber arrogante Knaben«. *Mit welchem Recht*, frage ich Sie? – *Das ist journalistische Unverschämtheit*, die doch gerade Sie, Willy Haas, sonst immer hassenswert fanden.

Was tausend geistesarme Skribenten hergeleiert haben, wird er nicht müde, zu wiederholen. Er höhnt mich als den »Führer dieser ganzen Gruppe«, obwohl ich nicht *ein*mal, sondern *zehn*mal öffentlich geäußert habe, daß es nie in meiner Absicht lag, eine »Gruppe zu führen«; daß ich vielmehr des festen Glaubens bin, Gruppenbildung sei heute in der Jugend unmöglich. Er liest ungenau, denn sonst hätte er schwarz auf weiß gedruckt sehen können, daß Erich Ebermayers Aufsatz über die »Ordnung« an manchen Stellen gerade gegen *mich* gerichtet war; er denkt unpsychologisch, sonst dürfte ihm zum Beispiel nicht entgangen sein, wie grundverschieden W. E. Süskind und Erich Ebermayer untereinander sind, und daß es hier zu einer absoluten Sinnlosigkeit wird, von »klettenhaftem Aneinanderhängen« zu reden. Er bespricht die ganze Zeitschrift mit bewußter Gehässigkeit, er verschweigt absichtlich ihre Verdienste, sonst hätte er in seinem ausführlichen Referat erwähnen *müssen*, daß in diesem so geschmähten Heft zum ersten Male einer der begabtesten jungen Franzosen, René Crevel, auf deutsch zu Worte kam.

Unoriginelle, ungenaue, unpsychologische und gehässige Journalisten gibt es mehr; aber seit wann dürfen sie in der »L. W.« sich äußern? Überlassen wir dies traurige Vorrecht doch der Tagespresse!

Die Zeitschrift »Jüngste Dichtung«, mit deren Redaktion ich in keiner Weise verbunden bin, dient keiner Gruppe. Sie dient jüngster Dichtung; sie will heute Beginnenden Gelegenheit zur öffentlichen Aussprache geben. Eine solche Zeitschrift ist, will ich meinen, nicht ganz überflüssig in Deutschland.

Axel Eggebrecht findet diese kleine Zeitschrift sehr schlecht, und natürlich soll er dies äußern. Vielleicht liegt es in seinem Charakter, daß diese seine Äußerung pöbelhaft wird und er, der Verehrer Bert Brechts, käme sich bürgerlich-schwächlich vor, wenn er verständiger schriebe. Ich habe kein Recht, mich darüber zu wundern.

Wohl aber wundert es mich, daß Sie, Willy Haas, Ihr Prinzip der »anständigen Polemik« durchbrechen und, statt sachlicher Diskussion, hell persönliche Schimpfereien abdrucken lassen.

Ich begrüße Sie so herzlich und ergeben wie immer.

Klaus Mann

AN STEFAN ZWEIG Cannes, am 19. September [1927]

Verehrter Herr Stefan Zweig –

nach vielem Herumfahren komme ich von hier aus nun endlich dazu, Ihnen für das Novellenbuch zu danken. Alle drei Novellen haben mich ganz sonderbar stark fasziniert – Sie haben irgendeinen bewunderungswürdigen Trick, noch das Schwierigste so richtig »spannend« zu machen, vielleicht liegt es an der leidenschaftlichen Konzentration Ihrer Sprache – Sie können sich denken, daß mich die dritte Geschichte am nächsten anging. Wie der Liebende nachts in das Zimmer des Studenten steigt und sich zu den Beleidigungen retten muß, ist mir nun unvergeßlich. Auch das Gesicht des Professors habe ich in allen Einzelheiten vor mir – ich sehe die Fältchen um seinen unbeherrschten Mund spielen und darüber seine leuchtende Stirn – und ist es nicht schön, daß die Eindringlichkeit, mit der Sie die Eindringlichkeit *seiner* Rede schildern, wiederum so intensiv und hinreißend ist, daß mir das Elisabethanische Drama nun nahe gebracht ist, wie Ihrem erschütterten Helden.

Danken wir aber Gott, daß ein so grauenvolles Schicksal, wie das des Professors, heute nicht mehr möglich – oder wenigstens nicht mehr notwendig ist – wie die Dinge *heute* liegen, müßte der wertlos von vorneherein sein, der so bejammernswürdig an seiner Veranlagung zu Grunde geht – wir haben so erhabene Beispiele wie Stefan George und André Gide vor Augen, die uns durch ihr bloßes Dasein lehren, bis wohin dieser Typus sich vollenden kann.

Hier bin ich den halben Tag im wunderbaren Meer, dazwischen lese ich Philosophie – von Heraklit bis Hegel.

Ihnen meine ergebensten Grüße

Klaus Mann

Meine feste Adresse ist die in München.

AN STEFAN ZWEIG

Hotel Astor, New York
den 1. November 27

Lieber und verehrter Herr Stefan Zweig –

für Ihren Brief vielen Dank; aber wir haben *wirklich* Pech miteinander. Wenn Sie am 6. in München sind, bin ich schon in Kalifornien – –

Ich mache in diesem großen Lande mit meiner Schwester eine Vortragstournee – und wir haben die ungeheuersten Eindrücke.

Ich bin furchtbar neugierig, was Sie zu meinem Versuch eines Manifests sagen werden. Mehr wie ein Versuch ist es nicht – –

Bei jungen Leuten sehe ich hier zuweilen ein Buch »Conflict« auf dem Tisch. Dann ist es die »Verwirrung der Gefühle«.

Überall in treuer Ergebenheit Ihr

Klaus Mann

AN KATIA UND THOMAS MANN

Hollywood Plaza Hotel

[Poststempel: 5. Dez. 1927]

Liebe Herrn Elterlein –

das letzte Weihnachten konnten wir doch wenigstens miteinander telephonieren, diesmal können wir im Stillen Ozean baden, aber es ist doch nur ein *kleiner* Ersatz. Schön ist es allerdings auch und wir tuen es jeden Tag, von Mme Petschnikof angeleitet. Es ist ganz warm, das Wasser wunderbar salzig und das Panorama viel großartiger als in Italien oder Südfrankreich.

Gestern haben wir etwas *sehr* Komisches mitgemacht: eine große und feierliche Filmpremière, eine Gala-night, wo alle Stars dabei sein müssen. So etwas Kindliches träumt der kleine Moritz schon lange nicht mehr: wo vor dem Kinopalast die Autos halten, stehen Dutzende von irrsinnigen Scheinwerfern, und dann muß man vom Auto bis zum Portal an einem Spalier von *Tausenden* vorbei, *im Scheinwerferlicht* – gebückt vor Verlegenheit. Wenn ein prominenter Filmmann aussteigt, wird er ausgerufen und das Publikum klatscht. Drinnen im Kino geht es natürlich auch aufs drolligste zu, so viel Schminke bringt der ganze Kurfürstendamm nicht auf, und so viel tolle Abendmäntel gibt es sonst nicht noch mal auf einem Fleck. (Man *kann* es leider nur noch »Jahrmarkt der Eitelkeit« nennen.) Nach einem monströsen Vorprogramm fängt der eigentliche Film an, jeder Hauptdarsteller wird, wenn er das erste Mal auf der

Leinwand erscheint, lange beklatscht. Am Schluß großes Verneigen, Blumen und Ansprachen. Für den eigentlichen Film nicht das mindeste Interesse – (übrigens war er herrlich, »Sunrise« von unserem Freund Murnau, solltet's auch ansehen).

Hier ist wieder ein wahres »Dichterkinder-Treffen«; wir sind viel mit Bubi Beer-Hofmann und mit dem Raymund zusammen; Beer-Hofmann ist sehr sympathisch, etwas ernstlich [?], schreibt begabte Filmszenariums; den Raymund mag ich besonders gern, er erinnert sehr an den Vater und hat die reizvollste Flüchtigkeit. Dann ist auch überraschend nett der Dramatiker Hans Müller, der doch so teuflische Stücke schreibt; er rechnet mehr zu unseren väterlichen Freunden.

Und sonst allerlei.

Aber das Tollste ist, daß unser *Rulfs Joseph Hofmann* – des Teufels Sau eben – in Pasadena eine Villa hat und daß wir ihn morgen besuchen. Wir scheuen ja auch vor *nichts* zurück.

Grüße für alle. Euer K.

AN PAMELA WEDEKIND Hollywood Plaza Hotel
[1927]

Meine liebe Pamela –

zwischen hier und unserer letzten, so wenig schönen Begegnung in der Garderobe der Kammerspiele liegt schon wieder so vieles, daß ich Dir heute viele liebe Grüße schikken kann. Ob Du inzwischen Lulu, unter Deines bedeutenden Onkel Jessner Regie, gespielt hast?

Unsere Amerikatournee bereue ich *noch* weniger als alles andere, was ich unternommen habe. Du kannst glauben, daß es komisch bis zum Großartigen ist.

Wirst Du diesen Brief vor Sylvester bekommen? Einmal waren wir doch Sylvester in Köln zusammen.

Es denkt an Dich

K.

1928

AN PAMELA WEDEKIND Hotel Astor, New York
5. 2. 28

Meine liebe Pamela –

Die Zeitungsnachrichten hatten mich sehr entsetzt. Selbstverständlich nicht um meinetwillen, sondern mit einem *Angst*gefühl, das Dich *allein* betraf. Ich hatte auch schon einen aufgeregten kleinen Brief an Dich abgefaßt, den ich nun, da ich Deinen zweiten Brief habe, nicht abschicken will. Ich habe niemals geglaubt, daß Du Sternheim heiraten würdest. Aber ich war verängstigt dadurch, daß es überhaupt zum Gerücht kommen konnte. Mein Gefühl in dieser ganzen Sache ist das Gefühl einer *Angst*. Ich kann mir mit aller Phantasie nicht vorstellen, wie das zu Ende gehen soll, was Du hier so entschlossen angefangen hast (da ich mir irgendetwas sehr Unangenehmes nicht vorstellen *will*). Aber gerade aus diesem Angstgefühl merke ich, wie viel mir an Dir gelegen ist.

Über unser ziemlich phantastisches Leben hat Erika, glaube ich, schon ein bißchen erzählt. Wir sausen so herum, Eri sagt sehr schöne Gedichte auf und ich bin auch recht fleißig. Ich schreibe reichlich kleine Aufsätze – einige sind Dir vielleicht zu Gesicht gekommen – und habe nun eine Novelle fertig, die auch ein bißchen journalistisch, aber sonst ganz wohlgeraten ist. Sie heißt »Gegenüber von China«, spielt in Hollywood und behandelt einen jungen Schauspieler, welcher sich die Nase operieren läßt. Der neuen Freunde sind natürlich ungezählte. Wir pendeln so zwischen Millionären, Strichjungen, Universitätsprofessoren, Literaten, kleinen Studenten, Filmschauspielern, Malern hin und her. Manchmal gibt es komische Zusammentreffen mit den reisenden Deutschen, mit Moissi oder mit Emil Ludwig. Manche Leute sind viel netter, als man von ihnen erwarten sollte – zum Beispiel Rudolf Kommer, der doch so ärgerlich umgetrieben ist, und Hans Müller, der doch so scheußliche Stücke schreibt, und dabei ein reizvoller, unruhiger und gescheiter Mensch ist. Aber wenn ich – im Frühling oder im Sommer – hoffentlich über China-Indien zurückkomme, will ich ganz seßhaft sein und etwas Schwerwiegendes arbeiten. Hast Du eigentlich meinen schmerzlich geliebten Freund René Crevel gesehen? Er war, trauriger Weise ohne mich, in Berlin.

Was Du jetzt spielen mußt? Effie hätte ich *so* gerne gesehen. Auf Wiedersehen

Klaus

AN LUDWIG JAUNER München, am 23. Juli [1928]

Lieber Herr Jauner,

von einer großen Reise zurückgekommen finde ich hier Ihren Brief; verzeihen Sie also die verspätete Antwort.

Wie Ihre Pläne sich inzwischen entwickelt haben, weiß ich noch nicht. Sollte Ihre schön geplante Zeitschrift zustande kommen, können Sie auf meine Mitarbeiterschaft rechnen. Zum Mitbegründer – oder Mitherausgeber – eigne ich mich nicht; ich habe, um es Ihnen offen zu sagen, zu viel anderes im Kopf und wäre nicht konzentriert genug bei der Sache; dafür aber ist die Sache zu wichtig.

Übrigens, das als kleine Richtigstellung, *ist* mein Name kein Programm, so weit sind wir noch nicht. Nicht meine Freunde, sondern die Gehässigen haben diese Phrase in die Welt gesetzt.

Sonst herzliche Grüße

Klaus Mann

AN PAMELA WEDEKIND München, am 30. Juli [1928]

Meine liebe Pamela –

für Eure Einladung vielen Dank. Ich werde Mitte des Monats in Salzburg sein und könnte danach, also gegen den 20. August, nach Uttwil kommen.

Erika ist noch nicht so fest entschieden, für sie stehen die Dinge ja vielleicht auch noch schwieriger als für mich. Heute läßt sie nur grüßen – und sicher wird sie auch ihrerseits bald von sich hören lassen.

Viele Grüße von mir, für Dich und für Carl Sternheim –

Klaus

AN PAMELA WEDEKIND

St. Wolfgang
am 27. August [1928]

Meine liebe Pamela –

ich will Dir nur schreiben, daß ich es damals *sehr* bedauert habe, nicht zu Euch kommen zu können. Es hat aber, das weißt Du ja auch, mit irgendeiner Nachlässigkeit von meiner Seite nichts zu tun gehabt. Ich wäre, vier Tage früher, gekommen.

Wann werden wir uns im Herbst treffen? Wo? Schreibe mir doch, bitte, nach München, was ungefähr Du glaubst; dann könnte ich meine Pläne so einrichten, daß sich irgendein Zusammentreffen ermöglicht.

Alles Liebe, auch von Erika.

Es denkt an Dich

Klaus

AN PAMELA WEDEKIND

Kurhaus Esplanade
Bad Sarrow (Mark),
den 18. Oktober [1928]

Meine liebe Pamela –

Du hast mir auf meinen Brief aus St. Wolfgang nicht mehr geantwortet. Ich habe so den Beweis dafür, daß Du meine Absage im August nachhaltig übel genommen hast. Diese Reaktion ist leider sehr typisch für Dein Verhalten überhaupt gegen uns. Du vergißt, oder möchtest vergessen, daß *Du mir* vorher drei oder vier Mal wegen »anderer Besuche« abgesagt hattest; (wobei Du Dir nicht einmal die Mühe nahmst mir mitzuteilen, daß es Tilli war, um die es sich handelte). Daß ich es aber für den *einen* Tag, den Du dann endgültig festlegtest, nicht einrichten konnte, war eine unverzeihliche Frechheit.

Die Fiktion, daß *wir* uns untreu und unfreundschaftlich gegen *Dich* verhielten, wirst Du bei aller Mühe vor Dir selber nicht aufrechterhalten können, wenn Du einmal ganz genau, sachlich und bis ins Detail, *Dein* Benehmen gegen *uns* in allen seinen Phasen, von Oktober 1927 bis heute, vorhältst.

Mein Interesse für Dich ist unauslöschlich; es ist ein Interesse, so tief, daß man es beinah Liebe nennen könnte. Dieses Geständnis Dir heute, post festum, wenn ich Dir heute »Vorwürfe« zu machen scheine, tue ich das sicher nicht, um Dich zu kränken oder mich zu ergötzen. Aber ich bin der Überzeugung, daß Du Dich, was Deine Beziehungen zu uns angeht, unaufhörlich belügst. Der Tonfall, den Du gegen uns gewählt hast – »Seid ruhig, meine Lieben, nichts Unrichtiges wird geschehen!« – ist auf die Dauer unmöglich. Es *sind* Unrichtigkeiten geschehen, und zwar beinah unverbesserliche.

Daß ich vor Deinen Erlebnissen mit Respekt und sogar mit Ehrfurcht stehe, dürftest Du voraussetzen können; vor allem, wenn sie so großer Natur sind wie Deine Beziehung zu Carl Sternheim. Du weißt auch, daß ich Sternheim als Persönlichkeit sehr verehrt habe. Das tue ich auch noch heute, aber mit anderen Einschränkungen als vor einigen Wochen. Die Briefe, welche er an seine Familie schreiben läßt, scheinen mir von einer absurden Scheußlichkeit, die absolut unverzeihlich wäre, wenn sie nicht den Stempel des Pathologischen trüge. Ich schreibe das nicht, weil ich mit Mopsa und mit Claus befreundet bin, ich hätte diese hysterische Unmenschlichkeit immer als abstoßend empfunden. – Außerdem habe ich, nach Vorabdrucken, den Eindruck, daß die »Väter«-Komödie, an der er arbeitet, zu einer Taktlosigkeit von ruchlosen Ausmaßen wird; ruchlos finde ich, z. B., die Beibehaltung der Vornamen – Thomas, Tilli, Carl usw. – oder daß die Figur, mit der ich »getroffen« sein soll, sich gleich neckischer Weise mit einem Zitat aus »Heute und Morgen« einführt.

Ich schreibe Dir das schon heute, denn ich halte für möglich, daß ich meine verehrungsvoll-neutrale Stellung zu ihm, innerlich und offiziell, werde aufgeben müssen, wenn dieses Lustspiel die tolle Frechheit wird, die ich kommen sehe.

Ich sage Dir diese Dinge nach allerausführlichster Überlegung so ausdrücklich und offen; denn es geht nicht, daß bedingungsloses Ja-Sagen zu allem, was Carl Sternheim unternimmt, die Grundlage und Voraussetzung unserer Beziehungen sein soll.

Wir müssen aber zu einer Entscheidung kommen.

Ich bin hier, nach 2 Berliner Wochen, meistens allein, bei den Vorbereitungen zu meiner Erzählung über »Alexander den Großen«. Am 28. X. habe ich in der Berliner Singakademie einen Vortrag über Stefan George. Am 5. November kommt René Crevel nach Berlin; ich bleibe dort wohl noch bis Mitte November und will dann bis Weihnachten in Südfrankreich, vielleicht in Sicilien, sein. Im Januar erscheint bei S. Fischer das Weltreisebuch, das Erika und ich zusammen gemacht haben.

Tilly habe ich in Berlin manchmal gesehen, nicht auf der Bühne. Ich liebe sie wie immer, die kurzen Haare verändern sie wenig und wenn, dann nur vorteilhaft.

Ich warte auf Deine Antwort. Dein

Klaus

AN PAMELA WEDEKIND

Berlin
Pfalzburgerstraße 83
Den 29. X. 28

Meine liebe Pamela –

ich hätte lieber mit einem Brief an Dich gewartet, bis ich mich in stillerer Umgebung und konzentrierter befinde. Ich werde wahrscheinlich die nächsten Wochen wirklich in Heidelberg sein; nicht allein Rickerts wegen, sondern weil ich dort Menschen und eine Atmosphäre zu finden hoffe, die für das, was ich plane und ausführen möchte, vorteilhaft sein würden. Dort werde ich versuchen, die Dinge, die zwischen uns in der Schwebe sind, so exakt zu formulieren, wie Du es Dir wünschst; aber ich hatte das Bedürfnis, Dir vorher, heute, Grüße zu schicken.

Was sich zwischen uns auch ergeben mag: ich bin sehr froh, Dich wiedergesehen zu haben und bei Euch gewesen zu sein. Ich hatte, nach dem ersten Abend, das Gefühl einer Todesangst: alles wäre umsonst gewesen und zwischen uns jede Verbindung unmöglich. So weit hatte es Sternheim mit seiner unbarmherzig examinierenden Art gebracht. Daß ich das Examen, dem er mich unterzog, schlecht bestand, lag vielleicht weniger an meiner Unfähigkeit, als an einem ganz primitiven Gefühl der Auflehnung. – Bei der Abreise, den Tag später, stand schon alles ganz anders.

Von allem, was zwischen uns zu berichtigen war, hat mich am meisten Dein Irrtum entsetzt, meine Stellung zu Dir betreffend. Wie *konntest* Du glauben, ich »verwechselte« Dich? War unsere Verlobung nicht Dokument genug? Und Anja und Esther? Und die Widmung des »Frommen Tanzes«? Und schließlich auch die Ursula Pia, die Du nicht mochtest? – Oder meinst Du, zu alledem wären [...] oder Anita Berber ebenso brauchbar gewesen?

Über das, was werden soll, wage ich heute noch nichts zu sagen. Ihr wollt Tatsachen, keine Gefühle. Das verschüchtert mich etwas. Ich will mich also nicht äußern, ehe ich mir die Situation bis ins Haargenaue klar gemacht habe. – Du siehst: die Sternheimsche Pädagogik fängt an zu wirken.

Meine Heidelberger Adresse erfährst Du sofort. Mein George-Vortrag gestern ist, bei sonst sehr schlechtem Programm, für mich ganz vorteilhaft ausgegangen.

Übrigens ist Stoisi von irgendeinem guten Freunde aus Baden-Baden benachrichtigt worden, ich, »der Freund ihrer Kinder«, sei mit Carl Sternheim Arm in Arm gesichtet worden. Sie scheint das als Verräterei meinerseits aufzufassen, und ich werde nun Mühe haben, ihr klarzumachen, daß mein Besuch lediglich *Dir* galt, *nichts* mit ihren Angelegenheiten zu tun hatte.

Ich hoffe, Dir bald mehr schreiben zu können.

Glaube wenigstens an meinen Ernst! Dein

K.

AN PAMELA WEDEKIND Heidelberg, den 16. XI. 28

Meine liebe Pamela –

vielen Dank für Deinen kurzen und schönen Brief. Nun wird man also schon 22; wie lange ist es her, daß wir in der Poschingerstraße 1 Kind spielten? Daß wir im M. C. den Arthur entdeckten?

Ich bin davon überzeugt, daß wir uns im Laufe der nächsten Monate sehen werden. Wirst Du während des Winters in Uttwil sein? Dann will ich Euch doch dort besuchen.

Was macht Deine Tournee? Ich will auch eine im Frühjahr mit Erika machen. Bis dahin muß der »Alexander« fertig sein, wenn ich auch jetzt immer noch bei den Vorarbeiten bin. Die sind oft ziemlich mühsam. Wenn ich aber das, was mir vorschwebt, fertig bekomme, hat es sich vielleicht gelohnt.

Ich wohne in einem Zimmer, welches Stefan George gehabt hat; mit schönem Blick auf den Neckar. Ich sehe wenig Leute, aber nur gute, zum Beispiel Gundolf. Dem Rickert habe ich, zunächst *ohne* Sternheim zu erwähnen, geschrieben, er hat sofort ausführlich geantwortet. Ich sehe ihn dieser Tage, übrigens soll er sehr alt geworden sein.

Erika hat Ende des Monats Première in Frankfurt; ich will dort sein und dann von dort aus in den Süden fahren. Sie scheint in Frankfurt günstigen Boden zu haben, was ich mir immer gedacht habe. »Krankheit der Jugend« ist auch als Debüt günstig.

(Ob dieser rabiate Theaterfabrikant, dieser »Bruckner«, nicht doch viel mehr Talent als ich hat?)

Ich habe hier an der Wand zwei Bilder von Dir, das

schöne Bild mit Erika von der Sogalla, und die Karikatur von Mopsa, mit mir am Tischchen.

Bitte grüße Sternheim von mir. Ich denke oft darüber nach, was ich bei ihm zu lernen hätte. Plötzlich fällt mir dann ein, *wie* ich den Abend im Kurhof unter ihm gelitten habe; dann bekomme ich Angst.

Ich bin Dein Klaus

AN PAMELA WEDEKIND Carlton-Hotel Frankfurt a/M
Bahnhofs-Platz 18
den 1. XII. [1928]

Meine liebe Pamela –

Erika hatte einen starken Publikums- und Presseerfolg. Sie soll hier Vertrag machen, will aber nur für einige Monate.

Eigentlich lag die Rolle ihr *nicht*. Irene, die sie zu spielen hatte, ist proletarisch, ehrgeizig, böse, reizvoll und kalt. Um so erheblicher also ihre rein schauspielerische Leistung. Sie hatte knallrote Haare und ein scharfes Benehmen, man glaubte es ihr, Anja und der Einsame Weg waren ziemlich vergessen. – Aber ich möchte sie doch lieber bald wieder in einer fraulich geduldigeren und weicheren Partie sehen. – Du fragtest nach Rickert. Ich schrieb Dir, glaube ich schon, daß er in Heidelberg durchaus die Rolle eines halb vergessenen, halb konventionell verehrten Greises spielt. Jaspers hat ihn durchaus verdrängt. Er weiß das und ist um so neugieriger und entgegenkommender gegen Jugend. Er war gegen mich sehr rührend und aufmerksam, kannte auch meine Sachen. Er ging so weit, über die philosophische und auch erotische Situation mit mir zu diskutieren, wobei er sich redlich und vornehm zum *Anti*modernen erklärt. Das »Perverse«, vor allem, meint er bekümmert, liege ihm so fern, daß er überhaupt gar kein Verhältnis dazu finde. Auch um das junge Mädchen macht er sich Sorgen. – Ich hörte einige seiner Vorlesungen über sein eigenes System. Er spricht gut, sogar witzig. Er hat auch einen sehr schönen Kopf mit durchgearbeiteter Stirn, wie man sich den antiken

Weisheitsfreund so gedacht hat. Er scheint philosophisch sehr alter Stil und vielfach überholt. Aber mir gefällt er eigentlich gut, denn er ist, was er ist, und das mit Würde und Charme. (Übrigens schwer leidend und kann auf die Straße nur im geschlossenen Wagen.)

Heidelberg war überhaupt schön, vielleicht hätte ich länger dort bleiben sollen. Aber auf die Dauer stört mich diese zugleich provinziell eingeschlossene und geistig überspannte Atmosphäre.

Nächste Adresse (ab Donnerstag): 14 Rue Roger Collard, Paris V.

Auf Wiedersehen Dein K.

1929

AN STEFAN ZWEIG Walchensee, den 3. VII. 29

Lieber Herr Doktor Stefan Zweig –

ich hätte Ihnen schon lange für den reizenden Brief danken sollen, den Sie mir über »Rundherum« geschrieben haben. Sie waren sehr wohlwollend gegen das Buch; es ist ja ganz keß, aber eben doch ein bißchen auf Bestellung gemacht.

Sehr neugierig bin ich, wie Ihnen nun mein »Alexander«-Roman gefallen wird, den ich dieser Tage fertig mache und der im Herbst, oder, des Vorabdruckes wegen, direkt nach Weihnachten erscheinen wird. Es ist eine krasse Unverfrorenheit von mir, daß ich mich daran gewagt habe. Hoffentlich geht es nicht zu arg aus. –

Kennen Sie den Walchensee? Es ist wunderschön hier. Erika und ich haben uns einen kleinen Opel zugelegt, wir sind furchtbar stolz und planen schon das nächste »Rundherum«, per Wagen.

So herzlich wie verehrungsvoll Ihr

Klaus Mann

AN STEFAN ZWEIG München, den 28. IX. 29

Lieber und verehrter Herr Stefan Zweig –

ich habe gestern nacht, als ich von einer Reise zurückkam, Ihr Fouché-Buch hier vorgefunden. Ich danke Ihnen gleich heute, es war sehr nett von Ihnen, an mich zu denken. Mit diesem stattlichen oeuvre verglichen, kommt mir die kleine Sache noch winziger vor, die ich Ihnen neulich geschickt habe.

Wie belehrend und aufregend die Lektüre Ihrer Arbeit für mich sein wird, weiß ich schon, denn ich habe in der Neuen Freien Presse die letzten Kapitel daraus gelesen, das war, glaube ich, in der Pfingstnummer. Ich erinnere mich noch: es war während einer längeren Eisenbahnfahrt und die Lektüre wurde eine Unterhaltung von so prachtvoller Intensität, daß ich sogar das Geräusch der Räder vergaß.

Für mich ist es sehr bedauerlich, daß wir uns beinah nie sehen. Ich lese immer ab und zu, daß Erich E. bei Ihnen war, und bin dann etwas neidisch.

Die herzlichsten Grüße Ihr

Klaus Mann

AN ERICH EBERMAYER Berlin, den 15. XI. 29

L. E. E.

Vielen Dank für Deine lieben Worte über den Alexander.

Ja, das mit dem Nobel-Preis ist eine große und schöne Sache.

Eine Vorlesung in Leipzig würde mir schon Spaß machen, mit Dir zusammen. Nur werde ich um die Zeit, die in Frage kommt, in München sein. Ich hätte am liebsten etwa 13. Dezember, dann könnte ich es nämlich mit Magdeburg zusammenlegen, wo ich wahrscheinlich gegen 15. lesen soll. Wenn ich den Termin *nicht* mit Magdeburg vereinigen kann, müßte ich in Leipzig irgendwie Reise und Aufenthalt garantiert haben; denn für zusetzen bin ich nicht.

Schreib mir doch gleich über dies alles.

Ich höre hier an vielen Orten besonders herzlich von »Kampf um Odilienberg« sprechen; von Minister Becker und von manchen Knaben.

Dein

K.

AN STEFAN ZWEIG »Fasaneneck« Berlin W 15
Kurfürstendamm 26 a
22. XI. 29
(Gides 66. Geburtstag)

Lieber und verehrter Herr Stefan Zweig –

über Ihren schönen und eindringlichen Brief habe ich mich besonders gefreut. Ihr Lob war mir eine starke Genugtuung, und was Sie an Einwänden machten, hat mir eingeleuchtet.

Die Presse reagiert auffallend langsam; eine ausführliche Besprechung gerade von Ihnen müßte jetzt gute Wirkung haben. Am allermeisten wäre ich Ihnen dankbar, wollten Sie es bei der »Literarischen Welt« versuchen, die, seit ich Zank mit einem gewissen Eggebrecht hatte, sich besonders unangenehm gegen mich verhält. – Glauben Sie, daß das zu machen wäre?

Mit meinen herzlichen und verehrungsvollen Grüßen Ihr

Klaus Mann

AN STEFAN ZWEIG 26. Nov. 29

das tagebuch ist bereit ihre besprechung zu bringen gruss und dank

klaus mann

AN STEFAN ZWEIG München, den 22. XII. 29

Lieber und verehrter Herr Stefan Zweig –

Sie sollen ein weihevolles Christfest und ein reiches 1930 haben.

Mein Telegramm aus Berlin muß doch richtig zu Ihnen gekommen sein? Ich kaufe mir seither immer gierig das »Tagebuch«, und suche; bisher umsonst. Leopold Schwarzschild war doch bereit.

Ich bleibe über die Feiertage im ruhmreichen Elternhause; Anfang Januar aber will ich woanders hin reisen.

Mit meinen schönsten Grüßen für Sie Ihr

Klaus Mann

1930

AN STEFAN ZWEIG München, den 8. I. 30

Lieber Herr Stefan Zweig –

das ist ein ärgerliches und unverständliches Kuriosum; um so unverständlicher, als doch der S. Fischer-Verlag die Besprechung mit der Tagebuch-Redaktion ausgemacht hatte. Nun, mich trifft der Schaden. Ich hoffe, der Artikel kommt doch noch an sichtbarer Stelle.

Ich fahre morgen nach Villefranche. Im Süden ist das alles nicht mehr so wichtig.

Immer Ihr dankbarer

Klaus Mann

AN DORIS VON SCHÖNTHAN [Villefranche 1930]

Sie kennen wirklich diesen kleinen Hafen nicht? Eigentlich ist es mir viel lieber so. Etwas ganz besonders Hübsches allein zu kennen, ist schmeichelhaft.

Das Städtchen ist einen Abhang hinauf gebaut, für solche, die nicht gern steigen, empfiehlt sich der Aufenthalt nicht. Alle Straßen führen bergauf. Die drei zueinander parallellaufenden Hauptstraßen sind so eng, daß man den Himmel wie ein blaues Streifchen zwischen den Häusern hat, deren Dächer sich fast berühren. Die Quergassen sind meist überdacht, wie Gewölbe, in ihnen herrscht eine friedliche Dämmerstimmung von Schmutz und Schatten; im Sommer riecht es hier unschön.

Oben, gleichsam auf dem Gipfel des Städtchens, ist der Platz mit der Kirche – eine häßliche Kirche, das muß ich zugeben, weiß getüncht, unfromm –, der Mairie, wo, meiner heimlichen Vermutung nach, der Bürgermeister wohnt, und dem besseren Friseur. Dort bedient ein sehr hübscher, brünetter Bursche, wahrscheinlich seinetwegen ist das Geschäft so gut besucht, daß ich mich manches Mal mit der Konkurrenz begnügen mußte, die etwas weniger sauber ist. Dafür zeigt der dort Bedienende einen schwarz und grau melierten Vollbart, der von Güte spricht.

Unten am Meer findet man alte Männer und Frauen damit beschäftigt, an braunen Netzen zu flicken. Andere vermieten Boote, mit denen man aus der Bucht hinaus ins offene Meer fahren kann, oder zu einem Dampfer hinüber, wenn gerade einer da ist. Die Bootsvermieter zanken beinahe immer miteinander, sie schütteln die Fäuste und stoßen gurgelnde Laute aus, zu mehr kommt es nicht.

Auch unten am Strand gibt es schon einige kleine Bars, aber die taugen nicht viel, die eigentlichen, wahren, unsere Stammbars, sind weiter droben in den Gäßchen gelegen. Am intimsten sind wir mit zweien von ihnen verbunden, der Spring- und der Gardenbar. In der Springbar regiert Germaine, außerdem verfügt sie über ein Billard, ihr festes Publikum sind zehn bis zwölf Burschen von munterem Wesen und etwas reduzierter Kleidung. Germaine ist eine starke Persönlichkeit, sie versteht nicht nur den Cocktail der drei Farben zu mischen, sondern auch eine zugleich ausgelassene und disziplinierte Stimmung zu schaffen. Sie hat eine etwas platte Nase, aber ein angenehm festes und breites Gesicht mit energischem Kinn und klugen, lustigen Augen.

Das kleine Wesen, das die Springbar hält, ist exotischer und zauberhafter. Sie behauptet, Italienerin zu sein, aber sie muß fremderes Blut haben. Ihr phantastisch frisierter schwarzer Haarschopf, ihre schmalen, listigen und tief schillernden Augen, ihr spitzes, anmutig vogelhaftes Profil, ihre zarten, etwas flattrigen Gesten unterscheiden sie von allen anderen Mädchen des Ortes. Ihre Mutter, fürchte ich, muß sich an einem Araber versehen haben. Die Gardenbar ist kleiner, mondäner und etwas anrüchiger als die Springbar, schon weil sie mit einer rötlich gemusterten Seidentapete ausgestattet ist. Hier verkehrt auch ein zahlungsfähigeres Publikum als bei Germaine, vor allem die Soldaten der nahen Kaserne, die Chasseurs des Alpes mit ihren kecken schwarzen Mützen. Ich erinnere mich an einen von ihnen, einen verträumten, blonden, der in das leichte Wesen mit der schwarzen Haartolle sehr verliebt gewesen sein muß; er kam jeden Abend, um sie anzustarren, dabei hatten seine hellen unwissenden Augen einen merkwürdig rührenden und hoffnungslosen Blick. Das Vogelgeschöpfchen flatterte indessen gewichts- und gewissenlos zwischen ihren Gläsern und Flaschen herum.

Der kleine Hafen ist still, wenn nicht gerade ein Schiff in der Bucht angelegt hat. Man begegnet hauptsächlich kleinen Kindern und Katzen. Soviel Katzen habe ich sonst nirgends gesehen. Der Schmutz der Gäßchen scheint sie zu ernähren, oft meint man, er müsse sie hervorbringen. Aus allen Ecken huschen sie hervor, trübfarbig, knochenlos weich, mit gierigen Augen. – Viel schmutziger als sie, aber weniger unheimlich sind die Kinder, die den Fremden umlagern.

Wenn die Matrosen kommen, verwandelt sich die Idylle. Wilder Hochbetrieb in den Bars, sogar die kleinen unten am Kai beleben sich. In der Springbar kann Germaine gar nicht schnell genug den Drei-Farben-Cocktail mischen. In der Gardenbar flattert die kleine Afrikanerin über einem Gewühl von blauen Mützen mit roten Quasten, erhitzten

Gesichtern, braunen Hälsen. Diese Verwandlung des Orts ist sehr großartig. Ein Stampfen und Singen geht bis tief in die Nacht hinein, sonst war es um halb elf schon still. Die Mädchen wiegen anders die Hüften. Die Luft riecht stärker, sie ist stärker bewegt.

Nachmittags fahren wir zum Kriegsschiff hinüber, da es nun einmal da ist, wollen wir es auch besichtigen. Der Maschinenmeister, der uns führt, spricht gut deutsch. Wir sehen alles, die ungeheuren Kessel und Turbinen, die dumpfen Räume, wo die Mannschaft schläft, oben auf Deck die drohenden Kanonen. Unser maschinenkundiger Freund erklärt uns alles mit einer gewissen, sanften, sehr französischen Pedanterie. Beim Anblick der Kanonen hält er die Gelegenheit zu einer pazifistischen Ansprache für gekommen. »Dabei wollen wir keinen Krieg«, sagt er höflich. »Wir müssen diese Schiffe nur haben, um unsere Landsleute in den Kolonien beschützen zu können. Falls etwa in China Unruhen sind –« Sein Gesicht ist ernst und liebenswürdig, sicher glaubt er, was er da sagt.

Am Abend, wenn das Kriegsschiff fort ist, liegt der kleine Hafen noch regungsloser als vor seiner Ankunft. Wie soll ich Ihnen diese Abende beschreiben? Kennen Sie diese Schwermut?

Man steht auf einem Balkon, unten begibt sich nichts als ein Gespräch zwischen zwei rauhen Stimmen. Dahinter kommt gleich das Wasser. Es ruht dunkel. Einzelne Lichter gehen drin auf. Drüben, in der Bucht, fährt ein Zug vorbei. Dann wieder Stille. Nun ist sogar das rauhe Gespräch verstummt.

Kennen Sie das, dieses Gefühl, das unser Herz weitet, bis es wehe tut? Diese Traurigkeit, weil die Welt so ist – so, so, so –: mit solchen Lichtern, solchem Wasser, solcher Dunkelheit. Weil du hier stehst, nichts kennst als nur diese Welt, an sie gebunden bist, atmend teilhast an ihrem rätselvollen Schicksal.

AN PAUL GEHEEB Berlin, den 12. III. 30

Lieber Paulus –

ich könnte mir mein Leben ohne das Jahr in der Odenwaldschule nicht vorstellen; die Odenwaldschule aber nicht ohne Sie.

Also könnte ich mir mein Leben nicht ohne Sie vorstellen.

Ihr dankbarer

Klaus Mann

AN STEFAN ZWEIG München, den 1. VI. 30

Lieber und verehrter Herr Stefan Zweig –

seit zwei Tagen bin ich von meiner afrikanischen Reise zurück, und ich habe hier Ihre Drucksache vorgefunden. Ich bin sehr froh, Ihre schöne und ehrenvolle Rezension endlich kennengelernt zu haben. Die Buchbesprechung ist bei uns heute im ganzen auf einem solchen Niveau, daß eine Kritik wie Ihre einen doppelt erfreut und stärkt. Sie werden mir's glauben, und Sie wissen ja selbst, wie dergleichen ermutigt und hilft; einfach auch, indem es ein so großes Gefühl von *Verpflichtung* gibt; (nämlich den, der so hochherzig etwas von einem erwartet, nicht zu enttäuschen und weiter anständig zu arbeiten).

Die Wochen, die ich hinter mir habe, sind sehr merkwürdig gewesen, vor allem die drei in diesem ziemlich verzauberten Fez. Jetzt fange ich ein neues Stück an zu schreiben. Wahrscheinlich werde ich zunächst nach London gehen.

Haben Sie die deutsche Ausgabe von La mort difficile gesehen? Das wäre doch schön, wenn Sie darüber etwas schrieben!

Auf Wiedersehen, hoffentlich im Sommer in Salzburg oder sonstwo.

Aufrichtige Verehrung Ihres

Klaus Mann

AN PAMELA WEDEKIND München, 9. XI. 30

Meine liebe Pamela –

es war eine sehr schöne und liebenswürdige Idee von Dir, die Taubenarie zu komponieren. Die Melodie ist sehr eindringlich und passend; Erika wird sie auch singen, obwohl Klaus Pringsheim sie schon vertont hatte. Aber Deine Melodie ist einfacher und besser. Es freut mich, auf diese Weise zu wissen, daß Du mein Stück gelesen hast. Ich erführe gerne, wie es Dir und wie es Sternheim gefällt. – Wir haben diesen Mittwoch unsere Première. Grüße bitte Sternheim von mir.

Ich bleibe Dein

Klaus

AN STEFAN ZWEIG München
Poschingerstraße 1
15. XI. 30

Lieber und verehrter Herr Stefan Zweig –

ich schreibe Ihnen – wenngleich es über so unendlich viel zu schreiben gäbe – heute wegen einer bestimmten kleinen Angelegenheit.

Sie haben für die Eröffnungsnummer der vielversprechenden »Zeitlupe« einen kleinen, aber sehr inhaltsreichen Artikel hergegeben, den ich mit äußerstem Interesse, aber nicht mit ganzem Einverständnis gelesen habe. Ihr Verständnis für die »Radikalisierung« der Jugend – das heißt: für ihre *reaktionäre* Radikalisierung – scheint mir zu weitgehend. Ist denen gegenüber solche psychologische Langmut am Platze? Da kann ich nicht mit. Die »Zeitlupen«-Leute wollten von mir auch einen Beitrag, und ich habe ihn als eine Art Antwort an Sie abgefaßt; (ich weiß übrigens nicht, ob sie ihn in dieser Form bringen). Aber ich erzähle es Ihnen, damit ich Ihnen nachher nicht hinterhältig vorkomme. – Sie werden voraussehen, daß der Ton meines kleinen Artikels von den Gefühlen bestimmt ist, die ich für Sie habe und stets haben werde: von den Gefühlen einer echten Verehrung und einer starken persönlichen Dankbarkeit.

Immer Ihr

Klaus Mann

AN PETER DE MENDELSSOHN

München
Poschingerstraße 1
Den 24. XI. 30

Lieber Peter –

ich muß unbedingt gleich erzählen, daß ich Deinen Roman eben zu Ende gelesen habe und daß ich mich furchtbar freue über das, was Dir da gelungen ist. Es ist wirklich etwas sehr Schönes und Starkes, und so Lebendiges! Du hast eine natürliche Anschaulichkeit, eine einfache Plastik, um die man Dich fast beneiden könnte. Du erzählst so, als wenn es gar nichts wäre, derlei komplizierte Dinge zu erzählen (dabei ist es doch allerhand, an psychologischen Komplikationen). Für mich war die Lektüre besonders rührend, weil ich so viel von dem Leben wiedererkannt habe, das doch schließlich, bis zum gewissen Grade, auch meines in Berlin gewesen ist (von Schwannecke bis zur Boheme).

Ob ich es mir einbilde, daß die Franziska Pamela-Züge hat – oder ob was daran ist?

Ich freue mich schon darauf, auch öffentlich etwas über Dein Buch zu sagen.

Herzlichst Dein

Klaus

1931

AN ERICH EBERMAYER

Berlin W 15
Kurfürstendamm 26 a
11. II. 31

Lieber Erich –

wir haben wirklich Pech miteinander: wenn Du nach München kommst, bin ich regelmäßig nicht da, und wenn ich mal eine Stunde in Leipzig bin, bist Du mit Deinen Eltern zu einer gemütlichen Luncheon-Party gefahren. – Wir Tollköpfchen sind nämlich mit dem *offenen* Wagen von Bayern nach Preußen, was zur Folge hatte, daß uns a.) dicht vor Wittenberg der Wagen entzwei ging – und wie! – b.) ich mit fast 40 Grad Fieber in Berlin ankam. Ich liege jetzt noch so halb.

Sonst geht es uns gut. Ist Dein Roman fertig? Von mir kommt ziemlich viel, aber zunächst nichts Erzählendes.

Schreib mir halt!

Freundschaft! K. M.

AN STEFAN ZWEIG

Grand-Hotel et Hotel des Bains
Bandol-s/-Mer (Var)
3. V. 31

Lieber und verehrter Stefan Zweig –

Sie haben mir reizend geschrieben, vielen Dank. Ihre wunderbar warme Art zu reagieren ist immer eine so große Freude, und über jede neue Arbeit kommt der schönste und wichtigste Brief immer von Ihnen.

Hoffentlich werden Sie dieses große Wohlwollen auch dem Roman bewahren können, den ich jetzt gerade anfange. Was Sie mir da am Schluß geschrieben haben, war sehr richtig: wenn man sich einige Zeit lang mehr mit schon gestaltetem Leben, als mit dem Leben selbst (dem Rohmaterial) befaßt hat, ist es gar nicht so einfach, wieder den direkten, nicht theoretisierenden, sondern einfach erzählenden Ton zu finden.

Danke für Ihren Hinweis auf Bauer. So, wie Sie es in Ihrem Brief formuliert haben, unterschreibe ich Ihre politische Anschauung ganz und gar. Nur, scheint mir, darf man es nicht so wenden, daß man sagt: die Entscheidung fällt doch woanders, also laßt die Nazis nur machen. Schließlich wird der innere geistige Zustand Europas – den der Rowdy-Nationalismus gefährdet – eines Tages doch dafür entscheidend sein, ob Europa dem Sowjetrußland, das den Fünfjahresplan durchgeführt haben wird, irgendetwas entgegenzusetzen hat, oder ob es vor dem asiatischen Angriff zusammenfallen wird wie ein Kartenhaus. – Schade, daß Sie nicht mehr in dieser Gegend sind. Jetzt wird es gerade herrlich – und Bandol-Sanary sind ganz ulkige Nester.

Ihr treuer

Klaus Mann

Auf Ihren petit roman bin ich furchtbar neugierig.

1932

AN ERNST MEISTER

Hotel le Royal, Paris 14
212, Boulevard Raspail
31. I. 32

Lieber Meister –
(mon cher maître –)

Ihre Gedichte habe ich nun mehrmals durchgelesen. Es war gut, daß Sie sie mir mitgeben konnten – ich hatte jetzt natürlich einen sehr viel stärkeren Eindruck als damals, im »Fasaneneck«.

Vieles ist wunderschön. Sicher sind Sie ein ganz starkes lyrisches Talent. Was mich am ehesten stört, sind zuweilen diese etwas »expressionistischen« Allüren (»eine Hure atmet an den Mond«, »Sokrates in der Straßenbahn« usw.). Das wirkt immer leicht etwas veraltet, sieht ein bißchen nach 1920 aus (was übrigens durchaus keine schlechte Zeit für die Literatur war, besser als 1932 jedenfalls). Deshalb mag ich ein Gedicht wie »Nacht« mit am wenigsten. Im »Wankenden Gott« hingegen wird das Unklare wirklich suggestiv, und man *spürt* viel, wenn man auch rational nichts versteht. Trotzdem rate ich immer: einfacher zu werden. Und die Gedichte, die eine etwas schlichtere Sprache reden, und an denen Ihnen vielleicht am wenigsten liegt – wie »Der Knabe«, »Monolog der Menschen«, »Die Entrückung« – gefallen mir dann eben doch am besten. – Der Einfluß Hölderlin-Trakl ist der schönste, den es gibt, es schadet gar nichts, wenn er deutlich wird – (»Aber es war Winter«) –; »es starben die Ohren« hingegen riecht zu sehr nach »Sturm«, mit Vorwort von Die Kunst Pinthus, Kurt Wolff-Verlag, Café des Westens 1919.

Hier ist es schön, trotz allem.

Grüßen Sie bitte unseren Wolfgang (»Opium an den Rudern«) besonders nett; ich schreibe ihm auch noch.

Ihr

Klaus Mann

AN EVA HERRMANN

München
Poschingerstraße 1
14. V. 32

Ich schreibe Dir – liebe Eva – gleich, wie es Dir versprochen worden ist – obgleich es wenig genug zu erzählen gibt.

Die Stunden draußen waren sehr bitter, und zudem sehr ermüdend. Jetzt möchte ich dieses Haus und diese Wiese zum See in ihrer verhexten Friedlichkeit wirklich nie wieder sehen. – Das Mädchen Resi haben wir gestern *nicht* sprechen können; aber Anfang nächster Woche wird es von Bert oder uns nachgeholt, dann berichten wir Dir. Die Sachen haben wir teilweise schon gepackt und mit hierher genommen; nun stellt sich aber plötzlich heraus, daß doch noch alles beisammen bleiben muß, bis das Testament endgültig rechtskräftig ist. Wir können Dir deshalb auch die paar kleinen Sachen noch nicht schicken, die wir für Dich ausgesucht haben; hoffentlich geht es noch, daß Du sie nach Berlin bekommst. Die größeren Sachen – Grammophon, Heizkissen, Russenbücher, Mexiko-Teppich – sind noch draußen geblieben; Bert läßt sie dann durch den Expediteur mit herein befördern. – Was an Zeichnungen, Photos, Papieren da war, haben wir schon geordnet. Deine Briefe – es lagen mehrere in den Schubladen – haben wir sofort draußen vernichtet, bis auf zwei sehr dicke, die mir aus Rußland zu sein schienen und vielleicht einen Tagebuch-Wert für Dich haben; (was soll mit ihnen geschehen?) –

An Stieglitz habe ich heute auch geschrieben, ob er noch Bilder hat. Günther Franke, den ich besucht habe, will sich wegen einer Ausstellung erst entscheiden, wenn er alles beisammen sieht. Ich bin aber sicher, daß es sich lohnen wird.

Jetzt, da ich über all das beinah wie über etwas Geschäftliches schreibe, kommt es mir wieder so unfaßbar vor.

Grüße von E, Annemarie und allen.

Wir wollen also am Dienstag nach Venedig fahren.

Adieu, liebe Eva, und auf Wiedersehen, hoffentlich noch in diesem Sommer.

Klaus

AN ERICH EBERMAYER

Grand Hôtel des Bains
Lido – Venise
21. V. 32

Ja, lieber Erich, es ist wieder einmal alles schrecklich anders geworden, und wir sind *nicht* in Persien.

Du hast den Ricki Hallgarten doch gekannt? Es war der beste Freund, den Erika und ich hatten, und er hat sich erschossen, 20 Stunden, ehe die Reise losgehen sollte. Vielleicht hast Du es schon gehört. Es ist jetzt 2½ Wochen her. Für uns ist es wirklich, als habe man uns ein Stück lebendiges Leben herausgeschnitten. Aber, unheimlicher Weise, *muß* es ja weitergehen.

Wir wollten von München weg, und hierher zu fahren

war eine ganz gute Idee. Es ist so nah, und doch fremdartig genug. Wir kannten es beide zufällig noch nicht. Die Annemarie Schwarzenbach und der kleine Babs Fischel sind mit uns.

Willst Du mir hierher schreiben? Ich wüßte auch gerne, ob Du meinen Roman gelesen hast und wie Dir davon zu Mute wurde; und was Deine verschiedenen schwebenden Angelegenheiten machen (Unrat usw.).

Immer gleich herzlich Dein

Klaus

AN PAMELA WEDEKIND

Grand Hôtel des Bains
Lido – Venise
23. V. 32

Meine liebe Pamela –

es war sehr nett von Dir, mir zu schreiben, und es ist mir sehr wichtig zu wissen, daß Du mein – und *unser* – Erinnerungsbuch gelesen hast.

Seit es erschienen ist, hat sich in meinem und Erikas Leben etwas sehr schrecklich verändert: ich weiß nicht, ob Du erfahren hast, daß sich Ricki erschossen hat – vor jetzt zweieinhalb Wochen. Du wirst, immer noch, ungefähr ermessen können, was das für uns bedeutet. Er hat es getan, zwanzig Stunden, ehe er eine große Autoreise mit uns nach Persien anzutreten plante. – Gott weiß, was dieses Leben uns allen noch bringen will.

Von Erika und mir viele Grüße für Tilly, Kadidja und für Dich.

Klaus

AN ERICH EBERMAYER München, Poschingerstr. 1
4. 6. 32

Aber wieso denn – lieber Erich –: Dein Brief war nicht kränkend – wohin käme man denn, wenn man jede besorgte Kritik, jede Einschränkung gleich übelnehmerisch aufnehmen wollte? Ich bin der erste, der die vielfach kühle und sogar feindliche Reaktion versteht, die dieser Roman auslöst. Das hat seine guten Gründe, und ich tue gut, aus ihnen zu lernen. Andererseits kenne ich den Rang des Buches und weiß ganz genau, daß viele Urteile nicht definitiv und keineswegs das letzte Wort sein werden. – Immerhin: Urteile wie Deines überdenke ich mir genau und lasse sie mir gesagt sein. Eine andere Sache hingegen ist es – und eine reine Frage der Nervenstärke – dem widerlichen Ansturm der Gehässigkeiten standzuhalten, der sich gerade eben wieder über mich ergießt. (Leider habe ich bei Schustermann abonniert.) Es ist sehr anstrengend, so viel gehaßt zu werden – auch wenn man die äußeren Gründe dafür kennt.

Ja, in Venedig war es hübsch und friedlich. Hier aber finden sich nur die tollsten Überraschungen – angefangen mit dem adligen Kabinett des von Papen, bis zu so heiteren Zwischenfällen, daß die Nazis ein vertraglich festgelegtes Auftreten von Erika bei den Festspielen in Weißenburg durch glatte Ankündigung von Gewalttaten einfach verhindern. Es ist alles besonders schlimm.

Aber daß die Große Kluft in London kommt, ist nett. Den Schatz meiner dortigen Beziehungen freilich überschätzest Du. Ich war selber sehr wenig dort – eigentlich nur einmal als Junge. Eine gute Adresse, die ich Dir geben kann, ist: Brian Howard, 39 a, Maddox Street, London W 1 – ein junger Literat, der viel in Deutschland war und alle komischen Leute von London kennt. Für New York ist ein ausgezeichneter Manager Rudolf K. Kommer, der Freund von Reinhardt und Otto H. Kahn, der die Gefälligkeit in Person ist und den Du leicht durch jedermann kennenlernen kannst. (Im Augenblick dürfte er in Berlin oder in Wien oder schon in Salzburg sein.)

Meine Pläne sind nicht sehr genau. Aber Mitte Juli, fürchte ich, werde ich wohl sicher nicht in München sein. Vielleicht fahre ich bald nach Berlin. Würdest Du dort zu tun haben?

Und sonst viele herzliche Grüße
immer Dein

Klaus

AN STEFAN ZWEIG

Berlin W 10
Hohenzollernstraße Nr. 23/24
den 19. VI. 32

Lieber und verehrter Herr Stefan Zweig –

mir muß es vorkommen, als wenn ich Ihnen diesmal mit meinen Büchern gräßlich mißfallen hätte. Freilich haben Sie mich durch schnelle und eingehende Urteile so verwöhnt, daß ich immer, wenn eine neue Arbeit »hinausgegangen« ist, auf Ihren Brief als auf den ersten und besten warte. Deshalb müssen Sie verstehen, daß mich Ihr Schweigen etwas beunruhigt, und entschuldigen, wenn ich Ihnen das sage. Die Gehässigkeit der gewerbsmäßigen Buchbesprecher gegen mich ist weiter so merkwürdig groß und erbittert, daß mir an dem gerechten Urteil meiner Freunde alles liegen muß.

Sonst ist alles im Augenblick ja auch nicht so besonders schön, vom Wetter bis zur Hohen Politik. In meinem persönlichen Leben hat es außerdem sehr traurige und einschneidende Dinge gegeben.

Für Sie viele und herzliche Grüße
Ihres

Klaus Mann

AN ERNST MEISTER

München
Poschingerstraße 1
3. 7. 32

Lieber Ernst Meister –

es war nett, wieder von Ihnen zu hören – und vielen Dank vor allem für die Übersetzung Ihres kleinen Gedichtbandes. Ich habe mit Freude ältere Bekannte darin wiedergefunden und Neues gesehen. Es ist sehr schön und sehr lobenswert, daß der Marburger Verlag dieses Buch herausgebracht hat. Was ich nach der ersten Lektüre Ihrer Sachen geschrieben habe, bestätigt sich mir und noch deutlicher –: daß Sie ein Dichter sind. Einiges ist Ihnen wunderschön gelungen, und überall ist ein sehr starkes und eigenwilliges Talent. Vor allem eigenwillig, und eben das empfinde ich so dankbar. Es ist ja zu langweilig, wenn alle diese jungen Leute wie lauter kleine Rilkes und Georges dichten, nachdem sie ihren Expressionismus glücklich überwunden haben. Sie freilich haben ihn vielleicht immer noch nicht gründlich genug überwunden, diesen gefährlichen und so verführerischen »Expressionismus«. Ihre fast »sinnlosen« Gedichte sind nicht immer die besten – man kann Irrationales auch anders, und vielleicht intensiver, ausdrücken. Das beweisen Sie selber mit so merkwürdigen Stücken wie »Lajaune versteht einen Traum nicht –«. Mit der »Guten Musik« hingegen kann ich nicht so viel anfangen, obwohl sie unserem Wolfgang gewidmet ist. Aber es ist sonst noch viel Schönes in Ihrem Buch, was auch auf Späteres hoffen läßt – und wenn sonst gar nichts darin stände, wäre ich doch schon dankbar für Zeilen wie solche:

»Wer ganz demütig ist, bewegt sich nicht
und hört zu, wie die Sekunden etwas verschweigen.«

Man spürt eben beinah überall das Wichtigste durch: daß alles aus einem rechten und notwendigen Gefühl heraus geschrieben ist.

Hoffentlich sehen wir uns bald einmal wieder – in Berlin oder anderswo. Herzliche Grüße Ihres

Klaus Mann

AN EVA HERRMANN

Hotel Miramar
Westerland
5. IX. 32

Da schicke ich Dir – liebe Eva –, was im nächsten Heft von »Kunst und Künstler« erscheinen wird. Dazu, glaube ich, zwei Bilder. – Es ist also nur etwa der dritte Teil von dem, was ich geschrieben habe. Die Redaktion hat es geschickt, aber nicht sehr sympathisch zusammengestrichen; das heißt: *beinah alles* Persönliche ist weggefallen. Ich hoffe aber halt sehr, daß es auch ungekürzt noch irgendwo erscheint.

Unser langer, schöner nordischer Sommer geht hier also zu Ende: in etwa einer Woche werde ich in Berlin und dann, für etwa 4 Wochen, in München sein. Heute stößt hier endlich, ganz zum Schluß, die Therese zu uns.

Und Du mußt nach New York? Aber es ist doch sicher, daß wir uns vorher sehen!!

Denn es denkt freundschaftlich an Dich

K.

Grüße für old Billux.

AN STEFAN ZWEIG

Hôtel Jacob, Paris
44, rue Jacob
den 19. 11. 32

Lieber und verehrter Herr Stefan Zweig –

seit mehreren Tagen benutze ich jede freie halbe Stunde dazu, in Ihrem Buch zu lesen – für dessen Übersendung ich Ihnen besonders danke –: und gestern nacht bin ich fertig geworden. Es scheint mir gar keine leichte Sache, Ihnen überhaupt etwas zu Ihrer Arbeit zu sagen, denn Lob werden Sie ja von allen Seiten hören, und übrigens spricht Ihr Erfolg für sich. So könnte man sich damit begnügen, mit unsrem achtzigjährigen Gerhart Hauptmann »Dank, nichts als Dank« zu murmeln. Diese Allgemeinheiten überlassen wir aber dann doch lieber den repräsentativen Häuptern; und ich muß Ihnen doch erzählen, daß mich, seit ich weiß nicht wie lange, keine Lektüre derart gespannt und erregt hat wie nun die der »Marie Antoinette«. Darf ich mir erlauben, Ihnen zu sagen, daß ich dieses Buch für Ihr allerbestes halte? Es hat eine Verve, die mitreißt, – und mit welcher Meisterschaft ist ein so großes Stück Weltgeschichte hinter die rührende Geschichte dieses »mittleren« Lebens skizziert, das sich am Schluß zu einer Tragödie von solchem Ausmaß steigert. Ich bin in diesem Fall ein ziemlich naiver Leser – denn ich habe mich mit der Zeit, die Sie behandeln, nie ganz eingehend beschäftigt –; deshalb muß ich gestehen: ich kann sehr zurückdenken, bis ich auf einen Roman komme, der mich, im ganz primitiven Sinn des Wortes, so gespannt hätte. Es war ein intensiver Genuß – ohne jede Redensart! –, und ich danke Ihnen noch einmal sehr, indem ich Ihnen gleichzeitig von Herzen zu diesem Ihren neuen Sieg gratuliere.

Immer Ihr getreuer

Klaus Mann

AN EVA HERRMANN

Hôtel Jacob, Paris
44, rue Jacob
1. XII. 32

Eva dear

das ist aber schlimm und schade! Denn es wäre doch nett gewesen, hier ein paar Tage zusammen zu sein. Und wie lange Du wohl diesmal drüben bleiben wirst? Und ob ich doch auch noch mal hinüberkomme? – Aber dann gibt es immer so viel andre Pläne und Plänchen; und dann ist immer alles so teuer, teuerrr!

Apropos: Brewer and Warren, höre ich hier denn doch mit leichtem Entsetzen, soll ja pleite sein, schon gar nicht mehr existieren. Glanz und Elend der Kurtisanen. Aber wenn Du eine geniale Urschel bist, findest Du mir einen anderen Verleger für »Treffpunkt im Unendlichen« und übersetzt es gleich selbst und wir machen ein kolossal stattliches kleines Geschäft. Was hältst Du davon? Hast Du ein

Exemplar? Sonst kann man Dir vielleicht noch geschwind eines schicken. –

Eri ist schon seit nun bald einer Woche wieder in Deutschland. Sie war in Stuttgart, wo sie für die Schwabenkinder am Rundfunk aus dem »Stoffel« vorlas; und jetzt hat sie ziemlich zu tun: in Darmstadt bei Hartung kommt doch »Jans Weihnachtshündchen«, und in München will sie doch ein Cabaret aufmachen, ja ja, wohl schon am 9. Januar – davon weißt Du noch gar nichts? – usw. usw.

Was ich bin, ich habe ein Stück gedichtet, und da es sicherlich mein bestes ist, bringe ich es diesmal unter einem Pseudonym heraus, und meinen Namen werdet ihr nie erfahren.

Hier ist es ganz nett und gesellig, aber nicht aufregend, außer bei ganz wenigen Menschen. Gestern habe ich mich mit einem Dichter, der etwas von dieser Materie versteht – mit Julien Green – lange über den Tod unterhalten; und er meinte, daß er etwas ganz Herrliches sein müsse, der schönste Moment, das große aus sich selber Heraustreten.

Reise gut, liebe Eva, und ich will doch, daß wir uns bald wiedersehen.

Immer

K.

AN STEFAN ZWEIG

Hôtel Jacob, Paris
44, rue Jacob
1. XII. 32

Lieber und verehrter Stefan Zweig –

für Ihren Brief vielen Dank. Was Sie mir über das Dramatische schreiben, hat mich sehr beschäftigt. Nach »Anja und Esther« – was Sie so liebenswürdig meinen »ersten starken Versuch« nennen – habe ich es wohl noch ein paar Mal mit der Bühne versucht und seitdem noch drei andere Sachen fürs Theater geschrieben; sie sind auch alle gespielt worden, aber ich habe nie ein rechtes Glück mit ihnen gehabt. Das lag sicher *auch* an den Stücken; aber ebenso sicher auch an einer bösartigen Voreingenommenheit der Theaterpresse gerade in der großen Provinz gegen mich. Diese Voreingenommenheit wurde zum offenen Skandal bei der Uraufführung meines letzten Stückes »Geschwister« an den Münchner Kammerspielen. Vielleicht hat mich das doch etwas entmutigt – wenn auch gegen besseres Einsehen. Nun habe ich aber doch wieder ein Stück geschrieben, und diesmal bringe ich es unter anderem Namen heraus. (»Meinen Namen werdet ihr nie erfahren, ich bin ...«) Man wird da ja sehen. – Ich erzähle Ihnen das, weil es mir Freude gemacht hat, daß Sie mir gerade jetzt zum Dramatischen raten. Aber es geht mir da ein bißchen wie dem Lernet-Holenia, der immer sagt, daß ihm »nix einfallt«! Wenn Sie mir einen Stoff wüßten!!

Immer Ihr ganzer

Klaus Mann

1933

AN ERICH EBERMAYER Poschingerstraße 1

24. 2. 33

Was machen die lieben kleinen Korrekturen, Herr Doktor? Wenn der Fasching und die Lektüre von Herrn Görings herzerfrischenden Aufrufen mir gerade Zeit lassen, sitze ich ganz emsig da und skizziere den dritten Akt. (Um das gleich anzubringen: Du mußt Dir vom Sachverständigen Richthofen sagen lassen, wegen welcher gefährlichen Verfehlung Werkmeister Espensen so Knall und Fall rausfliegen muß, er hat irgendetwas falsch montiert, aber was? Es muß etwas sehr Schlimmes und doch wieder nicht zu Unmögliches sein.) – Nun glaube ich aber doch, es wäre das Beste, wenn wir uns bald zusammenfänden und in gemeinsamer Arbeit alles zu Ende brächten. Ich will ohnedies gleich nach dem ersten März von hier fort. Deshalb die Frage: Paßt es Dir, daß wir uns treffen, und *wo* beliebt's?

Natürlich können wir uns auch in Berlin in ein Stübchen sperren; aber dort werde ich vielleicht ermordet, was mich andererseits auch wieder reizen könnte. Ich wäre auch mit irgendetwas ganz Komischem, wie Saalfeld oder so, einverstanden. Für Leipzig bin ich nicht sehr. – Gib mir gleich Nachricht, wenn's gefällig! Wie gesagt: mir ist ab zweitem März alles recht.

Auf bald

K.

AN ERICH EBERMAYER

Poschingerstraße 1
den 27. 2. 33

Gut, machen wir es so, lieber Erich.

Dann fahre ich jetzt doch noch erst ein weniges ins Gebirge und wir treffen uns in etwa zehn Tagen, ganz egal wo. Ich werde inzwischen den dritten Akt in der provisorischen Form zu Ende bringen, und Du, wenn Du die Korrekturen hinter Dir hast, beschäftigst Dich vielleicht mit dem ersten. Ich lasse Dich gleich meine Adresse wissen, auf daß wir in Verbindung bleiben.

Wie neugierig ich auf Deinen Roman bin! Ist er bedeutend?

Den Dingen, die da kommen, sehe ich mit Entsetzen entgegen. Noch schlimmer fände ich, wenn sie nicht kämen und alles in dem fast unertragbaren Zustande bliebe, wie nun. Bei der unerklärlichen Wesensart des deutschen Volkes ist sogar dieses Unwahrscheinlichste möglich – allerdings nur auf eine begrenzte Dauer. Einmal hat es geschnappt – daran zweifelt wohl niemand.

Sonst – alles Herzliche vom alten

K.

AN KATIA MANN Poschinger [straße 1]
den 28. 2. 33

MUTTER –

ei wer schreibt denn da, ganz eifrig-üsis, und will gar kein Geld und verachtet alles nur Materielle? – Der Karneval ist vorüber, gestern war der letzte Kammerspielball, so daß ich mich noch einmal schwer betrinken mußte, um dann abwechselnd Frau Direktor Falckenberg und die Herren Kellner des Regina zu umarmen. Frau Doktor Frank hatte sich daheim eigens um halb drei wecken lassen, um doch noch ein wenig mit dabei zu sein; Bruno war im Bett geblieben, aber Liesula hatte ihren Vater Bulli, der eigens aus Berlin für den Fasching gekommen war, und den Doktor Pentmann, mit dem sie intim ist? (Bitte Brief, weil zu verklatscht, zu vernichten.) – Auch der Doktor Feist ist schließlich doch noch gekommen und unendlich traurig, weil wir nicht mit ihm in den Schnee fahren wollen – aber so war es ja immer, und der Alte wird eben in die Ecke gestellt, an sehr vielem ist ja auch Mielein schuld, sie war immer gegen die Freundschaft. – Erika telephoniert ganz nervös herum, weil sie morgen verreisen möchte, aber noch nicht genau weiß, wohin. Ich wollte nun eigentlich doch auch mitfahren und mich erst etwas später mit Ebermayer zwecks dichten treffen, aber seit heute heißt es plötzlich, Barnowsky wolle das Stück des talentierten jungen Hofer, »Athen«, herausbringen, wahrscheinlich wird es dann doch wieder nichts, aber zunächst ist es ja immer ganz spannend, und man tut so, als müsse ich unbedingt nach Berlin kommen, um Änderungen anzubringen und so. Wenn es nötig ist, werde ich es ja wohl tun. Obwohl mir graust vor allem, was ich dort würde mit ansehen müssen. Es wird doch von Tag zu Tag ärger, und was diese mysteriöse Brandaffäre betrifft, so kann man sich den Kommunisten schwer vorstellen, der diese Sinnlosigkeit beginge; dieser Mortimer starb aber gewissen Leuten so schauerlich gelegen und sie können so unabsehbare Konsequenzen aus dem Vorkommnis ziehen, daß Vermutungen, die Brandstiftung betreffend, nicht ganz fern liegen, wenn man sie auch nie wird aussprechen dürfen. In Berlin scheint der Terror doch der zugegebene Zustand; wenn Heinrich nicht weg wäre – (Gott, was mußte ich mit Mimi telephonieren, und Goschi hat ja nun öffentlich getanzt, sie soll ein wenig steckengeblieben sein) – dann wäre er ja wohl nun mit Erich Mühsam und den anderen verhaftet worden. – Was ich gar nicht habe verstehen können, das war das Verhalten der Akademie zu der Heinrich-Affäre. Was sollte das heißen, ein so rein politisches Vorkommnis »unpolitisch« auffassen, und ich hatte gedacht, es würden mehr austreten. Wahrscheinlich ist das ja alles erwogen worden. Dankbar wäre ich, wenn ich erzählt bekäme, was der Zauberer hierüber denkt – weil es mich doch so interessiert. Über seine Botschaft hat man viel und Bewegtes gehört; über Paris habe ich auch manches Schöne gelesen, zuletzt eine große Besprechung in Notre Temps.

Im übrigen: das geht nicht gut, das geht nicht gut, das geht KEINESFALLS gut; jeden Abend, den man das Radio anstellt, wird es einem immer noch klarer.

Hoffentlich habt Ihr es prächtig, wir wollen auch immer recht zusammenhalten. Moni soll nicht ausgeschlossen sein, bitte Vater und Schwester zu grüßen

ein durstiges Damenschnappen vom

Aissi-K.

AN EVA HERRMANN

Hôtel »Les Roches Fleuries«
Aiguebelle-Plage (Var)
27. 4. 33

EVA – dear –

ich glaube ja, Erika hat Dir schon aus unserer »Verbannung« geschrieben. Es ist eine merkwürdige Lage. An Deutschland denkt man als an ein ekelhaftes Irrenhaus, aber man hat keine Ahnung, wie sich uns das Leben außerhalb Deutschlands gestalten wird. So hängt man auf eine schon phantastische Art in der Luft. Am meisten werde ich mich natürlich auf Paris konzentrieren, wo ich auch bis jetzt war und wo ich ohne Frage einige Chancen habe. Aber gerade dort ist die Konkurrenz der »Emigranten« untereinander so erschreckend groß; (und ich fürchte, in Prag, Zürich usw. ist es noch ärger). Ich würde sehr gerne nach Amerika gehen, aber kaum ohne Eri – und das käme für uns beide natürlich nur in Frage, wenn wir ein Dollar-Lebensminimum hätten. Alte Eva: schaue Dir also Deine ausdrucksvollen Augen aus, ob Du nicht eine bescheidene Chance für uns ausfindig machst – sei es als Lektor, Dramaturg, Journalist, Redakteur, Witzbold oder als was sonst immer. Ist es bei euch immer noch so schlimm? Ich denke, Roosevelt macht alles besser und führt herrlichen Zeiten entgegen. Laß jedenfalls all Deine kleinen Verbindungen spielen – und es könnte uns vielleicht ein einschneidender Gefallen damit geschehen.

Die nächsten Wochen werden wir wahrscheinlich in Sanary sein, wo sich die armen Eltern etwas mieten wollen; (für den Zauberer ist es ja besonders scheußlich – er kann nicht umhin, sich irgendwie verantwortlich für Deutschland zu fühlen, und eigentlich kann er ja auch ohne Deutschland nicht leben). Nach Sanary –: wahrscheinlich wieder Paris. (Ob ich Jungfer Billux werde auf französisch schimpfen hören?)

Und was es sonst zu erzählen gibt? –: viel zu viel, und gar nichts. Ich versuche zu arbeiten, aber es will nicht recht – unter den gegebenen Umständen. Was die Menschen betrifft –: es ist immer was los, aber nichts, woran man sich halten möchte oder könnte. Worauf ich mich noch am weitesten eingelassen hatte – Finnland – scheint auch nur wieder Trug und Höllengelächter.

Laß von Dir hören – wenn es schnell geht an diese Adresse, wenn Du Dich verzögerst an die »Banque des Pays Centraux, rue Castigniole, Paris«. Und mach Dir Sorgen wegen unserer Existenz.

Befreundet

K.

Wie egoistisch man wird, in so einer idiotischen Lage! Ich habe Dich noch gar nicht einmal gefragt, wie es Dir geht. Dabei kann ich mir Dein Leben drüben so schwer vorstellen. Arbeitest Du? Hast Du Menschen? Lebst Du mit dem Papa? Kommst Du nach New York, oder gar nicht?

AN ERICH EBERMAYER

Hôtel »Les Roches Fleuries«
Aiguebelle-Plage (Var)
28. 4. 33

Guten Tag, Meister Erich –

ich verbringe sowieso einen Teil des Tages mit Dir – nämlich mit Deinem »Werkzeug« –, warum soll ich Dir nicht auch gleich wieder schreiben? Was »Werkzeug« betrifft, so imponiert es mir sehr. Es ist diesmal so schön »breit« – ich meine »breit« im Geistigen, so viele Dinge sind einbezogen, es stehen auch so viele kluge Dinge »am Rande«. Gerade das gefällt mir sehr gut – ich verlange das heute eigentlich von einem Roman – und eben in dieser Hinsicht scheinst Du mir seit der »Großen Kluft« erheblich gewachsen. Die »Große Kluft« war rührend, aber auf eine viel sentimentalere – um das blöde Literatenwort zu gebrauchen: auf eine *privatere* Art. Dieses Buch ist reicher und interessanter. Es ist auch distanzierter zur Außenwelt und eben dadurch so amüsant im humoristischen Detail (Frau von Bettenhausen, Körperfreude, die Hauck usw.). Du erzählst immer gut – das ist eine Gottesgabe – und man hat Dich immer gerne gelesen. Der Fortschritt aber scheint mir darin zu bestehen, daß Du diesmal aus dem Autobiographischen in eine objektivere, gerechtere Sphäre gefunden hast – ein Fortschritt, den wir alle anstreben müssen und den ich wohl noch nie ganz erreicht habe, nicht einmal im »Alexander«. – Kurzum: ich gratuliere Dir und ich möchte wünschen, daß Dein Buch in dem Lärm des Neuen Deutschland nicht unterginge.

(Was aber werden Deine Freunde in der Elmau dazu sagen?)

Wegen Deiner »Nachtflug«-Bedenken: ich habe ja doch an Bermann geschrieben und der hat gar nichts damit zu tun. Von dieser Seite also droht keine Gefahr. Von Saint-Exupéry habe ich noch keine Antwort bekommen – er ist ja, wie gesagt, auf Flugübungen –; aber da ich ihn als netten Burschen kenne und er außerdem mit Gide befreundet ist, der mir wohl will, haben wir auch von dieser Seite keine Hindernisse zu erwarten. Ich kann Dir also ruhig raten, weiterzumachen. Hoffentlich wird es schön – dann könnte es doch sogar sein, daß Du es in Paris herausbringst. Ich habe momentan für »Athen« eine Chance dort, die ganz gut aussieht – toi toi toi.

Hier führen wir ein gar idyllisches und gesundes Leben; ich bin mit E., einer Freundin von ihr und, seit einigen Tagen, mit Medi und Bibi. Mit den Eltern werden wir uns wohl auch nächstens für einige Wochen in dieser Gegend vereinigen. Aber die Zukunft – die Zukunft – –

Erzähle nur keiner Seele, wer bei »N.« die Hand mit im Spiele hat; sonst haben wir keine Chance einen Pfennig damit zu machen.

Grüße von der ganzen kleinen Familie besonders aber von Deinem

K.

AN HERMANN HESSE

Hotel de la Tour
Sanary s. m. (Var)
den 12. 5. 33

Verehrter Hermann Hesse –

heute morgen habe ich im Mai-Heft der Rundschau Ihren Aufsatz gelesen. Sie können sich wohl denken, wie reizvoll dieses Wiedererkennen für mich war – und Sie sollen wissen, daß ich Ihnen für Ihre ernste, warme und – ich möchte sagen – väterliche Kritik dankbar bin. Wie sehr schäme ich mich nun wegen Nummer Zwölf! Wie konnte mir das passieren – und, denken Sie sich, ich hatte es bis jetzt nicht gemerkt!

Dieses problematische Buch, gegen das sich so furchtbar viel sagen läßt, ist ja von unserer Presse besonders dumm und ungerecht beurteilt worden. Und nun finden Sie doch auch, daß ganz gute Sachen drin zu finden wären. Der Selbstmord in Nizza, zum Beispiel, oder der Haschisch-Rausch sind doch wirklich ganz geglückte Abschnitte – –

Übrigens schreibe ich Ihnen heute nicht nur, um Ihnen für Ihren Aufsatz zu danken. Ich komme gleichzeitig auch mit einer Bitte.

Es hat sich für mich eine Möglichkeit ergeben, in Zürich eine Zeitschrift mit herauszugeben, und zwar mit der jungen Schweizer Dichterin Annemarie Schwarzenbach zusammen, wahrscheinlich noch mit einem jungen Franzosen. Es soll eine literarische Halbmonatsschrift sein und »Die Sammlung« heißen. Natürlich muß sie in ihrer Grundhaltung oppositionell sein, aber nicht tagespolitisch – das müssen wir anderen überlassen –; vor allem wollen wir sie als ein Forum für die »europäische Jugend« – so weit diese noch existiert. Nun merken Sie schon, worauf ich hinaus will: Wir wollen natürlich einen Beitrag von Ihnen haben. Es wäre so gut und richtig, wenn Sie in einem der ersten Hefte stünden – Sie würden uns einen großen Dienst damit tun und uns eine große Freude machen, wenn Sie uns etwas geben. Es kann sein, was immer Sie mögen – sei es ein Essay über einen literarischen Gegenstand oder einen über »kulturpolitische« Themen; oder etwas Erzählendes – das wäre beinah noch schöner –, eine kleine Geschichte, ein Romanfragment. Wir werden schon dafür sorgen, daß Sie in guter Gesellschaft stehen.

Ich bin sehr neugierig auf Ihre Antwort. Wenn wir den Beitrag in vier bis sechs Wochen haben, so ist das früh genug. Nur müßte ich möglichst bald wissen, ob wir überhaupt auf ihn rechnen können.

Nehmen Sie die verehrungsvoll ergebenen Grüße Ihres

Klaus Mann

AN ERICH EBERMAYER

Hotel de la Tour
Sanary s-m. (Var)
den 12. 5. 33

Lieber Erich –

wie gerne höre ich, daß Du schaffest. Ich sehe dem Resultat mit einer freudigen Gespanntheit entgegen. Die Verlegung nach Europa mag ihr Gutes haben. – Es ist jedenfalls am richtigsten, wenn Du allein zeichnest; sonst denken die Leute, Lion Feuchtwanger, Emil Ludwig und Remarque haben es mitgeschrieben. Was die Beteiligung Deines stillen Freundes betrifft, so überlasse ich es Dir, ihre Höhe zu bestimmen; ich könnte mir aber denken, daß fifty-fifty zu vorteilhaft für den Stillen wäre – so wie die Arbeit sich nun entwickelt hat. Du magst Dir das überlegen. Andererseits ist der arme Mensch dankbar für jedes Sümmchen. – Von dem Einverständnis des Saint-Exupéry schrieb ich Dir schon; wenn ich wieder nach Paris komme, muß ich nun noch die Einzelheiten mit der NRF festlegen. Da Du Dich aber von dem Stoff nun so weitgehend frei gemacht hast, kann die Beteiligung des Franzosen natürlich nur eine minimale sein.

Aber Erich! –: Nidden! Wie Du Dir das denkst! Wir würden dort ohne Frage umgebracht werden. Wir haben längst nicht mehr erwogen dorthin zu gehen. – Meine Eltern sind momentan hier in der Nähe – augenblicklich sogar mit den ganz uralten Großeltern – und bleiben mindestens noch vier Wochen. Dann gehen sie wahrscheinlich zurück in die Schweiz. Ich werde etwa noch drei Wochen hier sein; dann noch einmal kurz nach Paris und dann wohl auch für zunächst nach Zürich gehen.

Hat Frango auch Dir die Abschrift des entsetzlichen Briefes von Bubi geschickt? Das ist ja sehr tragi-komisch –

Alles sehr Herzliche Deines

Klaus

AN STEFAN ZWEIG Sanary s. m. (Var)
den 12. 5. 33

Lieber und verehrter Herr Stefan Zweig –

mir scheint es sehr lange her zu sein, daß ich nichts von Ihnen gehört habe. Über das, was inzwischen geschehen ist und täglich geschieht, mögen wir gar nicht sprechen: es lastet ohnedies schwer auf uns zu jeder Stunde. Bestimmt gehe ich nicht nach Deutschland zurück. Die Zukunft ist sehr ungewiß und finster. Man braucht schon all seinen Optimismus – –

Mir hat sich nun eine ziemlich solide Gelegenheit geboten, in Zürich eine literarische Zeitschrift mit herauszugeben, und zwar zusammen mit der jungen Schweizer Dichterin Annemarie Schwarzenbach, wahrscheinlich noch mit einem jungen Franzosen. Sie soll »Die Sammlung« heißen und eine Halbmonatsschrift sein – natürlich in einem »oppositionellen« Geiste geführt, aber nicht »tagespolitisch« – diese bittere Aufgabe müssen wir Befugteren überlassen –. Vor allem wollen wir sie als ein Forum für die »europäische Jugend« (so weit diese noch existiert). Wir wollen auch französische Beiträge bringen, und möglichst viel aus der ganzen Welt (England, Amerika, Skandinavien usw.) – Natürlich wissen Sie schon, worauf ich hinaus will: ein Beitrag von Ihnen für eines der ersten Hefte ist uns von größter Wichtigkeit. Sicher werden Sie jetzt oft um derlei angegangen, aber ich bilde mir ein, daß Sie nicht gerade uns Nein sagen werden. Es kann sein, was immer Sie wollen: etwas »Kulturpolitisches«, eine Art Manifest; oder eine literarische Studie, oder auch etwas Historisches. Wir werden dafür sorgen, daß Sie in guter Gesellschaft stehen. (Von älteren, großen Namen rechnen wir noch auf Leute wie André Gide, René Schickele, Hermann Hesse, Heinrich Mann, Jaloux usw.)

Wenn wir den Beitrag in etwa vier bis fünf Wochen haben, ist das zeitig genug. Nur möchte ich möglichst bald wissen, mit was wir rechnen können: ich bin dabei, die ersten Hefte zusammenzustellen.

Ich bin sehr neugierig und gespannt auf Ihre Antwort. Sie wissen, daß Sie uns mit Ihrer Zusage einen wichtigen Dienst täten – und ich hoffe sagen zu können, daß dieser Dienst keiner schlechten Sache geschähe.

Die nächsten Wochen bleibe ich hier; dann gehe ich noch einmal für kurz nach Paris, dann nach Zürich.

Wird man Sie einmal irgendwo treffen dürfen?

Ihr getreuer

Klaus Mann

VON STEFAN ZWEIG

Salzburg
Kapuzinerberg 5
am 15. Mai 1933

Lieber Klaus Mann!

Herzlich gern bin ich mit Ihnen, vorausgesetzt, daß die Zeitschrift nicht einen direkt aggressiven Charakter trägt. Wir sind durch unser Dasein und unser Außen- und Draußensein an sich schon Opposition und mit diesen Leuten ist nicht zu diskutieren. Wer einmal erklärt hat und erklärt, daß er nicht gerecht sein will und in jeder Hinsicht jede Idee dem Parteigedanken unterordnet, den soll man nicht bekehren. Es hat keinen Sinn zu jemand zu sprechen, der sich die Ohren verstopft.

Was ich jetzt arbeiten will, ist eine Studie über Erasmus von Rotterdam, den Humanisten auch des Herzens, der durch Luther die gleichen Niederlagen erlitten hat wie die humanen Deutschen heute durch Hitler. Ich will durch Analogie darstellen und auf unkonfiszierbare Weise mit höchster Gerechtigkeit an diesem Menschen unseren Typus entwickeln und den andern. Es wird hoffentlich ein Hymnus auf die Niederlage sein. Da gebe ich Ihnen dann gern einen in sich geschlossenen Abschnitt. Sie sehen, daß ich also bereits auf dem Wege bin, zu einer neuen tätigen Form zu kommen. So wie ich im Kriege durch den »Jeremias« eine jedermann verständliche Stellung nahm, ohne aktuell zu polemisieren, so versuche ich auch hier durch ein Symbol vieles Heutige deutlich und verständlich zu machen. Das rein Aggressive liegt mir charaktermäßig nicht, weil ich an »Siege« nicht glaube, aber in unserem stillen, entschlossenen Beharren, in der künstlerischen Kundgabe liegt vielleicht die stärkere Kraft. Kämpfen können die andern auch, das haben sie bezeugt, so muß man sie auf dem andern Gebiet schlagen, wo sie inferior sind und dort wo sie ihre Schlageter und Horst Wessel kitschig aufmachen, in künstlerisch unwidersprechlicher Form die Bildnisse *unserer* geistigen Helden aufzeigen.

Von Herzen immer Ihr

Stefan Zweig

Viele Empfehlungen Ihrem verehrten Herrn Vater.

AN HERMANN KESTEN

Hotel de la Tour
Sanary s. m (Var)
den 15. 5. 33

Lieber Hermann Kesten –

wie geht es Ihnen, was machen die Deux Magots, ist es in Paris auch so lächerlich windig wie hier? – Ich schreibe Ihnen aber gar nicht, um das zu erfahren; vielmehr:

Es hat sich mir eine Möglichkeit geboten, in Zürich eine Zeitschrift mit herauszugeben, und zwar zusammen mit der Annemarie Schwarzenbach, die Sie vielleicht kennen. Wir wollen sie recht schön und fein machen, ganz literarisch, und oppositionell nur auf eine würdige Weise. Sie soll auch »Die Sammlung« heißen und mit französischen Beiträgen erscheinen. Joseph Roth hat uns auch schon was versprochen. Es ist ja ganz selbstverständlich, daß wir von Ihnen unbedingt gleich was haben wollen – zuerst am liebsten eine kleine Erzählung, es dürfte aber auch ein Aufsatz sein. Wir können nicht fürstlich zahlen, aber doch ein wenig. Der Beitrag müßte in der zweiten Junihälfte allmählich in unsere Hände kommen. Aber vorher schreiben Sie mir doch bitte gleich, ob Sie uns etwas machen mögen – es läge uns viel daran! –, und schützen Sie nicht Nervosität und Arbeitsunlust vor! Es gibt so schrecklich wenig junge Autoren, die für uns in Frage kommen – und die, so es gibt, dürfen uns nun nicht sitzen lassen. Schreiben Sie mir also bitte gleich, daß Sie mitmachen und sich sogar freuen. Übrigens komme ich in zwei bis drei Wochen noch einmal durch Paris.

Sonst – alles Herzliche Ihres

Klaus Mann

VON HERMANN KESTEN

Paris 1
11 place Dauphine
18. 5. 33

Lieber Klaus Mann,

ich danke Ihnen bestens für Ihren Brief. Ich freue mich sehr, daß Sie eine Zeitschrift machen wollen und bin gerne bereit, mitzuarbeiten. Ich werde Ihnen gerne eine Kurzgeschichte, die ich in diesen Wochen schreiben will, schicken.

Es ist eine ausgezeichnete und immer wieder originelle Idee, eine literarische Zeitschrift zu machen, und immer ist der Moment dafür günstig und sogar prädestiniert, denn die Konflikte und Aufgaben des Geistes sind ewig. Der alte Hillel hat es gesagt: Wenn nicht jetzt, wann denn? Und wenn wir nicht, wer anders? Ja ich halte es für ausgezeichnet, daß *Sie* so etwas machen, ich glaube, es wird Ihnen ausgezeichnet gelingen, und es wird nützlich und angenehm sein.

Ich freue mich Sie bald wieder in Paris zu sehen, Breitbach will übrigens Ende Mai oder Anfang Juni auch wieder hier sein.

Wie lange ich noch in Paris bleibe, weiß ich nicht, ich lebe überhaupt gegenwärtig etwas ohne äußeren Plan, aber das schadet nichts.

Ich war hier in einer Versammlung geflohener Schriftsteller, es waren meist Kommunisten, ebenso talentlos wie präpotent, ich habe unter Protest das Lokal verlassen. Es ist ein

Irrtum anzunehmen, ein geflüchteter Dummkopf sei klüger oder angenehmer geworden, ich habe »Opfer« nie geliebt, sie sind bejammernswert, aber meistens nicht viel mehr wert als die Verfolger, sie sind eben zumeist Brüder! Es liegt gar nichts daran, verfolgt zu sein, recht muß man haben, oder Vernunft, oder Humanität, oder zumindest muß man recht behalten. Alles andere ist larmoyant und ephemer.

Seien Sie herzlichst gegrüßt und auf baldiges Wiedersehen Ihr

Hermann Kesten

VON HERMANN HESSE [Mitte Mai 1933]

Lieber Herr Klaus Mann

Danke für Ihren Brief, er hat mich gefreut. Ich bedauerte es sehr, daß mein im Dezember geschriebener Aufsatz gerade in einer Zeit erschien, wo Sie exponiert stehen – aber die Arbeit stand schon gesetzt und konnte nicht mehr zurückgezogen werden. Nun haben Sie sie ja so aufgenommen, wie ich es wünschte, und haben meine Anmerkungen nicht als böse oder nörglerisch, sondern als »väterlich« empfunden, genau wie ich es mir wünschte. Mit dem »väterlich« ist ja auch dies mit gemeint: daß der »Vater« wohl weiß, daß seine Mahnungen nicht nur einer Person, sondern einer Generation gelten, und daß der Einzelne notwendig die Moralen und Unmoralen seiner Generation teilt, und daß eigentlich nur das mit legitimem Anspruch als Tradition verteidigt werden darf, was weit über die väterliche Generation zurück reicht und schon den Anschein des Zeitlosen hat.

Für Ihren Vater, den ich sehr zu grüßen bitte, kam der beiliegende Brief, er kam durch den Dr. K. Fiedler in Altenburg.

Was nun die Mitarbeit an Ihrer geplanten Zeitschrift betrifft, so kann ich heut noch nichts darüber sagen. Eigentlich sollte ich ohne Weiteres Nein sagen, weil ich nichts

Ungedrucktes besitze und seit Monaten zu meiner eigenen Arbeit nicht mehr komme, da ich mit der täglichen Post und den sehr vielen Besuchen etc. nicht fertig werde, das hat sich seit dem März noch gesteigert. Aber ich möchte doch nicht so unbedingt Nein sagen, nur sehe ich vorerst keine Aussicht dazu, zu irgend einer Arbeit außer dem täglich Notwendigen zu kommen (wozu für mich auch mehrere Stunden täglicher Gartenarbeit gehören).

Meine Stellung zu den Tagesfragen ist der Ihres Vaters sehr ähnlich, nur ist bei mir die Tonart anders, insofern für mich das Prinzip der Gewaltlosigkeit obenan steht und das Ganze mehr religiös gefärbt ist. Ich halte viel vom Ertragen und von der Geduld und allen passiven Tugenden, und wenig vom Kämpfen. Meine lebenslängliche Opposition ist nicht die zu Gunsten eines realen Zieles, sondern die des Religiösen, der grundsätzlich und immer zur »Welt« im Gegensatz steht, und dem jede Partei, jedes Wirkenwollen auf andre gleich verdächtig ist. Ich stehe damit ziemlich allein, da meine »Religion« keine konfessionelle Färbung hat, sie ist im Lauf meines Lebens aus indischen, chinesischen, christlichen und jüdischen Quellen langsam zusammen geronnen und bis heute einer verantwortlichen Formulierung nicht fähig.

Seien Sie mit guten Wünschen gegrüßt von Ihrem

H Hesse

AN HERMANN HESSE

Hotel de la Tour
Sanary s. m. (Var)
den 19. 5. 33

Lieber und verehrter Herr Hermann Hesse –

sehr vielen Dank für Ihren schönen und liebenswürdigen Brief.

Was die Zeitschrift betrifft, so gebe ich eben einfach die Hoffnung nicht auf, daß wir doch noch etwas von Ihnen bekommen. Vielleicht finden Sie doch noch etwas in Ihren Mappen, oder Sie können uns etwas aus der Arbeit geben, mit der Sie sich gerade beschäftigen. Ich merke schon: als »Herausgeber« muß man zäh und optimistisch sein.

Meine Eltern bitten mich, Sie und Ihre Frau sehr zu grüßen. Ihr aufrichtiger

Klaus Mann

AN STEFAN ZWEIG

Hotel de la Tour
Sanary s. m.
den 19. 5. 33

Lieber und verehrter Stefan Zweig –

vielen herzlichen Dank für Ihren Brief und, vor allem, für Ihre Zusage. Sie wissen ja, wie wichtig diese für uns ist. – Nein, die Zeitschrift soll literarisch werden, nicht aggressiv im tagespolitischen Sinn. Ihr oppositionelles Gesicht wird sich schon aus der Zusammenstellung der Mitarbeiter ergeben. André Gide, Joseph Roth und ein paar andere Leute, an denen mir liegt, haben uns auch schon zugesagt. Ich bin sehr froh, daß wir nun auch auf Sie rechnen können. Ein Kapitel aus Ihrem Erasmus-Buch: das wäre schon etwas sehr Schönes.

Kann ich damit rechnen, daß wir es in drei bis vier Wochen haben? Dann würden wir es in die erste oder zweite Nummer tun. Vielleicht sind Sie so liebenswürdig, mir darüber noch eine Zeile zu schreiben.

Mein Vater läßt sehr danken für Ihre Grüße und erwidert sie herzlich. Heinrich Mann ist jetzt auch hier bei uns. Wir machen schon eine ganz stattliche kleine Emigrantenfamilie aus.

In treuer Ergebenheit Ihr

Klaus Mann

VON THOMAS MANN

Bandol
den 31. 5. 33

Lieber guter Aissi,

den Brief von Benn schicke ich Dir umgehend zurück, da wir das in jedem Sinn verlogene Produkt schon in zwei Exemplaren (von Schickele und ich weiß nicht woher) besitzen. Es ist ja angenehm für ihn, daß er sich so in Harmonie mit den Ereignissen befindet, aber muß er uns in seiner Sattheit auch noch verhöhnen und so tun, als säßen wir zum Vergnügen in französischen Badeorten? Auch möchte ich wohl wissen, ob er wirklich glaubt, daß uns »nicht zuviel geschehen wäre«, wenn wir im Lande geblieben oder gerade dort gewesen wären. Eben kommt durch die zu uns geeilte Moni die Nachricht, daß man in München unser Bargeld auf den Banken, das sowieso schon gesperrt war, *konfisziert* hat – ein einfacher Raub. Es sind immerhin 40 000 Mark, und wahrscheinlich will man die S.A. damit bezahlen. Sprich aber nicht darüber. Heins wird wohl Anstrengungen machen, und aus Berlin versichert man auch jetzt, es handle sich um lokale Aktionen, die nicht der Stimmung »oben« entsprächen. Dennoch wird man aus dem offenen Rechtsbruch nun also wohl die Konsequenzen ziehen müssen. Wir erwarten Golo.

Euch die herzlichsten Wünsche für das Gelingen eurer Unternehmungen! Wir haben ein hübsches Haus gemietet: »La Tranquille« bei Sanary. Z.

AN THOMAS MANN

44, rue Jacob
Paris, VIeme
5. VI. 33

Lieber Zauberer –

nun ist es ja so gut wie sicher, daß der Geburtstagsbrief ein wenig zu spät kommt; aber dadurch macht er sich vielleicht nicht weniger hübsch.

Hier ist es übertrieben pfingstlich heiß; aber wir eilen und summsen trotzdem ganz tätig umher. Gestern war der nette Herr Landshoff aus Amsterdam hier – es ist der, der früher Kiepenheuer leitete –; und nun will er beim Querido-Verlag in der Keizersgracht eine große Sache aufziehen, es sieht wirklich ganz gut aus, und mir scheint, für den »Joseph« würden sie sich alle Beine ausreißen und sehr sehr viel Gulden schicken. Landshoff sagt, wenn nur die leiseste, unbestimmteste Möglichkeit bestünde, würde er sich schnurstracks in den Zug setzen und dorthin fahren, wo immer Du wärest. Als er unlängst dort war, traute er sich nicht bei Euch vorzusprechen. Ich hoffe sehr, daß ich auch mit meiner Zeitschrift mit ihm zusammen komme. Es wäre das Beste, und sieht nicht aussichtslos aus. Übrigens besuche ich morgen auch Monsieur Fayard in dieser Sache. – Unser Hôtel ist überfüllt von Freunden, ganz gesellig und intrigant. Mops Sternheim-Ripper erzählt Fritz, daß Erika auf ihn schimpfe, weil sie Annemaries wegen böse auf sie ist; Wolfgang Hellmert ist mit Mops verkracht, weil diese, um ihn zu ärgern, seinen südamerikanischen Freund mit einer jungen Dame verkuppeln möchte, die ihn (den Südamerikaner) liebt. So ist das, Benn könnte es sich auch nicht anders ausmalen. Therese hat einen neuen Hut und ich neue Schuhe.

Mit Pierre Bertaux telephonieren wir zuweilen. Die Geschichte in Berlin scheint mir etwas verwirrt. Hoffentlich klappt diese wichtige Geburtstagsbescherung.

Kommunist Katz sagte mir mit entschlossener Miene, er *zweifle* gar nicht daran, daß Du der Gorki von Sowjetdeutschland werden könntest, solltest und würdest. Mit diesem herzlichen Wunsch darf ich schließen

als Dein

K.

Grüße für alle – alle, Tante Ilschen, Onkel Heinrich und Wilhelm Herzog *nicht* zu vergessen. Pierre meinte, Golo würde vielleicht bald mal herkommen. Das sähen wir gerne. Übrigens muß *ich* dann vielleicht bald mal ein Augenblickchen nach Amsterdam.

Guten Tag, Mielein. Bist fröhlich?

VON STEFAN ZWEIG

Kapuzinerberg 5
Salzburg
am 19. Juni 1933

Lieber Klaus Mann!

Der Brief geht an Sie, und gleichzeitig an Ihre ganze Kolonie dort unten und ich bitte Sie, mir möglichst bald Antwort zukommen zu lassen. Es handelt sich um Folgendes: eine Reihe auswärtiger Verleger wendet sich jetzt von rechts und links an uns um deutsche Ausgaben, vier oder fünf große Zeitschriften sind geplant, auch Ihre darunter und ich sehe am Ende aller dieser lobenswerten Dinge eine große Gefahr: die der völligen Zersplitterung. Es werden zehn Zeitschriften entstehen und vergehen, fünfzehn Verleger anfangen mit deutschen Serien und wieder aufhören, eine Bemühung wird die andere konkurrenzieren – ich habe dasselbe seinerzeit 1918 erlebt, als 800 wirkungslose Friedensvereine und 200 Friedensblättchen in den verschiedensten Ländern gegründet wurden, statt *einer* schlagkräftigen Organisation.

Was not täte wäre *eine* große Zeitschrift, *eine* Zusammenfassung aller Verlage in einen, denn zusammen stellen die abgetrennten Autoren eine Weltmacht dar, einzeln ist kaum einer imstande einen wirklich großen Verlag zu tragen. Es entsteht nun die Gefahr, daß wir durch einzelne Abschlüsse und Bindungen eigentlich *gegen*einander arbeiten, die wir durch gemeinsames Schicksal verbunden sind und daß wir der großartigen Geschlossenheit der Gleichschaltung, die verhängnisvolle Haltung der Auseinanderschaltung gegenüberstellen. Nun haben einige den Gedanken, daß es absolut notwendig wäre, sehr bald uns zu einer gemeinsamen *Besprechung* zusammenzufinden, in der nicht nur diese materiellen Dinge, sondern auch unsere gemeinsame moralische Haltung festzulegen wäre. In Briefform kommt man nicht weiter, ich glaube, um der historischen Bedeutung zur Zeit willen, hätten wir die Verpflichtung, jeder einmal zwei, drei Tage unsere Arbeit und Bequemlichkeit zu opfern und uns aus Frankreich, Czechoslovakei,

Österreich und den andern Orten der Versprengung geeinigt in der Schweiz zu treffen, wo ja schon Döblin, Ludwig, Remarque, Bruno Frank sind. Ich bin der festen Überzeugung, daß eine solche gemeinsame Aussprache nicht nur für unsere eigene Haltung bestimmend sein würde, sondern daß wir, sei es zu einem Manifest, sei es zu einer kameradschaftlichen Vereinigung kämen. Ich gebe mich der Hoffnung hin, daß sowohl im Materiellen wie im Moralischen etwas sehr Wichtiges resultieren könnte, wenn wir einmal zusammen rund um einen Tisch sitzen, Plan gegen Plan besprechen, uns gegenseitig informieren und aufklären, vielleicht kleine Eifersüchteleien und Zwistigkeiten, die bewußt oder unbewußt zwischen uns bestehen, ausgleichen, kurzum, ich halte es *für eine absolute Verpflichtung, die wir gegen die Zeit und die Zukunft haben*, daß wir zwanzig oder fünfundzwanzig öffentlicher Menschen in einer solchen Schicksalsstunde einmal beisammen sind.

Nun, lieber Klaus Mann, übergebe ich Ihnen die Aufgabe, bei Ihrem verehrten Herrn Vater, bei Heinrich Mann und bei allen den andern Wesentlichen, die dort in Ihrem Winkel beisammen sind, anzufragen, wer von ihnen zuverlässig kommen würde oder sich durch einen Vertrauensmann vertreten lassen würde, und ob in Zürich oder Basel oder an irgend einem unauffälligen Ort eine solche Begegnung stattfinden könnte. Emil Ludwig meint, daß es *sehr bald* geschehen müßte, weil schon wieder eine neue Unternehmung im Werden ist und einige Autoren bereits vorschnell sich gebunden haben oder sich zu binden im Begriffe sind. Vergessen Sie nicht den mächtigen Machtzuwachs in der Welt, den eine Zeitschrift, ein Verlag oder jedes sonstige Unternehmen hätte, wenn wir *alle* einig sind.

Herzlichst Ihr

Stefan Zweig

VON STEFAN ZWEIG Kapuzinerberg 5
Salzburg, am 20. Juni 1933

Lieber Klaus Mann!

Wie ärgerlich, gestern hatte ich an Sie nach Sanary einen langen Brief geschrieben, den ich hier in Abschrift beilege, und den Sie nun eben Ihrem Herrn Vater senden wollen. Das Kapitel aus dem »Erasmus« kommt bestimmt, ich werde es wohl in acht Tagen fertig haben.

Mit den besten Grüßen Ihr

Stefan Zweig

AN RENÉ SCHICKELE Hotel Jacob
44, rue Jacob
Paris 6., den 21. 6. 33

Lieber und verehrter Herr René Schickele –

also, die Zeitschrift, von der wir damals gesprochen haben, kommt nun wirklich zustande. Ich mache sie nicht in Zürich, sondern in Amsterdam, bei dem Verlag Querido, der mir sehr solide und würdevoll-liberal erscheint, so eine Art von holländischem Sami Fischer. Das erste Heft soll Mitte August erscheinen – als Septemberheft.

Um es nur zu gestehen: ich habe Sie gleich ganz frech auf das Programm fürs erste Heft gesetzt – auf mein privates Programm, es ist noch nichts gedruckt. – Sie haben mir ja auch ganz richtig etwas versprochen. Am liebsten hätte ich ja nun gerade von Ihnen etwas in einem höheren Sinn Aktuelles, irgendeine kulturpolitische Betrachtung, eine Studie über das europäische Krankheitsbild, so etwa über die Krise des Freiheitsbegriffes in unserem Erdteil. Sie verstehen schon, wie ich's meine. Aber zufrieden werde ich auch sein, wenn es etwas ganz anderes wird, eine kleine Erzählung oder was sonst Ihnen einfällt. Dankbar wäre ich Ihnen nur sehr, wenn ich möglichst bald wissen könnte, was ungefähr es sein wird, auch etwa wie lang – und wenn ich es dann auch möglichst bald bekäme.

Geht es Ihnen recht gut? Gestern traf ich hier unsere Billux von Schönebeck, die mir ein wenig aus Sanary berichten konnte. Grüßen Sie bitte Madame und Hans recht anhänglich von Erika und von mir. Auch Ihnen läßt sich Erika feinstens empfehlen.

Und glauben Sie an die Ergebenheit Ihres

Klaus Mann

AN ERNST GEIS

Hotel Jacob
44, rue Jacob
Paris 6., den 22. 6. 33

Sehr geehrter Herr Doktor Ernst Geis –

dringend bitte ich Sie darum, von der weiteren unerwünschten Zusendung Ihrer »Tribüne« künftig absehen zu wollen. Ihr prominenter neuer Mitarbeiterkreis hat die Eigenschaft derartig auf meine Magennerven zu wirken, daß ich mir die Lektüre Ihres Blattes aus Rücksicht auf meine an sich labile Gesundheit nicht mehr leisten zu können glaube.

Hochachtungsvoll

Klaus Mann

AN STEFAN ZWEIG

44, rue Jacob
Paris 6, den 23. 6. 33

Lieber und verehrter Stefan Zweig –

Ihren wichtigen Brief habe ich nun also gleich zweimal bekommen, ein Exemplar schicke ich sofort meinem Vater nach Sanary; er wird Ihnen ja dann ohne Frage direkt antworten.

Dieselben Sorgen und Überlegungen, die Sie formulieren, habe ich mir auch schon gemacht, und, wie Sie sich denken können, diskutieren wir hier viel über diese Gegenstände. Der Vorschlag zu einem großen Treffen, den Sie machen, hat alles Einleuchtende für sich. Was ich bin – ich würde auch gewiß kommen. Eine andere Frage ist, ob mein Vater,

Heinrich Mann und Schickele sich aus Sanary aufmachen würden; von Lion Feuchtwanger könnte ich es mir eher vorstellen. Aber – das wird man ja hören. Ich will hier auch noch mit Joseph Roth davon sprechen. Das Ganze hätte doch wohl nur Zweck, wenn sich wirklich die Wesentlichsten versammelten.

Natürlich ist die Zersplitterung eine arge Gefahr. Andererseits bin ich davon überzeugt, daß noch nicht die Hälfte von dem zu Stande kommt, was geplant wird. Eine literarische Zeitschrift – etwa im »Rundschau«-Stil –, wie sie mir vorschwebt, wird meines Wissens nicht einmal geplant. Alles andere ist mehr oder minder rein politisch – schließlich auch das Neue Tage-Buch, das wohl schon nächste Woche mit einer überraschend hohen Auflage erscheint. Was Münzenberg hier in Prag macht, hat höchstens den Wert von Werbeplakaten. – Die Verleger freilich tuen alle, als ob sie tuen wollten. Hier in Paris aber ist, glaube ich, nichts von dem seriös. An Grasset glaubt kein Mensch; auch Fayard, Plon usw. werden im Zweifelsfall gar nichts machen; bleibt Gallimard. Das könnte ja nun wohl das Gewichtigste sein – wenn es nur überhaupt zu Stande käme. Aber Madame Luchaire erzählt mir ein mal übers andre, daß Gallimard seinen ganzen Plan davon abhängig macht, ob er Sie, meinen Vater und den Jakob Wassermann bekommt. Was die Fischer-Autoren angeht, so denkt Bermann zunächst gar nicht daran, sie freiwillig herzugeben; and how about you? – Am solidesten scheint mir noch mein Querido; denn der andere in Amsterdam, Herr De Lange, bleibt doch stets ein wenig unverbindlich. Querido wird auch als einziger von Bermann ernst genommen (der jetzt gerade hier ist). Die Schweizer Verleger verhalten sich doch wohl sehr stieke, – was aus der abscheulichen Stimmung in diesem freien Land zu verstehen ist. Ob es in Wien ernsthafte Projekte gibt, weiß ich freilich nicht genau. – Ich zähle das nur so auf, weil ich meine: von dem vielen, was sich anzubieten scheint, wird dann wahrscheinlich gar nicht so enorm viel übrig bleiben.

Aber – wie gesagt – wenn das Treffen, das Sie vorschlagen, zu Stande kommt, bin ich der erste eifrig mitzumachen. Auf das Erasmus-Kapitel freue ich mich sehr; hoffentlich kommt es bald und findet dann auch in der »Sammlung« würdige Nachbarschaften.

Ihr getreuer

Klaus Mann

AN THOMAS MANN

Paris 6
44, rue Jacob
den 23. 6. 33

Lieber Zauberer –

hier ist ein Brief von Stefan Zweig, den Du vielleicht so gut bist direkt zu beantworten.

Über Luschnat habe ich mich schrecklich geärgert. Das ist natürlich so ein ganz ödes kleines Scheusal, das von sich selber gar nichts zu sagen weiß, als daß er ein »ausgesprochen religiöser Anarchist« wäre, und der mich furchtbar belämmert hat. Als ich die Sache mit der Benn-Vorlesung damals, auf den Brief von Golo hin, plötzlich absagen wollte, mußte ich ihm doch irgendeinen Grund angeben; und da erklärte ich ihm, daß ich ein verhältnismäßig so unwichtiges und dabei doch vielleicht etwas provozierendes Auftreten in einem Augenblick lieber vermeiden möchte, wo gerade alle Angelegenheiten in München schweben; ich versuchte ihm klar zu machen, daß dieses eine Auftreten uns unter Umständen ein Haus, eine Riesenbibliothek und weiß Gott was sonst kosten könnte. Daß Du einen Druck geübt hättest, habe ich mit keiner Silbe angedeutet, und es ist wohl überflüssig zu betonen, daß sogar ein Luschnat es nicht so hat auslegen können, als wenn ich mich hätte beklagen wollen. Dazu gab es doch nicht den mindesten Anlass – und wenn es ihn gegeben hätte, hätte ich ihn nicht dem religiösen kleinen Anarchisten gegenüber benutzt. Es ist ein richtiger kleiner Schurkenstreich von diesem, Dir daraufhin einen so blöden Brief zu schreiben, sicher keineswegs gottgefällig, und anarchistisch auch keineswegs im respektablen

Sinn. Ich ärgere mich darüber, denn nun ist mir auch gleich dieser ganze Schutzverband verleidet; wenn ihr noch diese 1000 Mark stiften wollt, bin ich keineswegs mehr dafür, daß ihr sie dorthin gebt.

Das wäre das. Gestern haben wir ein weniges mit Beri disputiert. Was er sagt und erklärt, hat schon Hand und Fuß – nur daß ich ihm leider nicht recht geben kann. Aber – man wirds ja erleben. Etwas arg und verwirrend ist für mich, daß er es immer so hinstellt, als ob jedes Wort, das ich nun irgendwo sagte, in Deutschland wie als von Dir aufgenommen würde – wenn es sich nämlich gegen Deutschland richtet. Das KANN doch gar nicht so sein; aber schon daß Fischers es so ansehen, ist etwas schlimm für mich, vor allem auch, was die neue Zeitschrift betrifft. Aber über all das wird man ja beraten, wenn ich zu Mieleinles Fuchzger-Fest in Sanary bin. Jetzt muß ich zunächst wieder nach Holland, wo ich dann bis zu diesem feierlichen Termin bleibe.

Grüße für alles. Getreulich söhnlich

K.

AN HERMANN HESSE

Hotel Jacob
44, rue Jacob
Paris 6., den 24. 6. 33

Sehr verehrter Herr Hermann Hesse –

das Erscheinen der literarischen Monatsschrift, über die ich Ihnen vor einiger Zeit aus Südfrankreich schrieb, ist nun also sichergestellt: sie kommt bei einem sehr soliden holländischen Verlag, Querido in Amsterdam, heraus. Das erste Heft wollen wir Mitte August bringen. Ich bin schon mitten in den Vorarbeiten, und mit Freude; denn es scheint mir ein Bedürfnis nach einer solchen Zeitschrift zu bestehen. Unter den vielen Gründungen, die jetzt geplant oder ausgeführt werden, sehe ich nicht eine, die wirklich literarischen Charakter haben will; sie sind alle politisch.

Nun habe ich die Hoffnung noch nicht aufgegeben, von

Ihnen doch noch einen Beitrag zu kriegen. Wenn Sie recht ausführlich in allen Schubladen kramen, finden Sie doch ohne Frage etwas, was Sie mir schicken können – ein paar Gedichte oder irgendein Stück Prosa, sei es betrachtender oder erzählender Art. Es wäre mir so unlieb, wenn Sie fehlen würden; eigentlich alle anderen Autoren, an denen mir lag, haben mir zugesagt.

Überlegen Sie's doch noch mal! Und hoffentlich sieht Ihr nächster Brief so dick aus, daß ich gleich merke: es ist was drin. Und wenn er dünn ist, enthält er doch wenigstens eine Zusage.

Nehmen Sie die aufrichtigen Grüße Ihres

Klaus Mann

VON THOMAS MANN Sanary sur mer (Var)
29. VI. 33

Lieber Aissi:

Für Deinen netten Brief vom 23. möchte ich Dir doch noch danken, zumal ich den Auftrag habe von dem guten Wittkowski, Dir seine Gedichte zukommen zu lassen. Vielleicht sagst Du ihm ein gutes Wort darüber, ich habe es schon getan.

Der Brief von Zweig ist ja interessant und drückt manches aus, was ich selbst schon öfters gedacht habe. Man muß zusehen, wie die Emigration sich entwickelt. Viel Fiduz habe ich noch nicht zu all dem, was da sprießt oder zu sprießen versucht an Zeitschriften und so fort. Die Deine wird hoffentlich die beste und lebenskräftigste. Überhaupt Querido. Es ist gut, daß Du Dich dort angeschlossen hast, es ist wohl der stärkste Punkt. Zweigs Plan hat viel Bestechendes, aber selbst, wenn man eine strenge Auswahl trifft, was doch geschehen müßte und was dann wieder zu manchen Empfindlichkeiten führen würde, wird es schwer sein, die Leute von weit auseinander liegenden Punkten irgendwo zusammenzubringen, denn das kostet ja Geld, woran es überall weitgehend fehlt. Ganz gewiß wäre es interessant und förderlich, sich planmäßig über das Ganze zu unterhalten, und doch würden sich viele individuelle Unterschiede der Situation und der gebotenen Haltung ergeben, Unterschiede, die doch im Grunde jeder mit sich selbst ausmachen muß. Ich will mich aber heute durchaus nicht weigern, zu einem solchen kleinen Kongreß zu kommen, wenn er sich als organisierbar erweist. Sage das Zweig und danke ihm auch in meinem Namen für die Anregung.

Mit Bermann habe ich mich soweit ganz gut verstanden und verabredet. Seine Beziehungen zu Querido sind mir sehr angenehm. Er will nun also, hauptsächlich, weil Knopf nicht mehr warten will, im Herbst mit dem ersten Band des »Joseph« herauskommen. Daß er so tut, als müßtest Du in Deinen Äußerungen beständig auf mich Rücksicht nehmen, weil jedes Wort von Dir über die deutschen Vorgänge mir in die Schuhe geschoben wird, kann ich nicht billigen und nicht richtig finden. Ich habe Dir das ja schon kürzlich geschrieben.

Ich bin heute wieder auf; es war eine kleine Grippe, die nach den Zerstreuungen dieser Monate fällig war.

Wir freuen uns herzlich, wenn Ihr Mitte Juli kommt. Auf Wiedersehen!

Z.

Sekretärin, die wenig Ehre einlegte, winkt und grüßt und schreibt wohl heute oder morgen nebst kümmerlichem Juli.

AN RENÉ SCHICKELE

44, rue Jacob
Paris VI
2. VII. 33

Lieber und verehrter Herr René Schickele –

eigentlich wartete ich mit jeder Post ein wenig auf Nachricht, oder gar schon auf ein Manuskript von Ihnen. Nun finde ich doch hoffentlich etwas in Amsterdam – wohin ich heute nacht reise. Meine Adresse dort sagte ich Ihnen doch wohl schon (Querido Verlag Keizersgracht 333).

Sie machen es sich doch klar, daß ich in einer ganz finsteren und gräßlichen Lage bin, wenn ich von Ihnen den schönen Aufsatz, auf den ich mich so verlasse, für die erste Nummer nicht habe?

Mit allen Grüßen Ihr

Klaus Mann

AN RENÉ SCHICKELE

Grand Hotel
Zandvoort, den 9. 7. 33

Lieber und verehrter Herr René Schickele –

Ihr Brief ist so nett und so voll schöner Ideen, daß er es mir natürlich erleichtert, über die Enttäuschung darüber, daß ich für die erste Nummer nun von Ihnen nichts haben soll, hinwegzukommen. Ja, es ist doch nicht so ganz einfach den Redakteur zu machen, Zusagen kommen ja schon, aber ob dann auch die Beiträge kommen, vor allem die, die man möchte – –?

Aber für die zweite Nummer kann ich mich doch nun auf Sie verlassen? Wenn Sie wirklich in vier Wochen an den Aufsatz herangehen, kann er für die zweite richtig fertigwerden.

Von den drei Themen, die Sie nennen, finde ich eines immer noch reizvoller als das andere. Ich bin neugierig, für welches Sie sich entscheiden werden – mir täte die Wahl weh.

Besonders danke ich Ihnen auch für das ziemlich erstaunliche Tacitus-Zitat, das wird gut zu verwenden sein.

Erlauben Sie mir, daß ich Ihnen das Beste und Großartigste für Ihren »Endspurt« wünsche. Ich freue mich schon auf das Buch.

Nehmen Sie die herzlichsten Grüße Ihres

Klaus Mann

AN STEFAN ZWEIG Grand Hotel
Zandvoort, 10. VII. 33

Lieber und verehrter Stefan Zweig –

ich bin mitten in der Arbeit für die erste Nummer und sehr in Sorge, daß die Beiträge, an denen mir am meisten liegt, nicht pünktlich kommen. Wie ist es? Ich kann auf den Ihren doch rechnen? Bis zum 20. *spätestens* muß ich alles beisammen haben. Sehr außer mir würde ich sein, wenn SIE mich sitzen ließen. Aber damit rechne ich nicht – – –

Mein Vater bittet mich, Sie zu grüßen. Er hat Ihren Brief an mich, den ich ihm weitergeschickt habe, mit aller Aufmerksamkeit gelesen und meint, daß er seinerseits wohl bereit wäre, zu einem »kleinen Kongreß«, wie Sie ihn vorschlagen, zu kommen – obwohl er auch mögliche Nachteile bei so einem Unternehmen zu sehen glaubt, zum Beispiel in der Gekränktheit derer, die *nicht* aufgefordert sind. Man darf gespannt sein, wie dieser Plan sich weiter entwickelt. Dankbar wäre ich Ihnen, wenn Sie mir auch darüber eine Zeile schrieben.

Und so hoffe ich recht geschwind von Ihnen zu hören
als Ihr treuer

Klaus Mann

VON STEFAN ZWEIG Salzburg
17. 7. 33

brauche noch eine woche

zweig

AN HERMANN KESTEN Grand Hotel
Zandvoort, den 18. 7. 33

Lieber Hermann Kesten –

für Ihren Brief vielen Dank, es war furchtbar nett, sich für meine Unterkunft so zu bemühen. Nun weiß ich aber immer noch nicht genau, ob ich nach Sanary fahren werde, oder ob nicht. Letzteres ist wahrscheinlicher, beinahe sicher.

Dann glaube ich wohl, daß ich gegen Ende des Monats wirklich nach Ostende kommen werde – wenngleich ich es mir wohlfeiler erträumt habe. GANZ sicher ist es jedoch nicht. Es droht die Ankunft dieses niedlichen kleinen Doktor Feist, der in Holland bleiben möchte, weil er hier Kunstschätze seiner tollen Mama Hermine zu veräußern hofft. Vielleicht kommt er aber doch gar nicht, oder ich fahre ihm doch davon. Wir wollen mal abwarten.

Mit Landshoff lebe ich hier sehr nett und vergnügt, er läßt Sie schön grüßen. Manchmal geschieht es, daß er unbeherrscht ins Casino eilt, dann kehrt er traurig zurück.

Ich arbeite viel, vor allem immer diese lächerlichen Briefe und der Ärger mit den Herren Autoren, die teils zu spät schicken, teils schon abnorme Honorare erwarten, was ich unschön von ihnen finden muß. Das erste Heft dürfte aber ganz stattlich werden. Bei alledem habe ich Zeit gefunden einen ganz ulkigen Aufsatz über Thomas de Quincey zu dichten, den ich bald bringen will.

Haben Sie Schwarzschilds Aufsatz im letzten Heft über die Rückbildung der Gattung Mensch gelesen? Leider muß man ihn Wort für Wort unterschreiben, er war sogar gut. Passen Sie auf, all dieses endet *völlig* schief.

Auf Wiedersehen sehr herzlich Ihr

Klaus Mann

AN STEFAN ZWEIG

Grand Hotel
Zandvoort
19. VII. 33

Lieber und verehrter Herr Stefan Zweig –:

wenn das Manuskript pünktlich in einer Woche abgeht, kommt es noch eben zurecht. Wir warten also *und rechnen weiter ganz fest damit.* Ich freue mich sehr darauf. Sie werden sehen, daß Sie in eine Umgebung kommen, deren Sie sich nicht schämen müssen.

Viele herzliche Grüße Ihres

K. M.

AN KATIA MANN Grand Hotel

Zandvoort, den 19. VII. 33

Groß Mielein – schön:

es war nun ein so erhebliches Hin und Her, ob ich kommen *soll*, kommen *kann*, kommen *werde:* nun ist das Resultat traurig, daß ich einfach nicht gekommen bin. Es ist ja *wirklich* sehr traurig, denn das wäre doch einmal ein sehr sehr gewichtiger Anlaß gewesen, weihnachtlich vollzählig beisammen zu sein. Nun bin ich als Einziger auch in der Fremde noch einmal in der Fremde, und muß mich zum Beispiel über die ungebührlichen Honorarforderungen des düsteren Jakob und die Saumseligkeit des Joseph Roth ärgern, statt bei einem großen Singspiel mitzuwirken, das doch ohne Frage vorbereitet ist. Am Strande spazierend – gegen den der von Sanary, Bandol und Lavandou zusammen allerdings ein garstiges Häuflein Kotes ist –, bedenke ich aber doch die Stunde und nehme ganz feierlich teil. Es ist bekannt, daß ich eine Pedantin bin. So gefällt es mir immer, mir alles recht ordentlich auszurechnen und vorzustellen. Zum Beispiel, ob meine Liebsten eigentlich ein lohnendes Leben hatten, was dabei herausgekommen ist, ob es sich auch gelohnt. Bei vielen enden solche Berechnungen immer etwas beunruhigend; nur bei Frau Katja bleibe ich immer ganz befriedigt. Die sehr reizvolle und berühmte Kindheit, die schöne Ehe, die breite Sackgasse; Krieg, Pestilenz und abwechslungsreiches Ungemach, aufs umsichtigste überstanden; einen kleinen, aber erlesenen Kreis der Brunonen stets amüsiert und getröstet; Joseph Breitbach und Maurice Rostand begeistert; sehr gut französisch und ein wenig Auto-fahren gelernt; höchste Mathematik, Homer, alle Opern von Wagner und alle Novellen von Maupassant am kleinen Finger beherrscht; viele Villen eingerichtet, Kochtöpfchen installiert, Schlafröcke verschenkt, in vielen Büchern erwähnt worden und den »Untergang des Postdampfers« gewidmet bekommen; zahlreiche Köchinnen gehaßt, überall sehr beachtet worden –: ich komme zu sehr guten Ergebnissen, und dabei verschweige ich noch die wichtigsten Dinge. An das alles können keine Nazis heran, sie sind überhaupt ziemlich machtlos, kurz und gut, ich bin sehr traurig nicht da zu sein, aber gerade *wenn* ich da wäre, würde ich vielleicht etwas weinen.

Nun bin ich aber gerade mitten in der Arbeit drin. Ich bin recht froh, daß ich so etwas habe, und so dumm viel Briefe, Glossen und dies und das schreiben muß – denn über die Weltlage nachzusinnen, bringt wenig Gewinn, da es ja *keinesfalls* gut geht. – Das Zusammenleben mit dem Landshoff ist nett, er ist wirklich ein sympathischer junger Onkel, jetzt hat er auch viel Verständnis für höchste Dinge bewiesen, denn er las den ersten Joseph-Band und kam aus der Begeisterung nicht mehr heraus. Der alte Querido erinnert an Sami. Es sind vortreffliche Leute. Der Jakob *muß* so viel Geld haben, weil er durch »ein Zusammentreffen katastrophaler Umstände« einfach darauf angewiesen ist. Unser erstes Heft wird ein wenig *protzig*, wir versammeln viel Ruhm. – Wenn Ihr das neue Buch meines Gottfried Benn, »Der neue Staat und die Intellektuellen«, noch *nicht* gesehen habt, müßt Ihr es Euch beschaffen: es ist eine gräßliche Belustigung, vor allem der unwahrscheinliche Aufsatz über die »Züchtung«.

Mir scheint, daß ich Schluß machen möchte. Grüße für ALLE –

und alles Söhnliche, Zärtliche, Feierlichste, Beste von Deinem

K.

AN HERMANN HESSE Grand Hotel
Zandvoort, den 20. 7. 33

Lieber und sehr verehrter Herr Hermann Hesse –

wenn mir recht ist, habe ich mir unlängst noch einmal erlaubt, Sie an meine »Sammlung« zu erinnern und Sie haben nicht mehr geantwortet – was ja nicht sehr ermutigend ist. Nun geht das erste Heft in die Herstellung, Wassermann, Stefan Zweig, Joseph Roth, Huxley, Werner Hegemann und ein paar andere sind darin. Die Autorenliste, die wir in unseren Prospekt drucken können, ist lang und stattlich. Ich schreibe Ihnen heute, um Sie zu fragen, ob wir Sie auch darauf setzen dürfen. Sie wissen, wieviel mir daran gelegen ist. Ihr Name fehlt mir; er bringt eine Note, eine Nuance, die sonst nicht vertreten ist, wahrscheinlich verstehen Sie genau, was ich meine. Ich hoffe ja auch immer noch, früher oder später eine alte oder eine neue Arbeit von Ihnen zu bekommen. Es wäre mir sehr, ganz besonders wichtig, Sie jetzt schon nennen zu können, aber ich will es keinesfalls tun, wenn Sie annehmen, daß es Ihnen irgendwie Schaden bringt. Unsere Zeitschrift, die bei einem der größten holländischen Verleger erscheint, wird unpolitisch sein, aber in ihrer ganzen Haltung natürlich doch eindeutig oppositionell. Ich weiß nicht, ob ich Ihnen schon erzählt habe, daß sie unter dem »Patronat« von Heinrich Mann, André Gide und Huxley steht.

Ich wäre Ihnen dankbar, wenn Sie mir gleich antworten wollten; die Prospekte gehen in Druck. Ich weiß genau, daß Sie Ihre Antwort genau überlegen werden. Ich würde Ihr Nein verstehen und respektieren; aber andererseits wissen Sie, daß gerade Ihr Name auf unserer Liste eine besondere Bedeutung für uns hätte.

Mit meinen aufrichtig herzlichen und ergebenen Grüßen
Ihr

Klaus Mann

VON HERMANN HESSE Montagnola
[Poststempel: 23. VII. 33]

Lieber Herr Mann!

Nein, ich bitte meinen Namen vorerst nicht zu nennen; ich muß das Blatt erst sehen. Leider ist mein Befinden (Augen) schlecht ich bin nicht arbeitsfähig. In Eile grüßt Sie mit guten Wünschen Ihr

H Hesse

AN W. E. SÜSKIND [Ende Juli/Anfang August 1933]

O W.E.S.

als Du mir auf meinen letzten Brief nicht geantwortet hast, und als Du dann Mielein nicht einmal zu ihrem kleinen fünfzigsten Geburtstag gratuliert hast – da wußte ich wohl ungefähr schon, was kommen würde. Dein erstes »Literatur«-Heft hatte ich nicht gesehen und ich traute mich kaum es zu bestellen. Gestern gibt mir der Kesten einige Blätter daraus, die der Doktor Schönberner, mit grimmigen Anstreichungen versehen, aus Südfrankreich schickt. Hatte ich es mir so schlimm vorgestellt? Nein, nicht annähernd so. Es ist viel ärger als Suhrkamp. Dieser windet sich noch. Du aber kommst schon mit den fliegenden Fahnen. – – Dir kann ich keinen Brief schreiben, wie ich ihn dem Benn geschrieben habe. Dazu bin ich zu traurig, eine viel zu persönliche Bekümmertheit spielt hinein. Ich bitte Dich auch, diese Zeilen nicht als den Beginn einer »Polemik« aufzufassen – und mir, bitte, NICHT im Rundfunk und in der D.A.Z. zu erwidern, wie der Benn es tat. Mir ist keineswegs danach zu Mute, auf Deine Redaktionstätigkeit und auf Deine »Zeitlupe« in meiner neuen Zeitschrift einzugehen – obwohl diese Dinge thematisch in ihren Rahmen passen oder sogar gehören. Auch dem Benn übrigens schrieb ich nur privat. Daß sein völlig tobsüchtiger, hirnverbrannter und infamer Speach »an die Emigranten« – an MICH ging, konntest Du erraten, wenn Du es nicht wußtest. Du zitierst den pathologischen Unsinn mit Ehrfurcht. Dann hat Dir wohl auch sein »Züchtungs«-Artikel gefallen, der tatsächlich ein Stück aus der gefährlichen Abteilung des Irrenhauses ist? Ist denn die allgemeine Psychose in Deutschland so stark, daß selbst die Besten jeden Sinn für geistigen Anstand, für das überhaupt noch Menschenmögliche verlieren? WISST ihr denn NICHTS? Glaubt ihr denn, was der »Beobachter« faselt? Das ist ja toller noch als 1914. Ihr seid nicht »beiseitegestellt«, meinst Du stolz. Richtig, 1914 wart ihr auch dabei. Man läßt es sich gefallen, daß die Literatur Schalmeien bläst, während die

Barbarei ein Land, oder gleich einen Erdteil, zu vernichten sich anschickt. Warum sollte man denn wohl eine so gefügige Literatur, die doch gewiß nicht dazwischenräsoniert, beiseitestellen? Lieber bedient man sich ihrer; sie ist eine Prostituierte.

Ich möchte Dir so gern mit Einzelheiten kommen, aber meine Hand zittert buchstäblich, während ich schreibe. Und – wo fängt man denn da an, wo könnte man aufhören? Auf Waldemar einzugehen, lohnt sich nicht. Es ist Deine Sache, ob Du den Schmierfinken der »Biene Maja« an erster Stelle Deines ersten Heftes über unsere Sprache schmusen lassen willst. Schauwecker ist schon teuflisch. Wäre da nichts andres in diesem Lager auf Lager gewesen? Josef Ponten galt doch immer als Schriftsteller, sogar dem Johst sagte man dergleichen nach. Schauwecker meint, über den S.A.-Horden schwebe Bach-Musik, Mozart aber nehme die S.A. vorweg. So etwas druckst Du. Du druckst auch, gleich in Deinem ersten Heft, das Sätzchen, in dem der Zauberer als der Prototyp des Entarteten bezeichnet wird, hättest Du damit nicht ein bißchen warten können? Schönberner meint dazu: »Besonders nett, diese Attacke, da Süskind sozusagen Kind im Hause Th. M. war.« Das mußt Du Dir sagen lassen – und etwas anderes kann man darüber auch gar nicht sagen. Aber wozu halte ich mich beim Schauwecker auf, wo ich Dich doch, leider leider, selbst zitieren kann? Denn das über die Bücherverbrennungen schreibst Du doch selbst, so schwer es mir fällt, dran zu glauben: ich lese doch, daß Du sie »im Grunde gut gemeint« findest, man hätte etwas sorgfältiger in der Auswahl sein können, etwa Arthur Schnitzler noch vom Haufen reißen, den »Tod in Venedig« dafür aber drauf werfen, er gehört hin, da kann gar keine Frage sein. Ich lese, daß Du für die neue Erziehung bist, diese bösartige Schwärmerei von den altgermanischen Tugenden, die Haßgebete und die bewußte Vorbereitung des nächsten Krieges; daß Du – undankbar wie Hindenburg und Gerhart Hauptmann – den literarischen Betrieb des Nachkriegsjahrzehnts verächtlich machst; (Efraim wird sich freuen!); daß

Du annimmst, unser »Schwatz und Hader« werde nicht länger groß geachtet werden, unser Schwatz, das ist unsere Empörung darüber, daß alles »im einzelnen« (!) nicht so verläuft, wie wirs erwartet hatten, unser Hader – ja, das ist wohl, daß wir uns ins »Unvermeidliche« nicht schicken wollen; daß wir die Entwürdigung unseres Volkes nicht ertragen; das Übermaß an Lüge, Brutalität, hysterischer Konfusion verabscheuen, bekämpfen, uns ihm entziehen; daß wir nicht mitlaufen, nicht käuflich sind; uns lieber aus- als gleichschalten lassen, uns lieber von Keyserling, Benn UND der »Literatur« über die Achsel ansehen lassen, als daß wir uns mitschuldig machen an der Katastrophe, die kommt – die schon da ist. So überheblich, so schwatz- und hadersüchtig sind wir. Die ganze Richtung paßt uns nicht, es sei hart, aber auch unversöhnlich gesagt. Ich finde den Dreh nicht, die Kulturlosigkeit als Prinzip in den Beginn einer neuen kulturellen Epoche umzudeuten; den durch Terror gehaltenen Hochkapitalismus in »deutschen Sozialismus«, die Bestialität, die idée fixe der »blonden Rasse« durch einen »Irrationalismus« zu entschuldigen, von dem ich mehr versteh als Waldemar Bonsels und Doktor Goebbels zusammen. – – Ich mag nicht mehr schreiben. Du findest doch nur, ich schimpfe; in Wirklichkeit bin ich so traurig, viel mehr traurig als ergrimmt – weil Du es bist, dem ich schreibe. Muß ich jetzt Schulter an Schulter mit Leopold Schwarzschild und Wilhelm Herzog gegen Dich kämpfen? O W.E.S.! Welche Welt versinkt da! Die »Treulosen« verlieren ihre Staatsangehörigkeit. Nun frage ich Dich, wer da der »Treulose« ist. Stell Dir vor, was Ricki für eine Grimasse geschnitten hätte – – Stell Dir vor – – O verloren.
Dein alter

AN HERMANN KESTEN

Grand Hotel Victoria
Amsterdam
Den 6. 8. 33

Cher maitre –

viele Grüße, ich bin also einfach in Amsterdam geblieben, bis Landshoff kommt – was heute nacht oder morgen früh sein muß – und habe mir, in vorübergehendem, deshalb aber doch nicht ungefährlichem Wahnsinn ein Zimmer mit prachtvollster Badestube gemietet, wo ich meine Zeit mit nationaler Lektüre und andrem makabren Zeitvertreib verbringe: »Mein Kampf« ist in der Tat noch viel unwahrscheinlicher, als ich in den kühnsten Träumen erwarten durfte. Nun ists definitiv heraus, daß der Mann ein Trottel ist. Gegen Adi ist Hanns Heinz ein großer Stilist.

Da wir bei den großen Stilisten sind, will ich keineswegs von Emil Ludwig reden, auch nicht von mir – wie Sie nun erwarten –, sondern von Döblin, der mir nun natürlich doch zugesagt hat – leider, wie ich beinah finden muß. Ein gar flottes Kurzgeschichtchen aus Eurer ironischen Feder wäre mir, traun fürwahr, eigentlich lieber gewesen. In der zweiten Nummer lasse ich nun aber mit aller Gewalt den Platz dafür offen.

Brügge war wirklich schön, als Abschluß. Übrigens komme ich nun immer mehr hinter die Reize des sommerlichen Amsterdam, das mit seinen stinkenden Grachten, viel Musik und auffallend viel dicken Huren einen gewissen Zauber entwickelt – besonders des Nachts.

Grüßen Sie bitte Madame. Freundschaftlich Ihr

K. M.

AN STEFAN ZWEIG

Amsterdam
7. 8. 33

drahtet bitte wann beitrag abgeht und genauen Titel

Klaus Mann Querido

AN HERMANN KESTEN

Grand Hotel
Zandvoort
Den 13.8.33

Lieber Kesten-Hermann –

vielen starken Dank für die »Tote«, sie ist gestern abend gekommen, ich habe sie gleich gelesen, sie ist sehr sehr schauerlich, sehr wirkungsvoll, besonders begabt, eine schreckliche kleine Talentprobe. Morgen – Montag – geht sie in Satz; Sie müssen dann mit der Geschwindigkeit einer hungrigen Äffin Korrektur lesen, denn die Geschichte kommt ins erste Heft – nicht statt des Döblin, der schickt, sondern statt des Hegemann, den ich auf Anraten einiger kluger Leute fürs zweite Heft lasse. Alfred Kerr hat mir noch etwas für Nummer Eins geschickt; mit euch beiden – Kerr und Ihnen – ist das Heft nun komplett. – Breitbach wollte auch von meiner Liste gestrichen sein, er scheint ziemlich ernste Unannehmlichkeiten in Deutschland zu haben. – Süskind hat mir postwendend geantwortet, sehr freundschaftlich, eigentlich besonders nett, aber es STIMMT halt nichts, was er sagt: er sagt, ich müsse ihn doch gut genug kennen, um zu wissen, daß er nichts Häßliches täte, man müsse an Menschen glauben, nicht an die »Zeichen«, die sie tragen, und wenn ich in Deutschland wäre, würde ich ebenso handeln wie er. Außerdem rät er mir, jetzt noch, zurückzukommen. Es ist schrecklich – die Leute wissen nicht mehr, wo Gott wohnt. Ich habe ihm noch mal geschrieben. Als die Hunnen in Europa einfielen, schrieb ich ihm, hätte auch kein europäischer Christ dran gedacht, die Katastrophe zum »Guten lenken« zu wollen und mit dem Schreck zu paktieren.

Täglich kommen neue Schauernachrichten aus Deutschland – ich meine nur die, so in den deutschen Blättern stehen.

Landshoff läßt grüßen und winken. Er ist eben in Amsterdam, wo er seinen Freund Israel abholt, der ihn über den Sonntag besucht.

Alles Nette, arbeiten Sie fein! Ihr Klaus M.

VON STEFAN ZWEIG

Kapuzinerberg 5
Salzburg, am 14. August 1933

Lieber Klaus Mann!

Ich hatte Sie ungern im Stich gelassen, aber gerade jetzt kam durch die Festspiele ein solcher Trubel von Besuchen, darunter sehr wichtige, und dazu noch die innere Dekonzentration, daß ich alles was ich schrieb und geschrieben hatte, als recht unzulänglich empfinde. Ich will dann für zwei, drei Tage weg um ein bißchen zur Ruhe zu kommen. Wahrscheinlich kann ich erst richtig arbeiten, wenn ich von Salzburg für zwei bis drei Monate weggehe, weil gerade hier die Spannung am stärksten ist. Man ist doch von all den Dingen mehr bedrückt und verwirrt als man sich selbst zugeben will, erst bei der Arbeit wird man sich dessen bewußt.

Mit den herzlichsten Grüßen Ihr

St. Z.

AN STEFAN ZWEIG

Grand Hotel
Zandvoort
Den 20. 8. 33

Lieber und verehrter Stefan Zweig –

wie gut verstehe ich, daß die politische Katastrophenstimmung einen von der Arbeit abkonzentriert – und nun gar in Salzburg, wo die Gegensätze mit einer solchen Direktheit aufeinander stoßen. Der Gegensatz Österreich–Hitler ist doch in diesem Augenblick überhaupt der Angelpunkt der europäischen Politik. Von der Entscheidung des Kampfes hängt die Zukunft des Erdteils, unsere Zukunft ab –– Aber das wissen wir alle. Wir haben allen Grund, ein wenig aufgeregt zu sein.

Und dabei muß man sein bescheidnes Sach weiter machen.

Nächster Tage erscheint das erste Heft meiner Zeitschrift, ich hoffe, es wird Ihren Beifall finden, ich glaube, daß es kein übles Heft ist. – Nun muß ich aber klipp und klar wissen, ob ich für das zweite mit Ihnen rechnen kann; Sie sprechen sich in Ihrem Brief darüber nicht aus. Sie wissen, wie gern ich es möchte. Ich habe schon Angst, Sie wollen etwa prinzipiell nichts mit uns zu tun haben, aus äußeren Gründen, die ich verstehe, aber die mich gerade bei Ihnen traurig machen würden. Hoffentlich irre ich mich da. Es braucht ja kein langes Stück zu sein, das Sie mir geben. Aber es ist wichtig, daß Sie vertreten sind – Sie wissen es ja. Der holländische Verlag legt, mit mir, den allergrößten Wert darauf.

Ich hoffe gleich von Ihnen zu hören. Die Beiträge für Nummer Zwei müßte ich in den ersten Septembertagen beisammen haben.

Ihr aufrichtig herzlicher

Klaus Mann

Hier bleibe ich nur noch einige Tage, Ihre Antwort erbitte ich an den Verlag.

AN THOMAS MANN

Grand Hotel
Zandvoort
Den 21. 8. 33

Herr Zauberer, lieb und wert –

seitdem unser Prospekt heraus ist – ich habe ihn ja Mutter Mielein geschickt – sind wir, der Landshoff und ich, oft ein wenig unruhig, weil doch unsere erste Nummer nicht gerade zahm geraten ist – schon durch Onkel Heinrichs Verdienst –, und nun stehst Du auf der Liste. Da möchte es wohl passieren, daß sich in unserer Presse ein kleines Wehgeschrei erhebt, auch Tutt wird ihren nervösen Weinkrampf haben, und Sami wird trüb in die Zukunft schaun. Dann wäre ich schuld. Ich muß aber, schon vorbeugend, betonen, daß ich, eben in diesem Punkte, so vorsichtig und zurückhaltend war wie nur irgend möglich; ja, ich bin ja nicht einmal an Dich direkt herangetreten – so wichtig es für uns war –, sondern habe bis zu allerletzt gewartet und dann nur ein bißchen durch Erika sondieren lassen, ob Du wohl -- Als dann gleich ein zusagendes Telegramm kam, wäre es doch wahrhaft übertrieben, ja, schon etwas unangebracht gewesen, zu sagen: nein, er soll trotzdem nicht auf die Liste, wir wollen vorsichtiger sein als er selbst. Das konnten wir doch nicht tun, zumal die Holländer gleich so stolz und aufgeregt drüber waren, daß Du nun mitspielen wolltest. Ich erzähle das alles ohne akuten Anlaß – nur, weil ich mir denken könnte, daß in den Unannehmlichkeiten, die, unvermeidlicher Weise, kommen werden, am Ende auch die Zeitschrift eine geringe Rolle spielen könnte – und diese Rolle wird vom Hause Fischer übertrieben werden. – Was mich aber – und uns, die wir hier manchmal so beisammensitzen – viel mehr und ernster beschäftigt, ist die Frage des Joseph, die ja mit all dem zusammenhängt. Wie soll das ausgehen und warum tut man sich das an? Die Chance, daß es leidlich ausgeht, ist doch minimal. Fängt es doch damit an, daß der Fischer kein Geld schicken kann, er KANN es doch gar nicht, es wird ihm ja weggenommen, die Leute sehen doch, daß das Buch erscheint, und fragen, wo ist das Geld, es gehört uns, da nutzen dann keine geheimen Wege, zweimal kann Fischer nicht zahlen, einmal für die Nazis, einmal für Dich. Bermann – so scheint mir – bestand auf dem Erscheinen doch eigentlich nur unter der Voraussetzung, daß Du zurückkämest. Da daran doch wohl nicht zu denken sein kann, wird das Erscheinen eigentlich zum Widersinn. Einem Land, das man mit Abscheu verläßt, vertraut man doch nicht sein schönstes Gut an. Sie werden es ja auch zu Tode hetzen. Das »schwebende Angebot« muß sehr unfreundlich empfangen werden. Man sieht diese Presse schon vor sich – wie die Frankfurter sich windet, wie der Völkische schäumt, die Neuesten Nachrichten nachweisen, daß es gekonnt, aber altmodisch ist, die Rundschau davon redet und singt, daß es ein hochkonservatives Werk wäre und in den parteienlosen Staat passe, für den Samuel Sänger jetzt so ist. Das ist doch alles sehr häßlich, und es wirkt sich auch häßlich aus. – Im Ausland ist natürlich der Markt ein beschränkter, dafür findet man aber eine Öffentlichkeit, die guten Willens ist, und einen Verleger, der das Honorar überweisen darf. Ich bin eben sehr für Querido – der sich ja etwa mit Gallimard und den andren zu diesem bedeutenden Zweck zusammentun könnte. Wahrscheinlich ist es zu spät und kommt mir überhaupt nicht recht zu, so zu raten und mich einzumischen. Ich möchte nur nichts versäumt haben. Die Sache ist furchtbar wichtig – objektiv, aber auch mir persönlich. Ich halte das Erscheinen in diesem Deutschland für einen sehr schweren Fehler. Die Situation von Fischer ist völlig hoffnungslos; entweder er muß sich noch radikaler gleichschalten, oder er wird glatt vernichtet. Es ist natürlich sehr die Frage, ob der Joseph ihnen überhaupt durchgeht; bestenfalls geht er ihnen eben durch. Woanders wäre er das Ereignis, das man als das denkbar schönste und erwünschteste begrüßte. – Das denk ich mir so, als ausgesprochener Onkel Vicko will ich es nicht ungesagt lassen. Tausend Grüße bitte ich zu verteilen und auch Tante Kätchen nicht zu vergessen, falls sie noch da ist. Der

Aissi-K.

VON THOMAS MANN Sanary den 24. VIII. 33

Lieber Aissi,

Du hast ganz recht, es ist der helle Unsinn. Ich habe B. schon mehr als einmal, verblümt und unverblümt, gefragt, was er sich eigentlich denke. Jetzt, heute morgen, habe ich ihm einen Brief geschrieben, den ich der nachmittags abgereisten Käthe mitgab, und worin ich ihm aufs Ernstlichste zugeredet habe, sich die Situation doch klar zu machen und den Band Querido zu geben, was doch eigentlich nur eine Weggabe dem Namen nach, nicht ganz und nicht auf immer wäre. Ob er Vernunft annehmen wird? Wir müssen es abwarten. Das Erschwerende ist, daß die Publikation gerade dieses Buches ihm eine Art von Symbol und Kriterium für sein Bestehen oder Nicht-Bestehen in Deutschland zu sein scheint.

Gegen mein Figurieren auf eurer Liste (der Prospekt war ja recht lecker) habe ich garnichts. Soll ich noch den Loyalen spielen? Offenbar kommt es jetzt in München zum Klappen. Heute bekamen wir durch Offi die Nachricht, daß das Kinderhaus beschlagnahmt ist und bewacht wird. Ein Choc war es doch, trotz aller Vorgewöhnung. Die noch nicht entfernten Desiderata (Flügel, Frigidaire, tägliches Silber, Teppiche etc.) sind also verloren. Kummers genug.

Mielein kränkelt seit einigen Tagen etwas an Hals und Ohr. Die Erkältungen grassieren hier sehr. Wir ließen heute den Doktor kommen, der sich beruhigend äußerte. Es geht vom Halse aus, nicht vom Ohr, und wird in einigen Tagen beseitigt sein.

Das Nizzaer Schloß steht uns noch offen. Wir bleiben unentschlossen. Es hat viel für sich, sich die nächsten Monate noch in größerer Distanz von der großen Historie zu halten, und auch für die Kontinuität meiner Arbeit wäre es besser, wenn wir das Zürcher Etablierungsunternehmen noch zurückstellten. Wenn aber Eri uns ein passendes Provisorium findet, von woaus wir in Ruhe weiter suchen können, gehen wir doch am Ende gleich dorthin.

Über das neue Buch von Spengler müßt ihr schreiben. Es scheint ein gesegnetes Werk zu sein. Jede Zeile von ihm, sagt er, seit 1918, habe dazu dienen sollen und hoffentlich dazu gedient, die Republik zu stürzen. Ja, so war mir auch schon immer.

Herzlich

Z.

AN THOMAS MANN

Die Sammlung
Querido Verlag Amsterdam
Keizersgracht 333
Den 28. 8. 33

Zauberer hochgeehrt –

Dein Brief, trotz mancherlei unguter Nachrichten, die er enthielt, atmete eine gewisse grimmige Heiterkeit, die in ihrer Art wieder tröstlich wirkte. Die Nachricht vom belagerten Kinderhaus hat noch immer etwas Erschreckendes, wie ja auch die endgültige Nachricht über den Verlust von Onkel Heinrichs Staatszugehörigkeit einen bestürzenden Eindruck nicht verfehlen konnte, so klar man es kommen sah. – Da ich den Brief bei Querido bekam, konnte ich nicht umhin, einige Stellen draus vorzulesen, womit ich denn auch einen erheblichen Effekt erzielte. Man wurde gleich ziemlich aufgeregt, ein Telephongespräch mit Beri und eine Fahrt von Landshoff nach Sanary ins Auge genommen. Nun muß man sehen, was daraus wird; hoffentlich nicht das Verkehrte. Ich bin ziemlich aufgeregt drüber. Es würde mich ganz schrecklich ärgern, wenn das Buch in Deutschland erschiene; denn schon wieder habe ich die ganze Nacht gehaßt. Dabei habe ich den Spengler noch nicht mal gelesen. Kennst Du ihn denn, oder nur vom Hörensagen, was in diesen Fällen ja meistens genügt? Ei, wäre das fein und groß, wenn Dich einen dieser Nachmittage die Laune ankäme, niederzusitzen und Deinerseits Dir den Spengler noch mal vorzunehmen; das Resultat dann an die »Sammlung« zu adressieren. Und wenn es nur eine kleine Glosse ist, wir würden uns ja freuen wie Frau Bernstein, wenn Gerhart Hauptmann zum Tee kommt. Und wenn es mich in den frühen Septembertagen erreicht, schmücke ich noch mein zweites Heft damit und freu mir den Buckel voll. Aber vielleicht willst Du mit so was Kleinem nicht jetzt das erste Mal rauskommen und hast überhaupt keine Lust. Das letzte Mal war ich Onkel Vicko, diesmal bin ich schon mehr Willy Haas – ist das ein Steigen oder ein Sinken? Aber eine Postkarte muß ich noch haben, damit ich noch weiß, ob Du niedersitzen möchtest oder nicht. Ich bitte sie zu adressieren ans Hotel Löwen, Kilchberg, Zürichsee – wohin ich schon dieser Tage fahre.

Hoffentlich geht es Mielein schon wieder gut. Alles Zärtliche für dieselbe. Ob ich wohl schon den Empfang meines Septembergeldes bestätigt habe? Vielleicht, aber es kann nicht schaden, wenn ich noch mal danke.

Der treue

Aissi-K.

AN BENEDETTO CROCE

Die Sammlung
Querido Verlag Amsterdam
Keizersgracht 333
Den 29. 8. 33

Sehr verehrter Herr Senator Croce –

ich nehme mir die Kühnheit, mich mit einer Bitte an Sie zu wenden. Dazu ermutigen mich etwas die guten Beziehungen, in denen Sie, wie ich weiß, zu meinem Vater stehen; dann aber auch die Hoffnung, daß Sie die Sache, wegen der ich zu Ihnen komme, mit uns als eine gute empfinden werden. – Es handelt sich um die Zeitschrift, deren Namen und Herausgeber über diesem Briefbogen stehen. Sie soll ein europäisches Forum sein und nicht nur den deutschen Emigranten – wenn auch vor allem diesen – eine Gelegenheit sich zu äußern geben. Wir arbeiten prinzipiell mit allen Nationen, wie Sie schon aus unserer vorläufigen Mitarbeiterliste sehen, die ich beilege. Wir möchten auch mit Italien arbeiten. Durch wen könnten wir es würdiger bei uns vertreten sehen als durch Sie? Ein Beitrag von Ihnen wäre wichtig für uns – Sie wissen es selbst. Ich hoffe, daß Sie uns bald etwas geben können. Die Wahl des Themas überlasse ich völlig Ihnen, ein kulturpolitisches wäre mir wohl am liebsten, es kann sich auch nahe mit der aktuellen Politik berühren. Wenn es von den deutschen Angelegenheiten handelt, wird es am interessantesten für uns sein. Je schärfer, desto willkommener – in Deutschland sind wir jedenfalls verboten.

Ich hoffe mit Ihrer Zusage rechnen zu dürfen. Am dankbarsten bin ich, wenn Ihr Manuskript *schnell* kommt, ich nehme es dann in eines der nächsten Hefte. Sie können es auf italienisch schicken; ich lasse dann hier die Übersetzung machen.

Glauben Sie bitte an die Verehrung Ihres ganz ergebenen
Klaus Mann

VON STEFAN ZWEIG Salzburg, Kapuzinerberg 5
am 30. August 1933

Lieber Klaus Mann!

Es herrscht jetzt ein furchtbarer Trubel hier, gestern allein Bruno Walter, Emil Ludwig, Wassermann und Bronislav Hubermann bei mir, heute eine Reihe wichtiger französischer Herren. Ich habe also bis Ende der Festspiele jede Arbeit resigniert zur Seite gelegt und will erst wieder anfangen, sobald ich zur Ruhe komme. Ich reise jedenfalls Mitte September von hier fort, an irgend einen kleinen Ort in Italien oder Südschweiz und will dann in einem Zuge das Hauptkapitel fertig machen, das ich Ihnen dann gleich vorlege.

Niemand tut es mehr leid als mir, daß ich nicht einmal das eine Kapitel vollenden konnte, das ich Ihnen versprochen hatte, es fehlen zwar nur zwei, drei Seiten, aber ich bin so unsicher und unkonzentriert wie noch nie. (Man soll ruhig zugeben, wenn man seiner selbst nicht sicher ist, ich habe leider bemerkt, daß es den meisten andern nicht anders geht.) Sobald ich ein Kapitel verläßlich fertig habe, so schicke ich es Ihnen noch mit derselben Post zu.

Verargen Sie mir meine Nervosität und Dekonzentration nicht, ich habe niemals diesen Zustand auch nur annähernd gekannt, hoffe aber, ihn bald zu überwinden, denn ich empfinde ihn selbst als unmännlich und niederdrückend.

Herzlichst Ihr Stefan Zweig

VON THOMAS MANN Sanary den 1. IX. 33

Lieber Aissi,

polemisieren möchte ich nicht, aber wenn ich dazu komme (der Joseph marschiert jetzt ganz erfreulich) möchte ich euch gern über die Broschüre des Theologen Barth einen kleinen Bericht geben: das Bravste und Erfreulichste, was seit einem halben Jahr in Deutschland gesagt und gedruckt worden ist, erstaunlich, man wundert sich, daß der Mann noch auf freiem Fuße ist. Bermann schickte mir die Schrift. Er ist optimistisch, meldet Überraschendes über den Verkauf meiner Bücher und bleibt eisern dabei, das neue im Herbst herauszubringen, wie auch das vom Jakob. Mögen die Dinge nun gehen wie sie wollen und können.

Mein alter Freund Lessing ist ja ermordet worden. War immer schon ein falscher Märtyrer.

Wir können hier noch bis etwa zum 20. bleiben. Was wird dann kommen: Schloß oder Hütte? Ich warte es ab. – In München ist viel schief gegangen. Vielleicht ist einiges noch wieder einzurenken. Grüße an Eri!

Herzlich Z.

AN RENÉ SCHICKELE Hotel zum Löwen
Kilchberg – Zürichsee
den 3. 9. 33

Lieber und verehrter Herr René Schickele –

Ihr Brief – so nett er war – hat mich ein wenig erschreckt. Aber das konnte ich wirklich nicht wissen – Sie sagen es selbst. Wir hatten doch schon genau das Thema besprochen – und es schien doch nur an Zufälligkeiten zu liegen, daß der Beitrag nicht rechtzeitig kam. Die absagende Antwort von Meier-Gräfe und Annette Kolb habe ich sofort verstanden, Ihre hätte mich stark betrübt, wie ich zugeben muß: aber verstanden hätte ich sie auch.

Hoffentlich sehen Sie nun etwas zu schwarz. Es sind doch so viele Autoren auf der Liste genannt; an jedem einzelnen wird man sich kaum rächen können. Es wäre mir gräßlich, wenn es nachteilige Folgen für Sie hätte, daß ich Sie genannt habe.

Und nun schicken Sie wieder nichts. Das ist auch schon recht traurig. Aber mehr darf ich Sie nun nicht drängen. Sowie Sie etwas haben, geben Sie's mir – darauf rechne ich fest.

Das erste Heft haben Sie nun bekommen. Hoffentlich hat es Ihnen gefallen und Ihnen Laune gemacht, auch mitzutun.

Seit vorgestern bin ich hier und werde wohl den ganzen September bleiben. Dann gehe ich zunächst nach Paris. Und falls meine Eltern das Haus in Nizza mieten, werde ich ja auch sicher bald mal an der Küste sein.

Von Erika, mit der ich hier bin, soll ich sehr grüßen.

Ihr ganzer

Klaus Mann

AN STEFAN ZWEIG

Hotel zum Löwen
Kilchberg – Zürichsee
den 4. 9. 33

Lieber und verehrter Stefan Zweig –

für Ihren Brief vielen Dank; bei manchem Kummer darüber, daß ich für Nummer Zwei nun wieder auf Sie verzichten muß, ist Ihr offner und freundschaftlicher Ton doch ein Trost. Und wie gut verstehe ich Ihren Zustand, den Sie mir andeuten! Mehr oder minder geht es uns allen so. Was mich betrifft, so bin ich froh, daß ich diese Zeitschrift habe – eine Arbeit, die von außen kommt und auf die man sich also einfach konzentrieren MUSS. – Haben Sie das erste Heft bekommen? Ich wäre froh, wenn Sie mir ein aufrichtiges Wort darüber schrieben, wie es Ihnen gefällt. – Nun hoffe ich also, Sie ins dritte Heft zu bekommen. Sie sehen: ich gebe nicht nach.

Hier bleibe ich wohl den ganzen September. Aber ich wechsle so oft die Adressen. Wenn Ihr Manuskript für uns fertig ist, schicken Sie es doch bitte nach Amsterdam.

Falls Sie Bruno Walter noch einmal sehen, seien Sie bitte so nett, ihm sehr schöne Grüße von meiner Schwester und von mir auszurichten.

Mit den herzlichsten Grüßen Ihr

Klaus Mann

VON STEFAN ZWEIG

Salzburg
Kapuzinerberg 5
am 11. September 1933

Lieber Klaus Mann!

Ich habe das Heft »Die Sammlung« noch immer nicht bekommen, es hat mir nur ein paar gereizte Briefe von den andern auswärtigen Zeitschriften eingetragen, weil ich dort abgesagt hatte und bei Ihnen angekündigt wurde. Man kommt da nie zu einem Ende und so habe ich beschlossen, nirgendwo mitzuarbeiten, ehe wir nicht alle zu einer endgültigen und einheitlichen Haltung gekommen sind (im Sinne jener Zusammenkunft, auf die ich noch immer hoffe). Es entstehen wirklich dadurch nach außenhin Konflikte und der Verdacht eines Gegeneinanderarbeitens und einer sichtlichen Uneinigkeit, wenn an der einen Stelle der einzelne zusagt und an der andern Stelle wieder fehlt, mir scheint jene entscheidende freundschaftliche Annäherung und Einigung, die ich vom ersten Tage an – vergebens! – forderte, unbedingt nötiger als je. Alle diese Abstufungen müssen meinem Empfinden nach abgeschliffen werden zu Gunsten einer Einheitlichkeit. Ich bitte Sie darum, inzwischen meinen Namen von den Ankündigungen wegzulassen, denn heute erst mußte ich Willy Haas und vor einigen Tagen Wieland Herzfelde absagen und möchte nicht, daß da Unstimmigkeiten oder scheinbare Bevorzugungen entstehen zwischen Menschen, die durch einheitliches Schicksal auch einheitlich verbunden sein sollten.

Ich werde im Oktober für ein paar Tage in Paris sein, wo ich Ihren verehrten Herrn Vater und einige andere zu sprechen hoffe, vielleicht, daß wir doch endlich die richtige

Ebene und das klare Forum finden. Ich habe mich bei Gott, unendlich um diese Bemühung herumgequält, mehr glaube ich als irgend ein anderer, jetzt muß ich versuchen, ob ich überhaupt noch konzentriert arbeiten kann, in den letzten Wochen und Monaten ist es mir nicht gelungen.

Mit den herzlichsten Grüßen Ihr

Stefan Zweig

VON THOMAS MANN

Sanary den 13. IX. 33

Lieber Aissi,

ich habe Bermann, der offenbar in tausend Nöten schwebt, bestätigen müssen, »daß Charakter erster Nummer Sammlung ihrem ursprünglichen Programm nicht entspricht«. Das ist wahr, wie Du weißt. Die Zeitschrift sollte sich von der Emigrantenpublizistik durch Betonung des Positiv-Produktiven, ja durch die Beschränkung darauf abheben, und daß Du's Dir nicht versagen konntest, H.M.'s hochleidenschaftlichen Artikel in die erste, das Bild bestimmende Ausgabe aufzunehmen (es wäre ganz etwas anderes gewesen, wenn er in der dritten oder vierten erschienen wäre) war die Rücksichtslosigkeit Eines, der vom ersten Tage an gründlich Schluß machen durfte, eine Rücksichtslosigkeit gegen mehrere Schriftsteller, die nicht in dieser Lage sind, und die Dir ihre Namen für die Mitarbeiter-Liste zur Verfügung gestellt hatten. Schickele ist telegrafisch im Abrücken sehr weit gegangen, um sein Buch und einen möglichen Vorabdruck in der Vossischen Zeitung zu retten. Er würde mit diesem 20000 Frs. verlieren, viertausend Mark, von denen er mit den Seinen ein Jahr lang leben kann.

Auch ich kam sofort in eine böse Lage. Der Fischer-Verlag war in Verzweiflung. Er sah die Bücher seiner Hoffnung verboten und sich selber auffliegen. (Längst setzt er zu.) Der alte Saenger wurde nur wegen dieser Sache nach Sanary entsandt. Alles, was er erreichte, war ein Telegramm des Inhalts: »Muß mir das Recht vorbehalten, literarischer

Zeitschrift europäischen Charakters, die erste Namen der Welt zu ihren Mitarbeitern zählt, auch meine gelegentliche Mitarbeit in Aussicht [zu] stellen, was selbstverständlich keine Identifizierung mit jedem einzelnen Beitrag bedeuten kann.« Das war mager, so sauer es mir geworden war. Gestern kam ein weiteres Telegramm von Saenger, dringend, das »aus guten Gründen« nach der Bestätigung verlangte, ich sei über die »Tendenzen« der Sammlung unrichtig informiert gewesen. Wir fuhren zu Schickele, um mit ihm zu beraten, wie er es mit mir getan hatte. Es war sehr schwer. Ich hatte schon aufgesetzt: »Kann ehrenhalber über Erklärung von neulich nicht hinausgehen«, habe mich dann aber zu der Feststellung von oben verstanden, einem wahrscheinlich ungenügenden Kompromiß, was aber schon peinlich genug ist.

Man ist weit auseinander. Die drinnen haben ein völlig anderes Denken und völlig andere Maßstäbe als die draußen, und von diesen wieder leben die, die alle Brücken hinter sich abgebrochen haben, in einer anderen Welt, als die, die das nicht tun konnten. Ich habe keinen Zweifel darüber gelassen, daß ich die Hoffnung, ein geistiger Verlag und eine dito Zeitschrift könnten sich im heutigen Deutschland halten, absurd finde. Ich bin in Bermann gedrungen, mein Buch durch Querido draußen erscheinen zu lassen. Er weigerte sich, weil er sich an die Hoffnung klammert, daß gerade dieses Buch, zusammen etwa mit denen von Schickele und Wassermann, ihn drinnen retten soll. Das mag töricht sein; vor allem mag eine Überschätzung der Kräfte meines Buches darin liegen, an das Bermann mit großer Begeisterung rührend glaubt. Aber da nun das *Experiment* gemacht werden soll, bin ich seinem Gelingen etwas schuldig. Es *ist* eines. In Deutschland gibt es viele Trotzige und Sehnsüchtige. Der Verkauf meiner Bücher war in den letzten Wochen besser als seit langem. Das Sortiment zeigt sich dem neuen Bande günstig, die Vorbestellungen gehen in die Tausende. Ich bilde mir keine Schwachheiten ein; aber die Neugier, wie der Versuch verlaufen wird, ist berechtigt und nicht jede Rücksichtnahme auf ihn sinn- und ehrlos. Wenn er gelingt, wenn das Publikum in Deutschland diesem Buch, dem Werk eines Verfehmten und einem schon stofflich opponierenden Werk einen Erfolg bereitet, ohne daß die Machthaber es daran zu hindern wagen, – man muß zugeben, daß das viel richtiger und lustiger, für die Machthaber viel ärgerlicher, ein eklatanterer Sieg über sie wäre als ein ganzer Stoß Emigranten-Polemik.

Vielleicht sind diese Möglichkeiten durch mein – ganz gleichgültiges – Figurieren auf Deiner Liste und das Erscheinen von H.'s Aufsatz im ersten Heft schon beseitigt. Wenn ich ihrer Bewahrung ein kleines Opfer brachte, so hoffe ich auf Nachsicht dafür bei euch stolzen Anti-Opportunisten.

Herzlich Z.

AN STEFAN ZWEIG z. Zt. Zürich, Engematthof
Engemattstraße
den 15. 9. 33

Lieber und verehrter Herr Stefan Zweig –

Ihr Brief findet mich in einer sehr unglücklichen Stimmung. Das erste Heft unsrer Zeitschrift – es ist mir rätselhaft, daß Sie es noch nicht bekommen haben, ich reklamiere sofort noch einmal – hat viel Interesse gefunden; aber gleichzeitig beginnen schon die Peinlichkeiten, knüppeldick. Besonders der Fischer Verlag ist es, der Kopf steht, weil einige seiner Autoren – Döblin, Schickele usw. – bei mir mitarbeiten. Nun soll es mit sinnlosen »Dementis« losgehen. Auch mein Vater ist in die Sache verwickelt. Die Presse wird sich ohne Frage auf diese Angelegenheit stürzen, die sehr traurig, etwas lächerlich und so ungeheuer symptomatisch ist. Es ist, um den Mut ganz zu verlieren; das bißchen Vertrauen schwindet, was man noch hat. Denn worum geht es denn bei all dem? Es ist doch so klar: keiner der großen Namen, keiner von denen, deren Wort in dieser Schicksalsstunde Einfluß und Bedeutung hätte, will sich mit denen identifizieren, die kämpfen. Heinrich Mann ist fast die einzige Ausnahme – denn man kann die kaum rechnen, die absolut gar nichts mehr zu verlieren hatten, wie Kerr.

Nun kommt also auch von Ihnen die Absage. Ich konnte darauf gefaßt sein. Ich hätte die Autorenliste ohnedies nicht noch einmal veröffentlicht, also habe ich keine Gelegenheit Ihren Namen wegzulassen. Trotzdem ist Ihr Wunsch, nicht mehr bei mir genannt zu sein, eine schwere Enttäuschung für mich – so weit ich überhaupt noch zu enttäuschen bin. Die Solidarität der Intellektuellen, die in Deutschland noch irgendetwas zu verlieren haben, besteht darin, daß sie sich alle von allem ausschließen. Was nützt es, wenn Schwarzschild wöchentlich wehklagt und verdammt – Sie aber und mein Vater, Schickele, Hesse, Döblin und die andren – schweigen. Ja, Sie geben sogar Ihre unpolitischen Beiträge nicht dorthin, wo ein Wort gegen die deutschen Machthaber gesagt wird. Denn keinen andren Inhalt hat Ihr Brief: Sie rücken ab – nicht um Herzfelde, sondern um Goebbels nicht zu kränken. Denn ich sehe keinen Grund, warum jemand der an irgendeiner Zeitschrift mitarbeitet, deshalb gleich an allen mitarbeiten muß. Bis jetzt gibt es überhaupt keine literarische, außer denen von Herzfelde und mir. Herzfelde – den ich sehr schätze – ist Parteikommunist; man würde also wohl kaum erstaunt gewesen sein, Sie bei mir, nicht aber bei ihm vertreten zu finden. Was den Willy Haas betrifft, so ist das einer, dem es nicht gelungen ist sich gleichzuschalten; er hat sich alle Mühe dafür gegeben. Ich möchte mit ihm nichts zu tun haben. Weil Sie also diesen beiden – und den rein politischen Blättern – absagen mußten, nehmen Sie nun auch die Zusage wieder zurück, die Sie mir gegeben haben. Ihre Begründung, daß Sie es nur aus Solidaritätsgefühl tun, hat für mich keine tröstliche Kraft. Verstehen Sie, daß ich erschüttert bin? Auf wen können wir rechnen, wenn alle die, auf die wir am meisten vertraut haben, uns sitzen lassen, aus Rücksicht auf einen »deutschen Markt«?

Ihr Klaus Mann

VON STEFAN ZWEIG

Salzburg
Kapuzinerberg 5
am 18. September 1933

Lieber Klaus Mann!

Ich bekam vor drei Tagen »Die Sammlung« und heute Ihren Brief; lassen Sie mich offen und in aller Herzlichkeit reden, ohne jeden Hinterhalt. Als Sie mir seinerzeit schrieben, Sie wollten mit Annemarie Schwarzenbach eine literarische, unpolitische Zeitung machen für diejenigen, die in Deutschland nicht zu Worte kommen können, war ich mit Freude einverstanden und sicherte Ihnen einen Beitrag zu. Aber Sie selbst sind es, lieber Klaus Mann, der diesem Plan ein anderes Gesicht gegeben hat und der Zeitschrift einen aggressiven Charakter: daher jetzt auch die verschiedenen Absagen. Ich hatte die Zeitschrift noch nicht gesehen, aber gerade aus jenen Reklamationen sah ich schon, daß sie eine politisch eingestellte sein müsse und war darum genötigt um der Gerechtigkeit willen zu sagen, daß ich zunächst nicht mittun kann. Wo es um Leistung geht, stelle ich mich weiß Gott, ohne Hochmut neben jeden, auch den Jüngsten und Unfähigsten, weil dort das Nichtkönnen einen Könnenden nicht belastet. Anders steht es im Politischen und Parteimäßigen, wo einer für Fehler und Übertreibungen des andern haftbar wird. Ich persönlich glaube, und wahrscheinlich auch Ihr Vater und Werfel und Bruno Walter, daß auf die Herabsetzung unserer Bemühungen die einzige Antwort *Leistung* ist. Ich bin keine polemische Natur, ich habe mein ganzes Leben lang immer nur *für* Dinge und *für* Menschen geschrieben und nie gegen eine Rasse, eine Klasse, eine Nation oder einen Menschen und ich bin der Überzeugung, daß Leute wie Kerr unserer Sache unendlichen Abbruch tun. Einer so ungeheuren Katastrophe muß man in großen Darstellungen entgegentreten, nicht mit kleinen Sticheleien. Ich war gewiß nicht dagegen und habe mich wochenlang bemüht, um ein großes gemeinsames Manifest von hoher Haltung zu schaffen, das ich nicht nur unterschreiben wollte, sondern dessen Entstehung ich sogar organisieren und mit meiner vollen Verantwortung decken wollte, ich bewahre entscheidenden Dingen gegenüber meinen Mut, aber, das gestehe ich offen, kleinliche impotente Angriffe halte ich für ein Ärgernis, für ein Unglück und möchte sichtbar zeigen, daß ich nichts mit diesem Kampf zu tun habe, der meiner Meinung nach unserer Sache nur schadet. Ich denke natürlich nicht an den deutschen Markt, der ist längst verloren, aber ich denke sehr an die Menschen, die in Deutschland sind und denen wir, statt zu helfen, heute nur schaden und ich erkläre ruhig, daß ich jeden Angriff für ein Unheil halte, der nicht große geistige Linie hat, der nur stichelt und nicht trifft. Wäre Ihre Zeitung, lieber Klaus Mann, wirklich nur eine Darstellung unserer Leistung, unseres Wirkens und Willens gewesen, ohne jede polemische Einbegleitung, ich hätte gern mitgetan. Aber ich habe sieben Monate oder länger, ebenso wie Ihr Vater, kein Wort in einer inländischen oder ausländischen Zeitung veröffentlicht, weil ich der Ansicht bin, daß dadurch, daß wir keinen Anlaß geben die Tatsachen umzudrehen, das Unrecht deutlicher und unwiderleglich würde und man nicht den Spieß umkehren könnte und sagen, wir hätten provoziert.

Ich weiß daß man in Deutschland über jeden Angriff von uns geradezu glücklich wäre, um sagen zu können: Seht ihr! Wie recht haben wir gehabt! – Darum hätte ich es so sehr gewünscht, daß unsere Demonstrationen zunächst einzig in Leistung bestanden hätten, in hoher und unwidersprechlicher Qualität und ich sehe, daß die Auffassung der andern da mit meiner vollkommen übereinstimmt. Es wäre so unendlich wichtig gewesen, neben den politisch aggressiven Blättern ein Blatt zu haben, das ausschließlich die künstlerische Leistung der »Ausgelöschten« zeigte, dadurch wäre den andern, den Kämpfern noch nicht das Wort abgeschnitten gewesen, denn sie hätten ihre Zeitschriften für sich gehabt.

Ich verstehe, lieber Klaus Mann, daß Sie durch diese Absagen bestürzt sind, aber Sie müssen auch uns verstehen, die wir uns verpflichtet fühlen durch Verantwortlichkeit gegenüber den in Deutschland zurückgebliebenen Freunden und daß insbesondere für einen Juden das Verantwortungsgefühl noch stärker gesteigert sein muß.

Jetzt wird es wohl schwer sein, die Zeitschrift zurückzuschrauben ins Unpolemische und rein Literarische, aber ich glaube noch immer, es wäre für die Sache ein großer Gewinn, wenn Sie schon im nächsten Heft das Aggressive zu Gunsten des Produktiven zurückstellten: es gibt jetzt politische Zeitungen genug, aber wir hätten notwendig eine, welche nur der Leistung dient.

Ich komme vielleicht nächste Woche auf einen halben Tag nach Zürich. Ich besuche zuerst Rolland und fahre dann nach ein paar Tagen von Paris nach London, und hoffentlich können wir uns dann ausführlicher über alle diese Dinge aussprechen.

Herzlichst Ihr

Stefan Zweig

AN BENEDETTO CROCE

Die Sammlung
z. Zt. Paris
den 27. 9. 33

Hochverehrter Herr Senator Croce –

vielmals danke ich Ihnen für Ihre prinzipielle Zusage, die mir sehr erfreulich und wichtig ist. Ich hoffe nun, Sie werden Ihren Beitrag so bald als möglich schicken; die Adresse bleibt Querido in Amsterdam. – Sie schreiben, daß es eine ästhetische Abhandlung sein soll, die Sie uns schicken wollen. Darf ich mir erlauben zu sagen, daß ich wegen eines solchen Themas einige Bedenken habe. Sie mögen bedenken, daß sich unsre Zeitschrift an ein philosophisch ungeschultes Publikum richtet, das obendrein momentan durch die politischen Katastrophen aufgewühlt ist und sich ungern auf schwierige und zu abstrakte Gegenstände konzentriert. Wenn es irgendein kulturpolitisches oder sonst allgemeineres Thema gäbe, das Sie zur Betrachtung reizen könnte, wäre das wohl für uns noch willkommener. Es braucht sich ja nicht mit aktuell politischen Fragen zu befassen – falls Ihnen das nicht angenehm ist –, könnte auf solche aber doch einen indirekten Bezug haben. Am neuen Deutschland, zum Beispiel, kann man eine ungeheuer wirkungsvolle indirekte Kritik üben, wenn man es mit dem klassischen oder mit dem seiner großen Philosophen vergleicht, oder wenn man nur an dieses andere, augenblicklich scheinbar versunkene Deutschland erinnert. Ich erlaube mir nicht Ihnen ein Thema vorzuschlagen. Aber ich darf Sie darauf aufmerksam machen, daß ein Aufsatz, der die kulturpolitische Sphäre mindestens mittelbar berührt, noch vorzüglicher in die »Sammlung« passen würde als eine speziell ästhetische Abhandlung.

Glauben Sie bitte an die aufrichtige Verehrung Ihres

Klaus Mann

P.S. Darf ich Sie bitten, mir auf französisch oder deutsch antworten zu wollen, da ich – wie ich zu meiner Schande gestehen muß – das Italienische nur sehr mühsam verstehe.

AN HERMANN KESTEN

Die Sammlung
z. Zt. Paris, den 29. 9. 33

Lieber Hermann Kesten –

vielen Dank auch für Ihre Nachricht. So, Sie bleiben also den ganzen Herbst dort unten – das *muß* ja ein guter Roman werden. Was ich bin, ich fahre Sonntag schon nach Amsterdam weiter, obwohl ich lieber hier bleiben möchte, und am liebsten wäre ich überhaupt in Zürich geblieben, wo es sehr nett war. Doch kann man selten, wie man wohl möchte. – Hier sind die meisten Leute noch verreist, auch die, wegen derer ich hauptsächlich hergekommen bin, zum Beispiel der alte Gide. (Wo steckt eigentlich Breitbach? Wissen Sie seine Adresse?) – Daß Sie die erste Nummer immer noch nicht bekommen haben, ist eine Schweinerei, ich kann es gar nicht verstehen. Die zweite erscheint in den ersten Oktobertagen. Natürlich freue ich mich, wenn Sie mir wieder eine Novelle schicken – tun Sie es wirklich! Gerade Novellen sind am schwersten zu bekommen – gute meine ich da. Und der »Hass« wird Ihnen so rechtzeitig zugehen wie dem Propagandaministerium; hoffentlich reagieren Sie ebenso leidenschaftlich, wie dieses es tun wird.

Bermann, ein harmloser Dummkopf, entwickelt sich zur großen Gefahr. Am teuflischsten benimmt sich dieser Döblin. Aber auch von Schickele muß ich enttäuscht sein.

Lauter herzliche Grüße von Ihrem

Klaus Mann

AN RENÉ SCHICKELE

Die Sammlung
Paris, den 29. 9. 33

Lieber und verehrter Herr Schickele –

immerhin habe ich mich gefreut, daß Sie mir überhaupt noch geschrieben haben; denn, aus den Nachrichten zu schließen, die ein gehässiger Volksmund mir zutrug, waren Sie so böse auf mich, daß es mich schon ganz traurig machte, sogar meinen kleinen Geburtstagswunsch, den ich doch gewiß brav gemeint hatte, sollen Sie inzwischen scheußlich und unangebracht gefunden haben. Ich fragte mich oft, bis zu welchem Grade ich mir objektiv Schuld geben muß an den Unannehmlichkeiten, die im Zusammenhang mit der »Sammlung« über Sie hereingebrochen sind; aber das ist ja eigentlich eine müßige Frage. Jedenfalls bedaure ich diese Unannehmlichkeiten von ganzem Herzen. – Die Namen der Mitarbeiter – oder der Autoren, die ich erst dafür halten zu dürfen glaubte – werden in der Zeitschrift natürlich nicht mehr genannt. Landshoff schreibt mir, daß, zu seinem großen Bedauern, auf den Schutzumschlägen der beiden ersten Bücher, die der Querido-Verlag verschickt – (»Jüdischer Krieg« und Döblin-Broschüre) diese Namen noch figurieren. Das war nicht mehr zu verhindern, die Bücher sind unterwegs. Es soll jedoch nicht wieder vorkommen. Und außerdem hat ja der liebe Bermann die Möglichkeit, jeden Tag der Presse mitzuteilen, daß alles Lug und Trug von uns gewesen ist. Was freilich von unsrer Seite geschieht, wenn er das wirklich tuen sollte, weiß ich noch nicht genau.

Mit meinen besten Grüßen

Klaus Mann

AN GOTTFRIED BERMANN FISCHER

Paris, den 30. 9. 33

Sehr geehrter Herr Doktor Bermann –

aus Berlin höre ich von verschiedenen Seiten, daß Sie das Gerücht verbreiten, ich hätte in der »Pariser Zeitung« einen Artikel gegen Sie oder gegen das Haus Fischer verfaßt oder einen solchen Artikel lanciert. Ich weiß nicht, von wem Sie sich solchen Unsinn zutragen lassen. Ich kenne die »Pariser Zeitung« nicht – ja: ich habe sie sogar niemals gelesen –, ich habe niemals einen Artikel für sie geschrieben, ich weiß nicht einmal – oder wußte es bis jetzt nicht –, daß dort ein Artikel gegen Sie erschienen ist. – Gleichzeitig wird mir bekannt, daß Sie einen Teil Ihrer Zeit dazu benutzen, Beschimpfungen gegen mich auszustoßen. Sie sind geschmackvollerweise so weit gegangen, dies sogar meinem Vater gegenüber zu tun. Ich darf Ihnen den Rat geben, sich mit meiner Person so wenig wie möglich zu beschäftigen. Ich habe gegen Sie und gegen das Haus, dem ich immerhin auch eine gewisse Zeit lang verbunden war, nicht das mindeste Feindliche unternommen – nicht das *Mindeste* – und nichts liegt mir ferner, als es jetzt zu tun, wenn Sie mich nicht durch die systematische Hetze, die Sie gegen mich treiben, dazu zwingen. Ich gebe Ihnen am allerwenigsten das Recht, die Position, für die ich mich entschieden habe – so wie sich jeder redliche Intellektuelle für sie entscheiden mußte – zu kritisieren; noch weniger, sie durch Machenschaften zu gefährden. Über das, was Sie in diesen entscheidenden Monaten tun, werde nicht ich zu richten haben; aber Sie sollten sich sagen, daß der Druck, den Sie heute auf gewisse Autoren ausüben, nicht nur von uns konstatiert und beurteilt wird, sondern daß all dies eingehen wird in die Literatur- und Geistesgeschichte. Wenn wir keine andere Funktion mehr haben sollten: wir werden dafür sorgen, daß all dies nicht vergessen wird.

Ich füge diese Worte, die Sie überflüssig finden und überhören mögen, mit vollem Bedacht meiner Bitte von vorhin bei, die dahin geht, daß Sie bi[tte] etwas vorsichtiger mit den Verdächtigungen meiner Person sein mögen.

Ihr ergebener

VON RENÉ SCHICKELE

Sanary sur mer (Var)
Villa Ben qui hado
2. 10. 33

Aber, lieber Herr Klaus Mann – was Sie mir da schreiben, das ist doch alles erstunken und erlogen! Ich war niemals so »böse« auf Sie, daß es Sie hätte »ganz traurig machen« können. Ich habe zu *niemand* ein Wort geäußert, das Sie selbst nicht als freundlich empfunden hätten! Und da wir schon dabei sind, muß ich auch das erwähnen: obwohl wir seit Monaten wortwörtlich von der Hand in den Mund leben, hat mich die finanzielle Einbuße, die das (mit meiner Mitarbeit an der »Sammlung« begründete) Veto der Ullsteinschen Geschäftsleitung mir brachte, nicht einmal in der Intimität, etwa meiner Frau gegenüber, eine Aufwallung der Entrüstung oder Empörung oder sonstwelcher Sie belastender Gefühle zur Folge gehabt. Jedem, mit dem ich sprach (es werden, Ihre Familie eingerechnet, nicht viel mehr als ein halbes Dutzend Menschen gewesen sein), erklärte ich ausdrücklich, Sie seien vollauf berechtigt gewesen, mich als Mitarbeiter zu nennen! Der Gipfel ist aber die Behauptung des »gehässigen Volksmundes«, ich hätte Ihren Geburtstagswunsch »scheußlich und unangebracht« gefunden. Hier stehe ich Kopf! Ich habe nämlich nur Ihren nächsten Verwandten gegenüber geäußert (und zwar, als die Meinung erörtert wurde, daß Heinrich Manns Aufsatz die »Gefahrzone« des 1. Heftes darstelle): wenn *mir* persönlich etwas in Deutschland »schaden« könnte, so sei es Ihr Geburtstagswunsch – wobei ich Ihren Zeilen das Prädikat gab, das sich von einem geschmeichelten Autor von selbst versteht. »Schaden« mußte er mir wegen der Erwähnung der »Weißen Blätter«, die von der Nazipresse seit Jahr und Tag als »Dolchstoß der Literaten« angeprangert werden.

Das ist alles klar und unzweideutig – nicht wahr? Ich stehe aber Kopf, weil es völlig ausgeschlossen ist, daß der enge Kreis, in dem diese Bemerkung fiel, sie anders auffaßte oder anders weitergab, als sie tatsächlich lautete. Und nun müssen Sie mir schon die Frage erlauben: *wer* hat Ihnen erzählt, Ihr Glückwunsch sei von mir als »scheußlich und unangebracht« empfunden worden? Es interessiert mich der Weg von den sechs, sieben Menschen, mit denen ich diesen Sommer verkehrte, zu dem von Ihnen erwähnten »gehässigen Volksmund« – der, wie ich aus Ihrem Brief schließe, Sie mehr gekränkt haben muß als mich der Regen von Ziegelsteinen, der nach Erscheinen Ihres Heftes auf mich herabfiel und, man sollte es nicht für möglich halten, noch immer andauert.

Jedenfalls sind *Sie* mir, auch dies zeigt Ihr Brief, allen Ernstes »böse«. Ich war es keine Sekunde. Ich bitte um Aufklärung über die Zwischenträger. Die allein können den Schaden angerichtet haben.

Le balai! Le balai! Herzliche Grüße Ihres

René Schickele

AN RENÉ SCHICKELE

Die Sammlung
Querido Verlag Amsterdam
Keizersgracht 333
Den 6. 10. 33

Lieber und verehrter René Schickele –

Ihr Brief ist sehr nett und ich bin schon wieder getröstet. Vielleicht bin ich zu empfindlich gewesen, aber das wäre doch aus der ganzen Situation heraus zu verstehen, denn freilich kam ich mir ein wenig im Stich gelassen vor, nach dem Besuch Saengers in Sanary, und die Affäre mit meinem

Vater war und ist ja schließlich sehr penibel. Weiß Gott, was der Bermann da noch anrichten wird. Am meisten habe ich mich übrigens über den Döblin geärgert. Aber nun bin ich vor allem froh zu wissen, daß Sie nicht so gedacht und geredet haben, wie ich es fürchten mußte. Das wäre mir wirklich etwas nah gegangen, und jetzt ist es eine Erleichterung. Der Volksmund, der mir in den Deux Magots zu Paris das Gift einträufelte, hieß übrigens [...] – warum soll ich es nun nicht sagen, wo er mich doch für nichts und wieder nichts so geärgert und aufgeregt hat? Verbürgen will ich mich nicht dafür, ob er kolportiert hat, Sie hätten den Geburtstagswunsch »scheußlich« und unangebracht gefunden. Aber »unangebracht« sagte er sicher, und das »scheußlich« lag so darin. Genau erinnere ich mich, daß er erzählte, Sie hätten die paar Zeilen als eine überflüssige Geburtstagspredigt bezeichnet, und da bin ich natürlich etwas zusammengezuckt. Aber nun ist das erledigt. So Leute wollen sich immer wichtig machen, indem sie einem etwas Sensationelles auftischen. Übrigens war die Erwähnung der »Weißen Blätter« vielleicht wirklich eine Ungeschicklichkeit, aber ich dachte, es könne schon nichts mehr ausmachen, da doch der »Völkische« selbst ständig auf diese Dinge anspielt und sie immer parat hat: Sie hatten mir, zum Beispiel, damals in Sanary den Artikel bei Gelegenheit Ihres Akademie-Austrittes gezeigt, in dem das auch alles vorkam. Mir schien eben, wenn die Nazis diese Dinge zu Ihrer Schande doch so fleißig erwähnen –: warum sollen Ihre Freunde sie nicht auch einmal zu Ihren Ehren erwähnen dürfen? – Nun darf man ja gespannt sein, wie sich die Dinge für die nicht-fascistischen Autoren in Deutschland überhaupt in den nächsten Monaten – oder Wochen – entwickeln. Die neuen Pressegesetze sehen phantastisch aus. Ich halte es noch immer nicht für undenkbar, daß sogar der »Joseph« glatt verboten wird. Falls Ihre Schwierigkeiten in Deutschland zunehmen sollten, wissen Sie natürlich, daß bei Querido das lebhafteste Interesse besteht, in Verbindung mit Ihnen zu kommen; es würde Sie nur ein paar Zeilen kosten. So sehr ich natürlich bedauern würde, wenn Sie in Deutschland Enttäuschungen erleben, so froh wäre ich, wenn Sie hierher, zu uns, kämen. Dann würde ja auch Ihr Beitrag für die »Sammlung« wieder aktuell werden, auf den ich mich so lange gefreut hatte. – Nehmen Sie meine herzlich aufrichtig ergebenen Grüße und, noch einmal, meinen ganzen Dank für Ihren Brief. Ihr

Klaus Mann

AN KATIA MANN

Die Sammlung
Querido Verlag Amsterdam
Keizersgracht 333
Den 7. 10. 33

MUTTER –

wie geht es Dir nun? Ist alles säuberlich installiert? Wirst Du mit nach Holland reisen? Ich weiß noch gar nicht, wie ich mich einteile, vielleicht komme ich im Lauf des November wieder nach Zürich, vielleicht auch nicht, die Kroxe weiß es. E's Erfolg ist ein Lichtblick; scheint er doch stattlich zu sein. Und es spricht ja auch für unser liebes Zürich, daß es da so eifrig bei der Sache und so aufnahmefreudig ist.

Nun ist der Joseph wohl schon im Erscheinen, Gott behüts und möge es gut gehen. Ich hätte gerne ein Exemplar, mindestens eines, eigentlich zwei, denn eins will ich zur Besprechung ausgeben, ich will doch etwas Gescheutes und Gründliches drüber dichten lassen – von wem meinst Du? Vielleicht von Brod? Oder von Ernst Weiss? – Bermann schickt mir nichts mehr. Vielleicht könnt Ihr mir die Exemplare aus Zürich direkt zukommen lassen – *jedoch nicht vergessen.*

Und dann vergiß doch auch bittschön nicht, dem Käcke nun *sofort* Anweisung wegen der Bücherkisten zu geben – ich würd sie halt gerne retten, und wenn es nicht gleich geschieht, sind sie fraglos verloren. Annemaries Namen ist doch auch schon ein beschmutzter, Nebel scheint sich gleichfalls in Gefahr zu [be]finden, man läßt keinen aus.

Vielleicht sind die Bücher schon gar nicht mehr rauszukriegen. – Wie ist es denn nun mit dem Häusle und mit den Sachen beim Nebel geworden? Das wüßte ich gern. An den Sachen in der Max-Joseph-Straße bin ich auch interessiert wegen meiner Manuskriptenkiste, aber die sehe ich doch wohl in keinem Fall mehr; waren so liebe Andenken dabei. –– Dem Gottfried mußte ich noch einmal sehr scharf schreiben, weil er gar zu sinnlos auf mich herumschimpft – warum eigentlich? Weil ich mir erlaubt habe eine Zeitschrift zu machen? – und weil er zum Beispiel verbreitet, ich hätte einen Artikel gegen den Verlag in einer Pariser Zeitung geschrieben. Es ist zu bettelhaft. Seitdem ich gesehen habe, daß es in seinem Verlage ein Buch gibt – »Ich lerne fliegen« von Heinrich Hauser –, das Hermann Göring mit Siegheil gewidmet ist, bin ich erst so ganz fertig mit ihm. So endet das, es gibt ja keine andre Möglichkeit. Mit der Veröffentlichung der Dementis scheint er auch schon so allmählich anzufangen, unser süßer Korrodi hat den Reigen eröffnet. Vielleicht könnte der Zauberer doch ein Wort an den Verlag schreiben, daß eine solche *Veröffentlichung* nicht in seinem Sinne läge, sicher will es auch Schickele nicht, der mir nett geschrieben hat.

Sonst wäre das Leben hier ganz friedsam. Ich wohne diesmal ganz billig, wie sichs gehört; mit dem Landshoff zusammen. Den Essay-Band würde man natürlich schrecklich gern haben, aber man fürchtet, Beri wird doch wieder den Strich durch die Rechnung machen – und Ihr werdet ihm nachgeben. – Adieu, heute kommt das zweite Heft raus, das erste ist gar nicht mal schlecht gegangen. Hat Gololo das Manuskript wohl richtig wiederbekommen? Hier ist noch nicht geheizt, deshalb kalt, könnte Grippe geben, mindestens eine rauhe Erkältung. – Gruß für allesamt. Der alte

K.

AN WALTER A. BERENDSOHN

Die Sammlung
Querido Verlag Amsterdam
Keizersgracht 333
Den 11. 10. 33

Sehr verehrter Herr Professor Berendsohn –

vielmals danke ich Ihnen für die Übersendung Ihres Aufsatzes von der Deutschen Humanität, den ich gern für die »Sammlung« behalte. Er hat, in seiner geradlinigen Klarheit und Überzeugungskraft, eine große programmatische Bedeutung. Es könnte und sollte für viele Bürger, die an Goethe und Kant glauben, aber Marx für teuflisch halten, eine Lehre sein, wie Sie den deutschen Humanismus und den Sozialismus geistig zueinanderbringen.

Unser Oktoberheft ist erschienen, das Novemberheft eben in Druck. Ich hoffe aber, daß ich im Dezemberheft für Ihre Arbeit Platz machen kann.

Mit meinen aufrichtig ergebenen Grüßen

Klaus Mann

AN WALTER A. BERENDSOHN

Die Sammlung
Querido Verlag Amsterdam
Keizersgracht 333
Den 16. 10. 33

Sehr verehrter Herr Doktor Berendsohn –

vielen Dank für Ihren liebenswürdigen Brief. Natürlich ist mir die Idee sehr sympathisch, Sie mehr als nur einmal unter unseren Mitarbeitern zu haben. Alle Themen, die Sie andeuten, würden interessant für die »Sammlung« sein. Andererseits aber vermuten Sie richtig, daß wir ein großes Angebot an Manuskripten und einen ebenso großen Mangel an Platz haben. Eine feste Bindung einzugehen würde mir deshalb schwer fallen. Ich habe das übrigens auch noch in keinem andren Fall getan. Aber Sie können versichert sein, daß ich froh bin, wenn Sie uns bald wieder etwas anbieten und daß ich mein Bestes tun werde es bald zu plazieren. – Den angenommenen Aufsatz hoffe ich im Dezember-Heft unterzubringen; es kann aber auch Januar werden, später keinesfalls. Es käme also dann wieder für den Februar bzw. März der nächste Beitrag in Frage. Ich glaube, daß von den Themen, die Sie nennen, das amerikanische am interessantesten für uns wäre. Vielleicht behalten Sie dieses zunächst im Auge.

Mit den herzlichsten Grüßen Ihr

Klaus Mann

AN OTTO BASLER

Die Sammlung
Querido Verlag Amsterdam
Keizersgracht 333
Den 24. 10. 33

Lieber Herr Otto Basler –

für Ihren Brief vielen Dank. Es freut mich, daß Ihre Sympathien unserer Zeitschrift treu bleiben.

Was meinen Vater und seine Stellung betrifft, so glaube ich Sie beruhigen zu können. Er wird kein Nazi. Aber der erste Band seines großen »Joseph«-Romans erscheint eben in Deutschland. Das zwingt ihn zu äußerster Zurückhaltung – die übrigens niemand mehr als ich beklagt.

Ich werde ihm Ihren besorgten Brief weitergeben. Vielleicht antwortet er Ihnen selber ein Wort.

Mit meinen herzlichen Grüßen Ihr

Klaus Mann

AN KATIA MANN

Die Sammlung
Querido Verlag Amsterdam
Keizersgracht 333
Den 24. 10. 33

Mama –

Du weißt, daß Du mir nicht geschrieben hast, den Jungen in der Fremde ohne Nachricht gelassen, eine gewisse Roheit liegt darin, es muß jüdisch sein. Inzwischen konnte mir ja Freund Landshoff manches berichten. Zum Beispiel, daß Bibi nichts mehr lernen muß – gut also, es muß auch Unwissende geben. Landshoff hat leider gesagt, wenn man Dich kennte, würden *wir* weniger originell, wir täten besser, Dich zu verstecken. Ein guter Rat – ins Verließ mit Dir! – Nicht einmal ob das Kinderhaus freigegeben ist weiß ich – aber ich darf wohl annehmen, daß nicht. Auch mein Kistchen, voll von harmlosen, aber unersetzlichen Papierchen, bleibt wohl in Mördershand – ärgert mich ziemlich. Und die kl. Bücher? Ahnt mirs doch, daß da auch nichts unternommen wurde. Die werden auch noch dahingehen – hatte sie lieb und sie immer sorglich behütet. Vielleicht kannst Du doch noch die Weisung geben, an Kätchen oder wen immer, Nebel weiß ja genau Bescheid. – Dann sag mir doch bittschön auch, wann Deine Eltern kommen und wann sie gehen – muß ich doch meinen Besuch danach einrichten. Und wann kommt Zauberer nach Holland? Ich dachte, so gegen den ersten Dezember ein wenig zu Euch zu kommen; das heißt: gegen den 18. November von hier aufzubrechen, erst nach Paris zu fahren und dann Frau E auf ihrer Tournée zu treffen. – Beigelegten üsisen Brief gib doch bitte an Zauberer weiter; vielleicht antwortet er dem Kind selbst ein paar Worte – ich kenne es übrigens nicht. – Bertrams Besuch sehe ich mit Besorgnis entgegen. Erzähle mir, wenn er da war!

Hier ists etwas eintönig, aber ganz gut. Weekend war ich bei ganz merkwürdigen, philosophischen Malersleuten auf dem Lande. – Diebolds Joseph-Besprechung hat mir sehr mißfallen – gerade so, wie ichs nicht mag. Frisch wird mir wohl etwas Schöneres dichten. Für das Exemplar mit lieber Widmung lasse ich Vatern schon danken, schreibe ihm aber wohl noch direkt. Ich lese oft im bedeutenden Buch, immer gebannt, vor allem auch wieder von der Höllenfahrt.

Adieu, Frau Mütterlich –

K.

Hoffe den Novembris pünktlich zu empfangen – ICH bin ja nicht, wie mein Schwesting, in der Lage drauf verzichten zu können, ganz im Gegenteil – ach.

AN HERMANN KESTEN

Die Sammlung
Querido Verlag Amsterdam
Keizersgracht 333
Den 7. 11. 33

Lieber Hermann Kesten –

endlich eine Nachricht von Ihnen! Wir dachten schon, Sie wären mit einem Nazi ins Plaudern gekommen und das sei übel ausgegangen. – Wenn Sie in acht bis zehn Tagen von Paris nach Amsterdam fahren, müssen wir acht geben, daß wir nicht gerade aneinander vorbeireisen – denn ich fahre in acht bis zehn Tagen von hier nach Paris. Wir werden uns also hier oder dort treffen. Machen wir uns bitte gegenseitig darauf aufmerksam, wenn die Abreisedaten festgelegt sind.

Hoffentlich wird die Haß-Besprechung schön. Machen Sie sie bitte nicht zu kurz, ich werde sie vielleicht doch als Hauptbeitrag bringen. Und sehen Sie doch zu, daß ich sie *möglichst* schnell habe, ich stelle gerade eben das Heft zusammen. Was den anderen Aufsatz betrifft, so meine ich, daß wir ihn dann vielleicht doch für den Januar lassen – schon, weil ich nicht gut zwei Hauptbeiträge von Ihnen im selben Heft bringen kann, dann auch, damit Sie sich nicht so hetzen müssen, und schließlich, weil bis dahin vielleicht das Material kompletter ist. Sind Sie einverstanden damit? –

Lassen Sie von sich hören und mich bitte nicht mit Haß warten.

Auf Wiedersehen – Ihr

Klaus Mann

VON STEFAN ZWEIG

Dieser Brief ist an Sie privat, Sie können ihn jedem zeigen, aber ich möchte keinen Abdruck und keine öffentliche Discussion mehr.

18. Nov. 1933

Lieber Klaus Mann,

diese Sache hat mich krank gemacht. Sie können es sich nicht ausdenken – ich war unterwegs seit Wochen, hörte hier in London, es würden gegen mich Angriffe gerichtet wegen einer Erklärung, die ich im Buchhändlerbörsenblatt erlassen hätte. Ich eine Erklärung? Ich wußte von nichts, bis ich nach abermals einer Woche erfuhr, daß ein Brief, den ich dem Inselverlag zu seiner persönlichen Information auf seinen Wunsch geschrieben, *ohne mich anzufragen oder auch nachträglich zu verständigen* veröffentlicht worden war. Muß ich sagen, daß ich nie im Leben eine solche demonstrative Veröffentlichung gewünscht oder geahnt habe, die doch eine Art moralischen Selbstmords für mich wäre? Ich war sehr verärgert, daß Sie Ihre Zeitschrift gegen die seinerzeitige Ansage politisierten, das gestehe ich offen, weil es mir heute von äußerster Wichtigkeit schien, einen Zerfall der Literatur (so wie in Rußland) in eine Emigrantenliteratur und eine Staatsliteratur durch eine politisch neutrale und repräsentative Zeitschrift zu verhindern – diese große Gelegenheit haben Sie zerstört, und dies war ein Fehler, denn an Kampfzeitschriften fehlt es nicht, wohl an dieser repräsentativen und bindenden Zeitschrift. Aber selbstverständlich habe ich doch nie im Traum daran gedacht, durch eine öffentliche Desavouierung mich gegen Sie und viele alte Freunde zu stellen; meine Erklärung in der Jewish

Telegrafic Agency, die ich sofort abgab, und die Sie geruhig abdrucken dürfen (Sie erweisen mir und der Sache sogar einen Dienst damit) legt meinen Standpunkt doch völlig klar. Selbstverständlich wird mein »Erasmus« nicht mehr bei der Insel erscheinen, so daß auch öffentlich dargetan ist, wie wenig ich daran dachte, mir irgend eine persönliche Bevorzugung in Deutschland zu sichern. Bestens Ihr

Stefan Zweig

VON STEFAN ZWEIG 11 Portland Place

London, den 23. November 1933

Lieber Klaus Mann.

Ich sandte Ihnen heute das folgende Telegramm nach Bern. Da Sie aber vermutlich dort nicht lange bleiben, so geht dieser Brief nach Amsterdam. In den Neuen Deutschen Blättern wird, soviel mir die Leute berichten, die Sache ja in allergrößter Weise breitgetreten, auch die Privatkorrespondenz benützt, ohne daß man vorher bei mir angefragt hätte. Sie verstehen, daß ich also das Bedürfnis habe, nicht noch einmal bei Ihnen dasselbe zu wiederholen oder wiederholen zu lassen, meine persönlichen Entscheidungen sind ja inzwischen längst weitergereift.

Sie tun unrecht, meine Situation mit jener der anderen Schriftsteller, die Sie nannten zu vergleichen. Die sind mit ihrem Verlag, also ihrer geistigen Habe, weitergewandert, während ich die meine erst auslösen muß und dies gern in Stille und Frieden getan hätte (woran ich gewaltsam gehindert wurde). Meine Beziehung zur Insel ist eine besondere. Wir sind in diesen 28 Jahren gewissermaßen zusammen aufgewachsen und auch neben meinen Büchern steckt (ohne daß ich je materiell beteiligt gewesen wäre) ein Teil meiner geistigen Arbeit in dem Verlag. Ich verlasse ihn schwerer als mein eigenes Haus, denn es ist ein Teil meines gelebten Lebens und kaum davon abzulösen. Nun wird es dennoch geschehen.

Ich weiß natürlich, daß Sie Recht haben, wenn Sie sagen,

daß die Scheidung zwischen Staatsliteratur und Emigrantenliteratur ohne jeden Übergang und ohne jede neutrale Mitte vielleicht unvermeidlich ist, weil die Regierung keine geistig Ungebundenen dulden will. Ich glaube aber, daß man nie den Willen der Regierung einfach hinnehmen soll. Ich halte und hielt es für wichtiger, daß man offenkundig *mit Gewalt* von einer freien und unabhängigen Stellung abgedrängt wird, statt freiwillig zu gehen. Der äußere Anblick ist natürlich, das gebe ich zu, von der Gegenwart aus gesehen nicht heroisch. Aber es handelt sich da um ein Dokumentarisches. Denn damit ist vor der Welt bezeugt, daß in Deutschland nicht nur die Aggressiven unterdrückt wurden, sondern daß auch jene, die mit Politik sich nie befaßten und deren Wesen die Aggression nicht lag, Unabhängigkeit nicht bewahren durften. Und wenn die Aufgabe auch undankbar ist, es kann einmal wichtig sein, dafür ein Beispiel gewesen zu sein: vielleicht haben wir, die Vielgeschmähten da gegen ihren Willen gedient als Zeugen.

Mit den besten Grüßen Ihr

Stefan Zweig

AN WALTER A. BERENDSOHN

Die Sammlung
z. Zt. Bern, den 24. 11. 33

Sehr verehrter Herr Professor Berendsohn –

es ist unleugbar, daß ich Ihnen gegenüber schlechtes Gewissen haben muß, und auch habe. Ich habe Ihnen zu lang nicht geschrieben, und ich bin nicht einmal sicher, ob ich Ihnen überhaupt den Empfang der »Amerikanischen Perspektive« bestätigt habe. Das lag – von anderen fatalen Umständen abgesehen – daran, daß ich Ihnen immer schreiben wollte: Ihr Aufsatz über den Humanismus ist erschienen. Ich hatte ganz fest vor, ihn in das Dezember-Heft zu nehmen; dann war aber gerade dieses Heft durch die Besprechungen der weihnachtlichen Neuerscheinungen noch über das Gewohnte hinaus überfüllt. Der Aufsatz steht im Satz, und ich hatte schon nicht mehr daran gezweifelt, daß er ins Januarheft kommen würde – aber nun sind aus dem Dezemberheft wieder einige Beiträge in den Januar hinübergerutscht, so daß dieses wieder seinerseits birst. Ich weiß nicht, was tuen. Aber falls es im Januar *wieder* nicht gehen sollte: im Februar mache ich es *jeden*falls möglich – und vielleicht – ich will mir Mühe geben – mache ich es doch noch für den Januar möglich.

Unter diesen Umständen werden Sie verstehen, wie vorsichtig ich mit Annahmen sein muß. Ihr Amerika-Aufsatz ist interessant; aber ich fürchte, er ist nicht völlig das, was ich gemeint hatte. Ich dachte mir die Arbeit knapper, sachlicher, auch mehr aufs Aktuelle Bezug nehmend. Das Roosevelt-Experiment wollte ich mehr im Mittelpunkt haben, um, an Hand seiner Betrachtung, die ganze Krise des kapitalistischen Systems aufzuzeigen. Es gibt aber noch andre Themen, die ich von Ihnen besonders gerne behandelt hätte. Ein großer Gegenstand, der mich eben jetzt wieder viel beschäftigt, ist die deutsche Romantik – ich meine die literarische Schule – und das Problem, wie viel – oder ob überhaupt etwas – von ihrem Geist – wenn auch in entstellter Form – in das »Neue Deutschland« eingegangen ist. Der Kult des Mittelalters, zum Beispiel, oder auch die Verachtung des Intellektuellen sind entschieden verbindende Züge. Geister wie Klages stehen vermittelnd zwischen der Sphäre Novalis und der neudeutschen. Andererseits – welche Unterschiede und was für gemeine Verfälschungen! Wäre da nicht viel höchst Interessantes zu sagen? Lassen Sie mich bitte wissen, ob Sie sich von dem Thema angezogen fühlen. Ich würde das dann sehr gerne als den nächsten Beitrag von Ihnen haben.

Meine Adresse für die nächsten Wochen ist:
Küsnacht bei Zürich,
Schiedhaldenstraße 33.

Ich hoffe also bald wieder von Ihnen zu hören.

Mit meinen aufrichtig ergebenen Grüßen Ihr

Klaus Mann

AN STEFAN ZWEIG

Die Sammlung
z. Zt. Bern, 27. 11. 33

Lieber und verehrter Herr Stefan Zweig –

Ihre Erklärung war schon nach Amsterdam gegangen, aber auf Ihr Telegramm und Ihren letzten Brief hin habe ich dann wieder noch einen Brief nachgehetzt. Wir wollten nichts bringen. Herzfelde hat ja inzwischen wirklich alles aus dieser Angelegenheit geholt, was aus ihr zu holen war. Eigentlich ist es ja etwas unproportioniert, daß wir über diese Affäre – zu der wir der Anlaß waren – nur die paar Zeilen von Rolland gebracht haben, die Neuen Deutschen Blätter aber zehn Seiten.

Sowohl Ihr letzter Brief an mich, als auch der letzte, den Herzfelde veröffentlicht, lassen mich hoffen, daß Sie tatsächlich zu dem entscheidenden Entschluß gekommen sind, sich von diesem Deutschland zu lösen. Ihre Wendung, daß Sie alle Brücken abbrechen wollten, sowie auch einige Stellen in Ihrem Brief an mich, sind nicht anders zu deuten. Ich brauche Ihnen nicht lange zu sagen, wie froh wir – trotz allem oder gerade bei allem, was inzwischen geschehen ist – wären, etwas von Ihnen zu bringen. Ich glaube, ein Beitrag in der »Sammlung« wäre nun die beste, klarste und wirkungsvollste Antwort auf all die Polemik. Ich will Sie nicht drängen. Aber worauf ich aufmerksam machen möchte ist nur, daß es mich – falls Sie sich nun dazu entschließen, einer Emigrantenzeitschrift etwas zu geben – kränken würde, wenn Sie als erste eine andre bedenken als unsre.

Ich hoffe sehr, wieder von Ihnen zu hören.

Mit den besten Grüßen Ihr

Klaus Mann

Meine Adresse für die nächsten Wochen: Küsnacht bei Zürich, Schiedhaldenstraße 33 bei Th. M.

VON STEFAN ZWEIG [Poststempel: 29. Nov. 1933]

Lieber Klaus Mann,

Dank für Ihren Brief. Ich will und kann über den Mißbrauch der Neuen Deutschen Blätter nicht sprechen, es erregte mich zu sehr, die Privatbriefe ohne Anfrage und in gefährlicher Verkürzung abdruckten, ich weiß, daß Sie derlei nicht fähig gewesen wären. Und zu denken, daß dies von Menschen ausging, denen man immer auf das Herzlichste beigestanden und die keine Achtung dafür haben, daß man nur mit seinem eigenen öffentlichen Wort, nicht mit Privatbriefen, eintreten will. Ich bin fest entschlossen, zunächst nur meine Bücher fertig zu machen, dann erst bin ich frei für die sehr nötige Auseinandersetzung.

Herzlichst Ihr

Stefan Zweig

Wegen der späteren Mitarbeit schreibe ich Ihnen noch, selbstverständlich würde ich Sie früher bedenken wie jede andern.

AN HERMANN KESTEN z. Zt. Küsnacht bei Zürich
Schiedhaldenstraße 33
den 30. 11. 33

Lieber Hermann Kesten –

wie geht es Ihnen? Was machen die Deux Magots, der Klatsch und das Wetter? Erzählen Sie mir! – Ich hatte zehn sehr nette Tage in Bern mit meiner Schwester und ihrer erfolgreichen Pfeffermühle. Gestern bin ich hier auf dem Lande, bei den Eltern, angekommen. Heute abend ist gleich Tagger-Uraufführung.

Vergessen Sie bitte nicht, daß ich auf Ihren Aufsatz warte! Er muß nun bald kommen – das Heft wird zusammengestellt. Falls Sie das noch in der Hand haben, darf ich Sie bitten, ihn nicht zu lang gestalten zu wollen – der Platzmangel wird im Januarheft gerade wieder besonders katastrophal. Aber natürlich soll alles Wichtige hinein, und zu Weitschweifigkeiten neigen Sie ja eigentlich ohnedies nicht. So ist mein Ersuchen wohl eher überflüssig.

Grüßen Sie Madame, bitte – und lassen Sie bald von sich hören! Ihr getreuer

Klaus Mann

AN STEFAN ZWEIG

z. Zt. Küsnacht bei Zürich
Schiedhaldenstraße 33
den 12. 12. 33

Lieber und verehrter Stefan Zweig –

der Volksmund, dem nichts geheim bleibt, hat mir zugetragen, daß Sie in Zürich gewesen sind. Da tut es mir natürlich besonders leid, daß ich Sie nicht gesprochen habe – denn einiges zu sprechen wäre ja gewesen. So muß ich Ihnen schriftlich eine Bitte vortragen, an der mir und vor allem auch dem Verlage ganz ausnehmend stark gelegen ist. Ich tue das natürlich unter der Voraussetzung, daß Sie nun im Prinzip bereit sind, bei uns zu schreiben; und daß Ihre größere Arbeit es Ihnen schon erlaubt eine kleinere einzuschieben.

In einer unserer nächsten Nummern müssen wir *unbedingt* einen Aufsatz bringen, der unser Gastland – Holland – ausführlich, mit Freundschaft und Kenntnis behandelt, vor allem auch in seiner Eigenschaft als Land der Gastfreundlichkeit und der liberalen Tradition – und dieser für uns enorm wichtige Beitrag muß von einem Autor ganz ersten Ranges sein. Es wäre prachtvoll, wenn Sie ihn machen wollten. Sie wissen, was Ihr Name in Holland gilt. Ein solcher Aufsatz würde großes Aufsehen machen und wäre vielleicht eine auch Ihnen sympathische Art nach all dem Klatsch und Lärm, der sich, gerade in Zusammenhang mit der »SAMMLUNG«, an Ihren Namen geknüpft hat, zum ersten Mal wieder hervorzutreten. Ich denke mir einen solchen Aufsatz nicht zu kurz, etwas historisch gefärbt, rückblikkend und ausschauend, das Land, seine Literatur, seine kulturelle und kultur-politische Situation analysierend und gerecht lobend. – Ich hätte, wie Sie sich denken können, den Aufsatz gern möglichst bald; am liebsten schon für das Februar-Heft, was hieße, daß ich ihn spätestens Mitte Januar haben, aber jetzt sofort wissen müßte, ob ich auf ihn rechnen kann. Ich würde aber auch bis zum März warten, wenn es sein *muß*. Ich hoffe, daß ich gleich von Ihnen hören werde, und zwar ein »Ja«. Der Aufsatz, den ich mir von Ihnen wünsche, ist ja nicht ohne Beziehung zu der Arbeit, die Sie jetzt beschäftigt.

Mit meinen herzlich ergebenen Grüßen Ihr

Klaus Mann

VON STEFAN ZWEIG Kapuzinerberg 5

Salzburg, am 13. XII. 1933

Lieber Klaus Mann,

der Volksmund hat wieder einmal kräftig übertrieben, ich war in Zürich gerade zwischen zwei Zügen zu einer Besprechung und sah von Freunden nur Joseph Roth auf eine halbe Stunde, mein Leben ist eine Hetzjagd. Und *wie* notwendig wäre es mir seelisch gewesen, Ihren Herrn Vater zu sehen, wie gerne hätte ich mit Ihnen gesprochen!

Über Holland bin ich leider völlig incompetent, ich war in meinem ganzen Leben *drei* Tage dort! Und ich muß bis Mitte Januar meinen Erasmus fertig haben gerade weil ich ihn deutsch zunächst nicht erscheinen lassen will sondern die Exemplare für England und Frankreich erst brauche – das fordert vor allem meine arg durchgerüttelten Kräfte. Die Idee ist an sich ausgezeichnet, nur sollten Sie bei der geistigen Rivalität *alle* neutralen Länder berücksichtigen, ich habe seinerzeit im Kriege den großen Hymnus an das Schweizer Rote Kreuz publiciert, um dieser Dankespflicht Genüge zu tun. Mitte Februar hoffe ich mit den Correcturen fertig zu sein und wieder freie Hand zu haben, vordem fehlt mir jede Viertelstunde und nur deshalb halte ich mich jetzt von allem zurück. Aber dann fahre ich wieder fort und will meine Freiheit mir zunutze machen, mich drückt dieses Buch, das ich alles Philologischen und Literarischen entweidet habe um es weltanschaulich zu gestalten, schon seit Monaten wie ein Alp auf dem Herzen. Dann hören Sie bald von Ihrem

Stefan Zweig

AN HERMANN KESTEN

z. Zt. Küsnacht bei Zürich
Schiedhaldenstraße 33
den 21. 12. 33

Lieber Hermann Kesten –

ich hätte Ihnen schon lange schreiben und für Ihren schönen Aufsatz danken sollen. Inzwischen haben Sie ihn ja schon korrigiert und wissen, daß er – wie verabredet – ins Januarheft kommt, dem er Ehre machen wird.

Ihren Brief an Bert Brecht hat mir Landshoff – der seit gestern hier ist – gezeigt, obwohl er sich ja eigentlich inzwischen erledigt hat. Natürlich haben Sie recht, die Sache fallen zu lassen, und wir werden sie alle vergessen und nicht mehr von ihr reden – wenngleich bestehen bleibt, daß sie, an sich, phantastisch ist. Was für ein Kauz, dieser Brecht! Das eigentlich Fatale an der Affäre ist, daß so viel Kokettrie in diesem Zynismus und so viel Absicht in dieser Unmöglichkeit steckt. Es ist, wie wenn er offen zugibt, daß er andre Autoren bestiehlt: die *Pose* daran ist peinlicher als die moralische Fragwürdigkeit.

Wie geht es Ihnen? Bleiben Sie in Paris? Im Foyot? Ich fahre am zweiten nach Amsterdam zurück. Hier warte ich eben noch die nächste Pfeffermühlen-Premiere meiner Schwester ab, die am ersten steigt. Es ist ein ganz gutes Leben hier, ich bemühe mich zu arbeiten und habe eine ziemlich traurige kleine Geschichte geschrieben. – Ich schicke viele Weihnachtsgrüße, weil ich eine alte Schwäche für dieses Fest habe.

Ihr

Klaus Mann

AN EVA HERRMANN Küsnacht bei Zürich
den 28. 12. 33

Eva – fein –

das war ein stattlich Brief Deinerseits, und so soll er auch noch in diesem Jahre des Jammers beantwortet werden – damit die Antwort nicht gar in ein Jahr des noch größeren Jammers gerät. Denn das eigentlich Reizende am Zuständle ist ja, daß er nur immer noch ärger werden *muß:* bleibt doch nur die Auswahl zwischen dem Schrecken ohne Ende – was doch wohl einen sich langsam, aber deutlich steigernden Schrecken bedeutet – oder dem Ende mit Schrecken, der ja dann wohl eben wirklich (für uns) das Ende ist. So ist das – und damit: Holla 1934!

Die ablaufende Unannehmlichkeit (1933) war ja – um es offen zu sagen – für uns privat noch nicht ganz so schlimm. Auch das über die »ARMUT« war diesmal noch mit einem kleinen Akzent von Koketterie gesagt, während es in nicht gar zu ferner Zeit bitterernst werden könnte. Doch, ich habe ein zartes Fixum von Querido, auch *kleine* Nebeneinnahmen und einen kleinen Zuschuß von Mielein-Zaubrer. Es müßte ganz gut gehen, alles in allem, wenn nicht die vielen Reisereien dazukämen, die andererseits notwendig sind. Immerhin ist die ganze Situation bei Queri – vor allem mit dem lieben Landshoff zusammen – eine rechte Chance für mich. Und E's Mühlen-Erfolg ist auch für mich mit stärkend. – Sie probt jetzt eben fieberhaft das neue Programm – am Montag ist die Premiere – und winkt Dir von der Probe überanstrengt zu. Wenn sie von Ski-Fahren im Feber hört, wird sie gleich ganz melancholisch werden; aber ich denke mir, um diese Zeit wird sie schon wieder auf Tournée sein; ist sie doch gierigen und hoffentlich tüchtigen Agenten ausgeliefert. – Was ich bin, ich fahre am 2. Januar direkt nach Amsterdam zurück. Dann zerstreut sich überhaupt die nun hier versammelte Familie wieder. Der wackre Golo fährt wieder zu seinen Zöglingen nach St. Cloud, Moni nach Florenz, glaube ich. [...]

Adieu und Aufwiedersehen: K.

VON HERMANN KESTEN

Hotel Foyot,
33, rue de Tournon
Paris 6.
30. 12. 33

Lieber Klaus Mann,

schönsten Dank für Ihren Brief von Küsnacht. Inzwischen war Landshoff hier und erzählte mir, daß Sie wieder nach Amsterdam fahren, wohin ich Ihnen also gleich schreibe. Es freut mich sehr, daß Ihnen mein letzter Artikel gefiel. Sie sind auch, trotz vielfacher Aufforderung von Tagebuch, Neue Deutsche Blätter, Simplicius und Weltbühne, der einzige, für den ich Artikel schreibe. Im übrigen arbeite ich immer noch fleißig an meinem neuen Roman, mit dem ich jetzt doch endlich fertig werden möchte. Ich lege Ihnen heute spaßeshalber einige Gedichte bei, die ich im Laufe des Jahres schrieb. Vielleicht lesen Sie sie bei Gelegenheit und schreiben mir, ob Sie das eine oder andere für die »Sammlung« haben möchten. Sollten Sie mit Gedichten schon überreich dotiert sein, so schicken Sie mir den ganzen Schwung wieder gleich zurück. Sie wissen ja, daß ich gar keinen lyrischen Ehrgeiz habe.

Wie war die neue Premiere Ihrer Schwester? Wie fanden Sie die Ihren in Zürich? Landshoff erzählte mir, daß Ihre Novelle in der Februarnummer erscheinen wird. Ich bin sehr gespannt.

Ich wünsche Ihnen ein recht frohes und glückliches neues Jahr und lassen Sie bald wieder von sich hören. Seien Sie aufs schönste gegrüßt von Ihrem

Hermann Kesten

Was sagen Sie zu dem armen Jakob Wassermann? Es tat mir sehr sehr leid.

1934

AN HERMANN KESTEN

Querido Verlag Amsterdam
Keizersgracht 333
6. 1. 34

Lieber Hermann Kesten –

eines von den Gedichten finde ich besonders schön – »Die grünen Wälder« –: dieses ist es, welches ich sehr gern in der SAMMLUNG bringen will. Ich bin keineswegs überreichlich mit *guten* Gedichten dotiert; mit anderen allerdings. – Von meiner Novelle, die in den Februar kommt, erwarten Sie sich bitte nicht zu viel. Es ist eigentlich gar keine Novelle, sondern nur eine Auseinandersetzung in Form einer ganz intensiven kleinen Skizze.

Wassermanns Tod ist ein Schreck und eine Trauer. Merkwürdigerweise ist das Erschreckende diesmal gerade, daß man es so deutlich kommen sah und so grausam voraussagte; er machte die letzten Male ja einen betrüblichen Eindruck. Daß solche Voraussagen dann noch etwas *schneller* sich erfüllen, als man gedacht hatte, ist etwas Schauerliches. Und schauerlich ist auch der sogenannte Lebensabend, den dieser Mann hatte, der sich mit einem so enormen Ehrgeiz sehr hoch heraufgearbeitet hatte, um schließlich wieder auf die gemeinste Art zu stürzen und wieder ganz arm zu sein – durch die Schuld einer verrückten Frau und eines verrückten Diktators.

Um von etwas Netterem zu sprechen: Erikas neue Premiere war wieder ganz groß, ganz Zürich begeistert, alle Abende voll – und aus der »Pfeffermühle« wird wirklich etwas Schönes, sie vereinigt eine bemerkenswerte Klarheit der Gesinnung mit einem großen Charme, das ist wirklich selten.Gott zum Gruß. Amsterdam ist wieder recht friedlich.

Ihr

Klaus Mann

Lassen Sie mir doch bitte die De-Lange-Bücher schicken, von wegen Besprechungen. Ich habe bis jetzt nur den Brod bekommen, oder ist sonst noch nichts erschienen?

AN MANUEL GASSER

Die Sammlung
Querido Verlag Amsterdam
Keizersgracht 333
13. 1. 34

Manuel, mein Lieber –

wie mag es denn wohl in Freiburg bei den S.S.'s gewesen sein? Und wie mag es Dir sonst gehen? –

Aber eigentlich schreibe ich Dir, um Dir etwas zu sagen, was Du, bitte, nicht persönlich auffassen wirst.

Ich fand Herrn von Schuhmachers »In eigener Sache« so scheußlich und dumm, daß ich diese »Weltwoche« jetzt wirklich lieber nicht mehr sehen möchte. Schicke sie mir also bitte nicht mehr, es mußte ja wohl sowieso immer sehr heimlich und hinter dem Rücken des Chefs geschehen. Ich ärger mich einfach *zu* sehr, und es macht mich auch traurig, daß Du dabei bist. Du bist leichtsinnig und hast von Politik – und nun gar von deutscher – keine Ahnung. Aber Deinem Temperament und Deiner Begabung nach hättest Du verdient in eine bessere Sache zu rutschen, als in diese. – Ich bin sehr gegen Fascisten; aber noch mehr bin ich doch dann gegen solche, die aufzuschreiben wagen, sie wollten die »Reinheit der Demokratie« wieder herstellen – indem sie nämlich Hitler glorifizieren. Der Rettungsversuch der Demokratie besteht dann darin, daß einem argwöhnischen bürgerlichen Publikum erzählt wird, alles, was links von den Fronten steht, sei von Moskau bestochen – und was dergleichen kleine demagogische Tricks mehr sind. Wie gerecht sich so ein Lügner hat! Da wird erzählt, Mussolini und Hitler hätten ihren Völkern »Werte geschenkt« usw. – aber der Bolschewismus hat dem Volk wahrscheinlich nur Blut und Tränen gebracht – oder ist Stalin an sich schon so populär in der Schweiz, daß der Gerechte, der doch für alles Neue Verständnis hat, erst gar kein gutes Wort mehr für ihn einlegen muß? – Diese geheuchelte Objektivität, die nach dem Muster des deutschen Propagandaministeriums einfach alle Begriffe umdreht, die Reaktion verteidigt, indem sie sie »das Neue« nennt und dafür zum Scherz den

Marxismus als »reaktionär« bezeichnet – diese Biedermannsmiene vertrage ich einfach nicht mehr, sie macht mich krank, dann lese ich lieber den »Angriff«, er macht weniger Mätzchen.

Es tut mir leid, daß ich Dir das schreiben muß, wo Du Dir gerade mit Deiner Pfeffermühlenglosse so viel Mühe gegeben hast und wo ich doch überhaupt nicht möchte, daß Du es als unfreundschaftlich von mir empfindest. Ich weiß ja, für Dich ist das alles »nicht so wichtig« und Du findest, daß ich es zu ernst nehme – usw. Ich sehe Dir das alles nach, denn ich weiß, wie Du bist. Dann mußt Du aber, bitte, meine größere Empfindlichkeit und Gereiztheit verstehen und meine Reaktion natürlich finden. Gib Dir Mühe sie zu verstehen! Ich bitte das nicht nur um meinetwillen – wenn auch um meinetwillen zuerst –, sondern auch, weil es Dir, Manuel, nicht schaden könnte, wenn Du Dich einmal in jemanden versetzt, für den diese Fragen, die unser Schicksal entscheiden, auch wirklich Schicksalsfragen sind.

Amicalement

K.

AN JEDIDJAH HABQIN

Die Sammlung
Querido Verlag Amsterdam
Keizersgracht 333
23. 1. 34

Lieber Herr Chavkin –

heute habe ich Ihre Aufzeichnungen bekommen; ich habe sie gleich gelesen und schreibe Ihnen noch denselben Tag. Um es nur gleich zu sagen: ich wäre unbefangener, wenn Sie mir Ihre Tagebücher nur zur persönlichen Einsicht, nicht zur Prüfung für den Verlag geschickt hätten. Haben Sie wirklich gedacht, daß eine Veröffentlichung in Frage kommt, und noch dazu bei einem Emigrantenverlag, und in diesem Augenblick? Das kann ich nicht annehmen. – Aber, darüber hinaus, erstaunt mich Ihr Wunsch, diese Ihre höchst persönlichen Notizen überhaupt veröffentlicht zu sehen. Sie sind doch – wie Ihnen Jakob Wassermann schon schrieb – höchstens das *Material* zu einem Roman oder überhaupt zu einem Buch. Was Sie schreiben, verrät an vielen Stellen eine stilistische Kraft, daß ich Ihnen eine wirkliche schriftstellerische Leistung wohl zutrauen möchte. Aber diese Ihre Tagebücher sind doch noch keine, sondern nur ein vehementes, oft erschütterndes, aber immer ganz privates Bekenntnis. Sie haben eine große Stärke des Gefühls, Ihre Liebe ist von einer rührenden Innigkeit und Tiefe. Sie lieben die Schönen mit einer solchen Kraft und schönen Maßlosigkeit, daß Sie es sich wohl zutrauen dürfen, aus solcher Liebe heraus Schönheit zu *schaffen*. Aber dann darf doch Ihre Hingerissenheit vor der Schönheit nicht das einzige Thema Ihrer Arbeit sein – so wie es jetzt in einem fast manischen Grade der Fall ist. Ihre Tagebücher sind *besessen* von Liebe; sie sind von einer Einseitigkeit, die blind für beinah alles andre ist. Deshalb machen Sie auch den Fehler, in einem falschen Sinn verächtlich von den Frauen und ihrer andren Schönheit zu sprechen. Das tut keiner, der von der Erschütterung durch den Eros wirklich gesteigert und begnadet, nicht nur verbrannt und geschüttelt ist. – Sie erlauben mir, daß ich Ihnen das sage, ohne Sie zu kennen. Aber Sie haben vielleicht große Gaben – auch schriftstellerisch – und Ihre Form, in der Körperschönheit das Göttliche hingerissen anzubeten ist mir zu brüderlich verwandt, als daß ich Ihnen nur ein leeres Kompliment machen möchte. – Glauben Sie mir, daß Sie gut daran tun, Ihre Tagebücher keinem Verleger mehr anzubieten und auf den Gedanken ihrer Veröffentlichung innerlich zu verzichten. Sie müssen lernen, Ihr persönliches Schönheitserlebnis zu *verwandeln;* erst dann wird es Ihnen gelingen, etwas zu schaffen, was auch andere daran teilhaben läßt.

Mit herzlichen Grüßen

AN KATIA MANN

Die Sammlung
Querido Verlag Amsterdam
Keizersgracht 333
26. 2. 34

Fräulein Mama –

ich bin im Begriff zu verreisen. Erst soll es mich nach Paris führen, wo ich unter anderen meinen Bruder Doktor Golo und unseren Hausfreund Bruno anzutreffen denke, so wie eine ganze Anzahl anderer Menschen. Etwa am Sonntag will ich dann in Basel sein. Ich fühle, daß es von dort aus zu einem Telephongespräch zwischen uns kommt. Ja, wenn ihr bis dahin nicht in Arosa seid – oder seid ihr es am Ende schon jetzt? – möchte es wohl lieblos scheinen, wenn ich nicht die Reise nach Zürich riskierte. Das kann ja aber alles noch bis zum Überdruß *hin und her* überlegt werden. – Vatis Brief an die Haagsche Post bekam ich heute als Belegexemplar. »Unzugänglich« ist sehr reizend ausgedrückt; als seien Felsblöcke vors Kinderhaus gerollt. – Wie viel Spaß ich doch mit Kuzi-Muzi hatte – habe ich das schon erzählt? Es kam zu wiederholten Besuchen und ich wohnte allen musikalischen Veranstaltungen bei; am schönsten war es, da er eigenhändig das Klavierkonzert von Mozart spielte, da wurde er auch am meisten gefeiert, es war sehr stürmisch und er wird wohl hier so eine Art Nachfolger von Mengelberg werden. Die Galaaufführung von »Entführung« – eine wunderliebliche Oper – litt unter mäßigen Sängern; unser Patzak hatte im letzten Moment abgesagt – ungewiß, ob, weil er wirklich krank war oder auf Wunsch höherer Stellen. Politisch ist Kuzi fast so erregbar wie Du, und Muzi kreischt ganz üsis mit. Nun sind ja aber auch die österreichisch-deutschen Truppen mobil gemacht und alles mag seinen Verlauf nehmen.

Ich muß jetzt nämlich meinen Koffer packen. Vom Roman ist schon ein ganzes Häufchen da. Die nächste Nummer der »Sammlung« wird mein bis jetzt schönstes Sach, nur feinste Ware. Morgen mache ich erst mal bei Onkel Peter Station. [...]

Mein Monatliches kriege ich dann wohl am bequemsten nach Basel, wo man – wie ich denke – in den Drei Königen wohnen wird. (In Paris im Jacob, rue Jacob.)

Mit tausend Grüßen Ihr getreuer

Baldur von Schirach

AN KATIA MANN

Die Sammlung
Querido Verlag Amsterdam
Keizersgracht 333
24. 3. 34

Frau Mamale –

erst komm ich nicht und dann schreib ich auch nicht einmal. Aber das hat seinen Grund nur in einem ziemlichen Maße des Beschäftigtseins, denn der Roman muß schließlich weitergehen und soll fertig werden, um schon im August zu erscheinen; und dann muß ich auch eben noch diese langweilige Holland-Nummer vorbereiten, was viel Mühe macht, denn komischerweise können die meisten Übersetzer kein deutsch – ob sie holländisch können, vermag ich nicht zu beurteilen – und so heißt es, alles noch einmal geschrieben. Für den, der sich zufällig für Holland interessiert, mag es ja dann ganz nett werden. – Die Antwort betreffend meine Einbürgerung in Brasilien steht aus diesem Lande noch aus, die Luchaire hat hingeschrieben. Inzwischen bemühe ich mich gleichzeitig um einen Staatenlosenpaß. Die Hohe Kommission aus Lausanne hat mir auf meine Anfrage gleich ganz artig und prompt geantwortet; aber die Pässe bekommt man gar nicht von dort aus, sondern nur da, wo man wohnt, deshalb mußte ich mich nun hier an die Hilfsstelle für Joodsche Vluchtelingen wenden, die sich aber auch um »Non-Israëlites« kümmert – ist einem das an der dreiachtelsjüdischen Wiege gesungen worden?

Vielleicht fahre ich über Ostern rasch mal nach Paris, um noch einmal als Deutscher zu reisen. Ihr habt ja dann wohl Schwesting zu Gast; ich bin ganz erleichtert, daß das mit Theresen so gut abzulaufen scheint. Nun werden wir sie ja wohl alle bald hierhaben, und hoffentlich wird das »schwebende Angebot« hier ebenso schön aufgenommen wie in unserer empfänglichen Schweiz. Wird denn Golo auch nach Küsnacht kommen? – Leider ist Onkel Nebel unversehens wieder aus dem Dunkel getreten, und es war doch alles so nett gewesen. Ich habe ihn dringend gebeten, mich hier nicht aufzusuchen, aber das stachelt ihn doch wohl gerade an, bei aller Praxis lernt man doch nie die beste Methode gegenüber den Masochs.

Bei Rudolf Kayser – einem Onkel, mit dem auch in keiner Weise Staat zu machen ist – liegt ja schon der zweite Joseph-Band auf dem Schreibtisch. Da muß ich ihn doch auch gleich mal haben, und vielleicht bekommt auch Landshoff ein Exemplar auf Peesach. Auch der April steht ja ins Haus, und was ich da beilegen muß, ist auch nichts Schönes, Doktor Guldi konnte es nicht lassen, mirs in[s] Haus zu schikken, mir scheint es nicht einmal billig.

Habt Ihr denn nun das Haus weiter gemietet? Oder geht Ihr zur Sommerszeit doch wieder nach Frankreich? Ich werde ja wohl immer und ewig hier bleiben müssen, aber vielleicht käme ich doch auch mal bißchen nach Sanary. In Bandol ist jetzt schon wieder ziemliches Tummeln: Brunos und Schwarzschilds, Feuchtis, und auch Remarque wird erwartet.

Der feine alte

K.

AN KATIA MANN

Die Sammlung
Querido Verlag Amsterdam
Keizersgracht 333
28. 3. 34

MUTTER – die Sache mit den Staatenlosenpässen ist ein Scherz und eine Erfindung, es *gibt* sie einfach nicht, der Nansenpaß ist eine Spezialität für Russen, *unser* Staatenlosenpaß sollte in Lausanne geschaffen werden, was aber natürlich genau so wenig glückt, wie *irgendetwas* was der

Völkerbund *jemals* in Angriff genommen hat. Auch die Joodsche Vluchtelingshilfe kann keineswegs einen zaubern. – Was man mir von dort aus verschaffen will, das ist ein holländischer »Gunstpaß«, auf den Visa ausgestellt werden können. Der gilt natürlich wieder nur für ein paar Monate und auf die Dauer wird überhaupt nicht mit ihm auszukommen sein; aber zunächst einmal wäre ich froh, ihn zu haben. Herr Eitje von der Flüchtlingshilfe meinte, ich solle zum Deutschen Consulat gehen, um mir ausdrücklich bestätigen zu lassen, daß mein deutscher Paß *nicht* verlängert würde, ich brauche diese Bestätigung für mein Gesuch. Dies sauer Gänglein in Feindesland möchte ich natürlich nur höchst ungern tun – zumal mir ja dieser Consulatsbeamte aus Nizza, an den ich mich durch Vermittlung der Fränkchens gewendet hatte, mir ausdrücklich bestätigte, daß ich den Paß nicht nur nicht verlängert bekomme, sondern daß ich sogar auf der Liste der Personen stehe, denen der Paß abgenommen wird, wenn sie ihn einem Consulat einreichen. Diesen Brief des Nizza-Onkels habe ich ja also für das Auswärtige Amt im Haag als eine Art von Beleg. Mein Eitje aber meint, es wäre gut, wenn ich auch noch eine Bestätigung darüber hätte, daß meinem Herrn Vater sein Papier nicht verlängert wird – weil es dann doch einleuchten müsse, daß ich nichts Besseres zu erwarten habe. Weshalb ich Vatern bitte, beigelegten Zettel gütigst unterschreiben zu wollen bzw. einen anderen entsprechenden Inhalts anzufertigen, damit ich ihn höhern Orts präsentieren kann. (Ein anderer Gebrauch wird davon natürlich *nicht* gemacht.) *Bitte um ehetunlichste Rücksendung.*

Das sind ja *amüsante* Geschichten.

Nach Paris werde ich wohl über Peesach doch nicht fahren, sondern vielleicht nur ein bißchen nach Noordvijk. Der Frühling hat mit ganz schöner Macht begonnen. Es will sich aber die rechte Fröhlichkeit nicht mit ihm einstellen. Verschiedenes ist nicht wie es sein sollte, mein Vaterland ist unangenehm.

Aufs feinste: K.

AN ALFRED NEUMANN

Die Sammlung
Querido Verlag Amsterdam
Keizersgracht 333
6. 4. 34

Lieber und verehrter Herr Alfred Neumann –

bis jetzt hatte ich mich noch nicht getraut, Ihnen zu schreiben – in meiner Eigenschaft als Redakteur der SAMMLUNG, meine ich. Aber, wie ich hoffen darf, ist nun doch der Moment gekommen, wo Sie mir eine Bitte um Mitarbeit nicht prinzipiell abschlagen müssen. – Leider weiß ich ja nicht einmal, ob Ihnen unsre Zeitschrift zufällig einmal zu Gesicht gekommen ist, ob Sie also überhaupt wissen, von welcher Art sie ist. (Soll ich Ihnen eine Probenummer schicken?) Wenn Sie sie gesehen haben, werden Sie zugeben, daß ich mich ehrlich bemühe, das Beste zu *sammeln*, was heute außerhalb Deutschlands wirksam ist. Es ist nicht ganz leicht, das alles unter einen Hut zu bekommen, ohne charakterlos zu werden, und es ist noch weniger leicht, das Beste und Wichtigste überhaupt zu bekommen. Das historische Ereignis ist noch nicht erfunden, das aus einer Anzahl von Deutschen, die in eine Schicksalsgemeinschaft gekommen sind, auch wirklich eine Gemeinschaft machte --- Jeder Autor von Format, der uns seinen Namen und seine Arbeit zur Verfügung stellt, ist ein wirklicher Gewinn für unsere Sache. Ich sage das so ausdrücklich, um Ihnen anzudeuten, wie viel mir an einer Zusage von Ihnen liegen muß.

Ich freue mich über alles, was Sie mir schicken, ob es eine Novelle, ein Romankapitel oder ein Aufsatz ist. Sie können mir jeden Vorschlag machen, am besten, es kommt gleich ein Manuskript. Für einen Aufsatz hätte ich gleich ein bestimmtes Thema parat. Peter de Mendelssohn hat mir geschrieben, daß Sie eine besondere Sympathie für ein Buch »Der mißbrauchte Mensch« von Robert haben. Vielleicht geben Sie mir, als eine Art von Visitenkarte für die SAMMLUNG, eine Rezension über dieses Buch? (Ich kenne nur Teile daraus, die mir auch einen sehr erfreulichen Eindruck gemacht haben.)

In jedem Fall hoffe ich gleich von Ihnen zu hören.

Grüßen Sie bitte Ihre Frau herzlich von mir. Wenn Sie meine Schwester Moni sehen, versichern Sie ihr bitte meine brüderlichsten Gefühle.

Ich bin mit meiner herzlichen Ergebenheit Ihr

Klaus Mann

VON ALFRED NEUMANN Florenz
Villa Serena, Via Frullino 2
10. April 1934

Lieber Herr Klaus Mann,

Ihr Brief hat mir Freude gemacht, ich werde bei der SAMMLUNG mitarbeiten. Ich bitte Sie nur, sich noch so lange zu gedulden, bis die ebenso komplizierte wie langwierige Ablösung von Ullstein zur Tatsache geworden ist. Denn ich möchte den Herren keine Waffen in die Hand geben, die sie jedenfalls unbedenklich ausnützen würden. Sie werden es begreifen.

Nun ist es überhaupt so, daß ich von je in Zeitschriften selten zu finden gewesen bin, aus dem einfachen Grunde, weil mich meine weitschweifigen Arbeiten und meine ausschließliche Art des Arbeitens nicht zu Aufsätzen oder Novellen kommen ließen. Ich habe auch jetzt nichts derlei und bin mit dem zweiten Roman meines Zyklus von der Tragödie des 19. Jahrhunderts – um den dritten Napoleon herum – zu sehr beschäftigt, um dazu zu kommen. Ich möchte auch nicht über das ausgezeichnete Buch von Robert schreiben, weil ich eigentlich niemals Buchkritiken schreibe und mich darauf beschränke, über Bücher, die mich angehen, dem Autor direkt zu schreiben. Dagegen werde ich Ihnen, wenn es soweit ist, ein Kapitel meines NEUEN CAESAR zum Vorabdruck überlassen. Da das Buch, um das sich die Ullsteinablösung dreht, erst am 1. September bei Allert de Lange erscheint, haben wir noch Zeit genug, einen Termin zu finden, der gut zwischen der erfolgten Ablösung und der Publikation liegt.

Ihre durchaus berühmt gewordene SAMMLUNG habe ich natürlich schon zu Gesicht bekommen, zumal während meines Januaraufenthaltes in Zürich und Paris. Hier dagegen ist es schwieriger – und wenn Sie mir hin und wieder ein paar Hefte zukommen lassen würden, wäre ich Ihnen gewiß dankbar.

Ihre Moni-Schwester wohnt nicht mehr bei mir – weil jetzt mein Bruder hier ist –, sondern in der Nachbarschaft: aber Ihre Bruder-Grüße sind bestellt.

Lassen Sie sich von meiner Frau und von mir recht herzlich grüßen und bleiben Sie mit mir in Verbindung

Ihr

Alfred Neumann

AN THOMAS MANN

Die Sammlung
Querido Verlag Amsterdam
Keizersgracht 333
12. 4. 34

Herr Zauberer hochgeehrt –

möchte doch mal geschwind meinen feinsten Dank für den »Jungen Joseph« anbringen. Gegen Abend, nach den Geschäftigkeiten des Tages, blättre und studiere ich gerne in dem zugleich wohlvertrauten und doch immer wieder überraschenden Werk und stoße immer wieder auf dies oder das, was noch hübscher ist, als ich es in Erinnerung hatte; zum Beispiel auf den Anfang über die Schönheit oder auf Jaakobs Schmerz, lauter sehr ungewöhnliche Dinge. Alles ist viel durchsichtiger und tiefer als, zum Beispiel, die pathetischen Indiskretionen unseres würdigen Toten, des Jakob mit *einem* a, dessen einschüchterndes Ehemartyrium ich gleichzeitig studiere. Es ist ja nicht zu leugnen, daß er seine verfluchte Julie höchst lebendig wiedergegeben hat, aber das Ganze trägt doch entschieden den Charakter eines großartig zurechtgemachten persönlichen Racheakts und steigt gar zu gewohnheitsmäßig in Tiefen hinunter, vor denen »dem Berichtenden selbst schaudert, ja, die sich der menschlichen Sprache und Mitteilungsmöglichkeit gräßlich entziehen«; es klingt alles etwas wie von Robert Neumann parodiert.

Während es hier Frühling wird und alle Tulpen blühen, kann ich gar nicht ausgehen, weil ich Halsentzündung und etwas Fieber habe. Es ist nicht sehr arg und meistens sitze ich in meinem Schlafrock am Tischchen, denn schließlich habe ich auch einen Roman fertig zu machen, im August soll er schon erscheinen. Das Manuskript ist schon fast abgeschlossen, aber dann muß ich das Ganze noch einmal diktieren, und das ist der Teil der Arbeit, der mir eigentlich am meisten bevorsteht. – Unsere dumme Hollandnummer ist nun auch endlich herausgekommen, und dafür, daß sie ein Akt der schlauen Höflichkeit ist, ist sie am Ende gar nicht *so* dumm geworden. Ich glaube, der Aufsatz von Menno ter Braak über Geist und Freiheit ist sogar ganz geistreich und lesenswert.

Einen Paß habe ich immer noch nicht und werde wohl auch nie einen bekommen. Es ist wirklich wie mit Peter Schlehmils Schatten: als man ihn noch hatte, machte man sich gar nichts draus, aber da ihn der Teufel einem weggenommen hat, merkt man, daß es furchtbar lästig ist, wenn er fehlt.

Viele Grüße für die Frau Mama sowie für die kleinen Musikanten, die in Deutschland so gut vorwärtskommen würden – wenn man ihrem Paten trauen darf. Ist der Käcke noch da? Dann lasse ich mich auch dem von Herzen empfehlen.

Ein getreuer

Aissi K.

VON THOMAS MANN Küsnacht, den 18. IV. 34

Lieber Aissi,

vielen Dank für Deinen netten Brief. Wir haben ungern von Deiner grippigen Halsentzündung oder halsentzündlichen Grippe gehört. Hoffentlich ist sie vorbei und zwar ohne Nachwehen. Daß Du fleißig dabei die Beendigung Deines Romans betrieben hast, ist achtenswert. Ich bin neugierig und freue mich auf das Werk, obgleich ich höre, daß es in Gegenden, wohin der kleine Kai verschlagen wurde, bei Lappen und Finnen, wohl allerlei Weh- und Anklage hervorrufen wird. So indiskret wie unseres Jakob Totenbeichte wird es aber wohl nicht sein, – ich habe das Buch nun auch in Händen (zusammen mit dem von A. Zweig kam es, in dem viel Gutes steht) und manches schon mit respektvollem Grausen darin gelesen und mit den Lachgefühlen, an denen Tod und Grab nichts haben ändern können – warum sollten sie auch, sie sind unser aller Teil, und daß sie im Falle unseres Freundes die verklärende, verewigende, in Jugendschöne wiederherstellende Wirkung hätten wie im Falle Hofmannsthals, kann ich leider nicht finden. Ganz anders war mir damals zu Mut, – viel trauriger, – obgleich doch gerade Jakobs Fall der viel traurigere ist. Sein Abschiedsbuch – man spürt schon das Meistergewicht (dafür war immer gesorgt), die mit den Jahren zugewachsene Großartigkeit. Aber wie unselig, ungelöst und unerlöst ist das alles – vergebens, nicht vergeben – und ohne den Schein eines Lächelns feierlich aus dem Grabe geplappert. Ich fürchte, die Welt wird darüber hinweggehen und bin nur froh, daß er einige Jahre »Weltruhm«, Geld und gutes Leben gehabt hat. Friede seiner Asche nach all der Verstrickung!

Ich finde es etwas beklemmend, daß Du gar keine Aussicht hast, einen Paß zu bekommen und nicht über die Grenze zu uns kannst. Mielein und ich haben schon davon gesprochen, daß wir im Sommer in ein holländisches Seebad gehen wollen. Onkel Heinrich dagegen – es sieht so aus, als ob er nächstens hierher kommen würde: Das Schauspielhaus hat ihn zu einem Vortrag eingeladen, und ich hoffe, daß er, schon unseretwegen, annimmt. Ein schönes Evenement könnte es werden, gramvoll fürs Generalkonsulat. Auch könnte der Onkel bei uns wohnen, denn das Haus ist ja nun »leer« – alles ist fort, Reisi, Herzchen, Kecke, Eri und Resbeth, und es wäre doch hübsch, wenn er das Heim kennenlernte; Bibi könnte ihm Mozart mit Plattenorchester-Begleitung vorspielen, was er sehr hübsch macht.

Mrs. Knopf wird nächstens erscheinen, und mit Walters frühstücken wir Sonntags im Baur au Lac. Ende des Monats fahren wir nach Bern zur Eri und von da wieder nach Basel zu einem Goethe-Vortrag.

Gestern waren hier 31° im Schatten, noch nie dagewesen in dieser Jahreszeit. Es war der unnatürliche Höhepunkt von ich weiß nicht wieviel unnatürlich schönen Wochen. Aber heute geht ein Sturmwind und stellt die nüchterne Ordnung wieder her.

Alles Gute!

Z.

Das Holland-Heft war doch garnicht uninteressant. Den Aufsatz von ter Braak fand ich sogar sehr schneidig und gut.

AN STEFAN ZWEIG

Die Sammlung
Querido Verlag Amsterdam
Keizersgracht 333

9. 5. 34

Lieber und verehrter Stefan Zweig –

vor einigen Tagen habe ich, mit einer Mischung von Vergnügen und Gram, im »Pariser Tageblatt« Ihr Erasmus-Kapitel gelesen. Das Vergnügen hatte eine doppelte Ursache: es kam, erstens, aus der Lektüre; zweitens aus dem wesentlichen und entscheidenden Novum, darin bestehend, daß Sie überhaupt in einer Emigrantenzeitung (und in einer politisch so prononcierten) publizieren. Der Gram hatte einen ganz einfachen Grund: Sie hatten mir fest versprochen, der SAMMLUNG als erstem Blatt etwas zu schicken, wenn Sie überhaupt außerhalb Deutschlands publizieren wollen. (Gewiß, ich habe Ihren diesbezüglichen Brief noch.) An diese Ihre Schandtat erinnere ich Sie so ausführlich in der Hoffnung, Ihr Gewissen ein wenig zu wecken und Sie etwas aufzustacheln: dazu nämlich, uns nun bald etwas zu geben. Die Dinge liegen doch nachgerade so, daß es nicht nur einen großen Gewinn für uns bedeutet, *wenn* Sie uns einen Beitrag zur Verfügung stellen; sondern daß es schon direkt ein Schaden ist, wenn Sie sich uns auf die Dauer verweigern. Wie oft werde ich – noch mehr von Ausländern als von Emigranten – gefragt: Warum arbeitet St. Z. nicht bei Ihnen mit? Dann muß ich eine geheimnisvolle Miene ziehen. Weiß ich doch selbst nicht warum.

Sie haben diese SAMMLUNG doch nun gewiß ein wenig verfolgt; (wenn auch vielleicht nur unregelmäßig). Finden Sie sie denn so einen gar unwürdigen Ort, um sie auch zu Ihrem Sprachrohr zu machen – so wie sie schon das Sprachrohr einiger anderer nicht ganz Geringer ist? Ich mag Ihnen nicht noch einmal ausführlich unter die Nase reiben, welchen Dienst Sie *uns* damit täten. Sie werden es ja nicht aus Wohltätigkeit tun, sondern nur, wenn Sie selber etwas Lust dazu haben. Jedes Stück von Ihnen würde so sehr willkommen sein; vielleicht könnte man mit einem Kapitel aus der »Maria Stuart« oder – falls Sie daraus noch nichts Druckfertiges herzugeben haben – aus dem »Erasmus« beginnen. Dabei dürfte es jedoch nicht bleiben. Ich möchte, daß Aufsätze, Gedichte und was noch sonst folgen. Ohne Eitelkeit glaube ich sagen zu dürfen, daß bei uns dergleichen richtiger und stilvoller an seinem Platze wäre, als bei Georg Bernhard. Hinzu käme, daß eine Zusammenarbeit mit der SAMMLUNG vielleicht eine andere, größere Zusammenarbeit einleiten könnte, auf die man hier immer noch hofft. Sie verstehen wohl, was ich meine – und daß zu meiner eigenen lebhaften Initiative die des Querido-Verlages kommt, der sich doch wohl zu dem eigentlich repräsentativen deutschen Verlag außerhalb Deutschlands entwickelt hat. Mit dem

Wassermann-Kerkhoven hat er gerade wieder einen sehr starken, auch geschäftlichen Erfolg. Nun gibt es eigentlich nur noch *einen* deutschen Autor, der nicht mehr in Deutschland erscheint, an dem dem Verlag leidenschaftlich gelegen wäre – –

Ich hoffe auf eine rasche Antwort von Ihnen.

Mit meinen wirklich ergebenen herzlichen Grüßen Ihr

Klaus Mann

VON STEFAN ZWEIG

11, Portland Place
London, W. 1.
10. Mai 1934

Lieber Klaus Mann,

Ich danke Ihnen, daß Sie so milde über meinen scheinbaren Wortbruch denken. Aber wenn Sie über mein plötzliches Erscheinen in der »Pariser Zeitung« überrascht waren, so muß ich Ihnen sagen, daß jemand anderer davon noch überraschter war: nämlich ich selbst. Die P. Z. hatte diesen Absatz aus dem »Erasmus« einfach aus dem »Pester Lloyd« herausgeschnitten und – ob mit Absicht oder ohne Absicht – mit Unterlassung der Quellenangabe so publiziert, als ob ich ihr den Abschnitt übergeben hätte, während sie sich in Wahrheit nicht einmal die Mühe genommen hat, bei mir anzufragen. Sie sehen also, daß von meiner Seite keine Inkorrektheit Ihnen gegenüber vorlag, sondern die Inkorrektheit gegen mich begangen worden ist, der ich übrigens verlernt habe, mich über derlei Dinge aufzuregen. Ich habe in den letzten Monaten einiges mitgemacht, worüber ich nicht sprechen mag, aber Sie dürfen mir glauben, daß ich bei weitem nicht so gleichgültig bin oder betrachtet werde als ich erscheine. Ich weiß genau und weiß es seit langem, daß Kompromisse nicht möglich sind. Aber ich habe es für richtig gehalten, einen abwartenden Standpunkt einzunehmen. Vielleicht ist es besser wenn sachlich einmal dargetan ist, daß selbst die von Natur zu Koncilianz und zur Bindung geneigten Charaktere ihrer inneren Natur und Neigung Absage leisten und nicht aus eigenem Willen, sondern zwanghafterweise Stellung beziehen mußten.

Mein Buch über »Erasmus« habe ich in Deutschland nicht mehr erscheinen lassen. Es kommt in Wien zunächst in einer kleinen Auflage bei Herbert Reichner heraus, damit niemand behaupten könne, ich habe es in deutscher Sprache versteckt, während es in fremden Ausgaben erscheint. Es ist eigentlich ein recht privates Buch und keineswegs für den Erfolg bestimmt. Ich habe mir nur selber geholfen, indem ich den heiligen Erasmus als Nothelfer anrief.

Über das »Maria Stuart«-Buch habe ich noch keine Entscheidung getroffen, aus dem abergläubigen Gefühl heraus, nie über ein Buch zu verfügen, solange es nicht fertig ist. Ich muß mir die Möglichkeit vorbehalten, es wegzuwerfen oder in die Lade zu legen, für den Fall, daß es mir selber nicht gefällt. Aber in einem viertel Jahr dürfte es fertig sein, und dann tritt ja die große Entscheidung an mich heran, nicht nur, was mit diesem, sondern was mit allen meinen Büchern geschieht. Es ist dies eine Lebensentscheidung, und Sie werden verstehen, daß sie mir nicht leicht fällt. Alles, was man im Leben nur einmal tun kann und den furchtbaren Gedanken: ›unwiderruflich‹ in sich trägt, kann nicht aus leichter Hand getan werden. Ich habe diesen ganzen Komplex zunächst von mir gewissermaßen abgespalten, um nichts zu tun als meine Arbeit. Ist sie getan, so kommt die eigentliche Entscheidung.

Lieber Klaus Mann, ein Versprechen, das ich einmal gegeben habe, brauche ich nicht zu erneuern. Es ist für mich eine Ehrensache, Wort zu halten, und ich sage Ihnen nur nochmals, daß der erste Beitrag dann Ihnen gehört.

Ihr herzlich ergebener

Stefan Zweig

AN ARNOLD ZWEIG

Keizersgracht 333
Amsterdam den 12. 5. 34

Lieber und verehrter Herr Arnold Zweig –

herzlich danke ich Ihnen für die Übersendung Ihrer beiden Manuskripte »Ärgerliche Begegnung« und »Der Krieg und der Schriftsteller« – und ich muß gleich um Entschuldigung bitten, daß ich auf diesen Dank länger als mir lieb ist habe warten lassen; das liegt daran, daß ich eine Zeit verreist gewesen bin.

Ich freue mich sehr darüber, daß Sie der SAMMLUNG ein so schönes und aktives Interesse widmen. – Sie schlagen mir vor, Ihren Kriegsaufsatz erst im Augustheft zu bringen. Nun möchte ich aber ihn lieber schon einen Monat früher, also im Juli, publizieren; die Novelle hingegen in einer etwas späteren Nummer bringen. Das hat vor allem einen technischen Grund: ich habe nicht nur sehr viele angenommene Novellen liegen, sondern eine ganze Anzahl auch schon im Satz stehen. Die muß ich unbedingt los werden. Hinzu kommt, daß im Laufe der nächsten Wochen die preisgekrönten Novellen unseres Preisausschreibens diesen Vorrat noch vermehren werden; diese von der Jury ausgezeichneten Geschichten muß ich dann doch auch in der SAMMLUNG bevorzugt behandeln.

An Aufsätzen hingegen von dem Gewicht des Ihren ist niemals Überfluß. Schreiben Sie mir also bitte, ob es Ihnen recht ist, wenn ich den Aufsatz im Juli als »Leitartikel« bringe, und die Novelle dann ein oder zwei Monate später. – Sehr froh wäre ich auch, gelegentlich einen Beitrag von Ihnen zu bekommen, der sich mit Palästina und seiner besonderen Problematik befaßt. Ich habe schon ein paar recht interessante Artikel über diesen Gegenstand liegen – über das Jüdische Theater zum Beispiel oder, von Doktor Infeld, über »Juden und Araber« –; ich würde diese mehr glossenartigen Beiträge gerne mit einem großen, umfassenden von Ihnen zusammen bringen.

Ich hoffe also darauf, weiter von Ihnen zu hören – und bin, mit meiner besten Ergebenheit, Ihr Klaus Mann

AN STEFAN ZWEIG

Die Sammlung
Querido Verlag Amsterdam
Keizersgracht 333

13. 5. 34

Lieber und verehrter Stefan Zweig –

nehmen Sie herzlichen Dank für Ihren Brief. Ich bin also wieder beruhigt – und muß, als ein geduldiger Redakteur, weiter abwarten und hoffen.

Es kann sein, daß ich im Juni nach England komme. Ich hätte Lust, zu dem PEN-Club-Treffen nach Edinburgh zu fahren, und das würde sich natürlich mit einem Aufenthalt in London verbinden. Es wäre mir sehr wichtig zu wissen, ob Sie um diese Zeit da sein werden – oder wollen Sie auch nach Edinburgh kommen? Werden Sie so nett sein, mir darüber noch Bescheid zu geben?

Mir ist etwas leicht und etwas traurig zu Mute, weil ich eben eine große Arbeit fertig habe, einen Roman. Die Arbeit daran war die schönste Ablenkung von der Garstigkeit des Tages – obwohl diese sicher auch ihre Spuren in meiner bitterlichen Liebesgeschichte gelassen hat. Ich bin ungeheuer neugierig, wie sie Ihnen gefallen wird. Der Kreis der Leser, an den man sich innerlich wendet, wird ja immer kleiner – –

Mit den besten Grüßen Ihr

Klaus Mann

AN RENÉ SCHICKELE

Die Sammlung
Querido Verlag Amsterdam
Keizersgracht 333

16. 5. 34

Lieber und verehrter Herr Schickele –

es war eine richtige Freude, wieder einmal von Ihnen zu hören. Um das Wichtigste gleich zu beantworten: die »Witwe Bosca« habe ich *nicht* bekommen. Ich hätte sie so gerne gelesen, daß ich eigentlich schon dazu entschlossen war, Sie um ein Exemplar zu bitten. Ob Sie irgendwo noch ein anderes Exemplar für mich finden? Es wäre wunderbar, wenn Sie es noch einmal mit der französischen Post versuchen wollten – –

Ja, das Holland-Heft war eine bittre Sache – zu meinem Spaß habe ich mir das nicht eingebrockt, einmal mußte es sein. Den Artikel von Menno ter Braak fand ich interessant, das ist einer, der ziemlich Bescheid weiß. Auch die Novelle und der Du Perron haben mir ganz gut gefallen. Das Übrige freilich – –

Aber es ist mir eine Genugtuung zu hören, daß Sie mit der Mai-Nummer zufriedener waren. Doch sollen Sie dieses Lob nicht ungestraft gespendet haben. Ich nehme es zum Anlaß, Sie aufs neue zu beschwören – um Mitarbeit nämlich. Ist der Augenblick nicht gekommen? Wollen Sie nun nicht einen oder den anderen von den Plänen realisieren, die Sie mir im Sommer 33 andeuteten? – Sie verlangen das »beste Deutsch«. Aber das kann nicht jeder. Und nicht auf jeden, der es kann, dürfen wir rechnen. Gelten die Gründe noch, die Sie damals bewogen, uns abzusagen? Wenn sie vergessen sind, dann ist auch die Absage vergessen. Ein Beitrag von Ihnen erschiene am ersten Juli, wenn ich ihn am fünfzehnten Juni hätte – –

Ich wäre gerne in Nizza, aber alles kann man nicht haben. Hier ist es seit neuestem wieder schauderhaft kalt. – Erika ist jetzt hier, samt ihrer Mühle, sie bittet mich, Frau Schikkele und Sie von ihr zu grüßen. – Mir geht es ganz leidlich. Ich habe gerade einen Roman fertig, der bald hier erscheint. Ich freue mich schon darauf, daß Sie ihn lesen werden.

Mit meinen herzlich ergebenen Grüßen Ihr

Klaus Mann

AN HANS FEIST

Van Eeghenstraat 181
Amsterdam
den 17. 5. 34

Lieber Doktor Nebel –

ich beantworte sofort Ihren Brief. Übrigens wüßte ich nicht, daß ich einen von Ihnen unbeantwortet gelassen hätte: mir scheint, ich habe Ihnen auch auf Ihren letzten hin ins Hotel Eden geschrieben – wenn auch nur kurz. Entweder ist damals diese Nachricht von mir verloren gegangen, oder ein anderer Brief, den Sie mir etwa inzwischen geschrieben haben. Ich meinerseits wunderte mich, so gar nichts von Ihnen zu hören – oder vielmehr: ich wunderte mich eigentlich nicht. Ich weiß Sie in Geschäfte eingesponnen, die Sie mit der Ihnen eigenen Inständigkeit verfolgen – hoffentlich mit Erfolg. Dieses »hoffentlich« bitte ich nicht zu mißdeuten: es bezieht sich einzig und allein auf Sie, und kann sich nur auf Sie beziehen. Ich muß dies betonen, da eine gewisse Floskel in Ihrem Brief mir mißfällt: Sie erwähnen, daß es »auch nicht klug« von mir sei, jetzt Zurückhaltung zu üben. Es wird für Sie Zeit, auf diese Winke mit dem Zaunpfahl zu verzichten. Sie könnten mit der Zeit einsehen lernen, daß Sie eine berechnende Psychologie bei mir voraussetzen, die mir fern liegt. Ehe wieder eine Gesprächsgrundlage zwischen uns da ist – die im Augenblick fehlt –, müssen Sie auch die Stilisierung fallen lassen, als geschehe irgendetwas, was Sie im letzten halben Jahr getan haben, im Hinblick auf mich. Ich will das nicht hören, es sind Redensarten. Wenn ich zu der Situation, die Sie geschaffen haben, Stellung nehmen wollte – wozu es mich freilich nicht drängt –, so käme ich nicht darum herum, Ihnen vorzuhalten, daß Sie um Ihrer höchsteigenen Angelegenheiten willen jeden persönlichen oder gar freundschaftlichen Kontakt in einem Maße haben einschlafen lassen, der einer totalen Entfremdung nahe kommt. Ich erwähne diese meine Auffassung, um – falls Sie im Laufe dieses Sommers noch ein Zusammentreffen arrangieren sollten – von Anfang an die Version aus der Welt zu schaffen, als seien gar *mir* Opfer gebracht worden oder als sei um meinetwillen Energie entwickelt worden, die ich nicht zu schätzen wisse. Meine unerschütterliche Überzeugung ist, daß diese Energieaufwendung reinster Selbstzweck war und ist, alle anderen Deutungen Selbstbetrug.

Ich bin *gegen* ein Zusammentreffen, so lange Ihre geschäftlichen Dinge schweben. Es würde unfruchtbar sein, und könnte außerdem die Geschäfte selbst gefährden. Deshalb rate ich Ihnen auch von einem Pfingstbesuch ab. Vielleicht werden Sie im Lauf der nächsten Wochen freier sein – und ich übrigens auch. Gerade jetzt wären alle Voraussetzungen für ein Zusammentreffen ungünstig; auch deuten Sie ja selber an, daß Sie jetzt nur ungern kämen. Nun haben wir es so lang aufgeschoben, daß wir besser daran tun, einen günstigeren Moment abzuwarten. Sie werden sich wieder bei mir melden, wenn Sie weniger um die Ohren haben. Wahrscheinlich werde ich den ganzen Sommer hier am Meer sein – mit einigen Unterbrechungen höchstens. Inzwischen dürften wir uns kaum viel zu sagen haben. Daß Sie mir alle acht Wochen einen Zettel schreiben, ist sinnlos, zumal ich gegenüber dem Inhalt dieser nachts im Café geschriebenen Zeilen kühl und skeptisch bleibe.

Mit Grüßen

Kirchner

AN ERWIN WASSERBÄCK Die Sammlung
Querido Verlag Amsterdam
Keizersgracht 333
30. 5. 34

Sehr verehrter Herr Legationsrat –

Sie gestatten, daß ich in einer vielleicht nicht ganz unwichtigen Angelegenheit für ein paar Minuten Ihre Aufmerksamkeit in Anspruch nehme. Ihre Adresse verdanke ich Herrn Joseph Roth, dem berühmten österreichischen Autor, der übrigens Mitarbeiter an der Zeitschrift ist, um die es sich handelt. Diese Zeitschrift, »Die Sammlung«, ist, wie

Ihnen vielleicht bekannt, für Österreich verboten worden. Grund für das Verbot ist ein Aufsatz »Unabhängiges Österreich«, der in unserer April-Nummer erschienen ist. Der Beitrag war mit drei Sternen gezeichnet, sein Autor ist auch mir, dem Herausgeber, unbekannt. Ich gebe gerne zu, daß der Artikel in den Rahmen einer literarischen Revue nicht ganz paßte und daß es vielleicht ein Fehler war, ihn zu bringen. Ich entschloß mich zu dieser Publikation, um die einschneidenden Wiener Ereignisse doch nicht völlig zu übergehen. Der Artikel des Anonymus wurde uns durch einen Vermittler angeboten, während ich selber verreist war, unmittelbar vor Redaktionsschluß. Er ging, ehe ich ihn gründlich geprüft hatte, übereilt in Satz. – Soll aber dieser eine Artikel, der in eine Spezial-Nummer über Holland geraten ist, der Grund dafür sein, daß unsere Zeitschrift ganz in Ihrem Lande verboten wird? Dabei kann es nicht bleiben – ich hoffe es zuversichtlich. Uns muß alles daran liegen, in Österreich gelesen zu werden – gerade in Österreich, da wir schon in Deutschland nicht gelesen werden dürfen.

Ich glaube, sehr verehrter Herr Legationsrat, daß Sie es verantworten können, ein gutes Wort für uns einzulegen und bei der entscheidenden Instanz in unserem Sinne zu wirken. Unsere literarische Monatsschrift arbeitet auch mit österreichischen Autoren, wir haben Arbeiten der berühmten sowie der jungen, aufwärts strebenden Schriftsteller Ihres Landes publiziert und werden weiter solche Arbeiten publizieren. Unsere Sünde in Deutschland ist, daß wir nicht für den Nationalsozialismus sind, was wir in manchem kulturpolitischen Aufsatz und in mancher literarischen Polemik bekundet haben – nicht sehr zur Freude der berliner Herren. Aber sollte diese »Sünde« uns auch in Österreich unmöglich machen? Im Gegenteil – will mir scheinen.

Ich hoffe also von Herzen, daß unsere internationale geistige Revue, die in allen Ländern Europas außer in Deutschland vertrieben wird und die Freunde hat von Brasilien bis Portugal, von New York bis Athen, auch ihren österreichischen Freunden wieder zugängig wird werden dürfen – und ich werde froh sein, Ihnen, sehr verehrter Herr Legationsrat, Dank zu schulden für die Rücknahme eines Verbotes, das Sie, mit mir, als ungerechtfertigt empfinden müssen. – Erlauben Sie mir den Ausdruck meiner Ergebenheit

AN STEFAN GROSSMANN

Keizersgracht 333
Amsterdam
den 30. 5. 34

Sehr geehrter Herr Stefan Grossmann –

aus Gründen der Loyalität und der Rücksichtnahme gegenüber einem gemeinsamen Bekannten, möchte ich Ihnen den Durchschlag eines Briefes nicht vorenthalten, den ich gleichzeitig an einen Herrn der österreichischen Vertretung in Paris abgehen lasse. – Sie werden darüber unterrichtet sein, daß der Aufsatz eines mir – und wahrscheinlich auch Ihnen – unbekannten Autors mir nicht nur unliebenswürdige Briefe von Seiten eben dieses Anonymen, sondern auch das Verbot unseres Blattes in Österreich eingetragen hat. Das ist mein Pech, ich muß sehen, wie ich damit fertig werde. Dieser eine Beitrag hat mehr unangenehme Folgen für uns alle gehabt, als je ein anderer. Hoffentlich bleibt die unangenehmste und ernsteste aus: die nämlich, daß man sich in Wien, angeregt durch das Verbot der Zeitschrift, nun auch für den Autor des Artikels interessiert. Vielleicht ist der Autor nicht vorsichtig genug gewesen, was die Überweisung des Honorars und dergleichen betrifft. Ich selber weiß nichts von diesen Details, und will auch von ihnen nichts wissen. Den mir unbekannten Verfasser bitte ich – NUR IN SEINEM INTERESSE – darum, damit zu rechnen, daß auch Wände, und vor allem die von Redaktionsstuben, Ohren haben. Drei Sterne haben meist nicht auf die Dauer dichtgehalten. Ich halte es für meine Pflicht, den Autor auf dem einzigen mir zur Verfügung stehenden Weg – also durch Sie, der Sie mit der Sache freilich kaum zu tun haben – darauf hinzuweisen, daß er immerhin und für alle

Fälle gut daran tut, die Möglichkeit irgendeiner Indiskretion in seine Erwägungen einzubeziehen.

Mit ergebnen Grüßen Ihr

K.

AN RENÉ SCHICKELE

Die Sammlung
Querido Verlag Amsterdam
Keizersgracht 333
1. 6. 34

Lieber Herr René Schickele –

was Sie mir über ein Wieder-Erstehen der »Weißen Blätter« andeuten, ist ungeheuer interessant. Wenn etwas dieser Art für Sie in Frage kommt, wäre es mir natürlich sehr sehr wichtig, Sie *vorher* zu sprechen. Vielleicht käme doch irgendeine Form der Zusammenarbeit in Frage. Darüber müßte freilich entschieden werden, *ehe* wir unseren zweiten Jahrgang anzeigen. – Ich hatte ohnedies vor, in nicht zu ferner Zeit einmal an die Küste zu kommen. Es hängt nur noch von einer bestimmten Sache ab, ob ich es nicht schon in diesem Monat – zweite Juni-Hälfte – einrichten kann. Ich hoffe jetzt noch mehr, daß es sich machen läßt.

Erika dankt schön für Ihre Grüße. Sie ist heute, nebst Mühle, nach dem Haag gefahren – wohin ich am Sonntag nachkomme, d. h.: nach Scheweningen. (Meine Adresse bleibt aber der Verlag.)

Sehen Sie doch zu, daß Sie noch eine »Bosca« für mich auftreiben! Es ergötzt mich, zu hören, daß Ihre Beziehungen zu der Bülowstraße auch schon derart sind, daß nicht einmal mehr Postkarten um Rezensionsexemplare in Frage kommen – –

Mit den besten Grüßen Ihr

Klaus Mann

Georg Bernhard sollte lieber eine bessere Zeitung machen!

AN DEN P.E.N.-CLUB Amsterdam, den 17. 6. 34.

Der P.E.N.-Club hat mich zu der großen Sitzung in Edinburgh eingeladen. Mir war sehr ernsthaft daran gelegen, diesem Treffen beizuwohnen; es ist das erste, auf dem nicht mehr das »offizielle« Deutschland vertreten sein wird – das als seinen Vertreter einen gewissen Herrn von Schmidt-Pauli zu verschicken pflegte –, sondern auf dem das freie – will sagen: das emigrierte – deutsche Schrifttum Deutschland repräsentiert. Dieses Ereignis scheint mir von einer großen symptomatischen Bedeutung: denn damit nimmt die internationale literarische Welt zur Kenntnis, daß die deutsche Literatur *nicht* im Hitler-Deutschland zu suchen ist. – Für so wichtig halte ich dieses P.E.N.-Meeting, und wichtig gerade für uns Deutsche. Ich muß ihm fernbleiben. Der Grund dafür ist ein sehr einfacher und ein sehr schlimmer: ich habe keinen Paß. Mein deutscher Paß ist abgelaufen und kein deutsches Consulat der Welt verlängert ihn. Ich soll kein Deutscher mehr sein – vorläufig. Kein anderer Staat aber hat es eilig damit, einem deutschen Flüchtling ein Papier auszustellen, das ihm Bewegungsfreiheit verschaffen würde. Der deutsche Flüchtling muß warten. Mit seinem abgelaufenen Papier wird kein Land ihn hereinlassen; auch die englischen Stellen können keine Ausnahme machen, selbst wenn es sich nur um eine kurze Reise handelt, deren Zweck klar und respektabel ist. Ich kann also nicht kommen, und es bleibt mir nichts zu tun, als dem P.E.N.-Club die Grüße meiner kollegialen Ergebenheit und Verbundenheit zu übermitteln.

Klaus MANN.

AN STEFAN ZWEIG

Hotel Atlanta
Coolsingel – Rotterdam
18. VI. 34

Lieber und verehrter Stefan Zweig –

ich hatte mich bei Ihnen angemeldet – und nun komme ich gar nicht. Der Grund ist meine Paß-losigkeit: es ist ziemlich bitter. Aber auf mein abgelaufenes Papier hin will man mich nirgends reinlassen – und ein neues bekomme ich, vorläufig, nicht, weder von deutscher noch von anderer Seite. Es ist schade; ich hätte diese Edinburgher Sitzung gerne mitgemacht. Und ich hätte Sie besonders gerne gesprochen. Sie wissen, daß ich dafür viele Gründe habe. Nun kommt auch noch ein neuer hinzu. – Ich habe Ihnen, scheint mir, erzählt, daß ein Roman von mir fertig und in Satz ist. Als nächste große Arbeit habe ich mir eine Biographie vorgenommen. Das ist für mich etwas durchaus Neues.

Ich möchte ein Buch über eine alte und starke Liebe von mir machen: über Rimbaud. Es gibt niemanden, der, was diesen immer wieder hinreißenden Gegenstand betrifft, sachverständiger und zuständiger wäre, als Sie. Wie gerne hätte ich mich mit Ihnen über das Thema unterhalten; Sie um mancherlei Rat gefragt – zum Beispiel auch, ob, Ihrer Meinung nach, das Thema »Rimbaud« – an dem sicher vieles neu und reizvoll zu deuten wäre – eine gewisse internationale Chance hat; (denn auch an diese äußeren Dinge muß ich doch heute sehr denken). – Ich hoffe, daß noch einmal die Gelegenheit kommen wird, um mit Ihnen über diese Fragen zu sprechen. Aber vielleicht schreiben Sie mir doch jetzt schon ein paar Zeilen darüber. Meine Adresse bleibt der Verlag. Hier bin ich nur für einen Tag, um meine Eltern, die von New York zurückkommen, am Schiff abzuholen.

Immer Ihr

Klaus Mann

VON STEFAN ZWEIG

11 Portland Place
London
den 20. Juni 1934

Lieber Klaus Mann!

Schade, daß Sie nicht herüberkamen, ich hatte Sie schon sehr erwartet. Die Sache Rimbaud ist aussichtsreich und wieder nicht aussichtsreich. In den letzten zwei Jahren ist nämlich *ungemein* interessantes Material herausgekommen, vor allem die ganzen monströsen Prozeßakten in Brüssel mit phantastischen homosexuellen und auch pornographischen Details – sie wurden vor etwa zwei, drei Jahren in einer belgischen Revue veröffentlicht – dann gewisse Memoiren und Biographien Verlaines, die viel Licht auf Einzelheiten werfen. Man weiß also viel mehr und kann, besonders wenn man kühn ist und dem Physiologischen entschlossen auf den Grund geht, das persönliche Bild ganz neu aufbaun. Mit den äußeren Chancen dagegen scheint es mir schlechter zu stehen. Frankreich hat in den letzten zehn Jahren eine Rimbaudliteratur, daß man Zimmer damit ausfüllen kann. In England ist er Homo ignotissimus, erstens, weil man überhaupt über französische Lyrik wenig weiß, zweitens, weil man gerne an ihm vorbeischweigt so wie an Oscar Wilde. Sie blieben also da wahrscheinlich auf den dünnegewordenen deutschen Kreis extra muros Germaniae beschränkt, und ich weiß nicht, ob dies die ungemeine Arbeit lohnt, die ein solches Werk doch verursacht.

Feuchtwanger werde ich gewiß persönlich schreiben, aber öffentlich möchte ich jetzt überhaupt nichts von mir in Zeitungen geben, weder in Deutschland noch im Ausland, sondern nur meine Bücher schreiben, so gut oder so schlecht ich es kann.

Alles Herzliche Ihres

Stefan Zweig

AN PAUL ZECH

Die Sammlung
Querido Verlag Amsterdam
Keizersgracht 333
20. 6. 34

Sehr geehrter Herr Paul Zech –

besonders danke ich Ihnen für die Übersendung Ihres Gedichte-Zyklus! »In den Weiden – an den Flüssen«. Es ist ein sehr schöner Band und es gibt viele Zeilen darin, die mich merkwürdig stark gerührt und betroffen haben. Das Ganze hat einen sehr großen und vollen Ton – gesättigt von Schwermut und dem Pathos eines sehr kraftvollen und gelassenen Neu-Beginnens. – Für die Zeitschrift möchte ich zunächst behalten die Stücke 1. und 6. Nehmen Sie diese beiden Gedichte also bitte aus, falls Sie den Band noch anderswo anbieten sollten. Ich kann noch nicht fest versprechen, in welchem Heft die beiden Gedichte erscheinen werden; aber gar zu lange will ich Sie keinesfalls warten lassen.

Ich würde mich sehr darüber freuen, wenn Sie mir noch einmal schreiben wollten. Vielleicht finden Sie einmal die Zeit, mir ein wenig über Ihr Leben dort drüben zu erzählen. Südamerika hat eine große Attraktion für mich. Wie leben Sie dort? Haben Sie irgendeine Beschäftigung, die mit der Literatur in einem Zusammenhang steht? Gibt es dort überhaupt ein Interesse für neuere deutsche Dichtung? Arbeiten Sie an dortigen Zeitungen mit? Ist die deutsche Kolonie – die doch, so viel ich weiß, sehr groß ist – durchaus kaffrig und gleichgeschaltet? Ist Rio nicht sehr viel schöner als Buenos Aires? Ist dort noch weniger zu erhoffen für unsereinen? – Entschuldigen Sie bitte diesen Überfall mit Fragen. Aber es wäre wirklich sehr nett, wenn Sie mir ein paar Andeutungen über die Verhältnisse drüben machen könnten.

Mit den besten Grüßen Ihr

Klaus Mann

VON ELSE LASKER-SCHÜLER

Fraumünsterpost
poste-restante
Zürich
24. VI. 34

Lieber Dichter

Ich sende bald über – Jerusalem. Soll ich auch Bild (Zeichnung) (schwarz weiß) dazusenden? Zum event. Druck?

Inl[iegend] – *oder* ich setz es zu unterst *unter m[eine] Dichtung* – das Gedicht, was ich Ihnen noch eben senden wollte.

In aller Eile. Immer Ihr Jussuf

Mein Paul hätte mit uns alles sehen müssen. In Jerusalem stellte ein (von Paulchens Bilder[n] unendlich entzückter) Kunsthändler – von Pauls Bildern 35 – aus.

AN RENÉ SCHICKELE

z. Zt. Noordwijk – Zee
Huize Clarenwijk
Zuid-Boulevard
den 27. [6.] 34

Lieber Herr René Schickele –

für die neuerliche Übersendung der »Witwe Bosca« wollte ich Ihnen nicht danken, ehe ich das Buch gelesen hatte – und ich bin ein ziemlich langsamer Leser; außerdem bringt es ja dieser ulkige Redakteurs-Beruf mit sich, daß man immer weniger Zeit findet, zu seiner Freude zu lesen.

Diese Lektüre also ist wirklich eine Freude gewesen. Es war wunderhübsch. Zu Anfang war ich vor allem entzückt von den Landschafts- und Licht-Schilderungen. Aber, etwa von der Mitte an, steigert sich das, was zwischen den Menschen geschieht, auf eine hinreißende Weise. Es bekommt plötzlich großes tragisches Format in dem unheimlichen Kapitel »Aus einem Fleische« und hält diese Höhe dann weiter. Alles, was danach kommt, habe ich mit starker Bewegtheit gelesen: der Besuch des kleinen Matrosen, das ganz erstaunliche Kapitel vom verwunschenen Wald und der Austreibung aus dem Paradies – vielleicht die größte Stelle des Buches –; die letzte Szene zwischen den Ehegatten. – Ich erinnere mich, daß Sie mir – das muß jetzt bald ein Jahr her sein – einmal schrieben, Sie hätten immer Angst, gegen Schluß nachzulassen, an Spannkraft zu verlieren. Nun, ich finde, in diesem Roman haben Sie grade das Gegenteil getan. Es beginnt fast idyllisch, um am Schluß sich aufs schönste und fürchterlichste aufzuschwingen. – Ich wußte schon, warum ich so auf diesem Exemplar bestand und nicht durch postalische Schlamperei benachteiligt sein wollte.

Inzwischen bin ich Schutzbefohlener der Holländischen Königin geworden und kann also auch wieder ein wenig reisen. Gerade jetzt ist es hier so schön, und ich habe auch so viel zu tun, daß ich zunächst noch hier bleiben werde. Aber gegen Ende des Sommers – oder zu Anfang des Herbstes – komme ich sicher an die Südküste. Bis dahin werden Sie gewiß auch in der Frage der »Weißen Blätter« schon völlig klar sehen, so daß wir uns darüber, wie über anderes, werden besprechen können.

Mit den besten Grüßen Ihr Klaus Mann

AN ELSE LASKER-SCHÜLER

z. Zt. Noordwijk – Zee
den 28. 6. 34

Liebe Else Lasker-Schüler:

ich freue mich, daß Sie mir wieder etwas schicken – und über Jerusalem: da bin ich doppelt neugierig.

Aber eine Zeichnung kann ich leider nicht in die Zeitschrift bringen; das kann man nur entweder regelmäßig tun – oder nie. Plötzlich einmal – nur *eine Zeichnung* –; das würde einen unordentlichen Eindruck machen.

Ihr voriges Gedicht erscheint in dieser Nummer.

Ich habe auf meinem Tisch hier – in einem schönen Zimmer am Meer – Ihre »Gesammelten Gedichte« liegen. Darin lese ich oft, zu meiner Freude. Sie werden nächstens in einem Aufsatz eine Spur von diesem Eindruck finden.

Immer Ihr Klaus Mann

AN PAUL GEHEEB

Die Sammlung
Querido Verlag Amsterdam
Keizersgracht 333
9. 7. 34

Lieber Paulus Geheeb –

heute bekam ich ein paar sehr liebenswürdige Zeilen von einem Professor Laval aus Frankreich. Er hatte die Güte, mir Ihre Adresse mitzuteilen. Es hat mich wirklich gefreut, nach einer so langen und schicksalsvollen Zeit einmal wieder von Ihnen zu hören – wenn auch zunächst nur indirekt. Man hatte mir erzählt, daß Sie fort seien von der Odenwaldschule. Aber ich wußte nicht, was Sie seitdem angefangen haben. Haben Sie eine neue Schule gegründet? Arbeiten dort noch Lehrer mit, die ich kenne? Was ist, zum Beispiel, aus Heinrich Sachs geworden? All das interessiert mich doch sehr. Hatten Sie Unannehmlichkeiten in Deutschland? Existiert die deutsche Schule noch, – unter wessen Leitung? – Ich würde mich freuen, einmal von Ihnen zu hören. Vielleicht haben Sie – oder einer Ihrer Mitarbeiter – sogar Lust, sich in der Revue, die ich herausgebe, publizistisch zu dem, was Sie erlebt haben und was Sie planen, zu äußern. Ein solcher Artikel könnte äußerst interessant sein für unser Publikum, das verteilt ist über alle Länder. Es könnte ein zusammenfassender Bericht sein über die vielen Jahre Odenwaldschule; eine Erklärung der Umstände, die Ihnen ein Verbleiben in Deutschland unmöglich gemacht haben; schließlich eine Charakterisierung Ihrer neuen Absichten. Schreiben Sie mir doch, ob Sie eine Möglichkeit zu einem solchen Artikel sehen.

Wenn ich einmal durch Genf komme, werde ich nicht verfehlen, mich bei Ihnen zu melden. Ich weiß freilich nicht, wann das sein wird. Ich habe hier viel zu arbeiten. Immerhin komme ich ab und zu in die Schweiz; meine Eltern leben bei Zürich.

In alter Anhänglichkeit Ihr

Klaus Mann

AN HANS GÜNTHER

z. Zt. Küsnacht bei Zürich
Schiedhaldenstraße 33
den 31. 7. 34

Lieber Herr Hans Günther –

sehr herzlich danke ich Ihnen für Ihren langen Brief. Voll und ganz unterschreibe ich, was Sie am Schluß mit so viel Stärke und Herzlichkeit formulieren. Wäre dieser Wille zum Zusammengehen bei uns allen nur ein wenig früher da gewesen! Ich bin keineswegs der Ansicht, daß weltanschauliche Differenzen eine gemeinsame politische Disziplin verhindern müssen oder dürfen. Von mir wenigstens kann ich mit gutem Gewissen sagen: ich bin gerne bereit, solcherlei Differenzen zurückzustellen. Es ist nicht ihre Stunde. Sie beeinflussen nicht meine politische Stellungnahme.

Sie bleiben natürlich trotzdem bestehen und behalten trotzdem ihren Ernst. Ich bin tatsächlich *nicht* der Ansicht, daß das Geheimnis, das immanent ist allem Leben und das bewußt wird in der menschlichen Existenz, jemals zu lösen sei durch die technische Beherrschung der Naturkräfte und durch die schließliche, sehnlich erwünschte und kämpferisch zu erzwingende Aufhebung der sozialen Ungerechtigkeit. Das Geheimnis wird bleiben, da der TOD bleiben wird. Auch der Begriff GOTT wird niemals vergehen. Er wird nur nicht mehr ausgenützt werden dürfen zu Gunsten einer infamen Wirtschaftsordnung. Zu kämpfen ist doch wohl nur gegen den Mißbrauch des Religiösen – dieses in seinem allerweitesten Sinn verstanden –, nicht gegen das Religiöse selbst, das seine Ansprüche – ewige Ansprüche – sonst doch nur wieder mit riesenhafter Eindringlichkeit anmelden würde. Eben dieser Mißbrauch des »Mythischen« ist in Deutschland ganz enorm geworden. Das scheint mir aber doch kein Grund zu sein, dieses ganze geheimnisvolle Reich dem Feinde zu überlassen, der zu jeder Zeit – auch wenn wir schon lange gesiegt haben – Kräfte daraus beziehen könnte, die eine furchtbare Größe haben könnten. Ich bin kein Materialist. Ich bleibe jedoch der felsenfesten Überzeugung, daß man trotzdem ein konsequenter Anti-Fascist, ja, auch ein wirklicher Freund des notwendigen Sozialismus sein kann.

Dieses Thema ist groß. Ich antworte auf Ihre zusammenfassenden Andeutungen in einem ähnlich abgekürzten Stil. Wichtiger als diese fragmentarische Auseinandersetzung ist aber auch mir im Augenblick der Wille zum Zusammengehen, den Sie geäußert haben, und der mir ganz dem Gebot des Tages – und nicht nur dieses Tages und nicht nur des nächsten – zu entsprechen scheint.

Mit meinen herzlichen Grüßen Ihr

AN KATIA MANN Pekkala, Ruhala, Finnland den 30. 8. 34

Mutter –

wie ist mir denn, ich habe Dir ja die ganze Zeit nicht geschrieben. Aber wenn ich bedenke, daß Du mir überhaupt nicht mitgeteilt hattest, daß ihr nach Venedig fuhret, muß ich wohl nicht lange um Entschuldigung bitten, daß ich aus dem moskauer Trubel nicht berichtet habe – und mit Deinem Zwilling verglichen, bin ich überhaupt ein Engel. –

Seit gestern bin ich also wieder in Europa – wenn man diesen stillen Platz hier so nennen will. Das Wiedersehen mit Ort und Figur, die mein Herz so lang beschäftigt haben, ist wehmütig bei aller Freude und mehr geeignet, mich feierlich als fröhlich zu stimmen. Während der Platz geblieben ist wie er war, ist doch sonst alles anders geworden – und eben dies ist ja das Ding, das keiner voll aussinnt und viel zu grauenvoll als daß man klage. – Die Ehefrau hier ist auch nicht zu beneiden, dabei ist sie wahrscheinlich ganz nett. Das Baby ist sehr klein und freundlich – zwei Monate alt –; Schwester Ingrid – die bei mir Karin heißt – hat gleichfalls geheiratet. Es sind auch sonst noch Gäste da, zwei fröhliche und reiche junge Engländer, vor denen Goebbels sich ekeln würde, und einige andre, aber ich fliehe tunlichst ihre Gesellschaft, um tiefen Stimmungen nachzuhängen.

Von diesen konnte sogar Moskau nicht ganz mich befreien – so ungeheuer interessant es war. Darüber werde ich ja wohl in der Sammlung ein Ausführlicheres berichten, und auch das werden nur Andeutungen sein. Ich fürchte, es ist schon ungefähr so, wie meine Johanna es empfindet –: das dort drüben ist das Einzige – es ist nur erstens die Frage, ob wir seinen Sieg noch erleben werden, und die zweite, ob wir mittun könnten, wenn wir ihn denn erlebten. Eine harte Welt, Moskau kennt keine Tränen – so hieß einmal ein Buch von Ehrenburg, der auch da war und eigentlich der Klügste gewesen ist. Es war, wie schon gesagt, ein riesiger Trubel, aber man hat doch einiges profitiert – nicht nur die Einladung, die übrigens großartig war. Am interessantesten war die Diskussion mit den Franzosen, Malraux und Jean-Richard Bloch, die etwas Opposition mitbrachten. Der äußerliche Höhepunkt war ein Abend bei Gorki, der absolut die Stellung eines Literatur-Königs hat – der Gerhart in seiner größten Zeit war ein Dreck dagegen. Die ganze Regierung kam – außer Stalin himself – und es ging hoch her, in jeder Beziehung. – Hier werde ich ein paar Tage bleiben, dann über Stockholm-Kopenhagen zurückfahren – natürlich *ohne* Deutschland zu berühren, wie etwa der unvorsichtige Toller es tat (er erzählte aber, daß es ihn sehr gegruselt habe). In Amsterdam hoffe ich also, einen Brief von Dir zu finden. Ich bin vor allem sehr neugierig, wie sich das alles mit dem Haus, dem »Times«-Brief und alles, was damit zusammenhängt, gemacht hat. Landshoff berichtete mir aufgekratzt über eine Korrespondenz zwischen ihm und euch. Ich bin gespannt auf ihre späteren Resultate.

Ja, etwas Rubel konnte ich abheben, man hatte früher einmal Buddenbrooks gebracht. 1500 hat man mir ausbezahlt, eine Art Anzahlung, so weit ich verstanden habe – auf spätere Verrechnung – aber es ist ja eigentlich kein Geld: nicht nur, daß man es nicht über die Grenze nehmen darf, kriegt man auch dort die begehrtere Ware nur für Valuta. Ich hatte meinerseits einiges mit Rundfunk usw. verdient und wußt schon nicht recht, wohin damit, da die Einladung ja komplett war, mit Zigaretten und allem. Für euer Geldeli kaufte ich also einerseits zwei ganz zierliche Gegenstände, die ich euch bei meinem nächsten Besuch überreichen werde; teils schenkte ich es dem totkranken, schlecht gepflegten Trösch, nur zum geringsten Teil trank ich Wodka davon. Dies der geschäftliche Teil. Man erkundigte sich übrigens, trotz blödem Angriff in der »Internationalen Literatur«, stets mit Ehrfurcht nach Zauberer, und falls er irgend einmal hinkäme, würde er aufs ausführlichste gefeiert werden. Man ist sehr aus auf »Sympathisierende«, das hängt mit den Einheitsfront-Bestrebungen zusammen. – Genug, übergenug, ich muß mich fürs Abendessen rasieren.

Auf ein andermal der söhnliche

K.

AN THOMAS MANN Laren, den 26. 9. 34

Lieber Zauberer –

vielen Dank. Ich wußte es schon, was ich wollte. In der mündlichen Form wäre alles nur die halbe Freude gewesen – weniger schön und präzis ausgedrückt, außerdem auch nicht festgelegt für später. Der Brief wäre ein Grund gewesen, eigens meine Reise nach der Schweiz zu verschieben. Übrigens bedurfte es dieses Grundes gar nicht: ich komme sowieso etwas später. – Dein Handgeschriebenes wird, aller Wahrscheinlichkeit nach, das Beste bleiben, was ich über den Roman zu hören bekomme; dieser Ansicht ist auch der hartgeprüfte und nette Landshoff, der ganz entzückt war und dem diese Abendpost eine angeregte Stunde verschaffte. Sogar wenn es zutreffen sollte, was Du freundlich annimmst, daß andere noch stärker loben werden: es wird weniger hübsch und richtig sein. Du hast das Buch ja äußerst aufmerksam und ganz gelesen – wo Du doch an sich ein großer Anblätterer bist. Und so hast Du es denn wirklich »aufgefaßt« – wie wir es immer nennen, wenn Du eine Sache, über das Konventionelle hinaus, ad notam nimmst –

und dann gründlich. Genau in dieser Art habe ich mir das Buch beurteilt gewünscht; es war alles gesagt und betont, woran mein Herz hing. Hellsichtig war vor allem der Schluß – den Kommunismus, die große Hintergrundswelt betreffend –, und mir aus dem Herzen gesprochen. Die Beurteilung der armen Madame Yvonne hat mich auch sehr amüsiert – ich hatte das nicht berechnet, aber es leuchtet mir ein, daß es die Wirkung hat. Daß der Offi die Liebesszene denn doch zu weit ging, glaube ich wohl. Aber der Onkel Peter hat ja schon seit längerem gewisse Geheimnisse aufgedeckt, die Grenzen ihres Geistes betreffend.

Ja, also es wird wohl Mitte des nächsten Monats werden, bis ich Landshoff in den Zauberberg geleite. Er muß erst noch etwas wichtiges Geschäftliches hier abwarten – eine große Bilanz. Inzwischen kann ich hier auch noch etwas für die »Sammlung« tun. Sie ist ein Sorgenkind – wie alle literarischen Zeitschriften –; wir werden es aber durchbringen. – Furchtbar innig läßt Rudolf Kayser grüßen. Es ist ja unvorstellbar, wie er sich hat, weil seine Frau dahin ist. Er schwelgt in exhibitionistischer Wehleidigkeit und mutet einem das Peinlichste zu. Aber natürlich ist es wirklich gräßlich für ihn und er ist allen Ernstes entsetzlich traurig. – Ganz munter grüßen läßt ein anderer, ganz Aparter, niemand andres als des Teufels Sau, Hoffmann, der so unanständig Eri gegenüber war. Er hat plötzlich geschrieben. – Zu Eris Premiere werdet ihr wohl in Basel sein, das gehört sich doch. Sie macht sicher wieder ein sehr schönes Programm, ich bin schon ganz aufgeregt.

Viele Grüße an Mutter Mielein und die vorrätigen Geschwister.

Über den Brief habe ich mich wirklich sehr stark gefreut.

Der

Aissi-K.

AN ALFRED NEUMANN z. Zt. Laren, den 30. 9. 34

Lieber Herr Alfred Neumann –

Landauer war so liebenswürdig, mir den »Neuen Cäsar« zu übergeben – in Ihrem Auftrag, wie er hinzufügte. Ich schreibe Ihnen während der Lektüre – sehr von ihr gefesselt und in Anspruch genommen. Man muß Ihnen auf das stärkste gratulieren – denn es wird ein ganz starker Erfolg werden (oder ist es schon?). Der Roman ist prachtvoll zu lesen – auf jeder Seite findet sich das lebens*vollste* Detail, und im Ganzen der große Atem. Ein Wurf – und aufs genaueste ausgeführt. Eine schöne Lektüre.

Als ich zum Straßburger Putsch kam, erinnerte ich mich so genau an den hübschen Abend in München, in der Poschingerstraße – als Sie uns dieses Kapitel vorlasen. Wie lang ist das her. Ja, das war in einem andren Lande.

Haben Sie irgendeinen bestimmten Wunsch, was die Rezension Ihres Werkes in der SAMMLUNG betrifft? Gibt es einen bestimmten Autor, dem Sie sie besonders gerne anvertraut sehen möchten? Dann lassen Sie michs doch wissen!

Meine bescheidene Gegengabe, die »Flucht in den Norden«, wird Ihnen inzwischen wohl auch zugegangen sein. Hoffentlich haben Sie nur annähernd so viel Freude an ihr, wie ich an Ihrem großen Geschenk. – Bitte, grüßen Sie auch Ihre Frau herzlich von mir.

Ihr treu ergebener

Klaus Mann

Dr. Landshoff läßt herzlich grüßen.

AN MAX BROD Die Sammlung
Querido Verlag Amsterdam
Keizersgracht 333

3. 10. 34

Lieber und verehrter Herr Max Brod –

gestern bekam ich von Politzer die Tagebuchblätter Kafkas. Ich bin wieder ganz begeistert von ihnen. Was für ein einzigartig großer Schriftsteller! Und wie die Magie seines Wesens in jeder Zeile spürbar ist, die er hinterlassen hat! – Ich bin sehr froh, diese Tagebuchblätter für die Zeitschrift zu haben. Ich bringe sie in einem der nächsten Hefte. Vielen Dank, daß Sie sie mir verschafft haben. – An Politzer schreibe ich auch heute noch.

Herr Landauer hatte die Liebenswürdigkeit gehabt, mir einen Abschnitt aus Ihrem »Heine« zum Vorabdruck zur Verfügung zu stellen. Sie mögen sich denken, wie gerne ich da zugegriffen hätte. Aber leider kam das schöne Angebot zu spät: das einzige Heft, für das der Vorabdruck in Frage gekommen wäre, war schon im Druck. Ehe nun das nächste Heft erscheint, wird Ihr Buch schon auf dem Markte sein.

Ich möchte es diesmal selber besprechen. Das tue ich um so lieber, als ich leider auf eine Besprechung der Festschrift, die mir Kittl übersandte, verzichten mußte. In dieser fehlen – aus doch wohl eindeutig politischen Rücksichten – die Namen von Heinrich Mann und Arnold Zweig, deren Glückwünsche ich doch an andrem Ort gelesen hatte. Man kann zu solcher Weglassung, die aus mancherlei Gründen erklärlich sein mag, stehen wie immer; jedenfalls kann eine Zeitschrift, die unter dem Protektorat Heinrich Manns steht – und stolz darauf ist – nicht eine Publikation besprechen, die seinen Namen nicht zu nennen wagt. Sie verstehen das, ich weiß es. – Es versteht sich – um dies in Parenthese zu sagen – von selbst, daß Heinrich Mann selber von all dem nichts weiß; ich werde ihm auch keinerlei Mitteilung machen.

Übrigens wird in unserem nächsten Heft, trotzdem, Ihrer gedacht werden: ich nenne Ihren Namen in einem sehr zentralen Zusammenhang und indem ich mich auf eine Ihrer wichtigsten Conceptionen beziehe. Sie werden die Stelle in meinen »Moskauer Notizen« finden. – Es wird mich äußerst interessieren, von Ihnen zu hören, wie Ihnen gerade diese Stelle – die mir sehr am Herzen liegt – gefällt, und ob Sie sich dort zu Recht zitiert finden.

Sehr neugierig bin ich natürlich auch auf Ihr Urteil über

meinen neuen Roman, der Ihnen wohl schon zugegangen ist. So erwarte ich Ihren nächsten Brief mit vielfacher Spannung.

Mit herzlichst ergebenen Grüßen Ihr

Klaus Mann

AN HEINRICH MANN [Anfang Oktober 1934]

– laß mich hoffen, mon oncle, daß Du dies kleine Buch etwas mögen wirst. Ich weiß wohl: es ist recht unzeitgemäß-romantisch. Aber dürfen wir uns nicht manchmal erholen?

Dein treuer K.

AN MAX BROD

z. Zt. Küsnacht bei Zürich
Schiedhaldenstraße 33
den 18. 10. 34

Lieber und verehrter Max Brod –

Ihr Brief hat mich durch die Wärme seines Tones tief gefreut – durch die Stärke seines Lobes beschämt. Sie haben mein Buch in einer guten Stunde gelesen. Sie haben alles herausgehört.

Ein Brief wie der Ihre gibt die Kraft und den Mut weiter zu arbeiten – in dieser befleckten Zeit.

Von Herrn Landauer hoffe ich bald den Umbruch Ihres »Heine« zu bekommen – oder schon das fertige Exemplar? Ich freue mich auf die Lektüre.

Sehr neugierig bin ich auf Ihre russischen Eindrücke. Auch macht es mich froh zu wissen, daß Sie an der Thälmann- und Ossietzky-Campagne teilnehmen. Dadurch ist natürlich der Fehler, den Kittl – wie mir scheint – mit seiner »gereinigten« Ausgabe der Festschrift gemacht hat, aufgehoben und geistig ungültig.

Nehmen Sie meinen Dank für Ihren schönen Brief – mit den herzlichsten Grüßen Ihres

Klaus Mann

AN HERMANN HESSE

z. Zt. Küsnacht bei Zürich
Schiedhaldenstraße 33
den 4. 11. 34

Sehr verehrter Herr Hermann Hesse –

herzlich zu danken habe ich Ihnen für Ihre kleine und doch so reichhaltige Sendung, die mich gestern hier erreicht hat. Ich habe die zwei Gedichte mit Bewunderung und den instruktiven, geistig so weiträumigen Bücher-Aufsatz mit starker Anteilnahme gelesen. Vielen Dank.

Es ehrte mich, der Notiz, die Sie dem Sonderdruck beifügten, zu entnehmen, daß Sie sich mit meinem neuen Buch beschäftigt haben. Natürlich wüßte ich gerne Näheres über Ihren Eindruck – Sie haben mich verwöhnt, indem Sie sich über meinen vorigen Roman so ausführlich äußerten, freilich in der »getarnten« Form. Es wäre sehr liebenswürdig, wenn Sie mich auch diesesmal Ihre Kritik wissen ließen – sei es privat, sei es durch eine Publikation, die natürlich großen Wert für mich hätte und meinem Buch sehr helfen könnte.

Mit meinen besten Grüßen

Klaus Mann

AN ALFRED NEUMANN

Die Sammlung
Querido Verlag Amsterdam
Keizersgracht 333
4. 12. 34

Lieber Herr Alfred Neumann –

heute erzählt mir Landauer – mit dem zusammen ich hier im selben komischen Hotel wohne –, daß Sie etwas krank sind. Das fehlt einem jetzt noch, und man kann es gerade noch brauchen. Es tut mir sehr leid. Hoffentlich ist es keine langwierige Sache.

Ich bin Ihnen noch meinen Dank für Ihren reizenden Brief schuldig. Ihre warmen und klugen Worte zu meiner Arbeit sind eine wirkliche Freude für mich gewesen. Sie haben das Buch mit einer großen Freundlichkeit gelesen.

Meine Anmerkungen zum »Neuen Cäsar« werden Sie in

diesem Heft der »Sammlung« finden. Sie sind nur fragmentarisch – aber sie kommen vom Herzen.

Die Zeitschrift macht mir viel Arbeit, gerade jetzt. Seit der Roman fertig ist, habe ich nur Aufsätze geschrieben und noch nichts neues Größeres angefangen. Aber jetzt ist es bald wieder so weit – ich spüre schon, daß sich etwas bewegt.

Man kommt sich ulkig vor, was Neues anzufangen. Was wird dieses 1935 bringen? Daß es ohne einen Donnerschlag vorbeigeht, scheint fast ausgeschlossen. Hoffentlich dröhnt er nur in Berlin, nicht in ganz Europa. – Grüßen Sie bitte Ihre Frau herzlich von mir.

Aufrichtig herzlich Ihr

Klaus Mann

AN RENÉ SCHICKELE

Die Sammlung
Querido Verlag Amsterdam
Keizersgracht 333
11. 12. 34

Lieber Herr René Schickele –

es hat mich besonders gefreut, wieder einmal von Ihnen zu hören und Ihrem Briefe entnehmen zu dürfen, daß Sie meinen Roman mit Wohlwollen gelesen haben.

Wahrscheinlich haben Sie inzwischen auch das letzte Heft der »Sammlung« zu Gesicht bekommen, in dem ich ein paar Bemerkungen zu Ihrer Schrift über Lawrence mache. Ich hoffe, Sie werden auch durch die mehr kritischen Stellen hindurch das gefühlt haben, was mir das Wichtigere ist: nämlich meine echte und starke Sympathie und Verehrung für Ihre Arbeit. Der kritische Einschlag kommt nur aus unserer Meinungsverschiedenheit, die Stellungnahme zu aktuellen Fragen betreffend. – Grüßen Sie bitte Frau und Sohn herzlich von mir. Ich habe seit langem eine so große Lust, einmal nach Nizza zu kommen. Aber die Zeitschrift macht mir viel zu schaffen, neuerdings auch geschäftlich. Über Paris und Zürich – wohin ich auch jetzt wieder fahre –

bringe ich es kaum noch hinaus. Es ist ja komisch, daß diese Emigration es dahin gebracht hat, uns relativ seßhaft zu machen.

Mit meinen aufrichtigsten Grüßen Ihr

Klaus Mann

AN RENÉ SCHICKELE

z. Zt. Küsnacht bei Zürich
Schiedhaldenstraße 33
den 30. 12. 34

Lieber und verehrter René Schickele –

vielen Dank für Ihren reizenden Brief. Es freut und beruhigt mich sehr, daß Sie meine Besprechung des »Lawrence« mit Wohlwollen und ohne Mißverständnis gelesen haben – obwohl Sie der Ansicht sind, daß eben diese Besprechung Mißverständnisse enthält.

Das mag wohl sein und ich darf es keineswegs bestreiten. Aber andererseits muß ich da wieder zu bedenken geben, daß Ihre Schrift die Mißverständnisse doch irgendwie ermöglicht haben muß; ich denke vor allem wieder an die Stelle über den Dichter, den Schriftsteller und die Schmeichelei. – Sie schreiben, besonders schön, in Ihrem Brief: »Ist das Geschrei schon so groß, daß Menschen, die ... leiser sprechen, sich nicht mehr verständlich machen können?« Das ist sehr gut gesagt, und ich verstehe nur zu gut die melancholische Bitterkeit, die in diesem Satz liegt. Sie meinen, wir seien keine Plakatmaler und keine Lautsprecher. Gott sei Dank sind wir dies nicht. Aber, trotzdem: mir kommt immer vor, als müßten wir uns zu etwas Plakatmalerei und etwas Lautsprecherei zwingen, wenn wir auf gewisse Themen kommen, über die die »andren« sich täglich so dröhnend äußern. Sonst kommen wir gegen den Lärm von denen doch gar nicht auf, und man überhört uns. Das war aber doch nicht der Zweck solcher Übung. Ganz ganz leise sprechen, wenn wir Gegenstände behandeln, von denen die »andren« nichts wissen und wo sie uns nicht ins Gehege kommen. Aber ruhig etwas schreien und plakatieren, wo es doch um eine Art von Antwort, oder um einen Kampfruf an sie geht – und den verstehn sie nicht, wenn er gar zu fein und leise kommt. Nicht ihre Sprache sprechen – *ja* nicht! Aber *unsere* Sprache, um einen Ton verstärkt – damit sie nicht unhörbar wird. – Entschuldigen Sie diese Auslassungen. Dazu hat mich Ihre schöne Formulierung von den leise Sprechenden angeregt. – –

Und sonst viele Grüße, von unserer ganzen Familie an Ihre. Wir haben uns alle weihnachtlich hier versammelt, es ist sehr nett und Mielein hat für alle viele Geschenke aus Zürich nach Küsnacht gebracht. Jetzt zerstreuen wir uns gleich wieder: Erika fährt nach Prag, Pfeffer mahlen; ich muß nach Amsterdam, sammeln – lieber würde ich endlich mal nach Nice kommen –; Golo nach St. Cloud.

Hitler soll schon ganz weiß und gedunsen aussehen, vom vielen Weinen und sich Fürchten. Möge er im Jahre 1935 noch viel gründlicher das Gruseln lernen.

Ihr treuer

Klaus Mann

1935

AN KATIA MANN Amsterdam, den 15. 1. 35

Ärmste Muttmaus –

Dir muß man ja wohl am ersten einen Kondolenz-Brief schreiben: wir müssen uns alle gegenseitig Kondolenz-Briefe schreiben, denn es ist ja ganz *fürchterlich*. Das geht ja über die ärgsten Erwartungen, *so* pessimistisch konnte nicht einmal der Schlamm sein. Wie ist es denn nur möglich, daß die Menschen derartig dumm sind. Dabei handelt es sich doch dort zum größten Teil um Arbeiter. – Nun sind alle Hoffnungen wohl zunächst vernichtet und wenn nicht der pathologische Charakter der Scheusäler wäre, könnten wir sie wohl ganz begraben. Der bleibt ja aber, und vielleicht inspiriert der neue Übermut sie gerade zu neuen Gräßlichkeiten, die ihnen dann das Genick brechen. Es ist ja ganz sinnlos, nun den Mut aufzugeben; aber für die nächste Zeit muß man sich wohl drein finden und schicken. –

Du bist ja sicher total niedergeschlagen. Vielleicht liest Du jetzt einfach zwei Monate lang gar keine Zeitungen, und nachher ist vielleicht alles schon in angenehmer Weise verändert. – Wann geht ihr denn auf Tournee? Das bringt doch auch eine Zerstreuung. Wir dürfen eben einfach nicht *zu* viel an die Politik denken, sondern mehr an unsere persönlichen Angelegenheiten. Ich, zum Beispiel, gehe allmählich an die Vorbereitungen zum Tschaikowsky, den ich nun doch als Roman machen will. Sprecht aber zu niemandem davon, sonst geht es mir wie dem Reisi mit seiner Mary und alle bearbeiten gleichzeitig denselben Stoff. – Die »Flucht in den Norden« geht bei nicht maßlosen Ansprüchen zufriedenstellend. Der Vorschuß ist jedenfalls beinah drin. Leider ist noch keine Übersetzung abgeschlossen. Knopf hat aus New York das Buch angefordert. Redet ihm nur recht zu, wenn ihr ihn seht. Es wäre eine gute Sache für mich, wenn das klappte. – Die Sammlung geht weiter – immer noch nicht ganz gewiß, wie. Das Januar-Heft fand ich ganz schön. Hat der Zauberer den Aufsatz über den Kitsch gelesen? Onkel Heinrich war so sehr gegen ihn, ich fand ihn ganz interessant.

Wie gräßlich, das mit der armen Annemarie! Es hat mir einen furchtbaren Schock gegeben. Ich danke Gott, daß es so abgegangen ist. Es wäre schaurig gewesen. So ist es vielleicht eine ganz heilsame Krise, auch für die abscheuliche Familie, die ja nicht nur die ganze Situation geschaffen, sondern dann auch noch den letzten Anlaß geliefert hat. Es ist tierisch von diesem Papa gewesen, einen solchen Brief ins Sanatorium zu schreiben, wo alles schon so arg lag. Der akute Nervenzusammenbruch kam sicher daher. Das arme und schöne Kind.

Dem Friedrich geht es ganz gut. Er war ein paar Tage erkältet, mit leichter Temperatur. Aber es ist wieder vorbei, heute ist er in den Verlag gegangen.

Schreibt eine Ansichtskarte aus Budapest, mit Zarek zusammen. Ich werde ungefähr am Ersten nach Paris fahren und bis dahin hier sein.

Ach, wir armen Geschlagenen.

Der treue

K.

AN RENÉ SCHICKELE

Die Sammlung
Querido Verlag Amsterdam
Keizersgracht 333

23. 1. 35

Lieber und verehrter Herr René Schickele –

am 6. Juni dieses Jahres hat mein Vater seinen 60. Geburtstag. Falls der General Fritsch bis dahin nicht ganz erstaunlich aktiv geworden ist – aber: warum sollte grade *er* uns *nicht* enttäuschen? – wird die Geburtstagspresse in Deutschland teils flau teils gar nicht sein. Um so mehr müssen wir uns anstrengen. In der »Sammlung« möchte ich einen großen Aufsatz bringen. Aber wer kann das? Können tut es natürlich mancher; fragt sich nur, wie. Von den meisten meiner geschätztesten Mitarbeiter möchte ich alles Mögliche lesen; nur nicht einen großen Feier-Aufsatz über Th. M.

Ich komme deshalb zu Ihnen. Und ich komme so frühzeitig – erstens, damit Sie – falls Sie zusagen – eine lange Zeit zum Disponieren haben; zweitens, damit ich meinerseits disponieren kann. – Den Aufsatz denke ich mir nicht als einen kurzen Glückwunsch, sondern als eine nicht *gar* zu fragmentarische Betrachtung der komplexen Person und des Werks. Aber natürlich kann es keine ausgewachsene Monographie sein; (wenn doch eine draus würde, würde sich wahrscheinlich Querido mit de Lange um die Ehre raufen, sie zu bringen). Geben Sie mir bitte bald eine Nachricht! Es ist schon gleich Februar, und der Frühling wird schnell vergangen sein.

Wie geht es Ihnen und Ihrer Arbeit? Ist es jetzt schön in Nizza? Hier nicht.

Mit meinen besten Grüßen

Klaus Mann

AN MONIKA MANN

Die Sammlung
Querido Verlag Amsterdam
Keizersgracht 333
2. 3. 35

Frau Professor Ruckruckruck –

mal eine komische Frage, die Dir überraschend kommt: schreibe mir doch bitte, wie die Hauptstraßen von Florenz mit Namen heißen; wie die Haupt-Brücken, die wichtigsten Kirchen. Wo ist es am schönsten? Wie heißen die schönsten Vororte? Was gibt es für berühmte Ausblicke, Spaziergänge oder so? Aber deutlich alles aufschreiben, damit ich nachher keine grotesken Fehler mache. Ich muß nämlich eine Figur in Florenz wohnen lassen. Da will ich mich etwas auskennen – ich selber aber habe alles vergessen. Dichte mir also einen kleinen Führer!

Wie geht es Dir mir ging es schlecht. Ich hatte etwas an der großen Zehe, so daß ich liegen mußte, auch geschnitten wurde, Fieber sowie Schmerzen bekam. Seit neustem geht es mir wieder besser. Gerade besuchte mich Schwester E; sie hatte gestern einen großen Erfolg im Haag.

Goschi soll so *furchtbar* dick sein, und doch will sie Tänzerin werden – wie viel Unvernunft! – Landshoff sollte abends immer noch liegen, geht aber zuweilen plötzlich aus und kommt dann etwas bleich zurück.

Ich sitze inmitten der Vorstudien zu einem neuen Buch; leider kannst Du mir nicht *alles* aufschreiben. Ich will gern nach Marokko, Persien und New York reisen – Amsterdam kenne ich schon *gar* zu gut.

Was macht Deine Verlobung? Was die Studien auf dem Pianoforte?

So antworte doch schon, auch meine Geduld hat ihre Grenzen, so gutmütig ich bin.

Mit deutschem Gruß
Juda verrecke
Deutsch ist die Saar
Gott strafe England
gegen eine Welt von Feinden
Jederzeit kampfbereit
Heil Hitler
Deutschland erwache
morgen wieder Krieg
Deutschland den Deutschen
Österreich ist unser
Jeder Schuß ein Russ'
fest steht und treu:

Frau Barthel

AN KATIA MANN

Die Sammlung
Querido Verlag Amsterdam
Keizersgracht 333
11. 3. 35

Mutmäusin hochgeachtet –

so möge Deine Erkältung verflogen sein wie mein Nagelweh. Dieses ist ganz vorbei, ich muß nur noch ein Pflästerchen tragen und warten, daß mir langsam ein neuer wächst. – Inzwischen war ich auch schon ein paar Tage im Haag und hauste mit E. und Gevatter Theres im drolligen Hotel du Passage. Der Erfolg im Haagschen Kunstkring – wo die Mühle zwischen ebenso obscönen wie häßlichen Bildern gastieren muß – ist ja erheblich und die Presse für hiesige Begriffe geradezu sensationell. Agent Rimsdijk – euer neuester Schwiegersohn – ist ein ganz braver und weicher Mensch, dem vorigen gendre Kaiser himmelweit überlegen an Schönheit, Würde und Verstand.

Ich sitze und friere, denn wo ich jetzt wohne, sind schlechte Kohlen geliefert worden und die Heizung *funktioniert* nicht. Leider gab es in der reizenden Pension Hirsch plötzlich kein geeignetes Zimmer mehr für mich, so daß ich in ein kleines Hotel ganz in der Nähe ziehen mußte, während Friedrich in der Pension verbleibt – wo ich auch noch die Mahlzeiten nehme. Hier habe ich nun ein ganz schönes Zimmer, aber erstens ist es sehr kalt und zweitens so infam hellhörig angelegt, daß ich aus *beiden* Nebenzimmern *alle* Geräusche höre – vom Zähneputzen bis zu jenen, an denen schon jemand im Zauberberg mit Recht Anstoß nimmt. Dabei soll ich nun meinen schwierigen Roman beginnen – denn so weit ist es. – Die »Sammlung« macht mir auch ungehörig viel Sorgen; ganz ohne Geld *geht* und geht es doch nicht, und nun wollen auch Reiffs sich noch drücken; da lobe ich mir klein Tenni. Andererseits wäre es eben doch ruchlos, einfach aufzuhören, ich bring es nicht über mich – es ist eine verzwackte Lage.

Mit Knopf hat es ja wenigstens geklappt. Er hat den Roman erworben, wenn auch nur für 250 Dollar. Davon bekomme ich ja auch nur einen Teil, aber immerhin ist es etwas und jedenfalls eine prima Geschäftsverbindung. Mit Knopf, der allgemein teils für einen Brasilianer teils für einen Türken gehalten wurde, waren wir zwei Tage lang sehr gesellig. Es ist sicher, daß er einen gewissen kleinen Sinn fürs Höhere und einen gewissen trockenen angelsächsischen Humor besitzt. – Gar zu viel Geselligkeit gibt es, schon seit vierzehn Tagen, mit Leonhard Frank, der, schön aber wunderlich und depressiv, hier eingetroffen ist, um einen Vertrag mit Querido zu machen und um sich einen Wagen zu kaufen. Er kann keine Sekunde allein sein und sitzt immer schweigsam irgendwo herum. Du bist ihm ja bekanntlich ein wenig verfallen, würdest es aber auf die Dauer auch anstrengend finden.

Die Ereignisse sind ja sowohl spannend als quälend. Alle Schwankungen – abgesagte und wieder aufgenommene Ministerbesuche – ändern nichts daran, daß die Isolierung des schrecklichen Landes immer kompletter wird. Aber was nützt es? Das Land selber bringt die Kraft *bestimmt* nicht mehr auf, von innen heraus sein Regime zu stürzen; und so *muß* es zum Krieg kommen, vielleicht schon in einem halben Jahr, vielleicht erst in dreien. Es ist natürlich ein Wahnsinn, in Europa zu bleiben. Ich würde gerne auf und davon, wenn der Rest der Familie nur nicht so seßhaft wäre; aber ihr seid es doch, und Schwesting hat ihre Mühle – eine zu gute Sache, als daß sie sie im Stich lassen sollte, ehe es notwendig ist. Nur: wenn es notwendig ist, ist es wohl auch schon zu spät – der Angriff erfolgt schlagartig, nach berühmten Mustern.

So so – und jetzt muß ich mal was Einträgliches tun. Nächstens mehr – leider zum Beispiel auch die Rechnung der Herren Doktoren und des lieben Apothekers über viele Binden, Pflaster und Tinkturen – wenn ichs selber zahlte, müßte ich Hungers sterben.

Getreulich:

K.

AN MONIKA MANN — Amsterdam, den 19. 3. 35

Vielen Dank für die *liebe* Post! Das hast Du artig, fleißig und nützlich zusammengestellt. Es wird stellenweise in den Roman verwoben werden – in dem auch sonst vielerlei vorkommt, Du wirst Deine Freud haben. Freilich ist ja sehr möglich, daß, noch ehe er erschienen ist, so ein kleiner Krieg ausbricht. Unter uns gesagt: das ist gar nicht ausgeschlossen, aber der Lion darf es nicht wissen, es würde ihn nervös machen.

Nach Küsnacht komme ich erst zu Zauberers großem Geburtstag. Vorher werde ich wohl für ein paar Wochen nach Südfrankreich reisen: ich *muß* Hans Schickele wiedersehen.

Adieu

Onkel Vickos Lieblingsneffe

AN EMMY SONNEMANN-GÖRING

[Anfang April 1935]

Sehr verehrte Frau Ministerpräsident,

leider hatte ich niemals die Gelegenheit, Sie auf der Bühne zu bewundern. In die kleine Stadt, wo Sie früher spielten, kam ich selten, und als Sie dann nach Berlin verpflichtet wurden, fand ich es dort schon nicht mehr gemütlich. Ich bin also nicht imstande, Ihnen Komplimente über Ihre schauspielerischen Leistungen zu machen. Jedoch, ohne Sie je gesehen zu haben, besitze ich, sehr verehrte Frau Flugwesenminister, einen höchst lebendigen Eindruck von Ihnen. Das machen nicht nur die vielen Photos, die man letzthin von Ihnen sah – man hat mir auch manches von Ihnen erzählt, wir haben gemeinsame Bekannte. Sie genießen einen guten Ruf in Künstlerkreisen. Man versichert mir, Sie seien eine gutmütige und fein empfindende Person. Ich glaube das gerne. Gutmütig – heißt es bei Schiller, mit dem Sie Ihre Vergangenheit ja vertraut gemacht hat –, gutmütig sind sie alle.

Nun haben Sie sich ja freilich hoch erhoben über die Künstlerkreise, in denen so viel freundlicher Klatsch über Sie umging, Himmel, was haben Frau Landesmutter für eine Karriere gemacht: Alle Primadonnen der alten und neuen Welt können zerplatzen vor Neid – so was hat keine erreicht. Der legendenumwobene Herr Gemahl nennt mehr Titel sein eigen als weiland der König von Frankreich. Gewiß verwöhnt er Sie aufs allerreizendste – die Welt weiß ja, was er Ihnen schon alles geschenkt hat und was es kostet. Zu jeder neuen Uniform, die er sich schneidern läßt, gibt es für Sie ein neues Abendkleid in der dazu passenden Farbe. Und diese Hochzeit: Plötzlich erleben wir, wie ein Land, das sonst Geld, was ihm nicht gehört, nur für gediegene Zwecke – etwa für Kriegsrüstungen oder für Spionagedienst – ausgibt, nennenswerte Summen springen läßt für Blumenregen und Schlemmereien – alles Ihnen zu Ehren. Der einfallsreiche Herr Gemahl landete vor Ihrem Schlafgemach als ein klirrender Lohengrin in einem hochmodernen Schwan. Und was für Hochzeitsgäste Sie hatten: sämtliche alten Mitkämpfer, die Ihr flotter Gatte noch nicht hatte umbringen lassen, waren darunter: Mitkämpfer Kerrl und Mitkämpfer Streicher überboten sich in harmlosen Witzigkeiten. Das Tischgebet sprach der Müller, der seine Kollegen in ihren Pfarrhäusern verprügeln läßt. So viel zu lachen gab es nie im Provinztheater, wo ich nicht die Gelegenheit, Sie zu bewundern, hatte. Ihr gutmütiges Herz, Frau Jagdministerin, muß jubiliert haben den ganzen Tag. Alles schaute auf Sie und Ihr junges Glück – vielleicht mit gemischten Gefühlen, aber es schaute. Waren Sie da glücklich, Frau Ministerpräsident?

Es ist dies die Frage, die ich Ihnen vor allem stellen wollte. Psychologische Neugierde ist eine angeborene Eigenschaft, das wird man nicht los, Ihr glanzvoller Fall aber reizt die psychologische Neugierde besonders heftig. Hand aufs Herz, liebe Generalin, sind Sie eine glückliche Frau?

Gibt es nichts, was Sie stört? Hat Ihr Eroberer derartig starke Reize, daß er Sie alles vergessen macht, woran das gutmütige und feine Herz einer Künstlerin sonst Anstoß nehmen könnte? – Ihre verklatschten Kollegen von ehemals erzählen, daß Sie »Nichtarierin« sind: unsereiner ist ja da nicht so eingeweiht. Wie dem auch sei: aber ist Ihnen nicht ein bißchen sonderbar zu Mute gewesen, als Sie einem besonders lustigen Gesellen aus dem Freundeskreis des galanten Gatten, dem Frankenführer Streicher während des Cercle im Opernhaus die Hand schütteln mußten? Sie wissen doch, was der alles angestellt hat? Stinken seine Hände nicht? Doch sie stinken.

Den grotesken Pomp, mit dem man Ihre Hochzeit ins Lächerliche zog – die Hochzeit einer alternden Dame mit dem dickbäuchigen Witwer, der seit Jahren Ihr Freund war –, den haben Sie wohl aus Staatsraison hingenommen. (»Spiele fürs Volk«: wenn es schon einmal einen Tag lang kein Blut fließen sieht, dann soll es doch roten Sekt fließen sehen – auf den Tischen der »Führer«.) Aber haben Sie denn nicht die Beleidigung empfunden, die Ihr Hermann Ihnen zugefügt hat, gerade am Hochzeitstag? Ich meine nicht die Geschichte mit der Sonnemannstraße in Frankfurt am Main, deren Namen geändert wurde: für diesen Scherz gab es vielleicht gute Gründe. Ich meine vielmehr die schauerliche Tatsache, daß die Gesellschaft, in die Sie hineingeheiratet haben, zwei Menschen hinrichten ließ, eben während Sie zur Trauung schritten – zwei Menschen, die in der Nähe waren, als im Verlauf eines Zuhälterzankes jemand erschossen wurde. Über die kam das Beil, während der Kerrl so launig war und der General des nächsten Weltkrieges Sie mit der Minna von Barnhelm verglich. Glauben Sie denn wirklich, Minna hätte diese Schmach geduldet? Wie schämt sich Lessing ob dieses unverschämten Vergleiches. Aber schämt sich nicht Ihr »mütterliches« Herz?

Hat es nicht auch sonst tausendfachen Anlaß, zusammenzuzucken und sich nie mehr zu beruhigen? Ekeln Sie sich denn nie? Und wenn Sie sich schon nie ekeln: haben Sie niemals Angst? Es kommen doch Stunden, da Sie allein sind – der Hochzeitsrummel kann nicht ewig währen, und es gibt nicht jeden Abend großes Diner. Der dicke Herr Gemahl ist unterwegs – er sitzt vielleicht in seinem Büro und unterschreibt Todesurteile oder er inspiziert Bombenflugzeuge. Es ist dunkel geworden, Sie sind einsam in Ihrem schönen Palais. Kommen da nicht Gespenster?

Treten hinter den üppigen Portieren nicht die Erschlagenen aus den Konzentrationslagern hervor, die zu Tode Geschundenen, die auf der Flucht Erschossenen, die Selbstmörder? Erscheint nicht ein blutiges Haupt? Es ist vielleicht Erich Mühsam – ein Dichter, und es war doch Ihr Beruf, Dichterworte zu sprechen, ehe Sie die Mutter eines verdammten Landes wurden, das von seinen Dichtern die Mutigen totschlägt oder verbannt. Oder es ist Ossietzky – er sieht schrecklich zugerichtet aus, und das nur, weil er sich zum Frieden bekannte – in seinen frechsten Momenten führt aber auch Ihr geschmückter Gemahl noch immer den Frieden im Munde. Und wenn von Frauenehre die Rede ist, denken Sie da nicht an die Arbeiterfrauen und an die Pazifistinnen, die man verspottet und geschlagen hat? Oder an die Selbstmörderinnen von London? Finden Sie, verehrte Künstlerin, daß Ehre nur jene bestialischen Turnlehrerinnen verdienen, die man zur Beihilfe an Morden ins Ausland verschickt, wie unlängst im Falle Formis?

Gelingt es Ihren Gedanken – die erzogen sein sollten an den deutschen Klassikern, aber wohl schon verdorben sind durch eine neudeutsche Ethik – gelingt es ihnen denn, sich fern zu halten von all dem? Spielen Ihre Finger so ganz unbekümmert mit den Juwelen, die der Märchengatte Ihnen geschenkt hat? Schmerzt Sie das Diadem für 40 000 RM nicht in der blonden Frisur? Lady Milford warf ihre Juwelen hin, als sie erkannte, womit sie bezahlt waren. Aber vielleicht ist die Milford nicht Ihr Fach...

Und wenn Sie schon unempfindlich sind gegen das arge Gesicht der Gespenster: stellen Sie sich nicht vor, daß auch einmal Lebende in die Räume Ihres Schlosses stürmen könnten? Aber die plaudern dann keine Scherzreden mehr. Was werden Sie antworten, Schauspielerin Sonnemann, wenn man auch Sie zur Verantwortung zieht – auch Sie, da Sie sich ja zur Mitschuldigen machen: Dann berufen Sie sich vergeblich auf Ihr gutmütiges und feinsinniges Herz. Sie haben es jetzt gar zu sehr zum Schweigen gebracht. Sie haben sich verdammt gut verstellt, Schauspielerin, Sie gleichen aufs Haar einer jener gewissenlosen Personen, die wir aus den Stücken der Klassiker kennen: für eine Handvoll Edelsteine, für einen schönen Namen und ein schönes Kleid vergessen Sie alles, übersehen Sie alles, lassen das Ärgste geschehen und sind am Ende nicht besser und werden am Schluß nicht weniger gehaßt als Ihr mörderischer Gemahl.

AN STEFAN ZWEIG z. Zt. Cannes, den 25. 5. 35

Lieber und verehrter Stefan Zweig –

schon seit einiger Zeit bin ich mit der Lektüre Ihrer »Maria Stuart« zu Ende und nehme mir jeden Tag vor, Ihnen zu schreiben. Jeden Tag kommt dann etwas dazwischen: die Korrespondenz, die die »Sammlung« mit sich bringt, ist, neben der Arbeit an einem Roman, nicht ganz leicht zu bewältigen. Zuletzt hat mir auch noch ein Ausflug nach Barcelona viel Zeit weggenommen: dort habe ich vor den versammelten P.E.N.-Clubs über die Angelegenheiten der literarischen Emigration gesprochen.

Nun hoffe ich, daß diese etwas verspäteten Zeilen Sie wenigstens über Salzburg erreichen. Es werden nur ein paar ganz kurze Zeilen des Dankes. Denn die Lektüre ist ein großer Genuß gewesen: ich habe das Werk von der ersten bis zur letzten Zeile gelesen, von der ersten bis zur letzten Zeile gespannt. Welche große Gelegenheit hat Ihr psychologisches und Ihr dramatisches Genie an diesem großen und ewig rührenden Stoff, sich zu bewähren. Und das tat es aufs glanzvollste. Das Buch wird einen ebenso großen Erfolg haben wie die »Marie Antoinette« – und es verdient ihn, wie diese ihn verdient hat: es belehrt, spannt, erregt und vertieft unsere Kenntnis eines ganzen historischen Abschnittes; es ist sowohl schwungvoll als gerecht, es ist unterhaltend wie der beste Roman, und hat doch den Ernst, die Unvoreingenommenheit, das Gewicht der wirklichen Forschung. Es ist ein im stärksten Sinn des Wortes geglücktes Buch, und ich danke Ihnen, daß Sie es mir geschickt haben.

Nehmen Sie viele herzliche Grüße – ich hoffe, daß wir uns bald treffen werden: vielleicht in Zürich, wo ich die erste Juni-Hälfte sicher bin, oder in Paris, bei Gelegenheit des großen Schriftstellerkongresses, dem Sie doch sicher beiwohnen.

Immer Ihr

Klaus Mann

VON STEFAN ZWEIG

Hotel Bellerive au Lac
Zürich
[31. Mai 1935]

Lieber Klaus Mann,

ich freue mich herzlich, daß ich Ihren lieben und kameradschaftlichen Brief hier *persönlich* werde bedanken können. Ich bin *Montag* hier, *Dienstag* fahre ich nach Mailand, gemeinsam mit Pirandello eine Gedächtnisfeier für Moissi in Co[?]vegno zu halten (italienisch, povero mio!) *Donnerstag* früh, »Thomas Mann thanksgiving day« bin ich wieder da und hoffe Sie Freitag oder Samstag zu sehen (ich traue mich am Festtage nicht zu Euch hinaus)

Herzlichst Ihr

Stefan Zweig

AN EVA HERRMANN

Sils Baselgia, Oberengadin
Haus Salis
den 4. 7. 35

Eva – schön –

eigentlich war es doch unerhört, daß Du zuletzt in Paris nicht mehr bei Lipps mit uns eintreten wolltest, wo man doch nie weiß, wann man sich wiedersieht, und nicht einmal die Hand wolltest Du mir geben, weil es ein bißchen heiß war, Du Prinzessin auf der Erbse, ich komme furchtbar in Wut, wenn ich dran denke, unerhört so was.

Worauf ich aber eigentlich hinaus wollte:

Wie ist es denn mit den Zeichnungen vom Kongreß? Hast Du etwas gemacht? Wem hast Du es angeboten, oder wem willst oder könntest Du es anbieten? Ich möchte Dir keine finanziellen Chancen verderben – wir zahlen zu schlecht. Schicke mir also etwas, was Du sonst im Augenblick nicht verkaufen könntest, oder was Du, außer an uns, an eine französische Tageszeitung verkaufst. (Auch eine amerikanische würde mich nicht stören; es darf nur *nicht* ein anspruchsvolles Magazin sein, mit dem wir etwa Leser gemeinsam haben könnten.) Wenn Du mir gar nichts schikken willst, würde ich es auch nicht übelnehmen, es täte mir aber leid. Freilich müßte ich mindestens zwei oder drei Köpfe haben, weil ich nicht einen so herausheben kann. Am nettesten wäre vielleicht: Onkel Heinrich, Gide und Huxley – das wären die drei Protektoren und zugleich wohl die drei prominentesten Kongreß-Teilnehmer. Sieh doch zu, ob Du mir diese drei schicken kannst!

Ich müßte die Blätter in zehn bis zwölf Tagen haben, jedoch sollte ich möglichst bald wissen, *ob* ich mit ihnen rechnen kann. Schreibe mir also bitte gleich – hierher. Ich werde bis zum 13. hier sein, dann ein paar Tage Küsnacht, dann Amsterdam.

Die Tage in Paris waren grauenhaft, ich lief wie unter einem Alpdruck herum. Hier gab es ein Aufatmen. Die Gegend ist herrlich – Du kennst sie ja. Ich hause sehr friedlich mit Eri und Giehse, beide kochen prächtig für mich. Ich bin schon im vorletzten Kapitel des Tschaikowsky.

Grüße den Billux. Die Sache mit den Huxley-Beiträgen usw. ist jetzt nicht so aktuell. Es muß sich nun zunächst einmal, in Amsterdam, entscheiden, was überhaupt aus der Zeitschrift wird – es sieht im Augenblick ziemlich finster aus, Gott seis geklagt – der fesche Lion tat *nicht* die erhoffte Wirkung. Falls sich etwas positiv entscheidet, lasse ich es auch Billux wissen.

Adieu, E und Theres lassen Dich stark grüßen – ich schließe mich an, als der treue

K.

VON ARNOLD ZWEIG

Haifa, Mount Carmel
House Dr. Moses
11.7.35

Lieber Klaus Mann,

Ich berühre heute eine der delikatesten Fragen, die sich in dieser Zeit vor uns überhaupt auftun: die Kritik und Selbstkritik der emigrierten Literatur. Dadurch daß ich das Wort

Selbstkritik hinsetze, erkennen Sie meinen Standpunkt ohne Weiteres: ich bin durchaus nicht dafür, Unerträgliches zu dulden, nur weil es in den eigenen Reihen geschieht, wie ich andererseits niemals zu jenen Streithanseln gehörte, die aus ihrem gekränkten Narzißmus ein Sittenrichtertum pachteten und die Zeitschriften in Streitschriften verwandelten. Einiges aber überschreitet die Grenze des Anhörbaren; und seit 1912 verknüpft sich dieses Grenzüberschreitende fast immer mit dem Namen Kurt Hiller. Herr Hiller ist ein geschultes juristisches Gehirn, das einen schwer neurotischen Geist und Organismus bedient. Er gehört dadurch zu den beklagenswerten unter den Zeitgenossen. Urteilen Sie also, ob ich aus Antipathien spreche, wenn ich Sie bitte, die Beiträge des Herrn Hiller von den ärgsten Entgleisungen zu reinigen, bevor Sie sie drucken. Es ist völlig gleichgültig, zu welcher Art Menschen Herr Hiller spricht oder nicht spricht. Hält die Redaktion der SAMMLUNG seine Niederschriften für sachlich wichtig, glaubt sie, sich mit ihm verbünden zu müssen, so habe ich darüber kein Urteil, denn Herr Hiller hat des öfteren, in Fragen des juristischen und logischen Denkens, Aufsätze veröffentlicht, die manchen Sachverständigen gefielen. Daß aber diese Stimme, die sich gewohnheitsmäßig überschlägt, die tragischen oder bloß schauderhaften Verwicklungen der Ausgewanderten oder Vertriebenen zensurieren darf, geht über das Erlaubte. Denn dieser Herr Hiller, das gehört zu seinem Krankheitsbild, erträgt nur eines nicht: nicht dabei zu sein. So war er also nach der Machtergreifung Hitlers außerordentlich dabei, er war mehr Vorläufer als Mitläufer, aus Krankheitsgründen verwies ihn seine Sehnsucht eindeutig ins hitlerische Lager. In Sanary erzählte mir unser Freund Hermann Kesten, als wir von den schwankenden und kippenden Gestalten sprachen: er besitze eine von K.H. geschriebene Aufforderung, mit der Post übersandt, die »uns alle Mitkämpfer der Weltbühne« aufforderte, »uns geschlossen hinter unseren Führer Adolf Hitler zu stellen«. Ich bitte Sie, mit Hermann Kesten darüber zu sprechen, er ist ja wohl noch in Amsterdam, und dann die Rolle des Herrn H. auf jenes Maß zurückzuschrauben, das er gut und gern ausfüllen mag.

Sie können nicht wissen, lieber Klaus Mann, was dieser Typus Hiller Anfang 1919 zerstört hat: durch sein Auftreten im Rat der geistigen Arbeiter hat er jede Brücke zwischen den Handarbeitern und uns demoliert; dafür leben noch Zeugen. Was alles schon vorher geschah, möge Ihnen einmal Franz Pfempfert erzählen, wenn Sie ihn treffen sollten. Es darf nicht mehr sein, daß dieser Neurotiker Fronten zerstört und sich dort zum Richter macht, wo er leider auf die Nachsicht aller Unterrichteten rechnen muß.

Mit der Bitte, diesen Mitteilungen prüfend nachzugehen und mir das Ergebnis zu berichten, bin ich stets

Ihr

Zweig

PS: Ich brauche nicht zu betonen, daß dieser Brief nur an Sie (und ev. Landshoff) gerichtet ist.

AN EVA HERRMANN — Sils Baseglia, den 12. VII. 35

Eva – schön:

Dank für Nachricht. Das mit der Sammlung wäre moralisch ärger als finanziell – aber das Moralische genügt mir. Wollen wir das – VIELLEICHT – letzte Heft also besonders hübsch mit Deinen Bildern zieren.

Mir ist nicht ganz klar, ob man jeden Kopf ganzseitig bringen soll, oder ob eine halbe Seite genügt (für die Gruppen vielleicht je eine ganze). Wenn eine *halbe* Seite pro Kopf genügt, würde ich vorschlagen: Aldous, Gide, Heini, Pasternak (er ist *schön!!)* – falls dieser nicht fertig zu stellen: der »alte« Feuchtwanger – je eine halbe Seite, gibt zwei Seiten; dann: eine Seite »Gruppe«, Malraux und Barbusse, oder so. Falls Du auf ganzseitig bestehst: nur die drei Protektoren und höchstens noch eine Gruppe.

Auf Becher muß ich verzichten – es wären, wenn ich nur gerade ihn brächte, gar zu viele beleidigt; (denke an Onkel Kisch!) –– Von Heini habe ich leider keinerlei Photo. – Wenn die Blätter bis zum 20. kommen, wird es auch grade noch gehen. Jedoch: je früher, desto netter. – Ich freue mich schon. Dein Gekritzel wird sich reizend machen.

(Übrigens finde ich, daß auch mein Porträt auf den neuen Photos sich vorzüglich ausnimmt. Wir werden es schon noch einmal an prominenter Stelle verwenden.)

Grüße für Billux und Becher – diesem geht es hoffentlich besser. Sage ihm bitte, daß ich ihm für seinen Brief danke und daß ich in Amsterdam sofort wegen seines Romans sprechen werde. Ich gebe ihm dann bald Nachricht.

Ich fahre morgen nach Zürich und dann gleich nach Holland weiter.

Hier war es herrlich – die schönste Landschaft der Welt. Der Tschaikowsky ist beinah fertig geworden.

Wird der Krieg ausbrechen, ehe er erscheint?

Der sinistre Zwischenfall vor dem Restaurant Lipp sei also vergessen. Du hast übrigens unrecht: ich *liebe* die Damen, nur eine Kleinigkeit an ihnen ist mir nicht ganz sympathisch – es sind *nicht* die Hände.

Gruß von Frau Giehse und Misses Auden.

Tendresse:

K.

AN ARNOLD ZWEIG

Querido Verlag Amsterdam
Keizersgracht 333
28. VII. 35

Lieber Herr Doktor Zweig –

nehmen Sie vielen Dank für Ihren Brief, dessen Inhalt mich sehr interessiert und beschäftigt hat.

Um mit einer Kleinigkeit zu beginnen: gerade über die Stelle aus Hillers Aufsatz, die Ihnen am stärksten mißfallen hat – über die ersten Zeilen, in denen er davon spricht, an wen er sich »wendet« oder nicht wendet – habe ich mit dem

Autor eine umständliche Korrespondenz geführt. Die Stelle war zuerst noch fataler. Ich wollte sie gestrichen haben und setzte schließlich nur ihre Veränderung durch. Hiller ist außerordentlich eigensinnig und nimmt jede Zeile, die er geschrieben hat, sehr ernst. Da ich nun einmal einen Beitrag mit ihm ausgemacht hatte, wollte ich ihm nicht wegen einer kurzen Stelle, die mir nicht gefiel, sein Manuskript zurückschicken. – Sie werden fragen, warum ich Hiller überhaupt um einen Beitrag gebeten hatte (denn ich war es, der an ihn mit dem Vorschlag zur Mitarbeit an der »Sammlung« herangetreten ist).

Tatsächlich fühle ich für Hiller Achtung und Sympathie. Seine politischen Aktionen hatte ich keine Gelegenheit zu verfolgen – und ich muß Ihnen wohl glauben, daß sie nicht immer von glücklicher Art gewesen sind –; seine Schriften kannte und schätzte ich. Er veröffentlichte vor einigen Jahren in der »Weltbühne« eine Artikel-Serie – die dann auch als Broschüre erschienen ist –: »Selbstkritik Links«. Diese Aufsätze fesselten mich besonders. Seine Kritik am Marxismus schien mir wesentliche Punkte zu treffen. Damals machte ich auch Hillers Bekanntschaft. Sein sehr leidenschaftliches und – wie mir scheint – sehr sauberes, jedenfalls sehr eigenwilliges Denken imponierte mir.

Natürlich weiß ich von den Dingen, die man sich über sein Verhalten in den ersten Tagen des Nazi-Regimes erzählt. Er hat sich aufs bitterste und erregteste bei mir über die Verleumdungen beklagt, die – wie er sagt – über ihn in der Emigration umlaufen. Ich habe über den Fall auch sehr ausführlich mit seiner alten Freundin und Mitarbeiterin, Frau Helene Stöcker, gesprochen – die eine sehr genaue Kenntnis und eine sehr günstige Meinung von Hiller hat.

In seinen Konzentrationslager-Erinnerungen in der »Weltbühne« hat Hiller ja selber, durchaus offen, angedeutet, daß er, eine kurze Zeit lang, auf den sozialistischen Willen der Nazis hereingefallen war; (für das nationale Moment hatte er schon in den letzten Jahren häufig plädiert – sehr zu meinem Mißfallen übrigens). Ich muß nicht betonen, wie tief unverständlich, ja erschreckend mir ein solches Mißverständnis, die Hitlerei betreffend, sein muß. Festzustellen ist nur, daß Hiller es entsetzlich gebüßt hat. Er hat Grauenhaft[es] in Deutschland ausgestanden. Schließlich gelang es ihm, der Hölle zu entfliehen. Und nun sollen wir ihn mit Vorwürfen empfangen? Ich gestehe offen, daß mir das nicht liegt.

Der Brief, den Hermann Kesten von Hiller bekommen hat, ist mir bekannt. Es ist kein schöner Brief, er zeugt von einer geistigen Verwirrtheit, die ich nicht entschuldigen möchte. Eine Aufforderung, »uns geschlossen hinter unseren Führer Adolf Hitler zu stellen«, kommt nicht in ihm vor: so weit ist Hiller selbst im vorübergehenden Zustand der Verwirrtheit nicht gegangen – hier muß Kesten ungenau zitiert haben. Hiller spricht nur davon, daß er unter allen Umständen zu Deutschland stehen wolle. Das ist immerhin eine nicht unwichtige Nuance. Trotzdem bleibt der Brief eine böse Peinlichkeit. – Aber darf man aus ihm den Schluß ziehen, daß ihn – wie Sie schreiben – »gut[e] Krankheitsgründe eindeutig ins hitlerische Lager verwiesen«? Ich weiß nicht, auf welche Krankheitsgründe Sie hier anspielen – ich hoffe nicht, daß Sie die erotische Gefühlsrichtung Hillers meinen. Da ich Ihrer Bemerkung diesen Sinn nicht geben will, weiß ich nicht ganz, welchen anderen sie hat. Hiller kämpft seit mehreren Jahrzehnten konsequent und aktiv im Lager der Linken – lassen wir es, in diesem Zusammenhang, dahingestellt, ob zum Vorteil der Linken oder nicht –; er ist radikaler Pazifist und entschiedener Sozialist. Was also rechtfertigt die Behauptung, daß er eindeutig ins hitlerische Lager gehöre? Dies ist – für mein Gefühl – das schlechthin Kränkendste, was sich über einen Mann von Verstand überhaupt aussprechen läßt. Nach genauer Überlegung bin ich der Ansicht, daß Hiller diese Kränkung *nicht* verdient.

Selbstverständlich ist, daß er sie nicht erfahren wird. Ihr Brief bleibt ganz unter uns.

Nehmen Sie von mir bitte die ergebensten Grüße. Ich

hoffe, daß es Ihnen gut geht. Es ist übrigens nicht unmöglich, daß ich im Herbst die Freude haben werde, Sie zu besuchen: vielleicht wird mich eine größere Reise auch nach Palästina führen. Leider ist es noch nicht ganz gewiß.

Ich möchte diesen Brief nicht schließen, ohne Ihnen gesagt zu haben, mit welcher Ergriffenheit ich vor einigen Tagen Ihren schönen Aufsatz über Heinrich Mann gelesen habe – der Aufsatz ehrte den, von dem er handelte, ebenso wie den, der ihn geschrieben hat. Ihr

Klaus Mann

AN MONIKA MANN

Querido Verlag Amsterdam
Keizersgracht 333
30. VII. 35

Liebes Frau Mönnle –

ich hatte mir vorgenommen, Dir ein Briefle zu schreiben, und will ich den Monat Julius nicht vorbeigehen lassen, ohne es getan zu haben. – Der Vorsatz reifte in mir noch in Küsnacht, als die Frau Mama mir Andeutungen über einen etwas verzagten Brief von Dir machte, aus dem sie – die Frau Mama – schließen zu dürfen meinte, daß Du, bei Deinem letzten Aufenthalt im Kinderhaus, irgendwie enttäuscht – auch von uns – gewesen wärest. Hier müssen trübe Mißverständnisse obwalten. Da hast Du Dir falsche Gedanken durch den Kopf gehen lassen. Und wenn Du hörtest, wie sowohl Landshoff als auch Landauer hier gar artig Dein Lob singen, Dein Ausschauen und angenehm Wesen zu rühmen wissen, und sind doch zwei erfahrene Verleger – so möchtest Du wohl gleich ganz übermütig werden.

Ich habe auch davon gehört, daß Dein Finger verletzt war – das ist hoffentlich wieder gut und Du kannst wieder durch die Saiten geistern wie weiland Schillers Minna, so daß das Mann-Trio sich bald der Öffentlichkeit zeigen kann. Dann ist es Zeit, die große Amerika-Tournée anzutreten, die neun Manns, mit Onkel Heinrich als Schnellmaler, Zauberer als Komiker und Mielein als Agentin. In

Europa ist es sowieso mies, um nicht geradezu zu sagen beschissen.

Deshalb denke ich viel an meine große Persien-Fahrt, im Herbst. Es ist ja immer noch nicht *ganz* sicher, ob sie zu Stande kommen wird, aber doch ziemlich. Wenn ich sie mache, würde ich mehrere Monate weg sein und mehrere wilde Länder sehen. Ende September würde ich fahren und etwa um die Weihnachtszeit zurück sein. Das wäre ja ganz abenteuerlich.

Hier ist es nicht besonders abenteuerlich; dafür aber arbeitsam und nicht untraulich. Der Tschaikowsky ist im Manuskript fertig und wird eben zu Ende diktiert. Er ist sehr traurig geworden und hat einen recht schrecklichen Schluß – der ist aber wahrscheinlich das Beste, was ich gemacht habe, und ich habe so merkwürdig viel aus meinem Leben hineinpacken können in das Leben meines rührenden Peter Iljitsch. – Gar nicht Gutes gibt es von der »Sammlung« zu berichten: das August-Heft (mit drolligen Zeichnungen von Eva Herrmann) wird wohl das letzte Heft sein – sprich aber noch nicht davon, die Leute merken es früh genug und ich möchte nicht, daß die deutschen Agenten es gleich belustigt ans Propaganda-Ministerium melden.

Dann grüße Neumanns – [...] Von Landshoff habe ich Grüße auszurichten – denen ich meine eigenen Kratzfüße hinzufüge:

arm kahl Vaterlandsverräter und dennoch glücklich:

K.

VON STEFAN ZWEIG

Villa Souvenir, Waldquellzeile
Marienbad, Tschechoslov. Rep.
am 6. August 1935

Lieber Klaus Mann!

Unvermutet sah ich gestern Ihre Schwester Erika mit der »Pfeffermühle«, aber die knappe Freude der Begegnung wurde dadurch getrübt, daß sie mir sagte, Ihre Zeitschrift würde nicht weiter fortgeführt. Lassen Sie mich aufrichtig sagen, wie leid es mir tut, daß Ihnen diese für Sie so wichtige Art der Betätigung in Hinkunft fehlen wird. Vielleicht denken Sie an jenes Projekt, das ich seinerzeit mit Ihnen in Zürich besprach, eines deutschen »Candide«, ein *billiges* Blatt, das eben durch die Tatsache seiner Billigkeit und Vielfalt *weite* Kreise ergreift. Ich werde immer gewisser, daß nichts so notwendig ist als irgend eine solche Wochen-Zeitschrift billiger und *billigster* Art, um den lebendigen Kontakt gerade mit der Jugend und denen aufrecht zu erhalten, die nicht mehr Geld haben, Zeitschriften zu abonnieren und teure Bücher zu kaufen.

Hoffentlich geht Ihr Roman gut vorwärts! Alle herzlichen Wünsche jedenfalls! Immer Ihr

Stefan Zweig

AN STEFAN ZWEIG

Querido Verlag Amsterdam
Keizersgracht 333
9. VIII. 35

Lieber und verehrter Stefan Zweig –

sehr vielen Dank für Ihre Zeilen. Ja, das mit der »Sammlung« ist bitter. Aber die Schwierigkeiten sind unüberwindlich geworden. Wahrscheinlich haben Sie recht, und es liegt vor allem am Preis-Problem. Wir sind zu teuer gewesen – wohl auch zu literarisch. Gerade gestern habe ich wieder sehr ausführlich mit Landshoff – der mich darum bittet, Sie zu grüßen – sehr ausführlich über das Projekt einer billigen Wochenschrift gesprochen. Ich hätte große Lust, mich an etwas von dieser Art zu beteiligen. Sicher hätte es Chancen. Wir sollten uns noch einmal darüber sprechen. Sie sollten auch noch einmal mit Landshoff darüber sprechen. Werden Sie so nett sein, mich Ihre Adressen für die nächste Zeit wissen zu lassen?

Sowohl Landshoff als ich werden im Laufe der nächsten Wochen – übrigens getrennt – nach Osteuropa kommen. Man könnte sich vielleicht treffen. Oder fahren Sie wieder nach London?

Danke auch für Ihre Frage nach meiner Arbeit. Der »Tschaikowsky« ist fertig – oder so gut wie fertig. Ich glaube, daß er mein bestes Buch geworden ist – sicher mein aufrichtigstes und persönlichstes. Was macht Ihr interessanter Genfer Stoff?

Nehmen Sie bitte die herzlichsten Grüße
von Ihrem

Klaus Mann

AN LION FEUCHTWANGER

Querido Verlag Amsterdam
Keizersgracht 333
den 19. VIII. 35

Lieber und verehrter Herr Doktor Feuchtwanger –

seit Wochen finde ich, daß ich Ihnen einen ausführlichen Brief schulde. Die Auflösung der »Sammlung« aber bringt sehr viel lästige Korrespondenz, Besprechungen und Scherereien jeder Art mit sich. Für den Brief an Sie wollte ich eine relativ freie Stunde abwarten. Entschuldigen Sie also bitte die Verzögerung.

Ich darf annehmen, daß Sie vom Schicksal der Zeitschrift inzwischen schon von dritter Seite gehört haben. Wir hatten uns lange gewehrt. Nicht so sehr meinetwegen, als um der Sache willen – die schließlich die Sache der literarischen deutschen Emigration ist –, wollte ich das Fiasko, das der »Sammlung« drohte und das immer näher kam, einfach nicht zulassen. Der Verlag als solcher hatte sich an der Zeitschrift ja schon seit längerem desinteressiert – wie ich Ihnen in Sanary wohl erzählt habe. Landshoff und ich waren es, die unter allen Umständen durchhalten wollten. Ich habe seit Monaten meine Arbeit für die Zeitschrift ohne jede Bezahlung getan. Landshoff seinerseits hat seit langer Zeit einen erheblichen Teil seiner Einnahmen – die, wie Sie sich vorstellen mögen, keineswegs enorm sind – für ein Defizit geopfert, das immer beträchtlicher wurde und für das der Verlag nicht mehr aufkommen wollte. Dabei durften die

Bedürftigen unter unseren Mitarbeitern den schlechten finanziellen Zustand der Zeitschrift möglichst nicht zu fühlen bekommen: sie wurden weiter regelmäßig und pünktlich honoriert.

Schließlich setzten wir unsere letzte Hoffnung auf die Erweiterung des Blattes. Diese war natürlich noch einmal mit erheblichen Unkosten verbunden. Es wurden 30 000 neue Prospekte gedruckt und sorgfältig verschickt; es wurden Anzeigen aufgegeben und in allen wichtigen Ländern Kolporteure beauftragt. Das Ergebnis war niederschmetternd. Auf dem Verlag sagt man mir, daß insgesamt – 25 neue Abonnenten hinzukamen. Dies mußte uns den definitiven Beweis bedeuten, daß eine literarische Monatsrevue unter den heutigen Umständen ohne erhebliche Zuschüsse nicht lebensfähig ist; (eine Erfahrung, die Wieland Herzfelde ja übrigens gleichzeitig macht).

Wir müssen also mit dem Schluß des zweiten Jahrgangs zunächst einmal ganz Schluß machen. Auch der Vorabdruck Ihres Romans wird abgebrochen – und gerade von diesem hatten wir uns so viel versprochen! – Damit wären wir bei dem Punkte, um dessentwillen ich Ihnen vor allem schreibe. Wir haben mit Ihnen für den Vorabdruck des Romans eine gewisse Summe ausgemacht. Wir waren zu optimistisch, was die Folgen dieses Vorabdrucks für die Zeitschrift betrifft. Nun finden wir uns in der ärgsten Situation.

Es ist kein Geld mehr da. Landshoff ist »ausgeblutet«. Die Freunde, die irgend in Anspruch zu nehmen waren, wurden beansprucht. Der Verlag ist nicht zuständig und macht uns keine Geschenke. Ich selber besitze keinen Pfennig.

Das wäre wirklich die denkbar ärgste Situation – wenn ich nicht auf Ihr kameradschaftliches Verständnis rechnen könnte.

Ich möchte Ihnen, sehr verehrter Herr Doktor Feuchtwanger, nicht zumuten, uns die Kapitel aus Ihrem Roman ganz umsonst zur Verfügung gestellt zu haben. Mein Vorschlag, für den ich Sie empfänglich hoffe, ist vielmehr der:

Die Zeitschrift honoriert Ihnen sofort den Teil des Vorabdrucks, der wirklich bei uns erschienen ist. Das ist, wie ich höre, ein Drittel des Manuskripts, das uns zur Veröffentlichung vorgelegen hat. Das würde also auch ein Drittel der zunächst ausgemachten Summe als Honorar bedeuten – mir scheint: 180 Gulden. Diese würden wir uns mit einer aller-allerletzten Anstrengung gleich verschaffen. Und wären Ihnen dankbar für Ihr Entgegenkommen. – Um dieses würde ich Sie nicht zu bitten wagen, wenn Sie durch den Vorabdruck bei uns einen tatsächlichen Verlust erlitten hätten. Es ist mein einziger Trost, daß dem nicht so zu sein scheint. Für einen deutschen Vorabdruck an anderer Stelle hatte man – wie man mir in der Keizersgracht versichert – schon alles, und schon alles vergeblich getan, als wir wegen der »Sammlung« an Sie herantraten; (sonst hätten wir den Mut dazu wohl kaum gehabt). Aus Rücksicht auf Ihre englischen Vorabdrucke haben wir den Erscheinungstermin in unserer Zeitschrift länger, als uns lieb war, verzögert. Der Verkauf des Buches kann durch den Vorabdruck auch nicht geschädigt sein: die 25 Leute werden nicht fehlen. – Ich erwähne diese Umstände nur, um unser »Angebot« zu entschuldigen und Sie für es zu gewinnen.

Sie werden die große Freundlichkeit haben, dies alles in einem guten Sinn zu bedenken und mir gleich eine Antwort zu geben. Landshoff und ich sind sehr beunruhigt und verzweifelt – zunächst schon wegen des harten Schlages, den das Aufhören der Zeitschrift an sich für uns bedeutet; im besonderen aber noch Ihretwegen.

Darf ich Sie, zum Schluß, besonders herzlich darum bitten, daß diese ganze Angelegenheit durchaus zwischen *uns* bleibt? Ich möchte so ungern, daß sie zum Gesprächsstoff der literarischen Zirkel an der Côte d'Azur wird ...

Nehmen Sie die herzlichsten und ergebensten Grüße

AN JULIUS EPSTEIN [vermutlich Herbst 1935]

Lieber Herr Epstein – ich danke Ihnen zunächst und vor allem für die kameradschaftliche Gesinnung, die aus Ihrem privaten Brief sowohl, als auch aus Ihrem veröffentlichten spricht. Sie werden mir glauben, daß das Problem, an das Sie mich so temperamentvoll erinnern, mich täglich beschäftigt und daß ich seine Schwierigkeit wie seine Wichtigkeit kenne. Es hat vielerlei Gründe, wenn ich mich zu der Stellungnahme, zu der Sie mich verpflichtet finden, noch nicht entschließen konnte – und ich glaube, daß es nicht nur und nicht einmal vor allem private sind – obwohl solche selbstverständlich mitsprechen müssen. Aber sogar wenn ich mich den Fall meines Vaters ganz objektiv zu sehen bemühe, halte ich den Augenblick mindestens für *noch* nicht gekommen, die Polemik gegen ihn aufzunehmen – wie ihn ja übrigens Kritiker wie Willi Schlamm und Leopold Schwarzschild auch nicht für gekommen halten. Ich bin ein großer literarischer Verehrer meines Vaters und ich bin vertraut mit seinem Wesen. Ich weiß, auf welche Weise innere Entschlüsse von Tragweite sich bei ihm durchsetzen – es dauert lange – und ich weiß auch, wie tief er an der Problematik seiner Situation leidet. Es sind sehr wesentliche, sehr reine und durchaus nicht ordinäre Hemmungen, die ihn bis jetzt abgehalten haben, Stellung zu nehmen. Er schien manchen Tag schon so weit zu sein, und ich glaube hoffen zu dürfen, daß er eines Tages, der vielleicht nicht ganz fern ist, so weit kommen wird. Er wird dann bei uns sein – und Sie werden mit mir der Ansicht sein, daß das eine wichtige Veränderung für uns bedeuten wird, schon rein äußerlich. Sogar also, wenn Gründe des Sentiments mich nicht abhalten würden, wäre ich durch taktische Gründe dazu bestimmt, heute nicht eine sensationelle Polemik gegen ihn aufzunehmen – so wie andere radikale Publizisten sich [durch] dieselben Erwägungen zu derselben Zurückhaltung bestimmt sehen. Wir würden Thomas Mann zu den Abtrünnigen drängen, wenn wir ihn jetzt unter sie einreihen. Es wäre – scheint mir – ein ganz grobes Ungeschick – unsererseits. Ich sage und meine das *nicht* im Interesse meines Vaters, sondern nur im Interesse aller antifascistischen Bewegung, die einen großen Mitkämpfer nicht verlieren darf, weil er, seiner ganzen Natur nach, länger als wir dazu braucht, ehe er das Wort findet, mit dem er – wie wir es alle von ihm erwarten – den Ungeist strafen wird.

Ich darf Sie bitten, diese Erklärungen, die ich Ihnen gab, als privat zu betrachten.

Mit herzlichen Grüßen

AN KATIA MANN

Esplanade Hotel
Praha, den 21. IX. 35

Liebwert Frau Mamale –

Deinen getreuen Monsier Aissi sollst Du Dir nicht im Perserlande, auch nicht in Moskau, an der Kreml-Mauer mit jungen Rotgardisten plaudernd, vorstellen; vielmehr immer noch im wohlgeführten Hotel Esplanade. Das hat ja sein Drolliges. Die Abreise wurde, wieder mal, aufgeschoben, wenn nicht gar aufgegeben. Dies erzwangen verschiedene Umstände. Zunächst ein technischer: daß nämlich das Russenvisum, entgegen meinen Erwartungen, von einem formellen Bescheid aus Moskau abhängig gemacht wird; dieser Bescheid verzögert sich und kann sich auch noch eine Zeitlang verzögern. Ich hatte gedacht, meine Einladungsbriefe und Telegramme würden genügen. Nicht umsonst schimpft Trotzki immer so auf die Stalinsche Bürokratie. – Da Miro mit der Heimreise drängt, hätte diese Verzögerung ihr Mißliches gehabt. Hinzu kommt der immer schlechtere psycho-physische Zustand der besagten Miro. Hinzu weiterhin eine Malaria-Epidemie in Teheran – zwei junge Diplomaten verstarben an der Krankheit, zu der ich doch bekanntlich etwas disponiert bin, innerhalb einer Woche. Hinzu kommt der grausig nahende Krieg, dessen Formen und Konsequenzen ja gar nicht abzusehen sind. All dies veranlaßte meine liebe Frau Schwester mich telephonisch zu bestürmen, die Fahrt zu verschieben. Ich habe nun der armen Prinzeß Miro telegraphiert – das Telegramm kostete mich, zu meinem *Wutgeheul*, 320 Kronen (mehr als die Reise von hier bis nach Warschau II. Klasse!!) –, ob wir uns sofort in Konstantinopel treffen wollen. Das wäre immerhin auch eine ganz schöne Tour, dabei weniger lang und gefahrvoll. Sollte das der Prinzeß nicht in ihren konfusen Kram passen, würde ich zunächst zur Frau Schwester nach Preßburg; dann ein bißchen nach Budapest, dann nach Wien fahren. Es täte mir ja leid um die schöne Reise; aber vielleicht ließe die sich später mal nachholen. – Vorläufig also sitze ich im schon vertrauten Prag – nicht mehr so gesellig, weil ich mich schon von allen Leuten verabschiedet hatte; esse ab und zu bei der braven Mimi, wobei dann Goschilein nach Tisch ein Tänzchen zum besten gibt, was sein Trauriges aber auch sein Ergreifendes hat; als Abschluß der familianten Festlichkeit werden dann einige Briefe von Heini, älteren oder neueren Datums, verlesen und einige Flüche auf Madame Kröger ausgestoßen. Ich nutze auch die stille Zeit, um diesen oder jenen Aufsatz zu dichten. – So, jetzt bist Du wieder im Bilde darüber, was Monsieur Aissi macht. Hoffentlich hast Du noch keinen Brief nach Moskau geschrieben, und wenn schon einer vorliegt, dann enthält er hoffentlich nichts Anstößiges, etwa Spottworte über die Person Stalins oder Zweifel an der Politik Litwinows. Mir hierher zu schreiben, kann ich Dich aber doch wohl nicht bitten, da ich Anfang nächster Woche Prag wohl in jedem Fall verlassen werde – ich gebe Dir Nachricht, sowie sich entschieden hat, wohin. Dabei wüßte ich gerne, wie es Euch ergeht; ob es etwas Neues vom deutschen Kriegsschauplatz bei Euch gibt usw.

Alle sollen gegrüßt werden, Du selbst am meisten vom zuverlässig ergebenen

K.

Alle kleinen Geburtstagsgaben bewähren sich glänzend, vom gutsitzenden Pullover über das adrette Uhrarmband bis zum scharfen Bleistiftspitzer.

AN KATIA MANN

Bécsikaputér 7
Budapest,
den 5. X. 35

Frau Mamale –

ja ja, ich wußte es ja im Grunde, daß Du mir nach Moskau geschrieben hattest; aber ich hatte eben einfach so lange nichts gehört, daß eine gewisse Nervosität, eine quälende Ungeduld Platz griff und mir den Ton der strengen Karte diktierte. Nun weiß ich ja wieder alles und haben einen ausführlichen Mielein-Brief in der Hand, wie ihn der arme tote tote tote Feist gar gern gelesen hätte. – Dir aber hätten inzwischen die Ohren nur so *summen* müssen: so richtig ist die Einstellung der lieben Hatvanys zu Deiner Person und so ausführlich und häufig wird sie kundgetan. Nicht genug können sie sich darin tun, Deine Gescheitheit, Hübschheit und Energie zu lobpreisen – der amerikanische Professor ist dagegen lau. Auch des Herrn Papale wird oft und mit Andacht Erwähnung getan. H.'s sind ja wirklich recht liebe Leute, und reizend zu mir. Sie fahren mich spazieren, führen mir Leute vor und die unglaublichen Paläste ihrer Verwandten, wo die Grecos, Tintorettos und Rubens' en masse von den Wänden leuchten. So was dürfte es gar nicht mehr geben, es wirkt anstößig. – Das Wetter ist herrlich, die schöne Stadt präsentiert sich von ihrer besten Seite. Nur sieht man gar zu häufig deutsche Flugzeuge mit riesigem Hakenkreuz über der Donau Parade und Propaganda fliegen. Das verstimmt einen natürlich, so wie auch andere Dinge, die sich hier zutragen, z. B. die Reise des Herrn Ministerpräsidenten ins Teufelsland, oder auch die grenzenlose Begeisterung für das kaum minder teuflische Italien und seine neuesten Taten. Wohin werden die führen? – Ich glaube im Augenblick *nicht* an den Weltkrieg. Doch kann man sich natürlich da sehr verrechnen. Frankreich würde – scheint mir – nicht mitmachen, und hat wohl recht.

Es kann sein, daß ich hier dieser Tage etliche Pengös verdiene, durch den Verkauf der »Symphonie« an einen Verlag, etwa ans Athenäum. Es wäre nur vernünftig, diese hier auszugeben, da sie ja draußen nur einen Bruchteil wert sind. Ich würde dann – vorausgesetzt 1.) ich kriege wirklich die Pengös, 2.) es kommt nicht zum Krieg – nach einem Besuch in Wien wieder hierher zurückkehren und etwa einen Monat, vielleicht selbst 6 Wochen bleiben.

Darf ich noch etwas weiter von *Geld* sprechen? Du weißt, daß es mir *sinnlich* wohltut.

Also, Du hast mir doch 300 frs. gegeben. Durch meine abgesagte Orient-Reise ist natürlich die allerfurchtbarste finanzielle Unordnung bei mir eingebrochen. Die 300 sollen *nicht* zurückgezahlt, sondern als 3 Monatsgelder – November, Dezember, Januar – verrechnet werden. (Den Oktober hatte ich schon.) Dann fehlen mir zu jedem Monatsgeld aber noch 20 Franken – macht: 60. Eben diese 60 frs. sind es, die ich mir jetzt unverzüglich ins Bristol nach Wien erbitte, wo ich mindestens von Mittwoch bis Samstag zu sein gedenke. (Wenn ich hier keine Pengös verdiene und also *nicht* nach Budapest zurückfahren kann, ist gleich alles viel ungewisser.) Aber, jedenfalls, bitte: *Die Sechzigerin gleich ins Bristol.* Gell?

(Das Mops-Geld mußt Du jetzt auch bald zurückbekommen; wenn es sich verzögert, werde ich in Amsterdam zu reklamieren wissen.) – Das wäre das mit dem Geld. Es war mir ein Genuß, alles so ausführlich darzustellen.

Das beigelegte Gedruckte ist eigentlich für Zauberer bestimmt – weil er darin vorkommt. Ich dichte manch kleinen Aufsatz: so gestern einen über das Buch von Sabine Lepsius »Freundschaft mit Stefan George«, das mich sehr interessiert hat. Auch über Wedekind habe ich Eins hingeschrieben, weil er doch jetzt zum Arier erklärt worden ist, und das ist eine Unverschämtheit.

Natürlich muß ich genau wissen, wie jedem Einzelnen der Tschaikowsky gefallen hat – Dir, dem Vater, dem Golo. Ich rechne da auf ausführliche und klug-kritische Briefe. Die Kleinen scheinen Amsterdam ja sehr zu genießen, aus einem Brief zu schließen, den ich von ihnen und Herrn Friedrich bekommen habe. Hoffentlich fühlen Herzchen und Beris, die lieben Menschen, sich ebenso wohl in Zürich – der Teufel soll sie holen. Nicht aber die Urgreise, denen ich meine Devotion auszurichten bitte.

Der liebevolle

K.

AN ERICH KATZENSTEIN

Küsnacht bei Zürich
den 13. XI. 35

Lieber Doktor Katzenstein –

wieder einmal komme ich mit dem miserabelsten Gewissen. Vierzehn Tage lang bin ich absolut »brav« gewesen; dann kam wieder eine Stunde heftigster Versuchung – vielleicht im Zusammenhang mit unserer gemeinsamen Freundin, mit deren Schicksal Sie sich letzthin zu beschäftigen hatten –; ich wurde schwach und habe mir wieder etwas besorgt, auf »Pump« sozusagen – in derselben Apotheke wie neulich. Ich bin dort also das Rezept noch schuldig. Sie wissen schon, worum ich Sie bitte. Schicken Sie es doch bitte möglichst gleich hin, sonst bekomme ich Unannehmlichkeiten. Es ist dieselbe Dosis gewesen wie das letzte Mal: 10 Eucodal 0.0.2 – Werden Sie es mir nicht verdenken? Werden Sie mir auch behilflich sein, falls es im Laufe der nächsten Wochen noch einmal nötig sein würde? Ich bin entschlossen es möglichst lange hinaus zu schieben. Im Augenblick bin ich völlig »ohne was« – schon seit Tagen.

Als ich neulich bei Ihnen war, ging es mir auch etwas weniger gut, als ich zugeben mochte. In den letzten Wochen habe ich oft erwogen, ob ich mich nicht mit einem Arzte, zu dem ich Vertrauen haben könnte, ausführlicher besprechen sollte – etwa mit Ihnen. Aber ich sage mir immer wieder, daß es kaum einen Sinn haben würde. Mein Fall ist kein pathologischer. Von den verschiedenen Dingen, die mir zu schaffen machen, wird kein Arzt mich befreien. Wenn Sie mein neues Buch lesen, das ich Ihnen habe schicken lassen, werden Sie sicher spüren und wissen, welchen Komplex von Stimmungen und von Nöten ich meine ... Aber lassen wir das vielleicht lieber. Ich habe ja immer noch Verschiedenes gegen die verschiedenen Anfechtungen zu setzen... Was ich Sie noch fragen wollte:

Meine Eltern und ich hätten Sie und Frau Netty sehr gerne einmal abends hier. Nächstens einmal will ich meinen Eltern einen Vortrag von mir vorlesen, den ich für tschechische, schweizerische und holländische Städte eben vorbereite. Wir hatten den 18. November ins Auge gefaßt. Könnten Sie an diesem Abend zu uns kommen? Es würde mir eine Freude machen. Falls es Ihnen *nicht* paßt, seien Sie doch so nett, hier anzurufen. Wenn ich nichts von Ihnen höre, erwarten wir Sie also mit Ihrer Frau hier am 18. um 8 Uhr. (Es wird übrigens sonst niemand dabei sein.)

Und nehmen Sie viele Grüße von Ihrem

Klaus Mann

VON HERMANN KESTEN

Pension Hirsch
21 Jan Willem Brouwerstraat
Amsterdam

15. 11. 35

Lieber und verehrter Klaus Mann,

ich habe meine Amsterdamer Monate in einer solchen Arbeitswut verbracht, daß ich alle meine Gewohnheiten beiseite setzte, schaudernd, nur um mein dickes Buch nicht nur fertig zu schreiben, sondern auch fertig zu drucken, denn ich drang selber bis zur Druckerei vor, um dort Korrekturen zu lesen. Nun, da ich die ganze Mühsal hinter mir habe, habe ich sofort zu Ihrem Buch gegriffen, habe es mit Freude gelesen, und bitte Sie um die doppelte Erlaubnis, Ihnen einmal ein paar Bemerkungen dazu sagen zu dürfen, und zweitens – mir sogar anzumaßen, Ihnen einen Vorschlag für Ihr nächstes Buch zu machen.

Was das Gesamte Ihres neuen Buches betrifft, so beglückwünsche ich Sie. Auch bei diesem Buch glaube ich den weiteren Aufstieg Ihres Talentes und Ihrer epischen Mittel zu gewahren, der mir schon bei der »Flucht in den Norden« so viel Vergnügen bereitete. Die Hauptsache des Buches, diese bedeutende und zweideutige Figur des Halbgenies, erscheint mir sehr geglückt, und geglückt alles, was damit unmittelbar zusammenhängt, diese ironische Stimmung der unreifen Tragödie, der Halb-Tragödie, mit dem längst erwarteten und doch überraschenden, nicht mehr erwarteten echten Tragöden-schluß, der scharf und wunderbar entlarvt wird, als halber Kopistenscherz. Daß Sie eine so vielfältige und verzwickte Figur schaffen konnten und einen so schillernden und vielbedeutenden Aspekt des Schicksals und Charakters, erweist die Reife Ihrer psychologischen und epischen Mittel. Das Buch hat verschieden intensive Stellen. Ohne damit prahlen zu wollen oder zu können, ein gründlicher und umfassender Kenner Ihres Gesamtwerks zu sein, wage ich doch, zu glauben, ja sogar dem Autor gegenüber zu behaupten, daß einige Kapitel dieses neuesten Buches das Beste sind, was Sie je schrieben – und wirklich gute Kapitel sind. Ich bin entzückt, zum Beispiel, von der Szene Seite 176–189 »Cirque Medrano«, lobe Seite 286, bewundere Seite 256–261, den Krankenbesuch, den Tschaikowsky seiner Schwester Sascha macht, bewahre meinen Beifall dem Beginn des Romans samt dem Herrn Neugebauer (was für ein feiner Zug, die Ähnlichkeit des Empfangschefs und Neugebauers, die Welt der Feisten rings um das Talent) und selbstverständlich rühme ich das Ende, das »Kleine Meisterstück«.

Da ich weiß, daß Sie (privat und unter uns!) auch gerne Einwände hören, so will ich Ihnen auch diese nicht verschweigen. Es ist eigentlich nur ein einziger, er betrifft einige »Tote Seelen«, die Sie, ein Gogolscher Held, uns zu verkaufen suchten und einige »Ruheplätze«. Die toten Seelen, nun, das sind die berühmten Namen, die zuweilen auftreten und in die Handlung hereinspazieren, quasi den Hut auf dem Kopf und den Lorbeer ihres Ruhmes als Maske vor ihr papierenes Antlitz haltend. Wir stehn vor einem der schwersten Probleme des historischen Romans – wieviel darf der Verfasser voraussetzen, soll er wie Homer sogar die Götter genau und als wären sie unbekannt schildern und erzählen, oder soll er einfach Alexander den Großen in unsere Stube führen, und Alexander sagt: Ich bin nämlich der Alexander. Ich heiße der Große. Mein Vater Philipp –

Die Ruheplätze hingegen sind in jedem größeren Roman sehr notwendig, und man kann sie nach hundert Methoden bauen. Ihre Methode – dann reiste er, dann sah er, dann sprach er mit, dann verging die Zeit – ist gar nicht so schlecht, gar nicht so unepisch – bei sehr viel äußerer Szenik; vielleicht nicht immer so reizvoll in einem Roman, dessen Reize im Psychologischen teils, und teils eben schon in der Darstellung eines äußerlich mechanischen Daseins ruhen.

Doch sind diese Einwände nur Detail-Einwände, die dem Ganzen nichts anhaben können, das mir große Freude und viel Vergnügen und sehr oft Spaß machte.

Nun zum unbescheidenen Teil meines Briefes, für den ich mich gleich im voraus entschuldigen will. Da mir aber Landshoff sagte, Sie suchten nach einem neuen Stoff für Ihren neuen Roman, und da ich selbst für mich, für meinen neuen Roman, hin und her überlege, so überlegte ich mir – für mich – dieses und jenes und kam an eine Sache, von der ich glaube, daß ich sie sehr schlecht und Sie sie sehr gut machen könnten. Um es kurz zu machen, meine ich, Sie sollten den Roman eines homosexuellen Karrieristen im dritten Reich schreiben, und zwar schwebte mir die Figur des von Ihnen künstlerisch (wie man mir sagt) schon bedachten Herrn Staatstheaterintendanten Gründgens vor. (Titel: »Der Intendant«) Dabei denke ich nicht daran, daß Sie eine hochpolitische Satire schrieben, sondern – fast – einen unpolitischen Roman, Vorbild der ewige »Bel-Ami« von Maupassant, der schon Ihrem Onkel das köstliche »Schlaraffenland« entdecken half. Also keine Hitler und Göring und Goebbels als Romanfiguren, kein Agitprop, keine kommunistischen »Wühlmäuse«, keine Münzenbergiaden, aber doch – etwa – auch die Ermordung dieses Berliner Schauspielers, dessen Namen mir jetzt gerade nicht einfällt. Das Ganze im ironischen Spiegel einer großen versteckten, freilich spürbaren Leidenschaft. Keine politischen Darstellungen. Gesellschaftssatire. Satire auf gewisse homosexuelle Figuren. Satire auf den Streber, auf – vielleicht – viele Arten Streber. Im Ganzen: der Hauptstadt erzählt, wie man Intendant wird.

Ich glaube, solch ein Stoff könnte Ihnen sehr gelingen und könnte durch die Dritte-Reich-Sphäre auch größere Chancen bieten. Ich sprach mit Landshoff darüber, und er ist gleichfalls meiner Meinung – wird es Ihnen auch wohl schreiben.

Es würde mich sehr freuen, wenn ich Ihnen eine vage Anregung zu einem »Theater«-roman damit gegeben hätte.

Ich höre mit Freude von Landshoff, daß Sie in der Tschechei eine Tournée unternehmen und wünsche Ihnen vielen Spaß.

Vom Tschaikowsky erzählte mir Landshoff, daß Sie schon einige Übersetzungen und einen für heutige Verhältnisse schon ganz stattlichen Verkauf haben. Ich wünsche Ihnen noch sehr schöne Erfolge für dieses vieltönige Buch.

Lassen Sie recht bald wieder hören und vergeben Sie meiner Arbeitswut, daß ich solange nichts von mir hören ließ.

Mit den herzlichsten Grüßen Ihr

Hermann Kesten

VON HEINRICH MANN

11, rue du Congrès
Nice (A.M.)
18. Dez. 1935

Lieber Klaus,

Dein Tschaikowsky ist ein wahrhaft erstaunliches Buch, einer solchen literarischen Überraschung kann ich mich kaum erinnern. Ich meine damit zuerst das gute Zusammenspiel der Ereignisse und Personen: was man damals noch Komposition und nicht Aufbau nannte. Komposition ist viel richtiger – hier z. B. im Hinblick auf die centrale Lage der beiden Seiten über das »19. Jahrhundert«. Diese kommen auch für sich wieder als Überraschung, und doch genau in dem Augenblick, da sie reif und fällig sind. – Außer der Komposition ist erstaunlich die Erfassung des 19. Jahrhunderts. Es ist allerdings zu vermuten, daß Du, von der leeren, aber munteren Jetztzeit ausgehend, die leistungsfähige Schwermut des anderen Zeitalters entdeckt hast. Ferner möchte ich annehmen dürfen, daß, was in Deiner Familie sonst schon geschehen war, Dir geholfen hat. »Wenn ich nicht von den Grafen von Canossa abstammte –«, sagte Michel Angelo. Das verringert nicht Dein Verdienst und meine Ergriffenheit. Aller Glanz, der aus dem Jahrhundert zusammenströmt, der besondere Glanz des Lebens der Musiker, der Ruhm, noch einmal, bevor er untergeht als soziale Macht, so großartig wie im 16. Jahrhundert: das mußte erblickt werden vom 20. aus, und ist hier erblickt. Alles Elend, die Überschreitung der Kräfte, Beherrschung der Triebe, Unfähigkeit zum Glück – wie rührend, auch der einzige Augenblick, in dem Peter Iljitsch entdeckt, daß er soeben glücklich war: es ist da, Du hast es gemacht. Du hast, ebenso merkwürdig, den Lebensbestand eines Alternden genau wiedergeben können. Aber Vorausahnungen sind das Häufigere, während die Kenntnis des vor Dir gelegenen Jahrhunderts nur ganz persönlich zu erklären scheint.

Deine Stoffwahl war glücklich, aber die »Stoffwahl« ist selbst schon ein Vorgang, eigentlich der entscheidende. Alle Eigenschaften des Wählenden müssen sich beim Anschlagen eines Themas glücklich gruppieren. Nach meiner Erfahrung kommt es in zehn Jahren einmal vor. Dies war nun die Hauptarbeit um Dein dreißigstes Jahr. Ich beglückwünsche Dich.

Deine Mutter hat mir in einem sehr lieben Brief von Deiner Reise erzählt. Jetzt vermute ich Dich in Amsterdam und bitte Dich um den Aufenthalt Landshoffs, wenn Du ihn kennst.

Sei herzlich gegrüßt von Deinem Onkel

Heinrich

1936

VON STEFAN ZWEIG Hotel Westminster
Promenade des Anglais
Nice
[Poststempel: 24. I. 1936]

Lieber Klaus Mann, ich höre, daß Sie in Küsnacht sind – also dorthin ein Wort, um Ihnen endlich für den Tschaikowsky zu danken: ein passioniertes, mit Rhythmus durchdrungenes Buch, Ihr bestes vielleicht, weil aus einer geschlossenen Intensität entstanden. Ich habe mich *ganz besonders* daran gefreut – in einer Zeit vielen Ärgers. Alles, was ich Großangelegtes für den Siebzigsten Romain Rollands machen wollte, ist gescheitert an der Feigheit, der Faulheit, der Indifferenz; und was jetzt endlich in Paris zustandekommt, ist Schema 3 oder 4: Feier eines revolutionären Schriftstellers, wie es im neuen Schulbuch für alle Festlichkeiten festgelegt ist, halbamtlich festgelegt. Nur ich träumte von einer Feier des freien, des unabhängigen Mannes, der seit fünfzig Jahren im Kampf gegen alle Bindungen steht, den geborenen, nicht den geschworenen Revolutionär. Ach, und ebenso steht es mit dem Zeitschriftplan – er ist schon ganz nah der Realisierung und dann kommt etwas dazwischen.

Ich übersiedle 15. Februar in mein kleines Dauerflat
London W 1
49, Hallamstreet
wo ich Sie endlich wieder zu sehen hoffe. Hier bin ich sehr angenehm mit meinem alten Freund Jules Romains, mit Roger Martin du Gard, Schickele zusammen: es ist doch eine gesegnete Welt hier, trotz aller Kleinseligkeit und Verbürgerung. Herzlichst Ihr (nochmals glückwünschender)

Stefan Zweig

Ehren Sie Vater und Mutter, das heißt, bitte grüßen Sie beide innigst von mir!

VON HERMANN HESSE

Montagnola Ende Januar [1936]

Lieber Herr Mann

In meinem letzten Bücherbericht für Stockholm konnte ich noch einige Bücher Ihres Verlages besprechen, auch Ihr Tschaikowski ist dabei.

Die beiden vorhergehenden Berichte erschienen im November und im Januarheft von Bonniers Magasin, beide enthalten auch Bücher Ihres Verlags.

Inzwischen hat es sich gezeigt, daß mein Versuch, die deutsche Literatur als Ganzes zu sehen und zu zeigen, von niemand geschätzt wird. Daß ich in Deutschland wegen meines beständigen Eintretens für jüdische und emigrierte Autoren würde angepöbelt und denunziert werden, war zu erwarten. Nicht erwartet hatte ich, auch von Seiten der Emigranten als Dank für meine Bemühungen Fußtritte und Verdächtigungen zu bekommen.

Da ich nun, vor allem aus dem schlechten und zum Teil verleumderischen Artikel im Pariser Tageblatt, erfahren habe, daß die emigrierte deutsche Literatur, für die ich bisher, beinah als Einziger, mich eingesetzt hatte, sich meiner schämt und mir mit Beschimpfungen antwortet, kann ich natürlich meine Besprechungen nicht fortsetzen.

Ich bitte Sie daher Ihrem Verlag mitzuteilen, daß ich ihn bitte, mir keine Bücher mehr zu senden.

Ihr ergebener

H Hesse

VON HERMANN HESSE

Montagnola 25. Jan. 36

Sehr geehrte Herren

Da G. Bernhard in Pariser Tageblatt in seinem Artikel gegen den Verlag Fischer es für nötig hielt, auch über mich sich in gehässiger Weise zu äußern, und sich dabei nicht die Mühe nahm, auf die Tatsachen Rücksicht zu nehmen, lege ich Wert darauf, daß einige Stellen, welche es interessieren könnte, Kenntnis erhalten von den Zeilen, die ich im Interesse der Wahrheit an Herrn Bernhard richtete. Ich lege Ihnen daher einen Durchschlag bei.

Ergebenst

Hermann Hesse

AN THOMAS MANN [26. 1. 1936]

bitten inständigst auf Korrodis verhängnisvollen Artikel wie und wo auch immer zu erwidern stop diesmal geht es wirklich um eine Lebensfrage für uns alle

Klaus und Landshoff

AN HERMANN HESSE Amsterdam, den 27. Januar 36

Sehr verehrter Herr Hermann Hesse –

haben Sie für Ihren Brief vielen Dank – ebenso wie für den Durchschlag Ihres Schreibens an Georg Bernhard, das ja inzwischen publiziert worden ist.

Den Querido Verlag – d. h. den Leiter der deutschen Produktion, Dr. Landshoff – habe ich von dem Inhalt Ihres Briefes an mich in Kenntnis gesetzt; Sie werden von ihm direkt eine Antwort bekommen. Ich darf Ihnen aber jetzt schon sagen, daß man Sie darum bitten wird, die Produktion des Verlages weiter zu empfangen – und weiter zu rezensieren.

Mir liegt daran, in demselben Sinn bei Ihnen vorzusprechen. Sie empfinden die Vorwürfe Georg Bernhards als ungerecht und ungerechtfertigt. Beweisen Sie aber die Richtigkeit und Gültigkeit dieses Ihres Empfindens, wenn Sie sich nun, auf diesen einen Angriff Georg Bernhards hin – aus persönlicher Gekränktheit also – zurückziehen von einer Emigration, die doch wohl nicht nur ein Sammelname für eine gewisse Anzahl von Personen, sondern ein geistig-moralischer Begriff ist? Falls Sie zu diesem Beschluß gekommen sein sollten, so taten Sie dies gewiß in einer stark gereizten Stimmung. Ich bin davon überzeugt, daß dieser Beschluß nicht definitiv sein kann.

Mir scheint, daß Sie um so eher geneigt sein werden, ihn zu revidieren, wenn Sie sich nochmals vorhalten – was Ihnen natürlich bekannt ist –: daß nämlich *wir* es schließlich sind, die sich in der *Defensive* befinden; daß unsere – zuweilen vielleicht übertriebene Empfindlichkeit sich aus der ungeheuren Schwierigkeit unserer Position logisch erklärt. Gegen uns haben wir nicht nur den unbegrenzt skrupellosen, beinah unbegrenzt mächtigen Nazi-Apparat, sondern auch jene Kreise in den Ländern, deren »Gastfreundschaft« wir genießen, die mit diesem Apparat sympathisieren – zum Beispiel die »Neue Zürcher Zeitung«. Unter solchen Umständen – so beinah gänzlich isoliert – könnte man wohl zuweilen die Nerven verlieren. Ihre Ritterlichkeit sollte dafür Verständnis haben.

Mußten wir die berühmte Bermann-Erklärung in der N.Z.Z., die mein Vater und Sie unglückseligerweise signiert haben, nicht als den allerbittersten Affront empfinden? Vorangegangen war, im selben Blatt, ein infamer Angriff auf Heinrich Manns schönstes Buch; unmittelbar folgen sollte die Attacke des Doktors Korrodi – dessen starke Seite die Ritterlichkeit nicht eben ist – und seine Eröffnung, daß Leonhard Frank, René Schickele usw. sowohl Juden als Fabrikanten seien, Ernst Jünger aber, der in schlechtem Deutsch von der Materialschlacht schwärmt, ein »Dichter«. Dieses saubere Manifest eines »konservativen Demokraten« war wiederum gefolgt von einer Erklärung von Ihnen – die auch gerade kein Vorbild an Objektivität und Noblesse ist, da sie angibt, die Emigrantenpresse führe ihren Kampf gegen den »alten, verdienstvollen Verlag S. Fischer«, während sie ihn doch gegen die Machenschaften eines gewissen Doktor Bermann führt.

Ich erwähne diese Dinge und Zusammenhänge, um Ihnen die etwas nervöse Reaktion gewisser Blätter verständlich zu machen; es geht hier um Vorkommnisse, die absolut verhängnisvoll für uns sein können. In diesem sehr prekären Zusammenhang ist man gegen Sie zu scharf aufgetreten. Im ersten Ärger schien Ihnen dies unentschuldbar.

Sie werden – hoffe ich – meine Offenheit entschuldigen, wenn ich es noch einmal betone: den Angriff Bernhards werden Sie wirkungsvoll nicht durch Gegenerklärungen in der N.Z.Z. widerlegen; sondern indem Sie Ihren geistigen Standort durch weitere Arbeit für unsere Sache – wie bis jetzt – auch künftig dokumentieren.

Ich danke Ihnen besonders dafür, daß Sie auf meinen »Tschaikowsky« in Stockholm hingewiesen haben und freue mich schon darauf, diesen Hinweis zu lesen.

Nehmen Sie die besten und ergebensten Grüße von Ihrem

Klaus Mann

VON HERMANN HESSE Montagnola Ende Januar 36
[Poststempel: 1. II. 36]

Sehr geehrter Herr Klaus Mann

Sie haben meinen Brief etwas mißverstanden. Ich wollte Ihnen mitteilen, daß ich, beleidigt durch mehrere Wortführer der Emigration und von der Schmutzigkeit ihrer Kriegführung angewidert, mich als Kritiker aus einer so üblen Atmosphäre zurückziehe.

Keineswegs war es aber meine Absicht, Sie um Rat für mein ferneres Verhalten oder um Ihre Korrektur für meine Urteile über die heutige deutsche Literatur zu bitten.

In Ihrer Antwort an mich haben Sie das Unglück, lauter Töne anzuschlagen, die mir weh tun.

Sie werfen mir vor, ich reagiere auf die scheußlichen Angriffe Ihrer Partei zu »persönlich«. Gewiß, ich habe stets »persönlich« und nie kollektiv und organisiert gelebt, und werde das weiter so halten.

Zugleich identifizieren Sie mich einfach mit der Zürcher Zeitung, deren gelegentlicher Mitarbeiter ich bin. Sie wissen so gut wie ich, daß ich auch an andern Blättern mitarbeite, z. B. der Basler Nationalzeitung etc.

Dann schreiben Sie von der »Gastfreundschaft« der Länder, in welchen Emigranten leben. Diese »Gastfreundschaft« in Anführungszeichen mag unter Emigranten ein beliebter und keineswegs unberechtigter Ausdruck sein. Mir gegenüber, einem Schweizer, der sich in hundert Fällen und mit großen Opfern vieler Emigranten und ihrer Not angenommen hat, ist dies Sichlustigmachen über unser ehrliches Mitleiden und unsre nicht ausreichende, aber herzliche Hilfsbereitschaft einfach eine Ohrfeige.

Sie geben zu, daß die Emigranten häufig allzu empfindlich seien, fordern aber Verständnis dafür, daß sie wahrlich gute Gründe dazu haben. Nun, und warum sollen meine Gründe weniger gut sein, wenn ich mich geohrfeigt und niederträchtig verdächtigt finde von Leuten, denen ich nie mit einem Wort weh getan, für die ich viele Opfer gebracht habe? Wenn die Emigranten Menschen sind und das Recht zu Menschlichkeiten haben, so bin auch ich ein Mensch und habe das Recht, an Beleidigung und Gemeinheit so viel einzustecken als ich eben vertragen kann. Wenn meine Verletztheit mich dazu triebe, nun gegen die Emigration Partei zu ergreifen, so hätten Sie recht. Aber ich tue ja nichts, als daß ich mich aus einer Tätigkeit zurückziehe, in der ich glaubte unter Kollegen zu sein, und wo man mir absichtlich und aus häßlichen Motiven weh getan hat.

Sie schreiben weiter von einer »Bermannerklärung«, die Ihr Vater und ich »signiert« hätten. Es ist eine Erklärung in Sachen Bermann, die Ihr Vater verfaßt hat, und die ich, nach telefonischem Durchsprechen des Wortlautes, gebilligt und mitunterzeichnet habe.

Ich stehe nach wie vor zu dieser Erklärung. Der Kampf der Herren Bernhard und Schwarzschild gegen Bermann ist der Kampf von erbitterten Gegnern gegen eine gefürchtete Konkurrenz, ein Kampf um Geld und Existenz, und er wird von diesen Herren mit Mitteln geführt, gegen die ein anständiger Mensch keine Gegenmittel hat.

Ich muß Ihnen auch sagen, daß die Wirkung dieser Mittel eine zweifelhafte ist. Ich bekomme jetzt viele Briefe von

Lesern, z. B. von Schweizern, die ihre Abonnemente auf die Emigrantenblätter sofort abbestellen wollen, und bei einigen werde ich Mühe haben, sie auch ferner zur Hilfsbereitschaft in Emigrantenfragen zu bewegen.

Jedenfalls: hier in der Schweiz hat in meinen Kreisen, die sich freundlich und hilfsbereit zu den Emigranten verhielten, das Manöver gegen Bermann, Ihren Vater und mich den Emigranten sehr geschadet.

Ihren Ratschlägen werde ich nicht folgen, sondern meinem Herzen, und wenn ich im Gefühl des Verletztseins einen Fehler begehen sollte, so wird er, wenn das Blut sich beruhigt hat, wieder gutgemacht werden.

Meine Erfahrung in diesen Sachen ist nicht mehr jung. Ich habe im Krieg, während Herr Bernhard glühende Konjunkturartikel schrieb, einige wenige Literaten nicht bloß schwatzen hören, sondern sich bewähren sehen, dazu gehörte die jetzt von Bernhard verdächtigte Annette Kolb, und Romain Rolland, die Freundschaft mit den beiden war das einzige Gute, was die schauerlichen Kriegsjahre mir gebracht haben. Später, nach dem Krieg, kam Ihr Vater hinzu, das sind drei Kollegen, auf die ich stolz bin, die ich liebe und hochschätze, und die mir sehr viel mehr bedeuten als ganze Parteien und Cliquen. Es wird uns stets die Rolle zufallen, als Don Quichotes belächelt oder von Gegner im Kampf der Meinungen mit der Waffe der Lüge und Brutalität zum Schweigen gebracht zu werden. Aber diese gelegentlichen Begegnungen mit der Welt und den Kampfmitteln unsrer Gegner bedeutet in unsrem Leben nicht so viel wie die Gegner meinen.

Was den Verlag Fischer betrifft, so möchte ich hinzufügen: mein Eintreten für Bermann war das Eintreten für einen Freund, der von Räubern überfallen wird. Ob Bermann als Verleger einzelne Fehler mag begangen haben, weiß ich nicht, ich kenne ihn anders als seine Konkurrenten ihn kennen. Persönlich werde ich durch das Gelingen oder Mißlingen von Bermanns Plänen übrigens nicht berührt. Wenn er den Verlag Fischer verkauft, so gehen meine Bücher und Verträge mit an den Käufer über. Irgend welche geschäftlichen Vorteile oder Nachteile habe ich also vom Endergebnis dieses häßlichen Kampfes der Konkurrenz gegen B. nicht zu erwarten.

Es ist nun genug. Ich wollte Ihren Brief nicht ohne eine Antwort lassen. Wenn die jetzigen Streitereien vorüber sind, begegnen wir uns vielleicht irgend einmal wieder.

Mit Grüßen Ihr

H. Hesse

AN THOMAS MANN Amsterdam, den 5. II. 36

Lieber und verehrter Zauberer –

nun möchte ich doch nicht verfehlen, das zu tun, was in diesen Tagen gewiß auch viele andere nicht lassen können: nämlich meine Glückwünsche zu sagen zu der schönen Antwort an den schlechten Doktor Korrodi. Durch den kühnen Schluß besonders bekommt sie ohne Frage die Bedeutung eines entscheidenden Dokuments. Es ist wohl kaum anders denkbar, als daß die Nazis auf diese stolze Provokation mit der Verhängung jener »Strafen« reagieren – die immer ehrenvoll sind für den, den sie niederschmettern sollen. Wenn sie sich dazu nun noch immer nicht entschließen mögen – dann ist es für Dich ein Triumph, wie der Papst ihn nicht hatte. – Mit diesem Offenen Brief ist die Polemik wohl abgeschlossen, die mit Schwarzschilds Anti-Bermann-Glosse ihren Anfang nahm. Ich hoffe, nun wird niemand mehr »antworten«. Still sein sollte vor allem Korrodi. Eine spätere Chronik all dieser Vorgänge wird ihn doch nur als einen unbedeutenden und feigen Menschen nennen, dem eigentlich nur die Macht imponiert und der eigentlich nur den Fortschritt haßt. Er würde sich glänzend, aber wirklich *ganz* glänzend, für einen Redaktionsposten an einem jener etwas idyllischeren Blätter im Dritten Reich eignen. – Bedauerlich ist, daß durch den publizistischen Streit eine Feindschaft zwischen Hermann Hesse und der Emigration entstehen zu sollen scheint. Auch mir hat er zwei Mal ausführlich, wehleidig und nervös geschrieben. Er hat sich furchtbar über alles gekränkt und geärgert. Vielleicht könntest Du ihm einmal gut zureden. Bei dieser Gelegenheit könntest Du Dir auch die beiden Briefe zeigen lassen, die er mir geschrieben hat, und meine Antwort auf seinen ersten. –

Heute lese ich, daß dieser Gustloff in Davos ermordet worden ist. Darüber wird gewiß große Aufregung in der Schweiz hervorgehen. Man hätte Lust, den Täter zu beglückwünschen, aber das wäre natürlich unpassend –

Tausend Grüße fürs Frau Mamale – gestern habe ich ihren Brief bekommen, und schreibe ihr bald.

Stets der getreue Sohn

Aissi-K.

P.S. In der »arischen« Liste war Remarque vergessen.

VON STEFAN ZWEIG Nizza, den 7. Februar 1936

Lieber Klaus Mann!

Herzlichen Dank für Ihren Brief und auf Wiedersehen also in London. Ach, wie widerlich war dieses Gezänke um den Fischer Verlag. Immer die gleiche Situation, nämlich daß wir im Grunde in all diesen Angelegenheiten völlig gleicher Meinung sind. Nur der Ton macht die Musik und ich hasse diese jüdische Profetenfanatik, wenn sie sich ins Journalistische übersetzt. Nein, Freunde, nicht diese Töne! Wie immer hat Ihr Vater mit seinem fehllosen Takt, mit seiner beispiellosen und beispielgebenden Noblesse wieder einmal die Situation gerettet. Seine Antwort an Korrodi will mir ein denkwürdiger Beitrag zur Zeitgeschichte erscheinen. Aber ließen nun endlich schon einmal die Herren in Paris von der Anmaßung ab, immer Zensuren schreiben zu sollen, daß sich ein Thomas Mann heute brav und morgen schlimm, heute richtig und morgen unrichtig benommen hat, statt ihn einfach zu ehren und zu achten und ihm dankbar zu bleiben für sein Mit-uns-sein.

Lassen Sie sich auch nicht über Jules Romains durch irgendwelche Alarmmeldungen von jener Seite täuschen, er ist nach Deutschland gegangen, so wie er nach Italien, Rußland und Argentinien geht. Aber er ist nicht der Mann, sich einfangen zu lassen und Sie haben doch wohl seinen Aufsatz gegen alle Faschismen in »Vendredi« gelesen, der an Klarheit und Entschiedenheit nichts zu wünschen übrig läßt.

Schickele erwidert sehr herzlich Ihre Grüße und ebenso Ihr

Stefan Zweig

Die Angelegenheit jenes deutschen »Candide« oder »Marianne« ist noch immer sehr in Discussion, ich glaube, wir sind um ein großes Stück weiter. Mehr als je brauchen wir ein *gelesenes*, ein ganz *billiges* Wochenblatt, das wie die französischen, wirklich die ganze Nation erreicht. Ich hatte viele Besprechungen und wir haben, wie gesagt, schon erhöhtere Chancen als vor einem halben Jahr.

AN KATIA MANN Jan Willem Brouwers-Straat 21
Amsterdam, den 8. II. 36

Muttmäusin lieb und wert –

ich muß doch sehr energisch darum bitten, daß Du nicht gar zu verschwenderisch mit Deinen Lebensjahren umgehst: erst schon das Christfest, und dann die komplizierte »Affäre«. Diese ist ja nun wohl durch Z.'s schönen Brief wirkungsvoll abgeschlossen – jedenfalls für uns. Wenn Frau Marie noch Eins schwatzen muß – möge sie, sie ist eine Elende, wer weiß, ob sie nicht auch eine Nymphomanische ist und ob nicht selbst der Bucklige auf ihr lag.

Bis heute scheinen ja die Nazis Z.'s stolze Herausforderung noch nicht aufgenommen zu haben. Ich *kann* mir nicht denken, daß sie es auf die Dauer unterlassen. Wenn er sie ins Gesicht fragt, ob sie es endlich wagen, *müssen* sie, um ihrer lieben Ehre willen, antworten: Wir haben schon ganz

Anderes gewagt. Vielleicht warten sie aber auch mit dieser »Staatsveranstaltung« lieber noch, bis die Heilige Winterolympiade vorüber ist – deren häßlicher Glanz mir übrigens überstrahlt zu werden scheint von dem neuen Aufwand der Pariser Besprechungen. Im Augenblick ist ja wohl die außenpolitische Situation eher flau für sie, auch mit Polen.

So hören die Befürchtungen und Hoffnungen nicht auf, und das Leben geht weiter. So auch mein Hendrik Höfgen – der von einer gewissen haßvollen Beschwingtheit zu werden verspricht. Vor zwei Tagen las ich vor einer intimeren, *größtenteils* israelitischen Gesellschaft, die ich zusammengebeten und bewirtet hatte, ein Kapitel vor; mir, sowie den anderen klügeren Anwesenden machte es ganz flotten Eindruck.

Schad, daß bei Euch der Ruin mit hartem Knöchel pocht – da er bei mir doch längst schon eingetreten. Von der Zahnarzt-Rechnung soll zwar *nächstens* eine Rate bezahlt [werden]; wenn sie erlegt ist, werde ich nicht umhin können, Dich zu ersuchen, das, was die Rechnung *über* 100 fl. macht – nämlich 35 – (ein *teurer* Zahnarzt, ich gehe nie wieder zu ihm) – zu überweisen. – Schwarze Schuhe muß ich mir auch kaufen, und auch ein Farbband, wie Du bemerkst. Oh über die Reisihaften Sorgen! Die Reise, die am 19./20. Feber in Luxembourg-Esch beginnt und über Paris nach Londres führen soll – falls ich bis dahin das Visum habe: noch hat His Majestys Home Office nicht geantwortet –, die Reise also wird auch nicht wohlfeil sein. Zwar geht der Peter Iljitsch noch ein wenig; auch kommt ab und zu ein Auslandsabschluß – so jetzt über »Flucht in den Norden« mit England, an Victor Gollancz –, aber das sind doch alles keine *fetten* Sachen, fette Sachen gehören her.

Großen Spaß hatte ich in der letzten Woche mit der Wieder-Lektüre des »Untertan«: ein nicht nur literarisch ganz außerordentliches, sondern absolut erschreckend prophetisches Buch: es kommt einfach *alles* schon vor, bis zum Sterilisierungs-Komplex. Sehr zu empfehlen. Liest sich auch viel leichter als der Henri.

Grüße für die kleinen Musikanten. Ist der Bibi intensiv bei der Arbeit und guter Dinge? – Um Golos Adresse habe ich das vorige Mal schon gebeten, und hätte sie doch so gerne, wenn ich nach Frankreich komme. – An den Ecken hupen! Langsam fahren!

Der treue K.

AN KATIA MANN Jan Willem Brouwers-Straat 21
Amsterdam, den 17. III. 36

Ja ja ja – liebste Muttmäusin – das ist freilich alles ziemlich aufregend. Heute morgen habe ich noch gar keine Zeitungen gesehen und weiß also noch nicht, ob die Scheusäler einen von den ihren nach London schicken werden oder nicht. Hitlers grauenhafte Münchener Rede – die wir, wie auch schon seinen Reichstags-Speech und die Goebbels-Rede unter *Schaudern* am Radio abhörten – ließ ja zweifellos darauf schließen, daß der Unhold zu keinerlei Entgegenkommen bereit – vielmehr entschlossen sei, mit »traumwandlerischer Sicherheit« das Äußerste zu wagen. Aber inzwischen können Schacht und Neurath ihn natürlich schon wieder umgestimmt haben. Es steht zu fürchten, daß Englands zäher Verständigungswille den edlen Elan Frankreichs allmählich brechen oder doch ermüden wird ...

So ist das, und Jammers genug, und inzwischen geht der Alltag weiter. Gestern hatte er durch E's Premiere im Leidsche Plein Theater eine beinah festliche Unterbrechung: es war ja wohl die großartigste Mühlen-Premiere, die je erlebt ward – mit veritablen Ovationen gleich bei Schwestings erstem Heraustreten und nach ihren Nummern, besonders nach der Studentin. Ein sehr intelligentes, höchst politisches Publikum; das Ensemble in bester Form – auch »Ernstes Lied« wirkte *stark*, magst Du dem Bibiz sagen, und ich fand die Musik *ganz hübsch* –, die Giehsin als Prophetin ihrem grausen Vorbild erschreckend ähnlich – man sah das Schnurrbärtchen sprießen.

Überhaupt bringt natürlich die Anwesenheit der Mühle

eine gewisse Belebung in das stille Amsterdam. Magnus wohnt in unserer feinen Pension – wo E und Theres, diesmal im Amstel-Hotel nur wohnend nicht speisend, sich oft zu den Mahlzeiten einstellen. Kesten haben wir ja auch schon seit einiger Zeit wieder hier – wie auch den saufenden Joseph Roth. – Viel Freude brachte auch Kuzi mit einigen wirklich außerordentlichen Konzerten und großer Herzlichkeit beim privaten Zusammensein. Vor allem Else war wieder ganz blendend und auf der Höhe, sehr herzhaft kreischend, dabei sich meinem Damentyp irgendwie annähernd. – A propos Kuzi: *Falls* in der »Nationalzeitung« ein kleiner Aufsatz von mir über seine hiesige Tätigkeit, den ich Kleibern angeboten habe, erscheinen sollte – schicke mir doch bitte den Ausschnitt, oder mach mich mindestens auf ihn aufmerksam – von wegen Honorar einfordern (ABER NICHT VERGESSEN!)

Höfgen geht allmählich weiter – ich habe Angst: es wird ein richtig gemeines Buch, voll von Tücken, wie es eigentlich nur ein Mensch mit schlechtem Charakter schreiben kann. (Dabei habe ich doch einen guten.) – Der Tschaikowsky ist nach England verkauft, auch an Gollancz – nun dürfte Amerika nachfolgen. – Den altbewährten Prager Vortrag halte ich am 31. März nochmal im Haag. – Mitte April will ich dann, mit meinem Freund Brian Howard, in den Süden fahren – nach Portugal, wo schon mehrere junge Leute versammelt sind. Aber nur für etwa zwei Monate und ohne gleich ein Haus zu mieten.

[...] – Und nun genug. Ich bin überhaupt ein viel prompterer, auch ausführlicherer Briefschreiber als Du.

Grüße für Zauberer – von dessen letzter Vorlesung Eri viel zu singen und zu rühmen wußte – und für die Urgreise wert und lieb – die ja nächstens einen Ausführlichen von uns bekommen sollen, der ihnen vielleicht keine *reine* Freude, aber hoffentlich auch kein Zorn und Ärger sein wird. Es *muß* eben sein, und schließlich ist es auch nur vernünftig.

Hiermit verbleibe ich in vollkommener Treue und Liebe, als der Aissi-K.

AN OTTO ZAREK

z. Zt. Sanary s.m. (Var)
Hotel de la Tour
den 25. IV. 36

Lieber Otto – hier sitze ich also, wieder einmal, still und ziemlich arbeitsam, in meinem netten, altvertrauten Sanary (mit den auch sehr netten Plätzen Marseille und Toulon in der Nähe...) und habe viel Zeit zum Lesen. Das erste Buch, das ich mir hier vorgenommen und durchstudiert habe, war dein »Moses Mendelssohn«. Die Lektüre hat mich sehr gefreut, belehrt und beschäftigt. Ich will Dir aufrichtig Glück wünschen – und dies vor allem ist die Absicht dieses Briefes –, aufrichtig und herzlich Glück wünschen zu dieser schönen Leistung. Denn ganz entschieden ist der »Mendelssohn« eine bedeutende Leistung. Du hast aus einer sehr spröden Materie etwas Fesselndes, ja stellenweise beinah Spannendes gemacht. Du hast eine Fülle geistiger und biographischer Details mit einem solchen Fleiße gesammelt, mit einer solchen Geschicklichkeit zusammengestellt und verwertet, daß, als Ganzes, ein eindrucksvolles und prägnantes Bild – nicht nur von der Person des Mendelssohn, sondern von den geistigen Verhältnissen des XVIII. Jahrhunderts herauskommt – reich an Durchblicken und Perspektiven auf das XIX. und noch auf die philosophische Problematik unserer Tage. Den Kampf zwischen Rationalismus und Irrationalismus, zum Beispiel, erleben wir doch heute als etwas dringlich Aktuelles; gar nicht zu reden von dem jüdischen Problem. – Besonders gut scheint mir alles geglückt zu sein, was von Lessing handelt. Seine Figur, die schöne Geschichte seiner Freundschaft mit Mendelssohn mit ihrem rührenden Schluß (M.'s späte Angst, L. könnte Spinozist gewesen sein): das wird alles sehr eindringlich, sehr lebendig.

Was die Gesinnung und intellektuelle Haltung des Buches betrifft, so habe ich auch meine Einwände. Vor vier Jahren würde ich sie, beinah sicher, noch nicht gehabt haben. Heute ist man in allen Gesinnungsdingen sehr empfindlich, sehr wachsam geworden.

Es ist irgendein nationalistischer Einschlag in dem Buche,

der mich stört – und der mir überflüssig, fast pervers erscheint, gerade weil das Buch einen (deutschen) Juden zum Helden hat. Dieser Nationalismus ist mir vor allem ein paar Mal in seiner negativen Ausdrucksform aufgefallen: nämlich an jenen Stellen, die von Frankreich handeln. Natürlich mußtest Du dem Paare Mendelssohn-Lessing antithetisch Voltaire gegenüberstellen. Kommt, in dieser dialektischen Konfrontierung, der Voltaire aber nicht etwas gar zu schlecht weg? Dabei meine ich: nicht nur Voltaire, sondern auch der Geist der Großen Französischen Revolution, der von ihm mit-vorbereitet wird. Die Französische Revolution, als geistiges Ereignis – als eminenter Beitrag zum Problem des Humanismus – wird bei Dir (scheint mir) überhaupt nicht gewürdigt. Mit einer sehr deutschen Selbstgefälligkeit legst Du Wert darauf, daß im Lande Goethes (und Hitlers) die geistige und die gesellschaftliche Kultur zwei streng getrennte Gebiete seien – und daß dem immer so bleiben müsse. Muß dem wirklich so bleiben? Und wäre es wünschenswert, daß es so bliebe? Kommt von der Getrenntheit dieser beiden Sphären nicht das ganze Unglück in unserem Lande – das ganz furchtbar große Unglück, seit Luther? – Der Humanismus, von dem Deine Arbeit erfüllt ist, bleibt ohne jeden politischen Elan; darin scheint mir die Gesinnung Deines Buches der des Zweig'schen »Erasmus« verwandt (wie Du ja von Zweig wohl nicht nur stilistisch gelernt hast). – Ja, es stört mich und ich empfinde es sogar als etwas peinlich, wenn – heute heute heute! – von der Schwärmerei eines deutschen Juden für Friedrich II. die Rede ist – ohne daß das Melancholisch-Paradoxe solchen Verhaltens mit einem Worte erwähnt würde. Es stört mich auch, wenn ich etwas über die »Seichtheit französischer Kultur« lese (S. 192) – als ob »tief« nur die sein könnten, die die Gesellschaft *nicht* verändern wollen! –, oder etwas über »diese prophetische Schau des Nationalen« (heute! und ohne daß das Paradoxe betont wäre!) – Du entschuldigst es, lieber Otto, daß ich diese Einwände mache – nur Dir gegenüber; denn öffentlich würde ich sie niemals zugeben. Ich bin sehr neugierig, was Du mir auf sie zu erwidern haben wirst. Denn hier geht es doch wohl um heute höchst zentrale und entscheidende Dinge.

Im übrigen muß ich schließen: Siehe oben. Dein Buch hat mir sehr angeregte und geistig erfüllte Stunden bereitet. Ich gratuliere Dir noch einmal und ziehe den Hut (bzw. die Baskenmütze) vor Deiner stattlichen, reifen und imposanten Leistung.

AN GOLO MANN

Sanary s.m.
Hotel de la Tour
den 3. V. 36

Ja ja, mein Herr Bruder, ich bin wieder in Sanary, und es ist auch ganz nett – dieses Hotel ist sogar viel besser geworden –, aber man würde sich etwas langweilen, wenn man nicht einen Höfgen zu dichten hätte und wenn man nicht ab und zu nach Marseille oder nach Toulon fahren könnte, wo's pikante Schnäpse gibt. Denn Menschen sind nicht so arg viele da, und zum Beispiel Feuchtwangers sind gar nicht *so* komisch; dafür ist Billux ganz nett, und nun kommt auch Eva wieder. Übrigens werden sich auch Eri und der Landshoff-Friedrich in absehbarer Zeit einfinden; dann reisen wir noch zusammen woanders hin, etwa nach Spanien.

Dir schreibe ich heute vor allem, um Dich wissen zu lassen, daß Johannes R. Becher höchstselbst – ein nicht unwichtiger Funktionär der Dritten Internationale – mich in seinem letzten Brief gefragt hat, ob mein Bruder Golo nicht einmal was für seine Zeitschrift, die »Internationale Literatur«, hätte. Die Adresse ist Postfach 850, Moscou. Ich glaube beinah, sie bezahlen ein bißchen in Goldrubeln. Sie bringen auch lange und schwierige Sachen, oder gerade die. Alle linken Intellektuellen kriegen die Zeitschrift geschickt. Also, vielleicht hast Du mal was Gewürztes – Hölderlin als Produkt der Mehrwertinvestition in der mittleren Verfallsperiode des niedersächsischen Weberei-Kapitalismus, oder so. Mir aber schreibe ein Brief über Dein Leben. Du bist so *geheimnistuerisch*. Warum hast Du mir denn, zum Beispiel, gar nicht erzählt, daß Du den Köster dahattest und daß er Dir zu einer Deutschland-Reise riet? Durch Madame Clarac mußte ich dies alles erfahren; dabei liegt ihr Vater seit Wochen im Sterben.

Dein alternder Älterer:

K.

AN UNBEKANNT

Sanary s.m. Var
Hotel de la Tour
den 3. V. 36

Lieber G. – Dein Brief regt mich auf, er erschreckt mich sogar, ich muß Dir sofort antworten. Was für eine sonderbare Sprache Du sprichst – ich meine nicht Dein Deutsch: es ist beinah tadellos; vielleicht meine ich die Sprache Deines Herzens – ich verstehe sie kaum. Mit welcher Verächtlichkeit Du die Verliebtheit behandelst. Warst Du denn nie verliebt? Oder – um literarisch zu argumentieren (was besser zu dem trockenen Ton paßt, den Du anschlägst) –: Hast Du niemals die Griechen gelesen – ich meine Plato? Weißt Du nicht, daß der Gott beim Liebenden ist (nicht beim Geliebten)? Und hast Du nie Stefan George gelesen? Und nie die frühen Dinge von André Gide? – Ich fürchte, Du hast all dies Schöne versäumt – es innerlich versäumt sogar dann, wenn Du es gelesen haben solltest. Du wirst alles Schöne versäumen, wenn Du Dich nur in Dein Studium und in die Theosophie verbeißt. (Glaube nicht, daß ich den Ernst Deines Studiums – daß ich die positiven, die schönen und bedeutenden Elemente in der Theosophie unterschätze; aber das alles genügt nicht; es bleibt eine »klingende Schelle« – wie es im Buch der Bücher heißt –, so Du der Liebe nicht hast.) – Du bist pedantisch; Du bist egoistisch; willst Du unbedingt nur ein höherer holländischer Beamter werden, mit einem gewissen Interesse für die Seelenwanderung (über die Du etwas Genaueres doch nicht erfährst), und mit sonst tadellosem Lebenslauf? Mein Lieber: Du bist zu liebenswürdig, um Dir ein solches Leben zu machen...

Du meinst, ich sei sehr verliebt in Dich, und stellst dies halb spöttisch, halb strafend fest. Ja, ich *war* sehr verliebt in Dich, mein Lieber, und ich habe sogar gehofft, Dich *lieben* zu können; (was unendlich viel mehr ist als »verliebt-sein« oder als »lieb-haben«). – Bin ich heute in Dich verliebt? Sicher nicht in diesem Augenblick. In diesem Augenblick ist mein Interesse für Dich ein ganz anderes. Es ist *nicht* »egoistisch«. Es ist eigentlich ganz genau das Interesse, das Du Dir wünschest. Trotzdem wirst Du kaum mit ihm zufrieden sein. Denn ich gebe Dir den Rat, den Du nicht hören willst.

Ich gebe Dir den Rat, Dein Leben aufzulockern; verschwenderischer mit Dir selbst zu sein; Dich aus dem fest umzirkelten Kreise Deiner Arbeit, Deiner Familie, Deines Glaubens (ja, jetzt meine ich wieder die Geheimlehre) zu befreien. Dich zu befreien – verstehst Du das? Das wünsche ich mir *für Dich*. Freilich, es würde auch mir – vielleicht – zugute kommen.

Einem, der sich gar zu sehr verschwendet und taumelt und keinen Halt hat, würde ich den entgegengesetzten Rat geben. Dir rate ich von ganzem Herzen: Sei weniger geizig! Sei weniger besonnen! – Darf ich es als ein Kompliment formulieren? (aber Du bist ja eitel genug!): Deine Liebenswürdigkeit *verpflichtet* Dich. Verpflichtet Dich nicht am Ende sogar das Interesse, das Du in *mir* erweckt hast? – Wahrscheinlich drücke ich mich unklar aus. Vielleicht willst Du mich auch gar nicht verstehen. Du fühlst Dich wohl, so wie Du bist und wie Du lebst. Du spürst nicht, wie die Erde in allen Fugen kracht; wie gefährdet, brüchig, fragwürdig alles Irdische ist – es seiner ursprünglichen Anlage und Natur nach ist; und, was das Menschliche betrifft, unter den heutigen politischen und sozialen Verhältnissen besonders. – Mein Lieber: wir retten uns nur, wenn wir aufbruchsbereit sind; wenn wir über unsere engen Interessen hinausschauen können; wenn wir sehr viel leiden, wenn wir sehr viel lieben.

Das sind alles nur Worte. Du kannst sie – wenn Du willst – mit einem spöttischen Gesicht lesen und Dir dabei denken: Solche Briefe schreiben sich Gymnasiasten, nicht Leute, die etwas Ernsthaftes zu tun haben. Ich bin kein Gymnasiast; (wenngleich ich – dies nebenbei – die Verachtung der Gymnasiastenseele billig finde); ich habe sehr viel Ernsthaftes zu tun. Ich habe in meinem Leben – ich bin beinah dreißig Jahr alt, und ich habe mit fünfzehn Jahren bewußt und leidenschaftlich zu leben begonnen –, ich habe also in diesen fünfzehn Jahren sehr viel geliebt und sehr viel gelitten. Ich habe auch viel gearbeitet. Wer weiß, was davon übrig bleiben wird – wer wagte, das heute (heute!!) zu entscheiden; ich habe Grund zu hoffen, daß nicht alles verloren gehen wird, und jedenfalls weiß ich, daß einiges, was ich gemacht habe, die Kraft hatte, Menschen zu trösten oder sie aufzuscheuchen und ihnen etwas zu bedeuten. Entschuldige es bitte, daß ich das erwähne. Ich tue es nur, um meinen Worten an Dich ein gewisses Gewicht zu geben – damit sie Dir nicht gar zu federleicht scheinen. Denn sie sind ernst gemeint. Verstehst Du das? Ob sie Dir etwas bedeuten werden oder nicht; ob Du etwas mit ihnen wirst anfangen können oder nicht; (wahrscheinlich wirst Du sie nicht verstehen, wahrscheinlich wirst Du nichts mit ihnen anfangen können): sie sind ernst gemeint. Sie entscheiden auch über unsere zukünftige Beziehung. Wenn Du mir nichts zu antworten hast, wenn Du meinem Anruf gegenüber unempfindlich und unempfänglich bleibst – dann war es falsch, übertrieben, fast etwas komisch von meiner Seite, Dich mit einer solchen Heftigkeit anzureden und zu beschwören. Dann führe Dein Leben weiter wie bisher. Ich wünsche Dir, Du mögest es niemals zu bereuen haben.

Vielleicht errätst Du aber doch irgendetwas aus meinen Worten; vielleicht meinst Du, daß das Zusammensein mit mir – daß die Berührung mit mir Dir doch auf irgendeine Weise Gutes bringen könnte; daß ich dazu fähig wäre, irgendetwas in Dein Leben zu bringen, was ihm bis jetzt gefehlt hat. (Was *Du* aber *mir* geben könntest – darüber sage ich nichts; das geht nur mich an.) Wenn Du so etwas spürst, dann schreibe es mir. Dann könnte man sich doch vielleicht im Sommer treffen – in der Schweiz oder in Frankreich oder in Holland; das Praktische würde sich einrichten und regeln lassen.

So – jetzt hast Du einen noch viel längeren Brief, als Du mir einen geschrieben hast. Deiner war steif, beinah feindlich. Entschuldige es, wenn der meine maßlose Töne enthält. Ich bin sonst sehr gegen sie, ich mag sie eigentlich nicht. Zu Dir mußte ich *laut* sprechen – weil ich hoffe, Dich auf solche Art eher aufzurütteln. Aber eigentlich hoffe ich es ja kaum...

Je t'embrasse

AN THOMAS MANN

Hotel Camp de Mar
Andraitx – Mallorca
den 2. VI. 36

Lieber Herr Zauberer hochgeehrt –

diese Zeilen, wenngleich doch wohl rechtzeitig abgefaßt, kommen gewiß zu spät zum Geburtstag – falls sie überhaupt ankommen: denn die postalischen Verhältnisse hier erscheinen uns ziemlich merkwidrig. Es geht keine Post ab und es kommt keine an – einerseits hat es ja auch sein ganz Nettes. Es ist eben eine Insel und sehr idyllisch. Es ist wirklich sehr sehr hübsch hier, und es wäre auch für euch einmal eine Reise. Mit der Routine alter Globetrotter haben wir auch gleich das Hotel herausgefunden, welches am schönsten liegt: an einer dekorativ gerahmten Bucht, die aber doch den Blick auf das offene Meer freigibt. Das Hotel ist sehr fein geführt. Publikum fast rein englisch, Nazis nicht in Sicht. So leben wir ganz still und gut, Eri erholt sich ein wenig, Miro auch, desgleichen der Friedrich, und nur zuweilen störe ich den Frieden, indem ich ein boshaftes Kapitel aus dem »Mephisto«-Roman vorlese – der so gut wie fertig ist (d. h. im Manuskript; jetzt muß er noch diktiert und korrigiert werden). – Für zwei Tage hatten wir auch meinen alten Freund Herbert Schlüter hier, ein ganz artiges und drolliges Überbleibsel aus vergangenen Berliner Tagen – Du erinnerst Dich vielleicht, wie er einmal mit Wolfgang Hellmert in der Poschinger erschien und daß er recht hübsche Novellen in der Neuen Rundschau und bei Fischer hatte. Er lebt jetzt schon seit fast zwei Jahren auf Mallorca. Überall, wohin man kommt, ist irgend jemand, und sei es auch nur im Grabe. Das ist die Diaspora.

Aber ungefähr in einer Woche werden wir schon die Heimreise antreten, über Südfrankreich. Dann kommen wir zunächst nach Küsnacht, und ich will auch ein bißchen dort bleiben, ehe ich hinauf nach Sils fahre. – Vor der Schiffsreise von hier nach Marseille fürchte ich mich ziemlich: auf der Herfahrt, von Barcelona hierher, ist mir wieder grauenhaft schlecht geworden, obwohl das Meer eigentlich still war, ich bin gar nicht mehr rechtzeitig aus der Kabine gekommen und habe Landshoffs guten Anzug scheußlich vollgespuckt.

Jetzt wollen wir geschwind nach Palma fahren, um alles selbst in den Kasten zu stecken, und ich sage nur noch viele Grüße, auch für Mielein-wert, und viele Glückwünsche und Gratulationen und die artigsten Kratzfüße

– als der ganz getreue

Aissi-K.

AN BRUNO FRANK [12. Juni 1936]

Lieber Bruno Frank!

Ihren vierzigsten Geburtstag haben wir in München gefeiert, es ist also wirklich schon zehn Jahre her. Damals sind wir alle noch relativ sorglos gewesen. Man hatte vielleicht schon Ahnungen, aber die meldeten sich doch nur zuweilen, ohne wirkliche Vehemenz, und übrigens war man eher geneigt, sie als unbegründete Grillen zu verscheuchen. Ein paar Jahre später, und aus den Ahnungen waren die ernsten Sorgen geworden, die nicht mehr als Grillen abzulehnen waren, die sich auf Realitäten bezogen und unser Leben beunruhigten, verwirrten, trübten. Freilich, keine Sorge war tief und heftig genug, wie sich bald herausstellen sollte, und was schließlich in unserem Lande schauerliches Ereignis wurde und uns vertrieb, ließ unsere finsteren Befürchtungen harmlos scheinen...

Wir sollen nicht daran denken? Wir wollen nicht davon sprechen – nicht immer wieder, nicht unablässig, und gewiß nicht bei so freundlichem Anlaß, wie der Festtag eines Freundes – der Ehrentag eines Schriftstellers einer ist? Aber wir müssen doch daran denken und davon reden – wir können doch, wir dürfen doch gar nicht anders. Von diesen schlimmen Vorkommnissen, diesen gräßlichen Abenteuern sind wir doch alle – Sie, ich und jene, die wir noch unsere Freunde nennen – im allertiefsten ergriffen; sie haben uns gerüttelt und wehgetan; sie haben nicht nur unser Leben, sondern unser ganzes Lebensgefühl verändert. Wie dürfte ich die schlimmen Vorkommnisse außer acht lassen – gerade anläßlich Ihres Festes und gerade Ihnen selbst gegenüber, der Sie Ihren Zorn, Ihre Trauer, Ihren Haß, Ihre Hoffnungen nicht nur in tausend Unterredungen, sondern auch in vielen klaren und guten Aufsätzen ausgesprochen haben und der Sie – wie ich weiß – im Begriffe sind, aus dieser Überfülle des geistig Erlittenen, aus all der Schmach, die man uns und unserem Lande angetan, ein kämpferisches Kunstwerk zu formen, das die Welt – diese immer noch große, immer noch zivilisierte Welt, in der Ihr Name Klang und Ansehen hat – aufhorchen lassen wird?

Ich weiß es genau: gerade an Ihrem Fest- u. Feiertage, da die Glückwünsche aus vielen Ländern in Ihrem kleinen Salzburger Hause eintreffen, werden Sie sich besinnen und sich fragen: Was habe ich getan und geleistet gegen das große Übel, gegen die Weltgefahr – an meinem Platze und nach meinen Kräften? – Nun, Sie dürfen zufrieden sein, Bruno Frank. Sie haben sich ganz bewährt in der schicksalhaften Situation – erlauben Sie, daß ein Jüngerer, der hofft, sich Ihren Freund nennen zu dürfen, es Ihnen sagt und Ihnen dafür dankt. Sie sind weder müde noch bitter geworden. Sie arbeiten weiter. Mit einem künstlerischen Gewissen, das sich noch geschärft hat – mit der passionierten Sorgfalt des echten Schriftstellers tun Sie weiter Ihr Werk, dessen Welterfolg unserem Deutschland zur schönen Ehre gereicht. Sie sind durchaus geblieben, was Sie waren – nur daß Sie heute mit einem kämpferischen Pathos das sein müssen, was Sie früher auf eine halb behagliche, halb melancholische Art gewesen sind –: ein guter Europäer. Wenn irgendeiner, dann verdienen Sie diesen Ehrennamen.

So sind [Sie] sich treu geblieben: Ihrer Gesinnung und Ihrer Gesittung; den großen Vorbildern, an denen Sie sich erzogen haben und – bei aller intellektuellen Skepsis – Ihrem unerschütterlichen Glauben an die heilig ewigen europäischen Werte, Ideale und Begriffe. Sie haben nichts verraten, um keiner Mode willen etwas abgeschworen – sind es so viele, die das zu dieser Stunde von sich behaupten können? Ihr schriftstellerisches Werk ist ein Ganzes, von seinem Beginn bis heute durchströmt und erwärmt von dem gleichen zuversichtlichen und starken, noblen und redlichen Gefühl.

Eine große Verwirrtheit herrscht in dieser Zeit, ein mächtiger Aberwitz unternimmt es, alles auf den Kopf zu stellen. Auf den Gassen behaupten die Schreier, das große Falsche – das sei die Vernunft, und alles Unglück komme stets von ihr. Aber in Ihren Büchern finden sich keine Zeichen und Spuren der allgemeinen großen und gefährlichen Konfusion. Denn Sie sind sich zu gründlich klar über das, was Sie wollen und was Sie nicht wollen. Sie lieben nicht das Äußerste, das Gewagte, das zum Abgrund Drängende. Die Zone, in der Sie sich wohl und beheimatet fühlen, ist die zivilisierte, wo die Vernunft und die Menschenfreundlichkeit herrschen. Ihnen gilt nichts das steile hysterische Pathos des falschen Heroismus, des eitel und vergeblich gebrachten Opfers. Sie sind voll Sympathie mit dem Leben – obwohl andererseits, in Ihrer Arbeit wie in Ihrer Person, ein halb-verborgener Einschlag von Melancholie, von

Schmerz und Resignation sich finden ließe; denn zu Ihren Erziehern rechnen Sie Schopenhauer. Aber stärker als das schopenhauerische Element – so bestimmend dieses für Ihr Künstlertum zu gewissen Zeiten gewesen sein mag – ist das andere, positive. Glauben Sie nicht im Grunde daran, daß durch Liebe u. durch Vernunft das Menschengeschlecht zu erziehen sein wird und abzubringen von seinen barbarischen Narrheiten? Doch: mit einigen melancholischen Vorbehalten glauben Sie es – selbst heute, gerade heute, und obwohl man sich eben jetzt mit solchem Glauben häufig vorkommen mag wie Don Quixote, der Ritter von der Traurigen Gestalt. In Ihrem vorigen Roman ist vielleicht nicht so sehr Cervantes der Abenteurer und eigentliche, echte und rührende Held: Don Quixote, der nach allen Niederlagen und Blamagen immer noch gläubig und bereit zu neuen Kämpfen für das Gute bleibt.

Aus guten Gründen hatten Sie stets eine Vorliebe für die problematischen Helden, die mit der Bewunderung das Mitleid in uns erwecken. Während mehrerer Jahre haben Sie sich mit dem Preußen-Friedrich beschäftigt – von allen großen, fragwürdigen deutschen Figuren vielleicht die doppeldeutigste, fragwürdigste, problematischste –: eine leidenschaftlich innige Beschäftigung, der wir eines Ihrer schönsten Bücher, »Die Tage des Königs«, außerdem den Roman »Trenck« und das Schauspiel »Zwölftausend« verdanken. Ihre Helden sind nie jene gewesen, die etwas besitzen; sondern immer die anderen, die um etwas kämpfen. Auch in der »Politischen Novelle« – jener Ihrer Arbeiten, in der sich Ihre Gesinnung am klarsten manifestiert und in der Ihre erzählerischen Mittel aufs glücklichste zusammenwirken –, auch hier wird gekämpft, und zwar gerade um das, was Sie am sichersten zu besitzen scheinen: um den großen Bestand – um die Rettung der großen europäischen Ideengüter. Dem Helden-Paar dieser schönen und bedeutend gleichnishaften Geschichte – dem französischen wie dem deutschen Minister, den Friedenswilligen, den Lebensfreundlichen droht Gefahr; sie werden sowohl versucht als verfolgt; sie werden verlockt und gekränkt mit vielerlei Listen, von verschiedenen Reizen und Gewalten – und es berührt heute wie eine trübe Vorahnung dessen, was seitdem Wirklichkeit wurde, wenn man nachliest, wie der Deutsche – der deutsche Europäer – es ist, den Sie unterliegen, untergehen lassen. –

Ich nenne – halb zufällig und im Vorübergehen – die Titel einiger Ihrer Bücher, und ich darf, wieder einmal, feststellen, wie sehr ich zu Hause bin in der zugleich übersichtlichen und komplexen Welt Ihrer Produktion, wie nachhaltig Gesinnung und Form Ihrer Arbeit auf mich gewirkt haben. Gleichzeitig merke ich aber auch, nicht ganz ohne Schrecken – denn ich hätte Lust, lange fortzufahren –, wie beschränkt der Raum ist, der mir zur Verfügung steht, und daß ich mir die Aufzählung, geschweige denn die Analyse Ihrer Werke keineswegs gestatten darf. So muß ich mich damit begnügen, das festzustellen, was von allen Ihren Arbeiten gilt – von Ihrem mit einer sinnlichen Verve geschriebenen Jugendroman »Die Fürstin« über die vielen, teilweise vorbildlich gebauten Novellen und die Erzählungen um Friedrich den Großen bis zum »Cervantes«; von Ihren einfachen, gefühlsstarken Versen wie von Ihren Stücken für das Theater: daß in ihnen allen der sittliche Ernst und die Form dem guten Europäer Ehre machen. – Die beiden großen Begriffe, die Ihre moralische Haltung immer bestimmt haben, sind die der Barmherzigkeit und der Freiheit; im ersten fassen wir das christliche, im zweiten das antike Ethos zusammen; beide gemeinsam machen das europäische aus – die Deutschen werden sich dessen wieder erinnern, und gerade während sie es verleugnen, sind wir gehalten, daran zu denken und dieser Wahrheit zu dienen.

Der Echtheit einer Gesinnung entspricht, in der artistischen Sphäre, die Reinheit der Form. Bei Ihnen hat der Bau einer Szene oder eines ganzen Kunstwerks immer zugleich Lockerheit und Präzision. Sie lassen sich niemals gehen; eine Ihrer wertvollsten Eigenschaften ist die Gewissenhaftigkeit des guten Handwerkers; Ihre Prosa ist niemals zuchtlos.

Noch in Ihren Nebenarbeiten – zu denen Sie selber dieses oder jenes unter Ihren Stücken rechnen – bezaubern die leichte und genaue Führung des Dialogs und jene charmante Durchsichtigkeit des künstlerischen Gefüges, die Sie bei den Franzosen gelernt haben und die den Deutschen so selten gelingt. Es sind wahrscheinlich eben diese seltenen Qualitäten, denen Ihre Komödien ihren starken und dauerhaften Erfolg verdanken. Unter deutschen Intellektuellen neigt man zum Mißtrauen gegen das Liebenswürdige und Gefällige und man rümpft die Nase über das, was die Leute unterhält, während es sie doch zugleich auch nachdenklich stimmen oder besser machen könnte. Welch einfaches, einleuchtendes moralisches Pathos hat Ihr berühmtes und wirklich volkstümliches Lustspiel »Sturm im Wasserglas«! Lunatscharsky soll es mit dem »Revisor« verglichen haben – und ich begreife, warum. –

An wie vieles denke ich, während ich Ihnen diese Glückwünsche schreibe! – nicht nur an Bücher oder an Theaterabende, sondern auch an gelebtes Leben. Das liebenswert verlockende Spiel des »Wissen Sie noch?« – wie lange könnte ich es nun schon mit Ihnen spielen! Aber soll ich Ihnen, zu Ihrem Fest, die Geschichte Ihrer großen Freundschaft mit unserem Hause erzählen? – Die feierlichen Anlässe, die man früher so gerne dazu benutzte, um zurückzuschauen, dienen uns heute eher dazu, klar und inständig an die Zukunft zu denken. An den entscheidungsvollen Abenteuern, die kommen müssen, werden Sie – lieber Bruno Frank – mit uns teilhaben –: des bin ich sicher.

Denn wir werden nicht nur Katastrophen erleben – die sind kein Dauerzustand und gehen vorbei –; vielmehr auch Zeiten, in denen es auf alle jene Eigenschaften ankommen wird, die Sie besitzen: auf die Zuverlässigkeit und Festigkeit der geistig-moralischen Haltung; auf den echten Willen zur Leistung; auf die Lauterkeit und Vornehmheit der Person. – Nichts geht verloren – nicht das, was wir lieben; nicht das, was wir sind oder leisten; und auch was wir leiden, wird nicht umsonst gelitten worden sein.

Ihnen wünsche ich, und von Ihnen glaube ich, daß Sie an dieser reineren Zukunft, die uns für so viel Verlust und Schmerz entschädigen könnte, tätig teilhaben werden. Erlauben Sie, daß ich Sie, in diesem Sinne, von Herzen grüße – zuversichtlich, bei einigen melancholischen Vorbehalten –:

als Ihr getreuer

K. M.

VON BRUNO FRANK [Juni 1936]

Lieber Klaus Mann,

Sie haben mir mit einem so klugen, schönen Brief zum 50. Geburtstage gratuliert, haben aus meiner Arbeit ein so tröstlich positives Fazit gezogen, daß ich gerührt und dankbar davorstehe – und gleichzeitig auf eine etwas kuriose Art beschämt. Ähnliches behaupten zwar »Jubilare« immer, aber mein Fall liegt insoweit besonders, als ich eigentlich noch gar kein Jubilar *bin*. Sie haben sich um ein Jahr geirrt, lieber Klaus Mann: ich bin erst 49 geworden.

Man erzählt mir, daß Sie auf einer Ferienfahrt weit im Süden sind; von irgendeiner spanischen Insel, wo man sich nicht vergewissern konnte, haben Sie den wunderschönen Glückwunsch abgesandt. Nun, mir kann die Vorausdatierung wahrhaftig recht sein. Sie haben mir, ein bißchen früher als »verdient«, innig wohlgetan. Und kein Neunundvierziger weiß doch, zumal in diesen wilden Zeiten, ob er seinen fünfzigsten auch wirklich erlebt!

Ihr alter

Bruno Frank

AN STEFAN ZWEIG

Grand Hotel
Bandol -s-Mer (Var)
15. VI. 36

Lieber und verehrter Stefan Zweig –

wie geht es Ihnen, wo sind Sie – wahrscheinlich keineswegs in London (wohin ich diese Zeilen adressiere) –, wann werde ich Ihr neues Buch sehen – liegt schon irgendwo ein Exemplar und wartet auf mich? Heute schreibe ich Ihnen, noch einmal, wegen meiner Freundin Annemarie Schwarzenbach. Reichner hat zwar nicht total ablehnend, aber doch – für mein Gefühl – etwas enttäuschend reagiert. Er ist »im Prinzip« bereit, die orientalischen Erzählungen zu bringen. Aber seine Bedingungen sind nicht sehr schön. – Von den finanziellen Bedingungen rede ich dabei kaum. (Der Verlag will natürlich nicht nur nicht zahlen, sondern er will Geld sehen, sogar ziemlich viel Geld. Über diesen Punkt könnte sich Frau Clarac aber – durch die Vermittlung ihres Anwaltes – wohl irgendwie mit dem Verlag einigen.) Noch größere Sorgen machen uns die Wünsche Reichners, Änderungen im Manuskript betreffend. – Das Buch – lyrisch getönte Novellen mit viel Landschaft – ist völlig unpolitisch. Jedoch – wie es scheint – für Reichner immer noch nicht unpolitisch genug. Er fürchtet, mit irgendwelchen Kleinigkeiten im Dritten Reich anzustoßen und verlangt zahlreiche Korrekturen – die er obendrein selber vornehmen möchte –, zu denen sich die Autorin (»freie Schweizerin«) nicht entschließen will. – Reichner scheint ein Verbot des Buches im Dritten Reich um jeden Preis vermeiden zu wollen. Ich glaube auch kaum, daß ein *Verbot* in Frage käme – das Buch ist, in der Tat, unpolitisch. (Wirklich Anstoß erregen könnte höchstens eine einzige kleine Erzählung, die in Palästina spielt und das Judenproblem berührt; an ihr – und nur an ihr – wäre die Autorin bereit, ein paar Änderungen vorzunehmen.) – Andererseits muß Reichner sich darüber klar sein, daß auf einen irgend wesentlichen *Absatz* dieses kleinen Buches in Nazi-Gauen ohnedies nicht zu rechnen ist; (ebenso wenig, wie etwa auf den Absatz eines Buches von oder über unseren grand ami Bruno Walter). Annemarie Schwarzenbach ist – durch eigene schriftstellerische Leistung und durch den Klang ihres Familiennamens – vor allem in der Schweiz bekannt. Hinzu kämen, als Absatzgebiet, etwa noch Österreich (durch die Verbindungen Reichners) und Holland (durch eine gewisse Propaganda, die wir dort für das Buch machen könnten). – Warum also das Buch so zurecht frisieren, als ob es zunächst und vor allem für Berlin bestimmt wäre? – Das ist doch ganz sicherlich nicht in Ihrem Sinn. – Wahrscheinlich könnte es, auch heute noch, zu einem Abschluß zwischen Reichner und Madame Clarac kommen – wenn der Verlag auf seine etwas überraschenden Forderungen verzichtet. Ist es sehr unbescheiden, wenn ich Sie darum bitte, Reichner in dieser Richtung zu beeinflussen?

Entschuldigen Sie, daß ich Ihnen diese Sache noch einmal derart des Langen und Breiten auseinandergesetzt habe. Aber Sie waren ja nun einmal freundlich genug, sich ihrer anzunehmen. Nun tun Sie also bitte noch das Letzte, und reden Sie Ihrem Reichner gut zu, daß er nicht durch seine Übervorsichtigkeit alles unmöglich macht. –

Ich fahre von hier aus dieser Tage in die Schweiz – wo ich über Küsnacht/Zürich, Schiedhaldenstraße 33 zu erreichen bin. Gerade komme ich von Mallorca zurück, wo ich ein paar sehr schöne Wochen hatte. Übrigens habe ich dort, in aller Muße und mit stärkstem Eindruck, »Ihren« Roman von Ernst Weiss, den »Armen Verschwender«, gelesen – ein höchst ergreifendes Buch! Wieviel *Leben* es enthält – wie komplex, wie reich, wie rührend es ist! Ich bin von ihm sehr begeistert.

Nehmen Sie bitte viele Grüße von mir. Im Lauf des Sommers möchte ich auch einmal nach Salzburg kommen – werden Sie da sein? Ihr getreuer

Klaus Mann

AN STEFAN ZWEIG Salzburg, Kapuzinerberg 5
[Poststempel: 30. VII. 36]

Zur gefälligen Beneidung herzliche Grüße! Es ist reizend bei Ihnen, warum sind Sie nicht da, wie kann man es in Rio oder in Ostende schöner finden? – Ihr

Klaus Mann

VON STEFAN ZWEIG [Sommer 1936]

Lieber Klaus Mann,

soviel ich eben beim Ankommen erfahre, hat Reichner Frau S. vorgeschlagen, sie möge die Änderungen vornehmen und er sei nur *im Notfall* bereit, es selbst zu tun. Vergessen Sie nicht, daß wir hier eine hochlöbliche Censur haben und er sehr *vorsichtig* sein muß – ach, in welchen Vormärz, nein Vordezember sind wir zurückgeraten!

Mein Buch haben Sie hoffentlich bekommen. Es war ein *bedauerliches* Pech, daß es – ich hatte keine Ahnung von den Vorbereitungen – *gerade* auf den Tag erschien, als man in Genf und der ganzen Schweiz die officiellen Calvinfeiern begann; zwei Tage früher, wenn ich das geahnt hätte und ich hätte aus Taktgefühl das Erscheinen in den Herbst vertagt. Nun krieg ich reichlich Saures, aber, auch das ist gewiß für irgend eine andere schlimme Tat verdient. Ich bin nur *so* müde, bei meiner eminent pacifistischen Natur, immer wieder in Conflicte zu geraten und freue mich schon auf Brasilien, wo ich portugiesische Zeitungen nicht lesen kann.

Herzlichst Ihr

Stefan Zweig

z. Z. Wien
Adresse Herbert Reichner Verlag Wien VI

P.S. Reichner kann wirklich nichts dafür. Wir haben im Ausland völlig das Gefühl verloren für die Ängstlichkeit in der man hier leben muß.

AN EVA HERRMANN Küsnacht, den 11. VIII. 36

Eva schön:

Dein Briefle war ein sehr nettes, vielen Dank. Inzwischen hattest Du ja den Vorzug, unseren Geschwistern nahe zu sein – waren sie drollig? Ich möchte es hoffen, und überhaupt, daß Du einen guten Sommer hattest. – Die drei Wochen, die ich in Salzburg war, sind sehr nett gewesen: als Gast von Brian hauste ich in einer großen hübschen alten Wohnung, die wiederum ein anderer Freund gemietet hatte; es gab viele Menschen, beinah zu viele – am intimsten die lieben Franks und die lieben Walters –, sehr schöne Musik (ich glaube, im nächsten »Tage-Buch« wird ein Bericht von mir darüber zu finden sein...) und eine reizende Stadt, wo sich manch schmucke Lederhose angenehm herumtrieb. Eri ist noch dort geblieben, um wichtige Amerikaner zu treffen. Es kann sein, daß sie dieser Tage einen einzelnen, privaten Pfeffermühlen-Abend auf Schloß Leopoldskron, bei Reinhardt – von Kommer arrangiert – geben wird; aber das stand noch nicht ganz fest, als ich gestern mit ihr telephonierte – es würde natürlich auch viele Umstände mit sich bringen – Magnus müßte aus Portugal kommen usw. –; jedoch könnten die Vorteile, vielleicht, erheblich sein. (Visitenkarte für Amerika; Leopoldskron das Gelobte Land des angelsächsischen Snobismus...)

Ja, wir fahren nun also in der Tat nach den U.S.A. – ich auch, nach langem Schwanken habe ich mich entschlossen. Es sieht aus, als solle ich das Visum anstandslos bekommen. Wahrscheinlich werden wir am 19. den holländischen Dampfer Statendam nehmen – die Holland-Amerika-Linie gibt uns eine recht brave Ermäßigung. Ich erzähle es Dir in der Hoffnung, auch Dich zur Reise zu animieren. Willst Du Dir nicht einen Ruck geben? Es könnte ein recht guter Winter in New York sein – und in Europa wird es, im Zweifelsfall, ein beschissener. Auch Annemarie will hinüberfahren – wahrscheinlich sogar noch *vor* uns: ihre Freundin Barbara – von der ich das Gefühl habe, daß sie besser ist als meistens A.'s Freundinnen – bietet ihr irgend welche beruflichen Chancen... Ließe es sich nicht auch für Billux einrichten? Ich würde es ihr sehr wünschen. Ich finde ja mehr und mehr Wohlgefallen an dieser. Ich glaube, New York würde ihr – und uns allen – viel besser zu Gesichte stehen als London.

Überlege Dir das alles! Schreibe mir bald! Ich werde ungefähr noch eine Woche hier sein; dann, bis zur Abreise, in Amsterdam (c/o Querido).

Grüße alle schönstens – Billuxen, aber auch Huxleys (respektvoll); Feuchtwanger (untertänig); Marcuse (jovial).

Für Dich ein Zärtliches vom: *alten*

K.

[...]

VON STEFAN ZWEIG

49, Hallam Street
London W. 1.
24. November 1936

Lieber Klaus Mann!

Den »Mephisto« habe ich endlich erhalten und mit viel Freude gelesen. Ach, es hilft nichts, daß Sie auf der letzten Seite liebenswürdig schwindeln, es handle sich nicht um reale Personen! Man erkennt sie doch und man erkennt, was wichtiger ist, die ganze Zeit in ihren Übergängen und Spannungen. Es war schon gut, daß Sie in so spannender Form ein Exempel der Charakterakrobatik gegeben haben und das Unterhaltsame, das Satirische und das Künstlerische so glücklich zu verbinden wußten.

Mitte oder Ende Januar, fürchte ich, bin ich nicht da. Es ist schon ein Unstern über unsren Begegnungen. Ich plane nach dem Süden zu reisen, aber bestimmt ist gar nichts, denn wer wagt noch Pläne zu machen in einer Zeit, die 1914 zum Verzweifeln ähnlich sieht.

Herzlichst Ihr

Stefan Zweig

VON THOMAS MANN

Küsnacht–Zürich
Schiedhaldenstraße 33
3. XII. 36

Lieber Aissi,

über Deinen »Mephisto«, den ich längst genußreich beendet habe, hätte ich Dir schon geschrieben, wenn nicht mit der Hineinarbeit in die neue Novelle in den letzten Tagen allerlei Geschäfte und Entschließungsnotwendigkeiten, unsere Staatsangehörigkeit betreffend, konkurriert hätten, die mir den Kopf einnahmen. Nach einigem Hin und Her habe ich mich entschlossen, die Sache doch schon jetzt gleich bekannt machen zu lassen, weil ich unbedingt das Prävenire spielen möchte. Seit meiner Äußerung über Ossietzky in der »Par. Tagesz.« schwebt das Schwert der Ausbürgerung dichter als je über mir, und wenn es heute auch schon rechtlich stumpf wäre, so wäre doch die Konfiskation meiner Habe, sagt Valentin, diplomatisch schwerer rückgängig zu machen, wenn sie ausgesprochen ist. Der neue Joseph ist ohnehin in Deutschland schon jetzt in den Händen aller Interessenten; das zu erwartende Bücherverbot kann ihm nicht mehr viel anhaben. (Die Auflage von 10 000 Exemplaren ist schon so gut wie vergriffen, ein Neudruck im Gange.) Und daß ich das nächste Buch nicht mehr hineinbringen würde, wenn das Regime fortbesteht, war so wie so gewiß.

Soviel über die Lage. Dein Roman also hat mir großes Vergnügen gemacht. Er ist leichtfüßig und amüsant, ja brillant, sehr komisch oft und auch sprachlich fein und sauber. Die Beobachtung kann man ja machen, daß ein so sehr an die Wirklichkeit gebundenes Werk am gefährdetsten ist und gewissermaßen ratlos wird, wo es frei von ihr abweichen und sie verleugnen möchte. Da ist dann leicht nicht alles in Ordnung, manches ist mehr unrichtig als frei und manches so gar nicht ganz recht – so kommt es uns vor. Mit Mielein stimme ich darin überein, daß das Gelungenste und kritisch-erzählerisch Glänzendste die Schilderungen aus dem Berliner Theater- und Literatenleben von vor dem

Umsturz sind. Aber freilich muß man sich gerade unter dem Eindruck dieses witzigen Bildes fragen: Wenn es so war, so albern und so korrupt, konnte es dann so fortgehen, und mußte nicht etwas anderes kommen, vielleicht notwendig das, was kam? Diese Frage ist gefährlich, und der Republik geschieht doch wohl unrecht damit. Ich weiß nicht, ob Du Dich hier als Moralist gefühlt hast, aber im Ganzen des Buches bist Du es, und das ist das Merkwürdige und Neue daran, das, was dem Roman sein geistesgeschichtliches Gepräge gibt und woran man ihn später einmal erkennen wird. Unsere Zeit hat das Böse wieder entdeckt (es hat sich ihr ja kräftig genug aufgedrängt und zu erkennen gegeben), und wenn sie über das Gute nicht ganz so wohl Bescheid weiß, so unterscheidet sie es doch mit stärkerem und schlichterem Gefühl, als skeptische Epochen, von jenem. Die größere Schlichtheit und Gefühlsstärke im Moralischen, der fast kindlich märchenhafte Blick auf »Das Böse« ist das Neue und Zeitcharakteristische. Im Henri IV, etwa da, wo die böse Katharina und der böse Alba (ganz unhistorisch) zusammen die Bartholomäusnacht aushecken, aber auch in jedem politischen Artikel des Verfassers, ist es sehr spürbar. Und Du hast, bei aller Légèrté, doch auch manches davon abgekriegt. Die besten und bedeutendsten Momente in Deinem Roman sind vielleicht die, wo die Idee des Bösen vermittelt und gezeigt wird, wie der komödiantische Held seine Sympathie dafür entdeckt und sich ihm dann verschreibt. Es ist eine richtige Teufelsverschreibung. Daß es den Teufel wieder gibt, ist schon was wert für die Dichtung. Und wie wird sie auch fromm werden, wenn sich auch Gott ihr wieder offenbart, nämlich dadurch, daß die Bösen am Schlusse wirklich der Teufel holt. Worauf wir hoffen.

Heute wird meine deutsche Ausbürgerung mitgeteilt, – ärgerlich insofern, als sie einen Tag vor der Veröffentlichung meiner vor 14 Tagen geschehenen tschechischen Einbürgerung erfolgt. Ich lasse in der Presse erklären, daß die Ausbürgerung rechtlich bedeutungslos ist, da ich durch die neue Staatsangehörigkeit automatisch aus dem deutschen

Staatsverband ausgeschieden bin. Auch ein Schritt des Gesandten in Berlin soll versucht werden. Aber die Tiere dort werden wohl auf der Konfiskation der Habe bestehen.

Herzlich

Z

AN KATIA MANN

The Bedford
118 East 40th Street
New York
7. XII. 36

Beste Frau Mama –

sehr lieb und einsichtig-freundlich über »Mephisto« geschrieben. Vielen Dank. Ja, mit Knopfs ist es komisch; persönlich stehen wir übrigens weiter gut mit ihnen, vor allem mit Blanche. Aber es ist vielleicht ganz gut, wenn ich den Verleger wechsle: schon in Berlin war es wahrscheinlich ein Fehler, daß ich denselben Verleger wie Z. hatte. – Nun sieht es ja so aus, als wollte Gollancz, in London, das Buch annehmen; dann wird es auch hier leicht unterzubringen sein. Und außerdem bin ich jetzt mit einer recht mächtigen und geschickten Agentin, Miss Watkins, im Bunde.

Hier nicht so sehr viel Neues. E ist ungeheuer geschäftig und hat enorm viel Aufregungen: denn am 28. soll ja eröffnet werden. Das kleine Theater, in dem sie spielen wird, liegt im 50. Stock und ist ziemlich hübsch. Giehse singt die »Krankenschwester« schon *ganz* schön auf englisch.

Ich schreibe meine Artikelchen, halte meine Vorträge, gebe auch meine parties. Nächste Woche spreche ich, mit Toller und dem Hubertus Löwenstein zusammen, auf einem »Deutschen Tag«; es sollen 4–5000 anti-Nazi-Deutsche da sein, größten Teils Arbeiter, das ist ja ganz nett. Ich will dann über »diese Ausbürgerungen« sprechen. –

Die Zeitungen sind hier bis zum *Rande* voll mit Mrs. Simpson und ihrem King; (es ist ja auch eine phantastische Angelegenheit!), Spanien kommt erst in zweiter Linie. Immerhin hat man Raum gefunden, die »Ausbürgerungen« gebührend zu kommentieren. Hoffentlich hat Z. sich möglichst wenig aufgeregt. Es *mußte* ja kommen –: aber da sie es nun gemacht haben, scheint es doch eine *unglaubliche* Dreistigkeit, besonders die Konfiszierung der alten, klassischen Bücher. –– Über den Ägyptischen Joseph habe ich einen kleinen Artikel geschrieben, für eine hiesige deutsche Linkszeitung (die mich darum gebeten hatte). Ich habe ihn auch dem Schwarzschild angeboten; weiß aber nicht, ob er ihn bringen wird. Jedenfalls schicke ich ihn dem Z., sowie er hier erschienen ist. – Vielleicht wird mein Freund Brian Howard an den Z. schreiben, weil er – vielleicht – irgendein empfehlendes Wort für seinen Freund Toni Altmann braucht – wegen eines französischen Fremdenpasses (falls Toni den deutschen nämlich in Paris verweigert bekommt). Es handelt sich wohl nur darum, daß ein prominenter Deutscher dem Toni bestätigt, daß er nicht Nazi, nicht Spitzel, sondern braver Emigrant ist. Das könnte man – scheint mir – in zurückhaltender Form tun: dem menschlich sehr netten und politisch sehr aktiven Brian zu Gefallen. –

Dann möchte ich noch darum gebeten haben, daß Du mein kleines Weihnachts-Präsent an den guten Herrn Staub (Edward's Herrengeschäft, Ecke Heerengracht – Amsterdam) sendest: sonst *quält* mich der Mensch so, wenn ich wiederkomme – und hier sind die Fränklis ja doch so garstig entwertet. Es braucht kein *großes* Präsent zu sein: mache es denn so klein, wie es den sehr sehr trüben Zeiten entspricht. –

Und nun grüße alle, Zauberer, Moni, Medi, Bibi. (Wie gerne wüßte ich, wie Golo sich in Prag und bei Tante Mimi einlebt!) Und Ihr solltet *doch* nach Amerika kommen, wo Ihr sehr beliebt und angesehen seid!

ALTER

K.

AN THOMAS MANN

The Bedford
118 East 40th Street
New York
12. XII. 36

Lieber und verehrter Zauberer –

hier ist dieses kleine Ding über den großen Joseph – ich hoffe, daß es der Schwarzschild auch bringen wird.

Es erschien in einer Sondernummer, die eine hiesige Antinazi-Zeitung, »Der Arbeiter«, gelegentlich eines »Deutschen Tages« herausbringt; dieser »Deutsche Tag« findet morgen statt – Toller wird sprechen, und der Löwenstein, und ich auch. – Heute erschien übrigens hier Dein Artikel über die »Akademie« in den »Times«; nahm sich sehr schön aus und wird hoffentlich nützen. – Die Vorbereitungen zur Pfeffermühlen-Eröffnung sind in vollem Gang; wär ja nett, wenn es *schön* würde.

Alles Gute! – und nun komme ich ja auch gleich wieder.

Der getreue

Aissi-K.

VON THOMAS MANN

Küsnacht den 26. XII. 36

Lieber Aissisohn,

Deinen Artikel über den Joseph hatte ich schon im Tage-Buch mit herzlichem Vergnügen gelesen und ihn vielen Leuten gerühmt. Gemütvoll und anmutig ist er, wirklich reizend zu lesen. Hast eben doch bei aller Verderbtheit einen guten Fond.

Meinen väterlichen Reklame-Aufsatz für die Mill werdet ihr ja unterdessen auch bekommen haben. So wäscht eine Hand die andere, und Eltern und Kinder helfen einander durchs Leben. Was macht Eri mit der Schrift? Kann sie sie überhaupt lesen? Sie könnte mir eine Maschinen-Abschrift schicken, ich wäre imstande, den Text in die National-Zeitung einrücken zu lassen.

Die Schweiz hat von Kober und anderen manches zu hören bekommen, weil sie mich der Tschechoslowakei überlassen hat. Auch viele schöne Briefe bekomme ich, selbst aus Deutschland.

Unser Lichterabend, mit Reisi und Kahler, war reich und gemütlich, von Mielein selbstaufopfernd und unter Ablehnung jeder Hilfe betreut und etwas getrübt nur durch das arme Mönle, die eine Krise hatte und sich auch durch den persönlichen Besuch beider Eltern an ihrem Bette nicht bewegen ließ, herunterzukommen. Heute ist sie übrigens mit Lion ausgegangen, von dessen pädagogischem Einfluß ich mir etwas verspreche.

Ich bekam eine Spiegelkommode und eine Stutzuhr, wußte nicht, wo mir der Kopf stand. Las auch aus »Als der Großvater« vor, und wir wollten uns schief lachen. Überhaupt war es eigentlich ein heiteres Weihnachten, das heiterste, vertrauensvollste seit drei Jahren. Es sieht sehr merkwürdig aus in der Welt. Morgenluft weht. Und sollte es auch noch wieder Nacht werden: man ist doch aufs neue in der Überzeugung bekräftigt, daß es mit den Nazis kommen muß, wie man von jeher gewußt hat, *daß* es kommen müsse. Sie können eigentlich schon nicht mehr vor- noch rückwärts. Die Uhr setzt zum Schlagen aus. Die meine schlägt wunderfein, und ich schließe.

Z.

1937

AN HERMANN HESSE

Jan Willem Brouwers-Straat 21
Amsterdam,
den 13. II. 37

Lieber und verehrter Herr Hermann Hesse –

es war sehr freundlich von Ihnen, mir Ihr kleines Buch »Stunden im Garten« zu schicken, und ich danke Ihnen herzlich dafür. Es bedeutet immer eine schöne Erholung für mich, in Ihren Versen zu lesen und die reine, durchsonnte, würzig und kräftig duftende Luft Ihres Gartens zu atmen. Wie anschaulich und liebenswürdig vertraut wird uns diese idyllische Landschaft der Blumen und der Gemüse, und ich liebe auch die eingestreuten spekulativen Stellen, die kleinen Abschweifungen in die allgemeine Betrachtung, die aus der Idylle manchmal fast das Lehrgedicht werden lassen. (»Wisset ihr, wie es gemeint ist, und wie ich all mein Dichten verstehe...«) Das ist alles besonders hübsch, und es ist ja überhaupt tröstlich, daß zwischen allen Aufregungen und allem Gram dieser Zeit eine so schlichte, zärtlich klare, den einfachsten Dingen innig zugewandte Poesie noch entstehen konnte. Ich selber – fast ununterbrochen beschäftigt mit dem Aktuellen, wie ich mich befinde – komme mir entsetzlich abgelenkt, in die zeitliche Problematik viel zu heftig verstrickt vor, wenn ich etwa eigene Bemühungen mit Ihrer Dichtung vergleiche...

Noch einmal vielen Dank, und die besten Grüße von Ihrem ergebenen

Klaus Mann

AN SEKRETÄR EITJE z. Zt. Amsterdam
Jan Willem Brouwers-Straat 21
den 17. II. 37

Sehr geehrter Herr Eitje –

es scheint zwischen uns, leider, ein Mißverständnis gegeben zu haben.

Als ich Ihnen neulich schrieb, daß ich gerne einmal das Vergnügen hätte, mit Ihnen zu sprechen, tat ich das keineswegs, um in einer Geld- oder Paß-Angelegenheit Ihre Hilfe oder auch nur Ihren Rat in Anspruch zu nehmen. Vielmehr wandte ich mich an Sie, weil ich mich mit Ihnen *unterhalten* wollte. Freilich sollte unser Gespräch einen besonderen Sinn haben. Es war mir nämlich daran gelegen, von Ihnen einige präzise Auskünfte über gewisse die Emigration betreffende Fragen zu erhalten – Auskünfte, die mir bei einer literarischen Arbeit, die mich eben beschäftigt, von Nutzen sein sollten. Diese literarische Arbeit wird Emigrantenschicksale zum Gegenstand haben. Einige Winke, Erklärungen und Ratschläge von Seiten eines so erfahrenen Kenners der Materie – wie Sie es sind – wären mir wertvoll gewesen.

Nun, es war sicherlich eine Naivität von mir, anzunehmen, daß die große Arbeit, die Ihren Tag ausfüllt, Ihnen eine Stunde, oder auch nur eine halbe Stunde freilassen würde, die Sie einem Schriftsteller widmen könnten – einem Schriftsteller obendrein, der Ihnen persönlich nur wenig bekannt ist. Beschämt würde ich meinen Fehler eingesehen haben, wenn Sie mir einfach hätten mitteilen lassen, daß Ihre Zeit zu kostbar ist, um mir das geringste von ihr in einer Angelegenheit, die Sie nicht unmittelbar interessiert, zur Verfügung zu stellen. Statt aber so zu verfahren – und ich hätte kein Recht gehabt, eine solche Reaktion Ihrerseits übelzunehmen – ließen Sie mich durch einen Ihrer Sekretäre zur Geschäftsstunde ins Bureau bestellen. Ich ging also hin, und obwohl ich natürlich sofort merkte, daß aus unserer Unterhaltung – die ich mir privat und etwas ausführlich gewünscht hatte – in diesem Rahmen nicht das Rechte werden konnte, war ich bereit, in einem Vorplatz zu warten, bis es der Andrang der Geschäfte Ihnen erlauben würde, mich vorzulassen.

Dann aber – in eben diesem Vorplatz, wo ich wartend saß – passierte etwas, was es mir ganz unmöglich machte, eine Minute länger zu bleiben. – Sie müssen mir gestatten, Ihnen den Vorfall etwas detailliert darzustellen; es scheint mir von einer gewissen Wichtigkeit zu sein, daß er *genau* zu Ihrer Kenntnis kommt: Sie sollen doch wenigstens *wissen*, wie jemand, der eine private Verabredung mit Ihnen hat, in den Räumen des Comités behandelt wird.

An einem Schalterfenster wurden Marken ausgegeben, und die Inhaber der Marken wurden, in barschem Ton, aufgefordert, sich in ein Wartezimmer im oberen Stock zu begeben. Ich meinerseits hatte natürlich gar keine solche Marke empfangen, da ich ja nicht zu den Besuchern der Comité-Sprechstunde gehörte, sondern meine besondere

Verabredung mit Ihnen hatte. Ich hatte also nicht den mindesten Anlaß, der Aufforderung, sich nach oben zu verfügen, Folge zu leisten – um so weniger, da man mir versichert hatte, daß Sie in einer »halben Minute« mit einem Telephongespräch zu Ende und dann für mich zu sprechen sein würden. Der Herr, der mir diese immerhin tröstliche Mitteilung machte, hatte mich übrigens vorher mit besonderer Herzlichkeit begrüßt und mir – gar zu liebenswürdiger Weise – versichert, »das ganze Comité« sei schon »aufgeregt« über meine Gegenwart. Nun, von dieser »Aufregung« sollte ich gleich eine sehr merkwürdige Probe zu sehen kriegen...

Ein junger Mann schrie mich an, ich habe gefälligst nach oben zu verschwinden – ich saß gerade in einem Gespräch mit einem Bekannten, was den heftigen jungen Herrn zu der geistvollen Feststellung veranlaßte, daß hier »doch keine Volksversammlung« sei. Ich wies, in gedämpfterem Ton, darauf hin, daß ich gar keine Marke habe und sofort von Ihnen empfangen werden würde. Daraufhin brüllte der zornige junge Mann auf eine Art, wie sie mir sonst nur auf preußischen Kasernenhöfen oder in Konzentrationslagern erlaubt und üblich zu sein scheint. Ich persönlich kann mich jedenfalls kaum entsinnen, daß überhaupt jemals in diesem unqualifizierbaren Feldwebel-Jargon zu mir gesprochen worden wäre; (allerdings bin ich nicht beim deutschen Militär gewesen). Ich mußte also ein jüdisches humanitäres Institut zum ersten Mal betreten, um zum ersten Mal in so beleidigender Form attackiert zu werden. – Da der Brüllende drauf und dran schien, mit den Fäusten auf mich loszugehen, zog ich es vor, das Lokal, entsetzt und angewidert, zu verlassen.

Übrigens war ich noch mehr traurig als zornig, als ich dann wieder auf der Straße stand. Der Mann wußte ja wohl kaum, wer ich bin; aber es bedeutet kaum einen Trost, daß er vielleicht – vielleicht auch *nicht* – um eine Nuance höflicher und zivilisierter gewesen wäre, wenn er es denn gewußt hätte. Was so niederschmetternd auf mich wirkte, ist ja nicht, daß man *mich* mit dieser unglaublichen Flegelei behandelt hat; sondern daß also dieser Ton – dieser allen besseren Menschen zutiefst verhaßte Ton des preußischen Kasernenhofs – es ist, mit dem man Hilfesuchende, aus ihrer Heimat Vertriebene empfängt. Sie atmen auf: sie sind jenseits der Grenze, sie sind »in der Freiheit«, wie sie meinen. Und der Empfang, den ihnen ein nervöser junger Herr vom Comité bereitet, ist ebenso arg, wie der Abschied, den die Nazis ihnen gegeben haben.

Diese *allgemeine* Überlegung ist es, die mich dazu veranlaßt, Ihnen, sehr geehrter Herr Eitje, mit solcher Ausführlichkeit zu schreiben – und Ihnen also von Ihrer Zeit, mit der Sie so geizen müssen, doch noch etwas zu stehlen.

Ich möchte glauben dürfen, daß *Sie nicht wissen*, in welchem Ton es den Herren vom Comité beliebt, mit den Bittstellern zu reden. Deshalb erzähle ich Ihnen diese fatale Geschichte – und natürlich auch, um Ihnen zu erklären, warum ich heute nicht bei Ihnen gewesen bin und warum ich auch in Zukunft nicht mehr kommen werde.

Statt der *Auskünfte*, die ich von Ihnen gerne gehabt hätte, bringe ich nun also von meinem Besuch im 's-Gravenhekje *Eindrücke* mit, die sich zur publizistischen Verwertung freilich weniger eignen ...

Mit meinen aufrichtig ergebenen Grüßen

AN KONRAD HEIDEN [Paris, März 1937]

Lieber Herr Konrad Heiden –

Ihr Artikel, die Angelegenheit Georg Bernhard-Poljakoff betreffend, hat mich stark beschäftigt. Auf eindrucksvolle Art reden Sie uns ins Gewissen, Ihr mahnender Aufruf bekommt Gewicht – nicht nur durch Ernst und Dringlichkeit Ihrer Diktion, sondern vor allem durch die Bedeutung Ihres Namens, der hinter ihm steht; Ihre Objektivität und Uninteressiertheit scheinen ganz außer Zweifel, und nun machen Sie also aus der peinlichen Affäre um die »Pariser

Tageszeitung« den großen Fall, den »Prüfungsfall«, wie Sie sagen: das allerschwerste Geschütz fahren Sie auf, hier scheiden sich die Geister – rufen Sie –, diesmal gibt es keine Ausflüchte, keine Kompromisse, wer nicht das gehörige Maß der Entrüstung aufbringt gegen Professor Bernhard, der ist dem Teufel verfallen – das sind ja Fanfarenklänge, es hat etwas vom Jüngsten Gericht: Bekennt euch! Bereuet die Sünden! Noch ist es Zeit! Fürchtet euch nicht!

Und nun soll der reinigende Prozeß der Selbstbesinnung bei uns, den also Aufgerufenen und Ermahnten, einsetzen: so erwarten, so verlangen Sie es –: denn »es geht um die Sache«. Um die geht es freilich, und um ihretwillen ist es, gelinde gesagt, betrüblich, wenn Professor Bernhard und seine Freunde – um Herrn Poljakoff loszuwerden, der sie loswerden wollte – sich der höchst bedenklichen und verwerflichen Praktiken bedient haben, deren man sie, Ihrer Darstellung nach, nun definitiv überführt hat. Das ist eine arge, schlimme, schädliche Geschichte – aber welche Konsequenzen kann ich aus ihr ziehen? Ich kann nicht Glückwünsche zurücknehmen, die ich niemals publiziert habe; ich kann nicht aus Organisationen austreten, denen ich nicht angehöre. Ich kann nur betrübt und überrascht sein. Mir persönlich würde es nicht liegen, und ich würde es keineswegs als meine moralische Sendung und Verpflichtung empfinden, aus meiner Betrübtheit und Überraschung einen flammenden Artikel gegen den Professor Bernhard zu machen – wir haben doch andere Feinde, man soll sein polemisches Temperament nicht verschwenden, und übrigens: wenn Bernhard sich so sehr vergangen hat – ein Unschuldsengel ist auch Herr Poljakoff nicht, auch über seine Praktiken ließe sich manches bemerken – was Sie, lieber Herr Heiden, etwas überraschender Weise, zu bemerken unterlassen – wieso eigentlich immer nur der »unglückliche Poljakoff«? Warum dieses empfindsame Mitgefühl gegenüber dem russischen Unternehmer, bei so viel verdammender Härte gegen den deutschen Emigranten? Dem Professor Bernhard, der erst unlängst seine Lebensgefährtin verloren hat – nachdem ihm auch schon einiges andre, zum Beispiel die Staatsbürgerschaft, abhanden kam –, ihm gestehen Sie nicht einmal zu, daß er »unglücklich« sein könnte: offen gestanden, ich komme da nicht ganz mit.

Sie halten es für passend und notwendig, gegen Bernhard mit allem zur Verfügung stehenden moralischen Pathos vorzugehen; Sie finden es nicht den Augenblick, daran zu denken, daß dieser Journalist und Politiker am Ende auch seine Verdienste haben könnte, daß er außerdem die Ehre genießt, von den Nazis gehaßt zu werden, wie nur wenige andere. All dies soll jetzt nicht in Betracht gezogen werden, die Stunde des Gerichtstages ist da. – Ich habe nicht vor, mich zum Verteidiger Bernhards aufzuwerfen. Möge er seinerseits gegen Ihr Urteil vorbringen, was ihm für seine Sache zu sprechen scheint; mir geht es hier gar nicht um ihn, sondern um das Blatt, als dessen Herausgeber er zeichnet; um das einzige täglich erscheinende Organ unserer Emigration: um die »Pariser Tageszeitung«.

Denn Sie begnügen sich ja nicht damit, festzustellen: »Ich bin zu der Überzeugung gekommen, daß Professor Bernhard sich schuldig gemacht hat; wir müssen uns also in aller Form von ihm distanzieren«; sondern Sie fügen, sehr ausführlich und sehr gereizt, hinzu: Übrigens ist seine Zeitung miserabel – »ideenloses Gebelfer« sagen Sie, und »einfach ein Laden« – und was ist in Ihren Augen die Redaktion? – »ein absterbender Klüngel«, und daß sie »gesinnungslos« ist, wird ihr mindestens fünf Mal vorgeworfen. Aber da sagen Sie ja genau das gleiche über die »Pariser Tageszeitung«, was auch der »Angriff« gegen sie vorzubringen hat!

Freilich, es geht nicht an, auf Selbstkritik zu verzichten, weil sie von den Nazis mißbraucht werden könnte –: da bin ich ganz Ihrer Meinung. Aber hier handelt es sich um Takt- und Nuancen-Fragen, die entscheidend sind. Mir scheint es ganz einfach unstatthaft zu sein, in einer repräsentativen Revue der deutschen Emigration die einzige Tageszeitung eben dieser Emigration als Mist zu charakterisieren. Übrigens ist es, meiner Ansicht nach, eine ungerechte, jedenfalls eine simplifizierende Charakterisierung. Die »Pariser Tageszeitung« hat arge Fehler – niemand weiß es besser als ich, häufig habe ich darüber Klage geführt, nämlich der Redaktion des Blattes selbst gegenüber. Aber andererseits: das Blatt hat Verdienste, es ist ein täglicher energischer Beitrag im Kampf gegen Hitler. Die Redaktion weiß selber sehr wohl, daß man diesen Kampf zuweilen mit wirkungsvolleren und nobleren Mitteln führen könnte; sie ließ sich beraten, jeder konnte mitarbeiten – und wirklich, einige der besten und viele von den Tüchtigen unter uns emigrierten Schriftstellern haben sich in diesem Blatt, über dem Sie jetzt mit so viel Rigorosität den Stab brechen, gelegentlich oder regelmäßig geäußert. In der »Pariser Tageszeitung« hatte und hat jeder Autor der Emigration die Gelegenheit, über jedes Thema, das ihm am Herzen liegt, sein Wort zu sagen.

Und nun gehen Sie hin und sagen: Ein miserables Blatt! Ein »gesinnungsloses« Blatt – sagen Sie immer wieder; und Sie fragen gehässig: »Ist sie sozialistisch, kommunistisch, deutsch, zionistisch, demokratisch oder revolutionär?« Nun, vielleicht versuchte sie, all diese verschiedenen Strömungen – die doch einen entscheidenden Punkt gemeinsam haben: daß sie sämtlich in Opposition gegen Hitler stehen – zusammenzufassen, zu vereinigen; vielleicht war die breite Einheitsfront ihre Tendenz: keine üble Tendenz, wie Sie zugeben werden – während ich nicht daran denke, zu leugnen, daß ihr, im Organ Georg Bernhards, oft mit recht untauglichen Mitteln gedient worden ist.

Eines steht doch jedenfalls fest: Die »Pariser Tageszeitung« war immer, und vom ersten Tage an, konsequent und leidenschaftlich antihitlerisch und antifascistisch. Da sie das war, da sie das *ist* – wäre es am Ende doch vielleicht eine Sache der »Disziplin und Solidarität« gewesen, in etwas maßvolleren, etwas weniger verächtlich machenden Tönen von ihr zu sprechen.

Die auffallende Schärfe Ihres Tones gegenüber der »Pariser Tageszeitung« beunruhigt mich vor allem deshalb, weil sie mir charakteristisch scheint für eine gewisse Stimmung, die zur Zeit in den Kreisen der deutschen Emigration – und gerade in ihren literarischen Zirkeln – spürbar ist. Was für eine Nervosität ist denn da plötzlich ausgebrochen! Das ist doch bedauerlich und ganz einfach blamabel. Mit einer hysterischen Gereiztheit schimpft da plötzlich der eine Leidensgenosse gegen den anderen – mit konstruktiver Selbstkritik hat das nichts mehr zu tun. Vier Jahre lang hat man leidlich Frieden gehalten, und das fünfte beginnt mit dem unwürdigsten Zank. Auf der einen Seite werden gegen Leopold Schwarzschild die absurdesten, infantilsten und frechsten Dinge aus der Luft gegriffen – und Sie, lieber Herr Heiden, benutzen den traurigen Anlaß von Georg Bernhards Entgleisung (wenn wir diese denn als eine Tatsache unterstellen wollen), um gegen eine Zeitung, an der wir alle mitgearbeitet haben und deren einzige Funktion seit vier Jahren es ist, den Hitler-Fascismus zu bekämpfen, loszuziehen, als handelte es sich um ein vom Propagandaministerium finanziertes Wühl-Blättchen ...

Handelt es sich hier um eine Ermüdungserscheinung? Verhält es sich so, daß die übermäßig strapazierten Nerven den Publizisten einen Streich spielen? Sucht sich ein Haß, der lange nur auf *ein* großes Objekt – auf den Nazi – konzentriert war, gleichsam zur »Abwechslung«, zur Erholung andere Gegenstände? Aber das geht nicht, das *darf* nicht sein! Es ist nicht die Stunde der launenhaften Extratouren – wahrhaftig nicht. Zusammenhalten tut not. »'s ist Krieg, 's ist *leider* Krieg ...«

Um es noch einmal, mit allem gebotenen Nachdruck, zu wiederholen: Glauben Sie bitte nicht, daß ich unempfänglich sei für den bedeutenden Ernst Ihrer Mahnung! Es ist dankenswert, daß Sie, Konrad Heiden, die Emigration vor den Gefahren eines nur-noch-routinierten, schlaffen Schlendrians warnen und uns an unsere moralische und intellektuelle Verpflichtung mit feierlichem Nachdruck erinnern.

Einen solchen »Denkzettel« können wir wohl gebrauchen; aber Sie verbinden ihn nicht nur mit den schweren Anklagen, die Sie gegen Herrn Georg Bernhard erheben;

sondern auch mit sehr scharfen Ausfällen gegen die »Pariser Tageszeitung« – ein Organ, dem ich übrigens ebenso wenig nahe stehe wie Sie, und an dem ich nur gelegentlich mitarbeite.

Gegen den Ton, den Sie da anschlagen, wehrt sich etwas in mir; ich spüre das Bedürfnis, das verunglimpfte Blatt zu verteidigen –: keineswegs weil ich finde, daß es tadellos sei; aber weil ich meine, es ist bei weitem nicht so völlig schlecht, wie Sie es beschreiben, und wir könnten, sollten müßten – mitarbeitend – dazu beitragen, daß es besser werde. Dies schiene mir nützlicher, als es hochmütig abzutun als einen Schmutz und Schund – solcherart dem uns allen gemeinsamen Todfeind dort drüben die Stichworte liefernd, auf die er sich nun berufen kann, wenn er im Kampf, den er gegen uns alle führt, sich die »Pariser Tageszeitung« und ihren Herausgeber vornimmt...

Vergessen wir es doch nicht: Jedes böse, geringschätzige Wort, das einer von uns Emigranten, uns »Ausgebürgerten« über den anderen sagt, bedeutet einen schlimmen kleinen Triumph für die Herren in Berlin. Die lachen sich ins Fäustchen, reiben sich grinsend die Hände: »Schaut euch das Pack an!« – kichern sie auf unsere Kosten. »Uns wollen sie bekämpfen – und sie fallen übereinander her!« – Die Vorstellung dieser verhaßten lachenden Dritten quält mich wie ein Alptraum... Verscheuchen wir sie, indem wir die Fehler, die von uns allen gemacht werden, arbeitend, helfend, ratend, zu korrigieren suchen, anstatt sie höhnisch-feindlich vor der Öffentlichkeit anzuprangern.

Glauben Sie bitte an die kameradschaftliche und sehr achtungsvolle Sympathie Ihres

Klaus Mann

VON ELSE LASKER-SCHÜLER Bollerei Hôtel Seehof
Limmatquay 24 oder 28
21. III. 37

Lieber Klaus, lieber Dichter.

Ich möchte Sie wegen meines neuen Buches so schrecklich gern etwas fragen. Vielleicht im Selekt oder bei Naumann Café Bristol oder bei mir, da am ruhigsten ohne Störung event. (ganz viele Menschen sicherlich.) Ihre liebe schöne Mama verließ ich beim Sprechen so schnell. Es stand da ein so liebes Mädchen, so verlassen, das so nett immer zu mir im Laden und sie wäre verlegen geworden. Ich grüße Sie viele viele Male! Sie und Dr. Stoßinger hörten so nett zu.

Ihre

Else Lasker-Schüler

Bitte eine Karte: Fraumünsterpost postlagernd Zürich.

AN ELSE LASKER-SCHÜLER Küsnacht, 22. III. 37

Liebe Dichterin!

Danke für Ihre Nachricht. – Ich werde diesen *Donnerstag*, kurz nach 6 Uhr, im Café »Select« sein und freue mich, Sie zu sehen.

Ihren Leseabend von neulich habe ich in schönster Erinnerung.

Gruß von Ihrem

Klaus Mann

VON KONRAD HEIDEN 31 Rue de Buci
Hôtel Acropolis
Paris (VI)
23. März 1937

Lieber Herr Mann,

ich danke Ihnen für Ihren in jedem Sinn offenen Brief, mit dem Sie meinen Artikel im »Tagebuch« beantwortet haben. Er gibt Gelegenheit zur Klärung. Der Text liegt mir im Augenblick nicht vor, ich muß daher versuchen, die Punkte, die mir wichtig schienen, aus dem Gedächtnis zu beantworten.

Grundsätzlich sind Sie offenbar der Meinung, daß die »Pariser Tageszeitung« (ehemaliges Pariser Tageblatt), ob nun besser oder schlechter, in jedem Falle eine Waffe gegen den Nationalsozialismus sei, daß man danach ihre Leistung und namentlich auch die ihres Chefredakteurs beurteilen müsse.

Ich bin ganz anderer Meinung. Das »Pariser Tageblatt« und die »Pariser Tageszeitung« haben dem Nationalsozialismus nicht geschadet, sondern, wenn man Bilanz zieht, durch die mangelnde Fundierung ihrer sogenannten Angriffe gegen die Diktatur und das gänzliche Fehlen einer geistigen Linie dem angeblich Angegriffenen nur ein größeres Relief gegeben. Das ist nicht die mürrische Meinung eines Einzelnen, sondern die Meinung von Tausenden von Menschen in der Emigration und um sie herum. Wenn man nicht von Zehntausenden sprechen kann, so liegt das nur an der Beschränkung der Verbreitung des Blatts. Übrigens mache ich diese Beschränkung selbst dem Blatt nicht zum Vorwurf; sie liegt in der Natur der Sache, es kann nichts dafür. Immerhin werden auch Sie zugeben, daß viele, sehr viele Menschen, die die Tageszeitung der deutschen Opposition lesen sollten und bei besserer Qualität auch lesen würden, eben wegen der schlechten Qualität von dem Blatt nicht erreicht werden.

Die »Pariser Tageszeitung« ist einfach polizeiwidrig schlecht und für die ganze Emigration kompromittierend. Vielleicht ersparen Sie es sich, die Leitartikel von Bernhard oder Manuel Humbert zu lesen, sonst müßten Sie doch staunen, was für ein Allerletztes an Flachheit, einfacher Unkenntnis und direkter Unwahrheit da möglich ist. Das Gleiche gilt für die manchmal einfach kindische Auswahl und Aufmachung der Nachrichten, unter denen man immer wieder die kritiklosesten Tatarennachrichten findet. Ich weiß wohl, daß gegenwärtig in der »Pariser Tageszeitung« ein gewissenhafter und qualifizierter Mann sitzt, nämlich Dr. Misch. Aber dieser eine kann leider Bernhard und Manuel Humbert nicht ausschalten. Und so bewahrheitet sich wieder der alte Satz, daß zwar ein Tropfen Essig ein ganzes Faß voll guten Weins verderben kann, nicht aber ein Tropfen guten Weins aus einem Faß voll Essig Malvasier macht. Und dies gilt auch für die gelegentlichen Beiträge guter Mitarbeiter, auf die Sie hinweisen. Du lieber Gott, wieviel schöne Arbeit wird da in ein Loch geschüttet! Wenn der Fisch vom Kopf her stinkt, wird er durch noch soviel Petersilie um den Schwanz nicht genießbar – verstehen Sie bitte den Ausdruck Petersilie nicht falsch, ich will nur sagen, daß eine schlechte Gesamtleistung wie die »Pariser Tageszeitung« nicht gut wird, wenn sie sich gelegentlich hinten im Feuilleton mit guten Leistungen von außerhalb garniert.

Sie haben ganz recht, wenn Sie sagen, daß eine Verbesserung des Blattes nötig ist. Aber das geht nicht durch die Danaidenarbeit, es mit besseren Beiträgen von außen her zu überschütten. Glauben Sie mir, lieber Herr Mann, ich kenne den Zeitungsbetrieb aus jahrelanger Erfahrung in allen Sparten von innen her und habe dabei begreifen gelernt, was die Voraussetzungen guter Kollektivarbeit sind. Mit dieser unzulänglichen Redaktion an der Spitze leisten die besten Beiträge nicht mehr als Pegasus im Joch, den man mit dem Ochsen zusammenspannte.

Und die Spitze taugt einfach nichts. Georg Bernhard – gut, er mag früher seine Zeit gehabt haben, obwohl er nach dem Urteil der meisten ernsten Menschen kein guter Chefredakteur, ganz bestimmt aber immer ein schlechter Politiker gewesen ist. Der Aufgabe, das führende Blatt der deutschen Opposition zu leiten, wäre der frühere Chefredakteur der »Vossischen Zeitung« selbst in seinen besten Zeiten nie gewachsen gewesen; geschweige denn heute, wo er nur noch ein Schatten ist. Der Mann ist zerbrochen, wahrscheinlich seit seinem Ausscheiden von Ullstein, wo er hingehörte und wo seine – begrenzte – Kraft lag. Das alles klingt hart, aber amicus Plato, sed magis amica veritas; will sagen, auch persönliche Freunde Bernhards – ich gehöre nicht zu ihnen, ebensowenig aber zu seinen Feinden – müssen einsehen, daß hier die Sache unbedingt über der Person zu stehen hat. Hätte die deutsche Opposition ein Dutzend Tageszeitungen, dann könnte man dem alten Bernhard die seine gönnen. Aber sie hat nur eine und kann nach ihrer Struktur nur eine haben. In solcher Situation hören alle Personenfragen auf. Mir selbst tut Bernhard menschlich in manchem leid, obwohl er mindestens durch Leichtsinn an vielen Vorwürfen gegen ihn schuld ist; auch ich kann mir vorstellen, was es heißt, in eine solche Affäre verwickelt zu werden und gleichzeitig seine Lebensgefährtin zu verlieren. Aber persönliches Leid entbindet nicht von politischer Verantwortung; namentlich aber haben persönliche Rücksichten immer hinter politischen Notwendigkeiten zurückzustehen. Jede andere Auffassung würde nur beweisen, daß einem die Sache, für die man kämpft, im tiefsten Grunde doch nicht wichtig ist.

Sie sprechen davon, daß Herr Bernhard seine Staatsbürgerschaft verloren habe, daß der »Angriff« ihn dauernd angreife und daß aus all dem hervorgehe, was für ein wirksamer Kämpfer Bernhard doch sei. Nun, ich könnte Ihnen Leute nachweisen, die ebenfalls ihre Staatsbürgerschaft verloren und doch nachweislich der Diktatur große Dienste geleistet haben. Daß der »Angriff« sich heute noch viel mit Herrn Bernhard beschäftigt, glaube ich nicht. Dagegen weiß ich, daß er ihm früher durch seine Politik und seine Person die besten Zielflächen für die Angriffe geboten hat. Er gehört als Gesamterscheinung zu denen, die es unsern Gegnern nur allzu leicht machen. Und Sie selbst, lieber Herr Mann, wissen sehr wohl, daß sogar die Mehrheit der Antifascisten so denkt.

Das Ganze ist wirklich keine Personenfrage. Am allerwenigsten geht es mir dabei – ich betone das ausdrücklich gegen etwaige Mißdeutungen – um die eigene Person. Ich habe weder Lust noch Absicht, Redakteur der »Pariser Tageszeitung« zu werden. Aber ich könnte mir vorstellen, wer es anstelle der jetzigen, überwiegend unfähigen Redaktion sein müßte. Unter den Leuten, an die ich denke, sind auch keine näheren persönlichen Freunde von mir. Ich will all diese Dinge jetzt noch gar nicht im einzelnen erörtern; ich habe dies Wenige nur angeführt, um klarzumachen, daß persönliche Rücksichten in dieser Sache keine Rolle spielen und auch niemals eine spielen dürfen.

Ich bitte Sie sehr und herzlich, all dies und auch meinen Artikel doch nochmals recht reiflich zu prüfen. Mein Brief ist ein wenig in Detail- und technische Zeitungsfragen abgeglitten, aber auch in diesen Einzelfragen steckt nach meiner Meinung noch Politik, nämlich das Problem der politischen Verantwortung. Jeder von uns hat sie an seinem Platze. Gerade weil die Leitung der »Pariser Tageszeitung« ihre politische Verantwortung zu wenig gefühlt hat, darum konnte ihre Leistung so unzureichend sein, darum hat sie sich in einen politischen Skandal hineinschliddern lassen, darum habe ich sie angegriffen, und darum möchte ich, daß Sie mir zustimmen und bei der gemeinsamen Sache helfen.

Mit besten Grüßen Ihr

Heiden

VON LEOPOLD SCHWARZSCHILD

Das Neue Tage-Buch
56, Rue du Faub.-St-Honoré
Paris, le 24. März 1937

Lieber Klaus Mann,

Über Ihre Zuschrift habe ich mit Heiden gesprochen und wir finden, daß Sie sich doch dringend überlegen sollten, ob Sie etwas Derartiges überhaupt veröffentlichen wollen. Ich kann mir vorstellen und erlebe es, daß jemand in dieser Sache sagt: Ich will meine Hände draußen halten, ich will in die Sache nicht hineinvermischt sein, ich bleibe neutral. Aber Sie tun etwas anderes. Trotz einigen vorüberhuschenden moralischen Reservaten ist Ihr Brief im ganzen eine Deklaration der Solidarität mit erwiesenen Verbrechern und eine Aufforderung an andere, ebenfalls solche Solidarität zu üben. Ihr Schreiben ist nichts anderes als die Vorstellungen, die der Generalstabschef Boisdeffre dem Oberst Picard gemacht hat, als dieser sich anschickte, die Sache Dreyfus zu betreiben. Genau dieselben Argumente: was liegt schließlich an Dreyfus, wir haben doch eine hohe gemeinsame Sache, wir müssen gegen einen großen gemeinsamen Feind doch zusammenstehen, wie soll es da auf ein bißchen mehr oder weniger Teufelsinsel für einen kleinen Itzig groß ankommen. Das ist diesmal nun also Ihre These, und Sie sollten sich genau überlegen, ob Sie die wirklich aufstellen wollen. Es ist die These, die jedesmal, überall, ausnahmslos und immer vertreten wird, wenn man jemanden aus dem eigenen Kreis, der schuldig geworden ist, zur Verantwortung ziehen will. Wenn es nach dieser These ginge, wäre noch niemals ein wirkliches Unrecht gesühnt worden, und wo es gesühnt worden ist, ist es immer gegen diese These geschehen.

In unserem Fall kommt noch etwas hinzu. In unserem Fall handelt es sich nicht nur darum, daß Leute aus unserem Lager sich als Schweine erwiesen haben, und zwar öffentlich, was an sich reichlich genug wäre, uns von ihnen zu trennen. Es kommt hinzu, daß sie ihr Diebshandwerk gerade in der Weise ausübten, daß sie sich die Maske der Gesinnung vorbanden, für die Sie und ich und wir alle einstehen. Indem sie die schändliche Methode wählten, den braven Poliakoff gerade der Hitlerei zu bezichtigen, und indem sie den Antihitlerismus als Diebsdietrich für ihre Geldschrankknackerei benutzten, haben sie ihn entwürdigt, haben sie ihn zu einer Gaunerei gemacht und das können wir nicht weiter dulden. Wir können es nicht dulden, weil jeder von uns, wenn er als Antihitlerianer auftritt, damit künftighin in den Verdacht gerät: und welche Gaunerei steckt bei ihm dahinter? Und wir können es weiter nicht dulden aus dem sehr primitiven Grund, daß, wenn die Sache diesmal glückt, sie morgen und übermorgen gegen jeden anderen, der der Bande nicht paßt, wiederholt werden kann. Sie sehen, daß es bei mir schon angefangen hat; bei mir hat die Bande schon mit den »Hep Hep«-Rufen ›Hitler‹ angefangen. Übermorgen können Sie drankommen, vielleicht wenn Sie wieder einmal ein Buch von Gide verteidigen. Wir können nicht gestatten, daß diese Methoden gelingen.

Ein weiterer Punkt: ich lege Wert darauf, als ein Mitglied der gesitteten Welt betrachtet zu werden. Die gesittete Welt, in den Teilen, die mir wichtig sind und die auf uns überhaupt ein Auge werfen, hat sich mit nur allzu gutem Grund gegen die Partei Bernhards erklärt und sie in der schärfsten Form verurteilt. 5 jüdische Richter haben es getan, 10 Richter der internationalen Presse und zwei aus unseren eigenen Reihen. Macht zusammen 17. Diese und nicht die drei Angestellten oder Halbangestellten, die sich unter schauerlichen, an sich jeder Sitte, jedem Treu und Glauben widersprechenden Lügen und Fälschungen ein Votum zugunsten Bernhards abgequält haben, sind das Symbol des moralischen Urteils der Welt. In dieselbe Kerbe hat soeben die große »Ligue des Droits de l'Homme« gehauen, gegründet während und wegen des Falles Dreyfus, die den Fall Poliakoff offiziell zu dem ihren gemacht hat. Und schließlich sind die Gerichte da, befaßt mit 4 Prozessen; es kann noch einmal oder noch zweimal mit Krampf gelingen, den Verhandlungstermin verschieben zu lassen, aber an dem Ausgang ist darum nichts zu ändern, und da ist ein weiteres Symbol der gesitteten Welt. Man paßt auf uns auf, und unsere Haltung in diesem Fall ist vollkommen maßgeblich dafür, ob man uns ins Register der anständigen Menschen oder der Gauner eintragen wird. Wir haben die Pflicht, nicht nur gegen uns, sondern gegen alles, was wir vertreten, das Erdenkliche dafür zu tun, daß wir bei den anständigen registriert werden.

Ich glaube übrigens, das alles kam schon, wenn auch nur in nuce, in Heidens Artikel vor, und ich glaube ferner, daß eigentlich schon alles darin erwähnt und widerlegt war, was Sie jetzt als Argument für die Solidarität vorbrachten. Bei Einzelheiten halte ich mich nicht auf. Ich weiß nicht, warum Sie sich daran stoßen, daß Heiden den Poliakoff, der völlig an den Bettelstab gebracht ist, »unglücklich« nennt, (je höher Sie das »Pariser Tageblatt« schätzen, um so stärkere Gefühle der Verpflichtung gegen diesen Mann sollten Sie eigentlich haben, denn er war ja der einzige, buchstäblich der einzige, der für eine solche Blattgründung zu haben war, dem das ganze Dasein dieses Blattes zu danken ist). Ich weiß noch weniger, was es bedeuten soll, daß Sie ihm Bernhard gegenüberstellen, der ja auch einiges verloren habe, z. B. die Staatsbürgerschaft; als ob Poliakoff derjenige wäre, der ihm die Staatsbürgerschaft genommen hat. In der Tat, ich vermisse ein primitives Gerechtigkeitsgefühl, wenn Sie, sich selbst irreführend, dermaßen mit falschen Gewichten auf beiden Seiten wiegen. Auch halte ich Sie für einen zu großen Sachverständigen, als daß Sie ernstlich aus ein paar Beiträgen einiger außenstehender Autoren einen Schluß auf die Qualität des Blattes ziehen zu können glauben, denn nicht Beiträge, sondern die Redaktionsarbeit charakterisiert eine Zeitung. Ich für meinen Teil finde übrigens auch nicht, daß die ganze Geschichte irgendetwas mit der Qualität des Blattes zu tun hat, denn auch wenn das Blatt besser wäre, läge die Sache nicht anders, und umgekehrt handelt es sich auch nicht um die Existenz des Blattes, das weiter leben kann und soll und wird, auch wenn die Gaunerbande aus ihm herausgeworfen sein wird. Aber auf das alles, wie gesagt, braucht kaum eingegangen zu werden, denn das bei weitem entscheidende sind die großen Fragen und großen Linien, von denen ich zuvor gesprochen habe.

Tun Sie mir einen Gefallen, lieber Klaus Mann, und überlegen Sie sich sehr genau und mit großem Bedacht, ob Sie in diesen großen Fragen mit zu den Vertuschern und den unausbleiblich Diskreditierten von Morgen gehören wollen, oder zu den Rechtschaffenen und zu den Mitgliedern der gesitteten Welt. Nehmen Sie nicht an, daß ich diese Sache aus Spaß angefangen habe, und glauben Sie nicht, daß man sie von draußen so gut beurteilen kann wie von hier. Ich bin kein Bruder Leichtfuß und ich habe zwei Jahre lang bewiesen, daß ich für die Solidarität, selbst wenn sie in Gemeinschaft mit Menschen ausgeübt werden muß, von denen ich in jeder Hinsicht mit aller möglichen Berechtigung schlecht und niedrig denke, allerhand Opfer zu bringen imstande bin. Auch an Heiden werden Sie noch nicht bemerkt haben, daß er ein schäumender Krakehler ist. Wenn wir Ihnen die Argumente geben, die Sie hier und in der Zeitschrift gelesen haben, so sollten Sie glauben, daß wir die Berechtigung dieser Argumente mit besonderer Deutlichkeit zu ermessen imstande sind.

Lassen Sie sich, ich beschwöre Sie, das alles gut durch den Kopf gehen, ehe Sie in die verlorene und besiegelte Sache noch die Reputation eines weiteren Namens hineinmengen.

Ich grüße Sie bestens der Ihre

Schwarzschild

AN KONRAD HEIDEN

Küsnacht bei Zürich
Schiedhaldenstraße 33
den 26. III. 37

Lieber Herr Konrad Heiden –

haben Sie meinen besten Dank für Ihren Brief: Ihr sachliches, genaues und freundliches Eingehen auf meine Argumente ist mir erfreulich und eine Genugtuung.

Übrigens steht es wohl eigentlich so, daß unsere Meinungen im Grundsätzlichen kaum auseinander gehen. Selbstverständlich gebe ich Ihnen in den beiden Haupt-Punkten recht: daß wir nämlich, erstens, Georg Bernhard keinesfalls decken dürfen, wenn sein schuldhaftes Betragen in der »Affäre« also erwiesen ist; und daß, zweitens, die »Pariser Tageszeitung« längst nicht gut genug ist – ja, daß sie vielleicht unter der heutigen Redaktion nie das Niveau wird erreichen können, welches die einzige Tageszeitung der deutschen Emigration haben müßte.

Dieses, wie gesagt, sind doch wohl die beiden zentralen Punkte. Es handelt sich nur um *Nuancen*, die ich an Ihrem Artikel mißbilligte und die ich auch heute, nach der reiflichsten Überlegung, noch nicht billigen kann. Mit den

»Nuancen« meine ich besonders folgendes: Sie sprechen über Georg Bernhard wie über einen *Feind* – nicht wie über einen Bundesgenossen, gegen den man *leider* auftreten muß. Sie machen sich durchaus zum Staatsanwalt – ganz zum Ankläger. Sie gestehen ihm keine »mildernden Umstände« zu, die doch so leicht zu finden und festzustellen wären; (mindestens in Ihrem Artikel tun sie dies nicht; in Ihrem Brief an mich ja schon eher). Die mildernden Umstände für Bernhard würden sich vor allem dann ganz von selbst ergeben, wenn man das Verhalten des Poljakoff etwas strenger analysierte. Gerade das unterlassen Sie. Deshalb kommen Sie zu dem für G. B. so durchaus vernichtenden Urteil.

Ich hätte mir in Ihrem Artikel nur noch zweierlei gewünscht: *einen* mildernden, schonenden, respektvollen, mindestens auf *vergangene* Leistung anspielenden Satz über Bernhard; *eine* versöhnliche, die absolute Verdammung einschränkende Wendung über die »Tageszeitung«. Hätte Ihre – sonst so gute, so wichtige, ja, fast bedeutende – Äußerung diese beiden Einschränkungen enthalten: ich hätte mich niemals bemüßigt gefühlt, ein Wort gegen sie zu sagen. Dadurch daß diese beiden mildernden Sätze fehlen; dadurch daß sie den Bernhard und sein Blatt so *hundertprozentig* schlecht machen – bekommt Ihr Aufsatz jenen Charakter, der die Nazis veranlassen wird, zu schreien: »Seht! Sie fallen übereinander her!« – ein Aufschrei, zu dem ja auch andere Vorgänge innerhalb der Emigration während der letzten Monate den Halunken leider Anlässe geben...

Mir scheint, Sie hätten zu den gleichen Resultaten kommen können, bei einer *etwas* weniger grausamen Ausdrucksweise. Ja, mir scheint, Sie hätten die moralischen Forderungen, in denen Ihr Aufruf gipfelt, sogar *wirkungsvoller* gemacht, wenn aus Ihrem Aufsatz weniger deutlich eine ungeheure *Antipathie* gegen Bernhard und seinen Kreis sprechen würde – eine Antipathie, die schon beinah Haß ist.

Voilà tout. Ihre Tendenz zur großen »Reinigung« ist *nur* begrüßenswert, da bin ich völlig bei Ihnen. Niemand könnte glücklicher sein als ich, wenn wir eine *gute* Tageszeitung bekämen – und, Gott weiß es, die »Pariser« ist keine so sehr gute. Nur finde ich, daß sie keine so entsetzlich schlechte, keine so niederträchtig miserable ist, wie Sie es darstellen. Vor allem scheint mir, daß sie keine so »gesinnungslose« ist: sie *hat* doch eine Gesinnung, wenn auch vom Negativen her: sie *ist* doch anti-Nazi ... Sie sind so fürchterlich scharf ins Zeug gegangen, daß irgendein »ritterlicher« Instinkt in mir gereizt wurde (Sie entschuldigen diesen Ausdruck: er könnte anspruchsvoll und selbstgefällig klingen ...): ein Bedürfnis, den so schrecklich Zusammengeputzten zu Hilfe zu springen. Übrigens weiß ich noch keineswegs, ob ich mit meiner kleinen Bernhard-Apologie überhaupt an die Öffentlichkeit kommen werde: Schwarzschild hat mir gar nicht mitgeteilt, ob er meine »Antwort« publizieren will – obwohl ich ihn eigens darum gebeten hatte, mir gleich darüber Nachricht zu geben. An einer anderen Stelle als im »Tage-Buch« möchte ich sie wohl lieber nicht erscheinen lassen. So kann es denn sein, daß sie ganz unter den Tisch fallen wird (was mir andererseits auch wieder leid täte ...).

Was ich mir aber wünsche, das ist, mit Ihnen, lieber Herr Heiden, in möglichst absehbarer Zeit über alle diese difficilen Gegenstände, und über andere mehr, persönlich zu reden und zu »dischkutieren«.

Bis dahin – mit den besten Grüßen:

AN LEOPOLD SCHWARZSCHILD Küsnacht bei Zürich
Schiedhalden-Str. 33
den 27. III. 37

Lieber Herr Schwarzschild –

meinen besten Dank für Ihren Brief, der mich schon durch seine Ausführlichkeit rührt und gewinnt: es ist wirklich nett von Ihnen, für mich privat und nur um mich zu überzeugen, einen ganzen Artikel zu dichten – schließlich nicht *ganz* unbeschäftigt, wie Sie sind ...

Auch Heiden hat mir schon im selben Sinne brieflich zugeredet. – Also: ich werde meine »Antwort« nicht publizieren – übrigens hatte ich von Anfang an nicht vor, sie an anderer Stelle als im »Tage-Buch« erscheinen zu lassen. – Heute kann ich Ihnen gegenüber nur wiederholen, was ich gestern schon an Heiden geschreiben habe: daß ich in den *wesentlichen* Punkten eigentlich ganz einer Meinung mit Ihnen (und mit ihm) bin. Das heißt: ich denke – wie Sie und er –, daß man den Bernhard und seine Leute keinesfalls decken darf, wenn man ihre Schuld denn für erwiesen hält, und daß es auch nicht angeht, diese Schuld zu verschweigen. – Und, zweitens, gebe ich Heiden und Ihnen auch darin recht, daß die »Pariser Tageszeitung« längst nicht gut genug ist und kein würdig die Emigration repräsentierendes Organ. Sie selber schreiben mir aber, daß die Qualität des Blattes und die Frage nach Bernhards Schuld zwei ganz verschiedene Probleme sind. Vielleicht wäre es besser gewesen, sie gar nicht erst miteinander zu vermischen...

Wobei ich aber auch noch *nach* der genauen Lektüre der Briefe von Ihnen und von Heiden bleibe, das ist: daß Ihre Polemik gegen die Gruppe B. und gegen die Zeitung – die ich keineswegs so besonders hoch schätze, wie Sie es, etwas spöttisch, annehmen –: daß diese Polemik um eine Nuance *zu* scharf war – um eben jene Nuance, die mich zum Widerspruch gereizt hat. Im NTB wurde von Bernhard nie gesprochen wie von einem Bundesgenossen – und in seiner Eigenschaft als Antinazi war er doch schließlich einer! –, von dem man sich *leider* deutlich distanzieren muß; sondern wie von einem Feind, gegen den man Gottlob nun endlich die Argumente in Händen hat. Von der »Tageszeitung« war nicht die Rede wie von einem Organ, mit dem uns doch natürlicher Weise vieles verbindet und welches *leider* das Niveau nicht hält, das wir von ihm verlangen müssen; sondern wie von einer feindlichen Institution, deren absolute Schlechtigkeit, Nichtigkeit, Wertlosigkeit man nicht ohne Vergnügen anprangert. Was mir gefehlt hat, das ist nur *ein* Satz, der es deutlich machte, daß Sie es bedauern, ja, daß Sie es als tragisch empfinden, gezwungen zu sein, gegen

Männer zu kämpfen – Männer öffentlich schwer anklagen zu müssen, mit denen Sie doch den entschlossenen Kampfwillen gegen Hitler gemeinsam haben. Die furchtbare Antipathie gegen Bernhard – die Sie wohl mit Heiden gemeinsam haben und die sicherlich nicht von ungefähr ist, sondern in ganz bestimmten Erfahrungen und Erkenntnissen ihre Ursache haben mag –; Ihre an Haß grenzende Aversion gegen den neuerdings so schwer kompromittierten Mann hat es Ihnen wohl unmöglich gemacht, dieses *eine* mildernde Wort des Bedauerns zu finden – diese eine Wendung, die darauf hingewiesen hätte, daß bei Ihnen ein innerer *Konflikt* vorausgegangen ist, ehe Sie sich zu der scharfen Attacke gegen den »Kollegen« entschlossen, und die uns deutlich gemacht hätte, daß Ihnen dieser Entschluß nicht so ganz leicht gefallen ist.

Das, und nur das, wollte ich sagen. Darauf lief es hinaus. Und nun »möge das Schicksal seinen Lauf nehmen«. Schön wäre es, wenn wir als erfreuliches Resultat und Ergebnis dieser ganzen unerfreulichen Affäre eine bessere, stärkere, würdigere »Tageszeitung« bekämen.

Was mich und meine Stellungnahme zu der Sache betrifft: Ich sehe ein, daß es doch wohl nicht ganz passend für mich wäre, um dieser einen – für mein Empfinden – *fehlenden* »versöhnlichen Nuance« willen mich zum Verteidiger von Leuten aufzuwerfen, die durch die Gewagtheit ihrer Streiche sich wohl selber in eine Situation manövriert haben, in der keine Verteidigung ihnen mehr nützt. Sie sehen also: bis zum gewissen Grade haben Sie und Heiden mich doch umgestimmt, haben Sie mich doch überzeugt...

Und das nächste Mal schreibe ich Ihnen etwas über ein positiveres Thema. – Stets Ihr ganz aufrichtig ergebener

Klaus Mann

Nebenbei: werde ich meinen Hamsun-Artikel oder die Glosse über das Nürnberger Schandbilderbuch wohl in Ihrem nächsten Heft finden? – Über die Bücher von Brentano schreibe ich nächstens für Sie.

AN FERDINAND LION Küsnacht/Zürich

10. IV. 37

Lieber Herr Lion –

heute nachmittag war ich bei Brentano, und durch einen Leichtsinn – den ich dann gleich *tief* bedauerte – entschlüpfte mir eine Anspielung auf die Affäre: Kahler-Erstes Heft der Zeitschrift-Br.'s zurückgezogener Artikel usw. Ich sagte, ziemlich salopp, etwas im Sinne von: »Was haben Sie da wieder für eine tolle Geschichte gemacht...«

Brentanos Reaktion hierauf war vollkommen *unbeschreiblich*. Er bekam einen Zornes- und Erregungs-Anfall, wie ich ihn überhaupt noch nie an einem Menschen, selbst bei ihm nicht, beobachtet. Er tobte, brüllte, schlug um sich, war im Begriff, mir an die Gurgel zu springen – ich fürchtete mich. (Übrigens schieden wir dann, malgré tout, halbwegs im Frieden.)

Der Inhalt seiner ungeheuerlich wüsten Rede ist relativ nebensächlich, es würde auch zu weit führen, auf die teilweise tollen Argumente, die er durcheinanderschmiß, einzugehen. Natürlich wußte er zehn Minuten später wohl schon nicht mehr, was er gesagt hatte. Es kamen selbstverständlich die beispiellosesten Beleidigungen *gegen alle* vor. Daß er nebenbei erwähnte, *Sie* hätten bei ihm derartig über *mich* geschimpft, daß er Sie unter dem Hinweis darauf, daß ich sein Freund sei, aus dem Hause geworfen habe, möchte ich meinerseits kurz erwähnen. Es hat mir *keinerlei* besonderen Eindruck gemacht, ich glaube es auch nicht ganz, spiele nur darauf an, um Ihnen zu beweisen, daß Sie mit Ihren schnurrigen Glossen und boshaften Analysen doch vielleicht etwas vorsichtiger sein sollten, besonders Leuten wie dem B. gegenüber. Er schwor auch, den unerbittlichsten *Kampf* gegen die Zeitschrift zu führen, falls man für seinen Standpunkt kein Verständnis aufbringen würde.

Ich erzähle Ihnen das alles *durchaus* diskret; bitte Sie dringlich darum, vor allem dem Br. selbst gegenüber keinen Gebrauch von meinen Mitteilungen zu machen – übrigens bin ich davon überzeugt, daß er Ihnen direkt schreiben wird.

Die Szene ist kolossal *peinlich* gewesen. Br. hat wirklich wie ein Wahnsinniger gewirkt. Es war ein ganz krasser Vorfall, und es scheint mir richtig, Ihnen von ihm Kenntnis zu geben, da man ja nicht weiß, was der fürchterlich Gereizte, Größenwahnsinnige, von Ressentiments und vielerlei Komplexen wie von Furien Gehetzte nun beginnen und anstellen wird. Man muß auf alles gefaßt sein.

Ich fahre Montag nach Wien. Bin dort bis zum 16. morgens im Hotel Imperial zu erreichen; dann, bis zum 21., durch die Masaryk-Volkshochschule Brünn.

Es ist *kein* reines Vergnügen, eine literarische Revue zu redigieren. Die besten Grüße Ihres

AN LUDWIG HATVANY [Budapest, Sanatorium]
»Siesta«
den 28. V. 37

Lieber Lazi –:

von Schmerzenslager zu Schmerzenslager ...

Wie geht es Ihnen? Schreiben Sie mir ein paar Zeilen! Mir geht es idiotisch schlecht, das Ganze ist eine *infame* Quälerei, ich habe lieber fünf Lungenentzündungen – um an der fünften zu sterben –: aber in wenigen Tagen soll es, angeblich, besser sein.

Ich darf *gar* keinen Besuch haben: die Kindsköpfe haben Angst, ich könnte mir etwas »einschmuggeln« lassen –: warum wäre ich dann hergekommen? – Auch Curtiss-dear darf nicht herkommen ... Übrigens hätte ich kaum etwas von Besuchen. Ich bin furchtbar elend.

On souffre. On ne peut pas vivre.

Ihnen geht es sicher viel besser, hoffe ich und erwarte ich – und fünfzehn ungarisch sprechende Herren sitzen um Ihr Lager. Grüßen Sie bitte Loli sehr sehr herzlich von mir.

Es war wieder reizend bei Ihnen.

Ihr getreuer:

Klaus

verstoßen aus den »künstlichen Paradiesen«.

VON LEOPOLD SCHWARZSCHILD

Das Neue Tage-Buch
56, Rue du Faub.-St-Honoré
Paris, le 3. Juni 1937

Lieber Klaus Mann,

ich bin beauftragt, als Mittelsmann der Kollegen, die sich jetzt zusammenschließen, bei Ihnen aufzutreten und Sie zu bitten, Ihren Namen unter den beifolgenden Aufruf zu setzen, von dem teils infolge von Zusagen, teils infolge anderswie berechtigter Erwartungen angenommen wird, daß er außerdem noch die Namen: Heiden, Schwarzschild, Pol, Bruno Frank, Hermann Kesten, Walter Mehring, Alfred Neumann, Valeriu Marcu, Fritz von Unruh, Ernst Toller, Hans Sahl, Leonhard, Hans von Zwehl tragen wird. Die unbekanntere Garnitur ist in großer Zahl bereits vorhanden.

Ich brauche Ihnen kaum zu erläutern, worum es geht, es wird im übrigen hervorgehen aus dem Statuten-Excerpt, das ich Ihnen beilege. Es wird kein Gremium für innere Kämpfe gegründet, das ist nicht die Absicht. Es sollen zusammentreten die Leute, die wirklich an die Prinzipien glauben, deren Verletzung sie Hitler vorwerfen; die innerhalb der deutschen Emigration selbst jene Segen der Demokratie und der Meinungs-Freiheit erhalten wollen, ohne die es nur Verblödung und Verlumpung gibt; die, was ich für besonders wichtig halte, vor dem weiten, abgestoßenen Kreis des Auslands bekunden wollen, daß wir nicht eine homogene Masse von Ullstein plus Münzenberg sind, und die dafür sorgen wollen, daß wir nicht mit moralischen und politischen Hypotheken belastet dastehen, die schon heute bereits mancherorts ungemein schädlich für die deutsche Emigration sind und es mancherorts noch sehr werden können. Ich bitte Sie, sich die Sache gut zu überlegen. Wir glauben absolut, daß Sie zu uns gehören und daß Sie den Mut haben, es auszusprechen. Sie sind ein Schriftsteller, der jeden anderen in Ruhe lassen will, der jedem das Recht gibt zu schreiben, was er will und wie es sein Gewissen ihm vorschreibt, und Sie wollen selbst in Ruhe gelassen werden, selbst schreiben, was Ihnen Ihr Gewissen diktiert. Das ist das ganze A und O, das uns zusammenführt; das halten wir für wichtig genug, um unsere Namen dafür einzusetzen und dazu gehören auch Sie unserer Meinung nach.

Wir sind überzeugt, daß alles, was anständig und unabhängig ist und etwas kann, zu uns gehören wird.

Wenn wir für diese erste Mitteilung an die Öffentlichkeit noch nicht alles einladen – ebensowenig wie wir die vielen unbekannten Namen jetzt herausstellen, – so geschieht dies nur, um endlose und zu viele Korrespondenz und zu viel Verzögerung zu vermeiden. Ein paar Wochen später, so denken wir, wird in dieser Zelle alles versammelt sein, was frei und nicht angestellt ist, was anständig und nicht verfault, was überhaupt eine Ahnung vom Wesen und der Aufgabe des Schriftstellers hat und was den eminenten Unterschied zwischen den Zielen, die der Schriftsteller und denen, die die politischen Parteikommers sich zu stellen haben, kapiert.

Es ist angeregt worden, und es gibt dafür bereits 15 Stimmen, Sie in der formellen Konstitutionsversammlung, die etwa 10 Tage nach der Veröffentlichung dieses Aufrufs stattfinden wird, als Vorstands-Mitglied vorzuschlagen, in den, wie schon festzustehen scheint, auch Heiden kommen wird, wahrscheinlich auch Hans von Zwehl; die anderen stehen noch offen, ich werde keinesfalls dabei sein. Wenn Sie damit einverstanden sein sollten, wäre es eine ganz besondere Freude. Jedenfalls hoffe ich, den Aufruf mit Ihrer Unterschrift rasch zu erhalten und in dieser Hoffnung, meines Auftrags ledig, begrüße ich Sie herzlich Ihr

Schwarzschild

AN KATIA MANN

»Siesta Sanatorium«
Budapest
I. Ráth György-U. 5
den 7. VI. 37

Mielein – schön:

vielen Dank für die *sehr* liebe Post, und auch dem Zauberer allen Dank – ach, und nun habe ich auch noch seinen birth-day vergessen, den 50., sieh mal an, mein Katjulein – das kommt von den Sünden und von den Qualen, mit denen man sie büßt.

Übrigens sagen mir alle Ärzte, daß es geradezu lächerlich leicht abgegangen ist – nur zwei oder drei Tage waren schlimm, und die habe ich ganz vergessen – es ist ja merkwürdig, wie sehr man vergißt, ich weiß nur noch, daß ich ein paar mal sehr habe weinen müssen, aber sonst ist alles dahin.

Jetzt bin ich nur noch ein bißchen matt und müd – und meiner Ansicht nach könnte ich genau so gut bei den Hatvanys liegen [wie] hier; aber der brave Klopstock, zu dem wir doch alle ein gewisses Vertrauen haben, ist nun einmal der Ansicht, ich müßte partout noch etwas in diesem Talmi-Zauberberg bleiben... So sei es also, ich bin ja brav und gehorsam.

Im Laufe der nächsten Woche denke ich nach Küsnacht zu kommen – mit meinem Freund zusammen, der mir rührend hilft –, und dann wird man weiter schauen. Ich hoffe so sehr, daß Z.'s leidiges Übel im Bein sich bald bessert, das ist doch ein ganz *fatales* Gebreste, vielleicht sollte man es einmal mit ganz alten Kräuterrezepten und wunderlichen Tinkturen probieren oder gar die Heilige Hündin beschwören...

Jetzt höre ich auf, ich wollte nur für liebes Handschreiben danken. Ich weiß auch schier gar nichts zu erzählen – sehe den ganzen Tag nichts außer welken Urscheln, die sich in Liegestühlen fahren aber doch noch die Haare grellrot färben lassen, und außer den paar sehr wenigen Freunden, die mich hier besuchen, zu denen die wackre Loli gehört. (Schade, daß die Medi nicht wird bei ihnen wohnen können; aber sie werden sich schon um sie kümmern – sie haben ja nun mal das Faible für the finest family I ever saw ...)

Übrigens arbeite ich schon wieder ein bißchen, wenn auch nur ganz kleine Aufsätze. Der über Bruno war ja noch vom Heroin inspiriert –: daher die Begeisterung des Betroffenen –: ich bekam ein *prachtvolles* Telegramm; einen Brief auch, in dem er, etwas krampfig, erwähnte, daß auch mein Vater seinen kleinen Roman sehr sehr mag.

Was mag mit Lion sein? Und mit der Zeitschrift? Und mit diesem von Brentano? Erzähle mir doch ein bißchen darüber! Schreibe mir aber besser c/o Hatvany – es erreicht mich sicherer (obwohl ich *nicht* zu »fliehen« gedenke).

Das Finanzielle – von dem ich so gerne ausführlich rede – ist mir auch recht fatal. Zunächst werde ich es also mit H. ordnen. Dann werden wir weiter sehen. Vielleicht *verdiene* ich plötzlich ziemlich viel, man kann ja nie wissen – obwohl es in meinen Sternen nicht geschrieben zu sein scheint.

In absehbarer Zeit fange ich bestimmt *nicht* wieder an – vielleicht *sehr* viel später einmal. Wozu soll man 80 werden? Ofei ist doch auch schon ganz taub und hat nicht einmal einen Paß. Aber zunächst will ich noch ein paar gute Sachen schreiben.

Adieu. Du warst auch in dieser Sache sehr nett. Du warst überhaupt immer sehr nett, und die Landadlige Irene von Hirsch hat *ganz* recht. Jetzt soll es nicht mehr vorkommen. Bitte, grüße den Z., und ich lasse ihm aufs ernsthafteste Besserung für sein Übel wünschen.

Müde, aber wohlauf: Treuer alter

K.

AN OTTO KLEIBER

»Siesta« Sanatorium
Budapest
I. Ráth György-U. 5
den 8. VI. 37

Lieber Herr Doktor Kleiber –

dummer Weise war ich ein bißchen krank, und eine der ersten Sachen, die ich wieder schreibe, ist diese: hoffentlich können Sie sie verwenden. – Heben Sie (falls Sie die Bagatelle denn publizieren) Belege und Honorar für mich auf, bis ich sie aus der Schweiz reklamieren werde. Denn ich fahre nächstens nach Küsnacht.

Mit meinen allerbesten Grüßen Ihr

Klaus Mann

VON LEOPOLD SCHWARZSCHILD

[14. Juni 1937]

ihre unterschrift fehlt noch drahtet

schwarzschild

AN LOLI UND LUDWIG HATVANY

Hotel Imperial, Wien
Montag [21. Juni 1937]

Liebe Loli und lieber Lazi –

das ist nur *eine* Zeile des Grußes und – again and again – des Dankes, und diesmal ist es wirklich wirklich besonders viel, wofür ich zu danken habe –: Ihr seid ja ganz *auffallend* nett gewesen, I never will forget it.

Hoffentlich geht alles gut auf dem Schwabenberg und Lazi diktiert, im Garten ruhend, schöne, boshafte Artikel, oder gar schon Roman-Kapitel?

In Wien wird mehr englisch als deutsch gesprochen, sonst ist alles ganz nett, es macht mir Spaß, meinen Bruder Golo zu sehen – gerade war ich mit Bruno Walter zusammen, der mit den Wiener Philharmonikern nach Paris fährt – auch er ist sehr entsetzt über Blums jähen, malgré tout *doch* jähen

Fall, was soll daraus werden? Mir scheint das sehr ernst und sehr schlimm ...

Bald mehr. – Ich freue mich doch etwas – nicht auf die Schweizer, aber auf die schöne *dünne* Luft im Engadin ...

Da ich meine Gefühle, Ihnen gegenüber, zusammenzufassen suche, fällt mir etwas ein, was mein sehr lieber Onkel Heinrich einmal Menschen, die besonders nett zu ihm waren, ins »Stammbuch« geschrieben hat – es ist ja schrecklich, daß in unserer Familie so gut wie *alles* schon einmal formuliert worden ist –: »Wie danke ich für so viele Güte? – Mit einer Bitte: Bleiben Sie meine Freunde!«

Ganz in diesem Sinne amicalement:

KLAUS

Curtiss läßt grüßen und sich bestens empfehlen.

VON HEINRICH MANN

Briançon (Hautes Alpes)
Grand Hôtel
26. Juli 1937

Lieber Klaus,

was Du mir, irrtümlicherweise nach Nice, schreibst, ist recht bedauerlich. Wir haben in Paris unsere Zusammenkunft versäumt, weil Du irrtümlicherweise meinen Anruf erwartet hast, während ich Dein Hôtel nicht einmal kannte. Ich hatte, wie verabredet, bei meinem Portier eine Mitteilung für Dich hinterlegt. Nun, Du hast es anders verstanden, oder meine eigene Erinnerung hat mich getäuscht. Lassen wir es.

Peinlicher, auch folgenschwerer ist, daß ein Gespräch mit Herrn Heiden für Dich entscheidend war, nicht aber meine Warnung. Die Gruppe führt weiter Deinen Namen, Dir ist es unangenehm, aber Du läßt es geschehen. Das hat schon jetzt zur Folge, daß wertvolle Mitglieder der Volksfront überlegen, ob sie nicht zu Deiner Gruppe übergehen sollten. Dies nicht nur Deinetwegen, sondern weil Du mit einigen Anderen der Gruppe ein Gesicht gibst, das sie nicht verdient. Sie hat kein Programm, das an dem der Volksfront zu messen wäre. Sie hat überhaupt kein anderes Programm, als der Volksfront zu schaden, und auch dies nur infolge nichtiger, persönlicher Zwischenfälle und Bedürfnisse. Die Volksfront kann schon während ihrer Bildung zerstört werden, dafür geschieht alles Mögliche, und nicht nur von Seiten Deiner Gruppe. Dann aber bliebe wahrhaftig nichts übrig von einer deutschen Opposition. Es blieben nationalistische Ersatzmänner und Nachfolger Hitlers. Es blieben reaktionäre Liberale, die imstande wären, Weimar und seine Folgen nochmals durchzuüben. Das bescheidenste Anhängsel wäre die Gruppe, die von Dir und einigen Anderen hoffentlich bald verlassen wird. Euer Austritt müßte allerdings, ebenso wie Euer Eintritt, öffentlich stattfinden.

Mit den besten Wünschen und Grüßen Dein Onkel

Heinrich.

Deinem Vater habe ich geschrieben, als Dein Austritt beschlossen schien.

AN HERMANN HESSE

Pont-Royal-Hotel
7 Rue Montalembert
Paris
1. August 1937

Lieber und verehrter Herr Hermann Hesse:

es war reizend von Ihnen, mir den »Lahmen Knaben« zu schicken, und Ihre Widmung – dieses »Dank und Gruß« – hat mich nicht nur gefreut, sondern auch gerührt, ja: beschämt. Was für eine großartige Gegengabe: Ihr inniges, liebenswertes Gedicht – für ein paar telegraphische Worte! – Ja, »Der lahme Knabe« ist liebenswert: die präzise und gefühlsstarke, mitleidsvolle und anmutsvolle Beschwörung Ihrer frühen Erinnerung ... Es kommen Bilder und Formulierungen darin vor, die wir nun unsererseits nicht vergessen werden, so daß Sie, sich erinnernd, den Schatz unserer Erinnerungen bereichert haben. –

Und dann hat mich Ihre freundliche Sendung gefreut,

weil ich meine, sie als Zeichen dafür nehmen zu dürfen, daß Sie nicht ganz ohne Sympathie – jedenfalls ohne Antipathien – meiner gedenken. Das tut wohl; denn die Zeit ist hart.

Stets Ihnen treu ergeben:

Klaus Mann

VON HERMANN HESSE [Poststempel: 7. VIII. 37]

Lieber Klaus Mann! Ihr Briefchen war mir willkommen. Meine Dedikation war so gemeint wie Sie sie nehmen, der Zuruf eines Kollegen und Kameraden, der inmitten einer Welt, die in lauter irrsinnige und bewaffnete Fronten eingeteilt scheint, das Menschliche und Dauernde sucht und mit seinen Sympathien immer dort ist, wo er Leiden sieht.

Es grüßt Sie herzlich Ihr

H Hesse

VON HEINRICH MANN

18, rue Rossini
Nice (France)
21. August 1937

Lieber Neffe Klaus,

wie könnte ich es verantworten, Dich von Schwarzschild und seiner mächtigen Zeitschrift zu trennen. Das will ich nicht – und hiermit könnte ich auch schon schließen.

Du würdest eine solche Kürze mißverstehen; nur darum erwähne ich einiges von dem was ich weiß und verstehe. Du warst wirklich sehr bedrängt, sogar bestürzt warst Du mit Recht und hast versucht Dich loszubitten, die Rücksicht auf Deinen armen Onkel hast Du als mildernden Umstand angeführt. Der Unerbittliche hat sich ins Fäustchen gelacht. Den »Ausschuß zur Bildung der Volksfront«, dessen Vorsitzender Dein Onkel ist, will er doch gerade sprengen: diesem uneigennützigen Ziel weiht er seinen Bund und sein Blatt.

Für ihn ist die Volksfront, seitdem sie ihn ausgeschieden hat, ein kommunistisches Unternehmen. Auch Hitler bekämpft die Volksfronten und nennt es Antikommunismus. Dich hat man eingeladen, einem antifascistischen Verband beizutreten. Es wäre zu verstehen, wenn Du Dich betrogen fühltest. Man hat Dir telegraphiert: »Ihr Name fehlt noch« – ohne zu gestehen, daß auch der Name Deines Vaters fehlt: der war für den Zweck nicht zu brauchen.

Der Bund wird nicht manifestieren, verlaß Dich darauf. Der Bund soll mit Deinem Namen und den Namen anderer für das Blatt einstehen. Feuchtwanger ist von Schwarzschild beschuldigt worden, er habe von Stalin Geld genommen. Der nahe Freund Feuchtwangers, Bruno Frank, hat für die Behauptung aufzukommen. Es scheint nicht, daß der eine der Freunde den Zusammenhang bemerkt, und der andere wird ihn schwerlich aufmerksam machen. Übrigens wird alles vergessen.

Man wird mit Blatt und Bund noch mehr erleben und auch das wieder vergessen; ich habe mehr zu tun als einem Schwarzschild von Stufe zu Stufe nachzusinnen. Ich habe den Prozeß Radek und Genossen genau gelesen: das genügt mir, um in diesen Hinsichten manches zu verstehen und zu wissen.

Indessen, auch die Vergeßlichkeit hat Grenzen, und nicht jeder begnügt sich, wie meinesgleichen, mit dem innigen Verständnis eines menschlichen Verfalls. Gerade während Deiner Erdenzeit wird in Erscheinung treten, daß freundliche, zur Nachsicht und Einigkeit geneigte Menschen ganz außerordentliche Hasser werden können. Man macht es aus ihnen. Bei mehreren sind Schwarzschild, sein Blatt und Bund überaus wirksam.

Wenn die Spaltungen, denen Du ausweichen möchtest, an eben der Stelle wo sie betrieben werden ausweichen möchtest – wenn sie deutlich genug werden und endlich ein richtiger Eclat erfolgen sollte, was aber keineswegs gewiß und verbürgt ist: dann wirst Du Deine Entschlüsse fassen. Vorläufig mußt Du es nicht. Das sage ich nicht in der Absicht,

Dir das Gegenteil sacht einzuflößen. Nicht einmal warnen will ich Dich. Nur die Beschränkung auf die ersten Zeilen dieses Briefes war mir verboten. Unsere Verwandtschaft und Deinem Talent schuldete ich, was ich hier geäußert habe. Natürlich ist es für die andere Seite nicht bestimmt.

Später wirst Du nachprüfen. Vielleicht geschieht in Wirklichkeit gar nichts und Du bleibst in aller Ruhe immer der Mitarbeiter einer Zeitschrift, die Dir wertvoll ist.

Herzliche Grüße, Dein Onkel

Heinrich.

AN HEINRICH MANN Küsnacht/Zürich den 24. VIII. 37

Lieber Onkel Heinrich –

auf Deinen Brief hin habe ich – wie in den letzten Tagen und Wochen übrigens häufig – die ganze Situation noch einmal gründlich überdacht. Nein, es geht wohl nicht: ich gehöre nicht in diese »Gruppe«, es wäre eine Halbheit und Schwachheit, aus äußeren Rücksichten dabei zu bleiben.

Ich schreibe also mit gleicher Post an Schwarzschild, an Heiden und an das Sekretariat des Vereines, daß ich ausscheide. Mein Name darf nicht mehr genannt werden, wenn man die Mitglieder aufzählt.

Die letzte Rücksicht, die ich übe, ist die, daß ich auf eine Publizierung meines Entschlusses verzichte. Denen, deren Meinung in dieser Sache mir am wichtigsten ist, werde ich selber Mitteilung machen. Da ich nun einmal ein geschworener Feind aller »Eclats« innerhalb der Emigration bin, scheint es mir am richtigsten, in aller Stille auszuscheiden. Denen, die sich für diese Zusammenhänge interessieren, wird es ja mit der Zeit ohnedies auffallen, wenn mein Name nicht mehr in der Schwarzschild-Gruppe figuriert. Und ob ich nun im Neuen Tage-Buch noch weiter Figur machen werde, muß sich zeigen.

Dir danke ich für Deine schönen und eindringlichen Worte. Ich werde von jetzt ab vorsichtiger sein und es mir sieben mal siebzig mal überlegen, ehe ich irgendwo »eintrete« ...

Stets Dein getreuer

KLAUS

AN LEOPOLD SCHWARZSCHILD

z. Zt. Küsnacht bei Zürich
Schiedhalden-Straße 33
den 24. VIII. 37

Lieber Herr Schwarzschild –

nicht leichten Herzens, glauben Sie mir – gar nicht leichten Herzens schreibe ich Ihnen die Zeilen, die nun folgen müssen. Ihr Inhalt aber kann Sie kaum noch überraschen. Denn im Laufe unserer Pariser Gespräche dürfte Ihnen nicht entgangen sein, daß ich nicht mit ganz gutem Gewissen, nicht ohne Bedenken, innere Hemmungen und Vorbehalte meinen Namen in jener Gruppe von Autoren, die Sie und Heiden unter der Devise des Antikommunismus um sich versammelt haben, figurieren sah. Sie verstanden auch, daß diese meine Bedenken verschiedenartige Ursachen hatten: sowohl politische als auch persönliche, ja, »familiante«. Überflüssig, noch einmal auf diesen ganzen Komplex einzugehen: wir haben ja des Langen und Breiten darüber gesprochen, und es würde interessant und anregend für mich sein, noch lange darüber weiter zu reden. Genug: Ich habe es mir hin und her überlegt, habe mit mir selber und mit andren Rats gepflogen, und ich bin zu der Überzeugung gekommen: Es ist besser, ich scheide aus.

Es ist besser, glauben Sie mir. Bei einer solchen Sache soll nur mitmachen, wer wirklich *ganz* von ihrer Richtigkeit, Wichtigkeit und *Notwendigkeit* überzeugt ist. Ich hätte mich schon früher aus ihr zurückgezogen, wenn mich nicht die besondere Sympathie für Ihre Person, die besondere Achtung vor Ihrer Arbeit – lauter Gefühle, zu denen ich mich freudig nach wie vor bekenne – zurückgehalten hätten. Es ist ein Factum, lieber Herr Schwarzschild, daß ich Sie sehr mag und sehr schätze. Sie sind, während Sie diesen Brief lesen, ärgerlich auf mich und legen auf eine solche »Erklärung« wohl kaum noch viel Wert. Ich aber lege Wert darauf, sie gerade in diesem Zusammenhang zu machen.

Mir liegt auch daran, meinen Austritt möglichst leise zu vollziehen, so daß er von niemandem als ein feindlicher Akt gegen Sie ausgelegt werden kann. Es erscheint mir als durchaus überflüssig, daß mein Ausscheiden im Tage-Buch oder an irgendeiner anderen Stelle publik gemacht wird. Was ich möchte ist nur, daß mein Name nicht mehr genannt wird, wenn man die Mitglieder des Bundes aufzählt, und daß man mich zu diesen Mitgliedern nicht mehr rechnet. Damit es evident wird, daß ich nicht mit Ihnen und dem NTB »gebrochen« habe – sondern mich eben nur von dieser bestimmten Gruppe aus einer Reihe von Gründen wieder zurückziehe –, wäre es mir am liebsten, wenn ich weiter bei Ihnen mitarbeiten könnte. Ich weiß freilich nicht, ob Sie auf meine Beiträge noch weiter Wert legen und es liegt mir ferne, mich aufzudrängen. Sicher werden Sie die Freundlichkeit haben, mich wissen zu lassen, wie Sie zu dieser Frage stehen.

Im übrigen möchte ich hoffen dürfen, daß Sie für meinen Entschluß einiges Verständnis aufbringen werden. Ich bin in meinem Leben noch in keiner »Gruppe« gewesen und ich werde auch so bald nicht wieder einer beitreten. In die, von der wir hier reden, passe ich aus verschiedenen Gründen – die Sie kennen – nicht ganz (was übrigens keineswegs bedeutet, daß ich ganz ohne Verständnis für die Motive und Tendenzen wäre, aus denen heraus *Sie* die Existenz dieser Gruppe als notwendig empfinden).

Und mehr ist eigentlich nicht zu sagen. Ich hoffe, wir kommen durch diesen Brief nicht auseinander, lieber Herr Schwarzschild. – Glauben Sie bitte an die herzliche Gesinnung

Ihres:

VON HEINRICH MANN Nice

28. Aug. 1937

Lieber Klaus,

Dein Entschluß hat mich erschreckt, obwohl es gewiß kein unangenehmes Erschrecken ist. Aber ich hatte ihn sobald nicht erwartet, und wie ich Dir schon versicherte, wollte ich ihn keineswegs beschleunigen. Dein Entschluß wäre später von selbst gekommen.

Jetzt fürchte ich für Dich die unmittelbaren Folgen, hoffe aber, daß sie vermeidbar sind. Schließlich hat das Tage-Buch auch Mitarbeiter, die dem »Bund« nicht angehören: Emil Ludwig, wenn ich mich recht erinnere. Deinem Beispiel werden wahrscheinlich noch mehrere folgen, so daß die Zeitschrift endlich nur eine begrenzte Auswahl haben wird und auf der Mitgliedschaft beim Bund kaum wird bestehen können.

Unterrichte auch Budzislawski von Deinem Austritt, ihm ist besonders viel daran gelegen. Ich habe den einigermaßen begründeten Eindruck, daß die Weltbühne mehr gelesen wird, wenn auch nicht in den Kreisen, die das Tagebuch liebt. Die aber machen die Wirkung nicht.

Ich danke Dir, daß Du meine Worte beachtet hast und sie eindringlich nennst. Wir wollen hoffen, daß der Verlauf der Dinge für Dich und uns alle glücklich ist.

Herzlich Dein Onkel

Heinrich

AN LION FEUCHTWANGER

z. Zt. Amsterdam
Pension Zaalberg van Zelst
De Lairesse-Straat 5 – 7
den 6. IX. 37

Lieber Lion Feuchtwanger –

es scheint mir doch am Platze, Ihnen geschwind zu erzählen, daß ich aus der »Gruppe der Unabhängigen und Sauberen« ausgetreten bin. Aus persönlicher Rücksicht auf

Schwarzschild, und weil ich innerhalb der Emigration gegen jeden Eclat, gegen alle unfreundlichen Demonstrationen bin, habe ich darauf verzichtet, daß man meinen Austritt – zu dem mich viele, teils private, teils sachlich-politische Motive bestimmt haben – öffentlich mitteilt. Immerhin möchte ich doch, daß die paar Interessierten und die literarischen Freunde Bescheid wissen und mich nicht weiter einer Gruppierung zurechnen, der ich also nicht mehr angehöre. Vielleicht erzählen Sie es auch unserem Freund Marcuse, daß ich seit einer Woche wieder ein Unsauberer und ein Abhängiger bin und mich in diesem altvertrauten, nun wiedergewonnenen Zustand ziemlich wohl fühle.

Stets Ihr herzlich-aufrichtig ergebener:

Klaus Mann

AN THOMAS MANN

The Bedford
118 East 40th Street
New York
25. IX. 37

Herr Zauberer, lieb und hochgeehrt – :

gestern fand mich hier ein hochverschnurrter Brief von Lion, der gerne möchte, daß ich Dir, und nur Dir, mein Aufsatz-Manuskript schicke, da seine Nervenkräfte irgendwelchen Auseinandersetzungen nicht mehr gewachsen – usw. Ein drolliger Redakteur, das muß man sagen; aber er hat ja auch seine Feinheiten.

Hier ist es nun also (das Manuskript): es hat mir unverhältnismäßig viel Mühe gemacht. Hoffentlich findet es nun eine halbwegs wohlwollende Beurteilung, und es wird auch nicht *zu* viel drin rumgestrichen: es ist ja nun einmal auf länglich angelegt, der Schluß ist vor allem wichtig, und kleine aktuelle Hiebe – wie etwa auf Benn – sollten auch stehen bleiben, weil sie ein wenig Farbe geben. Lion schreibt, ich könne erst ins vierte Heft kommen, weil Golo aufs dritte verschoben ist. Das ist dumm. Die Leute fragen mich sowieso schon, ob ich »böse« mit der Zeitschrift sei: natürlich fällt es auf, wenn ich in den ersten drei Nummern – im ersten halben Jahr – nichts habe. Aber wenn es nicht anders einzurichten ist... Mir soll alles recht [sein]. (Übrigens: die paar Stellen, die ich mit feiner Schlangenlinie angestrichen habe, scheinen mir zum Streichen in Frage zu kommen.)

Das wäre das. – Und wir sind also wieder im alten Bedford versammelt. Alter Riess, alter Gumpert, alte Rita Reill, Nägel, auch Hans Rameau: alles zur Stelle. Die Eri sieht schon wieder ziemlich angegriffen aus, ist aber aktiv und nicht ohne gute Hoffnungen. Meine Tournée läßt sich auch nicht übel an, ich habe schon eine ganz stattliche Reihe von Städten – wie es freilich mit den frei-zu-haltenden englischen Reden ablaufen wird, ist eine andre, etwas beunruhigende Frage. – Der Curtiss hat, nach drei Jahren, Wiedersehen mit seiner Familie und mit New York gefeiert, ist den ganzen Tag unterwegs, aber wohnt hier bei uns. Er läßt sich höflichst in Erinnerung bringen. E natürlich grüßt furchtbar. Sie muß ja schrecklich viel für Onkel Kläuschen herumlaufen, gar nicht nett hat sich Knopf betragen.

Alles Liebste für alle, besonders für Frau Mama und für Golo (der doch so nett sein soll, meinen Artikel auch gleich zu lesen und mir darüber zu schreiben und sich später der Korrektur usw. anzunehmen ...).

Söhnlichst zugetan: alter

K.

Ob es nett im Tessin gewesen ist? War Reisi denn nun mit von der Partie? – Und wie geht es dem Beine?

AN KATIA MANN

The Powers Hotel
Rochester, N. Y.
October 14th. [1937]

Mother-dear:

eine *Schande*, wie lang ich nicht geschrieben habe! Aber schließlich hatte ja Vater ein kleines Schreiben von mir, zusammen mit dem Manuskript – über welches ich das Urteil nicht ganz ohne Spannung erwarte –, und Frau Schwester Gründgens–Auden legte Dir wohl auch unlängst ein Schriftliches hin. Ich hatte ja auch – dies zu meiner Entschuldigung – »a hell of a time«: nachdem ich auf der reizenden Champlain schon seekrank wie ein wilder Stier gewesen war, kam in New York das widrige Ungemach des *Bandwurm* auf häßliche Art an den Tag. Dieser mußte von Gumpert mit scharfen Mitteln vertrieben werden – es war ein sehr *langes* Tier, und sein Haupt, welches Gumpert herausfand, zeigte müde, mit Recht etwas angewiderte Züge –: ein grotesker Zwischenfall, der mich – an sich schon etwas reduzierte[r] Figur – natürlich arg mitnahm. Dann gab es ein paar kurze Tage, da ich ohne Unterbrechung Leute traf. (Alfred – nach der häßlichen Geschichte mit Onkel Kläuschens frech verweigertem Aquidevit, von Eri bitter gehaßt..., nur einmal, auf einem literarischen Herren-Lunch, zu dem er mich, als gentile Geste, gebeten...) – Dann, wiederum, kamen andere Tage, während derer ich wie ein Narr arbeiten mußte (von Rita Reill freundlich unterstützt). Außer den Vorträgen – mit denen ich viel zu spät dran war – gab es noch ein Probekapitel für ein Buch zu schreiben, über das ich wahrscheinlich gleich nach meiner Rückkehr nach New York mit einem dortigen Verlag abschließen werde, und das mir ein wenig GELD einbringen soll... Die Tournée nun läßt sich nicht ganz so übel an. Bis jetzt wurden erst zwei »Speeches« geleistet: einer, vorgestern, in Detroit, auf einer großen »Buch-Messe« (Thema: »German literature of today«); einer heute, hier, vor einem großen Männer-Club (the Ad-Club); Thema: »A family against a Dictatorship«. In dieser Ansprache wurden denn auch *alle* Lieben herzlichst bedacht, von Ofei bis Bibi – vor allem der Ofei kam ganz *glänzend* weg, einfach weil er der jüdische Familien-Teil ist. Alles, was er ist und tut, wurde gerühmt. Vielleicht findest Du Mittel und Wege, ihn wissen zu lassen, daß er in den verschiedenen Teilen der U.S.A. derart gefeiert wird: dann hat er doch mal wieder was zum *kichern.* – Die lectures wurden freundlich aufgenommen – die Menschen sind ja sehr *gutmütig* hierzuland –: freilich oft auch etwas infantil (sprich: infänteil). Meinem heutigen Auftreten z. B. gingen nicht nur viele Männer-Chöre, sondern auch eine veritable Zirkusnummer voran... Nun folgen: Buffalo-University; Richmond (im Süden); Boston, New York – usw.

(Feste Adresse bleibt natürlich: das *Bedford.*) Ziemlich viel grüble ich darüber nach, wann ich retour reisen soll. Einerseits spricht ziemlich viel dafür, daß ich noch einen

Abstecher nach Hollywood mache (was aber sehr *kostspielig* ist, wenn es nichts *bringt*...); andererseits kommt aber auch in Frage, daß ich schon im November wieder das Schiff besteige: um nämlich den Vorschuß für das Buch – welches ich doch in Europa abschließen muß – nicht im teueren New York auszugeben, sondern im billigeren Küsnacht oder Finnland oder Amsterdam.

Wird aber Krieg kommen? Das Furchtbare ist: Es KANN doch nun wirklich JEDEN Tag sein. (Hier, z. B., ist man ja ganz entsetzlich nervös...) Andererseits: Englands unerschöpfliche Geduld... Man ist so müde, zu prophezeien oder Vorsichtsmaßregeln zu ergreifen, und schließlich wird man vom Abscheulichen überfallen werden wie die Kinder vom Wolf...

Adieu, liebe Mama. Träumst und sinnst Du manchmal über unseren GELDangelegenheiten? Das Geld von Feakins, für die Überfahrt, sollst Du nun *bald* zurückhaben: erst die eine Hälfte, dann die andre. All das Gräßliche bei Tenni dürfte ja inzwischen auch ans Tageslicht gekommen sein. Das muß ich nun also büßen und sehen, wie ich nächstes Jahr auskomme...

Embrasse toute la famille (contre le dictateur) de ma part: Zauberer, Golo, Moni, Bibi, auch Medi. Jetzt muß ich dann mit einem Rabbiner zu Nacht essen.

Söhnlichst: der

K.

VON THOMAS MANN Küsnacht, 17. X. 37.

Lieber Eissisohn,

schönsten Dank für den Aufsatz! Man merkt wohl, daß Du Dir Mühe damit gegeben hast. Es ist ein sauberes, liebevolles, dabei Lob und Liebe kritisch abstufendes Referat, oft mit dem Charakter einer eigenen Studie über die Romantik. Vielleicht attestierst Du Dir selber ein bißchen zu eifrig die besondere Berufenheit zu diesem Bericht, aber die

Betonung des persönlichen, tief wurzelnden Verhältnisses zum Gegenstand hat auch wieder ihr Schönes und Richtiges. Ich habe das Ganze mit Vergnügen und Beifall gelesen, im Ohre die Melodie vom Lindenbaum. Nun ist Lion an der Reihe. Nach Kräften habe ich ihm günstige Vorurteile zu erwecken gesucht. Er schreibt denn auch vorläufig, »mit Feuereifer« studiere er Deine Arbeit, – was sich, denke ich heimlich, bereits auf die notwendigen Kürzungen bezieht.

Vor der Verweisung in Heft IV wird der Beitrag nicht zu bewahren sein. Golo war schon *so* betrübt, weil er aus Nummer II weichen mußte, und es war mir peinlich, weil es wegen des großen Umfangs meines Lotte-Kapitels notwendig wurde.

Heft II ist heraus und ist sehr gut. Auch III fängt an sich zu machen, wir bekommen dafür den Vortrag von Broglie.

Die drei Wochen Locarno mit Reisi waren trotz reichlichem Regenwetter recht gemütlich, bei fast maßloser Gastfreundschaft des Hauses Ludwig. Er hatte gerade aus Süd-Amerika einen Riesen-Chec bekommen, den er bei einem Champagner-Frühstück herumgehen und von allen studieren ließ, wobei er die enthusiastischen Reaktionen der Betrachter filmte. Es ist eine herzliche, aber etwas lächerliche Atmosphäre dort, ganz auf pointierte und illustre Situation gestellt, bewußt anekdotisch.

Viele Grüße an Eri und das ganze Bedford! Gewiß geht es euch gut, denn ihr verdient es. Meine Ischias ist ganz verflogen. Dagegen bin ich nun beim Zahnarzt in Arbeit und zwar in dem Sinne, daß ich zur Zeit nur gut Mus essen kann. Aber mir schmeckt ja alles.

Herzlich

Z.

AN KATIA MANN The Bedford, New York
28. X. 37

[Anfang fehlt] sollte, fiel mir ein, daß eine Zeile vom Z. an den jungen Lämmle (oder, falls Ihr den besser kennt, auch an den alten) ihm vielleicht sehr nützlich sein könnte. Magst Du die gentillesse haben, so etwas für Vatern aufzusetzen? Nur ein paar Zeilen: »Mr. Thomas Quinn Curtiss ... mir gut bekannt – sehr intelligent, besonders gebildet ... hat ein Jahr lang als Regieassistent bei Eisenstein, Moskau gearbeitet ... wird sicherlich zu verwenden sein ...« Das wäre reizend! Und nicht *zu* spät, weil er doch jedenfalls in ein paar Wochen reisen will.

Franks Ankunft haben wir insofern sehr großartig gestaltet, als wir ihnen mit einem Journalisten-Papier bis in die Quarantäne-Zone, also weit aufs Meer hinaus, entgegenfuhren. Bruno weinte bitterlich vor Freude. Sie konnte es aber doch nicht über sich bringen, ins nicht-genügend-smarte Bedford zu ziehen; sondern – nachdem das Ambassador gar zu unerschwinglich war – zogen sie das Gladstone vor, das gar nicht schöner ist als das B[edford], aber wo Eleonora Mendelssohn und die Hofmannsthals logiert haben. Nun ist es aber so schrecklich laut dort, daß sie wohl doch wieder an Umziehen denken. Übrigens sind sie lieb, sehr begeistert von New York, und sehr befreundet.

Annemarie ist heute auf eine schreckliche Journalisten-Auto-Fahrt in den Süden abgereist.

Riess schwätzt mit manischer Ausschließlichkeit von seinen eigenen Angelegenheiten. Gumpert ist ein guter tüchtiger Mensch. Manchmal taucht Hubertus Prinz zu Löwenstein auf, der in einem College lehrt und dort einen jungen Menschen gefunden hat, der die deutsche Jugend in Idealgestalt verkörpert, er muß aber leider noch »Sie« zu ihm sagen.

Und grüße alle. Was macht denn der Golo? Wächst der Gentz? Er soll mir mal bißchen schreiben. Und wann kriegen wir das II. Heft der Revue –? Riess hat es schon. Und *hältst* Du Dich auch? Ich tue es.

Söhnlichst: K.

Bei jedem Blick in die Zeitung wird einem übel. Es fehlt einem die diabolische Phantasie, sich auszumalen, wie das alles enden soll. Aber daß der Schacht endgültig geht, ist ja ein Lichtblick.

Sehr schön war Z.'s Masaryk-Nekrolog.

AN LUDWIG HATVANY The Bedford, New York
den 29. X. 37

Cher ami: – es ist eigentlich nur ein Gruß, ab und zu habe ich das Bedürfnis, Ihnen einen zu schicken. Und dann würde ich auch so gerne wissen, wie es Ihnen geht. Klopstock schreibt mir, Sie seien in Paris gewesen. Das klingt ja glänzend. Hoffentlich war es amüsant und ist Ihnen gut bekommen.

Und ich? Danke, ich darf nicht klagen. Die ersten zehn Tage ging es mir hier in New York ziemlich dreckig: gesundheitlich nämlich, mit einem Bandwurm, und was der garstigen Scherze mehr sind. Aber das ist nun alles vorbei, und ich bin ganz aktiv und vergnügt. Eine ganze Reihe von Vorträgen habe ich schon hinter mir: Boston, Detroit, Buffalo, Richmond, New York usw.; andere stehen bevor. Ich exekutiere überall den gleichen Speech, »A Family against a Dictatorship« – und der ist so verklatscht und privat einerseits, so pathetisch andererseits, wie die Leute es haben wollen: er hat guten Erfolg. Außerdem bereite ich ein essayistisches Buch vor, das nur hier, auf englisch, gar nicht deutsch erscheinen soll. (Eine Art »Führer« durch die gesamte zeitgenössische europäische Kultur. Sie werden mir noch Material über Ungarn zur Verfügung stellen müssen. Das hat aber noch etwas Zeit.)

(A propos: Haben Sie den »Ludwig« bekommen? Mögen Sie ihn? Jedenfalls hat er den Vorteil der *Kürze*.)

Erika inzwischen ist auch nicht faul: in der Tat, die Family tut against the Dictatorship, was sie kann.

Der New Yorker Freundes-Kreis hat augenblicklich eine erfreuliche Erweiterung erfahren durch das liebe Paar Bruno

Frank – die, ehe sie nach Hollywood weiterfahren, sich ein paar Wochen hier aufhalten. Als wir sie vor ein paar Tagen auf der »Ile de France« abholten, begegneten wir auf dem Schiff nicht nur Erik Charrell und anderen Größen, sondern auch Ihrer immer-noch-stattlichen Frau Cousine, der Hatvany-Lilly, samt schmuckem Töchterchen. Man war sehr huldvoll und meinte, ich sollte in Budapest das nächste Mal unbedingt anrufen ...

In Sachen Klopstock habe ich schon manches ernste Gespräch hier geführt. Es sieht jetzt so aus, als könnten wir ihm doch einen *Beitrag* zu den Kosten seiner Überfahrt hier durch eine Organisation verschaffen, freilich wirklich nur einen – vielleicht kleinen – Teil. Erzählen Sie ihm das doch! Ich gebe ihm Nachricht, sowie ich die Details selber weiß.

Seien Sie möglichst vergnügt! – Wächst der Roman? Schreiben Sie viele grimmig-lustige Polemiken?

Ich bin, für Loli und Sie, der treue:

KLAUS

AN STEFAN ZWEIG The Bedford, New York
26. XI. 37

Lieber Stefan Zweig –

besondere Freude macht mir die Lektüre in Ihrem schönen Buch von den »Begegnungen«: vielen Dank, daß Sie es mir haben schicken lassen. Jeden Abend finde ich in dem Band irgendetwas, was mir früher einmal schon viel bedeutet hat und mir nun wieder gefällt – wie den prachtvollen Rimbaud-Aufsatz, oder die liebevolle Studie über Masereel, oder die über Bruno Walter –, oder ich entdecke Dinge, die ich noch gar nicht kannte, wie die Essays über Renan und Sainte Beuve, die ich beide mit wirklichem Genuß jetzt gelesen habe. Es ist ein großes Vergnügen. Ich liebe überhaupt Essay-Sammlungen sehr, und ich bedaure es immer, daß die Verleger sich so selten dazu entschließen können, sie herauszubringen. Für unsereinen – finde ich – sind sie geradezu die ideale Lektüre. Überall gibt es Bezüge, Anspielungen, Andeutungen, Zusammenfassungen, Hinweise auf Altvertrautes, längst Geliebtes – und doch wird alles in einem neuen Licht gezeigt und bekommt eine neue Farbe. Es ist, im stärksten Sinn des Wortes, eine *anregende* Lektüre. Immer wenn ich etwa einmal wieder in der »Berührung der Sphären« von Hofmannsthal blättere, fühle ich mich entzückt und reich beschenkt. Und mir scheint, seit der »Berührung der Sphären« hat mir kein anderes Essay-Buch mehr so viel Freude gemacht wie Ihre »Begegnungen«.

Mir geht es ganz gut, ich bin ziemlich gern hier. Ich bin viel unterwegs, mit meinen Vorträgen: im Mittelwesten, im Süden der Staaten usw. Von Mitte Dezember bis Mitte Januar werde ich wahrscheinlich in California sein. (Aber New York bleibt meine feste Adresse.) Ende Januar denke ich – falls nicht, weltpolitisch oder privat, Unvorhergesehenes eintreten sollte – nach old Europe zurückzureisen. Übrigens bereite ich für einen hiesigen Verlag ein Buch vor, das nur auf englisch – nicht auf deutsch – erscheinen wird und in dem ich nicht weniger als die *gesamte* zeitgenössische europäische Kultur behandeln soll. Das Kapitel über Stefan Zweig war das Probe-Kapitel, das ich ablieferte, ehe ich den Vertrag bekam …

Ob Sie meine kleine »Ludwig«-Romanze bekommen haben? Und ob Sie sie etwas mögen?

Besonders würde es mich freuen, bald einmal von Ihnen zu hören – wie es Ihnen geht; wo Sie sind; was Sie arbeiten; was Sie planen.

Stets Ihr ganzer:

Klaus Mann

AN FERDINAND LION

The Bedford, New York
den 29. XI. 37

Lieber Ferdinand Lion –

Ihr Brief vom 22. November – merkwürdig geschwind über den Ozean gereist – hat sich mit meinem vorigen gekreuzt. Der Inhalt des Ihren ist, alles in allem, unerfreulich.

Niemals habe ich einen schwierigeren Redakteur als Sie gekannt. Selbst bei »ausgemachten«, längst besprochenen Beiträgen gibt es ermüdende Komplikationen, Schwierigkeiten.

Der Romantiker-Aufsatz ist für den Hauptteil geschrieben, nicht für die »Kritik«. Sie wollen ihn also als kritische Glosse und verstümmelt bringen. Da er als Essay, und nicht als Glosse, angelegt ist, muß er durch die Streichungen seinen Charakter verlieren. Das habe ich von Anfang an betont. Aber Sie scheinen alles, was die Mitarbeiter sagen, für eitlen Scherz zu halten.

Natürlich liegt es mir nahe, den Beitrag unter diesen Umständen zurückzuziehen. Das ist mir aber einerseits zu umständlich, andererseits zu dramatisch. (Eine andere Revue, die ihn gern ungekürzt brächte, fände ich wohl.) Ich bin nicht der von Brentano, und ich bin also gegen Eklats. – Keinesfalls möchte ich die Streichungen selber besorgen. Da ich *gegen* sie bin, will ich nicht für sie verantwortlich sein. Das müssen Sie schon selber tun. – Ich sehe kommen, die Reste meines Artikels werden in Heft 5 erscheinen: also vier Monate später als vorgesehen – und schon dieser vorgesehene Termin war ein später. (Ganz nebenbei: Die Glosse über den Tschaikowsky, oder eines meiner anderen Bücher, die Sie in einem der ersten Hefte bringen wollten, ist natürlich auch nicht erschienen.) – Sie müssen zugeben: Es ist nicht ein ermutigender Beginn.

Auf einen größeren Beitrag von mir können Sie in absehbarer Zeit nicht rechnen. Ich bin sehr beschäftigt. Und außerdem bin ich es auch gar nicht gewohnt, Dinge zu schreiben, die erst ein Dreivierteljahr liegen bleiben und dann nur zur Hälfte publiziert werden.

Mit den besten Grüßen und Wünschen

Ihr:

Klaus Mann

VON STEFAN ZWEIG

49, Hallam Street
London, W. 1.
6. Dezember 1937

Lieber Klaus Mann!

Ich danke Ihnen sehr für Ihren Brief. Hoffentlich strengen Sie diese Vorlesungen nicht an und geben Ihnen als Entgelt einen wirklichen Blick ins Amerikanische. Ich habe das Gefühl, daß wer nur New York kennt, den ganzen Komplex schief und durch die jüdische Brille ansieht.

Ihre Novelle oder wie Sie sie nennen, die Königsromanze, habe ich bekommen und mich daran trotz eines starken inneren Widerstands künstlerisch sehr gefreut. Der Widerstand sei Ihnen aufrichtig gesagt ebenso wie dem Verfasser der letzten Biographie. Ich bin gegen die Romantisierung dieses schwachen Schöngeists oder schönen Schwachgeists aus einem Gefühl für historische Wahrheit, ebenso wie mich die jetzt übliche Vergötterung der pseudo-romantischen Kaiserin Elisabeth graust. Für mich ist der Briefwechsel Richard Wagners mit Ludwig einerseits das Bild einer dichterischen und geistigen Impotenz, die sich mit Phrasen drapiert (Ludwig), anderseits die schmachvolle Erniedrigung eines Genies, das um Geldvorteile und aus Machtwillen sich herabläßt, mit einer solchen inferioren Erscheinung eine Freundschaftskomödie zu spielen. Der wirklich historische Ludwig ist unrettbar und es gehörte das ganze byzantinisch-dynastische Unterwürfigkeitsgefühl der Deutschen dazu, einen solchen gefährlichen Narren *so lange* auf dem Thron zu dulden. Im Sachlichen bin ich also scharf gegen Sie, ebenso wie gegen jenen mir sonst so lieben Biographen, und ich sehe es ungern, daß Sie durch Ihre Kunst dieser Fabel vom edeln und nur durch schurkische Nachtalben gefällten Lichtheros dienlich sind. Mir wäre privatim die Schilderung lieber gewesen, wie er seinen Geschlechtskammerdiener zum Finanzminister macht (eine Shakespearische Szene) oder seine Gardesoldaten nackt ausziehen und auspeitschen läßt – ich gebe Ihnen zu, daß einen dämonischeren Wahnsinn, einen mehr Marquis de Sadeschen selten die Welt gesehen.

Aber nun nach dieser heftigen Expektoration eines historischen Wahrheitsfanatismus will ich Ihnen freudig wiederholen, was ich Ihnen schon das letzte Mal sagte: daß Sie von Jahr zu Jahr prachtvoller schreiben. Daß alles, was Sie anfassen, jetzt wirklich gepackt und restlos bewältigt ist. Von all den Jüngeren weiß ich niemanden, der in seinem Weg so entschlossen vorwärts geht, und da mich auch so große Sympathien Ihnen verbinden, so ist das zu der rein objektiven Freude noch eine besondere subjektive. Nicht herzlicher konnte ich Ihnen mein Vertrauen sagen als durch diese Aufrichtigkeit. Aber ich verstehe ganz genau, daß man sich manchmal in eine Vision verliebt und wenn sie schöpferisch wird, muß einem die eigene Vision immer wichtiger sein als die sogenannte objektive Wahrheit.

Lieber Klaus Mann, es ist ein Verhängnis mit London und Ihrem Kommen. Ich fürchte, daß ich etwa um den 10. Januar wegfahre. Bitte rufen Sie aber jedesfalls hier an, es ist noch nichts bestimmt.

Alles Gute und Herzliche von Ihrem getreuen

Stefan Zweig

AN KATIA MANN The Bedford, New York

13. XII. 37

Mother dear:

dieses ist nur ein Weihnachtsgruß und ein Abschiedsgruß – ehe ich nach Carolina und nach Californien kutsche –, und zu einem richtigen Brief ist die Zeit gar nicht mehr da, auch habe ich wohl als der Letzte geschrieben, es gibt gar nicht so viel zu erzählen, und Du weißt beinah alles. Die letzte Woche hier war noch ausgefüllt mit viel Geselligkeit, Geschäften und kleinen Reisen in die Umgebung. Vorgestern mußte ich in einer Quäker-Schule sprechen, es war recht drollig und etwas genierlich; wenn ich eine Zigarette rauchte, machte es skandalöses Aufsehen, und das Auditorium bestand hauptsächlich aus kleinen Kindern – aber sie stellten sich dann eigentlich als recht schlau und erfahren heraus, und die Kleinsten wußten, wer den Reichstag angezündet hat. Ein Oberquäker aber fragte immer wieder, warum in Z.'s Romanen so pathologische, dekadente Typen vorkämen – er würde gerne mal etwas recht Frisches, Munteres, Biederes von ihm lesen.

Unsere Monstre-Party ist recht groß verlaufen; Eri hatte ihre beiden Zimmer ganz leer räumen lassen müssen, um an die fünfzig Leute beherbergen zu können. Der Coctail floß in Strömen, es kostete reichlich *Geld* und war ganz munter. Auch der Bettler Lautrup hatte sich angesagt; er kann sich nun in New York gar nicht mehr halten und muß nach New Orleans verziehen.

Für Bruder Bib scheint man ja nun doch etwas gefunden zu haben. Ich nehme also beinah an, er wird, malgré tout, kommen. Wäre ja schad, wenn wir grade aneinander vorbeisegelten. Ich denke, um den 1. Februar herum die Rückreise anzutreten. Um den kommenden Krieg kann man sich ja wohl gar nicht mehr kümmern. Ich bin neuerdings wieder ziemlich durchdrungen davon, daß wir ihn 1938 haben werden. Die Japanische Sache scheint nicht gut ausgehen zu sollen – heute ist die Presse hier maßlos aufgeregt wegen des amerikanischen Schiffes, das »the Japs« bombardiert haben –, und was sollen auf die Dauer Mussolinis provokante Gesten, wenn er nicht einmal Ernst machen will? – von den bedrohlichen innerdeutschen Verhältnissen ganz zu schweigen... An diese Betrachtungen fügen Weihnachtswünsche sich schicklich an. Überhäufe bitte das ganze Haus mit ihnen, Vater, Brüder und Schwestern. Nun ist es schon das vierte Weihnachtsfest, das die Großen nicht zu Hause verbringen, und das erste, das sie ihrerseits nicht miteinander feiern. Sollte dies ein finsteres Omen sein??

Söhnlich. Brävlich. Treulich:

K.

VON THOMAS MANN Küsnacht–Zürich 16. XII. 37

Lieber Eissi,

damit diese Zeilen gleich mit der Normandie wieder zurückkönnen, schreibe ich Dir gleich und etwas pressiert, um Dir für Deinen Brief vom 7ten zu danken. Also:

Gegen Dorothy[s] November Vorschlag ist wirklich garnichts zu sagen. Ich denke, das wird auch die Meinung Lions und Oprechts sein. Die Dame wird am besten tun, sich von Fall zu Fall mit Oprecht in Verbindung zu setzen.

Das Vorkommnis mit Deinem Romantiker-Aufsatz ist mir recht nahe gegangen. Lion schickte mir Deinen Absage-Brief, den er ungerecht fand, und insistierte, ich müsse durchaus auch die Briefe lesen, die er Dir geschrieben. Wozu? Er hat den Fehler gemacht, über das französische Heft einen Haupt-Aufsatz bei Dir zu bestellen, – um verspätet, nachdem Du Deine Arbeit getan, einzusehen, daß der Gegenstand für einen solchen nicht taugt. Es war das geborene Thema für einen erfreuten Bericht im kritischen Teil. Dein Aufsatz ist ohne Frage viel zu lang im Verhältnis zur Sache und zu dem, was Deine Sache ist. Nummer für Nummer analysierst Du ausführlich die Beiträge der französischen Autoren, und zwischendurch sieht es wieder aus, als wolltest Du einen großen Essay über die deutsche Romantik schreiben. Das wäre allerdings etwas für den Hauptteil gewesen. Aber ist es eine Aufgabe für unsereinen? Das ist für die Gundolf und Ricarda Huch, ich würd es mich nie getrauen. Kurz, es war eine umfangreiche Plauderei, graziös oft, aber doch recht unfundiert. Romantik zu *machen*, statt darüber zu reden, steht Dir viel besser zu Gesicht. ›Vergittertes Fenster‹, das ich jetzt im Zusammenhang las, ist eher zu kurz als zu lang, eine feine, düstere, gelungene Sache, die zeigt, was Du kannst, während Du bei der Literaturkritik nur so tun mußtest, als könntest Du. Laß Sie Dir vom ›Wort‹ mit Rubelchen aufwiegen, dann kannst Du Lions lachen, brauchst aber in dem Zwischenfall keinen Grund zu sehen, mit ›M.u.W.‹ zu brechen. Warum denn?

Die Kürzungszumutung ist nichts Besonderes. Golo ist um 1/3 gekürzt worden, gekürzt werden Falke und Kahler, ich selber habe mich eigenhändig gekürzt, und nur allerdings Lion, der kürzt sich nicht, der hat seinen Lyrik-Aufsatz mächtig ausgebreitet. Dafür ist er aber auch der Herr Redakteur. Er wird es bald nicht mehr allein sein. Den kritischen Teil, mit dem Oprecht jetzt nicht zufrieden ist, wird demnächst der junge Schweizer Zollinger übernehmen. Für diesen Teil also, wenigstens und zunächst, kannst Du recht bald einmal etwas stiften, wobei Du mit Lion garnicht mehr in Berührung kommst.

Die amerik. lecture ist ausgearbeitet, die Yale-Rede auch. Nun mache ich eine Schopenhauer-Einleitung für 800 Dollars. Die Kunst geht nach Brot, oder vielmehr, sie muß warten.

Die Normandie tutet, Schluß. Gutes Californien, Gruß, auf Wiedersehn.

Z.

1938

AN FERDINAND LION

c/o Querido Verlag
Keizersgracht 333
Amsterdam, den 8. III. 38

Lieber Herr Lion,

Sie haben noch mein Manuskript über die französische Romantiker-Nummer.

Ich habe Ihnen, aus New York, geschrieben, wie verstimmt ich darüber war – und noch bin –, daß Sie meine Arbeit – *entgegen* der Verabredung – im »kritischen Teil«, stark gekürzt und zudem verspätet bringen wollten. Meine Verstimmung hätte weder so intensiv noch so dauerhaft sein können – wie sie es tatsächlich ist –, wenn ich nicht überhaupt voll des Ärgers gegen Sie steckte. Sie haben mich, wenn es sich um »Maß und Wert« handelte, von Anfang an, und immer wieder, gekränkt; Sie haben sich denkbar unkameradschaftlich, unaufmerksam, uninteressiert, oft sogar unkorrekt gegen mich verhalten. Hinzu kommt, daß ich von der Zeitschrift enttäuscht bin – und ich nicht allein. Auf Einzelheiten möchte ich jetzt nicht eingehen. Glauben Sie mir: es fiele mir leicht, mit manch kritischem Detail aufzuwarten – wie Sie es etwa mir gegenüber taten, als ich die »Sammlung« redigierte und Sie, ungeachtet all Ihrer Launen und Wetterwendischkeiten, zur Mitarbeit eifrig heranzog, hier auch mit Ihrem Buch-Manuskript förmlich hausieren ging... Lassen wir das. Was ich sagen wollte: Ich hatte also – stark verdrossen und im Herzen so recht mit Ihnen »fertig« (wie ich es bin) – meinen Aufsatz über die Romantik »zurückgezogen« und ihn anderen Redaktionen angeboten. Es gibt aber – wie Sie sehr wohl wissen – nur sehr wenige »andere Redaktionen«: für große literarische Artikel – wenn die paar konservativen Schweizer Revuen wegfallen –, außer der Ihren, eigentlich nur die zwei in Moskau. Für diese nun kommt – wie ich hätte erwarten dürfen, und wie sich nun herausstellt – meine Romantiker-Studie nicht in Frage: das Thema ist denn doch zu wenig mit Revolutionärem geladen, zu speziell, abseitig, zu streng »literarisch«, als daß Becher oder Brecht-Bredel sich erwärmen könnten. Ich habe nun die Wahl, konsequent und stolz zu sein – was bedeutet: die für Sie geschriebene, mit Ihnen verabredete Arbeit in der Schublade zu lassen –; oder aber: zu Ihnen zurückzukehren – wenn auch nicht eben »reuig«. So wie die Zeiten mal sind, empfiehlt sich mir, schon aus dem finanziellen Grund, die zweite Alternative. Der Aufsatz hat mir eine recht erhebliche Arbeit gemacht, ich mag sie nicht umsonst getan haben, außerdem wäre es auch schade um ihn.

Kurzum: er ist wieder zu Ihrer Verfügung. Mir ist es egal, wie Sie ihn zusammenstreichen. Ich will es nicht sehen und nicht wissen. Tun Sie, was Sie für richtig halten. Lesen Sie ruhig auch die Korrektur selber – wenn Sie es aber doch vorziehen sollten, sie mir zu schicken, werde ich sie Ihnen ohne jede Randbemerkung, ohne jedes Flehen, diese oder jene Stelle wieder aufzunehmen, retournieren: davon können Sie überzeugt sein. Auch brauchen Sie nicht zu fürchten, daß sich durch diesen Abdruck die Beziehungen zwischen Ihrer Revue und mir, auf eine Ihnen wahrscheinlich unerwünschte Art, intensivieren könnten. Ich habe von der *einen* Erfahrung durchaus genug und werde Ihre exclusiven Kreislein nicht stören. – Schreiben Sie mir nur jetzt bitte eine Zeile, in welcher Nummer mein Artikel voraussichtlich erscheinen wird.

Mit den ergebensten Grüßen:

Klaus Mann

AN HEINRICH MANN

Küsnacht/Zürich
den 26. III. 38

Lieber und verehrter Onkel Heinrich – :

was soll man sich nun zu Geburtstagen wünschen? ... Daß der nächste, oder übernächste, unter gründlich veränderten Welt-Umständen stattfinden möge. Gleichsam aus Eigensinn, etwas paradoxer Weise – und dann doch auch wieder nicht völlig ohne triftige Überlegungen – bin ich beinahe optimistisch. Ich habe es so im Gefühl: die Riesen-Sauerei hat ihren Höhepunkt erreicht. Jetzt kommen keineswegs zwei Jahrzehnte deutscher Hegemonie über Europa. Das steht erstens nicht in Hitlers Sternen geschrieben, und außerdem gibt es, *immer noch*, zu viel moralische Gegenkräfte in Europa. Wir erleben noch den großen Krach –: er mag realiter dann wesentlich anders aussehen, als ihn unsere Phantasie sich heute ausmalt. »Das geht nicht gut, das geht nicht gut, das geht keinesfalls gut« –: wie ein Herr in der kleinen Novelle »Eisenbahnunglück« denkt, da es einen so bösartigen Ruck gibt. Zehn »Friedensjahre«, mit einem erniedrigten, ausgeschalteten Frankreich, und einem Hitler, schön und prachtvoll wie der Kaiser Augustus in seinem Anwesen zu Berchtesgaden? Gar nicht daran zu denken! Ganz andere Dinge sind vorbereitet. Ich finde den Zeitpunkt nicht gut gewählt, sich das Leben zu nehmen; (obwohl es natürlich, andererseits, nicht schwer fällt, sich den Zusammenbruch eines geistvollen Mannes wie Egon Friedell vorzustellen, der aus dem Fenster springt, nachdem die SA-Kujone seine Bibliothek zertrampelt haben...) – Die Unglücksbotschaften, die täglich aus Wien einlaufen, sind grauenvoll. Selbst ein so harmloser, unpolitischer, im Grunde eher konservativer, »rein-arischer« Mann wie unser Freund, der Hans Reisiger, ist eingesteckt worden: er sitzt in Innsbruck, wir sind sehr besorgt, die Freundschaft mit unserem Hause kann ihm jetzt verhängnisvoll werden... Wenigstens klingen die Nachrichten, die von den Eltern aus Amerika kommen, hoch erfreulich. Das ist wichtig; denn wir werden ja ohne Frage das Schwergewicht unseres Lebens, für die nächsten Jahre, durchaus nach Amerika verlegen müssen. Was mich betrifft, so fahre ich spätestens im Herbst wieder hinüber – ich habe einen neuen Vertrag für eine lecture-tour –; vielleicht aber auch schon früher (ziemlich bald); das hängt davon ab, ob Erika und die Eltern jetzt noch einmal nach Europa kommen, oder ob sie gleich drüben bleiben.

Mir wäre es viel sympathischer, jetzt eine Reihe von stillen Monaten, teils hier, teils im Engadin, teils in Südfrankreich zu haben. Ich muß sehr viel arbeiten: einen Roman, für Querido, der im Herbst erscheinen soll – und ein anderes Buch, eine Art von großer Reportage über die deutsche Emigration, das ich, mit Erika zusammen, für einen Verlag in Boston – Houghton & Mifflin – vorbereite und das zunächst nur auf englisch herauskommen wird.

Im Zusammenhang mit diesem Buch möchte ich Dir übrigens eine Bitte vortragen – obwohl es natürlich etwas *unfein* ist, einen Geburtstags-Brief mit Anliegen zu verbinden.

Das Buch wird, in einer möglichst dramatischen, abwechslungsreichen Form, von den Schicksalen vieler – teils berühmter, teils unbekannter – Exilierter berichten. Es soll, außer unserem Text, auch Dokumente von den »Helden« des Buches selber enthalten; mit »Dokumenten« meine ich:

Tagebuch-Notizen, oder Briefe an uns, oder kurze Autobiographien. Einige von diesen direkten Mitteilungen denken wir als Faksimiles in unser Buch aufzunehmen (zusammen, natürlich, mit der englischen Übersetzung des Textes). – Es sind nur wenige und recht erlesene Leute, die wir um solche persönliche Äußerungen bitten: etwa Stefan Zweig, Feuchtwanger, Bruno Walter, unser Vater, Emil Ludwig, Einstein, Max Reinhardt – und Du.

Es wäre reizend und würde unserer Arbeit sehr nützlich sein, wenn Du uns irgendeine Seite zur Verfügung stellen wolltest. Ich überlasse es durchaus Dir, *was* Du uns schreiben willst. Besonders schön fände ich, etwa, eine Tagebuchseite aus Nizza – eine echte, oder eine fingierte –, vielleicht aus den ersten Tagen oder Wochen; oder aber ein paar Sätze, in denen Du resümierst, was diese fünf Jahre Emigration für Dich bedeutet haben; oder einfach einen kurzen Brief an uns, in dem Du irgendetwas über unsere Arbeit sagst. Es soll sich ja nur um ein paar Sätze in Deiner Handschrift handeln. Da mein Vater uns etwas Ähnliches geben wird, empfinde ich es nicht nur als wünschenswert, sondern geradezu als notwendig, daß Du auch mit einer persönlichen Äußerung – nicht nur durch unsere Aussagen über Dich – in diesem Buch (von dem sich der hoch-angesehene, übrigens eher konservative, nicht-jüdische Verleger eine starke Wirkung erhofft) vertreten bist. – Ich hoffe also, damit rechnen zu dürfen, daß bald etwas von Dir eintrifft. –

Wie nett wäre es, wenn wir am Sonntag alle in der rue Rossini zusammensein könnten: Frau Kröger – grüße sie aufs allerartigste von mir – würde etwas Delikates kochen, und Du würdest vielleicht ein Stück Henri vorlesen, und wir hätten es reizend. Jedenfalls aber möchte ich es – wenn irgend möglich – so einrichten, daß ich noch einmal nach Nizza komme, ehe ich den Atlantik wieder überqueren muß...

Alle treuen Grüße und Wünsche Deines:

KLAUS

VON HEINRICH MANN

18, rue Rossini
Nice (France)
29. März 1938

Lieber Klaus,

nimm meinen besten Dank für den Glückwunsch und alle Deine Mitteilungen. Ich wußte nicht, daß Deine Eltern vielleicht schon drüben bleiben. Wann sehe ich dann meinen lieben Bruder wieder? Er ist mein letzter Zusammenhang mit der fernen Vergangenheit. Indessen wird der Mut nun bald darin geübt sein, auf Erden wenig Verwandtes zu suchen. Stendhal, aus Turin datiert: »Hier auf der Straße erhebt man den Blick nur bis zur Brust der Begegnenden, wegen ihrer Orden. Die Gesichter sind zu gemein.« Etwa 1820.

Das war auch schon da. Die Gesichter sind dann wieder besser geworden, auch das Gesicht Europas. So wird es nochmals kommen. An Hitler glaub' ich nicht. Die Gesittung geht nicht wie ein Reich unter, und was ist ein Reich? Bei Goethe steht ungefähr, Dein Vater citierte es mir einst: »Der Untergang eines Reiches ist nichts Wirkliches. Wirklich ist der Brand eines Bauernhofes.« Die Eroberer und Diktatoren vermehren das Unglück der Zeitgenossen, sie geben dem Tod einen Vorsprung vor dem Leben. Das ist schlimm genug, hat aber für die Dauer noch nie etwas geändert.

Die Menschen haben den bewundernswerten Willen, glücklich zu werden. Jetzt soll er ihnen mit Brandbomben ausgetrieben werden: ein untaugliches Mittel. Die Herren des Stahl- und Eisenregens werden ein ganz bescheidenes Ende nehmen, in Käfigen nackt ausgestellt vor Volksmassen, die sie immer durchaus mit sich beschäftigen wollten. Es wird viel Blut kosten, sie zu bekommen. Versprich immerhin Deinen Freunden in Amerika, daß sie Hitler und Genossen eines Tages zu sehen bekommen sollen, viel weniger schön und prächtig als diese Schreckgespenster heute der Welt erscheinen, und gar kein Schrecken mehr, außer wenn man sie nötigt, in ihren Käfigen ihre Parteilieder anzustimmen. Dann heulen die anwesenden Hunde.

Auf Wiedersehen, wenn Du vor Deiner Überfahrt mich besuchen willst. Dein Onkel

Heinrich Mann

Da hast Du eine Seite für Dein Buch. Datum und Adresse wären fortzulassen.

AN EMIL LUDWIG

z. Zt. Küsnacht / Zürich
Schiedhalden-Str. 33
den 31. III. 38

Lieber und verehrter Emil Ludwig –:

seitdem wir uns in Ihrem New Yorker Hotelzimmer mit dem schönen Blick so gut unterhalten haben – ich wenigstens habe diese Stunde bei Ihnen in einer so besonders netten Erinnerung – ist nicht viel Schönes passiert. Aber: wozu die großen Klage-Arien anstimmen – wie jetzt beinah alle meine Freunde und Bekannten es tun? Ich finde viel eher, man sollte jetzt – gerade jetzt! – zuversichtlich sein, und sich ungeheuer zusammennehmen, und *arbeiten:* das Beste geben – damit man über die sauren, bitteren, harten Jahre wegkommt, die uns bevorstehen mögen. Es kommen auch wieder andere, darüber kann doch gar kein Zweifel bestehen. – Mit dem Thema »Arbeit« hat die Bitte zu tun, die ich Ihnen heute vortragen möchte.

Es handelt sich da um ein Buch über die deutsche und österreichische Kultur, das ich mit meiner Schwester Erika zusammen für den höchst respektablen Bostoner Verlag Houghton & Mifflin vorbereite. Das Buch wird, im Herbst dieses Jahres, unter dem Titel »Escape to Life« herauskommen; (zunächst nur in englischer Sprache). Sein Zweck ist, in einer dramatisch-abwechslungsreichen Form einen Überblick über die Figuren und mannigfachen Leistungen zu geben, die für den »deutschen Kultur-Raum« bestimmend und charakteristisch sind – und die, in eben diesem »Kultur-Raum«, nicht mehr wirken dürfen. – Nun soll das Buch, neben unserem Text, auch kurze Äußerungen der von uns »behandelten« Personen selber bringen: Tagebuch-Seiten, persönliche Bemerkungen und Bekenntnisse – sei es in Form eines Briefes an uns, sei es in einem mehr aphoristischen Stil. Diese handschriftlichen Äußerungen wollen wir als Faksimiles, gleichsam als Illustrationen, in das Buch aufnehmen.

Um solche »persönlichen Äußerungen« bitten wir nun einen engen, gewählten Kreis von Menschen; etwa: Franz Werfel und Stefan Zweig; Max Reinhardt und Bruno Walter; Einstein, Adolf Busch, Coudenhove-Kalergi, Bruno Frank, unseren Vater, Heinrich Mann, wahrscheinlich Toscanini, vielleicht noch ein paar mehr.

Es ist uns natürlich sehr daran gelegen, daß Sie in unserer »Kollektion« auch in dieser Form vertreten sind: nicht nur in unserer Darstellung also, sondern auch durch das knappe Selbstportrait. Es brauchte sich da nur um ein paar Zeilen zu handeln; (aber auch eine etwas längere Äußerung wäre hoch willkommen). Sie könnten uns in einem durchaus privat gehaltenen Brief etwas über Ihre Pläne, Absichten, Hoffnungen, Befürchtungen sagen; oder etwas zum Thema »Emigration«; oder zum Thema »Europa-Amerika«, oder zum Thema Roosevelt. Ihr Text kann die Form einer Tagebuch-Seite haben (abgefaßt in Moscia, oder in Washington oder an Bord eines Schiffes, das Sie *nicht* gerade versäumt haben ...) – (dies würde ich sogar besonders reizvoll finden); oder in Form eines kleinen Essays, oder – wenn Sie mit Arbeit gerade sehr überlastet, geizig mit Ihrer Zeit sein müssen – die Form einer Postkarte. Wir werden für *jede* Äußerung aufrichtig und herzlich dankbar sein. Aber irgendetwas *müssen* wir haben: Sie gehören dazu! – Und dann, bitte: eine neue Photographie – wenn möglich mit einer Widmung an Erika und an mich. Die soll auch ins Buch kommen. (Noch netter wäre vielleicht eine Karikatur oder eine Portrait-Zeichnung.)

Das ist nun ein rechter Überfall: Nehmen Sie ihn nicht krumm! Ich würde ihn nicht riskieren, wenn ich nicht glaubte, daß wir mit diesem Buch etwas ganz Hübsches zu Stande bekommen können – etwas, was in Amerika (und

England – denn auch Gollancz will das Buch haben) sogar – in den gegebenen bescheidenen Grenzen – eine gewisse *Wirkung* haben kann. Seien Sie freundlich – und helfen Sie uns ein wenig!

Stets Ihr herzlich-verehrungsvoller:

Klaus Mann

AN KURT HILLER Küsnacht

1. April 38

Lieber Kurt Hiller –

das war einmal eine freundliche, gute Überraschung! Aus Prag treffen jetzt meist nur Briefe voll Sorge und Angst, trüber politischer Spekulation, Nervosität und Verzagtheit ein – und man darf sich darüber nicht wundern! Vor ein paar Tagen aber – zwischen all diesen wenig erheiternden Nachrichten –: Ihr heiteres und lieblich-strenges kleines Buch; schon äußerlich eine so hübsche Gabe, vielen herzlichen Dank.

Es ist gut und richtig, daß Sie für einen Kreis von Freunden Ihre Huldigungs- und Liebes-Lyrik an den »Unnennbaren« – dessen Gesicht und Körper ich mir, nach Ihren zart-prägnanten Schilderungen, nun schon beinah vorzustellen vermag – zusammengestellt haben. Wer sich für Sie wirklich interessiert – und das tue ich! –, muß auch diese Lieder kennen, neben Ihren eigentlichen Haupt-Arbeiten, den Untersuchungen, Polemiken, Manifesten. Mir scheint sogar: man versteht Ihre pointierte, eigensinnig-exakte Prosa besser, wenn man mit dem kühlen, schwingenden, anmutig strengen Rhythmus Ihrer »Minnesänge« vertraut ist.

Wie innig, ernst und heiter Sie zu huldigen verstehen! Wie viel *Würde* Ihr entzücktes Gefühl hat! »Weil ich formte, was du fühltest...«: da ist der ganze wehmütige Künstler-Stolz des die Schönheit Schaffenden gegenüber dem, der die Schönheit *hat:* altes Platonisches Motiv, episch variiert in Herman Bangs »Michael« – (kennen Sie den? Mögen Sie ihn so gerne wie ich ihn, immer noch, mag?) –;

im »Tod in Venedig«, in mehreren meiner eigenen Versuche (»Der fromme Tanz«, »Symphonie Pathétique«); am triumphalsten gestaltet in Georges Maximin-Hymnen.

Natürlich ist der George-Einfluß evident, in der Form wie in der Stimmung Ihrer Strophen. Das mindert nicht ihren Reiz und Wert – da ja ein unverkennbar eigener Ton hinzukommt. Dieser eigene Ton ist gleich eindringlich im Überschwang der Freude, des Genusses – (»Morgen erglüht um mich – Frühling erblüht um mich«) – wie in der Schwermut. (»Juniabend, Riegerpark«, »Märzmorgen«.)

Es gefällt mir auch sehr, daß die Melancholie nicht das letzte Wort hat: am Schluß kommt noch einmal der Aufschwung, und das letzte Gedicht ist vielleicht das geglückteste von allen –: »Um deine Wege schwebt ein Schimmer – von Weizen, Juni und Azur« –: das ist wirklich dichterische Sprache.

Le vieux Gide wird eine große Freude mit Ihren Versen haben –: Sie haben sie ihm doch sicher geschickt? Nur ist er ja einmal wieder im tiefsten Afrika, irgendwo am Kongo – erstaunliche kleine Unternehmungen, wenn man es recht bedenkt, für einen doch schließlich nicht mehr *ganz* jungen Jüngling! Vielleicht liest er Ihre hellenisch gestimmten Strophen in einem Negerdorf, mit irgendeinem unheimlichen Tam-Tam als Begleitmusik...

Leben Sie wohl. Wann wird man sich wiedersehen, und wo? Nach Prag führt mich kaum ein Weg mehr, oder doch nur noch gar zu komplizierte Wege; (über Stockholm, oder über Italien, Jugoslawien...). Europa wird eng – für unsereinen. Wahrscheinlich fahre ich schon ziemlich bald nach Amerika zurück – woher ich gerade komme. – Ich hoffe, diese Zeilen erreichen Sie: ich finde nur die Adresse, die Sie mir vor einem Jahr gegeben haben. Beruhigen Sie mich und schreiben Sie mir gleich ein Wort!

Nehmen Sie, noch einmal, meinen Dank – und die treugesinnten Grüße

AN JOHANNES R. BECHER Küsnacht / Zürich
den 4. IV. 38

Lieber Johannes R. Becher –

ich habe eine fiebrige Grippe und bin ziemlich reduziert; deshalb müssen Sie entschuldigen, wenn diese Zeilen nicht ganz »auf der Höhe« sind und sich, vielleicht, auch zuweilen ein Tipp-Fehler einschleicht...

Woran mir liegt, ist nur, Ihnen für Ihren Gedichtband »Der Glücksucher und die Sieben Lasten« zu danken: ein schönes reichhaltiges Buch; es hat mir – gerade während dieser Krankheit – viel Freude gemacht, und ich lese immer wieder darin: nicht ganz ohne *Neid*, wie ich zugeben muß; denn die Unbedingtheit Ihres Glaubens läßt mich umso bitterer die Qual meiner eigenen Zweifel, meiner Unsicherheit, Ungewißheit empfinden. Sie *glauben* also: Ihre Hymnen auf die UdSSR, »Das Reich des Menschen«, bezeugen es auf eindrucksvolle Art. Sie *glauben:* das Paradies ist erfüllt, die Utopie ist erfüllt, höchstens Einzelheiten wären noch zu verbessern. Wie glücklich müssen Sie sein! Denn schon die *Qualität* Ihrer Verse, die Innigkeit Ihrer Rhythmen und Beiworte beweisen mir, daß Sie *ehrlich* glauben... Wie glücklich müssen Sie sein! (Ich bin es nicht...) – Andererseits haben Sie, bei aller Entzücktheit über das Neue, den Zusammenhang zum Alten, zum »Erbe« (wie man in Moskau jetzt sagt) keineswegs vergessen. Ich liebe besonders einige Ihrer Verse über die großen Figuren unserer Vergangenheit: Lionardo und Hölderlin, Bach und Rembrandt, Goethe (der Sterbende) und Grünewald, Bosch und Luther. Ich liebe überhaupt viele der Gedichte in Ihrem Buch *mehr* als die Liebeserklärungen an den Sowjet-Staat – so enthusiastisch-rührend viele von diesen sind –: manches Bittere, Kämpferische, Harte; (zum Beispiel Verse, die mit Spanien zu tun haben). Ich liebe vieles, und die Lektüre ist eine Erholung für mich gewesen. Vielen Dank.

Ich habe einen Roman (für Querido) und ein essayistisches Buch (mit Erika zusammen – für einen Verlag in Boston: über die deutsch-österreichische Emigration) während der nächsten Monate fertig zu machen. Das ist ziemlich viel. Außerdem will ich bald wieder nach Amerika –: spätestens im Herbst (wenn mein Vertrag wieder anfängt) wahrscheinlich aber früher.

Der Aufsatz über die deutschen Romantiker und Frankreich erscheint nun also doch – in stark gekürzter Form – in »Maß und Wert«: in der Revue, für die er ursprünglich geschrieben war. (Ich hatte mich nur eben mal über den Herrn Ferdinand Lion geärgert.) Ihnen werde ich gelegentlich wieder etwas anbieten.

Annemarie ist auch in der Gegend – und läßt grüßen.

Ich bin, herzlich – und matt – Ihr:

Klaus Mann

VON STEFAN ZWEIG

49, Hallam Street
London, W. 1.
14. April 1938

Lieber Klaus Mann!

Schade, daß Sie nie hierherkommen, wir müßten uns einmal aussprechen. Über Verluste hätte ich nicht minder zu klagen als alle andern. Aber anläßlich einer solchen Weltkatastrophe scheint mir dies nicht erlaubt. Schon atmen und halbwegs frei sein ist heute eine Gnade. Was momentan uns alle bedrückt, ist das Problem des möglichen Verlustes unserer Freizügigkeit. Unser österreichischer Paß hört bald auf zu gelten, ein englisches Legitimationspapier wird uns hier wohl erst dann bewilligt, wenn wir nachweisen können, daß uns die deutsche Gesandtschaft einen Paß verweigert. So wird uns wahrscheinlich auch dieser schwere Gang nicht erspart. Dabei habe ich schon eine Tournee für nächstes Jahr nach Amerika abgeschlossen. Man hat seinen Kopf mit solchem Dreck voll und kommt kaum zur Arbeit.

Eine Prosaseite sende ich Ihnen anbei und ein Bildnis. Das Bildnis ist jedenfalls gut und das neueste.

Wie furchtbar schade, daß Sie nicht herkommen. Ich wälze gerade jetzt einen Plan, der für unsere gemeinsame literarische Existenz in deutscher Sprache ungeheuer wichtig wäre. Und was wunderlicher ist, es scheint sogar das Geld dafür aufzutreiben zu sein. Sie wissen, daß ich an Zeitungspolemiken nicht glaube, sondern an Aktivität und Organisation. Vielleicht wird diesmal wirklich etwas daraus und dann verspreche ich Ihnen, daß es die erste positive Gegenwehr gegen unsere geistige Ausschaltung würde. Fahren Sie doch via London nach Amerika zurück. Ich hätte Sie so gerne gesehen.

Herzlichst Ihr

Stefan Zweig

AN STEFAN ZWEIG Küsnacht / Zürich den 18. IV. 38

Lieber und verehrter Stefan Zweig –

meinen herzlichsten Dank für Ihre Sendung: die Prosa-Seite ist schön, und genau das, was ich brauche; das Bild sehr lebendig – und Ihr Brief, wie immer, eine Freude. Ja: ich habe unbedingt vor, nach London zu kommen, ehe ich wieder nach den Staaten reise – sei es, auf der Fahrt dorthin, oder vorher, als eigener »trip«. Ich bin ungeheuer neugierig, was Sie mir dann zu erzählen haben werden: die Andeutungen, die Sie über Ihre Pläne machen, die »unsere gemeinsame literarische Existenz« betreffen, klingen aufregend und vielversprechend ... Nun wüßte ich noch gerne, wie lange Sie etwa in London zu bleiben denken; ich meine: wie lange in den Sommer hinein. Davon will ich meine Pläne etwas abhängig machen. Gollancz wollte mir übrigens vielleicht eine Art von lecture in London arrangieren, wenn mein »Tschaikowsky« dort erscheint: vielleicht für den PEN-Club. Ich muß abwarten, wie sich das alles entwickelt. Jedenfalls wüßte ich gerne Bescheid, wie lange ich mit Ihrer Anwesenheit in London rechnen kann ...

Stets Ihr getreuer:

Klaus Mann

AN MAX BROD

Küsnacht / Zürich
den 19. IV. 38

Lieber und verehrter Max Brod –:

vielen Dank für Ihren Brief: es war nett, einmal wieder von Ihnen zu hören – aber es hat mir leidgetan, daß Ihr Schreiben einen so düsteren Ton hatte ... Dabei ist es wahrscheinlich unangebracht, Ihrem Pessimismus zu widersprechen. Worauf man hoffen kann, das ist nur noch eine allgemein europäische, plötzliche, radikale, durch irgendeine Katastrophe herbei gezwungene Wendung und Veränderung aller Dinge. Eine Art von europäischem *Wunder* –: vielleicht erleben wirs noch. (Vielleicht auch nicht.)

Inzwischen arbeitet man also weiter – und kommt sich beinah etwas stur dabei vor ...

Über Ihr schönes, wichtiges Kafka-Buch habe ich schon geschrieben. Die Rezension liegt bei Schwarzschild – der sie hoffentlich bald bringen wird. Jedenfalls hat er sie *behalten*. Ich hoffe, sie wird in einer der nächsten Nummern der NTB stehen.

Der Fall Menno *ter Braak* ist heikel und kompliziert. Ich kenne diesen Mann sehr genau und habe mich viel mit ihm herumgezankt. Wir standen vor Jahren sehr gut; waren dann ganz auseinander – und sind nun wieder versöhnt, aber nur in einem lockeren Kontakt. Er gehört ganz entschieden zu den begabtesten jüngeren holländischen Autoren; aber er hat die Hysterie, den Eigensinn, die mimosenhafte Empfindlichkeit, wie begabte Leute aus kleinen Ländern sie oft haben. Übrigens muß ich sogar fürchten, daß seine wahrhaft groteske und ganz ahnungslose Ungerechtigkeit, Ihnen gegenüber, in einem – wenn auch nur sehr indirekten – Zusammenhang mit *mir* steht. Als Sie, 1934, sehr freundlich über meinen Roman »Flucht in den Norden« schrieben, geriet ter Braak in eine heftige Aufregung. Er hatte, bis dahin, meine Bücher seinerseits gelobt; fand aber »Flucht in den Norden« – teils aus einem sehr konfusen Komplex von persönlichen Gründen heraus; teils einfach aus Eigensinn, weil das Buch von anderen Kritikern gemocht wurde –; er fand »Flucht in den Norden« also *abscheulich*. Ihre gute Besprechung ließ ihn zu der Überzeugung kommen, daß wir – im Dritten Reich verbotene deutsche Autoren – eine verruchte »Clique« bildeten, die sich gegenseitig speichelleckerisch »hochlobt«. Seine Wut über Ihre Rezension gab den ersten Anlaß zu seiner heftigen Polemik gegen die »literarische Kritik in der deutschen Emigration«, die zunächst in seinem eigenen Blatt – »Het Vaderland« – begann und dann im »Tage-Buch« fortgesetzt wurde. Erinnern Sie sich? Ter Braak schleuderte damals gereizte Blitze gegen uns alle. Der einzige, der Gnade vor seinen Augen fand, war ein junger Mann namens Konrad Merz, dessen – ersten und, bis heute, einzigen – Roman »Ein Mensch fällt aus Deutschland« Querido damals, auf den dringlichen Rat von ter Braak hin, publizierte. Das Buch zeugte von einem gewissen, äußerst unreifen Talent; war übrigens partienweise beinah unerträglich kitschig, stilistisch durchaus dritten Ranges und etwa mit den Arbeiten von Joseph Roth, oder Hermann Kesten, oder Gustav Regler, oder mir, gar nicht in einem Atem zu nennen. Ich lobte den Merz damals in der Pariser Tageszeitung: hauptsächlich, um einen jungen Emigranten zu fördern; weniger aus Überzeugung –: jedenfalls *nicht genug*, wie ter Braak fand, der seinerseits den armen Merz mit Heinrich Heine verglich. Ich erwähne diese Geschichte, um Ihnen zu zeigen, was für ein konfuser, eigensinniger, intellektuell unzuverlässiger Mensch dieser ter Braak ist. Übrigens – um es zu wiederholen –: *unbegabt* ist er keineswegs, auch nicht unanständig – bei mehreren Gelegenheiten hat er sich, in kulturpolitischen Fragen, äußerst fair, sogar mutig benommen. Aber seine Eitelkeit und seine geistige Unklarheit verderben alles. Er hat gerade jetzt für »Maß und Wert« einen Essay geschrieben, der so abwegige und auch geradezu *falsche* Ideen propagiert, daß er – obwohl bestellt – wird doch abgelehnt werden müssen.

Dies alles erzähle ich Ihnen durchaus *vertraulich*. Sehr *ungern* möchte ich noch einmal Streit mit diesem fast krankhaft reizbaren Menschen haben. Aber – verlassen Sie sich darauf! –: bei der ersten Gelegenheit werde ich ihn, schriftlich oder mündlich, auf die schweren Irrtümer hinweisen, in denen er sich, Sie betreffend, befindet.

Und nun genug über die kleine holländische Literatur-Primadonna. (Übrigens fehlt es nicht ganz an gemeinsamen Zügen zwischen ihm und dem Dr. Korrodi ...*)

Wie gerne würde ich, zum PEN-Meeting, nach Prag kommen. Aber die Reise über Stockholm–Warschau ist mir *etwas* zu umständlich ... Wann und wo werden wir uns wieder einmal sehen?

Grüßen Sie, bitte, den armen Goldstein schön von mir, wenn Sie ihn sehen. Ich bin Ihnen dankbar dafür, daß Sie sich ein wenig um ihn bekümmern.

Stets Ihr:

Klaus Mann

* Aber ter Braak ist etwas *besser* –: immerhin!

AN THOMAS MANN

Küsnacht / Zürich
den 22. IV. 38

Lieber Zauberer –

will doch nur – in aller Eile und Kürze – vermelden, daß ich gestern den Freund unseres Freundes H. R. – den Doktor O. hier im Café getroffen habe. (Ich schreibe lieber die Namen nicht aus, weil die Idee, der Brief könnte etwa auf einem deutschen Schiff geöffnet werden, zu *abscheulich* in allen ihren Konsequenzen ist.) Dr. O. also kam direkt aus München, wo er Freund R. zuletzt gesehen hatte. Dieser ist – wie euch wohl bekannt – schon seit über einer Woche frei; er war drei volle Wochen in Haft. – Die Besprechung mit O. war etwas melancholisch und wurde durch den Umstand, daß der brave Onkel *stock*taub ist und ich also gezwungen war, die verfänglichsten Dinge durchs Café »Terrasse« zu *brüllen*, nicht erheiternder. (Gott sei Dank war das Café völlig leer; wenn nicht geradezu Spitzel hinter der Gardine versteckt hockten, kann uns niemand gehört haben.) O. entwarf ein recht betrübliches Bild von R.'s Verfassung.

Die Verhaftung – die nicht mit wirklichen Mißhandlungen, aber natürlich doch mit argen Unannehmlichkeiten und Entwürdigungen verbunden gewesen zu sein scheint – hat wohl einen schlimmen Schock für ihn bedeutet. Er soll völlig verängstigt und ratlos sein – ratlos auch in Bezug auf seine Zukunft. Ein Symptom seiner Verängstigung ist, daß er sich die furchtbarsten Sorgen wegen seiner Korrespondenz mit Dir macht. Er hatte Deine Briefe alle dem Guido L. zur Aufbewahrung gegeben; nach dessen Tod sind sie in die Hände von L.'s alter Mutter gekommen, die ein wenig idiotisch sein soll. R. zittert davor, die Greisin könnte etwa auf den Einfall kommen, ihm das Brief-Paket nach Deutschland zu schicken: tatsächlich scheint sie Ähnliches erwogen zu haben; denn sie hat schon hier bei uns angefragt, *wohin* sie Sachen, die sie von R. in Aufbewahrung hat, denn nun senden solle. R. hat nun seinen O. beauftragt, sich die Korrespondenz hier zu verschaffen und sie gleich zu vernichten. Ich finde das aber übertrieben und überflüssig. Welcher Nazi soll denn in die Briefe Einblick bekommen, wenn sie wieder in Deinen Besitz kommen? – Ich schreibe nun der alten L. eine Zeile, sie soll mir die Papiere hierher schicken, und dann hebe ich sie auf, bis wir uns wiedersehen. (Ohne Einblick zu nehmen: das versteht sich von selbst, aber ich betone es lieber doch.) Golo und ich hielten das beide für passender. – Dann läßt R. auch aufs dringlichste darum bitten, daß *seine* Handschreiben den Flammen überantwortet werden. Man darf ihm wohl gar nicht sagen, daß sie – wie ich fürchte – gar nicht so sorgsam gehütet wurden, und daß da am Ende gar keine Kollektion vorliegt, die man großartig verbrennen könnte? – Die Sache mit den Briefen ist, seltsamer Weise, einer der Hauptgründe gewesen, warum O. so dringend danach verlangte, mich zu sprechen.

Aber natürlich handelte es sich auch um R.'s Zukunft. O. deutete an, die Unentschlossenheit, die ja immer ein Charakterzug des R. gewesen, habe sich nun geradezu ins Klinische gesteigert. »Man *sollte* --- Man müßte«: Wir kennen das ja. Nun scheint er aber stündlich etwas anderes zu erwägen, was man sollte und müßte. Einerseits möchte er, natürlich, unbedingt bald ins Ausland; (er meint, und sicher zu Recht, daß die Unannehmlichkeiten für ihn nicht aufhören würden, wenn er in Deutschland bliebe: von seiner Freundschaft with the Family against a Dictatorship ist, bis jetzt, überhaupt noch gar nicht die Rede gewesen – in S. wurde er nur einfach so, als Freund der Schuschnigg-Regierung und Nicht-Nazi verhaftet, wie viele andre am Ort –; aber, auf die Dauer, *müßte* man ihn doch wegen dieser Intimität schrecklich zur Rede stellen...); andererseits fällt es ihm auch wieder schwer, sich zum definitiven Bruch mit Deutschland zu entschließen; er weiß auch gar nicht, ob er legal überhaupt über die Grenze käme; (ich sollte denken: er *würde* – da sein Paß ja völlig in Ordnung ist). Er wird nun wohl auch in Berlin – wohin er inzwischen gefahren ist (Deutschland ist ja jetzt viel sicherer und ruhiger als Österreich) – sondieren, bis zu welchem Grade er dort Arbeits- und Verdienst-Möglichkeiten hat. Ich fürchte, die sind nicht so sehr glänzend. Aber in Amerika – denke ich – müßte er, mittels meisterlichem Englisch, Charme und der Whitman-Übersetzung als »interesting background«, bald was erreichen. Nach Amerika scheint er auch am meisten zu tendieren – wenn er überhaupt ins Ausland kommt. Ich erzählte dem O., daß Ihr – wahrscheinlich – zunächst drüben bleibt und wohl im Sommer ein Haus auf dem Land haben werdet. O. meinte, das würde entschieden einen Einfluß auf R.'s Entschlüsse haben; übrigens habe er schon ziemlich fest damit gerechnet, daß Ihr so bald nicht zurückkommt... Ich habe dem O. gesagt, daß R. Euch, meiner unmaßgeblichen Ansicht nach, sicherlich als Sommer-Gast willkommen wäre. *Wenn* er sich also zur Ausreise überhaupt, und dann zu Amerika durchringen könne, wäre es wohl in jeder Hinsicht das Beste, wenn er das alles recht beschleunige. Er hätte dann eine Erholungs-Zeit mit Euch, und man würde versuchen, ihn, für den Herbst, an einer University oder sonst irgendwie unterzubringen. Zuallererst könnte er ja noch ein wenig hier, in Küsnacht, logieren. – Ich hoffe, das ist von mir so recht in Eurem Sinn gesprochen gewesen. Aber ich meinte, man müsse alles dafür tun, um den Armen zur Emigration zu bestimmen. Wenn er »drin« bleibt, geht er ganz kaputt. Sollte er sich sogar in Berlin halbwegs durchsetzen – was mir äußerst unwahrscheinlich vorkommt –, so bekommt er einen moralischen Knax, der ihn zerstören würde. Wahrscheinlicher ist, daß die Unannehmlichkeiten nicht aufhören würden, und daß sogar eine zweite, vielleicht längere und ärgere Verhaftung erfolgte. – Nun wird man ja weiter hören. Wenn er plötzlich in Küsnacht an unsere Türe pocht, telegraphieren wir gleich.

Hier geht sonst alles seinen ganz braven Gang. Heute hat die Moni beim herzensguten Consul Laška – der übrigens wieder sehr krank war und kaum noch sehr lange leben dürfte – den Eid geleistet, ich war als Zeuge dabei, es ist feierlich gewesen. Der Consul war etwas aufgeregt, wegen gewisser Grüchte, die in einer rechts-orientierten tschechischen Zeitung auftauchten – vermutlich von den Nazis lanciert –: Du wolltest Amerikaner werden. Wir sind deshalb schon aus Prag angerufen worden: von Burschell, der dann auch für Dementis gesorgt hat. Der Consul hat keine Sekunde lang an die dreiste Lüge geglaubt: »Das tut uns der Herr Professor nicht an!« Eine gute Tat wäre es, dem Laška (Attenhofer Straße 36) direkt eine Zeile darüber zu schreiben... Er ist ein rührender Mann. Was die Sache selbst betrifft –: das ist heikel. Ich habe ja keine Ahnung, was Ihr wegen Eurer First Papers beschlossen habt. Wenn Ihr sie haben *müßt* – so müßte es mit möglichster Diskretion geschehen; die Tschechen sind natürlich ganz *grauenhaft* empfindlich; (und haben ja auch wahrlich allen Grund dazu: wenn man bedenkt, in welch infernalischer Lage sie sind...). – Die Beantragung der First Papers – die Immigration – ist aber doch eigentlich noch *nicht* die Beantragung der Einbürgerung – die doch erst nach fünf Jahren erfolgt. Man könnte doch also mit *gutem Gewissen* dementieren – gesetzt sogar, Ihr *wollt* die First Papers gleich jetzt.

Sorgen hat man!!

Hand- und Stirn-Küsse für Mutter und Schwester. Ersterer möchte ich doch immerhin gesagt haben, daß ich *seit ihrer Abreise* von Europa *nicht eine Zeile* von ihr erhielt – während ich des öfteren schrieb... Ich *mein'* halt nur –: keine *Zeile*. Die Augen fallen mir zu: es ist einfach 2 Uhr morgens. Übrigens sehe ich Euch ja wohl *relativ* bald...

Getreulich – söhnlich:

Aissi-K.

P.S. Gerade habe ich mit der alten L. telephoniert: die Briefe gehen also heute nach Küsnacht. So *besonders* vertrottelt scheint sie mir übrigens gar nicht zu sein; jedenfalls plapperte sie ganz vernünftig Schwyzerisch und sagte, daß der liebe Herr R. doch leider so sehr *ängstlich* sei...

VON THOMAS MANN — The Bedford, New York 12. V. 38

Dear Eissi,

mit einem neuen Waterman for the desk, nicht zum Zuschrauben, in eine Hülse zu stecken, die auf einer Marmorplatte befestigt (habe die Stahlfeder auch für die Arbeit endgültig aufgegeben) möchte ich Dir für Deinen eingehenden Bericht über Reisiger danken, der mich sehr beschäftigt hat. Die von Californien aus eingeleitete Aktion zu seiner Heranschaffung habe ich auf diese Nachrichten hin heute brieflich gestoppt, denn ich bin sehr unsicher geworden, ob unserm R. heute damit gedient ist und gebe ihn, offen gesagt, für uns mehr oder weniger verloren. Die Wochen der Gefangenschaft werden gräßlich genug gewesen sein, aber irgendwie auch überwältigend, und nun in Berlin, als Arier und vollgültiger Volksgenosse, wird er allmählich finden, daß alles doch eigentlich ganz anders ist, als wir Emigranten es uns vorstellen, wird sein deutsches

Herz entdecken und einsehen, daß man doch schließlich nach Deutschland gehört. Ich fürchte, es wird so kommen. Wir werden ihn vielleicht mal wiedersehen (er hat ja einen Paß), aber uns bald nicht mehr recht mit ihm verständigen können.

Wenn ich bedenke, daß wir schon seit einem Vierteljahr von Küsnacht fort sind, so wird mir sonderbar zu Mute. Natürlich ist man etwas nervös, verwirrt und müde von der inneren Umstellung, die unter den beständigen Anstrengungen und Ortsveränderungen dieser Monate – bei liegen gebliebener Arbeit – zu leisten war. Amerika ist ungeheuer gut zu mir. Die Reise durch den Kontinent und zurück war wohl eigentlich ein Triumph, von hoch aufgebauten, in rührender Aufmerksamkeit lauschenden Menschenmassen gesäumt. Das Goldene Buch, das mir neulich hier bei dem Dinner zugunsten der christlichen Emigranten (1100 Personen im Hotel Astor) überreicht wurde, ist ein ganz unglaubliches Dokument gehäufter Zuneigung und Ehrerbietung. Alle finden, daß nicht leicht schon so etwas da war. Mich beunruhigt es eher etwas, aber möge es euch allen, auch Golo und den Kleinen, zugute kommen.

Nächste Woche werden wir nun ja wohl das Inselhaus der Newton beziehen. Ich muß ja arbeiten, es geht nicht so weiter. Aber wegen der nicht abzulehnenden Ehrendoktorate in Columbia und Yale werden wir bald wieder auffliegen müssen. Und was im Hochsommer oder Herbst? Ost oder West? Princeton, wo wir neulich waren, ist sehr hübsch. Aber ich fürchte mich etwas vor der Gelehrten-Atmosphäre, und das Movie-Gesindel ist mir im Grunde lieber. Beide Möglichkeiten haben ihre starken Vorzüge und Nachteile. Man muß sehen. Princeton ist natürlich more dignified, und dann sind New York und Europa nahe. Aber lustiger und klimatisch zuträglicher wäre Beverly Hills oder Santa Monica, und für Medi und Bibi wäre der Boden dort günstiger.

Heft 5 von »M. u. W.« finde ich doch recht gut. Was gibt es in der Art eigentlich heute Besseres? Am zweifelhaftesten ist wohl Lions eigener Beitrag, mehreres andere aber vortrefflich, auch Golo, obgleich seine politischen Aphorismen eine starke Unfreundlichkeit gegen Abegg enthalten. – Es wird nun aber Zeit, daß Du auch auf den Plan trittst wie Achill aus seinem Zelte.

Heute Brief von Oprecht über die Lage, recht vernünftig und relativ ermutigend. Ich glaube, es kann trotz der Kalamität mit Bermann, der seine Überflüssigkeit nicht einsehen will, noch alles ganz gut werden, und wenn wir hier einmal gesettelt sind, wird es, mit gelegentlichen Aufenthalten in Paris und Arosa, wohl die beste aller heute denkbaren Lebensformen sein.

Väterliche Grüße Dir und dem Hause. Medi macht uns etwas Sorge, aber nicht ernstlich, wenigstens nicht mir.

Und wo tut ihr Toby hin? Daß ich Ferdinand nicht mehr sehen muß, ist eine der Lichtseiten des Ganzen. Den Küsnachter Hausrat hier zu haben, wird sehr drollig sein.

An Beneš habe ich ein langes Kabel geschickt und auch an Laška geschrieben.

Z.

AN PAUL GEHEEB Küsnacht / Zürich
den 22. V. 38.

Lieber Paulus –

es freut und rührt mich immer, wenn ich von Ihnen höre. Es war sehr lieb von Ihnen, wieder einmal an mich zu denken. Auch die intime kleine Reminiscenz an Ossietzky, die Sie mir mitteilen, klingt bewegend, wenn man bedenkt, was dann folgte, wie viel Leiden, welch ein hartes und heroisches Schicksal.

Eine Tochter Ossietzkys habe ich nie gekannt. Leider wüßte ich im Augenblick auch nicht, wie Ihnen die Adresse verschaffen. Sollte ich, irgendwann einmal, von ihr hören, würde ich es Sie gleich wissen lassen.

Mein Schweizer Aufenthalt geht schon wieder seinem Ende zu. Einige Wochen habe ich noch, und die sind mit

Arbeit überreichlich ausgefüllt: sonst würde ich gern einmal endlich die längst-geplante Fahrt nach Versoix machen. Von hier aus muß ich nach Holland, und dann, im August, wieder nach Amerika – wohin ich ja, wie übrigens auch mein Vater es tut und meine Schwester es schon getan hat, das Schwergewicht meines Lebens mehr und mehr verlege. Das ist kein ganz leichter Entschluß. Aber was sonst bleibt übrig? In Europa sieht es gar zu bedrohlich aus – in diesen Tagen gerade ja eigentlich noch bedrohlicher als je zuvor –, und übrigens wird es einem gar zu schwer gemacht, zu arbeiten und zu wirken. Drüben gibt es doch mehr Möglichkeiten...

Die Ossietzky-Feier heute vormittag ist schön und würdig verlaufen. Bei dieser Gelegenheit traf ich auch einmal wieder den Erwin Pinkus-Parker, der ja, wie Sie sich erinnern, mein Mitschüler in der Oso war und der hier am Schauspielhaus engagiert ist.

Überhaupt tauchen immer wieder, hier oder dort, alte Oso-Schüler auf, und ich freue mich immer. So hatte ich neulich in Boston die Gelegenheit, Ottchen Schön-René wiederzusehen: ich fand ihn so bezaubernd, wie er immer war; übrigens hat er geheiratet und ist schon Papa. Gestern rief mich hier Ballin an, er war auch gleichzeitig mit mir bei Ihnen. Auch Armin Kesser ist wohl immer noch in Zürich; aber mit ihm kann ich den Kontakt nicht aufrecht halten, er ist mir ein zu problematischer Charakter, und es gibt schon genug Probleme, die meistens wichtiger sind.

Leben Sie wohl, lieber und verehrter Paulus, sagen Sie meine ergebensten Grüße an Frau Edith, nehmen Sie meine aufrichtigsten Wünsche für Ihre bedeutende Arbeit, lassen Sie wieder einmal von sich hören, und seien Sie versichert der dankbaren Anhänglichkeit

Ihres:

KLAUS

AN KATIA MANN Küsnacht, 1. Juni 38

Mother dear:

eigentlich erwarteten wir ja ein Handgekritzeltes von Dir, mit der Queen Mary. Hoffentlich bringt das nächste Schnellboot was mit. Man ist doch sehr gierig, zu wissen, wie Ihr Euch in Carolines kleinem Chalet fühlt und einlebt, und dann müssen wir auch erfahren, wie die Festlichkeiten um die Ehrendoktorate verliefen, und überhaupt alles. – Natürlich wissen wir seit vorgestern schon bedeutend mehr als früher; traf doch Frau Schwesting – braun gebrannt, gut in Form – voller Schnurren und Geschichten ein, und da gab es ein herzliches Gelächter, da wir erfuhren, wie die Dame zu Kansas City Dir den Puls fühlte, wie sie fürchtete, daß Du in a minute niesen müßtest, und wie schrecklich es war, als Lorres Missetat ihre Spuren hinterlassen hatte und nachts Kompressen auf die wehe Stelle gemacht werden mußten. Da sahst Du einmal, wie schnell einen so etwas anfliegt und wie ungerecht es war, uns scheel anzusehen, wenn Pamela uns auf ihre zerstreute Art etwas dieser Art zugefügt hatte. – Küsnacht ist jetzt hübsch und sommerlich; aber es ist doch *unrecht* und schier unvernünftig, daß Du Dich so nach dem verrotteten kleinen Erdteil sehnst. Erstens sprechen die Schweizer doch einen sehr häßlichen Dialekt, sind furchtbar aufs Geld aus, die Zitig hat immer diese häßlichen Sachen gegen Léon Blum gebracht, der 60. Geburtstag ist nicht genug gefeiert worden, Rieser hat Schwierigkeiten mit den Freikarten gemacht, bei Reiffs war es meist etwas langweilig, in den Geschäften wurde man langsam bedient, auf dem Postamt wollte niemand so originell sein, für das Auto regnete es Bußen, die Leute mochten uns nicht wegen Toby, wegen des deutschen Akzents und wegen des Bolschewismus, Korrodi ist ein schlechter Charakter, zu viele Menschen sind homosexuell, sogar Nico – dem es aber ganz nett zu Gesichte steht –, die Basler Nationalzeitung hat Winke aus Bern bekommen, daß sie nicht mehr so frech sein darf, bei Annemaries Mama war jetzt wieder die Erna Hanfstaengl als Logierbesuch – sie soll zwar ein bißchen abgekühlt sein, was die Nazis betrifft, seit der Putzi in die Verbannung mußte, aber doch noch nicht sehr –, letzte Woche hätte es um ein Haar Weltkrieg gegeben, nur die Tatsache, daß der Britische Botschafter seine Frau schon wegbefördert hatte und selbst seine Koffer packte, hat den lüsternen Feigling von Berchtesgaden eingeschüchtert; die Wiener Emigranten verbreiten Traurigkeiten, zum Beispiel Mopp, der trist im Café Select Schach spielt –: mir scheint, Du hast das alles etwas vergessen. – Also, was ich bin, ich fahre ja *gar* nicht ungern nach Amerika retour. Die Leute dort haben sehr viel Sinn fürs Höhere, wenn sie auch manchmal etwas putzige questions fragen.

Jetzt bin ich nur sehr neugierig, wie Ihr Euch mit Eurer vorläufigen Niederlassung entscheidet. Denn da wir uns so lächerlich [lange] nicht gesehen haben – natürlich weißt Du doch schon gar nicht mehr, wie ich aussehe – werde ich mich doch zunächst für ein Weilchen mit Euch vereinigen wollen. Eri sagt, Ihr dächtet neuerdings vor allem an Boston? Das ist vielleicht gar keine üble Idee. Hollywood, andrerseits, hat viel für sich. Ich wäre gern mit Euch nach Californien gereist, wohin mich ja manches zieht. Freilich rechne ich damit, daß der Tomski – wenn Ihr denn also im Osten bleibt, und ich das auch täte – seinerseits sich auf die Reise machen und zu mir stoßen würde. Jedenfalls möchte ich ihn gleich treffen. Etwas kompliziert wäre es, wenn er gerade eben etwas job-artiges in H. gefunden haben sollte. Es sieht aber nicht so sehr danach aus ...

Mit den verschiedenen Arbeiten wird es für mich ein rechtes Gedränge geben. Ich fürchte, den Roman – der recht fett und umfänglich zu werden droht – werde ich doch erst Anfang 39 rausbringen können; denn die Fahnen werde ich in Europa kaum mehr lesen können, und von drüben aus ist das alles doch dann recht zeitraubend. Auch »Escape to Life« ist ja auf Januar verschoben worden. Trotzdem müssen beide Manuskripte noch im Lauf des Sommers abgeschlossen sein. Im Herbst kommt dann auch wieder die

Arbeit an den lectures – usw. – Vom Roman ist schon das meiste da, aber vieles ist noch recht flüchtig angedeutet und skizziert, es wird noch ziemlich viel Arbeit machen. – Dazwischen wurden auch wieder viele Artikel gekritzelt – so jetzt eine ausführliche Besprechung des besonders schönen und wichtigen »Marsch des Fascismus« von Borgese, oder eine Ossietzky-Rede, die vorigen Sonntag im Schauspielhaus, bei einer Feier (mit Gretler usw.) ganz wirkungsvoll von mir zum Vortrag gebracht wurde. Und dieses Buch für Houghton Mifflin ist ja auch eine *harte* Nuß. – Recht aufregend und bedeutungsvoll ist ja nun auch die Sache mit der Verlagsgründung. *Mit* Gottfried? *Ohne* ihn? Mit – oder ohne Knopf? Man wird es bald wissen. Grade heute verhandelt der Friedrich ja wohl mit Gott, in Amsterdam ... Oprechts – Emmy + Emil – möchten wohl im Grunde ganz gerne auch irgendwie mitspielen.

Gestern war kleine fête bei ihnen (bei Opis nämlich), Konsul Laška, ein goldenes Herz und stets ungemein drollig, war auch da und hatte sich gewaltig mit Zauberers schönem Brief gefreut, den er am Herzen trug, *tadellos!*

So tat auch ich – ich meine, daß ich mich auch mit Z.'s Brief freute –, und lasse auch vielmals danken. Was übrigens Reisi betrifft, so scheint es ja nicht *ganz* so melancholisch um ihn zu stehen, als erst anzunehmen war. *Gefallen* tut es [ihm] wohl nicht in Berlin – wie selbst Suhrkamps Verehrerin Tutti berichtet –, und es ist wohl mehr seine Unentschlossenheit und seine Angst vor der Fremde – nicht so sehr die neu-entdeckte Liebe zum Vaterland –, was ihn an der Abreise hindert. Übrigens will die Eri ihm wohl dieser Tage direkt schreiben. Vielleicht rafft er sich dann, nach allem »man sollte doch ...«, doch zu einer wirklichen Entscheidung auf.

Als vorgestern eine kl. Geburtstags-Epistel an Herrn Papale abgefaßt wurde, waren zwei sehr kostbare Kinder, nämlich ich und das liebe Fräulein Monika, irgendwie nicht im Hause. Obwohl wir uns auch noch durch Cabel in Erinnerung bringen werden, möchte ich doch nicht verfehlen, meinen Glückwünschen auch noch schriftlich Nachdruck zu verleihen.

Kinder ich sags euch: das Mönnle ist ein ganz feines Ding geworden. Nicht ohne seltsame Züge freilich, aber auch durchaus nicht ohne gewinnende – und wenn ein Mensch von artigem Niveau, wie der Lányi, ihr mit so schwärmerischer Treue ergeben ist, *muß* überhaupt etwas an ihr dran sein. Wirklich, sie ist ganz leise und würdig, schwermütig halb, halb humorvoll, nicht ohne bizarre Einfälle, mit Anmut zurückhaltend, auch ziemlich hübsch. (Die seltsamen Züge an ihr kennst Du selber, da brauche ich nicht drauf einzugehen...) – Es ist nicht zu verhehlen, daß sie mancherlei vor der Medi voraus hat – diese allerdings auch vielerlei vor ihr. Denn auch die Medi ist natürlich sehr droolig, und, durch Golos strenge Mienen an den Ernst des Lebens gemahnt, auch wieder viel vernünftiger geworden. [...] Was das Geld betrifft – da es schon eine so unheimlich lange Epistel wird, können wir gegen Ende ja auch noch ein wenig damit *spielen* –: Also, ich habe mir hier, während all der Wochen, die allervornehmste Zurückhaltung auferlegt. Während meine jüngeren Schwestern, vor meinen neidischen Augen, ihre Ausgaben aus den Öffentlichen Vorräten – die ich ungern abnehmen sehe – bestreiten, gab es kein Zigaretten-Päckchen, Briefmärkchen oder Chocoladenplätzchen, das ich nicht aus Eigenem bestritten hätte. Durch den Klein-Verkauf meines Tschaikowsky an den Britischen Film kam ich ja als ein Wohlhabender hier an. Allerdings ist das dear dear money – welches die Eigenheit hat, bei mir einfach nicht *bleiben* zu mögen – schon gar häßlich hingeschwunden. Nun steht es ja so, daß ich mir im vorigen Sommer, als ich mit dem Tomski nach Frankreich fuhr und immer so teurig essen gehen mußte, 1200 schw.frs. vom Tenni habe aushändigen lassen – die inzwischen Dir zu Lasten geschrieben wurden. Darüber habe ich wohl schon im Winter düstere Andeutungen gemacht. Meines Erachtens hätte ich ab Februar, spätestens, wieder Monatsgeld gekriegt. Da wir nun glücklich im Junius stehen und ich die ganze Zeit nichts kassierte, ist die Hälfte dieses Tenni-Geldes jedenfalls schon abgedient. Und nun wollen wir weitersehen. Schließlich werde ich eines Tages *doch* für die movies schreiben müssen, oder mindestens ein effektvolles Theaterstück machen: sonst kommt man auf keinen grünen Zweig. Jedenfalls nicht mit Journalistik in deutscher Sprache. Die Verdienstmöglichkeiten werden da immer kümmerlicher. Die brave – immer-noch-brave – National-Zitig ist mit Manuskripten, jetzt auch von den Wienern, derartig überlastet, daß man viele Wochen lang warten muß, bis man drankommt, etwa wie bei der Neuen Rundschau, die Hofmannsthal als ein überfülltes Herrenbad empfand (was viel komischer ist als die Sache mit dem verschluckten Engel, über die der Jakob so furchtbar hat lachen müssen). – Mit dem Lion-Gnom bin ich ja halbwegs versöhnt. Über diesen Fall ließe sich *Vieles*, gar zu Vieles sagen; aber ich will seinetwegen nicht eine neue Seite anfangen. Jedenfalls werde ich nun also auch *etwas* von den Fränklis der Madame Meyrisch sehen, da im nächsten Heft, after all, der brutal gekürzte Romantiker-Aufsatz, und im übernächsten auch noch eine Kleinigkeit erscheint.

Adieu, alles muß einmal ein Ende haben. Die Theres hat mir gerade ganz bieder und melancholisch versichert, daß von allen Mitgliedern der Familie *Du* ihr eigentlich am allermeisten fehlst, weil Du so viel *Wärme* um Dich verbreitest. In Boston und Hollywood braucht man das aber auch und wird es zu schätzen wissen.

Alles Treue und Liebe, dem Zauberer wie Dir: alter

Aissi-K.

AN LUDWIG HATVANY

Küsnacht / Zürich
4. VI. 38

Lieber Lazi –

ich weiß nicht, ob die schreckliche Nachricht schon zu Ihnen gedrungen ist: unser Freund Horvath ist in Paris, auf den Champs-Élysées, von einem Baum erschlagen worden. Er ist tot. Die Geschichte ist so rätselhaft wie grausig. Ich wollte sie lang gar nicht glauben. Es ist aber wahr. Ein Gewittersturm hat einen alten Baum umgelegt, und er ist ihm auf den Kopf gefallen. Was *hat* der liebe Gott gegen uns, daß er uns die Nettesten Besten Begabtesten so listig wegstiehlt?!

Ich schreibe Ihnen das in aller Eile, weil ich für möglich halte, daß Sie es in Italien gar nicht erfahren haben – es stand auch hier bis jetzt in keiner Zeitung.

Meine Pläne für die nächste Zukunft sind immer noch ziemlich ungewiß. Ich bin noch nicht entschlossen, ob ich die nächsten 6 Wochen in der Schweiz bleibe, oder ob ich doch nach Prag zum PEN-Kongreß fahre, oder ob ich nach Spanien, für eine Zeitung, reise. Ich lasse Sie das noch wissen. Wie sind Ihre Ab- und Aus-Sichten?

Erika ist seit ein paar Tagen hier. Das Neueste ist, daß meine Eltern nun doch noch für zwei Sommer-Monate nach Europa kommen wollen, um im Herbst nach den Staaten zurückzukehren. Dieser Entschluß ist plötzlich gefaßt worden und nicht vernünftig. Ich bin übrigens nicht davon überzeugt, daß es definitiv dabei bleibt.

Für Loli und Sie, toujours bien amicalement:

KLAUS

AN FERDINAND LION

Küsnacht / Zürich
den 8. VI. 38

Lieber Herr Lion –

Doktor Oprecht gewährt uns Einblick in einen Brief, in dem Sie Ihre Ratlosigkeit, ja, Ihre Verzweiflung darüber äußern, daß ich Sie mit Beiträgen überhäufe. So weit es mir möglich ist, aus Ihrem Handschreiben klug zu werden, scheint es sich besonders um eine kleine Rezension zu handeln, die ich aus Gefälligkeit gegen Oprechts, die mich darum gebeten hatten, geschrieben habe.

Die Lage fängt an, grotesk zu werden. Sie wissen sehr wohl, welche strikte Zurückhaltung ich von Anfang in allen Dingen, die »Maß und Wert« betreffen, geübt habe. Die Zeitschrift ist ein Jahr alt geworden, und mein Name ist noch nicht in ihr gedruckt gewesen – außer einmal, in verächtlichem Sinn, in einem frechen kleinen Artikel, den Sie über die literarische Produktion der deutschen Exilierten à la Korrodi geschrieben haben. Ich brauche nicht noch einmal all das aufzuzählen, womit Sie mich, während der Zeit, die Ihre »Macht« nun dauert, geärgert und immer wieder sadistisch vor den Kopf gestoßen haben. Als Sie mir die Schwierigkeiten wegen des von Ihnen bestellten Romantiker-Essays machten und als ich diesen Beitrag von New York aus zurückzog, war es meine Absicht, daß mein Bruch mit der Revue definitiv sein sollte. Indessen bin ich, besonders was Kleinigkeiten betrifft, nicht eben das, was man einen eisernen Charakter nennt. Der Romantiker-Aufsatz war schließlich für »Maß und Wert« geschrieben, er paßte in keine andere Zeitschrift, es verdroß mich, ihn ungenutzt zu lassen; ich stimmte zu, daß er schließlich doch noch in der von Ihnen chirurgisch präparierten Form publiziert werden sollte. Das war ein Fehler. Ich hätte nicht mehr mit Ihnen zusammen arbeiten dürfen. Sie sind ganz unmöglich.

Jetzt also gibt es Wehklagen wegen eines Nichts von einer Buch-Rezension – die ich mir, zu entgegenkommend wie ich bin, schon wieder von Ihnen um ein Drittel habe kürzen lassen. Die Stelle über die Korpsstudenten – schrieben Sie mir – dürfe nicht stehen bleiben, weil das deutsch-patriotische Empfinden der Madame M. solches nicht aushielte. Das ist natürlich nicht wahr. Sicherlich ist Madame M. – die persönlich zu kennen ich nicht den Vorzug habe – eine intelligente Dame, die, im besonderen Zusammenhang meiner Besprechung, die Kritik an gewissen Altheidelberger Unsitten verstanden hätte. Das mit Madame M. war sicherlich ebenso wenig wahr, wie daß Sie die Dichterin Else Lasker-Schüler leider Gottes nicht bringen können, weil Herr Falke es verboten hat; oder daß Sie Menno ter Braak ablehnen mußten, weil Golo es verlangt hat. Was sind das alles für unwürdige Tricks, für verzwickte Taktiken, für boshafte Mätzchen! Ich bin dieser Dinge müde. Wenn Ihnen gar niemand anderes mehr einfällt, hinter dem Sie sich verschanzen können, dann ist es »notre Breitbach«. Weil »notre Breitbach« eine Schnute ziehen könnte, macht meine kleine Rezension Ihnen Kummer? Das ist ja schon komisch. Jedenfalls: Sie sollen, diesbezüglich, keinen Kummer mehr haben. Die Rezension erscheint also *nicht* – gekürzt – in »Maß und Wert«, sondern – ungekürzt – in der »Weltbühne«: ich schicke sie mit gleicher Post an Herrn Budzislawski. Und wenn sie überhaupt nicht erscheinen sollte, ist es auch kein Malheur – Sie wissen ja, daß die ganze »Angelegenheit« kaum sehr viel für mich bedeuten kann.

Mit »Maß und Wert« will ich nichts mehr zu tun haben, so lange Sie noch Redakteur der Zeitschrift sind. Dies ist endgültig. Ich möchte keine Korrespondenz à la Aprilwetter mehr. Lassen Sie sich Ihre Rezensionen von votre Breitbach schreiben, umwerben Sie den Baron von Brentano – vielleicht hat er noch einen Dramen-Akt vorrätig –, ziehen Sie Armin Kesser heran, vielleicht gewinnen Sie den Glaeser noch, ehe er ganz nach Deutschland zurückkehrt; boykottieren Sie die Juden – vor allem »die unwürdigen«, von denen Sie meinem Vater geschrieben haben –, wie es sich für eine Emigranten-Zeitschrift gebührt; schreiben Sie selber 150 Seiten über das Wesen des Langweiligen, das wäre stilvoll. Ich habe mit all dem nichts mehr zu tun.

Adieu. Ihr:

Klaus Mann

AN HERMANN HESSE

Barcelona, Hotel Majestic
den 2. Juli 1938

Lieber und verehrter Hermann Hesse –

Ihre literarische Sendung – die Erinnerungen an Schoeck und die »Drei schwäbischen Dichter« – habe ich noch in Paris bekommen: vielen herzlichen Dank. Gestern nacht habe ich die Novelle gelesen – und, glauben Sie mir, es war eine merkwürdige, schöne, auch tröstliche Sache, sich an Ihrer Prosa zu erfreuen, unter den tragischen, wilden und unglaublichen Umständen, die jene des hiesigen Lebens sind. Es hatte tagsüber verschiedene Fliegeralarme gegeben – in einem Vorort von Barcelona waren morgens 75 Menschen durch Bomben getötet worden –, und nachts hatte eine Zeitlang kein Licht gebrannt, weil die gequälte Stadt sich vor dem feindlichen Angriff verdunkeln mußte. Als das Licht dann wieder funktionierte, begann ich zu lesen. Der Eindruck war sehr rein und sehr stark –: eine innige und gute Stimme aus einer anderen Welt. Mit welch schöner und beseelter Deutlichkeit werden die Menschengesichter wie die Landschaften in Ihrer Darstellung lebendig! Ich habe es sehr genossen. Und eine Stelle habe ich mir in mein Tagebuch abgeschrieben. Es ist diese:

... »oder war es wirklich das Schicksal der Dichter, daß ihnen keine Sonne scheinen konnte, deren Schatten sie nicht in der eignen Seele sammeln mußten?« ...

Ich bleibe hier nicht sehr lange. Morgen werde ich noch für ein paar Tage nach Valencia und Madrid fahren, und dann zurück in eine noch quasi friedliche Welt. (Diesen Brief werde ich übrigens erst in Paris aufgeben können, da die Beförderung von hier aus unsicher und zeitraubend ist.) Ein paar Zeitungen haben mich auf diese Reise geschickt. Die Eindrücke, die man bekommt, sind großartig und düster. Der Widerstandswillen dieses Volkes ist bewunderungswert. Dieser Krieg kann noch lange dauern. Von einer Auflösung auf der republikanischen Seite ist nicht die Rede.

Ich bedaure es aufrichtig, daß wir uns niemals sehen. Ich lebe zu unruhig und bin zu viel unterwegs. In der Schweiz halte ich mich immer seltener auf, und wenn ich noch hinkomme, bin ich in Küsnacht oder im Engadin.

Nehmen Sie noch einmal meinen Dank, und die wirklich ergebenen Grüße Ihres:

Klaus Mann

AN LUDWIG HATVANY Barcelona, Hotel Majestic
den 14. Juli 1938

Lieber Lazi –

ich bin also keineswegs nach Prag gefahren, sondern...: und dies ist eine zwar anstrengende, oft quälend unbequeme, in jedem Augenblick aber kolossal lohnende und erregende Reise gewesen. Heute geht sie zu Ende. In ein paar Stunden fahren wir – Erika und ich nämlich – nach Perpignan; von dort, heute nacht, nach Paris weiter, und von dort, einige Tage später, in die Schweiz. – Wir waren, im Auftrag von ein paar Blättern, in Barcelona, Valencia und Madrid; dazwischen: Ausflüge an die »Fronten«. Wir haben unendlich viel gesehen: sehr viele Menschen – Soldaten und Generale und Dichter und den Außenminister und den Propagandaminister und Journalisten und nochmals Soldaten –, und Hospitäler und die Schützengräben und Gefängnisse und Theater und zerstörte Häuser und versenkte Schiffe und verbrannte Kirchen, und was weiß ich. Es war oft recht entsetzlich; immer höchst eindrucksvoll. Wenn meine Berichte erschienen sind, werde ich Ihnen etwas davon schikken.

Paris, Hotel des Saints Pères 16. VII.

... an dieser Stelle wurde von Barcelona abgereist. Wir sind also heil zurückgekommen: Europa hat uns wieder... Hier müssen wir eifrig herumsausen und tausend Leute sehen. Paris steht unter dem Zeichen der Königs-Visite; die große Sensation ist, daß »la Reine« während ihres Aufenthaltes *nur* weiße Roben tragen wird. Damit dürfte die krisenhafte Situation des Kontinents wohl endgültig entspannt und befriedet sein... Es macht sich all das ein wenig komisch, wenn man aus dem Bürgerkrieg kommt... Morgen früh fahren wir schon nach Küsnacht weiter.

Ich bin Ihnen aber noch eine Antwort schuldig auf Ihre Anfrage betreffend Amerika. Ihre Idee halte ich durchaus nicht für aussichtslos. Es handelt sich darum, einen der großen lectures-Agenten zu interessieren. Es kommen eigentlich nur drei in Frage: Colston Leigh, Peets oder Feakins.

Feakins ist Erikas und mein Agent; Peets der unseres Vaters. Ich rate Ihnen, wegen der Sache auch an meinen Vater zu schreiben, der jetzt in Küsnacht ist. Ich könnte mir sehr wohl vorstellen, daß er seinen Peets für die Idee gewinnt, wenn er ihm in einem schön bewegten Brief die Reize und Merkwürdigkeiten Ihrer Person und Ihrer Biographie anschaulich macht. Ich werde ein Gleiches mit meinem Feakins – einem unerhört braven und zuverlässigen alten Onkel – versuchen, wenn ich ihn, Anfang September, wieder sehen werde. Für diesen Herbst kommt eine Tournée sicher nicht mehr in Frage, da so etwas drüben sehr lang und ausführlich vorbereitet werden muß; vielleicht für den Frühling – ich fürchte aber: erst für den nächsten Herbst. Auf eine finanzielle Garantie können Sie bei einer ersten Tournée wohl kaum rechnen. Zu erreichen müßte sein, daß der Agent Ihnen wenigstens die Reisen innerhalb der Staaten zahlt. Entscheidend ist natürlich, ob Ihr Englisch in der Tat *verständlich* ist; meisterhafte Aussprache wird von Ausländern nicht verlangt. Schicken Sie mir doch bitte jedenfalls nach Küsnacht eine Photographie und eine Art von kurzem Propaganda-Text – englisch –: etwa die Daten, die der Agent dann auf seinen Prospekten verwenden würde. (Aufzählung Ihrer wichtigsten Publikationen; wesentliches Biographisches; europäische Presse-Stimmen über Sie – usw.) Mit diesem Material bewaffnet werde ich Sie dem Feakins wirkungsvoll vorstellen – und mein Vater dem Peets. Letzterer Versuch dürfte wohl der aussichtsreichere sein – aus dem einfachen Grunde, weil mein Vater einen stärkeren Einfluß auf seinen Agenten hat, als ich auf den meinen. Über die Themen-Wahl wird es sicher noch Korrespondenzen geben. Ich könnte mir vorstellen, daß auch ein ganz allgemeiner Vortrag über Ungarn, seine soziologische Struktur, seine jetzige politische Situation usw. gewünscht werden wird. Es wäre charmant, wenn wir uns in Kansas City, als zwei reisende Vortragskünstler, nächstens begegneten ...

Sagen Sie Loli das Allernetteste de ma part – et croyez toujours à l'amitié sincère de votre KLAUS

VON HERMANN HESSE [Poststempel: 21. VII. 1938]

Lieber Herr Klaus Mann

Ihr Brief war mir eine Freude, haben Sie Dank für ihn.

Bei uns krachen die Bomben noch nicht, aber ich lebe schon wieder beinahe ebenso im Kriege wie einst in den Jahren 1916 bis 19, wo ich in der Kriegsgefangenenfürsorge tätig war, nur sind es heut die Flüchtlinge und Emigranten, deren Schicksale und Nöte mich mit bedrücken und denen der größte Teil meiner Arbeit gilt. Obwohl ich die Vergeblichkeit sehe, hat es mich wieder hinein gezogen, diesmal hauptsächlich auch durch meine Frau, die aus Österreich stammt und alle nahen Verwandten und Freunde dort hatte. Wir haben Flüchtlinge im Haus, sitzen an den Schreibmaschinen, schreiben Lebensläufe, Einreisegesuche, Bittgesuche an die Fremdenpolizei, kurz ich bin wieder ganz im papierenen Krieg, und es ist um nichts hübscher als damals. Damals versorgte ich die Kriegsgefangenen mit einer kleinen, von mir redigierten Zeitschrift, und mit Lektüre, auch mit Noten, Musikinstrumenten, Studienbüchern für Akademiker etc. Einmal legte ich einem Kistchen Bücher, das als Lagerbibliothek für ein Arbeitslager in Frankreich gedacht war, eine kleine billige Ausgabe des »Goldenen Topfs« von Hoffmann bei, und bekam vom Empfänger den Kopf gewaschen, die deutschen Gefangenen und Krieger, schrieb er mir, seien nicht gesonnen sich mit so läppischem romantischem Zeug aus Urgroßvätertagen abzugeben, sondern verlangten eine Lektüre, die sich mit dem Heute und dem vollen echten Leben der Gegenwart etc. in Kontakt halte, z. B. Werke von Rudolf Herzog. So ähnlich wird auch der Endeffekt meiner jetzigen Plagerei sein.

Jene Erzählung von Hölderlin, Mörike und Waiblinger, die Sie in Barcelona gelesen haben, ist schon alt, sie ist so etwa um 1913 geschrieben.

Hoffentlich sehen wir uns einmal wieder, es würde mich freuen.

Es grüßt Sie Ihr H Hesse

VON STEFAN ZWEIG [Poststempel: London, 9. Aug. 1938]

Lieber Klaus Mann, ich höre eben, daß Sie aus Spanien zurück sind und bin ebenso glücklich als ich besorgt gewesen bin. Hoffentlich erscheinen Ihre Impressionen an einer mir zugänglichen Stelle – mir tut es leid, selbst nicht einmal hingefahren zu sein, aber ich muß hier Zeit absitzen, englische Ansiedlungszeit, da ich bald wieder nach Amerika fahre. Alles Gute Ihrer verehrten Familie Ihr Stefan Zweig

AN STEFAN ZWEIG Hotel Lutétia Paris, 13. IX. 38

Lieber Stefan Zweig –

diese Zeilen bringt Ihnen ein Freund von mir, Doktor Robert Klopstock. Ich würde ihn nicht an Sie »empfehlen«, wenn ich nicht wüßte, daß eine Unterhaltung mit ihm Ihnen Freude machen wird. Er ist sehr gescheit und sehr lieb – hätte er sonst einer der Nächsten von Franz Kafka sein können? Und er hat viel Gefühl für Literatur, und für alles, was wir lieben. In London fühlt er sich etwas einsam. Eine Stunde mit Ihnen wird ihm gut sein.

Wie leid tut es mir, daß ich nicht dabeisein kann! Welch ein Unstern über meinen englischen Aufenthalten – die nie zu Stande kommen! Ich nehme am 17. die »Champlain« und fahre direkt nach New York... Wollen Sie mir gelegentlich eine Zeile dorthin schreiben? – Meine Adresse: c/o William B. Feakins, 500 Fifth Avenue. Und werden wir uns noch sehen – vor der mondialen Katastrophe? Diese scheint nun selbst mir – der ich nie an sie glauben wollte – unausbleiblich: besonders, nachdem ich gestern das Tier seine Schimpf-Orgie durch den Äther habe feiern hören. Hier ist man stark nervös, aber voll Selbstgefühl und durchaus gefaßt. In Berlin dürfte die Stimmung äußerlich schwungvoller, innerlich aber unterhöhlter sein...

Für Sie und Ihre Arbeit alles Gute!

Treu ergeben: Ihr Klaus Mann

VON STEFAN ZWEIG

49, Hallam Street
London, W. 1.
[Poststempel: 15. Sept. 1938]

Lieber Klaus Mann, Ihr Freund Dr. Klopstock hat mir Ihre Grüße überbracht. Aber mein Lieber, warum kommen Sie *wirklich* nicht her – diese Tage hat man vor dem englischen Volk wirklich Respect bekommen, wie plötzlich die übliche Gleichgültigkeit umschlug in eine stille, schweigsame aber eherne Entschlossenheit. Hoffentlich kommen wir diesmal noch lebendig heraus: ich zittere immer für Paris, für diesen letzten Hort unserer Cultur, unseres Lebensgefühls. Mein eigener Cadaver interessiert mich weit weniger, er möchte nicht lang in einer Welt sich herumschleifen, wo die Gemeinheit in Röhrenstiefeln herumtrampelt.

Ich habe einen richtigen Roman geschrieben, endlich mich an diese Form wagend und wenn man Freunden trauen darf (wem sonst eigentlich?) scheint er gelungen. Jedenfalls ist er ziemlich dicht, ich habe wie aus einem Schlamm aus dem ursprünglich fast tausend Seiten starken Manuscript alles Wässrig-Hinplätschernde herausgequetscht, daß nur etwa 450 Seiten blieben – nun, Sie kriegen ihn in zwei Monaten und im Januar rücke ich in persona nach.

Alles Herzliche. Ich hatte Sorge um Sie, als ich Sie in Spanien wußte und bin doch froh für Sie, daß Sies miterlebt haben.

Herzlichst Ihr

Stefan Zweig

AN »THE MONITOR«

The Bedford, New York
Dec. 25, 38

Sir,

Der Artikel in Ihrem Blatt, betitelt »Abusing Hospitality«, der sich auf unseren Vortrag in San Francisco bezieht, ist uns zugeschickt worden. Ich lege Ihnen eine Erwiderung von uns auf diesen Artikel bei und rechne fest damit, daß Sie diese Antwort in Ihrem Blatt erscheinen lassen werden.

Sollten Sie den Abdruck unserer Erwiderung ablehnen, so würde uns das noch mehr überraschen und schmerzen, als uns der Angriff selber überrascht und geschmerzt hat.

Unsere feste Adresse ist:

c/o William B. Feakins, 500 Fifth Avenue, New York.

Dorthin erbitten wir uns Belegexemplare, wenn unsere Antwort bei Ihnen erschienen ist. Sollten Sie – wider alles Erwarten – die Veröffentlichung unserer Replik ablehnen, so bitte ich darum, das Manuskript per Luftpost an die Adresse Feakins zurückzuschicken.

Sincerely,

LETTER TO THE EDITOR OF »THE MONITOR«

Princeton, N. J.
Dezember 1938

Sir,

Ihr Editorial vom 17. Dezember 1938 – »Abusing Hospitality« – hat uns überrascht und – wir wollen es nicht leugnen – hat uns wehgetan. Der Angriff schmerzte uns – nicht so sehr, weil er ungewöhnlich scharf und kränkend war; sondern weil er von einer Seite kommt, die wir keineswegs als eine feindliche betrachten, mit der vielmehr Respekt und Sympathie uns verbindet. – Wir sind nicht als Katholiken erzogen – in der norddeutschen Familie Mann gibt es eine alte protestantische Tradition –; aber wir haben immer Bewunderung für die geistige Welt des Katholizismus, für Weisheit und Größe der Römischen Kirche gehabt. Diese Bewunderung hat sich noch gesteigert, da wir Zeuge geworden sind jenes heroischen Widerstandes, den gewisse hohe klerikale Würdenträger im Reich – und mit ihnen zahllose jüngere Priester oder Gläubige – gegen die Nazi-Barbarei geleistet haben und weiter leisten. Sie dürfen uns glauben, daß wir einen Mann wie den Kardinal-Erzbischof von München, Faulhaber, als eine große deutsche Figur, als ein wahres Vorbild und einen echten Märtyrer von Herzen verehren.

Die Nazis hassen das Christentum; sie versuchen, es zu vernichten. Die heidnische Irrlehre vom Primat des Blutes und der Rasse – von der *Ungleichheit* der verschiedenen menschlichen Rassen vor Gott – läßt sich mit den Erkenntnissen und Wahrheiten des Christentums nicht versöhnen. Im Kampf gegen das Nazitum finden Katholiken und Liberale, ja, sogar Sozialisten, zueinander – weil sie alle auf der Seite der Menschlichkeit und der Kultur gegen die totale Barbarei, die brutale Anarchie kämpfen.

Das haben die deutschen Katholiken schon lange erkannt, und heute weiß es wohl auch der Kardinal Innitzer. Es war keineswegs unsere Absicht, seine »personal integrity« in Zweifel zu ziehen. Warum sollten wir einen Mann herabsetzen wollen, der von den Nazis beleidigt und entrechtet worden ist – wie wir? Wir haben in unserem Vortrag – der Ihnen so sehr anstößig schien – nur daran erinnern wollen, daß der Kardinal versucht hatte, seinen Frieden mit dem Nazi-Regime zu machen – so wie in den Jahren 1932 und 1933 gewisse preußische Konservative es versucht haben, und so wie heute einflußreiche Herren in London und Paris es versuchen. Die preußischen Junker sind von den Nazis bitter enttäuscht worden; der Wiener Kardinal ist enttäuscht worden – und den Britischen und Französischen Ministern wird die Enttäuschung sicherlich nicht erspart bleiben. Darauf wollten wir hinaus; dies suchten wir zu beweisen: der Fall des Kardinals diente uns als ein Beispiel. Die Gründe, die den Kardinal zu seiner Haltung bestimmten, haben wir nicht verdächtigt; wir haben sie nicht einmal untersucht. Jedenfalls waren es Gründe, die vom Lauf der Ereignisse widerlegt wurden, und die übrigens von den führenden deutschen Katholiken nie geteilt worden sind. Müssen wir ein Katholisches Blatt und ein Katholisches Publikum daran erinnern, daß der Heilige Stuhl die gar zu konziliante Haltung des Wiener Kardinals mißbilligt hat [?] Als die deutschen Bischöfe, die das Vertrauen des Vatikans hatten, damals zur Konferenz in Fulda zusammenkamen, verfaßten sie ihren berühmten, kühnen und schönen Hirtenbrief, der gegen die Christenverfolgungen der Nazis protestierte; der Kardinal Innitzer war der Konferenz von Fulda ferngeblieben ... Um der historischen Wahrheit willen mußte die Versöhnungsbereitschaft des Kardinals mit der Barbarei erwähnt werden: er stand, um andere, die diese Taktik zu wiederholen im Begriffe stehen, zu warnen; zweitens, um die Unmenschlichkeit und Unversöhnbarkeit der Nazis in ihrer ganzen Nacktheit zu zeigen.

Sie werfen uns vor, wir hätten in San Francisco »kommunistische Propaganda« gemacht und solcherart die Gastfreundschaft eines freien Landes »abused«. Lange haben wir uns überlegt, auf welchen Teil unserer Reden sich dieser Vorwurf etwa beziehen könnte; denn keinesfalls wollen wir annehmen, daß Sie ihn vorgebracht haben, ohne ihn zu prüfen. In der Tat haben wir den Vortrag, den Sie kritisieren, in vielen amerikanischen Städten gehalten, und niemand – keine Zeitung und keine einzige Privatperson – hat uns vorgeworfen, wir machten Propaganda für den Kommunismus. Für die Gastfreundschaft dieses freien Landes sind wir dankbar zu jeder Stunde, und den Vorwurf, wir »mißbrauchten« sie, dürfen wir keinesfalls auf uns sitzen lassen.

Wir haben in San Francisco – wie auch in vielen anderen Städten – einiges über unsere Eindrücke in Spanien erzählt. Ist es unsere aufrichtige und starke Sympathie für die Sache der Spanischen Demokratie, die Ihnen den Verdacht nahegelegt hat, wir seien bolschewistische Agitatoren? Aber das Loyalistische Spanien *ist* nicht kommunistisch! Seine führenden Männer – Negrin, etwa, oder der Außenminister Del Vayo – haben mit dem Kommunismus niemals zu tun gehabt. Die Kirchen-Verbrennungen, die zu Anfang des Bürgerkrieges leider stattgefunden haben, waren beklagenswerte Willkür-Akte eines verzweifelten, zum Äußersten gereizten Pöbels; sie sind von der Regierung nicht gebilligt worden, und haben sich übrigens nicht wiederholt. Predigt man »Kommunismus«, wenn man die Wahrheit – und nichts als die Wahrheit – über ein tapferes Volk berichtet, das von rebellischen Generalen, einer internationalen Interventions-Armee und arabischen Söldlingen überfallen worden ist? – Dann müßte man den gleichen Vorwurf den führenden katholischen Schriftstellern Frankreichs machen. Sie haben sich, beinahe alle, *für* die Loyalisten, *gegen* Franco ausgesprochen; mit dem stärksten Nachdruck ließen sich in diesem Sinn vernehmen: François Mauriac – der große Katholische Romancier, Mitglied der Académie Française und Autor einer ebenso schönen wie frommen Jesus-Biographie –; Georges Bernanos – berühmter Verfasser des katholischen Romans »Sous le Soleil de Satan« und der heftigen Kampf-Schrift gegen den General Franco »Les Grands Cimetières sous la Lune« –; der streng katholische Philosoph Jacques Maritain, den man wohl als das geistige Haupt des intellektuellen Katholizismus in Frankreich bezeichnen darf.

Das Entsetzen dieser gläubigen und bedeutenden Männer hat vielfache Gründe; der erste und stärkste war wohl ihre Empörung über die Abschlachtung der Baskischen Bevölkerung durch die Franco-Truppen. Die Basken sind ein katholisches Volk – was kein Grund für die Fascisten war, sie zu schonen. Die Baskischen Emigranten halten heute ihre Gottesdienste im Republikanischen Barcelona ab –: wir haben selber einem beigewohnt. – Zorn und Schmerz der großen französischen Katholiken haben aber noch weitere und tiefere Gründe. Sie sind der Ansicht, daß Franco – seine Hintermänner und seine Gefolgsleute – der Katholischen Idee, der Idee des Christentums überhaupt, unermeßlichen Schaden zufügen, indem sie diese großen Ideen und Begriffe für ihre selbstsüchtige, grausame, volksfeindliche Politik mißbrauchen. Wir teilen diese Ansicht Mauriacs, Maritains und ihrer Freunde. Darf das ein Grund sein, uns »Propagandisten des Kommunismus« zu nennen? Wir müssen diesen Vorwurf ablehnen. Ihr Mitarbeiter – der Autor des Artikels »Abusing Hospitality« – mag uns mißverstanden haben –: wir möchten es annehmen. Denn wir wollen nicht glauben, daß in einem Lande, wo das »fair play« zu den anerkannten Grundregeln des öffentlichen und privaten Lebens gehört, ein Katholik – dem der Begriff der Gerechtigkeit über alles teuer sein sollte – die Absicht hatte, uns zu verleumden.

Wir danken Ihnen, sehr geehrter Herr Redakteur, für den Abdruck dieser Erwiderung in Ihrem Blatt.

Erika und Klaus Mann

1939

AN DIE »GERMAN AMERICAN WRITERS ASSOCIATION«

z. Zt. Princeton N. J.
65, Stockton Street
den 2. III. 39

Sehr geehrte Herren:

Ihre Zuschrift, betreffend die »American Guild for Free German Culture«, empfinde ich als unpassend.

Übrigens ist sie auch unkorrekt in ihren sachlichen Angaben. Leider beläuft sich der Betrag, den die »Guild« bei einer Versteigerung von Manuskripten – der ich persönlich beiwohnte – erreichen konnte, keineswegs auf 5000 Dollars – wie Sie vermuten –; es dürfte sich um den fünften Teil dieser Summe handeln.

Ich sage »leider«, da es ja durchaus in unserem Interesse, und besonders im Interesse unserer notleidenden Kollegen liegt, die »Guild« mit Geldmitteln reichlich ausgestattet zu sehen. Es kann gar keinem Zweifel unterliegen, daß solche Geldmittel von der Leitung der »Guild« – die von mehreren hervorragenden deutschen Autoren beraten ist – nach bestem Wissen und Gewissen, ohne jede persönliche oder politische Voreingenommenheit verwendet werden. Von irgendwelcher Korruption kann nicht die Rede sein. Gerade den Vorwurf der Korruption enthält aber Ihre Rundfrage an die Kollegen recht deutlich zwischen den Zeilen. Sie scheinen durch Ihre Suggestiv-Frage »aufdecken« zu wollen, daß gerade die Bedürftigen und Würdigen von der »Guild« übergangen werden. Diese Taktik von Ihrer Seite – angewendet gegenüber einer tätigen antifascistischen und humanitär-kulturellen Organisation, der viele Ihrer Mitglieder, und sogar Ihrer Vorstandsmitglieder, Entscheidendes zu danken haben – scheint mir unfair. Ich kenne auch die Vorgeschichte, aus der sich Ihr gereiztes Mißtrauen der »Guild« gegenüber erklärt. Daß ein selbständiger Bund wie die »Guild« sich keiner Kontrolle durch eine andere Organisation unterziehen mag, dürfte kein Grund sein, sie beinahe der Unterschlagung zu bezichtigen.

Meine eigenen Beziehungen zur »Guild« sind nur indirekter Natur. Gerade deshalb kann ich reden, ohne mich dem Vorwurf, voreingenommen zu sein, auszusetzen. (Ich hoffe, nicht erst betonen zu müssen, daß ich meinerseits natürlich niemals die geringste Unterstützung, finanzieller oder anderer Art, von der »Guild« bekommen habe oder erwarte.)

Was meine persönlichen Beziehungen betrifft, so sind sie zu mehreren Initiatoren des neuen »Schutzverbandes« ebenso freundschaftlich, wie etwa zum Prinzen Löwenstein. Gerade weil meine Sympathien für die geistige Haltung und die Bestrebungen des »Schutzverbandes« lebhafte und ehrliche sind, berührt und kränkt mich Ihre Entgleisung.

Sollte das sinnlose und unwürdige Kesseltreiben von Ihrer Seite gegen die durchaus klaren und lobenswerten Aktivitäten des Prinzen Löwenstein nicht aufhören, so müßte ich, zu meinem allergrößten Bedauern, mit meiner Schwester Erika und mit meinem Vater gemeinsam, den Austritt aus dem »Schutzverband« erwägen.

Aufrichtig ergeben:

Klaus Mann

AN DAS »ARGENTINISCHE TAGEBLATT«

Princeton N. J.
den 16. III. 39.

Sehr geehrte Herren,

das »Argentinische Tageblatt« lese ich mit Interesse, Freude und Achtung, wann immer ich es zu Gesicht bekomme. Ihre aufrechte, entschiedene moralisch-politische Haltung nötigt zum Respekt. Das Politische und das Geistige sind aber, heute weniger denn je, voneinander zu trennen. Da Sie im Politischen das Anständige, Zukünftige, Gute vertreten, halten Sie auch ein schönes Niveau, was das Ästhetisch-Literarische betrifft. Für einen deutschen Schriftsteller bedeutet es eine Genugtuung und einen Trost, daß, durch die Vermittlung Ihres Blattes, das saubere, noch-nicht-korrumpierte deutsche Wort in Argentinien weiter gehört wird und weiter wirkt.

Unsere Feinde, die Feinde der Gesittung, Anbeter der Gewalt, Verächter des Geistigen, schreien ebenso laut wie mißtönend. Denen, die das deutsche Wort und den Begriff »Deutschland« selber heute vergewaltigen und erniedrigen, steht ein enormer Propaganda-Apparat zu Verfügung, und Geld bekommen sie aus Berlin so viel sie wollen und für ihre finstere Machenschaften brauchen.

Wir indessen sind auf uns gestellt, kein mächtiger Staat hilft uns. Freilich haben wir Einiges für uns, zum Beispiel das Recht und die Wahrheit. Mit dergleichen setzt man sich nur unter Schwierigkeiten durch in der Welt, wie sie heute ist.

Doch bleibt es nicht wie es ist – nur Phantasielose und Feige können meinen, die Dinge müßten in ihrem heutigen Zustand erstarren. Sie bewegen sich aber, verändern sich – manchmal sogar zum Besseren.

Das »Argentinische Tageblatt« gibt es nun schon fünfzig Jahre. Eine lange Zeit, vieles ist während ihres Ablaufes geschehen, und vielerlei wird Ereignis werden, ehe weitere fünfzig Jahre vorüber sind. Dann wird es Ihre Zeitung immer noch geben; die Blätter aber, die heute die fetten

Summen aus Berlin empfangen, werden längst vergessen sein. Heute sind wir die deutsche Opposition – Sie, meine Herren, und ich, und all unsre Freunde. Morgen werden wir Deutschland sein, und seine anerkannten Repräsentanten in allen Ländern.

Ich gratuliere Ihnen zu Ihrem Fest, und wünsche Ihnen eine fruchtbare, gute Zukunft.

Aufrichtig ergeben:

Klaus Mann

AN HANS LAMM

Princeton N. J.
den 18. IV. 39

Lieber Herr Lamm,

Sie sehen: ich antworte Ihnen doch noch einmal – obwohl ich von Ihrem letzten Brief nicht gerade entzückt war. Er erscheint mir als ein typisches Symptom jenes Defaitismus, den ich zwar psychologisch begreife, aber erstens etwas billig, zweitens – und vor allem! – sehr gefährlich finde. Gerade bei jüdischen – also: meist primär unpolitischen – deutschen Exilierten kommt er häufig vor. (Übrigens habe ich keine Ahnung davon, ob Sie jüdisch sind oder nicht; es spielt auch kaum eine Rolle.)

Daß »Unrecht und Mordbrennerei triumphieren«, ist richtig; überhaupt denke ich gar nicht daran, zu bestreiten, daß wir in einer ungemütlichen Epoche leben. Die Frage ist, ob die Zustände in Europa, und sonst auf der Welt, so beschissen bleiben müssen, wie sie heute sind. Wenn man davon freilich a priori überzeugt ist, sollte man versuchen, sich an sozialen – ich meine: nicht-privaten – Problemen zu des-interessieren. Eine andere Lösung wäre, sich umzubringen. Beide Lösungen sind logisch und konsequent. Interesse für soziale, politische Fragen verbunden mit Hoffnungslosigkeit indessen ist sinnlos.

Ich habe im Laufe der letzten sechs Jahre – wie auch früher schon – gelegentlich dies und das drucken lassen: teils in Buch-Form, teils in verschiedenen Journalen. In diesen publizierten Kleinigkeiten kommen Hinweise auf meine Hoffnungen wie auch auf meine Befürchtungen vor. Zuweilen beschäftige ich mich auch, kritisch oder preisend, mit den Auffassungen meiner Kollegen. In einem Buch »Escape to Life«, das ich mit meiner Schwester zusammen geschrieben habe und das soeben erschienen ist, finden sich mannigfache Charakterisierungs-Versuche der deutschen Emigration und der antifascistischen Literatur im allgemeinen. In einem Roman, der noch in diesem Monat von mir erscheinen wird – deutsche Ausgabe bei Querido, Amsterdam; Titel: »Der Vulkan« –, bemühe ich mich, unsere soziologische und psychologische Lage in breiterem Rahmen episch zu analysieren.

Ich erwähne diese Publikationen nicht, um für sie Reklame zu machen. Vielmehr um zu erklären, daß es mir kaum möglich ist, in Brief-Form Gegenstände zu erörtern, die öffentlich zu diskutieren so recht eigentlich mein »job« ist.

Sie fragen, ob es »eine Gruppe oder Zeitschrift« gebe, »die als Hoffnung ... anzusprechen ist«. Wenn diese Frage aus einem leidenschaftlichen, aktiven Interesse käme – dann würden Sie sie, in dieser Form, gar nicht stellen. Selbst in Kansas City, und trotz allen technischen und finanziellen Schwierigkeiten, die ich voraussetze, könnten Sie feststellen, daß es nicht nur *eine* solche Zeitschrift gibt, sondern ein halbes Dutzend. Ich selber habe 2 Jahre lang eine Revue dieser Art redigiert: »Die Sammlung« in Amsterdam. Wie schon der Titel meiner Revue besagt, war es, damals wie heute, meine Absicht, eine »gemeinsame Plattform« für alle Antifascisten zu finden. Demselben Ziel – sei es im Weltanschaulichen, sei es auf der praktisch-politischen Ebene – dienen sehr viele andere, darunter Geister allerersten Ranges. In den politisch-moralischen Manifesten meines Vaters und Heinrich Manns, in Büchern wie Rauschnings »Revolution des Nihilismus«, in Zeitschriften wie »Das Wort« oder »Die Neue Weltbühne«, in Organisationen wie die »American Guild for Free German Culture«: überall ist die gleiche Tendenz – die Tendenz zur geistigen und politischen »Einheitsfront« – am Werke. Überall ist der aktivistische Wille zum »Vierten Reich«, zur Ersten Deutschen Republik. In Formeln wie »Autoritäre Demokratie«, »militanter Humanismus« kündet ihr künftiges Gesicht sich schon an ...

Wenn unsere Emigration eine politische Emigration wäre – und nicht teilweise eine vor-allem-jüdische –, dann würde es unter den deutschen Exilierten nicht *einen* geben, der diese große Diskussion, diese mannigfachen intellektuellen und sittlichen Anstrengungen nicht mindestens mit-verfolgte (und sei es unter Schwierigkeiten, sei es unter *Opfern*) – wenn er schon aktiv an solcher Auseinandersetzung nicht teilnehmen kann. Der Weg, sich in dieses Gespräch einzuschalten, ist sicherlich *nicht:* an einen deutschen Schriftsteller, von dem man zufällig einen Aufsatz in einer amerikanischen Revue gelesen hat, zu schreiben –: »Ja, geht denn irgendwas vor? Wird denn etwas gedacht? Wird denn etwas getan?«

Etwas Nützliches getan wird jedenfalls *nicht* von solchen, die da klagen: »Warum soll sich ›waffenstrotzende Gewalt‹ nicht ›ewig‹ halten können? Sie hat es für Generationen schon so oft vermocht!«

Wenn alle Briefe von Emigranten so hoffnungslos und dabei so wenig up-to-date wären wie Ihrer, mein Lieber –: dann, und nur dann, wäre Ihr Pessimismus in der Tat berechtigt! ... That's that. Nun habe ich Sie beinah abgekanzelt, und Sie haben ein gewisses Recht, »einzuschnappen«. Das würde vielleicht sogar für uns beide das Bequemste sein, da ich Ihnen kaum noch sehr viel mehr zu sagen haben werde. Sollten Sie sich aber sogar zum »Übelnehmen« entschließen, so mögen Sie doch bitte, noch im Ärger, bedenken, daß meine Offenheit sich aus ernster Sorge erklärt; daß meine Ungeduld ihren Grund nicht in Hochmut oder Nervosität hat, sondern in meiner bewegten Anteilnahme an unserer – Ihre[r] und meiner – Sache.

In diesem Sinne:

AN WALTER LANDAUER The Bedford, New York
den 23. V. 39

Lieber Landauer,

ich schreibe Ihnen nur einen Gruß, weil wir hier alle so sehr traurig und zerschmettert sind. Es ist natürlich beinah ganz sinnlos, zu schreiben; denn bis dieses Blatt Papier über den Ozean gereist ist, sind schon wieder viele andere Schrecklichkeiten geschehen. Der Tod von Toller, der uns jetzt so bestürzt macht, wird dann auch noch nicht vergessen sein; aber man wird ihn doch vielleicht schon anders empfinden.

Im Augenblick ist es eine Katastrophe, etwas ganz Lähmendes und Entsetzliches – man weiß nicht, was man denken oder tun oder schreiben soll. Mindestens ebenso furchtbar wie das Ereignis selber ist seine Rückwirkung auf Landshoff. Im Augenblick ist er so, daß man wirklich zweifeln muß, ob er »durchkommt«. Ich hoffe zu Gott, er wird es schaffen – und in irgendeiner Ecke meines Herzens habe ich auch Zutrauen zu seiner Vitalität und zu seinem »Lebenswillen« – malgré tout...

Sie wissen doch, daß er mit einer scheußlichen Hummern-Vergiftung fest zu Bett liegt – mit Krankenschwester und allem häßlichen Zubehör? – Vorausgegangen war die grausam schnelle und in ihrer Schwierigkeit von ihm natürlich wieder einmal kindisch unterschätzte »Kur«; dazu die Mißlichkeiten im Verlag – und nun dieser Schock. – Wir erfuhren es am späten Nachmittag und wollten es ihm noch bis zum nächsten Morgen verheimlichen. Ausgerechnet Arnold Zweig, mit einer Taktlosigkeit, die an Niedertracht grenzt, mußte es ihm dann übers Telephon zu-quäken: »Wissen Sie denn schon...?« – usw. Sie können sich den Effekt vorstellen. – Toller hatte mit ihm nach Europa fahren wollen und war seltsam darüber erschrocken gewesen, daß Landshoff, seiner Krankheit wegen, die Reise für ein paar Tage verschieben mußte. Noch ein paar Tage in New York zu bleiben, oder die Reise mit Döblin zu machen – das war ihm schon zu viel und schien unerträglich... Er war während der ganzen letzten Monate furchtbar traurig und besonders nett, oft sehr rührend gewesen. Ich habe ihn viel gesehen, und Landshoff war wieder so innig mit ihm befreundet wie je. Toller litt furchtbar unter der Trennung und Entfremdung von Christiane, unter der Niederlage Spaniens, daß er keine Vorträge mehr bekommen konnte, daß sein Stück nicht aufgeführt und die Buchausgabe nicht rezensiert wurde – man war sehr grausam und abscheulich mit dem einst fast-gar-zu-Berühmten geworden; (jetzt hat er natürlich noch einmal »große Presse«); und die Schlaflosigkeit, und Geldsorgen, und das ganze Leben, die ganze Scheiße – kurzum, er *mochte* nicht mehr. – Es ist furchtbar, sich um[zu]-bringen; es ist die ärgste Lieblosigkeit, ich empfinde es immer wieder... Und sicher hat Landshoff zu dieser Stunde *nichts* anderes im Herzen und im Kopf als diese böse Absicht. Er will keinen Menschen sehen, er weint, wenn das Telephon läutet. Am ehesten wirkt Erika noch beruhigend auf ihn. Sie will heute versuchen, ihn aus seinem tristen Hotel – wo er nachts keine Schwester um sich duldet – in ihr Appartement zu bringen, da er von einem Krankenhaus nichts wissen will. Hoffentlich läßt er sich auf dieses Arrangement wirklich ein. Aber die Gefahr ist ja nicht vorbei mit der unmittelbaren Krise, über die man ihm vielleicht wird hinweghelfen können... Es kommt mir schlimm vor, Ihnen all das zu schreiben – denn Sie werden ja wohl auch nicht gerade sehr frisch und fröhlich sein; aber wir – Sie wie ich – sind eben doch mehr die »gehaltenen«, fein zusammengenommenen Typen, und da obliegt es uns wohl, auf unsere exzessiveren Freunde ein wachsames Auge zu haben. Das ist wohl eigentlich der Sinn all dieser trüben Mitteilungen: daß Sie auf Landshoff ein sehr wachsam Auge haben sollen, wenn er wieder in Amsterdam ist.

Voilà tout. Etwas Lustiges fällt mir nicht ein. Es war besonders nett, Annette Kolb hier zu haben, sie hat mehrere Tage bei uns in Princeton draußen logiert. Wir waren alle zusammen in Washington – der P.E.N.-Club, inclusive Annette und Toller; sind auch dem Präsidenten und Mrs. Roosevelt vorgestellt worden, Toller war sehr animiert von all dem, nachmittags haben er und Annette und Dorothy Thompson und ich eine Rundfahrt durch Washington gemacht und die Häuser von allerlei lächerlichen Generalen besichtigt – das ist jetzt ungefähr eine Woche her. Merde alors.

Grüßen Sie Kesten – dem ich sehr bald schreiben will –, und grüßen Sie Mops, und vergessen Sie nicht

Ihren treuen:

KLAUS

AN HERMANN KESTEN

The Bedford, New York
25. V. 39

Lieber Kesten,

gestern habe ich schon an Landauer geschrieben und ihm ein bißchen davon erzählt, wie traurig und betrübt es ausschaut, hier bei uns. Aber ich will auch Ihnen, und *vor allem* Ihnen, noch einen Gruß sagen – damit Sie doch wissen, daß ich sehr an Sie denke. Ich bin sicher, daß Tollers Tod einen gräßlichen Schock für Sie bedeutet, und daß es Sie sehr traurig macht – und zu lachen hatten wir schließlich schon vorher nichts... Ich glaube er hat eigentlich von niemandem mit so unbedingter Freundschaft und so viel Nettigkeit und echter Herzlichkeit gesprochen wie von Ihnen. Er mochte Sie furchtbar gern, und er wußte irgendwie, daß Sie ganz zu ihm gehalten haben, und daß Ihr sonst doch eher boshafter Mund von zärtlicher Eloquenz überquoll, wenn auf ihn die Rede kam. Hätte er hier ein paar Freunde wie Sie gehabt, so hätte »das« vielleicht nicht geschehen müssen... (vielleicht auch *doch*...) – Seine Depression hatte diesmal von Anfang an den ausgesprochen mörderischen Charakter, und es war keine Frau da, um ihn zu trösten, Christiane wollte nicht mehr zu ihm zurück. Dazu kam die Erfolglosigkeit – die freilich lange nicht so komplett war, wie er sich das in schwarzer Stimmung einbildete. Immerhin, es war scheußlich für ihn, daß sein letztes Stück –

das er für eines seiner allerbesten hielt – nicht gespielt werden sollte. Und die Politik, und was nicht alles sonst, Sie können es sich ja denken... Dazwischen war er manchmal noch ganz vergnügt. Das letzte Mal, daß ich ausführlich mit ihm beisammen war, fand ich ihn relativ glänzend gelaunt. Wir machten eine Tour nach Washington, die ganze P.E.N.-Gesellschaft. Es gab eine Party im White House, und wir wurden dem Präsidenten vorgestellt, und Mrs. Roosevelt war sehr charmant. Toller interessierte sich für alles. Nach dem Lunch machten wir eine Spazierfahrt – er und ich und die liebe Annette Kolb und die imposante Dorothy Thompson, und betrachteten uns allerlei blöde Sehenswürdigkeiten, und er interessierte sich wieder für alles, und sagte gescheite Sachen, die Dorothy Thompson nachher alle in einem recht schönen Nachruf zitiert hat. Dann war ich noch den Abend mit ihm zusammen bei Leuten – ohne die P.E.N.-Kollegen –, und wir fuhren im Zug nachts zusammen nach New York zurück – er und ich –, und am nächsten Morgen, in New York, beim Frühstück, in einer Cafeteria, war er wieder sehr traurig, hatte im Zug auch keinen Augenblick geschlafen. Das ist das letzte Mal gewesen, daß ich ihn ausführlich gesehen habe. Es ist jetzt ungefähr zwei Wochen her. Merde alors.

Landshoffs Zustand war schrecklich, ich bin auch immer noch sehr in Sorge um ihn; es geht aber vielleicht doch schon ein bißchen besser. Er liegt jetzt hier bei uns, im Hotel. Aus seiner idiotischen und sehr unangenehmen Hummern-Vergiftung wird jetzt eine reguläre Gelbsucht – was natürlich mit seiner psychischen Verfassung zusammenhängt und wiederum auf sie einwirkt... Er spricht sehr oft von Ihnen und hat mich ausdrücklich gebeten, Ihnen zu sagen, wie viel und herzlich er an Sie denkt, und daß, gleich bei der Nachricht von Tollers Tod, einer seiner ersten Gedanken gewesen ist, wie schmerzlich Sie davon getroffen sein werden.

Sonst fällt mir nichts ein. Das Abscheuliche ist, daß man bei aller Betrübtheit auch noch so *geschäftig* sein muß. Den ganzen Tag geht das Telephon, Trauerfeiern werden vorbereitet, Artikel sollen geschrieben werden ... usw. Zu allem kommt die nicht sehr erfreuliche Tatsache, daß ich den Sommer über hier bleiben muß, während der Rest der family sich nach Europa begibt – trotz Kriegsgefahr und permanenter Krise. Ich aber habe keinen Paß und weiß gar nicht recht, wohin mit mir. Alles nicht sehr lustig. Indessen werde ich mich *nicht* aufhängen.

Lassen Sie hören! Was arbeiten Sie?

Ihr getreuer:

Klaus M.

VON HERMANN KESTEN

Hotel de l'Intendance
50, Rue de l'Université
Paris 7e

27. 5. 39

Lieber Freund Klaus Mann,

vielen Dank für Ihren lieben Brief, der mich sehr gefreut hat, und für Ihren lieben Artikel über meine »Children« in der »Nation«, in dem ich Ihre so vielbewährte und erquickliche Freundschaft für meine literarischen Bemühungen wiederfinde. Was für eine (heute wie immer) so seltene Genugtuung, die Meinung eines verständigen Künstlers zu lesen!

Ach, mein lieber Freund, Ihr Brief und Ihr lieber Artikel waren die einzige Freude in dieser Woche. Und ich hatte so große Schmerzen, so einen Schlag nach dem andern. Aber ist es auch erträglich noch, auf einmal zwei seiner besten und treuesten und ältesten Freunde zu verlieren. Vor ein paar Tagen der schreckliche Tod von Ernst Toller. Und heute früh starb Joseph Roth im Spital. Es waren die beiden ersten deutschen Dichter, denen ich im Leben begegnet bin. Sie waren jeder in seiner Art so vorzüglich, so einzig, so unersetzlich, und mir so gute Freunde. Beide kenne ich seit zwölf Jahren. Mit beiden lebte ich inniger als mit Brüdern. Und hat die lebende deutsche Literatur viele solcher Dichter zu verlieren?

Wie schmelzen wir zusammen! Sie und ich, wir sind noch in den Dreißiger Jahren, und sollen schon anfangen, unsere Generationsgenossen zu begraben? Schon das acherontische Geschäft der Freundes-Nekrologe üben müssen? Ich habe zweimal geweint und bin doppelt elend.

Mein lieber Klaus Mann, ich kann Ihnen heute nicht mehr schreiben. Und natürlich werde ich über Ihren »Vulkan« im »Tagebuch« schreiben (falls Schwarzschild einverstanden ist! Ich frage ihn nächste Woche – er ist jetzt in der Bretagne –) und schreibe Ihnen noch deswegen.

Bitte, falls Sie etwas Besonderes über Tollers Ende wissen, schreiben Sie es mir. Und wer kümmert sich um seine Papiere? Seinen literarischen Nachlaß? Briefe? Kann man nicht alles in irgend einer öffentlichen Bibliothek sicherstellen, daß es nicht untergeht. Denn wenn auch nicht für uns, für die deutsche Literatur werden noch bessere Zeiten kommen, doch?

Schreiben Sie mir bald.

Ihr alter Freund

Hermann Kesten

AN HERMANN KESTEN The Bedford, New York 10. VI. 39

Lieber Kesten,

unsere beiden kummervollen Briefe haben sich gekreuzt. Roths Tod hat mich sehr betroffen, und ich weiß, welch bitteren Verlust es für Sie bedeuten muß. Nur wenn Sie, oder Landshoff und Landauer, von Roth erzählt haben, konnte ich den schönen, richtigen Begriff von ihm bekommen. Ich selber habe ihn wohl zu spät kennengelernt; in den Jahren von 33 bis 38 war er nicht mehr in der besten Form, er hat mich immer etwas beängstigt. Plötzlich aber sind dann Charme-Reste zum Vorschein gekommen, und ich konnte begreifen oder doch ahnen, warum ihr alle ihn so geliebt habt. – Es ist so besonders schlimm, daß er in der gleichen Woche wie Toller gestorben ist, und noch nicht ein Jahr nach dem lieben Horvath. Wer von uns wird zurückkehren in die besudelte Heimat? Und sind es die »Besten«, die sich halten werden? – Jedenfalls werden einige der Besten darunter sein: zum Beispiel Sie, der Sie mit so tapferem Enthusiasmus am Leben hängen – malgré tout...

Hoffentlich wird Landshoff – den ich vor ein paar Tagen zur »Ile de France« begleitet habe – über Paris reisen können; (er hat vergessen sich sein belgisches Transitvisum in New York zu besorgen...) Es verlangte ihn sehr danach, Sie zu sehen, er hat immer davon gesprochen.

In einem entsetzlich traurigen Zustand ist der brave Ludwig Marcuse, das höchst wackere Löwenhaupt. Sind Sie gut mit ihm? Dann sollten Sie ihm mal eine tröstliche Zeile schreiben, auch über die letzten Tage von Roth. Marcuse hing sehr an ihm; ich mußte ihm die Nachricht von Roths Ende sagen, die mehrere Tage lang nur als unbewiesenes Gerücht in New York umging (wie schnell vergeht heute der Ruhm! Roth hatte doch einmal Erfolge in Amerika, und dann war er so vergessen, daß kaum eine Zeitung von seinem Sterben Notiz nahm...) – Marcuse war die letzte Nacht mit Toller zusammen und glaubt, daß er mit Roth sehr befreundet war. Die beiden Todesfälle haben ihn furchtbar erschüttert und mitgenommen. – *

Was wird Ihr neuer Roman? Wann soll er erscheinen? Kommen Sie vorwärts, trotz aller Kümmernisse? Arbeit ist entschieden der solideste Trost –: eine jener hausbackenen Wahrheiten, die den Vorteil haben, *wahr* zu sein. Ich schreibe an einem politischen kleinen Buch, für einen New Yorker Verlag, mit Erika zusammen. Und Artikel, und ich träume von einem Theaterstück... Wahrscheinlich werde ich in ein paar Wochen nach Californien fahren, damit ich doch eine Luft- und Orts-Veränderung habe. Ich wäre gerne in Frankreich, und einmal wieder mit Ihnen zusammen.

Schreiben Sie mir! Gedenken stets freundlich Ihres

KLAUS M.

* Seine Adresse ist: 312 West 109th Street (Apt. 712) New York City.

VON STEFAN ZWEIG [Juli 1939]

Lieber Klaus Mann,

ich muß Ihnen doch so rasch als möglich sagen, welche außerordentliche Freude mir Ihr Roman bereitet hat; ich spürte so lange schon in Ihnen die wachsende Entschlossenheit, das männliche Sicherwerden, ich habe, Sie wissen es vielleicht, immer auf Sie »gesetzt«, aber dieses Buch übertrifft doch weit diese anspruchsvollen Erwartungen durch seine Fülle und geistige Überschau, seine strenge und bis ans Unerbittlich-Verzweifelte getriebene Gerechtigkeit. Ich denke jetzt nicht an einzelne Scenen (herrliche sind darunter, absolut unvergeßbare) sondern an die Verteilung von Farbe, Licht und Schatten in dem ausgespannten Rahmen und die Vehemenz der Pinselführung; mir war es so wichtig, daß Sie dieses Problem nicht flächig darstellten, Geschehnis neben Geschehnis mit Menschen, die als Statisten auftreten und sich wie Marionetten hölzern bis zum Schluß in ihren Scharnieren bewegen, sondern daß die Wandlung, die *Verwandlung* der Charactere durch die Emigration das eigentliche Thema wird, also durchaus das innere Schicksal als Reflex und Folgeerscheinung der organisch-atmosphärischen Veränderung.

Einwände habe ich keine, gewünscht hätte ich vielleicht noch etwas mehr Armut und Geldverzweiflung, wie ich sie oft, allzuoft sehe, den Untergang bloß aus dem nackten Faktum von fehlenden paar Mark – etwas mehr Kläglichkeit, Dreck, Düsterkeit also. Und dann hat natürlich der November 1938 noch manches übertroffen: Hitler schreibt Weltgeschichte mit teuflischerer Brutalität als wir sie zu erdichten vermögen. Er wird Ihnen, wenn nicht gepanzerte Engel niedersteigen, andere als Ihr Engel der Heimatlosen, noch einen zweiten Band schreiben.

Lieber Klaus Mann, ich habe noch ein persönliches Gefühl bei diesem Buch – als ob Sie sich dabei und dadurch selbst immunisiert und gerettet hätten. Lese ich richtig, so haben Sie es gegen ein früheres Selbst, gegen innere Unsicherheiten, Verzweiflungen, Gefährdungen geschrieben: so erklärt sich mir seine Gewalt. Es ist eben kein beobachtetes Buch (wie z. B. Feuchtwangers Fresco zu werden scheint) sondern ein erlittenes. Man spürt das.

Wo immer diese Zeilen Sie erreichen mögen, sollen Sie Ihnen meinen Glückwunsch sagen. Ich habe mich herzlich an Ihnen gefreut und danke Ihnen, daß Sie mein jahrealtes Vertrauen in Sie so erfüllt und übertroffen haben. Von Herzen Ihr

Stefan Zweig

Eine Beckmesserei, aber nur als Zeichen, *wie* genau ich Ihr Buch las. Auf Majorca läßt Bernheim den Greco und Renoir zurück. Wieso hat er ihn wieder in Wien in seiner Villa? Ist das nicht eine Flüchtigkeit, die in der nächsten Auflage zu tilgen wäre.

AN STEFAN ZWEIG The Bedford, New York
8. VII. 39

Lieber Stefan Zweig,

wie wunderbar, daß es noch Leser gibt wie Sie einer sind! Wenn es ihrer etwas mehr wären, hätte mein armer Martin nicht fragen müssen: ›Für wen schreiben wir?‹ Wahrscheinlich aber hat es *nie* zahlreiche »ideale Leser« Ihrer Art gegeben; denn es sind wohl nur die produktiven Geister, die *so* rezipieren können... Ihr Brief hat mir eine sehr große Freude gemacht. Heute, mehr denn je, ist man dankbar für ein so gutes Echo. Ein Roman wie »Der Vulkan« hat es jetzt nicht leicht, sich durchzusetzen. Der »deutsche Markt« kommt immer weniger in Frage; Frankreich sperrt sich ab – und was »this country« betrifft, wo ja für unsere Probleme im allgemeinen und sogar auch für meine Arbeiten im besonderen ein gewisses Interesse besteht, so ist es hier sehr viel eher möglich, ein Publikum – und einen Verleger – für Reportage, non-fiction zu finden, als für eine psychologische Erzählung. Das Buch von Erika und mir, »Escape to

Life« – das Sie ja auch geschickt bekommen haben – ist hier mit besonderer Freundlichkeit aufgenommen worden, und ich mache schon wieder eine Sache etwas ähnlicher Art, wieder mit Erika zusammen. Für den »Vulkan« indessen – der mir doch natürlich so unendlich viel wichtiger ist als die etwas oberflächlichen Emigranten-Portraits – habe ich noch keinen publisher – up to now... Das könnte etwas bitter stimmen. Der Gedanke an ein »künftiges Deutschland«, in dem ein solches Buch vielleicht »verschlungen« werden wird, tröstet nur, wenn die Stimmung gerade besonders zuversichtlich ist. Dazu besteht selten Anlaß...

Ja, ich bin also immer noch in New York – es ist schrecklich heiß hier. Nach Europa – wo meine Familie jetzt ist – konnte ich nicht, aus Paß-Gründen... Ich hänge etwas in der Luft, alles ist etwas ungewiß, auch die Pläne für die nächsten Wochen. Wahrscheinlich werde ich nächstens, für zwei bis drei Monate, nach Californien fahren: in Hollywood sind einige nicht uninteressante Dinge in Gang... Aber nichts ist entschieden. Quelle vie compliquée et confuse! Sie haben recht: ich habe mir in diesem Roman mancherlei »vom Herzen geschrieben«; aber immer wieder neue Verwirrungen, Traurigkeiten kommen hinzu. Seit der Katastrophe mit Ernst Toller – den ich gerade zuletzt sehr viel gesehen hatte – habe ich mich nicht mehr völlig erholen können. Die Tragödie hat sehr arge Folgen in meinem engsten Freundeskreis gehabt...

Wie geht es aber Ihnen? Woran arbeiten Sie? Die alte Zuckerkandl berichtete mir neulich aus Paris, Sie hätten etwas Neues, das schon in Druck war, zurückgezogen, weil die Verhältnisse auf dem europäischen Buchmarkt gar zu trübe seien. Ist das wahr? Es wäre kein schönes Zeichen...

Haben Sie vielen Dank, noch einmal, für Ihre Beschäftigung mit meiner Arbeit. Und es wäre gut, wieder einmal von Ihnen zu hören.

Ihr alter und anhänglicher

KLAUS

PS. Wie konnte mir das nur passieren, mit Herrn Bernheims Bildern, die erst verloren gehen – dann wieder da sind! Es ließe sich ja vorstellen, daß die Sachen, durch irgendeine gewandte Schiebung, doch noch aus Mallorca gerettet worden sind. Aber das hätte ich natürlich erwähnen sollen.

VON THOMAS MANN

Grand Hotel & Kurhaus
»Huis Ter Duin«
Noordwijk aan Zee (Holland)
22. VII. 39

Mein lieber Eissi,

es ist nur, daß ich den Brief mal anfange. Weiß nicht, wieweit ich komme, denn es ist nach dem Dinner, und da ist man hier müde, bei einem Lüftlein, dick und wild zugleich. Die Nachmittage werden mir meistens von Besuchern gestohlen, nichts wie lauter Warschauers, Wolfs und Nathansohns natürlich, aber auch Menno und Citroen, der schon wieder weniger licht ist. Bermanns und Landshoffs, ich meine Rini, die ich sehr herzig finde, waren gleich ganze Tage da, nicht zu reden von Babüschleins aus Bruxelles. Dabei ist es längst an der Zeit, daß ich Dir über Deinen Roman berichte – Mielein hat's, was sie angeht, schon eingehend getan, nachdem sie unser Exemplar lange einbehalten. Aber auch ich habe, seit ich es nun auch besessen, schon verschiedenen Leuten darüber geschrieben, um sie ernstlich auf das Buch hinzuweisen und sie zu bitten, sich darum zu kümmern, weil es eine wirklich vorzügliche Sache sei, die von einer in Banden der Dummheit und Bosheit liegenden Welt doch natürlich vernachlässigt werde: so an Alfred Neumann, Onkel Heinrich, Fränkchen und andere. Ich bin überzeugt, daß jeder, der sich, selbst skeptischen Sinnes, damit einläßt, es gefesselt, unterhalten, gerührt und ergriffen zu Ende lesen wird. So tat ich; und dabei will ich Dir nur sagen, daß ich insgeheim doch die tückische Absicht hatte, vorläufig nur Kontakt zu nehmen, wenn auch einen näheren als bei Hinz und Kunz. Wurde aber nichts daraus. Es hat mich so gehalten, amüsiert und bewegt, daß ich's in einigen Tagen, manchmal bis spät über Mieleins Lämplein hinaus, Wort für Wort durchgelesen habe.

Den 23. – Siehst Du wohl, daß ich gestern nicht sehr weit kam. Ich mußte doch noch hinunter mein Abendbier trinken. – Also denn: ganz und gar durchgelesen und zwar mit Rührung und Heiterkeit, Genuß und Genugtuung und mehr als einmal mit Ergriffenheit. Sie haben Dich ja lange nicht für voll genommen, ein Söhnchen in Dir gesehen und einen Windbeutel, ich konnt es nicht ändern. Aber es ist nun wohl nicht mehr zu bestreiten, daß Du mehr kannst, als die Meisten – daher meine Genugtuung beim Lesen, und die anderen Empfindungen hatten auch ihren guten Grund. Schon mitten drin war ich vollkommen beruhigt darüber, daß das Buch als Unternehmen, also als Emigrationsroman, vermöge seiner persönlichen Eigenschaften ganz konkurrenzlos ist, und daß Du keine andere Erscheinung dieser Art, auch Werfel nicht, zu fürchten brauchst. Es wird sich nach und nach mancher an der großen und schmerzlichen, auch kläglichen Aufgabe versuchen, aber die leichte fromme verderbte Kikjou-Weis', die singt Dir keiner nach, sie ist einmal Dein Reservat, und wer Sinn hat für diese Art, dem Leben Schmerzlichkeit und Phantastik und Tiefe zu geben (für mein Teil erkläre ich, daß ich Sinn dafür habe), der wird sich eben an Dein Gemälde und Panorama halten, ein Bild deutscher Entwurzelung und Wanderung, gesehen und gemalt à la Jean Cocteau: Eine sonderbare Übertragung und Anwendung, wird mancher sagen, wird das Bild recht hoffnungslos finden und meinen, diese Piqueure, Sodomiter und Engelseher hätten auch ohne Hitler ihren leichten, frommen, verderbten Untergang gefunden, Deutschland habe ganz recht getan, sie auszustoßen, und da sei nichts dran verloren. Aber erstens handelt sich's um ein Kunstwerk, also doch in erster Linie nicht um handfeste Moral, sondern um neues, starkes, merkwürdiges und buntes Erleben, und da ist denn doch die mißglückende Entwöhnungskur, um nur sie zu nennen, ein so außerordentliches Stück Erzählung, daß man nicht mehr an Deutschland und die Moral, die Politik und den Kampf denkt, sondern einfach liest, weil man so etwas noch nicht gelesen hat. Zweitens aber wird das Werk – denn das ist es, ein wirkliches, viel umfassendes, mit einer besonderen Art leichter Energie durchgeführtes Werk – dank, ja *dank* einer wirklich geliebten und bewunderten, ernsten und starken und kämpferischen Figur, die dem Ganzen das Rückgrat gibt, die im Zentrum steht und zu der der ganze schwache Schwarm sozusagen hilfesuchend hinstrebt, – in der zweiten Hälfte immer ernster, fester und gesunder, es wird doch ein Buch, dessen die deutsche Emigration sich auch unter dem Gesichtspunkt der Würde, der Kraft und des Kampfes nicht zu schämen hat, sondern zu dem sie sich, wenn sie nicht neidisch ist, froh und dankbar bekennen kann. Dazu hat Dir, dem im Grund das Morbide, Erotische und »Makabre« viel mehr Spaß macht, als Moral, Politik und Kampf, die stärkere Schwester verholfen; aber sie hätte Dir nicht dazu verhelfen können ohne Dein großes, geschmeidiges Talent, das mit Leichtigkeit schwierige Dinge bewältigt, sehr komisch und sehr traurig sein kann und sich rein schriftstellerisch, im Dialog und der direkten Analyse, überraschend stark entfaltet hat.

Das Atmosphärische der Städte und Länder ist vorzüglich gelungen, mit klugen Sinnen erlebt, und gerade daran sieht man, wie alles doch mit Leben und Erfahrung bezahlt ist, trotz der fast kindlichen Naivität, mit der die literarischen Einflüsse sich aufdrängen. In technischen Einzelheiten und Manipulationen tut der große Onkel sich mächtig hervor, gegen das Ende hin wird, wie mir scheint, stark gezaubert, und wie überdeutlich ein paarmal Hamsun sich meldet, den es doch eigentlich garnicht mehr geben sollte, hat mich besonders frappiert. Ein Erbe bist Du schon auch, der sich, wenn man will, in ein gemachtes Bett legen durfte. Aber schließlich, zu erben muß man auch verstehen, erben, das ist am Ende Kultur. Nicht umsonst sprechen die Bolschewiki jetzt immer vom »bürgerlichen Erbe«. Und dann ist da doch auch wieder soviel primäre Lyrik, Barbezahlung und

Blutzeugenschaft, daß das mit dem gemachten Bett denn doch nur cum grano salis zu verstehen ist.

Mit einem Wort, ich gratuliere herzlich und mit väterlichem Stolz. Wie ich höre, haben ältere Kollegen und Meister in ihrer Art Dir auch schon ihre Freude und ihren Respekt zu erkennen gegeben. Es wird Dich schon noch manch weiteres stärkendes Echo erreichen. Laß es Dich im Übrigen nicht anfechten, wenn Dein Bestes scheinbar sang- und klanglos vorübergeht. Das ist jetzt so, soll so sein und ist beinah eine Ehre. Mit Onkel Heinrich zu reden: »Es kommt der Tag.«

Herzlich Z.

AN THOMAS MANN Santa Monica, Calif.
3. VIII. 39

Lieber Zauberer,

habe ja wohl gerade erst an Frau Mamale geschrieben und fast alles erzählt. Aber Dein Brief, der heute früh eintrifft, ist denn doch eine so schöne, tröstliche und stärkende Gabe, daß ich entschieden gleich antworten und mich bedanken muß. Und es ist ja nicht nur der Brief selber, der mich so rührt, sondern auch der Umstand, der sein Entstehen erst möglich macht: daß Du, gewissen in der Tat *höchst* »tükkischen Absichten« zum Trotz, meinen Roman ganz und gar, from cover to cover, gelesen hast – und er ist doch unverschämt lang. Etwas Gescheiteres und Lieberes werde ich nun wohl über diese Sache nicht mehr zu hören kriegen –: A. M. Frey's gutgemeinte Betrachtung nimmt sich daneben ziemlich dürftig aus. Wenn ich Deinen Brief neben den auch-sehr-hübschen von Mielein halte, und dazu eine Kabel-Botschaft von Frau Schwester und einige barock-tiefsinnig-scherzhafte Aperçus von Bruder Golo über den gleichen Gegenstand nehme, dann muß ich doch sagen: ich habe es gut getroffen mit meiner family, und man kann nicht durchaus einsam sein, so lange man zu was gehört und ein Teil davon ist.

Du schreibst, daß die guten Stellen im »Vulkan« Dir Genugtuung bereitet haben. So ist »Genugtuung« wohl auch das rechte Wort, um das Gefühl zu bezeichnen, mit dem ich meinerseits Deine Epistel empfange. Denn wenn es für den Vater eine Genugtuung ist, den Sohn sich vor der Welt bis zum gewissen Grade bewähren zu sehen – so empfindet le fils, umgekehrt, die Genugtuung, dem »großen Vaterauge« zu beweisen, daß man mehr als nur ein »Söhnchen und ein Windbeutel« ist. Dies umso mehr, als ja auch der väterliche Blick zeitweise etwas besorgt und spöttisch spähte...

Es bedeutet also eine vielfache und komplexe Genugtuung, einen solchen Brief zu bekommen: denn erstens macht es immer stolz und froh, gelobt zu werden – (»g'lobt will ich werden!« wie der Hugo auf seine geschwinde, manirierte Art es gesagt hat) zweitens aber ist es noch besonders gut, einen »daddy« zu besitzen, der so schön und geistvoll loben kann. Alles so durchaus begriffen und mit so wunderbarer Artigkeit formuliert –: ach, die armen Amerikaner, so bemüht und beflissen sie sind, werden niemals ahnen, was das bedeutet... »Ein Bild deutscher Entwurzelung und Wanderung, gesehen und gemalt à la Jean Cocteau...«: wie vortrefflich! (Es macht mir Lust, dem pauvre Jean gleich mal wieder zu schreiben; ich habe so lange nichts von ihm gehört; sein Stück »Les Parents Terribles« ist wieder sehr eigenartig und reizvoll...) Und wie freut es mich, welche Genugtuung wiederum, daß Du gerade auch die moralisch bedenklichen, anstößigen Partien des Buches mit Sympathie hervorhebst. Leider muß ich fürchten, daß viele andere, sonst verständnisvolle Leser in dieser Hinsicht weniger weitherzig sein werden; Fränkchens, zum Beispiel, haben ernsthaft Anstoß genommen – aus »taktischen Gründen«, wie sie sagen. (Aber mir scheint, ein Buch dieser Art soll in erster Linie aufrichtig, und danach erst »taktisch« sein.) Auch was Du über die literarischen Einflüsse und das »gemachte Bett« und das »bürgerliche Erbe« andeutest, hat mir sehr eingeleuchtet und mir irgendwie Spaß gemacht – zumal ein schöner Satz über die »primäre Lyrik« und die

»Blutzeugenschaft« sich anschließt. Daß ich dem Oheim ein bißchen abgeschaut habe, wie er sich räuspert und wie er spuckt, ist unbestreitbar. Daß zuweilen, und besonders am Schluß, etwas gezaubert wird, habe ich auch geahnt. Meine Engel-Kunde stammt teils von Rilke, teils von Gide und Cocteau – und teils aus dem »Joseph« – so weit sie nicht aus dem Herzen stammt. Daß sie zwischen Schöpfer und Kreatur so klatschhaft-mittlerisch hin und her fliegen, habe ich wohl erst aus dem Joseph erfahren. Ich muß gestehen, es wäre mir fast passiert, einmal das Adjektiv »buhlerisch« im Zusammenhang mit den Cherubim zu gebrauchen... Das habe ich dann aber denn doch gestrichen... Am ehesten hat mich überrascht, daß Hamsun-Töne vorkommen. Ich habe ihn lang nicht gelesen und bilde mir ein, ihn gar nicht mehr zu mögen. Es ist aber eben doch wohl einiges haften geblieben, aus den Zeiten, ehe er so abscheulich über Ossietzky geschrieben hat. Die intellektuellen Romane von Huxley – mit dem ich übrigens gerade heute telephoniert habe und der sich empfehlen läßt – scheinen mir aber heute viel eher nachahmenswert als die Epik des bösen norwegischen Gutsbesitzers...

Ja, und hier ist es also ganz nett, nur etwas zu gesellig – aber ganz einsam wollte ich es wieder auch nicht haben. Zum ersten Mal in meinem Leben habe ich ein »eigenes Haus« und einen eigenen Wagen – beides allerdings von sehr bescheidenem Format. Es macht aber doch Spaß, und ich lade fleißig Leute zum Lunch und Dinner ein, zumal das große Lebensmittelgeschäft um die Ecke Kredit gibt und der Ury, dieser russische Knabe mit dem ich bin, *ganz* niedlich zu kochen versteht. Gestern abend, zum Beispiel, hatten wir den Hans Rameau zu Tisch, der einen guten job bei Metro Goldwyn Mayer hat: er schreibt einen Anti-Nazi-Film, es scheint sehr kräftig zu werden. Aus den Sternen will er erfahren, daß Krieg und Zusammenbruch des »Regimes« erst für 1941 zu erwarten sind. Allerdings ist auch schon der September 1939 ein gefährlicher Moment für den Führer. Rameau aber prophezeit, er werde noch mal drüber weg kommen, dann eine Weile viel Glück haben – 1940 ist ein gutes Jahr für ihn, es wird ihm vielleicht die Kolonien bringen; 41 aber kommt dann das dicke Ende. So ähnlich könnte es sich ja entwickeln; vielleicht aber auch völlig anders. (Bei Frau Dieterle, die bekanntlich auch zaubern kann, habe ich noch keine Erkundigungen eingezogen.)

Wenn Krieg kommt – dazu habe ich mich nun doch ziemlich fest entschlossen – werde ich wohl nach Europa fahren und mich dem Britischen Propaganda-Ministerium zur Verfügung stellen. Ich hoffe indessen, daß wir uns vorher alle noch in Princeton sehen. Dann wird etwas Neues vom Frauenplan vorgelesen, vielleicht gar schon die Schilderung des Mittagessens, welches die Annette sich – mit Recht – so sehr peinlich für Lotten vorstellt... Darauf freue ich mich schon, und auch auf das »Anna Karenina«-Vorwort, welches ich aber auf deutsch lesen möchte, nicht in der Lowe-Porter'schen Übertragung...

Und wann kommt Deine Botschaft für die Deutschen an die Reihe? Katz-Simon wartet schon ungeduldig. Bruno and myself haben ja schon unser markig Wörtlein gesprochen...

Damit Holla, und sehr viel Anhängliches vom alten

Aissi-K.

P.S. Das »Schwarze Korps« soll ja eine ganze Seite wütendes Geschrei über »Bruder Hitler« gebracht haben. Die haben es also besser kapiert als der patriotische Brentano und der ironische Olden.

TO THE EDITOR OF »NEW LEADER«

Hotel del Flores,
409 N. Crescent Drive
Beverly Hills, California.
September 28th, 1939

– Sie fordern mich dazu auf, Ihnen mitzuteilen, was ich über die neue Politik Sowjet-Rußlands, und im besonderen über den »so-called-non-aggression-pact between Hitler and

Stalin and the partition of Poland between Germany and Russia« denke.

Ich muß gestehen, daß ich es als eine schwierige, fast unlösbare Aufgabe empfinde, sich zu derart komplexen und bedeutungsvollen Fragen im Rahmen eines kurzen Briefes zu äußern. Über die Verwandtschaften – und die Unterschiede zwischen Sowjet-Rußland und dem Dritten Reich ließe sich ein dickes Buch schreiben. Ich habe die Ähnlichkeiten zwischen diesen beiden neuartigen Staatsgebilden niemals übersehen, und übrigens auf sie öffentlich, auch *vor* dem non-aggression-pact, schon hingewiesen. Ich höre aber auch heute noch nicht auf, an fundamentale Unterschiede zwischen dem Nazi-Regime und den Sowjets zu glauben. Das Dritte Reich ist schlecht in seiner Substanz; da gibt es keine »guten Elemente«, keinen »großen Zweck«, durch den die gemeinen Mittel gerechtfertigt würden. Die Ziele sind so miserabel wie die Mittel, mit denen sie erreicht werden sollen. Das Dritte Reich hat dem deutschen Volk und der Welt nur Gefahr, Störung, Leiden und Erniedrigung gebracht. Seine Existenz ist kein geschichtsbildendes Ereignis, sondern ein mörderisches Attentat auf die Zivilisation und den Fortschritt. – Von der Sowjet-Union kann gerechterweise *nicht* ganz das gleiche gesagt werden. Hier liegt der Fall komplizierter. Ich kann und will hier nicht resümieren, was von den Sowjets geleistet – und wie viel gesündigt worden ist. Außer Frage scheint mir zu sein, daß wir es im Fall des Russischen Staates mindestens mit einem *Problem* zu tun haben – vielleicht mit einem bitteren, einem tragischen Problem –; im Fall des Dritten Reiches einfach mit einer Schweinerei.

Es ist selbstverständlich, daß in einem Augenblick, da Sowjet-Rußland sich an Nazi-Deutschland annähert – oder anzunähern scheint – die Ähnlichkeiten zwischen den beiden Regierungsformen besonders deutlich werden, während die Unterschiede in den Hintergrund treten. Sie werden mir glauben, daß die ersten Anzeichen einer solchen Annäherung zwischen der Moskauer und der Berliner Diktatur auch mich tief schockiert, verwirrt und beunruhigt haben. Ich bin niemals ein Kommunist gewesen. Meine Sympathien für die Sowjet-Union waren vor allem diejenigen eines Demokraten und leidenschaftlichen Antifascisten, der das sozialistische Rußland für einen der stärksten potentiellen Gegner des Fascismus und für einen der mächtigsten Garanten des europäischen Friedens gehalten hat. In dieser meiner Ansicht habe ich mich vielleicht geirrt.

Ich sage *»vielleicht«;* denn was in Mittel- und Osteuropa jetzt vorgeht oder sich vorbereitet, scheint mir noch nicht entschieden; jedenfalls sind uns die Entscheidungen noch unbekannt. Stalins Absichten und Ziele sind geheimnisvoll; sicher ist nur, daß seine Macht gewaltig zugenommen hat. Dies will nicht besagen, daß ich seine Taktiken gut finde. Im Gegenteil, ich unterschreibe den Satz, den ich in »The New Republic«, vom 27. September, gelesen habe: »Stalin's invasion of Poland from the east has too much in common with Hitler's invasion from the west for any defender of Soviet morals to feel comfortable about it.«

Die Frage bleibt nur, ob diese Taktik – deren unleugbare Verwandtschaft mit der Nazi-Taktik uns abstößt – sich auf die Dauer günstig für den Nazi-Führer auswirken wird. Diese Frage scheint zwar zunächst keine moralische Bedeutung zu haben; dafür hat sie umso mehr politisches Gewicht. Und alles Politische kann – oder muß – moralische Konsequenzen haben. – In London scheint man der Ansicht zu sein, »that Russia's invasion of Poland, fatal as it was to the Polish cause, will in the long run turn out to be a terrible headache to Adolf Hitler«. Bill Henry berichtet aus England: »One week's developments indicate that Russia stymied Hitler in the Ukraine, chased him from the Rumanian border oil fields and, by placing a big army bordering on 30 000 000 Slavs he is trying to assimilate, will provide a constant threat on his eastern frontier.«

Die Ansicht ist weit verbreitet, daß Hitler in eine Falle gegangen ist, als er Herrn von Ribbentrop nach Moskau schickte. Ihm ist es nicht geglückt, die Alliierten durch den

Russen-Pakt in ein neues appeasement zu bluffen. Profitiert an diesem düsteren Geschäft hat bis jetzt nur der Kreml.

England und Frankreich zögern noch, Stalin offiziell als ihren Feind zu bezeichnen. Mir scheint, wir sollten nicht voreiliger sein als die Regierungen von London und Paris. Was einen Menschen meiner Art und Gesinnung von der Moskauer Diktatur distanciert, habe ich immer gewußt, und die letzten Ereignisse waren geeignet, es mir klarer denn je zu machen. Stalin spielt, mit eisiger Berechnung, ein äußerst gewagtes und sehr undurchsichtiges Spiel. So lange er es nicht eindeutig *für* Hitler spielt, möchte ich nicht zugeben, daß es sich unbedingt *gegen* unsere Sache – die Sache des Friedens, der Freiheit und des sozialen Fortschrittes – wird auswirken müssen.

Mit kameradschaftlichem Gruß

P.S. Ich habe keine Einwände gegen die Publikation dieses Briefes, unter der selbstverständlichen Voraussetzung, daß er ungekürzt veröffentlicht wird.

AN KATIA MANN

Beverly Hills
7. X. 39

Mama:

gestern eine recht tragische Postkarte von Madame Hermann Kesten: »mon mari est comme tous les refugiés au Camp de Rassemblement, Stade Olympique, Yves du Manoir, Colombe (Seine), mais son état de santé est malheureusement si mauvais que cela me donne des inquiétudes. Je vous prie de penser à lui et écrivez, je vous prie, à votre père ...« etc.

Das ist arg, weil er doch einerseits so begabt und nett, andererseits so freiheitsliebend und reizbar ist. Er müßte möglichst schnell herausgebracht werden. Da er notorisch anti-kommunistisch ist, einige seiner Bücher wohl auch ins Französische übertragen sind, sollte es zu erreichen sein. (Bertaux, zum Beispiel, kennt ihn und schätzt ihn sehr.)

Ich weiß nicht, ob der Clipper-Brief an Giraudoux schon weg ist, und ob – falls er schon abgegangen sein sollte – man noch einen zweiten betreffend le pauvre Kesten nach-hetzen könnte. Vielleicht ließe sich, wenn man Giraudoux nicht noch mal bothern will, etwas mit Geneviève oder mit dem kleinen Bertaux oder mit Monsieur Lazareff vom »Paris Soir« machen. Jedenfalls gehört Kesten – wie auch Speyer, Neumann usw. – doch wohl zu denen, für die man sich gesondert und mit besonderem Nachdruck einsetzen sollte, abgesehen von allen allgemeinen Aktionen. C'est cela – und sonst viele Handküsse. Muß ja schon Mittwoch reisen, Richtung Seattle: die letzten Tage sind natürlich etwas überfüllt – zumal auch noch durch Arbeit und Geselligkeit mit Frau Schwester. Sind ganz munter zusammen, und schwelgen innig mit Fränkchens.

Die Friedens-Offensive scheint abgeschlagen: sie war Adis definitiv letzte Chance, will mir scheinen. Stalin kann zwar noch unabsehbares Ungemach schaffen, aber niemals zu Hitlers Gunsten. Mussolini wird in sehr absehbarer Zukunft auf Frankreichs Seite in den Krieg eintreten.

Muß ja schon wieder weg. Die Eri wohnt im Beverly Hills Hotel, ziemlich weit von mir weg – und das ist etwas unbequem, zumal sie jetzt den Wagen hat. Er soll verkauft werden, wenn sie California verläßt: auf der Reise nach New York würde das alte – übrigens erstaunlich rüstige – Ding (der Wagen, nicht die Eri, meine ich) unabsehbar viel Reparaturen kosten. Es gibt dann noch etwas GELD –: für DICH, liebe Mutter! Für DICH – damit die schwindenden Vorräte sich wieder ein wenig mehren!!

Übrigens erwarte ich ja einen fetten langen Brief von Dir.

Söhnlichst

K.

Während ich auf Tournée bin – ab Mittwoch – kann man, wenn was Wichtiges los sein sollte, stets durch William B. Feakins meinen Aufenthaltsort eruieren.

AN GOLO MANN

Princeton
10. XI. 39

Mon frère: ich hatte einen hübschen langen Brief von Dir, das ist nun schon wieder eine Weile her; heute hatte ich auch Gelegenheit, in Dein Inhaltsreiches an Frau Mamale Einblick zu nehmen. – Also, ich lege Dir bei, was Du wünschtest. Etwas länglich für eine Rezension: ich weiß. Aber das Thema ist wichtig, und, mir will scheinen, ich habs nicht ohne Farbigkeit abgehandelt. Gerade die kleinen Klatsch-Zitate und literaturhistorischen Rosinchen werden den Korrodi amüsieren, und auch Manuel mag behaglich lachen. Wenn Du aber Kürzungen notwendig findest, walte bitt-recht-schön Deines Amtes. Kein »langer Herausgeber-Brief« ist nötig – wie ich ihn einst an Onkel Heinrich komponieren mußte, als mir seine »Scenen aus dem Nazi-Leben« zu schaurig waren. – Und wenn Deine Revue überhaupt nimmer erscheinen kann, versuche das Manuskript aufzuheben – aus Oprechts flammender Villa über die französische Grenze zu retten –, damit ich es, zu gegebener Stunde, der Neuen Rundschau einreichen kann. Rudolf Kayser, als Erster wieder in Amt und Würden – von Schwiegervater Einstein protegiert – läßt gewiß mit sich reden ...

Wir sind wahrhaft närrische Käuze: uns immer noch mit den belles lettres zu befassen, während ... usw. – Im Augenblick zittern wir für Wilhelmine und Leopold (bzw. für Landshoff und Onkel Peter); zerbrechen uns den Kopf, wie das mit der Bombe im Bierkeller zugegangen sein mag – usw. Bis Du diese Zeilen hast, ist aber schon wieder etwas anderes los. Ich bleibe hartnäckig optimistisch – nicht NUR aus instinktiver Opposition gegen Meisul, Onkel Ladenburg, Kunstmaler Mopp und andere nicht-arische Defaitisten; sondern weil ich die Sachen halt so sehe. The Führer is doomed – which means quite a lot, anyway. Stalin didn't win the war, as the Allies did not lose it as yet, es lebe Lord Halifax, der Auden will es nicht einsehen. – Was Du über diesen zu bemerken hast, ist mir sehr aus der Seele geschrieben. Seine dünkelhafte Unparteiischkeit; seine akademisch starre Liebe für alles, was lebt – »Everything that lives is Holy«, zum Beispiel Heinrich Himmler –: tout ça m'agace ... Übrigens stehe ich persönlich etwas netter mit ihm.

In Princeton – wo ich immer nur sehr vorübergehend sein kann – ist es so traurig nicht, wie Du Dir es wohl vorstellen magst. Der Vater: noch leicht gebräunt, von der Niederländischen Küste; mit Lotten schneller zu Ende gekommen als zu hoffen stand; von allerlei Verehrer-Gesindel teils belästigt, teils doch aber unterhalten. Das Gericht namens Mama – von einer Aufregung politischer Art in die nächste stürzend, sich auch viel über Monsieur Colin, die dunkle Lucy, den Agenten Peets etc. ärgern müssend, aber doch widerstandsfähig, lieb und alert. – Medi Dulala auf dem Sprunge, in den heiligen Stand der Ehe einzutreten: wenn das nur gut geht, momentan flirtet sie eifrig mit Hermann Broch – ein *müder* Jud –, und wohin ihre Gedänklein sonst noch schweifen: wer kann es wissen. – E, erfolgreich, aktiv, mager; im Augenblick irgendwo zwischen Seattle und Kansas City lecturend, nebenbei Geld für die armen Freunde in Frankreich raisend usw. – Ich auch ganz eifrig. Etwa zehn Vorträge in dieser kurzen season schon hinter mir; andere stehen bevor. Das zeitgemäße Thema ist meistens: »After Hitler – What?« Quite simply ... Das Buch über das Deutsche Rätsel, mit E für »Modern Age« abgefaßt, ist auch fertig – zum zweiten Mal; denn alles mußte umgestoßen werden, als der Krieg ausbrach: es war fast ebenso ärgerlich wie damals die trübe Affäre mit der »Büchse der Pandora«. Für The Nation habe ich einen Aufsatz über J. Giraudoux geschrieben – sehr schmeichlerisch, dabei von Herzen. Man wird es hoffentlich zu würdigen wissen. – Das Gefühlsleben liegt relativ brach. Ury ist lieb und brav, aber der erste Zauber hat sich abgenutzt. Tomski und Emery haben sich gefunden, während ich in Californien war; sind nun zusammen in Cuba, eine Lustpartie – quelle drôle de vie!

Ich denke viel daran, nach Europa zu eilen, um mich der gerechten Sache irgendwie zur Verfügung zu stellen, etwa als Kammerdiener von Benesch oder als Sekretärs-

Gehilfe bei Jules Romains. Man muß aber abwarten. Vor März, oder so, werde ich einschneidende Entschlüsse dieser Art kaum zu fassen in der Lage sein. – Inzwischen grüße mir Alfred und Hedel, die knusprigen jungen Dinger –: ich trage mich mit dem Gedanken, ihnen bald persönlich zu schreiben. Und auch die Giehsin sehr, und die Opis, und wer sonst noch Wert auf solchen Firlefanz legt. – Seit unlängst schaut unser aller Leben sehr anders aus: Curt Riess – der gleiche, der in die infernalische Problematik von Hollywood Inconnu wie in einen feuerspeienden Krater schaute – ist Generalsekretär des Schutzverbandes Deutscher Schriftsteller geworden. Nicht genug damit: am gleichen Tage – und dies bedeutet Höhepunkt und finsteren Rückschlag zugleich! – brachte mir der Postbote –: »Die Ewigen Gefühle«, des tragischen Barons weiß-glühende Konfession, und – (»die leisesten Worte sind es, die den Sturm bringen...«): Wilhelm Hertloks Hymnen *samt* den Pamphleten... Zu viel? Oder zu wenig? Genug ist nie genug. (Sinnlos.)

Bitte lasse Dich ein CABEL kosten, mir mitzuteilen, ob Du das Manuskript bekamst.

WER ruft mich neulich im Bedford an? – Die Belli –; nämlich Dein Billy, der sich so köstlich rar machte, seinerzeit, vor dem Kriege...

Recht brüderlich:

K (fast 33jährig...)

AN EVA HERRMANN Princeton N. J.
November 23, 1939

Eva schön:

aus dem Beigelegten ersiehst Du, daß Fritz Walter im Begriffe steht, befreit zu werden, oder es jetzt schon ist.

Was ists mit Feuchtwanger?

Schwarzschild, ein ärgerer Martin Dies, hetzt und schürt weiter. Mich hat er als »Sowjetagenten« bezeichnet. (Sic!) Wenn er eine zugleich flammende und präzise Erwiderung, die ich ihm eingeschickt habe, nicht publiziert, werde ich gerichtlich gegen ihn vorgehen müssen. Auch die Sozialdemokraten setzen mir giftig zu. Die Burschen könnten es fertig bringen, mich mit der Stalin'schen Politik wieder auszusöhnen – was im Augenblick wahrhaftig keine Kleinigkeit ist... Wann sieht man Dich? Wann besuchst Du uns einmal hier? Wann bist Du in New York?

Ich muß morgen, Freitag, hin; aber am Sonnabend gleich nach Chicago. Hoffe, Montag oder Dienstag schon von dort zurück zu sein – zumal auf der »Rotterdam« Landshoff ankommen soll. Dann bleibe ich wohl einige Tage im Bedford. Sieht man sich dort? Oder, etwas später, hier?

Heute ist hier Hochzeitsfest. In der Kirche war es ganz schlicht und rührend. Medi scheint ziemlich glücklich; fährt morgen mit ihrem Borgese nach Washington, dann nach Chicago, wo er tätig ist. Zum Abendessen werden allerlei Menschen erwartet. Muß mir deshalb nun den Hals waschen.

Bien amicalement: old

K.

AN WILLI SCHLAMM

The Bedford, New York
30. XI. 39

Sehr geehrter Herr Schlamm,

der phantastische Artikel im »Neuen Tage-Buch«; in dem ich als ein »Sowjet-Agent« entlarvt wurde, war mit drei feigen Sternchen signiert. Diese Maskierung ist ebenso sinnlos wie sie elend ist. Natürlich weiß ich, daß *Sie* der Verfasser des Artikels sind.

Der skandalöse Vorfall hat mehrere und verschiedenartige Aspekte. Eine ironische Seite Ihres Malheurs sehe ich darin, daß Sie mich eben in dem Augenblick bubenhaft anfallen, da politische Meinungsverschiedenheiten zwischen uns kaum noch existieren. Sie nennen mich einen »Sowjet-Agenten«, während mein Glaube an die Volksfront – an die Möglichkeit eines produktiven Zusammenarbeitens mit stalinistischen Kommunisten – in die Brüche geht. Ich bin ebenso entsetzt von der neuen Moskauer Politik wie Sie. Dies nebenbei. Es hat mit dem Sachverhalt, um den es mir in diesem Briefe geht, kaum noch etwas zu tun.

Eine »politische Auseinandersetzung« mit Ihnen ist mir durchaus uninteressant. Der Umstand, daß ich heute nicht mehr an die Volksfront glaube, kann mich kaum dazu bestimmen, jeden kleinen Ex-Kommunisten als politischen Propheten zu preisen, weil er sich schon seit einigen Jahren aus seinen dubiosen Ressentiments gegen »die Partei« eine aggressive Weltanschauung und interessanten Lebensinhalt gemacht hat. – Auch was sich vom *Moralischen* her über Ihr erstaunliches Betragen sagen ließe, soll lieber ungesagt bleiben. Warum sollten grade Sie moralischer sein als irgendwelche anderen Fanatiker von geringem Format? Ich erinnere mich, daß ich mich, vor einigen Jahren, einmal in Paris mit meinem alten Freund Leopold Schwarzschild über Sie unterhalten habe. Damals mochte ich Sie ganz gern, und es war mir peinlich, daß Sie den Schwarzschild – für den ich ziemlich viel schrieb – in Ihren »Europäischen Heften« so maßlos beschimpften. Sie fanden damals, daß der Schwarzschild halb ein Trottel halb ein Schurke ist, weil er die Verschwörung der internationalen Waffenindustrie nicht ernst genug nahm. Ich versuchte ihm – dem Schwarzschild – klar zu machen: »Schauen Sie, der Schlamm ist wirklich ganz brav, hat auch Talent, meint es gut.« Daraufhin, der Herausgeber des NTB, sehr hochmütig: »Er ist völlig unmoralisch wie alle moralistischen Fanatiker ohne viel Hirn.« Später fanden Sie sich dann mit ihm, weil ihr beide den Stalin nicht mochtet.

Es kann sehr wohl sein, daß ich, aus verzeihlicher Eitelkeit, einige der kolossal schmeichelhaften Briefe aufgehoben habe, die Sie mir zukommen ließen, als ich noch ein Mitarbeiter Ihrer »Europäischen Hefte« war. Damals hielten Sie – wenn Ihre Worte nicht lauter Lüge waren – recht hohe Stücke auf mein Talent, meine moralischen Qualitäten und meinen geistigen Ernst. Als ich aber dann dem Herrn Epstein nicht »Ja oder Nein« antworten wollte, fanden Sie plötzlich, daß ich nicht nur unbegabt sondern auch schurkisch bin. Es ist immer das alte Lied. Als André Gide nach Moskau fuhr, nannten ihn die Genossen »unseren Größten«, einen wahren Glanz des Jahrhunderts. Als ihm dann die Sowjet-Union nicht so gut gefallen hatte, wie erwartet worden war, hieß er plötzlich der »infame Greis« und der »sterile Kleinbürger«. Damals habe ich den großen Gide gegen die kleinen Kommunisten verteidigt. Wer beschützt nun mich gegen die Schlamm-Anwürfe?

Für Menschen ohne geistige Substanz – für Nazi-Agenten, Sowjet-Agenten und ehrgeizige, sterile Hysteriker wie Sie – hat das Geistige einzig und allein als Mittel zum politischen Zweck Sinn und Bedeutung. Wenn ich dem Herrn Epstein damals das gewünschte »Nein« depeschiert hätte, würden Sie meine Prosa voll Charme und Tiefsinn finden. Da ich gezögert habe, bin ich nur der »junge Mann«, der nie was gelernt oder geleistet hat, und bekomme eine kleine Jauchen-Dusche miserabler Impertinenzen, die ihrerseits nicht auf dem eigenen Schlamm-Mist gewachsen sind. Kennten wir nicht den Meister, dem Sie die polemischen Ekstasen haben abgucken wollen! Er selbst, Karl Kraus, hat ja Ihre fade Aufgeregtheit mit unsterblich boshaftem Witz charakterisiert. In dem gleichen Heft der »Fackel«, in dem auch ich, mit etwas matter Hand, gleichsam nebenbei ein bißchen »hingerichtet« werde, steht das aufgeschrieben, was als einziges über den Willi Schlamm auf spätere Geschlechter kommen wird. Von Ihrem eigenen Meister und Modell, dem Sie nicht einmal die Art des Räusperns abgucken konnten, haben Sie sich so kräftig anspucken lassen müssen, daß es für immer genügt. Was soll ich mich da noch in polemische Unkosten stürzen? Ihre öden Flegeleien über den »jungen Mann« stilistisch zu »schlagen«, ist gar zu leicht – und was der selige Kraus über Sie zu äußern hatte, war derartig drollig, daß sich nichts hinzufügen läßt. Der Meister, noch im Verfall begnadet, hat Sie angeherrscht: »Für Sie ist mir sogar mein Salten zu schad! Der gehört *mir*!« – So mußten Sie vom Salten und vom Werfel lassen, und ich überlasse das Urteil über Sie jener Fackel, von der Sie Ihr bißchen Glanz und Feuer geliehen hatten, bis Sie sich die Finger und das Maul gar erbärmlich an der echteren Glut verbrannten.

Nein, mir kann es bei der »Auseinandersetzung« mit dem hysterischen Renegaten-Typ weder ums Politische noch auch ums Moralische gehen; viel eher schon geht es mir da ums Juristische.

Als Sie mich, durch drei Sternchen und die Autorität des Schwarzschild nur fadenscheinig gedeckt, einen »Sowjet-Agenten« nannten, haben Sie gelogen und haben auch gewußt, daß Sie lügen. *So* hysterisch sind Sie wieder nicht, daß Sie allen Ernstes glauben konnten, ich sei ein »Agent«. Sie wissen recht genau, daß diese Bezeichnung – selbst in einem übertragenen, noch so abgeschwächten Sinn verwendet – im Zusammenhang mit meiner Person zur frechen Absurdität wird. Mir ist noch die Stunde erinnerlich, als wir – es muß etwa ein Jahr her sein – in Princeton miteinander spazierten und Sie mir, mit nervöser Eloquenz, auseinandersetzten, die moralische Angefaultheit der Kommunisten werde besonders deutlich durch den infamen Mißbrauch, den »diese Burschen« mit dem Wort »Agent« treiben. Damals war von kommunistischen Blättern gegen Schwarzschild, und vielleicht auch gegen Sie, geschrieben worden, daß die Feinde der Sowjet-Union – die damals noch als antifascistisch galt – sich *objektiv* als Agenten des Dritten Reiches betätigten. Es war sehr unrecht von Bruno Frei oder irgendwelchen anderen Leuten, dem Schwarzschild oder Ihnen dergleichen nachzusagen: ich habe es stets mißbilligt. Immerhin ist festzustellen, daß die Kommunisten vorsichtiger formuliert haben, als Sie es tun. Von den Feinden der Volksfront wurde doch nur behauptet, daß sie im »objektiven« Sinn des Wortes Agenten seien; das heißt: daß sie sich – sei es selbst unbewußt oder gegen den eigenen Willen – im Interesse des Nazismus äußerten. Sie aber haben die blöde Niedertracht, mich einen »Agenten« schlechthin und ohne Vorbehalt zu nennen.

So mußte ich mir also die Mühe machen, ausführlich darzulegen, daß ich keiner bin. Die Zeiten sind ernst, und mit gewissen Dingen darf man jetzt nicht spaßen. Übrigens hat der Hitler ja einmal sehr treffend ausgeführt, daß gerade eine ganz faustdicke, ganz überdimensionale Lüge am ehesten Chance hat, geglaubt zu werden – einfach weil die Leute nicht für möglich halten, daß irgendjemand die Stirn hat, sich etwas so Unwahrscheinliches auszudenken.

Also, ich habe dem Schwarzschild eine lange »Erklärung« geschickt, in der ich darlege, daß ich kein »Agent« bin und nie einer war. Solche Arbeit haben Sie mir mit Ihrem Quatsch gemacht.

Nun lege ich aber auch Wert darauf, daß das NTB, dessen Mitarbeiter ich schon war, als Sie es noch mit schrillen und apokalyptischen Beleidigungen traktierten, meine »Erklärung« bringt. Ich hoffe, Herr Schwarzschild bringt genug Vernunft und Anstand auf, meiner Rechtfertigung jene Publizität zu gewähren, die er Ihren Verleumdungen leider eingeräumt hat. Weigert sich die Redaktion des NTB, meine sehr sachlich abgefaßte Replik zu veröffentlichen, so wird Gerhart Seger – mit dem ich unlängst eine sehr erfreuliche Unterhaltung hatte – mich in seinem Blatt zu Worte kommen lassen. Gleichzeitig aber würde ich, in diesem Fall, gegen die Redaktion des NTB in Paris, und gegen Sie, in New York, gerichtlich vorgehen. Ich betrachte die Bezeichnung »Sowjet-Agent« als ehrenrührig. Wenn eben jenes Blatt, das sie gegen mich vorgebracht hat, mir nicht die Gelegenheit gibt, mich zu verteidigen, bin ich gezwungen, die trübe Affäre vor ein anderes Tribunal zu bringen.

Sie haben die Möglichkeit, entweder Herrn Schwarzschild dazu zu bestimmen, daß er meine »Erklärung« ungekürzt bringt. (Haben Sie keine Angst: Ihr Name wird in meinem Text nicht genannt ...) Oder Sie können dem NTB Ihrerseits eine Erklärung schicken, in der Sie zurücknehmen und bedauern, was Sie über mich geschrieben haben. Wenn Sie beides unterlassen, werden amerikanische Gerichte darüber zu entscheiden haben, ob ich ein Agent bin oder ob Sie ein Lügner sind.

Aufrichtig ergeben:

AN WILLI SCHLAMM

Princeton N. J.
den 11. XII. 39

Sehr geehrter Herr Schlamm,

mein Vater hat mir zwei Briefe von Ihnen gezeigt, die eine indirekte Beantwortung meines Schreibens an Sie zu bedeuten scheinen. Ich darf Ihnen meine Verwunderung darüber ausdrücken, daß Sie sich nicht direkt an mich gewendet haben, oder nicht wenigstens – wenn Ihnen selbst ein »postalischer« Kontakt mit mir zuwider war – einen neutralen Dritten beauftragt haben, mir Ihre Repliken zuzustellen. Ich hätte sogar die Mitteilung eines von Ihnen beauftragten Anwalts als taktvoller empfunden, als die Methode, die Sie gewählt haben. Ihre Briefe an die väterliche Autorität erinnern mich aufs peinlich-drolligste an jene »Rügen«, die von Professoren manchmal durch eine »Mitteilung nach Hause« verschärft wurden.

Wie dem auch sei: ich bin formal im Unrecht, und empfinde, daß ich etwas voreilig gehandelt habe. Ich hätte Sie fragen sollen, ob Sie jenen Artikel im NTB wirklich verfaßt haben. Freilich hätte für Sie kaum ein Grund bestanden, mir dies zuzugeben – gesetzt sogar, Sie wären der Autor in der Tat gewesen. Denn die Tatsache, daß der infame Text mit drei Sternchen anstatt mit einem ehrlichen Namen signiert war, beweist ja, daß der Scribent Gründe hat, seine Identität zu verbergen. Dies soll nur erklären, warum ich davon Abstand genommen habe, bei Ihnen anzufragen, ehe ich heftig wurde.

Ich war fest davon überzeugt, daß Sie der Autor sind. Auch meine Freunde haben nicht daran gezweifelt. Es ist Ihr Stil, es ist Ihre Attitüde. Ein anderer Artikel, den Sie signiert hatten und der mir äußerst mißfiel, hatte denselben Rhythmus und zeugte vom gleichen Geist. Damals benutzten Sie die Tragödie Ernst Tollers als Vorwand, um jene Freunde polemisch zu belästigen, die dem Gefallenen an der Bahre die letzte Huldigung erwiesen hatten.

Der Artikel im NTB, in dem ich als Agent bezeichnet wurde, kam aus New York City. Vielleicht war der Autor Herr Epstein, vielleicht noch ein anderer, auf den ich jetzt gar nicht komme. Ich muß Ihnen gestehen, daß es für mich schon keinen großen Unterschied mehr macht. Ich werde mich also mit der Redaktion des NTB auseinanderzusetzen haben, anstatt mit dem Verfasser des Artikels.

Es tut mir aufrichtig leid, wenn ich Sie unter irrigen Voraussetzungen gekränkt habe. Leider habe ich immer noch Zweifel, ob die Voraussetzungen *au fond* gar so irrig waren – selbst wenn ich formal in diesem besonderen Fall daneben geraten habe. Sogar in Ihrem Brief an meinen Vater distanzieren Sie sich nicht eigentlich vom Inhalt der Schreibereien im NTB. Betonen Sie auch nur, daß Sie nicht wissen, wer der Herr-von-den-drei-Sternen wirklich ist? Bieten Sie sich an, die fatale Sache bei Schwarzschild, dessen Mitarbeiter Sie doch sind, in Ordnung zu bringen? Sie erwähnen, daß Sie mich für keinen Agenten halten; geben also zu, daß ich verleumdet worden bin – in einem Organ, dessen Mitarbeiter Sie sind, wenn nicht von einer Person, die Sie kennen. Meine Vermutung, daß Sie selbst der Verleumder waren, konnte Sie nicht dazu bringen, das Gegenteil durch irgendein Wort, irgendeine Geste zu beweisen. So sehr sympathisieren Sie mit dem, der verleumdet hat.

Es tut mir leid, daß meine Bitte um Entschuldigung nicht enthusiastischer ausfallen will. Da mir mein eigener Irrtum nur ein formaler, kein wesentlicher zu sein scheint, müssen Sie sich mit dieser etwas trockenen Bitte-um-Pardon begnügen.

Aufrichtig ergeben:

AN GOLO MANN

111 East 39th Street
New York City
31. XII. 39

Und so benutze ich denn fast-die-letzten Stunden dieses unseligen Jahres zu einem brüderlichen Gruß an den Züricher Cousin. Wenn dies getan sein wird, kommen noch ein paar parties, mit Frau Schwester, Mr. Curtiss, Dr. Landshoff, Dr. Gumpert und Herrn Katzenellenbogen, lustig unterwegs durch die große Welt... Dann läuten die Glocken, der Times-Square-Pöbel gerät in eine durch nichts begründete Ekstase und, ehe mans gedacht... Nur getrost, es geht auch vorbei! Dürfte ja übrigens zur Abwechslung *wirklich* ein recht entscheidend Jährlein werden. Schon 1939 hatte ja unvermutet dramatische Akzente. 1940 wird uns wohl noch toller kommen. »Denn jetzt gibts doch eigentlich nur noch – Entweder/Oder...«, wie die Tutt, immer wieder, mit Berliner Akzent sagte, als die Eltern seinerzeit von Stockholm abreisten. Es soll sibyllenhaft geklungen haben. Der Gott stand hinter ihr und hatte feuchte Augen. »Gott ist mit Ihnen, Herr Mann«, sprach er mit bebendem Kinn. Die Tutt wiederholte dumpf: »Nur noch – Entweder ... Oder...«

Deine erste Nummer fand ich leidlich stattlich – mes félicitations, gewiß wird die nächste noch feiner. Die Novelle von Gumpert ist stark und seltsam – wohl das Beste, was dem Doktor glückte –, aber die vom schönen Bruno unterschätzest Du doch wohl: eine gute Geschichte, und gut vorgetragen, komme Er mit mir, Herr Wachtmeister!... Welche Entstellungen wird wohl mein Gide-Artikel aufzuweisen haben, wenn Lion ihn mit wehem Grinsen beim Frühstück in Ouchy studiert! Wenn die Sache ein Reinfall wird, kann es nur an den Strichen liegen. Nur weitergemacht! Vielleicht kannst Du am Ende doch durchhalten und ziehst noch, als wehmütiger Triumphator, in der Bülowstraße ein, wo Dir Suhrkamp mürrisch den Platz räumt.

In meinem Leben, wie Du siehst, hat sich manches schlagartig verändert. Habe ich mir doch eine kleine Wohnung genommen, sie liegt nur 2 Minuten vom Bedford entfernt, ein großes Zimmer mit Bad und kitchenette, 55 Dollars im Monat, ganz artig. Ich logiere alleine. Die sentimentalen Verhältnisse liegen noch ähnlich ungeklärt wie als Du abreistest.

Jetzt will ich ein neues Buch machen, das von lauter Berühmtheiten handelt, die im 19. Jahrhundert hierher zu Besuch gekommen sind: die Duse, Herman Bang, Lola Montez, Tschaikowsky, Louis Bonaparte, Gustav Mahler, Oscar Wilde usw. Kann ja ganz lustig werden, z. B. die Todes-Scene der Dusin in Pittsburgh. – Viel ernster und schreckhafter ist, daß ich mich mit dem Gedanken *trage*, eine Zeitschrift hier aufzumachen –: ja, politisch-literarisch (mehr letzteres als ersteres); ja doch, eine Monatsschrift, zum Teufel – gewiß doch, auf englisch.

Auden möcht vielleicht zweiter editor sein – wenn ich zahlen kann. An die Geldgeber bin ich noch gar nicht herangetreten, alles ist noch in einem nebelhaft-frühen Stadium, vielleicht gebe ichs wieder auf, und hätte es wohl gar nicht erst erwähnen sollen. Mir schien aber doch, ich sollte –: damit Du wenigstens weißt, was in der Luft liegt und *brütet*... Sollte sichs realisieren, so würde der Korrespondenz zwischen uns zwei frères-et-confrères kein Ende mehr sein, und es gäbe vieles auszutauschen, manch inneren und äußeren Zusammenhang herzustellen... Kommt Zeit kommt Rat. Erst mal 20 000 Dollars her.

Ja, was jetzt bei diesen deutschen Emigranten vorgeht, macht mich ungemein bestürzt und traurig. Zwischen Wieland und Leopold tut die Wahl mir weh, auch dem göttlichen Hermann R. mag ich nimmer trauen, und am Ende verirrt sich selbst Onkel H. Wenn ich die Wahl zwischen Willi Schlamm und F. C. Weiskopf habe, entscheide ich mich für Churchill, der aber auch wieder nicht *ganz* der Richtige ist... Übrigens habe ich gerade *allen* Seiten und Parteien in einem umfänglichen Artikel die skandalösesten Wahrheiten gesagt, und nun werde ich überall unmöglich sein. Macht nichts, ich vertraue auf den General Mannerheim, Jean Giraudoux und die Vorsehung.

Borgi hat längst begriffen, daß hinter allem Ungemach der Welt als lauernder Dämon der Heilige Vater steht. Was er über die alleinseligmachende Kirche zu sagen weiß, erinnert quälend an die Meinungen, die es bei gewissen deutschen Volksgenossen über das »Weltjudentum« geben mag. Überhaupt hat unser bedeutender Schwager seine beunruhigenden Züge – Eitelkeit und fixe Ideen trüben seine Urteilskraft. Dann aber wieder zeigt er sich kindlich, humorvoll, aufgeschlossen und gescheut. Er liebt seine junge Frau. Weihnachten war ganz schön. Der Friedrich freilich durfte nicht gebeten werden, aus Rücksicht auf Sicilianische Eifersucht. Dafür kamen Fränkchens, und Bruno geriet außer sich, weil der Schwager so dummes Zeug über Frankreich sagte. Nina Gumpert wurde in unserem Hause rätselhaft von Wanzen verwüstet. Trotzdem war es sehr nett. Vater: wehmütig-genußfreudig, und üsis betrübt, als dann alles vorüber war. Er vergöttert seinen schwarzen Pudel und hat eine stellenweis sehr großartige Roman-Dichtung geschrieben: es ist die Lotte, auf die ich anspiele. Die »Ewigen Gefühle« sind entschieden weniger liebenswert; vielmehr ziemlich scheußlich. Übrigens hat der Baron doch überhaupt GAR keinen Preis gekriegt, es ist alles Legende. Sein Buch war eingereicht, voilà tout.

Gruß für Stadt und Land, Fink und Ofei zuerst. (Erzähle der Offi NICHT, daß ich Urmimchen journalistisch ausgebeutet habe!! Sonst enterbt mich der Ofei, alle Erbschleicherei wäre umsonst gewesen, und Tante Emmecke kann mit habgierigem Murmeln alles einstreichen. Dabei *spitze* ich mich doch schon auf die guten Salon-Möbel...)

Reich, und doch nie-ganz-glücklich-gewesen:

Gabriele Karfiol

AN HANS FEIST

The Bedford, New York
den 7. III. 1940

Dear old Fog,

das ist gut, erfreulich – und wäre die größte Überraschung gewesen, wenn Bruder Golo mich nicht schon vorbereitet hätte, ehe Deine Benachrichtigung kam. Es ist wunderbar – im genauen Sinn des Wortes –, daß es Dir gelungen ist, herauszukommen – und auch noch »mit vielen Büchern«. Im Grunde habe ich stets geahnt, daß Du letzten Endes zäher bist als Göring und die Dresdner Bank kombiniert. Nun hast Du es also bewiesen. – Ich habe Deinen Brief in Princeton am Familientisch verlesen, und es war ein ganzer Erfolg.

Was nun Deine Pläne betrifft – da ist schwer zu raten, und ich scheue es auch, irgendeine Verantwortung auf mein Haupt zu laden. England? Amerika? Du mußt es selber entscheiden; Du kennst beide Länder. Hier sind die Umstände eher noch etwas weniger rosig, als Du sie bei Deinem letzten Hiersein gefunden haben magst. Man wird nervöser und unduldsamer –: die panische Angst davor, in den Krieg gezogen zu werden, trübt und reizt die Gemüter; dazu kommt die Spannung wegen der bevorstehenden Präsidenten-Wahlen. Was allerdings Ellis Island betrifft, so ist das nicht ganz so tragisch – gesetzt, Dein Visum ist in guter Ordnung. Sogar dann kann es Dir natürlich passieren, daß man Dich auf die Insel der Verfluchten verschickt – aber doch wohl nur für eine kleine Weile. Schlimmsten Falles ist es eine Frage von 500 Dollars Garantie die zu leisten wären ...

Was England betrifft – da spricht vieles dafür, einiges dagegen. Aber, wie gesagt, Du mußt es selbst bedenken und entscheiden. Vor allem hoffe ich, daß »Deine Sachen« noch einmal, und endgültig, mit heiler Haut davon- und herausgekommen sind. Davon hängt doch wohl das meiste für Dich ab ... Und wir? Und ich? – Es ist schwer, zu erzählen, wenn man nicht weiß, wo anfangen. Das Leben ist hart und kompliziert und nicht langweilig. Man hofft, und ängstigt sich, und verzweifelt fast, und hofft wieder. Ich zitiere mir oft einen Satz von Kafka: »Nicht verzweifeln, auch darüber nicht, daß du nicht verzweifelst. Wenn schon alles zu Ende scheint, kommen doch noch neue Kräfte angerückt, das bedeutet eben, daß du lebst.«

Ich bin fleißiger als je –: Vorträge haltend, schreibend –: und jetzt fast nur noch auf englisch, was ein rechtes Abenteuer bedeutet. Für die lectures ist es gut genug, auch mit den Artikeln geht es. Aber jetzt versuche ich es mit einem Buch – eine Serie von historischen Portraits, die ich vorbereite. Und das ist denn doch eine heikle, anstrengende Sache. Ich bin manchmal recht verwirrt und ermüdet. Andrerseits macht es Spaß.

Die Eltern – gerade ihrerseits von einer lecture tour zurück – sind etwas vereinsamt in ihrem Princeton Palais. Ich bin das »letzte Kind« – nachdem Bibi mit junger Gemahlin nach Californien abgezogen; Medi mit dem ihren in Chicago. Erika versucht, irgendwo sehr hoch in den Bergen, sich von einer kolossal aufreibenden Saison zu erholen.

Laß wieder hören – und halte mich auf dem Laufenden über den Fortgang Deiner Angelegenheiten!

Amicalement der alte

KLAUS

AN HUBERTUS PRINZ ZU LÖWENSTEIN

The Bedford, New York
den 9. April 1940

Lieber Hubertus,

als es, vor geraumer Weile, zwischen Ihnen und einigen meiner nächsten Freunde zu Streitigkeiten und sogar zu öffentlichen Auseinandersetzungen kam, habe ich nicht Partei genommen und den Verlauf dieser mißlichen Diskussionen nicht einmal sehr genau verfolgt. Sie wissen, daß ich Ihnen stets die herzlichsten Gefühle entgegen gebracht habe – wenngleich mir einzelne Äußerungen, die als aus Ihrem Munde stammend kolportiert wurden, zur gelinden Verwunderung Anlaß gaben. Dergleichen kleine Schocks haben indessen niemals vermocht meine freundschaftlichen Beziehungen zu Ihnen zu trüben. Ich bin, by nature, ein sowohl toleranter als auch anhänglicher Mensch – was vielleicht ein bißchen selbstgefällig klingt, aber eher selbst-kritisch gemeint ist. Anhänglichkeit und Toleranz sind bequeme Tugenden: zu weit getrieben, können sie in Schwäche, Laxheit, Unentschiedenheit ausarten. Damit wären sie schon zu Lastern geworden. Manche meiner Freunde halten mir vor, daß meine verständnisbereite Gutmütigkeit nahezu lasterhaften Charakter habe ...

Indessen gibt es Grenzen, selbst für mich. Der Augenblick kommt, wo der Spaß und mein wohlwollendes Verständnis aufhören. Ich bin entsetzt über Ihren Artikel »Gefahren der Vernichtungspolitik für die Alte Welt«.

Alles an dieser Publikation schockiert mich. Schon das Forum, das Sie für Ihre Äußerung wählten, ist mir scheußlich unangenehm. Wie kann man für ein Dreiviertels-Nazi-Blatt schreiben? Aber am Ende passen Ihre Gesinnungen gar nicht so übel in dies dubiose Milieu ... Und das ist eben das Traurigste, das Ärgste an der Sache ... Ich habe nicht vor, hier und jetzt das Problem zu diskutieren, ob eine Aufteilung des Reiches, innerhalb einer Europäischen Föderation, opportun, wünschbar, durchführbar wäre. Dies ist ein komplexer, vielschichtig bedeutsamer Gegenstand, auf den ich mich nicht so en passant einlassen möchte. Was mich erstaunt, um nicht zu sagen empört, ist nicht so sehr der eigentlich politische Inhalt Ihres Artikels – die Warnung vor der »Zertrümmerung« des Reiches –, als vielmehr der Tenor Ihrer Äußerung, die gesamte Haltung, der Geist, aus dem heraus sie geschrieben ist.

Ihr Artikel ist pure, offene Propaganda *gegen* die Mächte, die das Abendland vor der Hitler-Aggression verteidigen – gegen Frankreich und England. Gegen Hitler kommt kaum noch ein strafend Wörtchen bei Ihnen vor – ebenso wenig wie in den neueren Äußerungen der Kommunisten, mit denen Sie sich ja auch sonst in mehrerer Hinsicht finden.

Ich habe mich, seit dem Oktober verstrichenen Jahres, von meinen kommunistischen Freunden trennen müssen – was mir in manchen Fällen Schmerz bereitet hat. Es fällt mir nicht leichter, Ihnen zu sagen, daß ich zwischen uns jene Übereinstimmungen nicht mehr finde, die wir wohl beide für die Voraussetzung einer produktiven Kameradschaft halten. Ihr Artikel – den ich verspätet zu Gesicht bekomme – macht mir erschreckend klar, daß zwischen Ihnen und mir die notwendige Basis für eine ergiebige Diskussion nicht mehr existiert.

Sie halten es für Ihre Pflicht, eine amerikanische Öffentlichkeit, die sich ohnedies schon in wahren Ekstasen der »isolation« befindet, vor der »alliierten Propaganda« zu warnen, die »vorsichtig aber zähe beginnt ... das Land zu überschwemmen«. Ich, ganz im Gegenteil, habe viel mehr Angst vor der Propaganda des Doktor Goebbels, und wünsche den Fürsprechern der Demokratischen Sache, daß sie recht zähe sein mögen und nicht aus lauter Vorsicht *zu* leise werden. – Ihre Mitgefühle konzentrieren sich vor allem auf deutsche Frauen und Kinder, die so munter die Hakenkreuzfahne schwingen; ich indessen muß immer noch zuweilen an jene Tschechen, Polen und Finnen denken, die sich nicht schuldig gemacht haben, indem sie den Hitler als Messias acceptierten, und denen, trotzdem, noch mehr Unannehmlichkeiten zugemutet werden, als selbst Ihren geliebten Berlinern. Sie erwähnen mit bitterem Sarkasmus, daß die Blockade von englischer Seite als eine »notwendige Maßnahme« bezeichnet wird, während ich dem Churchill in diesem Punkt, wie in manchem anderen, völlig recht gebe. Gebe Gott, daß diese Deutschen endlich in die rechte Stimmung kommen, ihren süßen Adolf raus zu schmeißen, ehe sich Hunderttausende von honetten Franzosen an der Siegfried-Linie verbluten müssen! Sie lechzen nach dem Tage, an dem die Franzosen und Engländer Revolution machen – ein frommer Wunsch, den Sie sowohl mit Stalin wie mit Hitler gemeinsam haben.

Mich, ganz im Gegenteil, würde die Revolution in Deutschland unvergleichlich mehr freuen. – Mit dem Colonel Lindbergh und dem Genossen Browder stimmen Sie darin überein, daß die Schlachten Englands und Frankreichs keineswegs die Schlachten Amerikas sind. Ich bin der entgegengesetzten Ansicht. Sie sorgen sich, daß die Alliierten ihren Sieg mißbrauchen könnten. Ich wünschte mir, sie hätten nur erst gesiegt. Denn ich finde halt immer noch, daß es der Hitler ist, der eine »Vernichtungspolitik« macht, nicht der Churchill.

Ich schreibe dies an dem Tage, da die Nazi-Truppen in Dänemark und Norwegen einfallen. Wenn das keine Vernichtungspolitik ist! Aber Sie grämen sich vor allem bei dem Gedanken, daß die Alliierten jene »völkischen Lebensrechte, für die man zu kämpfen behauptet«, irgendwann einmal mißachten könnten. Inzwischen werden Lebensrechte – und keineswegs nur die »völkischen« – von den schönen deutschen Jungens mit Füßen getrampelt, während die »Alten, Kranken und Schwachen«, halbverhungert aber immer noch alert, in Leipzig und Breslau über solche Heldentaten schmunzeln.

Mir wäre es sehr recht, wenn die politische Macht Deutschlands recht gründlich gebrochen würde. Ich interessiere mich mehr für die Zivilisation als für das Völkische – und das ist wohl der fundamentale Gegensatz zwischen unseren Conceptionen. Sie sehen wohl: da ist kaum noch eine Verständigung möglich.

Sie sind sehr ehrgeizig, und Sie gehen den Weg, der Ihnen am ehesten eine Karriere im »Vierten Reich« zu garantieren scheint. Ob dieses Vierte Reich nun kommunistisch ist oder deutsch-national: Sie werden sich schon einzufügen wissen. Für mich sieht das anders aus. Ich habe weder Lust, einem neuen Bismarck noch auch einem preußischen Stalin die Füße zu küssen: Beide haben Soldatenstiefel an, die stinken nach Blut und Dreck. Auch wäre ich in Gefahr, von dem einen oder dem anderen ins Gesicht geschleudert zu bekommen, ich sei »fürwahr kein ehrlicher Patriot«, vielmehr ein »Landesverräter«. Diese ganze Terminologie gefällt mir nicht. »The Other Germany«, das ich zu analysieren und zu preisen unternommen habe, ist nicht jenes, in dem mit solchem Turnhallen-Pathos geredet und gestikuliert wird.

I am very sorry.

Lassen Sie es sich gut gehen! Ihr

AN THOMAS MANN The Bedford, New York
16. IV. 40

Mon père:

anbei die copy meines großen Schreibebriefes an Monsieur le Prince –: fast so schön wie der neulich an Willi Schlamm, und *dabei* auch noch berechtigt.

Kannst mir das document ja gelegentlich in Princeton zurückgeben.

Very truly yours,

Mr. Mann, junior

AN THOMAS MANN The Bedford, New York
27. V. 40

L.Z. –: hier unser Abschiedsbrief an den doch-wohl-untragbar gewordenen Verband. Von den verschiedenen Handlungs-Möglichkeiten, zwischen denen wir die Auswahl haben, scheint mir diese noch die humanste – weil nicht denunziatorische; (ich meine: nicht-die-Kommunisten-direkt-ans-Messer-liefernde). – Wir werden versuchen, gleich noch die Unterschriften etwa folgender Herren und Damen zu bekommen: Raoul Auernheimer, Bruckner, Zuckmayer, Vicky Baum, Bruno Frank, Wittfogel. (Und, natürlich, Riess, Gumpert, und wir.)

Telephonieren noch über den Fall. – Soeben, in Begleitung des Harold Peat, Hermann Kesten an der »Champlain« eingeholt.

Alter Aissi

AN DEN VORSTAND DER »GERMAN AMERICAN WRITERS ASSOCIATION« [Mai 1940]

Sehr geehrte Kollegen,

die Association of German American Writers ist als eine unpolitische Organisation gegründet und geleitet worden. Von Anfang an haben einige unter uns Zweifel und Bedenken gehabt, ob es möglich und sinnvoll sei, unter den heutigen Umständen eine Vereinigung deutscher exilierter Autoren als »unpolitische Berufs-Organisation« funktionieren zu lassen. Seit dem Ausbruch des Zweiten Weltkrieges, und besonders seitdem er in sein entscheidendes Stadium eingetreten ist, hat die politische Problematik unserer Situation als Schriftsteller deutscher Abstammung sich noch mehr zugespitzt und fordert von jedem unter uns eine klare, verantwortungsbewußte Stellungnahme.

Jede Organisation von Deutschen in einem demokratischen – und das heißt also: in einem *von den Deutschen bedrohten* – Land muß heute einen fragwürdigen und selbst provokanten Charakter annehmen –: es sei denn, daß sie sich auf ein präzises, politisches und kulturpolitisches Programm festzulegen vermag.

Eben dieses Programm fehlt unserer Association, und eben in ihrer – statutenmäßig festgelegten – Selbstbeschränkung auf die »unpolitische« Sphäre sehen wir ihr fatales Manko.

Denn es verhält sich doch keineswegs so, daß die einzelnen Mitglieder des Bundes sich nicht für Politik interessieren; vielmehr beweist das Bekenntnis zum Unpolitischen nur, daß zwischen den Mitgliedern eine klare und komplette Übereinstimmung in den moralisch-politischen Voraussetzungen und Zielen nicht besteht.

Obwohl es uns nicht leicht fällt, uns gerade zu dieser Stunde von einer Gruppe deutscher exilierter Schriftsteller zu trennen, müssen wir, nach reiflicher Überlegung, einen solchen Schritt tun, und erklären hiermit unseren Austritt.

AN BRUNO FRANK The Bedford, New York
30. V. 40

Lieber Bruno,

wir haben uns dazu entschlossen, weil es von allen Möglichkeiten noch die sauberste und humanste bleibt. Die Association, in ihrer jetzigen Zusammensetzung, wird immer mehr zur untragbaren Peinlichkeit – und übrigens könnte sie uns sogar gefährlich werden. Die Kommunisten auszuschließen – in welcher Form auch immer – würde einer Denunziation gleichkommen – wovor mir immer noch irgendwo, irgendwie, graut. (Hemmungen eines alten Liberalen.) So tut es am wenigsten weh. Wir planen eine Neugründung, auf nicht nur-deutscher sondern international-europäischer Basis, in sehr absehbarer Zeit – aber nicht unmittelbar und ohne direkten Zusammenhang mit der jetzigen Association.

Lasse Deine Stellungnahme, bitteschön, »ehetunlichst« wissen. Willst Du den Brief mit uns zeichnen? – was uns, natürlich, das Liebste wäre. (Wahrscheinlich werden noch Bruckner, Raoul Auernheimer und der Zuck mit-signieren.) Willst Du austreten, aber unabhängig von unserer Erklärung? Oder willst Du drinbleiben? – Es wäre reizend, wenn Du dem Riess oder mir gleich ein Wort telegraphiertest – am besten auch die Stellungnahme des Marcuse mit-betreffend. (Ich glaube, daß diesem gleichzeitig von Erika geschrieben wird.)

Sorgen haben wir... Sonst passiert ja auch NICHTS... Ah, cher ami... Was soll ich erst die Todesängste auspacken, die mir – wie Dir – die Brust beklemmen?... Gestern sehr beeindruckt von dem Robert Sherwood-Stück gewesen – vor allem wenn die Lynn Fontanne ausruft: »They *can't* win!« – woraufhin Onkel Waldemar zu beweisen sucht, daß sie *doch* können. Schließlich schreit sie ihn an: »You are a Christian, aren't you? So you have to *believe* that they can't win!«

Alles Liebe für liebe Liesula.

Toujours, bien amicalement:

Alter KLAUS

AN BRUNO FRANK The Bedford, New York
5. VI. 1940

Lieber Bruno,

in aller Hast, und nur damit Du in dieser leidigen Sache durchaus auf dem Laufenden bleibst:

Wir hatten uns schon, genau im Sinne Deines Vorschlages, um-entschlossen, noch ehe Dein Brief an den Zauberer eintraf. Auch den Graf hatten wir schon vorher – vor vier Tagen – hier im Hotel bei uns gehabt und alles mit ihm besprochen. Er will nicht viel von der Auflösung hören, sondern hält sie für Verrat am Vaterland. Zunächst hat er seinen Rücktritt angeboten, wie Dir wohl schon bekannt ist. Er denkt sich, Du solltest sein Nachfolger werden. Das könnte dem Schutzverband passen. Eher habe ich Zweifel, ob es Dir so kolossal passend und anziehend scheint...

Also, heute ist nun eine Sitzung des »inneren Vorstandes« gewesen –: alle anwesend, außer Graf – der auf dem Lande –, und außer mir (weil das Ganze doch so *deprimierend* langweilig ist...) Die versammelten Herren sollen sanft und entgegenkommend gewesen sein. Die Auflösung wird sich wahrscheinlich durchsetzen lassen – etwa in der Form, die Du vorgeschlagen hast und der auch Marcuse zustimmt. Am nächsten Donnerstag, den 13. VI., ist eine Sitzung des »erweiterten Vorstandes«, von der auch Erika und ich uns nicht drücken dürfen. Da soll dann alles ganz dramatisch zum Klappen kommen. Wir wollen so weit gehen, dem Graf die Reisespesen von Saratoga zu ersetzen, wenn er für dies historische meeting in die Stadt kommen will. Er verhält sich übrigens ganz brav und rührend in der ganzen Affäre, und ich bin geneigt, ihm zu glauben, daß er an seinem deutschen Verein ganz innig-sentimental und ohne tückische Hintergedanken sehr hängt. Er kann kein Wort Englisch und fühlt sich sehr ein[sam] hier. Er sagt, Duff Cooper irrt sich, und die Deutschen haben ein goldenes Herz.

Nach der Donnerstag-Sitzung setze ich Dich wieder ins Bild – nur so, aus Pedanterie.

Stets der anhängliche

K.

(teils alter Sowjet-Agent – teils gelegentlicher Mitarbeiter am Dies Committee. Aber sonst O.K.)

AN HERMANN KESTEN

Brentwood, Los Angeles
441 N. Rockingham
14. VIII. 1940

Lieber Hermann Kesten,

Ihren Brief an Erika, der heute früh einlief, habe ich angeblättert – nicht so sehr aus jener menschenunwürdigen Neugier, die Sie seinerzeit dazu *zwang*, die Post sämtlicher Berliner Verleger in täglichem Rundgang heimlich zu durchstöbern; sondern vielmehr aus durchaus ehrbaren Gründen: um herauszufinden, nämlich, ob es da etwas Dringliches geschwind zu erledigen gäbe. Alle Ihre Anfragen schienen mir indessen von der Art, daß Sie [sie] mit Erika – die heute abend im Bedford ankommen dürfte – persönlich erledigen können. Indessen zeige ich Ihr Handgetipptes trotzdem der Liesl Frank, zu der ich gerade zum Lunch fahre –: selber fahre!! – denn ich habe es erlernt!

Die grausigen Schlagzeilen der hiesigen – übrigens ungewöhnlich scheußlichen – Presse sind geeignet, Ihre Ängstlichkeit im Allgemeinen, und besonders wegen Miss Erikas England-trip, noch mehr gerechtfertigt erscheinen zu lassen. Vor allem die Schiffsreise – die doch viele viele Tage dauert, während derer sich alles höchst gräßlich entscheiden kann – wäre eine höchst finstere Sache, wenn das Massacre so weitergeht oder sich noch verschlimmert. Sie müssen ihr das mit der Ihnen angeborenen Eloquenz klar zu machen versuchen – wobei ich telephonisch nachzuhelfen denke. Im Flugzeug – all right, wenns denn sein muß. Aber im Schiff, gerade während die längst-versprochene Apokalypse ihren Anfang nimmt –: c'est trop fort, tout-de-même...

Was all unsre Lieben in Feindesland betrifft, so wissen

Sie selber alles, und unsre kleinen Extra-Neuigkeiten wird Erika Ihnen schon versetzt haben. Quant à moi – man bringt es fertig, weiter rum zu laufen, zu schwimmen, und was zu schreiben. (Das Buch ist fertig und kommt mir eher bedeutend vor. Jetzt bin ich bei einer short story über einen New Yorker Gassenjungen und bei einem Vorwort zu Kafka's »Amerika«, welches der Verlag »New Directions« bei mir bestellt hat.) Ich will auch noch meine Zeitschrift machen und fange gerade an, mich bei den »backers« etwas anzubiedern. Ich hoffe, es wird bald so weit sein, daß ich Sie um einen feschen Beitrag bitten kann. Im September – eher im Anfang des Monats – denke ich, nach New York zurück zu kommen.

Vorher sollten Sie mir noch erzählen, was Sie treiben – abgesehen von den Rettungs-Aktionen. (Ich bewundre Ihre Geduld und Umsicht in diesen Dingen.) Was aber macht das Liebespaar das vor lauter Ortsveränderungen nie zum Vögeln kam? Und sind Sie noch gut mit Kopell? Haben Sie sich an Amerika gewöhnt? Haben Sie ein Café gefunden, wo Sie bei dröhnender Jazzmusik Ihren obszönen Phantasien nachhängen?

Lassen Sie hören!

Viel Grüße und Wünsche von Ihrem

KLAUS M.

P.S. Was bedeutet, in your opinion, die düstere Andeutung über Landauers »Operation«?

AN IVAN GOLL

Brentwood, Los Angeles
August 16, 1940

Lieber Ivan Goll,

mein Vater hat mich einen Brief von Ihnen sehen lassen, in dem von einer Zeitschrift die Rede ist, an deren Gründung Sie beteiligt sind. Dies ist mir außerordentlich interessant – im Zusammenhang mit bestimmten Projekten, die letzthin an mich herangetreten sind. Vor allem würde ich gern wissen, ob »L'Esprit en Liberté« in französischer Sprache erscheinen soll, oder auf englisch, oder ob es eine zweisprachige Revue ist, die Sie planen. Und wann gedenken Sie herauszukommen? – Ich wäre Ihnen besonders dankbar für solche Auskünfte. Wenn ich wieder in New York sein werde – Anfang oder Mitte September – könnte es interessant sein, sich über diese Dinge gelegentlich zu besprechen.

Mes hommages pour Claire.

Stets Ihr

Klaus Mann

AN KATIA MANN The Bedford, New York
20. IX. 40

Frau Mamale,

nur einen hastigen Gruß und ein Ankunftszeichen: die Reise hat kolossal *lang* gedauert, ich hatte irgendwie *Pech* mit den Zügen. Übrigens auch sonst; denn mein Geldgeber in Pittsburgh war gerade nach Mexico abgereist – was ich ihm nicht einmal übel nehmen kann: erstens, weil *reiche* Menschen sich schlechthin *alles* gestatten dürfen; dann aber auch, weil ich ja schließlich zwischen dem 12. und 14. mit ihm verabredet war und erst am 18. eintraf. Gott sei Dank hatte ich mir Nachricht von ihm nach Chicago an den Zug erbeten: wäre doch unsagbar widrig gewesen, wenn ich in Pittsburgh *sinnlos* ausgestiegen wäre. In zwei bis drei Wochen denkt er retour zu sein, und dann bleibt ihm einfach nicht[s] andres übrig als – zahlen! Inzwischen werden andre »bankers« angetastet, begrüßt und ausprobiert – auch Lewis und Rosendahl, oder wie sie heißen: ich scheue vor nichts zurück – »for such a fine cause!«, wie der John so heuchlerisch sagte. – In San Francisco war es ganz anstrengend und vielversprechend. Der Bender ist ja ein drolliger Kauz, indeed – halb herzig, halb lästig. Er hat schon 25 Exemplare »Lotte« verschenkt – darunter 5 von der teuren Sorte, wie sie sonst nur Liesula zum birth day bekommt. Das ist ja soweit ganz brav. Konnte ihn nur mit *Mühe* davon abhalten, Dir noch eine kolossale box with candies zu schikken –: »because your mother *likes* our candies: I *know* she does.« Dabei ist doch zweifelhaft, ob auch nur die Bermannschen Gören das Zeug nochmals akzeptiert hätten ... *Old* Mrs. Koshland war krank, so daß ich an ihrem Bette sitzen mußte: »You were quite a cure for me, Mr. Männ.« Ich habe ja schließlich bei der Anni Bukovich gelernt, wie man sieche Vetteln erheitert. Bei der Koshland wird es hoffentlich einträglicher sein. Ich habe in Frisco einen ganz smarten kleinen Intriganten in meinen Diensten zurückgelassen: den jungen Bergrün – er hat dort in die wohlhabende Gesellschaft geheiratet.

New York unverändert. Das Bedford, so weit recht cosy. Heute, endlich eine Nachricht von E. »Love safe so far Erika Landshoff.« Dies bedeutet, daß sie den F. schon aus dem Lager befreit hat und er in London bei ihr ist – was mir recht lieb zu wissen, Ihr habt wohl inzwischen auch direkte Nachricht von ihr. – Kesten – der sich übrigens völlig im Dienst der Sache aufreibt und schon ganz abgemagert und zittrig ist – sorgt und ärgert sich, mit Recht, wegen des illüstren Unrats und des seltsamen Golo. Letzterem hat er – Kesten – nochmals recht geschickt depeschiert: er solle sich sofort bei einem bestimmten Mann in Marseilles melden, sonst würde sein job hier verfallen. Das wird ihm hoffentlich in die Glieder fahren. Auch Frau Kesten – die manch Abenteuerliches zu berichten weiß – sagt, es ist vor allem *Willenssache:* allen ist es schließlich gelungen, und legal geht es nun einmal nicht. Die Kesten hat sich einen sehr netten polnischen Paß für frs. 200 (= zwo Dollars) gekauft. Golo *will* irgendwie nicht: ich kann ihn mir schon vorstellen – in diesem Zustand von trotziger Lethargie, wie er auch war, als er Tschechischer Soldat werden sollte, und noch bei anderen Gelegenheiten.

Nun will auch le père Gide herkommen – ich freue mich mehr auf ihn als auf Walter Mehring plus Adrienne Thomas plus Breuer alias Friedländer. Habe gerade mit dem

Wescott – Caroline's reizvollem Freund – wegen eines Affidavits für ihn telephoniert, und mit Blanche wegen eines »moralischen« – welches man im Fall des Immoraliste allerdings nur zögernd erteilen kann.

Genug. Franz Horch wartet ja schon. Gruß für Vati und Nico und Lucy und Martin und Gret und Fridolin und Papa Bibi und John und Bibi's Hund und alle Nachbarn. Die Dulala kommt ja am 25. her: ich habe etwas *Angst* davor, weil sie selber schreibt, sie sehe sonderbar verändert aus.

Yours extremely faithful son

K.

Gerade telephoniert mir Kesten die gute Nachricht, daß Heini – Golo in Lissabon sind. Ein Stein weniger auf unserer Brust!

AN EVA HERRMANN The Bedford, New York
Sept. 29, 1940

Eva schön,

Beiliegendes von unsrer Ernestine –: ein ganz einleuchtender Vorschlag. Setze Dich nur auf die Höschen. Wenn Du willst, kann ich Dein Künstlertalent der Autorin des betreffenden Profiles – Miss Janet Flanner – dergestalt empfehlen, daß sie ihrerseits dem editor zusetzt: nur die Zutat Deines kecken Striches könne ihrer Prosa den rechten pep verleihen.

Etwas traurig und aufgeregt – aus viel naheliegenden Gründen –; aber auch stark beschäftigt und etwas amüsiert durch die Vorbereitungen zu meinem magazine. Ich bin eine eigensinnige Nudel, und wills schon durchsetzen. Am Ersten Jänner hoffe ich zu starten. Jetzt wird eine Corporation gegründet – mit shares and stocks, und einem treasurer, und allem. Dann kann ich endlich mal richtig »Bankrott erklären« – wie wir es uns als Kinder immer so großartig vorgestellt haben ...

Bereite Dich psychisch darauf vor, daß ich bald etwas Drolliges von Dir werde haben wollen: eine humoristische

Vignette zu Willkies Niederlage, oder »Buntes Allerlei aus Filmparadies«.

Wie gehts?

Laß hören.

Brüderlich, alter K.

President of the »Zero Hour« Corp. Inc.

VON BRUNO FRANK

Beverly Hills, California
30. Sept. 40.

Also, Kläuslein, viel charmanter *kann* der Mensch nicht gut sein als Du in Deinen Briefen, dem an Fritzi und dem heute für uns. Ein Jammer für manchen, der nicht das Glück hatte, Dein Zeitgenosse zu sein. Nie hätte Oscar Wilde den Queensbury verklagt, wenn er Dich gekannt hätte, Alexander wäre heute noch Großherzog von Mazedonien und führte ausschließlich Cocteau auf in seinem Hoftheater, und Michelangelo hätte sich *nie* mit dem Papst verkracht, und die Peterskirche wäre nicht halb so halbseiden. Verpaßt haben sie Dich! Aber ohne dumme Witze – Deine Briefe werden hier heftig geliebt, immer schau' ich noch nach, ob nicht irgendwo noch ein Postscriptum verborgen ist. On t'aime bien, va!

Charme und Verstand sind nicht alles, das weiß der Herr. Zu traurig ist das mit Schwarzschild. Natürlich ist gar keine Rede von Wiedervereinigung, wenn er sich so beträgt. Ich schicke Dir in Kopie den Brief, der heute an ihn abgeht, eine Art »Ultimatum«, das ganz sicherlich nicht befriedigend beantwortet wird – und dann ziehe ich den Trennungsstrich vom vorigen Jahr noch einmal mit schwarzer Tusche nach. Man kann sich – vom Allgemeinen ganz abgesehen – nicht so gegen Dich aufführen und noch mein Freund sein. – Diese Kopie, Klaus, ist *nur* für Dich. (Nicht einmal für Riess ist sie!) Es gibt sonst, unter allen Umständen, nur Geschwätz und Verdrehung. Bitte schick mir die Blätter zurück.

Was soll man sonst plaudern über Pest und Verwüstung! Um den Olden ist's schade, so sehr er auch den bekannten Prinzen und Führer der Zentrumspartei bewundert hat, – jammerschade. Auch die arme Moni – Trotzdem, ich halt's nicht für ganz undenkbar, daß dieser Verlust, die furchtbare *Art* dieses Verlusts, zum künftigen Rückgrat wird für ihr labiles, armes Seelchen. So etwas ist vorgekommen. Ich wollte *bloß*, wir hätten die Eri erst heil wieder hier.

Ganz elend ist die Welt *doch* nicht. Dieses britische Epos und diese adorable Figur im Vordergrund – tapfer, staatsklug, human, lebensoffen, beredt wie Fox und humorgesegnet wie der alte Stechlin – das also gibt es doch und zeigt der Welt, wie sie sein müßte. Das geht *nicht* unter, es kann nicht, und von dorther kommt die bessere Ordnung, nicht aus dem amorphen Osten. Ich, der Prosakunsttischler B. F., ich weiß es!

Speaking of prose-writing, – das ist ja hocherfreulich, daß die Aussichten für die Zeitschrift heller und heller werden. Du wirst das großartig machen, mein Lieber, Du hast es schon anno »Sammlung« vorzüglich gekonnt, und was hast Du seither nicht alles dazugelernt. Das wird etwas für mein ermüdetes Herz. Wie gerne wäre ich bei dieser Gelegenheit Multi-Mäzen. So werde ich mich darauf beschränken müssen, Dir meine kostbare Prosa zu ruinös niedrigen Preisen zu überlassen.

Meine Geschichte geht im Schildkrötentempo, aber stetig, weiter. Es wird doch wohl so was wie ein Romänchen. Sonst weiter sehr häßlich, in my opinion. Heute abend werde ich den Deinen ein bißchen draus vorlesen. Sie kommen zum Dinner. –

Thomas Mann's neuer Vortrag ist außerordentlich. Voll urkräftiger und sehr neuer Formulierungen. Mit Abstand das Hinreißendste, was er in dieser Art gemacht hat. – Auch Gumpert las aus seinen »First Papers«. Hat uns sehr gefallen. Gescheit, wohl vorgetragen, äußerst nützlich. Sollte auch ein Erfolg sein können. (Er ist überhaupt sehr angenehm gescheit.)

Ja, das wäre es so. Wie reizend Liesl ist, das weißt Du schon, und das ist eigentlich das Einzige, worüber ich schreiben möchte. Aber die feine Sitte verbietet dies dem Ehemann. (Bloß in meinem Romänchen werde ich gestaltend darauf hinweisen. »Elisabeth Doktor« heißt sie da – fürwahr ein seltsamer Nachname.)

Marcuse ist objektiv viel besser daran, als man zu hoffen gewagt hatte. Es ist nur noch der Arm, und der wird, sagen die Ärzte, in einigen Monaten wieder völlig gebrauchsfähig sein. Aber er hat *entsetzlich* ausgestanden und ist total herunter, übrigens auch ein schwieriger Kranker. Er wird wohl in dieser Woche das Spital verlassen. Am besten adressierst Du für ihn bestimmte Briefe an uns.

Ich selber habe dagegen wieder einmal schmerzhaft die Gicht, diesmal verbunden mit etwas hübscher Nerven-Entzündung. Werde wohl auf zwei Wochen nach Arrowhead gehen müssen, zu den brühheißen Quellen. Es soll sehr hübsch und comfortabel sein. Fritzi ist jetzt auch oben und mag es sehr. Baden-Baden 1862, mit den »russischen Damen« ist's ja nicht, aber vielleicht hilft es mir.

Schreib uns, Kläuschen, schreib uns viel, damit meine kleine Peterskirche keine disproportionierte Kuppel bekommt.

Much love from both of us.

Dein alter

Frank.

AN BRUNO FRANK The Bedford, New York
7. X. 1940

VIELEN DANK lieber Bruno,

für Deinen sehr bezaubernden Brief und die eindrucksvolle Beilage. Der Appell an Schwarzschilds schönere Natur ist bewegend. Nur fürchte ich, daß Du die moralischen Qualitäten, überhaupt das Herzens-Niveau dieses Herrn überschätzest: sein dunkler Strahlenblick hat dirs angetan: ich war auch immer kritiklos, wenn es um die Grete Litzmann ging, weil ihre Wangen so schön violett verwest nach unten hingen – und so wollte ichs denn nicht für möglich halten, daß sie so schlecht sein und dem Generaldirektor Pape Übles nachsagen könnte. Hats aber doch getan – das übertünchte Grab. So auch unser Schwarzschild. Staubiger Melonenhut und intelligentes Erlöser-Lächeln hin und her –: er ist wohl einfach kein guter Mensch. – Trotzdem werde ich nicht Nein sagen, wenn er eine »Aussprache« wünscht: denn ich bin für den lieben Frieden. Dergleichen soll jetzt arrangiert werden. Wenn er zu stolz und eigensinnig ist, den ersten Schritt zu tun – tant pis pour lui. Immerhin macht er sich jetzt schon die Mühe, ein bißchen zu flunkern – was ein Zeichen seiner Versöhnungsbereitschaft sein dürfte... Der braven Kirchwey hat er mitgeteilt, die ominöse Stelle im NTB – über den »Sowjetagenten« – sei gar nicht von ihm, sondern aus einer amerikanischen (!) Zeitung zitiert. Das ist einfach nicht wahr; läßt aber darauf schließen, daß die Sache ihm jetzt peinlich wird. –

– Im Übrigen bin ich emsig und guter Dinge – eine Biene Maja mit Bencedrin-Flügelchen... Die »Corporation« für das magazine soll in dieser Woche etabliert werden. Liesula möge sich nur darauf vorbereiten, daß ich dann mit allerlei kleinen Bitten über sie herfallen werde, weil sie sonst nichts zu tun hat – und auch Du wirst höchstpersönlich zum Postamt eilen müssen, weil Du doch Dein Novellen-Manuskript nicht irgendeiner Magd wirst anvertrauen mögen...

Von Deiner neuen Geschichte erzählte mir gestern abend der Gumpert – sehr anschaulich und berührt. Auch die liebe Eva sah ich gestern, im Hotel St. Moritz – während Lion im Nebenzimmer taktlose Interviews gab. (Kesten meint, seine Erzählungen über die Flucht, und wie alles so romantisch war, bedeuteten eine arge Erschwerung für alle jene, die noch dort drüben, in der Hölle, sind...) – Vincent Sheean, den ich am Tage nach seiner Rückkehr aus London sah, erzählte Schnurren aus der Apokalypse. Er war oft mit der Eri zusammen. Ihr solltet mit ihm in Kontakt kommen, wenn er in Los Angeles lecturen wird. Übrigens sind wir ihm zu Dank verpflichtet: denn er ist es, der nun doch für E und Monika das schier Unmögliche möglich machen, und zwei reservations für den überfüllten Clipper besorgen wird.

Alles Verbindliche und Verbundne.

Treuer alter

KLAUS

P.S. Gerade bekomme ich einen Brief von Schwarzschild vorgelesen, aus dem hervorgeht, daß er keineswegs anerkennt, mir jemals Unrecht angetan zu haben, und daß eine Zusammenkunft zwischen mir und ihm nur in Frage käme, wenn von unsrem früheren »politischen Konflikt« nicht mehr die Rede wäre. Er vergißt, daß es sich bei dieser leidigen Affäre durchaus nicht um einen »Konflikt« gehandelt hat; vielmehr darum, daß er mich verleumdet, die Verleumdung nicht zurückgenommen, und sich in jeder Hinsicht miserabel aufgeführt hat. Die Grundbegriffe des Anstandes sind ihm bei seinem langen Kampf gegen die Unanständigkeit total abhanden gekommen. Da kannst nix machen. Nur weg-schauen.

Noch mehr Grüße.

K.

VON BRUNO FRANK Arrowhead Springs, California
15. October 1940.

Mein Kläuschen,

in diesen Tagen sind alle meine Wünsche bei Dir und Deiner »Corporation«. Schreibe mir doch *gleich* eine Zeile, wenn das unter Dach und Fach ist. Niemand unter Deinen zahllosen Verehrern all over the globe wird sich *mehr* freuen.

Ich bin hier heraufgegangen, weil meine Gichtknochen allmählich doch überlaut knackten. Behaglicher Aufenthalt, und die Schwefeldämpfe und Moorpackungen haben auch schon das ihre geleistet. Hätte es längst tun sollen, so nah wie es liegt vor Los Angeles, in meinen Pétain-Jahren. Am

20. etwa bin ich wieder bei Liesl. Deine Eltern, mit denen zusammenzusein diesmal eine ganz besonders reine, erwärmende Freude war, finde ich ja leider nicht mehr. Werde Euch alle schmerzhaft vermissen.

Um die Kur hier ganz erfolgreich zu gestalten, habe ich mich ausschließlich mit Allotria beschäftigt. Da es kein Frankreich mehr gibt, schien mir die 12bändige »Histoire de France« von Michelet das einzig Gegebene. Wunderbar! Quelles perspectives! Quel souffle de vie! Ah sapralipopette! Formulierungen auf jeder Seite, bei denen einem das Großhirn läutet und tanzt. – Kennst Du den neuen *Werfel?* Das ist sein bestes Prosabuch, man fühlt, der Autor steht in seinem Zenith. Dies Portrait einer Magd hat eine ganz antike Kraft und Geschlossenheit, man ist fortwährend aufgewühlt und zugleich durch eine Fülle farbiger Détails großartig unterhalten; das Ganze ist fast lückenlos zementiert. Und alles schwebt wundervoll zwischen Todesernst und Weltliebe – tristis in hilaritate, hilaris in tristitia. Dem Katholischen in dem Buche überläßt man sich bereitwillig. Es riecht kein bißchen dumpf, sondern hat das starke Aroma der schönen, glänzenden Zeiten, da die Welt noch fähig war zu glauben. Tut es der Autor, *kann* er es noch? Es ist wohl mehr eine innige Sehnsucht danach – so wie es beim großen Tolstoj auch gewesen ist. Das Zerstörungswerk, das 1517 begann und fortlief über Hume und 1789 und Kant, hat in *jeder* Seele sich ausgewirkt. Im Grund, ich bin sicher, steht er zur Kirche wie Hölderlin zu den Griechen. »Das Herz, von einem Traum genährt.« Kein *Verlangen* nach dem umfassenden, weltordnenden Prinzip gibt ihm den simplen Glauben zurück, an dem alles hängt. – Aber man liebt ihn.

Um ganz bedeutend diesseitiger zu werden: Schwarzschild hat meinen Brief mit einem zwölfseitigen Schreiben beantwortet, das mir dann doch die Wege zur Befriedung offen zeigt. Vielleicht ist sie zwischen Euch inzwischen schon zustande gekommen. An Fanatismus, ja Verranntheit, fehlt es bei Gott nicht, aber überall ist doch eine Diskussion möglich, der Mann *ist* ein ernsthafter Gesprächspartner, das steht mir ganz fest. Du weißt natürlich, wie es gemeint war, wenn ich immer von seinem »Zauber« sprach, der unbesieglich sei. Kein »Zauber« der Welt würde mich vom endgültigen Bruch abhalten, wenn ich die Substanz für elend hielte. Aber er hat, trotz Irrtum und maßlosen Reaktionen, seinen *Rang*. Jede Zeile des langen Briefes belegt das. Ich wollte, ich dürfte ihn Dir zeigen. Ich habe ihm in sehr Vielem zu widersprechen, und ich habe es bereits getan. Aber was da steht, das ist »ein Mensch mit seinem Widerspruch«, gefährlich gemischt, jedoch keine quantité négligeable und kein Lügner.

Gelogen aber ist von anderer Seite worden, das ist ganz klar – und auch da wieder, liebster Klaus, möchte ich Dir sagen, daß gewisse Reaktionen von mir (in einem Fall feindselige) *nicht* auf Launen zurückgehen, nicht auf les antipathies de la peau – wenn ich es scherzhaft auch manchmal so darstelle, sondern auf ganz solide Menschen-Kenntnis. Du hast eine freundliche Neigung, Fünf gerade sein zu lassen, und müßtest doch allmählich mit Händen greifen, was eine gewisse Sorte von vordringlichen, gschaftlhuberischen, substanzlosen Unglücksmenschen anzurichten im Stande ist. Denke nur um Gotteswillen nicht, ich wolle da recht gehabt haben! Es ist mir höchst egal, ob ich recht behalte, und noch mehr egal sind mir jene Typen selbst. Mir liegt nur am Herzen, daß Du Dich selber schützest! Sei umarmt von Deinem alten

Bruno Frank

Wann kommt nun die Eri? Und wann Landshoff?

Eben gibt mir Liesl Katias Telegramm durch, mit der wundervollen Nachricht, daß Eri morgen, Mittwoch, schon fliegt. Oh Gott sei's getrommelt, gesungen und posaunt!!!

AN BRUNO FRANK The Bedford, New York
17. X. 1940

DEIN BRIEF – lieber Bruno – war wieder ein sehr schöner und lieber: sogar Dein Verhältnis zur Alleinseligmachenden Kirche und zum Lieben Gott ist irgendwie abgeklärter und zarter geworden – womit die definitiv letzte Differenz zwischen uns aus dem Wege ist... Ja, wohin sind die Zeiten, da Du noch an der Abendtafel scherzhafte Blasphemien vernehmen ließest?.... Im Werfel habe ich sehr viel Schönes gefunden – das Wiedersehen mit dem heruntergekommenen Neffen; die Audienz im Vatikan –; andres hat mir nicht so sehr gefallen – vor allem der Anfang nicht. – Michelet sollte ich besser kennen. Aber ich muß ja ein magazine vorbereiten. – Dies entwickelt sich munter. Anfang nächster Woche wird es hoffentlich so weit sein, daß wir uns »incorporaten« können. Die Verzögerung erklärt sich aus meinem Status hier als visitor. Ich brauche eine besondre Erlaubnis aus Washington, da ich nun »into business« gehen will. Der Anwalt, dem ich mich anvertraue, verspricht dies demnächst in Ordnung zu bringen. Inzwischen gehen alle andren Vorbereitungen ihren Gang –: die Mitarbeiterliste wächst stattlich; im Ganzen scheint das Interesse erfreulich stark. Ekelhaft war nur der alte Wells, mit dem ich unlängst ein recht macabres Beisammensein am Teetisch genoß. What a *nasty* old creature! –: eine ziemlich exakte Mischung aus Carl Sternheim und dem alten Litzmann; voll greisenhafter Bosheit und charm- + scham-loser Aggressivität...

(By the way – ich habe ziemlich herzlich und ausführlich an Maugham geschrieben – durch die Adresse seines hiesigen Verlages –, und mich in meinem Brief auch auf euch bezogen. Noch bin ich ohne Antwort – was einfach bedeuten kann, daß er out of town, oder übermäßig beschäftigt ist. Wenn Du aber irgendwie in Kontakt mit ihm kommen solltest – sei es brieflich, sei es gelegentlich seines Aufenthaltes in Hollywood –, so laß doch bitte irgendetwas Nettes einfließen, concerning myself and the magazine project...)

((By the way – II: Wenn Du nun, prachtvoll erholt von

den Quellen, in den Camden Drive heimkehrst –: magst Du daran denken, mir die englische Version der 16000 Francs-Geschichte gleich zukommen zu lassen? Ich hätte das Manuskript gern zur Hand, wenn ich meine Pläne für die ersten vier oder fünf Nummern mache.))

(((Weißt Du, was für ein Thema ich noch für Dich ausgedacht und notiert habe? – *Winston Churchill, the Writer*. Ganz unpolitisch: nur seinen Stil, seine literarische Haltung und historische Einsicht behandelnd. Ich erinnere mich an diese herrliche Stelle über die Flotte, die Du mir mit solcher Ergriffenheit vorgeführt hast... Auch was neulich in einem Brief von Dir über den grand old man zu lesen war, hat mir so sehr gefallen. »W. Ch., the Writer – or, Baby Refuses Milk« ... Könnte es Dich nicht reizen? – Laß hören!!)))

Welch ein Sprung – von diesem begeisternden Thema zur leidigen Schwarzschild-Affäre... Niveau hat er (*intellektuelles* Niveau, wohlverstanden!) –: ich habe es nie bezweifelt; bin auch davon überzeugt, daß sein zwölfseitiges Schreiben an Dich nicht niveaulos war. Kann es aber aufrichtig gewesen sein? – Es ist leider so, daß er *lügt*. Als einen der Beweise lege ich einen Brief von Freda Kirchwey bei. Ihr sagt er, die berühmte »Agenten«-Stelle sei ein Zitat aus der Amerikanischen Presse gewesen. Es ist einfach nicht wahr. Die Stelle kam in seiner redaktionellen column vor: die Formulierung war seine. Sein krankhafter Eigensinn, sein sehr dummer Stolz hindern ihn nun daran, sie zurückzunehmen. Er bleibt dabei, daß ich damals ein Agent gewesen bin. Immer wieder hat er schriftlich und mündlich erklärt, er habe »nichts zu bedauern« – habe keinen Fehler gemacht. Dies hat er dem Riess nicht nur gesagt, sondern auch geschrieben: ich habe den Brief gesehen – er hatte charmantes Niveau. Genau das gleiche hat er dem Manfred Georg gesagt – der es mir gestern ausdrücklich wiederholte. – Er hat diese Beleidigungen ausgedacht und drucken lassen. Er hat meine Erwiderung unterdrückt und verleugnet. Ich war dabei behilflich, ihm das Leben zu retten. Nicht einmal dies veranlaßt ihn dazu, die Beleidigung zu bedauern und zurückzunehmen. Vielmehr leugnet er einerseits, das beleidigende Wort selbst geprägt zu haben – und beharrt, andrerseits, darauf, daß es gerechtfertigt war. Viel unanständiger kann ein Mensch sich kaum benehmen. Niveau? Sicherlich... But I don't give a damn. – Mit Riess hat das gar nichts zu tun. Ich kenne seine Fehler so gut wie Du – und seine Vorzüge kenne ich besser, weil ich den Mann besser kenne. Übrigens war es gerade Schwarzschild, der ihn früher geschätzt und mir gegenüber mehrfach reizend über ihn gesprochen hat.

Als Schwarzschild hier ankam, wollte er Riess sehen. Sie hatten zwei Unterhaltungen, in denen auch von mir die Rede war. Riess versuchte, eine Versöhnung zwischen Schw. und mir zu arrangieren – worauf ich mich nur eingelassen hätte, wenn jener dazu bereit gewesen wäre, seinen »Irrtum« zu bedauern und zurückzunehmen. Dies zu tun hat er sich entschieden geweigert – mündlich sowohl als schriftlich. Miss Kirchwey und Manfred Georg hatten mit ihren Bemühungen ebenso wenig Erfolg wie Riess.

Und übrigens – wozu brauchen wir einen Prügelknaben? Wenn Schwarzschilds Brief Dich davon überzeugt hat, daß er ein »möglicher Gesprächspartner« ist, wird es zu einem Gespräch zwischen euch kommen. Dieses Gespräch wird Dich entweder enttäuschen – oder Dich in der Überzeugung bestärken, daß dies ein Mann ist, mit dem Umgang zu haben sich lohnt. Es würde mich nicht überraschen, wenn dieser Versöhnungsversuch mißlingen sollte – und es wird mich nicht verletzen – *wirklich* nicht! –, wenn er sich als ein voller Erfolg erweist. Ich habe immer gefunden, daß man weder unbedingt mit den Freunden seiner Freunde befreundet – noch mit den Feinden seiner Freunde verfeindet sein muß. Man muß nur Vertrauen zueinander haben: dann kommen Mißverständnisse nicht in Frage. Wenn Du Dich mit Schwarzschild wieder vertragen willst, so bin ich a priori davon überzeugt, daß Du gute und vertretbare Gründe dafür hast. Ich meinerseits habe triftige Gründe, ihm die Hand nicht mehr zu geben. Das hat nichts mit Riessens »Substanzlosigkeit« zu tun, noch mit Schwarzschilds »Rang«. Wenn sein Begriff von Würde ihn daran hindert, begangene Unanständigkeiten durch eine Geste aus der Welt zu schaffen, dann kann er nicht erwarten, daß die von ihm Beleidigten ihm auch noch mit ausgebreiteten Armen entgegen tanzen.

Genug – mehr als genug! – vom schönen Leopold. Um mit etwas unvergleichlich Netterem aufzuhören, zitiere ich noch die letzte Nachricht von E: »Safe in Lisbon ...« (Übrigens solltet ihr nicht versäumen, eine hübsche kleine Sache von ihr zu lesen – in der »Nation«, von October 19.)

Alles Liebe für liebe Liesula.

Wie immer, der befreundete,

KLAUS

VON BRUNO FRANK

513 North Camden Drive
Beverly Hills, California
20. X. 40.

Liebster Klaus,

nein, wir werden uns Zeit und Laune durch die Schwarzschild-Kontroverse nicht mehr weiter verderben. Ich zitiere Dir nur noch – und damit ist Schluß – eine Stelle aus seinem Brief, der erklärt, was er mit der Behauptung sagen will, die berühmte »Agenten«-Stelle sei ein Zitat aus Amerika gewesen. Er sagt: »Was ich veröffentlichte, war positiv nichts als eine Reproduktion, fast durchweg wörtlich, von Dingen, die auf amerikanischem Boden, in New York, in der Neuen Volkszeitung erschienen waren.« – Ich glaube, das stimmt, und obwohl es seine Publikation in meinen Augen in gar keiner Weise entschuldigt, scheint mir's doch wieder nicht richtig zu sagen, er habe Freda Kirchwey geradezu angelogen.

Aber genug, genug, genug – zu neuen Taten, teurer Helde! Man kann sich zur Zeit ein bißchen freuen, gottlob. Eri en route, die Princetoner Gäste, die Zeitschrift so gut wie unter Dach. Ich freue mich einfach ganz *schrecklich* für Dich. Sollte ich Maugham hier sehen (was bei meiner Höhlenbären-Manie nicht sehr sicher ist) so propagiere ich Dich intensivst. Da habe nur keinen Zweifel. – »Winston Churchill the Writer« ist eine vorzügliche Idee. Vielleicht kann ich's machen. Aber ich gehe ja alles Essayistische mit einer albernen Schwerfälligkeit an, bin kein sehr alertes Talent, ach nein. Dagegen werden »16 000 Francs« morgen an Dich expediert.

Sobald Du klar siehst, schreib mir ein Wörtchen, damit ich Brandt und Brandt informieren kann.

Der Werfel geht mir sogar im Schlaf nach, *so* großartig finde ich diese alte Magd: antiker Felsblock, aber umflirrt von der zärtlichen Luft des geliebten Österreichs. Was mich aber nie hindern soll, mein Kläuschen, beim Abendbrot roh und häßlich von *Jenen* zu reden (Ich *vergesse* es nur seit ein paar Jahrzehnten.)

Große Liebe vom alten

Frank

VON KATIA UND THOMAS MANN Chicago
Nov 18, 1940

WIR ALLE HIER GEDENKEN DES GUTEN AISSISOHNES BRUDERS BROTHERINLAW SUCCESSFUL AMERICAN WRITER AND FIGHTER FOR PEACE AND DEMOCRACY EDITOR OF THE NEW WORLD AND MOST ATTRACTIVE PERSONALITY ALL TOGETHER MIT DEN HERZLICHSTEN WÜNSCHEN ZUM EHRENTAG ELTERLEIN MEDI GIUSEPPE = ANTONIO

AN LIESL UND BRUNO FRANK

The Bedford, New York
23. XI. 1940

Liesula dear –

warum sollen nur Leonhard Frank-Polgar-Döblin-Tante Kröger - Speyer - Frau Dieterle - Hulle - Walther Victor-mit-Weib-und-Kind Dich quälen? Ich bin auch noch da, und habe meinen Köcher voll *kleiner*, spitzer Lästigkeits-Pfeile.

1.) Nächste Woche wirst Du unsren Prospekt bekommen – drei copies habe ich Dir zugedacht, und drei weitere für den Chisholm, drei für Anni, einen für la pauvre Lorelott. (Wir öffnen unser office am Montag. Ich habe einen charmanten business manager, und alles sieht ziemlich vertrauenerweckend aus. Übrigens kann die Zeitschrift nicht »New World« heißen: der Titel war schon vergeben. Sie heißt jetzt *Decision* – was überhaupt besser ist.) – Das mit den Prospekten erwähne ich nur, damit Du Dich innerlich schon irgendwie drauf vorbereitest – allen reichen Herren heimlich zublinzelst (anstatt, wie sonst, die Bettler zu bevorzugen ...) – Die nächsten Punkte haben unmittelbarere Bedeutung.

2.) Es wäre wundervoll, wenn Du nun mählich daran gingest, mir eine möglichst komplette Liste von Namen und Adressen zusammenzustellen –: nicht von Geld-Gebern, meine ich, sondern von Abonnenten. Ich hoffe auf viele viele Hollywood Adressen. Diese mailing-lists sind der halbe Erfolg der Zeitschrift. – Das sollst Du natürlich nicht selber machen. Mir wäre es am liebsten, wenn Du Dir eigens jemanden dafür kommen läßt und mir schreibst, was Du dafür ausgelegt hast. (*Wirklich* nicht alles selber kritzeln! Lieber zum *Friseur* gehen!!)

3.) Die Adresse von Elisabeth Meyer hätte ich gern. Will ihr auch diesen Prospekt schicken, und möchte nicht gern Mrs. Agnes fragen.

4.) Auf meiner New Yorker Geldgeber-Liste figuriert auch Morgenthau Sr. – als Einziger, den ich nicht persönlich kenne. (Mit Harry Scherman bin ich inzwischen in

Kontakt gekommen.) Glaubst Du, daß Bruno...? – Nein, ich wende mich direkt an ihn:

Würdest Du, *lieber Bruno*, die Gewogenheit haben, dem alten M. eine kordiale und gewandte Zeile zu schreiben – des Sinnes, daß ich ein so bright guy bin und meine Revue something terribly important zu werden verspricht –: genau etwas von der Sorte, wofür alte Morgenthaus gerne ein bißchen was *springen* lassen. (Old Mrs. Morgenthau *kann* ja nicht: sitzt im Kleiderschrank und grübelt darüber nach, ob Liesls Vater *immer noch* studiert. Aber old Henry scheint doch noch recht mobil...)

Ich werde die Prospekte wohl am Mittwoch oder Donnerstag herausgehen lassen. Wenn Du also die schöne Klein-Epistel ziemlich gleich nach Erhalt dieses Briefes nach New York schickst, dürfte old M. sie etwa gleichzeitig mit meinem Dokument erhalten – was natürlich wünschenswert wäre. Und würdest Du mich, bittschön, ganz kurz informieren, *ob* und *was* Du ihm geschrieben hast, damit ich meinerseits darauf Bezug nehmen kann? –

Merci mille fois. (Was macht Dein episch Preislied auf die Dame, an die dieser Brief eigentlich adressiert ist – und der ich mich nun wieder zuwende? –:)

That's that, und mehr Lästigkeiten fallen mir im Moment nicht ein.

Erika plagt sich auf Tour; die Eltern sitzen in Chicago und erwarten die Ankunft des Enkelkindes, das ebenso unpünktlich ist wie die italienischen Züge zu sein pflegten, ehe Il Duce sie in die Cäsarische Ordnung brachte. Ich möchte gern hören, was Borgese zu den neuesten Triumphen seiner Landsleute in den Griechischen Gebirgen und Albanischen Häfen zu sagen hat... Oder eigentlich möchte ich es lieber *nicht* hören...

Mes hommages pour Madame votre mère – und alles sehr Treue und Liebe für Dich und Bruno –

vom alten KLAUS

AN HERMANN KESTEN

Decision
141 East 29th Street
New York
November 27, 1940

Lieber Hermann Kesten:

Hier ist der Prospekt – und natürlich hängt es auch teilweise von Ihnen, einem meiner feinsten Mitarbeiter, ab, ob die Zeitschrift einen Sensationserfolg hat oder ein Reinfall wird.

Auf bald!

Stets der Ihre,

K. M.

AN LOTTE WALTER

Decision, New York
12. XII. 40

Merci mille fois – liebe Lotte – für die schönen Adressen und alle Mühe, die Du Dir gemacht hast. Es ist doch immer gut, wenn man über verflossene Bräute verfügt, die ihre Anhänglichkeit durch gute Taten beweisen – selbst noch nach *Jahrzehnten* ...

Die Zeitschrift gedeiht prächtig und soll so um Weihnachten rum pünktlich da sein – mit Kuzi's Beitrag als Paradestück.

Auch Medi's Baby, meine neueste Nichte, soll sich famos entwickeln – und so wäre denn noch nicht *alles* verloren, zumal die ritterliche Tapferkeit der Italienischen Armee zu den schönsten Hoffnungen Anlaß gibt ...

Looking forward to seeing you soon.

Verbeugungen für die Eltern.

Alter

KLAUS

1941

AN EVA HERRMANN Decision, New York
6. I. 1941

Eva schön:

what's the matter? Bist Du AUCH beleidigt? Oder ists nur die Faulheit? Oder hat die Post was verschlampt? Oder woran liegt es sonst, daß ich so gar nichts höre? – Mir scheint doch auch, daß ich Dir in meinem Geschätzten vom ...??... interessante Vorschläge wegen zeichnerischer Mitarbeit gemacht habe. – In der nächsten Nummer erscheint nun diese Chaplin-Sache von Jim Tully. Ist Dir etwas eingefallen, wie man ihn recht komisch und originell karikieren kann? – Mir schwebt so irgendeine Doppel-Figur, Chaplin-Hitler, vor: so was Siamesisch-Zwillingshaftes, mit Chaplin-Hut und Hitler-Locke – zwei aufgerissene Mäuler – Stöckchen und Peitsche –: recht unheimlich und doch auch wieder lustig – if you know what I mean...

Ich müßte das Ding allerdings am 15. *haben;* denn die erste Nummer – welche *heute* erscheint – hat sich arg verspätet. Umso mehr bin ich darauf bedacht, die zweite pünktlich auf den Markt zu werfen. Soll ich auf Dich rechnen?

Bitte um geschwinde Entscheidung!

Im übrigen alles ganz anstrengend und amüsant. Morgen furchtbarer Monstre-Coctail zum Erscheinen der ersten Nummer: 150 Leute in der engen Perls-Gallery. Wäre für Dich ganz das Richtige, wegen des angenehmen Zigarettenrauches.

Die einzige Gegend des Landes, in der man von meinem kleinen Unternehmen durchaus nichts wissen will, scheint das niedliche Hollywood (von Joseph Roth sehr zu Recht »Hölle-Wut« genannt...). Die lieben Freunde sind teils stumm, teils mysteriös verärgert. Es muß wohl doch mit dem Klima zu tun haben. – Du aber bleibst doch wohl die fröhliche Alte – Herz-am-rechten-Fleck, rauhe-Schale-guter-Kern, –: so wie auch ich mich empfehle,

als Dein unverwüstlich biederer KLAUS HEINRICH THOMAS

AN EVA HERRMANN

Decision, New York
27. I. 1941

Eva schön:

dankrechtschön für Dein Handgemachtes – Brief und graphische Spottgedichte. Den Einstein kann ich sicher bald brauchen, weil ich gerade einen Aufsatz über ihn bestellt habe. Den Gide wahrscheinlich auch, mit dem Artikel von Ernest Boyd. Der Werfel ist prächtig, aber *ziemlich* kränkend. (Die seherischen Glotzaugen; die lyrische Pose – mit Alma im Hintergrund das Scheckbuch schwingend...) Hast Du es ihm gezeigt? Könntest Du ihn fragen, ob er Einwände hat? – Ich möchte es schon gelegentlich verwenden – vorausgesetzt, daß der sanfte Mensch dann nicht plötzlich fuchsig wird... Maurois sieht mir in Deiner Deutung sehr wie Strawinsky aus. – Wer war denn sonst noch dabei? (Ich habe Deine enveloppe nicht zur Hand: schreibe hier in Princeton.)

Was Du so fachmännisch über den Umschlag sagst, hat schon Hand und Fuß; nur läßt es sich jetzt, im Augenblick, nicht leicht ändern. Vielleicht nach ein paar Monaten. Jetzt müssen wir zunächst mal so weitermachen.

Die erste Nummer ist wohl ein Erfolg. Angenehm viel Abonnenten; unangenehm reichliche Post (haufenweis Manuskripte); sogar etwas shares verkauft. – Nr. II ist in Druck, und wird besser. – Die dritte, an der ich jetzt bastle, wird teilweise eine Sonder-Nummer über Film. Mit Beiträgen von Erich von Stroheim, Jim Tully und so. Und einem »Symposium«, zu dem ich übrigens auch Anita Loos eingeladen habe. Rede ihr nur gut zu, daß sie mir irgendeine Schnurre schickt. Es darf kurz und zynisch sein, wenn sie will.

Kolossal viel Arbeit macht das Ganze. Aber ich habe mirs ja eingebrockt. Und schließlich soll sich ja auch Peter Viertel bei der RAF gemeldet haben – was entschieden *noch* tollkühner und lobenswerter ist.

Eri ist gerade wieder ein bißchen nach St. Louis abgebraust, Mielein schaudert, wenn sie an die Auflösung des hiesigen Haushalts denkt; Golo grübelt über seinen lectures für die New School, Anton Kuh verstarb plötzlich und grausig unbemerkt, Annemarie ist im Irrenhaus, ist es wahr daß Du nach Mexico fährst, die Eltern und Eri hatten unlängst drei charmante Tage im White House (weswegen wir nun alle etwas *hochnäsig* sind), der kleine Riess (Michael) hatte Blinddarmentzündung, seine Stiefmutter wurde von einem Lastwagen angefahren, seine Mutter war gleichfalls krank, seine *beiden* Väter auch; Lindbergh ist für Hitler, ich für Dich –; alter

KLAUS

AN KATIA MANN The Bedford, New York
29. III. 1941

Schätzbarstes Frau Mamale,

mehr bittre Not als Herzenstücke haben mich davon abgehalten, schon früher meine Grüße zu entbieten: nämlich der *Zeit*mangel – im Sinne der Frau Neumann sowohl als auch wörtlich zu verstehen. Oder vielmehr, beide Bedeutungen vermischen sich miteinander, da ja mein »baby« (wie die sonst so lobenswerte Molly mit etwas Tante Lülchenhafter Neckerei zu sagen pflegte) ganz enorm Zeit-raubend in *jedem* Sinn des Wortes. Jetzt »schweben« aber nachgerade so zahlreiche fein-eingefädelte Finanz-Intriguen, daß wir schließlich, plötzlich, wer hätte es gedacht, regulär *saniert* sein werden. Mr. Strelsin, ein sehr reicher Jude, scheint im Begriffe, ganz groß »einzusteigen«. Dieses würde (wenn es je zustande kommt) dem engelhaften Maurice Samuel zu verdanken sein. Voraussetzung ist freilich, daß noch ein Zweiter etwas mitspielt – weshalb ich gerade mit Max Ascoli frühstücken mußte, wie die Eri einst mit Sundheimer. So bin ich denn guter Hoffnung – zumal die gerade abgeschlossene (vierte) Nummer mir, unter uns gesagt, ganz famos zu sein scheint. Die letzten zehn Tage aber waren etwas hektisch.

Die Depeschen aus old Europe tragen zur Euphorie natürlich wesentlich bei. Man *kann* sich ja natürlich verdammt verrechnen: aber [mein] kleiner Finger sagt es mir, daß wir *eigentlich* gewonnen haben. Jugoslavien war der turning point. Ich habe mir die Serben immer ganz nett und independent vorgestellt, und Boy King Peter ist doch überhaupt zum Entzücken gar. Nun bricht unser armer Duce bald komplett zusammen – und das bringt Hitlern psychisch aus der Balance. Er wird vor Ärger in die Kissen beißen und den Krieg verlieren. Vielleicht wird das Haus in Santa Monica *gerade* zu unserer Übersiedlung nach Europa fertig. Aber das wäre ja doch wohl zu komisch um wahr zu sein.

Nun will ich meinerseits Geschichten hören. Wie *gehts* denn so? Und wie habt ihr denn alles so überstanden? Seid ihr denn nun zum Wiegenfest von old Heini hin und her geflogen, oder ist wirklich abgesagt worden? Ich war ja ganz *bestürzt*, als der Friedrich mir berichtete, daß dies geplant und auch dem Ohm schon mitgeteilt worden war. Wo er doch sowieso schon ganz vereinsamt ist! – mit Frau Kröger wie mit einer ansteckenden Krankheit geschlagen. – Friedrich seinerseits ist ja ganz vorzüglich eingewandert, während ich noch auf den Bescheid aus Washington warte wie damals der Drogist auf seinen Einrückungs-Befehl. Der leichtsinnige Kesten hingegen hat sich zu früh nach Canada gewagt – weshalb er nun, traun fürwahr, immer mal wieder, in des Teufels Küche ist. – Sehr sehr rätselvoll ist auch der Fall Annettens: denn als der gute Doktor Bermann, früh um sechs, zum La Guardia Field eilte, da gab es keine Miss Kolb – nur erstaunte Mienen. Von ihrem jähen Ableben wären wir doch wohl unterrichtet worden. Wahrscheinlich hat sie einfach alles durcheinander gebracht und ist aus Versehen nach Argentinien geflogen. Hoffentlich hat sie unterwegs keinen Kaviar angerührt, wegen des hohen Trinkgeldes. – Ist Onkel Peter angesehen im neuen Kollegenkreis? Grüße ihn – wie auch Bibi/Gret. (*Wissen* sie überhaupt, daß der kleine Speyer meinen Hofstaat gejoint hat? Er ist recht bemüht, ernsthaft und speichelleckerisch – was in Anbetracht seines minimalen Gehaltes ganz besonders anerkennenswert.) Auch dem Vater will ich wohl empfohlen sein. (Der »Ring«-Vortrag *ist* ja überhaupt schon übersetzt, für den Essayband. Dadurch wird alles einfacher. Wenn die Lowe nur nicht zu viel *mißverstanden* hat!) – Der Tomski ist sehr *unglücklich* – was mir immerfort das Herz zerreißt. Schreibt ihm doch ein paar aufmunternde Zeilen: Thomas Quinn Curtiss, Battery H 207, CAAA, Camp Stewart, Savannah, Georgia. (Aber nichts was so klingt, als ob ihr die Institution der allgemeinen Dienstpflicht billigenswert oder auch nur *entschuldbar* fändet...)

Der söhnliche

K (ziemlich mager hinter den Ohren...)

AN THOMAS MANN Decision, New York
11. IV. 41

Verehrtester Zauberer,

dies ist, um einen langweiligen aber bedeutsamen Besucher anzumelden – Mr. A. A. Strelsin, ein vermögender Jude. Ihr habt schon früher seine Bekanntschaft gemacht, da er euch eine dinner party im Rainbow Room gab. Anwesend bei jener Gelegenheit waren auch Louis Nizer, wahrscheinlich le docteur Saul Colin und die Eri, die sich aber leider erst von Strelsin daran erinnern lassen mußte.

Kurzum, dieser gastliche und erfolgreiche Spekulant ist ein »backer«, oder doch ein »potential backer« meiner Zeitschrift, »Decision«. Er soll sie, rundheraus gesagt, *finanzieren* – teils aus eigener Tasche, teils indem er bei gleichfalls reichen Freunden seinen kolossalen Einfluß geltend macht. Alles ist von Maurice Samuel – dessen Nettigkeit ich schon zu rühmen wußte – sehr klug und liebevoll eingefädelt worden. Nach mehreren Vorbesprechungen in Strelsins prachtvollem apartment – mit herrlichem Blick auf den Central Park – kam es vorgestern abend zu einem größeren meeting, das bewegt und teilweise etwas peinlich, aber doch im Ganzen vielversprechend verlief. Der berühmte Journalist Vincent Sheean kam viel zu spät und war besinnungslos besoffen. Ich mußte mich mehrfach ärgern, und die Eri hatte wiederholt Salz in die Suppe zu streuen.

Die Eröffnungen des Strelsin ließen sich etwa wie folgt zusammenfassen:

1.) die Zeitschrift ist gut und relativ erfolgreich und verdient es also, daß man sich ihretwegen den Kopf zerbricht; (war mir schon bekannt;)

2.) unser Anfangs-Kapital war gering – unsre finanzielle Situation ist deshalb bedrängt: wir sind auf einen Mann vom Schlage Strelsins angewiesen; (war mir gleichfalls bekannt;)

3.) es würde entschieden leichter sein, 20.000 Dollars für die Zeitschrift zu raisen, wenn der editor Th. M. statt K. M. hieße.

Auch dies konnte mich nicht überraschen. Etwas verblüffend war nur die Keckheit, mit der unser Geldmann seinen Vorschlag machte: Du mögest als Chief Editor zeichnen – und er wolle 20.000 Dollars zaubern. Ich versicherte ihm, das sei ein famoser Einfall. (Man muß den Mächtigen *schmeicheln.*) Indessen sollte man doch nicht die Rechnung ohne den Wirt machen: wir müßten Dich erst einmal fragen.

Nun finde ich den Vorschlag, in der ursprünglich Strelsinschen Form, durchaus *nicht* diskutabel. Ganz abgesehen davon, daß eine Revue, als deren Chief Editor Du figuriertest, etwas anders aussehen müßte als das, was ich mit »Decision« zu machen versuche, wäre eine solche plötzliche »Umbesetzung« für Dich eine lästige Verantwortung – für mich eine Blamage –, und übrigens auch noch eine geschäftliche Dummheit: denn wenn Du geneigt gewesen wärest, hier eine Zeitschrift, gleichsam als Nachfolgerin von »Maß und Wert«, zu patronisieren, und wenn ich geneigt gewesen wäre, Dich um dies zu bitten, hätten wir die Sache ja gleich von Anfang an ganz anders aufziehen und von viel feineren Leuten als Strelsin viel *mehr* Geld bekommen können. All dies lag ja aber durchaus nicht in meinen – und schon gewiß nicht in Deinen – Absichten.

Nun steht es aber so, daß ich Strelsin *brauche.* Nicht

etwa, daß er mein einziges Eisen im Feuer und unsre allerletzte Hoffnung wäre. Aber er repräsentiert von den mannigfachen Chancen doch der solidesten eine – zumal er auch mit Professor Ascoli und dessen furchtbar reicher Frau befreundet ist. Ein paar Herrschaften dieses Kalibers müssen sich meines Unternehmens jetzt annehmen, da sonst der Ruin mit schaurig hartem Knöchel... Die Liquidierung der Zeitschrift aber wäre, angesichts des Erfolges, eine häßliche Sinnlosigkeit, und überdies *höchst* unzuträglich für das ökonomische und moralische Equilibrium Deines ältesten Sohnes.

So wollen wir es denn als einen Wink des Schicksals nehmen, daß der vulgäre Krösus ohnedies in business zur West Coast fliegt und wollen alle mal recht nett zusammenhalten – wie die Christiane vorschlug, als es sich darum handelte, für Professor Zimmer einen job zu finden.

Damit darf ich wohl zur Skizzierung meiner praktischen Vorschläge bzw. meines Feldzugsplanes übergehen:

1.) Das Malheur dürfte damit seinen Anfang nehmen, daß eines nahen Vormittages eine rauhe Männerstimme aus Los Angeles oder Beverly Hills herrisch danach verlangt, mit Mr. Männ zu kommunizieren. John ist unfähig, den Namen zu verstehen. Mielein, endlich herbeigerufen, erklärt enerviert, »this is Mrs. Männ talking – no, indeed, my husband never answers the phone...« Endlich errät sie die Identität des Anrufenden und bittet ihn mit Honigstimme zu einer Tasse Tee. (Übrigens muß ich betonen, daß er keineswegs ein Scheusal ist. Mehr mongolisch als ordinär-semitisch von Aussehen. Nicht ohne einen gewissen rüden Scharfsinn und fast wie Tennenbaum darauf versessen, mit berühmten Künstlern intim zu sein. Er nimmt auch sowohl Mal- als Piano-Stunden.)

2.) Zum ersten Zusammentreffen sollte vielleicht der Konni zugezogen werden – der, zu diesem Zwecke, alle meine hier gemachten Ausführungen sorgfältig zu studieren hat. Ich könnte mir vorstellen, daß die Anwesenheit eines angenehmen jungen Hausfreundes sowohl beruhigend als auch animierend auf den reichen Tolpatsch wirken wird. Übrigens hat Katzenellenbogen die gebotene Verehrung für imposante Bankguthaben und erinnert sich noch aus seinen Wall-Street-Tagen, welchen Jargon man im Umgang mit arrivierten Ostjuden benutzt.

3.) Nach einigen öden Floskeln über das Californische Klima und die strategische Lage im Balkan wird dann von »Decision« die Rede sein. Strelsin wird meine Arbeit wohlwollend beurteilen und abrupt hinzufügen, Du solltest als Chief Editor figurieren: dann wären die $ 20.000 so gut wie da. Du hebst die Brauen – scheinst amüsiert, erstaunt, geschmeichelt, nachdenklich: von der Idee zugleich frappiert und befremdet.

Dann hätte ich gern, daß Du etwas ausweichend würdest. Gleichsam laut vor Dich hinsinnend, erwägst Du das Für und Wider. Einerseits – Deine ungewöhnlich starke Sympathie für mein magazine: eine vorzügliche Sache, doubtlessly – erfüllt wichtigste Mission in verwirrter Zeit –: so recht eine Zeitschrift nach Deinem Herzen. Keinesfalls dürfte sie untergehen ... Andererseits –: »I am so exceedingly busy ... An *Egyptian* novel, my dear Mr. Strelsin – do you realize how much work *that* means?« Und, ganz abgesehen davon – die Sache ist kompliziert ... »Editor in Chief – it is such a pretentious title – involves so much responsibility ...« Während Du so monologisierst, verpflichtet Mielein den Gast durch insistentes Anbieten von Brötchen und Marmelade. Strelsin erkundigt sich, was Mrs. Männ von seinem Vorschlag hält, und sie sprudelt auf ihre ganz persönliche Art Einwände und Entzücken in buntem Durcheinander hervor, während der Konni, mehr im Wall-Street-Jargon, seine Erwägungen für und wider mit ehrbarer Zurückhaltung geltend macht. Ihr sucht dann nach einem Kompromiß. Jedenfalls soll Strelsin mit seinen 20.000 herausrücken, oder sich mindestens dafür verbürgen, daß sie irgendwie herausgerückt werden. Dann wird die Zeitschrift sich aufs wunderbarste entwickeln und sich ganz zu dem herausbilden, als was sie Dein inneres Auge schon sieht: ein elastisches Instrument kultureller Verständigung und hoher Meinungsbildung – das gegebene Forum für Deine gelegentlichen kürzeren Äußerungen und sogar für den Vorabdruck epischer Fragmente. (Denn, im Ernste, warum sollten wir schließlich *nicht* Stücke aus dem vierten Joseph präsentieren dürfen, wenn Strelsin uns die Möglichkeit gibt, standesgemäß zu honorieren??) – Du könntest Dich dazu hinreißen lassen, zu versprechen, daß Du gelegentlich, drei oder vier Mal im Jahr, selbst ein »editorial« schreiben wirst – brennende Tagesfragen oder ewige Geheimnisse charmant glossierend. Es ist eine Notlüge – und außerdem überrede ich Dich wirklich einmal dazu.

Schließlich kommst Du – von Mieleins Eloquenz und Konnis kaufmännischer Einsicht unauffällig unterstützt – zu dem Resultat: Strelsins Kombination zeuge von intellektueller Kühnheit, aber gehe doch wohl ein bißchen weit – »just a little bit, if you see what I mean, my *dear* Mr. Strelsin ...«

Der Kompromiß könnte etwa so aussehen:

Du versprichst, für die Zeitschrift, wenn sie erst solide finanziert sein wird, mit größerer Regelmäßigkeit zu schreiben; Du verbietest *nicht*, daß auf diese Deine intensivierte Anteilnahme in Form von Spezial-Annoncen taktvoll hingewiesen werde;

es ließe sich, schließlich, erwägen, daß Du, mit einem erstklassigen Amerikaner gemeinsam, als »Editorial Advisor« figurierst. Das jetzt schon existierende Board of Editorial Advisors (zu dem Du ja ohnedies gehörst, wie Dir gewiß noch erinnerlich) könnte bei dieser Gelegenheit irgendwie umbenannt werden: »Board of Corresponding Editors« oder so. Wir würden uns einen neuen Umschlag machen lassen: der jetzige gefällt sowieso nur den Wenigsten. Auf dem neuen Umschlag, der einfacher und würdiger sein sollte, werden überhaupt keine Namen genannt – nur die Titel und Autoren der jeweiligen Beiträge. Drinnen, dann, auf der ersten Seite stünde vermerkt: »Editorial Advisors, Th. M. und Edgar Allan Poe«; Editor, K. M.; Corresponding Editors ...

Mehr kann ich Dir nun *wirklich* nicht zumuten – und wenn es dem dummen Geldsack nicht paßt, soll er sich heimgeigen lassen – was aber natürlich andererseits eine Enttäuschung bedeuten würde.

Die Hauptsache ist, daß er den Eindruck bekommt, es liegt Dir so gut wie *alles* an »Decision«, und daß Du es keinem je vergessen wirst, der etwas für diese noble Herzenssache geleistet hat. Vielleicht kannst Du Strelsin andeuten, daß er *unsterblich* wird, wenn er die 20.000 zusammenkriegt. Außerdem möchte ich gern, daß er Franks kennenlernt. Ich habe ihm einen Brief an sie auf die Reise mitgegeben und schreibe ihnen auch noch direkt. Trotzdem wäre es gut, ihnen (Bruno/Liesl) diese Epistel zu zeigen, da ich ihnen doch nicht alles noch einmal so ausführlich auseinandersetzen kann.

Dich muß ich, abschließend, um Pardon bitten – erstens wegen der unhöflichen Länge dieses Briefes; zweitens wegen Strelsin und seiner unsittlichen Anträge. Aber ich glaube, bis zum »Editorial Advisor« kann man gehen, ohne ganz korrupt und lächerlich zu werden. Schließlich hast Du mich in mancher Hinsicht advised, während so vieler Jahre – und die Zeitschrift ist *wirklich* ganz wichtig.

Mich auf Dein wohlwollendes Verständnis und Deine diplomatischen Gaben mit söhnlichem Vertrauen verlassend, verbleibe ich, mit vielen Handküssen für meine Mutter (der ich *demnächst* schreibe), Dein viel-geplagter

Aissi-K.

AN KATIA MANN — Decision, New York
20. IV. 1941

Ma chère et pauvre,

das Herz will mir zerbrechen, daß ich euch auch noch so viel trouble machen muß, mit meinem hilfsbedürftigen Baby, wo es der Sorgen doch schon ohnedies so viele sind. Was das Haus betrifft, so kommt euer Entschluß zwar als ein kleiner Schreck, da man sich an die Idee eines stattlichneuen Kinderhauses in reizender Lage doch nun schon gewöhnt hatte. Indessen muß ich zugeben, daß an allem was du sagst etwas unzweifelhaft Wahres ist: wie ein entschieden über-durchschnittliches Buch hast Du Deine Zweifel und Beängstigungen in Worte zu kleiden gewußt. Den Pessimismus die Weltlage angehend kann ich freilich nicht *vollkommen* teilen. Nicht als ob die Balkan-Katastrophe zu unterschätzen wäre – vor allem auch nicht in ihren Rückwirkungen auf die hiesigen schwanken Gemüter. Es hat aber beinah alles seine mindestens-zwei Seiten, und vom strategischen sowohl als vom moralischen Standpunkt dürfte es sich als bedeutsam erweisen, daß das Scheusals-Pack diesmal in eine Campagne gezwungen wurden, nach denen ihnen der Sinn durchaus nicht gestanden hatte, und daß sie entsetzlich teuer zahlen müssen für Gewinne, die [sie] durch Radio-Reden, Leitartikel und Visiten des Herrn von Papen billiger zu erschleichen hofften. Kurzum, ich glaube immer noch, im Lauf von 1942 wird das Widerliche untergehen. Freilich habe ich mich ja auch schon bei anderen Gelegenheiten als zu optimistisch erwiesen: zum Beispiel, als ich mich, mit nur geringen Geldmitteln ausgestattet, an die Gründung einer Zeitschrift wagte...

Womit wir denn bei diesem dringlichen und leicht beängstigenden, zugleich aber auch irgendwie ganz *anregenden* Gegenstand angelangt wären.

Daß der Strelsin sich gestern, Samstag, abend noch immer nicht bei euch gemeldet hatte, ist ein übles Zeichen. Sollte der Herr eine *Sau* sein? Wenn er sich definitiv nicht zeigen und mich also zum Narren gehalten haben sollte, muß man ihn mit Verachtung und übler Nachrede strafen – was für uns freilich noch keinen Ersatz für 20.000 Dollars bedeutet. Stellt er sich doch noch ein, wird man ja sehen. Schon die Tatsache seiner ungehörigen Verspätung, indessen, zeigt mir, daß man keine übertriebenen Hoffnungen auf einen so ungehobelten Schieber setzen darf.

Was etwaige andre Hilfeleistungen aus der Sphäre Hollywooder Prominenz betrifft, so bitte ich, Folgendes zu bedenken und zäh im Aug zu behalten: Es handelt sich – wie ich heute schon in meinem Nightletter betreffend Cukor anzudeuten versuchte – bei diesen Experimenten keineswegs nur, und nicht einmal *vor allem*, um die faktischen und unmittelbaren Resultate (obwohl selbst bescheidene Schecks in unsrer jetzigen Lage dankbarst begrüßt werden!): vielmehr ist der springende Punkt, daß reiche Leute sich für eine idealistische Sache immer erst dann interessieren wollen, wenn andre, wenn möglich noch reichere, schon das Beispiel gegeben haben. Bis zum gewissen Grade verhält es sich so bei Wiener; besonders aber bei Ascoli. Er hat mir mehrfach gesagt und unlängst schriftlich bestätigt, daß er, bzw. die geb. Stern, in größerem Stile mitmachen wollen, gesetzt daß andre den Anfang machen. Wenn diese andren gar berühmte movie stars sind, wird Ascoli erst recht gekitzelt sein. Andrerseits kann man Leute wie Cukor oder Wanger eher vor unsre Karre kriegen, wenn man ihnen versichert, daß prominente Mitglieder der New Yorker Haute Finance schon so gut wie gewonnen sind. Sogar also wenn aus Hollywood jetzt nur 2000 or 3000 Dollars kommen, glaube ich, die Sache, mit Hilfe von Ascoli, Wiener und noch einigen, schaffen zu können – sogar wenn Strelsin sich als völliger Reinfall erweist. – Nun sind 2–3000 freilich in der Tat kein Pappenstiel.

– Ich darf vielleicht noch diese Vorschläge machen:

1.) Im Falle Lubitsch mag Liesulas Pessimismus berechtigt sein; nicht so sicher bin ich was *Walter Wanger* betrifft. Er ist viel reicher und viel weniger blasiert, und hat sich auch gleich ganz üsis an unsrem Film-Symposium, in der März-Nummer, beteiligt. Bei ihm, soll mir scheinen, lohnt sich doch ein Versuch.

2.) How about *Dieterle?* Schließlich sind sie sowohl gütig als reich. Man müßte ihnen innig ins Gewissen reden. Freilich weiß ich nicht, *wie* reich sie gerade jetzt sind – noch wie es, *ganz* im Grunde, um ihre Güte bestellt sein mag. Es hängt natürlich vieles von den Sternen ab.

3.) Eine klug geführte französische Konversation deinerseits mit Mrs. *Huxley* könnte sicherlich keinen Schaden tun. Schließlich sind Beide, Aldous wie Marya, mit Aplomb zur Menschenfreundlichkeit und tätigen Hilfsbereitschaft übergegangen. Daraus ergeben sich gewisse Verpflichtungen. – Huxleys sind intim mit Cukor und haben auch sonst viel contacts. Man hat mir hinterbracht, daß sie einen sehr gutmütigen Millionär auf Lager haben, der im Ganzen freilich nur zur Finanzierung Indisch-religiöser Phantastereien verwendet wird. Vielleicht wäre er aber auch mal für etwas Vernünftiges zu gebrauchen. Isherwood – den ich übrigens aufgefordert habe, sich bei euch zu melden – soll ihn auch gut kennen. Natürlich ist Huxleys Name auch als Reizmittel für hiesige Snobs ziemlich viel Goldes wert.

4.) Wie sind, derzeit, eure Beziehungen zum Hause *Nürnberg?* Meine sind eher kühl. Er ist ein zu großer Narr; hat ja aber andrerseits auch seine ganz braven Seiten. -- Ich möchte *nicht* dazu raten, daß ihr euch mit ihm wegen »Decision« besprecht, falls ihr nicht ohnedies in leidlich herzlicher Verbindung seid. Ist dies aber der Fall, so könnte der klatschhafte Rolf sich am Ende doch noch etwas nützlich machen. Sein Einfluß auf Dieterle und *Fritz Lang* ist ja bekanntlich geradezu lächerlich groß. Er könnte euch auch mit einem sehr netten kleinen Herrn namens *Albert Lewin* zusammenbringen, (Lewin/Loeb Production, Universal City). Der behauptet zwar, daß er persönlich jetzt gerade zu nichts Größerem in der Lage sei; ist aber wirklich intelligent, hilfsbereit und voll Liebe zur Literatur. (Sein Beitrag zum Film-Symposium war übrigens auch recht zierlich.) Höchstwahrscheinlich wäre er dazu bereit, mit dem oder jenen seiner Kollegen Rücksprache zu nehmen, wenn ihr ihm die Ehre antut, ihn darum zu bitten. Er ist einer von denen, die es »zu schätzen wissen«. (Wahrscheinlich ist auch Liesula mit ihm bekannt, falls Rolf als Verbindungsmann nicht praktikabel scheint.)

5.) *Dorothy* hoffe ich dieser Tage zu sehen. Natürlich wäre auch ihr support als moralische Rückenstütze sehr sehr gut – sogar wenn finanziell nicht viel herausspringen sollte. Nur ist sie leider so kalt und unberechenbar und interessiert sich nicht für Literatur sondern möchte Präsident der Vereinigten Staaten werden.

6.) Last not least – (es ist dies vielleicht der wichtigste auf allen aufgezählten Punkten!!): Es wäre sehr sehr gut, wenn der Zauberer – so lieb und geduldig wie er in der ganzen Sache schon ist – nun auch noch ein paar schöne Zeilen an Prof. Max *Ascoli* schriebe. (1120 Park Avenue, New York City.) Hiermit wäre nur zu warten, bis mindestens *eine* mehr oder minder bindende Zusage vorliegt – von Cukor, Dieterle, Wanger, Strelsin, oder wem auch immer. Sowie auch nur *ein* andres wohlhabendes Individuum »eingestiegen« ist, wäre der Moment gekommen, Ascoli in der schmeichelhaftesten Form an sein edles Versprechen zu erinnern und ihm zu verstehen zu geben, wie hoch der Zauberer selbst ein so feines und tatkräftiges Verhalten von Seiten des reich-verheirateten Professors zu schätzen wisse. Der Italiener und sein reiches Weib werden nicht umhin können, von Z.'s Anteilnahme impressioniert zu sein. Man könnte auch darauf anspielen, daß Z. in Zukunft sein eigenes Interesse an der Revue deutlicher zu manifestieren gedenkt und demnächst vielleicht als General Advisor figurieren wird. (Als amerikanischer Mit-advisor wäre übrigens der echt-amerikanische Dichter Carl Sandburg, meiner Ansicht nach, dem etwas mediocren John Erskine vorzuziehen.)

Natürlich bin ich kolossal eager, gleich ins Bild gesetzt zu werden, wenn sich irgendetwas ergibt – vor allem auch wegen des Briefes an Ascoli, bei dem ich mich meinerseits wieder melden werde, sobald ich weiß, daß er von euch gehört hat. – Ich muß innigst hoffen, daß so etwa in zehn bis vierzehn Tagen *irgendetwas* – wenn vielleicht auch nur Fragmentarisches – zu Stande kommt, da gleich nach dem 1. Mai allerlei größere Rechnungen fällig werden und ich in des Teufels Küche bin, wenn noch kein rettender Engel gewinkt hat. (Auch der gierige Borgi, der mir gerade einen Beitrag geschickt hat, *giepert* schon nach dem Honorar, und Wystan läßt gleichfalls nicht mit sich spaßen noch handeln. Oh, diese Schwäger!!) – Der Erfolg der Revue ist übrigens weiter ermutigend – sowohl literarisch als sogar auch geschäftlich: es kommt ständig genug Geld ein, daß wir wenigstens die laufenden Unkosten im Bureau – Gehälter, Miete, Marken, Telephon und die dringlichsten Honorare – zahlen können. Die dauernde Anspannung und Sorge wird allerdings nachgerade etwas viel – selbst für meine Nerven. Ich arbeite mindestens zehn Stunden am Tag, oder eigentlich sechzehn, da ja auch die diversen Lunch-appointments and coctail-parties nur »der Sache« wegen durchgestanden werden. Dazu kommt das eigentlich Redaktionelle – von meinen enorm zahlreichen eigenen Beiträgen zu schweigen. Man braucht viel Heiterkeit – teils in Tabletten-Form teils im Herzen – um es auszuhalten.

Mit Wiener will ich gleich sprechen, wegen eures Hauses. Warte nur noch auf Deinen Brief, den Du der Eri telephonisch ankündigtest. – Auch an die »Nation« und den »New Yorker« will ich denken damit ihr, bei all dem Ungemach, doch wenigstens mit teils nachdenklicher, teils lustiger Lektüre versehen seid. Daß der Golo etwas lecturen darf, ist ja *etwas* Gutes. Er ist gerade vor einigen Stunden nach Chicago abgereist – im Auto, mit meinem alten Freunde Emery –, um von dort nach Olivet, Michigan, weiter zu fahren.

Annette war ganz üsis mit Zauberers Brief, den sie gleich, halbkummervoll halb-stolz, in allen apartments des Bedford zum Besten gab. Sie ist unverwüstlich drollig, und sieht im Hut immer noch sehr elegant und eindrucksvoll aus.

Ich schließe, um mich andren Pflichten zuzuwenden. (Zu allem Überfluß habe ich diese Woche auch noch zwei lectures zu absolvieren!)

Laß Dich nur Deinerseits durch so viel Aufregig nicht aus dem Häuschen bringen! Stets fein aufgepaßt, if you please! – beim Chauffieren sowohl als beim Schwimmen. Du weißt, daß Marcuse sich sehr weh getan hat, weil er an einer gefährlichen Kurve seinen Grillen nachgrübelte – und wie es Dir an der Beach um ein Haar ergangen wäre, wenn Du nicht von Gott selbst mit behaartem Männerarm zurückgerissen worden wärest!

Believe me, please, that I appreciate very deeply everything [you] are doing on behalf of my little enterprise.

Mit vielen Grüßen für Vater, der sehr sehr treue

Klaus Heinrich

AN KATIA MANN Decision, New York

25. V. 41

Mutter der Winde,

dies ist ja alles so *entsetzlich* traurig. Gestern abend hat mich die Traurigkeit gleich so gebeutelt und zugericht', daß ich erst 50 blocks zu Fuß ging – nämlich vom prachtvollen Wohnsitz des Ascoli bis zum Bedford. Ich hatte mich so *entsetzlich* über diesen Ascoli geärgert, daß ich dann lange weinte, wie Frau Zarek, wenn Walter Zarek die Mehlspeise gegen die Tapete warf. Diese Reichen treiben es ja auch wirklich zu arg und widerlich. Erst die horrende Erfahrung mit dem unbeschreiblichen Strelsin; jetzt das sadistische Zögern des Professors mit der Millionärs-Gattin. Der mephistophelische alte Zuhälter läßt mich zappeln und macht die Erfüllung seiner wiederholten Versprechen immer wieder von allerlei scharfsinnig und grausam ausgeheckten Bedingungen abhängig. Inzwischen läuft mir der ungeduldige Drucker die Bude ein – Rechnungen schwingend. Dorothy erklärt (zu Annette, als diese unlängst von »Decision« anfing): »I know, I know ... Klaus is a nice fellow ... I am very fond of him ... But I have no private life ... No private life *at all* ...« Was für entmenschte Primadonnen und verruchte Schieber sind diese Prominenten in unserem Lager!

Es ist ausschließlich dem armen Soldaten Tomski zu verdanken, daß ich diese Nacht der Tränen überlebt habe. Gegen Mitternacht kam mir der Einfall, ihn in Camp Stewart aus seinem Zelte holen zu lassen, und er war denn auch sehr brummig und erschreckt und meinte, ich sollte nicht so silly sein, und er werde gleich etwas Geld schicken. Warum ist er nun so lieb und unbekannt, und die andren lassen sich auch noch als Edelmenschen preisen, wo aber ihr Herz placiert sein sollte, ist nur lauter Ruhmsucht, Geldsucht, Eitelkeit und dünkelhafte Kälte.

Ich bin *furchtbar* verbittert. Unsre Wortführer, Divas und Götzen benehmen sich gar zu schäbig. Welch ein Vergnügen muß es sein, für den Doktor Goebbels zu arbeiten. Er zahlt und hat Verständnis für den Wert eines eifrigen Intellektuellen.

Aber nun muß es ja wohl aus- und zu Ende gefochten werden. Ascoli will ja auch immer noch »einsteigen« und ganz groß mitmachen. Nur sollen eben noch einige andre feine Menschen in die Kombination. Tomski hat versprochen, einen reichen Onkel herbei zu schleppen; die süße alte Annette plappert auch viel von reichen Freunden, deren Namen sie immer durcheinander bringt – und wer weiß, welch schöne Überraschungen mit Marshall Field noch bevorstehen ... Ich versuche also, den Ekel und die Müdigkeit zu überwinden, bis wirklich *alle* Possibilitäten ausprobiert und hohl befunden sind. Dann verfluche ich die Welt und fliege mit rot-lackierten Zehennägeln nach München.

Eine gute Post erreichte mich heute früh: daß meine Pre-Examination genehmigt ist und ich zunächst nach Ellis Island, dann auch unverweilt nach Canada darf. Auch diese erfreuliche Entwicklung hat freilich ihre Schattenseiten; denn, erstens, werde ich, sofort nach meiner Immigration, die sonderbarsten Schwierigkeiten mit dem military service haben; (meine Nummer ist ja schon seit langem fällig, und ich könnte sofort in des Kaisers Rock gezwängt werden, wenn mich nicht die Narben am Bauch, Metzgerhund-Augen und literarische Distinktion als schlechten Soldaten deutlich genug kennzeichnen).

Die andre Schattenseite ist, daß ich – ja es *geht* nicht anders, ist mir selbst so peinlich – um etwas Geld gebeten haben muß: 200 Dollars – drunter wird es wohl kaum gehen. Ist ja wohl sehr lang nicht vorgekommen – wie? seit vorigen August kein Hellerchen – oder was? die Autoreparaturen, seiner Zeit, in Brentwood waren ja wohl das Letzte … Es ist mir trotzdem recht contre coeur, in Anbetracht des bekannten harten Knöchellautes, der vor eurer eigenen Tür kehrt; (dieses Bild ist mir ja *völlig* daneben gegangen!) aber aus meinen Revenuen von »Decision« *kann* ich es nun einmal nicht bestreiten – und da der Einrückungs-Befehl jeden Tag eintreffen kann, ist es wohl am besten, Du steckst den Scheck gleich in die Air Mail Enveloppe. Dank auch schön. Aber eingewandert wird ja nur einmal im Leben … Adieu.

Ist euer Brief an Marshall Field schon abgegangen? Der einzig wirkungsvolle approach zu ihm soll aber durch seinen Psychoanalytiker sein – was auch etwas schaurig klingt. Sage der E, daß ich [mich] mit Friedrich wieder vertrage und vielleicht doch die Zeitschrift seinem Verlag angliedern werde, wenn letzterer zu Stande kommt und erstere nicht verkracht.

Werden wir Kreta halten?

Sitze besorgt, treuer

K.

AN THOMAS MANN Decision, New York
7. VI. 41

ZUNÄCHST – lieber Zauberer – die schriftliche Bestätigung der schon drahtlich angedeuteten Glückwünsche. Ich nehme an, daß ihr bei Fränkchens wart, oder diese bei euch, und daß es sehr herzlich und üppig zuging. Wenn man bedenkt, wie düster alles ist, muß man ja sagen, es könnte alles noch viel düstrer sein. Zum nächsten 6. Junius *wird* die Düsternis vielleicht noch dichter werden; vielleicht aber machen sich dann auch schon lichte Flecken hier und dort bemerkbar.

Der ungefällige Knopf (Blanche hat sich gerade wieder die garstigsten Stücke gegenüber dem von ihr doch so geliebten Friedrich geleistet!) hat ja auch wieder gezeigt, daß er, auf seine Art, ganz sinnig zu sein vermag. Das Erscheinen der unzüchtigen Legende als Geburtstags-Feier war sehr artig »getimed«, und die ersten Presse-Reaktionen sind erfreulich und nicht einmal dumm. Das Bonmot in den »Times«, mit Kant-Freud-Boccaccio, gefällt mir. Weniger das Portrait in der Saturday Review of Literature. Die sonderbare Geschichte wird den Leuten schon noch zu schatzen und zu sinnen geben. Ich habe mich selbst schon am Radio sehr befremdet und amüsiert über sie geäußert, als ich, am Abend des 5. Juni, mit le Comte de Roussy de Sales, für die Bundles for Britain broad-casten durfte. »The man who has written this story will never cease to surprise and to puzzle me«, sagte ich da denn doch.

Aber jetzt zu den Geschäften, wenn ich bitten darf.

Wenn ich mich erinnere, wie tief-besorgt ich vor vier Wochen war, scheint jetzt die Situation beinah sonnig. Es ist ungefähr so wie mit England im Juni 1940 und jetzt. Das heißt also, die Sache steht noch prekär, aber doch nicht mehr hoffnungslos. Ascoli's Gabe (= $ 1500) hat freilich nur als Tropfen auf den heißen Stein gewirkt. Immerhin hat sie es ermöglicht, die June-issue pünktlich auf den Markt zu werfen – und selbst der maliciöse Glenway wird in seinen verklatschten Telephongesprächen mit Caroline nicht leugnen können, daß es eine ziemlich schöne Nummer ist. Für die nächsten sind auch schon wieder allerlei Leckerbissen im Kasten – zum Beispiel, ein sehr amüsanter Aufsatz von Aldanov über Gorki. Jetzt fragt sich nur, wie viel Marshall Field herausrücken wird. Ich wurde also zu ihm vorgelassen: er stand gerade am Schreibtisch und telephonierte mit einem se[iner] Angestellten wegen eines Britischen Kindes, welches Blinddarm-Entzündung hat. Er ist gütig und durchheitert, dank der Analyse. Er ist wirklich ganz nett. Ehe er aber den Scheck schreibt, will er noch ein wenig nachdenken und investigieren. Ich war so frei, um $ 25.000 zu bitten – woraufhin er mir »a part of it« zusagte. Nun sitze ich natürlich in qualvoller Ungewißheit. Was er auch immer gibt – für mich bedeutet es das Doppelte, da Ascoli, wenn er nicht als Lügner dastehen will, dasselbe geben muß wie

Field (mit dem er übrigens, unbequemer Weise, verkracht zu sein scheint). Wenn Marshall Field sich durchgerungen hat, nach gründlicher Befragung des psychoanalytischen Orakels – (aber vielleicht rät ihm der Doktor sich wie Strelsin zu benehmen? Das würde dann also einen $ 300-Scheck bedeuten ...) –: wie dem auch sein möge: wenn er sich denn durchgerungen hat, soll also dieses dumme Committee gegründet werden – Samuel besteht darauf, weil er seine kleinen Juden kennt: es *kitzelt* sie, einer Gruppe mit so schönen Leuten wie Marshall Field beizutreten: um solcher Gesellschaft willen nehmen sie sogar »Decision« mit in Kauf ...

Kurz und gut, die Mühe hört nicht auf, und ich werde Dir auch noch diesen oder jenen Brief zum Unterschreiben vorlegen müssen. Kommt denn aus Hollywood *gar* nichts? Dieser May? Und der Baumwoll-Baron mit den feinen Zügen? Lauter Nieten? – Aber wozu immer nur vom häßlichen Gelde reden! – Wenden wir uns höheren Problemen zu. Zum Beispiel Deine Marginal Notes ...

Oder ist Dir die Idee nun doch etwas gruselig, da es ernst werden soll? Wir müssen uns nämlich entscheiden. Diese Woche muß der neue Prospekt unbedingt in Auftrag gegeben werden. Auch am neuen Umschlag – ohne die symbolistische Zeichnung – wird schon von erfahrener Künstlerhand gearbeitet. Ich dachte, daß ich Dich als »Chairman of the Advisory Board«, oder als »Chairman of the Editorial Board« präsentiere. Die Formel »Chairman« stammt von Ascoli. Associated Editor wird wahrscheinlich Muriel Rukeyser werden, da Marianne Moore sich als wunderlich herausstellte und, obwohl selbst schon ältlich, Bedenken hat, ihre alte Mutter so viel allein zu lassen. Die Rukeyser ist auch ganz düster und angesehen, wie die Eri bestätigen wird.

Die Marginal Notes, hab ich mir vorgestellt, würden an den Schluß des einspaltigen Haupt-Teiles placiert werden – vor das »Profile of the Month« und die Buchbesprechungen. Anderthalb bis zwei Druckseiten, wenns Ihnen recht ist – das sind so etwa 3 Maschinenseiten. Mit »PM« hoffe ich nächste Woche (diese Woche, meine ich) zu einem Abschluß zu kommen. Sie sind sehr scharf darauf, den Vorabdruck, oder gleichzeitigen Abdruck, zu bekommen und haben mir einen langen Brief auf meine Vorschläge hin geschrieben. Es wird aber noch etwas gefeilscht. Ich möchte, daß sie für Deine »Notes« mindestens $ 50 monatlich garantieren. Dazu kämen 50 von uns – macht hundert. – (Ich habe wohl in der ersten Nervosität etwas von $ 200 geschwatzt? Dann habe ich eben gelogen.) – Ist das so, daß ein Gericht namens Mama es akzeptabel findet? Oder ist es närrisch unterzahlt? Ich bin schon ganz mausgrau und ängstlich, und kann alles hören, alles hinnehmen –: *sagt* es mir nur ruhig und schonungslos, was ihr fühlt und findet. –

Angenommen aber nun einmal, 100 sind akzeptabel, und ich kriege die Hälfte von Ingersoll –: welches *Thema* solls denn sein, für den Juli? Ich bin wieder etwas scheu und ungewiß, ob ich Vorschläge unterbreiten soll, oder nicht. Vielleicht hast Du irgendwelche Tagebuchseiten versteckt, die sich glänzend eignen. Das wäre die schönste und bequemste Lösung. Irgendwelche Notizen zu irgendwas. »Warum ich nach Indien wanderte...«; »Wie die Leidenschaften mich nach Leyden schafften«, ... oder so. Sollte nichts der Art im Schubfach sein, wäre mir am willkommensten etwas was mit dem Thema »Reconstruction«, »Post-War-World«, »New Order«, zu tun hat. Ich will doch eine bedeutende Artikelserie über diesen Fragen-Komplex starten – wahrscheinlich unter direkter Oberaufsicht von Adamic. Da wären denn ein paar einführende Worte allgemein tröstlich-moralisierender Art sehr am Platze. Belieben daß ich rasch was aufsetze? »Mr. Mann says, and I think he is perfectly right...« Also, ich werde gleich informiert und die Störung wird mir nicht nachgetragen.

Ich weiß *nichts* über das neue Haus, das Befinden von John und Lucy, Mieleins Seelenlage, das Betragen Nicco's, die Beziehungen zum Hause Kröger, die Zukunft Monikas, den Nervenzustand von Rolf Nürnberg, die Gesinnungen Feuchtwangers, die Gesundheit Polgars, die klimatischen

Verhältnisse in California: in der Tat, ich bin völlig außer Kontakt, obwohl doch innerlich sehr zugehörig,

als der brave,

Aissi-K.

VON THOMAS MANN

740 Amalfi Drive
Pacific Palisades, California
11. VI. 41

Lieber Aissi:

Außer für Deinen letzten interessanten Brief über unser aller Kreuz und Lust, nämlich Decision, und für Euer urdrolliges Geburtstagstelegramm habe ich auch noch für Deine gütige Befürwortung der »Transposed« zu danken, die das Büchlein ohne Spaß so bitter nötig hatte. Die bookseller hatten, wie Knopf mir vorbeugend meldete, sehr flau, ja mies reagiert und er rechnete höchstens auf 7000 Vorbestellungen, während er 15 000 Stück gedruckt hat. Nun sehen ja freilich die ersten reviews, besonders auch die, die Du mir schicktest, recht erfreulich aus, nicht nur vom literarischen, sondern auch vom geschäftlichen Standpunkt. Denn sie hatten so etwas Appetitreizendes. Leider hat dagegen Fadiman im »New Yorker« völlig versagt und sich gänzlich ablehnend verhalten, was ein schlimmer Schlag ist. Es ist zu schade, daß gerade er das Ding nicht im Original lesen konnte, wo sich doch alles ganz anders ausnimmt. Aber trotzdem, die Aufnahme scheint im Allgemeinen nicht schlecht zu sein, und ich selbst habe auch etwas nachgeholfen durch ein Zwiegespräch mit Professor Frederick im broadcast.

Nun aber zu Deinem Brief. Meine tätige Mitwirkung an »Decision« habe ich nach allen Seiten versprochen und will und muß mein Wort halten. Was ich im Augenblick am besten tue, ist wohl, Dir die beifolgenden kleinen Sachen zu schicken, zwei messages nach Deutschland, eine Tischrede für Federal Union und die Rede, die ich bei des Onkels Geburtstag hielt. Diese Sachen überschneiden einander wohl gelegentlich, und ich fürchte, sogar dies und das aus dem von Dir schon Gedruckten kehrt wieder. Trotzdem kannst Du vielleicht entweder etwas Einzelnes brauchen oder aus der Gesamtheit etwas zusammenschnitzeln und -kleben, was Du für einen Beitrag von mir oder auch für deren zwei ausgeben kannst. Der Prospekt muß ja nun herauskommen, und ich lasse mich gern als Chairman of the Editorial oder the Advisory Board präsentieren. Muriel Rukeyser ist mir natürlich unbekannt und ich kann nicht beurteilen, wie sie sich als Associated Editor ausnehmen wird, das mußt Du besser wissen, und vielleicht ist die praktische Seite wichtiger als die dekorative, nämlich indem sie Dir wirklich ein Beistand sein kann.

Die Nachrichten über Marshall Field klingen ja so übel nicht; da er bei der Forderung von 25 000 Dollars nicht den Kopf verloren, sondern ruhig erklärt hat, einen Teil davon könne er zahlen, so ist doch wohl damit zu rechnen, daß er wenigstens den fünften Teil aufbringt, und wenn dann Ascoli weitere 5000 Dollars beisteuert, so wäre ja unser Schmerzenskind auf eine Weile wieder am Leben erhalten. Schließlich muß man sich ja sagen, daß es unter den heutigen Umständen schon ganz ehrenwert sein wird, wenn ein Jahrgang der Zeitschrift vollendet werden kann. Eine Katastrophe wäre ja eigentlich nur der Zusammenbruch mitten auf dem Wege vom Start zu Jahresschluß gewesen.

Die Antwort, die ich auf meinen zärtlichen Brief vom Baumwollkönig erhalten habe, unterscheidet sich nicht sehr von den übrigen showerbaths, die ich mir sonst erschrieben habe. Ich lege sie bei, damit Du selbst ihm bestätigst, daß wir alle seine Haltung bereitwillig würdigen und es sehr begrüßen, wenn er einen 100 dollar share erwirbt.

Uns zwacken viele Sorgen. Das unselige Mönle kann sich in Carmel nicht länger halten. Die Kinder dort haben ein Ultimatum gestellt, daß sie von ihnen genommen werden muß, sonst reißen sie aus. Nun sind wir hier auf verzweifelter Suche nach einer passenden Unterkunft für das Unglückskind. Schon ohne Klavier würde das nicht leicht, aber diese törichte und dabei nicht zu beseitigende Bedingung scheint es wahrhaft unmöglich zu machen. Das Problem harrt noch seiner Lösung.

Dann ist da unsere Eri, Du weißt ja. Es ist wohl sicher, daß sie nach England geht. Wer will sie hindern? Sie will es zwar von unserer Zustimmung abhängig machen, aber was heißt da Zustimmung? Sie muß ihren Weg gehen, und die Verantwortung für ihren Seelenzustand, wenn wir sie daran hindern, können wir auch nicht übernehmen. Selbstverständlich wird es eine angstvolle Zeit, und man kann nur hoffen, daß ihr Vertrauen in ihren Stern sich als gerechtfertigt erweist.

Golo wird wohl nächstens auf einige Wochen kommen, das ist nett. Auch denken wir daran, Onkel Gumpert ein bißchen einzuladen, was vielleicht des appeasements wegen ratsam ist, denn seine mythische Ruhe scheine ich überschätzt zu haben. Leider wird es wohl Herbst werden, bis *wir* uns im Osten wiedersehen. Oder gibt es am Ende doch eine Ruhepause im Kampf und Du kannst eine Weile zu uns stoßen?

Gute väterliche und mütterliche Wünsche, daß Du glücklich und höchstens mit einem blauen Auge davon kommst.

Dein

Z.

AN KATIA, THOMAS UND GOLO MANN

New York, 30. VII. 41

Liebstes Mielein, Zauberer, Golo,

also, ich bin ganz am Ende und ganz verweint. Nicht mehr wo aus noch ein – das ist was ich weiß. Die Gläubiger werden rebellisch – auch schon etwas meine eigenen Angestellten. Andere leiden still – zum Beispiel der herzliche Kahler und der schlohweiße Feakins; ganz zu schweigen von den vielen Autoren, denen ich auch was schulde – unter ihnen Bruno Frank höchstselbst.

Ascoli, von völlig ruchloser Kälte, will den Tomski nicht

matschen, weil es doch wieder keine richtige »Finanzierung« bedeuten würde. Nur in einem größeren Rahmen will der stolze Mann mitmachen. Andre Gönner, die vielleicht in Frage gekommen wären, sind auf dem Lande. Andre Entwicklungen sind ganz günstig, zum Beispiel die mit der Free World Association. (Heute ziemlich feierliches meeting mit Del Vayo und Dolivet, bei dem allerlei Konstruktives heraus kam.) Aber diese Chancen, und andre, kann ich doch eben nur nutzen, wenn ich weitermache. Ich *kann* es aber nicht mehr – weder technisch noch psychisch. Die Liquidation aber erscheint mir ebenso undurchführbar wie, unter diesen Umständen, die Weiterführung. Denn es wäre doch ein äußerst schandbarer Bankrott – nämlich einer, bei dem die Gläubiger auch nicht einen roten Heller bekämen. Woher sollte ich auch nur tausend Dollar nehmen, um die Zeitschrift aufzulösen, da es schon so entsetzlich schwer ist, die gleiche Summe zu ihrer Rettung zu bekommen? – Gesetzt aber sogar, daß ich es fertig brächte, auf so blamable Weise die Sache aufzugeben, ich wüßte wahrhaftig nicht, was dann tun. Mir würde vor New York grauen, und erst recht vor Hollywood, und vor Amerika überhaupt. Neuerdings habe ich wieder damit angefangen, neben der redaktionellen Arbeit etwas vor mich hin zu schreiben. Aber ich hätte keine Lust zu einem Buch, oder irgendwas, wenn ich mich so vor dieser Gesellschaft hier blamiert habe – und diese Gesellschaft sich so sehr vor mir. Ich wüßte buchstäblich nicht, was tun. Nicht einmal Soldat kann ich werden – erstens aus Zimperlichkeit, außerdem aus Älte, besonders aber nicht weil ich Ausländer bin und man mir doch partout nicht erlauben will einzuwandern. Nach Canada ließe man mich keinesfalls hinein – und außerdem, wozu sollte ich die ganze schöne Royal Air Force verpatzen?

Dazu die lähmende Hitze, und keiner da, um mit ihm zu reden. Nur der Riess, aber das ist nichts für Herz. Tomski war sehr gramvoll und störrisch, als er wieder einrücken mußte – er ist weit weg, in jeder Hinsicht. Mit dem Friedrich ist irgendwie auch nichts Rechtes anzufangen. Er ist teils depressiv, teils geschäftig, aber in beiden Versionen kein rechter Trost. Wenn ich mein eigener Herr wäre, würde ich mich umbringen – fürs Leben gern. Wie man Angst davor haben kann, habe ich nie verstanden – wo doch nur das Leben fürchterlich ist. Ich würde auch auf Verständnis im Jenseits rechnen – nicht so sehr aber bei den lieben Überlebenden. Ich kann es doch wohl nicht tun: es wäre eine zu grobe Unhöflichkeit – das ist niemals meine Art gewesen.

Da bleibt also gar nichts übrig als – zahlen.

Diese verzweifelte kleine Intrigue mit der City Bank, von der der eifrige Riess euch wohl am Telephon erzählt hat, ist natürlich nur eine dilettantische Zwischenlösung. Es *muß* eine große Summe her, um die Schulden zu zahlen und die Sache auf die Beine zu bringen. Sonst *kann* ichs nicht weiter machen, und dann ... (siehe oben. Circulus vitiosus.)

Es kann und darf nicht von euch kommen. Also *muß* es von der Meyer kommen – sie ist die einzig wirklich sehr Reiche weit und breit. Ich habe mir ausgerechnet, daß ich $ 8000 brauche, um alles zu zahlen, eine promotion campaign zu finanzieren, die uns ein Einkommen für den Herbst garantiert, und auch noch für den ganzen September ohne Sorgen zu sein. Dabei zähle ich $ 1700 für euch zu den Schulden: ja, es sind 1700 – habe ich mir doch vor zehn Tagen 200 von Knopf kredenzen lassen und ihm gesagt, er bekäme es gleich zurück, er hat es aber noch nicht zurückbekommen. Ich glaube übrigens wirklich, daß Ascoli sich auch nicht lumpen ließe, wenn eine solche Finanzierung zu Stande käme, und daß Samuel zehn Mal bessere Chance hätte, im Herbst für mich zu »raisen«, wie er es versprochen hat. Man könnte Agnes also mit gutem Gewissen sagen, daß sie das Ganze *rettet*, wenn sie sich diese große, ja, überwältigende Geste abringt.

Ich weiß nicht, in welcher Form man sie darum bitten soll. Ob man warten muß, bis sie im August zu Besuche kommt – aber das ist doch noch so *lange*, und vielleicht ist ein schöner Brief ebenso unwiderstehlich, vielleicht auch nicht – natürlich ist Eri's Brief von vor vier Wochen jetzt ein bißchen im Wege. Aber von dem sollt ihr ja gar nichts wissen.

Ich will nicht mehr raten und den Weisen spielen. Ich war furchtbar dumm und leichtsinnig in der ganzen Sache, und habe euch einen üblen Possen gespielt. Diese Erwägungen spielen auch eine Rolle bei meiner kolossalen Niedergeschlagenheit. Und jetzt bereue ich auch schon diese düsteren Hinweise von vorhin, über das sanfte Verständnis im Jenseits. Aber, um Gotteswillen, so war es doch gar nicht *gemeint*. Ich habe es doch nur so ganz sachlich hingeschrieben – einfach aus Gründen der Logik, weil es sich ergibt. Aber dann habe ich sofort hinzugefügt, daß ichs aus Gründen der Herzenshöflichkeit lieber lasse. Also bitte, ich kann jetzt nicht den ganzen Brief wegen dieses Schnitzers noch mal tippen, und deswegen brauchst doch nicht gleich *Sau* zu mir zu sagen!

Glaubt ihr nicht, daß man die hochmütige reiche Frau dazu zwingen kann? Dann könnte alles ziemlich gut werden. An was für blöden Kleinigkeiten das liegt. (Das Ärgerliche ist, daß sie mich ja irgendwie nicht mehr *mag*. Wohl auch *beleidigt* ist, daß ich mich bis jetzt noch nicht an sie gewendet habe. Das muß alles bedacht und einbezogen werden.)

Ach ja, wer hätte das je gedacht. Aber jetzt fühle ich mich schon ein *bißchen* besser – weil ich euch in Sorgen gestürzt habe.

Dankbarer K.

Warum hat der Golo mir noch nicht wegen seiner Übersetzung geschrieben?

AN KATIA MANN — The Bedford, New York
August 26, 1941

Mama –

es muß ja wohl etwas von Dir en route sein – im Zusammenhang mit dem verflixten Affidavit-Fluch, und dann auch ... Ich erröte. Der Gedanke an einen schönen Rücken, stolze Stirn, reife Pracht des Busens ... Wie wird mir. Auch soll der Gatte vermögend sein. Bedeutende Interessen in Washington, hört man. Dazu die prachtvolle Taille, das mutig erhobene Haupt.

Irgendetwas *besprochen* habt ihr doch wohl mit ihr?? Kann es sein, daß sie Flausen machte?

Bei mir gibt es jetzt so viele Chancen und Glimmer-Lichtchen, daß selbst eine kleinere Summe ... Aber man wird ja sehen. Nelson Rockefeller hat auch sehr charmant telegraphiert.

Sie kann doch wohl nicht einfach kurz und verächtlich durch die Nase gelacht haben??? – Wie elend wäre sie dann, in diamantner Pracht! Ich grolle nicht.

Damit ich das Hauptanliegen nicht vergesse, das mir diesmal die Feder führt. Es handelt sich um den Vaterlandsverteidiger, Tomski nennt ihr ihn. Er hat jetzt so allerlei kleine Aussichten, mit dem Intelligence Service – weil er doch Russisch kann und aus feinem Hause stammt. Ich dachte, wenn Papa so gütig sein wollte ... Der beigelegte Brief an Robert Sherwood mag der schönen Applikantin gute Dienste tun. Schicke das wohl-getippte, fein-signierte Ding doch bitte direkt an den Herrn Soldaten selber:

Thomas Quinn Curtiss, First BNHQ 207, CAAA,
Camp Stewart, Savannah, Georgia.

Nichts zu danken. Es ist eine von den Adressen, die Du Dir leicht merkst, selbst wenn dieser Brief Dir *rätselhafter* Weise abhanden kommen sollte. (»Nein, auf dem Bett *kann* er doch nicht sein, da sind nur die alten Rechnungen ... Am *ehsten* glaube ich noch, in Zauberers Arbeitszimmer ... Ach *bitte*, *sei* doch so gut, auf dem *kleinen* Tisch, links vom Fenster, in der unteren Diele, gleich neben Johns kleinem Schlafzimmer, unmittelbar hinter Pontens gesammelten Werken ...«)

Derselbe American boy hat mich gebeten, auch an einen Romancier namens Hervey zu erinnern, der Vati mit einem Buch beschenkte. Er ist traurig, weil er noch nicht gelobt wurde. Das Buch heißt »The Eternal Age« oder so. Bin ich natürlich eingeschlafen. Er soll übrigens ganz nett sein. Teilweise pervers.

Habe gestern sehr lustig an Onkel Heinrich geschrieben. Dabei ist es doch eher zum Schluchzen mit ihm bestellt. Mir ist auch ein Verlag für ihn eingefallen – »Modern Age«: sehr tatkräftige Kommunisten –, und jetzt noch etwas. Ihr müßt ihn für die Guggenheim-Fellowship vorschlagen. Was denn sonst? Es ist das Ei des Columbus. So gut wie der lahme Broch, dessen »Vergil« doch überhaupt *bestürzend* langweilig sein soll. Da weiß mein Ohm doch ganz andre Lügengeschichten. Guggenheim – besser heute als morgen. Oder vielmehr, sowie man endgültig weiß, wann sein Filmvertrag abläuft. Sonst müßt ihr monatlich $ 250 an ihn überweisen und die Kröger lauert uns auch noch im Garten auf, wie seiner Zeit die tragisch-verkommene Affa (an die sie wohl überhaupt *etwas* erinnert).

Von Eri einige Schnurren – zum Beispiel, ein Cabel, heute früh. Sie will schon Mitte September retour sein. Sagt, die *Blitze* fehlen ihr etwas.

Recht pedantische und verhexte Berichte kommen auch von armer Prinzeß Miro aus der Verbannung – in Leopoldsville, Belgian Kongo.

Nun bin ich doch wieder ins Schwatzen gekommen. Dabei warten Wäschekörbe auf mich.

Hastig-ehrerbietig, *das blöndlich – Söhnliche.*

Sage doch bitte dem KONNI, daß sein Artikel bei der Kirchwey ist und er bald von mir hört.

AN HEINRICH MANN

125 East 23rd Street
New York
[Poststempel: Oct. 23 – 1941]

Lieber und verehrter Onkel Heinrich:

Dieses ist nur, um Dir nochmals für Deinen schönen Beitrag zu danken. Ich hoffe, daß Dir die Umgebung gefällt, in der wir Dich präsentieren. Gleichzeitig muß ich um Entschuldigung bitten – nicht so sehr wegen der Übersetzung, die ich relativ gut, und des Portraits von Dolbin, das ich beinahe ausgezeichnet finde, vielmehr wegen des etwas abrupten Striches am Schluß, der nicht ganz meinen Wünschen entsprach und irgendwie, in letzter Minute, unter etwas chaotischen Umständen, über meinen Kopf hinweg, getätigt wurde.

Es war so eine dieser Situationen, wie sie sich immer wieder in den Redaktionsstuben zutragen: plötzlich zu viel Text – bzw. nicht genug Platz zur Verfügung; man telephoniert, schreit durcheinander, der »Verantwortliche Redakteur« ist nicht zu erreichen..., längst nach Mitternacht, früh am nächsten Morgen muß das Heft zur Presse, und so tun die untern Redakteure etwas Ungezogenes. Ich habe mich erst geärgert und gefürchtet, daß Du Dich ärgern wirst, finde aber nun, daß der Schluß, so wie er ist, sich doch vertreten läßt und der Aufsatz trotz dieser Beeinträchtigung immer noch schön Figur macht.

Der Scheck, der nur gerade knapp mittelschöne Figur machen wird, folgt ehetunlichst.

Ich habe gehört, Ihr habt eine buchenswerte Party gegeben und wollt nun eine Farm etablieren. Und das muß ich mir immer alles nur so aus der Ferne erzählen lassen, anstatt selber an soviel bizarrem Familienleben teilzunehmen!

Wie stets, Dein getreuer

Klaus

AN ERICH VON KAHLER The Bedford, New York
26. X. 41

Lieber Erich,

darf ich Sie darum bitten, noch ein *weniges* Geduld zu haben?

Ich finde es sehr rührend von Ihnen, daß Sie sagen, *Sie* seien in eine üble Lage *mir* gegenüber gekommen: it rather is the other way round, I am afraid...

Sie wissen nicht – können sichs aber vorstellen – wie ich unter diesen Dingen leide. Die ganze finanzielle Seite meines magazine-Abenteuers wird mehr und mehr zum Albtraum. Das einzige, was mein Gewissen erleichtert – aber gleichzeitig meine Situation objektiv noch betrüblicher macht – ist der Umstand, daß ich selber *nichts* von meinen Transaktionen habe: ich arbeite seit vielen Monaten beinah ganz umsonst (dabei intensiv) und bin so gründlich und so permanent pleite wie kaum je zuvor.

Wenn ich die Zeitschrift nicht wirklich und in vollem Ernst worth while fände –; wenn sie nicht, zudem, ein moralischer Erfolg wäre und auch praktisch immer noch bedeutende Chancen hätte –: ich würde längst auf mein Nerven aufreibendes und Geld fressendes hobby verzichtet haben. Ich war furchtbar eigensinnig, weil ich an die Sache sehr glaube.

Nun aber liegt es so, daß die definitive Entscheidung im Lauf der nächsten Woche fallen wird – one way or another. Es handelt sich jetzt um den zweiten Jahrgang, auf den ich mich keinesfalls einlassen kann, wenn ich keine solide finanzielle Deckung habe. Es sind vielerlei Verhandlungen in Gange – unter andrem auch im Zusammenhang mit dem neuen Bermann-Landshoff Verlag. Meine Eltern kommen her, wie Sie wissen. Ich will sie mit Ascoli und einigen andren störrischen Gönnern zusammenbringen – wovon ich mir eine heilsam-beschleunigende Wirkung verspreche.

Zerschlägt sich alles, so muß ich im November liquidieren – Flüche und Tränen im Herzen. Ich glaube indessen nicht, daß es so weit wird kommen müssen.

In jedem Fall, eine Verpflichtung, wie die meine Ihnen gegenüber, ist Ehrensache. Sie steht – seit wie lange! – auf der ersten Priority list. Wenn ich liquidiere, muß ich etwas Geld für Obligationen dieser Art zur Verfügung haben. Werden wir saniert, liegt alles einfacher und hübscher.

Ist es *sehr* störend, wenn ich Sie bitte, noch zwei bis drei Wochen Geduld zu haben?? Wenn es Sie in ernste Ungelegenheiten bringt, könnte ich irgendeinen verzweifelten Versuch machen, mir das Geld von irgendeiner andren Seite zu leihen – gesetzt, es findet sich noch jemand ...

Ach, wir Armen ... Ihr zerknirschter

KLAUS

Nebenbei: wie hat Ihnen der George-Artikel des kleinen Viereck gefallen?

AN BRUNO WALTER

Decision Inc. (New York)
den 13. Dezember [1941]

Lieber, verehrter Bruno Walter,

nur ein Wort, um Ihnen noch einmal für die Zauberflöte zu danken. Sie wird immer schöner in der Erinnerung: ein großer tröstlicher Eindruck, voll kindlich-tiefer Weisheit und schönem Witz. Es ist sehr merkwürdig, wie viel von Shakespeare nachklingt und wie viel von Goethe ahnungsvoll anticipiert erscheint. Diese beiden Genien haben sonst doch niemals zueinander finden können. In dieser außerordentlichen Oper indessen ist die großartige Verbindung einmal Ereignis geworden, und wirkt durchaus legitim. Sarastros magische Freimaurer-Loge ist purster Goethe in ihrer sonderbaren Mischung von rationalistischem Humanismus und mystischem Zeremoniell. Papagenos inspirierte Clownerien sind ganz Shakespearisch und ich finde auch Sommernachtstraum-Züge in dem Streit zwischen Sarastro und der Königin der Nacht. (Es erinnert mich irgendwie an den fürstlichen Zank zwischen Oberon und Titania, wegen des entführten Mohrenknaben. Oder heißt Madame Oberon gar nicht Titania? Sie wissen schon wen ich meine.) – Auch die Hierarchie der Liebespaare (Tamino/Pamina – Papageno/Papagena) ist sehr nach Shakespeare concipiert und durchgeführt. Sogar das Paradox mit dem bösen Monostatos im Dienste des Edlen, Guten, könnte in einem Shakespeare'schen Drama vorkommen, wo es ja an solchen krausen Ungereimtheiten keineswegs fehlt. Vielleicht ist Monostatos zwecks moralischer Besserung bei Sarastro zugelassen? Oder es ist einfach einer jener selbstherrlichen Irrtümer, wie die Natur sie sich gestatten darf. Der Irrtum im Falle des Monostatos erklärt sich ja übrigens – wie Sie selber sagten – ganz natürlich aus dem Umstand, daß das Werk in seiner ursprünglichen Conception etwas anderes, viel weniger Bedeutendes gewesen sein muß. Ganz ähnlich wachsen der Kaufmann von Venedig und Faust über sich selbst hinaus. In dem Wunderbau des abgeschlossenen Werkes bleiben dann die Rudimente aus dem ersten, naiveren Entwurf rührend stehen, um uns daran zu erinnern, wie geheimnisvoll und organisch sich das Große entwickelt.

Es war schön und sinnreich, diese meisterhafte Aufführung gerade an dem Tage mitzuerleben, der den Untergang des Schandbuben besiegelt. Es ist der Geist der Zauberflöte, kombiniert aus Magie und Vernunft, in dessen Zeichen wir das Scheußliche besiegen müssen.

Ich mußte am Donnerstag abend, beim Nachhausefahren, an ein wunderbares kleines Gedicht von Novalis denken, das ich Ihnen aus Dankbarkeit hierher setzen will:

Wenn nicht mehr Zahlen und Figuren
Sind Schlüssel aller Kreaturen,
Wenn die, so singen oder küssen,
Mehr als die Tiefgelehrten wissen,
Wenn sich die Welt ins freie Leben
Und in die Welt wird zurückbegeben;
Wenn dann sich wieder Licht und Schatten
Zu echter Klarheit werden gatten,
Und man in Märchen und Gedichten
Erkennt die wahren Weltgeschichten,
Dann fliegt vor einem geheimen Wort
Das ganze verkehrte Wesen fort.

In diesem Sinne, und herzlich, Ihr

KLAUS

1942

AN KATIA MANN The Bedford, New York
3. I. 42

Dankenswerte Mama,

ich habe etwas auf mich warten lassen, was indessen nicht an Herzensträgheit lag: eher an den wirren und verwirrenden Umständen. Denn kaum hatte ich mich zur Auflösung der Zeitschrift endgültig und mit einem gewissen Pathos entschlossen – ja, schon einer Reihe von bedeutenden Freunden von diesem Entschlusse Mitteilung gemacht und sogar eine erst pomphaft angesagte New Year's Eve Party ebenso pomphaft wieder abgesagt: als, freilich doch, immer mal wieder, nervöse last minute efforts von allen Seiten an mich herangetragen oder mir geradezu aufgezwungen wurden. Es hing natürlich auch mit Tomskis Ankunft hier zusammen: er wollte durchaus nichts von der Liquidation hören. So wurde denn die Woche lang noch so herumgefackelt und allerlei mehr oder minder Absurdes in die Wege geleitet. Ich habe mir nichts mehr erwartet, sondern war eher ein skeptisch-passiver Zuschauer bei all diesen gutgemeinten Dilettantismen, die übrigens immer noch ein wenig weitergehen. Morgen soll ein letztes Lunch mit Macpherson – dem Engländer mit Geld und Neger – stattfinden. Wenn sich bei dieser Gelegenheit die wundersamsten Entwicklungen blitzartig ergeben sollten, würde ich telegraphisch von mir hören lassen. Andrenfalls bleibt es dabei, daß ich am Montag in der Früh zur Liquidation schreite – so rüstig ich eben kann.

So *sehr* rüstig werde ich vielleicht gar nicht sein. Ich bin *furchtbar* traurig. Nicht nur, oder nicht einmal vor allem, wegen des Verlustes der Zeitschrift selber oder wegen all der vergeblichen Müh und Plag, sondern weil das ganze Schlamassel mir so recht vor Augen rückt, wie wenig man unsereinen in dieser fragwürdigen Welt will, braucht und würdigt. Es sind die vielen *kleinen* Schläge und Nadelstiche, die mir eigentlich ärger zusetzen als das Fiasko »as such«. Zum Beispiel: Auf Muriel Rukeysers Betreiben hin habe ich mit ihr zusammen einen schön-rhetorischen last-minute-appeal an Archibald MacLeish adressiert, ihn einerseits um Hilfe für die gefährdete »Decision« bittend – andererseits ihm unsre Dienste zur Verfügung stellend, wenn die Revue nicht zu halten ist. Heute kommt vom Librarian of Congress ein sehr hübscher Brief an – Miss Rukeyser, in dem er für deren »deeply moving offer« herzlich dankt, alles sehr appreciatet, und mit einem warm formulierten Wunsch für die Zeitschrift schließt: »I am certain that the experience and the very great talents of *the group of writers who have created ›Decision‹* (!!) will find tremendous scope in the months ahead, and I hope very much you will find some means to keep the magazine itself going.« Mein Name kommt in dem ganzen Ding nicht vor. Unser Telegramm war natürlich mit beiden Namen gezeichnet; übrigens weiß der Librarian nur zu genau, daß das Ganze meine Gründung und Sache ist: ich hatte mit ihm eine Konferenz, noch ehe die erste Nummer herauskam. Nicht-Bürger werden von Amerikanischen Patrioten keiner Antwort gewürdigt. MacLeish ist nicht der Einzige. Robert Sherwood – alter Bekannter und Sponsor von »Decision« – läßt sich von mir nicht sprechen.

Dazu kommt die abscheuliche Geld-Situation, die mir Euretwegen noch ärger ist als à cause de moi-même. Ich bin so bettel-bettel-BETTEL-arm, daß Elsa Lasker-Schüler im Vergleich eine Agnes Meyer scheint. Jeder vernünftige Mensch würde in Tränen ausbrechen angesichts *solcher* Armut. Aber darin bin ich ja eher unvernünftig. Irgendwie werde ich mir meinen Whisky schon erschleichen. Aber daß ich Euch so viel abgeluxt habe, macht mir bitter zu schaffen.

Ich möchte es jetzt so billig wie nur irgend möglich machen: nur das Allerdringlichste soll gezahlt werden. Geschäftsschulden werden *nicht* berücksichtigt – bzw. die braven Leute bekommen eben nur, was die Corporation noch zusammenscharren kann; (Einnahmen von den Newsstands während der letzten Monate, Verkauf des Mobiliars, etc.).

Was ich aber erledigen *muß*, ist immer noch peinvoll genug: die Gehälter – etwa 150 Dollars; eine Hunderterin für Kahler, der sie angeblich bitter braucht; ein paar kleine Honorare für fellow-beggars, die ich nicht gerne möchte sitzen lassen – Schönberner, Annette, und so; ein paar ganz winzige Schulden, während der letzten Tage gemacht ($ 10 für Riess, 15 für den Friedrich – so in dieser Art); und schließlich die Januar-Rate für die City Bank: $ 130. Halt, da habe ich noch den Lawyer vergessen, dem ich auch etwas in den Rachen werfen muß, da er mich sonst den Gläubigern in denselben wirft. Kurz und gut, es macht zusammen so etwa 500 – ohne einen Penny für Meinerseits, und mit einer Restschuld von $ 870 auf der Bank. Was mich selbst betrifft, so hoffe ich für die nächste Woche auf einen Vorschuß von Gott und Friedrich, aber das ist auch noch nicht gewiß; denn sie haben bis jetzt ja nur eine – allerdings schon mit $ 250 bevorschußte – Option auf mein Buch genommen. Ich will sie jetzt zu einer Entscheidung bringen, die – wenn sie positiv ausfällt – weitere 500 bedeutet. Verzichten sie auf das Buch, so lasse ich es durch Curtiss Brown anderswo anbieten und kriege vielleicht noch mehr, aber nicht so schnell. Auch wegen der Bankschuld werden wir sehen. Vielleicht kann ich einen der Pledgers dazu überreden, mindestens einen Teil zu übernehmen, oder ich verdiene selbst genug... Es gibt da auch noch einige andre nicht so ganz klare und nicht ganz ungefährliche Punkte, aber ich mag jetzt nicht an sie denken und bilde mir ein, es mit besagten 500 von euch irgendwie schaffen zu können. Ist das schlimmer, oder etwas weniger schlimm, oder etwa genau so schlimm wie Du erwartet hattest? Kann ich gleich darauf rechnen? Bitte keine Schecks mehr auf »Decision« auszustellen! Vielleicht nicht einmal auf mich: you never can tell... Mache ihn lieber für *Curt Riess*, aber schicke ihn *mir!*

Bald mehr – auch über die Zukunft. Jetzt habe ich noch solche Angst vor jedem nächsten Tag, daß ich an den übernächsten nicht zu denken wage. Gruß für alle vom lädierten

K.

AN KATIA MANN The Bedford, New York
13. I. 42

ES ist ja *schrecklich*, Mama, ich wollte ja *immerzu* schreiben, komme indessen zu *nichts*, nichts als Milch in die Kännchen, und dies und das und sonst noch was, und mein Buch, und Tomski hier, und Jonny mit *dis*honorable discharge aus der army geworfen, und die Zeitschrift – wie *soll* ich denn da... also, da kann man doch wirklich nicht auch noch verlangen...

Das mit der Zeitschrift ist ja nun wirklich beinah schon ein Witz. Da war ich doch nun wirklich fest entschlossen, ein Ende mit Schrecken dem endlosen Schrecken vorzuziehen: und man hat mirs einfach nicht *erlaubt*. Die Hauptbetzer waren Tomski, der gleich wieder einen Scheck zückte; Kenneth Macpherson selbst, die Britische Gönnerin, die meinen Abschiedsbrief einfach nicht akzeptierte, und dieser brave junge Jud, Charles Neider, der jetzt bei mir die Geschäfte führt. (Es ist der gleiche, der einen recht zirrlichen Artikel über Vati-selbst produzierte.) So haben sie mich denn hineingeschwatzt. Schließlich ist es nicht *mein* Geld, das verschleudert wird, wenn sich die Sache dann am Ende doch nicht halten läßt. Ich gelobe mir und Dir bei Ofeis Andenken, daß ich euch nichts mehr zu zahlen bitte – es sei denn, doch wieder die Liquidation. Diese dürfte – sogar das Tragikomische vorausgesetzt, daß sie in drei Monaten oder so sich als unvermeidlich herausstellt – dann wieder erheblich billiger sein als sie es jetzt gewesen wäre: so wie sie jetzt weniger teurig hätte effektuiert werden können, als im Monate August.

Denn im Grunde bin ich tausendklug.

Vati's schön-geründete »Ring«-Beschwörung erscheint im nächsten Heft. Ists genehm, daß ich in der Voranzeige auf ein Stückchen »Joseph« lockend anspiele? Den Anfang des Götter-Klatsches, dachte ich mir. Zwei oder drei Fortsetzungen. To begin in April. Bitte hören zu lassen.

Nur ich selber, als Privatperson, bin halt so störend arm. Der Bermann, Annette hat ja ganz *recht*, tut auch alles, um die Entscheidung wegen meines Buches aufzuschieben, damit er nur die nächste Rate des Vorschusses nicht zu zahlen braucht, der Teufel soll ihn holen. Das Bedford knurrt, die Sorge schmort – ich schwanke, noch während ich schreibe, ob ich $ 200 vorschlagen soll oder es billig machen, sagen wir, 150: aber das langt dann halt wieder nicht hin und nicht her – wie wäre es mit 175? Erstens erinnert es an den populären Paragraphen im deutschen Reichsgesetz, und dann ist es doch auch so *auffallend* viel weniger als die 500, auf [die] Du Dich doch schließlich schon gramvoll eingestellt hattest. Wenn ich jetzt dem unersättlichen Hotel eine Hundert-fünf-und-Siebzigerin gebe – Gott, 200 wären am Ende vielleicht *doch* schöner? ich bin wirklich hin und her gerissen! – dann kann ich tapfrer junger Mensch mich von nun ab immer ganz alleine, du verstehst schon, über Wasser durchbeißen.

Dankauchschön. (Dafür wird die Bankschuld immer kleiner; Kahler bezahlt; Feakins auch; ich spare ja sowieso schon an allen Ecken und Enden: am Ende gewöhn ich mir auch noch das Rauchen ab, von Champagner ist sowieso schon keine Rede mehr.)

Bitte, sage dem Golo, wie sehr es mich seelisch quält, daß ich ihm so lange nicht geschrieben habe. Ich werde diesem Übelstand nächstens abhelfen. Schon weil ich den gescheuten Menschen nicht als Mitarbeiter verlieren will. Christopher Lazare, welcher gestern hier eintraf, hält große Stücke von ihm. Zu Dir steht er zärtlich-verehrungsvoll: war auch ganz ergriffen von unsrer Ähnlichkeit, die närrische alte Spinne. In Texas wurde er aus dem Bus heraus verhaftet, weil man ihn wegen seiner affektierten Aussprache für einen Spion hielt. Ein Brief von Feuchtwanger und ein Exemplar von »Decision«, welche sich in seiner Tasche fanden, ließen ihn dann erst recht verdächtig scheinen. Er war zwei Tage im Kerker und wurde sehr schlecht behandelt.

Jetzt habe ich Dir schon eine Dreiviertelstunde geschenkt. Das ist ein Luxus, den ich mir nur am Montagabend gestatte. Dein Kind K.

VON THOMAS MANN Pacific Palisades. 26. I. 42

Lieber Aissisohn:

Ich weiß nicht recht, wie es eigentlich mit unserer guten, alten, hinfälligen, aber liebenswerten Decision steht. Ob sie noch ein bißchen erscheint oder für immer die sanften, klugen Augen geschlossen hat. Daß sie noch atmet oder wieder zu atmen begonnen hat, ging ja aus Deinem Brief an Mielein hervor; nun aber will sich das Januarheft, obgleich der Monat doch weit vorgeschritten ist, noch immer nicht zeigen. Gleichviel. Mielein hat mir von Deinem Wunsch gesprochen, Weiteres vom Vater vorzuführen und zwar aus dem Joseph. Nun möchte ich dafür das Religionsgespräch mit Pharao nicht gern hergeben. Es ist erstens zu lang, wohl hundert Manuskript-Seiten, und bildet auch sonst sozusagen das Herzstück des Bandes; es widersteht mir gewissermaßen, es im Voraus, außerhalb des Zusammenhanges, zu verausgaben, und auch der Zeitschrift wäre mit diesen philosophisch und religiös beschwerten Kapiteln kaum recht gedient. Besser wäre meiner Meinung nach etwas Leichteres aus früheren Teilen. Ich habe besonders die Episode von Pharaos Träumen und ihrer albernen Deutung durch seine Gelehrten im Auge. Ich weiß nicht, ob Du in Princeton dabei warst, als ich diese Kapitel las. Ich glaube, sie sind recht unterhaltend und würden auch eine gute Kostprobe für den Band abgeben. In Betracht käme auch noch die Episode mit dem Bäcker und dem Mundschenk im Gefängnis, aber mir scheint, das Erstere wäre vorzuziehen. Erscheint Decision weiter und stimmst Du meinem Vorschlag zu, so müßte der Prozeß wohl der sein, daß ich die Lowe gleich bitte, diese Kapitel, die bis jetzt höchstens in Roh-Übersetzung vorliegen, gleich endgültig zu bearbeiten und Dir zukommen zu lassen. Ich höre also bald von Dir und würde mich natürlich freuen, wenn ich der Zeitschrift, an der auch ich hänge, fast wie an »Maß und Wert«, ein Gutes erweisen könnte.

Lebe recht wohl! Z.

AN KATIA MANN

The Bedford
New York
15. IV. 42.

Chère Madame et Amie,

wieder viel zu lang nicht geschrieben. Aber die Tage sind so kurz, wenn man so viel dichten und sich so viel ärgern muß. Dann dachte ich ja auch immer, daß ich gleich nach California komme – mit E oder derselben auf dem Fuße folgend. Dies ist nun neuerdings einen Schatten zweifelhafter geworden. Hatte ich doch heute früh eine Benachrichtigung von meinem draft board, daß mein Fall »re-opened« worden ist und meine classification neu considered wird. Woraufhin ich denn den Gentlemen flugs eins hinschrieb: to the effect that I am willing, indeed, eager to join the forces and wish to serve your country and our cause, in whatever capacity the Board may deem appropriate. Ich ersuchte darum, nicht zu warten, bis meine verschlampte, sinnlos verzögerte Immigration endlich effektuiert werden kann (ich Scheusals-Narr habe ja die Affidavits *verfallen* lassen!!), sondern mich schon jetzt als einen Applikanten und potentiellen Vaterlandsverteidiger zu betrachten. Nun wird man ja sehen, ob die Herren sich darauf einlassen mögen und dürfen. Wenn nicht, würde ich alles dafür tun, meine Immigration zu beschleunigen, womit mein military status sich ja ohnedies verändern würde.

Hat doch das Gefühl sehr in mir überhand genommen, daß ich mich lieber von den Sergeanten als von den Redakteuren und meinen Gläubigern schikanieren lassen will. Dieser abscheuliche Krieg wird immer noch erträglicher sein, wenn man sich seinem Apparat zur Verfügung stellt, als wenn man, isoliert, unter der totalen Verödung seufzt, die er im kulturellen Bezirk unvermeidlich zur Folge hat. Es war wohl immer eine Illusion von uns, zu glauben, daß wir, als *wir selber* – nämlich als Erzeuger oder Übermittler kulturellen Gutes – uns in einem so stumpfsinnigen und brutalen Unternehmen nützlich machen könnten. For the duration dürfte es nicht viel Verwendung geben für das, was ich als meine »message« etwa zu verkaufen hätte. Darum bin ich so pleite.

Was übrigens die »message« betrifft, so habe ich in dieses Buch für L. B. Fischer, Publs. so viel davon hinein getan, als 400 Seiten eben aufnehmen wollten. Wenn es noch Ohren gibt, werden sie aufhorchen. Andrenfalls – tant pis pour eux, tant pis pour moi.

Der Tschechische Propaganda-Minister, Papanek, mit dem ich gestern konferieren durfte, ist ein braver Mann: die Tschechen sind überhaupt liebe Burschen, aber ihre Anerbieten, oder vielmehr: ihre Reaktionen auf die meinen, klingen etwas vague und nebelhaft. – »Free World« scheint auch schon auf dem vorletzten Loch zu pfeifen: sie konnten mir noch nicht einmal die dreißig Dollars, oder was es ist, für meinen Stefan Zweig-Artikel bezahlen. All this is rather tiresome and depressing. Dazu kommt das Leidwesen mit den Schulden von DECISION Inc. Bref, oder vielmehr, »enfin...«, wie die brüderliche Angèle sagen würde.

Nun kann es ja aber sehr wohl sein, daß der Board mich glatt ablehnt, so lange meine Immigration nicht in Ordnung ist. In diesem Fall würde ich den Fortgang der Ereignisse wohl doch am San Remo Drive abwarten. In other words, es mag immer noch sein, daß ich mich zu euch einschiffe, ehe April und Mai und Junius zu ferne sind.

Werde nicht verfehlen von mir hören zu lassen, sowie der geheime Marschbefehl mir zugestellt worden ist.

Ernst aber gefaßt,
Sohn

K

Daß *Dr. Manuel Maslansky, 119 West 57th., NYC* seine Siebzigerin nicht bekommt, ist nicht nur schädlich für Dein Renomé in Ärzte-Kreisen, sondern auch für meine Zähne, die weiterer Behandlung bedürften. Wie gerne spränge ich ein, wenn mir nicht durch unkündbaren Vertrag die Hände gebunden wären.

VON KATIA MANN Pacific Palisades
20. V. 42

Lieber Aissisohn:

Anbei denn also der Check nebst Tausendsegen. Möge die Loslösung gelingen und ein recht stärkender und fruchtbarer Sommer im l. Elternhause sich anschließen. Augenblicklich ist es zwar garnicht erfrischend, sondern *so* heiß, daß ich garnicht durch meine Brille sehen kann, weil sie sich ständig beschlägt. Aber das ist ja bekanntlich eine Ausnahme. E. muß, so Gott will, soeben in Washington eintreffen und wird sich wohl direkt mit Dir in Verbindung setzen. Bin ja gespannt, wenn auch, durch manche Erfahrung belehrt, eher skeptisch. Aber es steht ja, was die Weltgeschichte betrifft, doch wirklich vorzüglich, und daran wollen wir uns halten.

Auf bald denn! Recht freudig

das Mielein.

AN KATIA MANN The Bedford, New York
21. V. 42.

Meine Goldige,

Brief und Scheck kamen so unheimlich schnell, daß die Erde wohl vor ihnen hergesprungen haben muß. Sehr beschämt. Handkuß.

Nun ist das Absurde, ja, beinah Betrügerische, daß ich *doch* noch nicht gleich reisen kann – vielleicht nie. Denn am nächsten Thursday, May 28, bin ich nun also endgültig zur Physical Examination geladen. Bei dieser ersten Untersuchung handelt es sich aber nur um eine Formalität. Jeder, der kein Tennenbaum ist, wird zur zweiten Untersuchung nach Governor's Island genötigt, welche etwa zehn Tage bis drei Wochen nach der ersten stattzuhaben pflegt. Passiert man auch diese zweite, so heißts drei Tage später beim Sergeanten reportiert.

Es wird sich also in zwei-einhalb bis vier Wochen alles ganz genau entziffert haben. Bis dahin muß ich stillhalten.

Nach Californien zu fahren, während der Herr Stabsarzt schon mit der Zunge schnalzt, das wäre ja schon beinah Hochverrat.

Ob sie mich nun allen Ernstes haben wollen, weiß nur der selige Doktor Löb, der es vielleicht Eva Herrmann in einer geschwätzigen Stunde verraten könnte. Ich glaube eher, ja. Wie ich höre, nehmen sie jetzt beinah Katz und Maus, von Kreti und Pleti zu schweigen. Das Seltsame ist, ich *möchte* gern genommen sein. Mehr aus Überdruß und Masochismus, als aus eigentlich honorigen Gründen. Gerade bei meiner »eminent pazifistischen« Einstellung – um den seligen Stez zu zitieren – denke ich mir den ganzen Zwischenfall sehr belehrend-gruslig, und vielleicht grad das Richtige, für meine jetzige Größe – weißt Du zu *was?* Ich weiß nämlich, unter uns gesagt, nicht ganz genau, was jetzt grade schreiben, denken, und wie mein Brot verdienen. Fühle mich gelähmt und angewidert. Von Dorothy Thompson bis Curt Riess hängt mir die ganze schleimige, blutdürstige Bande zum Halse heraus. Da geschieht es ihnen dann ganz recht, wenn ich mir die Hände erfriere.

Kurz und gut, ich werde mich recht stramm vor den Herrn Stabsarzt hinstellen und ihn anbellen, »Yes Sir, am in perfect health Sir, good American soldier boy Sir, going to beat hell out of damned Japs Sir.«

Dazu kommt noch die Sache mit den Schulden. Denn schließlich sind ja da noch ein paar Kleinigkeiten, nicht mehr viel, außer der Bank, aber doch hinreichend, um mir weh zu tun, in Anbetracht des harten Knöchels an der Vorratskammer. Vaterlandsverteidiger, versteht sich, haben keine Schulden, for the duration: es ist Gesetz, ich werde mich daran halten.

Aber wenn der Herr Stabsarzt mich nur anblitzt und mich mit einem unhöflichen Wort entläßt, will ich auch diese Schmach mit möglichster Heiterkeit tragen, und ganz schnell nach California kommen.

Was die 250 betrifft, so werde ich jetzt zunächst mal die überfällige Bank-Rate zahlen (= 55 Dollars) und die neue

Zahnarztrechnung, die sich so um die 40 herum halten dürfte. (Es fällt eben jetzt einfach *alles* raus, was der todgeweihte Gosch einst mit unsichrer Hand einzupflanzen versuchte.) Vom Reste will ich dann so sparsam knabbern und naschen, daß noch fast genügend übrigbleibt, um die Reisespesen zu decken, gesetzt es käme zur Reise.

Das ist das, wollte es nur geschwind erzählt haben.

Die Autobiographie ist so gut wie fertig – durchaus visionär, so hoch bin ich noch nie gestiegen. Der Heldentod in Mandalay könnte die Wirkung nur erhöhen: ich würde dann als so eine Art von deutsch-amerikanischem Otto Braun in Professor Priests »History of American Letters« eingehen.

Von Eri noch nichts gehört. Daß sie mit zehnstündiger Verspätung eintraf und ihr Rendezvous versäumte, ist Dir wohl bekannt. Ich hoffe und vermute, sie wird wohl doch einen Abstecher hierher machen.

Umseitig einige Nachschriften.

Hier nur noch die ehrerbietigen Küsse des
gelungenen,

K

VON THOMAS MANN Pacific Palisades, California
16. Juni 42

Lieber Klaus,

das Editorial aus der Tribune war ein sehr nettes Geburtstagsgeschenk und Deine Nachschrift hervorragend üsis. Lange ist mir nichts vorgekommen, worauf diese nützliche Wort-Creation so gepaßt hätte.

Nur gut, daß einem die Presse auch mal ein Freundliches erweist. Im New Yorker stand schon wieder eine Anekdote himmelschreiender Art über mich: von einem Professor, der mir in Princeton einen Besuch im Cylinderhut gemacht und dieses Gut bei mir auf eine mehr als zweideutige Weise eingebüßt habe. Es ist doch stark, was sich die Leute ausdenken. Ich habe dem New Yorker geschrieben, wenn der

Mann sich melde, so solle er nicht nur einen neuen Cylinder, sondern auch eine Melone, einen Schlapphut, einen Panama, eine Pelzmütze und einen bombensicheren Stahlhelm von mir haben.

Sehr gespannt bin ich auf Deine militärische Carrière. Daß Du es damit versuchst, verstehe ich vollkommen. Auch soll die Meyer ganz paff und mundtot gewesen sein, als sie davon erfuhr.

Auf Wiedersehen doch jedenfalls noch, bevor Du in Berlin einziehst, um die Ordnung wiederherzustellen und Onkel Heinrichs Amtsführung zu sichern. (Es geht ihm viel besser, seit er bei uns war, und sie ist auch vorsichtiger im Verbreiten trunkener Lügen.)

Herzlich

Z.

AN KATIA MANN [August 1942]

Ma pauvre mère,

This is nothing but an apology. I have to beg your pardon for thousand mistakes I have made, and above all, for my mistake Nr. thousand-and-one, which is: that I failed to tell more about you in this fragmentary report of my life. But the most essential things are the unspeakable ones. – Everything I might have tried to say with regard to you would have turned out to be inadequate and clumsy.

In our conspicuous family you are the only member who consistantly avoids publicity. You have never written a book, nor did you ever deliver speeches, give interviews, put your signature under flamboyant manifestos . . .

But this sounds as if you were the modest housewife – the humble female, looking after a famous husband's earthly well-being, and the innumerable worries of her many kids. This sounds exceedingly silly. Your are very bright and kind. In fact, it is this very mixture of acute intelligence and simplicity that is unique and, there, indescribable.

We are rather reckless in portraying persons we know – even persons we are fond of or in love with. Yet, there are certain limits...

Do you remember that lit. friend of ours who used to wonder why it is so difficult, if not impossible, to draw a valid picture of yours? I betray no secret when I mention a lovely portrait that exists of you: Imma in »Royal Highness« – the fairy-tale princess, innocent, flippant, tender. But this is so long ago, and so many inconceivable things have occured since: the war, poverty, success, wealth, exile (which you foresaw so early...), the great loyalty, six children, unending anxiety, pride and anger, the death of people you loved... Losses, and transient gains, and losses again...: the little vicissitude and the terrific changes...

A serious life has marked your feature... But, again, it could not change you, at the bottom...

The risky adventures, the glaring errors, the ambitious efforts... But there always is a benign force behind – invisible to the public: a smile, a glance, the tender conspiracy of little gestures, and jokes, and intimate allusions, advise and comfort of a familiar voice... We won't tell. It's a secret. So that is why I don't say much about you in this book, which is dedicated to you.

VON KATIA,
THOMAS UND ERIKA MANN Pacific Palisades
Sept. 1942

WHOLE FAMILY READING FRANTICALLY. DAD DEEPLY CAPTIVATED. MIELEIN CONFUSED AND TOUCHED BY SPLENDID MONUMENT WHICH SHOULD BRING CREATOR AS MUCH GLORY AS IT BRINGS HER HONOR. E GREATLY SURPRISED MOVED AND AFFECTED EVERYBODY WISHING LUCK AND SENDING LOVE

YOUR DEAR ONES.

VON THOMAS MANN

Pacif. Palisades,
California
2. Sept. 1942

Lieber Eissi,

an der schönen alten Einrichtung, daß ich Dir einen Brief schreibe, wenn etwas Neues von Dir an den Tag gekommen ist, soll nicht gerüttelt werden. Mein Dank für gute, heitere und gerührte Lesestunden kommt später, als ich gewünscht hätte, weil unser Eltern-Exemplar von Hand zu Hand ging und Mielein, die mit Recht, mit Medi zu reden, ein Monument für sie darin sieht, das Buch übernahm, als ich mitten im Lesen war, und es mir erst kürzlich zurückgegeben hat. Übrigens hatte ich nur wenig nachzuholen.

Mein Urteil ist natürlich befangen und tritt mit einer gewissen Scheu, ja Besorgnis auf, denn ich stehe dem allen ja so väterlich nahe und halte mit vorwegnehmender Erbitterung für möglich, daß unempfängliche Bosheit sich über die familiante Zutraulichkeit dieser Confessions lustig machen könnte. Wahrscheinlich, wie man die Welt kennt, wird es nicht ganz ausbleiben. Es ist ein Element von »der Papa war doch so krank« in dem Buch, und auch an Josephs »Sträflich Vertrauen und blinde Zumutung« mußte ich manchmal denken. Aber welche lesenswerte Autobiographie könnte dieser Naivität entbehren? Wenn sie sich mit Gescheitheit und Anmut verbindet, ist gerade sie es, die eine gute, reizvolle Autobiographie ausmacht, und ich bin sicher, daß den Spöttereien, mit denen man rechnen muß, mit viel mehr Gewicht das Urteil gegenüber stehen wird, das mein eigenes ist: Es ist ein ungewöhnlich charmantes, gemütvoll-sensitives, gescheites und redlich-persönliches Buch, – persönlich und unmittelbar auch in der adoptierten Sprache, die, sollte ich denken, mit überraschender Leichtigkeit, Bestimmtheit und Natur gehandhabt ist. Unwillkürlich sucht man nach dem Namen des Übersetzers und sollte es kaum glauben, daß das ein Sprach-Produkt aus erster Hand ist.

War es als Lebensgeschichte ein etwas verfrühtes Unternehmen? Man wird vielleicht so sagen, aber wenn Du bis

50 gewartet hättest, so hätten leicht die Früh-Erinnerungen, die in Bekenntnissen doch immer das Beste sind, nicht mehr die Frische und skurrile Lustigkeit bekommen können, die sie hier haben. Wir Elterlein können ja zufrieden sein mit den Figuren, die wir machen. Die Schilderung unserer Erziehungs-»Methode« mag in sofern gefährlich sein, als sie unter ungeeigneten Bedingungen Nachahmung finden könnte. Aber die schöne Stelle über das Mütterliche, Mutterliebe und Kindesdankbarkeit wird selbst Böswillige versöhnen, und der Papa, der doch so krank war, kommt auch ganz gewinnend, wenn auch etwas geheimnisvoll weg mit seiner absentmindedness und seiner melancholischen Scherzhaftigkeit. Was mag er gesagt haben für »wretched and forlorn«? Ich kann mich an die Szene garnicht erinnern.

Von dem prae-hitlerischen Europa gibt das ungeheuer europäische Buch ja – entmutigend vielleicht für amerikanische Leser – ein stark angeknackstes Bild, besonders durch die vielen angeknacksten Freunderln, die Dein Schicksal waren. Aber liest man dann das Kapitel »Olympus«, als kritische Leistung natürlich die pièce de résistance des Buches und ein schönes, ernstes Zeugnis der Fähigkeit zur Hingabe und Bewunderung, so hat man wieder einmal den Eindruck, daß es ohne infirmité beim Höheren eben nicht abgeht, auch wenn man davor warnen muß, in der infirmité schon das Höhere zu sehen. Es ist doch eine wirklich erlauchte Versammlung, aber einen Knacks hat jeder. Man könnte argwöhnen, Du habest Dir aus Neigung solche Götter ausgesucht, die einen haben. Aber wenn man dann nachdenkt und solche nennen will, die keinen haben, so haben sie auch einen. –

Diesen Augenblick lese ich einen Brief von Eri, dem ich mit wahrer Genugtuung entnehme, daß sympathische Kritiker hinter dem Busche waren. Prächtig! Wie schön wäre es, wenn ihr beide gleichzeitig, mit den United children und dem Turning Point, im bengalischen Licht – rosa und purpurn – des Erfolges daständet. Allerdings läßt sich der T.P. wohl leider nicht verfilmen.

Lebe recht wohl! Und immer kann ich nur wiederholen, was ich am Fenster sagte.

Vom Gölchen haben wir noch kein Wort. Bibi und Gret sind hier mit Anthony, der sehr braun ist, mit dunkelblauen Augen und einem sorgenvollen Ausdruck. Er sieht wohl seinem Vater und mir ähnlich. Wenn diese mit Frido fort sind, werden wir, bis Erika kommt, häufig das Kino besuchen.

Mein Washington-Vortrag ist in der Übersetzung. Erika hat ihn vor ihrer Abreise von 32 auf 19 Seiten zusammengestrichen, und so wird er nun wohl für immer bleiben, denn Gestrichenes widert mich.

Herzlich

Z.

VON BRUNO FRANK

513 North Camden Drive
Beverly Hills,
California
28. September 1942.

Mein Kläuschen,

ich lag drei Tage lang krank, glücklicherweise, denn so hatte ich Ruhe, Dein Buch langsam und genau kennen zu lernen. Ich bin *hoch entzückt*. Dies Inventarium Deiner selbst und unserer Epoche scheint mir eine runde, wichtige, glückliche Sache. Es liest sich ausgezeichnet, ich war gefesselt from cover to cover – und das *ist* ein Maßstab, denn vom Persönlichen weiß ich mehr als Dein Durchschnittsleser, und vom Allgemeinen mindestens ebensoviel. Aber Dein Vortrag, individuell und doch nirgends zu privat, anmutig und doch niemals zu leichtfüßig, macht auch das Bekannte neu reizvoll. Auch ich bewundere Deine Kunst, das Erlebte, Selbstgesehene, sich mit dem Hintergrund verbinden zu lassen. Das Buch ist *reich;* was für eine Fülle nur schon an atmenden Portraits! Man *spürt* Gide, Cocteau, Wells, e tutti quanti. Und man liebt den Autor. Darauf eigentlich kommt alles an, besonders in einem Werk dieser

Art. Man liebt ihn noch viel mehr hier als je bevor. Denn hier ist sein Subjektivismus zum ersten Mal *vollkommen* legitim. Der Mangel jeder epischen Verkleidung ist ein absoluter Vorzug. Man hat ein langes, herrliches, fruchtbares Gespräch mit einem überaus liebenswerten, leidenschaftlich bewegten, intensiv klugen Menschen. Viel Besseres gibt es nicht auf diesem Planeten. Und dabei ist es ein *Buch*. Ich meine: es ist gegliedert, gebaut, gesteigert. Es ist eine runde »Education Sentimentale«, so aufrichtig und ernsthaft wie jene unerreichliche.

Ich hoffe zu Gott, die Leute verstehen, würdigen, kaufen es! Wenn sie Verstand haben (was immer ein sehr großes »Wenn« ist) tun sie's. Sie kriegen, von allen tausend Einzelreizen zu schweigen, ja mehr Substanz, Fleisch, geistige Vitamine als in vierzig ihrer Frauenzimmerwälzer über den Civil War. Drei oder vier »große« Kritiken, die das klar machen – und es müßte geschafft sein. Ich habe nicht genug Daumen, sie zu halten! Mich, mein Lieber, hast Du bereichert, erregt und, oftmals, glücklich gemacht. Sei umarmt und bedankt!

Dein alter

Bruno

Es wäre bare Heuchelei zu verschweigen, daß mir drei oder vier Stellen über a certain »vigorously urban« gentleman *große* Freude gemacht haben!

AN BRUNO FRANK

Hotel Bedford,
New York
November 4, 1942

NUR EIN SCHNELLES, lieber Bruno – mehr von der geschäftlichen Art.

Der Witz ist der, daß ich für die L. B. Fischers eine Europäische Anthologie zusammenstellen soll: Du verstehst, eine Art von Pendant zum »American Harvest«; poetry, short stories, essays, dramatic fragments – alles entstanden zwischen den beiden Kriegen. Alle Länder vertreten – außer Great Britain, welchem ein eigner Band gewidmet werden soll.

Ich dachte Dich unter den Uruguayanern zu placieren – ist nicht dies Deine Staatsangehörigkeit? Aber ein solches Land ist im Europäischen Atlas nicht auffindbar. So kommst Du *wieder mal* zwischen Fred Hildebrandt und Meister Schauwecker.

Ich dachte erst an Deinen kleinen Aufsatz über Turgenjews Brief: er ist so hübsch, und lang darf es ohnedies nicht sein. Oder ziehst Du eine short story vor? Bis zu 10 Druckseiten könnte ich mich versteigen. Was gibt es da in englischer Übersetzung? Bei den sehr magren Mitteln, die mir zur Verfügung stehen, ziehe ich schon-Übersetztes vor, damit die Autoren wenigstens eine kleine Kleinigkeit bekommen können. Autoren-Rechte UND Übersetzung zu zahlen scheint beinah unmöglich. (Es sei denn, der Band wird ein unerwartet fetter Erfolg: dann würden Gebrüder Landsi-Beri wohl noch etwas springen lassen.)

Also, überlege und lasse wissen! Lieber noch heut abend als nächste Woche früh. Der Band soll im Frühling auf den Markt geworfen werden.

(War nicht eine Deiner Klein-Juwelen mal in »Harper's Bazaar«? Oder in »Story« Magazine?)

Ich schreibe ein Stück für die Schaubühne und bin auch sonst des Lebens gründlich müde.

Liesls und Dein lieber

KLAUS

VON HEINRICH MANN

301 So. Swall Drive
Los Angeles,
Calif.
7 Nov. 1942

Lieber Klaus (Thomas Heinrich)

es tut mir wohl, daß Du die verdiente Anerkennung auch von mir gern hörst.

Übrigens bin ich fast nur noch berufen, andere zu ermutigen, was meinem Ehrgeiz genügen würde, nur das Existenzminimum wird damit nicht erreicht. Die Lust an der Produktion bleibt, wie es scheint, erhalten. Mein neuestes Erzeugnis, »Lidice« hatte die Eigenschaft, die ich ihm danke, daß es sich mehr oder weniger von selbst abspielte. So entstanden, pflegt eine Sache richtig zu sein; taugt sie dennoch nicht, muß ich mich weniger schuldig fühlen.

Könntest Du irgend jemand vorläufig für die Sache gewinnen? Ein moralisches Exempel und psychologisches Bravourstück, das und kaum mehr als das ist sie. Den Tschechen wird alle Ehre erwiesen, das von Dir geplante Gespräch mit Herrn Laurin wäre vielleicht berechtigt.

Deine Wahl für die europäische Anthologie ist zweifellos richtig, ich könnte nichts Zeitgemäßeres anbieten. Wenn Du einen Abdruck hast, schicke ihn mir bitte zum Vergleich. Ich besitze ein Exemplar der Broschüre, die damals bei Zsolnay erschien; möglich, daß der Text der Neuen Rundschau genau übereinstimmt.

Umstände halber bin ich habsüchtig; soll das Honorar bescheiden sein, dann bin ich unbescheiden und möchte es gleich jetzt haben. Vor Erscheinen wird es wohl ohnedies bezahlt, der Unterschied in der Zeit kann nicht groß sein.

So, auch dieser Geschäftsbrief wäre geschrieben; er sieht nicht aus wie ich, aber ungefähr entspricht er den Anregungen der herzlichen Epoche.

Dein Onkel

Heinrich (Luiz, zur Erinnerung an Brasilien)

VON KATIA MANN Pacific Palisades
4. II. 43

Liebster Aissisohn:

Gleich beantworte ich Dein Liebes, schon mit größter Ungeduld Erwartetes vom 29., wenn leider auch nur mit der bekannten jüdischen Hast, weil heute doch der heilige Donnerstag ist, und da hat die Hausfrau bekanntlich strengen Dienst. Ich war über Dein Voriges ja ganz außer [mir] und bleibe dabei, daß man Dir da einen üblen Streich gespielt hat: Daß Du Dich unter keinen Umständen ärgerst, ist natürlich die einzig richtige und mögliche Einstellung Deiner phantastischen augenblicklichen Lage gegenüber, und daß Du es ja schließlich selbst gegen die größten Widerstände durchgesetzt, macht diese Einstellung schließlich wohl leichter. A la longue freilich, wenn es sich als ein völlig sinnloses Opfer erweisen sollte, vielleicht auch wieder schwerer, aber ich denke immer, das wird es garnicht, und eine halbwegs angemessene Form wird sich schon herausbilden. Hast Du denn wohl Dich schon der Intelligenz-Prüfung unterzogen, und wie mag sie abgelaufen sein? An eigenes Arbeiten ist wohl vorerst durchaus nicht zu denken, aber auch dies kann sich mit der Zeit ändern. Wie steht es denn wohl mit allen Unternehmungen, vor allem mit dem Stück? – Genug gefragt. Bei uns denn also geht alles im gewohnten Trott. Mit der italienischen kleinen Familie leben wir in vollster Harmonie, und ich muß wirklich Z.s konsequent durchgeführte Unerschütterlichkeit den Eigentümlichkeiten des Schwiegersöhnchens gegenüber anerkennen. Im übrigen moderiert sich dieser, wie schon mehrfach erwähnt, ja auch in für seine Verhältnisse löblicher Weise; ich gerate wohl gelegentlich etwas mit ihm aneinander, wenn er die ganze heutige Weltpest als eine rein italienische Erscheinung in Anspruch nimmt, aber in manchem, the pope betreffend, hat er ja mehr Recht als man zeitweise geglaubt hätte, und anderseits haben seine gemütvollen und familianten Eigenschaften auch wieder etwas Entwaffnendes. Das Kind Medi ist wirklich allzu anhänglich ans Elternhaus, das ist ja schließlich nicht gut. Meine rückwärtigen Bindungen sind garnichts dagegen, sie hätte lieber die dicken Beine erben sollen. Wegen ihrer schriftstellerischen Ambitionen braucht man sich keinerlei Sorgen zu machen, es handelt sich vorerst um weitausschauende Vorbereitungen. Das Kind ist wirklich lieb und putzig und hat sich im Lande California ungemein herausgemacht und infolgedessen verniedlicht. – An den Joseph denken wir kaum mehr, so lange ist er schon fertig. Vati hatte sich mit dem Schluß des innerlich etwas überlebten Werkes ziemlich schwer getan, und möglicher Weise ist er auch etwas matt ausgefallen, aber das wird das ganze ja nicht beeinträchtigen. Jetzt arbeitet er an dem vom dummen Herrn Robinson bestellten Moses, und es wird gewiß ein stattlicher kleiner, für den Auftraggeber völlig unverwendlicher kleiner Band werden. Von Fränkels hören wir garnichts. Dagegen hat Hardt uns gezwungen, nächsten Montag einem privaten Vortragsabend, den er in seinem Hause veranstaltet, beizuwohnen, das sind so unsere makabren Belustigungen. – Daß ich, endlich wieder, zu den Hochbevorzugten gehöre, die unter dem Donnerstag leiden, erwähnte ich schon. Wir haben seit Anfang des Jahres tatsächlich wieder ein Dunkeli, Gussy genannt, ein ganz pfiffiges und leidlich fleißiges Ding, die nur eben unentwegt von Mittwoch bis Freitag und von Samstag bis Montag ihre freien Tage durchhält, aber an den übrigen ist sie mir immerhin eine wesentliche Entlastung. Daß ich ihr freilich mein Radio geben mußte, wo es doch durchaus keine mehr zu kaufen gibt, kränkt mich. Die Hungernot ist so ziemlich vorüber, nur Fleisch gibt es so gut wie garnicht, und man muß sich an Geflügel und ekles Gekröse halten. – Muß ja zu Markte eilen. Halte mich *bitte* auf dem Laufenden. Tausendsegen von der getreuen Soldatenmutter

Mielein.

AN LOTTE WALTER

Camp Joseph T. Robinson
Arkansas
February 7, 1943

Alte Braut:

Nur damit Du meine grimmige Adresse weißt: sie steht draußen auf dem Couvert, in ihrer ganzen schrecklichen Länge.

Man hat mir die letzten Haare grotesk kurz geschoren und mich mit einem schweren Schießgewehr beschenkt. Ich muß viel exerzieren und danach auch noch die Küche putzen. Es ist alles sehr wie im Traum.

Wahrscheinlich werde ich nur etwa 8 Wochen hier sein, fürs Basic Training.

Warum schickst Du mir nicht ein bißchen Süßgebäck, wie eure Fanny es so reizend macht, und etwas Marzipan aus irgendeinem teuren, von Wiener Juden geleiteten Geschäft? Ich vergesse dann, daß ich Dich darum gebeten habe, und halte es für eine charmante Improvisation von Dir.

Woher hat der Sebastian denn *wirklich* die vielen Hemden und Badesalze? Das Problem beschäftigt mich manchmal ganz *plötzlich*, mitten beim Exerzieren.

Grüße Deine sehr lieben Eltern von Deinem alten Studiengenossen

Otto Marcks

VON KATIA MANN

Pacific Palisades
10. II. 43

Liebster Aissi-Sohn:

Beeile mich, von der soeben eingetroffenen Adresse Gebrauch zu machen, obgleich ich ja natürlich ganz kürzlich einen langen Brief nach Fort Dix richtete, der Dir doch voraussichtlich nachgesandt wird – Verlaß ist freilich nicht mehr auf die Post: there is a war going on –, und es also wenig zu berichten gibt und auf überaus langweilige Wiederholungen hinauslaufen wird, da ich doch garnicht mehr weiß, was ich das letzte Mal schrieb. Vor allem gratuliere ich zum definitiven Beginn der militärischen Carrière. Aber dies muß ich ja sagen, daß in dieser an Absurditäten so überreichen Zeit die Vorstellung meines Aissisohnes in amerikanischer Uniform in vollgestopftem Soldaten-Zug zu den überraschendsten gehört. Ich muß Dich mir also nun blöndlich mit roten Augen und überaus kurzen Haaren denken. Das Bild in dem Journale neulich sah ja recht kriminell aus, schicke mir doch bitte bald ein anderes. Man hört ja allgemein, daß das basic training ungemein anstrengend sein soll, könntest immerhin zusammenbrechen, es wäre keineswegs schimpflich, aber Golo behauptet ja immer, Du hättest eine eiserne Natur. Film-acteur Melvyn Douglas unterzieht sich auch soeben in einem camp diesem training, und seine Gattin, die ich neulich bei Homolkas traf – auf einer fête, die dem wohlmeinenden, wenn auch nicht sehr gescheiten Ex-Ambassador Davies zu Ehren gegeben wurde – meinte auch, er zweifele, ob er es werde durchhalten können.

Gölchen wurde, auf den von seinem Präsidenten hinter seinem Rücken gestellten Antrag, zu seinem Zorn auf drei Monate zurückgestellt, aber im April wird er es wohl erreichen, und sogar Familienvater Bib kann es nach den neusten Bestimmungen ereilen, den Konny freilich am ehesten, worüber er sich grün grämt. Uns würde er übrigens recht fehlen, aber ich sehe ein, daß dies kein Gesichtspunkt ist.

Über Familie Borgi äußerte ich mich wohl ausführlich. Sie sind so furchtbar traurig, daß die zweite Hälfte ihres Aufenthaltes nun schon im Abrollen ist, daß es mir ordentlich ins Herz schneidet. Kind Gogoi spricht wirklich überaus drollig, wobei es sich ständig mit you anredet. Als ihm gestern die Nase heftig lief, sagte es weinend: »Almost ate your dirty, dirty nasy.« Liebliches Sonnenprinzchen Fridolin dagegen bleibt stumm, aber die Medi meint, sein stummes Mütterchen weise ihn nicht richtig an, und als die beiden Borgis neulich drei Tage in San Francisco waren, soll er gleich beträchtliche Fortschritte gemacht haben. Übrigens waren sie so restlos und neidlos von seiner Schönheit begeistert, daß es ihrem Charakter Ehre machte, und überhaupt ist der Borgi ein ganz guter Mann mit handgreiflichen Schwächen, die man halt zu handlen wissen muß. Und mit dem pope hat er wirklich rechter und rechter. In Nordafrika spielt sich ja anhaltend Schmutzigstes ab, und weiß Gott, was Ciano nun am Holy See mit den Taylors und Consorten intrigieren wird. Aber unsere Anderen, unsere Großen, gewinnen ja wohl im Eiltempo den Krieg! Übrigens insistiert der auch wieder nicht unlästige Schwiegersohn, ich müsse Dich fragen, was aus Deiner Anthologie geworden, und ob Hübsch seinen Beitrag freigegeben. Wie es ansonsten mit Deinen literarischen Plänen und Arbeiten steht, fragte ich wohl in meinem Letzten, besonders mit dem Stück. Im camp ist an Schreiben wohl nicht zu denken? – Eve gab kürzlich eine wahrhaft prachtvolle Vogerl-Party, die sich, was die Üppigkeit der Bewirtung betraf, schier mit Tomsky's legendärem Fest messen konnte. Sie wollte gewissermaßen den Freund präsentieren und gleichzeitig beeindrucken. Dieser ist so weit ganz stattlich, aber mit dummen, schweren Augen. – Daß aber auch Hardt eine party gab, und »Pauken-Schläge und Gelächter« und vieles andere mit ehern festgelegten Akzenten schmetterte, war denn doch gespenstisch.

Ein kleines Paket mit Süßigkeiten bestellte ich sogleich nach Empfang der Adresse beim Schweizer Zuckerbäcker in Seattle, den Tenni mir empfohlen. Hoffentlich erreicht es meinen boy. Daß ich bei grocer und auf der Gasoline station meinen Sohn in der army häufig beiläufig erwähne, versteht sich.

Tausendsegen!

Das treuzärtliche

Mielein

AN KATIA MANN

Camp Joseph T. Robinson
Arkansas
February 14, [1943]

Chère Madame et Amie,

nur ein hastig Wörtlein am Ende eines Sonntages, den ich ganz mit Küchendienst verbringen mußte ... Deine beiden lieb Getippten mit dankbarem Amüsement erhalten. Noch nicht die Zuckerbäckereien, auf welche Du anspieltest und denen [ich] nur zu gerne entgegensehe. Du Deinerseits magst Dich auf eine Portrait-Studie von mir gefaßt machen: ist schon beim Entwickeln. Weniger hübsch ist beigelegter Zettel. Da bleibt wohl gar nichts andres übrig als –? Wenn die Kuh muht, *muß* man ihr halt Milch geben. Vielleicht zwei oder vier Monate in advance? Du bist doch so *vergeßlich*, liebe Mama. –

Das Exerzieren fällt mir ziemlich *schwer;* vor allem mit dem Schießgewehr weiß ich gar nichts Rechtes anzufangen. Werde trotzdem mit einer Mischung aus Respekt und gutmütiger Ironie behandelt. In meinem Zelt, oder Bungalow, heiße ich »the Professor«. Nach Melvyn Douglas – freilich *weit* nach ihm! – bin ich wohl das Aparteste, was je in diesem Camp war. Denn genau *hier* war es doch, wo der Filmstar, zur allgemeinen Bewunderung und Ermutigung, als gemeiner Private diente: in *diesem* Camp, in *meiner* Company, ja, um das Maß des Drolligen schier zum Überlaufen zu bringen: im Bungalow fast gleich neben meinem.

Bald mehr. Wird ja schon zum Licht-ausmachen geblasen. Grüße für alle. Sage dem Borgi, daß die Anthologie *freilich* erscheinen wird: Kesten took over when I had to quit. Hübsch ganz bis O.K.: so we'll use the »D'Annunzio« chapter.

LOVE

K.

VON KATIA MANN Pacific Palisades

18. II. 43

Liebster Aissi-Sohn!

Hätte Dir heute auf alle Fälle geschrieben, denn mir scheint, daß eine Soldaten-Mutter ihrem boy im camp öfter schreiben sollte und nicht kleinlich rechnen. Aber nun habe ich ja sogar Dein Briefchen vom 14. huius zu beantworten. Daß Dir das Exerzieren schwerfällt, ist mir nur zu plausibel, denn, wie ich wohl schon erwähnte, ich habe immer gehört, daß dieses basic training für jeden eine tüchtige Zumutung ist, und die Gattin Deines Vorgängers Melvyn hat es mir noch kürzlich bestätigt. Und wenn ich bedenke, wie meine Söhne sich schon hinsichtlich des Farbband-Wechselns anstellten, was doch eine dem literato durchaus angemessene Betätigung ist, so *kann* ich es mir überhaupt nicht vorstellen, daß sie je mit einem so komplizierten und hostilen Gerät wie einem Schießgewehr hantieren lernen sollen. Und recht sehr ärgerlich stelle ich es mir vor, daß in allen diesen Hinsichten der schlichte landeskindliche Durchschnitt, natürlich, selbstverständlich, sich unendlich viel leichter tut. Und dann, nach anstrengendster Woche, nun auch noch ekler Küchendienst am Sonntag! Daß dies alles aus freien Stücken übernommen wurde, macht es natürlich leichter erträglich, aber augenblicksweise könnte dieser Umstand auch besonders erbitternd wirken, indem der Mensch sich fragt, ob er es denn eigentlich notwendig gehabt hätte. So denkt das Mielein hin und her, nicht ohne einige Sorge über die phantastische Lage ihres ältesten Lieblings. Aber mit der Zeit wird sich schon eine einigermaßen angemessene Betätigung für den Professor finden, davon bin ich überzeugt und auch davon, daß Dein Entschluß preisenswert und gut war.

Julien Green hat es ja auch so gemacht, wie mir beim Empfang einer ebenso erfreulichen wie interessanten Sendung klar wurde. Befriedigt konnte das Interesse vorerst freilich noch nicht werden, weil zur Zeit Vati mit dem Werke Kontakt nimmt. Ungemein stattlich sieht der Band ja aus, und das Bild auf der Rückseite des Jackets hat mich recht gerührt durch seinen ungemein civilen und zart geistigen Charakter, worin es sich wohl sehr unterscheiden wird von demjenigen, welches ich mit Spannung erwarte. Teile mir doch, *bitte*, im Nächsten mit, wie es eigentlich mit der l. Gesundheit steht, ich meine, ob diese durch das strapaziöse Leben gewissermaßen gefestigt wurde, ob das Gewicht beträchtlich abnahm, ob der Zlumber ohne Näscherei gedeiht und die Ernährung genügt. Meine Zuckerbäckereien müssen inzwischen wohl längst eingetroffen sein, die Rechnung wenigstens erhielt ich bereits. Da Du sie ja wohl mit den Stubengenossen teilen mußt, werden sie nicht lange vorhalten, und ich lasse, falls sie konvenierten, bald neue schicken. Was aber das garstige, von Dir beigelegte Zettelchen betrifft, so ist da offenbar wieder einmal häßlichster Betrug im Spiel. Habe ich doch pünktlich im Jenner und im Febber meinen Check nebst einem Blatt Deines Büchleins eingesandt. Muß gleich einmal checken. Zur Zeit bin ich freilich völlig in Anspruch genommen durch die Vorbereitung der Steuererklärung, was ja wirklich zum allerhäßlichsten Sach gehört. Die tüchtige, von ihrem strengen Gemahl zu feinster Pedanterie erzogene Dulala hat die ihre schon in mustergültiger Weise ausgefüllt, wohingegen unsereins verzweifelt nach den Unterlagen sucht, die alle auf rätselhafte Weise unauffindbar sind.

Das letzte Drittel vom Aufenthalt der Borgis ist nun angebrochen, und sie sind *beide* unaussprechlich traurig darüber, die sehr, sehr Armen. Das Haus wird ja auch wieder recht still und einsam sein, aber bald kommt wohl die E., wenn auch nur auf kurze Zeit in Anbetracht ihrer unheimlichen Reisepläne, über die ich garnicht recht orientiert bin. Aber daß so garnicht mehr auf Besuch der Söhne zu rechnen ist! Solltest Du nach Europen geschickt werden, so darf man aber doch wohl vorher auf einen Heimaturlaub rechnen! Aber bis dahin hat es wohl noch gute Weile. Wußtest Du eigentlich, daß theoretisch die Briefe aus den camps zensiert werden? Deine kommen ja so far immer uneröffnet, dagegen erhielt ich neulich aus Fort Dix ein völlig gleichgültiges Schreiben einer Arztensgattin und ehemaligen Journalistin, welche mir mitteilte, sie habe vergeblich, weil Du schon im Aufbruch warst, versucht, Dich zum lunch einzuladen, und dies war mit einem Examined Streifen versehen. Unsereins denkt und schreibt ja ohnehin nur Gutes, aber man fühlt sich trotzdem etwas gehemmt. – Vati wurde wegen seiner Messages nach Deutschland von Niebuhr in der Nation recht häßlich angegriffen, was mir besonders peinlich ist, weil ich gewissermaßen für die Publikation verantwortlich bin. Moses wächst immer bedenklicher und ist außerdem, wie mir scheint, viel zu spöttisch für Robinsons gradlinige Zwecke. Würde es Dich erheitern, zu hören, daß Kind Gogoi in einem wahrhaft großartigen Wutanfall ihr Kleidchen nebst Sweater kurzerhand in die Kisette geschleudert hat? Nachträglich ist sie fast so stolz auf diesen Streich wie Goethen über die zerschmetterten Teller deren von Ochs, und immer wieder muß es zu ihrem jubelnden Gelächter erzählt werden. Im Ganzen hat sie sich hier ungemein entziffert, und ich glaube, man muß sie ganz objektiv als ein appartes und reizvolles Dingerle bezeichnen. – Schikke nur bald wieder ein, wenn auch noch so kurzes, Zettulein.

Treuzärtlich

Das Mielein.

AN LOTTE WALTER

Camp Joseph T. Robinson
Arkansas
February 28, [1943]

Lotte – schön:

welch ein bezaubernder Einfall von Dir, mir diese deliziösen Süßigkeiten zu schicken: ich war ebenso überrascht wie glücklich. Merci mille fois. Die Chocolade schmilzt angenehm-bitterlich auf der Zunge, und die Fanny-Küchlein bewähren ihre prima Qualität, sogar wenn sie ein bißchen aus der Façon geraten.

Ich schicke Dir mein Porträt, 1.) als Zeichen der Dankbarkeit; 2.) aus Berechnung – weil ich nämlich Deines haben möchte. Dieses wiederum aus 2 Gründen: a.) weil ich es *wirklich* möchte; b.) weil ich meine Stuben-Genossen mit einem schönen Girl Friend impressionieren möchte. Schicke mir also ein recht verführerisches, mit nackten Schultern, schwülem Blick und allem.

Es ist sehr sonderbar, Soldat zu sein, und sehr schwierig, davon zu erzählen. Ich weiß nicht einmal, ob es mir gefällt oder nicht. Die kleinen Pflichten nehmen einen so in Anspruch, daß man alles andere vergißt.

Übrigens sieht es so aus, als ob diese Pflichten bald interessanter werden sollten. Es liegt etwas in der Luft – ein »transfer« nach Washington, ein job so recht nach meinem Herzen, in der nicht zu fernen Zukunft... Aber alles ist noch zu ungewiß und wäre zu schön, um es schon auszuplaudern.

Schreibe mir! Erzähle mir was Drolliges!

Guter alter

KLAUS HEINRICH THOMAS

AN HERMANN KESTEN

Camp Joseph T. Robinson
March 6, 1943

Cher ami et confrère,

My congratulations, to begin with. Es macht mir wirklich Spaß, daß Sie diese üble Bande vom »True Story« Magazine besiegt haben: Ein Triumph der guten Sache, David gegen Goliath, es gibt doch noch Richter in Leipzig. Wie unrecht ich hatte, vom Prozeß abzuraten! Man hat immer unrecht. Sagen Sie bitte auch Ihrer Frau, mit meinen Grüßen, wie sehr ich mich freue, zu pessimistisch gewesen zu sein.

Nun sind Sie wohlhabend und zerstreut. Interessieren Sie sich noch für Anthologien? Interessiert sich unser Freund Landshoff noch für »The Heart of Europe«? Sind irgendwelche Fortschritte erzielt, bzw. gemacht worden?

Beantworten Sie mir bitte erst diese prinzipiellen Fragen!

Erst dann werde ich Sie detailliert belästigen – sei es brieflich, sei es (wie ich hoffe) mündlich, in der nicht zu fernen Zukunft. Es sieht nämlich so aus, als sollte mein »Basic Training« abgekürzt werden und ich, nach Washington geschickt, einen interessanten »job« bekomme. (Dies ist eine miserable Konstruktion: das kommt davon, wenn ein deutscher Schriftsteller die liebe Gewohnheit aufgibt, deutsch zu schreiben...) Was den »job« betrifft, so sollte ich seiner eigentlich noch gar nicht Erwähnung tun: es ist zu reizvoll und ungewiß, um schon wahr zu sein.

Army Life? Sie können sichs vorstellen. Wenn nicht, muß ich Sie bitten, auf meinen satirischen Roman oder auf unser nächstes Gespräch zu warten.

Bien à vous:

KLAUS HEINRICH THOMAS

VON THOMAS MANN

Pacific Palisades
9. III. 43

Lieber Sohn,

im Living Room ist eine kleine italienische Versammlung, die Borgy zu Tea und Cocktail zusammengeladen hat, weil der nun bald mit den Seinen wieder abreist, aber ich habe mich davon gestohlen, um Dir endlich einmal einen Brief zu schreiben. Erstens weiß ich ja, wie wichtig es bei euch ist, Post zu bekommen, und zweitens steht ja auch noch mein Dank für das Gide-Buch aus, bei dessen Lektüre ich mir immer gern vorgestellt habe, daß es im Wesentlichen, vielleicht ganz, hier in unserer Mitte geschrieben wurde. Es hat mich sehr gefesselt, sehr unterhalten und auch vielfach belehrt, denn Du bist ja wirklich ein genauer und intimer, weil liebender Kenner dieser Seele und dieser Kunst, von der ich wohl eine Vorstellung habe, und eine sehr ehrerbietige, die mir aber doch keineswegs so Linie für Linie vertraut ist, wie Dir. Er hätte sich wohl wirklich keinen gewiegteren Portraitisten und Interpreten wünschen können, und jedenfalls wäre kein Amerikaner zu finden gewesen, der ihn hier hätte propagieren können, wie Du. Dazu war ein Europäer nötig – wir werden überhaupt noch für manches nötig sein, auch wenn wir nach diesem Kriege, wie wahrscheinlich, nur noch die Graeculi der Welt sein sollten. Du nun weißt den gutmütigen Barbaren das Griechische sehr zugänglich zu machen, im natürlichsten Englisch, mit heiterem, unüberschwänglichem Enthusiasmus, mit Anekdoten und allem. Von manchem Zug des Gemäldes war ich frappiert, so von der Stelle mit der Cigarette, wie er die Dinger plötzlich ins Hoch-Lasterhaft-Moralische erhebt, seine Unfähigkeit zum Widerstande eingesteht und heimtückisch in den Worten der unsympathischen Romanfigur spricht. Ein unheimlicher Genosse, verwickelt, wenn auch keineswegs vertrackt. Das Hoffmann'sche »Verrucht« paßt schon besser und würde auch ihm wohl zusagen. Die eigentümlichste Mischung von Verführer und Erzieher – seit Sokrates, möcht' man sprechen.

Ich hätte Dir aus den beiden Gründen, aber auch sonst und überhaupt, weil Du uns doch jetzt mit der Waffe verteidigst und ein schweres, neues, sonderbares, wenn auch an sich nur zu gewöhnliches Leben hast, schon längst schreiben wollen, hatte aber immer zuviel zu tun. Neben dem Persönlichen läuft gerade jetzt so viel Angefordertes her, Broadcasts nach Deutschland, nach Europa überhaupt, auf englisch, nach Australien, auf englisch, Artikel für das Office of War Information über Deutschlands Zukunft und so fort, dummes Zeug, das man aber doch nicht immer verweigern kann, wenigstens, wenn man nicht viele War Bonds kauft (einige *haben* wir gekauft). Hauptsächlich hat mich in diesen Wochen die Moses-Novelle beschäftigt, die ja als Einleitung zu einem 10 Gebote-Novellenbuch bestellt war – ich weiß nicht, ob aus dem Plan überhaupt noch etwas wird. Jedenfalls hat mich die realistisch-groteske Geschichte, bei der es sich natürlich schlechtweg um die menschliche Gesittung handelt (das Goldene Kalb ist ein komisch-trauriger Rückfall) sehr amüsiert, und ich habe so rasch an hundert Seiten hingelegt, daß ich das Gefühl hatte, garnicht mehr neidisch sein zu müssen auf Deine Geschwindigkeit. Immer nach Abschluß von etwas Großem gönne ich mir so etwas, was mir gar keine Mühe macht.

Schlimm ist, daß die alte Lowe mit der Übersetzung des Joseph noch so sehr im Rückstand ist. Ich *konnte* ihn doch nicht selbst auf englisch schreiben, das könntest auch Du nicht. Aber nun ist es unsicher geworden, ob auch nur der *Herbst*-Termin eingehalten werden kann. Es wäre ein harter Schlag, schon wegen der immer schwieriger werdenden Papier-Situation und auch, weil ich doch nicht immerfort den Renten-Vorschuß beziehen kann, ohne daß endlich das Buch da ist.

Die Zeit unserer Borgese's, wie gesagt, ist nun bald abgelaufen. Es war ja eigentlich ein starkes Stück – ein Vierteljahr. Aber wir haben es gut überstanden, uns recht gut vertragen. Medi war lieb und hilfreich, das Kind Gogoi (sie sagt auch »Borgelica«) possierlich und rührend, wenn auch mir etwas fremd im Vergleich mit dem goldenen Fridolin, und der Mann ist ja etwas laut und anstrengend, auch durch geistigen Eigensinn und italienischen Patriotismus bedrückend, aber sehr gutmütig, empfänglich, weich im Grunde und von der dankbarsten Eitelkeit. Er strebt sehr hierher an die Universität, aber es wird wohl nichts daraus werden, er ist zu links und zu anti-kirchlich.

Du wirst bald aus dem Dicksten heraus sein. Mit Genugtuung hörte ich von dem Major, der Dich in den Intelligence Service zu bugsieren gedenkt. Saroyan scheint ja sofort da hineingekommen zu sein, führt sein Autorenleben in Uniform und privat so zwischendrin. Daß er sein Romänchen of the month »The Human Comedy« genannt hat, ist ein Gipfel ländlicher Treuherzigkeit.

Viel Glück und Ehre!

Herzlich

Z.

Coudenhoven habe ich einen Kündigungsbrief geschrieben. Es ist ein zu zweideutiger Salon.

VON BRUNO WALTER

930 Fifth Avenue
New York, N. Y.
den 10. März 1943

Lieber Klaus:

Falls Deine Phantasie nicht gänzlich von Schlachtenlärm, militärischer Strategie, Taktik, Ballistik und ähnlichen Dingen dieser Welt erfüllt ist, wird es Dich vielleicht doch ein wenig erfreuen, durch mich an Sanfteres erinnert zu werden.

Ich wollte Dir nämlich sagen, daß ich mitten in Deinem Buch über André Gide bin und innigst interessiert, ja gefesselt, Deine warmherzige und tief gehende Darstellung genieße. Es kommt mir vor, es sei das beste, was ich von Dir gelesen habe.

Wie Du es rein der Zeit nach fertigbringen konntest, ein so konzentriertes Buch zu schreiben, und zwar – verzeih den kühnen Vergleich – sozusagen auf der Brücke zwischen Literatur und Soldatentum, ist mir unbegreiflich.

Ich beglückwünsche Dich und sende Dir herzliche Grüße und Wünsche.

Dein alter

Bruno Walter

AN THOMAS MANN

Camp J. T. Robinson
Arkansas
March 17, [1943]

Mon Père,

sehr geehrt und erheitert von Deinem mit beliebter Feder abgefaßten Schreiben, welches ich nur militärisch-kurz beantworten kann. Denn noch, und bis auf Weiteres, führe ich ja – ganz im Gegensatz zu Saroyan – ein rechtes, schlechtes Soldatenleben. Die kleinen Aufmerksamkeiten, die man mir nebenher zuteil werden läßt – lectures, Dinner-Einladungen in der Stadt usw. –, bedeuten ja schließlich nur Fleißaufgaben – »special duties«, wie man hier sagt –, die sich, hoffentlich, früher oder später bezahlt machen werden. Die schöne Washington-Aussicht gilt hier, auch bei meinen Offizieren, als eine sichere, abgemachte Sache: ich kann jeden Tag abkommandiert werden. Wäre es nur soweit! Ich bleibe skeptisch, bis der geheime Marschbefehl vor mir auf dem Tische liegt. Obwohl ja freilich auch Schwager Borgese in seinem Brief, den ich heute von ihm hatte, Andeutungen macht, als ob er aus der Hauptstadt Kunde hätte... Sein Brief, übrigens, beginnt, üsis und lapidar, mit dem statement: »California was splendid...« Er legt auch ein Bild von seinem zügigen Kindchen bei und scheint der family jetzt so ergeben, daß er mir nicht einmal mehr meine Vorliebe fürs Französische übelnimmt. Übrigens bemerke ich auch hier, in höheren Army-Kreisen, wieder, daß er entschieden gekannt und ernstgenommen wird: wenngleich nur wenig im Vergleich mit einem gewissen Rudolf Schené: ich spreche von Dir, lieber Vater, dessen Namen selbst die Corporale und Sergeanten vague nachdenklich stimmt, während die Lieutenants die Lippen spitzen und die Majore die Brauen in die Höhe ziehen.

Die Moses-story stelle ich mir irgendwie recht wild und lustig vor, trotz dem moralischen Gegenstand. Am looking forward to reading it.

Das Beigelegte von Boyd wird Dich interessieren, vielleicht sogar freuen. Für die »Herald Tribune« schreibt Albert Guérard über das Buch. Überhaupt ist die Presse wieder recht liebenswürdig. Ja, ja, die gutmütigen Barbaren. Ein Glück immerhin, daß es sie gibt.

Alles Liebste für die liebste Mama.

Treu und herzlich,

der Soldaten-Assisi.

Die Lowe-Porter sollte sich *schämen*. Wenn die Urschel nicht mehr arbeitsfähig ist, sollte sie eben das Feld jüngeren Herren räumen.

VON THOMAS MANN

Pacific Palisades
27. IV. 43

Dear son!

Ich weiß garnicht, ob Du Dich eigentlich so recht herzlich über meinen vorigen Brief, den Gide betreffend, gefreut hast. Hast es, soviel ich weiß, nie merken lassen. Oder vergaß ich's? Einerlei, heute schreibe ich wieder, p.p.c., sozusagen, und p.f., denn die letzten Nachrichten oder Andeutungen waren ja groß und ernst, und es sieht aus, als ob so bald nicht wieder Gelegenheit zum Schreiben sein sollte. Das p.f. gilt natürlich vor allem dem sergeant, der ja nach baldiger weiterer Rangerhöhung aussieht. (Wie wird es die Meyern ärgern!) Aber wieviel Glück wünsche ich auch sonst, bonne chance und good luck auf allen Deinen Wegen, für alles, was da an Merkwürdigem, Ehrenvollem, Interessantem und für alle Eltern auch Besorgniserregendem kommen soll!

Wie der Krieg nun auch in die amazing family eingreift, es ist unerwartet, obgleich nicht verwunderlich. Erika schwimmt schon wieder gen Portugal, wird nach England und Schweden, womöglich zu den Bolschewiken gehen. Nun Du als amerikanischer Offizier irgendwo in fernen Kampfgefilden. Und Golo wird gewiß, zur Stillung seines Neides, auch bald an die Reihe kommen. Kurios, kurios. Aber auf soviel verwendbare Punkte werde ich trumpfen können, wenn ich hier einmal den Mund aufmache, alsob ich zu Hause wäre.

Golo hat ja immer gesagt, Du habest eine eiserne Natur, aber wie Du das basic training absolviert hast, ist doch überraschend, – womit das Gegenteil der Meinung ausgedrückt ist, daß es eine Kleinigkeit war. Laß uns also sagen: es ist respektabel. Weder das Schreiben noch die Liebe haben offenbar der Gesundheit Deiner Grundsubstanz etwas anhaben können, sondern Du bewährst Dich nun, wenn auch unter Beihilfe einer humoristisch-achtungsvoll-nachsichtigen Volksgesinnung, ganz richtig und tapfer wie ein Mann.

Ich finde das ausgezeichnet, und es fällt mir dabei, entschuldige, etwas ein, was ich kürzlich geschrieben habe in diesem Sinn. Mose nämlich, in der Geschichte »Das Gesetz«, lebt (was übrigens auch biblisch ist) eine Zeit lang mit einer Mohrin, an der er leidenschaftlich hängt, und hat deswegen großen Kummer mit seiner Familie. Als aber dann der Berg Sinai explodiert und Jahwe ihn zum furchtbaren Stelldichein auf den Gipfel ruft, sagt er: »Jetzt sollt ihr sehen, und alles Volk soll es sehen, ob euer Bruder entnervt ist von schwarzer Buhlschaft, oder ob Gottesmut in seinem Herzen wohnt, wie in keinem sonst. Auf den feurigen Berg will ich gehen etc.« – So gewissermaßen auch Du.

Wie bei uns alles so geht und steht, weißt Du ja ganz genau von Mielein und Erika. Nächstens kommen vielleicht Fridolin und Tonio für einige Wochen zu Besuch, es können auch Monate werden, denn Gret will ja einen job annehmen. Alle wollen sich tüchtig erweisen, Mielein natürlich allen voran. Um sie bin ich etwas besorgt, wegen der Überlastung, freue mich aber auch wieder auf das Kleinleben im Hause, besonders auf Fridolin, der jetzt schwätzen soll, was ich mir noch garnicht vorstellen kann. Bisher war er die stumme Schönheit. Oft soll er sagen: »Aha, I see!« und zu seiner Mutter: »Pfui, Mama!«

Sonst lebt man mit Franks, Heinrichs, Neumanns, Werfels und Hardts so weiter, und wenn es mal amerikanisch wird, dann ist es auch so fremdartig öde, daß man für längere Zeit wieder genug hat. Der Maler Singer hat uns aber ein sehr hübsches Landschaftsbild aus Frankreich in einem Rahmen aus hellem Holz geschenkt, für den living room.

Ich möchte gern wieder etwas schreiben und verfolge einen sehr alten Plan, der aber unterdessen gewachsen ist: eine Künstler-(Musiker-) und moderne Teufelsverschreibungsgeschichte aus der Schicksalsgegend Maupassant, Nietzsche, Hugo Wolf etc., kurzum das Thema der schlimmen Inspiration und Genialisierung, die mit dem Vom Teufel geholt Werden, d. h. mit der Paralyse endet. Es ist aber die Idee des Rausches überhaupt und der Anti-Vernunft damit verquickt, dadurch auch das Politische, Faschistische, und damit das traurige Schicksal Deutschlands. Das Ganze ist sehr altdeutsch-lutherisch getönt (der Held war ursprünglich Theologe), spielt aber in dem Deutschland von gestern und heute. Es wird mein »Parsifal«. So war es schon 1910 gedacht, als der politische Einschlag noch vorwegnehmender und verdienstlicher war. Aber ich hatte immer soviel anderes zu tun.

Niemand weiß, ob Joseph IV im Herbst erscheinen kann. Nach den Proben, die ich gesehen habe, macht die Lowe ihre Sache sehr gut, aber halt langsam, sehr langsam. Vielleicht wird die Stockholmer deutsche Ausgabe noch vor der englischen fertig. Bermanns und die alte Frau Fischer zeigten sich sehr entzückt von dem Band.

Dieser Krieg endigt nie. Dein Soldatentum wird so wenig eine *kurze* Episode sein, wie der National-Sozialismus selbst, den wir auch anfangs dafür hielten. Ich vermute, daß wir 1945 auch noch im Kriege sein werden, selbst in Europa. Aber Du wirst ja einmal Heimat-Urlaub bekommen, bald einmal, hoffe ich. Es ist ja zwischen den Erdteilen ein bewegtes Hin und Her.

Lebe wohl! Laß es Dir gut gehen!

Dein

Z.

AN THOMAS MANN

Camp Ritchie
Maryland
May 4, 1943

ABER FREILICH DOCH – *lieber Zauberer* – habe ich Dir auf Deinen Gide-Brief ganz geschwind geantwortet und mich gar artig bedankt: ebenso herzlich und unverweilt wie ich es auch jetzt und diesmal tue. Der Dank, und alles übrige, ist natürlich für die Frau Mama mitbestimmt. Auch ihr liebes Schreiben erreichte mich noch hier. Denn nun hat es doch plötzlich noch eine kleine Verzögerung gegeben: deshalb meine noch unveränderte Adresse. Die Army ist kapriziös und läßt uns gerne ein bißchen zappeln. Wie lange die Zappelei diesmal währen soll, weiß wohl nicht einmal der Hans Habe-Bekessy, der – als son-in-law des Ex-Ambassadors Davies – sonst schier alles weiß. Für mich ist die Verspätung eher angenehm, da ich hoffen darf, meine überfällige Einbürgerung inzwischen endlich ins reine zu bringen. Alles was mit den Ämtern zu tun hat wird aufs ödeste und blödeste verschleppt – und dies, obwohl die freundlichen Offiziere hier alles tun, um die Sache in Gang zu bringen. Ich hoffe aber, nächste Woche wird es so weit sein.

Übrigens ist inzwischen Elmer Davis, der Zar des Office of War Information, von Upton Sinclair auf mich hingewiesen worden und scheint gnädigst interessiert. So mag es noch zu einer Unterhaltung mit ihm kommen, ehe ich anderswohin aufbreche. Es könnte interessante Folgen haben, da das OWI ja auch auswärtige Vertretungen unterhält und diese mit meiner Army zusammenarbeiten. Ja ja, so ist das alles: kurios – you said it, Dad. Als ich, vor zehn Tagen oder so, Schwester E in Philadelphia Adieu sagte, war mir auch etwas kurios zumute – zumal ich sie einem so *winzigen* Portugiesen-Schiff überlassen mußte. Es war wirklich ein ungewöhnlich kleines Schiffchen, und eigentlich sollte ich gar nicht mehr zu ihr gelassen werden, weil es schon zehn Uhr nachts war – früher konnte ich nicht in Philadelphia sein – und die Portugiesen wollten niemanden mehr aus *, oder in ihr Schiffchen lassen. Aber dann salzte die Eri schließlich doch noch die Suppe, und wir hatten einen farewell-drink zusammen. Sie schien zuversichtlich und guter Dinge, freilich viel zu mager und nicht ganz entspannt. Es war aber sehr gut, sie noch gesehen zu haben.

---

* Falsche Konstruktion. Tadel.

Was Deinen Brief besonders buchenswert macht, sind die Hinweise auf das neue Sinngedicht. Das klingt ja aufregend vielversprechend! Ein prima Ausdach, ich bin ganz entzückt, das könnte ja geradezu verblüffend werden. Ich würde *bitter* enttäuscht sein, wenn Du die Idee wieder fallen ließest – etwa zu Gunsten eines andren Ausfluges ins Mythisch-Östliche. So eine Teufelsverschreibung habe ich mir schon lange gewünscht. Der Held dürfte wohl leicht Bertramsche, auch Fiedlersche Züge haben? Ob er sich nun bei einer interessanten Fremden infiziert? oder im Bordell? oder liegt es in der Familie? Und bleibt er dann so fein höflich wie Nietzsche, mitten in der Auflösung? Kadidja Wedekind – die hier mit einem faden Leutnant verheiratet lebt – könnte mir ja noch einiges Material für Dich mitteilen: sie hatte Gelegenheit, den Prozeß an ihrem Schwager, Carl Sternheim, zu studieren. Die Malaria-Kur hat ihn nur bis zu einem gewissen Grade heilen können. Bei warmem Wetter kann er sich noch immer nicht auf die Straße wagen, weil er das Gefühl nicht loswird, die Erde tue sich vor ihm auf.

Vielleicht erinnert der Teufels-Schüler auch etwas an Hans Pfitzner? Wie dem auch sei, der Gedanke an das Buch hat in der Tat etwas Prickelndes für mich. Wie schön werden die musikalischen, medizinischen und metaphysischen Elemente ineinander verwoben sein... Ich kanns mir alles so recht gruslig-geistvoll und finster-unterhaltlich ausmalen und wünschte, die Erzählung wäre schon dem Abschluß nah.

Ich bin es: die Lichter werden ja gleich ausgemacht.

Danke für alle Wünsche. Mir ist gar nicht bang. Da mir nicht so kolossal viel daran liegen würde, wenn mir etwas zustieße, wird mir beinah sicher gar nichts passieren.

Embrasse Maman de ma part.

Ich lasse bald wieder hören.

Der treue

K.

PS Diesen Richard Möhring, nach dem Mielein sich unlängst erkundigte (ich finde den Brief nicht mehr) kenne ich ziemlich gut. Ein ganz lieber, nachdenklicher Mensch – Hamburger, Nicht-Jude, Freund von E. R. Curtius, dementsprechend veranlagt. Ich argwöhnte, er sei leicht angenaziet. Daß er nun in Schwierigkeiten ist, spricht für ihn. Hoffentlich kann man ihm helfen.

AN HERMANN KESTEN

Camp Ritchie, Md.
May 31, [1943]

Lieber Hermann Kesten,

wie schade, daß es gestern so gehetzt und fragmentarisch war. Die Trompete blies – trä-tätätä – und ich mußte mich vom milchigen Busen der Göttin Literatur reißen, wie Don José von Carmen im zweiten Akt; nur daß er – ein liederlicher Spanier – zum Deserteur wird, statt die Liebesszene abzubrechen, während ich – Enkel Lübischer Senatoren – von der schönen Diskussion weg zu den öden Fahnen eile ... Die Rückreise war abscheulich. In Baltimore mußte ich, gemeinsam mit ein paar Dutzend murrender Kameraden, von 1 Uhr bis 6 Uhr (!) morgens auf einen Bus warten. Dies war quälend, gab mir aber Zeit, über die in Landshoffs guter Stube angerührten Probleme eingehend und gewissenhaft nachzudenken.

Nein nein, es muß schon bei dem »scheme« bleiben, in dem die Anthologie nun einmal konzipiert und arrangiert ist. Wohin kämen wir sonst? Istrati und Bibisco müßten in die französische Gruppe versetzt werden, Marcu zu den Deutschen – womit es um Rumänien geschehen wäre. Mehrsprachige Länder, die kulturell entschieden aus einem Guß, würden kraß in Stücke zerrissen; (ich denke nicht einmal vor allem an meine Heimat, die Tschechoslowakei, sondern besonders an Belgien and brave little Switzerland). Furchtbare Verwirrung würde angerichtet; alles müßte ganz von neuem bedacht und geordnet werden. Nein, unbedingt, wir sollten bei dem alten Arrangement bleiben.

Auch die Schluß-Stellung der Schweiz sollte beibehalten werden. Ließe sich nicht ein kürzeres, weniger problematisches Stück aus Rougemonts Buch finden? Sicher doch. Etwas über Freiheit, Würde und Wilhelm Tell. Die Schweiz gehört zweifellos an den Schluß – nicht Österreich.

Hoffe Schönbernern nicht gekränkt zu haben. Wird er uns nun etwas Vernünftiges zusammenkritzeln? Er sollte auch die wichtigsten Zeitschriften nennen – Rundschau, Blätter für die Kunst, Querschnitt, Literarische Welt (ungeschickter Versuch, Les Nouvelles Littéraires zu kopieren) und den ihm so vertrauten Simpl.

Die Vorwort-Schreiber (incl. Schönberner himself) müssen wohl sicherlich auch ihre biographischen Notizen haben. Die über Curtiss könnte etwan lauten:

Thomas Quinn Curtiss, young American critic and student of European literature. Was connected with the staff of DECISION Magazine as theatrical critic; contributes regularly to the Sunday book section of the New York TIMES and other leading periodicals. Now a Sgt. in the U.S.Army.

Was Lazare betrifft:

American writer and student of European art and literature. Was a member of the editorial staff of DECISION Magazine and has been connected, as an editor or as a regular contributor, with several other American reviews of high standards. Now occupied with a book on Mozart's librettist, Da Ponte – for Knopf.

Und meine Wenigkeit muß dann wohl auch irgendwie erklärt werden. So in dieser Art. (Aus irgendeinem Grunde scheint es mir passend, das Geburtsjahr zwar in meinem Fall zu erwähnen, bei den andren Einleitern aber wegzulassen.)

Sonst fallen mir im Moment keine andren Langweiligkeiten mehr ein.

Nieder mit Beheim! Behalten Sie mich lieb!

Herausgeber

KLAUS

AN HERMANN KESTEN Camp Crowder, Missouri
July 3, 1943

Lieber Hermann Kesten,

wie geht es unsrer Anthologie? Wie haben Sie sich wegen Anatole France entschieden und wegen der andren Dinge, die letzthin zur Diskussion standen? Hat der Satz schon begonnen? Wie ist der Versuch mit Archibald MacLeish ausgegangen? Mir erzählt man nichts. Landshoff hat auch vergessen, mir die Abzüge des Inhaltsverzeichnis' und meines Vorwortes zu schicken, wie ich mirs erbeten und er mirs versprochen hatte. Erinnern Sie ihn doch daran. Ich würde das Zeug gerne sehen. Hat Schönberner abgeliefert? Entspricht er diesmal den Anforderungen und kann absolvieren?

Ich bin hier in der Wildnis, wo die Radio mechanics sich gute Nacht sagen. Es ist furchtbar langweilig. Ich soll jetzt vielleicht eine provisorische Stellung in der Camp-Zeitung, »The Message«, kriegen, aber auch das würde mir auf die Dauer keinen Spaß machen: ich will in den Osten zurück oder vielmehr nach London, oder nach Nord-Afrika, wenn möglich ohne auch nur in New York (bzw. in Camp Ritchie) Station zu machen.

Ich weiß noch nicht, wie mutig man in der Army zu sein hat. Aber daß man ohne ein stumpfsinniges Übermaß an *Geduld* hier wahnsinnig wird, habe ich schon heraus. Das Ganze ist eine beinah übermäßig harte Geduldprobe – so etwa wie Ihr Prozeß es war.

Ich habe viel freie Zeit – oder hatte sie während der letzten Wochen –, bin aber zu nervös zum Arbeiten. Dafür lese ich ziemlich viel – den ganzen Proust noch einmal (in der wirklich guten englischen Übersetzung) und Bruno Franks neuen Roman (nicht ganz auf der gleichen Höhe) und viel Zeitschriften. Amerika macht mir Sorge. Sind die finstren Vorgänge in Detroit nur ein Anfang? Dann wehe uns.

In diesem Sinn, Kassandra-haft, Ihr alter

KLAUS

AN CLAIRE UND IVAN GOLL

Camp Crowder, Missouri
Independence Day, 1943

Liebe Claire/Ivan:

wie mag es Ihnen denn gehn? Sie scheinen so enorm weit weg zu sein; das ist aber nicht Ihre Schuld sondern die Schuld des Staates Missouri... Es ist furchtbar öd hier. Ich bin aus Versehen hierher geschickt worden; das ist eine lange Geschichte. Ich hoffe, nicht lange bleiben zu müssen. Vielleicht werde ich bald zurück in den Osten oder – noch besser – gleich über den Atlantischen geschickt. Das Leben im Camp ist stumpfsinnig. Und nun gar hier, in dieser Wildnis...

Haben Sie ein schönes Vorwort für das French Dept. der Anthologie gemacht, lieber Ivan? Ich hätte es gern gesehen. Und glauben Sie, daß die Zusammenstellung der Beiträge anständig ausgefallen ist? Ich las heute etwas in der »New Republic« von Malcolm Cowley über Aragon, the Poet of the War. Mit was für einem Gedicht ist Aragon denn nun bei uns vertreten? Das erste von denen in der »Republic« abgedruckten – das über die Zwanzigjährigen – schien mir recht schön zu sein.

Habt ihr mein »Gide«-Buch bekommen? Wenn nicht, ist es die Schlamperei der Creative Age Press. In diesem Fall rufen Sie doch bitte beim Verlag an, verlangen Sie nach Mr. Chadsey und bestehen Sie auf einem Exemplar, unter Berufung auf mich und diesen Brief von mir. Ich möchte unbedingt, daß ihr beide das Buch kennt. Vielleicht könntet ihr – ich meine: einer von euch – vielleicht sogar irgendwo drüber schreiben, in »Pour la Victoire« zum Beispiel: so viel ich weiß, ist es dort noch nicht besprochen worden.

Und würden Sie, Claire, sich dafür interessieren, das Buch ins Französische zu übersetzen? (Ich nehme an, daß Ivan mit seinen O.W.I.-Pflichten zu sehr beschäftigt ist.) Schreiben Sie mir doch, ob das für Sie in Frage käme! Mir scheint nämlich, es schwebt da irgendetwas wegen einer französischen Ausgabe, in Brasilien oder in Canada.

Laßt überhaupt von euch hören! Ich bin ein lonely soldier boy und bedarf des Zuspruches.

Bien amicalment à vous deux: KLAUS

AN LOTTE WALTER

Camp Crowder, Mo.
[September 1943]

LOTTE schön:

dies ist, erstens, ein Kuß und ein Lebenszeichen. Ja, ich bin noch immer »around«; es sieht nun aber doch so aus, als ob meine naturalization auf bestem Wege wäre und demnächst stattfinden sollte. Dann wird es hoffentlich nicht mehr lange dauern, bis ich endlich overseas reisen darf... Inzwischen versuche ich mich hier nützlich und beliebt zu machen: zum Beispiel durch folgendes Manöver, bei dem DU, in altbewährter Gefälligkeit und Herzensgüte, bitte-bitte etwas zu Hilfe kommen mußt.

Handelt es sich doch – Du errätst es – um den mit Recht so populären WAR-BOND-DRIVE. Die Pflicht wurde mir aufgebrummt, bei mehreren Meetings in dieser Gegend des Landes – in Kansas City und so – mitzuwirken, und zwar durch den »Verkauf« von handsignierten Bildern und Büchern, die ich mir von den »well-known writers, actors and musicians« erbetteln muß. Es ist eine ganz *aufreibende* »special duty«. Aber was tut man nicht fürs Vaterland?

Und was tätest Du nicht für mich plus Vaterland? Ja, also, es sollten halt wohl mindestens zwei signierte Photos des berühmten Kuzi sein. Ich weiß nicht, wo er jetzt weilt; wirst Du so goldig sein, ihm das irgendwie auszurichten? Gibt es irgendeine englische Publikation von ihm – eine Mozart-Schrift, oder etwas der Art –, die er auch noch beisteuern könnte? Nichts ist zu schön, nichts zu viel (fürs Vaterland).

Außerdem: ich lege ein Briefchen bei für Hubermann, Lotte Lehmann, und Serkin, deren Adressen mir unbekannt. (Von Serkin habe ich eine – 49 East 96th St. –, aber ich weiß nicht, ob sie noch stimmt.)

Schließlich: könntest Du, für diesen edlen Zweck, signierte Bilder von Pinza, Kiepura, Kreisler, und vielleicht noch ein paar matiné idols, bekommen und an mich weiterleiten? Ein fesches Bild vom Karlweiss wär nicht schlecht. What about Elizabeth Schumann? Kannst Du Mischa Elman und Arthur Schnabel ohne zu viel Qual und Schwierigkeit erreichen? Oder glaubst Du, daß die Onkels und Tanten alle gekränkt sein werden, wenn ich ihnen nicht direkt meine Bitte zu Füßen lege? Aber ich bin ja schon ganz *zerfranst* vom Briefe-schreiben... Sieh halt was Du tun kannst, ma pauvre. Vielleicht fällt Dir noch irgendjemand ein, der die Leute in Kansas City sinnlich machen könnte und dessen Portrait Du leicht erhalten kannst. Die Hauptsache ist, daß ich Kuzin pünktlich kriege: es ist leider alles ganz *eilig*, das erste Meeting soll gleichsam *sofort* stattfinden.

Und NOCH wichtiger, natürlich, ist, daß Du mich stets lieb behältst.

Thanks and regards: alter

KLAUS

PS

1) Von E einen strahlend hochgemuten Brief.

2) Diese Buchbesprechung, die Du mir durch Mielein zukommen ließest (DANKE) war ja in der Tat rather startling. Ich versuche der kuriosen Sache auf den Grund zu gehen.

Hast Du eine Idee, wo Joseph Schildkraut jetzt gerade stecken könnte? Und Paul Muni? If so, would you kindly tell me?

AN LOTTE WALTER

Camp Crowder, Mo.
September 30, [1943]

Aber liebste Lotte – bestes Kind – ich bitte Dich, so rege Dich doch nicht so *entsetzlich* auf, es ist ja *grauenhaft*, wie wir uns gegenseitig beschimpfen, ja um Himmels willen, WARUM denn? Du scheinst ja geradezu andeuten zu wollen, daß ich an Deiner Darmgrippe irgendwie mitschuldig bin, aber das ist denn doch... Manchmal bist Du wie eine

Rasende. Der liebe Bronislav und die andre süße Lotte HABEN ja überhaupt alles geschickt, was ich mir nur erhoffen konnte – die Lehmann, in großer Süßigkeit, gleich zwei sehr artige Handgemälde, außer einem Photo und einem poetischen Manuskript. Und wenn Serkin nicht geantwortet hat, so ist es doch GEWISS nicht Deine Schuld (fängst Du schon WIEDER an??) – eher die der Unfrieda. Was freilich Kuzi betrifft, so ist es ja nun leider allerdings unleugbar zu spät. Nicht daß ich DIR etwa Vorwürfe machte – wie käme ich denn dazu? Ich konstatiere nur das Factum, welches ja schaurig genug für sich selber spricht. Bitte sehr. Jetzt fehlt nur noch, daß der gleiche Kuzi sich WEIGERT, Christopher Lazare an die Guggenheim Foundation zu empfehlen. Damit wäre es völlig. Aber so weit wird Dein Vater doch wohl nicht gehen: es wäre ja schon sadistisch...

Wie geht es Dir denn wirklich? Ist der Darm noch störrisch? Meiner funktioniert glänzend. Das kommt vielleicht daher, daß ich nun ein citizen bin. Seit vier Tagen. Und nun warte ich – nervös und hochgestimmt – der Dinge, die da weiter kommen sollen. Wahrscheinlich werde ich gerade dann overseas abdampfen, wenn die Eri von dort zurückkommt. Mielein telegraphierte mir heute, daß sie, zu ihrer großen Beruhigung, ein Cable von ihr (E) aus London hatte: sie scheint auf dem Rückweg begriffen.

Grüße die lieben Deinen, und behalt mich lieb. Alter

K.

AN DEN KAPLAN VON CAMP CROWDER

Camp Crowder, Missouri
October 16, 1943

My dear Chaplain,

This is to ask you for an interview, to discuss a matter of vital importance to me.

I want to join the Catholic Church, or rather, I want your advice as to whether my desire to do so is sincere and profound enough to make me acceptable.

I am 36 (almost 37) years old; born in Munich, Germany, as the oldest son of Thomas Mann, the writer. I am a writer myself. I was inducted into this Army on January, 4, 1943, and, on September, was naturalized as an American citizen.

My present religious status is that of a Protestant: I was baptized and brought up as a member of the Lutheran Church (as were, incidentally, both my parents and my five sisters and brothers).

But Protestantism has never meant much to me; it is the Catholic Church which always attracted me and in the ritual of which I sense, not only the grandeur of an age-old, admirable tradition, but also, and above all, the expression and revelation of ultimate metaphysical truth.

There were qualms and scruples, however – philosophic, moral and political – which prevented, or delayed my conversion. I may try to explain to you, personally, of what nature these scruples were and to what degree they still keep intriguing me. At any rate, I feel – intensely and positively – that these doubts or reservations are less essential, less cogent, at this point, than is the inner voice advising me so seek the guidance of the Catholic Church and to address this appeal to you, in your capacity as a priest and spiritual adviser. I want to go overseas: in fact, I hope that my trans-Atlantic assignment may come through before long. Under the circumstances, it seems unwise to postpone any longer what I considered to do for so many years.

Will you please let me know when it would be convenient for you to see me. I can be always be reached at this office (except Wednesday when I have to go to Joplin, to help reading the proofs of our Camp Crowder »Message«).

Sincerely yours,

AN IVAN GOLL

Camp Crowder, Missouri
October 26, [1943]

Lieber Ivan Goll:

Es ist eine Affenschande und ein wahres Verbrechen, daß ich Ihnen erst jetzt – zwei Monate zu spät! – für Ihren reizenden Brief und für HEMISPHERES danke. Das Heft ist interessant, vielversprechend. Es enthält schöne Dinge: Ihre »Elegie«, die sehr rührend zu mir gesprochen hat, und die starken Beiträge von Saint-John Perse, Williams und Barker. Den stärksten Eindruck von allem hat mir vielleicht die »Ode à la Malediction« von Alain Bosquet gemacht: eine wahrhaft schauerliche Beschwörung – hämmernd, hypnotisierend, mit ihren unbarmherzigen Wiederholungen – »Je m'en vais à nouveau... Je ne reviendrai plus...« usw. – Schade daß das Charlie-Ford'sche Element ein bißchen zu ausführlich in dieser ersten Nummer repräsentiert ist. Diese Miniatur-Koterie ist zu manieriert und substanzlos: Sie sollten sich nicht mit ihnen abgeben. Ich bin doch eigentlich eher fürs Affige, aber die gehen mir doch zu weit. Es ist zu viel Chi-Chi und Café du Dôme, considering the circumstances. Ein peinlicher Anachronismus, wie die ganzen New Yorker Nachwehen des Pariser Surrealism.

Was gibt es von mir Neues? Ich bin (endlich) eingebürgert – aber immer noch hier. Seit nun schon beinah drei Monaten hier im Public-Relations Office, wo ich einen bequemen und relativ interessanten job habe. Indessen arbeite ich fieberhaft an meinem overseas-transfer, der nun hoffentlich bald Ereignis werden dürfte.

Was macht die O.W.I.? Wie geht es Green? Guérard?

Wie geht es Ihnen? Claire?

Haben Sie einmal wegen meines »Gide« mit den Leuten von der Maison Française gesprochen? So viel ich weiß hat mein Agent – der brave Horch, den Sie ja sicher kennen – die französische Ausgabe noch *nicht* placiert. Es ist ein kleiner Herzenswunsch von mir, das Buch in einem schmukken gelben Papier-Umschlag in artigem Französisch zu sehen...

Lassen Sie von sich hören?

My best love to Claire. Ihr herzlicher

KLAUS

AN LOTTE WALTER

Camp Crowder, Missouri
December 13, 1943

LOTTE SCHÖN:

Dies ist nur ein hastig-herzlich Adieu, für den Fall, daß ich, vor der Übersee-Reise, nicht mehr nach New York kommen kann; (vielleicht läßt es sich noch richten, sieht aber nicht so aus...).

Ja, meine »orders« sind also endlich da, und ich soll morgen von hier abdampfen – direkt zum Port of Embarkation. Kannst Dir denken, wie animiert ich bin. Mein assignment macht den besten Eindruck. Ich bin voll Tatendurst und Gottvertrauen.

Laß es Dir möglichst gut gehen und versuche, fein und brav zu sein. Ich kann nun für ein Weilchen nicht über Dich wachen, erfahre aber alles Häßliche, was Du etwa tun magst, prompt bei meiner Rückkehr. Lieber aber möchte ich nur Schönes hören.

Grüße Kuzi – geht es ihm wieder gut? – sowie auch Muzi, mit ironischer Galanterie.

Dir – jenseits aller Ironie – die treuesten Grüße vom alten

KLAUS

PS. Die beigelegten Artikel waren mein letzter (und bester) Beitrag für die Camp Crowder MESSAGE. Vielleicht interessieren sie auch Deinen (zwar musikalisch spezialisierten aber doch auch sonst sehr empfänglichen) Herrn Papa.

1944

AN HERMANN KESTEN P. W. B. unit B
APO 512 c/o P.M., N.Y.C.
March 1, 1944

Dear Hermann Kesten,

I have been thinking of you twice of late: first, when re-reading »CANDIDE«, which I borrowed from French friends in Tunis; and, secondly, à propos a rather nasty review of our »HEART OF EUROPE«, which I discovered in one of those tiny, unreadable overseas editions of TIME Magazine. Now I am looking forward to reading the book itself, which I have not yet received. The only thing that embarrasses me when I think of our selection is the fact that we admitted Montherlant – or has his contribution been omitted, by a fortunate last-minute miracle? He is the most vicious collaborationist – much worse than Cocteau or Pirandello... I wonder what kind of write-ups the book may have got in general, and whether it sells a little. – As for »CANDIDE«, it reminded me of you in various respects – of your style and intellectual attitude. What an enchanting book! But »La Chartreuse de Parme«, which I am now reading, is even more fascinating... As you can see, I have by no means lost my inclination for »les belles lettres«, in the midst of all my martial experiences and activities. It is strange and exciting to be in Europe again – under such extraordinary circumstances. I am happy I came, and my job here is interesting enough; yet I wished the whole mess were over at last, and I could return to my hotel room and my desk, and write about the war, instead of participating in it. Incorrigibly yours

KLAUS

AN HEINRICH MANN

P.W.B., unit B
APO 512, Italy
March 11, 1944

Mon oncle:

The other day, I had a good laugh when I found in Meyer's »Kleinem Konversationslexikon« (1933 edition) the following characterization under your name: »H. M., Schriftsteller. Schuf gehässige Zerrbilder des Vorkriegs- und Nachkriegsdeutschlands in glänzend geschriebenen Romanen.« The rest of »objectivity«, as expressed in the words »glänzend geschrieben«, is delightful...

I hope that you and Madame ma Tante both are happy and healthy. So am I. The picture above shows me, with one of my Psychological-Warfare comrades, after visiting one of the nearby monuments of antique culture.

Affectionately, yours nephew

KLAUS

VON HEINRICH MANN

Los Angeles, California
June 4 – 44

Lieber Klaus,

sehr, sehr habe ich mich gefreut über Deine wohlgelaunten Grüße von der Reise. Eine Italienreise, wie wir keine kannten. Hoffentlich verläuft sie milde, ich meine nicht nur das Wetter. Mögest Du Rom in gutem Zustand vorfinden, das Coliseo nicht mehr Ruine als sonst. Aber vielleicht hatte Mussolini es reparieren lassen? Dann sollte man die attraktivsten Stars dort auftreten lassen. Gegenüber dem Pantheon die Gasse rechts hinein, liegt das Ristorante della Rosetta. Es ist zu alt um unterzugehen. Nur mit dem Essen wird es anders stehen als zu der Zeit, da Dein Vater und ich dort tägliche Gäste waren. Wir wohnten nahe, Via Argentina numero 34. – Verzeihe meine unbedeutenden Erinnerungen. Deine historischen notierst Du später. Ich unterlasse alle guten Wünsche, Du würdest sie überflüssig finden. Nur die Lebensfreude, die ich in drei Jahren Rom, mit 24 bis 27

Jahren, besaß und ausübte, hätte ich für Deine heutigen Zwecke gerne auf Dich übertragen. Aber Du bist wohlgelaunt, und so grüße ich Dich von Herzen, Dein Onkel

Heinrich

VON THOMAS MANN 1550 San Remo Drive
Pacific Palisades, California
25. Juni 44

Dear soldier-son,

this is to thank you für Deine interessante Sendung von Ende April, insonderheit für den Brief, den ich gleich als einen Geburtstagsbrief aufgefaßt habe und als solchen wenigstens gleich nach dem so hochdramatisch akzentuierten 6. Juni zu bedanken gewünscht hätte. Ich muß mich bei Dir wie bei so manchem anderen mit dem Unwohlsein entschuldigen, von dem ich bald nach dem Tage befallen wurde, gewissen intestinal troubles, einer Art Magen- und Darmflu, die jetzt hier umgeht. Auch Mielein war einige Tage häßlich davon angeflogen. Es macht einen sehr matt und unlustig.

Die Lettre hatte ich schon irgendwie mal zu sehen bekommen, aber so mit dem Duft Casablanca's zwischen den Blättern ist es doch was Besonderes damit. Die Gespenster-Reigen-Montage habe ich viel herumgezeigt. Der Eindruck ist noch mehr arm und erbarmenswert als schauerlich. Sie führen das deutsche Kulturleben fort und wissen nicht, wie es um sie steht. Daß der enorm gscheite Pree ausgerechnet jetzt nach Ungarn fährt, um über die Feunheite der ostasiatischen Kunst zu schwätze, zeugt von der Abgestorbenheit der Begriffe. Und Pate Drosselmeyer mit dem rheinischen Dichterpreis. Es ist ein Elend.

Über uns weißt Du alles von Mielein. Vorgestern sind wir amerikanische Bürger geworden. Die Blätter haben Bilder und stories gebracht, das Radio hat's auch erzählt, und in der Washington Post soll heute, Sonntag, ein editorial darüber stehen, zugleich mit Ag's Besprechung des Provider.

Ein bischen schlug mir das Gewissen von wegen der guten Tschechen, und ich sollte wohl Benesch noch einen Brief schreiben. Aber richtig und notwendig, wie alles liegt, war schon der Schritt, nicht nur der Schuldigkeit und allgemeinen Erwartung wegen, sondern auch weil mein Deutschtum in dieser großen kosmopolitischen Gemeinschaft am besten untergebracht ist. Auch werden wir ja doch wohl hier bleiben. Zwar verspreche ich mir von Europa sehr viel Interessantes, und glaube namentlich, daß Frankreich eine große geistige Rolle spielen wird. Aber nicht *viel* mehr von diesen Entwicklungen wird in meine Lebenszeit fallen, und vorderhand, so ahnt mir, werden wir noch Gräßliches mitmachen. Die Nazis sind entschlossen, von Europa mit sich zu reißen, was irgend sie fassen können, und wenn man ihnen nicht aus Angst vor den Folgen für Deutschland noch in den Arm fällt, werden sie das Äußerste an Zerstörung aufführen – und uns zwingen, daran teilzunehmen. Wie lange soll der Krieg dauern, und wie werden Städt' und Länder aussehen, wenn sie bis Berlin jeden Platz verteidigen wie jetzt Cherbourg? Wird doch vielleicht der deutsche Soldat nicht mehr mittun, wenn Paris gefallen ist? Ja, Du weißt es auch nicht.

Der alte Hesse (der übrigens etwas jünger als ich) hat sein »Glasperlenspiel« vollendet, und die beiden Bände sind zu mir gelangt. Höchst wunderlich, nicht ohne Humor, aber garzu abgeklärt, esoterisch-coenakelhaft, zeremoniell und undramatisch. Spielt in einer Zukunft nach Abschluß der Kriegs- und Revolutionsepoche in einer gelehrt-künstlerischen Kulturprovinz. Der ergreiste Held stirbt schließlich, indem er einem Knaben in zu kaltem Wasser nachschwimmt. Dacht' ich's doch. Dabei fehlt es nicht an fast erschreckenden Verwandtheiten mit Adrian, und merkwürdiger Weise spielt ein gewisser Meister Thomas von der Trave eine Rolle darin, der es eleganter und ironischer treibt, als »Joseph Knecht«. Sehr geheimnisvoll.

Ob ich mit dem Meinen so recht fertig werde, mag, passender Weise, der Teufel wissen. Etwas kesser und lebensnäher wird diese Biographie, glaube ich, als die von Knecht, aber nie war etwas so leicht zu verpatzen, und die Schwierigkeiten türmen sich. Mußt ich mir sowas noch aufhalsen? Aber wie soll man auch wieder die Zeit hinbringen. Habe schon mehr als 250 Seiten, von unkleichem Wörte, wie Muncker gesagt hätte.

Möge es Dir *wohl* ergehen! Sähe Dich gern als Lieutenant, denn Du verdienst es.

Dein

Z.

AN THOMAS MANN

P.W.B., HQ 5th Army
APO 464
Italy, 13 October, 1944

Dear Magician-Dad,

This is of course to thank you for your beautiful and nurishing gift – JOSEPH, who has indeed provided me with a lot of comfort and entertainment. I studied the book – eagerly und thoroughly, really from cover to cover – under rather peculiar and at times trying circumstances: reading by night, in tents, or in ruined Italian farm houses, with no light but a weakly flickering candle, and more often than not with the slightly irritating accompaniment of artillery detonations. But all this could not disturb me. I was concentrated, absorbed, always interested, frequently amused, sometimes moved, never bored ... The little Prologue is charming. As you know, I pride myself on being something like an expert in the science of angels and cherubim. True, your celestial courties are a trifle more Swedenborg, and Cocteau graciously introduced me; yet, your angels, too, have given me great pleasure and I surely enjoyed meeting them. It was good to see Mai-Sachme's familiar features again – familiar in a two-fold sense; because of their well-known resemblance with Doctor Martino's earnest physiognomy; and also because Mai's figure evoked in my mind the friendly memory of the studio at Pacific Palisades, where I first made his acquaintance... As for the extensive, devinely gossipy chat with young Pharao, I liked it even better when reading it now, in the midst of devastation and misery, than I had done at first, when hearing it in comfort. It is indeed an extraordinary dialogue – probably the most successful and most amazing »number« in the rich composition of the whole volume – that is to say, if one does not prefer the Thamar episode, which is maybe even more curious and about as moving (especially the truly inspired concluding lines, with their vast perspective through the ages, to the distant figure of the Saviour...). Speaking still, or again, of young Pharao: what somewhat disappointed, or did not quite satisfy, me in the book is the lack of development and growth in the relationship between Joseph and the puerile God. Their intellectual romance remains somewhat anti-climatic – having reached its emotional and spiritual peak right in the initial meeting. In the end poor little Pharao is as isolated and helpless as he would have been if he had never made Joseph's acquaintance. Also, I rather suspect that Joseph's pathetic little wife doesn't have much fun and satisfaction. Could it be, then, that the Provider, for all his social interests and accomplishments, is a little selfish, after all?

So it seems I really have to start another V-Mail form, although I did not intend to do so and do not want to compose an elaborate book review. But, of course, I could not end this fragmentary appreciation without mentioning Jaacob, whose self-assured appearance before Pharao considerably amused me, and who almost succeeded in making me cry when he shed tears in the re-union scene. I think I like him better than his illustrious »Herr Sohn«: he is somehow more *human*. There is something infinitely touching and endearing about his little weaknesses – his solemn flirtation with that remarkable girl, Thamar, for instance. Somehow I hoped that he, the patriarch, would still have enough pep and vitality to beget Thamar's child; but this was maybe an immoderate, or even improper, hope... (By the way, Erika told me once that she thought Thamar was something like a portrait, not of her, but of certain elements of her character and appearance. I wonder if anything of the sort was consciously in your mind? I wouldn't be too surprised. Thamar's attractive leanness and dynamic energy struck me as somewhat familiar...) Did I already mention Serach's lyrical Annunciation? A true poetic »trouvaille«! I was delighted... In short, your master saga is indeed »plein de choses« – full of beautiful images and intuitions, highly admirable, and an exquisite treat for the soldier boy.

How is Adrian getting along? Brother Bib seemed strongly impressed by a scene he heard during his stay at Pacific Palisades. A character with Reisi-like features was particularly mentioned, and some passages about music, which the youngest son thought Papa's so-far most excellent literary accomplishment. His description – however naively worded – was apt to arouse, or rather to increase, my curiosity.

As for my own lyre, it is getting rusty. In fact, I don't even know what kind of book I shall write, if and when I am free again to indulge in such luxurious occupations as the writing of books. I am afraid this War is no good, from a cynically literary point of view. Everything written about this War is second-rate, or purely journalistic. There is nothing inspiring about this War; it is »not a mission but a duty« – as that clever chap, Adolf Koestler, put it. Maybe my next subject will be post-war Germany – if I have a chance to see and study it.

Assez. More thanks for the book – and the most filial wishes and regards. Yours old, son

K.

AN HEINRICH MANN 5 November, 1944

How are you, mon oncle? Thanks for your charming note! And:

Every Good Wish for this Christmas and The Coming Year

May it be a year of Peace and Victory!

Faithfully, yours

KLAUS

VON HEINRICH MANN 19 Nov. 1944

It's a joy to sing of all the things a merry Christmas ever – not ever, but this year et tout particulièrement pour mon cher neveu. – *brings, And make each note ring glad and clear, With wishes for a bright New Year*

Dans cette ruée d'êtres humains qui se précipiteront dans la paix pour s'y faire leur trou, il convient de s'abstenir. Il faut penser que »la paix, c'est mon affaire«, à l'exemple de Victor Hugo écrivant que les sieux étoilés ne luisaient que pour lui.

Consigli inutili d'uno zio. Ma l'altero giorno tua mamma ti disse rassegnato. Sfido io, a trentotto anni.

(turn to the next side)

È il momento di alzarsi all'indipendenza intima. (Je parle. À un âge presque deux fois le tien, je suis loin de me désintéresser.)

Buoni auguri per il tuo anniversario.

Best wishes for a bright New Year.

Ton oncle

H.

AN KATIA MANN New Year's Eve, 1944

Ma très chère,

just a little Hello, before this cumbersome old year is definitely and irrevocably over. As for the next one – well, let's hope for the best and expect the worst!

Friedrich (who has become a most assiduous and conscientious correspondent) wrote me about the Kröger disaster. What a shame! What an embarrassing, superfluous, *ugly* tragedy! It must be an awful blow to poor old Heini – who is likely to follow her soon. Couldn't she wait a few years? What deplorable, objectionable lack of consideration and self-control! Yet I feel sorry for her. She should have stayed in Germany, with people of her own kind. He has ruined her life by transplanting and uprooting her. But then, that's what she wanted. I suppose it was completely on her own account when she followed him to Bandol, or wherever he was at the time. Stupid thing she was! But back in Nice she used to cook really delicious suppers for us. It's all very sad.

(I'll try to write a few lines to the Uncle. But there is *nothing* to say, really ...)

Nothing new from here – except for what you read in the papers (which isn't very much, either, right now)... I expect to go to Rome for a few days before long, which may clarify my future status a little. Christmas up here in the mountains was, as I predicted, very calm. As planned, I dropped by at G–2 and enjoyed lobster and marzipan. That was about all. As for New Year's Eve, I have decided to ignore it altogether. In any case, it's a little better this year than it was in 1943, when I left the States just on Christmas Eve and spent the holidays, including New Year's Day, in a hole that was pitchdark after five o'clock in the afternoon – crammed together like a sardine with literally thousands of men... That journey from Virginia to Casablanca was probably the worst experience of my Army life.

Poor Bib! Now he has to go through that damned Basic

Training! I hope he'll manage to get himself into Special Services. My Lord, I'll have to write to him too!

Happy New Year to you and Dad and to all men of good will!

Treuer,

K.

PS The article enclosed herewith is my first contribution to STARS & STRIPES – published in today's Sunday- and New Year's number. They wanted me to write about this subject, which I would hardly have picked myself... I hope Hubertus will see it!

Somebody just showed me the little Army edition of Stories from Three Decades. A very nice little book. And amazing how much text one of these tiny volumes contains!

1945

VON HEINRICH MANN

Los Angeles 36, Calif.
Jan. 18, 1945

My dear Klaus,

you wrote me a wunderful letter about my poor wife: I thank you for the fine words and the true feelings.

She did'nt know what she was doing. Or she knew it before and wanted never to do it. But when the bad hour came, all was forgotten.

Despite of the terrifying last time, I had then the hope to see her restabilished; now I can't hope anything, and I am alone.

A sad man thinks often of his friends; so my thoughts are with you. In the radio I hear:

»May the Lord watch between me and thee,
while we are absent one from another.«

Your uncle

Heinrich

AN HERMANN KESTEN The Stars & Stripes, Unit 1
APO 512, c/o PM, New York
10 March, 1945

Dear Hermann Kesten,

It's always so nice to receive news from you! I wished that you'd write me more often! What my friend Peter Lindermood told my friend Lazare about the dangerous life I am leading, and what the latter seems to have repeated to you, must have been somewhat exaggerated. In general my job with P.W.B. was monotonous rather than dangerous and exciting; it is true that there were some exciting and even a few dangerous moments, but they were rather exceptional. And, anyhow, now I am not in the field anymore but have joined our Army newspaper and am busy writing articles, which is after all the only thing I am good for. I am doing »special features« for our Sunday edition, which is indeed a much nicer Sunday paper than many similar publication[s] in the United States – saying my bit about such familiar themes as the German Junkers, the City of Berlin, Wagner's influence on Nazi philosophy, and so forth. But there are many other things I want to write about, after not having written anything, or having written very little, for the past 15 months. As you know, I enjoy writing: it's an old habit with me.

But I enjoy reading, too! That's why I am eager to get your COPERNICUS, even though you try to frighten and to discourage me by calling it a »difficult« book. I am impatient to read it and I might even try to present it to our G. I. audience: it may be very good for some of them to find out who old Copernicus was and who old Hermann Kesten is. Also, I am looking forward to The Twins of Aschaffenburg: I suppose it will be published by Kiepenheuer, in Berlin. But why write a novel about the Jews? It's such a melancholy subject! Was not the Jewish Question just one of Hitler's ugly inventions? And shouldn't we drop the matter – now, with Hitler being nearly defeated? I think we should! Let's write about more pleasant things! Why don't you write a novel about a circus, or about Toulouse-Lautrec, or about Confucius, or a book about Voltaire? Leave the Jews to Schalom Asch! The Jews are dreary.

The war will be over soon.

Remember me to dear Mrs. Kesten. As always, cordially yours,

KLAUS

AN HEINRICH MANN

The Stars and Stripes
Mediterranean, APO 512
10 March, 1945

Dear Uncle Heinrich,

This is just a word to tell you that I remember your birthday and to send you my most cordial regards and wishes. When you celebrate your next birthday, this war will already have become something like a nightmarish historical memory, and poor old Hitler will almost be forgotten. This is a comforting little thought.

I am very pleased with my new job. What I enclose herewith is just a little sample of the kind of work I am doing now. Nothing new for you, but maybe less familiar to my present G.I. audience.

Wishes and regards, as always, yours,

KLAUS

VON HEINRICH MANN

Los Angeles 36, Calif.
March 27 – 1945

Dear Klaus,

your article is just admirable, comme spécimen de littérature populaire, et aussi parce que vous ne laissez pas d'y faire entrer un abrégé de psychologie. The dought boys will be happy d'acquérir à peu de frais quelque connaissance de l'âme ennemie. Poor soul, qui aurait besoin d'être endormie et de se reposer pendant cinquante ans. Instead of it, elle se démênera comme un beau diable. But you are right, that old scoundrel of Hitler will soon be forgotten.

I thank you so much for having remembered my anniversary. The evening your parents came to me for dinner, en apportant eux mêmes tout ce qu'il fallait, en plus des cadeaux. I really enjoyed to stay with them.

Now I wish you a fine séjour and a prompt returning.

Your father received a letter from Félix Bertaux. His address is at Toulouse, 12 rue des Vases. – Pierre est à la Préfecture, en qualité de Commissaire de la République.

Truly yours,

H.

AN THOMAS MANN Bavaria, May 16, 1945

Dear Magician-Dad,

Well, so this is the solemn occasion, and these are my solemnly moved wishes: it seems meaningful and appropriate that I can send them to you from this country, almost directly from Munich.

I arrived here about a week ago, after a delightful trip over the Brenner Pass and short visits to Innsbruck, Salzburg and Berchtesgaden. I have seen so much, and written so much about it, that I can hardly give another detailed account of my various impressions. As soon as I have returned to my Italian base – which will be in four weeks or so – I will send you a little collection of newspaper clippings, including stories about my interview with Hermann Göring (how dreamlike and fantastic all this is!), my meeting with Pastor Niemöller's family (the Pastor himself not yet being available at this point), and my conversation with Richard Strauss. As for the last, Curt Riess and I went to see him yesterday, at Garmisch. It was one of the most amazing hours I have ever passed in my life. His selfishness and naiveté are absolutely staggering – and in fact rather disgusting. The astounding part about it is that a man of such extraordinary talent can be of such moral obtuseness and callousness. He does not even have the excuse of senility, for he appears remarkably well-preserved and agile. It's just that he happens to be about the most rotten character one can possibly imagine – ignorant, complacent, greedy, vain, abysmally egotistic, completely lakking in the most fundamental human impulses of shame and decency. I suppose I'll have to write about this sad case too – but not for The Stars & Stripes; it may be rather something for The Nation. I'll send it to Horch, to whom I have incidentally just mailed a long piece about Munich in general and our house in particular. I guess some big magazine »back in the States« may be interested in this material.

Yes, our poor, mutilated, polluted house! By now you'll probably know all about its fantastic and ugly story – thanks to that speedy, nosy reporter, Curt, the man around town. It was a pity that he managed to get there before I did; yet I suppose that my story will have a certain personal touch which is missing in his dispatch. His discovery about the SS baby factory established in our home seems to be correct. Although none of the neighbours was quite positive about it, their stories rather confirmed that something of the kind must have taken actually place. The SS occupied the house during the first years after our departure. Later one Ministerialrat Siebert moved in – he should be ashamed of himself! The inside looks, however, as if several families had lived there. There is a number of new walls and doors; all the rooms have become much smaller. Half of our dining room has been transformed into a kitchen. The only thing I found unchanged downstairs was the fireplace in the lobby. As for the lobby itself, a new wall has been built, separating it from the staircase. It is all rather dreary. The house is completely empty – having been evacuated after a heavy bombardment. Most of the inside is altogether destroyed, but the outside structure has remained fairly well intact, as I said in my cable. We could reconstruct the place, if we cared to do so. As it is now, I thought it would be impossible to get up in the upper floors. Just before leaving, however, I discovered that the balcony in front of my room was occupied by a girl – a bombed-out steno-typist, as I found out, who had no other place to stay and had therefore taken shelter in the ruined building. It was all very curious and romantic; but you will read the whole story in my article.

Our house has had particularly bad luck; for in general the district is not too badly damaged. The Guddenberg villa, for instance, is completely all right, as is the Hallgarten house, now requisitioned by Allied forces. The Walter-Frank house looks a little messy, but is in excellent shape compared with ours. Dirschl's inn and Bartl's grocery store have not changed a bit. I dropped by there and stirred quite a sensation. The first one to recognize me was old Herr Bartl himself, although he has become quite deaf and half-blind and I have never had much intellectual contact with him. But as soon as he saw me he cried out, »Ja, der Klaus – ja, vom Herzogspark!« He seemed terribly pleased to see me and to hear all about the dear old »Herrschaften« whom they had been missing so much. We were then joined by the Bartl daughter – the same who occupied Mielein's bedroom together with Fräulein Kurz, during the first weeks after our departure. Herr Dirschl is dead but his son who is now running the establishment looks exactly like him, so it doesn't make too much difference. Fritz Bremer was there, too – the son of Frau Bremer who used to type your manuscripts. Frau Bremer who is a Jewess (which I had never known) has been sent to one of the awful camps in Poland or Czechoslovakia. Fritz Bremer said you would be shocked to hear this. He rather resented my not having been aware of his mother's racial particularity, and was positive that *you* knew all along about it.

I had intended to come in contact with some other friends, but it is practically impossible to locate anybody. The destruction is beyond description. While the suburbs

(Bogenhausen, etc) have been only half destroyed, the whole center and Schwabing are absolutely shattered. There is literally not one building left intact – except, curiously, the new block of government offices in the Arcisstraße, replacing the old Arcissi. But the Brown House too is in pieces, as is everything else – the Hauptbahnhof, the Stachus, the Opera House, the Post Office, Zechbauer, Jaffé, the Regina Palast Hotel, the Four Seasons, the Bayrische Hof, the Siegestor, the University, the Residence, the Hofgarten, in short the entire city.

One of those I tried to see was Christa Hatvany, whose house has been spared destruction. But she herself is in the South of France, so I had only a chat with her lady friend now occupying the place. Bert Fischel was another name on my list, but he has moved to Dresden and is reported killed in an air raid. When still alive, he got married to a State-Theater actress and was very popular with his landlord who insisted that poor Herr Fischel had been »ein patenter Mann.« Magnus Henning seems to be around, somewhere in the country. I found his name, Henning M., in the phone book, but when I went to the place in the Liebigstraße it turned out to be a Fräulein Maria Henning who was not even a relative of his but happened to know him quite well. She characterized him as »ein großer Pussierer« and promised to bring me in contact with him. As for Valentin Heins, he does not seem available at all, with both his office and residence utterly demolished. Curt reminded me of the fact that he, Heins, refused some years ago to part with your manuscripts which he was supposed to hand over to Rolf Nürnberg. I think Curt intends to get Heins arrested.

The only old acquaintance I actually succeeded in contacting was Dwarf Hörschelmann. I found him in Feldafing where he has been living for the past ten years. Needless to say, he appreciated my visit tremendously – »he took it great,« as I would say if I were writing to Sister E –, and showed me immediately all the new items of his collection

– including the story about you in LIFE Magazine and other Mann relics which he has been treasuring throughout the 12 years of disgrace. He was indeed rather cute and touching in his own little way – and certainly he is, and has always been, enthusiastically anti-Nazi. But still, it sounds somehow odd when he says that as late as 1936 or 1937 he believed that Hitler would promote »good German art« and that it was only when the Nazis threw out all the good paintings from the galeries that he recognized the evilness of the regime. Also he excuses such people as Otto Falckenberg who has been made »Intendant« and publicly praised by the Führer but, according to Hörschl, has remained essentially unchanged – interested only in his art, in saving certain cultural values, fanatically loyal to his theater, etc. In similar terms he spoke about W. E. Süskind, who is also somewhere on the Lake of Starnberg – married, father of two children. His last job was that of a literary editor on the »Krakauer Zeitung« in Poland, under the auspices of the notorious Governor Frank. Yet Hörschl swears that W. E. S., too, is all right – interested only in his art, and so forth. What can you say? What can you do? Hörschl says we are not in a position to judge. They have suffered, they have run risks, they have desperately tried to save at least certain vestiges of the great German tradition, they have made as few compromises as possible, they belonged to a secret always endangered circle of not-nazified intellectuals. All this may be so; in any case, so far I have refused to see Süskind or Falckenberg. As for [...] even the forgiving Hörschl admits that he is »ein Schwein von oben bis unten«. He must have been one of the most shameless opportunists, on intimate terms with Goebbels, etc.

It's all very confusing and somewhat depressing, even though fascinating. I am only happy that I am not with P.W.B. anymore and don't have to stay here and become an editor of the revived Münchener Neuesten Nachrichten. I prefer The Stars & Stripes. As their correspondent, I may make an extensive trip from here up to Hamburg or Holland. It could be that I will attach myself somehow to master reporter Curt for the duration of this journey. This would have certain technical advantages as my own car had to return to Italy and it is difficult to get transportation. Besides Riess has his rather stimulating and nice qualities, for all his irritating vanity and bad manners. But he is much better here than he used to be in New York: without wife, telephone and secretaries, he becomes almost human. Well, I'll try it anyway; maybe we'll quarrel on the ruins of Nürnberg or Bremen, and I'll have to make my way back all alone.

What a letter! Almost too long to be polite. Yet I could go on and on telling stories. But I have to see Dr. Scharnagl, the new Lord Mayor of Munich.

This fragmentary chronicle is meant for Bruno-Liesl, too, and of course for chère Maman and old E. But it was to you that I had to address my report; first of all, because you are my father, and, second, because you are seventy years old and deserve to be honored. Incidentally, almost everybody I have seen in these parts has listened to your BBC talks: they have made quite an impression. Yet I feel now more definitely than ever that it would be a very grave mistake on your part to return to this country and play any kind of political role here. Not that I believe you were harbouring any projects or aspirations of this kind. But just in case that any tempting proposition should ever be made to you (which seems hardly probably, for the time being), my little advice is that you remain impervious, adamant. Conditions here are too sad. All your efforts to improve them would be hopelessly wasted. In the end you would be blamed for the country's well-deserved, inevitable misery. More likely than not, you would be assassinated. It will take years or decades to reconstruct these cities. This deplorable, terrible nation will remain physically and morally mutilated, crippled, for generations to come. You will contribute much more to the slow process of Germany's spiritual rehabilitation if you conclude your lifework somewhere between Pacific Palisades and Küsnacht, than you would by accepting any hopeless and thankless political mission or position. You would know what I mean, if you had seen the ruins of Munich with me. But I am sure you know, anyway.

More whishes, and much love,
faithful old son,

KLAUS

PS Will you please tell Eri, de ma part, that I have a very nice idea for a drama which I may want to write with her. I'll send her an outline before long. It's a good film idea, too. Why shouldn't we both make some *real* cash, for a change??

AN HEINRICH MANN Bavaria, 24 May, 1945

Dear Uncle Heinrich,

I am writing this in a rush, just to confirm and repeat what I cabled the other day: that I have seen Goschi and Mimi in Prague.

Goschi is all right. She has lost a good deal of weight, which makes her rather more attractive. Of course, she has been having a pretty terrible time during the six years of Nazi occupation – being a racial »Mischling« and, which is worse, your daughter. In the beginning she was put in jail, but she didn't have to stay there long. When she was free again, her main trouble was that she couldn't get any job on account of her »outcast« status. But, as I said before, there is no reason to worry about her, as far as her health and mental wellbeing are concerned.

Mimi's case is much graver. She has spent the past three or four years at a terrible place called Theresienstadt, near Prague – a kind of concentration camp or rather, some sort of restricted, Gestapo-controlled ghetto city. She must have suffered a lot and has lost all her old pep and self-assurance. I could hardly recognize her at first. Some kind of nervous stroke has paralyzed one of her legs and arms – affecting also her face, half of which is constantly twisted. Her hair has turned all grey, and she has become very thin – having lived on starvation rations for a number of years. She is really in a sad condition. Yet the fact that she has survived is miraculous in itself, and under Goschi's care her health may soon improve.

Now, as for the practical side, there are of course plenty of problems and difficulties. Mimi and Goschi are completely penniless and have no resources. During the years of Mimi's absence, Goschi made her living through the sale of furniture, jewels, pictures, clothes, and so forth. (Your books and papers, however, have remained untouched.) Now they are lacking not only in cash but also in other necessities, especially clothes. I have left some money with them, but that won't last long. Mimi is very worried. Her immediate suggestion sounds reasonable enough. She begs you to write a note to Professor Dr. NEJEDLY, Minister for Education in the new Czech Government, asking him to make your *Russian royalties* available to your daughter. There may be other ways of handling this matter – through Washington, or through direct contact with Moscow –: a good lawyer, for instance Mielein, should be able to furnish you with all the necessary advice. Speaking of Mielein, I'll ask her to fix up a pretty package for the two poor women – some good things to eat and wear for them –, which may prove even more helpful and welcome than any check could be.

The address is: MARIE MANNOVA, UL. PETRA ASPELTA 25, PRAHA XV. I am sure you can write to them – if necessary through the Czech Legation. But don't write in German! It's an unpopular language.

That's all. Congratulations on the happy survival of your child and your former wife. Faithfully,

KLAUS

AN ERICH EBERMAYER

The Stars and Stripes
Rome, July 21, 1945

Dear Erich,

Your letter – or rather, the copy you sent c/o The Stars and Stripes, Southern German Edition – caught up with me here at last. It was a good surprise to hear from you again. What a pity that I didn't know your address at the time of my being in Germany! I spent a day in Bayreuth, and would certainly have made an excursion to Kaibitz, and paid my homages to the Lord Mayor of that community, if I had had an idea ...

It looks, however, as if I were due for another trip to the Old Country. If things work out the way I expect them to, I may take off in about ten days or a couple of weeks.* This time, it's the Russian-occupied zone – especially Berlin – which I am supposed to »cover«. But maybe I'll manage to include the American area in my travel program; if so, I may actually show up your castle and »requisition« the bed you kindly offered me.

There are many things I want to discuss with you – but not in a letter! I wouldn't know where to start or with what to begin. Don't forget that we have been living in two different worlds for the past twelve years! So long and so profound a separation cannot but result in a kind of estrangement. I don't say that it will be impossible for us to understand each other again; but I am afraid that it may turn out to be more difficult than your letter seems to suggest.

Well, let's try! In any case, I am glad to know that you are alive, and in good health, and on good terms with my new compatriots.

Remember me to your friend Baedecker, whom I seem to remember, if only in a somewhat vague way.

The best of luck to you! Yours old,

KLAUS

* It may take a little longer. You never can tell in the Army ...

P.S. This letter, which I had first addressed to the Military Government of Kemnath, was returned to me, with a note saying that »no mail service to Germany« has been established as yet. In the meantime, I received the original of your letter and, enclosed with it, Pfc Hartmann's note. So I hope that these lines may finally catch up with you, through Hartmann's military address.

AN HERMANN KESTEN

The Stars and Stripes
Rome, August 11, 1945

Dear Hermann Kesten,

It seems ages ago that I wrote you last. In the meantime, I have been in Germany – thinking of you in the midst of the ruins of your home-town, Nürnberg –, and I have written many articles, and English Labor has had a nice little success – one of the few encouraging events since the end of the war in Europe –, and the valiant Union of Soviet Republics has joined us in our crusade against those nasty little yellow-bellies, and now the war seems to be over – for the time being...

Yes, and the atomic bomb... To tell you the truth, I have been feeling kind of glum and apprehensive, ever since I heard about that rather alarming invention. Quite seriously, I cannot help feeling that this uncanny novelty may turn out to be the beginning of the end – I don't mean just the end of our civilization but the end of this globe, in a very literal, physical sense. They won't stop fooling around with devastating gadgets before they'll have blown up our whole little universe. Wait and see! Not that I think it would be a major loss if our earth went to pieces! On the contrary, I'd rather like to witness this grand finale. This man-made apocalypse is going to be a tremendous spectacle...

On the other hand, I wouldn't mind at all visiting the moon – or, preferably, the Venus – in one of the new vehicles driven by atomic energy. To interview the Mars men for The Stars and Stripes – that wouldn't be a bad assignment!

Speaking of stars – your COPERNICUS has given me a great deal of pleasure. I've read it during my trip to the pitiful, fearful Old Country – as I told you I would. My father is right, as usual: this book of yours hits indeed the mark. It's witty, graceful, humane; rich in instructive material and amusing sidelights; at once pleasantly skeptical and full of a sincere moral pathos; colorful, clever, well-written, (well-translated), at times quite moving, always entertaining.

To add some criticism to my sincere praises: It seems to me that you have included a little *too* many biographical data and details – not about Copernicus himself, I mean, but as regards minor characters. Some of these secondary portraits are brilliant (Savonarola, Tycho Brahe, Giordano Bruno, etc); it's just that there are TOO MANY of them. Of course, I realize that you introduced all these figures in order to make your historical panorama as complete and realistic as possible. Yet such an abundance of sketchy accessories cannot but confuse the composition. The impression I got is, that you were somewhat overly generous in adorning the background of your canvas with innumerable arabesques – simply because the character in the foreground, Copernicus, had to remain rather barren and linear, for want of biographical material.

(But now I am afraid that I might sound too critical, almost unfriendly! To repeat and re-emphasize it – I DO like the book! As you know, I have a weakness for the Kesten style, of which COPERNICUS is another typical and engaging example.)

How are your various new novelistic projects getting along?

I am disturbingly busy with all kinds of things of questionable importance – mostly article-writing. Besides I want to write a comedy – something about ghosts spiritualists which has been intriguing me for quite some time –, and I am gathering material for a book on postwar Europe. Also, I may do some work on an Italo-American film (G.I.s in Italy), which promises to bring some CASH and to be an interesting experience. If only I could get out of the Army before long! There are hopes but no definite prospects. What I try to arrange is, to get myself demobilized over here and then to stay for some more months in Europe, as a correspondent. That's not impossible, in principle. But you know how Mother Army is ...

Don't forget to write me! And do let us get together before the great atomic explosion destroys Times Square, Piazza Venecia, Hollywood Boulevard, the Kremlin, and whatever may have remained intact of Kurfürstendamm, Uhlandstraße, Am Knie, and Wilmersdorf.

As always, yours old,

KLAUS M.

AN KATIA MANN

The Stars and Stripes
Rome, October 9, [1945]

Liebste Tante Katja,

Just a hasty but grateful word to confirm the receipt of another package – shirts, neckties, underwear, cigarettes. Appreciated every *bit* of it. (I take it that you have my acknowledgment of watch and cigarettes.)

Last night I presented myself to the astonished Roman public for the first time as a civilian again – partly thanks to you; partly thanks to the efficiency of our valuable Monika: who – believe it or not! – has indeed managed to send me two fairly well-preserved suits and some other stuff. So I am well enough equipped for the time being – except for shoes (which I hope are on their way). I am playing with the idea of buying myself a new suit, if and when I get to Switzerland. That's a *clever* little plan, isn't it?

I don't mind a *bit* being a civilian again – even though it is a COSTLY pleasure. My meals, in the Black-Market restaurants, are at times delicious but always shockingly expensive – an average of about seven Dollars per meal! But I don't worry – as yet. The film job is well paid-for – and just yesterday another producer approached me with a new offer. Of course, you never can tell if this kind of offer will materialize. Besides, I want to do some travelling. In what kind of capacity, under whose auspices, with what kind of transportation – I know not. It seems surprisingly difficult to get accredited as a correspondent. A job with O.W.I. (respectively ICD or USIS) in Germany? It's not exactly what I want really. We will see. In any case, for the next six or eight weeks I will stick to the Black Market.

Finally I received a copy of the re-birth and Birthday number of the Neue Rundschau. An impressive document. I was particularly pleased that the poet's wife got so many verbal orchids – from Annettli, Kuzi, Charles Jackson, and many other authorities. No Ponten was needed, this time, to bring out the toast for you. I hope Agnes may have read every line of it – green with envy and jealousy. Besides, the number seems to contain a lot of good material – some of which I have not read as yet. The Uncle's brotherly essay is most extraordinary – beautifully written, solemn, moving, naive, in parts surprisingly aggressive (I am thinking of the passages on the German problem), not quite free of bitterness, yet leading up to a candidly affectionate, splendidly formulated finale. – Kahler's piece is solid and sympathetic; Maass I have not yet read; A. Neumann and M. Gumpert speak with manly warmth and intelligence. In general, however, I cannot help feeling that Gott (the Bermaus) has missed a unique editorial opportunity: a competent, professional editor could have done a much more brilliant job. To begin with, I don't quite see why he didn't include a sample from Z.'s new novel, or some other contribution by the »Honored Guest«: it would have added weight and interest. Besides the number is not international enough – considering the fact that it is obviously meant and presented as an international symposium. There are too many Scandinavians. Switzerland should be represented – if only with aunt Korrodi. Why not some Frenchmen – Gide or Jules Romains? Borgi would have been an effective, eloquent speaker for Italy. Besides there are too many publishers. Alfred is dry and dull; Hedwig – almost unforgivable. I may do the editing of the 80th-Birthday Number – which will become more colorful and substantial. Or is it that »ich einen verkommenen Stolz ausgebrütet habe?« – as the curious Uncle puts it so neatly...

Thanks and love, old

K.

1946

AN PAUL GEHEEB

Zürich
Hotel Urban
7. I. 46

Lieber Paulus,

Danke für Ihre Zeilen: es war gut von Ihnen zu hören.

Ja, ich will gern und bald zu Ihnen kommen – das heißt: so bald wie möglich (was natürlich ein etwas ungenaues Versprechen ist).

Wollen Sie mich inzwischen wissen lassen, wie man zur École d'Humanité gelangt? Läßt sich dieser Abstecher mit einer Fahrt nach Genf verbinden? Dorthin muß ich nächstens. Wie weit sind Sie von Zürich? Liegen Sie an der Bahn? Kann man bei Ihnen übernachten?

Erika ist auch noch hier – leider im Krankenhaus, mit Leber- und anderen Beschwerden, die sie sich in Nürnberg zugezogen hat. Sie läßt schön grüßen. Aber sie wird wohl nicht mitkommen können.

Getreulich

Ihr auch schon reichlich alter

KLAUS

AN FRITZ STRICH Arosa, den 15. Februar 1946

Cher Maitre Schnun,

Ihr Buch ist sehr schön. Ich hätte Ihnen schon vor geraumer Weile danken sollen – und habe in der Tat täglich vorgehabt, dies zu tun (so wie ich mir auch täglich, oder vielmehr allnächtlich, ein Kapitel Ihres Werkes zu Gemüte führe).

Aber ich war – oder bin eigentlich noch immer – so ABSCHEULICH in Arbeit, daß ich mir kaum Zeit zu Briefen nehmen dürfte. Auch Ski-Fahren und anderer schöner Zeitvertreib verbietet sich. Es ist alles wegen dieser Geisterkomödie, deren deutsche Fassung ich unbedingt noch während meines Schweizer Aufenthaltes fertigstellen will. Und dieser Aufenthalt – alas – neigt sich dem Ende zu.

Aber, wie gesagt, zur Lektüre gibt es immer Zeit. GOETHE UND DIE WELTLITERATUR hat mich sehr angeregt und bereichert. Ein großer, zeitlos-zeitgemäßer Gegenstand – mit bedeutendem Wissen und kluger Sympathie dargestellt. Eine Fülle interessanter Zusammenhänge, neuer Perspektiven. Sehr merkwürdig, die verschiedenen Formen und Funktionen der Goethe-Legende in den verschiedenen Ländern zu verfolgen. Welch sonderbarer Gegensatz zwischen seiner Wirkung in Frankreich und dem Echo seines Werkes in Rußland! Das ist es, was ich anregend nenne. Oder auch die menschlichen Aspekte der weltliterarischen Idee – zum Beispiel im Fall der rührenden Goethe-Byron-Freundschaft ... Und wie viel in dem Buche vorkommt, was den Deutschen gesund zu lesen wäre! Wird es seinen Weg in die Ruinenstädte unsrer verfluchten Ex-Heimat finden? Man wünscht es sich.

(Haben Sie übrigens die Goethe-Rede eines gewissen Beutler in der Neuen Schweizer Rundschau zu Gesicht bekommen? Nichts Bedeutendes; aber eine der sympathischsten Äußerungen aus dem verödeten Reich ...)

Ich schwätzte gern noch weiter; aber mein dritter Akt ... Erika – mindestens äußerlich gut erholt – läßt sehr grüßen.

Desgleichen der Nebel, sonst auch Feist genannt, der sich uns seit einigen Tagen hier zugesellt hat. Eri und ich werden wohl von Sonntag bis etwa Mittwoch oder Donnerstag in Zürich sein – im Hotel Urban oder auch durch Oprecht zu erreichen. Wie wäre es mit einer geschwinden Visite? Bern dürften wir wohl nicht mehr schaffen …

Remember me to that nice young lady – und nochmals Dank und Grüße.

Ihr alter Klaus

AN BRUNO WALTER Zürich, den 23. II. 1946

Lieber und verehrter Meister Kuzi,

Darf ich Ihnen mit einem etwas überraschenden, um nicht zu sagen: leicht unzüchtigen Antrag und Ansinnen ins Haus fallen? Es handelt sich um etwas Filmisches. Die Sache hat mit MOZART zu tun, und mit Wien. Ich habe mein Händchen im Spiel, und meine Schwester, die geschiedene Gründgens, ist gleichfalls hineinverwoben.

Doch hört!

Es gibt eine Organisation, die heißt FOREIGN FILMS, INC. Mit offices in New York und Rom. Präsident ist ein unternehmungslustiger junger Nicht-Arier namens ROLAND GEIGER. Als ich ihn kennenlernte, war ich noch ein stolzer »sergeant«, Geiger ein vielversprechender »private first class«. Vor dem Krieg hatte er mit dem Vertrieb europäischer (besonders französischer) Filme in den U.S.A. zu tun. Noch während des Krieges entdeckte er sein Interesse für die neo-europäische Produktion. Zunächst kaufte er einmal die amerikanischen Rechte eines recht bemerkenswerten italienischen Films, ROMA, CITTA APERTA. Solcherart Blut geleckt habend, beschloß er, sich auch an der Produktion neuer europäischer Filme zu beteiligen. Amerikanische Finanziers wurden gefunden; es war die Geburt der FOREIGN FILMS, INCORPORATED.

Der erste von FOREIGN FILMS mit-finanzierte Film wird

eben jetzt in Italien hergestellt. Der Unterzeichnete hatte das (übrigens nicht schlecht bezahlte) Vergnügen, das Drehbuch zu dichten – in Zusammenarbeit mit einem sehr streitsüchtigen und größenwahnsinnigen Italiener, mit dem er (der Unterzeichnete) sich noch vor Abschluß der Kollaboration auf Nimmer-Wiedersehen verzankte. But that's besides the point. FOREIGN FILMS, INC. – und auf sie kommt es an! – hat sich bei alledem recht brav bewährt. GEIGER brachte Geld und sechs amerikanische Mimen und Miminnen, die zur Zeit in Italien – beaufsichtigt von einem italienischen Regisseur – ihre Rollen spielen. (Der Film handelt von amerikanischen Soldaten und italienischen Zivilisten.)

So weit, so gut. Der Unterzeichnete fuhr in die Schweiz, woselbst er, im Hause des Verlegers OPRECHT, die Bekanntschaft eines etwas zu dicken, etwas zu rosigen, aber sonst sehr rüstigen Wiener Banquiers namens Dr. KURT GRIMM machte. GRIMM hat reichlich Geld, wovon er kleinere Beträge von der Schweiz aus zur Bekämpfung der Nazis in Österreich benutzte. Zum Danke steht er jetzt sehr gut mit Renner und mit den Alliierten. Besonders herzlich scheint er mit den Herren zu stehen, die jetzt in Österreich Filme machen sollen. Mit einem dieser Onkels – JOHAM heißt er: früher, und auch jetzt schon beinah wieder, Direktor der Kreditanstalt und der »Wien-Film« Gesellschaft – aßen die geschiedene (oder schon verwitwete?) Gründgens und der Unterzeichnete unlängst im »Belle-Rive« zu Abend. GRIMM und JOHAM waren eben erst aus Wien zurückgekommen. Im Lauf der Unterhaltung stellte sich heraus, daß der Wiener Film bald wieder völlig auf dem Damm sein würde – mit »familiar faces«, wie Willy Forst und Bagier, als tonangebende Figuren –: wenn man nur wüßte, was für Filme drehen! Etwas Politisches, im Stil der schweizerischen »Last Chance«? Zu heikel! Ein Wiener Spielfilm, »als ob nichts passiert wäre«? Ausgeschlossen! – Die Geschiedene und der Unterzeichnete wurden von den besorgten Banquiers um Rat gefragt. Wir zögerten. Erst auf dem Nachhause-Weg fiel es uns dann ein.

Ein MOZART-Film! – was denn sonst? Und mit Kuzi! Es war das Ei des Kolumbus.

Eri und ich würden, von Ihnen inspiriert und unterwiesen, die screen story schreiben. Das Musikalische – nun, ça va sans dire... Der Film wird als amerikanisch-österreichische Gemeinschafts-Produktion in Österreich hergestellt – ganz nach dem Vorbild des italienischen Experimentes, an dem ich mitgearbeitet habe. [...]

Was ich jetzt zunächst und vor allem brauche, ist Ihre prinzipielle Entscheidung: *Würden* Sie – *möchten* Sie sich zur Verfügung stellen, ganz abgesehen von allen technischen Schwierigkeiten? (Wobei mir – wie ich doch betonen will – Ihre Mitarbeit als Autor und Berater kaum weniger wichtig scheint als Ihr rein musikalischer Beitrag...)

Ich fahre in ein paar Tagen von hier nach Rom zurück, wo ich mich wieder mit meinen Freunden von der FOREIGN FILMS treffe. Mitte April etwa will ich in Wien sein – wahrscheinlich mit Erika –, wo die entscheidenden Verhandlungen stattzufinden hätten. Mir liegt sehr daran, Ihren Bescheid bald in Rom zu haben, so daß ich die Sache mit der GEIGER-Gruppe gleich besprechen kann. Dann bliebe mir noch Zeit, Ihnen die definitiven Vorschläge der FOREIGN FILMS von Rom aus zu übermitteln, und Ihre Antwort auf meine Reise nach Wien mitzunehmen. Wollen Sie also so sehr nett sein, mir gleich zu kabeln? Die Hauptpunkte, über die ich informiert zu werden hätte, sind diese:

1. Wollen Sie im Prinzip –?
   a. Komplette Mitwirkung? (= co-author and conductor)
   b. Limitierte Mitwirkung? (= only as co-author, or only as conductor)
2. Kommen Sie in diesem Jahr nach Europa? Wann? Für welche Zeitdauer? Wo könnte man sich treffen?

Ich hoffe sehr... Es könnte reizend werden.

Alles Liebe für Lotten. Ich bin sicher, sie wird in dieser Sache unsere Fürsprecherin sein. Auch sollte sie uns allen Dreien beim Drehbuch-Dichten helfen – wenn wir sie nicht überhaupt dazu zwingen, eine musikalische Durchlaucht am

Cembalo mit Lockenperücke und Glockenstimme filmkünstlerisch darzustellen...

Und so bin ich denn Ihr getreuer

KLAUS

VON BRUNO WALTER New York [März 1946]

FIND IDEA ATTRACTIVE SUGGEST VERBAL DISCUSSION IN BEVERLY HILLS WHERE I SHALL BE FROM THIS JUNE TO SEPTEMBER STOP COULD THINK OF LIMITED COOPERATION BUT NOT BEFORE SPRING 1947 UNTIL THEN FULLY OCCUPIED GREETINGS

BRUNO WALTER

AN BRUNO WALTER Rome, 28 March, 1946

CARO MAESTRO,

Just a word to thank you for your cable. Well, that sounds promising enough!

In a couple of weeks or so, I will go to Vienna and discuss the matter with Willy Forst and others. As for the Americans, they are very interested in the idea of a Mozart film – with Bruno Walter! Geiger, the brisk little boss of FOREIGN FILMS, INC., will probably come to Austria with me.

After the Vienna excursion, I'll have some more travelling to do – Amsterdam, Paris, Germany. But after that I expect to return to the States – which is to say, late in May or early June. So I'll be just in time for a summer rendezvous in Beverley Hills. In the meantime, the whole project will have assumed a more definite shape and we will have a more solid base for discussion.

Rome is pleasant enough – frivolous, corrupt, lazy, selfish, blasé: but charming.

Mille choses pour la Rabenalt.

Thanks again for your interest.

As always yours, KLAUS

VON KATIA MANN

Chicago Ill.
18. 4. 1946

OPERATION PROBABLY 24 CRITICAL DAYS AFTERWARDS DEPARTURE NOT URGENT BUT YOUR PRESENCE DESIRABLE STOP GENERAL CONDITION OF PATIENT ABSOLUTELY UNAWARE OF SERIOUSNESS OF CASE VERY GOOD AND SITUATION HOPEFUL THOUGH GRAVE LOVING MOTHER

AN KATIA MANN

Frankfurt, den 10. V. 46

Ma très chère maman,

das waren ja aufregende, beklemmende Tage: für Dich muß es furchtbar schwer gewesen sein. Hoffen wir, daß die Besserung von Dauer ist! Die letzten Nachrichten, die mir zu Gesichte kamen, klangen ja recht beruhigend – ein Kabel von Bermann an Friedrich, welches dieser mir in Amsterdam zeigte (»condition excellent«) und eine Notiz in TIME (»resting comfortably«). Was aber den Charakter der glücklich überstandenen Operation betrifft, so wußte auch TIME nichts zu melden. Um was für ein Übel hat es sich denn nun gehandelt? Man wäre doch gern im Bilde.

An den Patienten selber habe ich noch nicht geschrieben, obwohl ich es tun sollte – und möchte. Aber ich weiß nicht recht, wie mich ausdrücken, besonders weil mir wirklich nicht recht klar ist, was ihm eigentlich fehlt oder gefehlt hat, und bis zu welchem Grade er nun selber unterrichtet ist. Sag ihm jedenfalls meine affections and congratulations.

Jedenfalls hoffe ich bestimmt, bei meiner Rückkehr in Rom (in ungefähr drei Wochen) einen ausführlichen Bericht von Dir vorzufinden. Werdet ihr denn wohl in absehbarer Zeit nach California zurückkehren? Wird der Genesende, um nicht geradezu der »regierende Geneesheer« zu sagen, noch lange einer Pflegerin bedürfen, oder seid ihr – Du und Deine rüstige Älteste – Manns genug? Wird söhnlicher Besuch nicht die Rekonvaleszenten-Ruhe stören?

Die Beantwortung dieser Fragen dürfte nicht ohne Einfluß auf meine eigenen Pläne sein. An sich habe ich vor, um den ersten Juli herum nach Rom zurückzukehren und von dort, etwa zehn Tage später, per Schiff oder Luftballon, die Reise über den Atlantik anzutreten. Dann würde ich wohl bald nach der San-Remi kommen, wenn ich dem Geneesheern nicht zu lärmend bin. Wie lang ich freilich etwa dortselbst bleiben werde – das ist mir selber etwas rätselhaft. Manches spricht für einen längeren Californischen Aufenthalt (weil ich doch so viel zu dichten habe, und die Westküste so still und friedlich ist); und dann wiederum, ein gar zu ausgedehnter Besuch im Kinderhause hat auch wieder sein Bedenkliches (weil ich doch nicht selber Auto fahre und dann leicht eine Art von Haft-Psychose bekomme...) Am nettesten wäre es vielleicht, wenn ich irgendein kleines Junggesellen-Häuschen, etwa im Stil des Bukovikschen Anwesens, in der Nähe der San Remi fände – gesetzt, daß ich gleichzeitig auch einen alten Ford und einen jungen driver aufgable... Der driver müßte auch ein bißchen kochen können und von angenehmem Aussehn sein. Ich werde mal nach so was Umschau halten. Und wenn Dir beim Spazier[en]gehn ein leeres Hüttchen ins Auge sticht, so tritt ein und frage nach dem Preis. Mir würde so ein Arrangement ganz gut gefallen; ich bliebe dann vielleicht ein halbes Jahr. Wenn es bei euch etwas Gutes zu essen gibt, stelle ich mich ein, ganz Moni-haft, ohne nachher beim Abspülen zu helfen.

Aber zunächst bin ich ja noch in Frankfurt. Bruder Angelus ist leider grade weg – in seiner übertrieben heißgeliebten Schweiz. Ich fahre morgen nach Berlin weiter, in Eris Wagen, zusammen mit Betty und einem ganz flotten jungen Korrespondenten. Indessen werde ich auf der Rückfahrt von Berlin nach Nürnberg-München wohl nochmals hier Station machen und dann das jetzt versäumte Rendezvous mit Golo nachholen.

Wenn Du mir etwas zu kabeln hast, benutzt Du wohl am besten die außen vermerkte Anschrift.

Und tausend Grüße. Die Eri soll nicht so viel rauchen und trinken, damit sie nicht so viel husten muß; auch dürfte sie dicker werden. Auch den Borgis magst Du mich empfehlen. Die Medi soll ja bei Zauberers Siebzigstem so bezaubernd ausgesehen haben: sowohl Anettli als Friedrich werden ganz sentimental, wenn sie sich dran erinnern.

Treuer

K.

VON KATIA MANN

Hotel Windermere
Chicago
21. Mai 1946

Lieber Aissisohn!

Sind soeben vom Hospital ins Hotel Windermere gezogen, weil der Patient, nach fünfundeinhalbwöchigem Aufenthalt im Krankenhaus, der Spitalpflege nun nicht mehr bedarf und die Ärzte den Wechsel für günstig halten. Arg eingefallen, mager und mitgenommen wirkt er freilich so in normaler Umgebung, aber man muß ja schließlich Gott danken, daß er so weit ist, noch nicht vier Wochen nach der fürchterlichen Operation, die schließlich auch sein Ende hätte sein können. Erhielt vorgestern Deinen Brief aus Frankfurt, während Du ja inzwischen mein Kabel nach Berlin bekommen haben wirst. Fast vermute ich, daß Du unterdessen, sei es durch Gölchen bei Deiner Rückreise durch Frankfurt, sei es durch meine Briefe, die ich nach Rom noch vor unsserer Abreise sandte, so ziemlich im Bild bist. Will Dich aber lieber doch für alle Fälle noch informieren. Es handelte sich also leider um Lungen-Krebs. Der Patient *weiß* es aber absolut nicht, und wenn er je den Verdacht hatte, was ich allerdings sicher glaube, so hat er ihn radikal verdrängt und völlig die ihm dargebotene Version eines harmlosen Lungen-Abszesses angenommen. Daran halten wir *eisern* fest der Welt gegenüber, weil es sonst ja doch zu ihm zurück käme, und weil es überhaupt unnötig ist, daß man ihn als gezeichnet betrachtet. Anna und die sonstigen guten Freunde reden natürlich längst so, während ein wirklicher Freund, wie der gute Kuzi (den ich tatsächlich als einzigen informiert habe) leidenschaftlich widerspricht. Die Operation ist vollkommen geglückt und wurde von unserem Dr. Adams hier offenbar meisterhaft ausgeführt, doch es sind, nach Öffnung des Brustkastens bei Entfernung einer Rippe, drei Viertel der rechten Lunge weggenommen, und was übrig, ist völlig gesund. Von der Gefährlichkeit der Operation hatte Z. buchstäblich keine Ahnung, sondern hat sich ihr mit größter Seelenruhe unterzogen (was sicher für den Erfolg sehr wichtig war).

Die Widerstandskraft seiner Natur hat die Ärzte in ständiges Erstaunen gesetzt, vor allem sein Herz scheint vorzüglich zu sein, und der ganze Verlauf war so glatt und glücklich wie nur irgend möglich, das Maß an Beschwerden überraschend gering. Zunächst können wir also außerordentlich erleichtert und zufrieden sein, aber es bleibt die schlimme Möglichkeit eines Rückfalls an einer anderen Stelle. Dies *braucht* ja aber nie einzutreten, und da das Stadium noch ein sehr frühes war (Gottseidank, infolge des ständigen Fiebers, das, eine Sekundärerscheinung, durchaus nicht immer vorhanden ist, und als Warnungssignal diente), besteht sogar eine gute Hoffnung, daß es sich noch nicht verbreitet hat. Aber es ist natürlich ein sehr großes Glück, daß Z. an diese Gefahr, ganz offensichtlich, überhaupt nicht denkt, und wir tun *alles*, ihn in diesem Zustand zu erhalten.

Freitag wollen wir in E's Gesellschaft, deren Gegenwart natürlich ein rechter Segen war, die Heimfahrt antreten, und ich hoffe, die San Remi wird einen recht wohltätigen Einfluß auf die Reconvalescenz haben. – Nein, daß Du zu lärmend sein wirst, das glaube ich ganz bestimmt nicht, und Du sollst im Juni oder Juli jederzeit im Kinderhaus willkommen sein, und wirst, denke ich, ohne Haftpsychose einen längeren Aufenthalt dort nehmen. Denn was Deine übrigen Pläne betrifft – ach du lieber Gott, ihr Überseer habt denn doch *keine* Ahnung von unseren desaströsen Verhältnissen hier: ein Häuschen mieten und ein Auto und einen kochenden Fahrer, der auch sonst noch nett aussieht! – Wenn man *großes* Glück hat, kann man von 100 Dol. aufwärts ein *Zimmer* bekommen, und an Auto und Bedienung ist ebensowenig zu denken, wie an Strümpfe, Hemden, Anzüge und die meisten sonstigen Kommodidäten, weil unsere Inflationslüsternen diese schlechthin *alle* zurückhalten und auf dem Black Market feilbieten. This is democracy!

E., trotz Magerkeit, finde ich eigentlich garnicht so übel in Stand, dächte, ich hätte sie schon viel schlechter gesehen. Und sie erheitert den Vater durch viele Schnurren. Die von Annettli und Friedrich so gepriesene Dulala hat wirklich etwas ungemein Liebes und Gewinnendes, wenn auch öfters ein beunruhigendes Eigensinnsbrettchen vor der Stirne.

Muß mich nun dem Patienten widmen, der, zum ersten Mal eigentlich, ganz auf mich angewiesen ist. Wollte noch erwähnen, daß er die ganze Zeit von ergreifend freundlicher Geduld war, die Ärzte konnten ihn nicht genug rühmen. Aber gerade dies ängstigte mich.

Auf bald, mein Sohn, mach alles gut.

Dein armes Mielein.

AN HERMANN KESTEN

En route to California
(im wackligen Santa Fé-»Chief«)
25 July, 1946

Cher ami et confrère,

nur diese flüchtige Zeile, um Ihnen zu sagen, wie leid es mir tat, New York verlassen zu müssen, ohne Sie gesehen zu haben. Warum ziehen Sie das öde Provincetown dem quicklebendigen Manhattan vor? Ich hatte dort recht angeregte Tage. Auf der Straße war es etwas schwül, aber in meiner Stube im St. Regis Hotel herrschte angenehm künstliche Kühle. Wie gemütlich hätten wir dort plaudern können!

Aber Sie sind eben ein Naturbursche und wollen sich vom frischen Seewind die Frisur zerzausen lassen...

(Der Zug bebt und wackelt, daß einem die Sinne vergehen. Wir haben den »trockenen« Staat Kansas soeben hinter uns gelassen und befinden uns nun wohl in New Mexico – oder ist es Texas? What's the difference? Die Szenerie ist überall gleich trostlos flach.)

Unser schönstes Plauder-Thema wäre natürlich Ihr Roman gewesen: ich habe den gewichtigen Band »from cover to cover« genossen, auf dem Sonnendeck des Dampfers »Vulcania«, zwischen Palermo und den Balearen. Mes félicitations! Eine neue Probe und bedeutende Manifestation Ihres starken, immer stärker werdenden Talents. Welche Fülle der Gesichte und Erkenntnisse, des Witzes, der Phantasie! Ich war sehr bezaubert. Einige Episoden – wie die des Liebknecht-Mörders, oder das Konzentrationslager – sind ganz unvergeßlich schauerlich, während andere kraft ihrer Lieblichkeit in angenehmster Erinnerung bleiben. – Ich höre, daß die Presse enthusiastisch war. Wohlverdientes Lob! Ihr bestes Buch seit Ihren ersten kecksten Experimenten. Oder ist es überhaupt das Beste, was Sie gemacht haben?

(Das Wackeln wird immer ärger, die Landschaft draußen immer wüstenhafter. Was für ein kolossales, *leeres* Land – that new fatherland of ours!)

Freilich, Einwände lassen sich immer machen: beim Gespräch in künstlich-kühler Stube hätte ich vielleicht auch einiges Kritische vorgebracht. Da ist zum Beispiel die Sache mit den »zwei Deutschlands« – ein Thema, auf das schon der Waschzettel anspielt und das Ihnen offenbar halb im Sinne lag, aber eben doch nur halb: Sie führen es nicht ganz durch, scheinen es zuweilen völlig fallen zu lassen, um es dann doch wieder etwas spielerischer Weise aufzugreifen. Etwas stimmt da nicht ganz. Der Nationalismus der bösen Primula am Schluß kommt etwas überraschend. Aber lassen wir das. Unsere fehlerfreien Bücher schreiben wir wohl erst, wenn wir alt und verkalkt und reif für die Akademie – welche Akademie? – sind.

Lassen Sie von sich hören. Ich bleibe jetzt zunächst einmal ein bißchen in California. Weitere Pläne ungewiß. Viel Arbeit – nicht ohne Spaß, trotz düsteren Vorgefühlen.

Ihr alter

KLAUS

VON HERMANN KESTEN Provincetown, Mass. 1. Aug. 1946

Lieber Klaus Mann!

Ich habe mich sehr mit Ihrem lieben Brief aus diesem altmodischen Vehikel gefreut, das unsere lyrischen Väter das »Dampfroß« genannt haben.

Ich bin froh, daß Sie wieder ein Zivilist sind, und daß Sie gesund und munter, wie es scheint, in unsern immer opulentern Erdteil zurückgekommen sind, in unser Amerika, fern »Europens übertünchter Höflichkeit«.

Zu schade, daß ich Sie nicht sehn konnte, vor Ihrer kontinentalen Reise nach Kalifornien. Ich fürchte, wenn ich Sie nicht bald sehe, vergessen Sie Ihre interessantesten Geschichten aus Krieg und neuem Frieden in Europa. Oder »schreiben Sie alles auf«, nach dem Vorbild von Egon Erwin Kisch und Gertrude Stein?

Was wollen Sie schreiben? Was haben Sie geschrieben? Sind Sie nicht voll von Stoffen?

Wie ward Ihr Stück? Ihr Film?

Vielen Dank für Ihre Komplimente zu meinen Nürnberger Zwillingen. Ich freue mich, wenn meine Bücher Ihnen gefallen. Den Waschzettel, von L. B. Fischer und A. A. Wyn, Fischers Nachfolger und Aufkäufer, dürfen Sie mir nicht vorhalten, ich habe weder die Absicht gehabt, einen symbolischen Roman zu schreiben, noch gar Kafka nachzukafkaen, wie mir der »New Yorker« vorgehalten hat, noch glaubte ich je an die »beiden Deutschland«, noch gar ans Gute und Böse Prinzip, da ich ein eingeschworener Feind aller Dualismen bin, und nicht die geringste philosophische Neigung dafür habe, alter Individualist, der ich bin, und Konfessionalist aller Multiplizitäten, ein Polytheist und Liebhaber aller Differenzierungen und Schattierungen, voller Haß auf alle Nationalismen. Ich weiß es aber schon seit langem. Man darf in Romanen keinen Spaß treiben. Die Welt der Kritiker und Bücherleser ist ungewöhnlich ernsthaft, viel ernsthafter als die eigentliche Welt des Ungedruckten, des platten Lebens, und der politischen Arena.

Wie soll ich aber schreiben, ohne Spaß zu treiben? Wenn ich mich nicht amüsieren darf, was soll das Amüsement für andre? Augenblicklich schreibe ich einen kleinen Roman, der – wenn es nach mir geht – heiter unter Ruinen werden soll. Zum Teufel mit der Atombombenwelt! Der liebe Gott will uns das Lachen abgewöhnen. Lachen wir munter fort, zwischen zwei Schlachtfesten, wo man unsresgleichen als negligibel trätiert. Falls Sie nicht bald im Herbst nach New York zurückkommen, werde ich nach Kalifornien reisen müssen, um Sie wiederzusehn und zu umarmen.

Wie geht es Ihrem verehrten Papa? Wieder wohl und bei der Arbeit? Und der ganzen Familie? Einige Freunde und Bekannte werden Sie sogar im geschützten Kalifornien nicht wiederfinden. Es sterben viel mehr Freunde als Feinde, das ist fatal.

Schreiben Sie bald wieder Ihrem alten ergebenen Freund

Hermann Kesten

AN HERBERT SCHLÜTER New York

29 November, 1946

Mon vieux,

nur ein Wort, um Dir für Deinen (zweiten) Brief zu danken, den vom 23. September: er hat mich erst vor ein paar Tagen erreicht. Ob sich Deine Situation inzwischen zum Angenehmeren verändert hat? Lasse es mich hoffen. Schließlich wird die RAF Dich doch nicht für Lebenszeit in Anspruch nehmen.

Dein Wunsch, Deutschland wieder zu verlassen, leuchtet mir nur zu sehr ein. Was aber einen »job« betrifft, so solltest Du es doch gerade dort nicht schwer haben. Werden nicht Leute Deiner Art und Vergangenheit sehr gebraucht und gesucht? Gibt es nicht viele Verlagshäuser, Revuen, Zeitungen, die sich nach einem Redakteur oder Mitarbeiter wie Dir alle zehn Finger ablecken würden? W. E. Süskind kann doch nicht *alles* machen!

Ich habe keine Sehnsucht nach Deutschland.

Wann meine Bücher dort erscheinen werden? Mein Lieber, ich ahne es nicht. Gerade jetzt arbeite ich an der deutschen Übersetzung meines André Gide-Buches, das ich englisch geschrieben habe. Die deutsche Ausgabe kommt bei Steinberg in Zürich. Aber ob sie nach Deutschland eingeführt werden kann? Es gibt da allerlei technische Schwierigkeiten, die bis jetzt unüberwindlich scheinen. Es ist ein ironischer Witz, daß diese nebensächliche kleine Skizze »Une Belle Journée« das einzige war, was, meines Wissens, dem deutschen Publikum bisher von mir geboten wurde.

Ein Exemplar von »Escape to Life« will ich Dir gerne schicken, wenn es sich machen läßt – ich muß mich erkundigen. Falls es nicht gehen sollte, verlierst Du übrigens nicht viel. Das Buch, auf Bestellung angefertigt, war nie besonders profund oder eigenartig, und nun ist es auch noch inhaltlich überholt – ein »Who's who« der vergangenen Saison ...

In Californien habe ich ein altes Manuskript von Dir gefunden – ein kleiner Roman, der in Mallorca spielt, Rudolf kommt auch darin vor. Ist es dasselbe, das von dem Wiener Verlag gerettet wurde und jetzt erscheinen soll?

Meine Pläne sind sehr ungewiß. Ich denke sehr daran, im Frühling wieder nach Europa zu fahren. Ob aber nach Deutschland? No idea, je ne sais pas ... Und vielleicht wäre es überhaupt vernünftiger, nach Hollywood zu gehen und ein bißchen Geld zu verdienen.

Dir also treu gewogen, der alte

KLAUS

Ob mein Paket Dich erreicht hat?

AN HELENE THIMIG 2 East 75th Street (Apt. 5 B)
New York
3 December, 1946

Liebe und verehrte Frau Thimig,

es hat mir leid getan, daß ich Sie während Ihres kurzen New Yorker Aufenthaltes nicht sehen durfte: ich hätte gern von Ihren österreichischen Impressionen gehört und sie mit den eigenen verglichen. Außerdem wäre es mir lieb gewesen, Ihnen mein Stück persönlich zu überreichen. Nun schicke ich es Ihnen also – c/o Mama, da ich zwar Ihr schönes Haus am Meer kenne, aber die Adresse nicht weiß.

Lesen Sie das Stück, bitte. Es ist das Erste, was ich seit 1933 fürs Theater gemacht habe. Ich möchte, daß es Ihnen nicht mißfällt. Um es nur gleich heraus zu sagen: Ich wünsche mir, daß Sie in Wien die Vera spielen. Es ist eine schwere Rolle. Ich weiß kaum eine andere deutsch-sprechende Schauspielerin, die ihr gewachsen wäre.

Ich habe das Stück in beiden Sprachen geschrieben – englisch sowohl als deutsch. Die allererste, sehr vorläufige englische Version war schon fertig, ehe ich Soldat wurde. Ich zeigte sie damals Max Reinhardt, den ich um diese Zeit in New York ziemlich häufig sah. Er reagierte mit der wundervollen Empfänglichkeit, die einen Teil seines Genies ausmachte. »Der Schluß des ersten Aktes«, sagte er, »ist *atemberaubend.*« (Ich höre noch das Wort, wie es aus seinem Munde kam – kennerisch und genüßlich, dabei etwas schaurig berührt...) »Enorm spannend. Man weiß wirklich nicht, ob *er* es wirklich ist...« – Er hatte auch Einwände und Vorschläge, die ich mir wohl gesagt sein ließ.

Mehrere Jahre vergingen, ehe ich dazu kam, mich mit der Umarbeitung zu beschäftigen. Max Reinhardt war tot. Und der Zweite Weltkrieg war angeblich zu Ende.

Ich schrieb die neue Fassung in der Schweiz – zunächst auf deutsch, dann, etwas später, auf englisch. Unsere neue Theateragentin, Liesl Frank, bemüht sich jetzt, die englische Version dem Broadway plausibel zu machen. Wahrscheinlich wird das Stück für hier etwas »amerikanisiert«

werden müssen. Wir suchen jetzt gerade nach einem routinierten »play-doctor«, der genug Geschick und Erfahrung hat, um die nötige Operation vorzunehmen.

Die nicht-englischen Rechte gehören dem Züricher Oprecht-Verlag – Sie kennen doch Emil und Emmy Oprecht, die beiden wackersten Eidgenossen? Das Züricher Schauspielhaus mag das Stück und will es spielen. Die Schwierigkeit ist nur, daß im Schwyzerländle alle Kinder schwyzerisch sprechen, worüber dann die Schwyzer selber lachen müssen. Wie Sie sehen werden, spielen die Kinder eine ziemlich wichtige Rolle in meinem Stück.

Aber sogar abgesehen von der Kinder-Frage – Wien wäre mir lieber für die deutsche Uraufführung, und ich bin ziemlich sicher, daß die Oprechts meinem Wunsche Rechnung tragen würden. Ich sage, Wien wäre mir lieber oder am liebsten – vorausgesetzt nämlich, daß *Sie* an meiner Geisterkomödie Gefallen finden und sie herausbringen wollen. Ich möchte Sie als Vera. Und wenn die Partie Sie nicht reizt, möchte ich Sie wenigstens als Regisseur. Zwar fand ich das Wiener Theater im Allgemeinen auf einem recht respektablen Niveau – auf einem viel höheren, als das Berliner –; aber zur richtigen Inszenierung meines dramatischen Spuks bedarf es einer Delikatesse, die ich keinem Spielleiter, der sieben Jahre lang unter den Nazis wirkte, ohne weiteres zutraue.

Ich warte auf Ihre Antwort, von der ich weiß, daß sie aufrichtig sein wird, und hoffe, daß sie positiv ausfallen möge.

Ihr treuer

Klaus Mann

PS Grüßen Sie bitte Ihre Mieterin, unsere liebe Eva.
PS II: Ich muß wegen des unordentlichen Manuskriptes um Verzeihung bitten: es ist das *einzige* deutsche Exemplar in diesem Continent!

AN W. E. SÜSKIND New York, N. Y.
23 December, 1946

Lieber W.E.S.,

ich habe mich doch gefreut. Nie habe ich mir Deinen Geburtstag merken können – die einzigen, die ich wußte, waren immer nur die von Mielein, Zauberer, Eri, Golo und Onkel Heinrich –, und Du erinnerst Dich des meinen nach so vielen Jahren, und wo wir uns schon ganz entfremdet sind.

Denn entfremdet sind wir uns einmal, ich kanns nicht ändern, die Läufte und unsere Charaktere haben es so mit sich gebracht. Auch mir ist nicht nach langem Brief zu Mut, und übrigens sind ja Dir sowohl als mir die Argumente und Gesinnungen des anderen mehr oder minder vertraut. Wozu sich wiederholen? Wir wissen ja beide, wie alles zusammenhängt, und wie sichs fügte und entwickelte; aber ein Abgrund bleibt es eben doch. Erinnerungen sind wehmütig und schön, schaffen aber doch den Abgrund nicht aus der Welt.

Freilich, als ich neulich »Tordis« wieder las (ja, ich habe den hellen Leinenband noch, auch das »Morgenlicht« in der Falken-Edition, aber »Jugend« ist mir abhanden gekommen) – als ich mir die anmutige kleine Kunstgeschichte also wieder vornahm, da wehte es mir wohl recht wehmütig-schön entgegen: der norwegische Kauderwelsch, das rote Hütchen und alles. Eigentlich schade, daß Du keine Geschichten mehr schreibst. Hängt wohl auch mit der Sint- und Schmutzflut zusammen.

Ich habe auch seit einigen Jahren keine mehr gemacht; zwar schreibe ich ein vortreffliches Englisch, wie Du mit Recht vermutest, aber an einen Roman habe ich mich doch noch nicht gewagt. Wird auch noch kommen. Zur Zeit bin ich damit beschäftigt, ein Buch über André Gide, das ich zuerst englisch geschrieben habe, aus der amerikanischen Ausgabe für einen Schweizer Verlag ins Deutsche zu übersetzen. Auch eine drollige Beschäftigung. Aber so wird das Buch Dir vielleicht auch einmal in die Hände fallen. Möge es Dich nicht zu fremd berühren.

Ich lasse Dir etwas Nahrhaftes von J. Kohls' Personal Parcel Service zugehen – eine weihnachtliche Geste, und weil ich Deinen Sechzigsten, der nicht mehr fern sein kann, doch gewiß vergessen werde.

»Amerikanisiert«? Vielleicht. It's nothing to be ashamed of.

Alter

KLAUS

1947

AN WILLI FEHSE

Zürich, 19. VI. 47

Lieber Willi Fehse,

es war nett, wieder von Ihnen zu hören, nach so vielen Jahren – und was für welchen!

Ich bemerke mit Vergnügen, daß Sie immer noch aktiv und emsig sind – immer noch der rüstige alte Anthologist. So ists recht: nur die Flinte nicht ins Korn geworfen.

Was nun aber meine Mitarbeit angeht, so besteht die Hauptschwierigkeit darin, daß ich ja seit Jahren nicht mehr auf deutsch schreibe. Ich habe Ihnen deshalb gar nichts Rechtes für Ihren Prosaband zu bieten – es sei denn, Sie begnügen sich mit einem erzählerischen Scherz, der unter dem Titel »Une Belle Journée« auch von einer neuen Münchener Literatur-Zeitschrift – *Das Silberboot* heißt sie wohl – abgedruckt wurde. (Nein, »Das Silberboot« erscheint wohl in Salzburg; aber die Münchener Revue hat einen ähnlichen Namen und hängt mit dem Salzburger Blatt zusammen. Sie wissen vielleicht, was ich meine, oder können es doch irgendwie herausbekommen.) – Also, diese kleine »story« stelle ich Ihnen gern zur Verfügung.

Und die Begegnungen mit den Meistern? Das klingt auch wie ein hübscher Plan. Aber eigens etwas über Dreiser schreiben, dem ich übrigens nicht nahestand? Ich fürchte, es wird nicht gehen. Dann läge GIDE mir schon näher. Ich bin grade dabei, mein Buch über ihn – ursprünglich englisch geschrieben – ins Deutsche zu übersetzen: die ersten Kapitel gehen dieser Tage hier in Satz. Ich schlage also vor, daß Sie sich brieflich an meinen hiesigen Verleger wenden – *Frl. Selma Steinberg, Schwendenhaus-Str. 19, Zürich-Rehalp* – und (unter Berufung auf mich) proponieren, daß man Ihnen einen Bürstenabzug des Ersten Kapitels – betitelt *Legende und Wirklichkeit* — schickt. Im zweiten Teil dieses Kapitels werden Sie eine ausführliche Schilderung meiner ersten Begegnung mit Gide finden. Sie machen sich ein Stück davon für Ihre Zwecke zurecht – und ich werde nicht unwürdig vertreten sein.

Die besten Wünsche und Grüße Ihres

Klaus Mann

AN LOTTE WALTER

Amsterdam,
4 July, 1947

Liebste Rabenalt:

wie geht es uns seelisch? wie gesundheitlich? Mir ganz zufriedenstellend – gesundheitlich, meine ich; was das Seelische betrifft – nun, wir haben alle unsere »ups« und »downs«. Das Nahen des Dritten Weltkrieges wirkt irgendwie verstimmend auf mich – ich weiß nicht, warum. Es ist vielleicht grillenhaft von mir, aber mir wären zwei zu meinen kleinen Lebzeiten eben nun einmal genug gewesen.

Daß man meine Schwester und mich beruflich schädigt (indem man uns nämlich daran hindert, uns in Deutschland nach amüsanten Stoffen umzuschauen), ist auch irgendwie *verdrießlich*. Zwar sind wir ja dabei in ganz guter Gesellschaft – hat man doch, wie ich höre, selbst Maestro Kuzi höflichst »abgeraten«; aber verdrießlich bleibt es eben doch.

Sonst ist Europens übertünchte Höflichkeit so weit wieder ganz nett. In Zürich gab es den PEN-Club, Sprüngli-Pralinés, Frau Reiffs Salon, die Giehse auf der Bühne, Lorbeern für Papa und Mixed Grill in der Kronenhalle. Hier wiederum sind es die Grachten, die sich malerisch ausnehmen; dazu kommen noch Friedrich und Rini mit Baby, Hans Busch mit römischer Gattin (er führt Opernregie, sowohl hier als auch in Stockholm – denk Dir nur, und er scheint immer noch irgendwie unter Tutti Bermanns Zauberbann zu stehen!) und die vielen schmucken Holland-Weibchen-mit-dem-Häubchen-sind-nicht-da-zum-Zeitvertreibchen (wie einst bei Papa Benz gesungen wurde).

Ich werde vielleicht etwas länger in Europa bleiben und Amsterdam als mein »headquarters« behalten. Was bedeuten will, daß die Seventy-Fifth Street nicht FEST – das heißt also eigentlich GAR NICHT – auf mich rechnen kann. Für den Herbst findest Du ja die schönsten Mieter in Hülle und Fülle – vielleicht sogar noch schönere als mich ... Oder läßt Du einfach die Urschel drinnen, die jetzt drinnen hockt? That's up to you, dear – everything will be all right with me. (Und wenn die Sächlein, die von Eri und mir noch im Wandschrank stehen, irgendwie unangenehm auffallen, so nimmt die gute Mrs. Coran, oder wie sie heißt, sie gewiß in den Keller. Es handelt sich vor allem um einige Kochtöpfe und meinen Wintermantel.)

Wann kommt ihr nach hier? Geben wir uns doch irgendwo Rendezvous; aber die Halle der Vier Jahreszeiten wäre wohl »premature«.

Das Anhänglichste und Ehrerbietigste für den Herrn Vater; Dir aber die schiere Anhänglichkeit, ohne jede verdünnende Beimischung von Ehrfurcht.

Treuer

KLAUS

AN FRITZ STRICH

c/o Querido Verlag
Singel 262 Amsterdam
26. Juli 1947

Sehr zu verehrender Geheimrat Schnun,

es soll seinerzeit so reizend bei Ihnen gewesen sein, man spricht noch immer davon – warum bin ich nicht mitgekommen?

Statt dessen bin ich nun in Amsterdam – auch ganz nett; nur daß diese »Polizei-Aktion« in Java mir etwas die Laune verdirbt. Es mag eine Grille sein, aber irgendwie irritiert es mich, wenn die Radio-Ansager so animiert sind, weil man wieder irgendein Dschungel-Dorf mit schweren Bomben belegt hat. Ähnliche Triumphe durften seinerzeit die Italiener in Abessinien feiern. Die ganze Richtung paßt mir nicht: ich kann Myvrouw Königin Wilhelmina kaum noch so unbedingt verehren wie früher.

Aber ich wollte ja von Goethen sprechen – Sie wissen schon, diese »Anthology«, die Vater Zauberer für einen New Yorker Verlag vorbereitet, wobei ich ihm unter der Hand etwas behilflich bin. Wie ich Ihnen schon auf dem Gartenpfad des Baur-au-Lac warnend andeutete, brauche ich da etwas guten Rat von berufenster Seite – vor allem, was die englischen Übersetzungen betrifft. Es sollen doch recht artige translations sein, und Ihnen sind gewiß die artigsten bekannt, mir aber überhaupt keine. Es ist scheußlich von mir, Sie zu belästigen, mitten im Sommer, und wo Sie jetzt gerade mit dem vierten Akt Ihres Cato-Dramas (oder ist es eine Coriolan-Komödie?) *alle Hände voll* zu tun haben; aber Sie waren ja leichtsinnig genug, mich zu ermutigen, seinerzeit, im Park. (Feist hatte seinen Sherry schon zurückgeschickt, um uns im Hinteren Sternen zu treffen, mußte sich dann einen neuen bestellen und wahrscheinlich für beide zahlen.)

Der Plan, den ich beilege, ist nur ein Vorschlag – wir können uns auch alles noch ganz anders überlegen. Es hängt eben auch weitgehend von den Übersetzungen ab. Neue Übersetzungen wird der Verlag sich kaum leisten wollen – außer vielleicht einige Gedichte, die wir uns von W. H. Auden oder Stephen Spender neu adaptieren lassen wollen. Aber gerade auch was die Lyrik betrifft, hoffe ich auf ein paar Hinweise und Anregungen von Ihnen.

Und sagen Sie mir doch bitte, ob Sie die Auswahl im Ganzen *relativ* befriedigend finden – eine wirklich adäquate Goethe-Anthologie von 800 Seiten ist ja wohl nicht denkbar. Aber vielleicht haben Sie die Güte, mich auf gar zu krasse Mängel aufmerksam zu machen. Scheint Ihnen die Hamlet-Episode aus den Lehrjahren eine passende Wahl oder würden Sie etwas anderem den Vorzug geben? Und die Probe aus den Wanderjahren – läßt sie sich vertreten? Was für ein Bruchstück aus Dichtung und Wahrheit gibt am ehesten einen Begriff vom Ganzen? Haben Sie Verständnis für meinen Wunsch, die Pandora- und Prometheus-Fragmente aufzunehmen? (– gesetzt, es gibt erträgliche Übersetzungen...) Was für Gedichte hat Shelley übersetzt? Ist Longfellow akzeptabel?

Das Ganze ist eine Zumutung. Und wenn Sie nur den Prolog zur gereimten Fassung Ihrer Grachus-Tragödie verpatzen – wen wird die Nachwelt tadeln? Den Frechling, der Ihnen die kostbaren Julitage mit zudringlichen Fragen verdirbt.

Verdenken Sie's nicht Ihrem schon im voraus dankbaren

Klaus

Bücklinge für die schöne Frau Professor. Empfehlen Sie mich bitte auch Herrn Singer – der Gedanke, daß er gerade jetzt auf einem steilen und fragilen Leiterchen vor seinem Bücherschrank turnt, läßt mich heiter erschaudern.

AN HERMANN KESTEN Amsterdam, 1. August 1947

Cher ami et confrère

wie geht es denn immer – mit den Nerven, der Stimmung, den Einnahmen, dem Talent?

Ich bin nicht ungerne in Europa und gedenke, noch ein wenig zu bleiben – zunächst im braven Amsterdam, von wo sich Ausflüge nach benachbarten Hauptstädten (Paris, Kopenhagen, Stockholm, London, Zürich) unternehmen lassen. Der Krieg in Indonesien ist mir ein Dorn im Auge. Sonst sind die Holländer ganz nett.

Ich darf Ihnen zum Erscheinen der deutschen »Zwillinge«

Glück wünschen. Es hat lange genug gedauert, aber nun ist das Buch dafür auch sehr hübsch geworden. Ich blättere mit Vergnügen darin. Es liest sich im Original doch noch prikkelnder.

Landshoff gibt sich Mühe mit dem Verlag. Er hat jetzt ein neues Arrangement mit einer großen Druckerei, so daß – so hofft er – von nun ab alles wie am Schnürchen gehen wird.

Ich soll eine große Querido-Anthologie für ihn machen – aus der Verlagsproduktion von 1933/39 zusammengestellt. Auch Proben aus der »Sammlung«. Es könnte ein ganz wehmütiges und bedeutendes Dokument werden – glauben Sie nicht auch? Sie müssen natürlich vertreten sein. Wie wäre es mit der Toten von Ostende? Was haben Sie sonst noch in der »Sammlung« gehabt? Ich muß einmal nachschauen. Schreiben Sie mir, daß Sie sich sehr freuen werden. Als Honorar gibt es 10% vom gebundenen Exemplar – an etwa dreißig Autoren verteilt. Das macht dann genau einen Gulden und zweiundsechzig Cent für jeden. Es ist aber die *Ehre,* die Sie locken sollte.

Was macht Ihr deutscher Nachkriegs-Roman? Ich habe den meinen noch immer nicht angefangen, weil ich bis jetzt noch nicht wieder ins Nachkriegsdeutschland durfte. Irgendjemand traut mir nicht in Washington. Ich muß zum Katholizismus übertreten, sonst darf ich nicht nach Berlin.

Sind Sie noch bei Schillern? Oder schon bei Molière?

Ich studiere Goethen, für die väterliche Anthologie, und kritzle dies und das für die holländische, schweizerische und amerikanische Presse. Außerdem beschäftige ich mich mit einem etwas wunderlichen Zeitschriftenprojekt, das hier an mich herangetreten ist: Eine reiche, überspannte Dame will etwas ganz Großes gründen und mich zum Redakteur machen. Etwas Geld habe ich schon bekommen; trotzdem glaube ich eigentlich nicht, daß aus der ganzen Sache was wird. Sprechen Sie also nicht davon.

Grüßen Sie mir Mrs. Kesten. Ich freue mich schon darauf, wieder bei Ihnen Rotwein zu trinken und Cotelettes zu speisen – dabei den schönen Blick auf den abendlichen Fluß genießend.

Ihr zuverlässiger

KLAUS

AN FRITZ STRICH

Amsterdam,
11. August [1947]

Verehrter Schnun,

nur eine Zeile des gerührten Dankes. Es war reizend von Ihnen, mit so generöser Gründlichkeit auf meine Fragen einzugehen – noch dazu unter dem Druck der European Studies und des asketischen Augustinerhofs! Ihre Hinweise und Vorschläge sind samt und sonders sehr anregend und »to the point«. Ich besprach sie heute nachmittag mit dem Vater-Zauberer auf der Terrasse des Amstel-Hotels – er war noch etwas erschöpft von einer »Press-Conference«, die er gerade im Schweiße seines Angesichts hinter sich gebracht; aber das Thema »Goethe« wirkte gleich belebend.

Auch auf den neuentdeckten »Cato« habe ich ihn schon schonend vorbereitet. Ich sagte ihm, das sehr vergilbte Manuskript (teilweise unleserlich) sei im Hause eines gewissen Han van Meegeren überraschend entdeckt worden – des gleichen van Meegeren, der unlängst durch seine Vermeer-Funde Aufsehen erregte. Papa freut sich nun wie ein Kind auf die Lektüre des noch unbekannten Meisterwerkes, besonders auf die unlerserlichen Stellen, da er hofft, es möge sich hier um Obszönitäten handeln, die Goethe in reiferen Jahren schamhaft ausradiert. Van Meegeren wollte übrigens auch einige sehr verblüffende Goethe-Zeichnungen beisteuern. Sie sehen, wir gedenken, den Amerikanern etwas wirklich ganz Originelles vorzusetzen: THE GOETHE NOBODY KNOWS...

Für 1949 bereite ich eine japanische Grillparzer-Anthologie vor. Darf ich auf Ihre Unterstützung rechnen? Ich dachte natürlich vor allem an den ersten Akt der »Ahnfrau«, die zweite – sehr drollige – Szene aus »Weh dem, der lügt!«

und an einige Chansons aus »Medea«. Vom »Bruderzwist im Hause Habsburg« wollte ich nur eine gedrängte Inhaltsangabe bieten. Die Tagebücher sind ja wohl meist von Hebbel...

Thanks and regards, yours,

Klaus

AN ERIKA MANN Paris, 19. September [1947]

GROSSKE:

also im Bedford. Spukt es in den Gängen? Ich werde wohl auch versuchen, dorten unterzukriechen. Vielleicht besteht man nicht auf Entschädigung in Form von Geld.

Das Saints-Pères ist auch ganz hübsch und geschichtenreich. Billux wohnt neben mir, mit gleichgesinnter Dame. Mops, ganz treu, holte mich an der Gare du Nord ab. Ich stellte sie gleich zur Rede. Also, Onkel Emil, das hat sie natürlich nicht gesagt. Sie schilt auf Brian: von Natur ein Süßian, sei er nachgerade so unerträglich trunksüchtig und aggressiv, daß zum Beispiel Stoisy sich weigere, ihn zu sehen. Stoisy aber sei es gerade gewesen, die seiner Zeit von Deiner Uniform berichtet. Quant à Mops, so schwört sie, daß sie dem Trinker wahrheitsgemäß zu verstehen gegeben, daß sie Dich seit zehn Jahren nicht gesehen – nicht seit den Tagen des Spanischen Krieges: zu welcher Zeit (sagt der Patriarch) sie Dich so sehr viel lieber gehabt, als früher in Berlin. Ein bißchen gezischelt wird sie wohl trotzdem haben – aus allgemeiner europäischer Bosheit und weil Sternheim nicht genug gespielt wird. Aber mir scheint doch, daß die Brian'sche alkoholisch übertrieben hat.

Paris sonst eher traurig. Sehr sehr teurig, abends dunkel und still – alles in allem schon etwas wie Wien anno 1920: zu viel bauliche Pracht für so reduzierte Verhältnisse. Die meisten Leute, die ich sehen wollte, sind übrigens noch außerhalb – selbst die alte Luchaire. Hoffe, Gide noch zu erwischen. Auch Anettli soll hier sein. Der französische

»Turning Point« kommt im November nach anderthalbjähriger Verspätung heraus. Gleichfalls der »Gide« in England. Der deutsche »Turning point« schreitet langsam vorwärts. Aber was soll das alles? Mich freut gar nichts mehr.

Die Zeitschriften–Urschel war noch nicht zurück, als ich Amsterdam verließ. Die Entscheidung (wahrscheinlich negativ!) fällt wohl um den 1. Oktobri, wenn ich mich wieder dorthin begebe.

Eine geschwinde communication Deinerseits erreichte mich wohl noch hier; eine verzögerte wäre nach Amsterdam zu adressieren.

Wann fängt Deine Tour an? Wie sieht sie aus? Macht der Boykott sich schon bemerkbar? Worüber sprichst Du denn? Jakob Wassermann wäre ein neutrales Thema.

Wen traf ich gestern auf der rue des Saints Pères? Verdammt will ich sein, wenns nicht Pahlen war! Wir hatten einen Plausch. Ich bat ihn darum, mir »Meine Olle aus Zwolle« vorzusingen. Da lachte mein Pahlen über das ganze Gesicht.

So auch der sonst untröstliche

Pielo Hallgarten

VON THOMAS MANN Pacific Palisades, California

25. Sept. 47

Lieber Eissi,

ich habe die Goethe-outline noch etwas erweitert, einige Gedichte, wie »Sah ein Knab' ein Röslein stehn«, hinzugefügt und besonders eine eigene Rubrik für Sprüche in Vers und Prosa aufgemacht (aus dem »Divan«, den »Sprüchen in Reimen« und den »Maximen«), weil ich für seine Aphoristik und Sprichwort-Prägungen eine Vorliebe habe. Unter den Gedichten sollte meiner Meinung nach weder die »Trilogie der Leidenschaft« noch ein gewisses Zwiegespräch Hatem-Suleika im Divan fehlen. »Du beschämst wie Morgenröte dieser Gipfel ernste Wand« ist unerläßlich und ebenso ihr »Magst du meine Jugend zieren mit gewalt'ger Leidenschaft«. Allerdings geht es mit der Einteilung in Love and Youth-Wisdom etwas drunter und drüber, denn die »Trilogie« ist nicht Youth und die Altersliebeslieder nicht Wisdom. Darüber wäre im Vorwort zu scherzen.

Ich habe nun eine vollständige Aufstellung des Inhalts, wie ich ihn wünschte, an Dial Press gesandt, nebst einem langen Begleitschreiben, worin ich auch all unsere Wissenschaft, die vorhandenen Übersetzungen betreffend, zum Besten gebe. Ich gestehe darin, daß ich nicht mehr übersehe, auf wieviel Seiten das Buch, wie es mir jetzt vorschwebt, kommen wird, gebe aber zu bedenken, ob es denn ein Unglück wäre, wenn eine 2bändige Ausgabe (in Kassette) daraus würde. Außerdem habe ich angefragt, wie weit sich der Verlag an der Eruierung und Wahl der vorhandenen Übersetzungen beteiligen kann und will. Sehr weit kann diese Beteiligung meiner Meinung nach nicht reichen. Vor allem handelt es sich doch darum, festzustellen, welche der in Aussicht genommenen Gedichte und Sprüche unübersetzt sind oder neu übersetzt werden müssen, damit ich mich an Auden, Spender oder Prokosch, oder zwei von ihnen, oder alle drei, wegen bestimmter Aufgaben wenden kann. Unbeschadet meiner Anfrage beim Verlag halte ich es für geboten, daß Du gleich den Bubi K. in Bewegung setzest, damit er in diesem Punkt die Klarheit schafft, die ich für meine Korrespondenz mit den Dichtern brauche.

Die Sprüche und Aphorismen schreibt die Kahn mir aus. Ob ich das Briefbändchen der Insel bekomme, weiß ich nicht. Du tätest am besten, mir Dein Exemplar zu schicken. Die Abschriften werde ich hier schon machen lassen.

Die ganze Sache wird gewiß noch viel Mühe und Kopfzerbrechen kosten, mehr, als mit 2000 $ bezahlt ist. Aber wenn ich überhaupt mitmachte, mußte ich schon das Ganze machen.

Eri ist diese Nacht eingetroffen. Es ist sehr gut, daß sie sich von ihren Reisen und der Nieren-Attacke erst einmal hier erholt, bevor sie wieder auf Tour geht. – Dein Vergleich des heutigen Paris mit dem Wien von 1920 leuchtet mir sehr ein. Traurig, traurig. Wie anders wars doch zu Fitelbergs Zeiten! Und der arme Bidault, der der Dollars wegen sich auf die Seite Amerikas stellen muß, gegen Rußland. Ich glaube, dieses gewinnt noch die moralische competition. Ein demokr. Senator hat neulich den Rock ausgezogen und in Hemdärmeln erklärt, wir hätten keinen einzigen Freund mehr in der Welt.

Du hast welche und verdienst sie auch. Sei nur wohlgemut! Was Mielein meinte war: »Vom Leben müde«, nicht »lebensmüde«.

Herzlich

Z.

AN FRITZ STRICH Amsterdam, den 18. Oktober 1947

Sehr zu verehrender Schnun,

diesmal ist es nicht Goethe, sondern eine andere Lästigkeit.

Ich habe einen Vortrag auf Lager – etwas Spritzig-Informatives über zeitgenössisches amerikanisches Schrifttum. Das Stückchen soll zunächst hier in ein paar Städten zum Besten gegeben werden (in englischer Sprache); dann, im November, gleichfalls auf englisch, in Kopenhagen und Stockholm; dann, im Dezember und Januar, im Schweizerland.

Ein Onkel namens Dino Larese (in Amriswil) bemüht sich um diese Tournée*, wobei ihm neuerdings ein anderer Onkel, Dr. Curjel genannt (in Zürich), zur Hand gehen will. Ich kann aber auch hinter dem Rücken der beiden Oheime Abschlüsse *tätigen*.

So tätigte ich denn gerne einen mit der Freien Studentenschaft zu Bern, von welcher ich mir MINDESTENS 150 Fränklis und viel gläubige Andacht erwarte. Der Student, der

* Erstes lecture-date: am 8. Dezember in Aarau.

seinerzeit so frei war, meinen Vater von der Bahn abzuholen, sagte gleich im Taxi, daß Sie die »pièce de résistance« der Universität seien. Ihr Wort also sollte Wunder wirken. Wollen Sie einmal Ihre *Fühler ausstrecken*? (Unanständig.)

Darüber hinaus wäre ich für Hinweise dankbar, was anglo-amerikanische Clubs in Ihrem Lande betrifft. Für solche Organisationen könnte ich auch englisch plaudern; die Freien ziehen wohl die kernige deutsche Mundart vor.

Wenn man über die zeitgenössische Yankee-Literatur nichts hören will, bin ich auch bereit, über André Gide zu sprechen – mein dickes Buch über ihn, schon in vielen Landen berühmt, soll demnächst auf deutsch bei Steinberg in Zürich erscheinen. Falls der Alte wirklich den Nobelpreis kriegt (aber ich fürchte, die Kirche wirds nicht erlauben) (Sie werden sehen, Claudel bekommt ihn statt seiner!) – aber falls doch, so ist er natürlich ein aktuelles Thema.

Ich muß wieder um Verzeihung bitten.

Das Artigste für Madame.

Ich bin immer Ihr getreuer

KLAUS

AN HERMANN KESTEN Amsterdam, 22 December, 1947

Lieber Hermann Kesten,

Ja, ich weiß, ich habe mich zu einem miserablen Korrespondenten entwickelt – besonders wenn man bedenkt, daß ich im Prinzip und theoretisch eigentlich ein ganz zuverlässiger und braver bin ... »Doch die Verhältnisse – gestatten sie's?« wie Kollege Brecht mit der Klaue des Löwen fragt. Ach, cher ami, man muß sich ja so viel *plagen* ...

Was mich ganz zwanglos zum Thema »deutsches Verlagswesen« bringt. Meiner Ansicht nach täten Sie nicht unklug daran, Ihre Literatur-Porträts nach Wien zu vergeben. Vielleicht, daß sich aus Österreich doch einmal irgendwelche Gelder transferieren lassen werden, und übrigens könnten Sie vielleicht Ihre Schillinge nächsten Frühling und

Sommer in Salzburg oder St. Wolfgang verzehren – es soll dort schon wieder ganz nett sein. Was die Schweiz betrifft, so sind die Verleger dort fast ebenso entmutigt wie in den U.S. Es ist sehr schwer, aus einem der hysterisch verängstigten Eidgenossen irgendwelche Fränklis herauszuholen. Der STEINBERG-Verlag, der meinen GIDE – übrigens mit ärgerlicher Verspätung erst im Januar – bringt, wollte ursprünglich meinen Tschaikowsky-Roman in der neuen Version haben, konnte sich dann aber doch nicht entschließen. Sie sehen, es ist nicht leicht.

Auch Landshoff hat es nicht leicht. Seine deutsche Firma *kann* sich gar nicht rentieren, solange keine wirklich adäquaten Arrangements mit Österreich und Deutschland gefunden sind – die mit Büchern überfütterte Schweiz und die paar deutsch-lesenden Holländer sind nun einmal keine genügende Kundschaft. Schon in Dänemark werden deutsche Bücher fast vollkommen boykottiert, von der Tschechoslowakei ganz zu schweigen ... Unter diesen Umständen kann man dem Familienvater Landshoff kaum zumuten, die EXCERPTA MEDICA, die sich doch als eine rechte Goldquelle erweisen, ganz fallen zu lassen. Natürlich leidet der deutsche Verlag unter dieser Personalunion, aber was kann man da machen? Ich glaube, daß er sich, bei aller Verhuschtheit, doch redlich bemüht, den gefährdeten deutschen Querido am Leben und auf einem möglichst hohen Niveau zu halten. Die Novitäten, inclusive die »Zwillinge«, sehen doch ganz stattlich aus. Ich bin gerade dabei, für eine hiesige Revue VRIJ NEDERLANDS, eine Sammel-Rezension der sechs Bücher (Hermann Seghers, Lion Kesten, etc.) zu schreiben – wobei ich den feschen Nürnbergerinnen noch mehr Platz einzuräumen gedenke als den Waffen für Amerika ...

So treibt man allerlei Allotria, und der Roman, den ich wirklich allen Ernstes ziemlich dringlich schreiben will, ist immer noch unbegonnen. Die Verdeutschung des TURNING POINT nimmt mir unendlich viel mehr Zeit weg, als ich in meinen schwarzesten Träumen für möglich gehalten hätte. Dazu kommen »lectures« – die skandinavische Tournée, die wirklich sehr nett verlief (auch von Ihnen war häufig die Rede, vor allem bei den trefflichen Gedins), Vorträge hier für allerlei Clubs und Studentengruppen, dann noch einiges im Schweizerland. Aber im März will ich zurück sein – sans faute! Dann wird Ihnen aller Klatsch erzählt und wir grämen uns gemeinsam über die argen Läufte.

Ihnen und der lieben Mrs. Kesten ein möglichst-wenig-katastrophales Neues Jahr wünschend,

verbleibe ich Ihr getreuer Freund und Zunftgenosse

KLAUS M.

AN PAUL GEHEEB Amsterdam 25. XII. 1947

Lieber Paulus,

nur ein Wort, um Ihnen für Ihre liebe Karte zu danken. Doch, ich bin noch in Europa, und Ende Januar werde ich sogar noch einmal für ein paar Wochen in die Schweiz kommen. Vielleicht, daß die Zeit dann doch für eine Visite bei der »École d'Humanité« reichen wird! Ich würde gern Ihre neue Schule sehen, ehe ich, im März, nach Amerika zurückfahre.

Inzwischen Ihnen und Ihrer Frau die besten Wünsche für Ihre Arbeit im Neuen Jahr!

– von Ihrem treuen

KLAUS

AN LUDWIG MARCUSE Amsterdam, 26. XII. 1947

Lieber Ludwig Marcuse,

ich habe zu danken, erstens, für Ihren Brief vom 7. XII. und, zweitens, für die Übersendung des PLATO, der mich vor ein paar Tagen erreichte.

Was den Beitrag zur Anthologie betrifft, so gefällt mir von den drei Titeln, die Sie vorschlagen, der letzt-genannte (»Der erste Raubritter mit der Feder«) am besten. Ist es

Ihnen recht, wenn ich mich für diesen entscheide? Man könnte vielleicht noch als »subtitle«, in Klammern, »Pietro Aretino« daruntersetzen. – Die Übergänge – Anfang und Schluß – werde ich genau so machen, wie Sie es sich wünschen.

In Ihrer Doppelbiographie (die »presentation« ist übrigens schmuck und würdig: in dieser Hinsicht kann man sich auf den unangenehmen Mr. Knopf verlassen!) habe ich während der letzten Abende mit Neugier und Respekt gelesen. Alles, was mit Sokrates zu tun hat, zieht mich besonders an (er ist einer meiner großen Lieblinge) – weshalb ich mir auch seinen »Trial« gleich zuerst vornahm: ein sehr glänzendes Stück! Viel weniger vertraut war ich mit der Geschichte des Dionysius – ich habe viel aus Ihrer Darstellung gelernt. Wie ich überhaupt Ihr Buch voll von anregenden, erheiternden, nachdenklich stimmenden Bezügen finde. Ja, es gibt wohl in der Tat nichts Neues unter der Sonne, und das Gefühl »THINGS ARE NOT TO GO ON THIS WAY ANY LONGER« ist so alt wie unsere »race maudite«. But now things have reached a point where they *actually* CAN'T go on much longer this way ... Lassen wir das.

Die Übersetzung ist gut, aber doch wieder nicht *ganz* befriedigend. Etwas steif, kommt mir vor – akademischer, gestelzter, archaischer, als Ihr an Heine-Börne-Nietzsche (und dem »Frankfurter Tagesanzeiger«) geschulter Stil. Außerdem neigt der sonst tüchtige und eloquente Joel Ames dazu, gewisse Wendungen – zum Beispiel »when all is said« – mit etwas irritierender Insistenz zu wiederholen.

Wer macht die deutsche Ausgabe? Landshoff? Ich will mit ihm drüber reden.

Ich sage nichts über das Neue Jahr. My dear, when all is said – it just CAN'T go on much longer ...

Ihnen und Sascha das Beste vom alten

KLAUS M.

1948

AN Dr. BUISONJÉ

c/o Steinberg Verlag
Schwendenhausstraße 19
Zürich-Rehalp
28. I. 1948

Verehrter Herr Dr. Buisonjé,

Ihr Brief vom 18. I. erreichte mich unmittelbar vor meiner Abreise: daher diese verspätete Antwort. Zu Ihren Fragen:

ad 1) Die Figur des Leverkühn ist im wesentlichen frei erfunden, obwohl es in seiner Biographie mancherlei Anklänge an berühmte Vorbilder gibt. Am stärksten betont ist natürlich die Nietzsche-Parallele. (Die Szene im Bordell ist beinahe wörtlich aus einem Nietzsche-Brief übernommen.) Andere Züge erinnern an Hugo Wolf (wie Sie richtig bemerken); andere wieder an Tschaikowsky (zum Beispiel die Beziehung zur unsichtbaren Wohltäterin – alias Madame von Meck ...). Es scheint mir eine Art von Montage-Technik zu sein, die mein Vater hier versucht hat.

ad 2) Ja, Leverkühn – wie der Aschenbach des »Tod in Venedig« – symbolisiert wohl den Künstler als solchen, also natürlich auch – oder vor allem – den Dichter.

ad 3) Überwindung der Ironie? Nein, das würde ich kaum als ein zentrales Thema des Buches bezeichnen. Leverkühn bleibt ja »ironisch« bis in die Höllenfahrt hinein – denken Sie an seine makabre Schlußrede vor dem Zusammenbruch!

ad 4) Der Fall Gleichen-Russwurm ging seinerzeit durch die Presse – es handelt sich also kaum um eine »Enthüllung« oder »Beschuldigung«. Trotzdem wäre es vielleicht rücksichtsvoller gewesen, den Namen zu unterdrücken. Mein Vater ist nicht besonders rücksichtsvoll. Hoffen wir, daß der alte Schiller-Enkel inzwischen das Zeitliche gesegnet hat.

ad 5) Sind Sie so sicher, daß es sich in Kapitel XXV um

eine »Halluzination« handelt? Der Teufel, scheint mir, in diesem Buch, eine recht reale Angelegenheit.

ad 6) Es ist wohl nicht so sehr die arme Esmeralda, um deretwillen Adrian die Reise unternimmt. Das verseuchte Mädchen wird zum Symbol der tödlich-stimulierenden Infektion. Adrian will – bewußt oder unbewußt – die Krankheit (Parallele zum Zauberberg: Auch Mme Chauchat wird nicht *trotz* ihrer Krankheit, sondern um ihrer Krankheit *willen* geliebt.) – Womit mir auch Ihre siebente Frage (warum bricht Adrian die Kur ab?) beantwortet scheint. Offenbar, er WILL NICHT GENESEN.

Mit bestem Gruß,

Klaus Mann

AN KLAUS WUST

Zürich-Rehalp
den 7. II. 1948

Lieber Herr Wust,

Ihr Brief – oder vielmehr Ihre »Mitteilung« vom 18. I. ist enorm interessant für mich. Wenn Sie wüßten, wie oft unsereiner gefragt wird: »Warum gehen Sie nicht nach Deutschland? Warum versuchen Sie nicht, dort zu wirken, an der Wieder-Erziehung der Nation aktiv teilzunehmen?« Nicht, als ob ich angesichts solcher Fragen um eine Antwort verlegen wäre! Es gibt viele Argumente, durch die unsere Position sich erklären und verteidigen läßt. In letzter Zeit aber war es vor allem *ein* Punkt, auf den ich bei solchen Diskussionen Nachdruck legte: »Warum ich nicht nach Deutschland gehe? Ganz einfach – weil man mich dort nicht *will*!«

Sie werden zugeben, daß Ihre »Mitteilung« mein Argument aufs schlagendste bestätigt.

Übrigens habe ich mich inzwischen nun doch einige Male im besetzten Deutschland hören lassen – in der Französischen Zone, wo ich auf Einladung französischer Instanzen Vorträge über André Gide hielt (in Baden-Baden, Mainz, Freiburg usw.). Ich hatte, offen gesagt, nicht den Eindruck, daß mein Auftreten wie »ein mächtiges, vielleicht unnatürliches Triebmittel« wirkte; auch den Effekt eines »Hagelschlags« hat es wohl kaum gehabt. Die Franzosen empfingen mich mit großer Herzlichkeit; die Deutschen mit höflicher Reserviertheit. Diese hätten mich gewiß nicht eingeladen, wenn die Initiative nicht von jenen ausgegangen wäre. Unter den jungen Menschen aber fand ich doch einige aufgeschlossene und bemühte – »des jeunes hommes de bonne volonté« –: so daß die Reise also doch (wenigstens für mich) lohnend war.

Ich bleibe davon überzeugt, daß auch Sie zu den Bemühten, Aufgeschlossenen gehören – und wünsche Ihnen das Beste.

AN ROBERT H. HEILBRUNN Amsterdam, 26 April, 1948

ETWAS unheimlich, *cher ami*, haben Sie sich mir natürlich doch gemacht. Denn wie kamen Sie darauf, mir am 8. III. zu schreiben: »Wo sind Sie? Ich hoffe, nicht in Prag ...«: wo ich doch gerade an diesem Tage in Prag eingetroffen war, was Ihnen aber kaum bekannt gewesen sein dürfte. Und dann die ahndungsvollen Hinweise auf Jan Masaryk und den Fenstersturz! Es hat etwas *leicht* Schauriges. Eva Herrmann ist auch so: weshalb Sie sie vielleicht doch hätten heiraten sollen ...

In Prag war es interessant – etwas bedrückend, aber doch viel weniger katastrophal, als es sich in unseren kriegshetzerischen Gazetten ausnimmt. In Wien, wo ich mich zwei Wochen aufhielt, war es ganz nett – man muß nur genug Schillinge haben. In der Schweiz durfte ich zahlreiche Vorträge halten – auch in Aarau, wo es ein Geschäker mit dero Cousine gab. In Deutschland (erst Französische Zone, dann München und Frankfurt) blieb ich nicht lange – aber doch lang genug, um mir eine wunderliche Darminfektion zu holen, von der ich mich zurzeit im Jüdischen Krankenhaus hier kurieren lasse. Es ist aber nichts Arges;

ich bleibe entschlossen, am 2. Mai, mit Freund Landshoff zusammen, nach New York zu fliegen. Dort gedenke ich, mich etwa 10 Tage lang im *Bedford* Hotel (118 East 40th St.) niederzulassen, um dann weiter westlich, nach *Pacific Palisades* (1550 San Remo Drive) *vorzustoßen.*

Zu den lieben Menschen, die mich hier durch Blumen und andere Aufmerksamkeiten erfreuen, gehört Ihr Herr Älterer Bruder – zusammen mit noch älterer Madame Dispeker, bei der Sie unbedingt eingeladen sein wollten, Frau Grete Dispeker-Weil-Jokisch, die Sie vielleicht gar nicht kennen, und anderen guten Seelen. Auch vertreibe ich mir die Zeit mit dem neuen Willy Speyer, »Das Glück der Andernachs« – ein recht gediegener, teilweise schön-geschriebener berliner Familienroman, der Ihnen wegen seiner bemerkenswert *konservativen* Gesinnung gewiß zusagen würde; dem ungewöhnlich scheußlichen neuen Roman von Vicki Baum, »Headless Angel« (aus der Goethe-Zeit) und einem recht seltsamen, noch ungedruckten Alterswerk meines Onkels Heinrich.

Immer noch für Wallace, aber sonst ganz nett:

Ihr

KLAUS

VON UPTON SINCLAIR July 12, 48

My Dear Klaus:

Dont do it!

You have written fine books & you can do a most important job in helping to interpret Europe to America, & vice versa.

With sincere regards

Upton Sinclair

VON LUDWIG MARCUSE

Montag
[12. Juli 1948]

Lieber Klaus Mann;

diese Zeile soll Ihnen meine Solidarität gegen den schlimmsten aller Feinde zeigen.

Wer sich nicht vom Alltag vergöttern läßt, lebt in Gefahr. Aber Sie haben doch die Kraft der Begeisterung. Und die Festung, die aus Sätzen besteht. Und sind doch nicht allein; denn Sie wissen genug von der Brüderschaft der Einsamen.

Ich wollte Sie nur erinnern, daß ich zu denen gehöre, die sich freuen, daß Sie dasind.

Ludwig Marcuse

AN UPTON SINCLAIR

Beverly Hills
July 14th, 1948

Dear Upton Sinclair,

It was very kind of you to write me the way you did. I am ashamed of my weakness, disgusted with the indiscretion of a »free« but irresponsible press which cruelly publicizes one's most intimate, most painful failures... Your good, encouraging words help me in regaining my equilibrium and self-confidence. THANKS.

I am leaving for San Francisco where I expect to stay for some time with one of my brothers. May I drop you a line upon my return to this part of California? I should like to see you again.

Yours,

KLAUS M.

AN HANS FEIST

Palo Alto, Calif.
15 July, 1948

OLD FOG:

ists die Möglichkeit, daß ich Dir schon auf zwei längliche Briefe die Antwort schuldig geblieben bin? Quelle honte – und doch eigentlich gar nicht meine Art. Aber dergleichen kann passieren, wenn zu reichlicher Arbeit mancherlei Aufregungen und Probleme kommen. Übrigens ging es mir nicht besonders gut. Ich hatte Schwierigkeiten – mit dem Schreiben, mit mir selbst. Das Schlimmste ist jetzt vielleicht vorbei.

Bei all dem wurdest Du nicht vergessen. Man gedachte Deiner, nicht nur in meinem stillen Kämmerlein, sondern auch an der Familientafel. Auf Lotten ist man allgemein gespannt. Nur rüstig weitergewerkelt, Herr Kollege! Im Goethe-Jahr soll es in Beisein sämtlicher Autoren eine festliche Premiere geben. Gewiß bringst Du etwas Artiges zustande – sogar wenn das Diner in der dramatischen Version etwas weniger suggestiv ausfallen sollte als im epischen Original. Ich schlage vor, daß Du es beim letzten Gang beginnen läßt, und zwar im Hintergrund der zweigeteilten Bühne: dergestalt, daß Du nach dem Dessert die Gesellschaft sich erheben und in den Vordergrund treten lassen kannst. Dort wird dann Mokka geschlürft und das beziehungsreiche Gespräch weitergesponnen. Wie aber füllst Du die Zeitspanne zwischen dem Diner und dem finalen Theaterbesuch? Bleibt es bei der höfischen Soirée mit Frau von Stein und Scharaden? Und die Sache mit August und dem Töchterlein solltest Du Dir doch noch einmal durch den Kopf gehen lassen. Das Stück bedarf einer piquanten kleinen Zutat: sonst wird es uns am Ende etwas *zäh*.

Bist Du halbwegs gesund oder schon jäh gealtert? Was macht die Operation? Und wie stehts um die Heiratspläne?

E geht es besser, aber noch immer nicht ganz zufriedenstellend. Z. ist weiter in guter Form; Mielein, überlastet wie stets und manchmal ein bißchen müde, aber liebenswerter denn je und doch im Ganzen rüstig. Übrigens halte ich mich zurzeit nicht bei der family auf, sondern weile zu Besuch bei Golo, in der Nähe von San Francisco. Aber zum 24. Juli – Mieleins 65. Geburtstag! – denke ich wieder am San Remo Drive zu sein. Schreibe mir also dorthin.

Treuer

K.

AN LUDWIG MARCUSE

Palo Alto, Calif.
July 16, 1948

Lieber Ludwig Marcuse,

»Ist Verzweiflung ein Vorzug oder ein Mangel? Rein dialektisch ist sie beides. Wenn man die Verzweiflung abstrakt denken wollte, ohne an einen Verzweifelten zu denken, so müßte man sagen: sie ist ein ungeheurer Vorzug. Die Möglichkeit dieser Krankheit ist des Menschen Vorzug vor dem Tiere: verzweifeln kann der Mensch nur, weil er mehr ist als Tier, nämlich Selbst, Geist.«

Sie sehen, ich lese Kierkegaard. Ein bitterer Trost. Ihre Zeilen waren ein wirklicher. Vielen Dank.

Man sieht sich hoffentlich bald.

Gruß für Sascha. Ihr

Klaus

AN TRUDI BUCK

Palo Alto, Calif.
den 18. Juli 1948

Liebe Frau Trudi Buck,

ich wollte Ihnen schon seit längerem eine Zeile schreiben, als Dank für Ihren sehr freundlichen Brief mit der erfreulichen Beilage (aus »Sie und Er«). Das Rilke-Zitat, das von den Rosen, hat mir Freude gemacht. Ich hätte sie wohl gerne blühen sehen. Aber diesen Sommer geht es nicht: ich bin zu viel herumgereist letzthin, nun halte ich es gern ein wenig in Kalifornien aus – wo es ja übrigens auch an schönen Blüten nicht fehlt. Auch gibt es viel zu tun – Journalistisches, dann die deutsche Version meiner Autobiographie, die bisher nur englisch vorliegt (»The Turning Point«), und ein neuer Roman will in Angriff genommen sein. Aber nächstes Jahr hoffe ich doch bestimmt, wieder nach Europa und ins »Urban« zu kommen – wenn bis dahin nicht... Man muß immer diese Vorbehalte machen.

Meinem Vater geht es wieder gut. Der Arm ist überraschend schnell geheilt. Es ist bemerkenswert, wie seine Konstitution immer wieder ihre Widerstandskraft bewährt. – Wie drollig, daß der Professor Horkheimer gerade unter Ihrem Dache war, als die Nachricht in der »Nationalzeitung« stand. Meine Mutter bleibt dabei, daß das Malheur nicht passiert wäre, wenn der Professor mehr Geistesgegenwart bewiesen und meinen Vater aufgefangen hätte.

Auf ein nächstes Mal also – und die herzlichen Grüße Ihres

Klaus Mann

AN HERMANN KESTEN Palo Alto, Calif.
22nd July, 1948

Lieber Hermann Kesten,

Danke für Ihre Karte. Ich wollte auch schon immer mal schriftlich Hallo sagen, kam aber irgendwie nie dazu – es ging mir, offen gesagt, nicht sehr gut. Alles machte mir Schwierigkeiten, besonders das Schreiben, mit der Arbeit kam ich überhaupt nicht mehr von der Stelle: es kostete mich *sechs* (6) Wochen, einen blödsinnigen Aufsatz für TOWN & COUNTRY anzufertigen. Und dieses Kriegsgeschwätz! Und all die andren Sorgen!... Aber jetzt fange ich an, der Depression Herr zu werden. Es geht schon wieder besser.

Und Ihnen? Ist es hübsch in Maine? Bleiben Sie länger oder handelt es sich nur um einen kurzen Erfrischungsausflug?

Ich bin derzeit bei meinem Bruder Golo in der Nähe von San Francisco, fahre aber dieser Tage nach Pacific Palisades zurück: schreiben Sie mir also dorthin.

Nein, diese Besprechungen in TIMES und HERALD TRIBUNE

habe ich nicht zu sehen bekommen. Haben Sie sie zufällig aufgehoben? Es wäre reizend, wenn Sie sie mir schicken könnten. Oder sind sie recht ekelhaft?

Landshoff hüllt sich [in] völliges Schweigen – auch Ihnen gegenüber?

Die Familie ist wohlauf; auch Erika erholt sich allmählich von den Folgen einer lästigen Operation. Der Zauberer – rüstig, mit völlig geheiltem Arm – arbeitet an seiner seltsamen Inzest-Legende – die Geschichte von jenem hochheiligen Papst, welcher es mit seiner Mama trieb, die gleichzeitig seine Tante war, und zur Strafe an einen Stein gebunden wurde: daher dann das große Glockenläuten...

Lassen Sie hören. Gedenken Sie freundlich

Ihres alten

KLAUS M.

VON HERMANN KESTEN

210 Riverside Drive
New York 25, N. Y.
26. Juli 1948

Lieber Klaus,

ich habe mich sehr mit Ihrem Brief vom 22. gefreut. Sie wissen ja wohl, daß ich Sie von Herzen gern habe, Sie und Ihre Schriften, mein lieber Freund.

Freilich berührt mich Ihre Beschwerde, daß Sie sechs Wochen zu einem Artikel brauchten, nicht so sehr; denn ich brauche meistens so lange zu einem Artikel. Ich schreibe beinahe alles schneller als Artikel, einen Roman, ein Gedicht, einen Aphorismus, ein Stück...

Ich sitze schon seit Jahren an meinem Schiller und komme nicht zum Ende, und die Zwillinge habe ich 1941 begonnen und 1945 beendet, das ist kein Lämmerhüpfen.

In Maine waren wir leider nur zwei Wochen, es war sehr erholend, aber der New Yorker Sommer wird in 48 Stunden spielend mit jeder Erholung fertig. Vielleicht komme ich nochmals für zwei Wochen ans Cape Cod, obwohl ich kein Geld und viele Sorgen habe.

Wie geht es Golo? Ich las, daß seine Biographie bei Oprecht heraus kam.

Die Besprechungen in Times und Tribune waren gut, leider habe ich beide verloren, da ich beide unterwegs im Autobus gelesen habe.

Landshoff schrieb mir kurz, wegen der Copernicus-Korrekturen; dabei bemerkte er, daß die Fischer-Querido Verbindung jetzt erst getätigt worden sei.

Ich freue mich, daß Ihre Familie, Papa und Erika, wieder wohlauf sind. Bitte übermitteln Sie allen meine ergebenen Grüße. Was Sie von der neuen Arbeit Ihres Vaters berichten, klingt sehr merkwürdig; wird es katholisch oder antikatholisch? Ich las gerade in der Juni Nummer von Ost und West, der Zeitschrift, die Alfred Kantorowicz herausgibt, einen interessanten Aufsatz von Professor Hans Mayer über Dr. Faustus. Von Gumpert vernahm ich, daß der Book of the Month Club den Faustus verteilen wird, und in der New York Times schrieb Herr Breit, anläßlich der Goethe-Anthologie Ihres Papas, er – Breit – habe sogar den Wilhelm Meister mal gelesen, wirklich stupend!

Die Weltpolitik ist viel tröstlicher, als Sie bemerken. Wir haben gewonnen. In der kürzesten Zeit ward aus dem Nachkrieg ein spannender Vorkrieg. Lieber Freund, in unsern Jahren muß man schon sich einen guten Teil jener wütenden Weisheit zulegen, mit der ältere Philosophen halbfern, halbfeurig am irren Treiben ihrer Zeitgenossen teilnehmen. Lachen wir über unsere Zeit, um sie nicht beweinen zu müssen. Es umarmt Sie herzlich

stets Ihr alter Freund

Hermann Kesten

AN HANS FEIST

Amsterdam,
23. August [1948]

OLD FOG:

da bist Du jetzt überrascht – gell? Ich bin wieder im Lande, oder doch im Erdteil. Der Friedrich hat mich telegraphisch herbeigebeten: sein Verlag vergrößert sich, er konnte es nicht mehr schaffen; es ist eine Halbtagsstellung, zunächst auf einige Monate, und dann wird man ja sehen. Es kam alles sehr überraschend, ich wollte ja eigentlich länger drüben bleiben, aber vielleicht ist es besser so.

Als ich Dir unlängst, aus Palo Alto war es wohl, schrieb, wußte ich nicht, daß die Geschichte von meinem Malheur in Santa Monica sogar in die Schweizer Presse gedrungen war. Ich brauche wohl nicht zu sagen, wie greulich mir diese »publicity« ist. Was den melancholischen und blamablen Zwischenfall selbst betrifft, so ersparst Du mir wohl weitere »Erklärungen« – deren es ja übrigens, angesichts der furchtbaren Weltlage und meiner eigenen nicht eben einfachen Verhältnisse (um nicht zu sagen »Veranlagung«) kaum bedürfen sollte. Solange ich arbeiten kann, ist alles erträglich. In den letzten Jahren, und vor allem in den letzten Monaten, gab es aber auch auf diesem Gebiet Schwierigkeiten.

A propos »arbeiten«: willst Du mir den Gefallen tun, beiliegende englische Verse (von Christina Georgina Rossetti) in schönstes Deutsch zu übertragen? Sie kommen in einem Stück (HAPPY BIRTHDAY von Anita Loos) vor, welches ich im Auftrag von Liesl Frank und Grete Moosheim übersetzt habe. Du siehst, ich mache Dir Konkurrenz – aber doch nicht bis zu dem Grade, daß ich mich an Lyrik wagen würde! Ich hätte die Verse gern SCHNELL, da die Übersetzung sonst abgeschlossen ist. Willst Du so lieb sein? (»Water'd shoot« bedeutet so etwas Ähnliches wie »Wasserfall«. Das Wort »Geburtstag«, in der vorletzten Zeile, ist beizubehalten und möglichst zu betonen, da es den Titel des Stückes erklärt.) – Thanks ever so much!

Ist Lotte fertig?

Let me hear. As always,

KLAUS

AN HERMANN KESTEN Amsterdam,
den 19. September 1948

Cher ami et confrère,

nun bin ich schon seit vier Wochen hier, unsere niederländischen Fürstinnen haben teils abgedankt und sich teils krönen lassen, die Berlin-Krise zieht sich hin, Graf Bernadotte wurde hingemetzelt (nicht, als ob ich mir viel aus ihm gemacht hätte, aber so was *gehört* sich doch nicht!), Zuckmayer's Gesamtausgabe nimmt immer gewaltigere Dimensionen an, Wallace wird mit Eiern beworfen, die man hier kaum auf dem Schwarzen Markt bekommt – und ich habe Ihnen immer noch nicht geschrieben! Die Tage sind kurz: ich tue einiges für den Verlag, versuche gleichzeitig, diese überfällige (vielleicht auch überflüssige) deutsche Version meiner Autobiographie endlich zum Abschluß zu bringen und mir dabei auch noch den einen oder anderen (englischen) Artikel aus dem Ärmel zu schütteln. Wo soll da Zeit für die Korrespondenz herkommen?

Trotzdem kann ichs mir nicht versagen, Ihnen wenigstens einen geschwinden Gruß zu schicken. Wie geht es Ihnen? Sind Sie guter Laune? Produktiv? Optimistisch?

Was den Verlag betrifft, so kann man es nur halb sein. Die Lage ist prekär, ein deutschsprachiges Unternehmen dieser Art im Ausland eigentlich kaum noch haltbar. Die Autoren wollen in Dollars bezahlt werden – ich auch! –, aber woher sollen die Dollars kommen? In der Schweiz wird nichts verkauft, aus Deutschland kommt kein Segen, mit Österreich ist auch nicht viel los ... Inzwischen schreibt Onkel Heinrich strenge Briefe, auch Kesten ist nicht zufrieden, während unser Landshoff ergraut und schrumpelt. Ich sehe dem allen mit einiger Sorge zu. Zu meinem Troste halte ich mir vor, daß die Verhältnisse in drei Jahren etwas besser sein dürften als jetzt – oder so katastrophal, daß es auf gar nichts mehr ankommt. Fassen wir uns also in Geduld!

Ihr »Copernicus« wird jedenfalls ein stattlich-schmukkes Buch – möge es recht viele Weihnachtstische zieren!

Morgen setze ich noch einen speziellen Werbebrief für die Schweizerpresse auf, damit der Korrodi was zu lachen hat – man läßt nichts unversucht. Ihren Essayband habe ich noch nicht gesehen: er soll wohl in Deutschland gedruckt werden. Ob es nicht ratsamer für Sie wäre, dort zuerst mit einem Roman herauszukommen? Die »Zwillinge«, sollt ich denken, wären das effektvollste »come-back«. Überlegen Sie!

Und lassen Sie von sich hören!

Treu und herzlich der Ihrige: KLAUS M.

AN HERMANN KESTEN

Amsterdam,
den 18. Oktober 1948

Lieber Hermann Kesten,

Ihr Roman DIE VERSCHLOSSENE TÜR hat mir große Freude gemacht. Ich habe ihn sehr gern gelesen – auch sehr schnell, für meine Verhältnisse; denn ich bin ein langsamer Leser (wenn auch, manchmal, ein schneller Schreiber). Ein sehr unterhaltsames, geistvolles, witzig tiefsinniges Buch! Es hat den anmutig knappen Bau Ihrer frühen Dinge – Sie wissen ja, daß ich an Ihren späteren ein gewisses Wuchern der Phantasie, eine barocke Überladenheit auszusetzen hatte. Hier ist nichts von dieser gefährlichen Tendenz. Der Roman ist *schlank*, wie das attraktive junge Mädchen, von dem er handelt.

Gleich der Anfang hat großen Charme, große Frische. Die Figuren werden sofort lebendig: Luise, der arme Theodore, der hübsche Henri, der buddhistische Onkel Emile (der mir besonders Spaß gemacht hat) – sie werden alle gleich in den ersten Szenen aufs genaueste und überzeugendste gegenwärtig. Die Eltern sind vielleicht etwas weniger originell; aber das gehört sich wohl so und ist wahrscheinlich Absicht: Es sind eben »die« Eltern, ein klassisch-traditionelles Paar ohne stark persönliche Züge.

Luise hingegen ist durchaus persönlich und ihr Konflikt hat große Aktualität. Ich habe jüdische Familien gekannt –

in Italien besonders –, bei denen ähnliche Spannungen vorkamen. Freilich sperrt der Jehova-gläubige Papa das Marien-fromme Töchterchen nicht immer gleich ein; aber auch das könnte passieren, ich finde es ganz plausibel. Überhaupt scheinen mir die wesentlichen Elemente Ihrer Handlung alle glaubwürdig und, bei aller grotesken Stilisierung, ganz realistisch. Onkel Emile überzeugt mich; Luisens schnödes Verhalten gegen Theodore ist nur zu wahrscheinlich; Luisens mißglückte Rückkehr ins Kloster – eine Ihrer geglücktesten Szenen! – würde sich in Wirklichkeit kaum anders abgespielt haben. Die Entführungsgeschichte mit Feuerwehr und allem Zubehör geht vielleicht etwas zu sehr ins Burleske; auch begreift man nicht recht, warum der verfressene Onkel sich eigentlich all diese kolossalen Umstände macht: Er ist, zu diesem Zeitpunkt, doch noch gar nicht scharf auf seine fromme Nichte, sondern will sie mit Theodore verkuppeln. Etwas plötzlich und unmotiviert scheint mir auch die Wandlung des hübschen Henri. Er ist anfangs gar so kalt; auch in Marseille merkt man noch nicht, daß die liebe Liebe in ihm zu erwachen im Begriffe ist. Aber diese kleinen Fehler (wenn es denn welche sind) werden Sie nicht mehr verbessern wollen. Das Buch ist fertig.

Zwei noch kleinere würde ich, an Ihrer Stelle, retouchieren. Die Reaktion des Ehepaars Schott auf die Nachricht, daß die Nachbarskinder von der Gestapo gemordet wurden, scheint mir nicht nur unwahrscheinlich, sondern auch recht abscheulich. Sie *können* nicht einfach sagen: »Gut, aber meine Kinder?« Es wirkt unsympathisch, und das sollen sie doch nicht sein. Sie *sind* doch verantwortlich für den Tod der kleinen Christenmädchen. Mindestens sollte es sie einige Überwindung kosten, nun überhaupt noch nach den eigenen Kindern zu fragen. Seite 9 sollten Sie revidieren. – Und vielleicht auch Seite 30, wo Luise dem Liebsten aus dem Alten Testament erzählt. Das tut keine Katholikin. Katholiken dürfen doch die Bibel überhaupt nicht lesen. Wenn Sie die Absalon-Geschichte anbringen wollen, müssen Sie sie dem alten Schott in den Mund legen.

Das sind Bagatellen. Ich bin sehr entzückt von Ihrem Roman. Wie schön das Meer am Schluß beschrieben ist! Und wenn die Schwester Pförtnerin so geheimnisvoll flüstert: »Wir haben gar keine Schwester Mathilde hier im Kloster!« – das prägt sich sehr tief ein. Das Buch sollte Erfolg haben.

Danke für Ihren Brief. Hier geht alles seinen gewohnten Gang. Bermann, samt Tutti, ist gestern zurückgekommen – ich habe sie noch nicht gesehen. Die Rundschau soll jetzt in Berlin gedruckt und redigiert werden; Peter *de* Mendelssohn wird Redakteur. Er ist besser als Maass. – Mein WENDEPUNKT wird in drei bis vier Wochen endlich abgeschlossen sein. Ich habe eine Menge für die deutsche Ausgabe dazugedichtet, vor allem über die Emigration und die deutschen Schriftsteller. Meine Pläne sind ungewiß. Es schweben mehrere Film-Projekte – der Zauberberg in London, ein Van Meegeren-Film in Hollywood... Und wann soll ich meinen Roman schreiben? Aber ich brauche Geld.

Wie geht es Ihrer Frau? Und Ihrem Casanova? Grüßen Sie alle – aber nicht die deutschen Schriftleiter Meier-Dietrich, Ebbindhaus etc. Ein deutscher Dichter, dessen Namen ich neuerdings manchmal erwähnt finde, heißt Wolfdietrich Schnurre. Könnte von Sternheim sein.

Ihr alter und treuer

KLAUS M.

AN HANS FEIST

Paulus Potterstraat 16
Amsterdam,
den 24. Oktober 1948

Lieber Nebel,

nun habe ich Dein Manuskript doch einige Tage behalten – es gab hier gerade besonders viel zu tun und ich wollte mich Lotten doch mit Muße widmen. Wie Du aus beiliegenden Notizen siehst, habe ich sie in der Tat recht sorgfältig studiert. Bei den Korrekturen, oder Verbesserungsvorschlägen, die ich Dir da schicke, handelt es sich ja nur um Kleinigkeiten. Ich bin im Ganzen sehr angetan von

Deiner Adaption: sie liest sich besser, scheint mir auch bühnenmöglicher, als ich erwartet hätte. Ich glaube sicher, daß sie gespielt werden wird – wenn Dir der Schluß nicht gar zu sehr daneben gerät, wozu ich aber keinen Anlaß sehe. Mes félicitations! Good job, old boy! Werde zuhause davon zu rühmen wissen.

Die Monologe im III. Bild bleiben natürlich ein Problem. Der erste ist möglich, weil er sich aus dem Gespräch mit dem Friseur mit relativer Natürlichkeit ergibt. Der zweite muß *stark* gekürzt werden. Die Bemerkungen über Schiller ließen sich vielleicht in der Unterhaltung mit August anbringen – die ich übrigens sonst ausgezeichnet finde: eine der besten Szenen. Auch die Riemer-Szene ist gut geworden (nur um GOTTESWILLEN diesen furchtbaren kleinen Schlußmonolog weglassen! Er verdirbt Dir den ganzen Aktschluß!) – und die Cuzzle-Szene hat Charme: ich würde sie nicht zu sehr zusammenstreichen – nur »Skillar« und »Guthy« sind blöd. Mager finde ich nicht ganz skurril genug, gib ihm noch einige hochverschnurrte Wendungen – vielleicht auch mehr Zitate, da Du ihn doch gleich mit einem einführst. Lottchen ist eine Wurze – wer soll das spielen? Nicht *ein* dankbarer Satz! Ich bleibe dabei, daß die Kombination mit August – ganz diskret angedeutet – sich recht anmutig und organisch machen könnte. Es würde dem armen Kind doch eine gewisse Funktion geben. Ein toter Körper in einem Stück fällt unangenehm auf.

(Ein Wink für Deine Sekretärin: Die Interpunktion ist fast durchweg falsch oder ungenügend. Es stört beim Lesen. Ich habe in dem Exemplar, das ich morgen an Dich zurückgehen lasse, einige Kommas usw. eingefügt; Du mußt aber das Ganze noch einmal sehr genau auf Interpunktion durchsehen. Gerade bei diesem zopfig-altväterlichen Stil ist es wichtig!)

Ich habe mit Friedrich über das Unternehmen gesprochen, ohne ihm übrigens das Manuskript zu zeigen. *Bermann soll nichts erfahren* – jedenfalls nicht, ehe Zauberer sich endgültig entschieden hat. Ist seine Entscheidung eine positive (was ich für beinahe sicher halten möchte), so solltest Du wohl das Stück Fischer/Querido geben – sie haben ja einen ziemlich aktiven Bühnenvertrieb. Später, nach einer erfolgreichen Aufführung, ließe sich ja auch an eine Buchausgabe denken. Aber *Eile tut not* – auch Friedrich läßt Dir das sagen. Das Goethejahr rückt näher schon, und wenn Du Deine Pièce in Stockholm, Paris, Amsterdam, London, Rom, Kopenhagen über die Szene gehen sehen möchtest, müßte bald mit den Übersetzungen begonnen werden. SPUTE DICH ALSO! Wie weit bist Du denn? Geht Dir das Diner von der Hand? Der Schluß sollte keine große Mühe machen. Und die Szene dazwischen – the strange interlude? Wann gedenkst Du, fertig zu sein?

... Ja, und die Anthologie! Auch über sie sprach ich mit Friedrichen. Er hätte Lust. Aber das Zeitproblem! Wenn auch nur eines von meinen beiden Filmprojekten (»Zauberberg« oder »Van Meegeren«) sich realisieren sollte, komme ich zunächst nicht in Frage. Zerschlagen sich beide, so könnte ich vielleicht versuchen, die Anthologie zwischen den deutschen »Turning Point« und den geplanten Roman einzuschieben. Der »Turning Point« wird in etwa vier Wochen endlich fertig sein – etwa um dieselbe Zeit, nehme ich an, wie Deine Lotte. Vorher brauchen wir uns ja nicht zu entscheiden. Natürlich macht so eine Sache – wie die Anthologie, meine ich – doch sehr viel mehr Arbeit, als Du anzunehmen scheinst. Nicht so sehr das eigentlich Literarische, als das Technische – Zusammenstellung des Materials, Beschaffung und Versendung der Bücher, etc. Auch die Unkosten würden nicht unerheblich sein. Würdest Du auf Vorschuß verzichten? Aber Deine Ausgaben – für Diktat etc. – müßte man Dir doch zumindest ersetzen. Wie viel würde das etwa sein? Mach einen Voranschlag – unverbindlich, »just in case...« *Und falls Du noch einen Durchschlag von der kleinen »outline« hast, die ich damals für den Heidelberger Verlag improvisierte, so schicke sie mir doch bitte!* Ich scheine mein Exemplar in Calif. gelassen zu haben, und möchte es dem F. gerne zeigen.

Genug – schon zu viel. Muß Mielein und Eri schreiben, die eigentlich den Vortritt hätten haben sollen.

Der treue K.

AN VIKTOR MANN

Amsterdam, den 28. X. 1948

MON ONCLE,

Du lasest gewiß den charmanten Leitartikel unseres Freundes Harry Wilde im »Echo der Woche« vom 22. Oktober. Dies ist – wie ich kaum zu betonen brauche – eine sehr ernste Sache: ganz abgesehen davon, daß es zu den tollsten und ekelhaftesten Sachen gehört, die mir jemals untergelaufen... Ich lasse sofort Beschwerden an verschiedene amerikanische Stellen in Deutschland und Washington abgehen – zum Beispiel das folgende Telegramm an »Information Control Division«, München:

»I protest against editorial echo der woche 22 october calumniating a british subject namely my sister erika and an american citizen namely myself stop am mailing declaration to your office and to the magazine which I will sue for libel klaus mann careof querido verlag singel 262 amsterdam.«

Was die »declaration« betrifft, so lege ich Dir einen Durchschlag bei. Das Original lasse ich gleichzeitig durch einen hiesigen Anwalt an Wilde schicken, der es auf der *ersten Seite* seines Blattes – an derselben Stelle also, wo seine Verleumdungen erschienen sind – zu drucken hat. Und dies ist also die erste Bitte, die ich an Dich habe: Stelle bitte durch Anruf beim »Echo« fest, ob meine Erklärung dort prompt und in korrekter Placierung erscheinen wird. Macht Wilde irgendwelche Schwierigkeiten, so möchte ich Dich ersuchen, meinen Text der »Neuen Zeitung« zum Abdruck zu geben. Jedenfalls muß er so bald wie irgend möglich an irgendeiner prominenten Stelle in München publiziert werden. Ich nehme an, daß die »Neue Zeitung« diese paar Sätze gerne bringen wird, falls Wilde sich weigern sollte.

Und nun die Klage – denn geklagt MUSS werden: man darf eine Sauerei von solchen Dimensionen nicht hingehen lassen … Natürlich kann ich nichts Definitives unternehmen und einleiten, ehe ich Erika's Intentionen weiß: sie ist ja die hauptsächlich Betroffene. Indessen bin ich davon überzeugt, daß auch sie für juristisches Vorgehen sein wird. Ich schicke ihr heute den Zeitungsausschnitt und bitte sie um ein Kabel. Inzwischen aber sollte man die Klage doch schon etwas vorbereiten – abblasen kann man sie ja immer noch, falls Erika keine Lust hat oder es vorzieht, die Affäre von Washington aus zu regeln. In jedem Fall wäre ich Dir sehr dankbar, wenn Du sofort den besten, schärfsten, angesehensten und teuersten Münchner Anwalt aussuchen und die Sache – zunächst noch unverbindlich – mit ihm besprechen wolltest. Über den beleidigenden Charakter des Artikels kann es ja wohl keinen Zweifel geben; die Lügen sind nachweisbar. Wenn es mir irgend möglich ist, würde ich selbst zum Prozeß nach München kommen. Du siehst mich entschlossen, Wilde zu vernichten.

Gib mir bitte gleich Nachricht – wegen des Dementis und über die Reaktion des Advokaten.

Entschuldige diesen übermäßig »sachlichen« Brief. Die widrige Angelegenheit regt mich auf und wird noch viel Scherereien machen … Was mich gestern abend etwas erheiterte, war die Lektüre Deines Kapitels über das Bilderbuch für artige Kinder. Sehr drollig und unterhaltsam. Auch kamen mir Berichte über eine Vorlesung in Konstanz zu Gesichte – das muß ja ein reizender Abend gewesen sein: mes félicitations!

Mes hommages pour la chère tante.

Dank, schon jetzt, für Deine Bemühungen.

AN PETER DE MENDELSSOHN Amsterdam
29th October, 1948

Lieber Peter,

bist Du noch in Berlin? Ja, Du bist's wohl noch. Dann dürftest Du diesen abenteuerlichen Leitartikel von Harry Wilde im »Echo der Woche« vom 22. Oktober gesehen haben. It's positively *stunning*, my dear! Die headline über die halbe front page lautet: ERIKA MANN ALS KOMMUNISTISCHE AGENTIN; von mir heißt es, unter anderem, ich sei als »Gast der kommunistischen Schriftsteller« nach Berlin gekommen – was sich auf unseren Freund Melvin J. Lasky beziehen dürfte...; und in diesem Stil geht es weiter.

Leider kann man ja, wie die Dinge liegen, über diese Art der Absurd-Infamie nicht einfach zur Tagesordnung übergehen. Es muß etwas geschehen. Ich habe denn auch sofort ein Telegramm an Information Control Division, München, losgehen lassen: [...] Ein kurzes, vorläufiges Dementi, hauptsächlich meinen Berliner Besuch betreffend, wurde von einem hiesigen Anwalt an Wilde geschickt; bringt er es nicht, so will ich es der Neuen Zeitung geben. Aber geklagt muß werden – man KANN diese Ungeheuerlichkeiten (»Fifth Column« etc.) nicht auf sich sitzen lassen.

Und da hätte ich nun gern, noch ehe es zum Prozeß kommt, etwas publizistischen Sturm. Kannst Du nicht eine steife Brise entfesseln? Die Hamburger WELT, glaube ich, will sowieso etwas bringen; dieser Rolf Italiaander war gerade hier, als ich von der Wilde-Sache erfuhr. Ich habe ihm eine Copy meines Dementis mitgegeben. (Ich soll ja im Dezember in Hamburg sprechen – von Italiaander eingefädelt.) Aber vielleicht könntest Du auch etwas in die Berliner Presse lancieren und auch die Engländer auf den Fall aufmerksam machen. Schließlich ist Erika ja wirklich immer noch Untertanin der britischen Majestät.

Sie lectured gerade im Staate Oregon, es dürfte also ein paar Tage dauern, bis ich von ihr höre. Ich könnte mir vorstellen, daß sie von Washington aus irgendetwas unternehmen will. Aber Du weißt ja, wie es dort steht: State-

und War-Department werden sich nicht gerade darum reißen, uns zu verteidigen, wenn nicht von Deutschland aus etwas »pressure« kommt. Also überlege Dir, was sich da tun läßt!

Eilig-herzlich

VON THOMAS MANN Pacific Palisades, California
12. Nov. 48

Dear son,

gestern rief ein Fräulein von Western Union uns an und sagte, wir hätten doch voriges Jahr am 11. November einen Geburtstagsglückwunsch an Prof. Borgese nach Chicago telegraphiert; sie wolle nur aufmerksam machen, daß es wieder an der Zeit sei. Die Geschäfte müssen auch dort sehr schlecht gehen. Oder war es pure kindness? An Deinen 42. hat das Fräulein uns *nicht* gemahnt, in der korrekten Annahme wohl, daß es nicht nötig sei. Wir denken schon von selbst daran, wie damals die Mädchen Dich umstanden und riefen: »Der schöne Bub!« und wie Du uns mit 9 beinahe genommen wurdest und kürzlich wieder, und sind von Herzen dankbar, daß wir Deinen Tag zusammen, wenn auch weit voneinander, verleben, daß Du uns und den Vielen, die Dir zugetan sind, geblieben bist und bleiben wirst in Deiner begabten und gescheiten und darum natürlich innerlich traurigen, aber doch freundlich mithaltenden und immer emsig tätigen Liebenswürdigkeit.

Du planst ja einen neuen Roman, das ist schön, und da bin ich neugierig, sodaß ich fast wünsche, es käme Dir sonst nichts Verlockendes in den Weg, Dich davon abzuhalten. Der Sternenäugige scheint gescheitert zu sein – wer auf den Film baut, baut auf Satans Erbarmen. Aber schade ist es, weil das Projekt Dich hergeführt hätte. Dagegen hat Bruder Corda sich telephonisch nach London verabschiedet und gesagt, er hoffe bestimmt, Dich bald dorthin kommen lassen zu können. Sei es so. Ich wünsche es Dir und mir und glaube seit seinem letzten Besuch, bei dem er mir seine eigenen Ideen über den Film sehr intelligent und fesselnd auseinandersetzte, daß Du Dich gut mit ihm verständigen würdest, und daß mit eueren vereinten Kräften etwas wirklich Reizvolles zustandekommen könnte. Aber wir müssen wohl annehmen, daß auch das zerrinnt, denn wie gesagt, diese ganze Sphäre ist unglaubwürdig, Wind, Nichtigkeit, und Dein Roman, dazu hab ich viel mehr Vertrauen.

Ich sollte eher bitter sein durch die größtenteils miserable Presse, die der Faustus hier hat (»New Yorker«! Das Letzte!), bin aber zu aufgeräumt dazu, erstens, weil ich wieder an dem Legendenrománchen schreibe und überdies durch den außerordentlich amüsanten Ausgang der Wahlen. Ich war ja für eine Wallace-Demonstration und habe mich dafür ins Zeug gelegt, weil ich wie jedermann überzeugt war, daß Dewey es werden würde. Aber diese Überraschung macht mir nun doch großen Spaß. Jahre lang ist die wirkliche Stimmung des Volkes systematisch verschleiert und verfälscht worden; das Land sollte definitely republikanisch und die Epoche Roosevelts endgültig begraben sein. Alle Reaktion fühlte sich von der wave of the future getragen und glaubte sich jede Frechheit erlauben zu können. Plötzlich zerreißt dieser ganze Schwindel. Es ist ein klarer Sieg FDR's und ein klarer Ausdruck des Volkswillens, daß in seinem Geist weiterregiert werde, zunächst natürlich innenpolitisch; aber auch auf die Außenpolitik muß das abfärben, und sogar die Kommunisten-Hetze mag sich abschwächen (zumal da Parnell Thomas wegen Corruption ins Loch wandert), sodaß auch wohl Schulze-Wilde's Bubenstreiche für euch an Interesse verlieren. Ein starkes Stück bleibt es freilich, daß die deutsche Presse sich herausnimmt, britische und amerikanische Staatsbürger bei ihren Regierungen zu denunzieren. Es sollte als unverschämter Mißbrauch ihrer Lizenz geahndet werden. Wenn ich überhaupt irgend etwas tue, so will ich das der Neuen Zeitung schreiben.

Schwesting kehrt morgen zurück. Hat mir sehr gefehlt.

Alles Herzliche

Z.

AN HERBERT SCHLÜTER Pacific Palisades, Calif.
den 18. II. 1949

Lieber Herbert,

mein Gewissen ist SCHWARZ. Vor mir liegt Dein Brief – vom 4. November! Darin schiltst Du mich, weil ich Dir »bisher« nichts für Deine »Literarische Revue« geschickt hatte. Seitdem sind wieder Monate vergangen – und noch immer kein Manuskript von mir! Indessen ist es weder Faulheit noch Tücke, was mich hemmt. Ich habe keine ZEIT – es muß eine Alterserscheinung sein. Früher hatte man immer Zeit, für alles; und jetzt sind die Tage so schauerlich kurz und flüchtig, die Wochen huschen geisterhaft vorbei... Oder fällt das Schreiben mir schwerer als in den flotten Kindertagen? Damals hatte ich *eine* Sprache, in der ich mich recht flink auszudrücken vermochte; jetzt stocke ich in zwei Zungen. Im Englischen werde ich wohl nie *ganz* so zuhause sein, wie ich es im Deutschen *war* – aber wohl nicht mehr *bin*... Dazu kommen diese furchtbaren technischen Probleme. Stelle Dir vor, daß ich nun zwei dicke englisch verfaßte Bücher – GIDE und TURNING POINT – von A bis Z auf deutsch wiederkäuen mußte! Beim Wiederkäuen bleibt es natürlich nicht. Aus dem TURNING POINT, der im Original 366 Seiten hat, ist ein WENDEPUNKT von – 675 Seiten geworden!! Ich habe das unförmige Ding (in dem übrigens auch Dein Name zuweilen vorkommt) gerade bei Querido abgeliefert. Wie soll ich da die Muße für Artikel finden?

Immerhin sind meine Hände heute nicht ganz leer. Der Aufsatz, den ich Dir hier beilege und zur Verfügung stelle, ist zwar nicht ganz neu, aber doch eigentlich immer noch recht hübsch – und in Deutschland noch nicht erschienen (sondern nur in der »Sammlung«, anno 34). Magst Du ihn? – Es wäre nett, wenn Du auch die Leute vom »Strom« auf den Aufsatz hinwiesest oder ihnen gar eine Abschrift zukommen ließest: gegen die habe ich mich nämlich *noch* schnöder benommen als gegen Dich. Solltest Du den »De Quincey« überhaupt nicht mögen, so schicke ihn doch bitte an die »Strom«-Redakteure weiter – die, wenn sie gleichfalls kein Interesse haben, das Salzburger »Silberboot« damit beglücken mögen.

Ein Exemplar der Hellmert'schen »Photographien« habe ich zufällig auch noch gefunden. Ich schicke es Dir mit, falls Du es damals aus Amsterdam nicht bekommen hast.

Ja, aus meinem Münchner Besuch im Winter ist also nichts geworden. Es könnte sein, daß ich bald wieder nach Europa komme. Deutschland steht zunächst nicht auf dem Programm, aber man kann nie wissen.

Erzähl mir von Dir! Die Hefte der Revue gefallen mir – sehr bunt, sehr lebendig. Macht Dir die Arbeit Spaß? Kommst Du zu Größerem? Oder hast auch Du keine ZEIT? – was in Deinem Fall entschuldbar wäre ...

Dein alter KLAUS

AN ERNST SULZBACH Pacific Palisades, California
19 February, 1949

Lieber Ernst Sulzbach,

dies ist nur, um Ihnen herzlich – wenngleich verspätet – für die schöne Garbo-Photographie zu danken, mit der Sie mir eine Weihnachts- und Neujahrsfreude bereitet haben. Es war lieb von Ihnen, sich meiner alten Schwärmerei zu erinnern. Das Bild hat auf einem Sims, nicht weit von meinem Schreibtisch, Platz gefunden.

Gerade in letzter Zeit übrigens war hier mehrfach von Garbo die Rede – mit dem Regisseur Zoltan Korda nämlich, der in London einen Zauberberg-Film produzieren will. (Ich werde wahrscheinlich bald, oder doch in absehbarer Zeit, nach England fahren, um dort am Drehbuch zu arbeiten.) Wir hätten gern »the divine Greta« als Madame Chauchat. Sie soll interessiert sein. Aber leider ist sie ja pudelnärrisch. So wird wohl nichts daraus werden.

Noch einmal meinen Dank für Ihre Aufmerksamkeit – und die herzlichen Grüße Ihres

Klaus Mann

AN DIE REDAKTION DER »WELT AM SONNTAG«

Pacific Palisades, Calif.
Februar 1949

Wollte ich Ihre Fragen in adäquater Form beantworten – es käme eine lange Abhandlung dabei heraus. In Ihrem Brief ist aber von Papiermangel die Rede. Ich fasse mich also kurz – was natürlich den Verzicht auf Gründlichkeit bedeutet...

»Wie sehen Sie Ihre Situation in USA?« – Gemeint ist wohl nicht so sehr meine persönliche Lage, als vielmehr die einer ganzen Menschenschicht. Die europäischen Intellektuellen, die im Lauf der letzten zehn oder fünfzehn Jahre nach Amerika gekommen sind, haben es nicht immer leicht gehabt. Manche klammern sich an die Vergangenheit und verschließen sich neuen Einflüssen. Diese Gruppe findet es noch heute schwierig oder unmöglich, sich hier einzuleben. Andere wieder machen etwas forcierte Anstrengungen, sich zu »amerikanisieren« – zu welchem Zweck sie alles, was gewesen ist, alles, was *sie* gewesen sind, über Bord werfen zu müssen glauben. Beide Typen – die Eigensinnigen und die Übereifrigen – scheinen mir auf falschem Wege. Ein Schriftsteller europäischer Abkunft wird in Amerika nur dann Resonanz und Wirkung – nur dann eine »raison d'être« haben, wenn er sich zugleich anpaßt und bewahrt. Wir müssen versuchen, unserem kulturellen Erbe die Treue zu halten und doch den amerikanischen Einfluß in uns aufzunehmen. Denn es ist die Rolle des *Mittlers*, zu der wir prädestiniert erscheinen. Wer zwischen zwei kulturellen Sphären zu vermitteln wünscht, sollte in beiden zuhause, in beiden verwurzelt sein – oder er wäre ein Entwurzelter, der verdorren müßte.

»Ist Ihnen Ihre neue Heimat zu einem Vaterland gewor-

den?« – Ja; soweit dieser etwas sentimentale, auch etwas aggressive Begriff – »Vaterland« – in meinem Denken und in meinem Gefühl überhaupt Gültigkeit hat. Jeder Nationalismus ist mir verhaßt, auch der amerikanische. Ich will Weltbürger sein. Aber da es nun einmal noch Nationen gibt, bin ich stolz darauf, der amerikanischen anzugehören. Bei meiner Einbürgerung hatte ich einen Eid auf die »Constitution« dieser Republik abzulegen. Es war mir ernst damit; ich will ein guter Amerikaner sein. Gerade deshalb empfinde ich es als meine Pflicht, Amerika nicht nur zu lieben, sondern auch zu kritisieren. Andere Länder mag man mit Nachsicht beurteilen. Wenn es sich um das Vaterland handelt, so werden wir anspruchsvoll.

»Betrachten Sie sich als amerikanischer Schriftsteller?« – Wieder ist die Antwort ein bedingtes »Ja«. Ich betrachte mich als amerikanischen Schriftsteller von deutsch-europäischer Tradition und weltbürgerlich-kosmopolitischer Gesinnung.

»Haben Sie die Sprachschwierigkeiten überwunden und schreiben Sie in amerikanischer Sprache?« – Ich schreibe in amerikanischer Sprache (Sie haben, nebenbei gesagt, durchaus recht, zwischen Englisch und Amerikanisch zu unterscheiden!) –; was aber keineswegs bedeuten will, daß ich die Sprachschwierigkeiten überwunden hätte. Sie bleiben enorm – diese Schwierigkeiten. Je tiefer ich ins Englisch-Amerikanische eindringe, desto quälender empfinde ich die eigene Unzulänglichkeit. Wie unendlich reich ist diese Sprache – die Sprache Shakespeare's und Burke's, Melville's und Whitman's! Und wie verschieden ist sie von der unseren! – wenn ich das Deutsche denn noch »meine« Sprache nennen darf... Doch, das darf ich wohl noch – oder wieder. Gerade habe ich ein dickes Buch abgeschlossen – in deutscher Sprache. In seiner ursprünglichen Gestalt war es freilich ein amerikanisches Buch; aber aus *The Turning Point* ist nun *Der Wendepunkt* geworden. Eine Übersetzung? Eher eine Metamorphose. Man übersetzt sich nicht selbst, ohne sich dabei zu wandeln...

»Glauben Sie, daß Sie bei dem Wechsel der Sprache gewonnen haben oder verloren?« – Geistige Experimente und Abenteuer so tiefgreifender Art bringen sowohl Verlust als auch Gewinn – oder doch die Gefahr des Verlustes und die Möglichkeit des Gewinnes. Auf der einen Seite: die Angst, daß man sich der Muttersprache entfremden könnte, ohne mit der neuen Zunge jemals ganz vertraut zu werden – was zu Verwirrung und Verarmung führen müßte; auf der anderen: die Hoffnung, man werde sich schließlich beide Idiome durchaus zu eigen machen. Brächte man es so weit – alle Schmerzen und Mühen des Umstellungsprozesses hätten sich wohl gelohnt. Bis dahin tröste ich mich mit dem Gedanken, daß jedes Wachstum, jede Entwicklung – intellektuell oder biologisch – Gefahren involviert; und daß jede konsequente, ernsthafte Bemühung irgendwie bereichert, selbst wenn sie niemals ganz zum Ziele führt.

Klaus Mann

AN THOMAS MANN

Amsterdam,
den 27. III. 1949

Dear Magician,

München ist ein heikles Thema, in das man sich eigentlich nicht mischen sollte. Halte es aber doch für meine Sohnespflicht, von einem Telephongespräch zu berichten, das ich vor einigen Stunden mit dem goldigen Emil gehabt – er weilt im Haag, wo er die Dekorationen zu einer Festaufführung des Tristan vorbereitet. Dein Brief hat ihn in München nicht mehr erreicht, wird ihm auch nicht nachgeschickt: erst am 8. oder 9. April gedenkt er, seine Post im Palast eines hessischen Prinzen einzusammeln. Er wußte nichts von der seltsam formulierten Einladung, die Dir von einer offiziellen Münchener Stelle zugegangen. Es sei eine Dummheit, sagte er, ein blödes Mißverständnis ... Er klang aber nicht sehr sicher oder siegesgewiß. Er sagte auch *nicht:* »Natürlich muß er jedenfalls kommen!« – sondern: »Sowie ich wieder in München bin« (etwa am 10. April) »werde ich dort nach dem Rechten sehen. Ich schicke dann gleich ein Kabel. Natürlich müßte man die Sache fallen lassen, wenn irgendein Risiko mit ihr verbunden wäre...« Siegesgewiß klang das nicht. Er hat mit dem Ministerpräsidenten noch nicht persönlich gesprochen, sondern nur mit irgendeiner ihm nahestehenden Person, die glaubte, daß der Ministerpräsident sich gewiß sehr freuen würde... Er (Preetorius) hatte auch keine Kenntnis von gewissen Vorgängen in Frankfurt, den Goethe-Preis betreffend, über die Bermann Dich unterrichten wird und von denen Bermann auch schon den Emil telephonisch unterrichtet hatte. (Das Gespräch Bermann-Preetorius fand vor meinem Anruf statt.) Vielleicht waren es auch diese Neuigkeiten aus Frankfurt, die ihn – den Emil – etwas kleinlaut und beklommen werden ließen...

Ich würde an Deiner Stelle, alles wohl erwogen, NICHT nach München fahren.

Bermann – nicht eben ein Deutschenfresser – äußerte sich mit überraschender Bestimmtheit *gegen* den Reiseplan, der ihm doch, aus geschäftlichen und ideologischen Gründen, eher in den Kram passen müßte. Selbst die Tutt wagte nicht, ihm zu widersprechen.

Gumpert und Konnie, zwei sehr treue Freunde, waren ganz entsetzt bei der Idee, daß Du fahren könntest.

Aus söhnlichem Pflichtgefühl weise ich noch einmal auf dies alles hin.

Vom Pree wäre jedenfalls vor Mitte April keine Entscheidung zu erwarten.

Dies in Eile. Ich fahre morgen früh nach Paris weiter und habe noch mancherlei Milch in die Kännchen zu gießen. Der Flug war wieder sehr angenehm: hoffentlich trefft ihr es ebenso gut.

Es gefällt mir, daß die Catholic veterans gegen die Peace Conference mit *Gebeten* demonstriert haben.

Mit Küssen für die liebe Mutter und die liebe Schwester (auch der todgeweihte Niko ist zu bedenken!)

ein treuer K.

VON THOMAS MANN Pacific Palisades, California

31. III. 49

Dear Junior,

ich bin Dir *sehr dankbar* für Deinen Brief, der gewiß nicht nur wohlgemeint, sondern auch durchaus richtig ist. Steht oder stand mir denn nicht selbst der Besuch in dem unsympathischen Hexenkessel höchst lastend bevor? Wenn es endgültig aus damit wäre, wieviel besser! Ich hatte gedacht, es müsse nun einmal sein und wäre auch dem Auslande, auch England, auch der Schweiz gegenüber ratsam. Suhrkamp und Kahler redeten dringend zu. So hatte ich mich schon Tage lang mit der Niederschrift einer Rede für München gequält, breche aber unter dem Eindruck Deiner Nachrichten erleichtert ab und beschließe, daß, wenn es im letzten Augenblick, irgendwann im Juni, doch noch zu der heiklen Visite kommt, sie légèrement improvisiert werden muß, mit Hilfe des überall gehaltenen Goethe-Vortrags. Ich glaube aber, wieder einmal, nicht mehr daran, obgleich die Frankfurter Vorgänge, über die ich von Bermann Näheres hören werde, München nicht zur Last zu legen sind. Dieses hat mir ja im Gegenteil guten Willen bewiesen und mich zum akademischen Ehren-Präsidenten gemacht. Wenn ich hinginge, so wäre es ein formeller Dankbesuch. Aber Bermanns Abraten ist doch sehr vielsagend, der Schrecken der New Yorker Freunde beeindruckt mich auch, und die trübe Kompliziertheit aller Verhältnisse wird, denke ich, mein Wegbleiben allen Verständigen erklärlich machen.

Die Bübchen sind fort mit Eltern und warmem Hund im Klapperkärrchen nach New York. Eri ist wieder mit der Gemme im Schnee und amüsiert sich darüber, wie sie sich von der sanften Egoistin ausbeuten läßt.

Hier endet der Winter nie. Auf Wiedersehen in milderen Zonen.

Z.

AN HANS FEIST

Pavillon Madrid
Cannes (Alpes Maritimes)
den 12. April 1949

Lieber Nebel,

nur diesen ganz schnellen Gruß, damit Du weißt, daß ich wieder einmal im Lande, oder doch im Erdteil bin – in einer komischen kleinen »pension de famille« an dieser azurenen Küste, mit einem Roman beschäftigt: ganz wie in den guten alten Tagen . . .

Und Du? Läßt Du Dich von den Italienern feiern? Warum machst Du nicht einen Abstecher hierher? Du würdest hier auch die liebe alte Doris finden – die schön grüßen läßt.

Ich bleibe wohl mindestens bis Anfang Juni. Dann soll es zunächst etwas nach Österreich gehen. Und in die Schweiz? Alles noch nicht ganz sicher. Wichtig ist mir im Augenblick eigentlich nur, daß ich mit dem Roman weiterkomme – gleichgültig, wo.

Und LOTTE? Die zweite Fassung hat mich – frankly – gar nicht überzeugt. Ob die erste nicht doch noch durch[zu]-setzen ist? Ich bin hier ziemlich abgeschnitten und weiß nicht, was sich in allerletzter Zeit entwickelt haben mag . . .

Eilig-herzlich: K.

VON KATIA MANN

Pacific Palisades
22. IV. 49

Liebster Aissisohn:

Längst wollte ich Dir schreiben, aber man weiß es ja, man weiß es ja . . . Viel zu *beantworten* habe ich ja freilich auch nicht, halt nur die Mitteilung Deiner Adressen-Änderung. Will nur hoffen, daß das Paket (das, offen gestanden, etwas verspätet vor etwa zwei Wochen abging) und die pünktlich abgesandten Bücher Dir nachgeschickt werden. Daß nun auch Südfrankreich so teurig ist, enttäuscht natürlich auch, wohingegen ich Deiner Vermählung mit Doris freundlich entgegensehe.

Vor allem muß ich ja nun mitteilen, daß heute ein Kabel

von der armen Witwe Nelly eintraf, demzufolge Onkel Viko unerwartet verstorben. Ist doch immer ein rechter Chock, wenn einer so plötzlich aus dem Bild verschwindet, wo er doch gerade in diesem Sommer wieder eine dominierende Rolle gespielt hätte, und daß er den Triumph seiner Memoiren nicht mehr erlebt, ist auch recht traurig. Onkel Heiner habe ich es noch garnicht mitgeteilt, wird ihm recht nahe gehen bei seinem Familiensinn. »Unerwartet verstorben« klingt ja eigentlich nicht nach natürlichem Ende, aber das lag ihm doch wohl so wenig, daß es wohl nur ungeschickt ausgedrückt ist; er war ja auch offenbar nicht gesund und allzu überkandidelt.

Wir fahren nun am 25., und daß ich dem Wahnsinn nahe bin, bedarf wohl nicht der Erwähnung. Schreibe Dir auch spät Abend im Bett, weshalb das besonders zittrige Schriftchen. Wie sollte ich denn auch mit irgend etwas fertig werden bei dem vielen Ungemach, das ständig auf mich eindringt. Da ist vor allem Onkel Heinerles Krankheit, die zum großen Teil wohl durch den Rosenthal verschuldet im übrigen wesentlich Alters-Decrepidität ist. Es kann noch eine ganze Weile so weitergehen, sich sogar noch bessern, aber natürlich auch plötzlich enden. Daß dieser Rosenthal, nachdem er erst zu mir nur noch vom »letzten Stadium« mit Morphium als einzigem Linderungsmittel sprach, nunmehr eine Übersiedelung nach D. empfiehlt, weil das Ganze doch nur psychisch sei und er dort aufblühen würde, zur Charakterisierung des Esels. Der Alte erwägt auch tatsächlich die Remigration, aber ich fürchte, dazu ist es nun doch zu spät. Auch von Mönle ein Telegramm heute, sie habe sich ganz plötzlich entschlossen, mit dem Bibi (also am 1. Mai) zu segeln. Nun also!

Frankfurt will ja, man denke, dem Vater doch den Goethe-Preis zuerkennen, und lädt ihn dringend ein zur Feier am 28. August in der Paulskirche. Aber so lange bleiben wir garnicht in Europa. Gottfrieds warnender Brief war ja auch durchaus eindrucksvoll, und Pree der Elende läßt garnichts mehr hören.

Will nun etwas schlafen. Ach, lieber Sohn, wolltest Du doch das Kleinbürgerliche meiden und Deinem armen Mielein keinen Kummer bereiten. Sehe mit Spannung dem traurigen Roman entgegen.

Gesegnet und geküßt

M.

AN ERIKA MANN

Cannes,
4 May, 1949

Liebe Erika,

ich war Dir also das vorige Mal zu zärtlich und plauderhaft? Gut, dann bin ich diesmal also kurzangebunden. – In Deinem Brief stand viel Interessantes, auch die Beilagen haben mir gefallen: besonders die kleine Sache von Charles Williams aus Philadelphia, der behauptet, daß wir keine öffentlichen Figuren seien, aber trotzdem rehabilitiert werden würden »wie Schacht und Papen«. In anderer Hinsicht hat mich Dein Schreiben dann auch wieder unbefriedigt gelassen. Du erzählst nichts über den Nico. Auch findet sich kein Kommentar zu Rolf Nürnberg's Tod. Von Onkel Vikko wußtest Du seinerzeit ja noch nicht. (Himmel, welch Überraschung! Ich war doch bis zum Schreckhaften erstaunt. Inzwischen traf auch eine Todesanzeige von Tante Nelly ein – wiederum so seltsam formuliert, daß man gar nicht umhin kann, an Freitod zu denken. Sollte es sich aber um einen solchen handeln, so müßte irgendetwas Garstig-Spezifisches – eine Unterschlagung etwa – als Grund vorliegen. Reiner Weltschmerz dürfte unseren Vicko nicht zu einem solchen Schritt bewegt haben...) – Und wie ist die Visite des Autodiebes Shapiro verlaufen? (Nein, Du warst ja die Diebin!) Und ob die geborene Roosevelt, Bötticher heißt sie wohl, geantwortet hat? Kurz, es gab da Lücken.

Inzwischen hatte ich einen Brief von der Mama – dankeschön. Ich schreibe ihr so, daß sie's in London hat. Spätestens in Stockholm.

Meine nachgeschickte Post ist verlorengegangen. Du

sprichst von Briefen; indessen war es nur ein einziger, der mir aus Pacific Palisades ge-forwarded wurde: und der ist noch dazu von H. E. Jacob! – Auch die Pakete sind noch nicht da, werden aber wohl noch kommen.

Deine Befürchtungen, die chose elle-même betreffend, sind übertrieben. Übrigens höre ich jetzt völlig auf: es stört mich bei der Arbeit. Das Bemerkenswerte daran ist, daß ich nicht einmal den kleinen Vorrat ganz zu Ende schmunzele, sondern schon vorher nervös Schluß mache. Vielleicht schicke ich Dir eine kleine Kostprobe vom Übrigbleibenden. Tue ich dies, und erreicht Dich der kleine Witz, so bitte ich, beim Genuß *äußerste Vorsicht* walten zu lassen. Es ist ein sehr starker Schnaps: ein paar Tröpfchen genügen. Wirkt übrigens stark einschläfernd: also nicht vor geselligen Veranstaltungen oder dergleichen schlürfen, sondern nur vorm Zubettgehen, in minimen Dosen. – Und was mich betrifft – nur stets unbesorgt!

In den letzten Tagen hatten wir sehr schlechtes Wetter – aber schon ganz ungewöhnlich schlecht. Wie verlaufen Papas Vorträge? Ob sich Kennedy bei Dir gemeldet hat? Er hat mir ganz brav und verschmockt geschrieben; es wäre vielleicht angebracht, daß Du ihn sähest. (Office: *MU 5-2510;* residence: RH 4-8596.) Ja, und von Tomski solltest Du Dich vielleicht mal zu Voisin einladen lassen. (Plaza 5-6508.) – Doris ist weiter sehr angenehm. – Dummer Weise bin ich in einer scheußlichen finanziellen Lage. Alles so fein ausgerechnet und vorbereitet, und nun verzögern sich die Friedrich'schen Zahlungen von wegen Pedanterie der Nederlandsen Bank. Dies bedeutet, daß ich ohne cash in fremden Landen sitze. Du magst Dir vorstellen, wie mich das irritiert. – Der ORDEAL-Artikel wurde von TOMORROW akzeptiert. – Den lieben Elterlein alles Liebste; auch den vorrätigen Geschwistern, zu denen ich Konrad rechne.

Rabenalt.

AN GEORG JACOBI Cannes (Alpes Maritimes)
den 12. Mai 1949

Sehr geehrter Herr Jacobi,

Ihr Brief vom 5. Mai ist unbezahlbar! Einen Roman drukken – das heißt bei euch jetzt also »eine Aktion starten«. Diese Aktion, so meinen Sie – dürfte im Fall des »Mephisto« »keinesfalls einfach sein« und muß ergo zunächst unterbleiben. Warum? Weil Herr Gründgens ... »hier eine bereits bedeutende Rolle spielt«.

Das heiße ich mir Logik! Und Zivilcourage! Und Vertragstreue! – Ich weiß nicht, was mich mehr frappiert: die Niedrigkeit Ihrer Gesinnung oder die Naivität, mit der Sie diese zugeben. Gründgens hat Erfolg: warum sollten Sie da ein Buch herausbringen, das gegen ihn gerichtet scheinen könnte? Nur nichts riskieren! Immer mit der Macht! Mit dem Strom geschwommen! Man weiß ja, wohin es führt: zu eben jenen Konzentrationslagern, von denen man nachher nichts gewußt haben will ...

Ich darf Sie um die Gefälligkeit bitten, mir das Ihnen anvertraute Exemplar des »Mephisto« (eine Seltenheit) umgehend an obige Adresse schicken zu wollen.

Bitte schreiben Sie mir nicht mehr.

Hochachtungsvoll

Klaus Mann

AN JULIUS DEUTSCH Cannes (Alpes Maritimes)
den 14. Mai 1949

Lieber General Julius Deutsch,

mir will es doch ganz so vorkommen, als ob ich Ihnen und Ihrer lieben Frau noch den Dank für eine sehr hübsche Weihnachts- und Neujahrskarte schuldete – eine Verpflichtung, derer ich mich hiemit, etwas verspätet, entledigt haben möchte.

Auch sonst ist mein Gewissen nicht ganz rein. Ich habe verschiedenen Redakteuren – darunter wohl auch solche[n], die zu Ihrem Konzern gehören – Beiträge versprochen, ohne dann aber jemals etwas zu schicken. Nicht, als ob ich eigentlich faul wäre! Sie werden lachen, ich bin eher fleißig (nicht aus Tugend, sondern weil ich Arbeit kurzweiliger als Nichtstun finde). Aber mein Leben ist kompliziert. Ich bin viel unterwegs. Auch krank bin ich gewesen. Und ich schreibe für amerikanische Publikationen. Und die Bücher! Die deutsche Fassung meiner Autobiographie, »Der Wendepunkt« – ursprünglich englisch erschienen: THE TURNING POINT – hat mich furchtbar viel Zeit gekostet. Aber jetzt werde ich mich doch zu ein paar Artikeln aufraffen und zum Beispiel dem Herrn Otto Basil (der ist doch irgendwie mit »Konzentration« liiert?) und vielleicht auch dem Herrn Hubalek von der »Arbeiterzeitung« etwas schicken. Übrigens sollten für einige dieser Blätter (gibt es nicht eine literarische Revue namens »Der Strom«?) auch Vorabdrucke aus dem Erinnerungsbuch in Frage kommen. »Der Wendepunkt« soll im September erscheinen – bei Querido, der ja, wie Sie wohl wissen, jetzt mit Bermann-Fischer fusioniert ist. Soll ich Ihnen die Druckbogen des Buches schicken lassen? Oder wem sonst in Wien.

Ja, und das Problem meiner älteren Bücher, über das wir uns wohl auch gelegentlich meines vorigen Besuches in Wien kurz unterhalten haben. Wissen Sie, daß es mir in Deutschland unmöglich ist, den natürlich längst vergriffenen, aber keineswegs veralteten MEPHISTO neu herauszubringen, weil die Verleger *zugegebenermaßen* Angst vor Gründgens haben? Er ist schon wieder so mächtig, daß niemand sich mit ihm anlegen will. Zivilcourage war nie die Sache der Deutschen... Umso mehr liegt mir natürlich daran, den MEPHISTO (der ja wohl wirklich etwas mehr als nur ein Schlüsselroman ist) jetzt herauszubringen. Wollen Sie's nicht riskieren? Rein geschäftlich gesehen ist es ja wohl eine ziemlich sichere Sache – gerade weil (mindestens!) auf einen »succès de scandale« zu rechnen wäre...

Überlegen Sie sich das bitte!

Ein anderes Buch, das ich unbedingt publizieren will, ist mein großer (*quantitativ* großer!) Emigrantenroman, DER

VULKAN. Ob Sie sich dafür interessieren würden? Vielleicht in irgendeiner Kombination mit Fischer-Querido? Oder in einer Kombination mit Kurt Desch, der sich auch für meine älteren Dinge interessiert?

Ich wüßte gerne Ihre prinzipielle Stellung zu diesen Fragen, die ich übrigens bald persönlich mit Ihnen besprechen zu können hoffe. Österreich steht auf meinem Reise-Programm: Ende Juni oder Anfang Juli denke ich in der Salzburger Gegend zu sein. Auch meine Eltern und Erika wollen sich dort etwas aufhalten. Es wird also ein Familientreffen geben – irgendwo zwischen Ischl und Gastein.

Wie lange sind Sie noch in Wien? Und was sind Ihre Sommerpläne?

Hier könnte es reizend sein – wenn es nur nicht so kalt wäre und so unverschämt viel regnete. Mai an der »Côte d'Azur«! Quelle honte!

Grüßen Sie bitte Adrienne Thomas sehr herzlich-ergeben von mir, und nehmen Sie selber die getreuen Wünsche Ihres

Klaus Mann

AN HANS FEIST — Cannes (Alpes Maritimes) den 15. Mai 1949

Lieber Nebel,

wie schweigsam Du geworden bist! Das Rendezvous in Genua, das Du in Deinem Brief vom 10. April (aus Rom) vorschlugest, war für mich wirklich nicht praktikabel: Ich bin sehr in Arbeit, auch gab es andere Hindernisse. Ob Du Dir nicht doch ein französisches Visum hättest verschaffen können – ebenso wohl wie ein italienisches? Aber das ist ja nun gleich ...

Was die Lotte betrifft, so hoffe natürlich auch ich, daß es zu einer Aufführung kommt – gesetzt, es ist eine erstklassige: kleine Bühnen und zweitklassige Schauspieler kämen wohl in diesem Fall nicht in Frage. Daß mir die zweite Fassung nicht zusagt, darfst Du mir nicht als Tücke auslegen: sie *gefällt* mir halt nicht. Das Aufsparen der Hauptperson bis zum Schluß könnte an sich wirkungsvoll sein; aber dann muß man es anders machen. Sogar in der – dramatisch gewiß nicht vorbildlichen – »Fiorenza« ist es schlauer, theatralischer angelegt: Savonarola gehört nicht in die humanistisch-ästhetizistische Sphäre, ist der Widersacher und Gegenspieler der Gesellschaft, in deren Mitte er sich erst im dritten Akt zeigen darf. Aber bei Dir sitzt Goethe immerzu im Nebenzimmer, während die Nebenfiguren auf der Szene seine Bonmots wiederholen: »Jetzt hat er das gesagt, jetzt tut er eben dies...« – Unmöglich!

Übrigens war ich keineswegs der einzige oder auch nur das Haupt-Karnickel, was diese zweite Fassung betrifft. Am meisten war Mielein dagegen – wie sie Dir bald persönlich bestätigen wird.

Und wie steht es denn nun mit den Aufführungs-Chancen? Aber ich weiß ja, vom »Siebenten Engel« her, wie schwer es ist...

Die Eltern und Erika, nach deren Adresse Du Dich erkundigst, sind noch bis zum 19. im»Savoy« in London; dann für zehn Tage im Grand Hotel, Stockholm; dann Zürich.

Let me hear from you. Treuer Klaus

AN KATIA UND ERIKA MANN

Cannes,
15 May, 1949

LIEB ZWEIGESTIRN,

nur ein paar Zeilen, damit sie Euch noch in London erreichen. Ich bin also wieder bei meiner russischen Gräfin – ein Wiederhergestellter, Kaum-noch-Rekonvaleszenter, eigentlich schon wieder ein ganz gesunder Bub. Der leidige Durchfall macht mir wohl noch ein wenig zu schaffen, und mit dem Schlummer hapert es; aber wer wollte sich über solche Bagatellen beschweren oder alterieren? Ich arbeite wieder – im Augenblick leider nicht am Roman, sondern an einer short story, die ich mir geschwind vom Herzen schreiben muß. Etwas über die Clinique St. Luc – recht traurig und ironisch. Es war ganz sonderbar dorten.

Daß mein ORDEAL-Artikel in TOMORROW Magazine erscheint, erwähnte ich wohl schon. Als »leading story« – ganz geschwind, gleich in der Juni-Nummer! Die Leute merken doch (manchmal), wenn man sich mit etwas Mühe gegeben hat.

Das Geld von Horch ist auch endlich gekommen. Was diese Sendung c/o Madame Parade (welch unwahrscheinlicher Name!) betrifft, so gab es im letzten Augenblick dann doch noch irgendwelche Schwierigkeiten: der Onkel hier in Cannes wollte nicht zahlen, ehe die Bestätigung aus der Schweiz vorlag – diese aber *lag* noch nicht vor, als ich zuletzt von der Sache hörte, so daß Doris-lieb (die ja alles ausgeheckt und eingebrockt hatte) denn etwas aufnehmen und vorstrecken mußte. Inzwischen ist wohl alles in Ordnung gekommen. (Wurde die Überweisung an die Parade eigentlich per Kabel oder brieflich getätigt? Aber ich werde es ja erfahren.) Jedenfalls bin ich dankbar und beschämt – *sehr* beschämt, *sehr* dankbar...

Ich habe an Onkel Närr geschrieben – nur aus Gutmütigkeit, weil ich mir vorstelle, daß er recht alleinig ist.

Morgen soll ich angeblich meinen Bruder Michael hier treffen: er behauptet, sein polnisches Schiff mache in Cannes Station. Es wird wohl nicht so ganz stimmen.

Liebe Erika, darf ich Dich darum bitten, in Amsterdam nach dem Rechten zu sehen? Am liebsten wäre mir, Du führest schnell mal hin – zwischen London und Stockholm. Hast Du mit Friedrich direkten Kontakt aufgenommen? Es soll ihm, Hirsch zufolge, *scheußlich* gehen. Ein völliger Kollaps – so sieht es aus –, an dem die unselige Lazare'sche ihr gerüttelt Teil Schuld haben dürfte. Ich bin seit über zwei Wochen ohne direkte Nachricht. Es beunruhigt mich. Vielleicht könntest Du mindestens einen Versuch machen, ihn telephonisch zu erreichen: die Verlagsnummer ist *48-975;* die private *55-612.* Und laß mich bitte-recht-sehr wissen, sowie Du etwas weißt. Das entmenschte Schauerweib – die Lazare'sche eben – MUSS irgendwie nach New York zurückverfrachtet werden. Aber wer zahlt das, Dotz?

Man versteht, daß Friedrichs graue Haare weiß sich färben. Darüber vergißt er dann natürlich meinen Vorschuß, der bei der Nederlandsen Bank liegt – wo er mir relativ *wenig* frommt.

Ein Brief von Euch ist wohl im Begriffe, hier zu sein? So erfahre ich denn alles über Eure Reise. Papas Name wird in Radio und Presse wieder viel genannt – manchmal in un-netter Form: so hält man sich, zum Beispiel, in TIME Magazine über seine Russenfreundlichkeit auf. Verlaufen die Vorträge würdig? Wird über die jüdische Oberhofmeisterin viel gelacht? Und daß auch die Tories in der Opposition sein können, muß doch in London eingeschlagen haben... Ich höre (auch von meinem klugen Gockele-Hirsch), daß nun doch nach Frankfurt gefahren werden soll. So sei es also. Mir scheint es irgendwie weniger unheimlich als München – schon weil der verdächtige Pree seine emsigen Eunuchen-Pfötchen nicht im Spiele hat. Da die Frankfurter Visite ja so ziemlich mit der Etablierung des Westdeutschen Staates koinzidiert, läge es doch nahe, daß man dem Vater die Präsidentschaft anböte. Aber dann müßte er sich wohl nach dummem demokratischen Usus *wählen* lassen? Das wäre langweilig, ginge wohl auch schief aus. Könnte er sich einfach *ernennen* lassen, so hätte ich nichts dagegen. Das Dichterschicksal würde sich bedeutend ründen, es wäre eine fette Pointe für die Biographen da. Und die Deutschen könnten sich ins Fäustchen lachen. Wer stünde ihnen sonst zur Verfügung? Dieser Präsident wäre in *beiden* Zonen akzeptabel und angesehen: er gehört zum Westen, wird aber vom Osten höflich anerkannt. Und was für eine schöne Familienpolitik wir machen könnten! Major Hindenburg und Papen sind nichts dagegen. Ich würde dafür sorgen, daß nur Schwule gute Stellungen kriegen; der Verkauf des heilsamen Morphium wird freigegeben; E amtiert als graue Eminenz in Godesberg, während der Vater in Bonn mit dem russischen Gesandten Rheinwein schlürft... Genug der scherzhaften Phantasien. Als ob man sonst nichts zu tun hätte!

Ich will wissen, wie mein Onkel Victor gestorben ist.

(Der Schriftstellerin Elizabeth Bowen seid ihr wohl nicht zufällig begegnet. Sie schreibt so *vorzüglich* – man wird ganz blaß vor so reizender Schreiberei. Kauft euch doch ihren Roman THE HEAT OF THE DAY als Reiselektüre! Ich möchte ihn ins Deutsche übersetzen, derartig entzückt bin ich von ihrem Stil.)

Adieu. Gruß dem Vater. Und vergeßt nicht den treuen

K.

VON KATIA MANN Savoy Hotel London

15. V. 49

Lieber Aissisohn!

Ja das war doch ein leichter Schreck, als wir Deinen Brief hier vorfanden, und es ist schade, daß Du so garnicht auf Dein armes altes Mielein hörst, die so treffende Ansichten hinsichtlich des Kleinbürgerlichen hat. Den nächsten Tag kam dann der Brief der offenbar vortrefflichen Doris und wirkte natürlich beruhigend, schon durch das Bewußtsein, sie in Deiner Nähe zu wissen. Das Sümmchen habe ich dann gleich, ihren Weisungen entsprechend, mittels Kabel an Gumpert, an Dich abgehen lassen, bist hoffentlich in seinem Besitz und dem normalen Leben zurückgegeben. Aber das sage ich Dir: wenn es mit dem Arbeiten nun vorerst nicht ganz das Wahre ist, so liegt das *nicht* am Mangel an Stimulantien, sondern am Abklingen ihrer Entziehung, und es wäre der größte Fehler auf sie zurückzugreifen! Das *weißt* Du ja alles selbst, was soll das müßige Gerede?!

Unser Reislein denn also verläuft programmäßig, etwas hektisch und recht triumphal. Die Goethe-Rede, trotz Gölchens Apprehensionen, bewährt sich vorzüglich, erzielt überall ausverkaufte Häuser und große Begeisterung und wird allgemein Vaters Bestes auf diesem Gebiet gefunden, was ich nicht einmal bestätigten würde. In Chicago gab es ganz nettes Familienleben mit der guten Dulala und den Ihren (wobei Gogoi ja dem Frido wohl noch immer vorzuziehen ist), der Aufenthalt in Washington wurde etwas verleidet durch die bei fortschreitenden Jahren ins wahrhaft Unerträgliche progressierende Reichenfrechheit von [...], in New York sah man die alten Freunde, Martin, nach dem vollzogenen Bruch mit seiner quälenden Dame in offenbar viel besserer Verfassung und alter Anhänglichkeit, Conny etwas düster und ratlos, Lisuli betont glücklich und partylüstern, und andere mehr, zum Beispiel Colin. Der Ozeanflug verlief völlig glatt und behagte den altmodischen Greisen ganz gut. Eri, überaus beschäftigt mit Arrangieren, Adaptieren, Statements für die Presse und so fort, wird ja wohl eher etwas abgelenkt und zerstreut. Ich gutes Aschenputtel habe mit Ein- und Auspacken und sonstigen praktischen Funktionen auch einiges zu tun, besuche die Tanten und schreibe diesen und jenen Brief, wozu Eri beim besten Willen nicht kommt. Vorgestern wurde unter großem traditionellem Gepränge in Oxford der Doktorhut aufgestülpt, was immerhin ganz eindrucksvoll war. Auch erhielten wir 40 Dollars für Expenses und 60 für unsere lecture, was freilich kein rechtes Äquivalent ist für das Copyright des Vortrags, den man in sämtlichen europäischen Ländern in diesem Jahr glänzend verkaufen könnte. Ist ja doch ein Bubenstück!

Die San Remi ließen wir, so scheint mir, in sehr guter Hut, nämlich der sogenannten Mädchen, Nina und Ellen, die sich sehr über dies Arrangement freuten und sich offenbar rührende Mühe geben, alles in bester Ordnung zu halten. Auch sind sie sehr hundeliebend, und Niko soll sich so glücklich bei ihnen fühlen und keineswegs als Todeskandidat wiehern. Hingegen Felix und Do ärgerten sich so darüber, daß sie nicht für den Sommer als Hausverwalter bestallt wurden, daß sie, als ich ihnen aufs Gentilste und Generöseste sechs Wochen im voraus die Lage eröffnete, sie stante pede unter Hinterlassung größter Unordnung und unter Mitnahme der silbernen Caffeekanne das Haus verließen. Oh über das undankbare Pack!

Bibi wird ja wohl in diesen Tagen Dich in Cannes sehen, wenigstens hoffte er darauf! Du wirst aber freudig überrascht sein, unser Mönle in seiner Gesellschaft zu finden, die sich ganz plötzlich für Europa entschloß, an sich sollte ich denken, ein richtiger, wenn auch überaus jäher Entschluß.

Wir fliegen am Donnerstag nach Schweden, wo ich Nachricht von Dir zu finden hoffe. Möchte sich doch alles nach Wunsch entziffern! Es *könnte* doch alles sehr nett sein, und ich bin so sehr gespannt auf Deine traurige Geschichte.

Immer Dein treuestes

Mielein

AN HERBERT SCHLÜTER Cannes (Alpes Maritimes) den 19. V. 49

Lieber Herbert,

vor ungefähr zwei Monaten – oder ist es noch etwas länger her? – habe ich Dir, aus California, einen älteren Essay (über Thomas [de] Quincey) für Deine Literarische Revue geschickt. Der gleichen Sendung lag eine der Arbeiten von Hellmert bei, um die Du mich einmal gebeten hattest –: die Zwei Photographien, wenn ich mich nicht irre.

Sind diese Dinge in Deine Hände gekommen? Und was davon willst Du verwenden?

(Es mag wohl sein, daß Du mir schon vor geraumer Weile geantwortet hast, und daß Deine Nachricht irgendwie abhanden gekommen ist. Meine Eltern und Erika sind auf Reisen, das kalifornische Haus steht leer und wird von schlampigen Freunden betraut: Ich würde mich nicht wundern, wenn große Teile meiner Post auf Nimmerwiedersehen entschwunden wären...)

Noch etwas: Vor ein paar Tagen oder einer Woche habe ich endlich einen Brief abgehen lassen, der schon seit Monaten fällig war – nämlich an den Dr. Groll vom Desch-Verlag. Von eben diesem nämlich hatte ich im vorigen Sommer (!) eine sehr freundliche Anfrage, meine älteren Bücher betreffend. Aus irgendwelchen mysteriösen Gründen kam ich erst jetzt dazu, ihm zu versichern, daß ich im Prinzip sehr gerne dazu bereit wäre, ihm einige meiner Arbeiten aus der Zeit des Exils – den VULKAN etwa, oder SYMPHONIE PATHÉTIQUE, oder einen Essayband – als Lizenzdrucke zu überlassen.

Bist Du nicht auch irgendwie mit Desch liiert? Kennst Du den Dr. Groll? Und gehört dieser überhaupt noch zur Leitung des Verlages? Ich wäre dankbar, wenn Du der Sache ein wenig nachgehen wolltest. Versorge mich bitte mit Rat und Information!

Und wie geht es Dir? Was macht die Zeitschrift? Wie sind Deine Pläne?

Ich versuche zu arbeiten. Leider ist das Wetter fast ebenso entmutigend wie die politische Lage. Hier regnet es *unentwegt!* Da könnte man genau so gut in Bayern sein – wo ich denn auch (man kann nie wissen) vielleicht demnächst auftauchen werde...

Let me hear from you. Der alte

KLAUS

AN HERMANN KESTEN

Cannes (A. M.)
20 May, 1949

Lieber Hermann Kesten,

meine Spione, Spitzel, Häscher und Agenten tragen mir das Gerücht zu, daß Sie »im Juni« nach Frankreich zu kommen gedenken. Ist daran etwas Wahres? Und um welchen Teil des Junius würde es sich handeln? Und um welchen Teil Frankreichs?

Es wäre charmant, Sie hier zu begrüßen.

Ich werde wohl noch bis gegen Ende Juni hier in Cannes sein. Es gefällt mir wieder recht gut an unserer Küste – nur daß es leider *immer* regnet: aber wirklich schier ohne Unterlaß! Das verdrießt. – Als nächstes Statiönchen steht Österreich auf meinem Programm. Dort ist man wenigstens a priori auf schlechtes Wetter gefaßt.

Aus Amsterdam höre ich wenig, und das Wenige klingt trüb. Landshoff scheint in miserabler Form. Versprochene Zahlungen verzögern sich; erwartete Druckbogen lassen auf sich warten... Es ist zum Verzweifeln. Aber was soll man tun? – Ich versuche, mich auf meinen neuen Roman zu konzentrieren; aber dazwischen muß immer wieder Kleinkram erledigt werden.

Was treiben Sie? Let me hear. Stets Ihr alter

KLAUS M.

AN KATIA UND ERIKA MANN

Cannes,
20 May, 1949

DEAREST MOM & SIS:

ich schreibe Euch wieder zusammen, da ich ja jeder von Euch für einen Brief – ein Lieb-Gekritzel und ein Lieb-Getippe – zu danken habe. Weiß es auch sehr zu schätzen, daß Ihr Euch inmitten festlichen Hochbetriebs ein wenig Zeit für eine krankhafte Einsiedlerin und neurotische Maus vom Munde abspart.

Inzwischen dürftet Ihr schon wieder einen Ausführlichen von mir erhalten haben (in London noch), der sich mit den Eurigen kreuzte. Was hätte ich wohl noch hinzuzufügen?

Nun, zum Beispiel, daß es hier immer noch meistens regnet, zur Abwechslung dazwischen hagelt, stürmt, gewittert. So ein Mai war noch nie da. Man ist allgemein piquiert.

Verdrießlich weiterhin, daß Bibi, samt Mönnle und wer sonst noch mit ihm war, nur von 2 bis 8 AM in Cannes anlegte, so daß es denn zu keinerlei Zusammentreffen kommen konnte: Erst um 8 wurden die (endgültig aussteigenden) Passagiere an Land gelassen – um dieselbe Zeit aber flog die Amboss auch schon wieder von Bord.

Ärgerlich gewiß auch noch, daß die schöne Dollar-Überweisung, von Mama gewiß ganz nach Doris' Vorschriften und überhaupt sehr nett eingefädelt, irgendwie gar nicht fluscht. Dieser Wucherer hier (es ist wirklich einer!) will – ganz im Gegensatz zu den Erwartungen und Voraussagen der Doris – nun einmal nicht zahlen, ehe der Erhalt des Sümmleins aus Genève avisiert, und so weit ist es nun einmal noch nicht: woran immer es liegen mag... Ich habe nun ein Kabel an Gumpert abgehen lassen, der ja wohl die Sache in die Hand genommen. Irgendwie wird sich ja alles klären und ründen; ist aber ziemlich lästig.

Ernster noch sind die Sorgen, die ich mir weiterhin um Friedrich, Lazare, meinen Vorschuß, den WENDEPUNKT und überhaupt den ganzen Amsterdam-Komplex machen muß. F., von dem ich nichts höre, ist, laut Hirsch, »in schlechtestem Zustand« nach Frankfurt geeilt, wo es dringende Geschäfte gibt. Du hättest ihn, E, also beim besten Willen nicht »zwischen London und Stockholm« besuchen können. Keine Ahnung, wie lange er abwesend zu sein gedenkt. Vielleicht fragt Ihr einmal an?

Gar nichts Heiteres also? Doch doch, es geht mir leidlich: ich versuche, zu schreiben – nur Kleinkram, im Augenblick; aber bald werde ich mich auch wieder an den Roman wagen. Und Eure Neuigkeiten und Melodien haben mich sehr ergötzt – auch die Gustaf-Geschichte. In diesem Zusammenhang möchte ich meinerseits als auch-sehr-feine Rosine den Brief beisteuern, den ich vor einigen Tagen von eben jenem Berliner Verlag hatte, der die deutsche Lizenzausgabe des MEPHISTO bringen sollte. And I quote:

»... Bereits Mitte Oktober hatte ich infolge der politischen Entwicklung in Berlin mein Domizil nach Bayern verlegt. Von hier aus kann man aber schlecht den Mephisto starten, denn Herr Gründgens spielt hier eine bereits sehr bedeutende Rolle und die Presseveröffentlichungen werden Sie sicherlich kennen, die inzwischen erfolgt sind. (?) Von Berlin aus hätte man so etwas leichter starten können, im Westen aber ist diese Aktion keinesfalls einfach.«

Now, *if you please!* Meine Antwort wird er sich nicht hinter den Spiegel stecken.

Frau *Lena Israel-Gedin*, die sowohl mir als meinem Bruder Michael so gefällig war, brauche ich euch wohl nicht weiter ans Herz zu legen: sie hat sich gewiß schon selbst ins rechte Licht zu setzen gewußt. Bleiben nur die obligaten

Grüße an den Baron Yxkühl – denen, bitte, folgende Mitteilung hinzuzufügen ist:

Die Zitronen an Renée Sintenis sollen gesendet werden!

(Eine code message natürlich! Der Baron wird schon verstehen.)

WANN WOLLT IHR IN ÖSTERREICH SEIN? WO? Vielleicht, daß ich Euch dorten treffe – so um den 29. Juni rum. Nach der Schweiz zieht mich eigentlich nichts; höchstens käme eine kurze Visite, auf dem Weg nach Salzburg, in Frage... Mein Freund MUCHA (dessen Roman-Manuskript ich abends in Pacific Palisades immer korrigieren mußte) hat mich wieder sehr herzlich nach Prag eingeladen. Vielleicht fahren wir dorthin gemeinsam, Erika – im Automobil, mit Knox? Zu Tito möchte ich wohl eher *nicht*. Kein Alräunchen, bitte!

Alles Liebe, Treue, Schöne dem Papa und Euch vom lieben, treuen, schönen

K. H.

Anhang

GOLO MANN: ERINNERUNGEN AN MEINEN BRUDER KLAUS

Die meines Bruders Gedächtnis gewidmeten Briefbände beruhen im Wesentlichen darauf, daß er, ein unruhiger Wanderer von Haus, dennoch mit erstaunlicher Treue sammelte, was ihm zuging, und was er selber auf der Maschine schrieb. Leider tat ich nichts dergleichen, obwohl es mir, dem von Natur Seßhaften, nur sehr gegen die Natur Umhergetriebenen, vergleichsweise leicht gefallen wäre. So sind von seinen Briefen an mich nur wenige übriggeblieben. Dagegen fanden sich noch unlängst an die fünfzig, die ich ihm zwischen 1933 und 1945 schrieb, säuberlich gebündelt. Von diesen exhumierten Stücken aus irrender Vergangenheit werde ich im Folgenden etwas Gebrauch machen. Nur ein schwacher Ersatz für das Verlorene ist, daß ich Einiges von ihm in meinem Gedächtnis vor mir sehe. Zum Beispiel schrieb er mir irgendwann im Jahre 1932: »Ich komme gerade aus der Carlton-Teestube, wo ich Herrn Adolf Hitlers Sprache, Gesichtszüge und Fleischesbeschaffenheit auf das genaueste studieren konnte. Nein sowas! Er wird nie herrschen. Er ist ja ganz, ganz, ganz, ganz minderwertig; viel minderwertiger, als man es dann wieder glaubt . . .« Nur mit dem »Nie Herrschen« war er, wie wir alle, im Irrtum. Nicht im folgenden Jahr. Da, im Frühling, sah er ganz richtig, ich aber falsch. Noch aus München – er war schon draußen – hatte ich ihn verschlüsselt gebeten, sich doch mit seinen Äußerungen ein wenig in acht zu nehmen, sonst würde uns am Ende noch das schöne Haus konfisziert. »Ich will die nächste Zeit in Deutschland sein.« Er darauf, an eine Schweizer Adresse: »Dies Schweigen und Ausweichen ist mir schon lange zuwider. Ich habe von Anfang an gefühlt und gewußt, daß von diesen Leuten für uns nichts, nichts, nichts zu erhoffen ist . . .« Wie wahr. Dem Vater, hätte er damals auf Klaus gehört, wäre viel Qual des Schwankens erspart geblieben. Aber am Ende war es in stimmiger Ordnung, daß er zögerte mit der Absage an Deutschland, der Sohn nicht.

Denn wenn die Emigration auch für ihn hart genug war, so war sie ihm doch kein gänzlich neuer Zustand. Er war die Hotelzimmer in Paris und an der Côte d'Azur längst gewohnt. Er hatte in den Jahren vor 1933 Frankreich, Literatur und Menschen, in seinen Lebenskreis tätig einbezogen; unbewußte oder halb bewußte Pionierarbeit, die vorwegnahm, was erst nach seinem Tod halbwegs Wirklichkeit werden sollte. Auch englische Freunde besaß er schon; und kannte Amerika und kannte Nordafrika und kannte die Hauptstädte der untergegangenen Habsburger Monarchie, Zufluchtsorte noch in den ersten Jahren der deutschen Diktatur, bis sie, einer nach dem anderen, verschlungen wurden. Er war ein Reisender. Nie hat er eine Bleibe besessen, nur ganz selten und dann nicht für lang, längstens ein paar Monate, eine Wohnung gemietet. Während drei Vierteln seines erwachsenen Lebens war Hotelzimmer, Pension, Chambre garnie sein selbstgewähltes Los. Ich füge hinzu, daß es oft elegante Hotels waren, zumal in der deutschen Zeit und in Osteuropa, deprimierend billige auch in Frankreich, Holland, Amerika kaum. Das brachte er hin, mit dem, was er verdiente und mit dem Zuschuß aus dem Elternhaus; immer an der Grenze, ohne Reserven, fast immer von Schulden belästigt, zuletzt sich aber noch immer redlich aus der Affaire ziehend. Wie er sich auch gut kleidete, gerne und gut aß und mit Comfort reiste. Es kam ihm zu, er hielt es für selbstverständlich, und weil er es für selbstverständlich hielt, so gelang es ihm auch, irgendwie und zur äußersten Not. Er war kein geld-ängstlicher Mensch, ängstlich überhaupt nicht; vielmehr furchtlos und mutig; was nicht ganz genau dasselbe ist wie tapfer. Er hatte Humor, viel in seinen Büchern, mehr in seinen Briefen, noch mehr in der Geselligkeit. Humor; aber nicht die Ironie, die schützt.

Das Elternhaus – sechzehnjährig machte er sich von ihm selbständig, ein Akt des Mutes, aber bei weitem nie ganz.

Die Familie war dicht gewoben und er, zum Guten und Unguten, stark von ihr bestimmt. Auch bot sie ihm Bequemlichkeiten. Im Münchner Haus behielt er sein Zimmer bis zum Schluß, mit Bildern, Photos, Büchern nach seinem Geschmack eingerichtet. Mir, als Schüler und Studenten, war es nur allzu lieb, wenn er da war, denn er konnte unterhalten und Mahlzeiten behaglich machen, die es ohne ihn – oder seine Schwester Erika – nicht waren. Auch in Küsnacht, Princeton, Pacific Palisades wohnte er öfters und für länger, aber immer nur als Gast.

Wo sechs Geschwister sind, gibt es kleine Gruppen, Parteien, die sich bilden und wieder umbilden. Klaus stand gut mit allen. Er war es eigentlich, der den Laden freundlich zusammenhielt. Die Mutter liebte er, fast so sehr wie die Schwester Erika; die beiden Namen schrieb er zuletzt, schon halb hinüber, auf einen Zettel, den man neben seinem Bett fand. Das Verhältnis zum Vater erscheint in unseren Briefen eigentlich als ein recht gutes, wenn man absieht von den Unterschieden in der politischen Haltung 1933–36 und den daraus sich ergebenden Spannungen; einmal hat der kämpferische Emigrant dem zögernden, schweigenden ein eigentliches Ultimatum telegraphisch zukommen lassen. Unmittelbar danach löste sich der Konflikt, durch Thomas Manns endliche, offene und starke Stellungnahme. Sonst aber ist der Uneingeweihte wohl überrascht vom Ton zwischen den beiden: Verehrung, Takt und Liebenswürdigkeit von der einen Seite, Sympathie und Respekt von der anderen. Kein Buch des Sohnes, das der Vater nicht genau gelesen, auf das er ihm nicht auf das eingehendste, verständnisvollste geschrieben hätte, ohne die leeren Floskeln, mit denen er sonst gegenüber jungen Autoren nicht sparte. Mitunter Rückblicke. »Sie haben Dich ja lange nicht für voll genommen, ein Söhnchen in Dir gesehen und einen Windbeutel, ich konnt es nicht ändern. Aber es ist nun wohl nicht mehr zu bestreiten, daß Du mehr kannst als die Meisten – daher meine Genugtuung beim Lesen ...« Wo er Zweifel hat, drückt er sie so offen wie artig aus. Die herzlich-freiesten

Briefe wurden getauscht in jenen Jahren, 1943–45, als Klaus Soldat war und als solcher sich bewährte, zum ersten Mal *ganz* selbständig, ganz ohne Geldsorgen, und aus den europäischen Kriegstheatern dem Alternden, in seinem Haus über dem Pacific etwas Vereinsamten das Interessanteste zu berichten wußte. Der war bürgerlich-stolz auf den »soldierson«. Der nun verlangte Gebrauch der englischen Sprache erleichterte noch den Briefwechsel, nahm ihm den letzten Rest von gêne, der zwischen solchem Vater, solchem Sohn nun einmal sein mußte. All das war nicht Schein. Und war nicht die ganze Wirklichkeit. Es traute der Ältere dem Jüngeren auch nicht, sah Verzerrungen seiner selbst in ihm, der eigenen, überwundenen Morbidität, sah eine untergegangene Schwester in ihm, mißbilligte, Moralist und strenger Arbeiter an sich selber, seines Sohnes »Privatleben«, kurz, empfand auch Widerwillen ihm gegenüber, und zwar sehr bald; einen »schlaffen Träumer« nennt er das schwerkranke Kind 1916. So kann ich mich aus frühester Zeit, aus mittlerer, noch aus später an quälende Szenen zwischen den beiden nur zu deutlich erinnern. W. H. Auden, unseren Schwager, hörte ich einmal weise genug bemerken: für einen Romancier seien Söhne immer eine Peinlichkeit, nämlich etwas wie fleischgewordene Figuren aus seinen Romanen. – Natürlich ahnte Klaus dergleichen. Daß der ringende junge Schriftsteller an dem ruhmgekrönten, mit stärkerer Schöpferkraft gesegneten litt, ist bekannt und ist ein Fall von klassischer, fast banaler Unvermeidlichkeit. Rückblickend schreibt er in seinen Erinnerungen, dem »Wendepunkt«, über seine allzu sensationellen Anfänge: »Der flitterhafte Glanz, der meinen Start umgab, ist nur zu verstehen – und nur zu verzeihen –, wenn man sich dazu den soliden Hintergrund des väterlichen Ruhmes denkt. Es war in seinem Schatten, daß ich meine Laufbahn begann, und so ... benahm ich mich ein wenig auffällig, um nicht ganz übersehen zu werden.« Ein understatement. Er konnte tiefste Bitterkeit empfinden, nicht nur wegen des väterlichen Ruhmes, auch wegen der väterlichen Art ihm gegenüber. Das kommt in seinen Briefen nur selten und verhalten zum Ausdruck: »Mein Vater ist nicht besonders rücksichtsvoll.« ...

Klaus, sagte ich, besaß herzbelustigenden Humor, aber wenig Ironie, mithin auch wenig Neigung zur Selbstkritik. Er beobachtete Welt und Menschen schärfer als sich selber, dachte genauer über Welt und Menschen nach, als über sich selber. So entging ihm ein Widerspruch in seinem Verhältnis zum Vater: daß er sich in seinem Schatten fühlte und darunter litt; daß er aber gleichzeitig von dem stärkeren Licht so viel auf sich lenkte, wie er haben konnte; Geld, Hilfe jeder Art und die Vorzüge, die dem Namen nun einmal inhärierten, von denen man aber frei war, Gebrauch zu machen oder auch nicht. Sein frühes Début und die Sensation, die es hervorrief, war zu einem Teil seinem Talent, zu einem anderen aber offenbar dem Namen zu danken. Wenn er neunzehnjährig sich brieflich an sehr große Herren wandte, Hofmannsthal, Rilke, sie wissen ließ, wie sehr er ihre Werke liebte, und um ein Urteil über die seinen nachsuchte, so war hier, ebenso wie sein argloses Selbstvertrauen, auch das Bewußtsein im Spiel, bei den Adressaten schon eingeführt zu sein, ehe er sich einführte. Seine frühen Freundschaften mit den Kindern anderer Berühmtheiten, der Tochter Wedekinds, dem Sohn Hofmannsthals, der Tochter und dem Sohn Carl Sternheims beruhten offenbar, wieder zu einem Teil, auf dem Gefühl eben dieser Gemeinsamkeit und gemeinsamen Abhängigkeit. Sie verlor an Gewicht, indem er allmählich wurde, was zu sein er gleich anfangs proklamiert hatte. Aber erst die kurze militärische Epoche machte ihr ganz ein Ende. Insofern wenigstens hat der Name, den er seinem zuerst amerikanisch geschriebenen Erinnerungsbuch gab, einen guten Sinn.

Die Parteiungen oder Gruppierungen innerhalb der Geschwister waren zunächst zweierlei Art; die nach dem Alter, »Die beiden Großen«, »Die beiden Kleinen« (ehe die ganz Kleinen erschienen); dann die beiden Mädchen, die beiden Buben. Als solche gehörten Klaus und ich zusammen, wohnten bis er 15, ich 13 war im gleichen Zimmer, gingen auch ein paar Jahre zusammen auf das gleiche Gymnasium. Der gleiche Schulweg und grimmige Schulhof. Die gleichen Lehrer, zum Teil; Turnlehrer Hackenmüller mit dem Vater Jahn-Bart, Oberkirchenrat Engelhardt. Die gleichen Gegenstände von Spott und Angst: ob die »Rüge mit schriftlicher Mitteilung an die Eltern« schon eingetroffen war? Die Eltern, aus dem vorigen Jahrhundert, würden sie fürchterlich ernst nehmen, obgleich wenigstens der Vater es hätte besser wissen sollen. Aus den gleichen miserablen Büchern, Rudolf Herzog, »Der Nibelungen Fahrt ins Hunnenland«, Walter Bloem, »Das Ende der Großen Armee«, Georg Engel, »Kapitän Spieker und sein Schiffsjunge«, konnten wir ganze Seiten begeistert zitieren. (Leider, ich kann es heute noch.) Die gleichen Spiele. Vom »Laienbund deutscher Mimiker«, gegründet 1919, hat Klaus in seinem ersten Erinnerungsbuch »Kind dieser Zeit« erzählt, wie ich es besser nicht könnte; auch von unserem früheren Privatspiel zu zweien, in welchem wir zwei reiche Sonderlinge waren, die Herren Steinrück und Löbenzahn, meistens auf einem Luxusdampfer, dem »großen Schiff«, abgekürzt »Gro-Schi«. Womit er mich quälte: er brach das Spiel plötzlich und für immer ab, indem er das Schiff untergehen ließ: »Gurr, gurr gurr, Steinrück und Löbenzahn sind ertrunken, Gro-Schi aufgehoben...« Vergebens, bis zum nächsten Mal, mein Flehen, die beiden doch noch zu begnadigen ... Theater spielten wir schon, nur wir vier, ehe der seriösere »Mimikbund« gegründet wurde. So, es muß 1917 gewesen sein, Poccis »Kasperl als Portraitmaler«, Erika den Kasperl, Monika den stotternden Polizeikommissar Karrenpichler, ich die reiche Miss, die sich malen lassen will, Klaus den Maler Schmierpinsel. Noch sehe, höre ich ihn bei seinem ersten Auftritt, hereinstürzend und sich in ein Fauteuil werfend, schon elegant, schon ganz Künstler: »Der Gram tötet mich noch! Ich möchte vor Neid bersten! Eichbaum mit dem Verdienstorden des Goldenen Pinsels geschmückt und ich noch nicht! Ha! Wahrscheinlich, weil seine Frau Kammerjungfer bei der Ministerin ist...« Die Nummern eines eigentlichen Cabarets dichtete er selber, dargeboten den Eltern und einem hohen Gast auf der Terrasse unseres Hauses an einem Sommerabend, es muß gleichfalls 1917 gewesen sein. Als Conferencier sprach ich in Versen: Es hätten unsere Zuhörer in dieser Stadt doch schon manches gesehen, etwa Lokale besucht

Wo man pickante Schnäpse trinkt
Und eine schöne Dame singt.

Hier, nach des Bruders Regie, hatte ich anzüglich zu lachen. Der hohe Gast, gekleidet in weiße Rohseide, war Hans Pfitzner; ich hatte den Eindruck, daß er gar nicht lachte ... Wobei mir ein anderer, viel liebenswürdigerer hoher Gast aus der Kriegszeit einfällt, Hugo von Hofmannsthal. Da durften, oder mußten wir vier, schon in unseren Abendschlafröcken, das Eßzimmer betreten und den feinen fremden Herrn begrüßen. Es gab eine Vorspeise, was wir noch nie erlebt hatten, auf jedem Teller zwei Sardinen. Klaus, als ich nachher meinem Erstaunen über soviel Luxus Ausdruck gab, überlegen: »Wenn man einen berühmten Dichter einlädt, dann muß man ihm schon etwas bieten.« ... Mit solchem milieubedingten Treiben und Erleben kontrastierte, was wir brav mit Nachbarkindern gemeinsam machten: »Deutschball« auf der Wiese nebenan, »Räuber und Prinzessin« in der Dunkelheit. Da war Klaus mit Feuereifer dabei, wie die anderen. So beim Rodeln. So, was die großen, schlimmen Dinge, Krieg und Politik betraf. Er kam freudig gelaufen: Die Kriegsanleihe sei überzeichnet, ganze zwei Milliarden! Oder vom »Tagesbericht«, der am Kufsteiner Platz angeschlagen war: Bukarest gefallen! Da machten der Neun-, der Elfjährige mit, wie jeder tat. Das Unterscheidende kam hinzu, ohne einstweilen das Nicht-Unterschiedene zu stören.

Noch ehe er das Schreiben gelernt hatte, dann in der Grundschulzeit, erzählte er mir Geschichten, im Garten unseres Tölzer Landhauses mit mir auf- und abgehend, wobei er immer ein Stäbchen in der Hand halten mußte; teils Märchen, teils auch moderne Romane mit großartigen Titeln.

Einer hieß »Des Doktors Hosen«, das erste Kapitel »Beim Schneider«, und über den Anfang dieses Kapitels kam er nie hinaus. Er ging beim Erzählen ohne Plan vor, das gelang nicht immer. Aber wie bewundernd war mein Grausen, als er den Skeptiker, der einem Freunde noch gerade unter Lachen zugerufen hatte: »Es gibt keine Geister!« die arge Lektion zuteil werden ließ. Der Mann erstickte an einer Fischgräte, um demnächst seinem Gesprächspartner mitternächtlich zu erscheinen – »sein Gesicht war blau und aufgedunsen« – und zu murmeln: »Nun *muß* ich glauben, daß es Geister gibt!«...

In den unteren Klassen des Wilhelmsgymnasiums füllte er zahllose blaue Schulhefte mit Romanen, Novellen, Dramen, Lustspielen. Als ich neun war, er elf oder zwölf, hielt er mich schon für einen Historiker und bat mich um Ratschläge für das Napoleondrama, an dem er arbeitete. Willig gab ich ihm Informationen, mangels echter dreist erfundene, die er mir abnahm. Die Idee, daß man solche Arbeiten auch fruktifizieren könne, kam ihm früh. Einmal, etwa zwölfjährig, schickte er ein Lustspiel in sechs Heften, genannt »Familie Krach«, an den Intendanten des Münchner Volkstheaters. Der Held des Stückes, Baron von Krach, entsprach ungefähr einem Modell, das in unserer Nähe lebte, oder sollte ihm doch entsprechen; soweit hatte es der Autor schon gebracht. Vorsichtig hatte er ein Pseudonym gewählt, Karl Trepitsch, auch eine Deckadresse angegeben und auf Honorar großartig verzichtet. Als nach Wochen noch immer keine Antwort war, schickte er mich, als Herrn Trepitschens Neffen Fritz, zum Volkstheater. Ich, zehnjährig, marschierte also wirklich vom Herzogspark durch die ganze Stadt, barfuß, wie damals im Sommer üblich, zu den roten Säulen nahe der Sonnenstraße, und wirklich ins Zimmer eines Dramaturgen und sagte mein Sprüchlein. Der fremde Herr, suchend: »Wo hab ich jetzt den Blödsinn hin?« Die gefundenen Hefte warf er mir auf den Tisch mit den Abschiedsworten: »Also herkommen braucht Dein Onkel nicht...« Klaus, zu Hause begierig wartend, fand meinen Bericht nicht einmal so ganz trostlos: »Er hat doch gewußt, wo mein Stück war.«

Das Letzte, was er mir vorlas, frisch zurück von der Bergschule Hochwaldhausen, war die erste Novelle, die er unter dem Titel »Die Jungen« veröffentlichte. Die gefiel mir sehr.

Danach gerieten wir für eine Zeit auseinander. Das Freundschaftsband zu der Schwester Erika, schon vorher geknüpft, wurde das mit weitem Abstand stärkste. Der Altersunterschied zwischen dem Vierzehn- und Sechzehn-, dem Sechzehn- und Achtzehnjährigen fiel nun stark ins Gewicht. Gegensatz zwischen Frühreife und radikaler Unreife; zwischen Salem, dem Internat, in dem das Kindsein der Kinder stark unterstrichen, Gemeinschaft, Disziplin, Sport und Lernen gelehrt wurde, und der libertinistischen Odenwaldschule, demnächst der völligen Freiheit des Jungschriftstellers; zwischen dem linkischen Schüler, dem scheuen Anfänger-Studenten, der, wenn er schon reiste, seinen Pappkoffer zum »Christlichen Hospiz« schleppte, und dem weltgewandten jungen Literaten, der im Schlafwagen von München nach Nizza reiste, hoher Luxus in karger Zeit. In meinem Heidelberger Studentenzimmer fand ich Postkarten aus England, Frankreich, Spanien, Nordafrika, von Klaus allein oder von Erika und Klaus, immer mit den sonderbarsten Namen unterzeichnet. »Ludendorff. Kaiserin Hermine. (Ich traf den General ganz zufällig im schönen Spanien.)« Es machte ihm Spaß, sich anderer Leute Namen beizulegen, Kirchner, Frau Barthel, Maximilian Harden, Baldur von Schirach, Rabenalt und was noch. Wie er mich brieflich auch nie mit meinem Namen anredete, sondern mit Monsieur mon Frère, Frère et Confrère und dergleichen. Familien-Ton. Sein Humor liebte das Parodische, mit dem er oft ins Schwarze traf. Als ich anfing, mit frisch gelernten philosophischen Begriffen groß zu tun: »Wie steht es? Denkst du jetzt ontologisch-substantiell im Sinn von Dessauer?« Ein parodisches Glanzstückchen findet sich in einem der erhaltenen, nun gedruckten Briefe an mich, zusammen mit der Einladung Johannes R. Bechers, doch einmal etwas für die Moskauer »Internationale Literatur« zu schreiben (was ich nicht tat): »Also, vielleicht hast Du was Gewürztes – Hölderlin als Produkt der

Mehrwertinvestition in der mittleren Verfallsperiode des niedersächsischen Weberei-Kapitalismus, oder so.« – Hätte der über den Stil unserer jungen Soziologen von anno 1973 gespottet!

Selber war er kurz vor mir in Heidelberg gewesen und hatte, nach seiner Art, von Heinrich Rickert, dem entsetzlich eitlen, vereinsamt von den Neuen sich überspielt fühlenden, nach Jugend begierigen Professor sich stattlich empfangen lassen. Klaus und Rickert – ein sonderbares Paar! Nicht daß er Rickerts Philosophie, dies flaue, allerletzte »System« gekannt hätte. Rickerts prachtvoll einherrauschende Bildungssprache imponierte ihm. Daß Jaspers jetzt der Eigentliche sei, hörte er, aber Jaspers war unnahbar. Was in Heidelberg gelehrt wurde, interessierte ihn so sehr nicht; es interessierte ihn der Geist der Universitätsstadt, der mich dann drei Jahre lang in seinem nicht sehr nützlichen Bann halten sollte, und über den er treffend schrieb: »Aber auf die Dauer störte mich diese zugleich eingeschlossene und geistig überspannte Atmosphäre.« Immer bestrebt, las er, ehe er Heidelberg besuchte, Windelbands »Geschichte der Philosophie«, annotierte sie sogar, aber hätte auch von einem besseren philosophischen Lehrbuch kaum etwas gehabt. Er war kein wissenschaftlicher Kopf. Von Marx kannte er das »Manifest«, nicht mehr. Er liebte Blochs »Geist der Utopie« und bewunderte Scheler, mit dem er sogar eine Art von Freundschaft schloß, wie auch mit Ernst Robert Curtius – kaum einer jener Berühmten, die ihn damals, 1923 bis 1933, nicht empfangen, sich nicht liebenswürdig für ihn interessiert hätte. Seine Briefe an Scheler und Schelers Antworten scheinen dennoch verloren. Bloch und Scheler, zwei entschieden literarische, lesbare Philosophen, »philosophische Feuilletonisten«, wie ich Martin Heidegger ihresgleichen verächtlich nennen hörte. Durchaus literarisch war die Bildung, die ihm erstaunlich schnell zuwuchs. Der Zwanzigjährige erkannte die Bedeutung der französischen Surrealisten, Radiguet, Crevel, Cocteau, zu einer Zeit, als man deutschen Romanisten solche Namen noch buchstabieren mußte; später, immer sehr früh, die von Hemingway, Virginia Woolf, Julien Green, Ödön von Horvath. Er besaß einen fast untrüglichen Sinn für Qualität, bei anderen; selber konnte er sich in der Jugend noch zu Geschmacklosigkeiten verirren.

Wobei man darüber streiten mag, wie lang bei ihm die Jugend dauerte. Im Tiefsten, glaube ich, war er entschlossen, nicht alt zu werden; er scheiterte am Beginn dessen, was die Angelsachsen »middle-age« nennen. »Der Klaus wird nie ein Herr«, pflegte seine jüngste Schwester von dem Zwanzigjährigen zu sagen. Sie meinte: er wird nie erwachsen oder nie alt, zwei Worte, die für ein Kind ein und dasselbe bedeuten. Andererseits war er bewußter, überbetonter Weise sehr jung, als er anfing; begabt wohl, aber verspielt und mit den Tücken der Welt so unvertraut wie ein junger Hund. Da spielt man, was man später im Ernst sein wird. Der Abschiedsbrief des knapp Siebzehnjährigen an den Leiter der Odenwaldschule ist Beispiel dafür: er müsse weg aus dieser Schule, er passe trotz allem nicht hin. »Wo freilich ich *ganz* daheim sein werde – das weiß Gott.« Heimatlosigkeit wurde Ernst, zehn, zwanzig Jahre später. Sie war nicht ernst, damals. Was ich, der ich ein unreifer Schüler teils war, teils auch ihn spielte, in meiner unausgewachsenen Seele wohl ahnte, etwas später wußte. Sein erstes Stück, »Anja und Esther«, mochte ich; das, was der Vater »gebrechliche Poesei« nannte. Das zweite, »Revue zu Vieren« genannt, war überaus schwach, ein Stück unkritischer Selbstüberschätzung; der geschlossenen Viererfreundschaft, er selber, die Schwester, Pamela Wedekind, Gustaf Gründgens, traute er eine Bedeutung zu, die sie nicht hatte, nicht an sich selber, viel weniger für die weite Welt, die so indiskret ins Vertrauen gezogen wurde. Die weite Welt höhnte, was ich befürchtet hatte, übrigens ohne ihn zu warnen; er hätte auch kaum darauf gehört. – Ob sein früher, so und so qualifizierter Beginn für ihn unvermeidlich war, kann ich nicht entscheiden. Jedenfalls hat er ihm Schaden getan.

Den Schaden überwand er. Er hielt sich. Er reifte, nicht dank, aber trotz des Schadens, den er ignorierte. Nach der

Epoche der ersten Sensationen, 1923 bis 1927, wurde es stiller um ihn, aber keinen Moment hörte er auf zu produzieren. Der zweite Roman, »Alexander«, noch immer sehr jugendlich, war besser als der erste. Vom dritten, »Treffpunkt im Unendlichen«, hörte ich den alten, erfahrenen S. Fischer sagen: »Das ist eigentlich sein erstes richtiges Buch. Ich sehe da Entwicklungsmöglichkeiten.« Sie wurden mindestens ebenso deutlich in zahllosen Artikeln und kleinen Essays aus dieser Zeit, 1927 bis 1933, wie man sie jetzt in den Auswahlbänden »Prüfungen« und »Heute und Morgen« findet. Sogar meine ich, daß der Essayist schneller reifte, auf kürzerem Wege vom erst noch zu erfüllenden Versprechen zur Verwirklichung kam, als der Erzähler. Lese ich heute solche Aufsätze wieder wie den über Cocteau, 1929, über Alain-Fourniers »Grand Meaulnes«, 1930, über Ernst Jünger, 1930, so staune ich über die Plastizität der Darstellung, über den Blick, der einordnet, vergleicht und heraushebt, im Falle Jüngers, der ihm nun wahrlich nicht liegen konnte, auch über den Willen zur Gerechtigkeit. »Sein Denken ist von starker Intensität und von einer gewissen mißleiteten Reinheit.« »Daß er schreiben kann, erst das macht ihn gefährlich. Seinen Gaben nach gehört er zu uns; den Arnolt Bronnen gönnen wir gern denen drüben. Aber ein Geist von der finsteren Glut Jüngers kann Unheil stiften ...« Noch war der Narzismus des ersten Aktes nicht völlig gewichen. Aber er machte immer mehr Platz einem ernsten Interesse für das Allgemeine, Literatur, auch Gesellschaft, auch Politik. Der 1933 Deutschland verließ, war schon gewappnet für die Prüfung, die bevorstand; war längst der nicht mehr, als der er den meisten noch galt, weil sie, wie die Menschen einmal sind, von seinem Weg bergauf nicht hatten Notiz nehmen wollen.

Also hatte er Stärke, Charakterstärke, Zähigkeit bewiesen. Warum dann »die Droge«, der er schon in der deutschen Zeit zugetan war? Ich weiß es nicht. Ich habe über das Warum mit ihm nie gesprochen, er hätte mir auch kaum eine Antwort geben können. Bloßer Genuß, der zur Notwendigkeit wurde, weil die Abwesenheit des Genusses zur

Qual? Ehrgeiz; leichtere, bessere Einfälle im Rausch? Freier Wille, »Ungezogenheit«? Todestrieb, Hoffnung, das Leben durch das Gift, nicht zu beenden, aber ungewiß abzukürzen? Für eigentlich süchtig hielt er sich nicht, war auch fähig, längere Zeit ohne Morphium zu leben. So in den Soldaten-Jahren; vergiftet hätte er die ihm zugemuteten physischen Leistungen gar nicht bestehen, übrigens die heimliche Post gar nicht erhalten können. Vorher ja, danach bald wieder. 1937 habe ich in Prag erlebt, wie es mit ihm stand, wenn die schurkische Quelle versagte, die Qual des Wartens, die Jagden durch die Stadt von einer Apotheke zur anderen, die verzweifelten Versuche, durch tschechische Freunde ein Rezept zu gewinnen, welches, erhalten, ihn für ein paar Tage erlöste. Unmittelbar danach machte er in Budapest eine Entziehungskur, von der – »On souffre. On ne peut pas vivre.« – nun gedruckte Briefe Zeugnis geben. An die Mutter, halb genesen: »In absehbarer Zeit fange ich bestimmt *nicht* wieder an – vielleicht *sehr* viel später einmal. Wozu soll man 80 werden?« Er fing alsbald wieder an, zog sich im nächsten Jahr in Zürich wieder in ein Privatsanatorium zurück. Da brachte ich ihn hin, besuchte ihn, mußte Zeuge dieser Not sein. In seinem letzten Roman, »Der Vulkan«, hat er sie beschrieben, wie sie, diese ohne Erfahrung ganz unvorstellbare, nur aus Erfahrung beschrieben werden kann. Das Sanatorium nannte er »Haus Sonnenruh«, den Doktor Rütli, wie Rütlischwur, fügte auf meinen Rat ein e ein, Rüteli, später wurde Rüthy daraus. Erfunden sind nur Flucht und gieriger Rückfall. In einem Gespräch, das wir hatten, als ich ihn aus »Haus Sonnenruh« wieder abgeholt hatte, bemerkte er mit einem Blick, der nicht gut war: »Du wärst eigentlich ganz geeignet dafür.«

Den Blick hatte ich schon einmal erlebt. Es war die Rede von einem Dritten und Nahestehenden, der selbstmordgefährdet sei. Klaus: »Vielleicht würde er es tun, wenn ich es täte.« ... Es leuchtete die Ruchlosigkeit auf, eines, der sich dem Tod verschworen hat und einen anderen, nicht ohne Lust, mitzulocken bereit ist. Wie eine solche Neigung zusammenging mit seiner großen Freundlichkeit und Güte, seiner Arbeitsdisziplin, seinem Verantwortungsgefühl, das frage man mich lieber nicht. Die Frage wäre sinnlos.

Der Gedanke des Selbstmordes war in ihm unglaublich früh und mit unglaublicher Zähigkeit. Aus der Zeit der blauen Schulhefte erinnere ich mich an ein Drama, dessen letzte Szene »Nacht. Großhesseloher Brücke« betitelt war; an eine Novelle, welche endete mit dem Satz: »Ich glaube sogar, sie lächelte, als sie aus dem Fenster sprang.« Da war es noch Kinderspiel; später nicht mehr. Es spricht für die Anziehungskraft seiner Persönlichkeit, für den Instinkt, mit dem er sich seine Freunde auswählte, oder sie sich ihn auswählten, daß in seinem engeren Umkreis ein Selbstmord nach dem anderen vorfiel, wie Blitze im Gewitter. Jedesmal fühlte er sich tief betroffen, wie mitgetroffen; als ob jeder Blitz näher an ihn heran käme. So in seinen Romanen, seinen Erinnerungen, seinen Essays, seinen Reportagen: Selbstmord konnte er seinen Lesern traum-glaubhaft machen, wie kaum ein Anderer unter seinen Zeitgenossen. Natürlich hingen beide Fixierungen, Tod und Droge, eng zusammen. Morbidität? Was erklärt solch Wort, was sagt es? Hier kann man nicht erklären, es wäre denn medizinisch, aus der »Erbmasse«, welche man jedoch, wenn es um diese eine Person geht, besser außer acht läßt. »Doktor Rütli«, mir seine Ratlosigkeit bekennend – »Ich verstehe nicht. Ein so begabter Mensch! Die Welt ist ihm doch offen! Tragisch! Unbegreiflich!« – dieser Wirt von »Haus Sonnenruh« war vernünftig in seiner Bescheidenheit. Auch das Wort Unglück erklärt nicht viel. Natürlich war Klaus »unglücklich«, wie alle besseren Schriftsteller es sind, warum sonst würden sie schreiben. Er war auch freudefähig, genußfreudig, wie Schriftsteller es ja wohl auch sein müssen, lebensmutig, neugierig, voller Initiative, die sich auf neue Erfahrung richtete. Seine erste, finanziell gänzlich unfundierte »Weltreise«, 1927–28, ist ein Beispiel dafür. Seinen erotischen Neigungen gab er sich ganz ohne die Skrupel hin, mit denen die bürgerliche Gesellschaft sie belastet hatte, nicht nur zu flüchtigem Vergnügen, auch zu Glück und Schmerz, welche sich durch die Jahre zogen. Gerade hier war durchaus keine »Morbidität«. Daß die andere, die von der Moral als die eigentliche und einzig statthafte proklamierte Liebe dennoch ihre überlegene Seite habe, erfuhr er spät, wieder in der amerikanischen Armee. Wenn er, so erzählte er mir, mit ein paar Kameraden auf Urlaub sei und sie würden am Bahnhof von ihren Frauen erwartet und freudig umarmt, und er stehe allein dabei – ja nun, da sei eine Bezogenheit und Geborgenheit, die ihm leider fehle. Tatsächlich dachte er damals an Heirat, ernsthafter, als in den Jahren der Verlobung mit Pamela Wedekind. In der Stadt nahe seines »Camps« verkehrte er bei zwei feinen, gastlichen Damen, Mutter und Tochter, diese kam ihm entgegen. Wäre da nicht endlich das Heim, der Hafen etc.? – Es wurde nichts daraus. Sie waren arg südstaatlich, die beiden Damen, sie fanden es empörend, daß er vor einem schwarzen Major hatte salutieren müssen.

Nie lebte Klaus intensiver, angespannter, tätiger, als in den ersten Jahren der Emigration; darum wohl auch: nie glücklicher. Seine erzählerische Produktion war stetig und erreichte in drei aufeinanderfolgenden Romanen »Symphonie Pathétique«, »Mephisto«, »Der Vulkan« ihr höchstes Niveau. Dazu zahllose Aufsätze; eine dichte, mit fester, emsiger Hand geführte Korrespondenz; Reisen quer durch den Kontinent, immer um Deutschland herum, einmal nach Moskau, nach Spanien während des Bürgerkriegs, Reisen durchgesetzt gegen unsagbare bürokratische Plackereien, denn bis 1938 hatte er keinen Paß; »antifaschistische Kongresse«, Streitereien, in die er gezogen wurde und in denen er maßvolle, aber klare Stellung nahm – der Herausforderung der deutschen Tyrannei hielt er nicht nur stand, sie erst führte ihn auf die ihm erreichbare Höhe. Bei alledem fand er noch Zeit, auch Geld, so gering die Auflagen seiner Bücher sein mußten, um sich zu erholen am Meer oder im Engadin. Sportliche Erholungen waren es nicht, die hatten ihm nie gelegen; zarte Spaziergänge, Schwimmen zunächst noch, später gab er es auf.

Wir waren nun wieder gute Freunde und blieben es. In der Zeitschrift, die er während der ersten zwei Jahre in Amsterdam redigierte, »Die Sammlung«, ließ er mich schreiben, ein paar Essays, sogar anonym eine regelmäßige politische Chronik. Sie war wohl nicht ganz sein Stil. Wir differierten im Sachlichen um Einiges, aber freundlich. September 1933 schrieb ich ihm sibyllinisch: »Unsere Lage wird sich immer mehr als das herausstellen, was sie ist« – nämlich schlecht. In der Emigration, der wir wohl oder übel zugehörten, rechnete ich zu der Klasse von Emigranten, die ihre Chance im eigenen Land gehabt und verloren hatten, nicht zu der Klasse derer, die, wie Lenin in der Schweiz, noch nie daran gewesen waren und das mit Sicherheit herannahende Ende eines ancien régime erwarten konnten. Damit vereinfachte ich einen komplizierten Prozeß, hatte aber, im Rückblick, doch mehr recht als unrecht. Daß wir zwölf Jahre später nach Deutschland, nach Europa zurückkehren konnten, verdankten wir keiner inneren deutschen Entwicklung, viel weniger einer, die von außen durch uns beeinflußt worden wäre, sondern einem Weltkrieg samt allem, was der bedeutete und was man ja nicht wünschen konnte. Natürlich wünschten wir den Krieg manchmal doch, aber dergleichen denkt man nur, man spricht es nicht aus. Wir wünschten ihn, weil wir ihn für unvermeidlich ansahen – wenn nicht »die Westmächte«, »die Demokratien« dem »deutschen Regime« vorher eine Niederlage beibrächten, die zu seinem Sturz führen würde. Dafür war der Moment durch die Besetzung der Rheinlande, März 1936, erstmals und letztmals gegeben; danach gab es keine Hoffnung mehr. In Frankreich auf minimalen Lehrerpöstchen ein karges Leben fristend, beschäftigte ich mich mit der Geschichte der Französischen Revolution und Emigration und lernte aus meinen Studien – meine Gentz-Biographie war ihr spätes Produkt –, daß Emigranten, mochten sie noch soviel wissen, noch so wahr warnen, auf die Politik ihrer Gastländer nie den geringsten Einfluß haben konnten, solche Emigranten, wie wir waren, auch keinen Einfluß auf den Gang der Dinge zuhause. Die Bildung, die ich mir während der französischen Jahre erwarb, war eine historische, das hieß überwiegend pessimistische. Die von den Emigranten gebotenen Interpretationen des Nazismus – die »marxistische«, die »preußische« – hielt ich für mindestens ungenügend, wenn nicht für falsch im Kern. Klaus, dessen Bildung literarisch war, mit einem Schuß moralischer Politik oder politischer Moral, nahm sie ungefähr an. Übrigens war er Optimist von Haus; wie anders hätte er so beginnen, so weitermachen können? Als Optimist setzte er sich ein, wagte und verbrauchte er sich, brannte er die Kerze an beiden Enden. Die Gefahr einer solchen, an sich nobleren Lebenshaltung, liegt eben im Verbrauch; in der Kette der Enttäuschungen; in Depressionen, gegen die man sich nicht wehren kann, weil man nicht auf sie vorbereitet war. – Aus der Verschiedenheit der Temperamente, Interessen, Ansichten stammten divergierende Urteile über Fragen des Tages. Wir diskutierten viel, in Paris und in Zürich, wie später in New York, Princeton, Californien, ernsthaft und immer freundschaftlich. Freundschaftlich warnte er mich davor, zu weit zu gehen in dem, was ich seinen fortschrittsfreudigeren Gesinnungen entgegensetzte. Er war ein guter Zuhörer, höflich im Verstehen.

Als ich, Herbst 1940, für nur allzu lange Zeit nach Amerika geriet, fand ich ihn in New York schon seit zwei Jahren etabliert und in seinem Hotel komfortabel lebend. Schnell hatte er die Sprache so gut gelernt, daß er sie schreiben konnte; wie sonst in Paris und London mit einem großen Kreis von Schriftstellern Bekanntschaft gemacht; mit gewohntem Mut sich in das literarische Leben des neuen Landes eingearbeitet, dabei stets engen Kontakt mit deutschen Schicksalsgenossen wahrend. In Europa war er ein deutscher Schriftsteller geblieben; jetzt wurde er zum amerikanischen, oder gab sich die tapferste Mühe, es zu werden. Wieder war seine Arglosigkeit im Spiel. Er sah keinen Grund, warum er in Amerika *nicht* zuhause sein sollte; wofür ich eine ganze Menge Gründe sah. Neugier empfing zunächst ihn wohl, auch Sympathie, im Zeichen des Antifaschismus, der das intellektuelle Leben beherrschte; aber sie blieb oberflächlich. Zuletzt gab es keine ernste Bereitschaft, seinen Typus zu empfangen, zu gebrauchen, einzubürgern. Auch besaß er nicht den Charme verbunden mit Autorität – »she has poise« –, die praktische, zupackende Intelligenz, die Anpassungsfähigkeit und histrionischen Talente, die es seiner Schwester ermöglichten, mit ihren »lectures« sich durchzusetzen. Ein weitertragender Erfolg blieb ihm aus. Er bemerkte das zunächst nicht, oder wollte es nicht bemerken. Er hatte sich ein Buch ausgedacht, das Europäisches und Amerikanisches passend vereinte: »Distinguished Visitors«, eine Sammlung von Portraits namhafer europäischer Besucher in der Neuen Welt, Fanny Elssler, Louis Napoleon, Herman Bang und sein Tod im Eisenbahnzug, Oscar Wilde, die Duse und andere mehr. Die Skizzen waren sehr hübsch; und sehr liebenswürdig die ablehnenden Verlegerbriefe. »Good luck for your book elsewhere!« Mittlerweile ging er an die Gründung einer Zeitschrift, »Decision«, die Januar 1941 zu erscheinen begann; was er nicht hätte tun sollen.

Es war kein Geld dafür da, kaum genug für die ersten beiden Nummern; kein Verlag, der das Unternehmen stützte, wie Querido in Amsterdam zwei Jahre lang »Die Sammlung« gestützt hatte. Papier und Druck und Vertrieb, Miete, Sekretärinnen, zwei oder drei Nebenredakteure, das war alles zu bezahlen von jemandem, der gerade zwei Jahre in Amerika lebte und in geschäftlich-organisatorischen Dingen keinerlei Erfahrung besaß. O, er hatte einen stattlichen »Board of Advisors« zusammengebracht; zwischen W. H. Auden und Stefan Zweig sechzehn Namen von Klang. Aber diese Berater rieten nicht, halfen nicht. Mein Vater, der nach einigen Monaten zu ihrem Vorsitzenden aufrückte, suchte wohl zu helfen, indem er, von Klaus angeleitet, an Schriftsteller-Kollegen, an reiche Leute Briefe schrieb, auf welche trocken bedauernde Antworten kamen oder gar keine; er spendete auch selber 1000 Dollars, viel Geld für ihn damals, aber ein Tropfen auf den heißen Stein. Nicht, daß die Zeitschrift schlecht gewesen wäre; im Gegenteil, sie war gut, erfüllte ihre Aufgabe, zugleich amerikanisch, gesamtamerikanisch übrigens, den lateinischen Süden miteinbeziehend, und europäisch zu sein, und politisch wie kulturell und literarisch. Noch einmal bewies mein Bruder sein Talent, neue Talente zu entdecken, auch die längst bewährten zur Mitarbeit zu gewinnen. Heimlich aber war Schnödigkeit. New Yorker Literaten veröffentlichten wohl in »Decision«, vorausgesetzt, daß sie prompt bezahlt wurden; redeten aber für sich, daß dieser Deutsche wohl nicht der Rechte sei, ihre Stelle zu vertreten und eine amerikanische Zeitschrift zu edieren. So hörte ich in dem später berühmt gewordenen Brooklyner Haus, in dem ich wohnte von März bis Juli 1941, zusammen mit Auden, Benjamin Britten, Carson McCullers und anderen Vielversprechenden; es ging da Literatur und Bohème reichlich aus und ein. Selber ließ Klaus mich wieder mitarbeiten, wie acht Jahre früher in der »Sammlung«. Im Juli reiste ich zu meinen Eltern nach Californien, weil ich die Miete nicht mehr bezahlen konnte; in dem allerbilligsten Zug vier Tage lang, während derer ich mich von Brot und preiswertem Wein ernährte, wenn meine Mitreisenden im Speisewagen verschwunden waren.

Nach Santa Monica drang der Jammer der Zeitschrift, die nicht leben konnte, nicht sterben wollte. Klaus lieh und lieh, 100 Dollars, 50, 20, nie genug, um auch nur die reißendsten Löcher zu stopfen. Einsam in der entsetzlichen Hitze des New Yorker Sommers spann er vergebliche Intriguen, hoffte er auf große Summen, die nicht kamen, fühlte sich hingehalten, dann grausam enttäuscht, von Mäzenen, die ihm erst Hoffnung gemacht hatten. In Wirklichkeit war es wohl so, daß reiche Leute, die unter Umständen zu geben bereit sind, nur geben nach diskreter, genauer Prüfung; ob da etwas sei, dem durch ein rundes Geschenk wirksam geholfen werden könnte. Als sie merkten, daß man ihnen zumutete, die Existenz eines Unternehmens, welches überhaupt keine Basis hatte, um höchstens ein paar Monate zu verlängern, winkten sie ab. Natürlich verstand Klaus es nicht so. Ich habe keine Zweifel daran, daß diese New Yorker Kämpfe seinen

Lebensmut schwer und dauerhaft verwundeten, daß er damals dem Selbstmord sehr nahe war. Briefe an seine Eltern und mich, nun gedruckt, geben Zeugnis davon.

Hier füge ich ein paar Passagen aus Briefen von mir an ihn ein, zweites Halbjahr 1941, seinen trüben Botschaften nach Californien korrespondierend. Ende Juli. »Hast Du reale Aussichten für die Finanzierung des Septemberheftes? Mein Gefühl ist, daß die Schwierigkeiten sich steigern; eine so dramatische Aktion wie diese letzte war bisher nicht notwendig. Ich kann mich auch der Meinung nicht anschließen, daß die Lage, an und für sich, mit jedem erscheinenden Heft besser wird. Jedes Heft, das erscheint, ist mit der Auspressung einer äußersten Möglichkeit verbunden, läßt trotzdem erhöhte Schulden zurück, erschwert das Aufhören angesichts der, eben durch das Aufhören, getäuschten Geldgeber. Jede Entscheidung ist mit einem Risiko verbunden, weil man nicht weiß, ob nicht die entgegengesetzte besser wäre, daher ich mich selbst sehr schwer entscheide, anderen ungern Ratschläge gebe. Von der Durchsetzung des Möglichen, wenn auch Schwierigen würde ich nie abraten wollen. Mit dem Unmöglichen aber soll man sich nicht quälen. Geschieht nicht im August etwas, was Dir wenigstens den größeren Teil der bis zum Dezember benötigten 10 bis 12 000 Dollars sichert, so würde ich aufhören. Du kannst sie *nicht* von Woche zu Woche oder Monat zu Monat bekommen. Wären diese kleineren Möglichkeiten nicht erschöpft, so wäre jetzt die Anleihe nicht notwendig gewesen. Ist ein Grund, warum die reichen Leute, die im Frühjahr versagt haben, im Herbst nicht versagen sollten? ... Im Fall einer Liquidation solltest Du Dich nicht mit asketischen Ideen tragen; als ob dergleichen nicht schon anderen passiert wäre. Du solltest dann die Sache dem Anwalt überlassen, sobald es irgend geht, Dich aus dem Staube machen, in diese Gegend kommen, Dich aufs Geldverdienen verlegen; wer will, der kann ... Soweit, so schlecht. Ratschläge sind leicht, vernünftig handeln sehr schwer. Ich nahm die Dinge immer sehr schwer, stand immer vor dem Nichts, empfand meine Lage in der Welt immer als denkbar übel. Du, im Gegenteil, nimmst die Dinge zu leicht, gehst aber dann plötzlich zur Nervosität über. Wer fände wohl die richtige Mitte? . . .« August: »Ich sehe Dich, in diesem trostlosen Augustmonat, schon wieder den größten Unbilden und Widrigkeiten ausgesetzt. Ich selbst habe von ›Decision‹ wenig Mühe und nichts als Vorteile gehabt, sehe aber leider gar nicht, wie ich mich revanchieren kann. Hat Ascoli sich herbeigelassen? Ist sonst irgendeine ernsthafte Aussicht? Ich neige an sich zur Düsternis, will nicht noch mit unnützen Ängsten einen negativen Beitrag leisten. Please, tue aber nichts, was, heute ein Tropfen auf den heißen Stein, sich morgen in ein Damoklesschwert über Deinem Haupt verwandeln muß. Gentz, dies bedenke, hat 1795 seine ›Deutsche Monatsschrift‹ mit einem förmlichen Banquerout liquidiert, und auch Schiller mußte seine ›Horen‹ plötzlich einstellen . . .« Ende August: »Ich versichere Dir, daß pauvre mère ganz zermürbt von der Sache ist, nicht da Geld machen zu können, wo keines ist. Beide Eltern waren und sind wirklich sehr nett in der Affaire. Eben in ihr aber auch wurden die nur allzu eng gezogenen Grenzen ihrer Macht offenbar. Übrigens ist meine Erfahrung, daß das Wahrscheinliche, wenn es unangenehm ist, *immer* eintrifft . . .« Im Dezember, drei Tage nach »Pearl Harbor«: »Und Du? Die Zeitschrift? Wenn man Dir einen Rat geben dürfte – aber man darf es ja nicht. Der Ernst dieser Krise; die äußerste Anstrengung der Nation zu *materiellen* Zwekken; das eigentliche Aufhören der Diskussion, dort, wo die Waffen reden; daß selbst die ›NATION‹ um ihre Existenz ringt . . . Großer Gott. wer hat Dich verhext! . . .« Aus diesem letzten Brief, wie auch aus anderen, hier nicht wiedergegebenen muß ich schließen, daß er meine »Ratschläge« übel aufnahm, verwundbar wie das Leid ihn machte. Tatsächlich begann er noch mit einem zweiten Jahrgang, gelangte aber nicht mehr weit damit.

Ein paar Monate lang lebte er im väterlichen neuen Hause, Pacific Palisades, Californien. Damals kam es zu dem eingangs erwähnten peinlichen Streit mit dem Vater, und zwar über den Krieg. Thomas Mann bejahte den Krieg, wie er es 1914 getan hatte. Klaus nicht; eben gerade nicht mehr, seit die USA interveniert hatten. Der Krieg, meinte er, verdumme und brutalisiere das Volk. Übrigens sei er nicht populär – worin er ganz recht hatte; die Leute wußten oder ahnten, daß Franklin Roosevelt sie mit höchster, langwieriger Kunst in etwas hineinmanövriert hatte, was sie nicht wollten, und zwar entgegen seinem eigenen heiligsten Versprechen. Worüber also zwischen den beiden schwer gestritten wurde. Daß Klaus trübe gestimmt war nach seinem zuletzt doch vergeblichen Kampf um die Zeitschrift und geneigt, auch die allgemeinsten Dinge trübe zu sehen, das mag sein. Trübe gestimmt; verwundet; nicht gebrochen. Er arbeitete fleißig an seinen Erinnerungen, die lesbar wurden im höchsten Grad, obgleich nicht so ernst und stark, wie die nach 1945 fortgeführte und wesentlich veränderte deutsche Ausgabe. Er glaubte, dem amerikanischen Publikum Konzessionen machen zu müssen. Indem er noch an dem Buch schrieb, nannte er es »The Turning Point«. Der Wendepunkt: er hatte sich zur Armee gemeldet und fand sich Anfang des nächsten Jahres, 1943, in einem Infanterie-Training-Camp. Nicht ohne Stolz widmete er sein nächstes Buch »dem französischen Schriftsteller und amerikanischen Soldaten, Julien Green«.

Mir schrieb er, aus New York, erst darüber, als er den Beschluß schon gefaßt hatte; also weiß ich nicht, wie allmählich oder plötzlich. Die Tagebuch-Aufzeichnungen, die man im »Wendepunkt« findet, und die darüber Aufschluß geben sollen, sind meiner Meinung nach bedeutend später geschrieben, also fiktiv. Es mag da eine Menge zusammengeflossen sein, wie gewöhnlich. Sich einmal, *diesmal*, nicht ausschließen; die Gelegenheit, mitzumachen, sich nicht entgehen lassen. Den Menschen, dem »Volk« einmal näher kommen, als ihm in der Wiege gesungen worden war, als er bisher je getan hatte. »Antifaschist« war er gewesen seit zehn Jahren. Da nun endlich auch das Land, in dem er lebte, einen antifaschistischen Krieg führte, durfte er, immerhin erst 36 Jahre alt, sich weiterhin auf den Kampf mit der Feder beschränken, zumal nach dieser Feder unlängst so wenig gefragt worden war? Als ich zuerst von seinem Schritt hörte, erklärte ich ihn mir aus einer Art von Trotz und Verzweiflung. Ein Irrtum. Sicher aber befreite die Armee ihn, wie so viele andere, aus allerlei Verlegenheit; war ihre Sklaverei eine Art von Befreiung. Auch Lust nach ganz Neuem, nach Abenteuer war dabei, und die Sehnsucht nach Europa, welche auf diese, etwas gröbliche Weise würde gestillt werden können. Als ich ihn, August 43, in seinem Camp Crowder besuchte, richtiger nahebei in Kansas City, hatte er das Härteste, das »Basic Training« schon hinter sich und wartete, zum Staff-Sergeant vorgerückt und mit Herausgabe der Camp Zeitung beschäftigt, auf seine »travel orders«. Die Sache war die, daß er denunziert worden war, wenn nicht als Kommunist, so doch als etwas Ähnliches, als »vorzeitiger Antifaschist«, »Premature Antifascism«, so der offizielle Ausdruck, und also von seiner Kompanie, die nach Afrika verschickt wurde, getrennt worden war. Zäh und politisch bestand er auf seinem Recht, ihr nachzufolgen, und setzte es durch, aber erst nach Monaten, die er in Camp Crowder, so nützlich es ging, verbrachte. Der Oberst des Regiments, in dessen Stab man ihn beschäftigte, war so positiv von ihm beeindruckt, daß er, höchst seltener Akt, dem Vater des Feldwebels spontan einen Brief schrieb, um ihn seine freundliche Beurteilung des Sohnes wissen zu lassen. Ein Erfolg. Ein Erfolg war auch unser sonntägliches Zusammensein; Klaus ausgeglichen und neugierig. Der Intellekt, lehrt der Philosoph, sei die Dienerin unseres Willens; unseren Stimmungen gehorcht er auch. Zufrieden mit sich, sah Klaus die allgemeine Zukunft weniger düster als im Vorjahr – eine Zeitlang. – Ich traf ihn dann erst wieder in Luxemburg, gut zwei Jahre später.

Da hatte er den langen italienischen Feldzug von Anfang bis Ende mitgemacht; nicht an der Front, aber dicht dahinter, derart, daß einer seiner Kollegen neben ihm tödlich verwundet wurde, eine Erfahrung, die ihm nahe ging, ohne ihn zu schrecken. Natürlich hatte er es bequemer gehabt als ein Infanterist, aber bequem keineswegs; was ihm nichts ausmachte, ja, einem bei ihm durch die Jahrzehnte verschütteten romantischen Sinn wohlgetan zu haben schien. Nun war er in Prag gewesen, in Bayern und München und erzählte darüber in einem amerikanischen Kreis, in den ich ihn brachte, so lebendig, wie er demnächst in Artikeln darüber berichtete: der Besuch im ruinierten Elternhaus, die skurrilen Begegnungen mit Emil Jannings, Richard Strauss und anderen. Sein Talent, zu beobachten, seine Neugier, eine Eigenschaft, die ja nun mit Lebenslust zu tun hat, schienen mir nicht nur unvermindert, sondern zum Höchsten angeregt. Zu seinen ehemaligen Landsleuten verhielt er im einzelnen sich freundlich und hilfreich, darin von seiner Schwester sich unterscheidend. Aber kein Elend konnte den Moralisten in ihm vergessen machen, was ehedem geschehen war. Über »die Deutschen« im Kollektiv dachte er pessimistisch, jetzt und während der Jahre, die ihm blieben.

Es waren keine guten Jahre, das stellte sich bald heraus; und wurden immer schlechter. Warum? Zu sagen, Klaus habe sich nicht mehr ins zivile Leben fügen können, wie ein abgedankter Rittmeister, wäre töricht. Er war nur zwei Jahre Soldat gewesen und ein ganz rechter auch dann nicht. Zu sagen, er sei schon vorher am Ende gewesen, die Armee-Erfahrung habe seinen Lebensmut nur noch einmal, flüchtig, erweckt, wäre auch nicht richtig. Verwundet war seine Seele 1942 allerdings, am Ende nicht. Zu sagen, daß der Gang der öffentlichen Dinge seit 1946 ihn tief deprimierte, wäre ganz treffend. Aber der deprimierte andere auch, zum Beispiel den Schreiber dieser Zeilen. Gescheiterte Politiker haben im alten Rom den Tod gesucht, seither kaum. Viel weniger tun es Menschen, die vom politischen Treiben enttäuscht sind, ohne doch je in ihm aktiv gewesen zu sein, ohne je auch nur etwas versucht zu haben, woran sie politisch hätten scheitern können. Wahr ist nur dies. »Antifaschismus«, die Hoffnung auf den Untergang des Tyrannen, ist für Klaus zwölf Jahre lang ein Lebenselement gewesen. Nun war der Tyrann tot, aber nicht gut die Welt, die er hinterlassen hatte. Moralische Energie, so lange gegen ihn gerichtet, ging ins Leere, fand sich nicht mehr. Aber das erklärt bei weitem nicht alles. – Meine historischen Studien haben mir den Glauben, daß alles »erklärt« werden könne, längst abgewöhnt.

Was ich *fühlte:* meines Bruders Seele war krank. Der Motor wollte nicht mehr laufen. Ich fühlte es schon im Winter des Jahres 47, als wir in einem altmodischen, mittlerweile gewiß längst verschwundenen New Yorker Hotel namens »Sevilla« wohnten. Wieder die politischen Gespräche wie in den dreißiger Jahren, aber ganz ohne Hoffnung jetzt. Da habe man es, meinte Klaus. Sie, die Amerikaner, würden uns alle umbringen; alle »Intellektuellen«, alle, die für den Präsidenten Roosevelt und gegen Hitler gewesen seien. *Das* sei des Krieges wahre Frucht. Was konnte ich erwidern? Die außenpolitische, die innenpolitische Entwicklung gefalle mir natürlich auch nicht, aber so ganz verzweifelt werde es doch wohl nicht ausgehen ... Nicht »es« stand so ganz verzweifelt; *er* war es, oder wurde es zusehends mehr. Also sah er »es« so.

Nichts gelang ihm mehr, oder kaum noch etwas. Er hatte Aufträge, ein »Buch über Rom« sollte er schreiben, der dubiose Auftraggeber war mit dem Gelieferten unzufrieden und es wurde nichts daraus. Er konzipierte zwei Romane. Einer sollte »Fräulein« heißen und eine gräßliche Satyre auf Nachkriegsdeutschland sein, die Heldin eine ehemalige Nazi-Dame, die es mit den GIs treibt, zuletzt in Amerika aber reich und mächtig wird. Der andere war der »Roman der intellektuellen Verzweiflung«. Er hätte zwei Helden gehabt, einen Amerikaner, einen Osteuropäer, die beide an ihrer Seite des Kalten Krieges verzweifeln und beide umkommen in dem Moment, in dem sie in das andere Lager hinüberwechseln wollen. Mit der Ausführung beider Projekte wurde im Ernst nie begonnen; daran, fürchte ich, haben wir nichts verloren. Überhaupt hat er seit dem »Vulkan«, der 1939 erschien, nichts Erzählendes mehr geschrieben, volle zehn Jahre lang. Daß er noch schreiben *konnte*, zeigen ein paar kleine Stücke; zumal die Reportage über den Selbstmord Jan Masaryks. Er war damals in Prag und hielt es für Selbstmord, wie ich auch heute noch tue; den Kommunisten, denen Masaryk sich und seinen großen Namen doch eben zur Verfügung gestellt hatte, kam sein Tod ungelegen im allerhöchsten Grade. Dem sei wie ihm sei. Was er sah und glaubte, beschrieb Klaus, wie nur er, der traurig interessierte Kenner, es beschreiben konnte. Das war März 1948. Vier Monate später machte er selber in Santa Monica einen Selbstmordversuch.

Angesichts des Kalten Krieges hatte ich es getrieben, ungefähr wie 1933; einem kurzen Gastspiel bei der »Voice of America« aufgesagt und in einem bescheidenen Lehramt Schutz gesucht. Das californische Orangen- und Wüstenbergnest hieß Claremont. Dort blieb ich lange, wartend auf – ich wußte nicht was. »On se tue lentement«, schrieb ich an Klaus; was trotzdem übertrieben war. Ich wollte ihn trösten damit, daß auch andere sich unglücklich fühlten. Nicht, daß ich es besonders nett und leicht gehabt hätte. Die Arbeit fraß mich auf und war obendrein unergiebig. »You are wasting your talents here«, sagte mir ein wohlmeinender Schüler. Immerhin gaben die Berge, abschreckend nach außen, aber bewaldet in den inneren, bis zu 4000 Metern ansteigenden Höhen ein wenig Glück. Auch pflegte ich die menschlichen Beziehungen, die ich 1945–46 wie in den folgenden Jahren in Deutschland angeknüpft hatte und die seither mein Stekken und Stab geblieben sind. Klaus hatte nichts dergleichen getan; nur aus Gutmütigkeit ein paar uralte Bekanntschaften erneuert, die ihm wenig oder gar nichts bedeuteten.

Während ich, schier zum ersten Mal in meinem Leben, nun genug Geld hatte, solange meine Ansprüche bescheiden blieben – den Studenten galten ihre Lehrer freilich als Hungerleider –, wurde Klaus wieder von der Geldnot geplagt, wie bis 1943. Wieder lieh er, wieder ließ er sich von der Mutter schenken, wieder wartete er auf irgend einen kleinen Check, der nicht kam. Da er nun so sehr wenig veröffentlichte, da er zudem häufig zwischen Amerika und Europa hin und her flog, Reisen, die viel kosteten, ohne etwas zu erbringen – wie hätte er prosperieren sollen?

Spätwinter und Frühjahr 1948 hielt er sich wieder einmal in Californien auf, in zwei Zimmern irgendwo in Santa Monica. Besuchte ich am Wochenende meine Eltern, sah ich ihn meistens und kam jedesmal in grauer Stimmung von ihm. Er war einsam geworden. Es ging abwärts mit ihm, mit mir ein wenig aufwärts. Mein erstes Buch, die Gentz-Biographie, war in Zürich erschienen und von der Schweizer Presse gelobt worden. Ein Kritiker hatte die Taktlosigkeit, den Autor als »das begabteste unter den schreibenden Mann-Kindern« zu bezeichnen. Dergleichen mußte ihn kränken, und so sehr unnötiger Weise. Als ob er nicht wenigstens so gut gewesen wäre wie ich. Als ob nicht für uns beide reichlich Platz gewesen wäre. Wir würden ganz gewiß nicht T. M. contra H. M. spielen. Aber ich hatte den Eindruck, daß meine Gegenwart ihn nun verstimmte, ganz einfach, weil ich besserer Laune war als er. Da war ein alter Freund, Christopher Isherwood, hochbegabt, erfolgreich, liebenswert; machte Geld in Hollywood zwischen zwei Perioden indisch-asketischen Sektierertums; machte ein vergnügtes Haus. Er lud Klaus nicht mehr ein, er vernachlässigte ihn. Der merkte es und litt darunter; litt um so mehr, weil er die Ursache ahnte, den eigenen Verfall.

> Wenn dich der Tod berührt hat
> Bist du nicht mehr beliebt ...

Werfels schönes Gedicht hatte er mir bewundernd vorgelesen, um 1930. Ach, wie anders, wenn es einen selber trifft.

> Du warst ein muntrer Kunde,
> Du spieltest schön Klavier.
> Jetzt rückt die Freundesrunde
> Geheimnisvoll von Dir ...

Ich füge hinzu, daß er auch zu seiner Schwester nicht mehr ganz so stand wie ehedem. Sie unternahmen nichts Gemeinsames mehr. Erika hatte sich nun ganz auf den Vater konzentriert, seine Assistentin und Editorin, seine Unterhalterin und Hofnärrin. Sie reiste mit den Eltern, und die reisten häufig – »diese Ehrenreisen«, wie Alma Mahler schiefen Mundes einmal fallen ließ. Auf solcher Ehrenreise – Oxford, Stockholm – war sie auch, als das Letzte geschah; ein Zufall, aber ein nicht uncharakteristischer.

Während der Sommerferien 1948 hielt ich mich in Palo Alto auf, um einen Intensivkurs in Russisch zu nehmen. (Man lernts und man vergißts.) Dort las ich es eines Morgens in der Zeitung: Klaus, in seiner Halbwohnung, hatte sich die Pulsadern zerschnitten, dann auch noch den Gashahn geöffnet. Das Letztere war seine Rettung, wenn man es Rettung nennen soll; Leute hatten das ausströmende Gas bemerkt und die Feuerwehr alarmiert. Der Anlaß, aber auch nicht mehr, war ein Freund gewesen, der, unabgemeldet, ihn hatte warten lassen. – Ein paar Tage später kam er nach Palo Alto, mit eben diesem Freund, einem gutmütigen Menschen, aber jeder Bildung bar und seiner Erscheinung nach eher ein Unhold. (Mein Vater, mit milde staunendem Kopfschütteln: »Da gibt es nichts, was es nicht gibt.«) Mit diesem Knaben also kam er, um für ein paar Wochen bei mir in meinem für den Sommer gemieteten Vierzimmerhäuschen zu wohnen. Ein Nervensanatorium hatte er abgelehnt; unter seinen Nachbarn, Zeugen des Unglücks, nicht bleiben wollen. Was konnte ich tun? Mit Hilfe eines uralten Freundes und Münchner Nachbarkindes, Wolfgang, später George W. Hallgarten, des Historikers, eines Burschen von Humor und für diesmal hilfsbereit, unterhielt ich ihn, so gut ich es eben konnte, mit Spazierfahrten in der Gegend, die schön ist, fast wie die Toscana, mit möglichst harmlosem Gespräch und ein wenig Studentengeselligkeit. Aber so recht gelungen war der Aufenthalt nicht, wie konnte er es sein. Er erhielt viele Briefe, hauptsächlich Bitten um Autographen, die Unterschrift eines Selbstmörders war etwas wert. Er trug noch Verbände um die Unterarme, ein nicht zu übersehendes trauriges Mal. Und er stritt sich mit seinem Freund, dem gutmütigen, groben Unhold. Über das Ereignis, welches der

Grund des Besuches war, wurde nicht gesprochen bis zum Schluß. Da, während wir am Bahnhof warteten, mußte ich trotzdem fragen: »Warum hast Du das eigentlich getan?« Er nannte flüchtig den »Anlaß«. Dann: »Man darf es nicht machen; wegen derer, die einem nahestehen, nicht.« Er sagte es wider besseres Wissen; auch nahm ich es ihm nicht ab. Der Akt, den keine Worte beschreiben, der alle Bande bricht, der bricht die Treue auch, und sie sehr nebenher. Weswegen ich auch nie verstanden habe, wie man so blind sein kann, Selbstmördern ihre Tat zum Vorwurf zu machen.

Der Psychiater, der Klaus in den ersten Tagen auf sich nahm, hatte ihm gesagt: »In neun Monaten werden Sie's wieder tun.« Mit seiner Prophezeiung bewies der erfolgreiche Mann erfahrenen Blick; ob auch therapeutische Verantwortung, wäre eine andere Frage.

Wo ging der Bruder dann hin? Wieder nach Europa? Nach Holland, wo sein Freund Friedrich Landshoff seine verlegerische Tätigkeit wieder aufgenommen hatte? Seine Briefe weisen es aus. Ich habe keine Notizen aus dieser Zeit, wir korrespondierten auch nicht mehr. Und mein Gedächtnis hält die Flüge hin und her dieser letzten Jahre nicht auseinander. Jedenfalls war er Anfang 1949 wieder in Californien, diesmal im Elternhaus. Dort, Ende Februar oder Anfang März, hatten wir unser letztes Gespräch. Ich sehe ihn noch in dem Schlafrock, den er vormittags zu tragen pflegte, spüre noch die Atmosphäre, das unnennbar Traurige, wie lange schon. Es ging um seine Frühjahrs- oder Sommerpläne; er hatte keine. Ich: Warum bleibst du nicht einfach hier im Haus? Die Eltern werden fort sein. Es ist doch recht angenehm hier. Du kannst dir jemanden einladen. Er: Doch, ja. Natürlich hätte ich Leute. Oskar Seidlin zum Beispiel würde bestimmt kommen. – Er flog dann aber doch wieder nach Europa, und ich hörte nicht wieder von ihm, bis jenes Telegramm kam.

Ich fand es am Ende eines heißen, langen Frühsommertages, nahe vor dem Semester-Ende, welches den Lehrern noch ungleich willkommener ist, als den Schülern. Wir hatten eine Wanderung gemacht zu den »Twin-Peaks«, der Professor Henry May und ich, fünf Stunden hinauf und lange Rast, und fünf Stunden hinunter. Er hatte es vollbracht, den Akt, nicht der intellektuellen, sondern der wirklichen, letzten Verzweiflung, ein paar Stunden bevor wir aufbrachen; lag, die erloschene Zigarette im Mund, im Schlaf, aus dem er hinüberschlief, während wir in der Lust der Anstrengung zwischen Gestein zuerst, dann zwischen Sequoiabäumen dem Gipfel zustrebten, ohne daß ich auch nur eine Sekunde an ihn gedacht hätte.

O vanas hominum mentes. O pectora coeca.

Die Frage, die ich ihm am Bahnhof von Palo Alto stellte, ist später mir gestellt worden. Ebenso, unter welchen Bedingungen er es vielleicht *nicht* getan hätte; was etwas sinnvoller gefragt, etwas leichter zu beantworten ist.

Klaus im Jahre 1934, als wir über den Selbstmord Kurt Tucholskys sprachen: »Natürlich hat er schon lange damit gespielt. Dann bekam er diese Menge Schlafmittel, und da hat er's halt getan.« So er, am 21. Mai. Hätte er nicht am selben Tag von einem New Yorker Drugstore ein ganzes Paket Tabletten erhalten, würde er es dort und damals nicht getan haben. Viel sagt das nicht.

Er war gänzlich ohne Geld, man fand keines bei ihm. Aber er wußte, wie es sich aus seinem Brief vom Vortag an Mutter und Schwester ergibt, daß »die schöne Dollar-Überweisung von Mama« unterwegs war. Eine Freundin, um derentwillen er wohl Cannes zum Aufenthalt wählte, hätte ihm geliehen am 22., dann wären die Dollars gekommen und er hätte für ein paar Wochen Ruhe gehabt. Mehr als das war er nicht gewohnt. Freilich kann auch das Gewohnte quälen und als steter Tropfen wirken.

Hätte der deutsche Büchermarkt sich ihm etwas früher geöffnet, was er nun im Begriff war zu tun, hätte er selber verstanden, daß hier keine geringe, sondern eine entscheidende Chance für ihn war, daß sein Ehrgeiz, ein amerikanischer Schriftsteller zu bleiben, auf einem Mißverständnis beruhte, daß die Deutschen nach seinen Büchern mit Begier greifen würden, daß hier endlich ihm Echo, Wirkung, Geld winkten, wenn er nur noch etwas wartete – ja, dann vielleicht nicht. Auch nicht: wenn der Vater, sagen wir im Winter 1949, gestorben wäre. Zum geringeren Teil wegen der Erbschaft, die ihm dann zufließen mußte, zum anderen aus tiefergreifenden Gründen.

Es kamen die ärgerlichen Zufälle, die kleinen Gelegenheiten hinzu. Die Botschaft eines deutschen Verlegers, wohl mehr angeblichen als echten, der seinen »Mephisto« hatte drucken wollen, jetzt aber ihm schrieb, Gustaf Gründgens sei in Deutschland schon wieder so angesehen, daß man diese »Aktion« nicht mehr »starten« könne – dieser kurz vor dem 12. eingetroffene widerliche Brief hat ihn deprimiert und angeekelt; er sah ihn als vollkommen charakteristisch für die Lage an. Den 16. hoffte er die Schwester Monika, den Bruder Michael zu sehen. Die beiden kamen von Amerika auf einem Schiff, das in Cannes Station machen sollte. Es wäre eine erheiternde Begegnung gewesen. Das Schiff lag im Hafen von zwei bis acht und Klaus muß lange dort gewartet haben. Aber so steht es im letzten Brief: »Erst um 8 wurden die (endgültig aussteigenden) Passagiere an Land gelassen – um dieselbe Zeit aber flog die Amboß auch schon wieder von Bord.« Die Zeile muß ich erklären. Etwa vier Jahre alt, besaß ich ein Phantasieschiff, welches die »Amboß« hieß. Andererseits glaubte ich, daß der Ausdruck »von Bord gehen« soviel bedeutete wie, sich vom Ufer lösen, die Anker lichten. So hieß denn mein erstes und beinahe auch schon letztes Gedicht:

Und schnell und schnell und immer schneller
Die Amboß flog von Bord.

Über diesen dichterischen Versuch mögen »die beiden Großen« eine zeitlang gespottet haben. Dann sank er in Vergessenheit; um nach so vielen Jahren wieder aufzutauchen zu behaglichem Spaß in der Seele eines, der am nächsten Tag sterben würde.

In welcher Stimmung wurden solche Briefe geschrieben? Briefe, die oft den Eindruck von Heiterkeit machen, und die von Plänen handeln, Arbeitsplänen, Reiseplänen, demnächst zu erfüllen? Ich fürchte, daß sie unter dem Einfluß von Morphium geschrieben wurden, oder Benzedrin, oder beidem. Mit der »Droge« muß er bald nach seiner Entlassung aus dem Heer wieder begonnen haben. Eine Entziehungskur hat er seither nicht wieder gemacht; also nahm er sie nahezu ununterbrochen. In Nizza verbrachte er im Mai ich weiß nicht wieviele Tage in einer Klinik. Es handelte sich aber um keine Entziehungskur. Er war vergiftet, und zwar durch einen Stoff, den sein Händler dem Morphium beigegeben hatte; so wurde bei Nachforschungen in der Klinik St. Luc festgestellt. Daß das Gemisch, welches der Gauner ihm zuspielte, zu seiner Zerrüttung beitrug, ist wahrscheinlich. Jedenfalls bringt der Zustand, in dem er schrieb, seine Aussagen in die Schwebe. Es fiel ihm manches ein, recht Lustiges darunter. Anders sah es in einer tieferen Schicht seiner Seele aus. Geplant hat er nichts, vermutlich noch in den Tagesstunden des 21. Mai nicht; geplant hat er Arbeiten und Reisen. Er mag gewußt haben, oder es in ihm, ohne zu planen.

Eine Reihe heterogener Ursachen, Kummer über Politik und Gesellschaft, Geldnot, Mangel an Echo, Drogenmißbrauch, addieren sich, aber summieren sich nicht zu dem Ganzen, welches hier der Tod war. Die Neigung zum Tod war in ihm gewesen von Anfang an, er hatte nie alt werden können oder wollen, er war am Ende; günstigere Bedingungen im Moment hätten sein Leben verlängert, jedoch nur um ein geringes Stück. Damit wird nichts erklärt; nur etwas festgestellt. Auch die These, er sei am Vater gescheitert, erklärt nichts. Gescheitert, nach einem kurzen, selten glücklichen, aber intensiven, auch schöpferischem Leben, ist diese Identität; welche bei einem anderen Vater allerdings eine andere gewesen wäre.

Seinen Freunden stirbt man zweimal: einmal in der Wirklichkeit, einmal im Traum, in dem man sich meldet, erst oft, dann seltener, um endlich auch von dort zu verschwinden.

Eine Weile träumte mir von Klaus gar nicht. Dann kam er. Ich wußte, daß er tot sei. Durch die schrecklichste Anstrengung suchte er die Folgen seiner Tat ungeschehen zu machen, ins Leben, zu Mutter und Schwester, zurückzukehren. Gelungen war es ihm, aber er war falsch eingefahren in der Zeit, nicht, wo wir jetzt hielten, sondern zwanzig Jahre früher, damals als die Eltern wohlgelaunt und wohlhabend waren und es hoch herging im Münchner Haus; da kam er durch das Gartentor gefahren, im offenen Benz-Wagen und mit dem Chauffeur Hans, wie er, von einer Reise kommend, so oft getan hatte. Diese Zeit, die angenehmste der Zeiten, 1929, dieser Familien- und Kinderort hatten sich bereit gezeigt seinem Drang zurück; dem ewig vergeblichen, unmöglichen.

KURZBIOGRAPHIE KLAUS MANN

Klaus Mann wurde am 18. 11. 1906 als zweites Kind Thomas Manns in München geboren, ein Jahr nach der Schwester Erika. Gemeinsam besuchten sie die Bergschule Hochwaldhausen, Klaus anschließend die Odenwaldschule Paul Geheebs. Hier schrieb er fünfzehnjährig erste Novellen über das Lebensgefühl der »Jungen« und das Verhältnis zu Erziehung und Schule. Mit einer anonym eingereichten Arbeit debütierte Klaus Mann als Mitarbeiter der »Weltbühne«, wurde 1924 Theaterkritiker in Berlin und schloß sich 1925 mit seiner Schwester Erika, Pamela Wedekind und Gustaf Gründgens zu einem Theaterensemble zusammen, das seine Stücke »Anja und Esther« (1925) und »Revue zu Vieren« (1926) aufführte. Mit Willi Fehse, Hans Rosenkranz und Erich Ebermayer gab er Anthologien jüngster Lyrik (1927 und 1929) und jüngster Prosa (1928) heraus. Eine Weltreise führte ihn, zusammen mit Erika Mann, 1927/28 durch Amerika und Asien. Nach frühen Kontroversen mit der politischen und literarischen Rechten in Deutschland emigrierte er am 13. 3. 1933 und wurde am 1. 11. 1934 ausgebürgert. Seine nun von hohem Ernst und Verantwortung getragene Aktivität machte ihn zu einer zentralen Figur der antifaschistischen Publizistik. In Amsterdam gab er die Zeitschrift »Die Sammlung« heraus (1933–1935), in Moskau (1934) und Paris (1935) nahm er an Schriftstellerkongressen teil, er lebte hauptsächlich in Amsterdam, Paris und Zürich, hielt sich mehrfach in Budapest und Prag auf und schrieb 1938 Reportagen aus dem Spanischen Bürgerkrieg. Seine drei wichtigsten Romane schrieb er in der Emigration: »Symphonie Pathétique« (1935), eine Tschaikowsky-Darstellung mit betonter Herausarbeitung des Pathologischen und der Heimatlosigkeit des Künstlers, für den das Lebenswerk nur Vorspiel zu einem einsamen Tod ist; »Mephisto. Roman einer Karriere« (1936), in dem er den Typus des rücksichtslosen Opportunisten in der Figur eines Schauspielers zum

Symbol eines zutiefst unwahren Regimes erhebt; schließlich »Der Vulkan. Roman unter Emigranten« (1939) mit der breit angelegten Schilderung aller Strömungen und Exponenten des Exils in Westeuropa. Ab 1936 mehrfach in den USA, wohin er 1937 endgültig übersiedelte, schrieb er in den vierziger Jahren vorwiegend in englischer Sprache und gab 1941/42 die Zeitschrift »Decision« heraus. Ende 1942 Eintritt in die US-Armee. Er nahm an den Kämpfen in Italien teil und kehrte als Korrespondent von »Stars and Stripes« mit der Armee erstmals nach Deutschland zurück. Nach dem Krieg bereiste er West- und Osteuropa. Filmarbeit in Italien und Frankreich. Er schloß die deutschen Fassungen seiner Gide-Biographie und seines Lebensberichts »Der Wendepunkt« ab und schrieb den von Pessimismus bestimmten Essay »Die Heimsuchung des europäischen Geistes«. Aus politischen und persönlichen Motiven, einer lebenslangen Neigung zum Tode nachgebend, beging er am 21. 5. 1949 in Cannes Selbstmord.

ANMERKUNGEN

AN THOMAS MANN [Poststempel: 6. 6. 1922]

Thomas Mann: 1875–1955. S. 9
Glückwünsche: zum 47. Geburtstag des Vaters am 6. Juni.
Eris Brief: Erika Julia Hedwig Mann, 1905–1969, Schriftstellerin, Herausgeberin der Briefe Thomas Manns. KMs ältere Schwester und engste Vertraute. Ihr Brief vom 6. Juni 1922 in: Erika Mann, »Briefe und Antworten«, Bd. I, München 1984.
Steche: Professor Steche, Leiter der Bergschule Hochwaldhausen.
Golo: Angelus Gottfried Thomas Mann, geb. 1909, zweiter Sohn Thomas Manns, Historiker und Schriftsteller. Ab 1940 USA, 1960–64 Professor in Stuttgart.
In der Bergschule: KM besuchte die Bergschule Hochwaldhausen am Vogelsberg (Rhön) von Ostern 1922 bis Juli 1922.
Mielein: Katia Mann geb. Pringsheim, 1883–1980, studierte Mathematik, heiratete Thomas Mann am 11. Februar 1905.

AN THOMAS MANN [Poststempel: 17. 6. 1922]

Mahr: August Mahr, Lehrer an der Bergschule Hochwaldhausen. S. 10
der Professor: Steche. S. 11
Hitzig: Lehrer an der Bergschule, »ernst und witzig« (KM in »Kind dieser Zeit«), gab u. a. Harmonielehre.
Lotte Schönfließ: Tochter eines Frankfurter Gelehrten.
Karl Richard: Mitschüler, »luziferischer Geist« des Freundeskreises, wie KM in »Kind dieser Zeit« schreibt.
Offi: Hedwig Pringsheim geb. Dohm, 1855–1942, Mutter Katia S. 12
Manns, KMs Großmutter in der Münchner Arcisstraße; emigrierte mit ihrem Mann, Prof. Alfred Pringsheim, 1850–1941, 1939 in die Schweiz.

AN ERIKA MANN 5. November 1922

Odenwaldschule: 1910 gegründet. KM besuchte die Odenwaldschule von September 1922 bis Sommer 1923. Erika besuchte in München das Gymnasium bis zum Abitur im März 1924.
zum Geburtstag: Erikas Geburtstag am 9. November.
ein gewisser Knaak: die Namen stammen noch aus der ersten Fassung von KMs Novelle »Die Jungen«, mit 15 Jahren niedergeschrieben, den Verhältnissen in der Bergschule weitaus mehr verhaftet als den Erlebnissen in der Odenwaldschule. »Die Jungen« erschien überarbeitet in »Vor dem Leben. Erzählungen«, Gebr. Enoch, Hamburg 1925; neu

abgedruckt in »Abenteuer des Brautpaars. Die Erzählungen«, München 1976. Der Name Knaak kommt schon bei Thomas Mann vor.

S. 13 *Wiedersehen mit Zaubrer:* Thomas Mann, von den Kindern und später allgemein Zauberer genannt (daher häufig Unterschrift »Z.«), unternahm bis 3. November eine Vortragsreise, die ihn auch nach Darmstadt führte.

Evas Geburtstag: Eva, Ilse und Oda waren Berlinerinnen, mit denen KM lange befreundet war.

Oda Schottmüller: von den Nationalsozialisten enthauptet. »Einem Mädchen, mit dem ich in der Odenwaldschule befreundet war, haben sie den Kopf abgeschlagen. Oda Schottmüller hieß sie, eine Malerin und Zeichnerin von barock eigensinniger Phantasie.« (»Der Wendepunkt«)

Von Walters höre ich, daß sie mimikbündeln: gegründet wurde der Mimikbund von Erika, KM und Ricki Hallgarten am 1. Januar 1919; die Kinder des Dirigenten Bruno Walter, Lotte, 1903–1970, und Grete, 1906–1939, gehörten ihm zeitweilig an. Zahlreiche Privataufführungen von Theaterstücken, über die KM in seinen beiden Autobiographien berichtet.

Bert: der Münchner Schauspieler Bert (Albert) Fischel, Bayerisches Staatstheater. Vorbild für den Schauspieler Herzl in Thomas Manns Novelle »Unordnung und frühes Leid«. Über Bert Fischel schreibt KM auch in »Kind dieser Zeit« und »Der Wendepunkt«.

Frau v. Keller: Alwine von Keller, Mitarbeiterin von Paul Geheeb, leitete eine Heim-»Familie« in der Odenwaldschule.

Romer-Bild: vermutlich Bild des dänischen Astronomen Olaus Rømer, 1644–1710, mit Lockenperücke.

Eva Kassierer: richtig Cassirer geb. Solnitz, Frau des Kunsthistorikers Kurt Cassirer, dessen Vater die Odenwaldschule finanzierte.

AN PAUL GEHEEB [April 1923]

S. 14 *Paul Geheeb:* genannt Paulus, 1870–1961, Pädagoge; Mitarbeiter von H. Lietz, gründete mit G. Wyneken 1906 die Freie Schulgemeinde Wickersdorf, 1910 die Odenwaldschule, emigrierte 1934 in die Schweiz.

Herrn Sachs: Heinrich Sachs, Philosoph und Zeichenlehrer, stand nach Frau von Keller KMs Heim-»Familie« vor.

AN PAUL GEHEEB [Oktober 1923]

S. 16 *das Abitur machen:* der Privatunterricht wurde Februar 1924 abgebrochen.

Pamela Wedekind: Annapamela Wedekind, 1906–1986, Schauspielerin und Übersetzerin, Tochter des Schriftstellers Frank Wedekind. Nach ihren eigenen Worten: »Verlobung mit KM, Heirat mit Carl Sternheim, Ehe mit Charles Regnier.«

Dotz: Sohn des Malers Alfred Sohn-Rethel.

Uto-Jungen: Uto Gartmann, mehrfach erwähnt in »Kind dieser Zeit« und »Der Wendepunkt«, Gestalt der Novelle »Die Jungen«.

AN WILLI FEHSE 23. 12. 23 [Jahreszahl schwer lesbar, möglicherweise auch 1925]

Willi Fehse: geb. 1906, Erzähler, Lyriker, Herausgeber.
Ihr Buch ... Ihre »1. Bitte«: »Frührot«, Gedichte 1923, erste Buchveröffentlichung Fehses. Willi Fehse widmete KM später das Gedicht »Nun, Herr, laß deine hellen Sterne kommen«.
bei Enoch: KM hatte inzwischen mit dem Verlag Gebr. Enoch Verbindung wegen eines ersten Novellenbands. »Ein sehr unternehmungslustiger junger Verleger in Hamburg, Kurt Enoch, erklärte sich bereit, den Band herauszubringen.« (»Der Wendepunkt«) Enoch emigrierte und hatte als Taschenbuchverleger in den USA Erfolg.

AN HUGO WELLE [1924]

Hugo Welle: Schauspieler an den Münchner Kammerspielen. S. 17
Theaterkritiker in Berlin: ab 1. September 1924 war KM zweiter Theaterkritiker am »12-Uhr-Mittagsblatt«.
Alexander von Bernus: 1880–1965, damals im Sommer auf Stift Neuburg, das er 1926 verkaufte. Umfangreiches lyrisches Werk. – Während der Reisen seiner Eltern und während der Inflation wurde KM mehrmals auf das Stift des Anthroposophen und Okkultisten geschickt.

AN HUGO WELLE 4. Juni [1924]

Feldafing, in der »Königin Elisabeth«: Ort und Hotel am Starnberger See; richtig »Kaiserin Elisabeth«.

AN PAMELA WEDEKIND 24. Juni [nach neuestem Forschungsstand vermutlich erst 1925]

Steegemann: Paul Steegemann, 1894–1956, Verleger in Hannover. S. 18
nach Hiddensee: Mitte bis Ende Juli 1924 verbrachte Thomas Mann seine Ferien zusammen mit Gerhart Hauptmann in Kloster auf Hiddensee.
dear Arthur: Arthur Kunde, ein Freund aus Berlin.

AN PAMELA WEDEKIND [Dezember 1924]

Geburtstag: am 12. Dezember.
»Anja und Esther«: KMs »Anja und Esther. Ein romantisches Stück in sieben Bildern«, Oesterheld & Co., Berlin 1925.
Sybil: Sybil Vane-Grüder, damals Hausdame bei Tilly Wedekind.
Hartung: Gustav Hartung, 1887–1946, Regisseur in Köln, Berlin und Darmstadt; emigrierte 1933, Regisseur in Zürich und Basel.
Dame Beneckendorff: Wolf von Beneckendorff, damals beliebter Schauspieler von betont aristokratischem Typus.

AN ERNST BERTRAM 19. Dezember [1924]

Ernst Bertram: 1884–1957, Schriftsteller und Professor für Literaturgeschichte in Köln, ab 1912 intensive Beziehungen und Freundschaft mit Thomas Mann. S. 19

das Nietzsche-Buch: Ernst Bertram, »Nietzsche«, 1918.
ein Novellenband »Vor dem Leben«: erschien erst 1925.

AN PAUL GEHEEB 16. Mai [1925]

Ihren Brief: in einem Brief an Thomas Mann vom 30. April 1925 hatte Paul Geheeb u. a. geschrieben: »Nun ist plötzlich alles anders geworden; ich werde Ihr Haus meiden, weil ich auf keinen Fall je wieder mit Ihrem Sohn Klaus zusammentreffen, mit ihm in keiner Weise mehr zu tun haben möchte. Im vergangenen Jahre habe ich mich hier noch seines Besuches gefreut, und jetzt wäre ich Ihnen dankbar, wenn Sie ihm freundlichst zu verstehen geben wollten, daß er die Odenwaldschule nicht mehr betreten darf. – Klaus hat mir in diesen Tagen sein Buch ›Vor dem Leben‹ zugesandt, das u. a. eine kleine Skizze, betitelt ›Der Alte‹, enthält, die, in ihrer Wirkung auf den Leser, von Anfang bis zu Ende auf eine große, gemeine Verleumdung meiner Persönlichkeit hinausläuft.« Thomas Mann antwortete am 4. Mai 1925: »Mit Bestürzung lese ich Ihren Brief, der mich auf eine persönliche Beziehung in dem Büchlein meines Sohnes hinweist, die mir beim Lesen garnicht bewußt geworden war und auch nicht bewußt werden konnte, erstens, weil ich nicht das Vergnügen habe, Sie persönlich zu kennen und zweitens, weil Klaus von Ihrer Person nie anders als mit Glauben und Sympathie gesprochen hat und also nicht zu erwarten war, daß er je zu einer anstößigen Darstellung Ihrer Persönlichkeit aufgelegt sein würde. Er ist das auch ganz bestimmt garnicht gewesen, sondern hat, wenn ich das zur Erklärung, nicht zur Entschuldigung, sagen darf, eben nur geglaubt, starke Eindrücke der Wirklichkeit mit Erfundenem dichterisch vermischen zu dürfen, ohne sich über die menschlichen Gefahren solchen Tuns klar zu sein; und was die menschliche Wirkung auf Sie verschlimmert, sind die spezifisch modernen Kunstmittel, deren er sich zu bedienen versucht und deren eigentümliche Bizarrerie und Kälte der Sache für Sie etwas besonders Abstoßendes geben mußten. Ich sage das, um es zu wiederholen, nur zur notdürftigen Erklärung des Falles, nicht zu seiner Beschönigung, und werde mit Klaus noch sehr ernsthaft darüber zu reden haben. Seine Artisten-Naivität ersehen Sie aus der Tatsache, daß er Ihnen das Buch mit frommer Miene übersandt und womöglich noch auf Lob gerechnet hat.« (Archiv der Odenwaldschule, bisher ungedruckt.)

S. 20 *eine meiner besten Arbeiten:* »Der Alte«, in »Vor dem Leben. Erzählungen«, Gebr. Enoch, Hamburg 1925; neu abgedruckt in »Abenteuer des Brautpaars. Die Erzählungen«.

VON PAUL GEHEEB 27. Juni 1925

gelegentlich seines 50. Geburtstages: 6. Juni 1925.

AN PAUL GEHEEB 30. Juni [1925]

S. 23 *Aufsatz:* »Die freie Schulgemeinde«; in »Frankfurter Zeitung«, 23. 6. 1925.

AN ERICH EBERMAYER 12. Juli [1925]

Erich Ebermayer: 1900–1970, Schriftsteller und Jurist. Kam durch einen Besuch von Thomas Mann mit KM in Verbindung. Schrieb die Tagebuchaufzeichnungen »Denn heute gehört uns Deutschland« (1959), in denen er auch Gespräche und Briefwechsel mit KM zitiert.
Ihre Besprechung meiner Novellen: in »Die Literatur« Nr. 27, 1925. Ebermayer schrieb, »daß es sich hier um ein Talent, ein eigenes, schöpferisches, starkes Talent handelt, das völlig unabhängig von Vater und Onkel gewertet werden muß«.
»Der fromme Tanz«: KMs Roman »Der fromme Tanz. Das Abenteuerbuch einer Jugend«, Gebr. Enoch, Hamburg 1926; Neuausgabe Berlin 1982.
»Der Letzte«: mit 6 Original-Lithographien von Helen-Luise Wiehen, S. 24
Luxusdruck, E. Oldenburg, Leipzig 1925.

AN PAMELA WEDEKIND [vermutlich Anfang 1925]

im Katholikennest: Köln.
Sakuntalainszenierung: Drama des indischen Dichters Kalidasa (15. Jahrhundert).
»Dardamelle«: »Dardamelle, der Betrogene«, Komödie von Emile Mazaud.
Pallenberg: Max Pallenberg, 1877–1934, Schauspieler, verheiratet mit Fritzi Massary. Pallenberg führte bei der Berliner Inszenierung von »Dardamelle, der Betrogene« Regie und spielte zugleich die Hauptrolle. Aufführung in der »Komödie«.
Viertels »Perücke«: Film von Berthold Viertel, 1885–1953, Schriftsteller, Schauspieler und Regisseur.
Teufels-Kölschbach: Kölschbach, Maler, Freund von Berthold Viertel und Max Ernst.
Meisterwerkchen: »Anja und Esther«.
bei Kiepenheuer: tatsächlich bei Oesterheld & Co., Berlin.
Wolf von B.: Wolf von Beneckendorff.

AN PAMELA WEDEKIND [vermutlich Februar 1925]

Possartstimme: Anspielung auf die Stimmgewalt des Münchner Hof- S. 25
schauspielers und Theaterleiters Ernst Ritter von Possart, 1841–1921.
Gebühr: Otto Gebühr, 1877–1954, Schauspieler.
»Tierchen«: KMs Theaterkritik »Lew Urwanzow: Das Tierchen« erschien am 2. 2. 1925 im »Zwölf-Uhr-Blatt«.
Tölle: Carola Toelle, Schauspielerin.
H. von Twardowski: Hanns Heinrich von Twardowski, Schauspieler.
üsis: Kinderwort, das KM erfand und von der Familie beibehalten wurde, von »putzig«, »usig« abgeleitet, für alles Rührend-Bemühte, Sympathische, Drollige, im Gegensatz zum »Wuffigen« (siehe auch KMs »Kindernovelle«).

Das Wilde-Stück: »Oscar Wilde«, Schauspiel von Carl Sternheim, 1878–1942, Dramatiker und Erzähler.
Maximilian Harden: Anspielung auf den Kritiker und scharfen Polemiker Maximilian Harden, 1861–1927.

AN PAMELA WEDEKIND 3. Oktober [nach neuestem Forschungsstand vermutlich 1926]

S. 26 *Ricki:* Richard (Ricki) Hallgarten, 1905–1932. Enger Jugendfreund von Erika und KM. Beging Selbstmord. KMs Nachruf und Freundesporträt in »Prüfungen. Schriften zur Literatur«, München 1968.
René: René Crevel, 1900–1935, französischer Schriftsteller, engster Freund KMs für ein Jahrzehnt. KM über Crevel siehe auch »Prüfungen. Schriften zur Literatur«.
an einem neuen Stück: »Revue zu Vieren«.
Madame Ebelsbacher: Schwester von Sarita Selmanowitsch, einer Freundin Pamela Wedekinds in Paris.
Mlle Kra: zum Pariser Verlag Simon Kra gehörend, der Crevel verlegte und von 1925 bis 1930 Thomas Manns französischer Verlag war.
Aage: Freund KMs in Kopenhagen, junger Literat.

AN THOMAS MANN 6. November [1925]

S. 27 *Die letzten kleinen Dinge:* Ausschnitte, Kritiken.
Hamburger Publikum: in den Hamburger Kammerspielen traten KM, Erika Mann, Pamela Wedekind und Gustaf Gründgens in »Anja und Esther« auf. Uraufführung am 20. 10. 1925.
Schustermann: damals das größte Zeitungs-Ausschnitt-Büro in Berlin.
mein Roman: »Der fromme Tanz«.
Eine Anekdote lege ich bei: vermutlich – wenn man KM in »Der Wendepunkt« folgt – die von der gesamten Presse kolportierte »Zauberberg«-Widmung Thomas Manns: »Dem geschätzten Kollegen – sein hoffnungsvoller Vater«, die KM leichtsinnigerweise einem Freund gezeigt hatte, der sie weitererzählte; die Anekdote war also nicht »erdacht«, aber KM dementierte.
Steinthals 12-Uhr-Mittagsblatt: Prof. Walter Steinthal, Besitzer und Herausgeber des Berliner Blatts.
Hellmer: Arthur Hellmer, 1880–1961, Intendant des »Kleinen Theaters«. Theaterdirektor in Frankfurt/Main und Berlin.

AN STEFAN ZWEIG 12. 12. 25

S. 28 *Stefan Zweig:* 1881–1942, Schriftsteller; emigrierte 1938 von Wien nach London und 1941 nach Brasilien, wo er gemeinsam mit seiner zweiten Frau Selbstmord beging.
Otto Zarek: 1898–1958, Schriftsteller, Dramaturg an den Münchner Kammerspielen; emigrierte 1933 nach Ungarn, 1938 nach England, ging 1954 nach Israel.

die Bücher von Jäger: vermutlich der norwegische Schriftsteller Hans Henrik Jaeger, 1854–1910; wurde viel mit Herman Bang verglichen, dessen Prosa KM sehr schätzte.

AN ERICH EBERMAYER 15. 1. 26

Professor Hirschfeld: Magnus Hirschfeld, 1868–1935, Arzt und Sexualforscher; schrieb eine »Sittengeschichte des Weltkrieges«, die KM 1930 besprach (aufgenommen in »Auf der Suche nach einem Weg. Aufsätze«, Transmare, Berlin 1931). KM sprach nicht in seinem Institut. Hirschfeld emigrierte 1933 nach Südfrankreich. S. 29
Korrodi: Eduard Korrodi, 1885–1955, Schweizer Literaturhistoriker und Kritiker. Von 1914–1950 Feuilletonchef der »Neuen Zürcher Zeitung«. S. 30
»Sieg des Lebens«: Roman von Erich Ebermayer, E. Oldenburg, Leipzig 1925.
Kanntest Du die Geschichte: auf Einladung des Börsenvereins des deutschen Buchhandels las Thomas Mann am 6. Januar 1926 im Festsaal des Leipziger Rathauses, diesem Brief zufolge aus »Unordnung und frühes Leid«, einer Geschichte, die KM unmittelbar betraf: er setzte ihr die stark autobiographische »Kindernovelle« entgegen, die ebenfalls im Jahr 1926 erschien.
Harald: Freund Erich Ebermayers.

AN ERIKA MANN 18. 2. 26

Toni van Eyck: Schauspielerin, in den zwanziger Jahren berühmt. S. 31
bei Falckenberg: Otto Falckenberg, 1873–1947, Mitbegründer der »Elf Scharfrichter«, leitete 1916–1944 die Münchner Kammerspiele.
M†K: Klaus unter dem Kreuz, jahrelang von KM als Unterschrift gebraucht.

AN ERICH EBERMAYER 10. 3. 26

eine größere Novelle: »Kindernovelle«, Gebr. Enoch, Hamburg 1926. Sie ist René Crevel gewidmet. Neu abgedruckt in »Abenteuer des Brautpaars. Die Erzählungen«. S. 32
Harald: Freund Erich Ebermayers.
Gönner Goldstein in Kattowitz: Franz Goldstein, Feuilletonist.
zum Examen gratuliert: juristisches Staatsexamen, das Ebermayer die Errichtung einer Anwaltspraxis erlaubte.
die Tabellen: Gebührentabellen.

AN STEFAN ZWEIG 10. 3. 1926

Verhandlungen mit Ullstein: Erika und KM bemühten sich, zumeist vergeblich, die später in »Rundherum« beschriebene Weltreise 1927/28 durch journalistische Aufträge vorzufinanzieren. S. 33
Ernst Weiss: 1884–1940, Schriftsteller und Arzt; emigrierte 1938 aus

Österreich nach Paris, wo er sich beim Nahen der deutschen Truppen das Leben nahm.

AN ERIKA MANN 23. 3. 26

S. 34 *Claire Waldoff:* 1884–1957, beliebte Berliner Chanson-Sängerin.
Hubsi: Hubert von Meyerinck, 1896–1971, Schauspieler.
Dysing: Schauspieler am Münchner Schauspielhaus.
Bergner: Elisabeth Bergner, 1897–1986, Schauspielerin, emigrierte 1933 nach London.
Pinthus: Kurt Pinthus, 1889–1975, Berliner Theaterkritiker; 1933 emigriert, 1938 Dozent an der »New School for Social Research«, USA, 1967 Rückkehr nach Deutschland.
Ihering: Herbert Ihering, 1888–1977, Theaterkritiker.
Kerr: Alfred Kerr, 1867–1948, Kritiker; emigrierte nach London.
Marianne: Marianne Oswald, Schauspielerin.
Gilles von Rappard: Berliner Schauspieler.
Harlan: Veit Harlan, 1889–1964, Schauspieler und im Dritten Reich Ufa-Regisseur.
Toni: Toni van Eyck.
die Johanna spielen: »Die heilige Johanna« von George Bernard Shaw.
Meister Martin: Karlheinz Martin, 1889–1948, Regisseur.
Holländer: Felix Hollaender, 1867–1931, Schriftsteller, Dramaturg und Theaterleiter, schließlich Theaterkritiker in Berlin.

S. 35 *Riess-Bild:* von der Berliner Mode- und Gesellschaftsfotografin Riess.

AN PAMELA WEDEKIND [1926]

Eris Verlobung: Erika Manns Verlobung mit Gustaf Gründgens, 1899–1963, dem Schauspieler, Regisseur und späteren Staatstheater-Intendanten.
meine weitaus schönste Novelle: »Kindernovelle«.

AN MAX RYCHNER 13. Juli [1926]

Max Rychner: 1897–1965, Schweizer Essayist und Kritiker.
der Aufsatz, den wir besprachen: »Jüngste deutsche Autoren«, erschien in Nr. 10/1926 der Zeitschrift »Neue Schweizer Rundschau«, deren Herausgeber Dr. Max Rychner von 1922 bis 1931 war. 1929 folgte KMs »Jean Desbordes«, 1931 »Ernest Hemingway«, alle in »Auf der Suche nach einem Weg«.

AN PAMELA WEDEKIND 26. Juli [1926]

S.36 *Baronin Imogen:* Imogen von Bernus, die zweite Frau des Schriftstellers Alexander von Bernus.
Gustave: Gustaf Gründgens, damals Oberregisseur an den Hamburger Kammerspielen.
Onkel Peter: Peter Pringsheim, 1881–1963, Bruder Katia Manns; Physiker, 1933 Professor in Brüssel, 1941 USA.

Hochzeit: Erika Mann und G. Gründgens hatten am 24. Juli 1926 in München geheiratet; die Ehe wurde 1929 geschieden.
Offi: Großmutter Hedwig Pringsheim.
Klaus Pringsheim: 1883–1972, Zwillingsbruder Katia Manns; Musiker und Dirigent, bedeutender Musikpädagoge, ab 1931 Direktor der Kaiserlichen Musik-Akademie in Japan.
Hotel Elisabeth: »Kaiserin Elisabeth« in Feldafing am Starnberger See.
Willi, auf Mielein: W(ilhelm) E(manuel) Süskind, 1901–1970, Erzähler, S. 37
später Kritiker und Feuilletonist, Redakteur. Mit Erika und KM befreundet bis 1933. Sprach bei der Hochzeit auf Katia Mann.
Ricki: Ricki Hallgarten.
Frank: Bruno Frank, 1887–1945, Dramatiker, Erzähler, Lyriker; enger Freund der Familie Thomas Manns, Nachbar in München, emigrierte 1933, wohnte auch in Kalifornien wieder Thomas Mann benachbart.
Schwegerle ... Osborn ... Hans Christensen: Nachbarn und Freunde.
Lutz: Lutz Schuler, Freundin von Erika.
Moni: Monika Mann-Lányi, geb. 1910, Schwester KMs, Schriftstellerin. Heiratete 1939 den Kunsthistoriker Jenö Lányi, der 1940 bei der Versenkung der »City of Benares« ums Leben kam. – »Mein Bruder Klaus« in »Neue Deutsche Hefte« 143, Jg. 21, Heft 3/1974.
Tilli-Mama: Tilly Wedekind geb. Newes, 1886–1970, heiratete Frank Wedekind 1906, Urbild der »Lulu«.

AN ERIKA MANN 11. August [1926]

»Wozzek«: gemeint ist das Dramenfragment »Woyzeck« von Georg Büchner, 1813–1837.
»Frühlings Erwachen«: das 1891 erschienene Schauspiel von Frank Wedekind, 1864–1918.
»Schule von Uznach«: »Die Schule von Uznach oder Neue Sachlichkeit«, Lustspiel von Carl Sternheim, 1926. Pamela Wedekind spielte in der Berliner Uraufführung 1927 die weibliche Hauptrolle.
Thea: Thea Sternheim, erste Frau des Dichters, Mutter von Mopsa und S. 38
Claus.
Rudolf Forster: 1889–1968, Schauspieler.
W. E. S.: W. E. Süskind.

AN HUGO VON HOFMANNSTHAL 14. Oktober [1926]

Hugo von Hofmannsthal: 1874–1929, österreichischer Lyriker, Erzähler, S. 39
Dramatiker, Librettist von Richard Strauss, Essayist.
Fischer: S. Fischer Verlag, Berlin. Der Verlag Hofmannsthals und Thomas Manns.

AN RAINER MARIKA RILKE 19. Oktober [1926]

Rainer Maria Rilke: 1875–1926, Dichter. KM schrieb mehrfach über ihn, siehe »Prüfungen. Schriften zur Literatur«. Rilke, bereits krank, starb wenige Wochen nach Empfang dieses Briefes in einem Schweizer Sanatorium.

S. 40 *George:* Stefan George, 1868–1933, umfangreiches lyrisches Werk, Mittelpunkt des nach ihm benannten Kreises. KM hielt 1928 in der Berliner Singakademie eine Rede: »Stefan George. Führer der Jugend«, abgedruckt in »Auf der Suche nach einem Weg«. George verließ 1933 Deutschland und starb im Tessin. Mit der Haltung des späten George setzt sich KM in dem Aufsatz »Das Schweigen Stefan Georges« (»Die Sammlung«, Jg. 1, Heft 2/1933) auseinander, wiedergedruckt in »Prüfungen. Schriften zur Literatur«.

Aufsatz für die »Literarische Welt«: »Dank der Jugend an Rainer Maria Rilke« in »Die Literarische Welt«, 2/1927.

AN PAMELA WEDEKIND 22. Oktober [1926]

Ibsen: hier der Dramatiker KM.

Schwager: Gustaf Gründgens.

Lavinia: Dramengestalt in G. B. Shaws »Androklus und der Löwe«.

das Stück: »Revue zu Vieren«, Komödie in drei Akten, 1926.

René ... neues Buch: René Crevel, »La mort difficile«; KMs Besprechung erschien am 30. 12. 1926 im »Berliner Tageblatt«, neu abgedruckt in »Prüfungen. Schriften zur Literatur«.

Pauline: Dramenfigur Pauline Wiesel in Fritz von Unruhs »Louis Ferdinand, Prinz von Preußen«.

S. 41 *Theo Haubach:* Theodor Haubach, 1896–1945, Journalist, Politiker, Freund Carl Zuckmayers; als Sozialist im Widerstand gegen Hitler (»Kreisauer Kreis«), Anfang 1945 vom Volksgerichtshof zum Tode verurteilt und hingerichtet. Trotz des ersten Eindrucks – Haubach war von schwerem Körperbau – freundeten sich KM und Pamela Wedekind kurze Zeit später mit Haubach an.

Ramon: Ramon Neckelmann, Maler.

Wölfchen: Wolf Rodig, der später an der Tournee mit »Revue zu Vieren« teilnahm.

Edgar List: Kaufmann in Hamburg, mit KM, Erika Mann und Pamela Wedekind befreundet. Bruder des bekannten Fotografen Herbert List.

AN WILLI FEHSE 16. 12. 26

an unserem Band: »Anthologie jüngster Lyrik«. Herausgegeben von Willi Fehse und Klaus Mann. Geleitwort von Stefan Zweig, Gebr. Enoch, Hamburg 1927.

Kaspar-Hauser-Lieder: aus »Vor dem Leben«.

AN STEFAN ZWEIG 20. 12. 26

S. 43 *Kaspar Hauser von Erich Ebermayer:* dramatische Legende in zehn Bildern, erschien 1927 im Schauspielverlag, Leipzig.

AN WILLI FEHSE 7. 2. 27

Nachrede: KMs Nachwort in »Anthologie jüngster Lyrik«. S. 44

AN PAMELA WEDEKIND 7. 3. 27

Werner Jansen: Kostümbildner und Maßschneider.
die Berliner Matinée: Wedekind-Matinee im Theater in der Königgrätzerstraße. Erstes Berliner Auftreten von Pamela Wedekind.
Manifest: »Heute und Morgen. Zur Situation des jungen geistigen Europas«, Gebr. Enoch, Hamburg 1927.
André Germain: 1883–1972, konservativer französischer Schriftsteller und Übersetzer aus begüterter Familie.

AN HEINRICH KURTZIG 26. Juni 1927

Ihres schönen Buches: »Ostdeutsches Judentum – Tradition einer Familie«. S. 45

AN HANS ROSENKRANZ 28. Juni 27

Anthologie: der Brief bezieht sich auf die von Hans Rosenkranz gemeinsam mit Klaus Mann und Erich Ebermayer herausgegebene »Anthologie jüngster Prosa«, J. M. Spaeth, Berlin 1928.
Leo Hirsch: Kritiker, Feuilletonredakteur des »Berliner Tageblatt«.
Karl Kraus: 1874–1936, Schriftsteller und Kritiker, Herausgeber der »Fackel« von 1899 bis 1936, lebte in Wien.
»La mort difficile«: Besprechungs-Auftrag für René Crevels Buch; siehe Anm. zum Brief AN PAMELA WEDEKIND 22. Oktober [1926]. S. 46

AN PAMELA WEDEKIND [Spätsommer 1927]

Erich Mühsam – Axel Eggebrecht in der Literarischen Welt: Erich Mühsam, 1878–1934, revolutionärer Lyriker, Dramatiker und Essayist, Mitglied der Münchner Räteregierung 1919, sechs Jahre Gefängnishaft; starb im KZ Oranienburg. – Axel Eggebrecht, geb. 1899, Erzähler, Kritiker, Film-, Fernseh- und Funkautor, 1933 KZ, bis 1935 Schreibverbot, dann Mitarbeit an Drehbüchern. – Mühsam hatte in der »Welt am Sonntag« vom 8. 8. 1927 u. a. geschrieben (»Der Fall Klaus Mann«): »Wo aber stehen die, deren Beispiel Klaus Mann ist? Heiliger Himmel, diese Zwanzigjährigen stehen nirgends; sie sitzen in Vaters Polstersessel und quälen sich Vaters Prosa ab und Großonkels Verse.« Im Gegensatz zur Vätergeneration, zu Thomas Mann, wurzele sein junger Sohn »gar nicht; er schwimmt im lauwarmen Wasser einer Familientradition«. – Axel Eggebrecht verurteilte ähnlich in »Die literarische Welt«, Jg. 3, Nr. 34 die in Magdeburg gegründete Zeitschrift »Die jüngste Dichtung«, nannte die Herausgeber »impontente, aber arrogante Knaben« und schrieb zu KMs Aufsatz »Über die Jugend« (Auszüge aus »Heute und Morgen. Zur Situation des jungen geistigen Europas«): »Ich hatte schon immer den Verdacht, daß die Überbetonung somatischer und sexueller Komplexe bei diesen Jungen keineswegs aus einem einfachen Willen zum Erlebnis, sondern aus einer Scheu vor Klarheit, Verantwortung, vor Einsicht entstanden sei.«

AN ERICH EBERMAYER 4. September 1927

S. 47 *aussichtsreiche Sache:* diese Verfilmung von Thomas Manns »Königliche Hoheit« kam nicht zustande.

Lubitsch: Ernst Lubitsch, 1892–1947, Filmregisseur in Hollywood seit 1923; gemeint ist sein Film »The Student Prince« (»Alt-Heidelberg«) 1927.

AN ERICH EBERMAYER 9. September [1927]

S. 48 *Das mit Wille:* der Lyriker und spätere Übersetzer Hansjürgen Wille, 1902–1973, hatte wohl Prosa eingesandt, die von den Herausgebern nicht in die »Anthologie jüngster Prosa« aufgenommen wurde.

AN DIE »LITERARISCHE WELT« [vor dem 16. September 1927]

Willy Haas: 1891–1973, Publizist; bis 1933 Herausgeber der »Literarischen Welt«, die 1925 von Ernst Rowohlt gegründet worden war. Haas emigrierte zunächst nach Prag, dann nach Indien. Der Brief an die »Literarische Welt« wurde am 16. 9. 1927 (Jg. 3, Nr. 37) abgedruckt.

S. 49 *W. E. Süskind ... Novellenband:* »Tordis«, 1927.

»Doktor Angelo«: Erich Ebermayer, »Dr. Angelo. Drei Novellen«, Leipzig 1924.

AN STEFAN ZWEIG 19. September [1927]

S. 50 *das Novellenbuch:* Stefan Zweig, »Verwirrung der Gefühle«, Leipzig 1927. KMs Bemerkungen beziehen sich auf die Titelnovelle, die er mit Anstreichungen versah. Zweigs Widmung: »Klaus Mann als herzliche Gegengabe Stefan Zweig 1927«.

S. 51 *an seiner Veranlagung:* die Titelfigur verzweifelt an homosexuellen Neigungen.

André Gide: 1869–1951, französischer Schriftsteller, Nobelpreis 1947. Gab KM den »höchsten Begriff vom europäischen Schriftsteller«. KM schrieb das Buch »André Gide und die Krise des modernen Denkens« (»André Gide and the Crisis of Modern Thought« 1943; deutsch 1948 zunächst unter dem Titel »André Gide. Die Geschichte eines Europäers«; Neuausgabe München 1966) sowie zahlreiche Essays und Kritiken über ihn (siehe »Prüfungen. Schriften zur Literatur«).

AN STEFAN ZWEIG 1. November 27

Vortragstournee: im Oktober 1927 Beginn der Weltreise Erika und KMs, zunächst quer durch die USA, dann nach Japan, Korea und durch die Sowjetunion zurück, ausführlich geschildert in »Rundherum«.

S. 52 *Versuch eines Manifests:* »Heute und Morgen. Zur Situation des jungen geistigen Europas«.

AN KATIA UND THOMAS MANN [Poststempel: 5. Dez. 1927]

Mme Petschnikoff: Lilly Petschnikoff, geschiedene Frau des russischen Geigers P., besaß eine Villa in Hollywood.
Murnau: F. W. Murnau, 1888–1931, Filmregisseur; ging 1926 nach Hollywood. S. 53
Bubi Beer-Hofmann: Gabriel Beer-Hofmann, Regieassistent bei Murnau, Sohn des österreichischen Dichters Richard Beer-Hofmann, 1866–1945.
Raymund: Raimund von Hofmannsthal, 1906–1974, Sohn des Dichters Hugo von Hofmannsthal.
Hans Müller: 1882–1950, österreichischer Bühnenautor (»Im weißen Rößl«).
Rulfs Joseph Hoffmann – des Teufels Sau: Prof. Rolf Josef Hoffmann, Leiter einer Akademie für Philosophen und Schriftsteller. Erika sollte zum Lohn für ihr Abitur Hoffmann auf seiner Burg bei Erlangen besuchen. Hoffmann wurde zudringlich, Erika fühlte sich verletzt. Seither von der Familie Mann – Luthers Papstbeschimpfung zitierend – »des Teufels Sau« genannt.

AN PAMELA WEDEKIND [1927]

Onkel Jessner: der Regisseur Leopold Jessner, 1878–1945, war keineswegs mit Pamela Wedekind verwandt. 1919–1930 Generalintendant der Staatlichen Schauspiele Berlin.

AN PAMELA WEDEKIND 5. 2. 28

»Gegenüber von China«: in »Abenteuer. Novellen«, Ph. Reclam jun., Leipzig 1929. S. 54
Moissi: Alexander Moissi, 1880–1935, Schauspieler; »Jedermann«-Darsteller in Salzburg, emigrierte 1933.
Emil Ludwig: 1881–1948, Schriftsteller, Biograph; emigrierte 1933.
Rudolf Kommer: Rudolf K. Kommer, Agent, vorwiegend in den USA, später enger Freund Erika und KMs.
Effie: Rolle in Wedekinds »Schloß Wetterstein«. S. 55

AN LUDWIG JAUNER 23. Juli [1928]

Ludwig Jauner: gehörte zum Gerhart- Hauptmann-Kreis; Hauptmanns Sekretär und Archivar auf dem Wiesenstein in Agnetendorf.

AN PAMELA WEDEKIND 18. Oktober [1928]

Tilli: Pamelas Mutter Tilly Wedekind. S. 56
Mopsa und Claus: die Geschwister Sternheim. S. 57
»Väter-Komödie«: Carl Sternheims posthum veröffentlichtes Drama »Väter oder Knock out«, geschrieben 1926–1928.
»Heute und Morgen«: KMs programmatischer Essay von 1927. S. 58

»Erzählung über »Alexander den Großen«: »Alexander. Roman der Utopie«, S. Fischer, Berlin 1930; Neuausgabe München 1963.
das Weltreisebuch: Erika und KM, »Rundherum«.

AN PAMELA WEDEKIND 29. X. 28

Rickerts wegen: Prof. Heinrich Rickert, 1863–1936, Philosoph in Heidelberg.

S. 59 *Ursula Pia:* hier ist nicht die Tochter des Barons Alexander von Bernus, Ursula Pia, sondern die gleichnamige Figur in KMs »Revue zu Vieren« gemeint.
Anita Berber: 1900–1929, Tänzerin. KMs »Erinnerung an Anita Berber« in »Auf der Suche nach einem Weg«; neu in »Heute und Morgen. Schriften zur Zeit«, München 1969.
Stoisi: Thea Sternheim.

AN PAMELA WEDEKIND 16. XI. 28

S. 60 *im M. C. den Arthur entdeckten:* im Marien Casino, Marienstraße Berlin, lernten Pamela Wedekind und KM Arthur Kunde kennen, einen Freund der Berliner Zeit.
Gundolf: Friedrich Gundolf, 1880–1931, Literaturhistoriker und bedeutender Vertreter des George-Kreises.
»Krankheit der Jugend«: Stück von Ferdinand Bruckner, eigentlich Theodor Tagger, 1891–1958, Dramatiker und Dramaturg; 1933 emigriert, 1936 USA, ab 1951 wieder in Paris und Berlin.

S. 61 *Sogalla:* Fotografin.

AN PAMELA WEDEKIND 1. XII. [1928]

Der Einsame Weg: Schauspiel des österreichischen Dramatikers und Erzählers Arthur Schnitzler, 1862–1931.
Jaspers: Karl Jaspers, Philosoph, 1883–1969.

AN STEFAN ZWEIG 28. IX. 29

S. 63 *Ihr Fouché-Buch:* »Joseph Fouché. Bildnis eines politischen Menschen«, Leipzig 1929.
Erich E.: Erich Ebermayer.

AN ERICH EBERMAYER 15. XI. 29

Nobel-Preis: Thomas Mann erhielt am 12. November 1929 den Nobelpreis zuerkannt.

S. 64 *»Kampf um Odilienberg«:* Erich Ebermayers Roman, Wien 1929.
Minister Becker: der damalige preußische Kultusminister Karl Heinrich Becker, 1876–1933.

AN STEFAN ZWEIG 26. Nov. 29 [Telegramm]

das tagebuch: »Das Tagebuch«, herausgegeben von Leopold Schwarzschild, 1899–1950, Schriftsteller und Redakteur. Schwarzschild verlegte die Redaktion der seit 1927 existierenden Zeitschrift 1933 nach Paris. »Das Neue Tage-Buch« erschien dort bis zur Besetzung 1940.

AN DORIS VON SCHÖNTHAN [1930]

Doris von Schönthan: gest. 1968, Tochter des Lustspielautors Franz von Schönthan; mit KM bis zu seinem Tode befreundet. Dieser Briefausschnitt wurde erstmals abgedruckt unter dem Titel »Ein kleiner Hafen – Für Doris von Schönthan«, in »Auf der Suche nach einem Weg«. S. 65

AN STEFAN ZWEIG 1. VI. 30

ein neues Stück: »Geschwister«. Vier Akte. Nach dem Roman »Les enfants terribles« von Jean Cocteau; Uraufführung in den Münchner Kammerspielen am 12. 11. 1930. S. 69
deutsche Ausgabe von La mort difficile: René Crevels Buch »Der schwierige Tod«, übersetzt von Hans Feist, Berlin 1930.

AN PAMELA WEDEKIND 9. XI. 30

mein Stück: »Geschwister«. S. 70

AN STEFAN ZWEIG 15. XI. 30

Ihr Verständnis für die »Radikalisierung«: KM schrieb daraufhin seinen ersten wichtigen politischen Artikel: »Jugend und Radikalismus. Eine Antwort an Stefan Zweig«, in »Auf der Suche nach einem Weg«; neu abgedruckt in »Heute und Morgen. Schriften zur Zeit«.

AN PETER DE MENDELSSOHN 24. XI. 30

Peter de Mendelssohn: 1908–1982, Romancier, Essayist, Publizist, Thomas-Mann-Biograph und -Herausgeber. Seit 1926 mit Erika, KM und Pamela Wedekind befreundet. Emigrierte 1933 nach Paris, 1935 nach England. S. 71
Deinen Roman: Erstlingsroman »Fertig mit Berlin?«, Leipzig 1930.
Schwannecke: von Viktor Schwannecke geführtes Künstlerlokal, Rankestraße.
Boheme: Künstler-Nachtlokal.
daß die Franziska Pamela-Züge hat: halb richtig: die Franziska war eine Mischung aus Erika Mann, Pamela Wedekind und Peter de Mendelssohns Freundin Angelika Aurel, recte Berti Hirschlaff, einer jungen Reinhardt-Schauspielerin.
über Dein Buch: KMs Besprechung in »Neue Zürcher Zeitung«, 8. 3. 1931.

AN ERICH EBERMAYER 11. II. 31

Dein Roman: »Die große Kluft«, Wien 1931. Wurde nach Auslieferung zurückgezogen und aus Gründen des Titelschutzes umbenannt und neu ausgeliefert als »Jürgen Ried oder Die tiefe Kluft«. S. 72

Von mir kommt ziemlich viel: 1931 erschienen u. a. »Das Buch von der Riviera«, R. Piper Verlag, München (gemeinsam mit Erika Mann) und die Aufsatzsammlung »Auf der Suche nach einem Weg«, Transmare, Berlin.

AN STEFAN ZWEIG 3. V. 31

Sie haben mir reizend geschrieben: Brief nicht vorhanden.
Wohlwollen auch dem Roman bewahren: KMs Roman »Treffpunkt im Unendlichen«, S. Fischer, Berlin 1932.
S. 73 *Hinweis auf Bauer:* der österreichische Publizist Ludwig Bauer, der in der Basler »National-Zeitung« schrieb.
Ihren petit roman: gemeint war offenbar die Biographie »Marie Antoinette«.

AN ERNST MEISTER 31. I. 32

Ernst Meister: 1911–1979, deutscher Lyriker und Hörspiel-Autor.
»Fasaneneck«: Pension an der Ecke Kurfürstendamm und Fasanenstraße Berlin.
S. 74 *»Sturm«:* expressionistische Zeitschrtift »Der Sturm«, herausgegeben von Herwarth Walden. Erschien von 1910 bis 1932.
Wolfgang: Wolfgang Hellmert, 1906–1934, Erzähler; enger Freund KMs.

AN EVA HERRMANN 14. V. 32

Eva Herrmann: 1901–1978, Zeichnerin und Karikaturistin; mit Erika und KM eng befreundet.
Die Stunden draußen waren sehr bitter: Ricki Hallgarten hatte am 5. Mai 1932 Selbstmord begangen.
Bert: der Schauspieler Bert Fischel.
S. 75 *Günther Franke:* Münchner Galeriebesitzer.
Grüße von E, Annemarie: von Erika Mann und der ihr (wie KM) befreundeten Schweizer Schriftstellerin Annemarie Schwarzenbach, 1908–1942.

AN ERICH EBERMAYER 21. V. 32

S. 76 *meinen Roman gelesen:* »Treffpunkt im Unendlichen«.
Unrat u.s.w.: Erich Ebermayers Dramatisierung »Professor Unrat«, Komödie in drei Akten. Frei nach dem Roman »Professor Unrat« von Heinrich Mann, Wien 1932.

AN PAMELA WEDEKIND 23. V. 32

Erinnerungsbuch: »Kind dieser Zeit«, Transmare Verlag, Berlin 1932. KMs erste Autobiographie.
Kadidja: Pamela Wedekinds jüngere Schwester.

AN ERICH EBERMAYER 4. 6. 32

Schustermann: Ausschnittbüro. S. 77

Große Kluft: Erich Ebermayers Roman »Die tiefe Kluft«.

Reinhardt: Max Reinhardt, 1873–1943, Theaterleiter und Regisseur in Berlin und Salzburg; emigrierte 1938 aus Österreich, starb in den USA.

Otto H. Kahn: Bankier und Kunst-Mäzen in den USA, empfing Erika und KM auf ihrer Weltreise 1928 (siehe »Rundherum«).

AN ERNST MEISTER 3. 7. 32

Übersetzung: muß wohl Übersendung heißen. S. 79

Ihres kleinen Gedichtbandes: »Ausstellung«, Gedichte 1932; Meisters einzige Lyrikveröffentlichung vor 1945.

AN EVA HERRMANN 5. IX. 32

im nächsten Heft von »Kunst und Künstler«: gekürzte Fassung von KMs Nachruf auf Ricki Hallgarten in Jg. 1932/Nr. 31 der Zeitschrift. S. 80

ungekürzt noch irgendwo erscheint: wurde durch die Machtübernahme Hitlers und die Emigration verhindert, vollständiger Abdruck erst in »Prüfungen. Schriften zur Literatur«.

die Therese: Therese Giehse, 1898–1975, Schauspielerin; Mitarbeiterin des Cabarets »Die Pfeffermühle«, das am 1. Januar 1933 von Erika und KM in München gegründet wurde; dem Hause Mann befreundet, emigrierte 1933.

old Billux: Sybille von Schönebeck, spätere Bedford, Schriftstellerin, Biographin Aldous Huxleys.

AN STEFAN ZWEIG 19. 11. 32

in Ihrem Buch zu lesen: »Marie Antoinette«, Biographie, Leipzig 1932.

Gerhart Hauptmann: 1862–1946, Dichter, Erzähler und Dramatiker; war am 15. November erst siebzig Jahre alt geworden.

AN EVA HERRMANN 1. XII. 32

Brewer and Warren: der Verlag Brewer & Warren, Inc., New York, hatte 1930 KMs Roman »Alexander« englisch herausgebracht. S. 81

»Stoffel«: Erika Manns Jugendbuch »Stoffel fliegt übers Meer«, Stuttgart 1932. S. 82

»Jans Weihnachtshündchen«: richtig: »Jans Wunderhündchen«, Weihnachtsmärchen von Erika Mann, Berlin 1931. Uraufführung 14. 12. 1931 in Darmstadt.

ein Stück gedichtet: »Athen«, erschien unter dem Pseudonym Vincenz Hofer 1932 bei Oesterheld. Das Stück um Alkibiades und Sokrates wurde nie aufgeführt.

Pseudonym: blieb bis nach KMs Tod unaufgedeckt.

Julien Green: geb. 1900 in Paris, amerikanischer Herkunft, englisch und französisch schreibender Romancier.

AN STEFAN ZWEIG 1. XII. 32

S. 83 *unter anderem Namen:* Vincenz Hofer.
Lernet-Holenia: Alexander Lernet-Holenia, 1897–1976, österreichischer Lyriker und Romancier.

AN ERICH EBERMAYER 24. 2. 33

den dritten Akt: Erich Ebermayer und KM arbeiteten an »Nachtflug« nach Antoine de Saint-Exupéry, 1900–1944; kam nicht zur Ausführung.
Richthofen: Wolfgang Frh. von Richthofen, Sohn des Jagdfliegers Manfred Frh. von Richthofen.

AN ERICH EBERMAYER 27. 2. 33

S. 84 *auf Deinen Roman:* »Werkzeug in Gottes Hand«, Roman, Wien 1933.

AN KATIA MANN 28. 2. 33

S. 85 *Frau Doktor Frank:* Liesl Frank, 1903–1979, Tochter von Fritzi Massary, Frau Bruno Franks.
Doktor Feist: Hans Feist, 1887–1952, ursprünglich Arzt, Übersetzer aus dem Englischen, Französischen und Italienischen.
Barnowsky: Viktor Barnowsky, 1875–1952, Schauspieler, Theaterleiter und Regisseur.
Hofer: KM.
Brandaffäre: Reichstagsbrand am 27. Februar.
Mortimer: Anspielung auf die Figur in Schillers »Maria Stuart«.

S. 86 *Heinrich:* Heinrich Mann, 1871–1950, älterer Bruder Thomas Manns; Schriftsteller. Emigrierte als einer der ersten am 21. 2. 1933, lebte ab 1940 in den USA.
Mimi: Mimi (Maria) Mann-Kanova, 1886–1946, tschechische Schauspielerin, seit 1914 mit Heinrich Mann verheiratet; nach ihrer Scheidung 1930 kehrte sie in die Tschechoslowakei zurück; 5 Jahre KZ Theresienstadt, starb an den Folgen der Haft.
Goschi: Carla Maria Henriette Leonie Mann-Aškenazi, 1916–1986, Tochter von Heinrich Mann und Maria Mann-Kanova.
das Verhalten der Akademie: Heinrich Mann hatte einen Aufruf des Internationalen Sozialistischen Kampfbunds gegen die Barbarei mit unterschrieben und wurde daraufhin als letzter gewählter Präsident der Sektion für Dichtkunst der preußischen Akademie der Künste am 15. Februar 1933 zum Rücktritt gezwungen. Am 13. März wurde den Mitgliedern der Sektion eine Loyalitätserklärung zum neuen Staat vorgelegt, daraufhin erklärten eine Reihe von Mitgliedern ihren Austritt. Der gesamte Vorgang ausführlich dokumentiert in: Inge Jens, »Dichter zwischen rechts und links«, München 1971.
das geht nicht gut...: Zitat aus der Erzählung »Das Eisenbahnunglück« von Thomas Mann (1909).
Damenschnappen: szenischer Scherz des jungen KM.
Aissi-K.: Aissi oder auch Eissi, Kindername KMs, von »Klausi«.

AN EVA HERRMANN 27. 4. 33

aus unserer »Verbannung«: Erika Manns Brief an Eva Herrmann vom 18. April 1933 in: EM, »Briefe und Antworten«, Bd. I. KM verließ München endgültig am 13. März 1933 und begab sich zunächst nach Paris.

Jungfer Billux: Sybille von Schönebeck (-Bedford). S. 87

Finnland: Freundschaft zur Familie Hans Aminoffs bei früheren Aufenthalten in Pekkala, Finnland, verarbeitet im Roman »Flucht in den Norden«.

AN ERICH EBERMAYER 28. 4. 33

»Werkzeug«: »Werkzeug in Gottes Hand«, Roman, Paul Zsolnay, Wien 1933. S. 88

Elmau: Schloß Elmau am Wetterstein, »Freistätten persönlichen Lebens«, gegründet von Johannes Müller, 1864–1949, religiöser Schriftsteller. Der Roman »Werkzeug in Gottes Hand« handelt von Elmau. S. 89

Bermann: Gottfried Bermann Fischer, geb. 1897, ursprünglich Arzt; Schwiegersohn Samuel Fischers, übernahm 1932 die Leitung des S. Fischer Verlags.

Medi: Elisabeth, geb. 1918, jüngste Schwester KMs.

Bibi: Michael Mann, 1919–1977, jüngster Bruder KMs; Musiker, später Germanist, Schriftsteller, Kritiker und Herausgeber.

»N.«: »Nachtflug«, nach Antoine de Saint-Exupéry.

AN HERMANN HESSE 12. 5. 33

Hermann Hesse: 1877–1962, Erzähler und Lyriker; seit 1919 in Montagnola, ab 1923 Schweizer Staatsbürger; Nobelpreis 1946.

Ihren Aufsatz: in der Mai-Nummer der »Neuen Rundschau« des S. Fischer Verlags, über »Treffpunkt im Unendlichen«: »Beim Lesen eines Romans«.

in Zürich eine Zeitschrift: mit Annemarie Schwarzenbach und René Crevel geplant, in der ursprünglichen Form nicht verwirklicht. »Die Sammlung. Literarische Monatsschrift unter dem Patronat von André Gide, Aldous Huxley, Heinrich Mann. Herausgegeben von Klaus Mann«, erschien ab September 1933 bei Querido in Amsterdam. Annemarie Schwarzenbach unterstützte die Zeitschrift finanziell. Ausführliche Darstellung in: Hans-Albert Walter, »Deutsche Exilliteratur 1933–1950«, Bd. 4, Exilpresse, Stuttgart 1978. S. 90

AN ERICH EBERMAYER 12. 5. 33

Lion Feuchtwanger: 1884–1958, Romancier, Dramatiker; emigrierte 1933 nach Südfrankreich, 1950 in die USA. S. 91

Remarque: Erich Maria Remarque, 1898–1970, Romancier; lebte seit 1929 im Ausland, 1939 New York, ab 1950 in der Schweiz.

Deines stillen Freundes: KM.

N.R.F.: »Nouvelle Revue Française«, Zeitschrift und Verlag in Paris.

Nidden: Erich Ebermayers Vorschlag für eine Rückkehr in das von Thomas Mann 1930 an der Kurischen Nehrung erbaute Landhaus.
Frango: Franz Goldstein.
Bubi: Bubi Koplowitz, identisch mit Oskar Seidlin, geb. 1911, Schriftsteller und Germanist; emigrierte 1933 in die Schweiz, 1938 in die USA.

AN STEFAN ZWEIG 12. 5. 33

S. 92 *René Schickele:* 1883–1940, Schriftsteller; ging 1916 ins Schweizer Exil, 1920–1932 in Badenweiler, emigrierte nach Frankreich.
Jaloux: Edmond Jaloux, 1878–1949, französischer Schriftsteller.

VON STEFAN ZWEIG 15. Mai 1933

S. 93 *Studie über Erasmus von Rotterdam:* »Triumph und Tragik des Erasmus von Rotterdam«, Reichner, Wien, Leipzig und Zürich 1934.
»Jeremias«: Drama 1917.
S. 94 *Schlageter:* Leo Schlageter, während der Rheinlandbesetzung durch die französischen Besatzungstruppen 1923 standrechtlich erschossen.
Horst Wessel: SA-»Märtyrer«, an den Folgen eines Überfalls 1930 gestorben. Von KM existiert ein umfangreicher, aber verworfener Versuch einer Horst-Wessel-Biographie.

AN HERMANN KESTEN 15. 5. 33

Hermann Kesten: geb. 1900, Romancier, Essayist, Biograph, Lyriker und Herausgeber; Leiter des Kiepenheuer Verlags bis 1933, wurde literarischer Lektor des Exil-Verlags Allert de Lange in Amsterdam, ein treuer Freund KMs.
Deux Magots: Café des Deux Magots, St. Germain des Prés, Paris. Treffpunkt der emigrierten Literaten.
Joseph Roth: 1894–1939, österreichischer Erzähler; 1923–1932 Korrespondent der »Frankfurter Zeitung«, emigrierte 1933.

VON HERMANN KESTEN 18. 5. 33

S. 95 *eine Kurzgeschichte:* »Die Tote von Ostende«.
Hillel: Jüdischer Gelehrter aus Babylonien, 30 v. Chr. – 10 n. Chr.
Breitbach: Joseph Breitbach, 1903–1980, Erzähler und Theaterautor.

VON HERMANN HESSE [Mitte Mai 1933]

S. 96 *im Dezember geschriebener Aufsatz:* »Beim Lesen eines Romans«.
Dr. K. Fiedler: Pfarrer Kuno Fiedler, 1895–1973, Verfasser von theologischen Schriften und Literaturkritikern; korrespondierte mit Thomas Mann.

VON THOMAS MANN 31. 5. 33

S. 99 *den Brief von Benn:* Gottfried Benn, 1886–1956, Lyriker und Essayist; sympathisierte anfangs mit dem Nazi-Regime. KM richtete am 9. 5.

1933 einen Brief an Benn (abgedruckt in: »Prüfungen. Schriften zur Literatur«). Benn erwiderte mit einem offenen Brief, »Antwort an die literarischen Emigranten«, am 24. 5. 1933 im deutschen Rundfunk verlesen, abgedruckt in »Deutsche Allgemeine Zeitung« vom 25. 5. 1933. Auf diesen Brief (auch in Benn, Werke IV, Wiesbaden 1961) bezieht sich Thomas Mann.
Heins: Dr. Valentin Heins, Münchner Rechtsanwalt; verwahrte wertvolle Manuskripte und Korrespondenzen Thomas Manns, die im Krieg auf rätselhafte Weise verlorengingen.

AN THOMAS MANN 5. VI. 33

Landshoff: Fritz Helmut Landshoff, geb. 1901, Mitinhaber des Verlages S. 100
Kiepenheuer, 1933 im Exilverlag Querido Amsterdam, 1940 USA.
Querido: Emanuel Querido, 1871–1943, holländischer Verleger, starb im KZ. Der dem holländischen Querido-Verlag angeschlossene Exil-Verlag publizierte in deutscher Sprache: Vicki Baum, Alfred Döblin, Albert Einstein, Lion Feuchtwanger, Bruno Frank, Leonhard Frank, Martin Gumpert, Georg Kaiser, Heinrich Mann, KM, Erika Mann, Ludwig Marcuse, Robert Neumann, Gustav Regler, Erich Maria Remarque, Leopold Schwarzschild, Wilhelm Speyer, Carl Sternheim, Arnold Zweig.
»Joseph«: »Joseph und seine Brüder« von Thomas Mann, 1. Bd. »Die Geschichten Jaakobs«, S. Fischer, Berlin 1933.
Monsieur Fayard: Arthème Fayard, Thomas Manns damaliger Verleger in Paris.
Fritz: Fritz H. Landshoff.
Therese: Therese Giehse.
Pierre Bertaux: 1907–1986, französischer Germanist; Hölderlin-Forscher, Prof. an der Sorbonne.
Katz: Otto Katz, 1893–1952, politischer Journalist und Schriftsteller; 1936 in Spanien, 1939 Mexiko, 1945 Rückkehr nach Prag; wurde als ehemaliger Mitarbeiter Münzenbergs und Slanskys hingerichtet.
Gorki: Maxim Gorki, 1868–1936, der zu dieser Zeit in der Sowjetunion als Nationaldichter gefeiert wurde.
Tante Ilschen: Ilse Dernburg-Rosenberg, Kusine von Katia Mann.
Wilhelm Herzog: 1884–1960, Schriftsteller und Publizist, pazifistischer Sozialist; Freund Heinrich Manns, emigrierte 1933 nach Südfrankreich.

VON STEFAN ZWEIG 19. Juni 1933

Döblin: Alfred Döblin, 1878–1957, Schriftsteller, ursprünglich Facharzt S. 101
für Nervenkrankheiten, Mitbegründer der expressionistischen Zeitschrift »Der Sturm«; emigrierte 1933 nach Frankreich, 1940 in die USA, kehrte 1945 als französischer Besatzungsoffizier nach Deutschland zurück.

AN RENÉ SCHICKELE 21. 6. 33

S. 103 *Sami Fischer:* Samuel Fischer, 1859–1934, Gründer und Inhaber des S. Fischer Verlags, Entdecker Thomas Manns.
soll Mitte August erscheinen: verzögerte sich bis September.

S. 104 *Hans:* Hans Schickele, Sohn René Schickeles.

AN ERNST GEIS 22. 6. 33

»Tribüne«: Ernst Geis war Redakteur der rechtsgerichteten Wochenzeitung »Tribüne«.

AN STEFAN ZWEIG 23. 6. 33

S. 105 *das Neue Tage-Buch:* erschien vom 1. 7. 33 bis 11. 5. 1940 in Paris, finanziert vom Amsterdamer Anwalt Warendorf (Nederlandsche Uitgeverij, Verlagsort Amsterdam, Büro in Paris), geleitet von Leopold Schwarzschild und Joseph Bornstein, 1899–1952. Bis 1936/37 linksliberal, nach den Moskauer Prozessen antikommunistisch.
Münzenberg: Willi Münzenberg, 1889–1940, Zeitungsverleger, Publizist und Politiker; 1933 ausgebürgert, kommunistischer Organisator der Volksfront, 1937 aus der KPD ausgeschlossen.
Grasset ... Fayard, Plon ... Gallimard: Pariser Verlage.
Madame Luchaire: Antonina Vallentin, 1893–1957, deutschsprachige Biographin, Übersetzerin, Publizistin; Mitarbeiterin der »Sammlung«, verheiratet mit J. Luchaire. Ihr Plan einer deutschen Edition bei Gallimard scheiterte.
Jakob Wassermann: 1973–1934, erfolgreicher Romancier.
De Lange: Allert de Lange, Verlag. Gerard de Lange gründete den ersten Exilverlag in Amsterdam. Seine Leiter waren Hermann Kesten und Walter Landauer.

AN THOMAS MANN 23. 6. 33

S. 106 *Luschnat:* David Luschnat, geb. 1895, linksgerichteter Publizist; emigrierte nach Frankreich, leitete zeitweise den »Schutzverband deutscher Schriftsteller im Exil«.

S. 107 *Beri:* Gottfried Bermann Fischer.
Mieleins Fuchzger-Fest: Katia Manns 50. Geburtstag am 24. Juli 1933.

VON THOMAS MANN 29. VI. 33

S. 108 *Wittkowski:* Victor Wittkowski, 1909–1960, deutscher Lyriker; emigrierte über die Schweiz und Italien nach Brasilien.

S. 109 *Knopf:* Alfred A. Knopf, 1892–1984; Thomas Manns amerikanischer Verleger, New York.
Sekretärin: Katia Mann.
nebst kümmerlichem Juli: bezieht sich auf die monatliche Zuwendung an KM.

AN RENÉ SCHICKELE 9. 7. 33

Ihr Brief: vom 5. Juli 1933, war zusagend. S. 110
drei Themen: Schickele nannte »Der Weg des Egotismus« von Stendhal über Balzac, Stirner, Nietzsche bis zur Gegenwart; eine Studie über Tacitus oder, im Hinblick auf Benn: »Der geistige Mensch vor der Gewalt«.
Tacitus-Zitat: »Leben des Julius Agricola«, gedruckt in »Die Sammlung«, Jg. 1, Heft II, Oktober 1933.

VON STEFAN ZWEIG 17. 7. 33 [Telegramm] S. 111

AN HERMANN KESTEN 18. 7. 33

Aufsatz über Thomas de Quincey: erschien in »Die Sammlung«, Jg. 1, Heft IX, Mai 1934; wiedergedruckt in »Prüfungen. Schriften zur Literatur«. S. 112

AN KATIA MANN 19. VII. 33

des düsteren Jakob: Jakob Wassermann. S. 113
Kreis der Brunonen: Bruno Walter, Bruno Frank, beides Freunde der Familie. Bruno Walter, 1876–1962, Dirigent. 1913–22 Generalmusikdirektor in München, seitdem enge Freundschaft mit Thomas Mann; Dirigent in Berlin und Leipzig (Gewandhaus), 1934–1936 Leiter der Staatsoper Wien, ab 1939 in den USA. Bedeutender Interpret Mozarts und Gustav Mahlers.
Maurice Rostand: 1891–1968, französischer Schriftsteller.
»Untergang des Postdampfers«: vermutlich für »Untergang des Abendlandes« von Oswald Spengler.
Sami: Samuel Fischer. S. 114
Der Jakob muß so viel Geld haben: Jakob Wassermann befand sich in wirtschaftlich und seelisch schwieriger Lage.

AN HERMANN HESSE 20. 7. 33

Huxley: Aldous Huxley, 1894–1963, englischer Lyriker, Essayist und Romancier.
Werner Hegemann: 1881–1936, Architekt, Schriftsteller; flüchtete im März 1933 über Paris nach New York.

AN W. E. SÜSKIND [Ende Juli/Anfang August 1933; Briefkopie]

erstes »Literatur«-Heft: die von Süskind 1933 übernommene Zeitschrift. S. 116
Doktor Schönberner: Franz Schoenberner, 1892–1970, Redakteur der Zeitschriften »Die Jugend« und »Simplicissimus«; emigrierte 1933.
Suhrkamp: Peter Suhrkamp, 1891–1959, Verleger und Herausgeber; blieb Gegner des Dritten Reichs, 1933 Redakteur der »Neuen Rundschau«, übernahm 1936 den S. Fischer Verlag.
D. A. Z.: »Deutsche Allgemeine Zeitung«.

der »Beobachter«: an anderer Stelle kurz »Der Völkische«: »Völkischer Beobachter«, offizielles Parteiorgan der NSDAP.

S. 117 *Waldemar:* Waldemar Bonsels, 1880–1952, Schriftsteller (»Die Biene Maja«).

Schauwecker: Franz Schauwecker, 1890–1964, nationalsozialistischer Schriftsteller, schrieb Kriegsbücher.

Josef Ponten: 1883–1940, Erzähler; psychologisch interessantes Frühwerk, später über Volkstum und Auslandsdeutschtum schreibend.

Johst: Hanns Johst, 1890–1978, Schriftsteller; begann als expressionistischer Dramatiker, dann Nationalist. 1935 Präsident der Reichsschrifttumskammer und SS-Brigadeführer.

»Tod in Venedig«: Thomas Manns Novelle aus dem Jahr 1912.

Efraim: Efraim Frisch, 1873–1942, Essayist; letzter Herausgeber der Zeitschrift »Der Neue Merkur« vor der Gleichschaltung durch die Nazis.

S. 118 *Keyserling:* Hermann Graf Keyserling, 1880–1946, kulturphilosophischer Schriftsteller.

Ricki: Ricki Hallgarten.

AN HERMANN KESTEN 6. 8. 33

S. 119 *Gegen Adi ist Hanns Heinz ein großer Stilist:* KM vergleicht den Verfasser grotesker Schauerromane Hanns Heinz Ewers, 1871–1943, mit Hitler.

AN HERMANN KESTEN 13. 8. 33

S. 120 *für die »Tote«:* »Die Tote von Ostende« erschien in »Die Sammlung«, Jg. 1, Heft I, September 1933.

Süskind hat mir postwendend geantwortet: W. E. Süskind schrieb am 5. August 1933: »Lieber K., lieber Freund, was soll ich darauf schreiben? Da Du gleich solche Töne anschlägst und gleich mit solch polemischer Ironie kommst, ich sollte Dir nicht auch im Rundfunk antworten (ist das der Ton zwischen uns, ist er so pathetisch, muß er so sein?) – da das alles so ist, habe ich wenig Hoffnung für meinen Brief. Ich habe auch sonst wenig Hoffnung: meinst Du, es schreibt sich gut bei dem Gefühl, daß der Brief vielleicht nie zu Dir gelangt? Nach dem, was Du schreibst, ist meine letzte Nachricht (vor langem) nicht zu Dir gekommen, meine Ambassadin hat Dich nicht in Paris erreicht, E. hat meinen letzten Brief nicht bekommen (vom 23. VII.), ebensowenig Milein meinen Geburtstagsgruß – und was ich hier sagen will, bleibt womöglich auch stecken. Sieh, ihr hättet *nicht* fortgehen sollen; ich weiß, vieles wäre dann schlimmer, aber dafür hättest Du dann keinen solchen Brief an mich schreiben müssen. Wäre *ich* fort, würde ich vielleicht ebenso schreiben – der Schaden entsteht wahrhaftig durch die Entfernung. Du schreibst und ich antworte; jeder hört die Stimme und jedem kommt sie so verändert vor, so unfrei. Es liegt daran, es ist eine Nebelwand dazwischen. Wir leben unter verschiedenen Umständen, davon ist in Deinem Brief keine Andeutung und wenn Du es auch in Deiner Zeitschrift außer Acht läßt, wird sie nutzlos sein. Erinnerst Du Dich an den kleinen Lebensabriß, den der Zauberer einmal schrieb? Der empfindet des Jüngling Carlos Entschluß zu sterben vor allem als Untreue. Sie setzt nicht fort, was so köstlich war, sie ist untreu. Ist sie untreu? Jetzt kannst Du sagen, das Beispiel gehöre nicht hierher; ich sei was Kleines-Schuftiges, was mitheule, um sein Pöstchen nicht zu verlieren. Glaubst Du das wirklich? Ist es nicht *wahrscheinlicher*, daß ich derselbe bin und daß Du nur nicht daran glauben willst? Du machst Dir, glaube ich, den *Ernst* der Situation nicht klar; Du überschüttest mich mit Vorwürfen, sie haben mich umgetrieben, kann ich Dir sagen, ich kam mir elend vor, ich *hatte* unsere ganz heiligen Spiel-Regeln verletzt. Aber nun kommt das Wichtige: wenn Du hier wärest, würdest Du mich nicht auf diese Regeln anzurufen haben, Du würdest wissen: es ist wichtiger, daß ich, selbst unter Verletzung dieser unserer Dinge, das Stückchen Einfluß, das ich habe, zum Wohl der Sache ausübe. Es sei *gegen* das Wohl der Sache, sagst Du? Darauf kann ich nur antworten: nein, Du irrst Dich, Du stellst Dinge, die ich geschrieben habe, und solche, die andere geschrieben haben (die Du aber ebenso mir zur Last legst), in einem Ton dar, der schimpft. K. – damit ist nichts gewonnen, und wenn Du Deine Zeitschrift auf diesen Ton stellst, so mag sie witzig zu lesen sein, *erheben* wird sie sich nicht. Nur äußerste Klarheit, Adel, Ruhe, das wird ihr Ton sein müssen – mit Klagen über Barbarei ist nicht das mindeste geholfen, mit Hindurchleben und Hinausführen alles. Versteh doch, daß es darauf ankommt und nicht auf catonische Treue in einem leeren Raum des Protestierens.

Es hat keinen Sinn, auf Einzelheiten einzugehen, auch nicht auf Vorwürfe, die Du mir geradezu wortverdrehend machst (*wo* hätte ich die Verbrennungen gefeiert?) – entweder glaubst Du mir oder Du glaubst mir nicht, wenn ich sage: es war falsch, was Du schriebst. Bedenke aber zweierlei: Du kannst nicht ein Unternehmen nach von Herrn Sch. glossierten Einzelheiten beurteilen, sondern nur nach seinem Effekt (den werden wir nach *Monaten* erkennen), das müßte Dir Deine Klugheit sagen. Und 13 Jahre der Gemeinsamkeit müßten Dir sagen, daß man zu *Menschen* stehen muß, nicht nach den *Zeichen*, die sie von sich geben und die aus der Ferne seltsam aussehen. Herr Sch., sagst Du, habe recht mich zu schmähen, er, der von mir genau die abgestandene Krethi-Plethi-Kenntnis hat, daß ich in Zauberers Hause gut gehalten worden bin. Weißgott, das bin ich – und meinst Du, ich hätte euch verraten, weil ich in meinem Amt Wege fahren muß, an denen auch die Hasser dieses Hauses stehen? Du aber nimmst eines fürs andere, genau wie Sch. u. K., von denen Du noch gestern leichten Mundes sprachst. Habe ich je schlecht von einem von euch gesprochen, habe ich je einen Hauch anderes von Dir gesagt, als daß Du seit 13 Jahren mein ritterlichster Freund bist, habe ich je anders als mit Liebe, mit Trauer und Wiedersehenssehnsucht von euch gedacht? Nein, ich habe »euch« verraten, nämlich *euch d'outre frontière*, deren Situation und deren Personal ich allerdings keineswegs vorbildlich und vertretbar finde – und diese beiden »euch« soll ich gleichsetzen, das verlangst Du von mir. Weil mein Herz oft in jenen highlands ist, wo the wild dear, nämlich Du, E. und Milein seid, soll es mich zwingen, daß ich mich »winde« wie Suhrkamp, das gefiele Dir besser? Komm zurück, Lieber, – wir würden uns besprechen und Du würdest einsehen, daß ich recht habe. Aber Du wirst nicht kommen, Du wirst Dich verschließen, *Du* wirst rechthaben wollen. Adieu, und schreibe mir das eine, ob Milein wirklich meinen Brief nicht erhalten hat.

Comme autrefois! Clemens.«

Israel: Wilfried Israel, Inhaber des Warenhauses Israel.

AN THOMAS MANN 20. 8. 33

S. 122 *Onkel Heinrichs Verdienst:* Heinrich Manns Aufsatz »Sittliche Erziehung durch deutsche Erhebung«, Hauptartikel im ersten Heft der »Sammlung«.

Tutt: Brigitte Bermann Fischer, geb. 1905, Samuel Fischers älteste Tochter, genannt Tutti. Verheiratet mit Gottfried Bermann Fischer.

S. 123 *Samuel Sänger:* Prof. Samuel Saenger, 1864–1944, politischer Lektor und leitender Mitarbeiter des S. Fischer Verlags sowie Mitherausgeber der »Neuen Rundschau«.

S. 124 *als ausgesprochener Onkel Vicko:* redselig, plauderhaft; Anspielung auf Viktor Mann, 1890–1949, Thomas Manns jüngsten Bruder, Diplom-Volkswirt, Bankberater. Blieb als einziger von der Familie in Deutschland.

Tante Kätchen: Käthe Rosenberg, 1883–1960, Übersetzerin, eine Kusine Katia Manns, mit Fischers befreundet; besuchte Manns in Südfrankreich und der Schweiz, überbrachte mehrfach Nachrichten.

VON THOMAS MANN 24. VIII. 33

B.: Gottfried Bermann Fischer.

Käthe: Käthe Rosenberg.

S. 125 *Offi:* KMs Großmutter Hedwig Pringsheim.

neues Buch von Spengler: »Jahre der Entscheidung« von Oswald Spengler, 1880–1936; kulturphilosophischer Schriftsteller.

AN THOMAS MANN 28. 8. 33

S. 126 *Verlust von Onkel Heinrichs Staatszugehörigkeit:* Heinrich Mann wurde am 23. 8. 1933 ausgebürgert.

Beri: Gottfried Bermann Fischer.

wie Frau Bernstein: Elsa Bernstein geb. Porges, 1866–1949; unterhielt einen berühmten Münchner Salon.

AN BENEDETTO CROCE 29. 8. 33

Benedetto Croce: 1866–1952, italienischer philosophischer Schriftsteller und Literaturhistoriker. Werke über Ästhetik, Logik, Theorie der Geschichtsschreibung und Geschichte Italiens. – Auf dem Original des Briefes eine handschriftliche Übersetzung ins Italienische. S. 127
Ein Beitrag von Ihnen: erst im letzten Heft, »Die Sammlung«, Jg. 2, Heft XII, August 1935, kam ein Beitrag zustande: »Die Pseudo-›Deutschheit‹ der deutschen Wissenschaft und Kultur«, ein kurzer Auszug aus der von Croce herausgegebenen Zeitschrift »La Critica«, Neapel.

VON STEFAN ZWEIG 30. August 1933

Bronislav Hubermann: weltbekannter Geiger, 1882–1947. S. 128

VON THOMAS MANN 1. IX. 33 [Postkarte]

Broschüre des Theologen Barth: »Theologische Existenz heute«, München 1933. Karl Barth, 1886–1968, Schweizer protestantischer Theologe, lehrte bis zur Amtsenthebung 1934 in Deutschland; entschiedener Gegner des Nationalsozialismus, Wortführer der »Bekennenden Kirche«. S. 129
das vom Jakob: Jakob Wassermanns Buch »Selbstbetrachtungen«, 1933.
Lessing: Theodor Lessing, 1872–1933, Philosoph und Mathematiker; wurde 1933 im tschechischen Exil ermordet.

AN RENÉ SCHICKELE 3. 9. 33

Ihr Brief: vom 29. August 1933 mit der Bitte, KM möge sich erneut gedulden, und dem Hinweis Schickeles, die Erwähnung seines Namens im Prospekt der »Sammlung« könne ihn den Besitz in Badenweiler kosten: »Aber dafür können Sie nichts. Sie haben nicht im Traum daran gedacht. Ich habe Ihnen meine Mitarbeit in aller Form zugesagt.« Was die Beiträge betreffe, bittet Schickele nochmals, »nicht ungeduldig zu werden«.
Meier-Gräfe: Julius Meier-Graefe, 1867–1935, Kunsthistoriker, Schriftsteller; emigrierte 1933 nach Südfrankreich. Freund der Familie Fischer.
nachteilige Folgen für Sie: die »Vossische Zeitung« druckte Schickeles Roman »Die Witwe Bosca«. S. 130

VON STEFAN ZWEIG 11. September 1933

Wieland Herzfelde: geb. 1896, einer der Initiatoren des Dadaismus; 1919 KPD, Leiter des Malik-Verlags, emigrierte 1933 nach Prag, gab dort bis 1935 die Zeitschrift »Neue Deutsche Blätter« heraus, ging 1939 in die USA, ab 1949 Professor in Leipzig. S. 131

VON THOMAS MANN 13. IX. 33

S. 132 *H. M.'s hochleidenschaftlichen Artikel:* Heinrich Manns »Sittliche Erziehung durch deutsche Erhebung«.
S. 133 *Saenger:* Samuel Saenger.

AN STEFAN ZWEIG 15. 9. 33

S. 135 *Was den Willy Haas betrifft:* KMs Urteil über die Bemühungen von Haas aufgrund eines Leitartikels in der »Literarischen Welt«.

VON STEFAN ZWEIG 18. September 1933

S. 136 *Werfel:* Franz Werfel, 1890–1945, expressionistischer Lyriker, Dramatiker, später religiös gestimmter Romancier. Heiratete 1918 Alma Mahler; emigrierte 1938 von Wien nach Sanary, 1940 in die USA.
S. 138 *Rolland:* Romain Rolland, 1866–1944, französischer Romancier und Pazifist, Freund Stefan Zweigs. Nobelpreis 1915.

AN HERMANN KESTEN 29. 9. 33

S. 139 *ein guter Roman:* »Der Gerechte«, Allert de Lange, Amsterdam 1934.
S. 140 *der »HASS«:* Heinrich Manns Essay »Der Haß. Deutsche Zeitgeschichte«, Querido, Amsterdam 1933.
Am teuflischsten benimmt sich dieser Döblin: KM erhielt einen Brief Fritz Landshoffs vom 12. September 1933: »Nun ist also der Eclat da«, mit Auszügen eines Beschwerdebriefes von Alfred Döblin, man habe ihm »politische Tendenzen der Zeitschrift« verheimlicht.

AN RENÉ SCHICKELE 29. 9. 33

Geburtstagswunsch: zum 50. Geburtstag Schickeles, redaktionell nicht gezeichneter Beitrag im ersten Heft der »Sammlung«.
»Jüdischer Krieg«: Lion Feuchtwangers Roman »Der jüdische Krieg«, Amsterdam 1932.

AN GOTTFRIED BERMANN FISCHER 30. 9. 33 [Briefentwurf]

S. 141 *Beschimpfungen gegen mich:* Bermann Fischer mußte befürchten, daß die Emigranten, deren Bücher noch in seinem Verlag erschienen (H. Hesse, Thomas Mann, Annette Kolb), durch eine Mitarbeit an KMs »Sammlung« in Deutschland mit einem Veröffentlichungsverbot belegt würden. Siehe dazu Anm. zu KMs Telegramm AN THOMAS MANN [26. 1. 1936] und Erika Mann, »Briefe und Antworten«, Bd. I, S. 38.

VON RENÉ SCHICKELE 2. 10. 33

S. 143 *Erwähnung der »Weißen Blätter«:* Schickele war während des 1. Weltkrieges Herausgeber der pazifistischen »Weißen Blätter«, an denen auch Heinrich Mann mitarbeitete.
Le balai! Le balai!: Soviel wie: Besen her! Besen her!

AN RENÉ SCHICKELE 6. 10. 33

Besuch Saengers: siehe S. 132 f.

Ihr Beitrag für die »Sammlung«: Schickele schrieb nicht für die »Samm- S. 145
lung«, antwortete aber am 12. Oktober 1933 auf einer Karte an KM nunmehr: »Alles in Ordnung.«

AN KATIA MANN 7. 10. 33

säuberlich installiert: Ende September bezog Thomas Mann das von Frau Faesi vermittelte Haus in Küsnacht bei Zürich, Schiedhaldenstraße 33.

Kroxe: Frau Schäuffelen, Patin von allen Pringsheimkindern.

Brod: Max Brod, 1884–1968, Erzähler, Essayist, Herausgeber. Lebte in Prag, emigrierte 1939 nach Palästina. Engster Freund und Nachlaßverwalter von Franz Kafka.

dem Käcke: Käthe Rosenberg.

Annemaries Namen: Annemarie Schwarzenbach, belastet durch ihre Beteiligung an der »Sammlung«.

Nebel: Dr. Hans Feist.

Gottfried: Gottfried Bermann Fischer. S. 146

Gololo: Golo Mann.

AN WALTER A. BERENDSOHN 11. 10. 33

Walter A. Berendsohn: 1884–1984, deutscher Germanist; 1933 Flucht S. 147
nach Dänemark, 1943 nach Schweden. Professor in Stockholm, Arbeiten über Thomas Mann und die Exilliteratur.

Übersendung Ihres Aufsatzes: »Deutsche Humanität«, in »Die Sammlung«, Jg. 1, Heft VII, März 1934.

AN WALTER A. BERENDSOHN 16. 10. 33

von den Themen, die Sie nennen: auf dem Brief vom 11. Oktober 1933 S. 148
hatte Berendsohn notiert: »Amerikanische Perspektiven«, »Europäische Not«, »Querschnitt durch die Weltkriegsliteratur«, »Woher stammt die Weltliteratur?«, »Der Mißbrauch der nationalen Idee«, »Skandinavische Beiträge«. Es erschien kein weiterer Aufsatz Berendsohns in der »Sammlung«.

AN OTTO BASLER 24. 10. 33

Otto Basler: geb. 1902, Schweizer, Lehrer in Burg/Aargau; war mit Hermann Hesse und Thomas Mann eng befreundet.

AN KATIA MANN 24. 10. 33

Bibi: Michael Mann besuchte die Violinklasse des Konservatoriums in S. 149
Zürich.

Kätchen: Käthe Rosenberg.

Nebel: Dr. Hans Feist.

Frau E: Erika Mann.

Bertrams Besuch: Prof. Ernst Bertrams enge Freundschaft mit Thomas Mann ging aus politischen Gründen auseinander.
Diebolds Joseph-Besprechung: Bernhard Diebold, 1886–1945, Schweizer Mitarbeiter der »Frankfurter Zeitung«; darin am 25. 10. 1933 Diebolds Kritik »Thomas Mann über den Patriarchen«.
Frisch: Efraim Frisch sagte KM brieflich eine Rezension für die »Sammlung« zu, die aber nie erschien.

AN HERMANN KESTEN 7. 11. 33

S. 150 *die Haß-Besprechung:* Hermann Kesten, »Heinrich Mann ›Der Haß‹« in »Die Sammlung«, Jg. 1, Heft IV, Dezember 1933.

VON STEFAN ZWEIG 18. Nov. 1933

S. 152 *die Sie geruhig abdrucken dürfen:* kein Abdruck, »Die Sammlung« nahm zu der ganzen Kontroverse nicht Stellung. Eine zusammenfassende, abschließende Anmerkung über den Verlauf dieser Auseinandersetzungen siehe unter: AN THOMAS MANN [26. 1. 1936].

VON STEFAN ZWEIG 23. November 1933

Telegramm: nicht vorhanden.
In den Neuen Deutschen Blättern: seit 20. September 1933 in Prag von Wieland Herzfelde herausgegebene Zeitschrift.

AN WALTER A. BERENDSOHN 24. 11. 33

S. 154 *Klages:* Ludwig Klages, 1872–1956, Schriftsteller und Philosoph.
Novalis: Dichtername des Frh. Friedrich von Hardenberg, 1772–1801; Frühromantiker.

AN STEFAN ZWEIG 27. 11. 33

S. 155 *die paar Zeilen von Rolland:* Romain Rollands Brief und Glückwunsch an die Redaktion, in »Die Sammlung«, Jg. 1, Heft III, November 1934.

AN HERMANN KESTEN 30. 11. 33

S. 156 *Tagger-Uraufführung:* »Die Rassen« von Ferdinand Bruckner.
Ihren Aufsatz: »Der Preis der Freiheit«, in »Die Sammlung«, Jg. 1, Heft V, Januar 1934.
S. 157 *Madame:* Frau Toni Kesten.

AN STEFAN ZWEIG 12. 12. 33

Gastland – Holland: Holland-Nummer der »Sammlung«, Jg. 1, Heft VIII, April 1934.

AN HERMANN KESTEN 21. 12. 33

S. 159 *Ihren schönen Aufsatz:* »Der Preis der Freiheit«.
Ihren Brief an Bert Brecht hat mir Landshoff … gezeigt: Bertolt Brecht,

1898–1956, deutscher Dichter und Dramatiker; ging 1933 ins Exil nach Dänemark, 1940 über Schweden nach Finnland, 1941 über Moskau und Wladiwostok nach den USA. 1948 Rückkehr nach Ost-Berlin. – Die Briefe Hermann Kestens an Landshoff, auch für KM bestimmt, fanden sich im Nachlaß KMs. Die im folgenden ausgelassenen Stellen betreffen nur Verlagsgeschäfte. Kesten schrieb:

Paris, 17. 12. 33

»Lieber Landshoff,

ich schicke Ihnen die Abschrift eines Briefes, den ich eingeschrieben vor einigen Tagen an Brecht gesandt habe. Sie entnehmen ihm einen matten Abklatsch dieses Gesprächs, das mir so unerhört erschien, daß ich es auf den Rat Landauers und Roths fixiert habe. Bitte, zeigen Sie diesen Brief auch unserem Freunde Klaus Mann.

Was sagen Sie zu einer solchen verbrecherischen Pression? Mit ist ein solcher Fall von Erpressung, Nötigung und einseitiger Bestechung nicht nur in meinem ganzen Leben noch nicht vorgekommen, sondern auch innerhalb der Literatur mir noch nicht zu Ohren gekommen [...]

Herzlichst Ihr Kesten

Paris, 15. 12. 33

Lieber Herr Brecht,

um jedem geschäftlichen Mißverständnis vorzubeugen (und selbstverständlich keineswegs in meiner Eigenschaft als Ihr Kollege und Schriftsteller, sondern als Lektor des Verlages Allert de Lange, Amsterdam) erlaube ich mir, folgenden Inhalt unserer gestrigen Unterredung noch einmal kurz zu skizzieren. In Ihrem Hotel, in das ich gestern auf Ihre telephonische Bitte gekommen war, besprachen wir folgendes:

Sie haben von der Edition Carrefour (Münzenberg) ein Angebot in Vorschußhöhe von Mk. 4000,– für Ihren Roman nach dem Dreigroschenoper-Roman erhalten, der einen Roman unserer Zeit in einem Phantasie-China darstellen soll. Da Sie einen ungewöhnlich günstigen Vertrag über den Dreigroschenoper-Roman vom Verlag Allert de Lange erhalten haben, wollen Sie aus Loyalitätsgründen dem Verlag de Lange Kenntnis von dem Ihnen gemachten Angebot und die Möglichkeit geben: entweder zu den gleichen Bedingungen (Mk. 4000,– Vorschuß) schon jetzt über Ihren China-Roman abzuschließen oder jetzt über Ihren China-Roman in der Art abzuschließen, daß Sie einen Vorschuß von Mk. 2500,– mindestens zugesichert erhalten, aber bei vorliegenden höheren Verlagsangeboten von anderer Seite dem Verlag de Lange die Möglichkeit geben, zur gleichen Summe wie die höchste Summe anderer Angebote, Ihren China-Roman zu erwerben. Zahlungen für den China-Roman hätte der de Lange Verlag erst etwa zwei Monate nach Ablieferung und Erscheinen des Dreigroschenoper-Romanes an Sie zu leisten. [...]

Sie schlugen mir ferner vor, ich möchte mit Ihnen, trotz der Verschiedenheit unserer Weltanschauungen, eine Art »literarischen

Freundschafts-Paktes« schließen, der folgende Bedingungen enthielte: Obwohl ich, wie Sie sich äußerten, »ein objektives Feindschaftsgefühl für Ihr Werk« hätte, sollten wir, Sie, Bert Brecht, und ich, die nächsten fünf Jahre etwa uns gegegenseitig durch mündliche Vereinbarung verpflichten, von unserer beider Werken mit Respekt zu sprechen, wenn auch mit weltanschaulichen Vorbehalten. Dieser Pakt sollte so erfüllt werden, auch wenn ich etwa eines Ihrer künftigen Werke oder Ihre ganze literarische Persönlichkeit ohne dieses Bündnis eventuell aufs schärfste hätte ablehnen müssen. Sie erklärten, Sie hätten derlei Pakte mit Feuchtwanger oder Döblin zum Beispiel abgeschlossen.

Dieses Bündnis hätte auch meine Stellung als Lektor des Verlages Allert de Lange, Amsterdam, zu beeinflussen, ich hätte also als Lektor des Verlages Allert de Lange Ihre literarischen Vorschläge mit ganzer Kraft und mit allem Einfluß zu unterstützen, selbst wenn ich etwa der Meinung wäre, ein abwegiges oder nach meinen Begriffen verfehltes Werk von Ihnen läge vor. Ich hätte Sie, diesem Ihrem vorgeschlagenen Pakte zufolge, in diesem Sinne auch schon bei Ihrem jetzigen 4000-Mk.-Vorschuß-Vorschlag Ihren China-Roman betreffend zu unterstützen.

Zur Erläuterung dieses umfassenden Vorschlags erklärten Sie mir, daß Sie in erster Linie nicht Dichter, sondern ein »Verhaltens-Lehrer« seien; daß Sie der gesamten bürgerlichen Welt als Marxist feindlich gegenüberständen und gezwungen und willens seien, mit den allerschärfsten, sonst von Ihnen mißbilligten Mitteln der kapitalistischen Welt, gegen Ihre Gegner vorzugehen; daß Sie sich gezwungen sähen, die wirtschaftliche oder literarische Existenz Ihrer Gegner oder Nicht-Freunde mit allen Ihnen zur Verfügung stehenden Mitteln zu vernichten; daß Sie dazu willens und fähig seien; daß Sie es bereits öfters getan hätten; daß Sie aber, im Gegenteil, Ihren Freunden gegenüber zu größten Gefälligkeiten und Unterstützungen bereit seien, daß Sie etwa Kaspar Neher die Existenz geschaffen hätten.

In diesem Falle, der mich betrifft, erklärten Sie ferner: Daß Sie sich gezwungen sähen, mich, den infolge entgegengesetzter Weltanschauung »objektiv feindseligen« Lektor des Verlages de Lange, auszuschalten und zu bekämpfen und meinen Einfluß, respektive mich aus dem Verlage zu eliminieren.

Auf Ihre Ausführungen erwiderte ich Ihnen Folgendes:

Etwas dergleichen wie Ihre Offerte sei mir in meinem Leben noch nicht begegnet. Ich vermöchte die Sache kaum zu begreifen. [...] Dergleichen »Literatur-Pakte« zu schließen, widerspräche nicht nur all meinen Prinzipien und Anschauungen, sondern sei sogar meinem Temperament und meiner Art vollkommen zuwider. Ich könnte und wüßte nichts anderes, als Freunden oder Feinden meine aufrichtige Meinung zu sagen. Ich bin, sagte ich Ihnen, außerstande, solche Pakte zu schließen.

Im übrigen, sagte ich Ihnen, würde ich nicht nur Feindschaften nicht fürchten, sondern es wäre mir eine Lust, bekämpft zu werden von meinen literarischen Feinden, und ich würde mich in solchen Kämpfen geradezu wohl fühlen. [...]

Ich habe Ihnen auch, was ich hier gerne wiederhole, erklärt, daß ich Ihr Talent für groß, Ihre Begabung für interessant halte und manchen Teilen Ihres Werkes (besonders Ihres lyrischen Werks) eine entschiedene Sympathie entgegenbringe. Ich möchte Ihnen nochmals versichern, daß meine Loyalität Ihrem Werke gegenüber stets unverändert bleiben wird. Ich habe von unserem Gespräche Herrn Landauer, als dem geschäftlichen Vertreter des Allert de Lange Verlages in Paris, Mitteilung gegeben. [...]

Mit kameradschaftlichen Grüßen Ihr Hermann Kesten

18. 12. 33

Lieber Landshoff,

heute hat mich Brecht gebeten, ihn wegen der Sache, die ich Ihnen schrieb, zu sprechen. Wir trafen uns im Café mit Landauer.

Brecht erklärte, ich hätte ihn mißverstanden, es täte ihm leid, er möchte die Sache aus der Welt schaffen. Er bat mich um Entschuldigung. Er wollte mich nicht kränken. Ich möchte den Brief zurücknehmen.

Darauf erklärte ich ihm, ich habe keinen Anlaß, eine Affäre daraus zu machen. Ich würde ihm gerne schreiben, daß ich von ihm vernommen habe, daß er keineswegs das habe sagen wollen, daß er sich ungeschickt ausgedrückt habe, daß ich ihn zwar nicht subjektiv aber objektiv mißverstanden habe, daß ich akzeptiere, daß es ein objektives Mißverständnis war, und seine Entschuldigung angenommen habe.

Ich habe das gemacht, weil ich, wie Sie wissen, kein rachsüchtiger Mensch bin, und mir zwar nichts gefallen lassen kann, aber wenn mir jemand erklärt, er bedauere es und habe es anders gemeint – schön!

Ich werde also diese Sache fallen lassen, was ich Ihnen mitteilen möchte. Bitte, machen Sie also auch keinen Gebrauch weiter davon. Ich überlasse es Ihnen, ob Sie Klaus Mann die Sache erzählen wollen oder nicht. Ich bitte auf jeden Fall um Vertraulichkeit, die ich zwar keinesfalls versprochen habe, die ich aber halten will, da es an sich unsinnig ist, statt Hitler Brecht zu bekämpfen.

Kommen Sie nicht über Paris? Dann rufen Sie doch an! Ich grüße Sie herzlichst Ihr Kesten«

traurige kleine Geschichte: »Letztes Gespräch«, in »Die Sammlung«, Jg. 1, Heft VI, Februar 1934.

AN EVA HERRMANN 28. 12. 33

S. 160 *Queri:* Querido Verlag.
E's Mühlen-Erfolg: Erika Manns »Pfeffermühle« war seit 1. Oktober 1933 in Zürich beheimatet.
zu seinen Zöglingen nach St. Cloud: Golo Mann war Dozent an der École Normale in St. Cloud bei Paris.
Moni nach Florenz: Monika Mann lebte in Florenz, wo sie ihren späteren Mann, den ungarischen Kunsthistoriker Jenö Lányi kennenlernte.

VON HERMANN KESTEN 30. 12. 33

S. 161 *Weltbühne:* »Die Neue Weltbühne«, seit 14. April 1933 in Prag erscheinend; bis 8. März 1934 Redaktion Willi Schlamm, bis 31. August 1939 Redaktion Dr. Hermann Budzislawski.
Ihre Novelle: »Letztes Gespräch«.
zu dem armen Jakob Wassermann: er war schwer erkrankt und starb am 1. Januar 1934 in Alt-Aussee.

AN HERMANN KESTEN 6. 1. 34

S. 162 *»Die grünen Wälder«:* das Gedicht von Hermann Kesten erschien in »Die Sammlung«, Jg. 1, Heft VII, März 1934.
den Brod bekommen: Max Brods Roman »Die Frau, die nicht enttäuscht«, Allert de Lange, Amsterdam 1933.

AN MANUEL GASSER 13. 1. 34

S. 163 *Manuel Gasser:* geb. 1909, Redakteur der Schweizer Zeitschrift »Die Weltwoche«, später »DU«; mit KM befreundet.
in Freiburg bei den S. S.'s: Gasser besuchte einen Studenten.
Herrn von Schuhmachers »In eigener Sache«: Karl von Schuhmacher war Gründer und Herausgeber der »Weltwoche«.

AN JEDIDJAH ḤABQIN 23. 1. 34 [Briefkopie]

S. 164 *Chavkin:* Jedidjah Ḥabqin, 1903–1948, wanderte 1922 mit seinen Eltern von München nach Palästina aus und fiel im israelisch-arabischen Krieg.

AN KATIA MANN 26. 2. 34

S. 166 *Hausfreund Bruno:* Bruno Frank.
Vatis Brief an die Haagsche Post: Nicht aufgefunden.
Kuzi-Muzi: Bruno Walter und seine Frau Else.
Mengelberg: Willem Mengelberg, 1871–1951, Dirigent des Amsterdamer Concertgebouw-Orchesters von 1895 bis 1945; wegen seines Verhaltens in der Zeit der deutschen Besetzung 1945 aus Holland verbannt, starb in der Schweiz.
unser Patzak: Julius Patzak, 1898–1974, lyrischer Tenor.

Vom Roman: »Flucht in den Norden«, Querido, Amsterdam 1934; Neuausgabe München 1977.
Onkel Peter: Peter Pringsheim, damals Professor in Brüssel.

AN KATIA MANN 24. 3. 34

Einbürgerung in Brasilien: zerschlug sich. S. 167
die Luchaire: Antonina Vallentin-Luchaire.
Schwesting: Erika Mann.
mit Theresen: Therese Giehse.
Onkel Nebel: Hans Feist. S. 168
Rudolf Kayser: 1889–1964, von 1920 bis Ende 1932 Redakteur der »Neuen Rundschau«; emigrierte in die USA.
der zweite Joseph-Band: »Der junge Joseph«, S. Fischer, Berlin 1934.
Peesach: jüdisches Osterfest.
Doktor Guldi: Arzt, der gebieterisch »Gulden«, das heißt Bezahlung verlangte.
Brunos: Bruno und Liesl Frank.
Feuchtis: Lion und Marta Feuchtwanger.

AN ALFRED NEUMANN 6. 4. 34

Alfred Neumann: 1895–1952, Schriftsteller, Verfasser von Geschichts- S. 170
romanen; emigrierte 1933, 1941 nach Californien; ab 1949 Florenz und Lugano.
eine Bitte um Mitarbeit: erst in »Die Sammlung«, Jg. 2, Heft I, September 1934, erschien ein Vorabdruck »Letizia Bonaparte« aus dem Roman »Neuer Cäsar«, Allert de Lange, Amsterdam 1934.
»Der mißbrauchte Mensch« von Robert: Paul Anton Robert (Ps. für Paul Roubiczek), 1898–1973, Verlagslektor und Schriftsteller, ab 1939 Dozent in Cambridge.
Ihre Frau: Kitty Neumann, Tochter des Münchner Verlegers Georg S. 171
Müller.

AN THOMAS MANN 12. 4. 34

Indiskretionen unseres würdigen Toten: »Joseph Kerkhovens dritte Exi- S. 172
stenz«, Roman, Querido, Amsterdam 1934. Dieser letzte Roman Jakob Wassermanns, posthum erschienen, trug stark autobiographische Züge.
Aufsatz von Menno ter Braak: 1902–1940, holländischer Schriftsteller S. 173
und Redakteur; beging beim Einmarsch der deutschen Truppen Selbstmord. Den Aufsatz »Geist und Freiheit« steuerte ter Braak der Holland-Nummer der »Sammlung« bei, Jg. 1, Heft VIII, April 1934.
wenn man ihrem Paten trauen darf: Ernst Bertram, Pate der jüngsten Mann-Kinder, hatte zu einer Rückkehr nach Deutschland geraten.
der Käcke: Käthe Rosenberg.

VON THOMAS MANN 18. IV. 34

S. 174 *bei Lappen und Finnen:* KMs Roman »Flucht in den Norden« spielt in Finnland, die Hauptfiguren weisen gewisse Ähnlichkeiten mit KMs früheren Gastgebern auf.

mit dem von A. Zweig: Arnold Zweig, 1887–1968, Erzähler; emigrierte nach Palästina, 1948 Rückkehr in die DDR. Thomas Mann bezieht sich offenbar auf »Bilanz der deutschen Judenheit 1933. Ein Versuch«, Querido, Amsterdam 1934.

vergebens, nicht vergeben: von Katia Mann geträumte Grabinschrift, in der Familie häufig zitiert.

S. 175 *Reisi:* Hans Reisiger, 1884–1968, Schriftsteller und Übersetzer, insbesondere des Gesamtwerks von Walt Whitman. Enger Freund Thomas Manns, emigrierte nicht, wodurch es zu zeitweiliger Trübung der Freundschaft kam.

Herzchen: Ida Herz, 1894–1984, ordnete im Sommer 1925 Thomas Manns Bibliothek in München, legte ein privates Archiv an. Sie emigrierte nach London, umfangreiche Korrespondenz mit Thomas Mann seit den zwanziger Jahren.

Resbeth: Therese Giehse.

Mrs. Knopf: Verlegerin Blanche Knopf, 1898–1966, Frau von Alfred A. Knopf, New York.

nach Bern zur Eri: Erika Mann gastierte mit der »Pfeffermühle« in Bern.

Goethe-Vortrag: am 30. April 1934 hielt Thomas Mann in Basel vor Studenten den Vortrag »Goethes Laufbahn als Schriftsteller«.

AN STEFAN ZWEIG 9. 5. 34

»Pariser Tageblatt«: von dem weißrussischen Emigranten Wladimir Poljakoff verlegte, von Georg Bernhard geleitete deutsche Exil-Zeitung. Zu ihrer Geschichte siehe Anm. zum Brief KMs AN KONRAD HEIDEN [März 1937].

S. 176 *»Maria Stuart«:* Roman; Reichner, Wien, Leipzig und Zürich 1935.

S. 177 *mit dem Wassermann-Kerkhoven:* Jakob Wassermanns Roman »Joseph Kerkhovens dritte Existenz«.

AN ARNOLD ZWEIG 12. 5. 34

S. 179 *»Ärgerliche Begegnung«:* Arnold Zweigs Novelle erschien nicht in der »Sammlung«.

»Der Krieg und der Schriftsteller«: in »Die Sammlung«, Jg. 1, Heft XII, August 1934.

schönes und aktives Interesse: Arnold Zweig hatte am 25. April aus Haifa u. a. geschrieben: »Ich möchte mich gern intensiver an der ›Sammlung‹ beteiligen, bin aber, wie Sie ja wissen, durch den Zustand meiner Augen sehr beschwert und muß mich freuen, wenn ich durch Zufall etwas Passendes finde.«

Doktor Infeld: Heinrich Infeld, Zionist, Verfechter jüdisch-arabischer Integration.

AN RENÉ SCHICKELE 16. 5. 34

»Witwe Bosca«: der Roman war 1933 noch im S. Fischer Verlag, Berlin, erschienen. S. 180

die Novelle und der Du Perron: »Ogaru der Räuber« von A. den Doolaard und »Holländische Literatur« von E. Du Perron, in »Die Sammlung«, Jg. 1, Heft VIII, April 1934. S. 181

AN HANS FEIST 17. 5. 34

in Geschäfte eingesponnen: Feist transferierte Kunstschätze, vor allem die wertvolle Porzellansammlung seiner Mutter. S. 182

Kirchner: Deckname als Unterschrift. S. 183

AN ERWIN WASSERBÄCK 30. 5. 34 [Durchschrift]

Dr. Erwin Wasserbäck: Legationsrat an der österreichischen Gesandtschaft in Paris; auch Joseph Roth schrieb in dieser Angelegenheit an Wasserbäck (»Briefe 1911–1939«, Köln 1970).

»Unabhängiges Österreich«: der Artikel erschien anonym, kam von Stefan Grossmann, der ihn selbst verfaßt hatte; in »Die Sammlung«, Jg. 1, Heft VIII, April 1934. S. 184

AN STEFAN GROSSMANN 30. 5. 34

Stefan Grossmann: 1875–1935, Publizist; Gründer und mit Leopold Schwarzschild Herausgeber des »Tagebuch« in Berlin, emigrierte 1933 nach Wien. S. 185

AN RENÉ SCHICKELE 1. 6. 34

Beziehungen zu der Bülowstraße: zum S. Fischer Verlag, Berlin, Bülowstraße. S. 186

Georg Bernhard: 1875–1944, Chefredakteur der »Vossischen Zeitung« in Berlin, emigrierte 1933, leitete das »Pariser Tageblatt«, später »Pariser Tageszeitung«.

AN DEN P.E.N.-CLUB 17. 6. 34

P.E.N.-Club: Internationale Schriftsteller-Vereinigung mit nationalen Zentren (Poets, Essayists, Novelists = PEN), 1921 von C. A. Dawson-Scott und John Galsworthy in London gegründet, 1931 bereits Zentren in 34 Ländern mit ca. 3000 Mitgliedern, heute in 85 Ländern. 1933–1936 war der internationale Präsident der Engländer H. G. Wells. S. 187

Herrn von Schmidt-Pauli: Edgar von Schmidt-Pauli trat im Auftrag des Deutschen Reichs und Delegierter des nazifizierten deutschen P.E.N.-Zentrums beim Kongreß in Ragusa 1933 erstmals auf und bewirkte den Austritt Deutschlands aus dem P.E.N.

AN STEFAN ZWEIG 18. VI. 34

S. 188 *eine Biographie:* das Rimbaud-Buch KMs kam nicht zustande.

VON STEFAN ZWEIG 20. Juni 1934

S. 189 *gewisse Memoiren und Biographien Paul Verlaines:* Paul Verlaine, 1844–1896, französischer Lyriker; gemeint sind hier Biographien über Verlaine, der bis 1873 mit Rimbaud befreundet war.

AN PAUL ZECH 20. 3. 34

S. 190 *Paul Zech:* 1881–1946, Schriftsteller und Übersetzer; Mitherausgeber der expressionistischen Zeitschrift »Das neue Pathos«, 1933 verhaftet, emigrierte nach Argentinien.
Für die Zeitschrift: Paul Zech war in der »Sammlung« erst in Jg. 2, Heft VIII, April 1935, mit »Buenos Aires« vertreten.

VON ELSE LASKER-SCHÜLER 24. VI. 34

S. 191 *Else Lasker-Schüler:* 1869–1945, Lyrikerin, Dramatikerin; emigrierte 1933 in die Schweiz, 1934 nach Jerusalem.
das Gedicht: »Hingabe«, in »Die Sammlung«, Jg. 1, Heft IX, Juli 1934; siehe auch KMs Brief AN ELSE LASKER-SCHÜLER 28. 6. 34.

AN RENÉ SCHICKELE 27. [6.] 34

S. 192 *Schutzbefohlener der Holländischen Königin:* KM erhielt nur den Niederländischen Pasport voor Vreemdelingen, ausgestellt in den Haag am 22. Juni 1934, einen Fremdenpaß, der Staatenlosen das Reisen erlaubte.

AN ELSE LASKER-SCHÜLER 28. 6. 34

nächstens in einem Aufsatz: nicht nachweisbar.

AN PAUL GEHEEB 9. 7. 34

S. 193 *daß Sie fort seien:* Paul Geheeb emigrierte in die Schweiz und gründete in Goldern (Berner Oberland) die École d'Humanité.
Heinrich Sachs: Lehrer an der Odenwaldschule.

AN HANS GÜNTHER 31. 7. 34 [Briefentwurf]

S. 194 *Hans Günther:* 1899–1938, Mitarbeiter der »Roten Fahne« und der »Linkskurve«, 1932 nach Moskau berufen; Redakteur der »Internationalen Literatur«, 1936 verhaftet und nach Wladiwostok verbannt, wo er starb.

S. 195 *Ihre zusammenfassenden Andeutungen:* Hans Günther hatte am 19. Juli 1934, die damals noch geltende offizielle Linie befolgend, in einem Brief aus Moskau Thomas Manns angebliche Konzessionen an den »Irrationalismus« beim Gebrauch des Mythischen in den Josephs-Romanen kritisiert und die vollständige Erklärbarkeit der Welt verheißen. Zur Thomas-Mann-Kritik aus Moskau siehe auch die letzte Anmerkung zum folgenden Brief.

AN KATIA MANN 30. 8. 34

mit Deinem Zwilling verglichen: Katia Manns Zwillingsbruder Klaus Pringsheim in Tokio.

Das Wiedersehen mit Ort und Figur: Familie Hans Aminoff in Pekkala, Finnland, Ragnar und Karin in »Flucht in den Norden«; erstes Wiedersehen seit 1932.

Moskau: Teilnahme KMs am Ersten Allunionskongreß der sowjetischen S. 196
Schriftsteller, der vom 17. August bis 1. September 1934 dauerte. KM reiste gemeinsam mit Annemarie Schwarzenbach.

in der Sammlung ein Ausführlicheres: Jg. 2, Heft II, Oktober 1934, »Notizen in Moskau«; der vollständige Wortlaut des Manuskripts erstmals in »Heute und Morgen. Schriften zur Zeit«.

meine Johanna: Gestalt in »Flucht in den Norden«, kommunistische Widerstandskämpferin. »Dem Mädchen Johanna gab ich, in diskretverspielter Weise, die Züge und Gebärden unserer Schweizer Freundin, der lieben und schönen Annemarie« [Schwarzenbach]. (KM in »Der Wendepunkt«.)

Ehrenburg: Ilja Ehrenburg, 1891–1969, sowjetischer Schriftsteller; sein Buch »Moskau glaubt nicht an Tränen« erschien 1932.

Malraux: André Malraux, 1901–1976, französischer Schriftsteller und Politiker.

Jean-Richard Bloch: 1884–1947, engagierter politischer Schriftsteller; emigrierte 1941 aus Frankreich in die Sowjetunion. Blochs »Antwort an Karl Radek« in »Die Sammlung«, Jg. 2, Heft II, Oktober 1934.

der Gerhart: Gerhart Hauptmann.

Toller: Ernst Toller, 1893–1939, expressionistischer Dramatiker; 1919 zu fünf Jahren Festungshaft verurteilt; emigrierte 1933, ab 1936 in den USA, wo er Selbstmord beging. Nachruf und Aufsatz KMs über Toller in »Prüfungen. Schriften zur Literatur«.

»Times«-Brief: nicht ermittelt, kein Brief Thomas Manns.

Trösch: der offenbar schwer erkrankte Schauspieler Robert Trösch. S. 197

Angriff in der »Internationalen Literatur«: Alfred Kurella nannte in der »Internationalen Literatur«, Frühjahr 1934, Thomas Manns Josephs-Geschichten (Band 1, »Die Geschichten Jaakobs«) einen »Beitrag zur Rückführung des deutschen Volkes in die Barbarei«, es sei »Geist vom Geiste der Henker Deutschlands«. Ähnlich argumentierte Hans Günther.

AN THOMAS MANN 26. 9. 34

Dein Handgeschriebenes: nicht vorhanden.

Offi: Hedwig Pringsheim. S. 198

Onkel Peter: Peter Pringsheim.

des Teufels Sau, Hoffmann: siehe Anm. zum Brief AN KATIA UND THOMAS MANN [Poststempel: 5. Dez. 1927].

AN ALFRED NEUMANN 30. 9. 34

S. 199 *Landauer:* Walter Landauer, 1902–1944, Gesellschafter des Kiepenheuer Verlags Berlin, mit Hermann Kesten literarischer Leiter des Exil-Verlags Allert de Lange in Amsterdam. Starb im KZ Bergen-Belsen.

AN MAX BROD 3. 10. 34

Politzer: Heinz Politzer, geb. 1910, Lyriker, bis 1934 Prag, 1938 bis 1940 Jerusalem, Professor für Germanistik in Berkeley, Kalifornien; Kafka-Forscher.

Tagebuchblätter Kafkas: in »Die Sammlung«, Jg. 1, Heft VII, März 1934.

S. 200 *»Heine«:* Max Brod, »Heinrich Heine«, Biographie, Allert de Lange, Amsterdam 1934. KMs Rezension unter »Neue Bücher« in »Die Sammlung«, Jg. 2, Heft IV, Dezember 1934.

Kittl: Verlag J. Kittl Nachf., Mährisch-Ostrau.

AN HEINRICH MANN [Anfang Oktober 1934; Visitenkarte]

S. 201 *dies kleine Buch:* »Flucht in den Norden«. Heinrich Mann antwortete am 13. Oktober 1934 mit einem anerkennenden Brief, »besonders bemerkenswert die technischen Erfolge«, die inneren Monologe dagegen fand er »fragwürdig«.

AN MAX BROD 18. 10. 34

Ihr Brief: Max Brods Brief vom 14. Oktober: »Sie sind mir durch dieses Werk erst so richtig nah und teuer geworden.« Ausführliche Würdigung von »Flucht in den Norden«.

»Heine«: Max Brods Biographie.

AN ALFRED NEUMANN 4. 12. 34

S. 202 *für Ihren reizenden Brief:* Alfred Neumann hatte am 15. November geschrieben, wie sehr ihm »Flucht in den Norden« gefalle, besonders »jene ironisch-graziösen Tonschwingungen, die ich die Katja-Kantilene nenne«.

Anmerkungen zum »Neuen Cäsar«: KMs Artikel »Neue Bücher« in »Die Sammlung«, Jg. 2, Heft IV, Dezember 1934.

AN RENÉ SCHICKELE 11. 12. 34

S. 203 *zu Ihrer Schrift über Lawrence:* KM besprach René Schickeles »Liebe und Ärgernis des D. H. Lawrence« in dem Artikel »Neue Bücher«, in »Die Sammlung«, Jg. 2, Heft IV, Dezember 1934.

AN RENÉ SCHICKELE 30. 12. 34

S. 205 *nach Prag, Pfeffer mahlen:* Gastspiel des Cabarets »Die Pfeffermühle«.

AN KATIA MANN 15. 1. 35

Kondolenz-Brief: am 13. Januar hatte sich bei der Volksabstimmung an der Saar eine große Mehrheit für eine Angliederung der Saar an das Deutsche Reich entschieden. KM hatte bis dahin in den Saar-Zeitungen gegen Hitler geschrieben.

der Schlamm: Willi Schlamm (William S. Schlamm), 1904–1978, Publizist, gründete die Wiener »Weltbühne«, war bis 1934 Chefredakteur der »Neuen Weltbühne«, Prag. Ursprünglich Kommunist, später extrem rechtsgerichteter, antikommunistischer Kolumnist. Ab 1938 in den USA.

Vorbereitungen zum Tschaikowsky: KMs »Symphonie Pathétique. Ein Tschaikowsky-Roman«, Querido, Amsterdam 1935. Zu Entstehung, Inhalt und Form des Werks siehe Nachwort zur Neuausgabe, München 1970. S. 206

Reisi mit seiner Mary: Hans Reisiger schrieb seit langem an einer Maria-Stuart-Novelle (»Ein Kind befreit die Königin«), die erst 1939 erschien; gleichzeitig schrieb Stefan Zweig an seiner »Maria Stuart«.

Knopf hat ... das Buch angefordert: der Verlag Alfred A. Knopf, New York, brachte 1936 »Flucht in den Norden«, engl. »Journey into Freedom«.

Aufsatz über den Kitsch: Norbert Elias, »Kitschstil und Kitschzeitalter«, in »Die Sammlung«, Jg. 2, Heft V, Januar 1935.

der armen Annemarie: Annemarie Schwarzenbach hatte einen Selbstmordversuch unternommen.

Friedrich: Fritz H. Landshoff.

AN RENÉ SCHICKELE 23. 1. 35

General Fritsch: Werner Frh. von Fritsch, 1880–1939, zuletzt Generaloberst, fiel vor Warschau. Hoffnung des konservativen Widerstands innerhalb der deutschen Wehrmacht. S. 207

einen großen Aufsatz: Schickele schrieb ihn nicht. »Die Sammlung« veröffentlichte stattdessen in Jg. 2, Heft X, Juni 1935 zu Thomas Manns 60. Geburtstag: Heinrich Mann, »Der Sechzigjährige«, und Ferdinand Lion, »Die Anfänge. Thomas Mann zum sechzigsten Geburtstag«.

AN MONIKA MANN 2. 3. 35

Goschi: Leonie, Tochter von Heinrich Mann und Mimi Mann-Kanova. S. 208

Vorstudien zu einem neuen Buch: »Symphonie Pathétique«.

Deine Verlobung: mit Jenö Lányi. S. 209

AN KATIA MANN 11. 3. 35

Gevatter Theres: Therese Giehse.

Agent Rimsdijk: Agent der »Pfeffermühle«.

Reiffs: Hermann Reiff, 1856–1938, und Lilly Reiff-Sertorius, 1866–1958, Seidenindustrielle in Zürich, Mäzene und Förderer zahlreicher Exil-Unternehmungen. S. 210

klein Tenni: der Schweizer Finanzmann und Getreidehändler Tennenbaum, der schwierige Vermögens-Transaktionen zugunsten von Flüchtlingen und Emigranten besorgte.
den Roman erworben: »Flucht in den Norden«.
Leonhard Frank: 1882–1961, Erzähler; emigrierte 1933, 1940 USA, 1950 Rückkehr nach München.
Die Ereignisse: Hitlers Drohungen, bevor er die allgemeine Wehrpflicht einführte (16. 3. 1935), Bruch des Versailler Vertrags.

AN MONIKA MANN 19. 3. 35

S. 211 *Lion:* hier vermutlich nicht Lion Feuchtwanger, sondern Ferdinand Lion, 1883–1965, Publizist und Librettist; 1937–1939 Redakteur von »Maß und Wert«.
Hans Schickele: René Schickeles Sohn.
Onkel Vicko: Viktor Mann.

AN EMMY SONNEMANN-GÖRING [Anfang April 1935]

S. 212 *Sehr verehrte Frau Ministerpräsident:* Hermann Göring hatte die Schauspielerin Emmy Sonnemann am 10. April 1935 geheiratet. – KMs Brief erschien am 21. 4. 1935 im »Pariser Tageblatt«, ferner in der Tarnschrift »Deutsch für Deutsche«; er fand sich auch in den Geheimakten der Gestapo mit der Notiz Görings: »Wer ist Klaus Mann?« Das »Geheime Staatspolizeiamt« antwortete: »Der Sohn des berüchtigten Schriftstellers und Halbjuden [!] Thomas Mann.« Die (Ost-)»Berliner Zeitung« druckte den Brief nach dem Krieg in ihrer Ausgabe vom 4. August 1946. Im Nachlaß der vollständige handschriftliche Entwurf KMs.

S. 213 *Mitkämpfer Kerrl:* Hanns Kerrl, 1887–1941, Justizbeamter, nationalsozialistischer Politiker, ab 1935 Reichsminister für kirchliche Angelegenheiten.
Mitkämpfer Streicher: Julius Streicher, 1885–1946, nationalsozialistischer Politiker; gründete 1923 das antisemitische Hetzblatt »Der Stürmer«, 1924–1940 Gauleiter von Franken (daher »Frankenführer«), 1946 als Mitinitiator der Judenvernichtung in Nürnberg zum Tode verurteilt und hingerichtet.
Das Tischgebet sprach der Müller: Ludwig Müller, evangelischer Wehrkreispfarrer, Repräsentant der »Deutschen Christen«; wurde 1933 zum Reichsbischof ernannt.

S. 214 *Ossietzky:* Carl von Ossietzky, 1889–1938, Schriftsteller, Pazifist. Hauptschriftleiter der »Weltbühne«, seit 1933 im KZ. 1936 Friedensnobelpreis, dessen Annahme Hitler verbot. Starb an den Folgen der KZ-Haft.

S. 215 *Lady Milford:* Favoritin des Fürsten in Schillers Trauerspiel »Kabale und Liebe«.

AN STEFAN ZWEIG 25. 5. 35

Ausflug nach Barcelona: zum XIII. internationalen P.E.N.-Kongreß vom 21. bis 25. Mai 1935. KM berichtete darüber in »Die Sammlung«, Jg. 2, Heft XI, Juli 1935. S. 216

des großen Schriftstellerkongresses: Erster internationaler Schriftstellerkongreß für die Verteidigung der Kultur gegen Krieg und Faschismus in Paris vom 21. bis 25. Juni 1935. Vertreter aus 37 Ländern. KM hielt am 23. Juni eine Rede: »Der Kampf um den jungen Menschen«; erstmals abgedruckt in »Woher wir kommen und wohin wir müssen. Frühe und nachgelassene Schriften«, München 1980.

VON STEFAN ZWEIG [31. Mai 1935]

Pirandello: Luigi Pirandello, 1867–1936, italienischer Dichter; phantastischer Realist, Erzähler und Wegbereiter des modernen Theaters. S. 217

Gedächtnisfeier für Moissi: Alexander Moissi war in Wien gestorben. KM schrieb einen Nachruf für »Die Sammlung«, Jg. 2, Heft VIII, April 1935.

»Thomas Mann Thanksgiving day«: 60. Geburtstag Thomas Manns am 6. Juni 1935.

AN EVA HERRMANN 4. 7. 35

bei Lipps: »Brasserie Lipp«, Pariser Restaurant, Boulevard St. Germain, schräg gegenüber von den »Deux Magots«.

Zeichnungen vom Kongreß: vom Pariser Schriftstellerkongreß; erschienen in »Die Sammlung«, Jg. 2, Heft XII, August 1935.

den Billux: Sybille von Schönebeck; sie schrieb über Huxley später eine Biographie. S. 218

Lion tat nicht die erhoffte Wirkung: »Die Sammlung« druckte aus Lion Feuchtwangers Roman »Die Söhne«, dem zweiten Band der Roman-Trilogie »Josephus«, Fortsetzungen in Jg. 2 von Heft X bis XII, Juni bis August 1935. Der Vorabdruck brachte der Zeitschrift keine Steigerung der Auflage.

VON ARNOLD ZWEIG 11. 7. 35

Kurt Hiller: 1885–1972, Gedichte, Aphorismen, politische Prosa; pazifistisch-sozialistischer Einzelgänger. Zu den Anschuldigungen Zweigs, soweit nicht durch KMs Brief AN ARNOLD ZWEIG vom 28. VII. 35 beantwortet (siehe auch Anm. dazu): Hiller schrieb in der letzten Nummer der Berliner »Weltbühne« vom 7. 3. 1933 u. a., er fordere eine »Gesellschaft, in der jedes einzelnen Menschen Würde und Lebensrecht gewahrt«, nicht »Rasse durch Rasse« niedergehalten werde; er warne vor »einigen dutzend verantwortungslosen Machthabern mit ihren einigen tausend Trabanten und Lakaien«, die versuchten, unter »Vorspiegelung falscher Metaphysiken Millionen Unschuldiger in S. 219

Qual und Tod zu treiben«. Daraufhin Folterungen Hillers durch die Gestapo, KZ, Ende September 1934 Flucht aus Deutschland.

die Beiträge des Herrn Hiller: Hillers Aufsatz »Die Aufgabe« in »Die Sammlung«, Jg. 2, Heft XI, Juli 1935.

S. 220 *Franz Pfempfert:* 1879–1954, Schriftsteller, Pazifist, Herausgeber und Verleger der Zeitschrift »Aktion« 1911–1932; emigrierte über Prag, Paris und New York nach Mexiko.

AN EVA HERRMANN 12. VII. 35

mit Deinen Bildern: vier Karikaturen von André Gide, Aldous Huxley, Henri Barbusse zusammen mit André Malraux und Lion Feuchtwanger.

Heini: Heinrich Mann.

Pasternak: Boris Pasternak, 1890–1960, russischer Lyriker und Epiker; Übersetzer aus dem Deutschen, Nobelpreis 1958.

Barbusse: Henri Barbusse, 1873–1935, Pazifist, Sozialist.

S. 221 *Becher:* Johannes R. Becher, 1891–1958, expressionistischer, dann sozialistisch-realistischer Lyriker und Essayist; Chefredakteur der »Internationalen Literatur« in Moskau 1933–1945, 1954 Kulturminister der DDR.

Onkel Kisch: Egon Erwin Kisch, 1885–1948, deutschsprachiger Prager Reporter und Schriftsteller.

Misses Auden: Erika Mann, seit 1935 durch Heirat mit dem englischen Lyriker und Dramatiker Wystan H. Auden, 1907–1973, britische Staatsbürgerin.

AN ARNOLD ZWEIG 28. VII. 35

die Stelle aus Hillers Aufsatz: die von Zweig beanstandete und von KM selbst als fatal empfundene Passage lautet: »Ich spreche nicht zu Devisenschiebern. Auch nicht zu Deutschen, die bloß deshalb Deutschland verließen, weil ihre zoologische Gattung (Rasse) dort Gegenstand von Verfolgungen wurde. Auch nicht zu Scheingeistern, die sich retteten, um weiter zu scheingeistern. Ich spreche zu Solchen, deren Emigration einen Sinn hat oder die wenigstens gewillt sind, ihr einen zu geben.«

S. 223 *daß Hiller diese Kränkung nicht verdient:* KM blieb Hiller verbunden und widmete ihm in der letzten Nummer der »Sammlung« (Jg. 2, Heft XII, August 1935) einen nicht gezeichneten Artikel »Kurt Hiller« zum 50. Geburtstag am 17. August 1935. Arnold Zweig antwortete auf KMs Darstellung am 5. August 35 mit den Worten: »Herzlichen Dank für Ihren ebenso gescheiten wie unparteiischen Brief, der mich wirklich gefreut hat.« Zweig beharrte indessen auf seiner Ansicht, es gebe krankhafte Charakterzüge an Hiller.

S. 224 *Aufsatz über Heinrich Mann:* in der »Neuen Weltbühne«, Prag.

AN MONIKA MANN 30. VII. 35

S. 225 *dann grüße Neumanns:* Alfred und Kitty Neumann.

AN STEFAN ZWEIG 9. VIII. 35

Ihr interessanter Genfer Stoff: Stefan Zweig beschäftigte sich mit Calvin und seiner Tätigkeit in Genf. S. 227

AN LION FEUCHTWANGER 19. VIII. 35 [Durchschrift]

eine Erfahrung, die Wieland Herzfelde ... macht: im August 1935 stellten auch die von Wieland Herzfelde redigierten »Neuen Deutschen Blätter« in Prag ihr Erscheinen ein. S. 228
Vorabdruck Ihres Romans: »Die Söhne«.

AN JULIUS EPSTEIN [vermutlich Herbst 1935; Briefentwurf]

Julius Epstein: Journalist, publizierte in Prag. S. 230
den Fall meines Vaters: Thomas Manns Zurückhaltung in öffentlichen Äußerungen gab Anlaß zu Mißdeutungen und Angriffen. Zur Geschichte der Kontroverse siehe Anm. zu KMs Telegramm AN THOMAS MANN [26. 1. 1936].

AN KATIA MANN 21. IX. 35

Miro: Annemarie Schwarzenbach. S. 231
Mimi: Maria Mann-Kanova. S. 232
Goschilein: Leonie, Tochter von Mimi und Heinrich Mann.
Madame Kröger: Nelly Kröger, 1898–1944, folgte Heinrich Mann ins Exil nach Frankreich; Heirat 1939, Selbstmord in Kalifornien.
Politik Litwinows: Maxim Litwinow, 1876–1951, Volkskommissar, sowjetischer Außenminister, betrieb Bündnispolitik mit den Westmächten; 1939 durch Molotow abgelöst.

AN KATIA MANN 5. X. 35

tote Feist: »tot« im Sinne: aus dem Gesichtskreis entschwunden. S. 233
Hatvanys: Baron Lajos (Ludwig) Hatvany, 1880–1961, und seine Frau Loli. Hatvanys erste Frau Christa Hatvany-Winsloe, Schriftstellerin, war ebenfalls mit Erika und KM befreundet; wurde 1945 von französischen Kommunisten erschossen.
der amerikanische Professor: nicht zu ermitteln.
Verkauf der »Symphonie«: KMs Roman »Symphonie Pathétique«; er wurde nicht ins Ungarische übersetzt.
Mops-Geld: von Mopsa Sternheim geliehen. S. 234
das Buch von Sabine Lepsius: »Stefan George. Geschichte einer Freundschaft«, von KM rezensiert im »Pariser Tageblatt« Nr. 691/1935.
über Wedekind: »Frank Wedekind«, in »Die Neue Weltbühne«, XXXI. Jg., Nr. 42, 1935; wiedergedruckt in »Prüfungen. Schriften zur Literatur«.
Die Kleinen: Michael und Elisabeth Mann waren in Amsterdam.
Herrn Friedrich: Fritz Landshoff.

Herzchen: Ida Herz.
Beris: Bermann Fischers.

S. 235 *die Urgreise:* Alfred und Hedwig Pringsheim, die nach wie vor aus München zu Besuch nach Zürich kamen.

AN ERICH KATZENSTEIN 13. XI. 35

Lieber Doktor Katzenstein: Dr. Erich Katzenstein, mit der Familie Thomas Manns befreundeter Arzt in Zürich.
mit unserer gemeinsamen Freundin: Annemarie Schwarzenbach.
Eucodal: morphiumhaltiges Medikament.

VON HERMANN KESTEN 15. 11. 35

S. 236 *mein dickes Buch:* »Ferdinand und Isabella«, Roman, Allert de Lange, Amsterdam 1936.
zu Ihrem Buch: »Symphonie Pathétique«.
Vorschlag für Ihr nächstes Buch: hier entwickelt Hermann Kesten einen Roman-Plan, den KM im Januar 1936 aufgriff: »Mephisto. Roman einer Karriere«, Querido, Amsterdam 1936. Zur Entstehungs- und Wirkungsgeschichte, sowie zu den Auseinandersetzungen um die späteren Neuausgaben siehe: Eberhard Spangenberg, »Karriere eines Romans. Mephisto, Klaus Mann und Gustaf Gründgens«, München 1982.

S. 238 *»Schlaraffenland«:* Heinrich Manns Roman »Im Schlaraffenland«, 1900.
Ermordung dieses Berliner Schauspielers: Hans Otto, Schauspieler, Kommunist, wurde 1934 in der Haft erschlagen. KM griff den Fall im »Mephisto« auf.

S. 239 *einige Übersetzungen:* Nakladatelstvi Jos. R. Vilimek, Prag 1936; Victor Gollancz, London 1938; Compania Editora del Plata, Buenos Aires 1941.

VON STEFAN ZWEIG [Poststempel: 24. I. 1936]

S. 241 *Siebzigsten Romain Rollands:* Rollands Geburtstag am 29. Januar 1936.
Jules Romains: 1885–1971, französischer Romancier und Philosoph.
Roger Martin du Gard: 1881–1958, französischer Romancier, dem Kreis um Gide und die »Nouvelle Revue Française« zugehörig.

VON HERMANN HESSE Ende Januar [1936]

S. 242 *Artikel im Pariser Tageblatt:* zu dieser Kontroverse siehe Anm. zu KMs Telegramm AN THOMAS MANN [26. 1. 1936].

VON HERMANN HESSE 25. Jan. 36

Sehr geehrte Herren: der Brief ist an KM als Mitarbeiter des Querido Verlags gerichtet.

S. 243 *Ich lege Ihnen daher einen Durchschlag bei:* »Herrn G. Bernhard, Redakteur des Pariser Tageblatt

Montagnola bei Lugano, 23. Januar 1936

Sehr geehrter Herr

Sie haben bei Anlass Ihres Artikels gegen den Verlag Fischer auch über meine Person und Tätigkeit sich geäussert, und zwar nicht nur wegwerfend, sondern gehässig, und leider mit Entstellung der Tatsachen.

Ich will mich hier nicht auf meine Tätigkeit als Kritiker berufen, die von den deutschen Emigrantenverlagen allerseits anerkannt wird. In der Neuen Rundschau, dem einzigen deutschen Blatt dessen Mitarbeiter ich noch bin, habe ich, als einziger Kritiker in der ganzen deutschen Presse, stets die Bücher von Juden etc auf das Freundlichste mitbesprochen.

Ich möchte Sie nur, für den Fall, dass Sie über dem Kämpfen den Dienst an der Wahrheit nicht sollten vergessen haben, darauf aufmerksam machen, dass Ihre Aeusserungen über mich den Tatsachen widersprechen.

Erstens bin ich nicht Emigrant, sondern bin Schweizer, und lebe seit vollen 24 Jahren ununterbrochen in der Schweiz.

Zweitens bin ich, entgegen Ihrer Behauptung, nicht Mitarbeiter der Frankfurter Zeitung. Ich weiss nicht, woher Sie diese Lüge bezogen haben.

Es erscheinen allerdings je und je in deutschen Blättern, meist kleineren, alte Feuilletons oder Gedichte von mir. Das sind Zweitdrucke, und die Redaktionen bekommen sie nicht von mir, sondern von einem Zweitdruckbureau, das seit Jahren die Rechte an diesen alten kleinen Arbeiten erworben hat. Sollte allen ihren Traditionen entgegen auch die Frankfurter Zeitung einmal einen Zweitdruck von mir gebracht haben, was ich aber nicht glaube, so geschah dies durchaus ohne mein Wissen.

Das Kämpfen ist eine hübsche Sache, aber es verdirbt leicht den Charakter. Wir wissen es vom Weltkrieg her, dass die Heeresberichte aller Mächte immer gleich sehr gelogen sind. Es wäre der deutschen Emigration unwürdig, wenn sie sich dieser Kampfmethoden auch bedienen würde. Wofür kämpft sie denn dann noch?

Ihre Aeusserungen über mich in jenem Artikel enthalten Angaben, die den Tatsachen nicht entsprechen. Darauf wollte ich Sie aufmerksam machen.

Ergebenst Hesse«

AN THOMAS MANN [26. 1. 1936; Telegramm, handschriftlicher Entwurf]

auf Korrodis verhängnisvollen Artikel: in der »Neuen Zürcher Zeitung« vom 26. 1. 1936.

eine Lebensfrage von uns allen: die Vorgeschichte dieser Intervention KMs ist umfangreich, reicht zurück bis ins Jahr 1933 und ist aufs engste verknüpft mit der Kontroverse um die Zeitschrift »Die Sammlung« und deren erste Nummer, die eine Reihe von Schriftstellern als künftige Mitarbeiter angekündigt hatte. KM hatte am 29. Juli 1933 von seinem Vater die telegraphische Einwilligung erhalten, seinen Namen auf den Prospekt der künftigen Mitarbeiter der »Sammlung« zu setzen. Die »Reichsstelle zur Förderung des deutschen Schrifttums« rückte am 10. 10. 1933 im »Börsenblatt für den deutschen Buchhandel« eine »Warnung« vor den literarischen Emigrantenzeitschriften ein. Daraufhin Bemühungen Gottfried Bermann Fischers, die Autoren des S. Fischer Verlags zu »Dementis« zu veranlassen, um den Verlag und den deutschen Markt zu halten. (Thomas Manns Telegramm und Brief mit der Erklärung, daß sein Name von der Mitarbeiterliste der Zeitschrift »Die Sammlung« gestrichen werde, erschien im »Börsenblatt« Leipzig vom 14. 10. 1933.) Die unter den Emigranten entfachte Auseinandersetzung spitzte sich, letztlich durch das ständige Taktieren Bermann Fischers, auf die Frage zu, ob Thomas Mann der »Exilliteratur« zuzuzählen sei und ob er sich zu ihr bekenne. KM enthielt sich, auch in der privaten Korrespondenz, jeder abfälligen Äußerung über seinen Vater, auch wenn er von außen (Luschnat, Epstein) bedrängt wurde. – Bis dahin ist die gesamte Auseinandersetzung ausführlich dokumentiert bei Peter de Mendelssohn, »Thomas Mann. Briefwechsel mit seinem Verleger Gottfried Bermann Fischer. 1932 bis 1955«, Frankfurt/M. 1973, ferner bei Hans-Albert Walter, »Deutsche Exilliteratur 1933–1950«, Bd. 7 und 8; Hans-Albert Walter, »Der Streit um die ›Sammlung‹«, Frankfurter Hefte, 21. Jg., Heft 12, 1966, und Günter Hartung, »Klaus Manns Zeitschrift ›Die Sammlung‹«, Weimarer Beiträge, Jg. 19, Heft 5 und 6, 1973. – Nun hatte Leopold Schwarzschild am 11. Januar 1936 einen scharfen Angriff gegen Gottfried Bermann Fischer veröffentlicht, in dem er ihn als »Schutzjuden« des Propagandaministers Goebbels bezeichnete und ihn verdächtigte, mit Goebbels' Billigung und Thomas Mann als Aushängeschild in Wien einen »getarnten Exilverlag« gründen zu wollen. (Schwarzschild hat sich später bei Bermann Fischer entschuldigt.) Dieser Angriff veranlaßte Thomas Mann, Hermann Hesse und Annette Kolb, in der »Neuen Zürcher Zeitung« vom 18. 1. 1936 (»Ein Protest«) eine Gegenerklärung zu publizieren, in der sie Schwarzschilds Vorwürfe gegen Bermann Fischer als nach ihrem »besseren Wissen« ungerechtfertigt zurückwiesen. Auch Georg Bernhard nahm im »Pariser Tageblatt« Stellung und schloß Thomas Mann und Hermann Hesse in seine Angriffe gegen Bermann und den Fischer Verlag ein (siehe KMs Brief AN HERMANN HESSE vom 27. Januar 36, der darauf noch einmal einging). KM sandte Georg Bernhards Artikel aus dem »Pariser Tageblatt« seinem Vater als Drucksache nach Arosa. Erika Mann, von der Entwicklung der Dinge und vor allem von den Artikeln Schwarzschild-Bernhard beunruhigt, richtete am 19. Januar 1936 einen im Ton sehr scharfen Brief an ihren Vater, in dem sie ihn auf die Gefahr hinwies, es könne zu einem offenen Bruch zwischen Thomas Mann und der Emigration kommen (Erika Mann, »Briefe und Antworten«, Bd. I, S. 72 ff.). In einem kurzen Brief an den Vater vom 22. Januar 1936 fügte KM hinzu: »Schwester E hat sich temperamentvoll geäußert, und ich meinerseits empfinde es als Ehrensache, hinzuzufügen, daß ich mich ›ihren Ansichten im Wesentlichen anschließe‹. (Nur daß ich mir kaum die Kühnheit genommen hätte, es gleich alles so schwarz auf weiß zu bringen.)« Auch das, was Georg Bernhard geschrieben habe, besitze nach seiner Ansicht »Hand und Fuß«. Nun werde noch »eine große, vielleicht heftige Erwiderung von Schwarzschild kommen«. Sie kam: im »Neuen Tage-Buch« vom 25. 1. 1936 erwiderte Leopold Schwarzschild auf Thomas Manns Erklärung in der »Neuen Zürcher Zeitung«; er forderte ihn auf, sich mit der Exilliteratur zu identifizieren. KM hielt sich noch immer zurück, offenbar auch gegenüber Anfragen Heinrich Manns, denn dieser äußerte sich in einem Brief aus Nizza an KM noch am 26. Januar 1936: »Du schreibst, daß Du Dich kaum an einer Aktion beteiligen möchtest, die Deinen Vater verletzen könnte. Dies geht wirklich allem anderen vor und genügt mit als Gesichtspunkt. Wenn ich Fragen überhaupt stellen wollte, wäre die erste: wie mein Bruder es auch nur versuchen könnte, sich von seinem Verleger zu trennen. Der besitzt seine Rechte und behält sie, da er seine Pflicht durchaus erfüllt hat. Angenommen, der Autor hätte die Macht, seine Rechte zurückzunehmen, dann verlöre er den deutschen Markt, was in niemandes Absicht liegt. Wir haben ihn alle unfreiwillig verloren. Wenn das, was ich schreibe, im Land erlaubt wäre, würde ich schleunigst Gebrauch machen; und noch niemals hätte ich solche Auflagen gehabt.« Jetzt jedoch kam eine Herausforderung, die alles Bisherige übertraf: Schwarzschilds Aufsatz vom 25. 1. 1936 veranlaßte Eduard Korrodi in der »Neuen Zürcher Zeitung« vom 26. 1. 1936 zu einem scharfen Angriff auf die Exilliteratur überhaupt (»Deutsche Literatur im Emigrantenspiegel«), die er als vorwiegend jüdisch bezeichnete und von der er Thomas Mann ausgenommen wissen wollte. Nach der Lektüre dieses Aufsatzes von Korrodi sandten KM und Fritz Landshoff noch am gleichen Tage das Telegramm an Thomas Mann mit der Bitte um Erwiderung. Thomas Mann schrieb daraufhin innerhalb von wenigen Tagen seinen berühmt gewordenen offenen Brief in der »Neuen Zürcher Zeitung« vom 3. 2. 1936 (»An Eduard Korrodi«, Werke XI und »Briefe 1889–1936«), worin er sich gegen eine Diffamierung der Exilliteratur verwahrte und seine Solidarität mit den Emigranten offen und leidenschaftlich bekundete. Dieser Brief vor allem hatte zur Folge, daß Thomas Mann am 2. Dezember 1936 die deutsche Staatsangehörigkeit aberkannt wurde. – Die Erklärung der »Reichsstelle«, einige Angriffe auf den »schweigsamen« Emigranten Thomas Mann, die Aufsätze von Schwarzschild und Korrodi sowie verschiedene Reaktionen auf die Ausbürgerung auszugsweise in »Thomas Mann im Urteil seiner Zeit. Dokumente 1891–1955«, hrsg. v. Klaus Schröter, Hamburg 1969. Siehe auch: Thomas Mann, »Tagebücher 1935–36«, hrsg. v. Peter de Mendelssohn, Frankfurt/M. 1978; Werner Mittenzwei, »Exil in der Schweiz. Kunst und Literatur im antifaschistischen Exil 1933–1945«, Bd. 2, Leipzig 1981.

AN HERMANN HESSE 27. Januar 36

S. 244 *Bermann-Erklärung in der N.Z.Z.:* die Erklärung, die Hesse, Thomas Mann und Annette Kolb für Bermann Fischer abgegeben hatten: »Ein Protest«, in »Neue Zürcher Zeitung« vom 18. 1. 1936.
Heinrich Manns schönstes Buch: »Die Jugend des Königs Henri Quatre«, Roman, Querido, Amsterdam 1935.
Ernst Jünger: geb. 1895, deutscher Schriftsteller, umstritten wegen seiner geistigen Haltung zu Krieg und Macht. KMs frühe Absage an Jünger, ein 1930 in Wien gehaltener Vortrag, in »Prüfungen. Schriften zur Literatur«.

AN THOMAS MANN 5. II. 36

S. 248 *durch den kühnen Schluß:* Thomas Mann zitiert Platens Verse: »Weit klüger ist's, dem Vaterland entsagen, / Als unter einem kindischen Geschlechte / Das Joch des blinden Pöbelhasses tragen.«
S. 249 *könntest Du ihm einmal gut zureden:* Thomas Mann schrieb an Hesse in diesem Sinn am 9. Februar 1936: »Lieber Freund Hesse, seien Sie nicht betrübt über den getanen Schritt!« Er begründete die zeitgeschichtliche Notwendigkeit und Bedeutung seiner Haltung (»Briefe 1889–1936«).
Gustloff: Wilhelm Gustloff, nationalsozialistischer Politiker.

AN KATIA MANN 8. II. 36

S. 250 *Frau Marie:* Eduard Korrodi, von Thomas Mann oft als kapriziöse »Madame« bezeichnet.
ob nicht selbst der Bucklige auf ihr lag: Katia Mann parodierte gern Heinrich Mann, das zugleich Strenge und Zügellose seiner Prosa, zum Beispiel folgendermaßen: »Wo ist Nina? Sie ist im Garten! Der Bucklige liegt auf ihr. Man weiß es, daß sie eine Nymphomanische ist.« Mitgeteilt in Katia Mann: »Meine ungeschriebenen Memoiren«, Frankfurt/Main 1974.
S. 251 *Pariser Besprechungen:* am 2. Februar hatte in Paris die Konferenz des »Lutetia«-Kreises zur Vorbereitung der Volksfront getagt. Vorsitz: Heinrich Mann. Er legte seine Einladung dem Brief an KM vom 26. Januar 1936 bei, der in der Anm. zu KMs Telegramm AN THOMAS MANN [26. 1. 1936] zitiert ist. Die Aufforderung des »Lutetia«-Kreises hat folgenden Wortlaut:

»den 13. Januar 1936;

Sehr geehrter Herr!

Wie Ihnen bekannt ist, haben im Herbst 1935 mehrere Besprechungen zwischen sozialistischen, kommunistischen und buergerlichen Freunden stattgefunden. Diese Besprechungen dienten der Klaerung der Frage, ob und unter welchen Bedingungen eine Zusammenfassung aller antihitlerischen, wenigstens aller deutschen antihitlerischen Stroemungen und Organisationen moeglich sei.

Der Widerhall eines Aufrufes in der Presse und bei den antihitlerischen Organisationen, den vor einiger Zeit nach der barbarischen Hinrichtung von Rudolf Claus sozialistische und kommunistische Funktionaere gemeinsam veroeffentlicht haben, zeigt, wie maechtig und breit die Stimmung fuer ein einheitliches Vorgehen gegen Hitler in allen hitlerfeindlichen Kreisen ist.

Das provisorische Komitee der Pariser »Lutetia«-Zusammenkuenfte hat deshalb beschlossen, eine neue Zusammenkunft einzuberufen, um dort die Gruendung eines Einheitskomitees auf breitester Grundlage vorzuschlagen.

Diese Zusammenkunft findet am 2. Februar 1936 nachmittags 3 Uhr wiederum im Hotel Lutetia, 43 Boulevard Raspail, Paris, statt. Als provisorische Tagesordnung wird vorgeschlagen:

1.) Bericht ueber die Einheitsverhandlungen und Beschluss ueber eine erste gemeinsame Aktion im In- und Auslande fuer die Erkaempfung der Vollamnestie und Freiheit aller politischen Gefangenen,
2.) Definitive Konstituierung des Komitees und Festsetzung des Namens,
3.) Verschiedenes.

Bei der Wichtigkeit der Tagesordnung rechnen wir bestimmt mit Ihrem Erscheinen. Diese Einladung gilt nur fuer Sie persönlich.

Wir waeren Ihnen sehr dankbar, wenn Sie uns einen oder mehrere vertrauenswuerdige Freunde vorschlagen koennten, von denen Sie glauben, dass sie ebenfalls an einer solchen Zusammenkunft teilnehmen sollten. Wir bitten, solche Vorschlaege und Ihre Mitteilung, ob Sie an der Sitzung teilnehmen werden, bis zum 20. 1. 1936 freundlichst zu richten an: Heinrich Mann, 11 Rue du Congres, Nice A. M.

Mit kameradschaftlichem Gruss! Fuer das Praesidium

i. A. Heinrich Mann.«

Hendrik Höfgen: die Hauptfigur (Karrierist, Schauspieler) von KMs Roman »Mephisto«.

»Untertan«: Heinrich Manns Roman »Der Untertan«, 1918.

der Henri: »Die Jugend des Königs Henri Quatre«.

Bibi: Michael Mann. S. 252

AN KATIA MANN 17. III. 36

alles ziemlich aufregend: vorausgegangen war u. a. die Rheinlandbeset-

zung durch das Reich, Bruch des Locarno-Vertrags. Bemühungen Englands, den Konflikt beizulegen.
»Ernstes Lied«: Text von KM für »Die Pfeffermühle«, vertont von Michael Mann.
Bibiz: Michael Mann.

S. 253 *Magnus:* Magnus Henning, geb. 1904, Komponist und Pianist; Hauptmitarbeiter der »Pfeffermühle« ab 1933.
Kuzi: Bruno Walter, der Dirigent.
Else: Else Walter, Frau Bruno Walters.
ein kleiner Aufsatz: »Bruno Walter in Amsterdam«, erschien im »Pariser Tageblatt« Nr. 831, März 1936. Ferner in »Heute und Morgen. Schriften zur Zeit«.
Brian Howard: 1905–1958, englischer Schriftsteller, seit Mitte der zwanziger Jahre mit KM befreundet.
die Urgreise: Alfred und Hedwig Pringsheim sollten bewogen werden, endlich München zu verlassen und in die Schweiz zu ziehen.

AN OTTO ZAREK 25. IV. 36 [Briefdurchschrift]

S. 254 *Otto Zarek:* 1898–1958, Regisseur; Chefdramaturg in München und Berlin, Kleist-Preis 1922. Emigrierte 1933 nach Ungarn, 1938 nach England, Israel, 1954 Rückkehr nach Deutschland.
»Moses Mendelssohn«: Biographie, Querido, Amsterdam 1936.

AN GOLO MANN 3. V. 36

S. 256 *Eva:* Eva Herrmann.
S. 257 *den Köster:* Golo Manns Freund Kai Köster, Diplomat.
Madame Clarac: Annemarie Schwarzenbach, verheiratete Clarac.

AN UNBEKANNT 3. V. 36 [Briefdurchschrift]

AN THOMAS MANN 2. VI. 36

S. 260 *Miro:* Annemarie Schwarzenbach.
Friedrich: Fritz Landshoff.
S. 261 *Herbert Schlüter:* geb. 1906, Schriftsteller und Übersetzer.
in der Poschinger: Thomas Manns Villa in der Poschingerstraße 1, München.

AN BRUNO FRANK [12. Juni 1936]

Ihren vierzigsten Geburtstag: 13. Juni 1927, nicht vor zehn, sondern vor neun Jahren. Die festliche Gratulation beruhte auf einem Irrtum. Frank wurde erst 49. – Der Brief erschien unter dem Titel »Bruno Frank, zu seinem 50. Geburtstag am 13. 6. 1936« in der »Pariser Tageszeitung« vom 12. 6. 1936 sowie in der Basler »National-Zeitung«.
S. 264 *In Ihrem vorigen Roman:* »Cervantes«, Querido, Amsterdam 1934. KM besprach den Roman in »Die Sammlung«, Jg. 2, Heft III, November 1934.

»Die Tage des Königs«: »Tage des Königs«, Novellen, 1924.
»Trenck«: Roman, 1926.
»Zwölftausend«: Drama, 1927.
in der »Politischen Novelle«: »Politische Novelle«, 1928.
»Die Fürstin«: Roman, 1915. S. 265
»Sturm im Wasserglas«: Komödie, 1930. S. 266
Lunatscharsky: Anatoli Wassiljewitsch Lunatscharskij, 1875–1933, sowjetrussischer Politiker und Schriftsteller, Volkskommissar für das Erziehungswesen bis 1929.
»Revisor«: Nikolai Gogols Komödie »Der Revisor«, 1836.

VON BRUNO FRANK [Juni 1936]

zum 50. Geburtstage: Bruno Franks Antwort erschien unter dem Titel S. 267 »Bruno Frank erst 49« in der »Pariser Tageszeitung« vom 21. 6. 1936. Gleichzeitig antwortete er jedoch in einem handschriftlichen Brief vom 27. Juni 1936 (Aigen bei Salzburg): »Lieber Klaus Mann, ich habe Ihnen für Ihren schönen wohltuenden Aufsatz ja noch nicht einmal gedankt! Ich habe ihn sehr genossen, schließe ihn weg und lese ihn an meinem richtigen 50. Geburtstag wieder, an dem meine Post nun zweifellos nur aus zwei Rechnungen bestehen wird (Telephon und Cigarren). *Natürlich* war's ein Malheur, Sie schlampiger Freund, und ich kratze mir den Kopf blutig vor den Briefen, die immer noch kommen. Aber darum war Ihr Brief *doch* ganz wunderbar, so substantisch, so redlich, so garkeine ›Festrede‹. Ich ziehe Sie an mein 49jähriges Herz.«

AN STEFAN ZWEIG 15. VI. 36

Ihr neues Buch: »Castellio gegen Calvin oder Ein Gewissen gegen die S. 268 Gewalt«, Reichner, Wien, Leipzig und Zürich 1936.
»Ihren« Roman von Ernst Weiss: »Der arme Verschwender«, Querido, S. 269 Amsterdam 1936.

AN STEFAN ZWEIG [Poststempel: 30. VII. 36; Postkarte]

warum sind Sie nicht da: Stefan Zweig besaß das Haus auf dem Kapuzi- S. 270 nerberg noch, lebte aber seit 1934 überwiegend in London.
Ihr Klaus Mann: darunter Grüße und Unterschriften von François Valéry, Erika Mann und Marina Chaliapine (Tochter des Sängers Schaljapin).

VON STEFAN ZWEIG [Sommer 1936]

Frau S.: Annemarie Schwarzenbach.

AN EVA HERRMANN 11. VIII. 36

Brian: Brian Howard. S. 271
Franks: Bruno und Liesl Frank.
ein Bericht: KM, »Salzburger Sommer«, in »Das Neue Tage-Buch«, Jg. 4, Heft 34, 22. 8. 1936.

bei Reinhardt: der Abend kam zustande (siehe »der Wendepunkt«).
Magnus: Magnus Henning.
Barbara: wahrscheinlich die amerikanische Journalistin Barbara Wright.

S. 272 *Marcuse:* Ludwig Marcuse, 1894–1971, Schriftsteller, Biograph, Philosoph; emigrierte 1933 nach Sanary, 1938 nach Los Angeles. 1962 Rückkehr nach Deutschland.

VON THOMAS MANN 3. XII. 36

S. 273 *die neue Novelle:* »Lotte in Weimar«, Roman, Bermann-Fischer, Stockholm 1939.
das Prävenire: Thomas Mann hatte am 19. November 1936 kurz vor seiner Ausbürgerung das Bürgerrecht der Gemeinde Proseč und die tschechoslowakische Staatsbürgerschaft erworben.
Äußerung über Ossietzky: Thomas Mann unterstützte die Kandidatur Carl von Ossietzkys für den Friedens-Nobelpreis. Die »Pariser Tageszeitung« brachte am 15. 11. 1936, Nr. 266, eine Äußerung Thomas Manns über die Situation der Jugend nach dem 1. Weltkrieg: »Alter und Jugend«.
Valentin: Dr. Valentin Heins.

AN KATIA MANN 7. XII. 36

S. 275 *Hubertus Löwenstein:* Hubertus Prinz zu Löwenstein, 1906–1984, Rechtsstudium, Journalist, Schriftsteller und Politiker; emigrierte 1933, ab 1936 USA. 1946 Rückkehr nach Deutschland. Gründete die »American Guild for German Cultural Freedom« und die ihr zugehörige »German Academy«.
auf einem »Deutschen Tag«: 13. Dezember 1936; siehe auch den folgenden Brief.
mit Mrs. Simson und ihrem King: als Edward VIII. von England, König seit 1936, die geschiedene Amerikanerin Wallis Warfield-Simpson zu heiraten gedachte, versagte der britische Premier Baldwin die Zustimmung. Daraufhin Abdankung Edwards zugunsten seines Bruders Georg VI.; 1937 Heirat des nunmehrigen Herzogs von Windsor.

S. 276 *Über den Ägyptischen Joseph:* KM, »›Joseph in Ägypten‹. Bemerkungen anläßlich des Dritten Bandes von Thomas Mann's Roman ›Joseph und seine Brüder‹«, in »Der Arbeiter«, New York, 12. 12. 1936 und in »Das Neue Tage-Buch«, Paris, 19. 12. 1936. Neu abgedruckt in »Prüfungen. Schriften zur Literatur«. Thomas Manns Roman erschien bei Bermann-Fischer, Wien 1936.
Moni, Medi, Bibi: die Geschwister Monika, Elisabeth, Michael.
Golo ... bei Tante Mimi: Golo Mann hielt sich bei Heinrich Manns geschiedener Frau in Prag auf.
nach Amerika kommen: Thomas Mann folgte im September 1938.

AN THOMAS MANN 12. XII. 36

Dein Artikel über die »Akademie«: »Seeking to Preserve German Cultural Freedom«, in »New York Times« vom 12. 12. 1936. S. 277

VON THOMAS MANN 26. XII. 36

Deinen Artikel: Über »Joseph in Ägypten« in »Das Neue Tage-Buch«, 19. 12. 1936.
Reklame-Aufsatz für die Mill: für die »Pfeffermühle«; englisch im Programmheft des Cabarets für das New Yorker Gastspiel, datiert: Küsnacht am Zürichsee, Spätherbst 1936 (Werke XI). Siehe auch: Erika Mann, »Briefe und Antworten«, Bd. 1, S. 107 f.
Kober: Alfred Kober, 1885–1963, Journalist, Verleger in der Schweiz, von 1933 bis 1961 bei der Basler »National-Zeitung«.
Reisi: Hans Reisiger. S. 278
Kahler: Erich von Kahler, 1889–1970, Historiker und Philosoph; emigrierte 1933, 1938 USA.
Mönle: Monika Mann-Lányi.
Lion: Ferdinand Lion.
»Als der Großvater«: »Als der Großvater die Großmutter nahm. Ein Liederbuch für altmodische Leute«, Leipzig 1886.

AN HERMANN HESSE 13. II. 37

»Stunden im Garten«: Eine Idylle von Hermann Hesse, Bermann-Fischer, Wien 1936. Widmung: »Gruß für Klaus Mann H Hesse«.

AN SEKRETÄR EITJE 17. II. 37 [Briefdurchschrift]

Herr Eitje: Sekretär der Hilfsstelle für jüdische Flüchtlinge in Amsterdam. S. 279
bei einer literarischen Arbeit: KM traf Vorbereitungen zu einem Emigranten-Roman, erster Hinweis auf den Roman »Der Vulkan«.

AN KONRAD HEIDEN [März 1937; Briefkopie]

Konrad Heiden: 1901–1966, Rechtsstudium, danach Journalist und Schriftsteller; 1933 ins Saargebiet emigriert, 1935–1940 Frankreich, ab 1940 USA. S. 282
stark beschäftigt: mehrfach überarbeiteter Text; blieb unveröffentlicht.
Ihr Artikel: Heiden hatte im »Neuen Tage-Buch« unter dem Titel »Der Prüfungsfall der Emigration« eine höchst dubiose, damals noch undurchsichtige Affäre aufgegriffen, die der Emigration übel mitspielte. – Hans-Albert Walter stellt in »Deutsche Exilliteratur 1933–1950«, Bd. 7, die Sache folgendermaßen dar: »Das von dem weißrussischen Verleger Wladimir Poljakoff verlegte, von einem Team exilierter deutscher Journalisten unter Georg Bernhards Leitung redigierte ›Pariser Tageblatt‹ war im Frühsommer 1936 in finanzielle Schwierigkeiten geraten. Poljakoff verhandelte daraufhin mit einem Geldgeber, der

bereit war, Kapital zu investieren, aber zur Auflage machte, daß Bernhard und einige seiner engsten Mitarbeiter abgelöst würden. Die antifaschistische Linie des Blattes sollte vom Redaktionswechsel unberührt bleiben. Als neuer Chefredakteur war Dr. Richard Lewinsohn (Morus) in Aussicht genommen. Poljakoff unterrichtete Bernhard von den Verhandlungen. Er machte ihm das Angebot, er – Bernhard – solle sich selbst um einen Finanzier bemühen, wenn er die Redaktion behalten wolle. Bernhard reiste darauf in die USA, angeblich um einen Geldgeber ausfindig zu machen. In seiner Abwesenheit, aber mit seinem Wissen behauptete die Redaktion des ›Pariser Tageblatts‹, Poljakoff habe versucht, die Zeitung einem Strohmann des Reichspropagandaministeriums in die Hände zu spielen.« – Als Gegenzeitung zu Poljakoffs »Pariser Tageblatt« wurde die »Pariser Tageszeitung« gegründet. Poljakoffs Versuche, das »Pariser Tageblatt« wieder zu beleben, blieben erfolglos. Er war ruiniert, und zwar nicht nur wirtschaftlich, da angesichts einer gewissen Agenten-Hysterie unter den Emigranten, die durchaus begründet war, die meisten Emigranten das Betrugsmanöver Georg Bernhards zunächst nicht durchschauten. Der Streit zog sich über ein Jahr hin. Als ein jüdisches Ehrengericht, die Vereinigung der Pariser Auslandspresse und schließlich auch die französische Justiz für Poljakoff entschieden, mußte Georg Bernhard aus der Redaktion der »Pariser Tageszeitung« ausscheiden. – Der doppelte Boden der Angelegenheit bestand darin, daß Bernhard die Volksfront unterstützte (und eine Zeitlang von kommunistischen Exilierten gestützt wurde), während sowohl Schwarzschild wie Heiden mit Artikeln vom 26. 12. 1936 und 9. 1. 1937 von der Linken und der Volksfront, nicht unbeeinflußt von den Moskauer Prozessen, deutlich abgerückt waren. Hans-Albert Walter ist zuzustimmen, wenn er meint, daß Bernhard nach Aufkommen des Betrugs der Volksfront nicht mehr nützte. Immerhin verschärfte der Fall die Auseinandersetzungen zwischen der Gruppe Heiden-Schwarzschild einerseits und der Volksfront andererseits, eine Kontroverse, in die KM zwischen Juni und September des gleichen Jahres 1937 noch geraten sollte.

S. 286 *gegen Leopold Schwarzschild:* Kommunisten bezichtigten ihn mittels einer plumpen Fälschung, im Dienste von Goebbels zu stehen. Schwarzschild hatte im »Neuen Tage-Buch« vom 27. 2. 1937 eine »Zuschrift« abgedruckt, die einige Sätze aus einer NS-Zeitung enthielten. Die »Deutsche Volkszeitung« Prag erbrachte den »Nachweis« der Identität mit der Nazi-Zeitung so »perfekt«, daß sie auf eine im Briefkopf der Zuschrift enthaltene Adresse Bezug nahm – die Schwarzschild gar nicht abgedruckt hatte. So war die Fälschung entlarvt.

VON ELSE LASKER-SCHÜLER 21. III. 37 [Postkarte]

S. 288 *wegen meines neuen Buches:* »Das Hebräerland«, Oprecht, Zürich 1937. *Selekt:* Café Select in Zürich, gegenüber Hotel Seehof.

Dr. Stoßinger: Felix Stößinger, 1889–1954, Verleger und Antiquar, Mitarbeiter der »Neuen Zürcher Zeitung«. Unter den Zuhörern einer Lesung von Else Lasker-Schüler.

VON KONRAD HEIDEN 23. März 1937

Manuel Humbert: Pseudonym für Kurt Caro, Leitartikler der »Pariser S. 289
Tageszeitung.«

Dr. Misch: Dr. Carl Misch, 1896–1965, bis 1933 Redakteur der »Vossi- S. 290
schen Zeitung«, ab 1940 in den USA; Redakteur an der »Pariser Tageszeitung«, nach Bernhards Ausscheiden allein verantwortlich mit Joseph Bornstein.

VON LEOPOLD SCHWARZSCHILD, 24. März 1937

überhaupt veröffentlichen wollen: KM verzichtete. S. 292

daß es bei mir schon angefangen hat: Denunziation, in Goebbels' Diensten S. 293
zu stehen, siehe letzte Anm. zu KMs Brief AN KONRAD HEIDEN [März 1937].

AN KONRAD HEIDEN 26. III. 37 [Briefdurchschrift] S. 296

AN LEOPOLD SCHWARZSCHILD 27. III. 37

meinen Hamsun-Artikel: in »Das Neue Tage-Buch«, Jg. 5, Heft 15 (10. S. 300
4. 1937); wiedergedruckt in »Prüfungen. Schriften zur Literatur«.

die Glosse über das Nürnberger Schandbilderbuch: über Elvira Bauer, »Ein Bilderbuch für Groß und Klein«, Stürmer Verlag, Nürnberg 1937. Erschien nicht im »Neuen Tage-Buch«, sondern in der »Pariser Tageszeitung« vom 13. 4. 1937 unter dem Titel »Sehr lehrreiches Bilderbuch«; wiedergedruckt in »Heute und Morgen. Schriften zur Zeit«.

über die Bücher von Brentano: Bernard von Brentano, 1901–1964, Lyriker, Erzähler; emigrierte 1933 in die Schweiz. Eine Rezension von Brentanos »Theodor Chindler« blieb unveröffentlicht.

AN FERDINAND LION 10. IV. 37 [Briefdurchschrift]

Erstes Heft der Zeitschrift: die von Thomas Mann und Konrad Falke S. 301
herausgegebene Zweimonatsschrift »Maß und Wert«, Oprecht, Zürich. Erstes Heft September 1937. Drei Jahrgänge, Redaktion Ferdinand Lion Jg. 1 und 2, Golo Mann und Emil Oprecht Jg. 3.

durch die Masaryk-Volkshochschule Brünn: am 25. März 1937 war KM S. 302
Bürger der Tschechoslowakischen Republik geworden und machte nun von seinem niederländischen Pasport voor Vreemdelingen keinen Gebrauch mehr. Dem Vortrag in Brünn am 16. April schlossen sich an: 21. April Bratislava (Preßburg), 8. Mai Prag, 11. Mai Wien; von dort nach Budapest.

AN LUDWIG HATVANY 28. V. 37

Schmerzenslager: nach etwa zehn Tagen Aufenthalt in Budapest wurde KM am 27. Mai mit einer Überdosis Heroin in das Sanatorium »Siesta«, Budapest, eingeliefert. Am 3. Juni in einem kurzen Brief an Katia Mann: »MIELEIN lieb: nur, damit Du siehst, daß es mir schon wieder leidlich geht. Ich war furchtbar matt.«
Curtiss-dear: Thomas Quinn Curtiss, geb. 1907, junger amerikanischer Theaterkritiker, später Mitarbeiter von KMs Zeitschrift »Decision«, bis nach dem Krieg mit KM befreundet.
Loli: Baronin Loli Hatvany.

VON LEOPOLD SCHWARZSCHILD 3. Juni 1937

S. 303 *beifolgenden Aufruf:* nach Beginn der Moskauer Prozesse wandte sich der ursprünglich links-liberale Leopold Schwarzschild entschieden von der Volksfront und dem Bündnis mit kommunistischen Gruppen ab. Der »Aufruf« zur Gründung einer politisch unabhängigen Vereinigung von Autoren, dem Brief beigegeben, lautete:
»Deutsche Schriftsteller und Journalisten im Exil, in deren Vollmacht die Unterzeichneten sprechen, haben sich zu einem Bunde zusammengeschlossen.
Sie halten geistige Freiheit, moralische Sauberkeit und Verantwortungsgefühl für die Grundlage jeder öffentlichen geistigen Wirksamkeit.
Sie haben um dieser Überzeugung willen die Verbannung auf sich genommen. Sie wollen diese Überzeugung auch in der Verbannung nicht antasten lassen.
Sie wollen alle sammeln, die sich aufrichtig zu den gleichen Grundsätzen bekennen. Sie glauben, dass die Sache der deutschen Freiheit nur in dieser geistigen Haltung vor der Welt vertreten werden kann. Sie sind überzeugt, dass der Kampf gegen die Unterdrückung der Freiheit in Deutschland nur mit diesen Grundsätzen zu gewinnen ist.
Sie fordern alle Schriftsteller und Journalisten, die gleicher Gesinnung sind, auf, sich ihnen anzuschliessen.
Zuschriften an den ›Bund Freie Presse und Literatur (Verband deutscher Schriftsteller und Journalisten im Exil)‹ 8, rue d'Héliopolis, Paris 17°. Namen:«
Pol: Heinz Pol, 1901–1972, Journalist; 1933 emigriert.
Walter Mehring: 1896–1981, Schriftsteller; Mitarbeiter von Zeitschriften wie »Der Sturm« und »Weltbühne«, Dadaist, Kabarettist, Chansontexte. Emigrierte 1933, Mitarbeiter am »Neuen Tage-Buch«, mehrfach interniert und wieder geflüchtet, 1940 USA, 1951 Rückkehr nach Europa.
Valeriu Marcu: 1899–1942, Schriftsteller, Biograph; Mitbegründer der kommunistischen Jugendinternationale, später Abwendung von Kommunismus. Emigrierte 1933, 1941 USA.

Hans Sahl: geb. 1902, Lyriker, Erzähler, Übersetzer, Journalist. 1933 emigriert, 1941 Flucht aus französischem Lager in die USA.
Leonhard: Rudolf Leonhard, 1899–1953, Lyriker, Dramatiker, Verlagslektor. Übersiedelte schon 1927 aus Berlin nach Paris, Mitorganisator des »Schutzverbands deutscher Schriftsteller im Exil«. Sozialist. 1950 Rückkehr in die DDR.
Hans von Zwehl: 1883–1943, Journalist und Dramatiker.
Statuten-Excerpt: dem Brief Schwarzschilds lag folgendes zweite Blatt bei:

»Aus dem Statut: Zweck des Bundes
Bund Freie Presse und Literatur.

Der Bund ist ein Zusammenschluß der deutschen Journalisten und Schriftsteller im Exil. Überzeugt, daß die Freiheit des Geistes und der Meinungsäusserung ein kostbares Gut ist, und dass eine unabhängige, keinem Gewissenszwang und Terror unterworfene, saubere, verantwortungsbewusste Presse und Literatur eine der entscheidenden Voraussetzungen der geistigen Entwicklung und des wirksamen geistigen Kampfes ist, stellt er sich folgende Aufgaben:

1.) Allgemein zur Verbreitung und Vertiefung dieser Überzeugungen beizutragen.
2.) In seinem besonderen Interessen-Bereich, dem deutschen, die Opposition gegen das herrschende Diktaturregime, als dem Unterdrücker der Geistes- und Meinungsfreiheit in der Heimat, mit allen nützlichen und nach den Gesetzen der Gastländer zulässigen Mitteln tatkräftig zu führen und zu fördern.
3.) Auch allen innerhalb der deutschen Emigration selbst auftretenden Bestrebungen zu widerstehen, die der Freiheit der Journalisten und Schriftsteller Abbruch tun.
4.) Seinen Mitgliedern gegen solche Bestrebungen, ferner gegen alle mit der Ausübung ihres Berufes zusammenhängenden Ehrenkränkungen Schutz zu gewähren.
5.) Die beruflichen Interessen seiner Mitglieder wahrzunehmen.
6.) Die Kameradschaft und das gegenseitige Verständnis unter seinen Mitgliedern zu fördern.
7.) Freundschaftliche Beziehungen mit Verbänden, Institutionen und Einzelpersonen aller Länder zu pflegen, die verwandte Überzeugungen haben oder ähnliche Ziele verfolgen.

Politische Ziele, die ausserhalb der im Vorstehenden umschriebenen Aufgaben liegen, insbesondere partei-politische Ziele, verfolgt der Bund nicht.«

AN KATIA MANN 7. VI. 37

vielen Dank für die sehr liebe Post: Brief Katia Manns vom 4. Juni 1937 (Küsnacht). Darin heißt es: »Heute kam ja der angekündigte Brief des guten Dr. Klopstock, natürlich im Wesentlichen nichts Neues brin- S. 305

gend, aber ausgesprochen optimistisch und dabei sehr sympathisch und vertrauenerweckend. Mir scheint, es ist ein rechter Glücksfall, daß Du an ihn geraten bist und mit ihm den Beschluß, dem verhaßten Kleinbürgerlichen [Rauschgift] in zwölfter Stunde ein Cannae zu bereiten ausführst. [...] – Ach, man hat viel Sorgen. Du aber mach mir bitte bald keine mehr; wenn's vorüber ist, wollen wir uns laben! Alles Gute wünscht Dir gar sehr Dein treubesorgtes Mielein.« – Auf der Rückseite von Blatt 2 schreibt Thomas Mann: »Wir denken in Liebe und Sorge an Dich, lieber Eissi, und voller Vertrauen in Deine Vernunft und Tapferkeit, daß Du Deinem Entschluß und Deinen schönen Aufgaben treu bleibst und für immer Schluß machst mit der ›vie facile‹, dieser billigen und zerrüttenden Beschönigung des Lebens, der Du Freunde hast zum Opfer fallen sehen, wahrscheinlich ohne sie recht achten zu können. Wir haben heute alle viel zu hassen, zu verachten und die Stirn zu bieten, aber wie kann man das und wie darf man auf Sittlichkeit und Menschenanstand bestehen gegen die Schreier, wenn man dabei den leichten Weg des Todes geht, sodaß die Schreier einen auslachen dürfen? Das sollen sie nicht! Diese Tage und Nächte mögen recht schwer für Dich sein nach der scheinnetten Verwöhnung, aber denke an uns und stehe sie tapfer durch! Das Leben hat dann auch ohne Beschönigung wieder sein Heiteres und Schönes. Herzlich Z.«

den 50.: Thomas Mann wurde 62; entweder Schreibfehler oder Irrtum infolge des Drogenentzugs.

der brave Klopstock: Dr. Robert Klopstock, geb. 1899, ungarischer Arzt, Forscher und Literat; emigrierte in die USA.

mit meinem Freund: Thomas Quinn Curtiss.

Z's leidiges Übel: Thomas Mann litt seit dem Frühjahr unter einer schweren Ischias-Neuralgie.

S. 306 *Der über Bruno:* KMs Kritik über Bruno Franks Roman »Der Reisepaß«, Querido, Amsterdam 1937; erschienen in »Das Neue Tage-Buch«, Jg. 5, Heft 23, 5. Juni 1937. Das Manuskript trägt den Vermerk »Budapest, Mai 1937«. Nach Manuskript vollständig gedruckt in »Prüfungen. Schriften zur Literatur«.

Lion: Ferdinand Lion.

mit der Zeitschrift: »Maß und Wert«.

Ofei: Alfred Pringsheim.

Irene von Hirsch: Schwester der Baronin Loli Hatvany.

AN OTTO KLEIBER 8. VI. 37

S. 307 *Dr. Otto Kleiber:* Redakteur der Basler »National-Zeitung«.

eine der ersten Sachen: »Die Schwestern«, eine feuilletonistische Studie über Schwestern und Patienten des Sanatoriums. Das Typoskript (Originalbriefbögen des Sanatoriums »Siesta«) befand sich im Nachlaß noch bei dem Brief; blieb unveröffentlicht.

VON LEOPOLD SCHWARZSCHILD 14. Juni 1937 [Telegramm]

ihre unterschrift: bezieht sich auf den Aufruf, der dem Brief VON LEOPOLD SCHWARZSCHILD, 3. Juni 1937, beilag.

AN LOLI UND LUDWIG HATVANY [21. Juni 1937]

Blums jähen ... Fall: Léon Blum, 1872–1950, französischer Politiker, gründete das »Linkskartell« und war 1936/37 und noch einmal 1938 französischer Ministerpräsident. Sein Sturz hing mit der Krise der Volksfront zusammen.

VON HEINRICH MANN 26. Juli 1937

Gespräch mit Herrn Heiden: KM hatte nach seiner Rückkehr aus Ungarn auf Drängen Schwarzschilds Konrad Heiden eine prinzipielle Zusage gegeben, dem »Bund« beizutreten, Heinrich Mann gegenüber jedoch angedeutet, er werde seine Zusage rückgängig machen. S. 308

AN HERMANN HESSE 1. August 1937

den »Lahmen Knaben«: Hermann Hesse, »Der lahme Knabe. Eine Erinnerung an die Kindheit«. Versdichtung, als Privatdruck in einer Auflage von 400 numerierten Exemplaren, Gebr. Fritz A. G., Zürich o. J., zum 60. Geburtstag Hermann Hesses am 2. Juli 1937 gedruckt. Die Nr. 178 trägt die Widmung: »Dank und Gruß von Ihrem H Hesse«. S. 309

für ein paar telegraphische Worte: Glückwunsch zum Geburtstag, Telegramm nicht erhalten.

VON HEINRICH MANN 21. August 1937

und seiner mächtigen Zeitschrift: »Das Neue Tage-Buch«. S. 310

»Ausschuß zur Bildung der Volksfront«: am 9. Juni 1936 in Paris gegründet, am 21. 12. 1936 »Aufruf für die deutsche Volksfront, für Frieden, Freiheit und Brot«, zuletzt 10./11. 4. 1937 »Botschaft an das deutsche Volk« und Appell Heinrich Manns an alle Antifaschisten, sich in der Volksfront zu organisieren.

Feuchtwanger ist von Schwarzschild beschuldigt worden, er habe von Stalin Geld genommen. Der nahe Freund Feuchtwangers, Bruno Frank, hat für die Behauptung aufzukommen: diese Sätze, basierend auf Äußerungen, wie sie wohl tatsächlich kursierten, teilte KM in einem – nicht aufgefundenen – Brief Bruno Frank mit. Daraufhin schrieb Bruno Frank an KM in einem Brief vom 29. August 1937 (Badgastein, Hotel Astoria): »In diesem Zusammenhang: ich danke Ihnen sehr herzlich für die Stelle aus Heinrich Manns Brief! Natürlich habe ich *nie* eine solche Lumperei behauptet, *nie* an so etwas geglaubt, es nie *gedacht.* Ich bin Feuchtwangers radicaler Opponent, aber die Idee, er könnte sich seine Überzeugung abkaufen lassen, ist ein Gipfel an Absurdität. Welche Rüsselsau mag da wieder gestänkert haben? Und Ihr schöner alter Onkel glaubt's S. 311

natürlich getreulich. Ich habe ihn in einem ehrerbietigen Briefe aufgeklärt – das durfte ich ja, denn sonst hätten Sie mir die Briefstelle nicht zitiert.« In einem weiteren Brief Bruno Franks an KM vom 7. September 1937 (Paris. Bristol) heißt es: »Feuchtwanger, den ich gleichzeitig unterrichtete, schreibt: ›Selbstverständlich glaube ich nicht und habe auch keinen Augenblick geglaubt, daß Sie derartig Blödsinniges geäußert haben sollten.‹« – Am gleichen Tag ergriff Bruno Frank, wie aus dem Brief hervorgeht, in einer Unterredung mit Schwarzschild KMs Partei und bereitete so dessen Rückzug aus dem »Bund« vor. Bruno Frank abschließend in einem Brief an KM vom 12. September 1937 (London W 1, Mayfair Court, Stratton Street): »Inzwischen traf auch ein Schreiben von Heinrich Mann ein, sehr lang, würdevoll und seltsam, eine Art Korintherbrief.« (Alle hier zitierten Briefe im KM-Archiv, München.)

den Prozeß Radek und Genossen: Karl Radek, 1885–1939(?), Mitarbeiter Lenins, 1927–1929 wegen Opposition gegen Stalin verbannt, 1937 zu zehn Jahren Zwangsarbeit verurteilt und verschollen. Der Prozeß gegen Radek war einer der ersten »Säuberungsprozesse«; eine große Zahl von Emigranten (Ernst Bloch, Lion Feuchtwanger, Heinrich Mann) hielt die Anklage wegen Verschwörung zu dieser Zeit noch für substantiell.

S. 313 AN LEOPOLD SCHWARZSCHILD 24. VIII. 37 [Briefdurchschrift]

VON HEINRICH MANN 28. Aug. 1937

S. 315 *Budzislawski:* Dr. Hermann Budzislawski, 1901–1978, Chefredakteur der »Neuen Weltbühne« 1935–1938 in Prag, dann Paris; 1940–1948 in den USA, danach Lehrstuhl für internationales Pressewesen in Leipzig.

AN LION FEUCHTWANGER 6. IX. 37

S. 316 *unserem Freund Marcuse:* Ludwig Marcuse.

AN THOMAS MANN 25. IX. 37

S. 317 *Lion:* Ferdinand Lion.

mein Aufsatz-Manuskript: »Wiederbegegnung mit den deutschen Romantikern (Bemerkungen anläßlich der Sondernummer der ›Cahiers du Sud‹: ›Le Romantisme Allemand‹)«, in »Maß und Wert«, Jg. 1, Heft 6, Juli/August 1938. Manuskript trägt den Vermerk »Beendet New York. 23. September 1937«; ungekürzte Fassung in »Prüfungen, Schriften zur Literatur«.

Riess: Curt Riess, geb. 1902, deutscher Schriftsteller und Journalist; emigrierte 1933 nach Prag, Wien, Paris, 1934 New York. Korrespondent europäischer Zeitungen, 1943/44 mit der US-Armee nach Europa, 1948 endgültige Rückkehr. Exponierte sich nach KMs Tod an der Seite der Gründgens-Anhänger gegen das Erscheinen des »Mephisto« in der Bundesrepublik und die Gründgens betreffenden Stellen im »Wendepunkt«.

Gumpert: Martin Gumpert, 1897–1955, Arzt und Schriftsteller; emigrierte 1936 nach New York, Freund der Familie Mann.
Reill: Rita Reil übersetzte die ersten in Amerika verfaßten Manuskripte von Erika und KM; übertrug auch »Flucht in den Norden« ins Englische (»Journey into Freedom«, Victor Gollancz, London 1936; Alfred A. Knopf, New York 1936).
Nägel: deutsch-amerikanisches Ehepaar, Manager des Hotels Bedford in New York.
Hans Rameau: 1901–1980, Schauspieler und Regisseur an den Münchner Kammerspielen, emigrierte in die USA.
Eri: Erika Mann.
Onkel Kläuschen: KM. S. 318
Reisi: Hans Reisiger.
wie geht es dem Beine: Thomas Mann litt in dieser Zeit an einer Ischias-Neuralgie.

AN KATIA MANN October 14th [1937]

Aquidevit: Affidavit: Bürgschaftserklärung. S. 319
Alfred: Alfred A. Knopf.
Probekapitel für ein Buch: das Kapitel »Stefan Zweig. Portrait eines Pazifisten« für »Escape to Life«, Houghton & Mifflin Co, Boston 1939.
A family against a Dictatorship: Eine Familie gegen eine Diktatur; Thema eines oft gehaltenen Vortrags von KM, der die literarisch-politische Tätigkeit aller Familienmitglieder und Verwandten behandelte.
Ofei: Alfred Pringsheim.
Bibi: Michael Mann.
lectures: in den USA übliche Vortragsveranstaltungen mit anschließender Befragung des Referenten.
Feakins: William B. Feakins, literarischer Agent. S. 320
Tenni: der Schweizer Finanzmann Tennenbaum; KM hatte sich von ihm Geld geliehen.
Moni: Monika Mann.
Medi: Elisabeth Mann Borgese.

VON THOMAS MANN 17. X. 37

Aufsatz: »Wiederbegegnung mit den deutschen Romantikern«.
Verweisung in Heft IV: erschien erst in Heft 6, Juli/August 1938. S. 321
meines Lotte-Kapitels: Vorabdruck aus »Lotte in Weimar«.
Vortrag von Broglie: Louis de Broglie, 1892–1987, französischer Physiker; Nobelpreis 1929. Vortrag »Betrachtungen über den Indeterminismus in der Quantenphysik«, gehalten auf dem IX. Internationalen Philosophie-Kongreß in Paris; in »Maß und Wert«, Jg. 1, Heft 4, März/April 1938.
Reisi: Hans Reisiger.

AN KATIA MANN [October 1937]

S. 322 *[Anfang fehlt]:* die ersten beiden Seiten des Originalbriefes von KM (The Bedford, New York, 28. X. 37) lagen bei Drucklegung des Briefteils noch nicht vor. Sie lauten:
»Chère Maman-: meinen Brief aus einer Stadt namens Rochester (vor etwa vierzehn Tagen geschrieben) hast Du doch bekommen? Ich noch keinen von Dir. Gestern hingegen einen sehr netten und an Drolligkeiten reichen vom Zauberer, für den ich schön danke. (Über Emil Ludwig haben wir sehr lachen müssen: aber daß er die wahrscheinlich doch eher neidischen als eigentlich frohen Reaktionen seiner Gäste beim Herumzeigen des Checkes filmte, hat doch schon etwas Irrsinniges.) Daß mein Romantiker-Aufsatz nicht mißfallen hat, freut mich von Herzen. Hoffentlich ist nun auch ce petit fou von einem [Ferdinand] Lion friedlich. Wenn er nur nicht zu viel streichen wollte! Schließlich macht man ja nicht aus purem Spaß und Übermut die Dinge so länglich, sondern weil es die Anlage des Ganzen eben so erfordert. Er schadet dem Aufsatz (und also auch sich), wenn er zu viel schneidet.
Die Idee, ich könne (dazu noch sang- und klanglos) die 300 Dollar nicht zurückschicken, ist aber hübsch garstig und ausgefallen. Mein Feakins will (wie es auch vertraglich vorgesehen) 150 am 1. November an Eure Schweizer Bank überweisen, die anderen bei meiner Abreise (oder bei Abschluß der Tournée.) (Gerade fällt mir ein, es ist vielleicht einfacher, wenn ich sie, via Knopf, Eurem hiesigen Guthaben zukommen lasse; Du kannst ja dann immer noch bestimmen, wohin Du sie haben willst.)
Den Family-Speech [»A family against a dictatorship«] habe ich nun schon eine ganze Reihe von Malen exekutiert – immer mit dem nettesten success. Gestern hier in New York, Columbia-University, in einem nicht sehr großen dafür auch schrecklich überfüllten Saal. (E mußte stehen.) – Gestern habe ich auch den Vor-Vertrag über dieses »Non-Fictionbook« [»Escape to Life«] mit einem rührigen jungen Verlag namens Knight unterzeichnet: das bringt ein kl. Sümmlein. – Ob es sich finanziell für mich lohnen wird, nach Californien zu kutschieren, ist immer noch ungewiß – und davon hängt es wieder ab, ob ich so in einem Monat, oder erst in zwei bis dreien die Rückfahrt antreten werde. Innerhalb der nächsten zwei bis drei Wochen muß sich das aber entscheiden.
E's Proben, die lange verschobenen, scheinen nächsten Montag definitiv anzufangen. [Erika Mann sollte an einer großen Show, »New Faces«, mitwirken]. Übrigens hat sie heute einen ganz neuen, wie mir scheint sehr interessanten beruflichen Vorschlag gemacht bekommen. Darüber wird sie aber selber berichten, wenn es spruchreif ist.
Der Tomski ist weiter sehr brav und lieb (der Curtiss, meine ich;) übrigens viel mit seiner Familie und seinen Freunden. (Wohnt aber hier.) Er will und muß nächsten Monat unbedingt nach Hollywood, mit oder ohne mich. Als ich mir heute überlegte, an wen ich ihn dort empfehlen könnte, falls ich nicht selber...«

Lämmle: Carl Lämmle, 1867–1939, und Carl Lämmle jr., geb. 1908, Gründer und Besitzer der Filmgesellschaft Universal Pictures.

Eisenstein: Sergej Eisenstein, 1898–1948, sowjetischer Filmregisseur (»Panzerkreuzer Potjemkin«).

Franks Ankunft: Bruno und Liesl Frank.

Eleonora Mendelssohn: 1900–1951, Schauspielerin; emigrierte 1938 nach New York.

Hofmannsthals: Raimund von Hofmannsthal, 1906–1974, Sohn des Dichters Hugo von Hofmannsthal.

Annemarie: Annemarie Schwarzenbach.

der Gentz: »Friedrich von Gentz. Geschichte eines europäischen Staatsmannes«, Biographie; entstand 1936–1941, erschien 1947 im Europa Verlag, Zürich.

Schacht: Hjalmar Schacht, 1877–1970, Bankier; 1924–1929 und 1933 S. 323
bis 1939 Reichsbankpräsident, 1934–1937 zugleich Reichswirtschaftsminister; 1944/45 in Haft, im Nürnberger Prozeß gegen die Hauptkriegsverbrecher 1946 freigesprochen.

Z'.s Masaryk-Nekrolog: Thomas Mazaryk, 1850–1937, Politiker und Soziologe; war 1918–1935 der erste Staatspräsident der Tschechoslowakei. Thomas Manns »Zu Masaryks Gedächtnis«, in »Das Neue Tage-Buch«, Paris, 5. Jg., Heft 39 vom 25. 9. 1937 und »Prager Presse« Nr. 265 vom 26. 9. 1937; englisch »The Memory of Masaryk« in »The Nation«, New York, vol 145, 9. 10. 1937.

AN LUDWIG HATVANY 29. X. 37

»Ludwig«: »Vergittertes Fenster. Novelle um den Tod des Königs Ludwig II. von Bayern«, Querido, Amsterdam. Erschien Oktober 1937, eingedruckt die Widmung: »Für Thomas Quinn Curtiss – Sils Baselgia, Sommer 1937«. Wiedergedruckt in »Abenteuer des Brautpaars. Die Erzählungen«.

Erik Charrell: 1894–1974, Theaterkritiker und Regisseur; übernahm von S. 324
Reinhardt das Große Schauspielhaus in Berlin, emigrierte in die USA.

AN STEFAN ZWEIG 26. XI. 37

»Begegnungen«: »Begegnungen mit Menschen, Büchern, Städten«; Reichner, Wien, Leipzig, Zürich 1937.

Rimbaud: Jean-Arthur Rimbaud, 1854–1891, französischer Dichter.

Masereel: Frans Masereel, 1889–1972, belgischer Graphiker, Holzschneider, Illustrator.

Renan: Ernest Renan, 1823–1892, französischer Religionswissenschaftler und Schriftsteller.

Sainte Beuve: Charles-Augustin Sainte-Beuve, 1804–1869, französischer Schriftsteller.

»Berührung der Sphären«: Reden und Essays, Leipzig 1931. S. 325

»Ludwig«-Romanze: »Vergittertes Fenster«.

AN FERDINAND LION 29. XI. 37

S. 326 *über den Tschaikowsky:* »Symphonie Pathétique«.

VON STEFAN ZWEIG 6. Dezember 1937

S. 327 *dem Verfasser der letzten Biographie:* Ferdinand Mayr-Ofen, »Ludwig von Bayern. Das Leben eines tragischen Schwärmers«, E. P. Tal & Co, Wien 1937.

AN KATIA MANN 13. XII. 37

S. 329 *Bettler Lautrup:* nicht zu ermitteln.
Bruder Bib: Michael Mann.
Japanische Sache: am 7. Juli 1937 brach der offene Krieg gegen das China Tschiang Kai-scheks aus, in dessen Verlauf Japan einen Teil Chinas besetzte.

VON THOMAS MANN 16. XII. 37

S. 330 *Dorothy[s] November Vorschlag:* Dorothy Thompson, 1894–1961, bedeutende Publizistin der USA; bis zu ihrer Ausweisung durch Hitler Korrespondentin in Deutschland. Thomas Manns Bemerkung bezog sich offenbar auf eine Mitarbeit an »Maß und Wert«, die nicht zustandekam.
Oprecht: Emil Oprecht, 1895–1952, Schweizer Verleger und Buchhändler.
Ricarda Huch: 1864–1947, deutsche Lyrikerin, Erzählerin und historische Schriftstellerin; trat 1933 aus Protest gegen die Gleichschaltung aus der Sektion Dichtkunst der Preußischen Akademie der Künste aus.
»Wort«: die literarische Zeitschrift »Das Wort« erschien in Moskau von Juli 1936 bis März 1939; siehe auch Anm. *Brecht-Bredel* zum folgenden Brief.
»M. u. W.«: »Maß und Wert«.

S. 331 *Falke:* Konrad Falke, 1880–1942, Schweizer Schriftsteller.
Zollinger: Albin Zollinger, 1895–1941, Schweizer Schriftsteller; redigierte seit 1936 »Die Zeit« in Bern.
Yale-Rede: Rede bei der Eröffnung der Thomas Mann Library an der Yale Universität, gehalten am 25. Februar 1938; abgedruckt in »Maß und Wert«, Jg. 2, Heft 2, November/Dezember 1938.
Schopenhauer-Einleitung: geschrieben als Vorwort für eine Schopenhauer-Auswahl, »The Living Thoughts of Schopenhauer, Presented by Thomas Mann«, Longmans, Green & Co, New York/Toronto; erste deutsche Buchausgabe Bermann-Fischer, Stockholm 1938 (Schriftenreihe »Ausblicke«).

AN FERDINAND LION 8. III. 38

S. 332 *mit Ihrem Buch-Manuskript:* »Thomas Mann, Leben und Werk«.
Brecht-Bredel: Willi Bredel, 1901–1964, deutscher Schriftsteller, Sozia-

list; 1933 verhaftet, 1934 Flucht nach Prag und Moskau, Kommissar im Spanischen Bürgerkrieg, 1945 Rückkehr nach Deutschland. Bertolt Brecht und Lion Feuchtwanger gaben zusammen mit Bredel, der als einziger in Moskau lebte, die Moskauer Literaturzeitschrift »Das Wort« heraus.

AN HEINRICH MANN 26. III. 38

Geburtstagen: Heinrich Mann hatte am 27. März 67. Geburtstag. S. 333
»Eisenbahnunglück«: Thomas Manns 1909 erschienene Novelle.
Egon Friedell: 1878–1938, österreichischer Schriftsteller und Kulturhistoriker; beging Selbstmord beim Einmarsch der deutschen Truppen in Österreich. S. 334
einen Roman: »Der Vulkan«.
Reportage: »Escape to Life«.
Dokumente: alle die von KM erbetenen handschriftlichen Seiten, meist Erklärungen zur Verteidigung der Demokratie, über den Wert der Freiheit, die Verpflichtung zur Humanität (auch von Emil Ludwig, Stefan Zweig u. a.) wurden übersetzt in »Escape to Life« aufgenommen.
Einstein: Albert Einstein, 1879–1955, Physiker, Nobelpreis 1921; emigrierte 1933, bis zu seinem Tode in Princeton, USA. Dort 1938–1940 Thomas Mann benachbart und mit ihm befreundet. S. 335
ein Stück Henri: aus dem im Entstehen begriffenen 2. Band »Die Vollendung des Königs Henri Quatre«, Querido, Amsterdam 1938.

AN EMIL LUDWIG 31. III. 38

Adolf Busch: 1891–1952, Geiger; emigrierte 1933, 1940 USA. S. 338
Coudenhove-Kalergi: Richard Graf Coudenhove-Kalergi, 1904–1972, Gründer der Pan-Europa-Bewegung (Wien 1923); emigrierte 1933 in die Schweiz, 1940 nach New York.
Toscanini: Arturo Toscanini, 1867–1957, italienischer Dirigent; emigrierte in die USA.
Roosevelt: Franklin Delano Roosevelt, 1882–1945, 32. Präsident der Vereinigten Staaten (1933–1945); Ludwig schrieb über ihn ein Buch.

AN KURT HILLER 1. April 38 [Briefdurchschrift, handschriftlich korrigiert]

Ihr ... kleines Buch: »Das Unnennbare«, Gedichte, Peking, Privatdruck 1938. S. 339
Herman Bangs »Michael«: Roman, 1904, deutsch 1909.
»Tod in Venedig«: Thomas Manns Novelle aus dem Jahre 1912. S. 340
Maximin-Hymnen: Stefan George, »Maximin. Ein Gedenkbuch«, 1906.

AN JOHANNES R. BECHER 4. IV. 38

»Der Glücksucher und die Sieben Lasten«: Exilgedichte, 1938. S. 341
einen Roman (für Querido): »Der Vulkan«.

S. 342 *Annemarie:* Becher kannte Annemarie Schwarzenbach vom Ersten Allunionskongreß der sowjetischen Schriftsteller im August 1934 her, zu dem sie KM begleitet hatte.

VON STEFAN ZWEIG 14. April 1938

Weltkatastrophe: »Anschluß« Österreichs am 12. März 1938.

AN STEFAN ZWEIG 18. IV. 38

S. 343 *Gollancz:* Victor Gollancz, Verleger und Verlag gleichen Namens in London.

AN MAX BROD 19. IV. 38

S. 344 *Über Ihr ... Kafka-Buch:* »Franz Kafka«. Eine Biographie. Mercy, Prag; Kittl, Mährisch-Ostrau 1937.
Die Rezension liegt bei Schwarzschild: erschien unter dem Titel »Ecce Homo« in »Das Neue Tage-Buch«, Jg. 6, Nr. 18, am 30. 4. 1938.

S. 345 *Gustav Regler:* 1898–1963, deutscher Schriftsteller; Teilnahme am Spanischen Bürgerkrieg, Bruch mit der kommunistischen Partei; 1941 nach Mexiko.
Pariser Tageszeitung: KMs Rezension »Ein Mensch fällt aus Deutschland« erschien in Nr. 845/1934 des »Pariser Tageblatts«.

AN THOMAS MANN 22. IV. 38

S. 346 *H. R.:* Hans Reisiger.
Doktor O.: Doktor Osborn, ein Freund Hans Reisigers.

S. 347 *Guido L.:* nicht zu ermitteln, vielleicht auch verschlüsselt.
in S.: Hans Reisiger lebte in Seefeld/Tirol.

S. 348 *Schuschnigg-Regierung:* Kurt (Edler von) Schuschnigg, 1897–1977, österreichischer Politiker, Bundeskanzler 1934–1938; versuchte mit Hitler ein Abkommen zu schließen, wurde, da er es zur Abstimmung stellte, von Hitler des »Verrats« bezichtigt; nach der Annexion Österreichs von 1938 bis Kriegsende inhaftiert.

S. 349 *Consul Laška:* Jan Laška, tschechoslowakischer Konsul in Zürich.
Burschell: Friedrich Burschell, 1889–1970, deutscher Schriftsteller und Literaturkritiker; 1934–1938 in der Tschechoslowakei, 1939 England, 1954 Rückkehr aus der Emigration.

VON THOMAS MANN 12. V. 38

S. 351 *Das Goldene Buch:* »To Thomas Mann from his Friends and Admirers, Hotel Astor, New York, May 9th, 1938«, von Dorothy Thompson überreicht, mit Briefen prominenter Amerikaner und Beiträgen u. a. von Albert Einstein und Paul Tillich.
und den Kleinen: Elisabeth und Michael Mann.
Inselhaus der Newton: Caroline Newton, 1893–1974, Psychoanalytikerin; besaß eine große Autographen- und Manuskriptsammlung, über-

setzte Bücher von Jakob Wassermann ins Englische. Hatte Thomas Mann ihr Landhaus in Jamestown, Rhode Island, für den Frühling zur Verfügung gestellt. Thomas Mann porträtierte Caroline Newton im »Doktor Faustus« als Meta Nackedey.

»M. u. W.«: »Maß und Wert«, Jg. 1, Heft 5, Mai/Juni 1938.

Lions eigener Beitrag: »Goethesche Politik«. S. 352

politische Aphorismen: Golo Manns »Politische Gedanken«.

Abegg: Wilhelm Abegg, 1876–1951, preußischer Staatssekretär; 1933 in die Schweiz emigriert. War in Golo Manns Artikel nicht genannt und nicht ausdrücklich gemeint.

Toby: Airedale-Rüde, wurde verschenkt.

Ferdinand: in Sanary zugelaufener Kater mit blutig vortretendem Auge, benannt nach Ferdinand Heinke aus Adeles Erzählung in »Lotte in Weimar«. Thomas Mann behielt ihn fünf Jahre.

Beneš: Eduard Beneš, 1884–1948, tschechoslowakischer Außenminister, Ministerpräsident und Staatspräsident; 1940 Präsident der Exilregierung in London, dann USA; 1945–1948 wieder in Prag Staatspräsident, von den Kommunisten entmachtet.

AN PAUL GEHEEB 22. V. 38

Versoix: Paul Geheebs École d'Humanité Monnier in Versoix bei Genf. S. 353

Die Ossietzky-Feier: Carl von Ossietzky war am 4. Mai an den Folgen seiner Haft in Berlin gestorben. KMs Gedenkrede unter dem Titel »Der Held. Rede, gehalten an einer Gedenkfeier für Carl von Ossietzky, im Zürcher Schauspielhaus, Sonntag, den 22. Mai 1938« in »Heute und morgen. Monatshefte für Kultur, Wirtschaft und Politik«, I. Jg., Heft 1, Juni/Juli 1938; wiedergedruckt in »Heute und Morgen. Schriften zur Zeit«.

Erwin Pinkus-Parker: geb. 1903. 1920–1923 als Erwin Pincus auf der Odenwaldschule, als Erwin Parker in die Schweiz emigriert, Schauspieler am Schauspielhaus Zürich.

Oso: Odenwaldschule Oberhambach bei Heppenheim (Bergstraße), die KM von September 1922 bis Sommer 1923 besuchte.

Ottchen Schön-René: Otto Eugen Schön-René, geb. 1909. 1920–1923 auf der Odenwaldschule.

Ballin: Franz Ballin, Sohn eines Juwelenfabrikanten aus Pforzheim, 1921–1923 auf der Odenwaldschule; emigrierte nach Südamerika.

Armin Kesser: geb. 1906. 1922/23 auf der Odenwaldschule, später Journalist in Berlin; emigrierte.

Frau Edith: Edith Geheeb geb. Cassirer, setzte Paul Geheebs Arbeit an der École d'Humanité in Goldern, Berner Oberland, fort.

AN KATIA MANN 1. Juni 38

in Carolines kleinem Chalet: Caroline Newtons Landhaus in Jamestown, Rhode Island. S. 354

Frau Schwesting: Erika Mann.
Lorres Missetat: Peter Lorre, 1904–1964, ungarischer Filmschauspieler (»M« von Fritz Lang). Er soll Katia Mann bei einem Fest in Los Angeles mit den Worten »Ja Muatterl, hab ich a Freud!« umarmt und dabei in den Arm gebissen haben.
Pamela: Pamela Wedekind; Thomas Mann sagt ihr ebenfalls »exzentrische Begrüßungssitten« nach.
Zitig: gemeint ist die »Neue Zürcher Zeitung«.
60. Geburtstag: Thomas Manns Geburtstag am 6. Juni 1935.
Rieser: Ferdinand Rieser, Direktor des Zürcher Schauspielhauses, war mit einer Schwester Franz Werfels verheiratet.
Reiffs: Hermann Reiff und Lilly Reiff-Sertorius.
wegen Toby: Airdale-Terrier in Küsnacht.
Nico: Nico Kaufmann, ein Mitschüler Erika Manns in Zürich.

S. 355 *Erna Hanfstaengl:* Schwester von »Putzi« Hanfstaengl und Freundin von Unity Mitford, der englischen Bewunderin Hitlers.
Putzi in die Verbannung: Ernst (Putzi) Hanfstaengl, 1887–1974. 1923–1933 Hitlers Vertrauter, bis 1937 Auslandspressechef, danach Flucht, Exil in England und Kanada; wurde von Roosevelt, seinem Harvard-Kommilitonen, zu Rate gezogen.
Mopp: Max Oppenheimer (Ps. Mopp), 1885–1954, Wiener Maler; 1939 in die USA emigriert.
Café Select: Zürcher Café, gegenüber Hotel Seehof.
Tomski: Thomas Quinn Curtiss.
in H.: Hollywood.
den Roman: »Der Vulkan«.

S. 356 *»Marsch des Fascismus«:* »Der Marsch des Fascismus« von G. A. Borgese, Allert de Lange, Amsterdam 1938. KMs Besprechung in »Die Neue Weltbühne«, Prag, 34. Jg., Nr. 23, 9. 6. 1938.
Gretler: Schauspieler in Zürich.
Gottfried: Gottfried Bermann Fischer.
Friedrich: Fritz H. Landshoff.
Oprechts: Buchhändler- und Verlegerehepaar Emil und Emmy Oprecht.
Reisi: Hans Reisiger.
Tutti: Brigitte Bermann Fischer.

S. 357 *Mönnle:* Schwester Monika Mann.
Medi: Elisabeth Mann.

S. 358 *Tenni:* Tennenbaum.
National-Zitig: Basler »National-Zeitung«.
Neuen Rundschau: Zeitschrift des S. Fischer Verlags.
Jakob: Jakob Wassermann.
Fränklis der Madame Meyrisch: Aline Mayrisch de St. Hubert, Witwe des Luxemburger Stahlmagnaten Emile Mayrisch, Mäzenatin von »Maß und Wert«.
Theres: Therese Giehse.

AN LUDWIG HATVANY 4. VI. 38

Horvath: Ödön von Horvath, 1901–1938, Dramatiker und Erzähler; verließ Berlin 1934, bis 1938 in Wien und Henndorf bei Salzburg, dann Paris. KMs Nachruf vom 4. 6. 1938 in »Das Neue Tage-Buch«, 6. Jg., Heft 24, Juni 1938; wiedergedruckt in »Prüfungen. Schriften zur Literatur«.

Loli: Baronin Loli Hatvany. S. 359

AN FERDINAND LION 8. VI. 38

frechen kleinen Artikel: »Biographien ohne Ende«, in »Maß und Wert«, S. 360
Jg. 1., Heft 4, März/April 1938, mit einer Anspielung auf den Tschaikowsky-Roman.

Buch-Rezension: KMs Artikel »Von Bismarck bis Picasso«, über die gleichnamigen Erinnerungen von Wilhelm Uhde.

Die Stelle über die Korpsstudenten: KM referiert einen von Uhde geschilderten gräßlichen Studenten-Ulk.

Madame M: Aline Mayrisch.

ungekürzt – in der »Weltbühne«: »Die Weltbühne«, von Siegfried S. 361
Jacobsohn in Berlin gegründet, erschien seit 14. 4. 1933 als »Die Neue Weltbühne« in Prag; seit Juni 1938 in Belgien gedruckt. KMs »Von Bismarck bis Picasso«, erschien sofort in Heft 25, 23. 6. 1938; wiedergedruckt in »Woher wir kommen und wohin wir müssen. Frühe und nachgelassene Schriften«, München 1980.

Glaeser: Ernst Glaeser, 1902–1963, zeitkritischer Schriftsteller; ging 1933 ins Exil, kehrte aber 1939 nach Deutschland zurück.

AN HERMANN HESSE 2. Juli 1938

Ihre literarische Sendung: »Drei schwäbische Dichter. Eine Erzählung aus dem alten Tübingen«, Sonderdruck aus dem Jahrbuch »Die Ernte« 1931, mit der handschriftlichen Widmung: »Gruß für Klaus Mann! H Hesse«. »Ein paar Erinnerungen an Othmar Schoeck«, Sonderdruck o. J., handschriftliche Widmung »Gruss von H Hesse«.

des hiesigen Lebens: bis 14. Juli hielten sich Erika und KM in Spanien auf, S. 362
von wo sie über den Bürgerkrieg berichteten. Darüber auch in »Der Wendepunkt«.

Ein paar Zeitungen: folgende Abdrucke sind nachweisbar: »Spanisches Tagebuch« in »Pariser Tageszeitung« vom 2. 7. 1938; »Junge Dichter in Spanien« in Basler »National-Zeitung« vom 26. 7. 1938; »Zwei Deutsche. Aus dem Spanischen Tagebuch« in »Pariser Tageszeitung« vom 27. 7. 1938; »Aus dem Spanischen Tagebuch: Das Wunder von Madrid« in »Pariser Tageszeitung« vom 4. 8. 1938; »Colonel Hans. Eine Spanien-Reportage« (I) in »Sozialdemokrat« vom 9. 8. 1938; »Aus dem Spanischen Tagebuch. Die spanischen Schätze« in »Pariser Tageszeitung« vom 10. 8. 1938; »Fazit einer Spanienreise« (von Erika und KM) in »Pariser Tageszeitung« vom 18. 8. 1938; »Colonel Hans. Eine

Spanien-Reportage« (II) in »Sozialdemokrat« vom 14. 8. 1938; »Zurück von Spanien« (von Erika und KM) in »Die Nation« Nr. 35, 1938; »Zurück von Spanien« (von Erika und KM) in »Das Wort«, 3. Jg., Heft 1, Oktober 1938; »Besuch bei gefangenen deutschen Fliegern« in »Deutsches Volksecho«, New York, vom 15. 10. 1938 (bis auf »Das Wort« sämtliche Belege im KM-Archiv, München). – »Fazit einer Spanienreise« neu abgedruckt in »Mit dem Blick nach Deutschland. Der Schriftsteller und das politische Engagement«, München 1985; »Aus dem spanischen Tagebuch: Das Wunder von Madrid« neu abgedruckt in »Text und Kritik. Zeitschrift für Literatur«, Heft 93/94: »Klaus Mann«, Januar 1987.

AN LUDWIG HATVANY 14. Juli 1938

S. 363 *Außenminister:* Julio Alvarez del Vayo, Außenminister der Regierung Negrin, später im Exil in New York.
Propagandaminister: Bernardo Giner de los Rios y Garcia, Minister für Kommunikation und öffentliche Arbeiten im Kabinett Negrin, Republikaner.
Königs-Visite: Besuch des englischen Königspaars in Paris.

VON HERMANN HESSE [Poststempel: 21. VII. 1938]

S. 365 *von Hoffmann:* E. T. A. Hoffmann, 1776–1822, deutscher spätromantischer Schriftsteller und Komponist.
Rudolf Herzog: 1869–1943, Unterhaltungsschriftsteller betont konservativer Gesinnung.
Erzählung von Hölderlin, Mörike und Waiblinger: »Drei schwäbische Dichter« von Hermann Hesse.

VON STEFAN ZWEIG [Poststempel: 9. Aug. 1938]

S. 366 *Impressionen:* Zeitungsaufsätze, siehe Anm. AN HERMANN HESSE 2. Juli 1938.

AN STEFAN ZWEIG 13. IX. 38

Schimpf-Orgie: Rede Hitlers vom 12. September 1938.

VON STEFAN ZWEIG [Poststempel: 15. Sept. 1938]

S. 367 *diese Tage:* Putschversuch der sudetendeutschen Nationalsozialisten; das Münchner Abkommen und die Zerschlagung der Tschechoslowakei standen unmittelbar bevor (29. 9. 1938).
Roman: »Ungeduld des Herzens«, 1938.

AN »THE MONITOR« Dec. 25, 38 [Briefentwurf deutsch, Übersetzung abgesandt]

»Abusing Hospitality«: Mißbrauchte Gastfreundschaft. Artikel des »Monitor« vom 17. 12. 1938.

LETTER TO THE EDITOR OF »THE MONITOR« Dezember 1938 [Briefentwurf deutsch, Übersetzung abgesandt]

Faulhaber: Kardinal Michael von Faulhaber, 1869–1952; wandte sich in Predigten und Schriften gegen die nationalsozialistische Rassenlehre, gilt als Mitautor der Enzyklika Pius' XI. »Mit brennender Sorge« (1937). S. 368

Innitzer: Kardinal Theodor Innitzer, 1875–1955. Der Streit ging um seine Haltung nach dem Einmarsch Hitlers in Österreich. S. 369

François Mauriac: 1885–1970, französischer Schriftsteller; Nobelpreis 1952. S. 371

Georges Bernanos: 1882–1948, französischer Romancier; 1938–1945 in Brasilien.

Jacques Maritain: 1882–1973, französischer Religionsphilosoph; 1945–1948 Botschafter beim Vatikan.

AN DIE »GERMAN AMERICAN WRITERS ASSOCIATION« 2. III. 39

»German American Writers Association«: in den USA am 7. 10. 1938 gegründeter Schutzverband der in Amerika lebenden deutschen Autoren. S. 372

»American Guild for German Cultural Freedom«: humanitär-kulturelle und antifaschistische Vereinigung, gegründet und unterhalten von ihrem Generalsekretär Hubertus Prinz zu Löwenstein; half den nach Amerika emigrierten deutschen Autoren.

AN DAS »ARGENTINISCHE TAGEBLATT« 16. III. 39

»Argentinisches Tageblatt«: 1889 gegründete, deutschsprachige Zeitung, die gegen Hitler eindeutig Stellung bezog. KMs Brief wurde am Sonnabend, 20. 4. 1939, abgedruckt neben Beiträgen von Heinrich Mann, Rudolf Olden, Emil Ludwig, Dr. E. J. Gumbel, Sigmund Freud, Arthur Koestler, Dr. Curt Geyer, Oskar Maria Graf, Alfred Kerr, German American Writers Association (gez. Oskar Maria Graf, Ferdinand Bruckner, Manfred Georg), Deutsches Volksecho, New York (gez. Stefan Heym). Glückwünsche sandten: Thomas Mann, Albert Einstein, Lion Feuchtwanger, Stefan Zweig und Emil Oprecht. S. 374

AN HANS LAMM 18. IV. 39 [Briefdurchschrift]

Hans Lamm: Dr. Hans Lamm, 1913–1985; lebte bis 1937 in München, emigrierte 1938. Seit 1961 Abteilungsleiter in der Münchner Volkshochschule. S. 375

Rauschnings »Revolution des Nihilismus«: erschien 1938 im Europa Verlag, Zürich. Hermann Rauschning, 1887–1982, konservativer Politiker, 1933/34 Senatspräsident von Danzig, emigrierte über Polen, die Schweiz, Frankreich, England in die USA. S. 376

AN WALTER LANDAUER 23. V. 39

S. 378 *traurig und zerschmettert:* vorangegangen war die Aufkündigung des deutsch-englischen Flottenabkommens und des deutsch-polnischen Nichtangriffspaktes durch Hitler am 28. April; bezieht sich im übrigen auf den Tod Tollers.

Der Tod von Toller: Ernst Toller hatte am Tag zuvor Selbstmord begangen.

S. 379 *Christiane:* Christiane Toller geb. Grautoff, Schauspielerin; heiratete Ernst Toller im Exil in London.

Niederlage Spaniens: der Spanische Bürgerkrieg ging mit der Besetzung Madrids am 28. März 1939 und der Kapitulation der Republikaner zu Ende.

sein Stück: »Pastor Hall«, 1939.

S. 380 *Mops:* Mopsa Sternheim.

AN HERMANN KESTEN 25. V. 39

S. 382 *Artikel sollen geschrieben werden:* über Ernst Tollers Tod; u. a. für »Mitteilungsblatt« Buenos Aires und »Die Neue Weltbühne«; siehe »Prüfungen. Schriften zur Literatur«.

VON HERMANN KESTEN 27. 5. 39

Ihren lieben Brief: nicht der vorhergehende Brief KMs vom 25. V. 39, sondern ein nicht vorhandener früheren Datums.

über meine »Children«: KMs Rezension über Hermann Kestens Roman »The Children of Guernica« in »The Nation«, Mai 1939.

AN HERMANN KESTEN 10. VI. 39

S. 384 *Ihr neuer Roman:* »Die Zwillinge von Nürnberg«.

an einem kleinen politischen Buch: »The Other Germany«, Modern Age Books, Inc., New York 1940.

VON STEFAN ZWEIG [Juli 1939]

S. 385 *Ihr Roman:* »Der Vulkan« erschien Juli 1939, daher Datierung des Briefes zu schließen.

November 1938: 9./10. November »Kristallnacht« in Deutschland.

S. 386 *Feuchtwangers Fresco:* der Roman »Exil«, Querido, Amsterdam 1940.

AN STEFAN ZWEIG 8. VII. 39

mein armer Martin: Martin Korella, Figur im »Vulkan«; homoerotischer Dichter, der an Rauschgift zugrundegeht.

S. 387 *die alte Zuckerkandl:* Berta Szeps-Zuckerkandl, 1863–1945, österreichische Journalistin, Schwägerin von Clemenceau. Emigrierte vor dem 2. Weltkrieg nach Algier, 1945 zurück nach Paris.

VON THOMAS MANN 22. VII. 39

Warschauers ... Wolfs ... Nathansohns: bezieht sich wahrscheinlich nicht auf konkrete Personen. Mit »Warschauers« könnte gemeint sein: Dr. Frank Warschauer, 1892–1946, Mitarbeiter von »Maß und Wert«; emigrierte 1933 nach Prag, 1938 nach Holland, beging dort beim Einmarsch der Deutschen Selbstmord. S. 388

Menno: Menno ter Braak.

Citroen: Paul Citroen, geb. 1896, holländischer Maler und Graphiker, während der deutschen Okkupation untergetaucht. Schuf 1955 das letzte Bild Thomas Manns.

Babüschleins aus Bruxelles: Peter Pringsheim und seine Frau.

Fränkchen: Bruno Frank.

Kikjou-Weis': Name einer Figur im »Vulkan«, fromm-verderbt, wandelt sich unter dem Einfluß eines Engels. Zur gesamten Problematik der Exilromane KMs siehe Martin Gregor-Dellin, »Klaus Manns Exilromane«, in »Die deutsche Exilliteratur 1933–1945«, hrsg. v. Manfred Durzak, Stuttgart 1973. S. 389

dank einer wirklich geliebten ... Figur: Marion, Schauspielerin, Witwe Marcel Poirets, der im Spanischen Bürgerkrieg fällt. Trägt Züge von KMs Schwester Erika. S. 390

der große Onkel: Heinrich Mann.

stark gezaubert: Anspielung auf den Stil des »Zauberers« Thomas Mann.

Hamsun: Knut Hamsun, 1859–1952, norwegischer Erzähler, Nobelpreis 1920. Sein Eintreten für das Dritte Reich brachte ihm nach dem 2. Weltkrieg einen Prozeß wegen Landesverrats ein. KM hatte Hamsun eine scharfe Absage erteilt: »Wiederbegegnung mit Knut Hamsun« in »Das Neue Tage-Buch«, 5. Jg., Heft 15, 10. 4. 1937; wiedergedruckt in »Prüfungen. Schriften zur Literatur«.

»Es kommt der Tag«: Titel von Heinrich Mann (»Ein deutsches Lesebuch«), Europa Verlag, Zürich 1936. S. 391

AN THOMAS MANN 3. VIII. 39

an Frau Mamale geschrieben: August 1939, ohne Datum, inhaltlich ähnlich.

A. M. Frey's ... Betrachtung: Alexander M. Frey, 1881–1957, deutscher Erzähler, Autor skurriler und phantastischer Novellen; emigrierte 1933 in die Schweiz. Seine Rezension über den »Vulkan« war unter dem Titel »Der Roman der Emigration« am 23. 7. 1939 in der Basler »National-Zeitung« erschienen.

der Hugo: Hugo von Hofmannsthal. S. 392

Engel-Kunde: KM verwendete die Gestalt des Engels bereits im Roman »Alexander« (1930) und, in Anlehnung an Gide (»Die Falschmünzer«), schließlich im »Vulkan«. S. 393

»Joseph«: Thomas Mann, »Joseph und seine Brüder«.

Ury: Jury Cabell, ein Freund KMs.

S. 394 *Frau Dieterle:* Charlotte, Frau des Regisseurs und Schauspielers Wilhelm Dieterle; half über den »European Film Fund« exilierten Künstlern in Hollywood.

Neues vom Frauenplan: aus Thomas Manns Roman »Lotte in Weimar«.

Annette: Annette Kolb.

»Anna Karenina«-Vorwort: »Anna Karenina«, zuerst in »Maß und Wert«, Jg. 3, Heft 4, Mai/Juni/Juli 1940.

Lowe-Porter: Helen Lowe-Porter, 1877–1963, Schriftstellerin und Übersetzerin fast sämtlicher Werke Thomas Manns.

Katz-Simon: Otto Katz (Ps. O. K. Simon, André Simone).

Bruno: Bruno Franks Schrift »Lüge als Staatsprinzip«, 1939.

Das »Schwarze Korps«: Wochenzeitung der SS.

»Bruder Hitler«: Thomas Manns Aufsatz in »Das Neue Tage-Buch«, Paris, 7. Jg., Heft 13, 25. 3. 1939, löste wegen seiner gewagten Analogien Kontroversen aus.

Olden: Rudolf Olden, 1885–1940, Schriftsteller, Redakteur am »Berliner Tageblatt«; emigrierte 1933 nach Prag, 1934 nach Paris, dann England. Ertrank bei der Versenkung der »City of Benares« durch ein deutsches U-Boot.

TO THE EDITOR OF »NEW LEADER« September 28th, 1939 [Briefentwurf deutsch, Übersetzung abgesandt]

»so-called...«: Ü: sogenannter Nichtangriffspakt zwischen Hitler und Stalin und die Aufteilung Polens zwischen Deutschland und Rußland. – (Nichtangriffspakt 24. 8., Grenz- und Freundschaftsvertrag 28. 9. 1939 in Moskau.)

S. 396 *»Stalin's invasion of Poland...«:* Ü: Stalins Einfall in Polen vom Osten her hat zuviel gemeinsam mit Hitlers Einfall vom Westen, als daß sich irgendein Verteidiger der sowjetischen Grundsätze dabei wohl fühlen könnte.

»that Russia's Invasion of Poland...«: Ü: daß Rußlands Poleninvasion, so verhängnisvoll sie auch für die polnische Sache war, auf lange Sicht Adolf Hitler noch schreckliche Kopfschmerzen bereiten wird.

»One week's developments indicate...« Ü: Die Entwicklung einer Woche zeigt, daß Rußland Hitler in der Ukraine lahmgelegt, ihn von den Ölfeldern an der rumänischen Grenze verjagt hat und daß es durch die Aufstellung einer großen Armee in unmittelbarer Nähe der 30000000 Slawen, die er zu assimilieren sucht, zu einer ständigen Bedrohung seiner Ostgrenze kommen wird.

von Ribbentrop: Joachim von Ribbentrop, 1893–1946, Außenminister; im Nürnberger Kriegsverbrecherprozeß zum Tode verurteilt und hingerichtet. Schloß in Moskau im August 1939 den deutsch-sowjetischen Nichtangriffspakt ab.

AN KATIA MANN 7. X. 39

Madame Hermann Kesten: Toni Kesten. S. 397

»mon mari est comme ...«: Ü: Mein Mann ist mit den anderen Flüchtlingen im Sammellager »Stade Olympique«, Yves du Manoir, Colombe (Seine), aber sein Gesundheitszustand ist unglücklicherweise so schlecht, daß ich beunruhigt bin. Ich bitte Sie an ihn zu denken und bitte schreiben Sie Ihrem Vater...

Giraudoux: Jean Giraudoux, 1882–1944, französischer Romancier und Dramatiker; Anfang des Kriegs Propagandaminister unter Daladier. S. 398

dem kleinen Bertaux: Pierre Bertaux.

Speyer: Wilhelm Speyer, 1887–1952, deutscher Schriftsteller, Erzähler und Dramatiker; emigrierte 1933, 1936–1940 in Frankreich, dann USA. 1949 Rückkehr nach Europa.

Neumann: Alfred Neumann.

AN GOLO MANN 10. XI. 39

ich lege Dir bei: das beigelegte Manuskript trug den Vermerk »New York, Anfang November 1939«. Golo Mann brachte die umfangreiche Kritik »André Gides Journal 1889–1939« in »Maß und Wert«, Jg. 3, Heft 2, Januar/Februar 1940. Wiedergedruckt in »Prüfungen. Schriften zur Literatur«. S. 399

Manuel: Manuel Gasser.

Rudolf Kayser: 1889–1964, Schwiegersohn Albert Einsteins. 1920–1932 Redakteur der »Neuen Rundschau« im S. Fischer Verlag; emigrierte in die USA.

Wilhelmine und Leopold: stehen für die bedrohten Niederlande und Belgien. Königin Wilhelmine der Niederlande, 1880–1962, ging ins Exil nach London; König Leopold III. von Belgien, geb. 1901, kapitulierte, dankte 1951 ab.

Onkel Peter: Peter Pringsheim in Brüssel.

Bombe im Bierkeller: Attentatsversuch im Münchner Bürgerbräukeller am 9. November 1939. Hitler entging der Explosion durch vorzeitiges Verlassen des Saales.

Meisul: Dr. Hans (James) Meisel, geb. 1900, Schriftsteller; emigrierte 1934, 1938 USA, 1938–1940 Sekretär Thomas Manns.

Onkel Ladenburg: der Physiker Rudolf Ladenburg, 1882–1952, ein Freund Klaus Pringsheims, Pate Golo Manns.

Mopp: Max Oppenheimer.

Lord Halifax: Edward Wood, Earl of Halifax, 1891–1959, konservativer englischer Politiker; unterstützte als Außenminister 1938 bis 1940 die Politik Neville Chamberlains, 1941–1946 Botschafter in Washington.

Heinrich Himmler: 1900–1945, nationalsozialistischer Politiker, Reichsführer SS. S. 400

Monsieur Colin: Saul Colin, Franzose, betätigte sich in New York als literarischer Agent. Thomas Mann porträtierte ihn im »Doktor Faustus« als Konzertagent Saul Fitelberg.

die dunkle Lucy: Köchin im Haus Thomas Mann.

Medi Dulala: Elisabeth Mann.

Stand der Ehe: mit Giuseppe Antonio Borgese, 1882–1952, italienischer Schriftsteller und Historiker; seit 1931 USA, 1951 Rückkehr nach Mailand.

Hermann Broch: 1886–1951, österreichischer Schriftsteller; 1938 als Jude verhaftet, durch Intervention prominenter westlicher Intellektueller nach New York entkommen.

Buch über das Deutsche Rätsel: »The Other Germany«.

trübe Affäre mit der »Büchse der Pandora«: die Kinder Thomas Manns wollten im Sommer 1914 im Landhaus Tölz Theater spielen, da brach der Krieg aus und die Aufführung fand nicht statt. (KM schrieb darüber im »Wendepunkt«). Genau rekonstruiert bei Peter de Mendelssohn, »Der Zauberer. Das Leben des deutschen Schriftstellers Thomas Mann. Erster Teil 1875 bis 1918«, Frankfurt 1975.

Aufsatz über J. Giraudoux: englisch in »The Nation«, vol 149, No 25, Dec 16, 1939. Deutsche Fassung, ursprünglich mit dem Titel »Pleins Pouvoirs«, dann »Giraudoux«, trägt den Vermerk »Princeton 28. X. 39«, in »Prüfungen. Schriften zur Literatur«.

Ury: Jury Cabell.

Tomski: Thomas Quinn Curtiss.

Emery: jugendlicher Freund in New York, ursprünglich Fensterputzer im Hotel Bedford.

S. 401 *Alfred und Hedel:* Alfred und Hedwig Pringsheim.

Giehsin: Therese Giehse.

die Opis: Emil und Emmy Oprecht.

»Die ewigen Gefühle«: Roman von Bernard von Brentano, 1939.

Wilhelm Hertloks Hymnen: gemeint ist Wilhelm Herzog.

Die Belli ... Dein Billy: eine gewisse Frau von Belli, ältere Dame, die in München einen Salon unterhielt, galt für KM als Inbegriff aristokratisch-bourgeoiser Geselligkeit. Gemeint ist aber offenbar der Filmregisseur Billy Wilder, geb. 1906, kam 1933 nach Hollywood; KM traf ihn zu dieser Zeit mehrmals in New York.

AN EVA HERRMANN November 23, 1939

Fritz Walter: Friedrich Walter, geb. 1902, Schriftsteller, Dramaturg und Journalist; emigrierte 1933 nach Frankreich, 1940 nach England.

Martin Dies: Dies Committee zur Abwehr kommunistischer Infiltration.

als »Sowjetagenten« bezeichnet: in einem anonymen Artikel des »Neuen Tage-Buchs« vom 28. 10. 1939; die Auseinandersetzung mit Schwarzschild zog sich über das Jahr 1940 hin. Siehe auch Erika Manns Brief an Leopold Schwarzschild vom 7. Dezember 1940 (»Briefe und Antwor-

ten«, Bd. I, S. 161 ff) und Anm. zu VON BRUNO FRANK 30. Sept. 40 sowie 15. October 1940.
Erwiderung: KMs »Erklärung«, abgefaßt am 18. November, ging am 19. November 1939 via Transatlantic Air Mail nach Paris.

AN WILLI SCHLAMM 30. XI. 39 [Briefdurchschlag]

der Verfasser des Artikels: Schlamm dementierte (siehe nächsten Brief S. 402
KMs).
nicht »Ja oder Nein«: bezog sich auf eine Aufforderung Epsteins, KM S. 403
möge gegen seinen Vater Stellung beziehen (siehe S. 230 f).
vom Salten: Kraus polemisierte u. a. gegen Felix Salten, 1869–1947, S. 404
Theaterkritiker, Erzähler von Tiergeschichten (»Bambi«); emigrierte 1938 in die USA, lebte nach dem Krieg in Zürich.
von kommunistischen Blättern gegen Schwarzschild: siehe Anm. zu AN S. 405
KONRAD HEIDEN [März 1937].
Bruno Frei: hatte sich an der Verleumdungsaktion gegen Leopold Schwarzschild beteiligt und ihn in der Prager »Deutschen Volkszeitung« vom 7. 3. 1937 beschuldigt, er unterhalte Beziehungen zur Goebbels-Presse.
Weigert sich die Redaktion des NTB: Schwarzschild brachte KMs »Erklä- S. 406
rung« nicht. Sie erschien daraufhin zwei Monate später in der »Neuen Volkszeitung«, New York. KM stellte ihr eine Erläuterung voran, datiert 10. 1. 1940. Die Texte dieser Einleitung und der »Erklärung« sind wiedergedruckt in »Heute und Morgen. Schriften zur Zeit«.
Gerhart Seger: 1896–1967, Journalist, Mitglied des Reichstags; nach Reichstagsbrand verhaftet, KZ Oranienburg, Dezember 1933 entkommen. Über die Tschechoslowakei in die USA emigriert, Herausgeber der »Neuen Volkszeitung«, New York (nicht der »Deutschen Volkszeitung«, Paris, wie in »Heute und Morgen. Schriften zur Zeit« irrtümlich angegeben).

AN WILLI SCHLAMM 11. XII. 39 [Briefdurchschlag]

Artikel im NTB: auf den Artikel im »Neuen Tage-Buch« kam der S. 407
Herausgeber Leopold Schwarzschild nach seiner Flucht in die USA in einem Brief vom 29. Dezember 1940 an KM noch einmal zurück, ohne jedoch den Namen des Verfassers anzugeben. Siehe Anm. zu AN BRUNO FRANK 17. X. 1940.

AN GOLO MANN 31. XII. 39

Cousin: Bruder Golo Mann. S. 409
Frau Schwester: Erika Mann.
Katzenellenbogen: Konrad Kellen (früher Katzenellenbogen), geb. 1913; emigrierte 1933 nach Paris, 1936 in die USA, Freund von Erika und KM. Zunächst Bankangestellter, 1941–1943 Thomas Manns Sekretär, Armeedienst und Offizier der amerikanischen Militärregierung in

Deutschland, »Radio Free Europe«, Analytiker am Hudson Institute, New York.

die Tutt: Brigitte Bermann Fischer.

seinerzeit von Stockholm: Abreise vom PEN-Kongreß am Tage vor Kriegsbeginn.

der Gott: Gottfried Bermann Fischer.

Deine erste Nummer: Golo Mann löste Ferdinand Lion als Redakteur von »Maß und Wert« mit Jg. 3, Heft 1, November/Dezember 1939 ab.

Die Novelle von Gumpert: »Der Eingriff« von Martin Gumpert.

vom schönen Bruno: Bruno Franks Novelle »Sechzehntausend Francs« erschien dann in Jg. 3, Heft 2, Januar/Februar 1940.

S. 410 *ein neues Buch:* »Distinguished Visitors«, über berühmte Besucher in den USA, englisch geschrieben, wurde nie gedruckt.

die Duse: Eleonora Duse, 1859–1924, italienische Schauspielerin.

Lola Montez: 1818–1861, Tänzerin; kam 1846 nach München, gewann die Gunst Luwigs I., Flucht nach der Märzrevolution 1848 und Ludwigs Abdankung, starb vergessen in New York.

Oscar Wilde: 1854–1900, englischer Schriftsteller; Liebling der Londoner Gesellschaft, bis er 1895 wegen Homosexualität zu zwei Jahren Zuchthaus verurteilt wurde.

eine Zeitschrift: »Decision. A Review of Free Culture«, erschien von Januar 1941 bis Januar/Februar 1942, Verlagsort New York.

Wieland: Wieland Herzfelde.

Leopold: Leopold Schwarzschild.

Hermann R.: Hermann Rauschning.

Onkel H.: Heinrich Mann.

F. C. Weiskopf: Franz Carl Weiskopf, 1900–1955, sozialistischer Schriftsteller aus Prag; 1939–1949 New York, 1953 Rückkehr in die DDR.

in einem umfänglichen Artikel: siehe den Brief TO THE EDITOR OF »NEW LEADER«, S. 394ff. Gemeint sein kann auch der Artikel »Nach dem Sturze Hitlers« in »Deutsche Volkszeitung«, Paris, 16. 4. 1939, abgedruckt in »Heute und Morgen. Schriften zur Zeit«.

S. 411 *General Mannerheim:* Carl Gustav Emil von Mannerheim, 1867–1951, finnischer Feldmarschall; 1939/40 und 1941–1944 Oberbefehlshaber, schloß 1944 Waffenstillstand mit der Sowjetunion, 1944–1946 Staatspräsident.

Borgi: Giuseppe Antonio Borgese.

Friedrich: Fritz H. Landshoff.

Die »Ewigen Gefühle«: Roman von Bernard von Brentano, Allert de Lange, Amsterdam 1939.

der Baron: Bernard von Brentano.

Fink: Hedwig Pringsheim.

Ofei: Alfred Pringsheim.

Offi: Hedwig Pringsheim.

Urmimchen: Hedwig Dohm, 1833–1919, Frauenrechtlerin und Schriftstellerin, Großmutter von Katia Mann. KMs Aufsatz über Hedwig Dohm trägt den Titel »›Misunderstood Woman‹ and Modern Girl«; blieb unveröffentlicht.
Tante Emmecke: Frau Peter Pringsheims.

AN HANS FEIST 7. III. 1940

Fog: »Nebel«, Spitzname Feists. S. 412
herauszukommen: Feist gelang es, in die Schweiz zu übersiedeln.
»Deine Sachen«: Porzellansammlung der Mutter, die Feist zu transferieren versucht hatte.
Portraits: »Distinguished Visitors«. S. 413
Bibi mit junger Gemahlin: Michael Mann und Frau Gret geb. Moser.

AN HUBERTUS PRINZ ZU LÖWENSTEIN 9. April 1940 [Briefdurchschlag]

Ihren Artikel: in der »New Yorker Staatszeitung« vom 17. 3. 1940. S. 414
Colonel Lindbergh: Charles Lindbergh, 1902–1974, Ozeanflieger. S. 416
Browder: Sekretär der Kommunistischen Partei der USA.

AN THOMAS MANN 16. IV. 40

copy: Kopie des Briefes an Hubert Prinz zu Löwenstein vom 9. April 1940. S. 417

AN THOMAS MANN 27. V. 40

L.Z.: Lieber Zauberer.
Abschiedsbrief: der folgende Brief (S. 418).
untragbar gewordenen Verband: »German American Writers Association«. Der überparteiliche Verband, in dem alle politischen Richtungen vertreten waren, wurde durch den deutsch-sowjetischen Nichtangriffspakt vom August 1939 in eine Krise gestürzt, die durch Polarisierung erst jetzt ihren Höhepunkt erreichte. Führende Mitglieder (Viertel, Graf, Riess, Frank, die Manns) ergriff eine nur durch die Situation der Emigranten in den USA zu erklärende, heftige Erregung, die zu Austrittsgedanken und dann zur Selbstauflösung der GAWA führte.
Raoul Auernheimer: 1876–1948, österreichischer Erzähler, Dramatiker und Theaterkritiker; emigrierte nach Haft im KZ Dachau 1938 in die USA.
Zuckmayer: Carl Zuckmayer, 1896–1977, deutscher Schriftsteller und Dramatiker; bis 1938 in Österreich, von dort über die Schweiz in die USA emigriert. 1954 Rückkehr in die Schweiz.
Vicky Baum: Vicki Baum, 1888–1960, österreichische Schriftstellerin, Verfasserin spannender Unterhaltungsromane; ging 1931 zur Verfilmung von »Menschen im Hotel« nach Hollywood und blieb dort, schrieb seit 1937 englisch.
Wittfogel: Karl August Wittfogel, geb. 1896, Wissenschaftler und Dra-

matiker; 1934 nach den USA, Professor der University of Washington, Seattle. Schriften zur Soziologie und Sinologie, Geschichte der chinesischen Gesellschaft.
Harold Peat: literarischer Agent Thomas Manns.

AN BRUNO FRANK 30. V. 40

S. 419 *der Zuck:* Carl Zuckmayer.
den Riess: Curt Riess.
Marcuse: Ludwig Marcuse.
Robert Sherwood: 1896–1955, amerikanischer Dramatiker. KM bezieht sich auf das gegen den Krieg gerichtete Stück »There Shall Be No Night«, 1940.
Lynn Fontanne: amerikanische Schauspielerin, spielte am Broadway in New York.
Liesula: Liesl Frank.

AN BRUNO FRANK 5. VI. 1940

S. 420 *im Sinne Deines Vorschlages:* Auflösung der »German American Writers Association«, statt Austritt einzelner Mitglieder.
Graf: Oskar Maria Graf, 1894–1967, deutscher Schriftsteller; emigrierte 1933 nach Wien, 1934 Brünn, 1938 New York. Graf widmete der GAWA als Präsident viel Zeit und Arbeit. In einem Brief an Graf vom 7. Juni 1940 würdigte Bruno Frank, was die Auflösung des Verbandes für Graf bedeutete: »Daß Ihnen dies schmerzlich ist, lieber Freund, verstehe ich vollkommen. Und zwar aus guten und legitimen Gefühls-Gründen und *keineswegs* aus irgendwelchen politischen Machtgelüsten heraus, von denen ich bei Ihnen nie das Geringste bemerkt habe. Der Verband stellte für Sie eine Art letzter geistiger Heimat dar, und Sie haben ihm Ihre besten Kräfte gewidmet. Darunter macht man nur schweren Herzens einen Strich.« (Zitiert nach Oskar Maria Graf, »Reise in die Sowjetunion 1934«, Darmstadt 1974, S. 224.)
Duff Cooper: Viscount Norwich (1952), 1890–1954, konservativer englischer Politiker; von 1935–1941 nacheinander Kriegs-, Marine- und Informationsminister. Heftiger Gegner des Münchner Abkommens. Schriftsteller.

S. 421 *Dies Committee:* Martin Dies Committee zur Abwehr kommunistischer Infiltration.

AN HERMANN KESTEN 14. VIII. 1940

Die grausigen Schlagzeilen: nach der Niederlage Frankreichs begann am 13. August der Großangriff der deutschen Luftwaffe gegen England; man erwartete täglich die Invasion.
Erikas Englandtrip: Erika Mann flog auf Einladung des britischen Informationsministers Duff Cooper nach London, um für die deutschsprachige BBC zu arbeiten.

Das Buch: »The Other Germany«. S. 422
short story über einen New Yorker Gassenjungen: die englisch geschriebene Novelle »Speed«, KM beendete die Niederschrift am 24. September.
Vorwort zu Kafka's »Amerika«: erschien bei New Directions, Norfolk, Conn., USA 1940.
Rettungs-Aktionen: Kesten entwickelte, nachdem er selbst gerettet war, eine große Initiative zur Rettung europäischer Flüchtlinge und verhalf zahlreichen Schriftstellern zur Flucht in die USA. Dieser Aktivität verdanken viele ihr Leben und zahlreiche Literaturwerke ihre Entstehung.
gut mit Kopell: Heinrich Günther Koppell, 1895–1964, deutscher Verleger und Gründer der Deutschen Buch-Gemeinschaft; emigrierte über Palästina nach New York und gründete dort die Alliance Book Corporation.

AN IVAN GOLL August 16, 1940

Ivan Goll: 1891–1950, Schriftsteller, lebte nach 1914 in der Schweiz und Paris, 1939–1947 in New York, dann wieder in Paris. Lyriker des Expressionismus und Surrealismus.
»L'Esprit en Liberté«: provisorischer Titel der französisch-englischen Zeitschrift »Hemispheres«, die Ivan Goll mehrere Jahre lang in New York herausgab. S. 423
Claire: Claire Goll, 1901–1977, deutsche Schriftstellerin, Frau Ivan Golls.

AN KATIA MANN 20. IX. 40.

Geldgeber in Pittsburgh: der Warenhausbesitzer Edgar Kaufmann.
Lewis und Rosendahl: Finanziers, potentielle »backers« der Zeitschrift »Decision«, die KM 1941/42 herausgab.
der Bender: Albert Bender, San Francisco, Bewunderer Thomas Manns.
Liesula: Liesl Frank.
die Bermannschen Gören: Gabriella, Gisela und Anette. Töchter von Gottfried und Brigitte Bermann Fischer. S. 424
Mrs. Koshland: Mrs. Marcus Koshland, San Francisco, eine vermögende ältere Dame.
Anni Bukovich: aus Deutschland emigrierte literarische Agentin, in deren Häuschen am Pazifik KM 1939 zu Besuch weilte.
F.: Fritz H. Landshoff.
wegen des illüstren Unrats: Heinrich Mann, Anspielung auf den Romantitel »Professor Unrat«.
le père Gide: André Gide, kam nicht nach den USA.
Adrienne Thomas: 1897–1980, Schriftstellerin; 1932 Schweiz, zeitweise Österreich und Frankreich, 1940–1947 in New York, dort heiratete sie Julius Deutsch.
Breuer alias Friedländer: Lucien Friedlaender (Ps. Robert Breuer),

1878–1943, Schriftsteller, Lyriker; emigrierte 1933 in die Tschechoslowakei, 1938 nach Paris, floh 1940 aus dem Internierungslager nach Marokko und starb auf Martinique. Mitbegründer des Schutzverbandes deutscher Schriftsteller im Exil.

S. 425 *Wescott:* Glenway Wescott, geb. 1901, amerikanischer Lyriker und Erzähler. Mitarbeiter von »Decision«.
Caroline: Caroline Newton.
Blanche: Blanche Knopf.
im Fall des Immoraliste: Gide, Anspielung auf den Titel seiner Erzählung »L'immoraliste«.
Franz Horch: Dr. Franz Horch, 1901–1951, Dramaturg bei Reinhardt 1926–1930; bis 1938 Wien, danach literarischer Agent in New York.
Nico: Pudel.
Lucy: Lucy und John, farbiges Dienerehepaar bei Manns.
Martin: Dr. Martin Gumpert.
Gret: Gret Mann.
Fridolin: Fridolin Mann, geb. 31. Juli 1940, älterer Sohn von Michael und Gret Mann.
Papa Bibi: Michael Mann.
Dulala: Elisabeth Mann Borgese.
Heini – Golo: Heinrich und Golo Mann flohen zusammen mit Heinrich Manns Frau Nelly, Franz Werfel, Alma Mahler-Werfel und anderen auf dem griechischen Dampfer »Nea Hellas« von Lissabon nach New York, das sie am 13. Oktober erreichten.

AN EVA HERRMANN Sept. 29, 1940

Ernestine: Ernest Boyd, 1887–1946, amerikanischer Schriftsteller irischer Herkunft, Kritiker und Essayist in New York. Gehörte zum »Board of Editorial Advisors« der neuen Zeitschrift »Decision«.
Janet Flanner: Journalistin, amerikanische Korrespondentin in Paris für »The New Yorker«, nach Amerika zurückgekehrt. Gehörte wie Boyd zu den Mitarbeitern der ersten Nummer von »Decision«. Schrieb das Buch »An American in Paris«.

S. 426 *Willkies Niederlage:* Wendell Willkie kandidierte für die Republikaner gegen Roosevelt.
»Zero Hour«: »Decision« sollte erst »Zero Hour«, dann »The Cross-Road« heißen; andere Vorschläge lauteten »Solidarity« und »New World«.

VON BRUNO FRANK 30. Sept. 40

Fritzi: Fritzi Massary.
den Brief, der heute an ihn abgeht: in diesem Brief an Leopold Schwarzschild schreibt Frank u. a.: »Sie haben mir damals, lieber Schwarzschild, auf meine Depesche nach Paris nicht geantwortet, obwohl Sie doch fühlen mußten, daß sie aus größter Angst entstanden war, Angst um Sie,

und Angst für die, die Sie öffentlich anprangerten. Ich hätte diese Depesche nicht abgesandt, hätte ich nicht *gewußt*, daß Sie unrecht hatten; daß die, die Sie preisgaben, Ihre gefährlichen Angriffe nicht verdienten. Der jetzt aufgelöste ›Schutzverband‹ in New York hat während seiner ganzen Existenz nie eine öffentliche Äußerung getan, die, auch nur entfernt, anfechtbar gewesen wäre. Die Menschen, die Sie öffentlich preisgaben, Klaus Mann, Graf, Manfred Georg, sind mir samt ihrer Tätigkeit in diesem Land aufs Genaueste bekannt. Alles was im ›Tagebuch‹ über sie berichtet wurde, war grundfalsch. Was zum Exempel Klaus Mann angeht – ich glaube, ich kenne jede Zeile, die er hier geschrieben und jedes Wort, das er öffentlich ausgesprochen hat – ihn als ›Sowjetagenten‹ anzugeben, lieber Schwarzschild, es grenzt an Wahnsinn. Und die sehr würdige Antwort, die er Ihnen geschickt hat, einfach zu ignorieren, ihm nicht das Wort zu geben zur Klarstellung in so vitaler Sache, das ist genau die Methode derer, die Sie hassen und bekämpfen.

Ich sehe die Rolle, die in allen Ländern von den Kommunisten gespielt wird, genau wie Sie. Man kann sie ja garnicht anders sehen. Aber nicht davon ist die Rede. Sondern davon ist die Rede, daß Sie Menschen, von denen nichts, aber auch garnichts beweist, daß sie das aus Moskau befohlene Zerstörungsspiel mitspielen, ohne Nachprüfung dem öffentlichen Verdacht preisgegeben haben.

Ich habe versucht, zu verstehen, und auf die Zukunft gehofft. Es wäre schrecklich, wenn sich Ihre Haltung wirklich auch heute nicht verwandelt hätte. Wenn Sie auch heute Menschen wie Graf oder Georg oder Klaus Mann mit Moskauer Saboteuren verwechselten. Wenn in diese Emigration, in der jeder Einzelne mit endender Kraft um seine Existenz zu ringen hat, neuer Verdacht, neue Spaltung, neuer Haß hineingetragen würde. Wenn neue Gefahren aufgerissen würden vor Menschen, die unsere tapferen Mitkämpfer waren und sich mit genauer Not aus der Feuersbrunst haben retten können.

Ich beschwöre Sie, lieber Schwarzschild, gehen Sie auf diesem Weg nicht weiter. Ich bin nicht so anmaßend zu sagen: nähern Sie sich mir. Der richtige Ausdruck ist: kommen Sie zu sich selber zurück. Verneinen und zerstören Sie nicht selbst die Arbeit Ihres Lebens. Ich wollte, Sie hörten mich.« (Briefdurchschlag im Nachlaß von Liesl Frank-Lustig.)

die arme Moni: am 26. September hatte KM das Telegramm seiner Mutter (nicht vorhanden) erhalten, nach dem Monika Mann den Untergang der »City of Benares«, die von einem deutschen U-Boot versenkt worden war, überlebt hatte. Ihr Mann, Jenö Lányi, war vor ihren Augen versunken. S. 427

adorable Figur: gemeint ist Winston Churchill, 1864–1965, britischer Staatsmann; seit 10. Mai 1940 Premierminister, verkündete mit Roosevelt 1941 die Atlantik-Charta. 1945 Wahlniederlage, 1951–1955 nochmals Premierminister. Umfangreiches historisches und autobiographisches Werk, Maler, 1953 Nobelpreis für Literatur.

Fox: George Fox, 1624–1691, Gründer der Quäker-Sekte.

wie der alte Stechlin: Hauptfigur in Theodor Fontanes Roman »Der Stechlin«, 1899.

Meine Geschichte: »Die Tochter«, Roman, El Libro libre, Mexiko 1943, und Bermann-Fischer, Stockholm 1945.

Thomas Mann's neuer Vortrag: »War and Democracy«; er trug ihn am 3. Oktober in Los Angeles erstmals öffentlich vor.

S. 428 *Marcuse ist objektiv viel besser daran:* Ludwig Marcuse hatte sich bei einem Autounfall in Kalifornien verletzt.

AN BRUNO FRANK 7. X. 1940

Grete Litzmann: verheiratet mit Berthold Litzmann, 1857–1926, Literaturhistoriker; beide waren mit Thomas Mann befreundet.

S. 429 *Pape:* Alfons Pape, Schauspieldirektor an den Münchner Staatlichen Bühnen, wurde 1932 wegen eines »moralischen Fehltritts« entlassen; eine Angelegenheit, in die Grete Litzmann verwickelt war.

Kirchwey: Freda Kirchwey, 1893–1976, Herausgeberin der liberalen Wochenschrift »The Nation«, New York. Mitarbeit in Hilfsorganisationen. KMs Information auf Grund eines Briefes von Freda Kirchwey, siehe Anm. zu AN BRUNO FRANK 17. X. 1940.

Novellen-Manuskript: die englische Fassung von Bruno Franks Novelle »16000 Francs« erschien in »Decision«, Jg. 1, Nr. IV, V und VI in Fortsetzungen.

Eva: Eva Herrmann.

Lion: Lion Feuchtwanger.

Vincent Sheean: 1899–1975, amerikanischer Schriftsteller, Korrespondent der »Chicago Tribune«; gehörte zum »Board of Editorial Advisors« der Zeitschrift »Decision«.

VON BRUNO FRANK 15. October 1940

S. 430 *Pétain-Jahren:* Henri Philippe Pétain, 1856–1951, französischer Marschall, 1916 Verteidiger von Verdun; schloß 1940 den Waffenstillstand mit Deutschland und Italien, Staatschef seit 11. Juli 1940 (Vichy-Regierung). 1945 wegen Hoch- und Landesverrat zum Tode verurteilt und zu lebenslänglicher Haft begnadigt. – Zur Zeit dieses Briefes war Pétain 84 Jahre alt.

S. 431 *Michelet:* Jules Michelet, 1798–1874, französischer Historiker.

den neuen Werfel: Franz Werfels Roman »Das Lied von Bernadette«, Bermann-Fischer, Stockholm 1941.

mit einem zwölfseitigen Schreiben: Leopold Schwarzschild begründete darin seine Auffassung, daß jeder, der von einer politischen Tätigkeit materielle Vorteile habe, ein Agent sei. Er habe Erika Mann 1938 auf eine unwahre Buchstelle bei KM hingewiesen und gesagt: »Nun, dann ist der Klaus eben ein Sowjetagent, und mir soll er nicht mehr kommen.« Bei seinem Eintreffen in New York habe er mit Hermann Kesten, Curt Riess und Manfred Georg gesprochen, diese hätten sich zugunsten einer Aussöhnung mit KM geäußert. »Ich sagte jedem, daß ich seit vielen, vielen Monaten weder von Klaus Mann noch von den anderen unsres amerikanischen Kreises auch nur eine Zeile gelesen, noch irgend etwas über ihn gehört habe. Wenn er heute so sei, wie es beschrieben wird, umso besser und willkommener. Das erledige die alten Geschichten umso vollständiger, und ich sei gerne bereit, mich mit ihm zu treffen, ihm die Hand zu geben, mich mit ihm auszusprechen und was nicht sonst noch. Die alte Fehde sei dann gegenstandslos, ganz zu schweigen davon, daß ich überhaupt nicht in der Stimmung und mit dem Rüstzeug, das zur Weiterführung solcher Fehden notwendig wäre, nach Amerika gekommen bin. Nur wenn von mir erwartet oder verlangt werde, daß ich irgend eine Revokation inbezug auf die Vergangenheit ausspreche, daß ich damals inbezug auf damals unrecht gehabt oder ein Unrecht begangen habe: dazu freilich sei ich nicht bereit. Denn abgesehen davon, daß das Geschehene ja doch nicht mehr ungeschehen zu machen ist, sei ich überzeugt, damals kein Unrecht begangen zu haben.« (Leopold Schwarzschilds Brief an Bruno Frank vom Oct. 4, 40, im Nachlaß von Liesl Frank-Lustig.)

in einem Fall feindselige: scharfer Ausfall Bruno Franks gegen Hubertus Prinz zu Löwenstein in einem Brief an KM vom 11. April 1940, in Zusammenhang mit Löwensteins Artikel »Gefahren der Vernichtungspolitik für die Alte Welt« und einem Preisausschreiben, für dessen vertragliche Abwicklung der Prinz verantwortlich war. Bruno Frank warf KM freundschaftlich vor, er solle »nicht immer fünf gerade sein lassen«, und er habe den Prinzen im Hause Thomas Mann »wieder zu Gnaden gebracht«. »Dies alles gesagt, mein Kläuschen, finde ich Deinen Brief [an den Prinzen vom 9. April 1940, siehe S. 413ff] ausgezeichnet und herzerfrischend.« S. 432

AN BRUNO FRANK 17. X. 1940

Im Werfel: Franz Werfels Roman »Das Lied von Bernadette«. S. 433

der alte Wells: Herbert George Wells, 1866–1946, englischer Schriftsteller, Präsident des Internationalen PEN 1933–1936, Autor phantastischer Romane und Erzählungen.

Maugham: William Somerset Maugham, 1874–1965, englischer Romancier, Dramatiker und Novellist; erklärte seine Bereitschaft, dem »Board of Editorial Advisors« der Zeitschrift »Decision« beizutreten und veröffentlichte »On Style (After Reading Burke)« in Jg. 1, No. 2, February 1941.

einen Brief von Freda Kirchwey: vom October 4, 1940, kurzes Schreiben, S. 434
in dem Freda Kirchwey KM mitteilt, Schwarzschild behaupte weiterhin, »that he had quoted the article containing the remarks about you

from an American Socialist paper«. (Brief im Nachlaß von Liesl Frank-Lustig.) Erst am 29. Dezember 1940 entschuldigte sich Schwarzschild in einem Brief förmlich bei KM, wodurch der Streit beigelegt wurde: Es tue ihm leid, daß das Wort »Sowjet-Agent« in dem Artikel gebraucht wurde. »Aber ich sage Ihnen gerne und wahrheitsgemäß, daß selbst in der bitteren Stimmung jenes Augenblicks und in der damaligen Entfernung kein Gedanke daran bestand, Ihnen ernstlich ein Abhängigkeits- und Angestellten-Verhältnis zu irgendwelcher Sowjet-Instanz imputieren zu wollen. Wir waren erregt, von Ihnen Dinge gesagt zu finden, wie sie damals ganz ähnlich von den verschiedenartigsten Freunden und Verteidigern Moskaus gesagt wurden.« Daraufhin KM am 2. Januar 1941: »Lieber Leopold Schwarzschild. Es ist gut, daß Sie mir das endlich geschrieben haben. Die Affäre fing ja in der Tat schon an, absurd zu werden. [...] Ich erwidre Ihre Wünsche zum neuen Jahr – schon aus Egoismus. Denn entweder werden wir alle vor die Hunde gehen, oder es sind uns allen noch die interessantesten Genugtuungen bestimmt. Ob wir uns zanken oder versöhnen – wir sitzen in einem Boot. Schon aus diesem Grunde ist mir das Ende des Zankes willkommen – wenngleich ich mir die Versöhnung noch etwas rührender und großartiger hätte vorstellen können. Ihr Klaus Mann.« (Original im Besitz des Leo Baeck Institutes, New York.) Da sowohl Schwarzschild wie KM im wesentlichen nur die Auseinandersetzungen rekapitulieren, kann auf einen vollständigen Abdruck beider Briefe verzichtet werden.
Manfred Georg: nannte sich seit 1940 M. George, 1893–1965, Schriftsteller und Journalist; emigrierte, gründete 1938 die (noch bestehende) jüdische Wochenzeitung »Aufbau« in New York.

VON BRUNO FRANK 20. X. 40

S. 437 *Brandt und Brandt:* amerikanische literarische Agentur.
von Jenen zu reden: von den Klerikalen, auf die Bruno Frank nicht gut zu sprechen war.

VON KATIA UND THOMAS MANN Nov 18, 1940 [Telegramm]

WIR ALLE HIER: KM hob das Geburstagstelegramm auch wegen der kuriosen Übermittlungsfehler auf, u. a.: »WIR ALLE BIER«, »GUISETTE«.
BROTHERINLAW SUCCESSFUL ...: Ü: Schwagers, erfolgreichen amerikanischen Schriftstellers und Kämpfers für Frieden und Demokratie, Herausgebers der »New World« und höchst anziehender Persönlichkeit, alle zusammen ...
NEW WORLD: geplanter Name für die Zeitschrift; war aber urheberrechtlich schon vergeben.
GIUSEPPE-ANTONIO: Schwager Borgese.

AN LIESL UND BRUNO FRANK 23. XI. 1940

Polgar: Alfred Polgar, 1875–1955, österreichischer Schriftsteller; 1938 emigriert, zunächst in die Schweiz, dann Frankreich, 1940 über Spanien in die USA. S. 438

Hulle: Paul Huldschinsky, Sohn eines Berliner Unternehmers; emigrierte, arbeitete in den USA als Innenarchitekt, richtete 1941/42 Thomas Manns Haus in Pacific Palisades, Kalifornien, ein.

Walther Victor: 1895–1971, sozialistischer Publizist und Schriftsteller; 1935 über die Schweiz, Frankreich in die USA emigriert, 1947 Rückkehr nach Ost-Berlin.

Chisholm: reicher Freund KMs.

Anni: Anni Bukovich.

la pauvre Lorelott: Tochter von Paul Huldschinsky.

Elisabeth Meyer: Elizabeth, zweite Tochter von Agnes E. Meyer.

Mrs. Agnes: Agnes E. Meyer geb. Ernst, 1887–1970, ursprünglich Journalistin, studierte an der Sorbonne; heiratete den amerikanischen Bankier und Philanthropen Eugene Meyer, Besitzer und Herausgeber der »Washington Post«; er war erster Präsident der Weltbank nach 1945.

Morgenthau Sr.: Henry Morgenthau Sr., ehemaliger Finanzminister Wilsons.

Harry Sherman: Gründer und Vorsitzender des Book of the Month-Clubs.

episch Preislied auf die Dame: »Die Tochter«, Roman von Bruno Frank, Hauptfigur trägt Züge von Liesl Frank. S. 439

Ankunft des Enkelkindes: Angelica Borgese, ältere Tochter von Giuseppe Antonio und Elisabeth Mann Borgese, geb. am 30. November 1940.

votre mère: Fritzi Massary.

VON LOTTE WALTER 12. XII. 40

Kuzi's Beitrag: Bruno Walters Aufsatz »About War and Music« in No 1 der Zeitschrift »Decision«, January, 1941. S. 440

AN EVA HERRMANN 6. I. 1941

Jim Tully: 1891–1947, amerikanischer Filmkritiker; sein Aufsatz »Charlie Chaplin« in No 3, vol I, March, 1941, von »Decision«. S. 441

AN EVA HERRMANN 27. I. 1941

Ernest Boyd: sein Artikel »The Art and Mystery of Translation« in No 6, vol I, June, 1941, von »Decision«. S. 442

Alma: Alma Mahler-Werfel, 1879–1964, Witwe von Gustav Mahler; heiratete Franz Werfel, emigrierte mit ihm 1938 nach Frankreich, 1940 in die USA.

Maurois: André Maurois, 1885–1967, französischer Schriftsteller; 1941 USA, 1942 Nordafrika.

Strawinsky: Igor Strawinsky, 1882–1971, russischer Komponist; seit 1910 in Frankreich und der Schweiz, ab 1939 in den USA.
shares: Anteilsscheine.
Erich von Stroheim: 1885–1957, Filmschauspieler und -regisseur, ging 1909 nach Amerika. Sozialkritische Filme.
Anita Loos: 1893–1981, amerikanische Drehbuchautorin und Schriftstellerin.
RAF: Royal Air Force.
Peter Viertel: amerikanischer Lyriker, Sohn des österreichischen Schriftstellers und Regisseurs Berthold Viertel.

S. 443 *Anton Kuh:* 1891–1941, österreichischer Kritiker und Redakteur; emigrierte in die USA.
Annemarie: Annemarie Schwarzenbach.
im White House: als Gäste des Präsidenten Franklin D. Roosevelt vom 14. bis 15. Januar 1941.
der kleine Riess: Michael, Sohn von Curt Riess.

AN KATIA MANN 29. III. 1941

Frau Neumann: Kitty Neumann.
Molly: Molly Shenstone, 1897–1967, Frau von Prof. Allan Shenstone, Physiker in Princeton. Freundin Katia Manns, betreute 1938–1941 die englische Korrespondenz Thomas Manns.
mit etwas Tante Lülchen-hafter Neckerei: bezieht sich auf Thomas Manns Schwester Julia Elisabeth Löhr, genannt Lula, 1877–1927 (beging Selbstmord).
Maurice Samuel: 1895–1972, amerikanischer Schriftsteller; in »Decision« No 4, April, 1941, erschien sein Essay »The Destruction of the Intelligence«.
Max Ascoli: geb. 1898, italienischer Schriftsteller und Wissenschaftler; emigrierte 1931 in die USA, 1933–1942 Professor an verschiedenen Fakultäten der New School for Social Research. – Potentieller Geldgeber für die bedrohte »Decision«.
Eri einst mit Sundheimer: Kommerzienrat Sundheimer war der Besitzer eines Münchner Modegeschäfts (Meyer-Sundheimer), der sein Vermögen außer Landes gebracht hatte. Versuchte zeitweise, wenn auch vergeblich, sich Erika Mann zu nähern.

S. 444 *Jugoslavien:* am 27. März kam es in Jugoslawien zu einem gegen Hitlers »Dreimächtepakt« gerichteten Militärputsch unter General Simovič, der allerdings im April Hitlers Angriff auf Jugoslawien zur Folge hatte (»Balkanfeldzug«).
Boy King Peter: König Peter II. von Jugoslawien, geb. 1923, folgte dem 1934 ermordeten Alexander I., unter die Regentschaft des Prinzen Paul gestellt, der wegen seines Beitritts zum »Dreimächtepakt« (25. März) mit seiner Regierung durch den Militärputsch vom 17. März gestürzt wurde. Peter II. wurde durch den Einmarsch Hitlers gezwungen, nach London ins Exil zu gehen.

old Heini: Heinrich Mann.
Friedrich: Fritz H. Landshoff.
Onkel Peter: Peter Pringsheim.
der kleine Speyer: General W. Speyer, Neffe des Schriftstellers Wilhelm Speyer.
»Ring«-Vortrag: »Richard Wagner und der ›Ring des Nibelungen‹«, S. 445
übersetzt für »Essays of Three Decades«, Alfred A. Knopf, New York, und Secker and Warburg, London 1947; erschien nicht mehr in »Decision«.
die Lowe: die Übersetzerin Helen Lowe-Porter.

AN THOMAS MANN 11. IV. 41

Louis Nizer: amerikanischer Rechtsanwalt.
Salz in die Suppe: Redensart, wenn Erika eine Sache in Ordnung bringen S. 446
mußte.
Christiane: Christiane Zimmer, 1903–1986, Tochter Hugo von Hof- S. 447
mannsthals, verheiratet mit Professor Heinrich Zimmer, 1890–1943, Indologe; emigrierte 1939 nach England, 1940 in die USA. Thomas Manns Erzählung »Die vertauschten Köpfe« beruht auf der von Zimmer überlieferten Legende »Die indische Weltmutter«; die amerikanische Ausgabe »The Transposed Heads« (1941) ist Zimmer gewidmet.
John: der Diener.
Konni: Konrad Kellen.

AN KATIA MANN 20. IV. 1941

Cukor: George Cukor, geb. 1899, Filmproduzent bei Metro-Goldwyn- S. 452
Mayer, Regisseur. Teilnehmer des Symposiums: »Have the Films a Pedagogical Mission?« In »Decision« vol I, No 3, March 1941.
Wiener: Paul Lester Wiener, Schwiegersohn von Henry Morgenthau Sr.
die geb. Stern: Frau von Prof. Max Ascoli.
Lubitsch: Ernst Lubitsch, 1892–1947, Filmregisseur; 1923 Hollywood, 1935 Produktionschef der Paramount Pictures Corporation.
Wanger: Walter Wanger, 1894–1968, Filmproduzent; schrieb für das Symposium »Have the Films a Pedagogical Mission?« in »Decision«.
Isherwood: Christopher Isherwood, geb. 1904, englischer Schriftsteller; S. 453
ging 1940 nach Kalifornien.
Nürnberg: Rolf Nürnberg, 1903–1949, deutscher Schriftsteller; 1936 USA.
Fritz Lang: 1890–1976, österreichischer Filmregisseur; wanderte 1934 nach Amerika aus, kehrte 1957 nach Deutschland zurück.
Albert Lewin: 1894–1968, Filmproduzent, ursprünglich Metro-Goldwyn-Mayer, dann co-producer von Loew-Lewin Productions.
Dorothy: Dorothy Thompson.
Carl Sandburg: 1878–1967, amerikanischer Lyriker, Sozialist. S. 454
John Erskine: 1879–1951, amerikanischer Schriftsteller, Dozent für englische Literatur, Konzertpianist.

S. 456 *Gott:* Gottfried Bermann Fischer.
Believe me, please...: Ü: Glaub mir, bitte, ich weiß alles sehr zu schätzen, was Du zugunsten meines kleinen Unternehmens tust.

AN KATIA MANN 25. V. 41

Walter Zarek: Bruder des Schriftstellers und Regisseurs Otto Zarek.
Dorothy: Dorothy Thompson.
Annette: Annette Kolb.
Tomski: Thomas Quinn Curtiss.
S. 457 *die Narben am Bauch:* verursacht durch eine gefährliche Blinddarmoperation, die KM mit neun Jahren überstand.
Marshall Field: Warenhausbesitzer in Chicago und New York. Gründer der Morgenzeitung »Chicago Sun« (1941).
S. 458 *Friedrich:* Fritz H. Landshoff.
Kreta halten: nach schweren Kämpfen (20. Mai–1. Juni) fiel Kreta in deutsche Hand.

AN THOMAS MANN 7. VI. 41

S. 459 *Legende:* »The Transposed Heads« (»Die Vertauschten Köpfe«).
Comte de Roussy de Sales: französischer Journalist.
Bundles for Britain: karitative Organisation.
»The man who has written...«: Ü: Der Mann, der das geschrieben hat, verfehlt nie, mich zu überraschen und zu verwirren.
Glenway: Glenway Wescott.
mit Caroline: Caroline Newton.
Aufsatz von Aldanov über Gorki: Mark Aldanov, 1886–1957, russischer Romanschriftsteller; 1919 Paris, 1941 USA. »Recollections of Maxim Gorki« in »Decision« vol II, Nos. 5–6, Nov.–Dec. 1941.
S. 460 *Samuel:* Maurice Samuel.
May: Besitzer eines Warenhauses in Los Angeles.
Muriel Rukeyser: 1913–1980, amerikanische Lyrikerin und Journalistin; Mitarbeit an »Decision«, Associate Editor ab vol II, No 1, July 1941.
Marianne Moore: 1887–1972, amerikanische Lyrikerin.
»P. M.«: untergegangene New Yorker Tageszeitung.
S. 461 *Ingersoll:* Ralf Ingersoll, Chefredakteuer von »P.M.«, Journalist.
Adamic: Louis Adamic, 1899–1951, jugoslawisch-amerikanischer Schriftsteller und Journalist; ging 1913 in die USA.

VON THOMAS MANN 11. VI. 41

S. 462 *»Transposed«:* »The Transposed Heads«.
Fadiman: Clifton Fadiman, geb. 1904, amerikanischer Literaturkritiker, Redakteur, Schriftsteller; leitend am »New Yorker« 1933–1943.
Professor Frederick: John T. Frederick, geb. 1893, amerikanischer Professor für moderne Literatur; Leiter der Radiosendungen »Of Men and Books« 1937–1944.

Onkels Geburtstag: Feier des 70. Geburtstages von Heinrich Mann in privatem Kreis am 2. Mai 1941. Thomas Manns »Rede zum 70. Geburtstag von Heinrich Mann« war für »Decision« bestimmt, wurde aber darin nicht veröffentlicht.

AN KATIA, THOMAS UND GOLO MANN 30. VII. 41

Dolivet: Louis Dolivet, Herausgeber der antifaschistischen Monatsschrift »Free World« (1941–1946) in New York. KM strebte eine Zusammenarbeit zwischen »Decision« und »Free World« an. S. 465
Friedrich: Fritz H. Landshoff.
Agnes: Agnes E. Meyer. S. 466

AN KATIA MANN August 26, 1941

Der Gedanke an einen schönen Rücken: gemeint ist Agnes E. Meyer. S. 468
Nelson Rockefeller: 1908–1979, amerikanischer Millionär, Diplomat und Politiker.
Guggenheim-Fellowship: Stipendium der Guggenheim Foundation. S. 469
Affa: Hausmädchen in München; die Geschichten Affas in »Kind dieser Zeit« und »Der Wendepunkt«.
Prinzeß Miro: Annemarie Schwarzenbach.
Konni: Konrad Kellen.

AN HEINRICH MANN [Poststempel: Oct. 23–1941]

Deinen schönen Beitrag: »The German European« in »Decision« vol II, No 4, October 1941.
Dolbin: B. F. Dolbin, Zeichner und Karikaturist. S. 470

AN ERICH VON KAHLER 26. X. 41

George-Artikel des kleinen Viereck: Peter Viereck, geb. 1916, amerikanischer Lyriker und Historiker, Professor für Geschichte. Sein Aufsatz »Stefan George's Cosmic Circle« in »Decision« vol II, No 4, October 1941. S. 472

AN BRUNO WALTER 13. Dezember [1941]

die Zauberflöte: Aufführung unter Bruno Walter in der »Metropolitan Opera« am 11. Dezember 1941.
gerade an dem Tage: Eintritt Amerikas in den Krieg, nach dem Überfall der Japaner auf Pearl Harbor am 7. Dezember und der Kriegserklärung Hitlers am 11. Dezember. An diesem Tage entschloß sich KM, in die amerikanische Armee einzutreten (siehe »Der Wendepunkt«). S. 473

AN KATIA MANN 3. I. 42

Macpherson: Kenneth Macpherson, englischer Kaufmann. S. 474
Archibald MacLeish: 1892–1982, amerikanischer Lyriker und Essayist; 1939–1949 Direktor der Library of Congress in Washington, stellv. S. 475

Direktor des Office of War Information, 1949 Professor für Rhetorik in Harvard.

»I am certain ...«: Ü: Ich bin sicher, daß die Erfahrung und die wahrhaft großen Talente jener Gruppe von Schriftstellern, die »Decision« geschaffen haben, in den nächsten Monaten ungeheuren Anklang finden werden, und ich hoffe sehr, Sie werden Mittel erschließen, das Magazin selbst zu erhalten.

S. 476 *Option auf mein Buch:* KM arbeitete an »The Turning Point«.
Curtiss Brown: englisch-amerikanische literarische Agentur.

AN KATIA MANN 13. I. 42

S. 477 *Charles Neider:* geb. 1915, amerikanischer Publizist und Herausgeber.
bei Ofeis Andenken: Prof. Alfred Pringsheim, KMs Großvater, war im Juni 1941 neunzigjährig in der Schweiz verstorben.

S. 478 *Christopher Lazare:* geb. 1912, amerikanischer Schriftsteller und Kunstkritiker, Mitarbeiter und zeitweise Mitherausgeber von »Decision«.

AN KATIA MANN 15. IV. 42

S. 480 *to the effect ...:* Ü: besagend, daß ich gewillt bin, ja darauf brenne, Soldat zu werden und Ihrem Land und unsrer Sache zu dienen, in welcher Eigenschaft immer Ihr Amt es für angemessen hält.

S. 481 *Stefan Zweig-Artikel:* zum Tode Zweigs, der sich am 23. Februar 1942 in Petropolis, Brasilien, das Leben genommen hatte. »Victims of Fascism: Stefan Zweig«, in »Free World«, New York, vol II, No 3, April 1942; deutsch in »Prüfungen. Schriften zur Literatur«.

AN KATIA MANN 21. V. 42

S. 483 *Doktor Löb, der es vielleicht Eva Herrmann ... verraten könnte:* Eva Herrmann pflegte in spiritistischen Sitzungen »Botschaften« Verstorbener zu empfangen. – Doktor Loeb war ein verstorbener Arzt aus der Münchner Zeit vor dem 1. Weltkrieg.
so hoch bin ich nie gestiegen: Ausspruch Jakob Wassermanns gegenüber Thomas Mann in St. Moritz – was diesen, angesichts der Höhenlage von St. Moritz, verwunderte. Wassermann erklärte sich näher: er meine die literarische Höhe seines letzten Buches.
Stez: Stefan Zweig.

S. 484 *Otto Braun:* Anspielung auf den Sohn der sozialistischen Frauenrechtlerin Lily Braun, 1865–1916, der in jugendlichem Alter im 1. Weltkrieg fiel.

VON THOMAS MANN 16. Juni 42

das Editorial aus der Tribune: Lewis Gannett, »Thomas Manns Legend of India«, in der »New York Herald Tribune« vom 6. 6. 1942.
Anekdote: »Dead Loss«, in »The New Yorker«, 13. 6. 1942.

AN KATIA MANN [August 1942]

Maschinengeschriebener Text. War als Widmung gedacht für »The Turning Point. Thirty-Five Years in this Century«, erschienen bei L. B. Fischer, New York 1942. Die Ausgabe trägt stattdessen die Widmung: »To my mother and to Erika«. Den beiden ist auch die spätere deutsche Neufassung (1952) gewidmet. S. 485

»This is nothing but...«: Ü: Dies ist eine große Abbitte. Ich muß Dich um Verzeihung bitten für tausend Fehler, die ich begangen habe, vor allem aber für meinen Fehler Nr. tausendundeins: daß ich in diesem bruchstückhaften Lebensbericht nicht mehr von Dir erzählt habe. Aber die wesentlichen Dinge sind auch die unaussprechbaren. – Alles, was ich hätte sagen können, hätte sich in Hinblick auf dich als unzureichend und plump erwiesen.

In unserer auffallenden Familie bist Du die einzige, die konsequent Öffentlichkeit vermeidet. Du hast nie ein Buch geschrieben, nie Reden gehalten, nie Interviews gegeben, nie Deine Unterschrift unter flammende Aufrufe gesetzt...

Aber das klingt so, als wärst Du eine bescheidene Hausfrau – das brave Hausmütterchen, nur besorgt um das leibliche Wohl ihres berühmten Gatten und die zahllosen Kümmernisse ihrer vielen Kinder. Das hört sich überaus töricht an. Du bist sehr klug und gütig. Es ist eben diese Mischung aus scharfem Intellekt und Einfachheit, die so einzigartig wie unbeschreibbar ist.

Meist sind wir unbekümmert bei der Porträtierung uns bekannter Personen, auch solcher, die wir gern haben oder lieben. Doch es gibt gewisse Grenzen... S. 486

Erinnerst Du Dich noch an diesen lit. Freund von uns, der sich immer darüber wunderte, warum es so schwierig, wenn nicht überhaupt unmöglich sei, ein gültiges Bild von Dir zu zeichnen? Ich verrate kein Geheimnis, wenn ich ein bezauberndes Porträt erwähne, das es von Dir gibt: Imma in »Königliche Hoheit« – die Märchenprinzessin, unschuldig, keck, empfindsam. Aber das ist so lange her, und so viele unfaßbare Dinge haben sich seitdem ereignet: der Krieg, Armut, Erfolg, Wohlstand, Exil (das Du so früh vorhergesehen hast...), die große Loyalität, sechs Kinder, unendliche Ängste, Stolz und Zorn, der Tod von geliebten Menschen... Verluste, zeitweise Gewinne und wieder neue Verluste...: die kleinen Wechselfälle und die schrecklichen Veränderungen...

Ein ernstes Leben hat zwar Deine Züge geprägt... Aber, nochmals, es konnte Dich im Grunde nicht ändern...

Gewagte Abenteuer, schreiende Irrtümer, ehrgeizige Bemühungen... Aber dennoch steht immer eine gütige Kraft dahinter – unsichtbar für das Publikum: ein Lächeln, ein Blick, die zärtliche Verschwörung kleiner Gesten und Scherze und vertraulicher Anspielungen, Rat und Trost einer vertrauten Stimme... Wir wollen darüber nicht sprechen. Es ist ein Geheimnis. Und deshalb sage ich nicht viel über Dich in diesem Buch, das Dir gewidmet ist.

VON KATIA, THOMAS UND ERIKA MANN Sept. 1942 [Telegramm]

WHOLE FAMILY READING ...: Ü: Die ganze Familie liest besessen. Papa sehr gefesselt. Mielein verwirrt und berührt vom glänzenden Monument, das dem Schöpfer soviel Ruhm einbringen sollte wie es ihr Ehre bringt. Erika sehr überrascht, bewegt und betroffen. Jeder wünscht Glück und sendet Liebe – Deine Teuren.

VON THOMAS MANN 2. Sept. 1942

S. 487 *»der Papa war doch so krank«:* das im Haus Mann geflügelte Wort stammte von den Hofmannsthal-Kindern, die auf naiv-zutrauliche Weise voraussetzten, jedermann sei über alles, was sie betraf, informiert.
absentmindedness: Geistesabwesenheit.

S. 488 *»wretched and forlorn«:* Ü: elend und verlassen. In »The Turning Point« erinnert sich KM einer seiner Abreisen von zu Haus, sein Vater habe am Fenster gestanden und ihm zugerufen: Komm heim, »when you are wretched and forlorn«. In »Der Wendepunkt« heißt es dann, »wenn du elend bist«.
United children: Erika Manns Kinderbuch »A Gang of Ten«, englisch geschrieben, L. B. Fischer, New York 1942.

S. 489 *Anthony:* Toni Mann, geb. 20. Juli 1942, jüngerer Sohn von Michael Mann.
Frido: Fridolin Mann.
Washington-Vortrag: »The Theme of the Joseph Novels«, gehalten am 17. November 1942 in der Library of Congress.

AN BRUNO FRANK November 4, 1942

S. 490 *Europäische Anthologie:* »Heart of Europe. An Anthology of creative Writing in Europe 1920–1940«, hrsg. v. KM und Hermann Kesten bei L. B. Fischer, New York 1943.

S. 491 *Fred Hildebrandt:* Alfred (Fred) Hildenbrandt, 1892–1963, deutscher Journalist; vor 1933 Mitarbeiter am »Berliner Tageblatt«.
Aufsatz über Turgenjews Brief: Bruno Franks Essay über den Roman »Väter und Söhne« von Iwan Turgenjew.
Landsi-Beri: Landshoff und Bermann Fischer.
Ich schreibe ein Stück für die Schaubühne: erste Entwürfe zu »The Deserters«, dann in »The Dead Don't Care« umbenannt, Vorstufen zu »Der siebente Engel« von 1946/47.

VON HEINRICH MANN 7. Nov. 1942

verdiente Anerkennung: Glückwunsch zu »The Turning Point«.

S. 492 *Lidice:* Roman, El Libro libre, Mexiko 1943.

Laurin: Arne Laurin, Journalist; emigrierte in die USA.
Deine Wahl: »Das Bekenntnis zum Übernationalen«, in »Die Neue Rundschau« Bd. 2/1932, als Buch bei Zsolnay, Berlin 1933.
Luiz: Taufname Heinrich Manns, nach seiner brasilianischen Großmutter Maria Luiza da Silva.

VON KATIA MANN 4. II. 43

üblen Streich: umständliche Untersuchungen bei der Rekrutierung. KM meldete sich gemäß Gestellungsbefehl am 28. 12. 1942 vor dem »Grand Central Palace«, New York. »Enlisted« wurde KM am 4. 1. 1943 in Fort Dix (bei New York), einem sog. »Induction Center«. KMs Brief, auf den Katia Mann sich bezieht, ist nicht erhalten. S. 493
the pope: Papst Pius XII.
wegen ihrer schriftstellerischen Ambitionen: Elisabeth Mann Borgese trat später mit dem Stück »Only the Pyre« und mehreren Büchern hervor. Sie schrieb »Ascent of Woman« (deutsch: »Aufstieg der Frau – Abstieg des Mannes?« 1965) und den Erzählungsband »To Whom it May Concern« (deutsch: »Zwei Stunden. Geschichten am Rande der Zeit«, 1965). S. 494
Das Kind: Angelica Borgese, Gogoi genannt.
vom ... Herrn Robinson bestellten Moses: der literarische Agent Armin L. Robinson bestellte für eine Anthologie »The Ten Commandments« (Die zehn Gebote) ein Vorwort; Thomas Mann schrieb stattdessen die Erzählung »Das Gesetz« (in den Briefen als Moses-Novelle bezeichnet).
Hardt: Ludwig Hardt, 1886–1947, ursprünglich Schauspieler, seit 1910 Rezitator von dämonischer und grotesker Wirkung; emigrierte in die USA. Thomas Mann schrieb über ihn: »Über einen Vortragskünstler« (1920).

AN LOTTE WALTER February 7, 1943

der Sebastian: junger Anhänger des Dirigenten Bruno Walter. S. 495

VON KATIA MANN 10. II. 43

bei Homolkas: Florence Homolka, ältere Tochter von Eugene und Agnes E. Meyer, Fotografin, und Oscar Homolka, 1901–1978, österreichischer Schauspieler; er ging 1931 nach England, 1937 in die USA. Erfolgreicher Filmdarsteller. S. 496
Ex-Ambassador Davies: Joseph E. Davies, 1876–1958, amerikanischer Diplomat; 1936–1938 Gesandter in Moskau, 1943 Sonderbotschafter Roosevelts am Kreml, nahm 1945 an der Potsdamer Konferenz teil.
Ciano: Galeazzo Graf Ciano di Cortellazo, 1903–1944, italienischer Diplomat und Politiker; Außenminister und Schwiegersohn Mussolinis, wurde wegen seiner Beteiligung am Sturz Mussolinis von den Faschisten hingerichtet. S. 497

mit den Taylors und Consorten: Gerüchte von Verhandlungen am Sitz des Papstes in Castel Gandolfo am Albaner See.
Hübsch: Ben W. Huebsch, 1873–1965, Gründer des gleichnamigen Verlags, aus dem 1925 der große Verlag Viking Press hervorging.
Eve: Eva Herrmann.

AN KATIA MANN February 14, [1943]

S. 498 *beigelegter Zettel:* zu begleichende Rechnung.
Kesten took over when I had to quit: Hermann Kesten übernahm die weitere Herausgeberarbeit an »Heart of Europe«.
so we'll use the »D'Annunzio« chapter: KM nahm ein Kapitel aus Giuseppe Antonio Borgeses »Gabriele d'Annunzio«.

VON KATIA MANN 18. II. 43

S. 499 *Julien Green hat es ja auch so gemacht:* bezieht sich auf die Widmung von KMs Gide-Studie, »dem französischen Schriftsteller und amerikanische Soldaten, Julien Green«.
Sendung: KMs Zusendung von »André Gide and the Crisis of Modern Thought«, Creative Age Press, New York 1943.
S. 500 *Rückseite des Jackets:* Rückseite des Buchumschlags.
Zlumber: richtig slumber: Schlummer, Schlaf.
Dulala: Elisabeth Mann Borgese.
S. 501 *Niebuhr in der Nation:* Reinhold Niebuhr, 1892–1971, amerikanischer evangelischer Theologe; schrieb über Thomas Manns Kriegsreden »Mann speaks to Germany« in »The Nation«, New York, 13. 2. 1943.

AN LOTTE WALTER February 28, [1943]

S. 502 *mein Porträt:* Zeitungsartikel »Soldier-Author Aids Book Drive« mit dem Foto des Pvt. Klaus H. Mann vor der Camp Robinson Library – er stellt das Gide-Buch gerade in ein Regal neben den »Turning Point« (Army Signal Corps Photo).
»transfer« nach Washington: zum Office of War Information; kam nicht zustande.

AN HERMANN KESTEN March 6, 1943

Bande vom »True Story« Magazine: Heinz Liepmann, emigrierter deutscher Journalist, hatte im »True Story Magazine« eine Geschichte unter dem Namen von Toni Kesten veröffentlicht, die reine Erfindung war. Um keine Schwierigkeiten bei der Einwanderung zu haben, klagte Kesten wegen Verleumdung. Liepmann behauptete, es gäbe zwei Hermann Kesten, des anderen Frau heiße auch Toni. Kesten gewann den Prozeß.
Landshoff: »Heart of Europe« erschien in der Verlagsgesellschaft L.(Landshoff)B.(Bermann) Fischer.

VON THOMAS MANN 9. III. 43

Saroyan: William Saroyan, 1908–1981, amerikanischer Schriftsteller armenischer Abstammung. S. 505

Coudenhoven: Richard Graf Coudenhove-Kalergis »Europäische Bewegung«.

AN THOMAS MANN March 17, [1943]

Rudolf Schené: Anspielung auf den populären Lustspielautor Rudolf Genée, 1824–1914, Librettist der »Fledermaus«. S. 507

VON THOMAS MANN 27. IV. 43

amazing family: Ausdruck des Diplomaten und Schriftstellers Harold Nicolsons, 1886–1968, in einer Besprechung von Erika Manns Buch »School for Barbarians«. S. 508

Erika schwimmt: sie ging als britische Kriegskorrespondentin nach Ägypten, Palästina und Iran.

als amerikanischer Offizier: KM war jetzt »staff sergeant«, was die Amerikaner einen »non commissioned officer« nennen.

Heinrichs: Heinrich und Nelly Mann. S. 509

Neumanns: Alfred und Kitty Neumann.

Maler Singer: William Earl Singer, geb. 1910, angesehener Maler und Porträtist; porträtierte Thomas Mann im August 1944.

einen sehr alten Plan: »Doktor Faustus. Das Leben des deutschen Tonsetzers Adrian Leverkühn, erzählt von einem Freunde«, erschien 1947.

AN THOMAS MANN May 4, 1943

Hans Habe-Bekessy: Hans Habe, 1911–1977, Schriftsteller österreichisch-ungarischer Herkunft; emigrierte nach Frankreich und Amerika, Drehbuchautor in Hollywood, Abwehr-Offizier der US-Armee. Nach 1945 am Wiederaufbau der deutschen Presse beteiligt. S. 511

Upton Sinclair: 1878–1968, amerikanischer Schriftsteller, seit 1900 engagierter Sozialist.

OWI: Office of War Information.

Bertramsche, auch Fiedlersche Züge: der figurenreiche Roman »Doktor Faustus« porträtierte viele Nahestehende. S. 512

Carl Sternheim: starb in geistiger Umnachtung – daher Analogie zu Leverkühn.

Hans Pfitzner: 1869–1949, deutscher Komponist; stand in den zwanziger Jahren Thomas Mann nahe, dann ging politisch ihr Weg auseinander. Hinsichtlich Leverkühn irrt KM.

Möhring: Richard Moering, 1894–1974, deutscher Schriftsteller (Ps. Peter Gan). Der Brief lag dann doch bei (mit dem Vermerk: »Doch noch gefunden!«), stammt vom American Friends Service Committee, Philadelphia, und gibt ein Telegramm der Quäker in Madrid wieder: S. 513

»RICHARD MOERING SPAIN FORMER PROTESTANT RELIEF WORKER GURS COMMA THOMAS ERICA KLAUS MANN MIGHT HELP.«
E. R. Curtius: Ernst Robert Curtius, 1886–1956, bedeutender Romanist und Universitätslehrer.

AN HERMANN KESTEN May 31, [1943]

Istrati: Panait Istrati, 1884–1935, rumänisch-französischer Schriftsteller, Sozialist; nach Aufenthalt in der Sowjetunion 1927–1929 militanter Antikommunist.
Bibisco: Fürstin Marthe-Lucile Bibesco, 1886–1973, französische Schriftstellerin rumänischer Herkunft. Romane über die europäische Aristokratie.
S. 514 *Rougemonts Buch:* Denis de Rougemont, 1906–1985, französisch-schweizerischer Schriftsteller, Autor musiktheoretischer und kulturphilosophischer Schriften (»L'Amour et l'occident«).
Nieder mit Beheim: Martin Beheim-Schwarzbach, geb. 1900, deutscher Schriftsteller, vielseitiger Erzähler; lebte 1939–1946 in London, danach Journalist in Hamburg. Worauf sich der Ausruf bezieht, ist nicht bekannt.

AN HERMANN KESTEN July 3, 1943

S. 515 *unsrer Anthologie:* ausführlicher Schriftwechsel zum Thema Anthologie auch in »Deutsche Literatur im Exil. Briefe europäischer Autoren 1933–1949«, hrsg. v. Hermann Kesten, Frankfurt 1973.
Anatole France: 1844–1924, französischer Schriftsteller, Nobelpreis 1921. Humanitär und pazifistisch orientierter Republikaner, mit Zola engagiert im Dreyfus-Prozeß.
den ganzen Proust: Marcel Proust, 1871–1922, französischer Erzähler (»A la recherche du temps perdu«).
Bruno Franks neuen Roman: »Die Tochter«.

AN CLAIRE UND IVAN GOLL Indepedence Day, 1943

S. 516 *Independence Day:* der amerikanische Unabhängigkeitstag am 4. Juli.
Malcolm Cowley: geb. 1898, amerikanischer Dichter und Kritiker; ab 1930 Redakteur von »New Republic«.
Aragon: Louis Aragon, geb. 1897, französischer Lyriker und Romancier, Surrealist, dann Hinwendung zur realistischen Epik. Sozialist, in der KPF tätig, 1940–1944 in der Résistance.
O.W.I.-Pflichten: Ivan Goll, André Breton und andere Schriftsteller arbeiteten für das Office of War Information.

AN LOTTE WALTER [September 1943]

S. 517 *Kuzi:* Bruno Walter.
Lotte Lehmann: 1888–1976, deutsche Opern- und Konzertsängerin; 1914–1938 Wiener Staatsoper, in die USA emigriert, lehrte 1946–1961 an der von ihr gegründeten »Academy of the West«.

Serkin: Rudolf Serkin, geb. 1903, Pianist, bedeutender Interpret und Begleiter; seit 1933 in den USA.

Pinza: Ezio Pinza, 1892–1957, italienischer Sänger. S. 518

Kiepura: Jan Kiepura, 1902–1966, lyrischer Tenor; 1926–1938 Wiener Staatsoper, emigrierte in die USA.

Kreisler: Fritz Kreisler, 1875–1962, österreichischer Geigenvirtuose und Komponist; in die USA emigriert.

Karlweiss: Oskar Karlweiss, geb. 1898, österreichischer Schauspieler; vor 1933 am Deutschen Theater und an den Barnowsky-Bühnen Berlin, in die USA emigriert.

Elizabeth Schumann: bedeutende amerikanische Sängerin.

Mischa Elman: geb. 1891, russischer Geigenvirtuose; 1908 USA, lebte in New York.

Arthur Schnabel: 1882–1951, österreichischer Pianist und atonaler Komponist; herausragender Bach- und Beethoven-Interpret.

Joseph Schildkraut: Vater und Sohn, in den USA berühmte Schauspieler.

Paul Muni: 1897–1967, ursprünglicher Name Meskalom Meyer Weisenfreund, deutscher Schauspieler; später an New Yorker Bühnen und in Hollywood (»Scarface«).

AN LOTTE WALTER September 30, [1943]

Bronislav: Bronislav Hubermann. S. 519

Unfrieda: Dr. Frieda Busch, Tochter des Geigers Adolf Busch.

AN DEN KAPLAN VON CAMP CROWDER October 16, 1943

Briefdurchschlag, dem handschriftliche Entwürfe beiliegen. An der Absendung des Briefes und dem Zustandekommen der Unterredung besteht kein Zweifel. Im Nachlaß fand sich ein englischer Zeitungsausschnitt »See your Chaplain« vom Nov. 18, 1943 (Quelle unbekannt). KM konvertierte jedoch nicht.

This is to ask you...: Ü: Hiermit möchte ich Sie um eine Unterredung bitten, um eine Angelegenheit mit Ihnen zu besprechen, die für mich lebenswichtige Bedeutung hat.

Ich möchte zur katholischen Kirche übertreten, oder besser, ich suche Ihren Rat, ob mein Verlangen danach aufrichtig und tief genug ist, um mich aufzunehmen.

Ich bin 36 (fast 37) Jahre alt; geboren in München, Deutschland, als ältester Sohn des Schriftstellers Thomas Mann. Ich selbst bin ebenfalls Schriftsteller. Am 4. Januar 1943 wurde ich zur Armee eingezogen und erhielt im September die amerikanische Staatsbürgerschaft.

Mein gegenwärtiger religiöser Status ist der eines Protestanten: Ich wurde getauft und als Mitglied der Lutherischen Kirche erzogen (wie nebenbei bemerkt, auch meine beiden Eltern und meine fünf Geschwister).

Aber der Protestantismus hat mir nie viel bedeutet. Dagegen hat mich die katholische Kirche schon immer angezogen mit ihrem Ritus, in dem ich nicht nur die Größe einer jahrhundertealten bewunderungswürdigen Tradition verspüre, sondern und vor allem auch den Ausdruck und die Offenbarung letzter metaphysischer Wahrheit.

Es gab jedoch Zweifel und Skrupel – philosophischer, moralischer und politischer Natur –, die meine Konversion verhinderten, beziehungsweise verzögerten. Ich kann mündlich versuchen, Ihnen zu erklären, welcher Art diese Skrupel waren und bis zu welchem Grad sie mich noch immer beschäftigen. Auf jeden Fall aber fühle ich – ganz intensiv und entschieden –, daß diese Zweifel oder Vorbehalte zum jetzigen Zeitpunkt weniger Gewicht, weniger Überzeugungskraft besitzen als die innere Stimme, die mir rät, die Führung der katholischen Kirche zu suchen und diesen Appell an Sie, in Ihrer Eigenschaft als Priester und geistlicher Berater, zu richten. Ich möchte nach Übersee gehen, ja ich hoffe, daß meine Transatlantik-Versetzung in Kürze durchgeht. Unter diesen Umständen scheint es mir wenig ratsam, länger aufzuschieben, was ich mir bereits seit so vielen Jahren zu tun vorgenommen habe.

Könnten Sie mich bitte wissen lassen, wann Ihnen eine Unterredung mit mir angenehm wäre. Ich bin jederzeit in diesem Büro zu erreichen (mit Ausnahme von Mittwoch, wenn ich nach Joplin fahren muß, um beim Korrekturlesen für unsre Camp Crowder »Message« zu helfen).

Ihr ergebener

AN IVAN GOLL October 26, [1943]

S. 521 *Saint-John Perse:* 1887–1975, französischer Dichter und Diplomat; 1933–1940 Generalsekretär des französischen Außenministeriums. 1940 nach England, dann in die USA. 1959 zurück nach Frankreich.
Williams: William Carlos Williams, 1883–1963, amerikanischer Lyriker, Romancier, Essayist.
Barker: Harley Granville-Barker, 1877–1946, englischer Schauspieler, Dramatiker und Übersetzer.
Alain Bosquet: geb. 1919 in Odessa, studierte in Brüssel und an der Sorbonne. Lyriker, Romancier und Kritiker.
Charlie Ford'sche Element: Charles Henry Ford, amerikanischer Dichter, Avantgardist; gab in New York 1942/43 die Zeitschrift »View« heraus. In »Hemispheres« No. 1 erschien ein Gedicht »The Human Microscope«.
Guérard: Albert Guérard, französischer Kritiker.
von der Maison française: Editions de la Maison Française, New York.

AN LOTTE WALTER December 13, 1943

S. 522 *morgen von hier abdampfen:* KM verließ Camp Crowder am 14. Dezember; am 4./5. Dezember hatte er in Kansas City noch einmal Erika und seine Eltern getroffen.
Muzi: Elsa Walter.

Die beigelegten Artikel: »The German Riddle« in »Camp Crowder Message«, 25. 11. und 2. 12. 1943.

AN HERMANN KESTEN March 1, 1944

I have been thinking...: Ü: Ich habe in der letzten Zeit zweimal an Sie gedacht: erstens, als ich »CANDIDE« wiederlas, den ich von französischen Freunden in Tunis geliehen habe; und zweitens anläßlich einer ziemlich unfreundlichen Besprechung unseres »HEART OF EUROPE«, die ich in einer dieser winzigen unlesbaren Übersee-Ausgaben von TIME Magazine entdeckte. Jetzt bin ich neugierig, das Buch selbst zu lesen, das ich noch nicht erhalten habe. Das einzige, was mich beim Gedanken an unsere Auswahl stört, ist die Tatsache, daß wir Montherlant aufgenommen haben – oder ist sein Beitrag durch eine glückliche Fügung noch in letzter Minute herausgefallen? Er ist der gemeinste Kollaborateur – viel schlimmer als Cocteau oder Pirandello... Ich frage mich, was für Presseberichte unser Buch wohl allgemein erhalten hat, und ob es sich auch ein wenig verkauft. – Der »CANDIDE« erinnerte mich in verschiedener Hinsicht an Sie – an Ihren Stil und Ihre intellektuelle Haltung. Was für ein bezauberndes Buch. Aber »La Chartreuse de Parme«, die ich jetzt lese, fasziniert mich noch mehr... Wie Sie sehen, habe ich inmitten all meiner martialischen Erfahrungen und Aktivitäten keineswegs meine Neigung für die »schöne Literatur« verloren. Es ist seltsam und aufregend, wieder in Europa zu sein – unter solch ungewöhnlichen Umständen. Ich bin glücklich, daß ich gekommen bin, und meine Arbeit hier ist recht interessant. Aber ich wünschte, die ganze Schweinerei wäre endlich vorbei und ich könnte in mein Hotelzimmer und an meinen Schreibtisch zurückkehren und über den Krieg schreiben, anstatt an ihm teilzunehmen. S. 523

Unverbesserlich Ihr KLAUS

»CANDIDE«: Roman (1759) von François-Marie Voltaire, 1694–1778, französischer Schriftsteller und Philosoph.
Montherlant: Henry de Montherlant, 1896–1972, französischer Schriftsteller.
»La Chartreuse de Parme«: »Die Kartause von Parma«, Roman (1839) von Stendhal, 1783–1842, französischer Romancier.
my job here: in einem Camp in der Nähe von Caserta arbeitete Klaus Mann mit »Special Prisoners of War« an Erklärungen über Hitler, das Regime und den Krieg, die dann auf Schallplatte aufgenommen wurden. Kommandant der Einheit war der britische Oberst Reginald Steed, Hauptmitarbeiter Captain Hans Wallenberg und Sgt. Ernst Langendorf (ab 1945 in München).

AN HEINRICH MANN March 11, 1944

The other day...: Ü: Neulich mußte ich herzlich lachen, als ich in Meyers »Kleinem Konversationslexikon« (Ausgabe 1933) folgende Charakteri- S. 524

sierung unter Deinem Namen fand: »H. M., Schriftsteller. Schuf gehässige Zerrbilder des Vorkriegs- und Nachkriegsdeutschlands in glänzend geschriebenen Romanen.« Der Rest von »Objektivität«, der in den Worten »glänzend geschrieben« zum Ausdruck kommt, ist köstlich ... Ich hoffe, daß Ihr beide, Du und Madame ma Tante, glücklich und wohlauf seid. Ich bin es. Obiges Bild zeigt mich mit einem meiner Kameraden von der Psychologischen Kriegsführung nach Besichtigung eines in der Nähe gelegenen Denkmals antiker Kultur.

In Zuneigung, Dein Neffe KLAUS

VON HEINRICH MANN June 4–44

Dein Vater und ich: Heinrich und Thomas Manns lebten von Dezember 1896 bis April 1898 in Rom.

VON THOMAS MANN 25. Juni 44

S. 525 *Pree:* Emil Preetorius, 1883–1973, deutscher Graphiker, Illustrator, Bühnenbildner; zuletzt Präsident der Bayerischen Akademie der Schönen Künste in München.

Pate Drosselmeyer: Ernst Bertram, Pate von Elisabeth Mann, wurde im Hause Mann gelegentlich nach einer Figur aus E. T. A. Hoffmanns »Nußknacker und Mausekönig« so genannt.

Ag's Besprechung des Provider: Agnes E. Meyers Besprechung »Mann's Final Joseph Novel« in »Washington Post« 18./25. 6. 1944 und »New York Times Book Review« vom 25. 6. 1944 (über »Joseph der Ernährer«).

S. 526 *»Glasperlenspiel«:* Hermann Hesses Roman »Das Glasperlenspiel« erschien 1943.

mit Adrian: Adrian Leverkühn, Hauptfigur des »Doktor Faustus«.

Meister Thomas von der Trave: Figur des »Glasperlenspiels«, Anspielung auf Thomas Mann.

»Joseph Knecht«: Meister des Glasperlenspiels, um den sich die disziplinierten Menschen von Hesses »pädagogischer Provinz« versammeln.

S. 527 *Muncker:* Franz Muncker, 1855–1926, deutscher Literaturhistoriker, Professor der Germanistik in München. Er beurteilte in seiner Festrede zu Thomas Manns 50. Geburtstag im Münchner Rathaus Manns Werk so einschränkend (»von unkleichem Wörte«), daß er für die Familie noch lange eine Quelle der Heiterkeit bildete.

AN THOMAS MANN 13. October, 1944

Dear Magician-Dad: Anrede des Zauberers. Ü: Das ist natürlich ein Dank für Dein schönes und nahrhaftes Geschenk – JOSEPH, der mich wirklich mit einer Menge Trost und Unterhaltung ernährt hat. Ich habe das Buch studiert – gierig und gründlich, wirklich von Anfang bis Ende – unter ziemlich eigentümlichen und manchmal beschwerlichen Umständen: nachts, in Zelten oder zerstörten italienischen Bauernhäusern, ohne Licht außer einer schwach flackernden Kerze, und meistens mit der leicht irritierenden Begleitmusik von Artilleriefeuer. Aber das alles konnte mich nicht stören. Ich war konzentriert, absorbiert, immer interessiert, häufig amüsiert, manchmal gerührt, niemals gelangweilt ... Der kleine Prolog ist bezaubernd. Wie Du weißt, rühme ich mich, so etwas wie ein Experte in der Wissenschaft von Engeln und Cherubim zu sein. Ehrlich gesagt, Deine himmlischen Heerscharen sind ein bißchen mehr Swedenborg, während mich Cocteau wohlwollend einführte; aber auch Deine Engel haben mir großes Vergnügen bereitet, und ich bin ehrlich erfreut, ihre Bekanntschaft gemacht zu haben. Es tat gut, Mai-Sachmes vertraute Züge wiederzusehen – vertraut in einem zweifachen Sinn: wegen ihrer wohlbekannten Ähnlichkeit mit Doktor Martinos ernster Physiognomie; und auch weil Mais Gestalt in mir die freundliche Erinnerung an das Arbeitszimmer in Pacific Palisades wachrief, wo ich zum erstenmal ihre Bekanntschaft machte ... Was das ausgiebige, göttlich geschwätzige Geplauder mit dem jungen Pharao betrifft, so gefiel es mir beim jetzigen Lesen, inmitten von Zerstörung und Elend, sogar noch besser als beim erstenmal, als ich es in aller Behaglichkeit hörte. Es ist wirklich ein außerordentlicher Dialog – wahrscheinlich die erfolgreichste und erstaunlichste »Nummer« in der reichhaltigen Komposition des ganzen Bandes – das heißt, sofern man nicht die Thamar-Episode bevorzugt, die vielleicht sogar noch ungewöhnlicher und etwa gleich bewegend ist (vor allem die wahrhaft inspirierten Schlußzeilen mit ihrem Ausblick auf die kommenden Zeitalter, bis zur fernen Figur des Erlösers ...). Um immer noch oder schon wieder vom jungen Pharao zu sprechen: Was mich an dem Buch etwas enttäuscht beziehungsweise nicht ganz befriedigt hat, ist der Mangel an Entwicklung und Wachstum in der Beziehung zwischen Joseph und dem knabenhaften Gott. Ihre intellektuelle Romanze bleibt irgendwie rückläufig – nachdem sie ihren emotionalen und spirituellen Gipfel gleich bei der ersten Begegnung erreicht hat. Am Schluß ist der arme kleine Pharao genauso isoliert und hilflos, wie er es wäre, wenn er nie Josephs Bekanntschaft gemacht hätte. Auch hege ich den Verdacht, daß Josephs pathetische kleine Frau nicht viel Spaß und Befriedigung hat. Könnte es denn sein, daß der Ernährer bei all seinen sozialen Interessen und Fertigkeiten nicht doch ein wenig selbstsüchtig ist?

Es sieht doch tatsächlich so aus, als müßte ich einen neuen V-Mail-Bogen anfangen, obwohl ich das eigentlich nicht beabsichtigt hatte und auch keine ausführliche Buchkritik verfassen möchte. Aber natürlich konnte ich diese bruchstückhafte Wertung nicht abschließen, ohne Jaakob zu erwähnen, dessen selbstsicheres Auftreten vor Pharao mich beträchtlich amüsiert hat und der mich fast zum Weinen brachte, als er in der Wiedervereinigungsszene Tränen vergoß. Ich glaube, ich mag ihn lieber als seinen berühmten »Herrn Sohn«: Er ist irgendwie *menschlicher*. Es liegt etwas unendlich Rührendes und Gewinnendes in seinen kleinen Schwächen – beispielsweise seinem würdevollen Flirten mit diesem bemerkenswerten Mädchen Thamar. Irgendwie hoffte ich, daß er, der Patriarch, noch genügend Schwung und Vitalität aufbrächte, um Thamars Kind zu zeugen; aber das war wohl eine unbescheidene, wenn nicht gar ungehörige Hoffnung ... (Nebenbei bemerkt, Erika sagte mir einmal, sie hielte Thamar für eine Art Porträt, nicht von sich, sondern von bestimmten Elementen ihres Charakters und ihrer Erscheinung. Ich wüßte gern, ob Dir etwas Derartiges bewußt vorgeschwebt hat? Überraschen würde es mich kaum. Thamars attraktive Hagerkeit und dynamische Energie kamen mir irgendwie bekannt vor...) Habe ich bereits Serachs lyrische Verkündigung erwähnt? Eine echt poetische Trouvaille! Ich war entzückt... Kurz, Deine Meistersaga ist wirklich »voll der Dinge« – voll der schönen Bilder und Eingebungen, äußerst bewundernswert und ein Hochgenuß für den Soldatenjungen.

Wie geht es mit Adrian voran? Bruder Bib schien stark beeindruckt von einer Szene, die er bei seinem Aufenthalt in Pacific Palisades gehört hat. Vor allem von einem Typ mit Reisi-ähnlichen Zügen war die Rede und von einigen Passagen über Musik, die der jüngste Sohn für Papas bisher vollendetste literarische Leistung hielt. Seine Beschreibung – wie naiv auch immer zum Ausdruck gebracht – war geeignet, meine Neugier zu wecken beziehungsweise zu vergrößern.

Was meine eigene Leier betrifft, so ist sie dabei einzurosten. Wirklich, ich weiß nicht einmal, was für eine Art Buch ich schreiben soll, wenn ich je wieder frei bin, mich solch luxuriösen Beschäftigungen wie Bücherschreiben hinzugeben. Ich fürchte, dieser Krieg taugt nichts – von einem zynischen literarischen Gesichtspunkt aus betrachtet. Alles über diesen Krieg Geschriebene ist zweitrangig oder rein journalistisch. Er hat nichts Inspirierendes, dieser Krieg; er ist »keine Mission, sondern eine Pflicht« – wie dieser kluge Bursche, Adolf Koestler, es ausdrückte. Vielleicht wird mein nächstes Sujet das Nachkriegs-Deutschland – so ich eine Chance habe, es zu sehen und zu studieren.

Genug. Nochmals Dank für das Buch – und die söhnlichsten Wünsche und Grüße. Dein alter Sohn K.

thank: den eigentlichen Dank-Artikel »Feierlich bewegt« schrieb KM im Oktober für die Thomas Mann-Sonderausgabe der »Neuen Rundschau«, Stockholm 1945, abgedruckt u. a. in »Die Heimsuchung des europäischen Geistes. Aufsätze«, München 1973.

Swedenborg: Emanuel Swedenborg, 1688–1772, schwedischer Mystiker und Theosoph.

Doktor Martinos: Dr. Martin Gumpert.

S. 529 *Adrian:* Adrian Leverkühn im »Doktor Faustus«.

Reisi-like: Rüdiger Schildknapp im »Doktor Faustus« trägt Züge Hans Reisigers.

Adolf Koestler: Arthur Koestler, 1905–1983, Schriftsteller; Jugend in Ungarn, Österreich und Deutschland, Korrespondent im Spanischen Bürgerkrieg, seit 1940 englisch schreibend.

AN HEINRICH MANN 5. November, 1944

How are you...: Ü: Wie geht es Dir, mein Onkel? Danke für Deine reizende Nachricht! Und: *Alle guten Wünsche für dieses Weihnachtsfest und das kommende Jahr* S. 530
Möge es ein Jahr des Friedens und des Sieges werden!
Herzlich, Dein KLAUS
Every Good Wish...: auf dieser und der folgenden Karte handelt es sich bei den kursiv wiedergegebenen Zeilen um gedruckten Kartentext.

VON HEINRICH MANN 19 Nov 1944

It's a joy to sing...: Ü: *Eine Freude ist's zu singen von all den Dingen, die fröhliche Weihnachten immer* – nicht immer, aber in diesem Jahr und ganz besonders meinem lieben Neffen – *bringen, Und laßt jede Note erklingen hell und klar, Mit Wünschen für ein froh Neujahr*

Von diesem Gewühl von Menschen, die sich in den Frieden stürzen werden, um sich häuslich darin einzurichten, geziemt es sich fernzuhalten. Man muß denken, »der Friede, das ist meine Sache«, nach dem Vorbild von Victor Hugo, der schrieb, daß die Sternenhimmel nur für ihn allein leuchteten.

Unnütze Ratschläge eines Onkels. Aber neulich nannte Dich Deine Mama resigniert. Fehlte noch, mit achtunddreißig Jahren.

(bitte wenden)

Es ist der Augenblick, sich zur inneren Unabhängigkeit zu erheben. (Ich hab gut reden. In einem Alter, das fast das Doppelte des Deinen beträgt, bin ich noch weit davon entfernt, unbeteiligt zu bleiben.)

Alles Gute zu Deinem Geburtstag.

Die besten Wünsche für ein frohes Neues Jahr.

Dein Onkel H.

AN KATIA MANN New Year's Eve, 1944

just a little Hello...: Ü: nur ein kleiner Gruß, bevor dieses mühselige alte S. 531
Jahr endgültig und unwiderruflich zuende ist. Und was das nächste betrifft – da laßt uns das Beste hoffen und das Schlimmste erwarten!

Friedrich (der ein äußerst eifriger und gewissenhafter Korrespondent geworden ist) schrieb mir über das Kröger-Unglück. Wie beschämend! Was für eine peinliche, überflüssige, *häßliche* Tragödie! Es muß ein schrecklicher Schlag für den armen alten Heini gewesen sein – der ihr möglicherweise bald nachfolgt. Konnte sie nicht noch ein paar Jahre warten? Was für ein bedauernswerter, ungebührlicher Mangel an Einsicht und Selbstbeherrschung! Dennoch tut sie mir leid. Sie hätte in Deutschland bleiben sollen, bei Leuten ihrer Art. Er hat ihr Leben ruiniert, indem er sie verpflanzt und entwurzelt hat. Aber damals wollte sie's selbst. Vermutlich war es ihre ureigenste Idee, daß sie ihm nach Bandol folgte, oder wo immer er sich damals aufhielt. Sie war ein dummes Ding! Aber damals in Nizza kochte sie wirklich köstliche Abendessen für uns. Es ist alles sehr traurig.

(Ich werde versuchen, dem Onkel ein paar Zeilen zu schreiben. Aber es gibt wirklich *nichts* dazu zu sagen...)

Nichts Neues von hier – außer was man in den Zeitungen liest (was auch nicht gerade viel ist)... Ich warte darauf, bald für ein paar Tage nach Rom zu fahren, was vielleicht meinen zukünftigen Status klärt. Weihnachten hier oben in den Bergen war, wie ich es vorhergesagt hatte, sehr ruhig. Wie geplant, schaute ich bei G-2 vorbei und genoß Hummer und Marzipan. Das war ungefähr alles. Sylvester habe ich beschlossen, völlig zu ignorieren. Auf alle Fälle ist es in diesem Jahr etwas besser als 1943, als ich genau am Heiligen Abend die Staaten verließ und die Feiertage, einschließlich Neujahr, in einem Loch verbrachte, in dem es nach fünf Uhr nachmittags stockfinster war – zusammengepfercht wie eine Sardine mit buchstäblich Tausenden von Männern... Diese Fahrt von Virginia nach Casablanca dürfte wohl die schlimmste Erfahrung meines Armeelebens gewesen sein.

Armer Bib! Jetzt muß er diese verdammte Grundausbildung durchmachen! Ich hoffe, es gelingt ihm, in Sonderdienste hineinzukommen. Mein Gott, ich werde auch ihm noch schreiben müssen!

Ein glückliches Neues Jahr Dir und Papa und allen Menschen guten Willens!

Treuer K.

PS Der beiliegende Artikel ist mein erster Beitrag zu Stars & Stripes – veröffentlicht in der heutigen Sonntags- und Neujahrsnummer. Man wollte, daß ich über dieses Sujet schreibe, selbst hätte ich mir das kaum herausgesucht... Ich hoffe, Hubertus sieht es!

Jemand zeigte mir gerade die kleine Armeeausgabe von Stories from Three Decades. Ein sehr hübsches kleines Buch. Und erstaunlich, wieviel Text eines dieser winzigen Bändchen enthält!

Kröger desaster: Nelly Mann geb. Kröger hatte am 17. Dezember 1944 in Los Angeles Selbstmord begangen.

G-2: US-Offizier im Stab für Aufklärung und Absicherung.

S. 532 *article enclosed:* »My old countrymen«, in »The Stars and Stripes«, 31. 12. 1944.

Hubertus: Hubertus Prinz zu Löwenstein.

Stories from Three Decades: Thomas Mann, »Stories of Three Decades«, Transl. Helen T. Lowe-Porter, Alfred A. Knopf, New York 1936. Hier: Taschenbuchausgabe für die Armee.

VON HEINRICH MANN Jan. 18, 1945

you wrote me...: Ü: Du schriebst mir einen wunderbaren Brief über meine arme Frau: Ich danke Dir für die guten Worte und das treue Mitgefühl.

Sie wußte nicht, was sie tat. Oder sie wußte es vorher und wollte es niemals tun. Aber als die schlimme Stunde kam, war alles vergessen.

Trotz der schrecklichen letzten Zeit hatte ich doch die Hoffnung, sie wieder gefestigt zu sehen; jetzt kann ich nichts mehr hoffen, und ich bin allein.

Ein trauriger Mann denkt oft an seine Freunde; so sind meine Gedanken bei Dir. Im Radio höre ich:

»Möge der Herr wachen zwischen mir und Dir,
während wir fern sind von einander.«

Dein Onkel Heinrich

a wonderful letter: KMs Brief ging verloren.

AN HERMANN KESTEN 10 March, 1945

It's always so nice...: Ü: Es ist immer so hübsch, Nachricht von Ihnen zu S. 533
erhalten! Ich wünschte, Sie würden mir öfter schreiben! Was mein Freund Peter Lindermood meinem Freund Lazare über das gefährliche Leben, das ich führe, erzählt hat, und was letzterer wieder Ihnen erzählt zu haben scheint, muß ziemlich übertrieben gewesen sein. Im allgemeinen war mein Dienst bei P.W.B. eher monoton als gefährlich und aufregend; freilich hat es einige aufregende und sogar ein paar gefährliche Augenblicke gegeben, aber das waren Ausnahmen. Im übrigen bin ich jetzt nicht mehr im Feld, sondern bei unserer Armeezeitung und schreibe eifrig Artikel, was im Grunde das einzige ist, wozu ich tauge. Ich liefere Sonderberichte für unsere Sonntagsausgabe, tatsächlich ein viel hübscheres Sonntagsblatt als viele ähnliche Publikationen in den Vereinigten Staaten – und ich sage mein Teil über so vertraute Themen wie den deutschen Junker, die Stadt Berlin, Wagners Einfluß auf die Nazi-Philosophie, und so weiter. Aber es gibt noch so viel anderes, über das ich schreiben möchte, nachdem ich nichts oder nur sehr wenig in den letzten fünfzehn Monaten geschrieben habe. Wie Sie wissen, macht es mir Spaß zu schreiben: Es ist eine alte Gewohnheit von mir.

Aber es macht mir auch Spaß zu lesen! Darum brenne ich darauf, Ihren COPERNICUS zu bekommen, auch wenn Sie versuchen, mich abzuschrecken und zu entmutigen, indem Sie ihn als »schwieriges« Buch bezeichnen. Ich warte mit Ungeduld darauf, ihn zu lesen, und kann vielleicht auch versuchen, ihn unseren G.I.s vorzustellen: Für ein paar von ihnen könnte es sehr nützlich sein zu erfahren, wer der alte Copernicus war und wer der alte Hermann Kesten ist. Auch freue ich mich schon auf die »Zwillinge von Aschaffenburg«: Ich nehme an, Kiepenheuer in Berlin wird sie verlegen. Aber warum schreiben Sie einen Roman über die Juden? Es ist so ein trauriges Sujet! War nicht gerade die Judenfrage eine von Hitlers häßlichen Erfindungen? Und sollten wir nicht den Gegenstand fallenlassen – jetzt wo Hitler beinahe geschlagen ist? Ich denke, wir sollten. Lassen Sie uns über angenehmere Dinge schreiben! Warum schreiben Sie nicht einen Roman über einen Zirkus oder über Toulouse-Lautrec oder über Konfuzius oder ein Buch über Voltaire? Überlassen Sie die Juden dem Schalom Asch! Die Juden sind bedrückend.

Der Krieg wird bald vorbei sein.

Empfehlen Sie mich der lieben Frau Kesten.

Wie immer herzlich Ihr Klaus.

Peter Lindermood: Mitarbeiter bei P.W.B. (Psychological Warfare Branch).

COPERNICUS: Hermann Kestens Roman »Copernicus und seine Welt« erschien deutsch bei Querido, Amsterdam 1948.

The Twins of Aschaffenburg: scherzhaft für »Die Zwillinge von Nürnberg«, Querido, Amsterdam 1947.

S. 534 *Toulouse-Lautrec:* Henri de Toulouse-Lautrec, 1864–1901, französischer Maler und Graphiker.

Schalom Asch: 1880–1957, in Polen gebürtiger jüdischer Schriftsteller, lebte in den USA und England, zuletzt in Israel.

AN HEINRICH MANN 10 March, 1945

This is just a word...: Ü: Nur ein Wort, um Dir zu sagen, daß ich an Deinen Geburtstag denke, und um Dir meine herzlichsten Grüße und Glückwünsche zu senden. Wenn Du Deinen nächsten Geburtstag feierst, wird dieser Krieg bereits zu einer Art alptraumhafter historischer Erinnerung geworden sein, und den armen alten Hitler wird man fast vergessen haben. Das ist ein tröstlicher kleiner Gedanke.

Ich bin sehr zufrieden mit meinem neuen Job. Was ich hier beilege, ist eine kleine Probe meiner jetzigen Tätigkeit. Nichts Neues für Dich, aber meinem gegenwärtigen G.I.-Publikum vielleicht etwas weniger vertraut.

Wünsche und Grüße wie immer, Dein KLAUS

What I enclose: Artikel »Last War for the Junkers« aus »Stars and Stripes«, Mediterranean Edition, Rome, 4. 3. 1945.

VON HEINRICH MANN March 27–1945

your article...: Ü: Dein Artikel ist geradezu bewundernswert, als Muster volkstümlicher Literatur und auch weil Du keinen Abriß der Psychologie daraus machst. Die Landser werden glücklich sein, ohne großen Kostenaufwand einige Kenntnisse der Feindseele zu erwerben. Arme Seele, die es nötig hatte, eingeschläfert zu werden und sich fünfzig Jahre lang auszuruhen. Stattdessen wird sie wie ein schöner Dämon um sich schlagen. Aber Du hast recht, dieser alte Schurke Hitler wird bald vergessen sein.

Ich danke Dir sehr, daß Du an meinen Geburtstag gedacht hast. Am Abend kamen Deine Eltern zum Essen, wobei sie selbst alles Nötige dazu mitbrachten, außerdem noch Geschenke. Ich habe es richtig genossen, mit ihnen beisammen zu sein.

Nun wünsche ich Dir noch einen schönen Aufenthalt und eine rasche Heimkehr.

Dein Vater erhielt einen Brief von Félix Bertaux. Seine Adresse ist Toulouse, rue des Vases 12. – Pierre ist auf der Präfektur als Kommissar der Republik.

Aufrichtig Dein H.

your article: inzwischen waren in »Stars and Stripes« auch KMs Artikel »Over the Rhine to Valhalla« (11. 3. 1945) und »Kesselring« (25. 3. 1945) erschienen.

Félix Bertaux: 1876–1948, französischer Germanist und Übersetzer S. 535
(u. a. von »Der Tod in Venedig«); schrieb über Heinrich Mann.

Pierre: sein Sohn Pierre Bertaux.

AN THOMAS MANN May 16, 1945

Well, so this is...: Ü: So, das ist nun der feierliche Anlaß, und das sind meine feierlich bewegten Glückwünsche: es erscheint bedeutungsvoll und angemessen, sie Dir aus diesem Land senden zu können, fast direkt aus München.

Ich bin hier vor etwa einer Woche angekommen, nach einer wunderschönen Fahrt über den Brennerpaß und kurzen Aufenthalten in Innsbruck, Salzburg und Berchtesgaden. Ich habe so viel gesehen und so viel darüber geschrieben, daß ich kaum noch einen weiteren detaillierten Bericht über meine vielfältigen Eindrücke liefern kann. Sobald ich wieder an meinem italienischen Stützpunkt bin – was in ungefähr vier Wochen der Fall sein wird –, will ich Dir eine kleine Sammlung von Zeitungsausschnitten senden, darunter Artikel über mein Interview mit Hermann Göring (wie traumartig und phantastisch das alles ist!), meine Begegnung mit Pastor Niemöllers Familie (da der Pastor selbst zu diesem Zeitpunkt noch nicht zu sprechen war) und meine Unterhaltung mit Richard Strauss. Den letzteren suchten Curt Riess und ich gestern in Garmisch auf. Es war eine der erstaunlichsten Stunden, die ich je erlebt habe. Seine Selbstsucht und Naivität sind absolut erschütternd – und in der Tat reichlich abstoßend. Das Verblüffende daran ist, daß ein Mann von so außergewöhnlichem Talent moralisch derart abgestumpft und gefühllos sein kann. Er hat noch nicht einmal die Entschuldigung der Senilität, denn er wirkt auffallend gut erhalten und rüstig. Er hat lediglich den niederträchtigsten Charakter, den man sich vorstellen kann – ignorant, selbstgefällig, habgierig, eitel, bodenlos egoistisch und vollkommen bar der fundamentalsten menschlichen Regungen von Scham und Anstand. Vermutlich werde ich auch über diesen traurigen Fall schreiben müssen – aber nicht für The Stars & Stripes; das wäre eher etwas für The Nation. Ich werde es an Horch senden, dem ich übrigens gerade eine lange Sache über München im allgemeinen und unser Haus im besonderen zugeschickt habe. Ich nehme an, irgendeine große Illustrierte »daheim in den Staaten« ist an diesem Material interessiert.

Ja unser armes, verstümmeltes, geschändetes Haus! Inzwischen wirst Du ja bereits alles über seine absonderliche und abscheuliche Geschichte wissen, dank dieses fixen, neugierigen Reporters Curt, dem Allerweltskerl. Es war schade, daß er es fertiggebracht hat, vor mir da zu sein; doch ich vermute, daß mein Bericht eine gewisse persönliche Note enthalten wird, die seiner Meldung fehlt. Seine Entdeckung über die in unserem Haus installierte SS-Babyfabrik scheint zu stimmen. Obwohl keiner der Nachbarn Sicheres darüber wußte, bestätigen ihre Erzählungen eher, daß etwas Derartiges wirklich stattgefunden haben muß. Die SS besetzte das Haus in den ersten Jahren nach unserer Abreise. Später zog ein gewisser Ministerialrat Siebert ein – er sollte sich schämen! Im Innern sieht es jedoch aus, als ob mehrere Familien dort gewohnt hätten. Es gibt eine Anzahl neuer Wände und Türen; alle Räume haben sich wesentlich verkleinert. Die Hälfte unseres Eßzimmers ist in eine Küche verwandelt worden. Das einzige, was ich unten unverändert vorfand, war der Kamin in der Diele. In der Diele selbst ist eine Wand gezogen worden, die sie vom Treppenhaus trennt. Es ist alles ziemlich bedrückend. Das Haus steht völlig leer – es wurde nach einem schweren Bombenangriff geräumt. Innen ist fast alles völlig zerstört, aber der Außenbau ist ziemlich gut erhalten geblieben, wie ich in meinem Telegramm berichtete. Wenn uns daran läge, könnten wir das Haus wieder aufbauen. In dem Zustand, in dem es sich jetzt befindet, hielt ich es für unmöglich, in die oberen Stockwerke zu gelangen. Doch kurz bevor ich wegging, entdeckte ich, daß der Balkon vor meinem Zimmer von einem Mädchen in Besitz genommen worden war – einer ausgebombten Stenotypistin, wie ich herausfand, die keine andere Bleibe hatte und deshalb in dem zerbombten Gebäude Unterschlupf gesucht hat. Es war alles sehr merkwürdig und romantisch; aber Du wirst die ganze Geschichte in meinem Artikel lesen.

Unser Haus hat besonderes Pech gehabt, denn im allgemeinen ist das Viertel nicht zu stark beschädigt. Die Guddenberg-Villa zum Beispiel ist völlig unzerstört, ebenso das Hallgarten-Haus, das jetzt die Alliierten Streitkräfte beschlagnahmt haben. Das Walter-Frank-Haus sieht zwar etwas heruntergekommen aus, befindet sich jedoch im Vergleich zu unserem in hervorragendem Zustand. Dirschls Wirtschaft und Bartls Kramerladen haben sich kein bißchen verändert. Ich schaute hinein und erregte großes Aufsehen. Der erste, der mich erkannt hat, war der alte Herr Bartl selbst, obwohl er ziemlich taub und halb blind geworden ist und ich nie viel intellektuellen Kontakt mit ihm hatte. Aber sobald er mich sah, rief er »Ja, der Klaus ... ja, vom Herzogpark!« Er schien hoch erfreut, mich zu sehen und alles über die lieben alten »Herrschaften« zu hören, die sie so vermißt hätten. Danach kam die Bartl-Tochter dazu – dieselbe, die während der ersten Wochen nach unserer Abreise zusammen mit Fräulein Kurz Mieleins Schlafzimmer bewohnte. Herr Dirschl ist tot, aber sein Sohn, der jetzt das Geschäft führt, sieht ganz genauso aus wie er, so daß es keinen zu großen Unterschied macht. Auch Fritz Bremer war da – der Sohn von Frau Bremer, die immer Deine Manuskripte tippte. Frau Bremer, die Jüdin ist (was ich nie wußte), hat man in eines dieser furchtbaren Lager in Polen oder der Tschechei geschickt. Fritz Bremer sagte, Du würdest entsetzt sein, wenn Du das hörtest. Er nahm mir meine Unkenntnis der rassischen Besonderheit seiner Mutter ziemlich übel und war überzeugt davon, daß *Du* immer darüber Bescheid gewußt hättest.

Eigentlich hatte ich die Absicht gehabt, mit einigen anderen Freunden Kontakt aufzunehmen, aber es ist praktisch unmöglich, irgend jemanden ausfindig zu machen. Die Zerstörung spottet jeder Beschreibung. Während die Außenviertel (Bogenhausen etc.) nur zur Hälfte zerbombt sind, liegen das ganze Zentrum und Schwabing vollkommen in Trümmern. Es ist buchstäblich kein einziges Gebäude ganz geblieben – ausgenommen seltsamerweise der neue Block von Parteibauten in der Arcisstraße, an der Stelle des alten Arcissi. Aber auch das Braune Haus ist in Trümmern, so wie alles übrige – der Hauptbahnhof, der Stachus, das Nationaltheater, die Hauptpost, Zechbauer, Jaffé, das Regina, die Vier Jahreszeiten, der Bayrische Hof, das Siegestor, die Universität, die Residenz, der Hofgarten, kurz die gesamte Innenstadt. Eine von den Personen, die ich zu sehen versuchte, war Christa Hatvany, deren Haus verschont geblieben ist. Aber sie selbst befindet sich in Südfrankreich, so daß ich mich nur mit ihrer jetzt dort wohnenden Freundin unterhielt. Bert Fischel war ein weiterer Name auf meiner Liste, aber er ist nach Dresden gezogen und den Meldungen zufolge bei einem Luftangriff umgekommen. Als er noch am Leben war, verheiratete er sich mit einer Schauspielerin vom Staatstheater und erfreute sich bei seinem Hausherrn großer Beliebtheit, der immer wieder betonte, der arme Herr Fischel sei »ein patenter Mann« gewesen. Magnus Henning scheint sich irgendwo im Land herumzutreiben. Ich fand seinen Namen, Henning M., im Telefonbuch, aber als ich zu der Adresse in der Liebigstraße hinging, stellte sich heraus, daß es sich um ein Fräulein Maria Henning handelte, die nicht einmal mit ihm verwandt war, ihn aber zufällig ganz gut kannte. Sie schilderte ihn als einen »großen Poussierer« und versprach, mich mit ihm in Verbindung zu bringen. Dagegen ist Valentin Heins anscheinend überhaupt nicht ausfindig zu machen, da sowohl seine Kanzlei als auch sein Wohnhaus völlig zerstört sind. Curt erinnerte mich an die Tatsache, daß er, Heins, sich vor einigen Jahren geweigert hatte, Deine Manuskripte herauszugeben, die er Rolf Nürnberg hätte aushändigen sollen. Ich denke, Curt beabsichtigt, Heins verhaften zu lassen.

Der einzige alte Bekannte, mit dem es mir gelungen ist, Verbindung aufzunehmen, war Zwerg Hörschelmann. Ich fand ihn in Feldafing, wo er seit zehn Jahren lebt. Unnötig zu sagen, daß er sich über meinen Besuch wahnsinnig gefreut hat – »er nahm ihn groß«, wie ich sagen würde, wenn ich an Schwestwer E schriebe – und er zeigte mir sofort all die neuen Stücke seiner Sammlung – einschließlich der Geschichte über Dich im LIFE Magazine und anderer Mann-Reliquien, die er während der 12 Unglücksjahre gehütet hat. Er war wirklich ganz süß und rührend in der ihm eigenen kleinen Art – und sicher ist er durch und durch ein Anti-Nazi, und ist es immer gewesen. Dennoch klingt es irgendwie merkwürdig, wenn er sagt, er habe noch 1936 oder 1937 geglaubt, Hitler würde »gute deutsche Kunst« fördern, und daß er erst, als die Nazis all die guten Gemälde aus den Galerien entfernten, das Üble des Regimes erkannt hätte. Auch entschuldigt er Leute wie Otto Falckenberg, der zum »Intendanten« gemacht und vom Führer öffentlich gepriesen wurde, aber laut Hörschl in seinem Wesen unverändert geblieben ist – nur an seiner Kunst interessiert, an der Rettung bestimmter kultureller Werte, fanatisch loyal seinem Theater gegenüber, etc. In ganz ähnlichen Worten sprach er über W. E. Süskind, der ebenfalls irgendwo am Starnbergersee sitzt – verheiratet, Vater von zwei Kindern. Sein letzter Beruf war der eines literarischen Redakteurs an der »Krakauer Zeitung« in Polen, unter der Schirmherrschaft des berüchtigten Gouverneurs Frank. Doch Hörschl schwört, daß auch W.E.S. in Ordnung sei – lediglich an seiner Kunst interessiert und so weiter. Was soll man da sagen? Was kann man da tun? Hörschl sagt, wir seien nicht in der Lage zu urteilen. Sie hätten gelitten, seien in Gefahr gewesen, hätten verzweifelt versucht, wenigstens gewisse Reste der großen deutschen Tradition zu retten, wären sowenig Kompromisse wie möglich eingegangen und hätten einen geheimen, immer gefährdeten Kreis von Nicht-Nazi-Intellektuellen angehört. Das mag ja alles so sein; jedenfalls habe ich es bis jetzt abgelehnt, Süskind oder Falckenberg zu sehen. Bei [...] gibt sogar der versöhnliche Hörschl zu, daß er »ein Schwein von oben bis unten« sei. Er muß einer der schamlosesten Opportunisten gewesen sein, auf vertrautem Fuß mit Goebbels, etc.

Es ist alles sehr verwirrend und irgendwie deprimierend und doch auch wieder faszinierend. Ich bin nur froh, daß ich nicht mehr bei P.W.B. bin und hier bleiben und Redakteur bei den wiedererstandenen Münchner Neuesten werden muß. Ich bevorzuge The Stars & Stripes. Als ihr Korrespondent unternehme ich vielleicht eine ausgedehnte Exkursion von hier nach Hamburg oder Holland. Kann sein, daß ich mich für die Dauer dieser Reise irgendwie dem Meisterreporter Curt anschließe. Das hätte gewisse technische Vorteile, da mein eigener Wagen nach Italien zurück mußte und es schwierig ist, eine Transportmöglichkeit zu bekommen. Außerdem hat Riess seine recht anregenden und netten Qualitäten, bei all seiner irritierenden Eitelkeit und seinen schlechten Manieren. Aber hier ist er viel besser als er es in New York zu sein pflegte: ohne Frau, Telefon und Sekretärinnen wird er fast menschlich. Na, ich will es jedenfalls versuchen; vielleicht zerstreiten wir uns auf den Ruinen von Nürnberg oder Bremen und ich muß dann meinen Rückweg ganz allein machen. – Was für ein Brief! Fast zu lang, um höflich zu sein. Aber ich könnte immer noch weiter Geschichten erzählen. Doch ich muß Dr. Scharnagl aufsuchen, den neuen Oberbürgermeister von München.

Diese fragmentarische Chronik ist auch für Bruno-Liesl gedacht und natürlich für die liebe Mama und die alte E. Schreiben aber mußte ich diesen Bericht an Dich; zuallererst, weil Du mein Vater bist, und zweitens, weil Du siebzig Jahre alt wirst und verdienst, geehrt zu werden. Übrigens hat fast jeder, den ich in diesen Gegenden getroffen habe, Deine BBC-Reden gehört: sie haben großen Eindruck gemacht. Doch ich fühle jetzt deutlicher denn je, daß es ein ganz großer Fehler von Dir wäre, in dieses Land zurückzukehren und hier irgendeine politische Rolle zu spielen. Nicht daß ich glaube, Du würdest Dich mit solchen Plänen oder Absichten tragen. Nur für den Fall, daß irgendwelche verlockenden Angebote an Dich herangetragen würden (was im Augenblick wenig wahrscheinlich scheint), lautet mein bescheidener Ratschlag, taub und unnachgiebig zu bleiben. Die Zustände hier sind zu traurig. Alle Deine Bemühungen, sie zu verbessern, wären hoffnungslos vergeudet. Am Schluß würde man dann Dir noch das wohlverdiente, unvermeidliche Elend des Landes vorwerfen. Höchstwahrscheinlich würdest Du ermordet werden. Es wird Jahre oder Jahrzehnte in Anspruch nehmen, diese Städte wieder aufzubauen. Diese beklagenswerte, schreckliche Nation wird Generationen lang physisch und moralisch verstümmelt, verkrüppelt bleiben. Du wirst wesentlich mehr zu dem langsamen Prozeß von Deutschlands geistiger Wiederherstellung beitragen, wenn Du Dein Lebenswerk irgendwo zwischen Pacific Palisades und Küsnacht abschließt als durch die Übernahme einer hoffnungslosen und undankbaren politischen Mission oder Position. Du würdest wissen, was ich meine, wenn Du mit mir die Ruinen von München gesehen hättest. Aber ich bin sicher, Du weißt es auch so. Mit weiteren Glückwünschen und großer Liebe, Dein treuer, alter Sohn Klaus
PS. Bitte richte Eri von mir aus, daß ich eine sehr hübsche Idee für ein Drama habe, das ich mit ihr schreiben möchte. Ich werde ihr in Kürze einen Entwurf schicken. Es ist auch eine gute Filmidee. Warum sollten wir beide nicht auch einmal *wirklich* Geld machen, zur Abwechslung?

wishes: zu Thomas Manns 70. Geburtstag am 6. Juni 1945. Thomas Manns Dankesbrief vom 21. Juni ist abgedruckt in »Briefe 1937–1947«, hrsg. von Erika Mann, S. Fischer, Frankfurt 1963; er schreibt u. a.: »... zuerst einmal sei Du bedankt: Für Deinen langen, interessanten und viel herumgereichten Brief, Deinen melodiösen Beitrag zu Bermanns Heft, der ebenfalls *allgemeines* Wohlgefallen erregt hat, und das findig und sinnig aufgetriebene Geschenk. Hat mich alles innig gefreut, denn schließlich spricht es ja doch gewissermaßen für den Vater, wenn die Söhne, begabte, ehrenvoll ihren Mann stehende Söhne, es sich so angelegen sein lassen, ihm Liebes zu erweisen. [...] Lebe wohl, mein Lieber! Kehre glücklich zurück! Z.«

written so much...: es handelt sich um die Artikel »Death Meant Escape from Outraged World for Hitler« (6. 5. 1945), »The Job Ahead in Germany« (13. 5. 1945) und »You Can't Go Home Again« (20. 5. 1945) in »Stars and Stripes«, die fast vollständig in den Schlußteil des »Wendepunkts« eingearbeitet worden sind.

Pastor Niemöller: Martin Niemöller, 1892–1984, evangelischer Theologe; im 1. Weltkrieg U-Boot-Kommandant, 1933 Initiator der »Bekennenden Kirche«, 1937–1945 KZ-Haft, später Präsident der Hessischen Landeskirche und der Deutschen Friedensgesellschaft.

Richard Strauss: 1864–1949, Komponist; enge Zusammenarbeit mit Hugo von Hofmannsthal und Stefan Zweig.

S. 536 *Horch:* Dr. Franz Horch, literarischer Agent in New York.

SS baby factory: »Lebensborn«, darüber im »Wendepunkt«.

S. 537 *Walter-Frank house:* die Villa, die nacheinander Bruno Walter und Bruno Frank bewohnten.

Fräulein Kurz: Marie Kurz, auch Kürzl oder Kurz-Marie genannt, Hausdame, zeitweilig Erzieherin von Elisabeth und Michael Mann in München; sie rettete 1933 kleine Teile des Familienbesitzes aus der Poschingerstrasse 1.

S. 538 *the old Arcissi:* früheres, palaisartiges Haus der Familie Pringsheim in der Münchner Arcisstraße.

Hörschelmann: Rolf von Hoerschelmann, 1885–1974, Grafiker, Schriftsteller und Sammler.

S. 539 *Governor Frank:* Hans Frank, 1900–1946, Reichsjustizkommissar, 1939–1945 Generalgouverneur in Polen. 1946 in Nürnberg zum Tode verurteilt und hingerichtet.

S. 540 *Dr. Scharnagl:* Karl Scharnagl, 1881–1963, Oberbürgermeister von München 1924–1933 und 1945–1948.

AN HEINRICH MANN 24 May, 1945

S. 541 *I am writing this...:* Ü: Ich schreibe dies in Eile, nur als Bestätigung und Wiederholung dessen, was ich gestern telegraphierte: Daß ich Goschi und Mimi in Prag gesehen habe.

Goschi geht es gut. Sie hat ganz schön an Gewicht verloren, was sie eher attraktiver macht. Natürlich hat sie während der sechs Jahre Nazi-Besatzung eine ziemlich furchtbare Zeit gehabt, in ihrer Eigenschaft als rassischer »Mischling« und, was noch schlimmer ist, als Deine Tochter. Am Anfang wurde sie ins Gefängnis gesteckt, mußte aber nicht lange dort bleiben. Als sie wieder auf freiem Fuß war, bestand ihr Hauptproblem darin, daß sie aufgrund ihres »Verfementen«-Status keinerlei

Arbeit finden konnte. Aber wie gesagt, es besteht kein Grund, sich um sie Sorgen zu machen, soweit es ihre Gesundheit und ihr seelisches Wohlbefinden betrifft.

Mimis Fall ist viel ernster. Sie hat die letzten drei oder vier Jahre an einem schrecklichen Ort namens Theresienstadt, in der Nähe von Prag zugebracht – eine Art Konzentrationslager beziehungsweise so etwas wie eine umgrenzte, gestapobewachte Ghettostadt. Sie muß sehr viel durchgemacht haben, und sie hat ihren ganzen alten Schwung und ihre Selbstsicherheit verloren. Ich konnte sie zuerst kaum wiedererkennen. Eine Art nervöser Schlag hat sie an einem Bein und einem Arm gelähmt und auch ihr Gesicht in Mitleidenschaft gezogen – die eine Hälfte ist permanent verzerrt. Ihr Haar ist völlig ergraut, und sie ist ganz dünn geworden – da sie einige Jahre lang von Hungerrationen gelebt hat. Sie befindet sich wirklich in einem traurigen Zustand. Doch die Tatsache, daß sie überhaupt überlebt hat, ist an sich schon ein Wunder, und unter Goschis Fürsorge wird sich ihre Gesundheit wohl bald wieder festigen.

Nun zur praktischen Seite: Natürlich gibt es eine Menge Probleme und Schwierigkeiten. Mimi und Goschi sind ohne einen Pfennig und verfügen über keinerlei Mittel. Während der Jahre von Mimis Abwesenheit lebte Goschi vom Verkauf von Möbeln, Schmuck, Bildern, Kleidern und so weiter. (Deine Bücher und Papiere blieben jedoch unberührt.) Nun fehlt es ihnen nicht nur an Bargeld, sondern auch an anderen Notwendigkeiten, vor allem Kleidern. Ich habe ihnen etwas Geld dagelassen, aber das wird nicht lange reichen. Mimi ist sehr besorgt. Ihr unmittelbarer Vorschlag klingt recht vernünftig. Sie bittet Dich, an Professor Dr. NEJEDLY, Erziehungsminister der neuen tschechischen Regierung, zu schreiben und ihn zu bitten, Deine *russischen Tantiemen* Deiner Tochter zugänglich zu machen. Es mag andere Wege geben, diese Angelegenheit zu handhaben – über Washington oder über einen direkten Kontakt mit Moskau –: Ein guter Anwalt, zum Beispiel Mielein, müßte in der Lage sein, Dir alle nötigen Ratschläge zu erteilen. Da wir von Mielein sprechen, ich werde sie bitten, ein ordentliches Paket für die beiden armen Frauen zusammenzupacken – ein paar gute Sachen zum Essen und zum Anziehen –, was wahrscheinlich noch hilfreicher und willkommener ist, als jeder Scheck es sein könnte.

Die Adresse ist: MARIE MANNOVA, UL. PETRA ASPELTA 25, PRAHA XV. Ich bin sicher, Du kannst ihnen schreiben – wenn nötig über die tschechische Gesandtschaft. Aber schreib nicht auf deutsch! Das ist eine unpopuläre Sprache.

Das wär's. Ich gratuliere zum glücklichen Überleben Deines Kindes und Deiner ehemaligen Frau. Getreulich, KLAUS

Goschi: Carla Maria Henriette Leonie Mann-Aškenazi.

Mimi: Maria Mann geb. Kanova; sie starb an den Folgen ihrer fünfjährigen KZ-Haft.

AN ERICH EBERMAYER July 21, 1945

S. 543 *Your letter...:* Ü: Dein Brief – oder vielmehr die Kopie, die Du via The Stars and Stripes, Süddeutsche Ausgabe, geschickt hast – hat mich hier endlich erreicht. Es war eine schöne Überraschung, wieder von Dir zu hören. Wie schade, daß ich in der Zeit, als ich in Deutschland war, Deine Adresse nicht wußte! Ich verbrachte einen Tag in Bayreuth und hätte bestimmt einen Ausflug nach Kaibitz unternommen und dem Bürgermeister dieser Gemeinde meine Aufwartung gemacht, hätte ich nur eine Ahnung gehabt...

Es sieht jedoch so aus, als sollte ich erneut auf eine Reise in die alte Heimat geschickt werden. Wenn sich die Dinge so entwickeln, wie ich annehme, könnte ich in etwa zehn Tagen oder zwei Wochen starten. [Anm.: Es kann auch etwas länger dauern. In der Armee kann man das nie so genau sagen...] Diesmal soll ich die russische Zone – vor allem Berlin – »bearbeiten«. Aber vielleicht gelingt es mir, auch die amerikanische Zone in mein Reiseprogramm aufzunehmen; wenn ja, dann werde ich vielleicht tatsächlich Dein Schloß in Augenschein nehmen, unter »Beschlagnahme« des Bettes, das Du mir freundlicherweise anbietest.

Es gibt viele Dinge, über die ich mit Dir reden möchte – aber nicht in einem Brief! Ich wüßte nicht, wo anfangen und womit beginnen. Vergiß nicht, daß wir während der vergangenen zwölf Jahre in verschiedenen Welten gelebt haben! Eine so lange und so tiefe Trennung muß zwangsläufig zu einer gewissen Entfremdung führen. Ich sage nicht, daß es uns unmöglich sein wird, einander wieder zu verstehen; aber ich fürchte, es könnte schwieriger sein, als Du Dir das nach Deinem Brief vorzustellen scheinst.

Doch laß es uns versuchen! Auf jeden Fall freut es mich zu wissen, daß Du am Leben bist und bei guter Gesundheit und auf vertrautem Fuß mit meinen neuen Landsleuten.

Grüße Deinen Freund Baedeker, an den ich mich zu erinnern glaube, wenn auch nur ganz vage.

Dir alles Gute! Dein alter

KLAUS

P.S. Dieser Brief, den ich zuerst an die Militärregierung von Kemnath geschickt hatte, kam an mich zurück mit dem Vermerk, daß noch »kein Postdienst für Deutschland« eingerichtet sei. In der Zwischenzeit habe ich auch das Original Deines Briefes und beiliegende Notiz von Pfc Hartmann erhalten. So hoffe ich, daß Dich diese Zeilen endlich über Hartmanns Militäradresse erreichen.

Kaibitz: Ebermayer lebte ab 1939 auf Schloß Kaibitz bei Kemnath/Oberpfalz.

Baedeker: Peer Baedeker, Buchhändler und Inhaber des Theater- und Film-Fachantiquariats »Proszenium« in Kemnath, jetzt Bayreuth.

AN HERMANN KESTEN August 11, 1945

It seems ages ago...: Ü: Es scheint Jahrhunderte her, seit ich Ihnen zuletzt schrieb. Inzwischen war ich in Deutschland – dachte an Sie inmitten der Ruinen Ihrer Heimatstadt Nürnberg – und habe viele Artikel geschrieben, und die englische Labour Party hat einen hübschen kleinen Erfolg erzielt – eines der wenigen ermutigenden Ereignisse seit Kriegsende in Europa – und die tapfere Sowjetunion hat sich uns angeschlossen in unserm Kreuzzug gegen diese ekligen kleinen Gelbbäuche, und jetzt scheint der Krieg vorbei zu sein – vorläufig wenigstens... S. 544

Ja, und die Atombombe... Ehrlich gesagt, seit ich von dieser ziemlich alarmierenden Erfindung weiß, fühle ich mich immer irgendwie bedrückt und beunruhigt. Ganz im Ernst, ich werde das Gefühl nicht los, daß sich diese unheimliche Neuheit als der Anfang vom Ende erweisen könnte – ich meine nicht nur das Ende unserer Zivilisation, sondern auch das Ende dieses Erdballs überhaupt, in einem ganz wörtlichen, materiellen Sinn. Die werden nicht aufhören, mit solchen zerstörerischen Dingen herumzuspielen, bis sie unser ganzes kleines Universum in die Luft gesprengt haben. Warten Sie's nur ab!

Nicht daß ich der Ansicht bin, es wäre ein sehr großer Verlust, wenn unsere Erde in Stücke ginge! Im Gegenteil, ich würde gern Zeuge dieses großen Finales. Diese vom Menschen fabrizierte Apokalypse wird ein gewaltiges Schauspiel abgeben...

Auf der anderen Seite hätte ich gar nichts dagegen, den Mond – oder lieber noch die Venus – in einem dieser neuen, mit Atom-Energie betriebenen Vehikel zu besuchen. Die Marsmenschen für The Stars and Stripes zu interviewen – das wäre kein schlechter Auftrag!

Da ich von Sternen spreche – Ihr COPERNICUS hat mir sehr viel Vergnügen bereitet. Ich las ihn unterwegs zu diesem Mitleid und Furcht erregenden Old Country – wie ich Ihnen angekündigt hatte. Mein Vater hat wieder einmal recht: Dieses Buch von Ihnen trifft wirklich ins Schwarze. Es ist witzig, anmutig, menschlich, reich an Informationsmaterial und amüsanten Streiflichtern; zugleich erfreulich skeptisch und von einem aufrichtigen moralischen Pathos erfüllt; farbig, klug, gut geschrieben (gut übersetzt), manchmal echt bewegend, immer unterhaltend.

Um meinen aufrichtigen Lobpreisungen auch ein wenig Kritik hinzuzufügen: Mir scheint, Sie haben etwas *zu* viele biographische Daten und Details hineinverwoben – nicht über Copernicus selber, sondern in bezug auf die Nebenfiguren. Einige dieser beiläufigen Porträts sind glänzend (Savonarola, Tycho Brahe, Giordano Bruno, etc.); nur gibt es davon *zu viele.* Natürlich verstehe ich, daß Sie alle diese Figuren eingeführt haben, um Ihr historisches Panorama so vollständig und realistisch wie möglich zu machen. Aber so eine Fülle von skizziertem Beiwerk muß zwangsläufig die Komposition verwirren. Meinem Eindruck nach haben Sie nur deshalb den Hintergrund Ihres Gemäldes etwas zu großzügig mit zahllosen Arabesken ausgeschmückt, weil die Figur im Vordergrund, Copernicus, verhältnismäßig karg und linear ausfallen mußte aus Mangel an biographischem Material.

(Aber jetzt fürchte ich, daß ich zu kritisch klinge, fast unfreundlich: Um es zu wiederholen und erneut zu bekräftigen – ICH MAG Ihr Buch! Wie Sie wissen, habe ich eine Schwäche für den Kestenschen Stil, von dem COPERNICUS wieder mal ein typisches und reizvolles Beispiel liefert.)

Was machen Ihre verschiedenen neuen Romanpläne?

Ich bin fürchterlich beschäftigt mit allen möglichen Sachen von fraglicher Bedeutung – meistens handelt es sich um Arikel. Zudem möchte ich eine Komödie schreiben – etwas über Gespenster und Spiritisten, was mich seit einiger Zeit sehr beschäftigt – und ich sammle Material für ein Buch über das Nachkriegseuropa.

Auch werde ich vielleicht an einem italienisch-amerikanischen Film mitarbeiten (G.I.'s in Italien), was etwas Geld zu bringen verspricht und eine interessante Erfahrung dazu. Wenn ich nur bald aus der Armee herauskommen könnte! Es bestehen da Hoffnungen, aber keine festen Aussichten. Was ich erreichen möchte, ist, hier entlassen zu werden und dann noch einige Monate als Korrespondent in Europa zu bleiben. Das ist im Prinzip nicht unmöglich. Aber Sie wissen ja, wie Mutter Armee ist...

Vergessen Sie nicht mir zu schreiben! Und lassen Sie uns zusammenkommen, bevor die große Atom-Explosion Times Square zerstört, und die Piazza Venezia, den Hollywood Boulevard, den Kreml und was immer ganz geblieben sein mag vom Kurfürstendamm, von der Uhlandstraße, Am Knie und von Wilmersdorf.

Wie immer Ihr alter KLAUS M.

Labour: nach dem Sieg der Labour Party bei den Unterhauswahlen am 25. Juli löste Clement Attlee während der Postsdamer Konferenz Winston Churchill als Premierminister ab.

atomic bomb: am 6. und 9. August hatten die USA Atombomben über Hiroshima und Nagasaki abgeworfen.

S. 545 *article-writing:* seit der letzten Erwähnung geschrieben: für »The Nation« »In Free Czechoslovakia« (30. 6. 1945) und für »Stars and Stripes« »Model City of Hate« (über Theresienstadt, 3. 6. 1945), »A Free Press for Germany« (17. 6. 1945), »Potsdam: City with a Past« (8. 7. 1945), »The Theater in Italy is Holding its Own« (22. 7. 1945), »If You Lived in Tokyo« (29. 7. 1945) und »The Last of Europe's Fascists« (über Franco, 12. 8. 1945).

S. 546 *Italo-American film:* KM schrieb mit Federico Fellini (geb. 1920) am Drehbuch zu »Paisà«, dem zweiten Nachkriegsfilm Roberto Rossellinis, 1906–1977.

AN KATIA MANN October 9, [1945]

Just a hasty…: Ü: Kurz ein eiliges, aber dankbares Wort, um den Empfang eines weiteren Pakets – Hemden, Krawatten, Unterwäsche, Zigaretten – zu bestätigen. Jedes *Stückchen* davon wurde gewürdigt. (Ich nehme an, daß du meine Bestätigung von Uhr und Zigaretten erhalten hast.)

Gestern Nacht präsentierte ich mich dem erstaunten römischen Publikum zum ersten Mal wieder als Zivilist – zum Teil dank Deiner Hilfe; zum Teil dank der Tüchtigkeit unserer geschätzten Monika: die es – ob Du's glaubst oder nicht! – doch tatsächlich fertiggebracht hat, mir zwei recht gut erhaltene Anzüge und einiges andere Zeug zu schicken. So bin ich für den Augenblick zur Genüge ausstaffiert – mit Ausnahme von Schuhen (die, wie ich hoffe, unterwegs sind). Ich spiele mit dem Gedanken, mir einen neuen Anzug zu kaufen, wenn ich je in die Schweiz komme. Ist das nicht ein *kluger* kleiner Plan?

Es macht mir nicht das *geringste* aus, wieder Zivilist zu sein – obwohl es ein KOSTSPIELIGES Vergnügen ist. Meine Mahlzeiten in den Schwarzmarktrestaurants sind hin und wieder köstlich, aber immer erschütternd teuer – im Durchschnitt etwa sieben Dollars pro Mahlzeit! Aber ich mache mir keine Sorgen – bis jetzt. Der Film-Job ist gut bezahlt – und erst gestern kam wieder ein Produzent mit einem neuen Angebot auf mich zu. Natürlich kann man nie sagen, ob aus dieser Art Angebot etwas wird. Außerdem möchte ich ein wenig reisen. In was für einer Funktion, unter wessen Auspizien, mit welcher Art Transportmittel – ich weiß es nicht. Es scheint überraschend schwierig, als Korrespondent zugelassen zu werden. Einen Job bei O.W.I. (beziehungweise ICD oder USIS) in Deutschland? Das ist eigentlich nicht das, was ich möchte. Na, wir werden sehen. Für die nächsten sechs oder acht Wochen werde ich mich jedenfalls an den Schwarzmarkt halten.

Endlich habe ich ein Exemplar von der Wiedergeburts- und Geburtstagsnummer der Neuen Rundschau erhalten. Ein eindrucksvolles Dokument. Besonders gefreut hat es mich, daß des Dichters Weib so viele verbale Orchideen erhielt – vom Annettli, von Kuzi, Charles Jackson und vielen anderen Autoritäten. Diesmal war kein Ponten nötig, um für Dich den Toast auszubringen. Ich hoffe, Agnes hat jede Zeile davon gelesen – grün vor Neid und Eifersucht. Übrigens scheint die Nummer eine Menge gutes Material zu enthalten – einiges davon habe ich bis jetzt noch nicht gelesen. Onkels brüderlicher Essay ist höchst außergewöhnlich – wunderschön geschrieben, feierlich, bewegend, naiv, teilweise überraschend aggressiv (ich denke an die Passagen über das deutsche Problem), nicht ganz frei von Bitterkeit, doch hinführend zu einem aufrichtig herzlichen, glänzend formulierten Finale. – Kahlers Stück ist solid und sympathisch; Maass habe ich noch nicht gelesen; A. Neumann und M. Gumpert sprechen mit männlicher Wärme und Intelligenz. Ganz allgemein aber kann ich mir nicht helfen bei dem

Gefühl, daß sich Gott (die Bermaus) eine einzigartige herausgeberische Chance hat entgehen lassen: Ein kompetenter, professioneller Herausgeber hätte etwas viel Brillanteres zu Wege bringen können. Erstens sehe ich nicht ein, warum er keine Probe aus Z.s neuem Roman oder irgendeinen anderen Beitrag des »Geehrten Gastes« hereingenommen hat: Es hätte das Ganze noch gewichtiger und interessanter gemacht. Zweitens ist die Nummer nicht international genug – in Anbetracht der Tatsache, daß sie offensichtlich als internationales Symposium gedacht ist und präsentiert wird. Es sind zu viele Skandinavier enthalten. Die Schweiz sollte vertreten sein – und sei es nur mit Tante Korrodi. Warum nicht ein paar Franzosen – Gide oder Jules Romains? Borgi wäre ein wirkungsvoller, beredter Sprecher für Italien gewesen. Im übrigen kommen zu viele Verleger zu Wort. Alfred ist trocken und langweilig; Hedwig – fast unverzeihlich. Vielleicht kann ich die Herausgabe der 80.-Geburtstags-Nummer besorgen – die dann farbiger und gehaltvoller ausfallen wird. Oder heißt das, daß »ich einen verkommenen Stolz ausgebrütet habe«? – wie es der kuriose Onkel so gelungen ausdrückt. –

Dank und Liebe, der alte K.

S. 547 *O.W.I.:* Office of War Information.
ICD: Information Control Division.
USIS: United States Information Service.
Birthday number: »Die Neue Rundschau. Sonderausgabe zu Thomas Manns 70. Geburtstag. 6. Juni 1945«, hrsg. v. Gottfried Bermann Fischer, Stockholm [Oktober] 1945. – »Die Neue Rundschau« hatte im September 1944 in Berlin ihr Erscheinen eingestellt; die Sondernummer sollte den Neubeginn der Zeitschrift darstellen.
Annettli: Annette Kolb, »Geburtstag«.
Kuzi: Bruno Walter, »Thomas Mann«.
Charles Jackson: 1903–1968, amerikanischer Schriftsteller und Kritiker; »Strictly Personal«.
no Ponten: beim 50. Geburtstag Thomas Manns hatte Josef Ponten die Damenrede gehalten.
Agnes: Agnes E. Meyer; sie trug bei: »Thomas Mann in Amerika«.
Kahler's piece: Erich Kahler, »Die Verantwortung des Geistes«.
Maass: Joachim Maass, 1901–1974, deutscher Schriftsteller, emigrierte in die USA; »Thomas Mann. Geschichte einer Liebe im Geiste«.
A. Neumann: Alfred Neumann, »Thomas Mann liest vor«.
M. Gumpert: Martin Gumpert, »Für Thomas Mann«.
Z.'s new novel: »Doktor Faustus«.

S. 548 *Alfred:* Alfred A. Knopf, »Notizen für das Archiv«.
Hedwig: Hedwig Fischer geb. Landshoff, 1871–1952, Witwe des Verlegers Samuel Fischer; »Als ich Thomas Mann zum ersten Mal begegnete«.
»einen verkommenen Stolz ausgebrütet«: Zitat aus Heinrich Manns Beitrag »Mein Bruder«.

AN PAUL GEHEEB 7. I. 46

in Nürnberg: Erika Mann war als Berichterstatterin beim Nürnberger Kriegsverbrecherprozeß.

AN FRITZ STRICH 15. Februar 1946

Fritz Strich: 1882–1963, Schweizer Literaturhistoriker; seit 1925 mit Thomas Mann befreundet (Festvortrag zum 50. Geburtstag), 1929–1953 Ordinarius in Bern. S. 549
Schnun: Spitzname Fritz Strichs.
Ihr Buch: »Goethe und die Weltliteratur«, 1946.
Geisterkomödie: »Der siebente Engel«.
Beutler: Ernst Beutler, 1885–1960, deutscher Literaturhistoriker.
that nice young lady: Fritz Strichs Braut Trudi. S. 550

AN BRUNO WALTER 23. II. 1946

»private first class«: Gefreiter in der US-Army. S. 551
Drehbuch: zu »Paisà«.
Renner: Karl Renner, 1870–1950, österreichischer Politiker, Sozialdemokrat; 1945 Leiter der provisorischen Regierung, ab Dezember 1945 österreichischer Bundeskanzler.
Willy Forst: 1903–1980, Filmschauspieler und Regisseur.

VON BRUNO WALTER [März 1946; Telegramm]

FIND IDEA...: Ü: Finde Idee verlockend und schlage vor mündliche Erörterung in Beverly Hills wo ich von Juni bis September dieses Jahres sein werde, könnte mir eine begrenzte Zusammenarbeit vorstellen aber nicht vor Frühling 1947 bis dahin voll beschäftigt Grüße Bruno Walter. S. 553

AN BRUNO WALTER 28 March, 1946

Just a word...: Ü: Nur ein Wort, um Ihnen für Ihr Telegramm zu danken. Das klingt doch schon vielversprechend!

In etwa zwei Wochen werde ich nach Wien fahren und die Angelegenheit mit Willy Forst und anderen besprechen. Was die Amerikaner betrifft, so besteht großes Interesse an dem Plan eines Mozart-Films – mit Bruno Walter! Geiger, der muntere kleine Boß von FOREIGN FILMS, INC., fährt wahrscheinlich mit mir nach Österreich.

Nach der Wien-Tour werde ich noch einige andere Reisen unternehmen – Amsterdam, Paris, Deutschland. Aber danach hoffe ich, in die Staaten zurückzukehren – das heißt also Ende Mai oder Anfang Juni. So werde ich gerade rechtzeitig zu einem Sommer-Rendezvous in Beverly Hills sein. In der Zwischenzeit hat das ganze Projekt dann festere Formen angenommen, und wir werden eine solidere Besprechungsgrundlage haben.

Rom ist recht angenehm – frivol, korrupt, faul, selbstsüchtig, blasiert: aber bezaubernd.

Tausend Dinge für die Rabenalt.
Nochmals Dank für Ihr Interesse.
Wie immer Ihr KLAUS

Rabenalt: Lotte Rabenalt geb. Walter.

VON KATIA MANN 18. 4. 1946 [Telegramm]

S. 554 OPERATION PROBABLY...: Ü: Operation vermutlich 24. [April] kritische Tage danach, Abreise nicht dringend aber Deine Gegenwart wünschenswert, Allgemein-Zustand des Patienten bei absoluter Unkenntnis der Schwere des Falles sehr gut und Lage hoffnungsvoll wenngleich bedenklich.

Deine Dich liebende Mutter

Operation: Thomas Mann, an Lungenkrebs erkrankt, wurde im Billings Hospital, Chicago, am 24. April operiert.

AN KATIA MANN 10. V. 46

S. 555 *San-Remi:* Thomas Mann Haus in Pacific Palisades, 1550 San Remo Drive.

Betty: Betty Knox, Freundin Erika Manns.

VON KATIA MANN 21. Mai 1946

S. 557 *Anna:* Anni Bukovich.

Dr. Adams: William E. Adams, geb. 1902, Spezialist für Lungenchirurgie am Billings Hospital, Chicago.

AN HERMANN KESTEN 25 July, 1946

S. 559 *Ihr Roman:* »Die Zwillinge von Nürnberg«.

VON HERMANN KESTEN 1. Aug. 1946

S. 560 *»Europens übertünchter Höflichkeit«:* aus dem Gedicht »Der Wilde« von Johann Gottfried Seume (1763–1810): »Ein Kanadier, der noch Europens / übertünchte Höflichkeit nicht kannte, / Und ein Herz, wie Gott es ihm gegeben...«

Gertrude Stein: 1874–1946, amerikanische Dichterin; lebte seit 1902 vorwiegend in Paris.

S. 561 *Roman – heiter unter Ruinen:* »Die fremden Götter«, 1949.

AN HERBERT SCHLÜTER 29 November, 1946

RAF: Schlüter war 1946 in Gütersloh als Dolmetscher und Angehöriger eines deutschen »Arbeits-Korps« bei der Royal Air Force tätig.

S. 562 *»Une Belle Journée«:* erstmals in »Das Silberboot«, Jg. 2, Heft 1, März 1946; neu abgedruckt in »Abenteuer des Brautpaars. Die Erzählungen«.

altes Manuskript von Dir: Mallorca-Roman, geschrieben 1935/36, bisher unveröffentlicht.

Rudolf: Rudolf Levy, 1875–1944/45, Maler; starb in Auschwitz oder Dachau gegen Ende des Krieges. Freund von Schlüter.

AN HELENE THIMIG 3 December, 1946

Helene Thimig: 1889–1974, Schauspielerin, verheiratet mit Max Reinhardt; 1933–1946 USA, danach Wien. 1949 Leiterin des Wiener Reinhardt-Seminars und Akademie-Professorin. S. 563
das Stück: »Der siebente Engel«.
Eva: Eva Herrmann. S. 564

AN W. E. SÜSKIND 23 December, 1946

»Tordis«: Erzählungen, 1927. S. 565
»Morgenlicht«: »Das Morgenlicht«, Erzählung, 1925.
»Jugend«: Roman, Stuttgart 1930.

AN WILLI FEHSE 19. VI. 47

Dreiser: Theodore Dreiser, 1871–1945, amerikanischer Romancier; Wegbereiter der modernen amerikanischen Romanliteratur. S. 566

AN LOTTE WALTER 4 July, 1947

Lorbeern für Papa: zwischen dem 3. und 10. Juni 1947 hielt Thomas Mann mehrere Ansprachen und Lesungen in Zürich. S. 567
Hans Busch: Sohn des Dirigenten Fritz Busch, 1890–1951. S. 568
Papa Benz: Künstlerlokal in München-Schwabing, zeitweise mit Cabaret.

AN FRITZ STRICH 26. Juli 1947

diese »Anthology«: »The Permanent Goethe«. Edited, Selected and with an Introduction by Thomas Mann. The Dial Press, New York 1948. S. 569
Ihres Cato-Dramas: Strichs »bedeutendstes«, in der Kindheit geschriebenes Werk »Hannibal«, das verlorengegangen sei und das er »neu erschaffen« wolle, war Gegenstand jahrelanger scherzhafter Spekulationen.
Stephen Spender: geb. 1909, englischer Schriftsteller; übersetzte aus dem Deutschen und Spanischen.
Shelley: Percy Bysshe Shelley, 1792–1822, englischer Dichter der Romantik. S. 570
Longfellow: Henry Wadsworth Longfellow, 1807–1882, populärster amerikanischer Dichter im 19. Jahrhundert.
Herrn Singer: Samuel Singer, 1860–1948, österreichischer Germanist, seit 1896 Lehrstuhl in Bern. Strichs waren mit KM zuvor bei dem rüstigen Gelehrten zum Mittagessen gewesen.

AN HERMANN KESTEN 1. August 1947

S. 571 *Querido-Anthologie:* »Deutsche Stimmen«. Das Buch ist nicht erschienen; Inhaltsverzeichnis sowie KMs 1949 geschriebenes Vorwort in »Heute und Morgen. Schriften zur Zeit«.
mit der Toten von Ostende: »Die Tote von Ostende«, 1933.
kritzle dies und das: KM schrieb in diesen Wochen »The War in Indonesia« in »The New York Herald Tribune«, Paris, August 1947 (Leserbrief datiert 1. 8. 1947), »Portrait of a Pedagogue« über Paul Geheeb in »Tomorrow«, Vol. 7/1, September 1947, und »Das Sprach-Problem« in »National-Zeitung«, Basel, 28. 9. 1947 (abgedruckt in »Heute und Morgen. Schriften zur Zeit«).
mich zum Redakteur machen: das Projekt kam nicht zustande.

AN FRITZ STRICH 11. August [1947]

S. 572 *Druck der European Studies:* Fritz Strich hielt im Augustinerhof Zürich einen Sommerkurs »Epochen der europäischen Literatur« für Amerikaner.
Vater-Zauberer: Thomas Mann absolvierte vom 10. bis 18. August in Amsterdam Presse-Konferenzen, Empfänge und Vorträge.
»Cato«: Strichs fiktives Manuskript; siehe Anm. zu AN FRITZ STRICH 26. Juli 1947.
japanische Grillparzer-Anthologie: Scherz.

AN ERIKA MANN 19. September [1947]

S. 573 *Billux:* Sybille von Schönebeck.
Mops: Mopsa Sternheim.
Brian: Brian Howard.
Stoysi: Thea Sternheim.
die alte Luchaire: Antonina Vallentin-Luchaire.
Gide: KM traf in Paris nicht mit Gide, wohl aber mit Jean Cocteau zusammen.
Anettli: Annette Kolb.
S. 574 *Pahlen:* Kurt Pahlen, geb. 1907, Dirigent, Schriftsteller, Biograph.
Hallgarten: die Verwendung des Namens von Ricki Hallgarten deutet eine Identifikation mit dem Selbstmörder an.

VON THOMAS MANN 25. Sept. 47

S. 575 *Prokosch:* Frederic Prokosch, geb. 1906, amerikanischer Lyriker und Erzähler.
Bubi K.: Oskar Koplowitz.
Kahn: Hilde Kahn, Sekretärin Thomas Manns.
S. 576 *Fitelbergs Zeiten:* Anspielung auf den Agenten Fitelberg im »Doktor Faustus«.
Bidault: Georges Bidault, geb. 1899, französischer Politiker; seit 1941 in der Résistance, 1944–1946 Außenminister, danach wiederholt Ministerpräsident.

AN FRITZ STRICH 18. Oktober 1947

Dino Larese: geb 1914, Schweizer Primarschullehrer und Schriftsteller; Veranstalter literarisch-musikalischer Vortragsabende und Begegnungen im nordschweizerischen Amriswil.

Nobelpreis: Gide erhielt 1947 den Nobelpreis. KM sprach in der Freistu- S. 577
dentenschaft Bern jedoch über zeitgenössische amerikanische Literatur.

Claudel: Paul Claudel, 1868–1955, französischer Schriftsteller, Diplomat; streng katholisch orientiert.

AN HERMANN KESTEN, 22 December. 1947

Sammel-Rezension: »Romanciers van het andere Duitsland« in »Vrij S. 578
Nederland«, Amsterdam 21. 2. 1948; über Hermann Kesten, »Die Zwillinge von Nürnberg«, 1947, Lion Feuchtwanger, »Waffen für Amerika«, 1947, und Anna Seghers, »Das siebte Kreuz«, 1942.

Hermann Seghers, Lion Kesten: die Namen von Hermann Kesten, Lion Feuchtwanger und Anna Seghers, 1900–1983, sind hier absichtlich verstellt.

der Roman: Hinweis auf »The Last Day«, von dem nur ein englisch geschriebenes Exposé existiert.

Gedins: Lena Israel-Gedin, literarische Agentin in Stockholm. S. 579

AN LUDWIG MARCUSE 26. XII. 1947

PLATO: »Plato and Dionysius. A Double Biography«, Alfred A. Knopf, New York 1947. Die deutsche Fassung »Der Philosoph und der Diktator« erschien 1950 bei Blanvalet, Berlin.

Beitrag zur Anthologie: Marcuses Beitrag zur geplanten Anthologie »Deutsche Stimmen« war ein Kapitel aus »Soldat der Kirche. Das Leben des Ignatius von Loyola«, Querido, Amsterdam 1935.

Joel Ames: 1887–1963, Übersetzer, Pseudonym für Wilson Follett. S. 580

Sascha: Sascha Marcuse, 1913–1967.

AN DR. BUISONJÉ 28. I. 1948

Dr. Buisonjé: der Schweizer Empfänger war nicht zu ermitteln. S. 581

Fragen: bezüglich »Doktor Faustus« von Thomas Mann.

Madame von Meck: Nadeshda von Meck; ihr entspricht die Frau von Tolna in Thomas Manns Roman.

Der Fall Gleichen-Russwurm: Carl Alexander Frh. von Gleichen-Rußwurm, 1865–1947, Urenkel Schillers. Der »Fall« war ein fingierter Juwelen-Raub, eine Betrugs-Affäre, die in den zwanziger Jahren durch die Presse ging und die Thomas Mann im »Doktor Faustus« ausführlich erzählt.

AN KLAUS WUST 7. II. 1948 [Briefdurchschrift]

S. 582 *Klaus Wust:* war Redakteur der »Freien Presse« in Bielefeld und mußte die Einladung zu einem Jugend-Forum rückgängig machen, da er Schwierigkeiten befürchtete.

AN ROBERT H. HEILBRUNN 26. April, 1948

S. 583 *Robert H. Heilbrunn:* geb. 1905, Jurist; kannte KM seit 1923, emigriert, nach 1945 bei der amerikanischen Militärbehörde.
nicht in Prag: Heilbrunn teilte später seinem älteren Bruder Dr. Rudolf M. Heilbrunn, Kaiserlautern, mit, er habe in völliger Ahnungslosigkeit, wo sich KM befinde, zwei Tage vor Jan Masaryks Fenstersturz an KM geschrieben: »Wo sind Sie? Ich hoffe, nicht in Prag, jener Stadt, die seit den Tagen des Fenstersturzes bestimmt zu sein scheint, eine unheilvolle Rolle in Europa zu spielen.«
Jan Masaryk: 1886–1948, tschechischer Politiker, Sohn von Thomas Masaryk; Exil in London, 1945 bis zu seinem Tod (Selbstmord?) Außenminister in Prag. Über »Die Tragödie Jan Masaryk« schrieb KM in »Welt am Montag«, Wien, 30. 3. 1948; nachgedruckt in »Heute und Morgen. Schriften zur Zeit«.
dero Cousine: Maria Flörsheim geb. Koch, Aarau, Erbin einer bedeutenden Musiksammlung.

S. 584 *Älterer Bruder:* Rudolf M. Heilbrunn, traf KM 1947 in Amsterdam und machte ihn mit dem Maler Max Beckmann bekannt.
Grete Dispeker-Weil-Jokisch: Grete Weil, geb. 1906, deutsche Schriftstellerin, geborene Dispeker; mit Erika und KM befreundet, emigrierte 1935 nach Holland, wo sie untertauchte. Ihr erster Mann, Dr. Edgar Weil, wurde im KZ Mauthausen ermordet; später mit dem Regisseur und Schauspieler Dr. Walter Jokisch verheiratet.
»Das Glück der Andernachs«: Wilhelm Speyers Roman einer jüdischen Familie im Berlin der Bismarck-Zeit erschien 1947.
»Headless Angel«: deutsch »Schicksalsflug«, 1947.
Alterswerk meines Onkels Heinrich: Heinrich Mann, »Der Atem«, Querido, Amsterdam 1949.
Wallace: Henry A. Wallace, 1888–1965, amerikanischer Politiker; unabhängiger Präsidentschaftskandidat 1948.

VON UPTON SINCLAIR Juli 12, 48

My Dear Klaus...: Ü: Mein lieber Klaus: Tun Sie's nicht! Sie haben schöne Bücher geschrieben und können so Wichtiges tun, indem Sie helfen, Europa Amerika verständlich zu machen, und umgekehrt.
Mit aufrichtigen Grüßen
Upton Sinclair.

Don't do it: vorausgegangen war ein Selbstmordversuch KMs am 11. Juli in Santa Monica, Kalifornien, über den die Nachrichtendienste und Zeitungen in gräßlicher Ausführlichkeit (Gas, aufgeschnittene Pulsadern) berichteten. Die Reaktion der Freunde und Kollegen in aller Welt war spontan. Von den zahlreichen Briefen werden hier nur zwei wiedergegeben, zu denen die Antworten erhalten sind. Eine Reihe weiterer, sehr herzlicher Briefe, u. a. von Vicki Baum und Kurt Hiller, befindet sich im KM-Archiv München.

AN UPTON SINCLAIR July 14th, 1948

It was very kind...: Ü: Es war sehr gütig von Ihnen, daß und wie Sie mir S. 585
geschrieben haben. Ich bin beschämt über meine Schwäche und angeekelt von der Indiskretion einer »freien«, aber verantwortungslosen Presse, die grausam das innerste, peinlichste Versagen eines einzelnen publiziert... Ihre guten, ermutigenden Worte helfen mir, mein Gleichgewicht und Selbstvertrauen wiederzugewinnen. DANKE.

Ich fahre nach San Francisco, wo ich voraussichtlich einige Zeit bei einem meiner Brüder bleibe. Darf ich Sie von meiner Rückkehr in diesen Teil Kaliforniens kurz benachrichtigen? Ich würde Sie gern wiedersehen.

Ihr KLAUS M.

AN HANS FEIST 15. July, 1948

Auf Lotten: erster Versuch einer dramatischen Bearbeitung von »Lotte S. 586
in Weimar«, wurde 1950 in Heidelberg mit dem Schauspieler Albert Bassermann, 1867–1952, aufgeführt, der eine weitere Bearbeitung vorgenommen hatte.

AN LUDWIG MARCUSE July 16, 1948

Kierkegaard: Sören Kierkegaard, 1813–1855, dänischer Philosoph und S. 587
Schriftsteller; christlicher Mystiker und Vorläufer des Existentialimus.

AN TRUDI BUCK 18. Juli 1948

Trudi Buck: der Briefwechsel begann mit der Zusendung einer Besprechung im »Bund« nach dem Berner Vortrag KMs Anfang 1948, für die sich KM am 23. April 1948 von Amsterdam aus bedankte.

neuer Roman: »The Last Day«. S. 588

ins »Urban«: Hotel in Zürich.

Meinem Vater: Thomas Mann brach sich im Hause Horkheimers den Arm. Max Horkheimer, 1895–1973, Philosoph und Soziologe, emigrierte 1933 nach Frankreich, 1939 in die USA (New School for Social Research). 1949 Rückkehr nach Frankfurt.

AN HERMANN KESTEN 22nd July, 1948

Inzest-Legende: »Der Erwählte«, Roman, Frankfurt/M. 1951. S. 589

VON HERMANN KESTEN 26. Juli 1948

S. 590 *Biographie:* Golo Mann, »Friedrich von Gentz. Geschichte eines europäischen Staatsmannes«, Europa Verlag, Zürich 1947.
Alfred Kantorowicz: 1899–1979, deutscher Schriftsteller und Literarhistoriker; 1933–1946 Exil in Frankreich und Amerika, kämpfte im Spanischen Bürgerkrieg, 1950–1957 Professor an der Humboldt-Universität Ost-Berlin, ab 1957 in der Bundesrepublik.
Hans Mayer: geb. 1907, deutscher Schriftsteller und Literarhistoriker; emigrierte 1933 nach Frankreich und in die Schweiz, 1948–1963 Professor in Leipzig, danach Tübingen und Hannover.
Herr Breit: Harvey Breit, Mitarbeiter der »New York Times«.

AN HANS FEIST 23. August [1948]

S. 591 *Christina Georgina Rossetti:* 1830–1894, englische Lyrikerin.
Moosheim: Grete Mosheim, 1905–1986, Schauspielerin an Max Reinhardts Deutschem Theater Berlin; emigrierte 1933, kehrte 1952 an deutsche Bühnen zurück.

AN HERMANN KESTEN 19. September 1948

S. 592 *unsere niederländischen Fürstinnen:* Königin Wilhelmine, 1880 bis 1962, dankte 1948 zugunsten ihrer Tochter Juliana, geb. 1909, ab.
Graf Bernadotte: Graf Folke Bernadotte, 1895–1948, Präsident des Schwedischen Roten Kreuzes; im Auftrag der Vereinten Nationen in Palästina, wurde am 17. September von jüdischen Terroristen ermordet.
Zuckmayer's Gesamtausgabe: begann 1947 zu erscheinen.

AN HERMANN KESTEN 18. Oktober 1948

S. 593 *»Die verschlossene Tür«:* erschien 1949 unter dem Titel »Die fremden Götter«.

S. 595 *Film-Projekte:* weder die Verfilmung des »Zauberbergs« noch der von KM und Christopher Isherwood geplante Film über den holländischen Bilderfälscher van Meegeren wurden realisiert.
Casanova: Kestens Biographie erschien 1952 bei Desch, München.
Meier-Dietrich: nach dem Krieg Chefredakteur des Berliner »Tagesspiegels«.
Ebbindhaus: Carl-Hermann Ebbinghaus, Redakteur der »Neuen Zeitung«, Mitarbeiter des »Ruf«.
Wolfdietrich Schnurre: geb. 1920, deutscher Schriftsteller, Mitbegründer der »Gruppe 47«.

AN VIKTOR MANN 28. X. 1948 [Briefdurchschrift]

S. 598 *Harry Wilde:* Harry Schulze-Wilde, geb. 1899, Journalist und Redakteur, Herausgeber des »Echo der Woche«, München.

»declaration«: die beigelegte »ERKLÄRUNG« hat folgenden Wortlaut: »Der Leitartikel von Harry Wilde ›Vor einem neuen Novemberputsch?‹ (›Echo der Woche‹, 22. 10. 1948) enthält unwahre und beleidigende Behauptungen über meine Schwester Erika und mich. Es ist nicht meine Absicht, mich auf eine Polemik mit Wilde einzulassen. Mit einem Verleumder von solcher Infamie setzt man sich nicht auseinander: man läßt ihn bestrafen. Wilde wird zur Rechenschaft gezogen werden.

Indessen scheint es mir doch notwendig, gleich jetzt wenigstens eine seiner Absurditäten richtigzustellen; denn die Lüge, um die es sich in diesem besonderen Falle handelt, betrifft die Amerikanische Militärbehörde. Wilde schreibt, ich sei vor einigen Monaten ›als Gast der kommunistischen Schriftsteller‹ in Berlin gewesen. Dies ist unwahr. Wahr ist vielmehr, daß ich vor einigen Monaten – nämlich im vergangenen Mai – auf Einladung der *U.S. Information Control Division* und als *Temporary Employee* von OMGUS nach Berlin kam, *›to give lectures on literature and consult with writers‹* (wie es auf meinen von OMGUS ausgestellten *Military Orders* wörtlich hieß). Ich hielt in Berlin zwei Vorträge: den ersten, am 8. Mai, im Amerika-Haus, über zeitgenössische amerikanische Literatur; den zweiten, am 10. Mai, im Hebbeltheater, über André Gide – ein Autor, der, wie man weiß, sich bei den Kommunisten nicht gerade besonderer Beliebtheit erfreut. Wilde hätte diese Tatsachen ohne Schwierigkeit in Erfahrung bringen können. Oder waren sie ihm bekannt und seine Bemerkung, ich sei ›als Gast der kommunistischen Schriftsteller‹ in Berlin gewesen, zielt darauf ab, ›schlaglichtartig den Grad der kommunistischen Zersetzung in den demokratischen Staaten‹ aufzuweisen? Wittert Wilde kommunistischen Einfluß in OMGUS-Kreisen? Es wäre ihm zuzutrauen. Seine übrigen ›Enthüllungen‹ sind von ähnlicher Zuverlässigkeit.

Klaus Mann,
Amsterdam, den 27. X. 1948«

Zur Verleumdungskampagne gegen Erika und KM siehe auch Erika Mann, »Briefe und Antworten«, Bd. I (15. Kap.: »Im Kreuzfeuer der Publizisten«); die gemeinsam verfaßte Entgegnung »Beispiel einer Verleumdung« in »Aufbau«, New York 11. 3. 1949.

Lektüre Deines Kapitels: Viktor Mann rekonstruierte das von Heinrich und Thomas Mann 1897 in Rom verfaßte »Bilderbuch für artige Kinder«, mit Balladen, Schnurren und Karikaturen, das verlorenging. Viktor Manns Erinnerungsbuch »Wir waren fünf« bleibt dafür die einzige Quelle. S. 599

AN PETER DE MENDELSSOHN 29th October, 1948 [Briefdurchschrift]

Melvin J. Lasky: geb. 1920, amerikanischer Publizist, Gründer und Herausgeber der ab 1949 in Berlin erscheinenden Zeitschrift »Der Monat«. S. 600

Rolf Italiaander: geb. 1913, deutscher Biograph, Romancier, Essayist.

VON THOMAS MANN 12. Nov. 48

S. 601 *mit 9 genommen:* KMs schwere Blinddarmoperation.
einen neuen Roman: »The Last Day«.
Der Sternenäugige: Christopher Isherwood.
baut auf Satans Erbarmen: »Wer baut auf Wind, baut auf Satan's Erbarmen«, Daland in Wagners »Der fliegende Holländer«, 1. Akt.
Bruder Corda: Zoltan Korda, 1895–1961, Bruder des Produzenten Sir Alexander Korda; war als Regisseur eines »Zauberberg«-Films vorgesehen. KM sollte am Drehbuch mitarbeiten.

S. 602 *Sieg FDR's:* Sieg Harry S. Trumans und damit der Ära Franklin D. Roosevelts, meint Thomas Mann hier.
Parnell Thomas: J. Parnell Thomas, geb. 1895, Republikaner, Vorsitzender des »House Un-American Activities Committee«; wegen Korruption Ende 1949 verurteilt.

AN HERBERT SCHLÜTER 18. II. 1949

S. 603 *»Literarische Revue«:* erschien 1948–1950 bei Willi Weismann, München, ab Heft 3 redigiert von Herbert Schlüter.
Aufsatz: »Thomas de Quincey«.

S. 604 *der Hellmert'schen »Photographien«:* Wolfgang Hellmert, 1906 bis 1934, Erzähler, starb im Exil. »Zwei Photographien« und KMs »Thomas de Quincey« erschienen, zusammen mit Schlüters Nachruf auf KM, in »Literarische Revue«, Jg. 4, Heft 5, 1949.

AN ERNST SULZBACH 19 February, 1949

Ernst Sulzbach: tätig im Bühnenvertrieb Ullstein.
Garbo: Greta Garbo, geb. 1905, schwedische Filmschauspielerin, in Amerika lebend. KM schrieb über die Garbo in »DU«, Zürich, Nov. 1948, wiedergedruckt in »Heute und Morgen. Schriften zur Zeit«.

AN DIE REDAKTION DER »WELT AM SONNTAG« Februar 1949
[Durchschrift mit handschriftlichen Korrekturen]

S. 606 *Burke:* Edmund Burke, 1729–1797, englischer Politiker und Schriftsteller.
Melville: Hermann Melville, 1819–1891, amerikanischer Erzähler.

AN THOMAS MANN 27. III. 1949

S. 607 *Emil:* Emil Preetorius.

S. 608 *mit dem Ministerpräsidenten:* Dr. Hans Ehard, 1887–1980, CSU-Politiker, Ministerpräsident des Freistaats Bayern 1946–1954 und 1960–1962.
Konnie: Konrad Kellen.

VON THOMAS MANN 31. III. 49

S. 609 *mit der Gemme:* gemeint ist Eva Herrmann.

AN HANS FEIST 12. April 1949

Doris: Doris von Schönthan. S. 610

VON KATIA MANN 22. IV. 49

Vermählung mit Doris: mit Doris von Schönthan.
Onkel Viko unerwartet verstorben: Viktor Mann war am 21. April 1949 in München an Herzversagen gestorben. S. 611
Onkel Heiner: Heinrich Mann.
Rosenthal: der Arzt Frederick Rosenthal, geb. 1902; 1936 aus Berlin in die USA emigriert, seit 1938 Beverly Hills.
Übersiedlung nach D.: zum Präsidenten der Deutschen Akademie der Künste in Ost-Berlin berufen, plante Heinrich Mann seine Übersiedlung, er starb jedoch vorher am 12. März 1950.
Goethe-Preis: Verleihung des Goethe-Preises der Stadt Frankfurt an Thomas Mann in seiner Abwesenheit am 28. August 1949. Thomas Mann hielt seine »Ansprache im Goethe-Jahr« am 25. Juli in der Paulskirche und am 1. August im Nationaltheater in Weimar.
Gottfried: G. Bermann-Fischer.
Pree: Emil Preetorius.
das Kleinbürgerliche: das Rauschgift. S. 612
dem traurigen Roman: »The Last Day« sollte der Roman eines im Selbstmord endenden Intellektuellen werden.

AN ERIKA MANN 4 May, 1949

Nico: Pudel.
Bötticher: eine Tochter F. D. Roosevelts.
H. E. Jacob: Heinrich Eduard Jacob, 1889–1967, deutscher Schriftsteller; emigrierte nach New York, nach dem Krieg wieder in Europa. S. 613
Deine Befürchtungen: KM entschloß sich noch am 4. Mai, eine Entziehungskur zu beginnen (sein Arzt war Dr. Bougeard in Cannes) und fuhr nach Nizza. Am 5. Mai wurde er in die Clinique St. Luc, Nice, aufgenommen; er blieb dort bis zum 15. Mai. Seine Briefe wurden, offenbar durch Doris von Schönthan, weiterhin in Cannes aufgegeben.
Papas Vorträge: am 2. Mai hält Thomas Mann den Vortrag »Goethe and Democracy« in der Library of Congress, Washington; denselben eine Woche später in New York, Hunter College; 10. Mai Abflug von New York; 11.–18. Mai London, Savoy-Hotel, und Oxford; 19. Mai Abflug nach Schweden, wo Thomas Mann die Nachricht vom Tode seines Sohnes erhält.
Kennedy: Bob Kennedy, Chicago, in den ersten Nachkriegsjahren Filmoffizier bei Military Government for Bavaria, München, wo KM ihn kennenlernte.
Tomski: Thomas Quinn Curtiss.
verzögern sich die Friedrich'schen Zahlungen: in KMs Nachlaß befindet

sich ein Brief Landshoffs (Bermann-Fischer/Querido Verlag, Amsterdam), in dem Landshoff darstellt, wie verzweifelt er über die Situation sei. Es bestünde keine Möglichkeit, Devisen zu transferieren, mit Valuta sei nicht zu rechnen. Der Brief bittet beschwörend um Verständnis, blieb offenbar unbeantwortet und ist mit Bleistiftanmerkungen KMs versehen; darunter der Satz: »Warum diese gräßlichen ›Eröffnungen‹?« Ein handschriftlich beigefügter Brief Landshoffs ist von Landshoff überschrieben: »Der Beginn der Lektüre dieses Briefes *verpflichtet* zur sofortigen Vernichtung nach Durchgang. Inhalt ist auch nicht zu ›quoten‹. *Bitte bestätigen.*« Auch dieser Brief enthält Alarmnachrichten über die Lage des Verlags und persönlich beschwörende Worte (»bin also völlig ratlos über Deine Briefe«). Auf beigefügten Zetteln hat KM ausgerechnet, wielange er mit seinem Geld reichen bzw. wieviel fehlen würde (»Needed ... about $ 120 ... 29 May«).
ORDEAL-*Artikel:* »Die Heimsuchung des europäischen Geistes«, unter dem Titel »Europe's Search for a New Credo« in »Tomorrow«, Vol 8/10, Juni 1949; deutsch (von Erika Mann) in »Klaus Mann zum Gedächtnis«, Querido Verlag, Amsterdam 1950, und in »Heute und Morgen. Schriften zur Zeit«.

S. 614 AN GEORG JACOBI 12. Mai 1949

Ihr Brief: KM verhandelte im Frühjahr 1948 (anläßlich seines Gide-Vortrags in Berlin) mit dem Verleger Georg Jacobi von Langenscheidt und schloß mit ihm einen Vertrag über den Roman »Mephisto«. Am 21. April 1949 mahnte KM. Am 5. Mai schrieb Jacobi: »Sehr geehrter Herr Mann! Für Ihr Schreiben vom 21. April danke ich verbindlichst. Bereits Mitte Oktober hatte ich infolge der politischen Entwicklung in Berlin mein Domizil nach Bayern verlegt. Von hier aus aber kann man schlecht den ›Mephisto‹ starten, denn Herr Gründgens spielt hier eine bereits sehr bedeutende Rolle, und die Presseveröffentlichungen werden Sie sicherlich kennen, die inzwischen erfolgt sind. Von Berlin aus hätte man so etwas leichter starten können: im Westen ist aber diese Aktion keinesfalls einfach.«

AN JULIUS DEUTSCH 14. Mai 1949

S. 616 *Kurt Desch:* der Verlag Kurt Desch, München, hatte bei KM wegen Buchrechten angefragt.

AN HANS FEIST 15. Mai 1949

S. 617 *»Fiorenza«:* Drama von Thomas Mann, 1906.

AN KATIA UND ERIKA MANN 15. May, 1949

bei meiner russischen Gräfin: Vermieterin der Pension »Pavillon Madrid«, Avenue du Parc Madrid, Cannes.
short story: die unvollendete Erzählung »The Cage«.

Onkel Närr: Klaus Pringsheim.
Hirsch: Dr. Rudolf Hirsch, geb. 1905, damals gemeinsam mit Landshoff bei Bermann-Fischer/Querido, Amsterdam, später literarischer Leiter und Geschäftsführer von S. Fischer, Frankfurt, Redakteur der »Neuen Rundschau«. S. 619
Pree: Emil Preetorius.
Major Hindenburg und Papen: Anspielung auf das Komplott des Reichspräsidentensohnes mit Franz von Papen vor Hitlers Machtantritt.
Elizabeth Bowen: 1899–1973, Erzählerin, aus einer in Irland ansässigen englischen Familie stammend. Kurzgeschichten und Romane. S. 620

VON KATIA MANN 15.V. 49

Die Goethe-Rede: »Goethe und die Demokratie«.

AN HERBERT SCHLÜTER 19. V. 49

Dr. Groll: Gunter Groll, 1914–1982, Lektor im Desch-Verlag und Filmkritiker in München; hatte am 10. Juli 1948 im Auftrag des Verlags bei KM angefragt. S. 622

AN KATIA UND ERIKA MANN 20 May, 1949

jeder von Euch für einen Brief: neben dem Katia Manns vom 15. Mai 1949 ein Brief gleichen Datums von Erika Mann, in dem diese mitteilte, Gründgens fürchte sich vor seinem Edinburger Gastspiel; vollständig abgedruckt in: Erika Mann, »Briefe und Antworten«, Bd. 1, S. 255ff. S. 624
Bibi, samt Mönnle ... in Cannes: Michael Mann und Monika Mann. – Michael Mann bereiste den Kontinent als Mitglied des San-Francisco-Orchesters unter Pierre Monteux; er kehrte auf die Nachricht vom Tod seines Bruders um. Heinrich Mann in einem Brief an Karl Lemke vom 15. Juni 1949: »Mit dem Trauergeleit erschien unerwartet sein jüngster Bruder, Michael. [...] Über dem schon versenkten Sarg des Bruders spielte er ein Largo; dann ging man still auseinander.« In einem Brief an Klaus Pinkus vom 12. August 1949: »Als mein armer Neffe in Cannes beerdigt wurde, spielte sein junger Bruder, der plötzlich da war, auf seiner Bratsche oder seinem violon d'amour ein Largo in das Grab hinab.« (Heinrich Mann, Briefe an Karl Lemke und Klaus Pinkus, Claassen Verlag, Hamburg o.J. [1964].)
flog die Amboss ... von Bord: aus der Kindersprache Golo Manns, soviel wie »das Schiff legte ab« (siehe dazu S. 659).
die Gustaf-Geschichte: Erikas Mitteilung über das bevorstehende Gastspiel von Gründgens in Edinburg. S. 625
Baron Yxkühl: der schwedische Journalist Gösta von Uexküll, den Erika Mann während des Nürnberger Kriegsverbrecherprozesses kennengelernt hatte. S. 626
Renée Sintenis: 1888–1965, deutsche Bildhauerin, schuf Tierplastiken, Bildnisköpfe, Aktfiguren und Illustrationen. – Bei der »code message«

handelt es sich um einen jener schwer entschlüsselbaren Scherze, von denen die gesamte Korrespondenz KM-Erika voll ist.
Mucha: Jirí Mucha, geb. 1915, tschechischer Schriftsteller, während des 2. Weltkriegs Fliegeroffizier in England, 1945 Rückkehr nach Prag. Bei dem Roman, dessen Manuskript KM las, handelt es sich vermutlich um »Der Krieg wird fortgesetzt«, 1949.

DIE BRIEFE VON KLAUS MANN

Argentinisches Tageblatt	16. 3. 39	
Basler, Otto	24. 10. 33	
Becher, Johannes R.	4. 4. 38	
Berendsohn, Walter A.	11. 10. 33	24. 11. 33
	16. 10. 33	
Bermann Fischer, Gottfried	30. 9. 33	
Bertram, Ernst	19. 12. 24	
Brod, Max	3. 10. 34	19. 4. 38
	18. 10. 34	
Buck, Trudi	18. 7. 48	
Buisonjé, Dr.	28. 1. 48	
Croce, Benedetto	29. 8. 33	27. 9. 33
Deutsch, Julius	14. 5. 49	
Ebermayer, Erich	12. 7. 25	21. 5. 32
	15. 1. 26	4. 6. 32
	10. 3. 26	24. 2. 33
	4. 9. 27	27. 2. 33
	9. 9. 27	28. 4. 33
	15. 11. 29	12. 5. 33
	11. 2. 31	21. 7. 45
Eitje, Sekretär	17. 2. 37	
Epstein, Julius	35	
Fehse, Willi	23. 12. 23	7. 2. 27
	16. 12. 26	19. 6. 47
Feist, Hans	17. 5. 34	24. 10. 48
	7. 3. 40	12. 4. 49
	15. 7. 48	15. 5. 49
	23. 8. 48	
Feuchtwanger, Lion	19. 8. 35	6. 9. 37
Frank, Bruno	12. 6. 36	7. 10. 40
	30. 5. 40	17. 10. 40
	5. 6. 40	4. 11. 42
Frank, Liesl und Bruno	23. 11. 40	
Gasser, Manuel	13. 1. 34	
Geheeb, Paul	4. 23	12. 3. 30
	12. 6. 23	9. 7. 34
	10. 23	22. 5. 38
	16. 5. 25	7. 1. 46
	30. 6. 25	25. 12. 47
Geis, Ernst	22. 6. 33	

German American Writers Association	2. 3. 39	5. 40
Goll, Claire und Ivan	4. 7. 43	
Goll, Ivan	16. 8. 40	26. 10. 43
Grossmann, Stefan	30. 5. 34	
Günther, Hans	31. 7. 34	
Habqin, Jedidjah	23. 1. 34	
Hatvany, Loli und Ludwig	21. 6. 37	
Hatvany, Ludwig	28. 5. 37	4. 6. 38
	29. 10. 37	14. 7. 38
Heiden, Konrad	3. 37	26. 3. 37
Heilbrunn, Robert H.	26. 4. 48	
Herrmann, Eva	14. 5. 32	12. 7. 35
	5. 9. 32	11. 8. 36
	1. 12. 32	23. 11. 39
	27. 4. 33	29. 9. 40
	28. 12. 33	6. 1. 41
	4. 7. 35	27. 1. 41
Hesse, Hermann	12. 5. 33	27. 1. 36
	19. 5. 33	13. 2. 37
	24. 6. 33	1. 8. 37
	20. 7. 33	2. 7. 38
	4. 11. 34	
Hiller, Kurt	1. 4. 38	
Hofmannsthal, Hugo von	14. 10. 26	26
Jacobi, Georg	12. 5. 49	
Jauner, Ludwig	23. 7. 28	
Kahler, Erich von	26. 10. 41	
Kaplan von Camp Crowder	16. 10. 43	
Katzenstein, Erich	13. 11. 35	
Kesten, Hermann	15. 5. 33	6. 3. 43
	18. 7. 33	31. 5. 43
	6. 8. 33	3. 7. 43
	13. 8. 33	1. 3. 44
	29. 9. 33	10. 3. 45
	7. 11. 33	11. 8. 45
	30. 11. 33	25. 7. 46
	21. 12. 33	1. 8. 47
	6. 1. 34	22. 12. 47
	25. 5. 39	22. 7. 48
	10. 6. 39	19. 9. 48
	14. 8. 40	18. 10. 48
	27. 11. 40	20. 5. 49
Kleiber, Otto	8. 6. 37	
Kurtzig, Heinrich	26. 6. 27	
Lamm, Hans	18. 4. 39	

Landauer, Walter	23. 5. 39	
Lasker-Schüler, Else	28. 6. 34	22. 3. 37
Lion, Ferdinand	10. 4. 37	8. 3. 38
	29. 11. 37	8. 6. 38
Literarische Welt	16. 9. 27	
Löwenstein, Hubertus Prinz zu	9. 4. 40	
Ludwig, Emil	31. 3. 38	
Mann, Erika	5. 11. 22	11. 8. 26
	18. 2. 26	19. 9. 47
	23. 3. 26	4. 5. 49
Mann, Golo	3. 5. 36	31. 12. 39
	10. 11. 39	
Mann, Heinrich	10. 34	5. 11. 44
	24. 8. 37	10. 3. 45
	26. 3. 38	24. 5. 45
	23. 10. 41	
	11. 3. 44	
Mann, Katia	28. 2. 33	13. 12. 37
	19. 7. 33	1. 6. 38
	7. 10. 33	7. 10. 39
	24. 10. 33	20. 9. 40
	26. 2. 34	29. 3. 41
	24. 3. 34	20. 4. 41
	28. 3. 34	25. 5. 41
	30. 8. 34	26. 8. 41
	15. 1. 35	3. 1. 42
	11. 3. 35	13. 1. 42
	21. 9. 35	15. 4. 42
	5. 10. 35	21. 5. 42
	8. 2. 36	8. 42
	17. 3. 36	14. 2. 43
	7. 12. 36	31. 12. 44
	7. 6. 37	9. 10. 45
	14. 10. 37	10. 5. 46
	28. 10. 37	
Mann, Katia und Erika	15. 5. 49	20. 5. 49
Mann, Katia, Thomas und Golo	30. 7. 41	
Mann, Katia und Thomas	5. 12. 27	
Mann, Monika	2. 3. 35	30. 7. 35
	19. 3. 35	
Mann, Thomas	6. 6. 22	25. 9. 37
	17. 6. 22	22. 4. 38
	6. 11. 25	3. 8. 39
	5. 6. 33	16. 4. 40
	23. 6. 33	27. 5. 40

	21. 8. 33	11. 4. 41
	28. 8. 33	7. 6. 41
	12. 4. 34	17. 3. 43
	26. 9. 34	4. 5. 43
	26. 1. 36	13. 10. 44
	5. 2. 36	16. 5. 45
	2. 6. 36	27. 3. 49
	12. 12. 36	
Mann, Viktor	28. 10. 48	
Marcuse, Ludwig	26. 12. 47	16. 7. 48
Meister, Ernst	31. 1. 32	3. 7. 32
Mendelssohn, Peter de	24. 11. 30	29. 10. 48
Monitor, The	25. 12. 38	12. 38
Neumann, Alfred	6. 4. 34	4. 12. 34
	30. 9. 34	
New Leader, The	28. 9. 39	
P.E.N.-Club	17. 6. 34	
Rilke, Rainer Maria	19. 10. 26	
Rosenkranz, Hans	28. 6. 27	
Rychner, Max	13. 7. 26	
Schickele, René	21. 6. 33	16. 5. 34
	2. 7. 33	1. 6. 34
	9. 7. 33	27. 6. 34
	3. 9. 33	11. 12. 34
	29. 9. 33	30. 12. 34
	6. 10. 33	23. 1. 35
Schlamm, Willi	30. 11. 39	11. 12. 39
Schlüter, Herbert	29. 11. 46	19. 5. 49
	18. 2. 49	
Schönthan, Doris von	30	
Schwarzschild, Leopold	27. 3. 37	24. 8. 37
Sinclair, Upton	14. 7. 48	
Sonnemann-Göring, Emmy	4. 35	
Strich, Fritz	15. 2. 46	11. 8. 47
	26. 7. 47	18. 10. 47
Süskind, W. E.	8. 33	23. 12. 46
Sulzbach, Ernst	19. 2. 49	
Thimig, Helene	3. 12. 46	
Unbekannt (G.)	3. 5. 36	
Walter, Bruno	13. 12. 41	28. 3. 46
	23. 2. 46	
Walter, Lotte	12. 12. 40	30. 9. 43
	7. 2. 43	13. 12. 43
	28. 2. 43	4. 7. 47
	9. 43	

Wasserbäck, Erwin	30. 5. 34	
Wedekind, Pamela	24. 6. 24	27
	12. 24	5. 2. 28
	25	30. 7. 28
	25	27. 8. 28
	23. 9. 25	18. 10. 28
	3. 10. 25	29. 10. 28
	26	16. 11. 28
	26. 7. 26	1. 12. 28
	22. 10. 26	9. 11. 30
	7. 3. 27	23. 5. 32
	27	
Welle, Hugo	24	25. 2. 26
	4. 6. 24	
Welt am Sonntag	2. 49	
Wust, Klaus	7. 2. 48	
Zarek, Otto	25. 4. 36	
Zech, Paul	20. 6. 34	
Zweig, Arnold	12. 5. 34	28. 7. 35
Zweig, Stefan	12. 12. 25	23. 6. 33
	17. 12. 25	10. 7. 33
	10. 3. 26	19. 7. 33
	20. 12. 26	7. 8. 33
	25. 1. 27	20. 8. 33
	19. 9. 27	4. 9. 33
	1. 11. 27	15. 9. 33
	3. 7. 29	27. 11. 33
	28. 9. 29	12. 12. 33
	22. 11. 29	9. 5. 34
	26. 11. 29	13. 5. 34
	22. 12. 29	18. 6. 34
	8. 1. 30	25. 5. 35
	1. 6. 30	9. 8. 35
	15. 11. 30	15. 6. 36
	3. 5. 31	30. 7. 36
	19. 6. 32	26. 11. 37
	19. 11. 32	18. 4. 38
	1. 12. 32	13. 9. 38
	12. 5. 33	8. 7. 39
	19. 5. 33	

DIE BRIEFE AN KLAUS MANN

Frank, Bruno	6. 36	20. 10. 40
	30. 9. 40	28. 9. 42
	15. 10. 40	
Geheeb, Paul	27. 6. 25	
Heiden, Konrad	23. 3. 37	
Hesse, Hermann	5. 33	25. 1. 36
	23. 7. 33	1. 2. 36
	1. 36	7. 8. 37
		21. 7. 38
Kesten, Hermann	18. 5. 33	27. 5. 39
	30. 12. 33	1. 8. 46
	15. 11. 35	26. 7. 48
Lasker-Schüler, Else	24. 6. 34	21. 3. 37
Mann, Heinrich	18. 12. 35	7. 11. 42
	26. 7. 37	4. 6. 44
	21. 8. 37	19. 11. 44
	28. 8. 37	18. 1. 45
	29. 3. 38	27. 3. 45
Mann, Katia	20. 5. 42	18. 4. 46
	4. 2. 43	21. 5. 46
	10. 2. 43	22. 4. 49
	18. 2. 43	15. 5. 49
Mann, Katia und Thomas	18. 11. 40	
Mann, Katia, Thomas und Erika	9. 42	
Mann, Thomas	31. 5. 33	22. 7. 39
	29. 6. 33	11. 6. 41
	24. 8. 33	26. 1. 42
	1. 9. 33	16. 6. 42
	13. 9. 33	2. 9. 42
	18. 4. 34	9. 3. 43
	3. 12. 36	27. 4. 43
	26. 12. 36	25. 6. 44
	17. 10. 37	25. 9. 47
	16. 12. 37	12. 11. 48
	12. 5. 38	31. 3. 49
Marcuse, Ludwig	12. 7. 48	
Neumann, Alfred	10. 4. 34	
Schickele, René	2. 10. 33	
Schwarzschild, Leopold	24. 3. 37	14. 6. 37
	3. 6. 37	

Sinclair, Upton	12. 7. 48	
Süskind, W. E.	5. 8. 33	
Walter, Bruno	10. 3. 43	3. 46
Zweig, Arnold	11. 7. 35	
Zweig, Stefan	15. 5. 33	20. 6. 34
	19. 6. 33	31. 5. 35
	20. 6. 33	6. 8. 35
	17. 7. 33	24. 1. 36
	14. 8. 33	7. 2. 36
	30. 8. 33	36
	11. 9. 33	24. 11. 36
	18. 9. 33	6. 12. 37
	18. 11. 33	14. 4. 38
	23. 11. 33	9. 8. 38
	29. 11. 33	15. 9. 38
	13. 12. 33	7. 39
	10. 5. 34	

QUELLENNACHWEIS

Verlag und Herausgeber danken den im folgenden genannten Archiven, Verlagen, Autoren, Briefempfängern sowie deren Erben und Rechtsnachfolgern für ihre Bereitschaft, die Briefe zur Verfügung zu stellen und die Abdruckserlaubnis zu geben:

Eva Alberman, London, Erbin und Inhaberin der Urheberrechte Stefan Zweigs, erteilt durch Dr. Richard Friedenthal (Stefan Zweig)
Aufbau Verlag, Berlin, und Dr. Adam Zweig (Heinrich Mann, Arnold Zweig)
Deutsche Akademie der Künste zu Berlin, Literatur-Archive (Heinrich Mann, Arnold Zweig)
Deutsche Bibliothek, Abteilung IX, Exil-Literatur, Frankfurt am Main (Walter A. Berendsohn)
Deutsches Literaturarchiv / Schiller-Nationalmuseum, Handschriftenabteilung, Marbach am Neckar (Ernst Bertram, Willi Fehse, Hermann Hesse, Ludwig Jauner, René Schickele, Paul Zech)
S. Fischer Verlag, Frankfurt am Main, und Erbengemeinschaft Thomas Mann (Thomas Mann)
Liesl Frank-Lustig (Bruno Frank)
Edith Geheeb (Paul Geheeb)
Eva Herrmann
Erben Hermann Hesse und Suhrkamp Verlag, Frankfurt am Main (Hermann Hesse)
Hermann Kesten
Ernst Klett Verlag, Stuttgart, und Odenwaldschule Oberhambach bei Heppenheim (Paul Geheeb)
Dr. Kaethe Kurtzig-Moses (Heinrich Kurtzig)
Monika Mann
Thomas Mann Archiv, Eidgenössische Technische Hochschule, Zürich (Thomas Mann)
Ludwig Marcuse, Briefe von und an Ludwig Marcuse, © Diogenes Verlag AG, Zürich
Ernst Meister
Kitty Neumann (Alfred Neumann)
Rainer und Hans Schickele (René Schickele)
Valerie Schwarzschild (Leopold Schwarzschild)
Manfred Sturmann, Lasker-Schüler-Archiv, Jerusalem (Else Lasker-Schüler)
Annemarie Süskind (W. E. Süskind. Ps. Clemens)
Klaus Täubert (Hugo Welle)

Bruno Walter, Briefe 1894–1962, © S. Fischer Verlag GmbH, Frankfurt am Main 1969
Pamela Wedekind-Regnier

NAMENSREGISTER

Kursive Seitenzahlen kennzeichnen biografische Hinweise in den Anmerkungen.

Heinrich Mann

Die Jugend des Königs Henri Quatre
Roman
rowohlt jahrhundert Band 017

Die Vollendung des Königs Henri Quatre
Roman
rowohlt jahrhundert Band 018

Professor Unrat
Roman
rororo 35

Heinrich Mann
in Selbstzeugnissen und Bilddokumenten
dargestellt von Klaus Schröter
rowohlts monographien Band 125

ro
ro
ro

C 156/2

Die Erzählerbibliothek

James Baldwin
Sonnys Blues
Gesammelte Erzählungen
Deutsch von Gisela Stege
256 Seiten. Gebunden

Gottfried Benn
Das letzte Ich
Sämtliche Erzählungen
256 Seiten. Gebunden

Albert Camus
Jonas oder
Der Künstler bei der Arbeit
Gesammelte Erzählungen
Deutsch von Guido G. Meister
256 Seiten. Gebunden

Roald Dahl
Georgy Porgy
Gesammelte Erzählungen
Deutsch von Wolfheinrich von der Mülbe, Hans-Heinrich Wellmann und Fritz Güttinger
448 Seiten. Gebunden

Ernest Hemingway
Die Stories
Deutsch von Annemarie Horschitz-Horst
500 Seiten. Gebunden

C 2329/2

Die Erzählerbibliothek

Henry Miller
Der Engel ist mein Wasserzeichen
Sämtlicher Erzählungen
Deutsch von Kurt Wagenseil und
Herbert Zand
352 Seiten. Gebunden

Robert Musil
Frühe Prosa aus dem Nachlaß
zu Lebzeiten
384 Seiten. Gebunden

Vladimir Nabokov
Der schwere Racuh
Gesammelte Erzählungen
Herausgegeben und mit einem Nachwort
von Dieter E. Zimmer
Deutsch von Wassili Berger, René
Drommert, Renate Gerhardt u.a.
352 Seiten. Gebunden

Jean-Paul Sartre
Die Kindheit eines Chefs
Gesammelte Erzählungen
Deutsch von Uli Aumüller
256 Seiten. Gebunden

John Updike
Werben um die eigene Frau
Gesammelte Erzählungen
Deutsch von Maria Carlsson, Susanna
Rademacher und Hermann Stiehl
320 Seiten. Gebunden

C 2329/2 a

Literatur für Kopf Hörer

Produziert von Bernd Liebner

Eine Auswahl

Rowohlt Cassetten

C 2321/3 a

Armin Müller-Stahl liest
Vladimir Nabokov
Der Zauberer
Deutsch von Dieter E. Zimmer
2 Tonbandcassetten im Schuber
(66005)

Walter Schmidinger liest
Italo Svevo
Zeno Cosini
Das Raucherkapitel
1 Tonbandcassette im Schuber
(66007)

Uwe Friedrichsen liest
Kurt Tucholsky
Schloß Gripsholm
3 Tonbandcassetten im Schuber
(66006)

Christian Brückner liest
John Updike
Der verwaiste Swimmingpool
Der verwaiste Swimmingpool,
Wie man Amerika gleichzeitig liebt und verläßt
Deutsch von Uwe Friesel und Monika Michieli.
1 Tonbandcassette im Schuber
(66004)

Christian Brückner liest
Jean-Paul Sartre
Die Kindheit eines Chefs
Deutsch von Uli Aumüller
3 Tonbandcassetten im Schuber
(66014)